DAS BUCH

Als der Dalai Lama seine Katze damit beauftragt, die Kunst des Schnurrens zu erforschen, ist dies der Beginn einer abenteuerlichen Reise für die »kleine Schneelöwin«. Wie findet man tiefes, inneres Glück, das nicht nur bis zum Boden einer Thunfischdose reicht? Mit Neugier, Mitgefühl und einer Prise Übermut meistert die Katze Seiner Heiligkeit auf ihrer Suche einige haarige und amüsante Situationen. Sie lauscht mit spitzen Katzenohren, was Lamas, berühmte Wissenschaftler und ein geheimnisvoller Yogi über das Glück zu sagen haben – und sie lernt, wie man den Höhen und Tiefen des Lebens mit Achtsamkeit und buddhistischer Lebensweisheit begegnet. Denn manchmal ist Schnurren einfach die beste Lösung!

DER AUTOR

David Michie, geboren in Simbabwe, lebt heute in Australien, wo seine Bücher Bestseller sind. Ursprünglich Thriller-Autor, gelingt es dem praktizierenden Buddhisten und Meditationslehrer mit Bravour, buddhistische Prinzipien auf inspirierende Weise zu vermitteln.
www.davidmichie.com

David Michie

DIE KATZE DES DALAI LAMA UND
DIE KUNST
DES SCHNURRENS

Roman

Aus dem Englischen übersetzt
von Kurt Lang

WILHELM HEYNE VERLAG
MÜNCHEN

Die Originalausgabe erschien 2013 unter dem Titel
»The Dalai Lama's Cat and the Art of Purring«
im Verlag Hay House Inc., USA.

MIX
Papier aus verantwor-
tungsvollen Quellen
FSC® C014496
www.fsc.org

Verlagsgruppe Random House FSC® N001967

Taschenbucherstausgabe 10/2020

Copyright © 2013 by David Michie
Originally published in 2013 by Hay House Inc. USA
Copyright © der deutschsprachigen Ausgabe 2015 by
Lotos Verlag, München, in der Verlagsgruppe Random House GmbH
Copyright © dieser Ausgabe 2020 by Wilhelm Heyne Verlag, München,
in der Verlagsgruppe Random House GmbH,
Neumarkter Straße 28, 81673 München
Alle Rechte sind vorbehalten. Printed in Germany.
Redaktion: Karin Weingart
Umschlaggestaltung: Guter Punkt, München
Unter Verwendung eines Motivs von © Sasaton/AdobeStock
Herstellung: Helga Schörnig
Satz: Greiner & Reichel, Köln
Druck und Bindung: GGP Media GmbH, Pößneck
ISBN 978-3-453-70392-6

www.heyne.de

Irren ist menschlich, Schnurren kätzlich.

ROBERT BYRNE, SCHRIFTSTELLER

Prolog

D a seid ihr ja wieder (obwohl ihr euch ganz schön Zeit gelassen habt, wenn ich das sagen darf, liebe Leser), sehr gut!, denn ich habe eine Botschaft für euch. Keine gewöhnliche und schon gar nicht stammt sie von einer gewöhnlichen Person. Aber sie betrifft euch ganz direkt, euer größtes, höchst persönliches Glück.

Ihr braucht euch jetzt nicht umzudrehen und nachsehen, ob jemand hinter oder neben euch steht. Nein, diese Botschaft ist wirklich für *euch* ganz persönlich bestimmt.

Nicht jeder Erdenbürger wird diese Zeilen lesen – realistisch betrachtet wohl nur eine winzige Minderheit. Aber glaubt nicht, es sei Zufall, dass ihr sie gerade in diesem besonderen Augenblick eures Lebens lest. Nur diejenigen mit einem ganz bestimmten Karma werden begreifen, was ich zu sagen habe – nämlich die, die auf eine besondere Weise mit mir verbunden sind.

Oder besser gesagt: mit *uns*.

Denn bekanntermaßen bin ich die Katze des Dalai Lama, und die Botschaft, die ich euch mitzuteilen habe, kommt von Seiner Heiligkeit persönlich.

Wie ich es wagen kann, eine solch lächerliche Behauptung aufzustellen? Habe ich etwa nicht mehr alle Tassen im Schrank? Wenn ihr gestattet, dass ich mich auf euren Schoß setze – selbstverständlich nur metaphorisch gesprochen –, will ich es euch erklären.

Irgendwann steht jeder Katzenliebhaber einmal vor dem Problem: Wie sage ich meinem vierbeinigen Gefährten, dass ich für längere Zeit verreise? Und nicht nur übers Wochenende?

Für uns Katzen ist die *Art und Weise*, mit der die Menschen ihre bevorstehende Abreise kundtun, von großer Bedeutung. Einige meiner Artgenossen bestehen auf frühzeitiger Vorwarnung, damit sie sich geistig auf die kommenden Veränderungen einstellen können. Andere dagegen ziehen es vor, von der Nachricht überrascht zu werden, als würde eine wütende Elster während der Brutzeit auf sie herniederfahren: Kaum hat man begriffen, was da vorgeht, ist es auch schon passiert.

Das Personal scheint sich darauf einzurichten: Die einen schmieren einem schon Wochen vor ihrer Abreise Honig ums Maul. Die anderen holen mir nichts, dir nichts den Koffer aus der Abstellkammer.

Ich selbst kann mich im Grunde sehr glücklich schätzen, denn auch wenn der Dalai Lama auf Reisen geht, verändert sich der Alltag hier im Namgyal nicht großartig. Nach wie vor verbringe ich viel Zeit auf dem Fensterbrett seiner Gemächer im ersten Stock, einem Aussichtspunkt, von dem aus ich mit geringstem Aufwand möglichst viel mitbekomme. Außerdem bin ich oft im Büro der Assistenten Seiner Heiligkeit. Und nicht zu vergessen der regelmäßige kurze Spaziergang ins Himalaja-Buchcafé, in dem immer eine angenehme, freundliche Atmosphäre herrscht und verlockende Köstlichkeiten auf mich warten.

Dennoch – ohne Seine Heiligkeit ist es nicht dasselbe. Wie man sich in Gegenwart des Dalai Lama fühlt? Ich kann es nicht besser beschreiben als mit dem einen Wort: großartig. Sobald er einen Raum betritt, werden alle Anwesenden von seiner Energie und seiner von Herzen kommenden Heiterkeit berührt. Welche Probleme man auch sonst im Leben hat, welche Tragödien oder welcher Verlust einen ereilt haben mögen, während der Zeit, die man mit Seiner Heiligkeit verbringt, empfindet man tief im Inneren die Gewissheit, dass alles gut ist.

Wer das noch nicht selbst erfahren hat: Es ist, als ob man eine Dimension an sich entdecken würde, die immer schon da war und die einen durchströmt wie ein unterirdischer, bisher unbekannter Fluss. Und sobald man diesen Quell einmal wiederentdeckt hat, erfährt man nicht nur tiefen Frieden im Kern seines Wesens, sondern darf auch für einen kurzen Moment einen Blick auf das eigene Bewusstsein werfen – strahlend, grenzenlos und voller Liebe.

Der Dalai Lama sieht uns so, wie wir wirklich sind, und hält uns den Spiegel unserer wahren Natur vor. Das ist auch der Grund, warum in seiner Gegenwart so viele Menschen förmlich dahinschmelzen. Mächtige Männer in dunklen Anzügen habe ich in Tränen ausbrechen sehen, nur weil er sie am Arm berührt hat. Die Oberhäupter der großen Weltreligionen stehen Schlange, um ihn kennenzulernen. Ich habe an den Rollstuhl gefesselte Menschen beobachtet, die Freudentränen vergossen, als er sich durch die Menge drängte, um ihnen die Hand zu reichen. Seine Heiligkeit erinnert uns an das Beste, was wir sein können. Gibt es ein größeres Geschenk?

Obwohl ich auch dann noch ein privilegiertes, sehr angenehmes Leben führe, wenn der Dalai Lama auf Reisen ist, könnt ihr also sicher nachvollziehen, warum mir seine Gegenwart weitaus lieber ist. Dessen ist sich auch Seine Heiligkeit bewusst – genauso wie er weiß, dass ich zu der Sorte Katze gehöre, die vorab informiert werden will, wenn er zu verreisen beabsichtigt. Will ihn einer seiner Assistenten – entweder Chogyal, der junge, pummelige Mönch, der für die spirituellen Belange und die Angelegenheiten des Klosters zuständig ist, oder Tenzin, der erfahrene Diplomat, der ihm in weltlichen Dingen zur Hand geht – an eine bevorstehende Reise erinnern, blickt Seine Heiligkeit auf und sagt so etwas wie: »Ende nächster Woche zwei Tage Neu-Delhi.«

Die Männer denken dann vielleicht, dass er den Termin bestätigt. In Wahrheit jedoch sagt er es nur *meinetwegen*.

Vor einer längeren Reise bereitet er mich auf seine Abwesenheit vor, indem er mir die Anzahl der Nächte vor Augen führt, die er fortbleiben wird. Außerdem legt er großen Wert darauf, dass wir am Abend vor seinem Aufbruch eine gewisse Zeit zusammen verbringen. Nur wir beide. In diesen kostbaren Minuten verständigen wir uns so innig miteinander, wie es nur Katzen und ihren menschlichen Gefährten möglich ist.

Was mich wieder zu der Botschaft zurückbringt, die ich euch von Seiner Heiligkeit überbringen soll. Er gab sie mir am Abend vor seiner Abreise zu einem siebenwöchigen Lehraufenthalt in den Vereinigten Staaten und Europa – so lange waren wir vorher noch nie voneinander getrennt gewesen. Während sich die Dämmerung über das Kangra-Tal legte, stand er von seinem Schreibtisch auf, kam zum Fensterbrett herüber und ging vor mir in die Hocke. Während er in meine blauen Augen schaute, sagte er: »Morgen muss ich fort, meine kleine Schneelöwin.« Diesen Kosenamen mag ich besonders gern, weil die Tibeter Schneelöwen als himmlische Geschöpfe betrachten, die Schönheit, Furchtlosigkeit und Fröhlichkeit symbolisieren. »Sieben Wochen, das ist länger, als ich normalerweise unterwegs bin. Ich weiß, dass du mich am liebsten hierbehalten würdest, aber ich werde auch noch von anderen gebraucht.«

Ich richtete mich auf, streckte die Pfoten und dehnte mich lange und ausgiebig. Dann gähnte ich herzhaft.

»Was für ein schönes rosa Mäulchen«, sagte Seine Heiligkeit lächelnd. »Es freut mich, dass deine Zähne und dein Zahnfleisch bei bester Gesundheit sind.«

Ich kam näher und stupste ihn liebevoll mit dem Kopf an.

»Ach, du bringst mich zum Lachen!«, sagte er. So blieben wir, Stirn an Stirn, während er meinen Hals kraulte. »Ich werde eine Zeit lang nicht hier sein, aber dein Wohlbefinden hängt nicht von meiner Anwesenheit ab. Du kannst trotzdem sehr glücklich sein.«

Seine Fingerspitzen massierten die Hinterseite meiner Ohren. Genau so, wie ich es mag.

»Du glaubst vielleicht, dass dein Glück von meiner Anwesenheit oder den Leckereien abhängt, die du unten im Café bekommst.« Seine Heiligkeit machte sich keine Illusionen darüber, weshalb ich ein so eifriger Besucher des Himalaja-Buchcafés war. »Aber versuch doch mal, in den nächsten sieben Wochen die *wahre* Ursache des Glücks herauszufinden. Und wenn ich zurückkomme, kannst du mir von deinen Erkenntnissen berichten.«

Behutsam und liebevoll nahm mich der Dalai Lama in den Arm, und gemeinsam betrachteten wir das Kangra-Tal durch das offene Fenster. Es ist ein majestätischer Anblick: das blühende, gewundene Tal, die sanften, von immergrünen Wäldern bedeckten Hügel, weit dahinter die schneebedeckten Gipfel des Himalajas, die in der Abendsonne glänzen. Die sanfte Brise, die durch das Fenster hereinwehte, duftete nach Kiefern, Rhododendron und Eiche; ein magisches Flirren lag in der Luft.

»Ich werde dir die wahren Ursachen des Glücks verraten«, flüsterte er mir ins Ohr. »Diese Botschaft ist nur für dich bestimmt – und für diejenigen, die karmisch mit dir verbunden sind.«

Ich fing an zu schnurren, erst leise, dann so laut wie ein winziger Außenbordmotor.

»Genau, meine kleine Schneelöwin«, sagte der Dalai Lama. »Ich möchte, dass du die Kunst des Schnurrens erforschst.«

Erstes Kapitel

Liebe Leser, habt ihr euch nicht auch schon einmal über die weitreichenden Konsequenzen gewundert, die eine scheinbar ganz triviale Entscheidung haben kann? Man trifft eine belanglose, völlig alltägliche Wahl, und dann hat sie ebenso dramatische wie unvorhergesehene Folgen.

Genau das geschah am Montagnachmittag, als ich mich dazu entschied, vom Himalaja-Buchcafé aus nicht direkt nach Hause zu gehen, sondern die sogenannte Panoramaroute zu nehmen. Diesen Weg wählte ich nur selten – einfach weil es dort nicht das Geringste zu sehen gibt, und ein Panorama schon gar nicht. Es handelt sich im Grunde nur um eine Seitengasse, die hinter dem Himalaja-Buchcafé und den angrenzenden Grundstücken verläuft.

Allerdings ist die Strecke etwas länger, sodass ich zehn statt der üblichen fünf Minuten zum Namgyal zurück brauchen würde. Aber da ich den Nachmittag auf dem Zeitschriftenregal des Cafés verschlafen hatte, konnte ich die Bewegung dringend brauchen.

Also wandte ich mich nach links, sobald ich ins Freie trat, und nicht wie sonst nach rechts. Nachdem ich das

Café hinter mir gelassen hatte, bog ich noch einmal links ab und schlenderte die enge, mit Mülltonnen vollgestellte Gasse hinunter, in der es verführerisch nach Essensresten und anderen appetitanregenden Dingen roch. Ich ging etwas wackligen Schrittes, da meine Hinterbeine seit einem Unfall in frühester Jugend sehr schwach sind. Einmal blieb ich kurz stehen, um ein interessantes Objekt von silberner und brauner Farbe zu begutachten. Es stellte sich als Champagnerkorken heraus, der irgendwie im Gully stecken geblieben war.

Gerade wollte ich ein weiteres Mal links abbiegen, als ich die ersten Anzeichen einer drohenden Gefahr spürte. Auf der Hauptstraße, etwa zwanzig Meter vor mir, standen zwei der größten und bedrohlichsten Hunde, die ich je gesehen hatte. Offenbar waren sie neu in der Gegend. Sie blähten drohend die Lefzen, während ihr langes Fell von der Abendbrise zerzaust wurde.

Und was das Schlimmste war: Sie trugen keine Leine.

Im Nachhinein betrachtet hätte ich wohl den Rückzug antreten und durch den Hintereingang ins Café zurückschlüpfen sollen. Die Abstände zwischen den Gitterstäben waren für mich breit genug, für diese Ungeheuer aber viel zu schmal.

Während ich mich noch fragte, ob sie mich bereits bemerkt hatten, sahen sie mich und stürmten ohne Zögern auf mich zu. Instinktiv bog ich scharf rechts ab und lief, so schnell mich meine wackligen Beine trugen. Das Herz klopfte mir bis zum Hals, die Haare sträubten sich. Verzweifelt suchte ich nach einem Versteck. In diesen kurzen, adrenalinbefeuerten Augenblicken kamen mir kein Baum zu hoch und kein Spalt zu eng vor.

Doch ich konnte nirgendwo eine Fluchtmöglichkeit oder ein sicheres Versteck entdecken. Das Hundegebell wurde immer lauter. Sie holten auf. In blinder Panik wusste ich mir nicht anders zu helfen als mit der Flucht in einen Gewürzladen. Womöglich gab es dort ein höher gelegenes, für die Hunde unerreichbares Plätzchen oder ich konnte zumindest dafür sorgen, dass sie meine Witterung verloren.

Das kleine Geschäft war mit Holztruhen vollgestellt, auf denen sorgfältig mit verschiedenen Gewürzen gefüllte Messingschüsseln arrangiert waren. Matronenhafte Frauen, die auf dem Schoß Mörser hatten, in denen sie mit Stößeln Kräuter zu Pulver zerrieben, kreischten erschreckt auf, als ich an ihren Knöcheln vorbeiwischte – direkt gefolgt von den wütend bellenden, blutrünstigen Bestien.

Metall klirrte auf Beton, als die Schüsseln zu Boden fielen. Gewürzwolken explodierten förmlich in der Luft. Auf der Suche nach einem rettenden Regalbrett lief ich in den hinteren Teil des Ladens, nur um mich vor einer fest verschlossenen Tür wiederzufinden. Immerhin entdeckte ich zwischen zwei Holztruhen einen Spalt, in den ich mich quetschen konnte. Dahinter befand sich statt einer Wand lediglich eine zerrissene Plastikplane – und dahinter wiederum eine verlassene Seitengasse.

Die Hunde steckten ihre riesigen Köpfe in den Spalt und kläfften wie verrückt. Voller Angst sah ich mich um – die Seitengasse war mein einziger Ausweg.

Da hörte ich ein klägliches Winseln. Die empörten Damen hatten die beiden Übeltäter offenbar gestellt und wollten sie nun wohl des Ladens verweisen. Mein sonst so glänzendes Fell war mit Gewürzen in allen Farben bedeckt. Ich sprang auf die Straße und rannte, so schnell es mir meine gebrechlichen Beine erlaubten. Die Gasse führte eine leichte, aber kräftezehrende Steigung hinauf. Obwohl ich jede Faser meines Körpers bis zum Äußersten beanspruchte, kam ich nur langsam voran. Ich wollte so weit weg von den Hunden wie möglich, suchte verzweifelt nach irgendeinem Versteck. Doch ich sah nur Schaufenster, Betonwände und undurchdringliche Metallgitter.

Das Bellen hinter mir schien kein Ende nehmen zu wollen. Jetzt waren zusätzlich die wütenden Rufe der Frauen aus dem Gewürzladen zu hören. Ich drehte mich um und sah, wie sie die Hunde mit Schlägen gegen die Flanken aus dem Geschäft trieben. Die beiden geifernden Bestien strichen mit irrem Blick und heraushängender Zunge auf dem Bürgersteig herum, während ich meinen mühsamen Weg den Pfad hinauf fortsetzte – in der Hoffnung, mich unter den zahlreichen Passanten und Fahrzeugen einigermaßen verstecken zu können.

Doch es gab kein Entkommen.

Nach wenigen Augenblicken hatten die beiden Untiere erneut Witterung aufgenommen und setzten die Jagd fort. Ihr grimmiges Knurren fuhr mir durch Mark und Bein.

Mein Vorsprung war viel zu gering. Die Hunde würden mich im Handumdrehen eingeholt haben. Ich erreichte ein von hohen weißen Mauern umgebenes Anwesen. An einer Seite entdeckte ich neben einem schwarzen Eisengitter ein Holzspalier. Was ich als Nächstes tat, wäre mir unter normalen Umständen nicht im Traum eingefallen, doch ich hatte keine andere Wahl. Nur wenige Sekunden bevor sich die Hunde auf mich stürzen konnten, sprang ich auf das Spalier und kletterte daran hoch, so schnell es die Kraft meiner flauschigen grauen Beinchen erlaubte. Satz für Satz, Pfote für Pfote arbeitete ich mich weiter hinauf.

Gerade als ich den oberen Rand der Mauer erreicht hatte, warfen sich die Hunde mit wütendem Gebell gegen das Spalier. Unter lautem Knacken splitterte das hölzerne Gitterwerk, und die obere Hälfte des Spaliers löste sich an einem Ende von der Mauer. Wäre ich nicht in letzter Sekunde abgesprungen, würde ich jetzt hilflos über den weit aufgerissenen Hundemäulern baumeln.

So jedoch stand ich auf der Mauer und starrte auf ihre gefletschten Zähne hinab. Ihr entsetzliches Knurren ließ mich erschaudern. Es war, als würde ich den schrecklichen Ausgeburten der tiefsten Höllen ins Auge blicken.

Das Gebell dauerte an, bis die Hunde durch einen anderen Vertreter ihrer Spezies abgelenkt wurden, der weiter die Straße hinunter etwas vom Gehweg leckte. Als sie auf ihren Kameraden zuliefen, wurden sie von einem großen Mann in einem Tweedjackett am Kragen gepackt, der sie umgehend an die Leine legte. Während er sich noch über sie beugte, hörte ich, wie ein Passant zu ihm sagte: »Was für schöne Labradore!«

»Golden Retriever«, korrigierte der Mann. »Sie sind noch jung und ungestüm. Aber«, fügte er hinzu und streichelte sie liebevoll, »ganz entzückende Tiere.«

Entzückende Tiere? War denn die ganze Welt verrückt geworden?

Es dauerte eine Ewigkeit, bis sich mein Herzschlag einigermaßen beruhigt hatte. Erst dann wurde mir der Ernst meiner Lage bewusst. Nirgendwo war ein Ast oder ein Absatz zu erkennen, mit dessen Hilfe ich den Abstieg wagen konnte. Die Mauer, auf der ich stand, endete an einer Seite am Tor und an der anderen im Nichts. Während ich die Pfote zum Mäulchen führen wollte, um mein Gesicht einer ebenso nötigen wie tröstlichen Säuberung zu unterziehen, nahm ich einen derart intensiven Geruch wahr, dass ich innehielt. Ein einziger Zungenschlag, und mein Maul hätte wie Feuer gebrannt. Da stand ich also, gefangen auf einer mir fremden hohen Mauer und konnte mich noch nicht einmal ordentlich putzen!

Mir blieb nichts anderes übrig als abzuwarten. Im Gegensatz zu dem Aufruhr, der in mir herrschte, war der Garten hinter der Mauer ein Sinnbild der heiteren, abgeklärten Ruhe, die man sonst wohl nur im »Reinen Land der Buddhas« fand, von dem die Mönche hin und wieder sprachen. Durch die Bäume konnte ich ein großes, herrschaftliches Gebäude erkennen, das von üppigen Rasenflächen und prächtigen Blumenbeeten umgeben war. Wie gern wäre ich durch diesen Garten spaziert oder über die Veranda geschlendert – dieser Ort schien wie für mich gemacht zu sein. Nun, sobald einer der Bewohner dieses schönen Bauwerks die Schneelöwin auf der Mauer festsitzen sah, würde er bestimmt Mitgefühl empfinden und ihr zur Rettung eilen.

Doch trotz des regen Treibens auf der Straße betrat oder verließ niemand das Anwesen durch das Tor. Die Mauer war so hoch, dass mich die Fußgänger auf dem Bürgersteig kaum erkennen konnten. Und die wenigen, die zu mir aufsahen, schienen keine Notiz von mir zu nehmen. Allmählich näherte sich die Sonne dem Horizont, und mir wurde mit Schrecken bewusst, dass ich die Nacht hier verbringen musste, wenn mir niemand zu Hilfe kam. Ich stieß ein klagendes, aber nicht sehr lautes Miauen aus. Schließlich wusste ich nur zu gut, dass viele Leute eine Abneigung gegen Katzen hegen: Ihre Aufmerksamkeit zu erregen hätte mich womöglich in eine noch schlimmere Lage gebracht.

Doch um ungebetene Aufmerksamkeit musste ich mich nicht sorgen: Ich erhielt überhaupt keine. Im Himalaja-Buchcafé mochte ich zwar als die KSH, die Katze Seiner Heiligkeit, verehrt werden, hier jedoch, unerkannt unter einem Kleid aus bunten Gewürzen, schenkte mir niemand Beachtung.

Liebe Leser, ich will euch nicht mit einer genauen Schilderung der nächsten Stunden, die ich auf der Mauer verbrachte, langweilen; weder mit dem verständnislosen Lächeln und den gleichgültigen Blicken, die ich erntete, noch mit den Steinen, mit denen mich zwei gelangweilte Lausebengel auf dem Weg von der Schule nach Hause bewarfen. Es war schon dunkel und ich todmüde, als ich eine Frau auf der Straße bemerkte. Erst erkannte ich sie nicht, doch dann spürte ich irgendwie, dass sie mich retten würde.

Ich miaute flehentlich. Sie überquerte die Straße. Als sie näherkam, bemerkte ich, dass es Serena Trinci war, die Tochter von Mrs. Trinci, ihres Zeichens Köchin Seiner Heiligkeit für besondere Anlässe und meine größte Verehrerin im Namgyal. Serena war Mitte dreißig und hatte vor Kurzem die Leitung des Himalaja-Buchcafés übernommen. Das dunkle, schulterlange Haar trug sie zu einem Pferdeschwanz zusammengebunden. Ihr anmutiger Körper steckte in Yogakleidung.

»Rinpoche!«, rief sie verblüfft aus. »Was machst du denn da oben?«

Zu meiner grenzenlosen Erleichterung erkannte sie mich, obwohl wir uns erst zweimal im Café begegnet waren. Im Nu hatte sie eine in der Nähe stehende Mülltonne zur Mauer hinüber gewuchtet und war zu mir hinaufgeklettert. Als sie mich in die Arme nahm, bemerkte sie den bedauernswerten Zustand meines gewürzbefleckten Fells.

»Was ist denn mit dir passiert, du armes Ding?«, fragte sie, während sie mich an sich drückte und die bunten, aromatisch duftenden Flecken inspizierte. »Du warst bestimmt in Schwierigkeiten.«

Ich vergrub mein Gesicht an ihrer Brust, spürte den warmen Duft ihrer Haut und ihren tröstlichen Herzschlag. Mit jedem Schritt, den wir uns dem Café näherten, verwandelte sich meine Erleichterung in etwas Tieferes und Stärkeres: das untrügliche Gefühl einer starken Verbindung zwischen uns beiden.

Serena hatte den Großteil ihres Berufslebens in Europa verbracht und war erst vor ein paar Wochen nach McLeod Ganj zurückgekehrt – jenes Stadtviertel von Dharamsala, in dem der Dalai Lama residiert und in dem sie selbst in einem Haushalt aufgewachsen war, in dem mit Leidenschaft gekocht wurde. Da war es kein Wunder, dass sie nach der Highschool eine Gastronomiefachschule in Italien besucht und sich anschließend einen Ruf als Spitzenköchin in einigen der besten Restaurants Europas erworben hatte. Erst kürzlich hatte sie ihren Posten als Chefköchin des berühmten Hotels Danieli in Venedig aufgegeben, um ein angesagtes Restaurant im exklusiven Londoner Stadtteil Mayfair zu leiten.

Serena war ehrgeizig, voller Energie und hochtalentiert. Dennoch hatte ich mitgehört, wie sie Franc, dem Eigentümer des Himalaja-Buchcafés, gestanden hatte, dass sie dringend eine Pause vom anstrengenden Restaurantbetrieb brauchte. Der unaufhörliche Stress hatte sie erschöpft, und sie musste sich ausruhen und erholen. In sechs Monaten wollte sie dann in London eine der angesehensten Positionen übernehmen, die die Gastronomie der Metropole zu bieten hatte.

Dass sie exakt zu dem Zeitpunkt nach Hause kam, als Franc händeringend jemanden suchte, der in seiner Abwesenheit das Café übernahm, ahnte sie natürlich nicht. Er wollte sich für längere Zeit um seinen schwer kranken Vater kümmern, der in San Francisco lebte. Serena hatte zwar nicht unbedingt geplant, während ihrer Auszeit ein Lokal zu leiten, doch im Vergleich zu ihren bisherigen Tätigkeiten nahm sich das Himalaja-Buchcafé eher wie ein entspannter Nebenjob aus. Abends war es nur von

Donnerstag bis Samstag geöffnet, und das Tagesgeschäft hatte Kusali, der Oberkellner, bestens im Griff, sodass es für Serena nicht viel zu tun gab. Es würde Spaß machen, hatte Franc ihr versichert, und langweilig würde es bestimmt nicht werden.

Was aber noch viel wichtiger war: Franc brauchte auch jemanden, der sich um seine beiden Hunde kümmerte: Marcel, die Französische Bulldogge, und Kyi Kyi, den Lhasa Apso, die beiden anderen nicht menschlichen Stammgäste des Cafés. Den größten Teil des Tages dösten sie in ihrem Weidenkorb unter dem Empfangstresen vor sich hin.

Schon nach zwei Wochen hatte Serena dem Café ihren unverwechselbaren Stempel aufgedrückt. Sie zog jeden, dem sie begegnete, unwillkürlich in ihren Bann. Die Gäste wurden von ihrer Lebhaftigkeit angesteckt, ob sie wollten oder nicht.

Sie schien über die Gabe zu verfügen, aus jedem noch so gewöhnlichen Abend ein unvergessliches Erlebnis zu machen. Wenn sie durch das Lokal wirbelte, prügelten sich die Kellner beinahe darum, ihr behilflich sein zu dürfen. Auch Sam, der Inhaber des dem Café angeschlossenen Buchladens, machte aus seiner Bewunderung für sie keinen Hehl, und der ebenso hochgewachsene wie gewitzte Kusali – das indische Äquivalent eines formvollendeten englischen Butlers – nahm sie unter seine väterlichen Fittiche.

Ich hatte gerade auf meinem üblichen Platz gelegen – dem obersten Brett des Zeitschriftenregals zwischen *Vogue* und *Vanity Fair* –, als Franc mich Serena als Rinpoche vorstellte. Dieses Wort wird *Rin-po-tsché* ausgesprochen, bedeutet »Kostbarkeit« und ist ein tibetischer Ehrentitel für die weisesten buddhistischen Lehrer. Serena hatte der Versuchung nicht widerstehen können, sie streckte die Hand aus und streichelte mein Gesicht. »Wie überaus hinreißend!«, hatte sie gesagt.

Als sich der Blick aus meinen lapislazulifarbenen Augen mit dem aus ihren funkelnden braunen traf, war dies ein Moment des Erkennens. Sofort empfand ich das, was für uns Katzen von so großer Bedeutung ist, dass wir eine Art angeborenes Gespür dafür besitzen: Vor mir stand eine Katzenliebhaberin.

Jetzt, nach meinem Abenteuer mit den Hunden, saßen wir in der engen Waschküche des Restaurants. Mit der Hilfe von Kusali und einigen warmen, feuchten Tüchern, wusch mir Serena die Gewürze ab, die in meinem dichten Fell klebten.

»Rinpoche mag vielleicht anders darüber denken«, bemerkte die junge Frau, während sie behutsam einen dunklen Fleck von meinen grauen Pfoten wischte, »aber ich liebe den Duft dieser vielen Gewürze. Er versetzt mich in die Küche meiner Kindheit zurück: Zimt, Kreuzkümmel, Kardamom, Nelken – die wunderbaren Aromen des Garam masala, mit dem wir unser Hühnercurry und andere Gerichte zubereitet haben.«

»Sie haben früher Currys zubereitet, Miss Serena?«, fragte Kusali verblüfft.

»So habe ich überhaupt mit dem Kochen angefangen«,

sagte sie. »Mit diesen Gewürzen bin ich aufgewachsen. Rinpoche hat sie mir nur wieder in Erinnerung gerufen.«

»Schon viele unserer geschätzten Kunden haben mich gefragt, ob wir nicht auch indische Gerichte anbieten, Ma'am.«

»Ja, mich auch.«

In Dharamsala herrschte kein Mangel an Imbissbuden, Garküchen und auch etwas gehobeneren Restaurants. Doch am wichtigsten war den Leuten »die Vertrauenswürdigkeit der Betreiber eines Lokals«, wie Kusali erklärte.

»Das stimmt«, pflichtete Serena ihm bei. »Aber Franc hat klipp und klar gesagt, dass wir die Speisekarte nicht ändern sollen.«

»Und wenn das Café an den üblichen Abenden geöffnet ist, müssen wir seine Wünsche auch respektieren«, meinte Kusali verschmitzt.

Schweigend entfernte Serena mehrere ganze Pfefferkörner, die sich in meinem buschigen Schwanz verfangen hatten, während Kusali vorsichtig an einem grellroten Paprikafleck auf meiner Brust rieb.

»Habe ich Sie da richtig verstanden, Kusali?«, fragte Serena schließlich mit einem Lächeln in der Stimme.

»Verzeihung, Ma'am, wie meinen?«

»Wollten Sie damit sagen, dass wir ausnahmsweise an einem Mittwochabend öffnen und versuchsweise ein paar Currygerichte anbieten sollten?«

Kusali sah sie erstaunt und mit einem breiten Grinsen an. »Eine hervorragende Idee, Ma'am!«

Wir Katzen mögen Wasser nicht besonders, und eine

nasse Katze ist eine unglückliche Katze. Das wusste auch Serena. Sobald also der gewohnt prächtige Zustand meines Fells einigermaßen wiederhergestellt war, trocknete sie mich mit einem besonders weichen Handtuch ab. Dann bat sie Kusali, mir einige Stücke Hühnerbrust zu reichen, damit ich beschäftigt war, bis sie mich in den Jokhang nach Hause brachte.

Obwohl das Restaurant am Montag geschlossen hatte, zauberte Kusali einige schmackhafte Fleischbrocken aus dem Kühlschrank hervor, wärmte sie kurz auf und schüttete sie dann in meine persönliche kleine Porzellanschüssel. Aus alter Gewohnheit trug er sie zu meinem Stammplatz im Hinterzimmer des Cafés hinüber. Serena, die mich auf den Armen trug, folgte ihm.

Da es im Café schon recht dunkel war, bemerkten wir erst jetzt, dass Sam Goldberg, der Buchhändler, an diesem Abend ein Treffen seines Lesekreises veranstaltete. Während ich mich mit großem Appetit auf mein Abendessen stürzte, gingen Serena und Kusali vom Café in den angrenzenden Buchladen hinüber. Dort saßen ungefähr zwanzig Leute auf Stuhlreihen vor einer Leinwand.

»Dies hier ist eine Zukunftsvision aus einem Buch der späten Fünfzigerjahre«, sagte eine Männerstimme. Mit seinem Glatzkopf, der Intellektuellenbrille und dem Ziegenbärtchen wirkte der Sprecher irgendwie gewitzt, aber auch ein wenig arrogant. Ich erkannte ihn sofort, da Sam vor nicht allzu langer Zeit ein Plakat mit seinem Konterfei im Laden aufgehängt hatte. Ein darauf abgedrucktes Zitat aus *Psychologie Heute* wies den Mann – einen berühmten Psychologen – als einen der »führenden Denker unserer Zeit« aus.

Sam, der am Eingang stand, um letzte Nachzügler zu begrüßen, sah ich erst jetzt. Er hatte eine hohe Stirn, dunkle Locken und haselnussbraune Augen, die intelligent hinter einer eher altmodischen Brille hervorblitzten. Obwohl er frisch, unverbraucht und ziemlich gut aussah, mangelte es ihm aus unerfindlichen Gründen an Selbstvertrauen. Genau wie Serena arbeitete auch Sam noch nicht lange im Himalaja-Buchcafé, im Unterschied zu ihrer war jedoch seine Stelle nicht befristet.

Vor mehreren Monaten war Sam noch Stammgast des Cafés gewesen. Als ihn Franc über die Bücher und Audiobooks ausgefragt hatte, mit denen er sich ständig beschäftigte, hatte Sam erklärt, dass er in einer großen Buchhandlung in Los Angeles gearbeitet hatte, bis sie vor nicht allzu langer Zeit geschlossen wurde.

Damit hatte er sofort Francs Interesse geweckt, der sich schon länger mit dem Gedanken trug, einen Teil des viel zu großzügig bemessenen Café Franc – wie es damals noch hieß – in einen Buchladen umzuwandeln. Das Einzige, was ihm dazu noch fehlte, war jemand, der über die nötigen Fachkenntnisse verfügte. Wenn sich also je ein Mensch zur richtigen Zeit am richtigen Ort aufhielt, dann Sam.

Dennoch hatte es einiger Überredungskunst bedurft. Sam leckte noch die Wunden seiner plötzlichen Kündigung und glaubte nicht, dieser neuen Herausforderung gewachsen zu sein. Franc musste seinen ganzen Charme aufbieten, und erst mithilfe der nicht unbeträchtlichen Überzeugungskraft seines Lamas Geshe Wangpo gelang es ihm, Sam umzustimmen und ihm den Aufbau der Buchhandlung im Himalaja-Buchcafé anzuvertrauen.

»Vergessen Sie nicht – von den Fünfzigerjahren aus gesehen leben *wir* in der Zukunft«, fuhr Sams Gastredner fort. »Irgendwelche Anmerkungen zu dieser Illustration?«

Das Publikum kicherte. Auf der Leinwand war das Bild einer Hausfrau zu sehen, die Staub putzte, während ihr Mann sein Antigravitationsauto vor der Tür parkte. Im Himmel über ihm wimmelte es von fliegenden Autos und Menschen mit Raketenrucksäcken auf dem Rücken.

»Der toupierte Mopp, den die Frau da anstelle einer Frisur trägt, ist nicht besonders futuristisch«, bemerkte eine Zuhörerin, woraufhin Gelächter ertönte. »Und die Klamotten!«, stöhnte eine andere, was weitere Heiterkeit auslöste. Die Frau im Petticoat und ihr Gatte mit den Röhrenhosen sahen wirklich nicht sehr zeitgemäß aus.

»Und was ist mit den Raketenrucksäcken?«, warf ein anderer ein.

»Ganz recht«, pflichtete ihm der Redner bei. »Auf die warten wir immer noch.« Er zeigte noch einige ähnliche Abbildungen. »Hier können Sie sehen, wie sich die Menschen in den Fünfzigern die Zukunft vorgestellt haben. Dass diese Bilder auf so wunderbar charmante Weise veraltet auf uns wirken, liegt nicht nur an dem, was darauf dargestellt wird, sondern auch daran, was *nicht* zu sehen ist. Sagen Sie mir, was auf diesem Bild fehlt.« Er zeigte die Vision eines Künstlers von einer Straßenszene des Jahres 2020. Statt der Bürgersteige säumten Förderbänder die

Straßen, auf denen die Passanten durch die Stadt transportiert wurden.

Obwohl ich mich in erster Linie für mein Hühnchen interessierte, fand selbst ich das Bild auf der Leinwand surreal – wenn auch aus Gründen, die ich nicht richtig benennen konnte. »Keine Handys«, sagte jemand nach einer kurzen Pause.

»Keine Frauen in Führungspositionen«, fügte ein anderer hinzu.

»Keine Farbigen«, meinte ein dritter.

»Keine Tätowierungen.« Dem Publikum fielen immer weitere Einzelheiten auf.

Der Redner wartete noch etwas ab, um die Bilder ihre Wirkung entfalten zu lassen, bevor er weitersprach: »Der Unterschied zwischen der Lebenswirklichkeit in den Fünfzigern und der Vorstellung der damaligen Menschen von der Zukunft besteht in dem, worauf sich die Leute von damals fokussierten – auf Antigravitationsautos beispielsweise oder Förderbänder auf den Gehwegen. Alles andere würde gleich bleiben, dachten sie.«

Er legte eine weitere Pause ein, damit das Publikum das Gesagte verdauen konnte.

»Und das, werte Herrschaften«, sagte er schließlich, »ist einer der Gründe dafür, weshalb wir uns so schwer damit tun, bestimmte Dinge vorherzusagen. Wir glauben, dass sich unser Leben bis auf diese einzige Sache, auf die wir uns konzentrieren, nicht verändern wird.

Diese Beinahe-Gleichsetzung der Zukunft mit der Gegenwart könnte man auch als Fixierung auf das Gegebene bezeichnen. Wenn wir ans Morgen denken, geht unser Verstand automatisch davon aus, dass sich bis auf ein bestimmtes Element nichts ändert. Das Material, mit dem wir die Leerstellen füllen, beziehen wir aus der Gegenwart, wie die Abbildungen deutlich zeigen.

Forschungen haben ergeben, dass wir uns des Mechanismus dieser ›Leerstellenauffüllung‹ nicht bewusst sind, wenn wir Vorhersagen über die Zukunft treffen. Deshalb sind wir beispielsweise der Ansicht, dass uns ein Chefbüro das Gefühl von Erfolg und Geschäftstüchtigkeit verschaffen wird oder dass ein teures Auto einen niemals versiegenden Quell der Freude darstellt. Wir glauben, dass sich unser Leben bis auf dieses einzige Detail nicht verändern wird. Doch die Wirklichkeit ist, wie wir hier deutlich sehen können« – er deutete auf die Leinwand –, »um ein Vielfaches komplizierter. Beispielsweise vergessen wir, dass wir mit dem Chefbüro auch viel mehr Arbeit aufgebürdet bekommen, oder verdrängen die Angst vor Kratzern und Dellen im schönen neuen Auto – ganz zu schweigen von den monatlichen Raten, die abzustottern sind.«

Ich hätte ihm gern länger zugehört, doch Serena wollte nach Hause und mich zuvor noch sicher im Jokhang abliefern. Sie hob mich auf, schlüpfte durch den Hintereingang des Cafés und ging mit mir die kurze Strecke zum Namgyal hinauf. Dort durchquerten wir den Innenhof und gelangten ans Domizil Seiner Heiligkeit. Wie eine wertvolle Porzellanstatue stellte mich Serena auf den Stufen vor dem Haupteingang ab.

»Ich hoffe, du bist wieder ganz die Alte, Rinpoche«, murmelte sie und ließ ihre Finger durch mein inzwischen fast völlig getrocknetes Fell gleiten. Die Haut von ihren langen Fingernägeln massiert zu bekommen war überaus

angenehm. Ich streckte mich, um mit meiner Sandpapier-
zunge über Serenas Bein lecken zu können.

Sie lachte. »Ach, meine Kleine, ich liebe dich auch!«

Chogyal, der Assistent Seiner Heiligkeit, hatte mir das
Abendessen an den üblichen Platz im ersten Stock gestellt.
Da ich jedoch bereits im Café gespeist hatte, war ich nicht
hungrig und schlürfte lediglich etwas laktosefreie Milch,
bevor ich mich in die Privatgemächer begab, die ich mir
mit Seiner Heiligkeit teilte. Der Empfangsraum, in dem
er den Großteil des Tages verbringt, wurde nur durch das
Mondlicht erhellt. Ich setzte mich auf meinen Lieblingsplatz auf dem Fensterbrett. Obwohl sich der Dalai Lama
viele Meilen entfernt in Amerika befand, spürte ich seine
Gegenwart, als wäre er direkt an meiner Seite. Womöglich war es das betörende Mondlicht, das den Raum in
ein schummriges Schwarz-Weiß tauchte, das mich diesen
tiefen Frieden spüren ließ – ein Wohlbefinden genau wie
in der Anwesenheit des Dalai Lama. Genau das hatte er
mir wohl vor seiner Abreise sagen wollen: Jeder von uns
kann diese Abgeklärtheit und Gemütsruhe erfahren. Dafür müssen wir uns nur still hinsetzen.

Ich leckte mir die Pfote. Endlich konnte ich mich nach
den turbulenten Ereignissen des Nachmittags gründlich
putzen. Ich sah noch immer die kläffenden Hunde vor
meinem geistigen Auge, doch jetzt schien es mir so, als
wäre das alles einer ganz anderen Katze passiert. Was mir
in jenem Augenblick dermaßen unheimlich und erschre-

ckend vorgekommen war, verblasste in der friedlichen Stille des Namgyal zu nichts mehr als einer bloßen Erinnerung.

Der Psychologe im Café hatte gesagt, dass die Menschen nur selten eine genaue Vorstellung von dem haben, was sie glücklich macht. Neben den interessanten Abbildungen war mir noch etwas anderes von seinem Vortrag in Erinnerung geblieben: etwas, das mir sehr bekannt vorgekommen war, weil es der Dalai Lama oft genug ganz ähnlich ausgedrückt hatte. Auch Seine Heiligkeit hatte beobachtet, dass wir uns einreden, unser Glück hinge von bestimmten Situationen, Beziehungen oder Errungenschaften ab. Und dass wir glauben, unglücklich zu werden, wenn das Ersehnte nicht eintritt. Der Dalai Lama hatte ebenfalls darauf hingewiesen, dass wir das erhoffte Glück *selbst dann* nicht erlangen, wenn wir am Ziel unserer Wünsche sind.

Ich machte es mir auf dem Fensterbrett bequem und starrte in die Nacht hinaus. Kleine Lichter in den Unterkünften der Mönche flackerten in der Dunkelheit. Aus den Klosterküchen wehte der Duft des Abendessens durchs Fenster. Ich lauschte den tief tönenden Sprechgesängen aus dem Tempel, mit denen die Mönche ihre frühabendliche Meditation beendeten. Trotz der traumatischen Ereignisse des Nachmittags und der Tatsache, dass ich mein Zuhause einsam und dunkel vorgefunden hatte, empfand ich, wie ich da so mit angezogenen Beinen auf dem Fensterbrett saß, zu meiner eigenen Überraschung eine tiefe Zufriedenheit.

Im Himalaja-Buchcafé dagegen herrschte in den nächsten Tagen hektische Betriebsamkeit. Neben der Erledigung der täglichen Pflichten setzte Serena mit Feuereifer ihre Ideen für den Curry-Abend in die Tat um. Sie besprach sich mit den beiden Köchen des Cafés, den nepalesischen Brüdern Jigme und Ngawang Dragpa, die nur zu gern bereit waren, ihre besten Familienrezepte beizusteuern. Außerdem durchforstete sie das Internet nach weiteren kulinarischen Schätzen, die sie der bereits sehr umfangreichen Liste ihrer Lieblingsgerichte hinzufügte.

An einem Montagabend lud Serena einige ihrer alten Jugendfreunde aus McLeod Ganj zu einer Verkostung der Currys ein, die sie wiederentdeckt oder selbst kreiert hatte. Aus der Küche duftete ein Potpourri der unterschiedlichsten Gewürzen, wie man es im Café in dieser Üppigkeit noch nie gerochen hatte – Koriander und frischer Ingwer, süßer Paprika und scharfe Chilischoten, Garam masala, weißer Senf und Muskat.

Seit ihrer Rückkehr aus Europa stand Serena zum ersten Mal selbst hinter dem Herd. Während sie knusprige vegetarische *Samosas* zubereitete, großzügige Portionen von *Naan* – einem indischen Fladenbrot – aus dem Ofen nahm und Messingschüsseln voller Madras-Curry mit Spiralen aus Joghurt dekorierte, war sie ganz in ihrem Element. Sie verspürte wieder die schiere Freude an der Kreativität und die Leidenschaft, die sie diesen Berufsweg einst hatte einschlagen lassen. Mit einer derartigen Palette von Aromen hatte sie seit fünfzehn Jahren nicht mehr experimentiert.

Ihre Freunde erwiesen sich als dankbare und konstruktive Kritiker. Als sie das letzte Pistazien-Kardamom-*Kulfi* verzehrt und das letzte Glas Chai geleert hatten, war ihre Begeisterung so groß, dass ein weit ausgefallenerer Plan den ursprünglichen Curry-Abend ablöste: ein richtiges indisches Bankett.

Zwei Wochen später wohnte ich ihm von meinem Zeitschriftenregal aus selbst bei. Warum auch nicht, schließlich war ich ein treuer Stammgast des Himalaja-Buchcafés. Ganz abgesehen davon, dass Serena mir eine großzügige Portion ihres köstlichen Malabar-Fischcurrys versprochen hatte.

Nie zuvor waren dermaßen viele Gäste auf einmal im Café gewesen. Die Veranstaltung war so gut besucht, dass man zwei Aushilfskellner engagieren und im Buchladen zusätzliche Tische aufstellen musste. Neben den Nachbarn und Stammgästen waren auch Serenas Familie und ihre Freunde gekommen. Viele kannten sie schon von Kindesbeinen an. Serenas Mutter zog mit ihrem bunten indischen Schal und den klimpernden Goldarmreifen an den Handgelenken unwillkürlich große Aufmerksamkeit auf sich. Ihre bernsteinfarbenen Augen glänzten vor Stolz, als sie ihrer Tochter bei der Organisation des Abends zuschaute.

Wie um ihre italienische Überschwänglichkeit zu kompensieren, saß – etwas gesetzter und zurückhaltender – eine Abordnung aus dem Büro des Dalai Lama am Tisch von Mrs. Trinci. Neben Chogyal und Tenzin, den Assistenten Seiner Heiligkeit, waren auch Tenzins Frau

Susan und Lobsang, der Dolmetscher des Dalai Lama, anwesend.

Nach Seiner Heiligkeit war Chogyal mit seinem goldenen Herzen und den weichen Händen mein Lieblingsmönch. Er regelte die oftmals heiklen Angelegenheiten des Klosterlebens mit einer Weisheit, die weit über sein Alter hinausging, und stellte deshalb für den Dalai Lama eine unschätzbare Hilfe dar. In seiner Verantwortung lag es zudem, mich zu füttern. Eine Aufgabe, die er stets pünktlich und sorgfältig erledigte.

Vor einem Jahr hatte er mich sogar bei sich aufgenommen, während die Wohngemächer Seiner Heiligkeit renoviert wurden. Höchst empört darüber, dass er die Frechheit besessen hatte, mich meiner vertrauten Umgebung zu entreißen, hatte ich mich drei Tage lang schmollend unter seiner Bettdecke verkrochen – nur um zu erkennen, dass ich mir dadurch eine aufregende neue Welt entgehen ließ, die nicht zuletzt von einem stattlichen Kater bewohnt war, der später der Vater meiner Kinder werden sollte. Während all dieser Abenteuer hatte mir Chogyal mit seiner Geduld und Hingabe immer treu zur Seite gestanden.

Am Schreibtisch gegenüber saß Tenzin, ein weltmännischer Berufsdiplomat, dessen Händen stets ein Hauch von Karbolseife anhaftete. Er hatte in England studiert, und so gut wie alles, was ich über die europäische Kultur wusste, hatte ich in den Mittagspausen im Erste-Hilfe-Zimmer gelernt, wo ich mit ihm zusammen den BBC World Service hörte.

Tenzins Frau Susan kannte ich noch nicht. Lobsang, den Dolmetscher Seiner Heiligkeit, hatte ich jedoch inzwischen zu schätzen gelernt, da der junge Mönch stets von einer Aura der heiteren Gelassenheit umgeben war. Lobsang, der entfernt mit der königlichen Familie von Bhutan verwandt war, hatte seine Jugend zusammen mit Serena in McLeod Ganj verbracht. Als er noch Novize im Namgyal-Kloster war, hatte ihn Mrs. Trinci gemeinsam mit Serena für den Küchendienst rekrutiert. Daraus entwickelte sich eine enge Freundschaft, die seine Anwesenheit am heutigen Abend mehr als rechtfertigte.

Für das Bankett hatte Serena das Café in einen opulenten Speisesaal verwandelt – komplett mit reich bestickten, paillettenbesetzten Tischdecken, auf denen kunstvoll verzierte Gewürztöpfe standen. Vor jedem Gedeck befand sich ein flackerndes Teelicht in einem lotusblumenförmigen Messingbehälter.

Die indische Trance-Musik im Hintergrund schwoll an und ebbte hypnotisch wieder ab, während die verschiedenen Gerichte hereingetragen wurden. Angefangen bei den vegetarischen *Pakoras* bis hin zum Mangohühnchen stießen sie auf einhellige Begeisterung. Von der Schmackhaftigkeit des Malabar-Fischcurrys durfte ich mich, wie versprochen, selbst überzeugen. Es übertraf sogar meine Erwartungen: Der Fisch war zart und saftig, die Soße köstlich cremig und mit genau der richtigen Note von Koriander, Ingwer und Kreuzkümmel versehen. In wenigen Minuten hatte ich nicht nur meine Portion vertilgt, sondern auch die Schüssel saubergeleckt.

Serena hatte alles unter Kontrolle und war die perfekte Gastgeberin. Sie trug speziell zu diesem Anlass einen purpurfarbenen Sari, hatte Kajal aufgetragen und prächtige Ohrringe sowie eine glitzernde Juwelenhalskette angelegt. Im Laufe des Abends wanderte sie von Tisch zu Tisch, und es war nicht zu übersehen, wie sie die Gäste mit ihrer Warmherzigkeit anrührte. Sie schenkte jedem die volle Aufmerksamkeit und kümmerte sich aufopfernd um das Wohlbefinden aller. Von der Zuneigung, die ihr entgegenschlug, war wiederum sie tief bewegt.

»Wie schön, dass du wieder hier bist, meine Liebe«, sagte eine ältere Freundin der Familie zu ihr. »Deine Kreativität und Energie sind uns lieb und teuer.«

»Genau so jemanden wie dich brauchen wir in Dharamsala«, sagte ein ehemaliger Klassenkamerad. »Jeder, der halbwegs etwas auf dem Kasten hat, zieht früher oder später von hier weg. Deshalb wird jeder, der sich zur Rückkehr entschließt, mit offenen Armen von uns empfangen.«

Nicht nur einmal an diesem Abend zitterten ihre Lippen vor Rührung, und sie musste sich mit einem Taschentuch die Augenwinkel abtupfen. Etwas Besonderes geschah hier im Himalaja-Buchcafé, etwas, das über das indische Bankett hinaus – so üppig es auch sein mochte – von großer persönlicher Bedeutung war.

Doch worum es sich dabei handelte, sollte ich erst ein paar Abende später erfahren.

In den vergangenen Wochen hatten Serena und Sam herausgefunden, dass sie ausgesprochen gut zusammenarbeiteten: Serenas Lebhaftigkeit ergänzte Sams Schüchternheit aufs Beste, und ihre bodenständige Welt des guten Weins und guten Essens bildete einen interessanten Gegenpol zu seinen intellektuellen Höhenflügen. Das Wissen darum, dass sie in wenigen Monaten nach Europa zurückkehren würde, verlieh ihrer gemeinsamen Zeit jedoch den bittersüßen Hauch der Vergänglichkeit.

Inzwischen hatten sie es sich zur Regel gemacht, jeden Abend, an dem das Café geöffnet war, gemeinsam ausklingen zu lassen. Der Buchladen bot dafür das perfekte Plätzchen: Von den beiden Sofas aus, die sich an einem Beistelltisch gegenüberstanden, konnte Serena die letzten Gäste im Auge behalten und sich gleichzeitig ungezwungen mit Sam unterhalten.

Schon längst brauchten sie bei diesen Gelegenheiten keine Bestellung mehr aufzugeben. Sobald sie sich gesetzt hatten, brachte Kusali ein Tablett, auf dem zwei Tassen heiße belgische Schokolade standen – mit Marshmallows für Serena und Biscotti für Sam – sowie eine Untertasse mit vier Hundekuchen und, sofern ich noch anwesend war, eine kleine Schüssel mit laktosefreier Milch.

Das leise Klirren der Untertasse auf dem Tablett war das Signal für Marcel und Kyi Kyi, die bis dahin den ganzen Abend über gehorsam in ihrem Korb unter der Empfangstheke gesessen hatten. Die beiden Hunde sprangen auf, rannten durchs Restaurant, stürmten die Stufen hinauf und setzten sich dann mit schräg gelegtem Kopf und erwartungsvollem Blick vor den Beistelltisch. Ihre Gier zauberte regelmäßig ein Lächeln auf die Gesichter ihrer menschlichen Gefährten, die die Tiere nur zu gern dabei beobachteten, wie sie ihre Hundekuchen bis auf den letzten Krümel verschlangen.

Ich näherte mich selbstverständlich etwas angemesseneren Schrittes. Zunächst streckte ich mich ausgiebig, dann verließ ich das Zeitschriftenregal und gesellte mich zu den anderen.

Nach ihrer Mahlzeit sprangen die Hunde auf eines der Sofas, legten sich links und rechts von Sam auf den Rücken und warteten auf ihre Streicheleinheiten. Ich nahm auf Serenas Schoß Platz, wobei ich mit schöner Regelmäßigkeit ihr Kleid zerknitterte, und schenkte ihr ein dankbares Schnurren.

»Unser nächstes Bankett ist schon so gut wie ausgebucht«, teilte Serena Sam an diesem Abend mit, sobald wir es uns gemütlich gemacht hatten.

»Großartig!«, sagte er und nippte nachdenklich an seinem heißen Kakao. »W-weißt du schon, wann du es Franc sagen willst?«

Das wusste Serena noch nicht. Franc war noch immer in San Francisco und ahnte nichts von dem Probebankett, das am letzten Mittwoch stattgefunden hatte. Serena hielt sich wohl an die alte Weisheit, der zufolge es oft besser ist, im Nachhinein um Verzeihung zu bitten, als vorher die Erlaubnis einzuholen.

»Ich dachte, vielleicht sollte er sich erst mal den Monatsumsatz ansehen. Das wird dann eine schöne Überraschung für ihn.«

»Das bestimmt«, pflichtete Sam ihr bei. »Der bisher höchste Umsatz an einem Abend seit Eröffnung des Cafés. Irgendwie hat das Bankett alle aufgerüttelt. Hier geht es seitdem viel lebhafter zu. Und wir haben insgesamt mehr Kundschaft.«

»Vermutet habe ich das schon«, sagte Serena. »Aber ich dachte, vielleicht bilde ich es mir auch nur ein.«

»Nein, hier hat sich tatsächlich etwas verändert«, beharrte Sam und sah ihr zwei geschlagene Sekunden lang in die Augen, bevor er sich wieder abwandte. »Und du hast dich auch verändert.«

»Ach ja?«, fragte sie lächelnd. »Inwiefern?«

»Du hast diese ... Energie. Diese L-lebensfreude.«

Serena nickte. »Ich fühle mich auch wie ein neuer Mensch. Weißt du, in all den Jahren, in denen ich die edelsten Restaurants Europas geleitet habe, hatte ich nicht ein einziges Mal so viel Spaß wie letzten Mittwoch. Ich hätte mir nie träumen lassen, wie erfüllend das für mich ist!«

Sam dachte einen Augenblick lang nach. »Wie dieser Psychologe kürzlich sagte: ›Manchmal können wir nur schwer vorhersagen, was uns glücklich macht.‹«

»Stimmt genau. Und so langsam frage ich mich, ob ich wirklich die Küchenchefin dieses vornehmen Londoner Restaurants werden will.«

Während sie sprach, ließ ich Sam nicht aus den Augen und beobachtete genau, wie er reagierte. Seine Augen begannen zu glänzen.

»Wenn ich immer nur dasselbe mache«, fuhr Serena fort, »wird auch das Ergebnis immer dasselbe sein.«

»Noch mehr Stress und irgendwann ein Burn-out?«

Sie nickte. »Die Stelle hat natürlich auch ihre Vorzüge. Aber es wären ganz andere als hier.«

»Vielleicht liegt der Unterschied darin, dass du hier für Freunde und Familie kochst«, vermutete Sam. »Oder«, fügte er mit einem verschmitzten Grinsen hinzu, »du hast das Feuer des *Vindalho* in dir entdeckt.«

Serena kicherte. »Da trifft wohl beides zu. Ich habe

Currys schon immer geliebt. Zur Haute cuisine werden sie wahrscheinlich nie gehören, aber ich koche sie trotzdem gern: wegen der vielen Aromen. Außerdem sind sie sehr nahrhaft. Und schließlich war der letzte Mittwoch für alle ein besonderer Abend.«

»Da kann ich dir nur beipflichten«, sagte Sam. »Die Atmosphäre war zauberhaft.«

»Wenn man etwas tut, was einem wirklich wichtig ist, und dafür auch noch gelobt wird, macht das schon sehr zufrieden.«

Nachdenklich stellte Sam seine Tasse ab, stand auf und ging zu einem Bücherregal hinüber. Er kehrte mit einer Taschenbuchausgabe von … *trotzdem Ja zum Leben sagen* des österreichischen Psychologen und Holocaustüberlebenden Viktor Frankl zurück. »Was du da eben gesagt hast, hat mich an etwas erinnert«, sagte er und schlug das Buch auf. »Peile keinen Erfolg an«, las er vor. »Je mehr du es darauf anlegst und ihn zum Ziel erklärst, umso mehr wirst du ihn verfehlen. Denn Erfolg kann wie Glück nicht verfolgt werden: er muss erfolgen, als unbeabsichtigte Nebenwirkung, wenn sich der Mensch einer Sache widmet, die größer ist als er selbst.«

Serena nickte. »Ich glaube, so eine ähnliche Erkenntnis mache ich gerade, wenn auch in viel kleinerem Maßstab.« Sie sahen sich einen Moment lang in die Augen. »Und auf ziemlich merkwürdige Art.«

Sam wurde neugierig. »Wie meinst du das?«

»Na ja, die Idee für das indische Bankett bekam ich durch eine zufällige Unterhaltung mit Kusali. Und *die* wiederum hat nur stattgefunden, weil ich die kleine Rinpoche gerettet habe.«

Sam wusste bereits von dem Nachmittag, an dem ich auf der Mauer festgesessen hatte. Doch das Rätsel, wie ich da hinaufgekommen war, konnten weder er noch Serena lösen.

»Letzten Endes hat also Rinpoche das alles angestoßen«, sagte sie, betrachtete mich voller Anerkennung und streichelte mich.

»Kleine Katze, große Wirkung«, bemerkte Sam.

Während die beiden kicherten, grübelte ich darüber nach, dass niemand, und schon gar nicht ich selbst, die Folge von Ereignissen hätte vorhersagen können, die sich aus meiner Entscheidung ergeben hatte, mich am Montagnachmittag, als ich aus dem Café kam, nach links zu wenden statt nach rechts. Genauso wenig hätte sich jemand träumen lassen, was sonst noch alles geschah. Denn die bisherigen Ereignisse sind nur der Anfang einer viel größeren Geschichte – einer Geschichte, in der viele verschiedene Formen des Glücks als unbeabsichtigte, aber höchst willkommene Nebenwirkungen auftreten.

Nicht vorherzusagen? Auf jeden Fall. Erhellend? Zweifellos!

Zweites Kapitel

W as bringt dich zum Schnurren?
Von allen Fragen der Welt ist das wohl die wichtigste. Vor ihr sind wir alle gleich. Denn ganz egal, ob du ein verspieltes Kätzchen oder ein ehrwürdiger Senior, ein dürrer Straßenkater oder eine vornehme Stubentigerin mit geschmeidigem Fell bist – in welchen Umständen du auch immer lebst, du willst einfach nur glücklich sein.

Und damit meine ich nicht das flüchtige Glück, das kommt und geht wie eine Dose Thunfisch. Ich meine dauerhafte Glückseligkeit, das Glück in deinem Innersten, das dich aus tiefstem Herzen schnurren lässt.

Nur wenige Tage nach dem indischen Bankett ereilte mich eine weitere interessante Erkenntnis, was das Glück betrifft. Mitten an einem wunderschönen Himalaja-Morgen – blauer Himmel, Vogelgezwitscher, erfrischender Kiefernduft – hörte ich merkwürdige Geräusche aus dem Schlafzimmer. Ich sprang von der Fensterbank, um nach dem Rechten zu sehen.

Wie sich herausstellte, hatte Chogyal während der Abwesenheit des Dalai Lama einen Frühjahrsputz anberaumt. Nun stand mein zweitliebster Mönch mitten im Zimmer und beaufsichtigte einen Handwerker, der auf einer Leiter stand und einen Vorhang abnahm. Ein anderer balancierte auf einem Hocker, um die Deckenlampe zu putzen.

Jedes Mal, wenn Seine Heiligkeit auf Reisen war, trat in meiner Beziehung zu Chogyal eine subtile Veränderung ein. Sobald er morgens zur Arbeit kam, ging er schnurstracks in die Privatgemächer des Dalai Lama, um nach mir zu sehen. Mit einer Spezialbürste schrubbte er mir minutenlang sanft das Fell, während er mir erzählte, was er mit dem Tag anzufangen gedachte. Ein erquickender Besuch, der mir nach einer allein verbrachten Nacht umso wichtiger war.

Genauso sorgte er nach Feierabend dafür, dass mein Futternapf und meine Wasserschüssel gefüllt waren. Wieder nahm er sich die Zeit, mich zu streicheln und mich daran zu erinnern, wie sehr ich nicht nur von Seiner Heiligkeit geliebt wurde, sondern auch von der ganzen Belegschaft. Chogyal wollte mich damit über die Abwesenheit des Dalai Lama hinwegtrösten, und diese großherzige Geste ließ mich nur noch mehr Zuneigung für ihn empfinden.

Doch an diesem Morgen beunruhigte mich seine Anwesenheit in unserem Schlafzimmer zutiefst. Einer seiner Untergebenen suchte gerade Schmutzwäsche zusammen, als Chogyal auf meine beige Fleecedecke deutete, die unter einem Stuhl auf dem Boden lag. »Die hier auch«, sagte er. »Die wurde schon seit Monaten nicht mehr gewaschen.«

Und mit gutem Grund! Das durfte nicht geschehen,

nicht, wenn Seine Heiligkeit auch noch ein Wörtchen mitzusprechen hatte.

Ich miaute protestierend.

Chogyal drehte sich um und erblickte mich im Türstock, ein stummes Flehen in den Augen. Leider besaß Chogyal trotz all seiner Herzensgüte kein besonders ausgeprägtes Gespür für Katzen. Im Gegensatz zum Dalai Lama, der den Grund meines Unglücks sofort erkannt hätte, schien Chogyal mein Miauen lediglich für eine Äußerung allgemeinen Unmuts zu halten.

Er hob mich auf, nahm mich in die Arme und streichelte mich.

»Keine Sorge, KSH«, sagte er tröstend. KSH war mein offizieller Titel und die Abkürzung für »Katze Seiner Heiligkeit«. In genau diesem Augenblick schnappte sich einer der Arbeiter die Decke und verschwand damit in Richtung Wäscherei. »Ehe du dich's versiehst, hast du sie schön sauber wieder zurück.«

Begriff er denn nicht, dass genau das das Problem war? Ich entwand mich seinen Armen und fuhr zur Bekräftigung meiner Absicht die Krallen aus. Nach einigen für ihn unangenehmen Augenblicken setzte er mich ab.

»Katzen!«, sagte er und schüttelte amüsiert den Kopf, als hätte ich ihm gerade einen weiteren Beweis meiner Zuneigung geliefert.

Trübsinnig und mit hängendem Schwanz zog ich mich auf das Fensterbrett zurück. Wie unangenehm hell es auf einmal geworden war. Die Vögel krächzten viel zu laut, und die Kiefern stanken wie ein aufdringlicher Lufterfrischer. Wie konnte Chogyal nur so grausam sein? Wusste er etwa nicht, dass er im Begriff war, meine letzte Verbindung zum schönsten Kätzchen auf Erden zu kappen? Zu meinem geliebten kleinen Schneekätzchen?

Vier Monate zuvor hatte ich als Resultat einer Affäre mit einem auf seine Art charmanten, aber letzten Endes wenig standesgemäßen Straßenkater vier wunderhübsche Kätzchen zur Welt gebracht. Die ersten drei des Wurfs waren ganz nach ihrem Vater gekommen: dunkel, kräftig und männlich. Die Tatsache, dass derart lebhafte getigerte Exemplare aus meinem kleinen, zarten und so plüschig weichen Bauch gekommen waren, stieß auf allgemeine Verwunderung. Das vierte Kätzchen allerdings geriet ganz nach ihrer Mutter. Sie war die Letzte, die in den frühen Morgenstunden auf einer Yakwolldecke im Bett Seiner Heiligkeit das Licht der Welt erblickte, und sie war so klein, dass sie mühelos auf einen Esslöffel gepasst hätte. Anfangs bangten wir um ihr Überleben, und bis zum heutigen Tage bin ich davon überzeugt, dass es allein dem Dalai Lama zu verdanken ist, dass sie es schaffte.

Die tibetischen Buddhisten halten Seine Heiligkeit für eine Erscheinungsform von Chenrezig, dem Buddha des Mitgefühls. Und obwohl ich ständig in der Nähe seines Mitgefühls bin, habe ich es doch nie so stark gespürt wie in der Stunde unserer größten Not. Während mein kleines Baby – ein winziges, rosafarbenes, faltiges Würmchen mit einigen wenigen weißen Haarbüscheln – ums Überleben kämpfte, wachte Seine Heiligkeit über uns und rezitierte flüsternd ein Mantra. Seine Aufmerksamkeit galt einzig und allein uns, bis sich meine Kleine von den Strapazen der Geburt erholt hatte. Es war, als könnte uns nichts Böses geschehen. Wir badeten förmlich in der Liebe und dem Wohlwollen aller Buddhas. Als sie sich schließlich zu einer Zitze vorgetastet hatte und daran zu saugen begann, fühlte ich mich, als hätten wir soeben einen schweren Sturm überstanden. Dank der schützenden Kraft Seiner Heiligkeit hatte sich alles zum Guten gewendet.

Bereits mehrere Wochen vor der Geburt der Kätzchen hatte sich die Nachricht von meiner Schwangerschaft wie ein Lauffeuer verbreitet. Die Mönche aus dem nebenan gelegenen Namgyal-Kloster, Freunde und Förderer aus Indien, dem Himalaja und sogar aus so weit entfernten Städten wie Madrid, Los Angeles und Sydney boten sich an, meine Kinder zu adoptieren. Wäre ich körperlich dazu in der Lage gewesen, hätte ich mit meinen Nachkommen jeden Kontinent der Erde bevölkern können.

In den ersten Wochen waren meine Kleinen noch schwach und verletzlich. Doch während sich die drei ungestümen Jungs bereits nach einem Monat zum ersten Mal an Dosenfutter heranwagten, musste ich mein kleines Mädchen, das so viel winziger war als die anderen, weiter säugen. Nach acht Wochen waren die Jungen völlig außer Rand und Band. Sie kletterten die Vorhänge hinauf, tobten durch die Gemächer Seiner Heiligkeit und stürzten sich aus dem Hinterhalt auf die Knöchel nichtsahnender Gäste.

Vor jedem Besuch einer prominenten Persönlichkeit

mussten die Räumlichkeiten eigens nach den Kätzchen abgesucht werden. Chogyal, der zwar intelligent, aber nicht besonders geschickt war, kroch bei der Jagd nach meinen quirligen Söhnen schwerfällig auf allen vieren herum oder stolperte wiederholt über seine Robe. Der ältere, größere und auch abgeklärtere Tenzin dagegen legte in aller Ruhe sein Jackett ab, bevor er mit einem etwas strategischeren Ansatz versuchte, die Kätzchen aus ihrem Versteck zu locken und in dem Moment nach ihnen zu greifen, in dem sie es am wenigsten erwarteten.

Der Besuch eines ganz bestimmten Gastes brachte jedoch das Fass zum Überlaufen. Als Katze Seiner Heiligkeit übe ich mich selbstverständlich in höchster Diskretion, wenn es um die Identität der prominenten Besucher geht. Niemals würde mir der Name eines VIP-Gastes über die Lippen kommen. Es genügt zu erwähnen, dass dieser Besucher ein weltberühmter, in Österreich geborener Filmstar war, der sich in Hollywood als Bodybuilder einen Namen gemacht hatte und danach als Gouverneur von Kalifornien tätig war.

So. Mehr darf ich nun aber wirklich nicht verraten.

An jenem Nachmittag, an dem er im Fond eines blank polierten SUV vorfuhr, hatten Chogyal und Tenzin ihre mittlerweile zur Routine gewordene Kätzchenjagd bereits hinter sich gebracht und die drei kleinen Tiger sicher im Personalraum eingeschlossen. Dachten sie zumindest.

Nun stellt euch die folgende Szene vor: Der Ehrengast, ein stattlicher, charismatischer Mann, der den Dalai Lama um Haupteslänge überragte, traf ein. Der Besucher verbeugte sich und überreichte Seiner Heiligkeit – wie es die tibetische Tradition bei der Begegnung mit einem hohen Lama vorschreibt – einen weißen Schal, auch *Khata* genannt, den Seine Heiligkeit wiederum dem Gast um die Schultern legte. Auf dessen Gesicht stahl sich das leicht entrückte Lächeln, das in der Anwesenheit des Dalai Lama stets zu beobachten ist. Dann trat er für ein offizielles Foto neben seinen Gastgeber.

Nur Sekundenbruchteile bevor der Fotograf auf den Auslöser der Kamera drückte, bliesen meine Söhne zum – man kann es nicht anders sagen – Frontalangriff. Zwei von ihnen sprangen hinter einem Sessel hervor und kletterten an den Hosenbeinen des Gastes hoch. Der dritte versenkte Klauen und Zähne in dessen linkem Fußknöchel.

Der prominente Besucher riss vor Schreck und Schmerz die Augen auf. Der Fotograf schrie laut. Die Zeit schien stillzustehen. Dann ließen die ersten beiden Kätzchen von den Hosenbeinen ab, und auch das dritte machte sich ohne ein »*Hasta la vista*, Baby« davon.

Seine Heiligkeit war der Einzige, der sich von diesem haarigen Verstoß gegen das Sicherheitsprotokoll nicht überrascht zeigte. Er entschuldigte sich vielmals, und der Gast nahm es mit Humor, sobald er die Fassung wiedererlangt hatte.

Dass ich den darauffolgenden Anblick je vergessen werde, glaube ich nicht: der Dalai Lama, wie er in Richtung der ungezogenen Kätzchen deutete, während einer der bekanntesten Actionhelden der Welt bäuchlings auf dem Boden herumkroch und versuchte, die kleinen Übeltäter unter dem Sofa hervorzuziehen, wo sie sich versteckt hatten.

Nach diesem Vorfall wurde einstimmig beschlossen, eine angemessenere Unterkunft für meine männliche Nachkommenschaft zu suchen. Aber was war mit meiner Jüngsten, dieser zerbrechlichen, schwachen Miniaturversion ihrer Mutter? Ich glaube, niemand brachte es übers Herz, sie mir wegzunehmen. Für den Augenblick war sie in Sicherheit.

Wie die meisten Katzen trage auch ich viele Namen. Im Himalaja-Buchcafé kennt man mich als Rinpoche. In den offiziellen Kreisen im Jokhang, wo Seine Heiligkeit der Dalai Lama unter dem Kürzel SH firmiert, erhielt ich den formellen Titel KSH – Katze Seiner Heiligkeit. Meine Tochter wurde folgerichtig als KKSH – Kleine Katze Seiner Heiligkeit – bezeichnet. Doch der Name, der mir am meisten bedeutet, wurde ihr vom Dalai Lama persönlich verliehen. Ein, zwei Tage, nachdem die Jungs aus dem Haus waren, nahm er meine kleine Tochter auf die Hand und sah ihr in die Augen. Sein Blick war derart von Liebe erfüllt, dass wohl jede Kreatur auf dieser Erde vor Glück erstrahlt wäre.

»Sie ist so schön wie ihre Mutter«, flüsterte er und streichelte ihr winziges Gesicht mit dem Zeigefinger. »Nicht wahr, mein kleines Schneekätzchen?«

In den nächsten Wochen verbrachten der Dalai Lama, ich, seine Schneelöwin, und meine Tochter, das Schneekätzchen, viel Zeit miteinander. Wenn ich mich morgens neben Seiner meditierenden Heiligkeit zusammenrollte, stand auch das kleine Schneekätzchen auf, um sich an meinen warmen Körper zu kuscheln. Wenn ich das Assistentenbüro betrat, folgte sie mir und miaute so lange, bis man sie aufhob und auf den Schreibtisch setzte. Dort fand sie großes Vergnügen daran, die herumliegenden Stifte mit den Pfötchen bis zur Tischkante zu schieben und sie dann mit einem letzten fröhlichen Schubs auf den Boden zu befördern. Einmal ließ Tenzin, der Chogyal gegenübersaß und leidenschaftlich gern grünen Tee trank, sein Glas unbeaufsichtigt auf dem Schreibtisch stehen. Bei seiner Rückkehr fand er das Schneekätzchen vorsichtig aus dem Glas trinkend vor. Sie hörte selbst dann nicht auf, als er näher trat, sich setzte, die Ellenbogen auf den Tisch stützte und sie aufmerksam beobachtete.

»Kriege ich auch noch etwas davon ab?«, fragte er trocken.

Das Schneekätzchen sah ihn mit großen Augen an. Wie – diente etwa nicht alles im Jokhang ausschließlich ihrem Amüsement?

Und dann kam der Tag, an dem Lobsang, der Dolmetscher Seiner Heiligkeit, den Dalai Lama an ein einst gegebenes Versprechen erinnerte. »Die Königin von Bhutan lässt Euch überaus herzlich grüßen, Eure Heiligkeit«, teilte er dem Dalai Lama eines Nachmittags mit, nachdem sie die Arbeit an einem Schriftstück beendet hatten.

Seine Heiligkeit lächelte. »Wie nett. Ich habe ihren Besuch seinerzeit sehr genossen. Bitte bestelle ihr meine besten Wünsche.«

Lobsang nickte. »Außerdem hat sie sich nach dem Befinden der KSH erkundigt.«

»Ach ja. Die kleine Schneelöwin hat auf ihrem Schoß gesessen. Sehr untypisch für sie.« Er sah zu mir herüber. Ich kuschelte mit Schneekätzchen auf der beigefarbenen Fleecedecke, die er nach der Geburt meiner Kinder auf das Fensterbrett gelegt hatte.

»Eure Heiligkeit erinnert sich sicher an ihre Bitte, eines der Kätzchen adoptieren zu dürfen, sollte die KSH jemals Mutter werden«, bemerkte Lobsang zögerlich.

Der Dalai Lama dachte einen Augenblick nach, dann sah er Lobsang an. »Stimmt. Ich glaube, sie wollte ein Kätzchen mit dem richtigen … wie nennt man das noch?«

»Stammbaum?«, schlug Lobsang vor.

Seine Heiligkeit nickte. »Wir haben nie herausgefunden, woher die KSH stammt. Die Familie aus Delhi, zu der ihre Mutter gehörte, ist unbekannt verzogen. Und was den Vater der Kleinen angeht …« Die beiden Männer grinsten sich an.

»Andererseits«, fuhr Seine Heiligkeit leise fort und folgte Lobsangs Blick zu der kleinen Gestalt neben mir, »kommt das Schneekätzchen ganz nach ihrer Mutter. Und versprochen ist versprochen.«

Eine Woche später war Schneekätzchen in Bhutan. Lobsang, der dort Urlaub machte, lieferte sie persönlich ab. Doch die Gewissheit, dass sie das beste Zuhause finden würde, das man sich vorstellen konnte, war nur ein schwacher Trost für mich. Die Trauer über ihren Verlust wog umso schwerer. Von nun an musste ich wieder allein auf der Fensterbank sitzen.

Wie stets zeigte Seine Heiligkeit großes Mitgefühl, indem er die beige Decke unter einen Stuhl im Schlafzimmer legte. So wurde ich nicht jedes Mal an meinen Verlust erinnert, wenn ich auf die Fensterbank sprang. Und wollte ich den Duft meines Schneekätzchens und ihrer drei Brüder in mich aufsaugen oder die kleinen Büschel ihres Fells betrachten, musste ich mich nur unter dem Stuhl zusammenrollen. In manchen Morgenstunden setzte ich mich nicht neben Seine Heiligkeit, um zu meditieren, sondern ging zur Fleecedecke hinüber, wo ich meinen Erinnerungen nachhing. Doch auch zu anderen Tageszeiten kehrte ich zu der Decke zurück, wenn ich nichts Besseres zu tun hatte, um in bittersüßer Nostalgie zu versinken.

Und im Zuge des Frühjahrsputzes hatte man mir nun auch noch diese Decke genommen.

Nur einen oder zwei Tage nach Chogyals Frühjahrsputz beschloss ich, Serena zu folgen, als sie das Himalaja-Buchcafé verließ. Wie jeden Tag verschwand sie um Punkt 17.30 Uhr im Büro des Cafés – einem engen Raum gleich neben der Küche – und kam zehn Minuten später, das Haar zu einem Pferdeschwanz zusammengebunden, in ihrer schwarzen Fair-Trade-Yogakleidung aus Biobaumwolle wieder zum Vorschein. Doch anstatt das Restaurant durch den Vordereingang zu verlassen, schlüpfte sie durch die Küche und die Hintertür. Dann ging sie auf der mir nur allzu bekannten Gasse hinter dem Restaurant den Hügel hinauf.

Wenn Serena über Yoga sprach, dann in einem ehrfürchtigen Ton, der Aufschluss über die Wichtigkeit gab, die sie dieser Form der Leibesertüchtigung beimaß. Die allabendliche Teilnahme an der Yogastunde war ein Pflichttermin für sie. Seit ihrer Rückkehr nach Indien war sie auf der Suche nach ihrem seelischen Gleichgewicht – eine Reise zur Selbsterkenntnis, die nicht nur zu dem indischen Bankett geführt, sondern auch weitaus gewichtigere Fragen aufgeworfen hatte: Was sollte sie mit ihrem Leben anfangen – und wo? In den vielen Mußestunden des Nachmittags dachte ich darüber nach, weshalb Yoga einen so großen Einfluss auf sie ausübte. Ist *Yoga* nicht einfach die menschliche Bezeichnung für eine Reihe körperlicher Verrenkungen, mit denen sie das nachzuahmen versuchen, was uns Katzen ohne jede Mühe möglich ist?

Für eine Katze mit schwachen Hinterbeinen war es nicht leicht, mit Serena den Hügel hinauf Schritt zu halten. Doch was mir an körperlicher Kraft fehlte, machte ich durch meine Entschlossenheit wett. Kurze Zeit später näherte sie sich einem bescheidenen Bungalow mit verblichenen tibetischen Gebetsfahnen unter dem Dachvorsprung. Ich folgte ihr hinein.

Die Tür stand offen und führte in einen kleinen Flur, in dem ein mehr oder weniger leeres Schuhregal stand. Es roch durchdringend nach Leder, Schweiß und Nag-Champa-Räucherstäbchen.

Ein Perlenvorhang trennte den Flur vom eigentlichen Yogastudio. Darüber hing ein Schild, auf dem in verblassten Lettern der Name des Instituts stand: *Yogaschule des Herabschauenden Hundes*. Ich schob mich durch die Perlenschnüre und fand mich in einem großen Raum wieder. Am gegenüberliegenden Ende stand ein Mann in der, wie ich später erfahren sollte, *Virabhadrasana-* beziehungsweise Krieger-2-Haltung. Mit den auf Schulterhöhe ausgestreckten Armen stellte er vor der malerischen Kulisse des Himalajas, die hinter den raumhohen Glastüren zu sehen war, eine majestätische Erscheinung dar. Die untergehende Sonne spiegelte sich im Schnee der golden schimmernden Berggipfel.

»Wir haben Besuch«, sagte der Mann in der Kriegerhaltung mit dem kurz geschnittenen weißen Haar. Er hatte eine weiche Stimme mit einem leicht deutschen Akzent. Trotz seines fortgeschrittenen Alters verfügte er über Anmut und Geschmeidigkeit. Wache blaue Augen blitzten aus einem gebräunten Gesicht. Ich fragte mich, woher er von meiner Anwesenheit wusste, bis ich begriff, dass eine Wand des Studios mit Spiegeln verkleidet war. So hatte er mich durch den Perlenvorhang schlüpfen sehen.

Serena, die auf dem Balkon stand, drehte sich zu mir um. »Oh, Rinpoche, du bist mir gefolgt!« Sie ging auf mich zu. »Die Kleine verbringt viel Zeit im Café. Aber hier im Studio sind bestimmt keine Katzen erlaubt, oder?«, fragte sie.

»In der Regel nicht«, sagte er nach einer kurzen Pause. »Aber wir wollen mal eine Ausnahme machen – ich spüre, dass deine Freundin etwas ganz Besonderes ist.«

Ich konnte mir zwar nicht erklären, weshalb er Derartiges empfinden sollte, die Einladung aber nahm ich gern an. Kurzerhand sprang ich auf einen niedrigen Holzhocker neben einem Stapel Decken im hinteren Teil des Raumes. Von hier aus hatte ich alles gut im Blick, ohne selbst beobachtet zu werden.

Als ich mich umsah, bemerkte ich ein kleines, gerahmtes Schwarz-Weiß-Foto an der Wand. Es zeigte einen Lhasa Apso, dieselbe Hunderasse, der auch Kyi Kyi angehörte. Lhasa Apsos sind bei den Tibetern sehr beliebt und wurden traditionellerweise als Tempelwachhunde eingesetzt, die die Mönche vor Eindringlingen warnten. War etwa die Yogaschule des Herabschauenden Hundes nach diesem Lhasa Apso benannt?

Bald trafen die anderen Schüler ein. Es handelte sich zum Großteil um seit Längerem hier lebende Ausländer, doch auch einige Inder waren darunter. Die Frauen und Männer – ausnahmslos jenseits der dreißig – breiteten ebenso sorgsam wie selbstsicher ihre Yogamatten, Nackenrollen und Decken aus. Dann legten sie sich mit geschlossenen Augen auf den Rücken und kniffen die Beine so eng zusammen, als wären sie fest verschnürt wie die der Hühner auf dem Markt.

Nach einer Weile stellte sich der Lehrer, der von allen Ludo genannt wurde, vor die Gruppe. »Yoga ist *Vidya*«, erklärte er seiner etwa zwanzigköpfigen Schülerschar mit sanfter, aber klarer Stimme. »Das ist Sanskrit und bedeutet das Leben, wie es ist, und nicht, wie man es gern hätte. Nicht das Leben, *wenn* es nur anders wäre oder *wenn* ich nur dies oder das tun könnte.

Worum es beim Yoga eigentlich geht? Darum, dass wir unseren Verstand Verstand sein lassen und in den gegenwärtigen Augenblick eintauchen. Der einzige Moment, der wirklich existiert, ist das Jetzt im Hier.«

Durch die sperrangelweit geöffneten Balkontüren drangen die schrillen Schreie der Turmschwalben, vereinzelte Akkorde von Hindi-Musik, das Klappern der Kochtöpfe in den benachbarten Häusern und der Duft vieler gerade zubereiteter Abendessen.

»Wenn wir uns auf das Hier und Jetzt einlassen«, fuhr Ludo fort, »begreifen wir, dass in jedem sich entfaltenden Augenblick alles vollkommen und miteinander verbunden ist. Dies können wir nur direkt erfahren, indem wir alle Gedanken loslassen und uns einfach entspannen. Bis wir erkennen, dass wir uns nur deshalb in diesem gegenwärtigen Augenblick befinden, weil alles andere so ist, wie es ist.

Entspannung in völliger Bewusstheit«, sagte Ludo. »Die Einheit allen Lebens. Das ist Yoga.«

Ludo führte die Klasse durch eine Reihe von *Asanas* respektive Haltungen. Manche wurden im Stehen, andere im Sitzen ausgeführt, manche bestanden aus einer bestimmten Bewegungsabfolge, andere aus einer ruhenden Position.

Ich begriff, dass es beim Yoga um mehr ging als nur um die Gelenkigkeit. Um sehr viel mehr.

Zwischen die Anleitungen zum Beugen und Strecken streute Ludo gelegentlich kleine Weisheiten ein, die auf weitaus höhere Absichten hindeuteten. »Wir können nicht mit dem Körper arbeiten, wenn wir nicht auch mit dem Geist arbeiten. Sobald wir bei der körperlichen Arbeit auf bestimmte Hindernisse stoßen, erkennen wir, dass die Physis ein Spiegel der Psyche ist. Geist und Körper können in den immer gleichen Trott geraten, was zu Unbehagen, Stress und Verspannungen führt.«

Als einer der Männer klagte, er könne sich nicht vorbeugen und mit den Handflächen den Boden berühren, weil seine Achillessehnen zu kurz wären, entgegnete Ludo: »Ach, die Achillessehnen. Für manche stellt diese Übung eine große Herausforderung dar. Andere können sich nicht richtig drehen oder bequem im Schneidersitz sitzen. Die Unannehmlichkeiten des Lebens manifestieren sich in vielerlei und von Person zu Person unterschiedlicher Gestalt. Yoga stellt uns einen Raum zur Verfügung, in dem wir uns davon befreien können.« Er schritt durch die Reihen der Schüler und korrigierte behutsam ihre Haltung. »Seid achtsam, anstatt euch im Kreis zu drehen und die unterbewussten Gewohnheiten des Körpers und des Geistes noch zu verstärken. Versucht nicht, Unbequemlichkeiten zu vermeiden, indem ihr bei der Haltung Kompromisse eingeht; atmet sie einfach weg! Begegnet ihnen nicht mit Gewalt, sondern mit Weisheit. Öffnet euch durch euren Atem. Jedes Luftholen ist ein winziger Schritt auf dem Weg zur Veränderung.«

Von meinem Hocker aus verfolgte ich alles interessiert. Zum Glück schien niemand Notiz von mir zu nehmen. Das änderte sich jedoch, als Ludo seine Schüler anwies, sich in einer Sitzhaltung zu drehen. Plötzlich wandten sich zwanzig Köpfe zu mir um, gefolgt von allgemeinem Lächeln und vereinzeltem Kichern.

»Ach ja – unser heutiger Ehrengast«, sagte Ludo.

»So viele weiße Haare!«, rief jemand aus.

»Blaue Augen«, sagte ein anderer.

Und dann, als zwanzig Augenpaare auf mich gerichtet waren, bemerkte einer: »Das muss der Swami sein.«

Dies erregte allgemeines Gelächter. Anscheinend fühlten sich die Anwesenden durch meinen Anblick an den Swami erinnert, den örtlichen weisen Mann, dessen Konterfei auf Plakaten in der ganzen Stadt zu sehen war.

Zu meiner Erleichterung drehten sie sich bald wieder um.

Am Ende der Stunde lagen alle in der *Shavasana* oder Totenstellung auf ihren Matten. »In gewisser Weise ist dies die anstrengendste Haltung überhaupt«, sagte Ludo. »Ruhiger Körper und ruhiger Geist. Folgt nicht jedem Gedanken. Nehmt ihn einfach nur zur Kenntnis, akzeptiert ihn und lasst ihn los. Im Raum zwischen den Gedanken ist viel mehr zu entdecken als bei der Konzentration auf ein bestimmtes gedankliches Konstrukt. In der Ruhe begreifen wir, dass es eine Art von Wissen gibt, die nicht mit dem Intellekt erfasst werden kann.«

Nach der Stunde verstauten die Schüler ihre Decken, Nackenrollen und Kopfstützen. Ein paar blieben stehen und sprachen mit mir, andere zogen die Schuhe an und gingen, die meisten jedoch versammelten sich auf dem Balkon hinter den Glastüren. Auf einem fadenscheinigen indischen Teppich, der von einem Ende des Balkons bis zum anderen reichte, befand sich ein Sammelsurium von Stühlen, Kissen in grellbunten Farben und mehreren Sitzsäcken. Auf einem Tisch standen Krüge und Gläser. Nachdem sich die Schüler mit Wasser und grünem Tee versorgt hatten, setzten sie sich zu einem Gespräch, wie es offenbar regelmäßig nach dem Unterricht stattfand.

Wir Katzen schätzen Lärm und hastige Bewegungen nicht besonders, daher wartete ich, bis sich alle niedergelassen hatten. Erst dann glitt ich leise von dem Hocker und schlich zu Serena auf den Balkon. Die letzten Strahlen der untergehenden Sonne tauchten die Berggipfel in ein prächtiges Korallenrot.

»Die Unannehmlichkeiten beim Yoga einfach wegzuatmen ist ja schön und gut«, sagte eine Frau namens Merrilee. Sie war erst gegen Ende der Stunde dazugekommen, als wäre sie nur am geselligen Teil des Abends interessiert. Und hatte sie nicht auch heimlich etwas aus einem Flachmann in ihr Glas geschüttet, oder war das reine Einbildung gewesen? »Aber was, wenn wir uns ohne Yoga einem Problem stellen müssen?«, fragte sie mit rauer Stimme.

»Yoga ist immer und überall«, sagte Ludo. »Aus Gewohnheit reagieren wir auf Herausforderungen, indem wir wütend werden oder sie zu vermeiden suchen. Dabei wäre die passendere Antwort, einer Herausforderung mit der richtigen Atemtechnik zu begegnen.«

»Aber Wut und Vermeidung sind doch durchaus sinnvolle Reaktionen«, warf Ewing ein, ein älterer Amerikaner, der schon seit Langem in McLeod Ganj lebte und gelegentlich das Himalaja-Buchcafé besuchte. Man munkelte, er sei nach einer persönlichen Tragödie ausgewandert. Bevor er nach McLeod Ganj kam, hatte er viele Jahre lang als Pianist in der Lobby des Grand Hotel in Neu-Delhi gearbeitet.

»Eine *Reaktion* findet automatisch und aus Gewohnheit statt«, sagte Ludo. »Eine *Antwort* dagegen ist wohlüberlegt. Das ist der Unterschied. Es kommt darauf an, sich Raum zu schaffen, sich den Möglichkeiten jenseits der gewohnten und nicht sehr hilfreichen Reaktionen zu öffnen. Wut ist niemals eine erleuchtete Antwort. Wir dürfen zornig sein – zum Beispiel, wenn wir ein Kind mit gespielter Empörung davon abhalten, einem Feuer zu nahe zu kommen –, doch das ist etwas völlig anderes als echte Wut.«

»Das Problem ist doch«, sagte ein hochgewachsener Inder, der neben Serena saß, »dass wir uns weigern, unsere Bequemlichkeit aufzugeben. Selbst wenn sie gar nicht so bequem ist.«

»Man hält am Vertrauten fest«, pflichtete Serena ihm bei. »An Dingen, die uns irgendwann einmal glücklich gemacht haben, auch wenn das inzwischen gar nicht mehr der Fall ist.«

Als sie das sagte, sah ich sie verdattert an. Sofort fiel mir die beige Fleecedecke im Schlafzimmer Seiner Heiligkeit ein. Die Erinnerungen an die schönen Zeiten, die ich mit meinem kleinen Schneekätzchen dort verbracht hatte, waren nun von Trauer getrübt.

»Der buddhistische Gelehrte Shantideva nennt das ›Honig von einer Schwertklinge lecken‹«, sagte Ludo. »Es mag zwar süß schmecken, doch der Preis dafür ist immer zu hoch.«

»Aber woran erkennen wir denn«, fragte Serena, »wann uns etwas, das früher positiv war, nicht mehr dienlich ist?«

Ludo sah sie an. Seine Augen waren so hell, dass sie beinahe silbern glänzten. »Wenn es uns Leid bringt«, sagte er lapidar. »Schmerzen sind manchmal unvermeidlich, Leid aber nicht. Nehmen wir an, wir führen mit einer bestimmten Person eine glückliche Beziehung. Und plötzlich verlieren wir diese Person. Dann empfinden wir Schmerz, das ist ganz natürlich. Aber wenn wir diesen

Schmerz immer weiter nähren und uns den Verlust ständig vor Augen führen, wird aus Schmerz Leid.«

Es entstand eine Pause, in der alle über Ludos Worte nachdachten. Die weit entfernten Berge ragten ins Zwielicht – düstere Schatten mit glänzenden rosa Spitzen wie der Zuckerguss auf den Törtchen von Mrs. Trinci.

»Manchmal habe ich den Eindruck, dass es richtig gefährlich ist, das Glück in der Vergangenheit zu suchen«, sagte der Inder neben Serena.

»Da hast du recht, Sid«, stimmte Ludo ihm zu. »Der einzige Augenblick, in dem wir glücklich sein können, ist dieser Moment. Das Hier und Jetzt.«

Später zerstreute sich die Gruppe allmählich. Serena und mehrere andere verabschiedeten sich. Ich folgte ihnen in den Flur.

»Die kleine Swamini will sich gar nicht von Ihnen trennen«, bemerkte eine Frau, während sie in ihre Schuhe schlüpfte.

»Ja, wir sind gute Freunde. Sie verbringt viel Zeit im Café. Dorthin bringe ich sie jetzt auch wieder zurück.« Serena hob mich auf.

»Wie heißt sie wirklich?«, fragte eine andere Frau.

»Oh, sie hat viele Namen. Egal, wo sie hinkommt, sie kriegt einen neuen verpasst.«

»Nun, das hat sich heute ja bestätigt«, sagte Sid. Er nahm ein paar gelbe Gänseblümchen aus einer Vase im Flur, flocht sie zu einer Kette und legte sie mir um den

Hals. »Ich verneige mich vor dir, kleine Swamini«, sagte er und legte die weichen, manikürten Hände vor der Brust aufeinander. In seinen Augen sah ich eine tiefe Zuneigung.

Dann öffnete er Serena die Tür, und wir gingen den Hügel hinunter.

»Zum Glück haben wir so einen wunderbaren Lehrer«, sagte Serena.

»Ja«, pflichtete Sid ihr bei. »Ludwig – Ludo – ist wirklich außergewöhnlich.«

»Meine Mutter hat mir erzählt, dass er schon vor meiner Geburt in McLeod Ganj gewohnt hat.«

Sid nickte. »Er kam auf Empfehlung von Heinrich Harrer.«

»Der, der *Sieben Jahre in Tibet* geschrieben hat?«, fragte Serena. »Der Lehrer des Dalai Lama?«

»Ganz genau. Angeblich sind Ludo und Seine Heiligkeit gute Freunde. Seine Heiligkeit hat ihn sogar dazu ermutigt, ein Yogastudio zu eröffnen.«

»Das wusste ich nicht«, sagte Serena. Sie warf Sid einen interessierten Blick zu. Offenbar schien er sich mit den örtlichen Gegebenheiten gut auszukennen, und sie beschloss, sein Wissen ein weiteres Mal auf die Probe zu stellen. »Hinter uns geht ein Mann mit einer dunklen Jacke und einem Filzhut«, flüsterte sie. »Irgendjemand hat mal gesagt, das sei der Maharadscha von Himachal Pradesh. Stimmt das?«

Sie gingen eine Weile schweigend weiter, bis sich Sid unauffällig umsah. »Das habe ich auch gehört«, raunte er.

»Ich bin ihm hier in der Gegend schon ziemlich oft begegnet«, sagte Serena.

»Ich auch«, gab Sid zurück. »Vielleicht geht er um diese Zeit immer spazieren?«

»Schon möglich«, murmelte Serena.

Am nächsten Tag trabte ich durch den Flur des Bürotrakts. »KSH!«, rief Lobsang mir zu. »Komm her, meine Kleine. Das musst du sehen.«

Natürlich beachtete ich ihn nicht weiter. Wo kämen wir Katzen denn hin, wenn wir jeder menschlichen Bitte, jedem Flehen oder gar einer bescheidenen Anfrage nachgeben würden? So was von kontraproduktiv wäre das. Ihr seid uns viel dankbarer, wenn wir euch gelegentlich mal einen Knochen zuwerfen – man entschuldige den leicht hündischen Beigeschmack dieser Metapher.

Lobsang ließ sich jedoch nicht beirren. Nur Augenblicke später wurde ich in die Luft gehoben, in sein Büro gebracht und auf den Schreibtisch gestellt. »Ich skype gerade mit Bhutan«, sagte er. »Und da habe ich jemanden entdeckt, den du vielleicht gern sehen möchtest.«

Auf seinem Computerbildschirm war ein edel eingerichtetes Zimmer zu erkennen. An der Seite lag eine Himalaja-Katze mit dem Rücken auf dem Fensterbrett und sonnte sich den Bauch. Sie hatte den Kopf zurückgelegt, die Augen geschlossen und die Beine und den buschigen Schwanz gespreizt, eine Position, die Ludo wahrscheinlich als »Seestern-Haltung« bezeichnet hätte und die wir Katzen nur einnehmen, wenn wir uns absolut sicher und geborgen fühlen.

Es dauerte einige Augenblicke, bis es mir dämmerte ... Aber konnte das sein? Ja, natürlich! Wie groß sie geworden war!

»Ihr offizieller Titel lautet KIM«, erklärte Lobsang. »Die Katze Ihrer Majestät. Wie man hört, wird sie im Palast genauso verehrt wie du hier im Namgyal.«

Ich beobachtete, wie sich der Bauch meines kleinen Schneekätzchens hob und senkte, während sie in der Sonne döste. Dann fiel mir wieder ein, wie niedergeschlagen ich war, als Chogyal mir vor ein paar Tagen zusammen mit der beigen Decke die kostbaren Erinnerungen an meine Tochter entrissen hatte.

In jenem Moment war ich am Boden zerstört gewesen.

Inzwischen hatte ich begriffen, dass nicht Chogyal mein Unglück herbeigeführt hatte, sondern ich selbst – wenn auch unabsichtlich. Ich hatte mich in meiner Nostalgie gesuhlt und über eine Beziehung nachgegrübelt, die jetzt völlig anders geartet war. Aus dem Schmerz, den ich völlig unnötig in mir genährt hatte, war irgendwann Leid geworden.

Und währenddessen hatte sich Schneekätzchen in ihrem neuen Leben als heiß geliebte Palastkatze der Königin von Bhutan eingerichtet. Was mehr hätte sich eine Mutter wünschen können?

Ich ging zu Lobsang hinüber und massierte seine Finger mit meinem Gesicht.

»KSH!«, rief er aus. »Das hast du ja noch nie getan!«

Er erwiderte meine Zuneigung, indem er mir den Hals kraulte. Ich schloss die Augen und schnurrte. Ludo hatte recht: Das Glück ist nicht in der Vergangenheit zu finden.

Und schon gar nicht dadurch, dass man sie noch einmal zu durchleben versucht – so schön sie auch gewesen sein mag.

Glück kann nur in diesem Augenblick, im Hier und Jetzt, erfahren werden.

Drittes Kapitel

Was, liebe Leser, wäre, wenn euer sehnlichster Wunsch in Erfüllung ginge? Wenn ihr in einer bestimmten Angelegenheit mehr Erfolg hättet als in euren kühnsten Träumen?

Eine schöne Vorstellung, und sich darin zu verlieren kann ja nicht schaden, oder? Stellt euch zum Beispiel vor, ihr öffnet die Tür eines wunderschönen Hauses. Dahinter sitzt eure Familie – eine Szene wie aus dem Bilderbuch. Alle warten gesittet auf das Essen. Ein köstlicher Duft wabert aus der Küche. Kein Streit um die Fernbedienung droht.

Oder ihr schleicht euch (was eher *meiner* Fantasie entsprechen würde) in die Kühlkammer und findet dort zehntausend taufrische Portionen von Mrs. Trincis gehackter Hühnerleber, die nur darauf warten, von euch verspeist zu werden.

Was für eine bezaubernde Vorstellung! Was für ein verführerisches Bild!

Wir im Himalaja-Buchcafé hatten keine Ahnung, dass schon bald jemand in unsere Mitte treten sollte, dessen Wünsche sich alle erfüllt hatten.

Anfangs bemerkten wir ihn gar nicht. Zufälligerweise tauchte er zum ersten Mal zur selben Zeit auf wie ich, also am späten Vormittag. Es war kurz nach elf, als ich vom Jokhang aufbrach, und er strebte im gleichen Moment dem Café zu – ein robuster Mann mittleren Alters, dessen braunes Haar an den Schläfen ergraut war. Er hatte ein faltiges Gesicht mit buschigen Augenbrauen und einen flackernden Blick. Das verlebte, wettergegerbte Gesicht bildete einen starken Gegensatz zu seiner teuren Kleidung, die aus einem cremefarbenen Jackett mit der passenden Hose bestand. Dazu trug er eine glänzende goldene Armbanduhr. Er schritt schneller aus als die gemächlich dahinschlendernden Touristen und hatte mehrere Reiseführer über Nordwestindien bei sich.

Ich betrat das Café und hielt kurz inne, um Marcel und Kyi Kyi, die in ihrem Korb saßen, mit einem Nasenstupser zu begrüßen. Seit Franc abgereist war und Serena und Sam das Geschäft übernommen hatten, schienen wir nicht menschlichen Gäste wie durch ein unsichtbares Band viel enger miteinander verknüpft zu sein als vorher. All die Veränderungen hatten uns zusammengeschweißt. Über ein höfliches Nasereiben ging diese Verbundenheit aber selbstverständlich nicht hinaus. Schließlich kann man von mir ja wohl kaum erwarten, dass ich zu den Hunden ins Körbchen springe! So eine Katze bin ich nicht, liebe Leser, und das ist auch nicht so ein Buch!

Ich begab mich auf meinen Stammplatz im Zeitschriftenregal und beobachtete, wie der gut gekleidete Gast es sich auf einer der Eckbänke in der Nähe bequem machte. Mit fordernder Geste zitierte er einen Kellner zu sich.

»Wird schon Alkohol ausgeschenkt?«, fragte er in einem Englisch, das leicht schottisch eingefärbt war.

Sanjay, ein junger Kellner in einer gestärkten weißen Uniform, nickte.

»Dann nehme ich ein Glas von Ihrem SSB, dem Sémillon Sauvignon Blanc«, sagte der Gast, breitete die Reiseführer auf dem Tisch vor sich aus, nahm ein Handy aus der Tasche und war bald in seine Reisepläne vertieft. Er verglich verschiedene Artikel in den Büchern und tippte die entsprechenden Suchwörter in sein Smartphone.

Als das Glas Sémillon Sauvignon Blanc serviert wurde, nippte er vorsichtig daran und ließ die Flüssigkeit mit prüfender Miene im Mund kreisen. Danach nippte er jedoch nicht, er inhalierte den Wein förmlich. Vier Schlucke und nur ein paar Minuten später war das Glas leer.

Was auch Kusali nicht entgangen war. Die Beobachtungsgabe des Oberkellners war legendär. Er schickte Sanjay mit der Flasche los, um dem Gast nachzuschenken. Es folgte ein drittes und ein viertes Glas, dann bat der Fremde um die Rechnung, packte seine Bücher zusammen und verschwand.

Eine halbe Stunde später geschah etwas Ungewöhnliches. Ich sah von meinem Mittagessen auf – vorzüglicher Räucherlachs, in appetitliche, mundgerechte Streifen geschnitten – und der Mann von vorhin stand im Eingang, diesmal in Begleitung seiner Frau.

Die gesetzte Dame hatte ein freundliches Gesicht, trug vernünftiges Schuhwerk und sah sich anerkennend im Café um. Daran waren wir schon gewöhnt – wenn ein Reisender aus der westlichen Hemisphäre McLeod Ganj von Delhi kommend besucht, ist er in der Regel von dem

Chaos, den Menschenmassen, der Armut, dem Verkehr und der gewöhnungsbedürftigen Lebhaftigkeit, die dort herrschen, völlig geschafft. Doch sobald er das Himalaja-Buchcafé betritt, findet er sich in einer völlig anderen Atmosphäre wieder. Zur Rechten des altmodischen Empfangstresens öffnet sich der dezent beleuchtete, klassisch eingerichtete Gastraum mit seinen weißen Tischdecken, Korbstühlen und der großen messingverkleideten Espressomaschine. Reich verzierte *Thangkas* – buddhistische Rollbilder – bedecken die Wände. Zur Linken des Empfangstresens führen ein paar Stufen hinauf in den Buchladen, dessen gut sortiertes Literaturangebot durch eine wahre Fundgrube an Grußkarten, Kunsthandwerk aus der Region und anderen Mitbringseln ergänzt wird. Das Ganze ist eine exotische Mischung aus lässiger europäischer Eleganz und buddhistischem Mystizismus.

Viele Besucher atmen sichtbar erleichtert auf, wenn sie über die Schwelle treten.

Anders dagegen die Ehefrau unseres Gastes: Sie warf ihrem Mann einen ängstlichen Blick zu. Offenbar hoffte sie, dass ihm das Café zusagen würde. Doch daran konnte ja, wie wir wussten, kein Zweifel bestehen.

Kusali begrüßte die beiden und führte sie zu einem Tisch am Fenster. Der Mann studierte Speise- und Weinkarte, als hätte er sie noch nie zuvor gesehen. Dann bestellte er wieder seinen SSB. Diesmal hielt er sich beim Wein zwar etwas zurück, schaffte es aber trotzdem, die

Flasche während des Mittagessens mit kaum erwähnenswerter Unterstützung seiner Frau fast vollständig zu leeren.

Wie ich die beiden so beobachtete, wurde ich irgendwie das Gefühl nicht los, dass ihnen ihr Beisammensein unangenehm war. In den langen Gesprächspausen, die immer wieder entstanden, schenkten sie allem und jedem einen Blick, nur nicht einander. Und jeder Versuch einer Konversation verlief rasch im Sande.

Die meisten Touristen aus dem Westen haben so straffe Zeitpläne, dass sie im Verlauf ihres kurzen Aufenthalts in unserer Gegend das Café höchstens ein oder zwei Mal besuchen. Anders unser adretter Weintrinker mit seiner Frau. Am nächsten Morgen um 11 Uhr – jener heiß ersehnten Stunde, von der an Alkohol ausgeschenkt wird – traf er erneut im Café ein, setzte sich auf die Bank und bestellte ein Glas SSB. Kusali, der mit einer Wiederholung der gestrigen Ereignisse rechnete, schenkte dem Gast persönlich ein. »Soll ich Ihnen einen Weinkühler an den Tisch bringen?«, schlug er vor.

Der Gast bejahte. So konnte er sich selbst nachschenken, während er mit etwas weniger Interesse als am Vortag einen Reiseprospekt durchblätterte. Schon bald war die Flasche geleert.

Auch an diesem Tag erschien er eine halbe Stunde nach seinem Aufbruch erneut in Begleitung seiner Frau. Zu Kusali, der am Empfangstresen stand, sagte er, der gestrige Besuch hätte ihnen so gut gefallen, dass sie noch einmal gekommen wären. Der stets diplomatische Oberkellner lächelte höflich, während diese Variation der tatsächlichen Ereignisse zur Tatsache geadelt wurde.

Liebe Leser, würdet ihr mir glauben, wenn ich euch erzähle, dass sich diese *Und täglich grüßt das Murmeltier*-Szene am nächsten Morgen genauso wiederholte? Nun, vielleicht nicht *ganz genau* so. Am dritten Tag marschierte der Gast Punkt elf Uhr direkt auf »seine« Bank zu, woraufhin Kusali einen Kellner mit einer Flasche SSB im Weinkühler losschickte. Serena, die in den letzten beiden Tagen in Delhi gewesen war, um neue Küchengeräte zu bestellen, kam eine Weile später mit gerunzelten Augenbrauen auf Kusali zu. Während ihres Gesprächs bedeutete ihr der Oberkellner unauffällig, dass der Gast mit seinem Handy beschäftigt war und sie also ruhig in seine Richtung blicken konnte.

Sobald sie das tat, erstarrte sie. Dann beendete sie schnell das Gespräch und eilte in den Buchladen hinüber. Einen Augenblick später stand sie neben Sam, der gerade vor seinem Computer an der Theke saß.

»Darf ich mal kurz?«, fragte sie atemlos.

»Klar.« Er glitt vom Stuhl, und sie rief eine Suchmaschine auf.

Gordon Finlay. Sam las den Namen, den sie ins Suchfeld eingab, laut vor.

»Weißt du, wer das ist?«, flüsterte sie.

Er schüttelte den Kopf.

»Ich glaube, da drüben sitzt er«, sagte sie und deutete mit dem Kinn auf die Eckbank. »Bagpipe Burgers.«

Sam ging ein Licht auf. »*Der* ist das?«

Die beiden starrten auf das Foto im Wikipedia-Eintrag über den Gründer von Bagpipe Burgers.

»Ursprünglich nur ein Schnellrestaurant in Inverness, Schottland«, las Sam vor, »entwickelte sich Bagpipe Burgers zu einer der weltweit umsatzstärksten Fast-Food-Ketten.« Er überflog den Artikel und gab die wichtigsten Informationen daraus zum Besten: »… wird auf einen Wert von einer halben Milliarde Dollar geschätzt«; »… ist auf jedem wichtigen Weltmarkt vertreten«; »… die bekannten Kellneruniformen im Schottenkaro«; »… Erfinder des Gourmet-Burgers«; »… stets der Qualität verpflichtet.«

»Ist er das?«, fragte Serena.

Sam betrachtete erst das Foto, dann den Mann selbst. »Er hier hat irgendwie ein … schmaleres Gesicht.«

Serena formte mit Zeige- und Mittelfinger eine Schere. »Geliftet.«

»Weißt du, wie viel er die letzten Tage hier getrunken hat?«, fragte Sam.

»Das ist in unserer Branche so was wie eine Berufskrankheit.«

Sam sah sie fragend an. »Und was will er hier in McLeod Ganj?«

»Genau das würde ich …« Sie griff zur Tastatur und tippte drauflos. Eine andere Website öffnete sich. »Aha«, sagte sie nickend. »Das war, als ich aus London abgereist bin. Er hat seine Anteile an der Firma für fünfhundert Millionen Dollar verkauft.«

»Der Typ da?«, flüsterte Sam mit großen Augen.

»Genau der.« Serena drückte seinen Arm und entfernte sich von ihm, um noch einmal unauffällig hinüberzuspähen.

Sie nickte wieder. »Ganz London hat darüber gesprochen. Der Traum eines jeden Unternehmers und im Gastronomiegewerbe eine unvorstellbare Summe. Entweder man liebt ihn oder man hasst ihn.«

»Und du?«

»Selbstverständlich bewundere ich ihn! Er hat Erstaunliches vollbracht, etwas ganz Neues geschaffen. Und das in einer Sparte, die nicht unbedingt für Qualität bekannt ist. Die Restaurants kamen gut an und wurden ein Riesengeschäft. Er hat einen Haufen Kohle gemacht, aber es stecken auch zwanzig Jahre harte Arbeit dahinter.«

»Trotzdem. Ein komischer Kauz«, meinte Sam kopfschüttelnd.

»Wegen seiner regelmäßigen Besuche bei uns?«

»Nicht nur das. Wusstest du, dass er stundenlang in dem Internetcafé ein paar Häuser weiter sitzt?«

Nun zeigte Serena sich überrascht.

Das Internetcafé, das fast nur von Einheimischen frequentiert wurde, war schmuddelig, überfüllt und schlecht beleuchtet.

»Er geht da jeden Morgen hin.« Sams Wohnung befand sich direkt über dem Café, sodass er die ganze Straße überblicken konnte. »Ab acht Uhr sitzt er dort. Und dann kommt er hierher.«

Im Laufe der nächsten Woche war Gordon Finlay regelmäßig im Himalaja-Buchcafé anzutreffen. An den einzigen beiden Vormittagen, an denen er nicht auftauchte, wirkte seine Eckbank seltsam verlassen. Am ersten Tag wurden er und seine Frau dabei gesehen, wie sie in einen Touristenbus stiegen und einen ganztägigen Ausflug in die Umgebung machten. Am anderen Tag berichtete ein Kellner, er habe ihn im Gespräch mit Amrit gesehen, einem der mobilen Verkäufer, die ihre Stände unter dem Durcheinander aus herabhängenden Telefonkabeln auf der Straße aufstellten.

Von allen Verkäufern war Amrit der jüngste und erfolgloseste. Nur selten gelang es ihm, einen Passanten für die frittierten Klöße zu erwärmen, die er aus seiner schmuddeligen Pfanne fischte. Was Gordon Finlay an dem stets trübselig dreinschauenden Amrit so interessant fand, war mir schleierhaft. Doch als Finlay sowohl sein Fläschchen zum Aperitif als auch sein Mittagessen verpasst hatte, spähte Kusali aus dem Fenster. Amrit hatte seinen Stand verlassen.

Das Geheimnis wurde am nächsten Tag gelüftet: Amrit stand wieder an seinem gewohnten Platz – jedoch mit Overall und Kappe in grellem Gelb und Rot. Statt der rußgeschwärzten Pfanne schwenkte er nun einen blitzsauberen silberfarbenen Wok. Farbenfrohe Wimpel flatterten fröhlich um ein Schild, auf dem die Worte *Happy Chicken* zu lesen waren. Während er für eine ständig wachsende Kundenschar Hühnerbrüste briet, stand Gordon Finlay in seinem cremefarbenen Jackett hinter ihm und erteilte ihm Anweisungen.

Um Punkt elf Uhr saß Finlay wieder im Café.

Was genau Gordon Finlay in McLeod Ganj zu suchen hatte, wurde Gegenstand immer ausufernderer Spekulationen. Er hatte doch nicht etwa diese bescheidene Kleinstadt am Fuße des Himalajas zum Geburtsort einer neuen globalen Fast-Food-Kette erkoren? Warum war er überhaupt hier, wenn er seine Zeit doch nur mit Trinken verbrachte?

Gab es dafür in Italien oder Südfrankreich nicht weit angenehmere Orte? Und wieso trieb er sich ständig im Internetcafé herum, wo er doch von seinem Hotel aus viel bequemer online gehen konnte?

Liebe Leser, ich kann mit Stolz verkünden, dass ich einen nicht unbeträchtlichen Teil dazu beigetragen habe, diese und andere offene Fragen zu beantworten, obwohl jene überraschende Wendung wie so viele im Leben nicht aus einer bewussten Handlung meinerseits resultierte. Meine bloße, wenn auch zugegebenermaßen unwiderstehliche Anwesenheit genügte, um lange angestaute Emotionen auf eine höchst unerwartete Art und Weise Raum greifen zu lassen.

Ich lag auf meinem üblichen Platz im Café und hatte den Kopf auf die rechte Vorderpfote gestützt, was Ludo wahrscheinlich als *Mae-West-Haltung* bezeichnet hätte. Schon bald war der Zeitpunkt für den ersten von Gordon Finlays beiden täglichen Auftritten gekommen. Doch als ich von der Säuberung des weißen Fells auf meinem Bauch aufsah, stand nicht Mister, sondern Mrs. Finlay in der Tür.

Sie sah sich etwas verlegen im Restaurant um, dann ging sie die paar Stufen in den Buchladen hinauf. So weit hatte sie sich bisher noch nie vorgewagt. Normalerweise saßen sie und ihr Ehemann ja an einem Tisch nahe beim Fenster. Kurz bevor sie das Zeitschriftenregal erreicht hatte, ging Serena auf sie zu.

»Ich suche meinen Mann«, sagte Mrs. Finlay. »Wir waren schon ein paar Mal hier.«

Serena nickte lächelnd.

»Inzwischen ist das hier sein Lieblingsort in Dharamsala, und ich hatte gehofft ...« Ihre Unterlippe zitterte. Sie holte tief Luft und rang um Fassung. »Ich hatte gehofft, ihn hier zu finden.«

»Heute habe ich ihn noch nicht gesehen«, sagte Serena. »Aber Sie können gern auf ihn warten, wenn Sie möchten.« Sie deutete auf die Bank im rückwärtigen Teil des Gastraums, auf der Gordon Finlay seine morgendliche Flasche zu genießen pflegte. Mrs. Finlay dagegen warf zum ersten Mal einen Blick auf das Regal, auf dem ich gerade Körperpflege betrieb.

Als ich spürte, dass sie mich anstarrte, starrte ich zurück.

»Ach du liebe Güte!« Mrs. Finlays bröckelige Fassade schien erneut kurz davor, in sich zusammenzustürzen. »Sie sieht genau aus wie unsere kleine Sapphire.«

Sie trat auf mich zu und kraulte meinen Nacken.

Ich sah in ihre geröteten Augen und schnurrte.

»Das ist Rinpoche«, sagte Serena, doch Mrs. Finlay hörte gar nicht zu. Über ihre Wange rollte erst eine, dann noch eine Träne. Sie biss sich auf die Lippen, zog die Hand zurück und kramte in ihrer Handtasche nach einem Taschentuch. Nur Augenblicke später stieß sie einen herzzerreißenden Seufzer aus. Serena legte den Arm um sie und führte sie langsam zur Eckbank.

Eine Zeit lang weinte Mrs. Finlay leise in ihr Taschentuch. Serena bedeutete Kusali, ihr ein Glas Wasser zu bringen.

»Tut mir leid«, sagte sie nach einer Weile. »Ich bin so ...«

Serena winkte ab.

»Genauso eine Katze hatten wir früher auch«, sagte Mrs. Finlay und deutete auf mich. »Vor vielen Jahren in Schottland. Und was haben wir sie geliebt! Sie hat jede Nacht in unserem Bett geschlafen.« Sie schluckte. »Seitdem hat sich viel verändert.«

Ein Kellner brachte ein Glas Wasser. Mrs. Finlay nippte daran.

»Diese Katzen sind aber auch etwas ganz Besonderes«, sagte Serena und warf mir einen Blick zu.

Doch Mrs. Finlay starrte nur gedankenverloren auf den Tisch, auf dem sie das Glas abgestellt hatte. Bis sie sich mit einem Mal entschloss, Serena ihr Herz auszuschütten. »Gordon – mein Mann – findet es ganz *schrecklich* hier.« Es klang, als würde sie sich eine tonnenschwere Last von der Seele reden.

Serena wartete einen Augenblick ab. »Das ist keine ungewöhnliche Reaktion«, sagte sie schließlich. »Für Besucher aus dem Westen, die nicht wissen, was sie hier erwartet, kann Indien ein ziemlicher Schock sein.«

Mrs. Finlay schüttelte den Kopf. »Nein, das meine ich nicht. Wir kennen Indien sehr gut.« Zum ersten Mal erwiderte sie nun Serenas Blick. »Gordon war im Laufe der Jahre oft hier. Deshalb wollte er auch den ersten Monat seines Ruhestands in Indien verbringen. Nur ... es klappt irgendwie nicht.«

Offenbar schien sie aus Serenas tröstender Anwesenheit Kraft zu schöpfen. Mit festerer Stimme sprach sie weiter: »Er hat gerade erfolgreich seine Firma verkauft, die er über zwanzig Jahre lang aufgebaut hat. Gordon arbeitet sehr hart, wenn er sich mal was in den Kopf gesetzt hat. Sie können sich nicht vorstellen, welche Opfer er gebracht hat. Achtzehn-Stunden-Tage, jahrelang. Ohne Urlaub. Ständig hat er sich früher von Geburtstagsfeiern und Familienfesten verabschiedet. ›Eines Tages wird es sich auszahlen‹, hat er immer gesagt. ›Ich werde mich zur Ruhe setzen und dann beginnt das schöne Leben.‹ Davon war er immer fest überzeugt. Ich auch, egal, welchen Preis wir dafür zahlen mussten. Eines Tages würden wir glücklich sein ... sobald ...«

Sie dachte einige Augenblicke nach, bevor sie wieder das Wort ergriff. »In den ersten Wochen war auch alles in Ordnung. Er war wie verwandelt, tat nur, wozu er Lust hatte. Aber das ging nicht lange gut. Plötzlich gab es keine Anrufe und Mails und Konferenzen mehr. Er musste keine Entscheidungen mehr treffen. Niemand fragte ihn noch nach seiner Meinung. Er war wie ein bis zum Zerreißen gespanntes Gummiband, das man plötzlich loslässt. Solange er wie ein Wahnsinniger gearbeitet hatte«, fuhr sie fort, »schien die Vorstellung, alle Zeit der Welt zu haben, wie das Paradies. Doch jetzt ist die Zeit für ihn zu einer schrecklichen Bürde geworden. Er hat noch nicht einmal seinen Laptop mitgenommen, weil der auch zu seinem alten Leben gehört. Aber wenn er morgens losgeht – spazieren, behauptet er –, dann bin ich mir sicher, dass er eines dieser Internetcafés aufsucht.« Mrs. Finlay sah Serena an, deren Miene nicht einmal ansatzweise darauf schließen ließ, dass sie wusste, wie richtig Mrs. Finlay mit ihrer Vermutung lag.

»Und er trinkt, mitten am helllichten Tag! Das hat er noch nie getan. Wahrscheinlich, weil ihm langweilig ist. Er weiß nicht, was er mit sich anfangen soll, und das macht ihn unglücklich. Er hat es mir heute Morgen selbst gesagt, bevor er das Hotel verließ. Ich habe ihn noch nie so deprimiert erlebt.«

Wieder brach sie in Tränen aus. Serena drückte ihren Arm. »Auch das wird vorbeigehen«, murmelte sie.

Mrs. Finlay brachte kein Wort heraus und nickte nur. Kurze Zeit später verließ sie das Café.

An diesem Tag erschien das Paar nicht zum Mittagessen. Und nur die Zeit würde zeigen, wie sie und ihr Ehemann mit dieser unerwarteten Enttäuschung fertigwurden. Trotzdem war der unglückliche Multimillionär an diesem Abend erneut Thema im Café.

Es war kurz vor 23 Uhr. Das halbe Dutzend Gäste, das noch anwesend war, saß bereits bei Nachtisch und Kaffee. Serena warf Sam, der hinter der Theke des Buchladens saß, einen fragenden Blick zu. Er antwortete, indem er beide Daumen hob. Im Laden war nur noch ein Kunde anwesend: Unter einem Raumteiler lugten zwei Knöchel und der rote Saum einer Mönchsrobe hervor.

Serena ging in den Laden hinüber, um den Arbeitstag wie gewohnt mit einer heißen Schokolade abzuschließen. Zwei Köpfe spähten über den Rand des Weidenkorbs unter dem Empfangstresen; Marcel und Kyi Kyi war nicht entgangen, in welche Richtung Serenas vielversprechende Schritte führten.

Sie erreichte das Ende der kleinen Treppe genau in dem Augenblick, in dem der letzte Kunde aufbrechen wollte.

»Lobsang!«, begrüßte sie ihn herzlich und umarmte ihn. Lobsang war zum Stammkunden der Buchhandlung geworden. Anders als in der eher wissenschaftlich orientierten Bibliothek von Dharamsala fand er hier eine breite Auswahl an Sachbüchern und buddhistischer Literatur. Und da er Serena schon so lange kannte, bestand sie darauf, ihm einen großzügigen Rabatt einzuräumen.

Sie hatten sich in ihrer Jugend als Küchenhilfen für Mrs. Trinci kennengelernt. Danach hatten sie jedoch völlig verschiedene Lebenswege eingeschlagen: Serena war nach Europa gegangen, Lobsang, dessen scharfer Verstand und außergewöhnliche Sprachbegabung sich schon früh bemerkbar gemacht hatten, erhielt ein Stipendium und studierte Semiotik in Yale. Als er nach Indien zurückkehrte, um für den Dalai Lama zu dolmetschen, hatte er sich nicht nur in fachlicher Hinsicht weiterentwickelt. Nun umgab ihn eine Aura der gelassenen Heiterkeit, auf die alle Anwesenden unwillkürlich reagierten, indem sie sich in ihren Stühlen zurücklehnten, die Schultern lockerten oder vor sich hin lächelten.

»Sam und ich wollten gerade einen heißen Kakao trinken. Willst du dich zu uns setzen?«, fragte Serena.

Trotz aller Gelassenheit bemerkte ich, dass Lobsang in Serenas Gegenwart verändert wirkte. Er schien ihre Gesellschaft als überaus angenehm zu empfinden.

»Das wäre ganz reizend«, sagte er begeistert und folgte ihr zu den beiden Sofas.

Kurz darauf erschien Kusali mit heißer Schokolade für die Menschen und einem Unterteller voller Hundekuchen, den er einen spannungsgeladenen Moment lang über dem Tablett kreisen ließ, um die Vorfreude der beiden Hunde noch zu steigern, bevor er ihn mit einem pawlowschen *Kling* auf dem Boden abstellte. Die Folge war eine wilde Hatz Richtung Buchladen.

Ich für meinen Teil sprang vom Regal, streckte die Hinterbeine und fuhr die Krallen aus und wieder ein. Erst dann durchquerte ich den Raum, hüpfte elegant auf das Sofa und landete zwischen Serena und Lobsang, die Sam gegenübersaßen.

»Die KSH kann sich sehr glücklich schätzen, euch zu haben«, bemerkte Lobsang, während sich Serena vorbeugte, um mir Milch in eine Untertasse zu gießen. »Ganz besonders jetzt, da Seine Heiligkeit verreist ist.«

»Und *wir* sind glücklich, dass wir *sie* haben«, sagte Serena, während sie mich kraulte. »Stimmt doch, Rinpoche?«

Da sie die Untertasse noch nicht auf den Boden gestellt hatte, sprang ich auf den Beistelltisch und bediente mich selbst.

»Dürfen Katzen bei euch etwa auf den Tisch?«, fragte Lobsang, amüsiert über meine Dreistigkeit.

»Eigentlich nicht«, antwortete Serena und lächelte mich nachsichtig an.

Eine Zeit lang beobachteten die drei Menschen schweigend, wie ich mit lautstarkem Schnurren meine Milch aufleckte. Irgendwie meinte ich – sei es meinen telepathischen Fähigkeiten oder meiner Einbildung geschuldet – zu spüren, dass Sam von Lobsangs Teilnahme an dem abendlichen Ritual nicht besonders begeistert war.

Serena fragte Lobsang über das Projekt aus, an dem er gerade arbeitete: Er half, einen Kommentar von Phabongkha Rinpoche zu einem esoterischen Text zu übersetzen. Dann kehrte die Unterhaltung zum Tagesgeschehen zurück. Serena berichtete von ihrem Gespräch mit Mrs. Finlay und darüber, dass sich der hart erkämpfte Traum vom frühen Ruhestand für ihren Mann als herbe Enttäuschung entpuppt hatte.

Lobsang lauschte der Geschichte teilnahmsvoll und mit seiner üblichen ruhigen Art. »Ich glaube«, sagte er schließlich, »dass die meisten von uns einen ähnlichen Fehler machen. *Wenn ich erst mal im Ruhestand bin, werde ich auch glücklich sein,* denken sie. Oder *wenn ich soundso viel Geld habe. Oder etwas ganz Bestimmtes erreiche.*« Er verstummte und lächelte über die Absurdität des Ganzen. »Erst basteln wir uns unseren Aberglauben, und dann bringen wir uns dazu, ihn für bare Münze zu nehmen.«

»Aberglaube?«, fragte Sam skeptisch.

Lobsang nickte. »Wenn man eine Verbindung zwischen zwei Dingen herstellt, die überhaupt nichts miteinander zu tun haben. Wie beispielsweise ein zerbrochener Spiegel und sieben Jahre Pech. Oder eine schwarze Katze und Unglück.«

Genau in diesem Moment hob ich den Kopf und sah ihn an. Alle drei lachten.

»Für Himalaja-Katzen«, sagte Serena, »dürfte das genaue Gegenteil gelten.«

Ich beugte mich wieder über die Milchschüssel.

»Und nach und nach sind wir überzeugt davon, dass unser Glück von einem bestimmten Ereignis oder einer Person oder einem Lebensstil abhängt. Das ist der Aberglaube«, fuhr Lobsang fort.

»Aber in meinen Regalen stapeln sich die Bücher über Zielsetzung und positives Denken und wie man Reichtum und Wohlstand erlangt.« Sam deutete hinter sich. »Soll ich die etwa alle wegwerfen?«

Lobsang kicherte. »Aber nein, das habe ich damit nicht gemeint. Ziele zu haben, auf die man hinarbeitet, kann sehr produktiv sein. Aber wir dürfen nicht glauben, dass unser *Glück* davon abhängt, dass wir sie erreichen. Das eine hat mit dem anderen nichts zu tun.«

Sam und Serena dachten schweigend darüber nach. Abgesehen von den Geräuschen meiner schlabbernden Zunge und dem Schnüffeln der Hunde, die unter dem Tisch nach Krümeln suchten, war es mucksmäuschenstill im Raum.

»Wenn es tatsächlich einen Gegenstand, eine Errungenschaft oder eine zwischenmenschliche Beziehung gäbe, die wahres Glück garantiert, dann wäre das natürlich sehr schön. Aber bis jetzt hat noch niemand so etwas gefunden«, sagte Lobsang. »Das Traurige daran ist, dass wir niemals im Hier und Jetzt glücklich sein können, wenn wir glauben, unser Glück hinge von etwas ab, das wir im Augenblick nicht besitzen. Dabei ist das Hier und Jetzt der *einzige Zeitpunkt*, in dem wir glücklich sein können. Und nicht in der Zukunft, denn die ist ja noch gar nicht eingetreten.«

»Und wenn sie dann eintritt«, spann Serena den Gedanken weiter, »begreifen wir, dass uns das, von dem wir uns dermaßen viel Glück versprochen haben, gar nicht so glücklich macht. Siehe Gordon Finlay.«

»Ganz genau«, sagte Lobsang.

Sam rutschte auf dem Sofa hin und her. »Darüber wurde vor nicht allzu langer Zeit eine neurowissenschaftliche Studie durchgeführt. Ich glaube, sie hieß ›Enttäuschung durch Erfolg‹. Dabei ging es um Vorfreude im Gegensatz zur Freude nach dem Erreichen eines bestimmten Ziels. Bei Messungen der Gehirnaktivitäten stellte sich heraus, dass die Vorfreude – also die positiven Emotionen, die man verspürt, wenn man auf ein Ziel hinarbeitet – intensiver ist und länger anhält als die Freude nach dem Erreichen dieses Ziels, die meist nur eine kurze Phase der Erleichterung darstellt.«

»Gefolgt von der Frage: *Und das soll jetzt alles gewesen sein?*«, fügte Serena hinzu.

»Der Weg ist das Ziel«, bemerkte Lobsang.

»Was in mir wieder Zweifel daran weckt, ob es wirklich so eine gute Idee ist, nach Europa zurückzukehren«, sagte Serena.

»Willst du etwa hierbleiben?«, fragte Lobsang mit hoffnungsvoller Stimme. Als sie ihn ansah, hielt er ihrem Blick so lange stand, bis sie sich wieder abwandte.

»Seit unserem indischen Bankett wird mir immer bewusster, wie erfüllend es ist, für Menschen zu kochen, die meine Arbeit wirklich zu schätzen wissen«, erklärte Serena. »Und nicht für Leute, denen nur wichtig ist, dass sie auch ja an den richtigen Orten gesehen werden. Warum sollte ich mir diesen Stress antun? Seht euch doch nur mal an, was mit Gordon Finlay passiert ist. Er hat die größte Erfolgsgeschichte in der Gastronomiebranche der letzten zehn Jahre hingelegt. Zehntausende eifern ihm nach. Und er selbst ist darüber zu einem Workaholic geworden, für den nichts anderes mehr zählte als seine Arbeit. Also: Was nutzt einem aller Erfolg der Welt, wenn man keinen inneren Frieden hat?«

In Serenas Worten schwangen noch andere, unausgesprochene Sorgen mit. In den letzten Wochen hatte sie oft Besuch von alten Schulfreundinnen gehabt, die mit Ehemann und Kindern gekommen waren. Und jedes Mal kam es mir so vor, als würde es sie in eine ganz andere Richtung ziehen.

Am nächsten Morgen erschien Gordon Finlay bereits um halb elf. Als er das Café betrat, wirkte er wie ein Mann, dem ein ganzes Felsengebirge vom Herzen gefallen war. Er setzte sich auf seine Bank, bestellte einen Espresso und zog die neueste Ausgabe der *Times of India* aus dem Regal.

Nachdem er die Zeitung durchgeblättert und seinen Kaffee getrunken hatte, stand er auf und ging zur Theke. »Meine Frau hat mir berichtet, wie nett Sie sich gestern um sie gekümmert haben«, sagte er in seinem schottischen Akzent zu Serena. »Sie sollen wissen, dass ich Ihnen dafür sehr dankbar bin. Genauso wie für Ihre … Diskretion.«

»Oh! Gern geschehen.«

»Dieses Café ist wie eine Oase«, fuhr er fort und betrachtete die buddhistischen *Thangkas* an den Wänden. »Wir werden bald nach Hause fahren. Keine Ahnung, was ich dort machen soll, aber hier sitzen und zwei Flaschen Wein pro Tag trinken kann ich auch nicht. Das hält meine Leber nicht lange durch.«

»Tut mir leid, dass es nicht so gekommen ist, wie Sie es geplant hatten«, sagte Serena. Dann fiel ihr noch etwas ein: »Ich hoffe trotzdem, dass Sie in Indien auch etwas gefunden haben, das Ihnen Freude bereitet hat.«

Gordon Finlay dachte einen Augenblick darüber nach. »Komisch, aber das Erste, was mir in den Sinn kommt, ist der Junge, dem ich mit seinem Imbiss geholfen habe.«

Serena lachte. »*Happy Chicken?*«

»Sein Geschäft läuft jetzt wie geschmiert«, sagte Finlay.

»Sind Sie etwa bei ihm eingestiegen?«

»Nein. Es hat mir nur Spaß gemacht, ihm zu helfen. Er hat mich so an mein früheres Ich erinnert: umgeben von Konkurrenten, ohne Kapital oder ein vernünftiges Alleinstellungsmerkmal. Er hat nur ein paar Hundert Pfund und den einen oder anderen Ratschlag gebraucht. Und jetzt sehen Sie ihn sich an!«

Während er sprach, schien Gordon Finlay immer größer und aufrechter dazustehen. Zum ersten Mal sah ich in ihm den Respekt heischenden Geschäftsmann, der er vor Kurzem noch war.

»Vielleicht«, meinte Serena, »haben Sie mir ja gerade gesagt, was *Sie* als Nächstes tun sollten.«

»Aber ich kann doch nicht jeden Straßenverkäufer überall auf der Welt retten!«, protestierte er.

»Nein. Aber das Leben derer, denen Sie mit Rat und Tat zur Seite stehen, wird sich für immer verändern. Allein diesem einen Händler auf die Sprünge geholfen zu haben, scheint Sie tief befriedigt zu haben. Und jetzt stellen Sie sich bloß mal vor, wie Sie sich fühlen werden, wenn Sie vielen helfen!«

Gordon Finlay blickte sie lange erstaunt an. Dann erschien ein Glitzern in seinen dunklen, aufmerksamen Augen. »Wissen Sie, da könnte tatsächlich was dran sein.«

Viertes Kapitel

Langeweile ist ein fürchterlicher Zustand, findet ihr nicht auch, liebe Leser? Ich glaube, jeder leidet hin und wieder darunter. Wie auch immer euer Alltag aussehen mag und welche Pflichten ihr zu erfüllen habt, ob ihr eine Führungskraft seid, die bis Monatsende ein Dutzend eintöniger Geschäftsberichte abgeben muss, oder eine Katze auf einem Aktenschrank, die den lieben langen Vormittag nichts anderes zu tun hat als zu dösen und auf die knusprigen Meerforellen-*Goujons* (denen vielleicht noch ein Klecks Schlagsahne folgt) zu warten, die im Café zum Mittagessen serviert werden.

Wie oft habe ich schon Touristen sagen hören: »Ich kann es kaum erwarten, wieder in die Zivilisation zurückzukehren.« Und dabei sind das genau dieselben Leute, die schon Monate vorher begonnen hatten, die Tage zu zählen, bis ihr Traum von der langersehnten Indienreise endlich in Erfüllung ging. Eine andere Variation desselben Themas ist das ewige »Wann ist denn endlich wieder Freitag?« – als müssten wir aus irgendeinem Grund fünf Tage gähnender Langeweile ertragen, nur um uns anschließend achtundvierzig Stunden lang amüsieren zu dürfen.

Aber es kommt noch schlimmer: Wenn wir über unseren Monatsberichten brüten oder an einem öden Morgen auf dem Aktenschrank lümmeln und an all die ähnlich eintönigen Tage denken, die noch vor uns liegen, verwandelt sich die Langeweile in eine tiefe existenzielle Verzweiflung. *Was soll das eigentlich alles?*, fragen wir uns dann womöglich. *Warum tue ich mir das an? Wen interessiert's?* Dann erscheint einem das Leben nur als eine trostlose, endlose Übung in Sinnlosigkeit.

Für diejenigen, die die Welt aus einer etwas globaleren Perspektive betrachten, wird diese Langeweile gelegentlich von einem düsteren Gefährten begleitet – dem Schuldgefühl. Wir wissen genau, dass wir im Vergleich zu vielen anderen ein relativ angenehmes Leben führen. Wir leben weder in einem Kriegsgebiet noch in bitterer Armut; wir werden nicht aufgrund unseres Geschlechts oder unseres Glaubens benachteiligt; wir dürfen essen, was uns schmeckt, die Kleidung tragen, die uns gefällt, und mehr oder weniger so leben, wie wir wollen. Und trotzdem langweilen wir uns.

Für mich persönlich kann ich da mildernde Umstände geltend machen. Schließlich war der Dalai Lama längere Zeit verreist. Daher war es im Jokhang auch ruhiger als sonst, und die Besuche Mrs. Trincis sowie die damit verbundenen – nicht zuletzt kulinarischen – Liebesbekundungen fielen ebenfalls aus. Aber vor allem fehlte mir die tröstliche Nähe Seiner Heiligkeit.

Deshalb schleppte ich mich eines Morgens schweren Herzens und mit Füßen wie Blei zum Café hinunter. Ich trabte noch langsamer als sonst dahin; jeder Schritt kam mir wie eine herkulische Anstrengung vor. *Wozu das Gan-*

ze?, fragte ich mich. Leckeres Mittagessen hin oder her – nach fünf Minuten hätte ich es sowieso verschlungen und würde eine Ewigkeit aufs Abendbrot warten müssen.

Ich konnte ja nicht ahnen, dass ich schon bald aus meiner Lethargie herausgerissen werden sollte.

Alles begann damit, dass Sam ungewöhnlich hektisch von seinem Hocker im Buchladen aufsprang und die Stufen zum Café hinunterflitzte.

»Serena!«, flüsterte er laut genug, um ihre Aufmerksamkeit zu erregen. »Es ist Franc!« Er deutete auf den Bildschirm hinter sich. In der Regel skypten sie jeden Montagmorgen gegen zehn Uhr mit ihm, wenn es im Café ruhiger zuging, um ihn über die Geschäfte auf dem Laufenden zu halten. Doch jetzt hatte er sich am frühen Nachmittag gemeldet, mitten im Hochbetrieb.

Serena lief zum Computer hinüber. Sam drehte die Lautsprecher auf und öffnete ein Fenster, das Franc in einem Wohnzimmer zeigte. Hinter ihm saßen mehrere Leute auf einer Couch und in Sesseln. Er wirkte angespannt.

»Mein Vater ist letzte Nacht gestorben«, eröffnete Franc ihnen ohne große Vorrede. »Ich wollte es euch sagen, bevor ihr es von jemand anderem erfahrt.«

Serena und Sam sprachen ihm ihr herzliches Beileid aus.

»Es war abzusehen, aber trotzdem ein Schock«, sagte er.

Hinter Franc verließ eine Frau das Sofa und ging auf den Bildschirm zu. »Ich weiß nicht, was wir ohne ihn tun sollen!«, schluchzte sie.

»Das ist meine Schwester Beryle«, erklärte Franc.

»Wir haben ihn alle so geliebt«, klagte Beryle. »Was für ein schrecklicher Verlust!«

Hinter ihr ertönte zustimmendes Gemurmel.

»Nur gut, dass ich am Ende bei ihm sein konnte«, sagte Franc. Obwohl er sich mit seinem Vater nicht allzu gut verstand, hatte ihn sein resoluter Lama Geshe Wangpo davon überzeugen können, die Reise nach San Francisco anzutreten. Als einer der ältesten und höchsten Lamas des Namgyal-Klosters vertrat er kompromisslos die Ansicht, dass Taten wichtiger sind als Worte und die anderen wichtiger als man selbst.

»Zum Glück hat mich Geshe Wangpo dazu überredet«, fuhr Franc fort. »Mein Vater und ich haben uns versöhnt ...«

»Es wird eine große Beerdigung!«, unterbrach ihn die Stimme eines älteren Herrn aus dem Hintergrund.

»Eine *sehr* große Beerdigung«, pflichtete ein anderer bei, offensichtlich schwer beeindruckt von den Dimensionen der geplanten Veranstaltung.

»Über zweihundert Trauergäste wollen ihm das letzte Geleit geben«, fügte Beryle hinzu, die sich wieder vor die Kamera drängte. »Und genau darum geht's doch jetzt, oder? Dass wir alle von ihm Abschied nehmen können.«

»Ganz richtig«, murmelte die Gruppe hinter ihr im Chor.

»Aber Dad wünschte sich nur eine einfache Zeremonie im Krematorium«, sagte Franc.

Davon wollte Beryle nichts hören. »Beerdigungen sind für die Hinterbliebenen da«, verkündete sie. »Wir sind eine katholische Familie. Na ja« – sie musterte Franc etwas abschätzig – »jedenfalls die meisten von uns.«

»So eine Himmelsbestattung kommt gar nicht infrage!«, meldete sich wieder die raue Männerstimme aus dem Hintergrund.

Franc schüttelte den Kopf. »Ich habe doch nie ...«

»Das macht ihr Buddhisten doch so, oder nicht?«, fragte ein schrumpeliges weißhaariges Männchen mit geröteten Augen und nur wenigen verbliebenen Zähnen, das sich vor den Computer drängte. »Ihr macht Hackfleisch aus den Leuten und werft sie dann den Geiern zum Fraß vor. Niemals!«

»Das ist Onkel Mick«, sagte Franc.

Onkel Mick starrte lange auf den Bildschirm. »Das sind ja gar keine Inder!«, meinte er schließlich vorwurfsvoll.

»Das habe ich auch nie behauptet«, protestierte Franc sanft, doch Mick hatte der Kamera bereits den Rücken zugekehrt und humpelte davon.

Franc hob die Augenbrauen. »Ich hoffe, dass ich morgen dazu komme, die Vögel im Park zu füttern.«

Im Buddhismus glaubt man, dass großmütige Taten von Hinterbliebenen, die karmisch eng mit dem Verstorbenen verbunden sind, diesem selbst zugutekommen.

»*Vögel?*«, fragte Beryle ungläubig. »Und was ist mit *uns*? Mit deinem eigen' Fleisch und Blut? Für so einen Unsinn hast du nach der Beerdigung noch mehr als genug Zeit.«

»Schluss für heute«, sagte Franc hastig. »Ich melde mich, sobald ich allein bin.«

Während Serena und Sam sich verabschiedeten, krähte Onkel Mick noch einmal dazwischen. »Vögel? Wusste ich's doch! Aber eins sage ich euch: Eine Himmelsbestattung kriegt ihr nur über meine Leiche!«

Sobald Franc das Gespräch beendet hatte, sahen sich Sam und Serena verwundert an.

»Anscheinend macht er gerade eine schwere Zeit durch«, sagte Serena.

Sam nickte. »Immerhin hat er inzwischen eingesehen, dass es richtig war, nach Hause zu fahren. Obwohl jetzt natürlich auch die Möglichkeit besteht, dass er schneller wieder hier ist als vermutet«, sagte er nachdenklich.

»Wer weiß?« Serena fuhr sich mit den Fingern durchs Haar. »Wenn er sich um die Erbschaftsangelegenheiten kümmern muss, könnte es noch eine Weile dauern.«

Aus dem Augenwinkel nahm sie eine Bewegung wahr. Marcel, Francs Französische Bulldogge, lag zu ihren Füßen.

»Woher wusste *er*…?«, begann sie und lächelte Sam zu.

»Vielleicht hat er seine Stimme gehört.«

»Von unter dem Empfangstresen?« Sie sah zum Hundekorb hinüber. Unmöglich, dass Francs Stimme dort noch zu hören gewesen war.

»Nein«, sagte sie und ging in die Hocke, um das Tier zu streicheln. »Ich glaube, ihr Hunde spürt so etwas. Stimmt's, kleiner Freund?«

Bald darauf erreichte uns eine noch tragischere Nachricht, die den ganzen Namgyal erschütterte – insbesondere das Büro, in dem ich die Assistenten des Dalai Lama beaufsichtigte. Vom Aktenschrank aus konnte ich nicht nur alles, was dort vor sich ging, genau beobachten, sondern bekam auch mit, wer in den Gemächern Seiner Heiligkeit ein und aus ging. Solange der Dalai Lama auf Reisen war, verbrachte ich viel Zeit dort und sah dem geschäftigen Treiben zu.

Abwechselnd legten Chogyal und Tenzin ihren Urlaub nach Möglichkeit auf Zeiten, in denen Seine Heiligkeit länger abwesend war. Diesmal war Chogyal an der Reihe. Er hatte sich mehrere Tage freigenommen, um seine Familie in Ladakh zu besuchen. Vor zwei Tagen hatte er Tenzin mit einer dringenden Nachricht für Geshe Wangpo kontaktiert. Mit gewohnter Effizienz hatte Tenzin umgehend zwei Novizen zu sich beordert, die gerade dabei gewesen waren, den Flur zu wischen.

Tashi und Sashi kannte ich beinahe seit meiner Geburt. Damals hatten sie mich, um es vorsichtig auszudrücken, etwas ruppig behandelt. Seitdem unternahmen sie jedoch große Anstrengungen, es wiedergutzumachen, und inzwischen hatte mein Wohlergehen höchste Priorität für sie.

»Ihr müsst eine dringende Nachricht überbringen«, sagte Tenzin, sobald sie in seinem Büro angetreten waren.

»Ja, Sir!«, antworteten sie einstimmig.

»Übergebt das Geshe Wangpo persönlich«, schärfte Tenzin ihnen ein und überreichte dem zehnjährigen Tashi – dem älteren der beiden Brüder – einen versiegelten Umschlag.

»Ja, Sir!«, wiederholte Tashi.

»Kein Trödeln, keine Ablenkungen«, sagte Tenzin streng. »Selbst wenn euch ein älterer Mönch zu sich ruft. Ihr seid in offiziellem Auftrag Seiner Heiligkeit unterwegs.«

»Ja, Sir!«, riefen die Jungen. Vor Aufregung über die wichtige Aufgabe, die ihnen so unverhofft zuteilgeworden war, hatten sich ihre Gesichter gerötet.

»Na los«, befahl Tenzin.

Sie sahen sich kurz an. »Eine Frage noch, Sir«, piepste Tashi.

Tenzin hob die Augenbrauen.

»Wie geht es der KSH, Sir?«

Tenzin drehte sich zu mir um. Ich lag auf dem Aktenschrank und blinzelte genau ein Mal.

»Sie lebt noch, wie ihr sehen könnt«, sagte er belustigt. »Und jetzt ab mit euch!«

Ich war gerade aus dem Café zurückgekommen, saß auf dem Aktenschrank und putzte meine kohlrabenschwarzen Ohren, als Geshe Wangpo höchstpersönlich das Büro betrat. Geshe Wangpo war nicht nur einer der angesehensten, sondern auch einer der gefürchtetsten Mönche des Namgyal-Klosters. Als Geshe der alten Schule – übrigens ein Titel, der den höchsten akademischen Grad bezeichnet, den buddhistische Mönche erwerben können – war er bereits über siebzig und hatte vor der chinesischen Invasion in Tibet studiert. Er besaß die für Tibeter typische gedrungene, muskulöse Statur, einen scharfen Verstand und wenig Toleranz für körperlichen oder geistigen Müßiggang. Dennoch waren sein Mitgefühl grenzenlos und die Zuneigung zu seinen Schülern über jeden Zweifel erhaben.

Geshe Wangpos beeindruckende physische Präsenz verfehlte auch hier ihre Wirkung nicht. Sobald er in der Tür erschien, sprang Tenzin auf und begrüßte ihn. »Geshe-la!«

Der Lama bedeutete ihm, sich wieder zu setzen. »Vielen Dank für Eure Nachricht von vor zwei Tagen«, sagte Geshe Wangpo mit ernster Miene. »Chogyal war schwer krank.«

»Ich habe davon gehört«, sagte Tenzin. »Dabei fühlte er sich bei seiner Abreise noch pudelwohl. Womöglich hat er sich im Bus etwas eingefangen?«

Geshe Wangpo schüttelte den Kopf. »Es war sein Herz«, sagte er, ohne genauer darauf einzugehen. »Über Nacht wurde er immer schwächer, blieb jedoch bei Bewusstsein. Als ich ihn heute Morgen anrief, konnte er schon nicht mehr sprechen. Es war kaum noch Leben in ihm. Zu unserem großen Bedauern war seine Zeit gekommen. Er konnte sich nicht mehr bewegen, aber meine Stimme noch hören. Um neun Uhr starb sein Körper, doch er verblieb noch über fünf Stunden im klaren Licht.«

Diese Nachricht traf Tenzin und mich wie ein Schlag. Chogyal? Tot? Unser Chogyal? Bis vor drei Tagen hatte er emsig in diesem Büro gearbeitet. Und er war noch so jung gewesen, keinesfalls älter als 35.

»Er hatte einen guten Tod«, sagte Geshe Wangpo.

»Und wir können zuversichtlich sein, dass sich sein geistiges Kontinuum in die richtige Richtung bewegt. Dennoch werden wir heute Abend im Tempel für ihn beten. Vielleicht wollt Ihr ja Opfergaben darbringen?«

Tenzin nickte. »Selbstverständlich.«

Während Geshe Wangpo uns abwechselnd ansah, verwandelte sich seine sonst so steinerne Miene in einen Ausdruck großer Zärtlichkeit. »Wenn wir jemanden verlieren, der uns nahestand, ist es nur natürlich, Trauer zu empfinden. Chogyal war ein sehr, sehr gütiger Mensch. Aber er muss euch nicht leidtun. Er hatte ein gutes Leben, und obwohl sein Tod unerwartet kam, hatte er nichts zu befürchten. Er starb auf eine gute Art und soll uns allen als Beispiel dienen.«

Damit drehte Geshe Wangpo sich um und verließ das Büro.

Tenzin senkte den Kopf und schloss die Augen. Nach einer Weile stand er auf, kam zum Aktenschrank und streichelte mich. »Unglaublich, nicht wahr?« Seine Augen füllten sich mit Tränen. »Der liebe, gute Chogyal.«

Etwas später erschien Lobsang und kam zu uns herüber. »Geshe-la hat es mir gerade mitgeteilt«, sagte er. »Mein Beileid.«

Die beiden Männer – einer in Mönchsrobe, der andere im dunklen Anzug – umarmten sich. »Fünf Stunden im klaren Licht!«

»Ja, das hat Geshe-la gesagt.«

Im tibetischen Buddhismus wird der Prozess des Sterbens von minutiösen Vorbereitungen begleitet. Und Seine Heiligkeit habe ich oft sagen hören, dass es sich bei diesem klaren Licht um den natürlichen Zustand unseres

Geistes handelt, der frei ist von allen Gedanken. Da sich dieser Zustand der Liebe und des Mitgefühls intellektuell nicht erfassen lässt, können Worte – wie etwa *grenzenlos, strahlend, glückselig* – nur einen Hinweis darauf geben, das Unbeschreibliche aber nicht beschreiben.

Nach langjähriger Meditation ist es bestimmten Personen möglich, das klare Licht auch im Leben zu erfahren. Wenn der Tod naht, haben sie deshalb keine Angst vor dem Verlust ihrer persönlichen Identität, da sie den Zustand der seligen Nicht-Dualität ja bereits kennen. Wer sich selbst so unter Kontrolle hat, kann seinen Geist in die richtige Richtung lenken und muss sich nicht von der Macht mentaler Gewohnheiten und dem Karma dirigieren lassen.

Selbst wenn ein solcher Mensch vom medizinischen Standpunkt aus betrachtet tot ist, verfällt sein Körper im Zustand des reinen Lichts nicht in Totenstarre und die gesunde Hautfarbe bleibt. Es kommt weder zu Verwesungserscheinungen noch zum Verlust von Körperflüssigkeiten. Der Verstorbene sieht aus, als würde er schlafen. Von großen Yogis weiß man, dass sie tage-, ja sogar wochenlang im klaren Licht waren.

Geshe Wangpos Versicherung, Chogyal sei es gelungen, im klaren Licht zu bleiben, kam deshalb höchste Bedeutung zu. Sein Leben mochte kurz gewesen sein, doch was er damit angefangen hatte, war gar nicht hoch genug einzuschätzen: Auch künftig würde er in der Lage sein, eine gewisse Kontrolle über sein Los auszuüben.

Tenzin griff in die Schublade, nahm ein Handy heraus und steckte es in die Tasche – das Zeichen dafür, dass er das Büro verlassen wollte.

»Ich gehe die Vögel füttern«, teilte er Lobsang mit.

»Gute Idee«, sagte der Mönch. »Wenn ich darf, würde ich dich gern begleiten.«

Die beiden gingen zur Tür.

»Das ist jetzt das Wichtigste, nicht wahr?«, sagte Lobsang. »Alles in unserer Macht Stehende zu tun, um dem Menschen, der uns verlassen hat, behilflich zu sein.«

Tenzin nickte. »Und auch wenn er unserer Hilfe gar nicht so sehr bedarf, ist es gut, sich auf etwas Positives zu konzentrieren.«

»Genau«, pflichtete Lobsang ihm bei. »Bloß nicht zu viel an sich selbst denken.«

Ihre Stimmen hallten durch den Flur. Ich blieb allein auf dem Aktenschrank zurück und dachte daran, dass ich Chogyal nie wiedersehen würde. Nie mehr würde er durch diese Tür treten, sich Tenzin gegenüber auf den Stuhl setzen und den gelben Textmarker in die Hand nehmen, den er zum Hervorheben bestimmter Absätze benutzt hatte. (In Wahrheit handelte es sich dabei natürlich um ein Spielzeug, das man vom Schreibtisch auf den Boden befördern konnte.)

Ich dachte an das letzte Mal zurück, an dem er mich in den Armen gehalten hatte. Ich hatte ihn gekratzt, weil er mir die beige Decke und damit die – wie ich geglaubt hatte – einzige Verbindung zu meiner Tochter genommen hatte. Ich war gemein und bösartig gewesen. Eine solche letzte Erinnerung an mich hätte ich mir für ihn nicht gewünscht, doch jetzt konnte ich es nicht mehr ändern. Ich fand Trost in der Gewissheit, dass unsere gemeinsame Zeit in erster Linie eine glückliche gewesen war. Wenn uns das Karma so wie in diesem auch in einem nächsten

Leben zusammenführte, würde die Energie zwischen uns bestimmt wieder positiv sein.

An diesem Abend beobachtete ich vom Fensterbrett aus, wie die Mönche des Namgyal gemeinsam mit den Anwohnern, die durch die Klosterpforte strömten, den Innenhof durchquerten. Ich hätte weder gedacht, dass die Gebete für Chogyal auch für die Öffentlichkeit bestimmt waren, noch dass Chogyal im Ort so große Beliebtheit genossen hatte.

Mehr und mehr Menschen kamen, und ich beschloss, ebenfalls an der Zeremonie teilzunehmen. Ich ging die Treppe hinunter und durch den Innenhof. Mit einer Gruppe älterer Nonnen schritt ich die Stufen zum Tempel hoch.

In der Dämmerung besitzt der Tempel eine magische Aura. An diesem Abend wurden die ebenmäßigen, vergoldeten Gesichter der großen Buddhastatuen vor dem Tempel von einem Meer aus flackernden Butterlampen erhellt. Jede von ihnen war dem Wohlergehen Chogyals und aller Lebewesen gewidmet. Andere traditionelle Opfergaben wie Nahrungsmittel, Räucherwerk, Duftöle und Blumen sorgten für ein wahres Fest der Sinne, das meine Schnurrhaare vor Wohlgefallen zum Erzittern brachte.

Ich betrachtete die großen *Thangkas* mit den farbenprächtigen Bildnissen von Gottheiten, darunter Maitreya, der Buddha der Zukunft; Manjushri, der Buddha der Weisheit; die grüne Tara; Mahakala, Beschützer des Dharma; der Medizinbuddha; und der verehrte Lehrer Lama Tsongkhapa. Wie sie im gedämpften Licht von ihren Lotosthronen auf mich herabblickten, wirkten die Gestalten weit weniger entrückt als tagsüber.

Ich hatte selten so viele Menschen im Tempel gesehen wie an diesem Abend. Die älteren Lamas und Rinpoches saßen in den ersten Reihen vor den anderen Mönchen und Nonnen. Die Stadtbewohner nahmen alle verfügbaren Plätze weiter hinten ein. Eine der Nonnen, mit denen ich gekommen war, setzte mich auf einen niedrigen Vorsprung in der rückwärtigen Tempelwand, von wo aus ich alles überblicken konnte. Die Menschen zündeten Butterlampen an, legten die Hände im Gebet zusammen und unterhielten sich flüsternd. Zweifellos war jedem die Bedeutung dieses Augenblicks bewusst. Natürlich trauerten wir um unseren Verlust und empfanden tiefe Betroffenheit, doch daneben war noch etwas anderes zu spüren – anscheinend hatte sich herumgesprochen, dass Chogyal im klaren Licht verblieben war. In die Trauer mischte sich deshalb stiller Stolz, beinahe Freude über Chogyals guten Tod.

Geshe Wangpos Ankunft wurde mit einem ehrfürchtigen Verstummen quittiert. Er nahm auf dem Lehrerthron – einem erhöhten Sitz im vorderen Teil des Tempels – Platz und intonierte ein Gebet, auf das eine kurze Meditation folgte. Es herrschte Stille im Tempel, doch ruhig im eigentlichen Sinne war es nicht, denn der Raum schien von einer merkwürdigen Energie erfüllt. Meine scharfen Katzensinne spürten die Kraft der Hunderte, die sich auf Chogyals Wohlergehen konzentrierten. Konnten die geballten guten Absichten so vieler erfahrener Meditierender, die Chogyal allesamt gut gekannt hatten, zu ihm durchdringen und ihm so in diesem Augenblick von Nutzen sein?

Geshe Wangpo beendete die Meditation, indem er sanft eine Glocke anschlug. Nachdem er eine kurze Nachricht des Dalai Lama verlesen hatte, der aus Amerika seine persönliche Beileidsbezeugung und einen speziellen Segen geschickt hatte, sprach er auf traditionell tibetische Art über Chogyals Leben, über seine Familie in Kham, einer Provinz im Osten Tibets, und über seine Mönchslaufbahn, die er bereits in jungen Jahren eingeschlagen hatte. Schließlich erwähnte er einige der wichtigen Einweihungen, in deren Genuss Chogyal gekommen war.

Geshe Wangpo war ein vehementer Verfechter der buddhistischen Traditionen. Zugleich wusste er jedoch, wie man ein Publikum erreicht, das nicht nur aus Mönchen, sondern auch aus ganz »normalen« Menschen besteht. »Chogyal wurde nur fünfunddreißig Jahre alt«, sagte er mit sanfter Stimme. »Wenn wir etwas aus seinem Tod lernen können – und ich bin mir sicher, das hätte er sich gewünscht –, dann, dass uns das Ende jederzeit ereilen kann. Darüber denken wir viel zu selten nach. Natürlich haben wir uns damit abgefunden, irgendwann sterben zu müssen, aber wir glauben, dass dieser Moment noch weit in der Zukunft liegt. Eine solche Einstellung« – Geshe Wangpo machte eine bedeutungsschwere Pause – »ist bedauernswert. Der Buddha selbst sagte, dass die Meditation über den Tod die wichtigste von allen ist. Über seinen eigenen Tod nachzudenken ist weder makaber noch deprimierend. Ganz im Gegenteil! Erst wenn wir uns der Realität des Todes stellen, wissen wir wahrhaftig, wie wir leben sollen.

So zu leben, als wären wir unsterblich«, fuhr er fort, »ist eine große Verschwendung. Eine meiner Schülerinnen, eine Frau, die unter Krebs im fortgeschrittenen Stadium litt, entging letztes Jahr um Haaresbreite dem Tod. Als ich sie im Krankenhaus besuchte, war sie nur noch ein Schatten ihrer selbst. Sie lag im Bett, angeschlossen an alle möglichen Schläuche und Maschinen. Glücklicherweise gewann sie den Kampf gegen den Krebs. Und erst kürzlich sagte sie mir etwas sehr Interessantes: Die Krankheit sei das größte Geschenk gewesen, das ihr je zuteilwurde, weil sie sie zum ersten Mal mit dem eigenen Tod konfrontiert habe. Erst da begriff sie, wie wertvoll es ist, einfach nur am Leben zu sein.«

Geshe Wangpo ließ diese Worte sacken, bevor er weitersprach:

»Jetzt wacht sie jeden Morgen in tiefer Dankbarkeit dafür auf, dass sie noch am Leben und frei von Krankheit ist. Jeder weitere Tag ist ein Geschenk für sie. Sie ist zufrieden und von innerem Frieden erfüllt. Um materielle Dinge macht sie sich jetzt weit weniger Gedanken, weil sie sich ihrer Vergänglichkeit bewusst ist. Sie meditiert regelmäßig, da sie aus eigener Erfahrung weiß, dass ihr Bewusstsein bleiben wird, ganz egal, was mit ihrem Körper geschieht.

Der Dharma lehrt uns, wie wir die Kontrolle über unser Bewusstsein erlangen. Statt Sklaven der geistigen Unruhe und des Gewohnheitsdenkens zu werden, sollten wir die kostbare Gelegenheit ergreifen, uns davon zu befreien und die wahre Natur unseres Geistes zu erkennen. Denn den Geist können wir mitnehmen, nicht aber unsere Freunde, unsere Lieben und unsere Besitztümer. Die Erkenntnis, dass das Bewusstsein grenzenlos ist und über den Tod hinausgeht, ist ein bleibender Wert. In diesem Wissen müssen wir den Tod nicht mehr fürchten.« Ein listiges Grinsen erschien auf seinem Gesicht. »Wir erkennen, dass der Tod, wie alles andere im Leben, nur ein Konzept ist.«

Geshe Wangpo legte eine Hand auf seine Brust. »Ich wünschte, alle meine Schüler könnten die Erfahrung machen, dem Tod einmal so nahe zu sein. Einen besseren Weckruf zum Leben gibt es nicht. Manche Schüler, wie Chogyal, sind auf so etwas natürlich nicht angewiesen. Er hat immer gewissenhaft meditiert, besaß ein großes Herz und das unglaubliche Karma, einige Jahre lang eng mit Seiner Heiligkeit zusammenzuarbeiten. Dieses Geschenk sollte übrigens niemand unterschätzen, der mit Seiner Heiligkeit zu tun hat.«

Ich fragte mich, ob Geshe-las letzte Bemerkung auf mich gemünzt war. (Wenn ich ihn in der *Gönpa* – dem Tempel im Kloster – sprechen hörte, kam es mir oft so vor, als seien seine Worte direkt an mich gerichtet.) Schließlich verbrachte ich mehr Zeit mit dem Dalai Lama als irgendein anderes Lebewesen. Was sagte das über *mein* Karma aus?

»Wir werden Chogyals in unseren Gebeten und Meditationen gedenken, ganz besonders im Lauf der nächsten sieben Wochen.« Damit meinte Geshe Wangpo die maximale Verweildauer des Bewusstseins im *Bardo*, dem Zustand zwischen dem Ende einer Existenz und dem Beginn der nächsten. »Und wir sollten ihm von Herzen danken, dass er uns daran erinnert hat, wie kurz das Leben ist und dass es jederzeit enden kann«, betonte er.

»Im Dharma gibt es den Begriff der *Einsicht* beziehungsweise *Erkenntnis*. Davon spricht man, wenn unser Verständnis einer Sache so tief geht, dass es sich auf das Verhalten auswirkt. Ich hoffe, dass Chogyals Tod uns erkennen lässt, dass auch wir sterben werden. Eine solche Einsicht hilft uns loszulassen und tiefe Dankbarkeit, wenn nicht sogar Ehrfurcht dafür zu empfinden, dass wir am Leben sind. Wir dürfen unsere Dharma-Praxis nicht aufschieben: Die Zeit ist wertvoll, und wir müssen sie so gut wie möglich nutzen.

Wir, die wir hier versammelt sind, können uns überaus glücklich schätzen, denn wir kennen die Praktiken, die unser Bewusstsein und sogar die Erfahrung des Todes selbst verändern können. Legen wir eine ähnliche Hingabe wie Chogyal an den Tag, haben wir nichts zu befürchten, wenn der Tod naht. Und solange wir noch am Leben sind ... umso wundervoller!«

Am nächsten Morgen bemerkte ich von meiner Fensterbank aus, dass Tenzin eine halbe Stunde früher als üblich den Innenhof durchquerte. Statt direkt ins Büro zu gehen, betrat er den Tempel, um den Tag mit einer Meditation zu beginnen.

Auch sonst waren so einige Veränderungen an ihm wahrzunehmen. Eines Tages kam er mit einem seltsam geformten Koffer zur Arbeit. Er lehnte ihn an die

Wand hinter Chogyals Schreibtisch. Neugierig schnupperte ich daran und fragte mich, was sich wohl darin befinden mochte. Der Kasten war größer als eine Laptoptasche und schmaler als ein Reisekoffer. Auf einer Seite bemerkte ich eine merkwürdige Ausbuchtung.

Zur Mittagspause zog sich Tenzin in das Erste-Hilfe-Zimmer zurück. Normalerweise aß er dort sein Sandwich, während er dem BBC World Service im Radio lauschte. Heute jedoch war ein sehr sonderbares Gurgeln und Quieken hinter der geschlossenen Tür zu hören, unterbrochen von angestrengtem Schnaufen und Prusten. Später hörte ich, wie er dem verwunderten Lobsang alles erklärte: »Seit zwanzig Jahren habe ich nun schon ein Saxofon bei mir zu Hause rumliegen. Ich wollte schon immer darauf spielen können. Und wenn ich etwas von Chogyal gelernt habe ...« Er deutete mit dem Kinn auf Chogyals Stuhl.

»... dann, dass nur der Augenblick zählt«, vollendete Lobsang den Satz. »Carpe diem!«

Und ich, liebe Leser? Ich hatte keine Ambitionen, das Saxofon spielen zu lernen. Noch nicht einmal die Piccoloflöte. Meine Mittagspausen im Himalaja-Buchcafé wollte ich auch nicht aufgeben. Dennoch hatte auch mich Chogyals Tod auf eindringliche Weise daran erinnert, dass das Leben endlich und jeder Tag kostbar ist. Allein mit guter Gesundheit aufzuwachen ist ein Segen, denn Krankheit und Tod können einen jeden Augenblick treffen.

Das hatte ich natürlich schon vorher gewusst – schließlich ist das eines der Themen, die Seiner Heiligkeit besonders am Herzen liegen –, aber eine Idee zu verinnerlichen und sein Verhalten danach auszurichten ist doch noch einmal etwas anderes. Zufrieden war ich vorher schon gewesen, doch nun begriff ich, dass jeder Tag, den man gesund und in Freiheit verbringt, eine neue Gelegenheit ist, das Fundament für eine glücklichere Zukunft zu legen.

Langeweile? Lethargie? Das alles wird bedeutungslos, wenn man sich vor Augen hält, wie schnell die Zeit vergeht. Mit überwältigender Klarheit verstand ich jetzt, dass man sich erst dem Tod stellen muss, wenn man ein wahrhaft glückliches und sinnvolles Leben führen will. Und zwar nicht nur in der Theorie. Danach ist der Abendhimmel viel prächtiger, die Weihrauchschwaden steigen eleganter auf, und der Räucherlachs mit *Sauce Dijonnaise* unten im Café schmeckt so gut, dass einem das Wasser im Maul zusammenläuft und die Schnurrhaare zittern.

Fünftes Kapitel

Von den neunundvierzig Nächten, die Seine Heiligkeit auf Reisen war, waren bereits fünfunddreißig verstrichen, als mir auffiel, dass etwas in meinem Leben fehlte. Es war mir so allmählich entglitten, dass ich seine Abwesenheit erst bemerkte, als es beinahe völlig verschwunden war: Ich hatte aufgehört zu schnurren.

Natürlich schnurrte ich noch, wenn Tenzin seine Aufmerksamkeit von der eher zweitrangigen Korrespondenz mit den politischen Führern der Welt *im* Aktenschrank zu dem weit bedeutsameren Wesen *darauf* lenkte. Und natürlich warf ich den Motor auch noch an, um deutlich zu machen, wie sehr ich die schmackhaften Gerichte im Himalaja-Buchcafé genoss.

Doch von diesen seltenen Gelegenheiten abgesehen, hatte ich die letzte Woche über keinen Laut von mir gegeben. Das machte mich unglücklich und brachte mich zu der zentralen Frage zurück, der ich nachgehen wollte: *Warum schnurren Katzen eigentlich?*

Die Antwort scheint auf der Hand zu liegen, ist aber – wie so viele andere Aktivitäten unserer Spezies – komplexer, als es den Anschein hat. Ja, wir schnurren, wenn wir zufrieden sind. Die Wärme eines Ofens, die Behaglichkeit eines menschlichen Schoßes, die Vorfreude auf eine Untertasse Milch – all das kann unsere Kehlkopfmuskeln dazu bringen, mit einer beeindruckenden Frequenz zu vibrieren.

Doch Zufriedenheit ist nicht der einzige Auslöser dafür. Genau wie Menschen mitunter lächeln, wenn sie nervös sind oder an das Gute in jemandem appellieren wollen, schnurren wir Katzen auch, wenn ein Termin beim Tierarzt ansteht oder wir uns während einer Autofahrt Selbstvertrauen einflößen müssen. Und, liebe Leser, wenn euch euer Gang in die Küche fast, aber nicht ganz zu dem einzigen Schrank führt, der für Katzen dort von Interesse ist, dann könnte es durchaus sein, dass ihr ein kehliges Schnurren hört, während wir den Schwanz in manipulativer Absicht um eure Beine schlingen oder, mit etwas mehr Nachdruck, um eure Knöchel streichen.

Die bioakustische Forschung hat eine weitere faszinierende Tatsache aufgedeckt: Die Frequenz des Katzenschnurrens ist die ideale Schmerztherapie, sie beschleunigt die Wundheilung und das Knochenwachstum. Wir Katzen können tatsächlich Schallwellen erzeugen, die einen ähnlich heilsamen Effekt haben wie die elektrische Stimulation, die in der Medizin neuerdings verstärkt zur Anwendung kommt. Bei uns ist das jedoch eine ganz natürliche und spontane Sache, die wir um unserer selbst willen betreiben. (Eine Anmerkung für Katzenliebhaber: Wenn euer geliebtes Haustier bedeutend häufiger schnurrt als gewöhnlich, solltet ihr es zum Tierarzt bringen. Es könnte der Hinweis auf eine unentdeckte Erkrankung sein.)

Und es gibt noch einen weiteren Grund, aus dem wir schnurren – und das ist wohl der wichtigste. Wie bedeutsam er ist, sollte ich jedoch erst begreifen, als Sam Goldberg versehentlich seine Tür offen stehen ließ.

Es gibt nur wenige Dinge, die eine Katze neugieriger machen als eine bis dato fest verschlossene Tür, die nun einen Spalt weit offen steht. Die Gelegenheit, unbekanntes, gar verbotenes Terrain zu erkunden, müssen wir einfach ergreifen – und genauso geschah es eines Nachmittags, als ich mich gerade auf den Rückweg zum Jokhang machen wollte. Ich sprang vom Zeitschriftenregal und bemerkte, dass die Tür hinter der Kasse des Buchladens offen stand. Sofort änderte ich meine Pläne. Dass hinter der Tür eine Treppe zu Sams Wohnung führte, wusste ich bereits. Als Franc ihn eingestellt hatte, gehörte zu der Abmachung, die sie trafen, auch die Nutzung der darüber liegenden Wohnung, die vorher als Abstellraum gedient hatte.

Ohne zu zögern schlüpfte ich durch den Spalt und stand direkt vor der Treppe. Die schmalen, hohen Stufen waren mit einem muffigen Teppich ausgelegt. Sofort machte ich mich an den beschwerlichen Aufstieg. Trotz der Schmerzen in meiner steifen Hüfte kämpfte ich mich tapfer auf den Lichtstrahl zu, der aus einer zweiten Tür am Ende der Treppe drang. Sie war ebenfalls nicht verschlossen und führte direkt in Sams Wohnung.

Ich hatte mich schon oft gefragt, was Sam dort oben trieb. Soweit ich es beurteilen konnte, war sein Arbeitsleben recht eintönig. Wenn er nicht gerade mit Kunden sprach, Neuerscheinungen auspackte oder Bücher in die Regale sortierte, saß er hinter der Kasse und starrte wie gebannt auf seinen Computerbildschirm. Was genau er da tat, blieb sein Geheimnis. Manchmal ließ er Serena gegenüber Begriffe wie *Inventurprogramm, Verlagsvorschauen* und *Buchhaltungssoftware* fallen. Oft scherzte er auch, dass er als hoffnungsloser Nerd nur hinter einer Tastatur glücklich sei.

Dennoch – so viele Stunden, jeden Tag? Das machte mich erst recht neugierig darauf, was ich am Ende der Treppe entdecken würde.

Ohne Zweifel besaß Sam einen scharfen Verstand. Des Öfteren hatte ich nach Diskussionen etwa über die spontane Manifestation tibetischer Symbole auf Höhlenwänden oder die Übereinstimmungen in den Biografien und Lehren von Buddha und Jesus mitbekommen, dass Sams Intelligenz von seinen Gesprächspartnern über den grünen Klee gelobt wurde. Ich hoffte, seine Wohnung hatte eine ähnlich anregende Wirkung.

Mit dem Kopf voller solcher Spekulationen erreichte ich endlich das Ende der Treppe. Da ich unangekündigt erschien, schlich ich mich vorsichtig voran. Ich quetschte mich durch den Spalt zwischen Tür und Rahmen und fand mich in einem großen, spartanisch möblierten Raum wieder. Die weißen Wände waren völlig kahl. Zu meiner

Linken stand ein mit einer verblichenen Tagesdecke bedecktes französisches Bett. In der Wand zur Rechten befanden sich zwei Fenster mit hölzernen Jalousien davor. Am der gegenüberliegenden Wand stand ein Schreibtisch mit drei großen Computermonitoren darauf, vor denen Sam mit dem Rücken zu mir saß. Der Boden um ihn herum war mit einem Durcheinander aus Kabeln und Computerzubehör bedeckt.

So also verbrachte Sam seine Freizeit? Er verließ den Platz vor dem Rechner unten und setzte sich hier gleich vor den nächsten? In einer Ecke lag ein Sitzsack, der jedoch kaum benutzt war. Wie es aussah, beschäftigte Sam sich fast ausschließlich mit seinem Computer. Gerade befand er sich in einer Videokonferenz. Kleine Bilder der anderen Teilnehmer waren auf den Bildschirmen zu erkennen. Er hatte Serena einmal erklärt, dass er so mit Schriftstellern auf der ganzen Welt in Kontakt bleiben konnte. Gelegentlich gelang es ihm, diejenigen, die sich gerade zufällig auf einer Indienrundreise befanden, zu einem Vortrag oder einer Signierstunde im Buchladen zu überreden.

Da Sam mit seiner Konferenz beschäftigt war, konnte ich mich in aller Ruhe umsehen. Ganz besonders interessant fand ich mehrere runde, neongelbe Objekte, die ich aus den Sportnachrichten im Fernsehen kannte: Golfbälle! Daneben lehnte ein Putter im Türstock.

Still und heimlich schlich ich mich auf die Bälle zu. Sobald ich nahe genug war, duckte ich mich wie ein Dschungelraubtier, dann sprang ich los. Ein Ball rollte mit hoher Geschwindigkeit über den Boden und prallte lautstark gegen die Scheuerleiste.

Sam wirbelte herum und ertappte mich dabei, wie ich gerade die Pfoten um einen weiteren Ball legte und das Maul aufriss, als wollte ich hineinbeißen.

»Rinpoche!«, rief er und sah von mir zur offen stehenden Tür hinüber. Ich ließ den Ball fallen, sprang wie von Sinnen durch den Raum und ließ mich dann auf Sams Bett nieder.

Er grinste.

»Was ist denn?«, fragte eine Stimme aus dem Lautsprecher.

Sam richtete die Kamera auf mich. »Unerwarteter Besuch.«

Aus der ganzen Welt ertönten *Ohs* und *Ahs*.

»Ich wusste gar nicht, dass Sie so ein Katzenfreund sind«, sagte ein Mann mit amerikanischem Akzent.

Sam schüttelte den Kopf. »Bin ich auch nicht unbedingt, aber die hier ist etwas ganz Besonderes. Es handelt sich um die Katze des Dalai Lama.«

»Und die besucht *Sie? Zu Hause?*«, fragte jemand ungläubig.

»Total abgefahren!«, rief ein anderer.

»Wie niedlich«, gurrte die Nächste.

Bis alle diese weltbewegende Nachricht verdaut hatten, herrschte große Aufregung. Sobald die normale Unterhaltung danach fortgeführt wurde, widmete ich mich wieder den Golfbällen. Sie waren härter, als ich gedacht hatte. Und schwer! Jetzt begriff ich auch, warum die Golfer sie über solche weiten Distanzen schlagen konnten.

Ich schubste einen weiteren Ball über den Boden, auf einen schwarzen Plastikbecher zu. Er verfehlte sein Ziel, prallte gegen die Scheuerleiste und flog direkt in meine

Richtung zurück. Erschrocken sprang ich im letzten Augenblick zur Seite. Anscheinend war Golf unberechenbarer und gefährlicher, als ich vermutet hätte.

Sobald mich der Sport zu langweilen begann, stolzierte ich durch einen Flur in die Küche. Anders als die Küchen im Jokhang, die fast rund um die Uhr in Betrieb waren und aus denen ständig verlockende Düfte drangen, erschien mir die von Sam steril und wenig ergiebig. Wahrscheinlich, weil er meistens unten im Café aß. Im Mülleimer bemerkte ich leere Bierdosen und einen Eiscremekarton. Nicht besonders aufregend.

Ich suchte gerade nach weiteren Räumen – die es nicht gab –, als einer der Konferenzteilnehmer meinte: »Die Psychologie ist ja noch eine junge Wissenschaft. Gerade mal hundert Jahre ist es her, dass Freud den Begriff *Psychoanalyse* geprägt hat. Seitdem hat man sich in erster Linie um Leute mit schweren psychischen Störungen gekümmert. Erst seit Kurzem sind neue Entwicklungen wie die Positive Psychologie zu beobachten, bei denen nicht die Schwächen der Menschen im Vordergrund stehen, sondern ihre Stärken.«

»Damit wir unser Potenzial voll ausschöpfen«, warf jemand ein.

»Und zur vollen Blüte bringen können«, fügte ein anderer hinzu.

»Trotzdem verstehe ich nicht«, sagte Sam, »warum nach den ganzen Forschungsanstrengungen der letzten Jahrzehnte die Glücksformel immer noch nicht gefunden wurde.«

Ich hielt inne. *Glücksformel?* Das war typisch für Sam, den Computernerd mit seinen Programmen und Codes und Algorithmen. Als könnte man das Glück auf ein Bündel wissenschaftlicher Daten reduzieren.

»Doch, so eine Gleichung gibt es durchaus«, sagte der Mann in der Mitte des Bildschirms. »Aber wie die meisten Formeln bedarf sie einer Erklärung.«

Tatsächlich? Ob wohl der Dalai Lama diese Formel kannte? Allein die Andeutung, dass es so etwas geben könnte, ließ mich die Ohren spitzen.

»Die Formel lautet: H ist gleich S plus C plus V«, sagte der Mann. Er tippte sie ein, sodass sie auf dem Monitor erschien. »Das Glücksniveau H ist gleich die genetischen Voraussetzungen S plus die Lebensumstände C plus die beeinflussbaren Faktoren V. Dieser Theorie zufolge besitzt jeder Mensch einen biologischen *Set-point* beziehungsweise *Sollwert* für sein Glück. Manche Leute sind von Natur aus optimistisch und fröhlich. Diese findet man an einem Ende der Gauß'schen Normalverteilungskurve, diejenigen mit eher gedämpfter Stimmung am anderen. Die Mehrheit liegt irgendwo dazwischen. Der Glückssollwert bezeichnet den Durchschnitt unseres subjektiven Wohlbefindens, den Normwert, den wir nach unseren Hochs und Tiefs, den alltäglichen Triumphen und Tragödien, immer wieder erreichen. Ein Lotteriegewinn macht Sie eine Zeit lang glücklicher, aber die Forschung zeigt, dass Sie sich immer wieder auf diesen Sollwert einpendeln.«

»Kann man diesen Sollwert verändern?«, fragte eine Frau mit britischem Akzent. »Oder sind wir für immer daran gebunden?«

Ich sprang vom Boden auf das Bett und vom Bett auf den Schreibtisch, um der Diskussion besser folgen zu können.

»Da wirkt Meditation Wunder«, sagte ein Mann mit einer glänzenden Glatze und geröteter Haut. »Studien haben gezeigt, dass die Sollwerte erfahrener Meditationspraktiker regelrecht die Skala sprengen.«

Aber sicher, dachte ich, *das weiß Seine Heiligkeit ganz bestimmt!*

»Betrachten wir die Lebensumstände C etwas genauer«, sagte der Mann, der die Glücksformel erklärt hatte. »Bestimmte Umstände entziehen sich unserem Einfluss – Geschlecht, Alter, ethnische Zugehörigkeit oder sexuelle Orientierung beispielsweise. Abhängig von Ihrem Herkunftsort können diese Faktoren großen Einfluss auf Ihr Glücksniveau haben.

V, also die beeinflussbaren Faktoren«, fuhr er fort, »sind diejenigen Aktivitäten, denen man freiwillig nachgeht, zum Beispiel Sport, Klavierunterricht oder das Engagement für eine bestimmte Sache. Solche Tätigkeiten erfordern ständige Aufmerksamkeit, was bedeutet, dass man sich nicht daran gewöhnt wie etwa an sein Auto oder die Freundin, sobald der Reiz des Neuen verflogen ist.«

Kichern unter den Teilnehmern der Videokonferenz.

»Allgemein kann man sagen, dass manche Faktoren dieser Formel verändert werden können, andere nicht. Man sollte sich also auf die Dinge konzentrieren, die sich ändern lassen und dazu beitragen, das Wohlbefinden zu steigern.«

Das entfernte Schlagen von Zimbeln und der Ruf eines tibetischen Horns erinnerten mich an die Zeremonie, die gleich im Namgyal-Kloster abgehalten werden sollte. Anlässlich der Ernennung mehrerer neuer Geshes, die das Ende ihrer vierzehnjährigen Studienzeit erreicht hatten, wurde ein Festmahl ausgerichtet. Die Vergangenheit hatte mich gelehrt, dass es durchaus lohnend war, sich bei derartigen Festivitäten in der Nähe der Klosterküchen aufzuhalten.

Während ich vom Schreibtisch sprang und zur Treppe lief, dachte ich über die Glücksformel nach. Ein interessanter Ansatz, der sich von den Lehren des Dalai Lama gar nicht so sehr unterschied. Anscheinend waren die modernen westlichen Wissenschaften und die uralten östlichen Weisheitslehren zu ein und demselben Ergebnis gelangt.

Mehrere Tage später kam Bronnie Wellenksy mit einem neuen Aushang für die Pinnwand im Café vorbei. Bronnie, eine Kanadierin Mitte zwanzig, leitete ein gemeinnütziges Bildungswerk. Auf der Pinnwand des Cafés warb sie bei den Touristen für Veranstaltungen wie den Besuch regionaler Kunsthandwerksbetriebe oder die Konzerte ortsansässiger Musiker. Sie war übermütig, stets gut gelaunt und immer in Bewegung, und auch in ihrem schulterlangen Haar herrschte ständiges Durcheinander. Obwohl sie erst seit etwa einem halben Jahr in Dharamsala lebte, verfügte sie bereits über erstaunlich gute Kontakte.

»Das hier wäre für dich genau das Richtige«, rief sie Sam zu, während sie den Zettel aufhängte.

Sam sah vom Bildschirm auf. »Was denn?«

»Wir suchen ehrenamtliche Dozenten, die den einheimischen Jugendlichen Computergrundlagen beibringen.

Damit sich ihre Chancen auf dem Arbeitsmarkt verbessern.«

»Aber ich habe schon einen Job.«

»Das ist nur auf Teilzeitbasis«, sagte Bronnie. »Höchstens zwei Abende die Woche. Selbst einer wäre schon toll.«

Sobald sie den Anschlag deutlich sichtbar angebracht hatte, ging sie zur Kasse hinüber.

»Ich h-hab noch nie Unterricht gegeben«, sagte Sam. »Dafür bin ich nicht qualifiziert. Ich wüsste gar nicht, wie ich das anfangen sollte.«

»Na, beim Anfang!«, entgegnete sie und beantwortete seine unsichere Miene mit einem strahlenden Lächeln. »Dass du noch nie unterrichtet hast, spielt gar keine Rolle. Die Kids haben überhaupt keine Ahnung. Die meisten kommen aus Familien, die sich keinen Computer leisten können. *Jede* Hilfe wäre echt ... super. Oh, entschuldige, ich weiß gar nicht, wie du heißt. Ich bin Bronnie.« Über die Theke hinweg hielt sie ihm die Hand hin.

»Sam.«

Erst als er ihre Hand schüttelte, schien er Bronnie richtig wahrzunehmen.

»Du sitzt doch ständig vor dem Computer«, sagte sie.

Er hob in gespielter Resignation die Arme. »Ich bin eben ein Nerd.«

»So war das nicht gemeint«, sagte sie fröhlich.

»Es ist aber so«, meinte er achselzuckend.

Sie sah ihm direkt in die Augen. »Du kannst dir nicht vorstellen, wie sehr du diesen Jugendlichen helfen würdest. Selbst das Zeug, das dir ganz selbstverständlich vorkommt, wäre eine Offenbarung für sie.«

Ich kannte natürlich den wahren Grund für Sams Zögern. In der Vergangenheit hatte er sowohl Franc als auch Geshe Wangpo gegenüber eingestanden, er sei »einfach kein geselliger Mensch«. Und jetzt verlangte Bronnie von ihm, dass er sich vor eine ganze Gruppe von Menschen stellte und sie unterrichtete.

Bronnie sah ihn unverwandt an und lächelte herzlich. »Nirgends wäre dein freiwilliges Engagement besser eingesetzt als auf diesem Gebiet.«

Das war das Stichwort: *freiwillig.* Obwohl Bronnie bestimmt nicht ahnte, dass dies eine Schlüsselvariable der Glücksformel war.

»Ein bisschen helfen kann ich dir natürlich.«

Ließ Sams Widerstand etwa nach?

»Die Leute vom Internetcafé stellen ihre Räumlichkeiten zur Verfügung«, sagte Bronnie. »Nur eine Stunde am späten Nachmittag. Einfache Textverarbeitung, vielleicht ein bisschen Tabellenkalkulation – so was in der Richtung.«

Sam nickte.

»Oh, *bitte,* sag, dass du dabei bist!«, platzte sie heraus.

Ein Lächeln spielte um Sams Mundwinkel. »Also gut!«, sagte er und sah auf die Theke herab. »Ich bin dabei.«

Sam nahm seine neu erworbenen Pflichten als Dozent sehr ernst. Schon bald hatte er sich mehrere Einführungskurse für angehende Lehrer aus dem Internet heruntergeladen, diverse Videos auf YouTube zum Thema angesehen und sich dabei eifrig Notizen gemacht. Wenn es im Café etwas ruhiger zuging, sprach er sogar die Kellner auf einen bestimmten Begriff oder ein Konzept an: Würden das die jungen Inder auch verstehen?

Sams erste Unterrichtsstunde verpasste ich leider. Sie musste stattgefunden haben, als ich schon wieder im Jokhang war. Doch die Veränderung, die mit dem Buchhändler vorging, war nicht zu übersehen. Er verbrachte weniger Zeit hinter seiner Theke und mehr im Gespräch mit den Kunden. Auch seine Körperhaltung hatte sich verändert. Er kam mir jetzt irgendwie größer vor.

Die ersten Stunden waren so gut verlaufen, dass er beschloss, weiterzumachen. Das hatte ich einer Bemerkung entnommen, die er Bronnie gegenüber eines Morgens fallen ließ.

»Du warst echt *spitze* gestern«, sagte sie mit leuchtenden Augen.

»Aber das war doch nur …«

»Zwei geschlagene Stunden lang haben sie dich mit Fragen bombardiert!«, sagte sie lachend. »Das muss man erst mal durchhalten.«

»Ich glaube, es hat allen ganz gut gefallen.«

»Auch dem Nerd, der nicht unterrichten kann?«

»Sogar dem.«

»*Ganz besonders* dem, würde ich sagen.« Sie beugte sich über die Theke, ergriff seine Hand und sagte etwas, das ihn in schallendes Gelächter ausbrechen ließ. Man stelle sich vor – Sam, aus vollem Halse lachend. Wenn ich es nicht mit eigenen Ohren gehört hätte, hätte ich es nicht geglaubt.

Falls mich mein Katzeninstinkt nicht trog, war hier irgendetwas im Busch, liebe Leser. Und das hatte nicht nur mit der Variablen V zu tun.

Meine Ahnung schien sich während der abendlichen Kakao-Rituale zu bestätigen. Zufällig war Lobsang ebenfalls im Buchladen, Serena lud ihn in die Runde ein, und er akzeptierte. Kaum hatten sich Lobsang und Serena nebeneinander auf die Couch gesetzt, öffnete Sam die Tür, die zu seiner Wohnung führte. Er stieg mit lautem Poltern die Treppe hinauf. Dann waren gedämpfte Stimmen zu hören, gefolgt von gleich zwei Paar Füßen, die die Treppe hinuntergingen.

Ich starrte Bronnie fasziniert an. Zum ersten Mal sah ich sie mit frisierten glänzenden Haaren und Make-up. Sie trug eine figurbetonte Jeans und ein hübsches Top.

»Das ist Bronnie«, sagte Sam und stellte sie Lobsang vor. Serena kannte sie ja bereits. »Meine Freundin«, fügte er hinzu.

Bronnie warf ihm einen anhimmelnden Blick zu.

Sam strahlte übers ganze Gesicht.

Lobsang legte die Hände vor dem Herzen zusammen und verbeugte sich.

Serena kicherte. »Ich freue mich so für euch!«

Nachdem sie sich gesetzt hatten, vollzog Kusali das abendliche Ritual aus heißer Schokolade, Hundekuchen und einer Untertasse Milch.

Lobsang sah Bronnie und Sam mit gütigem Lächeln an. »Und wo habt ihr euch kennengelernt?«

»Ich habe nach ehrenamtlichen Dozenten für unsere Computerkurse gesucht«, erzählte Bronnie. »Wir wollen ein paar der einheimischen Jugendlichen für den Arbeitsmarkt fit machen. Und Sam hat sich gleich gemeldet.«

Sam grinste. »So kann man es auch ausdrücken. Aber ein ›Nein‹ hätte sie keinesfalls durchgehen lassen, glaube ich.«

»Du kannst jederzeit aufhören«, scherzte Bronnie. »Wird er nicht, keine Sorge«, teilte sie Serena und Lobsang mit. »Er ist ein toller Lehrer. Die Kids finden ihn super.«

Sam sah zu Boden.

»Sie haben ihm sogar schon einen Spitznamen gegeben.«

»Stopp!«, rief Sam.

»Ich glaube, es war am zweiten oder dritten Abend …«

»Bronnie!«

»… da nannten sie ihn den *Super-Nerd*. Was natürlich nicht böse gemeint war, ganz im Gegenteil.«

Serena lachte. »Klar.«

Bronnie war jetzt richtig in Fahrt. »Er kann wirklich gut unterrichten. Man sieht direkt, wie ihnen die Lichter aufgehen. Einfach so«, sagte sie und schnippte mit den Fingern.

»Ich mache doch nur, was ich mir im Internet angelesen habe«, protestierte Sam. Anscheinend wollte er ihren Enthusiasmus etwas dämpfen, doch als er sich im Sofa zurücklehnte, schien er die Aufmerksamkeit zu genießen.

»Du gibst ihnen Selbstvertrauen«, sagte Bronnie und nahm seine Hand. »Das ist viel wichtiger als der ganze technische Kram. Du vermittelst ihnen das Gefühl, dass sie alles schaffen können, wenn sie es nur wollen. Das ist unbezahlbar.«

»Du scheinst deine wahre Bestimmung gefunden zu haben«, bemerkte Lobsang.

Sam nickte. »Sieht ganz so aus. Also, ich liebe Bücher, aber das Unterrichten gefällt mir auch echt gut. Dank Bronnie haben sich mir völlig neue Welten eröffnet.«

»Dank der Formel, meinst du wohl«, sagte sie schelmisch.

»Formel?«, fragte Serena.

»Sam behauptet zwar, dass er nur nachgegeben hat, weil ich ihm keine Ruhe gelassen habe«, sagte Bronnie. »Aber irgendwann hat er zugegeben, dass freiwillige Aktivitäten Teil irgendeiner Glücksformel sind.«

»Sehr interessant«, sagte Lobsang. »Das musst du uns näher erklären, Sam.«

Sam erläuterte ihnen den Glückssollwert, die äußeren Umstände und die beeinflussbaren Faktoren. Ich schleckte derweil meine Milch auf, putzte mir das Gesicht, sprang auf Serenas Schoß und balancierte prüfend darauf, bevor ich mich zusammenrollte.

Nachdem Sam mit seiner Erklärung fertig war – inzwischen sprach er viel selbstsicherer als früher –, meldete sich Lobsang wieder zu Wort. »Also dein V – dein freiwilliges Engagement – besteht darin, dass du deinen Schülern hilfst, Arbeit zu finden?«

Sam nickte. »Genau.«

»Von einer Firma haben wir bereits die Zusage, dass sie unsere besten drei Schüler übernehmen«, erklärte Bronnie.

»Was für ein großartiges Beispiel!«, sagte Lobsang und klatschte erfreut in die Hände. »Wie schön, dass dir dadurch, dass du anderen Gutes tust« – er deutete auf das Paar vor ihm –, »selbst Gutes widerfährt. Dazu fällt mir auch ein passender Vers ein. Es geht um Arbeit als sichtbare Liebe.«

Er zitierte:

»Es heißt, das Tuch mit Fäden weben, die aus euren Herzen gezogen sind,
   Als solle euer Geliebter dieses Tuch tragen.
   Es heißt, ein Haus mit Zuneigung bauen,
   Als solle eure Geliebte in dem Haus wohnen.
   Es heißt, den Samen mit Zärtlichkeit säen und die Ernte mit Freude einbringen,
   Als solle euer Geliebter die Frucht essen.«

»Zauberhaft, Lobsang«, sagte Serena und sah ihn bewundernd an. »Milarepa?«, fragte sie. Das war ein für seine Dichtkunst berühmter buddhistischer Weiser.

Lobsang schüttelte den Kopf. »Khalil Gibran. Ich liebe seine Poesie.« Während er noch über die transzendenten Worte nachdachte, die er gerade vorgetragen hatte, schien er in die Unendlichkeit zu blicken.

»Ich mag ihn auch sehr gern«, sagte Sam. »Eine interessante Wahl für einen buddhistischen Mönch.« Alle sahen ihn neugierig an. »Schließlich sind viele von Gibrans Werken romantisch und sinnlich.«

»Ja«, pflichtete ihm Lobsang bei. »Manchmal verliere ich mich einfach nur in seiner Dichtung und vergesse darüber ganz, dass ich dies oder jenes bin. Und dann komme ich zu dem Schluss, dass ich womöglich gar kein Mönch sein müsste.«

Dies war eine unerwartete Offenbarung. Zum ersten Mal erlebte ich Lobsang seltsam verwundbar.

Serena ergriff seine Hand und drückte sie.

Von ihrem Schoß aus blickte ich zu Lobsang auf und schnurrte.

Ja, liebe Leser, es gibt noch einen weiteren Grund, aus dem Katzen schnurren, und das ist der wichtigste überhaupt: Wir schnurren, um euch glücklich zu machen. Schnurren ist unser V – unsere Art, euch daran zu erinnern, dass ihr geliebt werdet und etwas ganz Besonderes seid; und dass ihr nie vergessen sollt, was wir für euch empfinden – vor allem in Momenten, in denen ihr verwundbarer seid als gewöhnlich.

Außerdem kümmern wir uns um eure Gesundheit. Studien zeigen, dass eine Katze im Haus Stress reduziert und den Blutdruck senkt. Katzenbesitzer erleiden beträchtlich seltener einen Herzanfall als Menschen, die in einer katzenlosen Welt leben. Man könnte das als die *Wissenschaft* vom Schnurren beschreiben. Wissenschaft und Kunst gehen ja nicht oft Hand in Hand, doch in diesem Fall verbinden sie sich zu einer segensreichen Einheit.

Als ich so immer lauter schnurrend auf Serenas Schoß lag, kamen mir Khalil Gibrans Worte wieder in den Sinn. Ob der große Dichter wohl auch eine Katze gehabt hatte? Und wenn ja, was hätte er wohl über den wichtigsten

Grund geschrieben, aus dem Katzen schnurren? Wahrscheinlich etwas in dieser Richtung:

Es heißt, den Körper zu heilen, den Geist zu beruhigen und das Herz zu erfreuen,
Als wäre es der Schoß eurer Geliebten, auf dem du sitzt.

Sechstes Kapitel

Eine vertraute Stimme, begleitet von einem Dutzend klimpernder Armreifen, riss mich aus dem Verdauungsschläfchen. Mrs. Trinci kam mit aufregenden Neuigkeiten ins Café: »Er kommt zurück!«

Sie und Serena standen gleich neben dem Zeitschriftenregal.

»Nach zehn Jahren?« Erstaunen und Freude zeichneten sich auf Serenas Gesicht ab.

»*Zwölf*«, korrigierte ihre Mutter.

»Ich habe ihn zum letzten Mal gesehen, als …« Serena richtete die Augen zur Decke und überlegte. »… kurz bevor ich nach Europa bin.«

»*Sì*«, bestätigte ihre Mutter.

»Von wem hast du es erfahren?«, fragte Serena.

»Von Dorothy Cartwright. Ich habe sie heute Morgen besucht. Mit den Vorbereitungen hat sie alle Hände voll zu tun.«

»Also wohnt er bei …?«

»*Sì*, bei den Cartwrights!« Mrs. Trinci bekam glänzende Augen.

»Und wann …?«

»Heute!« Mrs. Trincis Wangen waren gerötet. »Er ist gerade auf dem Weg von Manali hierher.«

Wie ich später erfuhr, drehte sich das Gespräch um einen gewissen Yogi Tarchin. *Yogi* war kein offizieller Titel, Tarchin hatte ihn sich im Laufe der Jahre erworben, in denen er als Meditationsmeister erkannt und zunehmend verehrt wurde. Schon bei dem fünf- oder sechsjährigen Jungen, der in der tibetischen Provinz Amdo aufgewachsen war, hatte sich die Neigung zur Meditation gezeigt: Statt wie die anderen Kinder durch die Felder zu tollen oder sich mit dem Spielzeug zu beschäftigen, das ihm sein Vater geschnitzt hatte, zog er sich in eine kleine Höhle in den Bergen hinter dem Haus zurück oder setzte sich auf einen Felsen und rezitierte Mantras.

Sein erstes Retreat – also einen längeren Rückzug in die Einsamkeit, um zu meditieren – hatte er in seinen Zwanzigern für den traditionellen Zeitraum von drei Jahren, drei Monaten und drei Wochen unternommen. Seitdem waren viele weitere gefolgt. Noch vor seinem dreißigsten Geburtstag ereilte ihn dann eine persönliche Tragödie: Er verlor seine Frau und seine beiden kleinen Kinder. Der Bus, in dem sie gesessen hatten, war einen Berg hinuntergestürzt. Keiner der Fahrgäste hatte das Unglück überlebt.

Während seiner Retreats wurde Yogi Tarchin von den Cartwrights aus McLeod Ganj finanziell unterstützt, deren Tochter Helen eine gute Freundin von Serena war. Serena selbst hatte Yogi Tarchin schon als zehnjähriges Mädchen kennengelernt und sich sofort zu dem schmächtigen, peinlich auf Bescheidenheit bedachten jungen Mann hingezogen gefühlt. Da er damals noch kaum Englisch gesprochen hatte, reagierte sie wohl – wie so viele andere – allein auf seine Präsenz. Die warmen braunen Augen des Yogis verströmten ein Gefühl von Zeitlosigkeit, das nur schwer in Worte zu fassen war. In seiner Gegenwart gewann man den Eindruck, dass die Welt, wie wir sie kennen, nur eine Illusion ist, so vergänglich wie die Wolken, die am Himmel vorüberziehen. Doch darunter liegt eine so strahlende, grenzenlose Wirklichkeit, dass sie einem den Atem raubt. Und Yogi Tarchin war eine Brücke zu dieser Wirklichkeit.

Da die Cartwrights und die Trincis so gut befreundet waren, wurde Yogi Tarchin auch zu diesen nach Hause eingeladen. Wann immer er von längeren Aufenthalten in Ladakh, Bhutan oder der Mongolei zurückkehrte, ließ er es sich nie nehmen, die Trincis zu besuchen – selbst als sein Ruf als Meditationsmeister immer größer wurde, die Menschen Schlange vor seiner Tür standen und Mönche und meditierende Laien aus der ganzen Welt seinen Rat oder seinen Segen suchten.

Um Yogi Tarchin rankten sich legendäre Geschichten. Einmal war er einem seiner Schüler im Traum erschienen und hatte darauf bestanden, dass dieser auf der Stelle seine alte Mutter besuchte. Gleich am nächsten Morgen brach der Mönch zu der zweitägigen Reise nach Assam auf. Als er ankam, schien alles in bester Ordnung – seine Mutter war bei guter Gesundheit und freute sich des Lebens. Am nächsten Tag jedoch wurde die Region von einem schweren Sturm heimgesucht. Sintflutartige Überschwemmungen verursachten einen gewaltigen Erdrutsch. Das Haus der Mutter, das ein halbes Jahrhundert lang sicher auf einem Hügel gestanden hatte, löste sich plötzlich von seinem Fundament und glitt in den Abgrund. Wäre der Mönch nicht zur Stelle gewesen, um seine Mutter zu retten, hätte sie die Katastrophe nicht überlebt.

In einer anderen Geschichte ging es um einen Schüler in Ladakh, der sich drei Monate lang zurückgezogen hatte, um in der Einsamkeit einer Höhle zu meditieren. Als er in sein Kloster zurückkehrte, fragte man ihn, wer ihn während dieser Zeit versorgt hätte. Yogi Tarchin, sagte der Mönch, schließlich war er regelmäßig vorbeigekommen, um ihn zu unterweisen. Dies schien nicht weiter ungewöhnlich, bis die anderen Mönche ihm erzählten, dass Yogi Tarchin während seiner dreimonatigen Abwesenheit keine einzige Meditationssitzung in ihrer fünfzig Meilen entfernten *Gönpa* verpasst hatte. Da die beiden Orte weder durch Straßen miteinander verbunden noch mit öffentlichen Verkehrsmitteln zu erreichen waren, musste Yogi Tarchin die Strecke mittels *Lung-gom-pa* zurückgelegt haben, einer Art Meditationslauf, bei dem erfahrenste Meditationsmeister in übermenschlichem Tempo große Entfernungen zurücklegen.

Und dann war da noch der amerikanische Philanthrop, der Spendengelder für eine Schule gesammelt hatte, die Yogi Tarchin wieder aufbauen wollte. Der Wohltäter wollte es sich nicht nehmen lassen, dem Yogi das Geld während einer Indienreise persönlich zu überreichen, die er in vier Monaten anzutreten beabsichtigte; Yogi Tarchin bat ihn, die Summe in australische Dollar zu wechseln. Dieser Wunsch überraschte den Wohltäter zwar, doch war er klug genug, dem Yogi nicht zu widersprechen und seinen Rat zu beherzigen. In den folgenden drei Monaten stieg der Kurs der australischen Währung um fünfzehn Prozent. Yogi Tarchin gab die Anweisung, das Geld nun in indische Rupien zu tauschen. Die große Kompetenz, die der Yogi nicht nur auf den Devisenmärkten, sondern auch für Sprachen, Finanzdinge und andere weltliche Aktivitäten an den Tag legte, war allgemein bekannt. Er mochte vielleicht nicht allzu viel Zeit in der Geschäftswelt verbracht haben, doch ihre Mechanismen durchschaute er bestens.

Als Laie, der keinem Kloster angehörte, musste Yogi Tarchin selbst für seinen Lebensunterhalt sorgen. In der Vergangenheit hatte er deshalb zwischen seinen Retreats verschiedene Bürojobs angenommen. Sein Hauptaugenmerk aber lag natürlich nach wie vor auf der Meditation. Erst kürzlich hatte er hintereinander vier dreijährige Retreats absolviert, während derer sich die Cartwrights um seine bescheidenen Bedürfnisse gekümmert hatten. Seit zwölf Jahren nun schon hatte niemand Yogi Tarchin mehr zu Gesicht bekommen. Wenn er bereits vor dieser Zeit die erstaunlichsten Dinge vollbracht hatte, welche Einsichten mochte er wohl inzwischen gewonnen haben?

Wie ich bei meiner Rückkehr in den Jokhang herausfand, war Serena bei Weitem nicht die Einzige, die sich diese Frage stellte. Auch Tenzin und Lobsang sprachen im Assistentenbüro über Yogi Tarchin. Sie wussten nicht, wie lange er in McLeod Ganj zu bleiben gedachte, und beabsichtigten deshalb, ihn schriftlich zu ersuchen, so lange zu verweilen, bis der Dalai Lama wieder zurück war. Seine Heiligkeit wollte ihn sicher auch gern wiedersehen.

Am nächsten Morgen sonnte ich mich gerade vor dem Tempel, als die Mönche zur spätvormittäglichen Meditationssitzung eintrafen. Yogi Tarchins Name war schon des Öfteren gefallen, und die Geschichten von seinen erstaunlichen Fähigkeiten machten die Runde. Ich beschloss, den Yogi persönlich in Augenschein zu nehmen. Hörensagen und Berichte aus zweiter Hand sind ja schön und gut, aber man muss schon auf dem Schoß einer bestimmten Person liegen, um herauszufinden, wie sie wirklich tickt. Serena hatte eine Audienz bei dieser sagenumwobenen Gestalt erhalten. In ihrer Kindheit hatte sie Yogi Tarchin und auch dem Buddhismus sehr nahegestanden, doch während ihres Aufenthalts in Europa waren ihr Zweifel gekommen, die sie bei der täglichen Dharma-Praxis nun ernsthaft behinderten. Ganz zu schweigen von den persönlichen Problemen, zu denen sie seinen Rat suchen wollte.

Und so fand ich mich zwei Tage später im Haus der Cartwrights ein, einer weitläufigen alten Villa nicht weit vom Namgyal-Kloster entfernt. Die Decken der hohen Räume waren mit altertümlichen Zinnplatten verkleidet, auf dem glänzenden Parkett lagen kunstvoll gewebte indische Teppiche. Dorothy Cartwright hatte ich bereits des Öfteren im Café gesehen. Wahrscheinlich war sie überrascht, als ich hinter Serena hereinspaziert kam, aber sie hätte mir ebenso wenig die Tür vor der Nase zugeschlagen wie Seiner Heiligkeit persönlich.

Kurze Zeit später zog Serena die Schuhe aus und klopfte leise an einer Holztür. Ich bemerkte, dass ihre Hände leicht zitterten.

Sobald Yogi Tarchin sie hereinbat, drückte sie die Messingtürklinke herunter und betrat einen Raum, der aus einer anderen Epoche zu stammen schien. Das große, geräumige Zimmer wurde durch drei schmale Fenster beleuchtet, die im Sonnenlicht wie Goldbarren glänzten und die niedrige Bettcouch, auf der Yogi Tarchin mit überkreuzten Beinen saß, in ein ätherisches Licht tauchten. Er trug ein ausgewaschenes, ehemals dunkelrotes Hemd. Die dezente Farbe und der hohe Mandarinkragen lenkten die Aufmerksamkeit zwangsläufig auf ein Antlitz, das ebenso ruhig wie alterslos schien. Sobald sich seine dunkelbraunen Augen auf Serena richteten, erschien ein solch warmes Lächeln auf seinem Gesicht, dass selbst die Luft vor Freude zu tanzen schien.

Serena kniete sich auf den Teppich vor Yogi Tarchin, legte die Hände über dem Herzen zusammen und verbeugte sich tief. Er streckte die Arme aus, nahm ihre gefalteten Hände und beugte sich vor, sodass sich ihre Stirnen berührten. In dieser Haltung verharrten sie scheinbar endlos. Serenas Schultern bebten und Tränen liefen ihr über die Wangen.

Schließlich lehnte sie sich zurück und erwiderte seinen von reinem Mitgefühl erfüllten Blick. Als sie so beieinander saßen, war jedes Wort überflüssig – ihre Unterhaltung fand auf einer viel tieferen Ebene statt.

»Meine liebe Serena«, sagte Yogi Tarchin schließlich, »du hast ja jemanden mitgebracht.«

Sie drehte sich um. Ich saß direkt in der Tür.

»Offenbar wollte sie dich kennenlernen.«

Er nickte.

»Sie ist etwas ganz Besonderes«, sagte Serena.

»Das sehe ich.«

»Sie ist die Katze Seiner Heiligkeit«, erklärte Serena, »und wenn er auf Reisen ist, verbringt sie viel Zeit bei uns.« Sie hielt inne. »Dürfte sie …«

»Eigentlich nicht«, sagte er. »Aber da sie deine kleine Schwester ist ...«

Kleine Schwester? Man munkelte, dass Yogi Tarchin hellsehen konnte wie andere spirituelle Meister auch. Oder hatte er das metaphorisch gemeint? Wie auch immer, es bedurfte keiner weiteren Einladung. Ich lief auf ihn zu, sprang auf die Couch und schnupperte an seinem Hemd. Es roch nach Zedernholz mit einem Hauch Leder, als hätte es sehr lange in einem Kleiderschrank gehangen.

Allein Yogi Tarchin körperlich nahe zu sein war schon ein außergewöhnliches Erlebnis. Genau wie Seine Heiligkeit strahlte er eine ganz besondere Energie aus. Neben einem tiefen Frieden verströmte er das Gefühl der Zeitlosigkeit, als hätte dieser Zustand erhabenen Wissens schon immer bestanden und würde auch immer bestehen.

Während er sich nach Serenas Mutter erkundigte, entschied ich, dass dies ein Schoß war, auf dem ich liegen wollte, und ließ mich auf der Decke nieder, die über seine Beine gebreitet war. Er streichelte mich sanft. Als seine Finger mein Fell berührten, zitterte ich vor Behaglichkeit am ganzen Körper.

»Zwölf Jahre sind eine lange Zeit«, sagte Serena. »Vier Retreats hintereinander. Darf ich fragen, weshalb du dich dazu entschieden hast?«

Der Gesang eines Kuckucks erfüllte die abendliche Luft.

»Weil es ging«, sagte Yogi Tarchin lapidar. »Die Gelegenheit war günstig«, fügte er hinzu, als er Serenas verwirrten Gesichtsausdruck bemerkte. »Wer weiß, wann sich wieder eine ähnliche ergibt?«

Sie nickte und dachte darüber nach, wie es wohl war,

zwölf Jahre ohne menschlichen Kontakt, ohne Fernsehen, Radio, Zeitungen oder Internet zu verbringen. Zwölf Jahre ohne Restaurants, ohne Geburtstage, Weihnachtsfeiern und andere Festlichkeiten. Für die meisten Menschen wäre eine solche sensorische Deprivation wohl die reinste Folter. Doch Yogi Tarchin hatte sie freiwillig auf sich genommen, und der transzendentale Effekt, den sie auf ihn gehabt hatte, war unübersehbar.

Serena hatte jedoch ganz andere Bedenken. »Für einen erfahrenen Meditierenden« – sie verbeugte sich vor Yogi Tarchin – »ist so etwas sicher sehr sinnvoll. Aber für jemanden wie mich ...« Offenbar wagte sie es nicht, ihre Vorbehalte auszusprechen.

Lächelnd beugte sich Yogi Tarchin vor und berührte ihre Hand. »Was ist besser?«, fragte er. »Eine langfristige medizinische Behandlung oder Erste Hilfe?«

Diese Frage schien sie zu überraschen.

»Die Behandlung natürlich«, antwortete sie wie aus der Pistole geschossen. Dann überlegte sie noch mal. »Aber wenn jemand nur leicht verletzt und kein Arzt in der Nähe ist ...«

»Also ist beides nützlich«, sagte er.

Sie nickte.

»Ein Erste-Hilfe-Kurs dauert wie lange? Ein paar Tage? Und ein Medizinstudium?«

»Sieben Jahre. Ohne Spezialisierung«, sagte Serena.

»Ist das nicht Zeitverschwendung? Sieben Jahre, wenn man anderen Menschen doch schon nach ein paar Tagen helfen kann?«

Es entstand eine Pause, in der Serena über die Bedeutung seiner Worte nachdachte.

»All diese Meditierenden«, sagte er und machte eine ausladende Geste, die den Himalaja und die angrenzenden Regionen einschloss, »warum tun sie nichts Wohltätiges?, fragen sich manche. Wäre es nicht besser, Lebensmittel zu verteilen oder Unterkünfte für Obdachlose zu errichten, als den ganzen Tag nur auf dem Hintern zu sitzen?«

Serena kicherte. Auch früher schon hatte Yogi Tarchin mitunter sehr direkt sein können.

»Menschen und Tieren zu helfen ist sehr löblich. Nützlich, genau wie Erste Hilfe. Aber zur dauerhaften Linderung des Leids braucht es etwas anderes: eine Veränderung des Geistes. Um diese auch anderen ermöglichen zu können, müssen wir zuerst alle Schleier entfernen, die den eigenen Geist verdunkeln. Danach sind wir viel besser in der Lage, Menschen zu helfen, ähnlich wie Ärzte Medizin studieren, bevor sie Leute behandeln.«

»Nun, manche würden das wohl als reines Gerede bezeichnen«, sagte Serena. Sie schien froh darüber, ihren Bedenken frei Ausdruck verleihen zu können. »Sie würden sagen, dass das Bewusstsein eine reine Gehirnfunktion ist und die Vorstellung einer Veränderung über viele Leben hinweg ...«

Yogi Tarchin nickte amüsiert. »Jaja, der Aberglaube des Materialismus. Aber wie sollte etwas einen Zustand erzeugen können, der nicht in ihm angelegt ist?«

Serena runzelte die Stirn. »Versteh ich nicht.«

»Kann ein Stein Musik spielen? Ein Computer traurig sein?«

»Nein«, sagte sie.

Er nickte. »Können Fleisch und Blut Bewusstsein hervorbringen?«

Darüber dachte sie eine Weile nach. »Wenn das Bewusstsein nicht vom Gehirn erschaffen wird«, sagte sie schließlich, »warum wird der Geist dann aber von einer Hirnverletzung in Mitleidenschaft gezogen?«

Yogi Tarchin lächelte breit und lehnte sich etwas zurück. »Sehr gut! Eine sehr gute Frage! Sag: Wenn dein Fernsehapparat kaputtgeht und du nur noch einen schwarzen Bildschirm siehst, bedeutet das dann, dass es kein Fernsehen mehr gibt?«

Sie lächelte ebenfalls. »Natürlich nicht!«, sagte er, ohne ihre Antwort abzuwarten. »Und aufgrund einer Hirnverletzung verändert sich die Art und Weise, wie du dein Bewusstsein erfährst, wenn man Bewusstsein denn überhaupt erfahren kann. Dein Gehirn ist nur ein Empfänger, wie das Fernsehgerät. Diese beiden Dinge zu verwechseln ist … unvorteilhaft.

Wenn jemand zu dir sagt: ›Der Geist ist nur eine Gehirnfunktion‹, fragst du ihn, wo denn die Erinnerungen gespeichert sind. ›Das wissen wir nicht‹, wird er dann antworten. Trotz jahrelanger teurer Forschungen haben die Wissenschaftler immer noch nicht herausfinden können, wo im Gehirn die Erinnerungen gespeichert werden. Und es wird ihnen auch nie gelingen, weil es nämlich gar keinen physischen Speicherort gibt! Sie haben sogar Experimente durchgeführt, in denen sie Tieren diejenigen Teile des Gehirns ausschalteten, die sie für den Speicherort der Erinnerungen hielten. Aber die Tiere erinnerten sich trotzdem. Neurowissenschaftler, Psychologen und Philosophen haben ihre eigenen Vorstellungen von unserem Geist. Aber eine Vorstellung ist nur eine Vorstellung, eine Theorie. Nicht der Gegenstand an sich. Wenn wir wissen wollen, was unser Geist wirklich ist, müssen wir ihn direkt erfahren. Aus erster Hand.«

»Durch die Meditation?«

»Natürlich. Manche Menschen fürchten sich davor. Sie glauben, dass sie aufhören zu existieren, wenn sie ihren Geist von allen Gedanken befreit haben. Als würden sie sich in Luft auflösen!« Er lächelte. »Gedanken sind nur Gedanken. Sie tauchen auf, bleiben einen Moment und verziehen sich wieder. Wenn wir uns in das reine Bewusstsein fallen lassen, frei vom Kommen und Gehen der Gedanken, können wir unseren Geist erfahren. Wir lernen seine Eigenschaften kennen. Und nur weil diese Eigenschaften schwer zu beschreiben sind, heißt das nicht, dass sie nicht vorhanden wären.«

Serena wirkte perplex. »Wie meinst du das?«

»Kannst du mir die Eigenschaften von Schokolade beschreiben? Sie ist süß und schmilzt im Mund und kann verschiedene Geschmacksnoten haben, aber das sind lediglich Ideen, Konzepte, die etwas beschreiben sollen, das von Natur aus nicht konzeptionell ist. Genauso können wir den Geist als endlos, strahlend, ruhig, allwissend, liebend und mitfühlend beschreiben. Doch auch das« – er zuckte mit den Schultern – »sind nur Wörter. Verbale Fiktion.«

»Die meisten von uns denken in solchen Kategorien, wenn sie von Geist und Körper sprechen«, sagte Serena und deutete auf ihre physische Gestalt.

Yogi Tarchin nickte. »Ja. Die selbstbeschränkende Annahme, dass man nicht etwa über ein grenzenloses Bewusstsein, sondern nur über einen vergänglichen Leib verfügen würde, ist ein tragisches Missverständnis; genau wie der Glaube, dass der Tod das Ende darstellt und keinen Übergang. Aber das Schlimmste ist, nicht zu erkennen, dass jede Handlung, jede Äußerung des Körpers und des Geistes deine zukünftige Erfahrung der Wirklichkeit beeinflusst, selbst über diese Zeit und dieses Leben hinaus. Dadurch berauben sich die Menschen der Möglichkeiten, die unser kostbares menschliches Leben bietet. Unser Geist ist so viel größer!«

»Allwissend?«, fragte Serena.

»Das Potenzial dazu besitzen wir.«

»Hellsichtig?«

Er zuckte mit den Achseln. »Darum wird ein Riesentamtam gemacht. Wenn der Geist aber frei von allen Hindernissen ist, stellt es sich ganz von selbst ein.«

»Und was ist mit Träumen?«

»Für einen unruhigen, ungeschulten Geist sind Träume nur Träume – *es sei denn,* man hat das große Glück, einen Lehrer zu finden, der diese Unruhe durchdringen kann.«

Er hörte auf, mich zu streicheln, bis ich den Kopf hob und ihn ansah. Dann machte er weiter.

»Für den geschulten Geist bietet der Schlaf ungeahnte Möglichkeiten. Wenn man träumt und weiß, dass man träumt, kann man die Träume steuern. Dann ist man auch in der Lage, das Bewusstsein auf andere Erfahrungsbereiche zu lenken.«

Yogi Tarchin war nicht entgangen, worauf Serena hinauswollte: »Was interessiert dich eigentlich so am Hellsehen und Träumen?«

Sie sah auf ihre Hände hinab, die sie im Schoß gefaltet hatte.

»Was liegt dir auf dem Herzen?«, fragte Yogi Tarchin.

Sie warf ihm einen kurzen Blick zu. Ihre Wangen röteten sich. »Also …«

Yogi Tarchin saß still und reglos da. Außer einer silbernen Rauchfahne, die träge von einem Räucherstäbchen auf der Fensterbank aufstieg, bewegte sich nichts.

»Ich bin erst vor wenigen Monaten aus Europa zurückgekehrt«, fing sie an.

»Ja, natürlich«, sagte er, als wüsste er das schon längst.

»Eigentlich wollte ich nur kurz nach Hause kommen. Aber seit ich hier bin, stelle ich meine Gründe für eine Rückkehr nach Europa infrage. Ich glaube, es wäre besser, wenn ich hierbleibe. Dann wäre ich glücklicher.« Sie sah ihm in die Augen.

»Sehr gut«, sagte er und schien sie damit in ihrer Entscheidung bestätigen zu wollen.

»Aber sicher bin ich mir nicht. Ich bin Single, und ich weiß nicht, ob Dharamsala der richtige Ort ist, also, ob ich hier den richtigen …«

»Verstehe«, sagte er leise, nachdem sie verstummt war. Ein verschmitztes Lächeln huschte über sein Gesicht. »Also soll ich für dich den Wahrsager spielen?«

Verzagt lächelnd legte Serena die Handflächen vor dem Herzen zusammen. »Du verfügst über bestimmte Fähigkeiten …«

Er hob mahnend den Zeigefinger. »Schmeicheleien sind unnötig. Dein Lebensweg ergibt sich aus deinen Taten und dem Karma und den anderen Bedingungen, die du damit erschaffst.«

»Oh.« Sie zog die Mundwinkel nach unten. »Ich dachte, du könntest in die Zukunft sehen.«

Yogi Tarchin spürte ihre Enttäuschung. »Du musst dir keine Sorgen machen.«

Sie sah ihn flehentlich an. »Siehst du Kinder in meiner Zukunft? Ich habe vor, mein Leben grundlegend zu ändern …«

Ihre Worte flatterten in der warmen Abendluft. »Du hast das Fundament für großes Glück gelegt«, sagte Yogi Tarchin schließlich.

Und wortlos vermittelte er ihr die tiefe Gewissheit, dass alles gut werden würde.

Serena lehnte sich entspannt zurück.

Dann plauderten sie über das Himalaja-Buchcafé und Yogi Tarchins Pläne, einige Monate in McLeod Ganj zu bleiben und zu lehren.

Schließlich war die Unterhaltung beendet. Serena bedankte sich bei Yogi Tarchin für die gemeinsame Zeit. Im Gegenzug dankte er ihr dafür, dass sie den Kontakt wieder aufgenommen hatte.

Als Serena aufstand, sprang ich vom Schoß des Yogis und folgte ihr. Die Dämmerung hatte eingesetzt, und das goldene Licht in den Fenstern schimmerte nun silbern. Dennoch vibrierte der Raum förmlich vor Energie. Serena ging mit dem Gefühl, dass in einem tieferen Sinn alles gut war und immer sein würde.

Der Yogi begleitete uns bis zur Tür und sah uns dann noch nach. Ich folgte Serena, den flauschigen grauen Schwanz hocherhoben. Sie wollte gerade um die Ecke biegen, als Tarchin ihr hinterherrief: »Vielleicht bist du ihm ja bereits begegnet.«

Sie blieb stehen und drehte sich um. »Was, hier in Dharamsala?«

Er nickte. »Gut möglich.«

»Ich wünschte, jeder könnte mit Yogi Tarchin sprechen«, sagte Serena später bei der abendlichen heißen Schokolade zu Sam. »Oder mit jemandem, der ähnlich ist wie er.«

Da Bronnie einen Kurs besuchte, waren nur wir drei und die Hunde anwesend.

Serena hatte Sam von ihrem Besuch bei Yogi Tarchin und ihrer Unterhaltung erzählt. Natürlich verschwieg sie die Frage nach ihrem zukünftigen Liebesglück, berichtete dafür jedoch umso detaillierter von seinen Betrachtungen über den menschlichen Geist.

»Dabei geht es gar nicht nur um das, was er gesagt hat«, meinte sie. »Man muss seine Gegenwart spüren, diese Atmosphäre. Es ist schwer zu beschreiben, aber wenn man in seiner Nähe ist, fühlt man sich irgendwie anders. Besser.«

Sam nickte.

»Er ist der lebende Beweis dafür, was man erreichen kann, wenn man das Potenzial seines Geistes voll ausschöpft«, sagte Serena mit funkelnden Augen. »*Alles* ist möglich. Viel mehr als nur Hellsichtigkeit und Telepathie. Solche Dinge sind für einen von allen Hindernissen befreiten Geist vollkommen natürlich, sagt Yogi Tarchin.«

»Selbst der ganz gewöhnliche Geist ist zu mehr in der Lage, als man gemeinhin für möglich hält«, sagte Sam.

Serena hob die Augenbrauen.

»Die meisten Menschen erleben irgendwann Phänomene wie Telepathie oder Vorahnungen, halten sie aber für Zufall«, fuhr er fort. »Und Wissenschaftler rümpfen mehrheitlich die Nase über die Beweise für außersinnliche Wahrnehmung, weil sie das Ganze per se für Quatsch halten. Was ironischerweise eine sehr unwissenschaftliche Haltung ist. Sie tun das Thema ab, ohne auch nur einen Blick auf die Fakten zu werfen.« Er kicherte. »Schon interessant, dass Menschen mit mystischen Fähigkeiten im Laufe der Zeit mal verehrt und mal verteufelt wurden. Dabei wäre es doch viel vernünftiger, sich zu fragen, wie man selbst solche Kräfte entwickeln kann.«

»Stimmt.«

»Es liegt in unserer Natur«, sagte Sam in einem derartigen Brustton der Überzeugung, dass Serena ihn skeptisch anblickte. Er stellte die Tasse ab, ging zu einem Bücherregal hinüber, zog ein Buch heraus und kehrte damit zum Sofa zurück.

»Hier drin sind massenweise klinische Studien von Wissenschaftlern, die tatsächlich zu einer objektiven Untersuchung bereit waren. Sie beweisen deutlich, dass das sogenannte Paranormale in Wahrheit vollkommen normal ist. Ein Experiment gefällt mir besonders gut. Es wurde schon oft wiederholt. Man schließt die Probanden an einen Lügendetektor an, setzt sie vor einen Computer und lässt sie eine Reihe von Bildern betrachten. Entweder beruhigende Motive, wie Landschaften, oder schockierende, beispielsweise eine zu Autopsiezwecken geöffnete Leiche. Der Computer wählt die Abbildungen zufällig aus, sodass niemand weiß – nicht einmal die Wissenschaftler selbst –, ob das nächste Bild ein hübsches sein wird oder verstörend wirkt. Und was, glaubst du, ist passiert?«

»Der Lügendetektor schlägt jedes Mal aus, wenn die Leute ein schreckliches Bild sehen?«

Er schüttelte den Kopf. »Nein, sondern drei Sekunden *bevor* sie das schreckliche Bild sehen. Noch bevor der Computer seine Wahl getroffen hat. Das ist Präkognition. Nachgewiesen an ganz normalen Menschen.«

Serena lehnte sich lächelnd zurück. Ich war mit meiner Milch fertig und schmiegte mich in ihren einladenden Schoß.

»Der Geist ist eben nicht nur ein Computer aus Fleisch und Blut«, sagte Sam.

»Und wir sind nicht nur menschliche Wesen, die zu spirituellen Erfahrungen fähig sind«, ergänzte Serena, »sondern auch spirituelle Wesen, die menschliche Erfahrungen machen.«

Ich fuhr kurz die Krallen aus und pikte sie.

Sie verzog das Gesicht. »Oder Katzenerfahrungen.«

»Versteht sich«, sagte Sam trocken.

Als ich mich in dieser Nacht in dem Bett zusammenrollte, das ich mir normalerweise mit dem Dalai Lama teilte, dachte ich über die außergewöhnlichen Einsichten nach, die Yogi Tarchin uns vermittelt hatte. Und ich begriff, dass wahres Glück nur mit einem umfassenden Verständnis des Geistes möglich ist. Eine rein am Körperlichen orientierte Perspektive ist nicht bloß selbstbeschränkend, wie er es genannt hatte, sondern führt auch nur zu begrenztem Wohlbefinden – zu vergänglichen Sinnesfreuden, flüchtiger Zufriedenheit, zu Erfahrungen, die nur Augenblicke lang herrlich aufflackern, bevor sie wieder verlöschen. Die tiefe Glückseligkeit von Yogi Tarchin oder Seiner Heiligkeit war dermaßen stark, dass man sie tatsächlich spüren konnte. Und sie hatte so gar nichts mit vergänglichen Freuden zu tun: Darauf hatte Yogi Tarchin zwölf Jahre lang verzichtet! Nein, dieses Gefühl war grenzenlos, dauerhaft und tief – eben Glück von einer ganz anderen Art.

Als Seine Heiligkeit in den Raum zurückkommt, herrscht eine Atmosphäre drohender Gefahr. Er ist jung, Mitte zwanzig. Bei ihm ist eine ältere tibetische Dame mit einem freundlichen, aber auch furchtlosen Gesicht. Ihr Brokatschal wird von einer mit einem Türkis besetzten Spange zusammengehalten. Ihre Haltung ist die einer Königin.

Den beiden folgen einige Mönche, die hastig Papiere zusammensuchen, persönliche Gegenstände in Kisten verstauen und die kunstvoll gewebten Teppiche zusammenrollen. Unter ihnen befindet sich auch der blutjunge Geshe Wangpo. Die Mönche scheinen es sehr eilig zu haben.

Ich liege in einem der Räume des Potala-Palasts auf dem Fensterbrett und schaue hinaus. Hinter Lhasa, auf der anderen Seite des

Tales, erheben sich die Berge. Sobald der Dalai Lama den Raum betritt, hebe ich den Kopf.

Irgendetwas juckt mich, und ich hebe instinktiv das rechte Hinterbein, um mich zu kratzen. Als ich an mir herabsehe, bemerke ich, dass mein kurzes Bein mit drahtigem, zottigem Fell bedeckt ist. Auch mein Schwanz ist viel zu kurz und endet in einem Büschel aus wolligem Haar. Statt ausfahrbarer Krallen besitze ich breite, stumpfe Nägel. Seine Heiligkeit kommt herüber und hebt mich auf. »Der Tag, den wir so lange gefürchtet haben, ist da«, flüstert er mir leise ins Ohr. »Die Rote Armee ist in Tibet einmarschiert. Die Entscheidung ist gefallen. Ich muss Lhasa so schnell wie möglich verlassen. Du kannst leider nicht mit uns kommen, wir können dich nicht über die Berge tragen. Aber Khandro-la wird sich hier weiter so gut um dich kümmern, als ob du ich wärest.«

Jetzt weiß ich, weshalb die Dame mit der Türkisbrosche hier ist. Ich verspüre große Trauer. Geht sie vom Dalai Lama oder von mir aus?

Er wendet sich von den anderen ab, sodass nur wir beide aus dem Fenster ins Tal hinuntersehen. »Ich weiß nicht, wie lange ich wegbleiben werde«, flüstert Seine Heiligkeit. »Aber ich verspreche dir, dass wir uns wiedersehen, mein Kleiner.« Er hält kurz inne. »Und wenn nicht in diesem Leben, dann ganz sicher in einem anderen.«

Eigentlich weiß ich, dass mein Traum nur ein Traum ist.

Aber nein. Mir wurde darin auch ein kurzer, unverstellter Blick in meine Vergangenheit gewährt.

Als Hund …

Siebtes Kapitel

ICH?!?!

Liebe Leser, ich will euch nicht verschweigen, dass mich dieser Traum über die Maßen verstört hat. Nach dem Treffen mit Yogi Tarchin zweifelte ich nicht an der Wahrhaftigkeit dessen, was ich gesehen hatte. Einige wenige außergewöhnliche Augenblicke lang hatte ich in eine vergangene Erfahrung meines Bewusstseins blicken dürfen.

Dann war es auch schon wieder vorbei.

Als ich früh am nächsten Morgen aufwachte, erinnerte ich mich an Yogi Tarchins Worte über »das große Glück, einen Lehrer zu finden, der diese Unruhe durchdringen kann«. Und ich wusste, dass dieser Traum ein Geschenk war, wo immer sich der Dalai Lama auch aufhalten mochte. Es war eine Bestätigung der Verbindung zwischen uns – einer Verbindung, die, wie ich mit Verwunderung begriff, sogar in ein früheres Leben zurückreichte.

Dabei hätte mich das gar nicht so sehr in Erstaunen versetzen sollen. Schließlich ist es eine allgemein anerkannte Lehre im Buddhismus, dass sich das Gesetz von Ursache und Wirkung, auch Karma genannt, über viele Leben hinweg erstreckt. Der Grund, weshalb schlechten Lebewesen Gutes und guten Lebewesen Schlechtes widerfährt, muss also nicht unbedingt aus Ursachen herrühren, die in diesem Leben geschaffen wurden. Wie ich gerade am eigenen Leib erfahren hatte, trennt uns nur ein hauchdünner Schleier davon, vergangene Augenblicke unseres Bewusstseins klar und deutlich wahrzunehmen. Und was waren angesichts der Unergründlichkeit der Zeit ein paar Jahrzehnte schon mehr als ein Katzensprung? Nichtsdestotrotz eröffnete mir der Traum die Tür zu ungeahnten Erkenntnissen. Zum Beispiel der, wer ich in meinen früheren Leben gewesen war.

Oder *was*!

Anscheinend war ich im Jahre 1959, als der Dalai Lama ins Exil gezwungen wurde, ein Lhasa Apso.

Die Vorstellung, ein Hund gewesen zu sein, irritierte mich sehr. Angesichts dessen trat mein Jammer über die Tatsache, dass meine tadellose Herkunft undokumentiert blieb, völlig in den Hintergrund. Die Bedeutung von Stammbäumen, Ahnentafeln und so weiter verblasste im Vergleich zu der viel wichtigeren Frage, wo mein Bewusstsein gewesen, was es erlebt und getan hatte. Schließlich spürte ich die Folgen dieser Taten noch heute. Genau wie alle anderen Katzen auch, bin ich der Meinung, dass unsere Spezies den Hunden in jeder Hinsicht überlegen ist. Dennoch lässt sich nicht abstreiten, dass selbst Hunde ein Bewusstsein haben. Denn wie Katzen und Menschen zählen auch sie zu den *Sem Chen* (so das tibetische Wort für alle empfindenden Lebewesen).

Wie es manchmal so ist, wenn scheinbar völlig zusammenhanglose Ereignisse auf eine einzige, unerschütterliche Wahrheit hinweisen, lauschte ich nur wenige Tage nach dem Traum einer äußerst interessanten Diskussion im Himalaja-Buchcafé. Der Redner war diesmal nicht auf Betreiben von Sams Lesekreis eingeladen worden, obwohl er ebenso bekannt war wie die bisherigen Ehrengäste. Es war ein Biologe von einer der renommiertesten Universitäten Großbritanniens, dessen Werke über Erinnerung und Bewusstsein weltweit zu Bestsellern geworden waren. Bei seinem Besuch in McLeod Ganj kam er zufällig am Café vorbei. Es war zehn Uhr morgens, und da er Lust auf eine Tasse Kaffee hatte, trat er ein – nur um sofort einem großen Plakat mit seinem Konterfei gegenüberzustehen, das über einem Stapel seines neuesten Buches prangte. Er trug sogar dasselbe Tweedjackett, dasselbe tannengrüne Hemd und dieselbe Cordhose wie auf dem Foto. Der Biologe hielt inne und starrte es an. Dann erst bemerkte er, dass Sam hinter der Theke zwischen ihm und dem Plakat hin und her schaute.

Als sich die Blicke der Männer trafen, fingen sie beide an zu lachen.

Sam kam die Stufen hinunter und hielt dem anderen die Hand hin. »Welche Ehre, dass Sie uns besuchen«, sagte er. »Wenn ich das gewusst hätte …«

»Ich bin nur zufällig vorbeigekommen«, sagte der Biologe mit seinem distinguierten britischen Akzent, »und wusste gar nicht, dass es hier auch eine Buchhandlung gibt.«

»Wahrscheinlich hören Sie das ständig, aber ich bin ein großer Fan ihrer Bücher!«, sagte Sam. »Ich verfolge Ihre Arbeit schon seit Jahren. Wir haben alle Ihre Werke vorrätig.« Er deutete auf die Regale hinter sich. »Ob Sie wohl einige signieren würden?«

»Es wäre mir ein Vergnügen«, sagte der Biologe.

Sam führte ihn zur Theke. Im Vorübergehen schnappte er sich ein paar Bücher, dann hielt er ihm einen Stift hin. »Wenn ich gewusst hätte, dass Sie nach Dharamsala kommen, hätte ich Sie um einen Vortrag für unseren Lesekreis gebeten.«

»Es ist nur eine Stippvisite«, sagte der Wissenschaftler.

Sam ließ nicht locker. »Viele hier wären entzückt, Sie kennenzulernen.« Während sich der Biologe durch den Bücherstapel arbeitete, kam Sam eine Idee. »Haben Sie heute Mittag schon etwas vor? Ich könnte ein paar Leute einladen.«

»Um elf habe ich einen Termin, aber der dürfte nicht länger als eine Stunde dauern«, sagte der Biologe. »Danach hätte ich tatsächlich ein bisschen Zeit.«

Als der Wissenschaftler zurückkam, saßen an einem Tisch in der Nähe des Übergangs zum Buchladen bereits zehn Leute, die alle mit ihm gemeinsam zu Mittag essen wollten. Neben Serena und Bronnie waren auch Ludo, mehrere seiner Yogaschüler, Lobsang aus dem Jokhang und einige Mitglieder des Lesekreises anwesend. Wie üblich ging es herzlich und lebhaft zu. Als der Ehrengast eintraf, wurde er wie ein hochgeschätzter Freund empfangen. Sobald das Essen bestellt und die Gläser gefüllt waren, fragte Sam: »Verraten Sie uns, woran Sie gerade arbeiten?«

»Aber sicher«, sagte der Biologe. »Ich beschäftige mich schon seit vielen Jahren mit dem Empfindungsvermögen der Tiere – also der Frage, wie das Bewusstsein nicht menschlicher Wesen geartet ist und wie es sich von unserem unterscheidet.«

»Dass etwa Hunde manche Töne hören können, die wir nicht wahrnehmen?«

»Die unterschiedlichen Wahrnehmungsfähigkeiten fallen auch darunter, ja«, sagte der Wissenschaftler. »Interessanterweise machen wir uns die Wahrnehmungsfähigkeiten der Tiere immer häufiger zunutze. Blindenhunde kennen wir ja alle, aber allmählich erweitert sich das Spektrum der Anwendungen – beispielsweise gibt es heutzutage Diabetikerwarnhunde, die anhand von Veränderungen im Atemgeruch des Patienten eine Unterzuckerung anzeigen können.

Außerdem«, fuhr er fort, »kann man nach direktem Kontakt mit Delfinen eine eindeutige Besserung der Beschwerden bei Menschen mit Kinderlähmung, Autismus und dem Down-Syndrom nachweisen. Wie aber kommt es, dass gerade diese Tiere eine so dramatische Veränderung zum Positiven hervorrufen? Man hat herausgefunden, dass das Wahrnehmungsvermögen der Delfine dem des Menschen in bestimmten Bereichen weit überlegen ist. Zudem sind die Meeressäuger, vom Menschen abgesehen, die einzigen Mammalia, die über die Fähigkeit zum stimmlichen Lernen verfügen. Mit einem besseren Verständnis der Wahrnehmungs- und Kommunikationsfähigkeiten der Delfine könnte es möglich sein, wirksamere Behandlungsmethoden für Patienten mit Kinderlähmung zu entwickeln.«

Dazu fiel Sukie aus dem Yogastudio ein: »Ich habe mal von einer Frau gehört, die mit Delfinen geschwommen ist. Ein Delfin hat ihr immer wieder den Bauch angestupst und sie dann urplötzlich so umgedreht, dass sie mit dem Rücken auf der Wasseroberfläche lag. Sie kam mit dem Schrecken davon. Trotzdem hat man sie vorsichtshalber ins Krankenhaus gebracht. Und dort wurde dann ein Tumor im Bauch festgestellt, der glücklicherweise entfernt werden konnte. Genau an der Stelle, an der der Delfin sie berührt hatte.«

Der Biologe nickte. »Solche Vorkommnisse sind nicht ungewöhnlich, und ein Teil meiner Arbeit besteht darin, sie in einer Datenbank zu sammeln und wissenschaftlich auszuwerten. Wie Sie schon angedeutet haben, gibt es viele Aspekte der nicht menschlichen Wahrnehmung, die unser gegenwärtiges Verständnis übersteigen, sich jedoch irgendwann als sehr segensreich erweisen könnten. Auch die tierische Präkognition ist gut belegt. Seit der Antike gibt es Berichte über ungewöhnliches Verhalten von Tieren vor einem Erdbeben. Sowohl Wild- als auch Haustiere werden ängstlich oder nervös. Hunde bellen, Vögel ergreifen die Flucht. Ein faszinierendes Beispiel stellt das Paarungsverhalten der Kröten im mittelitalienischen Lago di San Ruffino dar. Ein Biologe fand heraus, dass die Anzahl der männlichen Tiere einer Population innerhalb von Tagen von über neunzig auf einige wenige Exemplare schrumpfte. Dann gab es ein Erdbeben der Stärke 6,4 auf der Richterskala, gefolgt von mehreren Nachbeben. Die Kröten kehrten erst nach knapp zwei Wochen zurück. Offenbar wussten sie schon Tage vorher, was geschehen würde.«

»Vielleicht haben die Kröten besonders empfindliche Fußsohlen?«, vermutete jemand.

»In diesem Falle hätten die Seismologen mit ihren Geräten ebenfalls etwas registriert«, sagte der Wissenschaftler. »Womöglich spürten die Tiere eine winzige Veränderung des elektrostatischen Felds der Erde. Und Kröten sind nicht die einzige Art, die dazu in der Lage ist. Der große Tsunami, der Asien im Dezember 2004 heimsuchte, wurde von vielen verschiedenen Spezies vorab wahrgenommen. Es gibt Berichte über Elefanten aus Sri Lanka und Sumatra, die lange vor den verheerenden Wellen höher gelegene Gebiete aufsuchten. Ähnlich reagierten auch Büffel. Und Hundebesitzer stellten erstaunt fest, dass sich ihr Tier beim Gassigehen an diesem Morgen weigerte, dem Strand zu nahe zu kommen.«

»Dann könnte man sich das doch für ein Tsunami-Frühwarnsystem zunutze machen«, warf Ludo ein.

»Den Vorschlag habe ich auch gemacht«, sagte der Biologe.

»Und was, wenn die Fähigkeit, Erdbeben vorauszusagen, gar nichts mit Seismologie oder elektrischen Feldern zu tun hat?«, fragte Bronnie, »sondern einfach mit einem bestimmten Bewusstsein, das nur die Tiere haben?«

»Eine Art Überlebensinstinkt?«, fragte Ludo.

»Da könnten Sie durchaus recht haben«, sagte der Biologe. »Es gibt Hinweise darauf, dass Tiere bestimmte Dinge auf eine Art und Weise wahrnehmen, die wir als übernatürlich bezeichnen würden. Wie etwa das Phänomen, dass Hunde genau zu wissen scheinen, wann ihr Herrchen oder Frauchen nach Hause kommt.«

»Haben Sie darüber nicht ein Buch geschrieben?«, meinte Sam.

»In der Tat. Dass bestimmte Tiere intuitiv spüren, wann ihr Besitzer die Arbeit verlässt und sich auf den Heimweg macht, ist zweifelsfrei bewiesen. Bildmaterial von Überwachungskameras zeigt die Hunde, wie sie in genau dem Augenblick aufstehen und sich vor die Tür oder ans Fenster setzen, in dem ihr Besitzer das Büro verlässt – und das muss nicht einmal jeden Tag zur gleichen Zeit geschehen. In manchen Fällen freuten sich die Hunde auf die baldige Ankunft von jemandem, der schon seit Tagen oder Wochen weg war. Da gab es zum Beispiel diesen Seemann, der seiner Frau nie sagen musste, wann er wieder nach Hause kam – selbst wenn er sich verspätete. Der Hund verriet es ihr.«

»Ja, Hunde sind schon etwas Besonderes«, verkündete ein Mitglied des Lesekreises.

Bei dieser Bemerkung stellten sich mir die Nackenhaare auf. Dann erinnerte ich mich an meinen Traum und beruhigte mich wieder etwas.

»Auch Katzen sind dazu in der Lage«, sagte der Wissenschaftler. »Ich kenne eine wunderbare Geschichte von einem Ehepaar, das einen mehrmonatigen Segeltörn unternahm und den Nachbarn beauftragte, ihre Katze zu füttern. Selbst sie konnten nicht genau sagen, wann sie zurückkehren würden. Doch als sie ihr Haus betraten, fanden sie einen frischen Brotlaib in der Küche und

Milch im Kühlschrank vor. Der Nachbar hatte sie erwartet, da die Katze zum ersten Mal seit ihrer Abreise auf den Parkplatz vor ihrem Haus gelaufen war und dort den ganzen Tag über die Straße beobachtet hatte.«

Alle am Tisch schmunzelten.

»Die Sorge um die nächste Mahlzeit ist ganz sicher ein wichtiger Überlebensinstinkt«, meinte der Wissenschaftler mit Blick auf Ludo. »Die Datenlage lässt darauf schließen, dass viele Tiere, insbesondere diejenigen, die leicht in Gefahr geraten, einem Raubtier zum Opfer zu fallen, spüren, wenn sie beobachtet werden. Auch das ist für ihr Leben von zentraler Bedeutung.«

»Darüber hat er auch ein Buch geschrieben«, bemerkte Sam.

Der Autor lachte.

»Aber die Wahrnehmungsfähigkeiten der Tiere sind noch viel erstaunlicher. Nehmen Sie zum Beispiel Dr. Irene Pepperberg, die mit einem afrikanischen Graupapagei namens Alex arbeitete. Darüber gibt es auch ein Buch. Das ist zwar nicht von mir« – er grinste Sam an –, »hat jedoch viele andere Forscher inspiriert. Man weiß, dass Papageien nicht nur Wörter lernen, sondern sie auch sinnvoll einsetzen können. Sie kennen den Unterschied zwischen Rot und Grün, Viereck und Kreis und so weiter. Außerdem begreifen sie den Unterschied zwischen Anwesenheit und Abwesenheit und können ihn auch kommunizieren.

Eine andere Forscherin berichtet, dass ihr Graupapagei ihre Gedanken wahrnehmen konnte. Einmal nahm sie den Hörer ab, um ihren Freund Rob anzurufen, als der Papagei plötzlich ›Hallo, Rob‹ sagte. Ein anderes Mal betrachtete sie das Bild eines roten Autos. Der Vogel – der sich zu diesem Zeitpunkt in einem anderen Raum befand – rief: ›Was für ein schönes Rot!‹. Am interessantesten war, dass die Vogelbesitzerin im Traum einmal einen Kassettenrekorder bediente. Der Papagei – der im selben Zimmer schlief – sagte laut: ›Du musst den Knopf drücken‹, und zwar genau, als sie das in ihrem Traum tun wollte. Er hat sie damit aufgeweckt!«

»Der Papagei konnte Gedanken lesen?«, fragte Bronnie.

»Darauf wurde er intensiv getestet. Vereinfacht ausgedrückt zeichnete man die Reaktion des Vogels auf, während man seiner Besitzerin im Nebenraum verschiedene Bilder zeigte, beispielsweise die Abbildung einer Flasche, einer Blume, eines Buchs und sogar eines nackten Körpers. Den konnte der Vogel übrigens sofort erkennen. Bei einundsiebzig Versuchen lag er dreiundzwanzig Mal richtig, was die statistische Wahrscheinlichkeit bei Weitem übersteigt.

All das sagt uns«, schloss der Biologe, »dass nicht menschliche Lebewesen nicht nur viele Elemente des Bewusstseins mit uns teilen, sondern sogar Wahrnehmungsfähigkeiten besitzen, die die unseren in den Schatten stellen.«

»Weil sie höher entwickelt sind.«

»Das ist eine subjektive Einschätzung«, sagte der Biologe lächelnd. »Aber einige würden Ihnen da bestimmt zustimmen. Wir dürfen allerdings nicht vergessen, dass auch das menschliche Bewusstsein in vielen Punkten noch unerforscht ist.«

Lobsang hatte dem Wissenschaftler die ganze Zeit aufmerksam zugehört. In seiner roten Mönchsrobe wirkte er wie die Ruhe selbst. »Hat das menschliche Bewusstsein Sie nach McLeod Ganj geführt?«, fragte er schließlich.

Der Wissenschaftler nickte. »Vom Buddhismus kann die Welt viel über die Natur des menschlichen Geistes lernen: Was er ist, was er nicht ist und dass bestimmte Theorien unser Verständnis des Bewusstseins künstlich aufspalten.«

»Der Geist reicht über die Welt der Gedanken hinaus«, sagte Lobsang.

Der Biologe sah ihn in tiefem Einverständnis an. »Ganz genau. Und wir Menschen tun uns sehr schwer, diese einfache, aber grundlegende Wahrheit zu begreifen.«

Inzwischen hatte ich mir angewöhnt, Serena zum abendlichen Yogakurs zu begleiten. Statt allein in meinem Zimmer zu hocken, saß ich lieber auf der Holzbank im Studio, hörte Ludo zu und beobachtete, wie die Schüler die verschiedenen Asanas einnahmen, die auch mir zunehmend vertraut wurden.

Ganz besonders mochte ich jedoch die Gespräche, die nach dem Kurs auf dem Balkon stattfanden, und die herzliche Freundschaft, die ich spürte, wenn ich auf dem Teppich lag, während Serena und die anderen ihren grünen Tee tranken. Indem sich die schneebedeckten Gipfel des Himalajas zum letzten Sonnengruß von weiß über glänzendes Gold in ein pralles Kirschrot färbten, vollzogen auch die Berge derweil ihr ganz eigenes Abendritual.

An diesem Abend verlief alles ganz normal. Die Schüler hatten die stehenden Asanas vollendet und ließen sich für die Sitzübungen auf den Matten nieder. Ludo schritt barfuß, mit einer bequemen Hose und einem T-Shirt bekleidet durch die Reihen, nahm hier eine Korrektur vor, machte dort einen Vorschlag und unterzog die Haltung jedes einzelnen Schülers einer genauen Überprüfung.

Ludo stand gerade mit dem Rücken zum Balkon und zeigte der Klasse den Drehsitz *Marichyasana 3*, als ich eine plötzliche Bewegung bemerkte. Auf dem Balkongeländer hinter ihm tauchte scheinbar aus dem Nichts eine riesige Ratte auf und setzte sich auf Serenas Schal, den sie wie immer nach ihrer Ankunft über das Geländer gehängt hatte.

Ich will nicht behaupten, dass es am Schal gelegen hätte, dass ich so auf die Ratte reagierte, wie ich es tat – obwohl ich genau wusste, wie viel das Stück Stoff Serena bedeutete. Der ausgeblichene, abgetragene gelbe Schal mit den aufgestickten Hibiskusblüten hatte einen großen ideellen Wert für sie, war er doch das einzige Geschenk ihres Vaters, das sie noch besaß. Sie hatte einmal erzählt, wie er ihn ihr im Alter von zwölf Jahren gegeben hatte, als sie eines Abends auf dem Balkon ihres Hauses saßen.

Der unwillkommene Anblick des Nagetiers entlockte mir einen so tiefen und gewaltigen Laut, wie er mir in meinem ganzen Leben noch nicht entschlüpft war. Eine Warnung von solcher Dringlichkeit, dass Ludo mich geradezu entgeistert anblickte, bevor er nach draußen sah. Die Ratte hatte inzwischen natürlich längst das Weite gesucht. Ludo trat auf den Balkon, nur um sofort wieder in den Raum zurückzukehren.

»Bitte steht ganz ruhig auf, zieht eure Schuhe an und verlasst das Gebäude. Nebenan ist ein Feuer ausgebrochen!«

Dann wandte er sich an den großen, jungen Inder in der zweiten Reihe. »Sid, könntest du den Feuerlöscher vom Balkon holen?«

Sid nickte.

»In der Küche ist noch einer. Wir treffen uns am Hinterausgang.«

Alle anderen schlüpften hastig in ihre Schuhe und liefen ins Freie. Serena hob mich auf und nahm mich mit sich. Wenige Augenblicke später hatten wir uns auf der Straße vor Ludos Haus versammelt und beobachteten entsetzt das Spektakel nebenan.

Flammen schlugen aus einem Fenster des Nachbargebäudes. Dunkler Rauch stieg auf und es roch nach Öl. Schon brannte der Dachvorsprung. Der Abstand zu Ludos eigenem Dachstuhl war ziemlich gering.

Serena hielt mich mit einer Hand fest und wählte mit der anderen die Nummer der Feuerwehr von Dharamsala. Ein paar der Yogaschüler liefen ins Nachbarhaus, um zu sehen, ob sie dort etwas ausrichten konnten. Andere machten sich auf die Suche nach Wasserschläuchen und Eimern.

Sid stand an der Ecke des Balkons und richtete den Feuerlöscher auf Ludos Dachvorsprung, bevor er ihn auf die Flammen lenkte, die aus dem Küchenfenster der Nachbarn loderten. Ludo stürmte gerade mit dem zweiten Feuerlöscher aus dem Haus, als ein Feuerball durch das Dach des Nebenhauses schlug. Ludo ließ einen gewaltigen Schaumstrahl auf das Dach los. Die Flammen verloschen, nur um Augenblicke später an einer anderen Stelle wieder aufzuflackern.

Sukie und Merrilee zerrten das Ende eines Gartenschlauchs über die Straße.

»Nicht auf die Küche richten!«, rief ihnen Ludo über die Schulter hinweg zu. »Das ist womöglich ein Fettbrand. Versucht lieber, die Hauswände feucht zu halten.« Die Frau und die drei Kinder, die im brennenden Haus wohnten, hatten sich hilflos am Straßenrand zusammengekauert. Mit ihrer Erlaubnis betrat Ludo ihr Heim und suchte nach dem Brandherd. Ein oranger Schein schimmerte durch die Fenster. Nach zwei Stößen aus dem Feuerlöscher färbte sich das Orange schwarz.

Derweil kämpfte ein rußverschmierter Sid auf dem Balkon gegen die Flammen, die inzwischen gefährlich nahe an Ludos Dach heranreichten. So sehr er sich auch bemühte, er bekam das Feuer nicht unter Kontrolle. Dann wurde der Strahl des Feuerlöschers schwächer und verebbte schließlich ganz. Die Flammen flackerten wieder auf, erfassten den Dachstuhl und griffen von dort aus ungehindert auf Ludos Haus über.

Die Umstehenden stießen alarmierte Rufe aus. Man hatte Serena versichert, dass die Feuerwehr in zwanzig Minuten vor Ort sein könne. Doch bis dahin würden

Ludos Zuhause und das Yogastudio längst ein Opfer der Flammen sein!

Sid verschwand vom Balkon und trat aus der Vordertür. »Wir brauchen noch mehr Feuerlöscher!«, rief er und sah sich auf der Straße um.

»Wir fragen schon überall rum«, rief ihm Serena zu. »Und zwei von uns sind zum Baumarkt gefahren.«

Auf eine ohrenbetäubende Explosion aus dem Nachbarhaus folgte ein brüllender Feuerball, der aus dem Küchenfenster aufstieg und gegen die Fassade von Ludos Haus schlug. Offenbar waren auch die Bemühungen des Yogalehrers am Brandherd selbst erfolglos gewesen. Er kam aus der Haustür und schwenkte den Feuerlöscher.

»Leer!«, rief er und rannte über die Straße.

Einen Augenblick lang starrten Ludo und Sid in die Flammen, die nun auch auf den Balkon übergegriffen hatten. Vergebens spritzten die Schüler Wasser auf die Wände der beiden Gebäude. Schon bald würde das Dach des Nachbarhauses lichterloh in Flammen stehen, und es war nur eine Frage der Zeit, bis auch Ludos Haus niederbrannte.

Aus Anliegern und Passanten hatte sich eine Zuschauermenge gebildet, die versteinert vor Schreck, ungläubig und wie hypnotisiert in die Feuersbrunst starrte. Eine gefühlte Ewigkeit später – in Wirklichkeit hatte es sich wahrscheinlich nur um Minuten gehandelt – preschte ein uralter weißer Mercedes auf uns zu und hielt mit quietschenden Reifen vor dem brennenden Haus. Noch bevor der Wagen ganz zum Stillstand gekommen war, sprangen zwei Männer in makellos weißen Uniformen und rotbraunen Mützen aus dem Fond. Die Feuerlöscher, die sie in Händen hielten, waren viel größer als diejenigen, die Ludo und Sid benutzt hatten.

Dann öffnete sich die Tür auf der Fahrerseite, und eine Gestalt in dunkler Jacke und grauer Mütze stieg aus. Es war niemand anders als der Maharadscha persönlich. Er ging zum Kofferraum, und Sid und Ludo liefen hinzu, um zwei weitere der großen Löscher herauszuholen. Anschließend führte Ludo die Männer des Maharadschas in das brennende Nachbargebäude, während Sid und der Maharadscha Ludos Haus betraten. Zwei weitere Schüler griffen sich die übrig gebliebenen Feuerlöscher und folgten ihnen.

Eine Minute später war von Feuer nichts mehr zu sehen. Bäche dunkler, schaumiger Flüssigkeit strömten die Fassaden beider Häuser herab auf die Straße. Der Gestank von Rauch und chemischen Dämpfen lag in der Luft. Von ferne war eine Sirene zu hören. Endlich traf auch die Feuerwehr ein.

Nachdem der Maharadscha und seine beiden Bediensteten gefahren waren, begutachteten die Feuerwehrmänner den Schaden. Mehrere tragende Balken waren schwer in Mitleidenschaft gezogen worden, und solange sie nicht ersetzt wurden, durfte der Balkon des Yogastudios nicht mehr betreten werden. Die Möbel darauf waren auf eine Seite gerutscht und der Boden sah aus, als könne er jeden Augenblick zusammenbrechen. Ludo betrachtete die Überreste dessen, was jahrzehntelang sein Zuhause gewesen war, und schien erleichtert, dass es nicht völlig zerstört worden war. Trotz der Schäden hätte das Ganze auch weitaus schlimmer enden können, meinte er.

»Wer weiß, was geschehen wäre, wenn der Maharadscha nicht gekommen wäre«, sagte Serena und legte sich ihren Lieblingsschal um die Schulter.

Daraufhin ertönte zustimmendes Gemurmel. Ludo und Sid wechselten einen vielsagenden Blick.

Wie an den anderen Abenden auch, versammelten sich die Schüler wieder im Studio – nur eben nicht auf dem Balkon. Serena hatte Essen aus dem Himalaja-Buchcafé geordert, und so machten große Pizzakartons die Runde und eine Karaffe Rotwein zur Beruhigung der Nerven.

»Mich würde interessieren, wie der Maharadscha überhaupt von dem Feuer erfahren hat«, sagte Sukie.

»Vielleicht hat ihn jemand angerufen?«, vermutete Ewing.

»Es heißt ja, das Wohl der Gemeinschaft liege ihm sehr am Herzen«, fügte jemand hinzu.

»Ja, das habe ich auch gehört«, sagte Serena. »Außerdem geht er abends häufig in dieser Gegend spazieren. Dabei hat er das Feuer vielleicht mit eigenen Augen gesehen.«

»Wie auch immer – ich weiß gar nicht, wie ich ihm für die Rettung meines Hauses danken soll«, sagte Ludo.

»Wollte er denn nicht noch auf ein Gläschen Wein bleiben?«, fragte Merrilee mit ihrer Reibeisenstimme und schenkte sich nach.

»Wahrscheinlich trinkt er keinen Alkohol«, sagte Sid. »Und er lebt sehr zurückgezogen. Er meidet den Rummel.«

»Dann muss ich mir einen Termin geben lassen, um mich persönlich bei ihm zu bedanken«, sagte Ludo.

»Gute Idee«, stimmte Sid zu. »Aber ich glaube, du vergisst die *wahre* Heldin des Abends. Ohne sie hätten wir das Feuer erst viel später bemerkt, und dann hätte es bestimmt noch größere Schäden angerichtet.«

Alle Köpfe wirbelten zu mir herum.

»Swamini!«

»Da hast du recht«, sagte Ludo, stand auf und kam zu mir und Serena herüber. Als er sich vor mich auf den Teppich kniete, wirkte es, als würde er mich anbeten.

»Ich glaube, den Laut, den du von dir gegeben hast, werde ich wohl nie vergessen«, sagte er und streichelte mich anerkennend.

»Zum Fürchten«, bemerkte Merrilee schaudernd.

»Ich hab richtig Gänsehaut bekommen«, sagte Sukie.

»Woher sie das nur gewusst hat«, murmelte Carlos und rückte das Halstuch zurecht, das so etwas wie sein Markenzeichen darstellte.

»Oh, Katzen wissen viel mehr, als wir ihnen zugestehen wollen«, sagte Ludo. »Und mehr, als wir überhaupt mitbekommen.«

»Genau darüber haben wir doch gerade im Café gesprochen«, sagte Serena kurz darauf.

Ludo, Sid und die anderen, die an dem gemeinsamen Mittagessen mit dem Wissenschaftler teilgenommen hatten, nickten zustimmend.

Den Übrigen erklärte Serena, was der berühmte Biologe ihnen über das Bewusstsein der Tiere berichtet hatte. »Er sagte, dass Tiere bestimmte Dinge registrieren, die uns Menschen vollkommen entgehen.«

Offenbar können wir Dinge wahrnehmen, die die meisten Menschen nicht für beachtenswert halten.

»Ich habe mal von einem Schwein gehört, das als Haustier gehalten wurde«, sagte Ewing. »Eines Nachts weckte es seine Besitzer, indem es ihnen die Bettdecke wegzog. Das Haus brannte, und sie hatten seelenruhig geschlafen. Das Schwein hat ihnen das Leben gerettet.«

»Genau wie Swamini mein Studio und mein Zuhause gerettet hat«, sagte Ludo.

»Ob sie das Feuer vielleicht gerochen hat?«, fragte ein Schüler namens Jordan.

»Gerochen?«

»Oder sie hat den Rauch gesehen?«, schlug ein anderer vor.

»Der sechste Sinn«, sagte Carlos. Das war schon eine schmeichelhaftere Erklärung.

Dann fiel mir wieder die fette Ratte ein, die wie aus dem Nichts aufgetaucht war. Ich hatte mich erschrocken und unwillkürlich jenen alarmierenden Laut ausgestoßen.

»Jedenfalls hat sie uns rechtzeitig gewarnt!«, sagte Merrilee.

Ludo sah mich mit tiefer Dankbarkeit an. »Swamini, dafür bist du auf Lebenszeit Ehrengast in meinem Studio.«

Erst später, als wir uns verabschiedet hatten und die Schüler im Flur ihre Schuhe anzogen, bemerkte Merrilee Serenas Schal.

»Da hast du aber Glück gehabt«, sagte sie und nahm den Stoff zwischen Daumen und Zeigefinger. »Normalerweise legst du den doch ...«

»... auf den Balkon«, vollendete Serena. »Wo er zu Asche verbrannt wäre.«

»Und heute Abend?«

»Das ist ja das Komische«, sagte Serena. »Ich hätte schwören können, dass er auf dem Balkon war. Dabei lag er die ganze Zeit hier neben meiner Tasche.«

»Glaubst du etwa ...?«, begann Merrilee.

»Da ist sie ja!«, platzte Sid dazwischen und streichelte mir das Gesicht mit seinen weichen Fingerspitzen. »Sie ist wirklich etwas ganz Besonderes.«

Wieso kam mir dieser große Inder mit den funkelnden Augen nur so vertraut vor? »Sie weiß viel und spricht wenig«, fügte er hinzu.

Ich sah zu Sid auf und dachte an die Ratte auf dem Schal. Wenn *ich* schon viel wusste und wenig sprach, was war dann mit ihm?

In dieser Nacht rollte ich mich auf der Yakwolldecke zusammen, die Seine Heiligkeit eigens für mich auf sein Bett gelegt hatte. Ich befand mich in diesem angenehmen, dämmrigen Zustand zwischen Wachen und Schlafen, als die Bilder des gestrigen Traums und des heutigen Feuers vor meinem geistigen Auge auftauchten. Ich dachte darüber nach, was der Biologe über die tierischen Wahrnehmungsfähigkeiten gesagt hatte. Mir fiel auf, dass eine der offensichtlichsten, aber selten erwähnten Wahrheiten über das Glück die Tatsache ist, dass alle *Sem Chen* – Menschen, Katzen, sogar Ratten – gleichermaßen danach trachten. Wenn jeder von uns in einem früheren Leben ein anderes *Sem Chen* war und im nächsten womöglich sein wird, dann ist das Glück aller Lebewesen, egal welcher Spezies, das einzige Ziel, das anzustreben sich lohnt.

Achtes Kapitel

Meine Forschungen die Kunst des Schnurrens betreffend, hatten zu einigen unvorhergesehenen Wendungen geführt. Doch trotz der Erkenntnisse, die ich in den vergangenen Wochen gewonnen hatte, gab es immer noch eine grundlegende Frage über das Glück, die mir keine Ruhe ließ: Wieso konnte ich in einem Augenblick zufrieden dahinschlendern und an nichts Böses denken und im nächsten ohne ersichtlichen Grund aufs Ärgste verstimmt sein? Ein produktiver Morgen, erfüllt von Meditation, ausgiebiger Hygiene inklusive Cellospiel – so nennen wir Katzen die Säuberung unserer intimsten Körperpartien – konnte unerwartet grau und düster erscheinen. Ein Nachmittag im Himalaja-Buchcafé, der mit einem Teller Meerforelle blau vielversprechend begonnen hatte, konnte sich mit einem Mal quälend hinziehen.

Dabei gab es nicht den geringsten äußeren Anlass für einen solchen Gefühlsumschwung. Hätte man mich vom Fensterbrett gescheucht, hätte ein boshaftes Kind an meinem Schwanz gezogen oder wäre ich für einen Touristenschnappschuss unsanft aus dem Schlummer gerissen worden – das ist nämlich hin und wieder der Preis meines Ruhms –, dann wäre meine üble Laune mehr als verständlich gewesen.

Aber dergleichen war nicht geschehen. Und so kapierte ich auch nicht, was da eigentlich mit mir vorging.

Die auf dem Schoß des Dalai Lama erlangte Weisheit hatte mich achtsamer für meinen Geist und weniger anfällig für diese Stimmungsschwankungen werden lassen. Trotzdem war nicht zu leugnen, dass sich bei mir immer noch warme, gute Gefühle urplötzlich in die größte Übellaunigkeit verwandeln konnten. Bis eines Morgens die Wahrheit in ihrer ganzen Offensichtlichkeit vor mir lag, ohne dass ich auch nur das Geringste dazu beigetragen hätte.

Alles begann, als Tenzin zum Aktenschrank hinüberging, auf dem ich lag.

»KSH, vielleicht interessiert es dich zu erfahren, dass uns dein Lieblingsmensch heute Morgen besuchen wird.«

Der Dalai Lama? Meiner Rechnung nach musste ich bis zu seiner Rückkehr noch neunmal schlafen – Nickerchen nicht mitgezählt.

»In eineinhalb Wochen ist Seine Heiligkeit wieder bei uns«, fuhr Tenzin fort. »Und sein Terminkalender platzt aus allen Nähten. Daher kommt seine Köchin für besondere Anlässe gleich vorbei, um nach dem Rechten zu sehen. Sie will, dass bei seiner Ankunft alles tipptopp ist.«

Mrs. Trinci! Die Küchenkönigin des Jokhang und meine großzügige Wohltäterin!

Als mir Tenzin die Wange kraulte, nahm ich seinen

Zeigefinger einige Augenblicke zwischen die Zähne und leckte die Karbolseife davon ab.

Tenzin kicherte. »Meine kleine Schneelöwin, du machst mir Spaß. Aber leider wird Mrs. Trinci heute nicht kochen, also erwarte lieber keine Leckerbissen.«

Ich begegnete seinem bedauernden Gesichtsausdruck mit einem herrischen Funkeln. Für einen erfahrenen Diplomaten konnte Tenzin gelegentlich recht begriffsstutzig sein. Glaubte er wirklich, dass mir Mrs. Trinci nach einer so langen Abwesenheit widerstehen könnte? Ein einziger Blick aus meinen himmelblauen Augen würde genügen. Zur Not müsste ich ihr vielleicht noch schmeichlerisch den Schwanz um die Beine schlingen. Und sollte es hart auf hart kommen, würde ein flehentliches Miauen die Küchenchefin des Jokhang schneller dazu bringen, dass sie mir etwas Leckeres servierte, als man »gehackte Hühnerleber« sagen kann.

Mit federndem, aber zugegebenermaßen etwas holprigem Gang lief ich nach unten.

Als ich in der Küche ankam, stand dort Mrs. Trinci in ihrer Schürze. Sie war mit Klemmbrett und Stift bewaffnet und ging die Posten auf ihrer Liste durch, während Lobsang und Serena, die den Kühlraum respektive die Vorratskammer im Blick hatten, das Vorhandensein der aufgerufenen Vorräte bestätigten.

»Fünf Liter griechischer Naturjoghurt?«

»Hier«, bestätigte Lobsang.

»Wann läuft der ab?«

»Ende nächsten Monats.«

»Entkernte Pflaumen? Vier große Dosen?«

»Ich sehe nur drei«, sagte Serena.

»*Oh, porca miseria*! Verdammter Mist! Jetzt fällt es mir wieder ein. Eine der Dosen war angerostet und ich musste sie wegwerfen.«

Sie bemerkte eine Bewegung im Augenwinkel. Als sie den Kopf drehte, sah sie mich auf sie zutraben.

»*Dolce mio*!« Im Handumdrehen schlug sie einen so überschwänglichen, anhimmelnden Ton an, dass selbst ich kaum glauben konnte, der Grund dafür zu sein.

»Wie geht es meiner *bella*, meiner kleinen Schönheit?« Sie nahm mich in die Arme, überschüttete mich mit Küsschen und hob mich auf die Arbeitsfläche. »Ich habe dich ja so vermisst! Du mich auch?«

Während sie mir mit ihren beringten Fingern durchs Fell fuhr, schnurrte ich dankbar. Das war der wunderbar vertraute Auftakt zu einer sicherlich köstlichen Symphonie.

»Sind wir hier fertig?«, rief Lobsang aus dem Kühlraum.

»Für den Augenblick«, antwortete Mrs. Trinci abgelenkt. »Teepause!«

Sie griff in ihre Tragetasche, nahm eine verschlossene Plastikdose heraus und öffnete den Deckel. »Ich habe noch ein bisschen Gulasch von gestern Abend für dich«, sagte sie, »vorhin gerade noch mal aufgewärmt. Ich hoffe, es genügt deinem verwöhnten Gaumen.«

Mrs. Trincis ungarisches Gulasch war ausnehmend saftig und die Soße so aromatisch, dass mir die Schnurrhaare zitterten.

»Oh, *tesorino*, mein kleiner Schatz!«, rief sie aus und betrachtete mich durch ihre von stark getuschten Wimpern umrahmten bernsteinfarbenen Augen. »Du bist wirklich«, hauchte sie atemlos, »die schönste Kreatur auf Erden.«

Bald darauf saßen sie, Serena und Lobsang auf Hockern an der Küchentheke, tranken Tee und aßen den Kokosnusskuchen, den Mrs. Trinci mitgebracht hatte.

»Vielen, vielen Dank«, sagte Lobsang, hielt das angebissene Stück hoch und strahlte übers ganze Gesicht. »Wie nett, dass Sie sich daran erinnert haben.« Von Mrs. Trincis Kokosnusskuchen hatte er schon als Kind nie genug bekommen können.

Sie kicherten.

»Wie in alten Zeiten«, sagte Serena.

»Ach ja.« Mrs. Trinci seufzte zufrieden. »Wann haben wir eigentlich zum letzten Mal hier gemeinsam gearbeitet – vor zwölf Jahren?«

»Vierzehn, glaube ich«, sagte Lobsang nach einer Weile.

»Wer hätte gedacht, dass sich meine beiden kleinen Küchenhelfer so gut entwickeln? Der Dolmetscher des Dalai Lama und eine in halb Europa erfolgreiche Chefköchin. Wie sehr sich doch alles geändert hat.«

»Unbeständigkeit – nichts bleibt gleich«, sagte Lobsang.

»Na, *alles* hat sich ja nicht geändert«, sagte Serena. »Wir sind älter geworden und haben einiges von der Welt gesehen, aber wir sind immer noch dieselben Menschen. Und was uns wichtig ist« – sie sah Lobsang an – »hat sich auch nicht geändert.«

Lobsang starrte einige Augenblicke lang ins Nichts. »Stimmt. Ich halte den Kokosnusskuchen deiner Mutter immer noch für den besten der Welt.«

Sie lachten. Er zwinkerte Serena zu. »Zum Beispiel.«

»Zum Beispiel«, wiederholte sie.

»Deshalb ist es wohl auch so schwer, die Richtung zu ändern, sobald man mal einen bestimmten Kurs eingeschlagen hat.« Unversehens wurde seine Miene ernst. Unsicherheit löste die Aura heiterer Gelassenheit ab, von der Lobsang normalerweise umgeben war.

Mrs. Trinci warf Serena einen wissenden Blick zu. Offenbar hatten die beiden schon über das Thema gesprochen, das Lobsang so beschäftigte. Da sie seine düstere Miene nicht länger ertragen konnte, stand Mrs. Trinci auf, ging zu ihm und umarmte ihn unter heftigem Klimpern ihrer Armreifen.

»Ich weiß, dass du eine schwierige Zeit durchmachst, mein lieber Lobsang«, sagte sie. »Aber wie du dich auch immer entscheidest, ich stehe voll und ganz hinter dir.«

Etwas später klopfte es höflich an der Tür, und Lama Tsering trat ein. Der große, hagere Mann mit dem asketischen Antlitz war der Disziplinar des Namgyal-Klosters. Zu seinen Aufgaben gehörte es, über Zucht und Ordnung der Mönche während ihrer Gebete und anderen Tätigkeiten zu wachen. Sobald er auftauchte, glitt Lobsang vom Hocker, stellte die Tasse ab und legte die Handflächen vor dem Herzen zusammen.

Lama Tsering verbeugte sich tief. »Guten Morgen.«

»Guten Morgen, Lama.« Mrs. Trinci schien von seiner Anwesenheit eingeschüchtert.

»Tenzin hat mir gesagt, dass Sie heute hier sind«, sagte er und sah sie ernst an. »Ich bin gekommen, um Sie in aller Demut um Ihren Rat zu bitten.«

»Um *meinen* Rat?«, quietschte Mrs. Trinci und lächelte nervös.

»Es geht um Fragen der Ernährung«, fuhr er fort.

»*Mamma mia!* Und ich dachte schon, ich hätte etwas falsch gemacht.«

Lama Tsering hob den Kopf. Ein fast unmerkliches Grinsen stand in seinem Gesicht. »Wieso, gibt es denn Grund zu dieser Annahme?«

Mrs. Trinci schüttelte energisch den Kopf und hielt ihm den Kuchen hin. »Nehmen Sie sich ein Stück«, sagte sie. »Tee?«

Lama Tsering betrachtete interessiert den Kuchen. »Der sieht sehr gut aus«, stellte er fest. »Aber erst müssen Sie mir eines verraten.« Er zog ein kleines Notizbuch aus der Robe und blätterte eine bestimmte Seite auf. »Hat der Kuchen einen hohen ... glykämischen Index?«

»Aber woher denn«, sagte sie.

»Mama«, wies Serena sie zurecht, als sich Lama Tsering ein Stück nahm.

Mrs. Trinci zuckte mit den Schultern. »Alles ist relativ.«

Lama Tsering nahm einen herzhaften Bissen. »Also eher durchschnittlich, ja?«

»Durchschnittlich bis extrem hoch«, sagte Serena, woraufhin alle, sogar Lama Tsering, lachen mussten.

»Wieso interessieren Sie sich denn für den GI?«, fragte Mrs. Trinci, nachdem sie sich wieder beruhigt hatten.

»Als Disziplinar des Klosters«, antwortete er, »ist es meine Aufgabe, dafür zu sorgen, dass alle Mönche ihre Pflicht erfüllen, sich in Selbstbeherrschung üben und, was am wichtigsten ist: zufrieden sind.« Er klopfte sich auf die Brust. »Leider habe ich erst vor Kurzem begriffen, wie wichtig die Rolle ist, die die Ernährung dabei spielt.«

»Ausgewogen muss sie sein«, sagte Serena.

»Besonders, was die Glukose angeht«, erklärte Lama Tsering so bestimmt, dass deutlich wurde, wie intensiv er sich mit diesem Thema beschäftigt hatte – und dass er genau wusste, dass wir noch nie einen Gedanken darauf verschwendet hatten.

»Unsere Mönche brauchen zwei Dinge, um Erfüllung und Erfolg finden zu können: Intelligenz und Selbstdisziplin. Bedauerlicherweise gibt es keine bekannte Methode, um die Intelligenz zu erhöhen. Anders verhält es sich dagegen mit der Selbstbeherrschung beziehungsweise Willenskraft. Sogar westliche Wissenschaftler entdecken allmählich die Bedeutung der emotionalen Intelligenz.«

Lobsang nickte. Er hatte die Werke von Daniel Goleman, der oft mit Seiner Heiligkeit zusammengetroffen war, aufmerksam gelesen. Seine Bücher über emotionale und soziale Intelligenz waren weltweit bekannt.

»Das Marshmallow-Experiment von Walter Mischel an der Universität von Stanford«, sagte Lobsang.

»Ein sehr effizientes Mittel zur Vorhersage künftigen Erfolgs«, bestätigte Lama Tsering. Dann bemerkte er Mrs. Trincis und Serenas ratlose Mienen. »In den Sechzigerjahren«, erklärte er, »führte man kleine Kinder allein in einen Raum. Mischels Mitarbeiter trafen folgende Vereinbarung mit ihnen: Jedes Kind bekam einen Marshmallow. Wenn sie wollten, konnten sie ihn sofort essen. Wenn sie jedoch damit warteten, bis die Wissenschaftler nach einer Weile zurückkehrten, würden sie einen zweiten Marshmallow erhalten. Dann verließen die Personen, die den Versuch durchführten, für eine Viertelstunde den Raum. Einige Kinder aßen die Süßigkeit sofort. Andere konnten sich beherrschen und bekamen dafür zwei Marshmallows.

Die Kinder mit der größeren Selbstbeherrschung schrieben später in der Schule bessere Noten, hatten als Erwachsene weniger Probleme mit Alkohol und Drogen und ein höheres Gehalt. Somit kamen die Wissenschaftler zu dem Schluss, dass das Maß an Selbstbeherrschung ein sogar noch verlässlicheres Zeichen für zukünftigen Erfolg ist als die Intelligenz.«

»Oje«, murmelte Mrs. Trinci. »Ich hätte den Marshmallow bestimmt sofort gegessen.«

Diesen Einwand ignorierte Lama Tsering geflissentlich. »Dasselbe konnten wir im Laufe der Jahre auch bei unseren Mönchen beobachten. Es sind nicht immer die intelligentesten, die die Erkenntnis ereilt, die Einsicht, sondern diejenigen, die bereit sind, sich darum zu bemühen.«

»Und was hat das mit der Glukose zu tun?«, fragte Serena.

»Vor Kurzem habe ich erfahren, dass unsere Willenskraft nicht unerheblich vom Glukosespiegel im Körper abhängt«, sagte Lama Tsering. »Ein niedriger Glukosespiegel führt zu weniger Selbstkontrolle und einem verminderten Vermögen, seine Gedanken, Gefühle, Impulse und sein Verhalten zu beherrschen. Wenn jemand länger nichts gegessen hat, empfindet er Stress und kann nicht mehr klar denken.«

»Ja, so etwas Ähnliches habe ich schon mal gelesen«, sagte Lobsang. »Und zwar in einer Studie, die sich mit der Frage beschäftigte, wann Strafen zur Bewährung ausgesetzt wurden und wann nicht.«

Mrs. Trinci und Serena sahen ihn neugierig an. »Schlussendlich«, erzählte Lobsang, »hatte die Entscheidung nichts mit dem Vergehen zu tun, das dem Beschuldigten zur Last gelegt wurde. Auch nicht mit seiner Führung während der Haft, der Hautfarbe oder sonst einem Faktor, den man hier vielleicht erwarten würde. Nein, es kam nur darauf an, zu welcher Tageszeit der Betreffende vor den Bewährungsausschuss trat und wie müde oder hungrig dessen Mitglieder in dem Moment waren. Kurz nach dem Frühstück oder Mittagessen hatten die Delinquenten gute Chancen auf Bewährung. Je länger sich der Vormittag oder Nachmittag jedoch hinzog, desto hungriger und müder wurden die Entscheider und neigten eher dazu, die Bewährung abzulehnen.«

»Ein sehr gutes Beispiel«, sagte Lama Tsering und machte sich eine Notiz. »Ich glaube, das kennen wir alle. Wenn wir müde und hungrig sind, erscheint uns selbst die kleinste Tätigkeit noch als äußerst strapaziös.«

»Und aus genau diesem Grund genießen wir unseren Kokoskuchen«, flötete Mrs. Trinci. »Deshalb achte ich auch darauf, dass die kleine Schneelöwin seiner Heiligkeit nie unter ...«

»Entscheidungsmüdigkeit leidet?«, vollendete Lobsang ihren Satz.

Solange ich den Bauch voller Gulasch habe, darfst du gern deine Scherze auf meine Kosten treiben, dachte ich, während ich die letzten Reste der dicken Soße aus der Schüssel leckte.

»Kurzum, Mrs. Trinci«, sagte Lama Tsering und wedelte mit einigen Papieren. »Hier habe ich den offiziellen Speiseplan der Klosterküche. Vielleicht könnten Sie mir sagen, wie er verbessert werden kann?«

»Um den glykämischen Index der Mahlzeiten etwas zu senken?«

»Genau.«

»Das Ziel ist eine möglichst langsame Kalorienverbrennung«, sagte sie und griff nach den Papieren. »Nüsse, Gemüse, rohes Obst, Käse, Öle und andere gesunde Fette. Nährstoffe, die den Blutzuckerwert im Gleichgewicht halten.« Sie überflog die Liste und schüttelte den Kopf. »Weißer Reis? Weißbrot? Jeden Tag? Nein, das geht ja gar nicht!«

Lama Tsering beobachtete, wie sie gewissenhaft die Liste durchsah. »Es wird sicher interessant sein zu beobachten, welchen Unterschied ein paar kleine Veränderungen im Speiseplan machen können«, sagte er.

Zufällig wurde auch im Himalaja-Buchcafé hitzig über Veränderungen der Speisekarte diskutiert. Seit Serenas erstem indischen Abend hatte sich eine faszinierende neue Entwicklung angebahnt.

Je näher der Termin des zweiten Banketts rückte, desto mehr der Einheimischen, die schon beim ersten Mal zugegen waren, wollten einen Tisch reservieren. Hinzu kamen ihre Bekannten, die sie in höchsten Tönen davon hatten schwärmen hören, sowie mehrere Hotelbetreiber, die ihren Gästen einen unvergesslichen Abend bieten wollten. Und so war das zweite indische Bankett bald hoffnungslos ausgebucht, ohne dass auch nur eine Ankündigung ins Fenster gehängt werden musste.

Zudem hatten mehrere Gäste der ersten Veranstaltung Serena gefragt, ob sie nicht eine Ausnahme machen und ihnen das Rezept ihres Lieblingsgerichtes verraten würde. Für einige waren dies die vegetarischen *Pakoras*, für andere das Malabar-Fischcurry. Die selbstlose Serena hatte diesen Bitten mit Freude stattgegeben und die Rezepte, die sie und die Dragpa-Brüder so lange verfeinert, verbessert und perfektioniert hatten, gern herausgegeben.

Leider ohne den gewünschten Erfolg.

Helen Cartwright, Serenas Freundin aus Schulzeiten, war die Erste, die sich beklagte. Eine Woche nachdem ihr Serena das Rezept für das Mangohühnchen gegeben hatte, saßen die beiden jungen Frauen vormittags beim Cappuccino. Vom Zeitschriftenregal aus hörte ich Helen berichten, sie habe versucht, ihre Familie damit zu überraschen. Herausgekommen sei jedoch nur ein schwacher Abklatsch von Serenas gastronomischem Triumph.

Ob sie sich auch wirklich genau an das Rezept gehalten habe, wollte Serena verblüfft wissen. Hatte sie das Huhn mariniert? Und wie lange? Erst nach mehreren Nachfragen gelang es ihr, den Grund für Helens Misserfolg zu ermitteln.

Einige Tage später kam es zu einem ganz ähnlichen Gespräch. Merrilee aus dem Yogakurs hatte versucht, Serenas *Rogan Josh* nachzukochen – mit einem ebenfalls nur mittelprächtigen Ergebnis. Serena ahnte inzwischen schon, wo der Hase im Pfeffer lag: Ob Merrilee auch wirklich alle Gewürze verwendet habe, die im Rezept ausgewiesen waren, erkundigte sie sich. »Nun jaaa ...«, antwortete Merrilee kleinlaut, »die meisten.« Sie hatte nicht alle Gewürze zur Hand gehabt – schließlich waren es sehr viele – und sich deshalb kurzerhand mit anderen beholfen. Und wie es um die Frische der Zutaten bestellt gewesen sei? Zögerlich gab Merrilee zu, dass einige der Gewürze schon seit mindestens zehn Jahren ganz hinten bei ihr im Regal standen.

Nachdem Serena sie auf die offensichtliche Ursache ihrer kulinarischen Schlappe hingewiesen hatte, sah Merrilee einen Augenblick lang bedröppelt drein, bevor sie – nur halb im Scherz – vorschlug, Serena möge ihr nach dem Rezept nun doch bitte auch noch das passende Sortiment frischer Gewürze zur Verfügung stellen, das sie für das *Rogan Josh* brauchen würde, um beim zweiten Anlauf einen echten Erfolg landen zu können.

Eine weniger mitfühlende Person hätte dieses Anliegen wohl rundweg abgelehnt. Doch als Serena an die Enttäuschung ihrer Freundin und den Tatbestand dachte, dass diese bestimmt nie Zugang zu derselben Auswahl an frischen, hochwertigen Gewürzen haben würde, die ihr selbst zur Verfügung standen, beschloss sie, ihr den Gefallen zu tun – und bei dieser Gelegenheit gleich auch noch Helen eine Freude zu machen. Sie bat die Dragpa-Brüder, dicht verschließbare Beutel mit den Würzmischungen für Mangohuhn und *Rogan Josh* zu füllen, die sie ihren Freundinnen dann schenkte.

Auf Rückmeldungen musste Serena nicht lange warten. Gleich in den nächsten Tagen berichteten Helen und Merrilee begeistert, wie gut es ihren Familien und Bekannten geschmeckt habe. Allerdings wollten sie sich auch nicht mit fremden Federn schmücken. Helen brachte es auf den Punkt: »Im Grunde habe ich *nicht die Bohne* selbst gemacht. Ein Huhn mit irgendetwas einreiben und eine halbe Stunde später in den Ofen schieben, kann schließlich jeder. Den richtigen Kick geben erst die Gewürze.«

Merrilee entwickelte daraus sogar eine Geschäftsidee. »Warum verkaufst du deine Gewürzmischungen eigentlich nicht?«, schlug sie vor. »Ich wäre deine erste Kundin.«

Serena setzte diesen Vorschlag in die Tat um, indem sie Reis und Nüsse zu den Würzmischungen gab, sodass man nur noch frisches Gemüse oder Fleisch kaufen musste. Mithilfe seines Computers entwarf Sam ein Layout und druckte die Rezepte dann unter dem Logo des Himalaja-Buchcafés auf bernsteinfarbenes Papier.

Serenas Freunde, aber auch die Stammgäste des Cafés und die Yogaschüler rissen ihr die kleinen Päckchen förmlich aus den Händen. Sobald es sich herumgesprochen hatte, musste die kleine Verkaufsschütte auf dem Tresen durch eine größere ersetzt werden. Sam wies jeden Teilnehmer des ersten indischen Banketts per E-Mail auf das neue Angebot hin, und schon am nächsten Tag trudelten Bestellungen für zehnmal mehr Gewürze ein, als bisher verkauft worden waren. Es gab sogar Anfragen aus Seoul, Krakau, Miami und Prag – sie stammten von Reisenden, die während ihres Aufenthalts in Dharamsala im Café gespeist hatten. Offenbar waren viele Leute bereit, sich die Möglichkeit, praktisch ohne Vorbereitung und mit nur geringem Aufwand ein köstliches Mahl zu zaubern, auch etwas kosten zu lassen.

Nicht einmal nachdem sich die erste Aufregung gelegt hatte, riss die Nachfrage ab. Die wohlschmeckenden Ergebnisse, die sich mithilfe der fertigen Gewürzmischungen beinahe wie von selbst einstellten, sorgten dafür, dass die Leute einen Beutel, wenn sie ihn geleert hatten, sofort nachbestellten. Oder gleich mehrere. Von jeder Sorte. Die Würzmischungen waren weder ein kurzlebiger Trend noch eine Eintagsfliege. Im Gegenteil – mit jeder Woche stieg die Anzahl der Kunden, die sie online bestellten oder direkt vor Ort erwarben.

Am Ende des Tages fragte Sam bei der abendlichen heißen Schokolade: »Wie kommt Bhadrak eigentlich so klar?« Er sprach von einem Neffen der beiden Köche. Der Teenager war auf Teilzeitbasis eingestellt worden, um unter den wachsamen Augen seiner Onkel die Gewürzbeutel zu füllen. Allein hatten sie die vielen Bestellungen nicht mehr bewältigen können.

»Ach, er schlägt sich ganz gut«, sagte Serena, »legt zwar das Tempo einer Schnecke an den Tag, ist aber sehr gewissenhaft und gründlich. Was mir bedeutend lieber ist als andersrum.«

»Ja, Qualitätskontrolle muss sein«, pflichtete Sam ihr bei.

»Das haben ihm seine Onkel auch weiß Gott oft genug eingeschärft«, sagte Serena.

»Welchen Gott meinst du?«

»Na, alle!«, antwortete sie kichernd. Obwohl sie in Indien aufgewachsen war, fand sie die Vielzahl der Götter, die man hierzulande kennt, immer noch verwirrend.

»Ich hatte währenddessen viel Spaß mit der Tabellenkalkulation …« Sam deutete mit dem Kinn auf mehrere Papierseiten, die auf dem Tisch lagen.

»So ein Satz kann auch nur von dir kommen. Typisch Sam!«

»Na, ich glaube, das findest selbst *du* interessant«, gab er zurück. »In der letzten Woche habe ich einen neuen Trend bei den Gewürzmischungen entdeckt. War eigentlich vorauszusehen, aber ich hatte wohl Tomaten auf den Augen.«

Serena hob fragend die Brauen.

»Die meisten Kunden gewinnen wir durch Mundpropaganda. Und nicht etwa nur unter den Einheimischen. Inzwischen kriegen wir auch schon Bestellungen von den Bekannten unserer Gäste. Ein Feinkostladen aus Portland in Oregon hat gleich zwanzig Päckchen von jeder Sorte geordert.«

»Dann wird es Bhadrak so schnell nicht langweilig werden.«

Serena verstand offenbar nicht, worauf Sam hinaus-wollte. »Darin steckt Potenzial. So viele Kunden nur we-gen eines indischen Banketts. Ohne Onlinewerbung. Wir bieten die Gewürzmischungen ja noch nicht mal auf unserer Website an.«

»Ist womöglich nur ein Strohfeuer«, sagte Serena und zuckte mit den Schultern. »In ein paar Monaten ist der Reiz des Neuen verflogen und …«

»Oder es tritt das genaue Gegenteil ein.« Der neue, mutigere Sam nahm kein Blatt mehr vor den Mund. »Wir müssen den Schwung des ersten Banketts in das zweite retten. Du solltest jedem Gast ein Päckchen mit nach Hause geben. Das erste ist gratis. Dann können noch mehr Leute damit kochen, und wir gewinnen neue Kunden.« Aus den Papieren, die vor ihm lagen, zog er ein Blatt mit mehreren Diagrammen und Gewinnerwar-tungstabellen.

»Das wäre die Situation, wenn die Verkäufe einfach so weiterlaufen.«

»Was ist das hier?«, fragte Serena und deutete auf ein Diagramm.

»Der Umsatz in US-Dollar.«

Serena wirkte verblüfft. »Und das rote?« Sie deutete auf eine steil ansteigende Linie.

»Das ist eine konservative Schätzung dessen, was pas-sieren wird, wenn wir bei jedem, den wir in der Daten-bank haben, Werbung für die Gewürze machen.«

»Unglaublich!« Serena machte große Augen.

»Und dabei habe ich andere Faktoren noch gar nicht berücksichtigt. Unverhofftes Medieninteresse zum Bei-spiel. Publicity. Oder Onlinewerbung. Es könnte auch sein, dass dieses Geschäft in Portland oder andere nachbestellen.«

Serena setzte sich gerade hin. »So viel Geld ...« Sie schüttelte perplex den Kopf.

»Verstehst du *jetzt,* weshalb mir das so großen Spaß gemacht hat?«, scherzte er.

Sie nickte grinsend.

»Es war mehr als nur Spaß«, gestand Sam. »Das Tolle ist das Nachgeschäft. Der typische Tourist kommt zwei, höchstens drei Mal ins Café. Vielleicht kauft er noch ein paar Bücher oder Souvenirs, und das war's. So aber bieten wir ihm die Möglichkeit, seinen Urlaub quasi immer wieder neu zu erleben. Zumindest in kulinarischer Hinsicht.«

»Und das erhöht die Kundenbindung«, sagte Serena.

»Genau! Aber nicht nur das.« Sams Augen funkelten. »Es generiert auch neue Kunden, du brauchst dir ja nur mal die Zahlen anzusehen.«

»Mhm, bei einer solchen Menge wird es mit Bhadrak als Teilzeitkraft und einem gelegentlichen Marktbesuch nicht getan sein. Ich muss mich nach einem verlässlichen Großhändler umsehen.«

»Lohnen würde es sich«, sagte Sam und bedeutete ihr, zur letzten Seite vorzublättern. Dort waren die Einnahmen von Café und Buchhandlung sowie die voraussichtlichen Einkünfte aus den Gewürzmischungen aufgelistet. »Sieh dir nur die letzte Zeile an.«

»Wow!« Sie starrte auf die Zahlen.

»Das ist ein ganz neuer Geschäftszweig, Serena«, sagte er nach einer Weile.

Lange saßen sie noch über den Diagrammen. Serena war gar nicht mehr zu bremsen. Doch dann wurde sie plötzlich ernst. »Hat sich Franc eigentlich schon zum letzten Geschäftsbericht geäußert?«

Diese Frage war wichtiger, als es zunächst den Anschein hatte. Da Franc nach dem Tod seines Vaters eine schwere Zeit durchmachte, hatten Serena und Sam beschlossen, keine große Sache aus dem indischen Bankett zu machen. Trotzdem waren die Einnahmen daraus im letzten der Berichte, die Franc monatlich zugeschickt bekam, als separater Eintrag aufgeführt. Dahinter hatten sie eine kurze Erklärung eingefügt. Es war deutlich zu erkennen, dass das Café an einem Abend, an dem es üblicherweise geschlossen hatte, einen Rekordumsatz erzielt hatte. »Gefällt's dir?«, hatten sie Franc dazugeschrieben.

Sam war Serenas Anspannung nicht entgangen. Er schüttelte den Kopf.

»Solange wir nichts von ihm hören …«

Sam suchte seine Papiere zusammen und stapelte sie auf dem Couchtisch. »Ja, da hast du wohl recht«, sagte er.

Eine Zeit lang streichelten sie schweigend ihre *Sem-Chen*-Freunde. Die beiden Hunde rieben verzückt die Köpfe an den Kissen, während ich meine Zufriedenheit etwas vornehmer durch ein Schnurren kundtat.

»Apropos Essen«, sagte Serena schließlich. »Heute habe ich ein paar interessante Dinge über Ernährung und Selbstbeherrschung erfahren.« Sie erzählte von dem Besuch des Klosterdisziplinars.

»Ob das wohl auch für unsere Kleinen hier gilt?«, fragte sie und sah die Hunde und mich an. »Wahrscheinlich hat auch bei ihnen die Ernährung Einfluss auf ihre jeweilige Stimmung.«

Sam sah kurz zur Decke auf. Offenbar kramte er in seinem enzyklopädischen Gedächtnis. »Ich hab mal irgendwo gelesen, dass eine ausgewachsene Katze vierzehn mausgroße Portionen am Tag benötigt.«

»Vierzehn?!«, rief Serena aus.

Sam zuckte mit den Schultern. »Wenn man Fell und Knochen abzieht, ist an einer Maus nicht viel dran.«

»Stimmt auch wieder«, gab Serena zu.

»Da gibt es sicher Parallelen zur menschlichen Ernährung. Auch Tiere brauchen eine ausgewogene Kombination aus Wasser, Proteinen und Vitaminen.«

»Schon komisch, dass unsere Stimmung vom Essen abhängt.«

»Das Glück liegt eben in der richtigen Chemie.«

Serena sah ihn skeptisch an. »Wahrscheinlich nicht nur. Aber stimmen muss die Chemie mit Sicherheit.«

»Sie ist ein Faktor.«

»Ein *wichtiger* Faktor«, fügte sie hinzu. »Ach, kleine Rinpoche«, sagte sie, beugte sich vor und küsste überschwänglich meinen Kopf. »Ich hoffe, du bist auch in chemischer Hinsicht zufrieden, meine Schneelöwin.«

Ja, dachte ich. Nach einer mausgroßen Portion laktosefreier Milch war ich das gewiss. Und neben den köstlichen Mahlzeiten – unter denen Mrs. Trincis vorzügliches Gulasch das unbestrittene Highlight war – hatte ich heute auch eine überraschende Einsicht in das Glück gewonnen, die mir sonst höchstwahrscheinlich verwehrt geblieben wäre.

Ich hatte nämlich herausgefunden, weshalb ich an

einem sonst strahlenden Morgen plötzlich reizbar und gelangweilt sein konnte. Der Grund, liebe Leser, ist das *(Fr)Essen*. Für die Menschen mag eine glukosearme Ernährung der beste Schutz gegen Müßiggang und Stimmungsschwankungen sein und vor Gericht sogar die Chance auf Bewährung erhöhen. Doch was rückte für uns Katzen die Welt besser ins rechte Licht als ein leckerer, mausgroßer Imbiss?

Zwei Tage später rief Sam Serena zu sich in den Laden.

Er saß mit finsterer Miene vor seinem Computer. »Franc hat wegen der Monatsberichte zurückgeschrieben«, sagte er.

Sie musste nicht auf den Bildschirm sehen, um Francs Reaktion zu erraten, tat es aber trotzdem. Als Antwort auf ihre Frage *Gefällt's dir?* hatte er am Ende der Seite in Großbuchstaben »ES GEFÄLLT MIR NICHT« geschrieben. Er hatte die Wörter zur Betonung sogar unterstrichen.

Sam schüttelte den Kopf. »Das verstehe ich nicht.«

»Mich überrascht seine Reaktion eigentlich weniger«, sagte Serena und trat einen Schritt zurück. »Franc hat sich dieses Café immer als westliche Oase vorgestellt, als Rückzugsort vor der hektischen Welt Indiens.«

»Selbst wenn unseren Kunden das Geld so locker sitzt?«

Serena zuckte mit den Achseln, doch ihr enttäuschter Gesichtsausdruck sprach Bände. Die Pläne für weitere indische Bankette, Gewürzmischungen und Onlinewerbung waren im Handumdrehen in Rauch aufgegangen. Und damit stellten sich auch düstere Vorahnungen ein, was die Zukunft des Himalaja-Buchcafés betraf: Wir waren dabei, in unbekannte Gewässer zu segeln.

Neuntes Kapitel

Es gibt wohl nichts Unangenehmeres als festzustellen, dass der Platz eines geliebten Freundes von einem Mann mit Affengesicht eingenommen wurde.

Nun ja, ein oder zwei noch unangenehmere Dinge gibt es womöglich doch: von zwei geifernden Retrievern eine hohe Mauer hinaufgejagt zu werden oder zu erfahren, dass man in einem früheren Leben ein Hund war. Trotzdem werdet ihr wohl meinen Verdruss an jenem Morgen verstehen, an dem ich in das Assistentenbüro spaziert kam und auf Chogyals Stuhl ein verhutzeltes Mönchlein vorfand. Beim Anblick seines faltigen Gesichts war ich so schockiert, dass ich beinahe hintenübergefallen wäre. Er hatte einen kleinen Mund mit großen Schneidezähnen. Ein Kinn fehlte völlig, und sein Gesicht schien zu einer permanenten Grimasse verzogen.

Ich fragte mich, ob das alles Wirklichkeit war oder nur einer dieser verrückten, bizarren Träume, die einen manchmal kurz vor der Dämmerung heimsuchen. Aber nein, alles andere war so wie immer. Tenzin schrieb in gewohnter Seelenruhe einen Brief an den Staatspräsidenten von Frankreich. Aus dem Innenhof drang der Gesang betender Mönche. Der Duft von Kaffee und Nag-Champa-Räucherstäbchen waberte durch den Flur. Ein ganz gewöhnlicher Tag im Büro – bis auf diese merkwürdige Gestalt.

Tenzin begrüßte mich mit der üblichen Förmlichkeit. »Guten Morgen, KSH.«

Ich ging ein paar Schritte auf ihn zu und warf dann einen Blick über die Schulter.

»Die Katze des Dalai Lama«, erklärte er dem Mönch. »Sie sitzt mit Vorliebe auf dem Aktenschrank.«

Der Mönch grunzte zur Bestätigung, blickte nur kurz in meine Richtung und widmete seine Aufmerksamkeit wieder Chogyals Computer.

Liebe Leser, ich bin ja viele Reaktionen auf mein Erscheinen gewöhnt – von der Verfolgung durch wahre Höllenhunde bis hin zu Verehrung seitens der Mönche des Namgyal-Klosters. Woran ich allerdings *nicht* gewöhnt bin ist Nichtbeachtung. Ich ging in die Hocke, sprang in die Luft und landete etwas unsicher auf Chogyals Schreibtisch. *Jetzt aber,* dachte ich, *jetzt kann mich das ehrwürdige Affengesicht bestimmt nicht länger ignorieren.*

Doch genau das tat er! Im ersten Augenblick starrte er ungläubig meine üppig befellte und – für die meisten Menschen – unwiderstehliche Gestalt an, die zufälligerweise auf einem alten Manuskript gelandet war. Dann drehte er ruckartig den Kopf und fixierte den Bildschirm, als könnte er mich verschwinden lassen, indem er mich einfach keines Blickes würdigte.

Tenzin, der meine Bemühungen mit der für ihn typischen diplomatischen Undurchschaubarkeit verfolgte, schenkte mir weit mehr Aufmerksamkeit. Ich kannte ihn gut genug, um zu wissen, dass sich hinter seiner undurchdringlichen Miene eine Menge tat. Wenn ich mich nicht täuschte, fand er mein plötzliches Auftauchen ziemlich amüsant.

Nach einigen langen Minuten, in denen mich der Mönch weiterhin nicht beachtete und den Blick auf den Bildschirm gerichtet hielt, als hinge sein Leben davon ab, kam ich zu dem Schluss, dass es mich keinen Schritt weiterbringen würde, auf seinem Tisch sitzen zu bleiben. Also schlich ich zu Tenzins Schreibtisch hinüber, nicht ohne einen Tatzenabdruck auf einem Bogen eleganten Briefpapiers aus dem Élysée-Palast zu hinterlassen. Dann wischte ich mit meinem buschigen Schwanz über sein Handgelenk, was so viel bedeutete wie: »Ich bitte dich, lieber Tenzin, wir beide wissen doch ganz genau, dass hier irgendetwas nicht stimmt.« Dann sprang ich auf den Aktenschrank hinter ihm, und nach einer kleinen Katzenwäsche der Ohren legte ich mich zu meinem Morgennickerchen nieder.

Doch ich fand keinen Schlaf. Während ich wie eine Sphinx mit den Pfoten unter mir verschränkt dasaß und den Raum überblickte, kehrten meine Gedanken unweigerlich zu Affengesicht zurück. Offenbar verrichtete er irgendeine Arbeit, zu der Tenzin ihn verdonnert hatte. Aber wie lange noch? Würde er bis zum Mittag hier sitzen bleiben? Oder gar den ganzen Tag über?

Dann kam mir ein neuer, erschreckender Gedanke: Was, wenn er Chogyals Posten eingenommen hatte und nun immer hier arbeiten würde? In Festanstellung? Allein die Vorstellung war unerträglich! Diese kleine mürrische Arbeitsbiene hatte so gar nichts von dem warmherzigen, pummeligen und gütigen Chogyal an sich. Wenn sich das ehrwürdige Affengesicht hier breitmachte, würde ich das Assistentenbüro zukünftig meiden. Aus einem angenehmen Zufluchtsort in direkter Nähe der Räumlichkeiten, die ich mit Seiner Heiligkeit teilte, würde ein unwirtlicher Platz werden, den es um jeden Preis zu meiden galt. Was für eine grausame Laune des Schicksals! Wo nur sollte ich die Zeit totschlagen, wenn der Dalai Lama auf Reisen war? Womit hatte ich das verdient, ich, die KSH?

Als ich zum Mittagessen in Richtung Himalaja-Buchcafé aufbrach, saß der Mönch immer noch da. Bei meiner Rückkehr hatte er sich zum Glück verzogen. Ich stand gerade in der Tür und beobachtete Tenzin, der in seine Akten vertieft war, als Lobsang hinzukam. Nachdem er sich gebückt hatte, um mich zu streicheln, betrat er mit hinter dem Rücken gefalteten Händen das Büro und lehnte sich gegen die Wand.

»Nun, wie hat sich der erste Kandidat geschlagen?«, fragte er Tenzin und warf einen Blick auf den Platz, auf dem der Mönch gesessen hatte.

»Er ist sehr fleißig und besitzt einen messerscharfen Verstand.«

»Aha.«

»Er erledigt seine Arbeit« – Tenzin schnippte mit den Fingern – »einfach so.«

Ich sah von einem zum anderen und folgte aufmerksam der Unterhaltung.

»Er wurde uns von den Äbten der bedeutendsten Klöster empfohlen«, sagte Lobsang.

Tenzin nickte. »Eine wichtige Referenz.«

»Unerlässlich.«

Es folgte eine Pause. »Spüre ich da ein Aber?«, fragte Lobsang schließlich.

Tenzin sah ihn gleichmütig an. »Wenn er nur mit den Äbten zu tun hätte, wäre es ja nicht so schlimm. Aber auf dieser Position muss man mit vielen verschiedenen Menschen auskommen.« Er sah zu mir hinüber und korrigierte sich unverzüglich. »... verschiedenen *Lebewesen*.«

Lobsang folgte seinem Blick. Er konnte nicht anders, als zu mir hinüberzugehen und mich in den Arm zu nehmen. »Also lassen seine sozialen Kompetenzen zu wünschen übrig?«

»Er ist sehr zurückhaltend«, sagte Tenzin, »solange es nicht um die Auslegung der Schriften geht. Da bewegt er sich auf sicherem Terrain. Aber auf diesem Posten besteht die größte Herausforderung nun einmal darin, mit Menschen umzugehen und Konflikte zu lösen.«

»Dafür zu sorgen, dass sie runterkommen und sich entspannen.«

»Genau. Darin war Chogyal ein Meister. Er brachte die Menschen dazu, seine Ideen für ihre eigenen zu halten. Und er schaffte es, an das Gute in ihnen zu appellieren.«

»Eine seltene Gabe.«

Tenzin nickte. »In seine Fußstapfen zu treten wird ganz schön schwer.«

Lobsang massierte meine Stirn mit den Fingerspitzen – genau wie ich es mochte. »Dann hat er sich also nicht mit der KSH angefreundet?«

»Er wusste nicht, wie er auf sie reagieren sollte. Als wäre sie von einem anderen Planeten.«

Lobsang kicherte. »Und, was hat er getan?«

»Er hat sie einfach ignoriert.«

»Ignoriert? Wie konnte er dir so etwas nur antun?« Lobsang blickte in meine großen blauen Augen. »Weiß er denn nicht, dass die Entscheidung letztlich bei dir liegt?«

»Tja, herauszufinden, wer hier *wirklich* das Sagen hat, gehört ebenfalls zu seinem Job.«

»Und es sind nicht unbedingt immer die Geschöpfe, von denen man es erwartet. Nicht wahr, KSH?«

Zwei Tage später hockte ein Riese von Mönch auf Chogyals Platz. Er hatte einen Kopf wie ein Felsbrocken und die längsten Arme, die ich je gesehen hatte.

»Oho, wen haben wir denn da?« Noch bevor man *Om mani padme hum* sagen konnte, hatte mich der Mönch schon am Schlafittchen gepackt und hochgehoben. Ich baumelte in der Luft wie ein Verbrecher am Galgen.

»Das«, erklärte Tenzin hastig, »ist die Katze Seiner Heiligkeit. Die KSH. Sie sitzt gern auf dem Aktenschrank.«

»Verstehe.« Der Riese stand auf, packte mich mit der anderen Hand, trug mich zum Aktenschrank und knallte mich so fest darauf, dass mir ein stechender Schmerz durch die schwachen Hinterbeine fuhr.

»Was für eine Schönheit«, bemerkte er, während er grob mit der Hand über meinen Rücken fuhr.

Ich miaute kläglich.

»Sie ist sehr empfindlich«, sagte Tenzin. »Und sie wird von allen geliebt.«

Während der Mönch auf seinen Platz zurückkehrte, sah ich mich benommen um. Noch nie war ich im Jokhang so rüpelhaft behandelt worden, noch nie hatte mich jemand derart grob am Kragen gepackt und studiert, als wäre ich ein interessantes zoologisches Forschungsobjekt. Zum ersten Mal bekam ich es hier im Büro mit der Angst zu tun. Diesem Rohling schien die eigene Kraft überhaupt nicht bewusst zu sein. Natürlich war er nicht darauf aus, mir wehzutun. Wahrscheinlich hatte er mir nur etwas körperliche Anstrengung ersparen wollen, indem er mich auf den Aktenschrank gedonnert hatte. Doch jetzt wünschte ich mir nichts sehnlicher, als dem Büro zu entkommen, ohne dass mich der Riese noch einmal anfasste.

Ängstlich wartete ich auf den richtigen Zeitpunkt. Während Tenzin eine Anfrage des Roten Kreuzes beantwortete, arbeitete der Katzenschreck am Schreibtisch gegenüber wie ein Besessener. Er schrieb E-Mails, las Dokumente, heftete Kurzzusammenfassungen daran, warf mit ungezügelter Energie Schubladen zu oder knallte den Telefonhörer auf die Gabel. Das Büro brummte nur so vor Aktivität, und als Tenzin einmal einen Scherz machte, lachte der Riese so schallend, dass es durch den ganzen Verwaltungstrakt hallte.

Als er aufstand, um sich einen Kaffee zu machen, und auch Tenzin einen anbot, nutzte ich die Gunst der Stunde, glitt vom Aktenschrank und ergriff die Flucht. Während ich für meine Verhältnisse ungewöhnlich früh zum Himalaja-Buchcafé eilte, kam ich zu dem Schluss, dass diesem Grobian das ehrwürdige Affengesicht eindeutig vorzuziehen war. Natürlich hatte dieser meine Gefühle verletzt, indem er mich ignorierte, letztlich aber war das sein und nicht mein Problem. Der Riese in der roten Robe dagegen stellte eine körperliche Bedrohung dar. Wenn er zu Chogyals Nachfolger erkoren würde, müsste ich mein Leben im Jokhang damit verbringen, ihm aus dem Weg zu gehen.

Und was sollte das für ein Leben sein?

Entnervt begab ich mich in die tröstliche Umgebung des Cafés. Obwohl die Gäste und Buchkäufer ein und aus gingen und ein ziemlicher Betrieb herrschte, fühlte ich mich hier sicher. Schließlich war ich an diesem Ort noch nie von einem Riesen ungehobelt behandelt worden – ob er nun eine rote Robe trug oder nicht.

Auf halbem Weg das Zeitschriftenregal hinauf bemerkte ich, dass in der Ecke des Buchladens, in dem wir oft den Tag beschlossen, etwas Ungewöhnliches vorging. Serena und Sam standen eng beisammen und tuschelten aufgeregt miteinander.

»Wer s-s-sagt das?«, fragte Sam.

»Eine Bekannte von Helen Cartwright, die mit seiner Schwester Beryle in San Francisco befreundet ist.«

»Und wann?«

»Schon sehr bald.« Serena machte große Augen. »In den nächsten zwei Wochen.«

Sam schüttelte den Kopf. »Das kann nicht stimmen.«

»Wieso nicht?«

»Weil er uns Bescheid gesagt hätte. Zumindest per E-Mail.«

»Das muss er doch nicht.« Serena biss sich auf die Lippen. »Er kann zurückkommen, wann immer er will.«

Eine Zeit lang blickten beide betreten zu Boden. »Na ja, die Sache mit den Gewürzmischungen hätte sich damit erledigt«, sagte sie schließlich. »Dann kann es mir ja auch egal sein, wie Franc darüber denkt. Bald arbeite ich nicht mehr hier.«

»D-d-das weißt du nicht.« Sams Selbstvertrauen hatte sich anscheinend in Luft aufgelöst.

»So war es vereinbart. Ich bin nur seine Stellvertreterin. Zur Überbrückung. Als wir die Vereinbarung trafen, hatte ich ja noch vor, nach Europa zu gehen.«

»Warum rufen wir ihn nicht einfach an?«

Sie schüttelte den Kopf. »Es ist sein gutes Recht, Sam. Und sein Lokal. Wahrscheinlich sollte es alles so kommen.«

»Vielleicht hören wir uns noch mal um. Womöglich ist es nur ein Gerücht.«

Sobald die Unterhaltung beendet war, kletterte ich auf das Regalbrett und nahm die Croissant-Haltung ein. Obwohl Serena erst seit Kurzem hier arbeitete, hatte sie mit ihrer Herzenswärme und Lebhaftigkeit das Café zu etwas ganz Besonderem gemacht. Ich konnte mir einfach nicht vorstellen, dass sie nicht mehr hier war – ganz besonders nicht in Anbetracht dessen, was im Jokhang vor sich ging.

Am nächsten Tag war ich wieder zeitig im Café. Ich hatte mich aus dem Jokhang geschlichen für den Fall, dass der Katzenschreck zurückkehrte. Als Serena eintraf, spürte ich sofort, dass es schlechte Nachrichten gab. Sie erzählte Sam, der gerade eine Buchlieferung in die Regale sortierte, was am Abend zuvor in ihrem Yogakurs geschehen war. Ein Schüler namens Reg Goel, der zu den bekanntesten Immobilienmaklern in McLeod Ganj gehörte und in Francs Abwesenheit auf dessen Haus aufpasste, war ebenfalls anwesend gewesen. Als sie nach der Stunde Nackenrollen, Decken und Kopfstützen aufräumten, hatte Serena ihn gefragt, ob er etwas von Franc gehört hätte.

Aber ja, hatte Reg rundheraus geantwortet, erst heute Morgen sei er in Francs Haus gewesen, um das Entfernen der Abdeckplanen und das Aufstellen der Zimmerpflanzen zu überwachen. Außerdem habe er Vorratskammer und Kühlschrank aufgefüllt. Franc habe ihn letzte Woche angerufen. Er konnte jeden Tag zurückkommen.

Serena hatte es die Sprache verschlagen, und die Lust auf die Teerunde nach der Yogastunde war ihr auch vergangen. Zufällig hatte Sid ebenfalls im Flur gestanden. Sobald er ihren Gesichtsausdruck bemerkt hatte, hatte er sie nach dem Rechten gefragt.

Obwohl sie sich dafür schämte, war sie in Tränen ausgebrochen. Sid hatte sie diskret und so, dass die anderen nichts davon mitbekamen, zum Café begleitet. Dort hatte sie ihm eröffnet, dass die Vereinbarung mit Franc zeitlich begrenzt war und seine Rückkehr bedeutete, dass sie ohne Arbeit dastand.

Und wer kam am nächsten Morgen kurz nach zehn ins Café spaziert? Niemand anderes als Sid. Da ich ihn bisher nur in seiner Yogakleidung gesehen hatte, hätte ich den großen, eleganten Mann im dunklen Anzug beinahe nicht erkannt. Wie er da so in der Tür stand, wirkte er fast majestätisch.

Serena empfing ihn mit einer Mischung aus Überraschung und Freude.

»Ich wollte dich sprechen«, sagte Sid und führte sie zu der Eckbank im hinteren Teil des Restaurants, auf der Gordon Finlay seinerzeit so gern gesessen hatte – der ideale Ort für eine vertrauliche Unterhaltung.

»Tut mir leid, dass ich mich gestern so dämlich benommen habe«, sagte Serena, nachdem sie sich gesetzt und bei Kusali Kaffee bestellt hatten.

»Dafür musst du dich doch nicht entschuldigen«, entgegnete Sid verständnisvoll. »In deiner Lage wäre wohl jedem zum Heulen zumute gewesen.« Er sah sie eine Zeit lang mit besorgter Miene an. »Ich habe über deine Situation nachgedacht. Wenn es wirklich zum Schlimmsten kommt und du deinen Job verlierst, würdest du doch trotzdem in McLeod Ganj bleiben wollen, nicht wahr?«

Sie nickte. »Aber ich glaube nicht, dass das so einfach ist, Sid. Ich brauche Arbeit – aber nicht irgendeinen Job. Früher war es mein sehnlichster Wunsch, in einem von Europas besten Restaurants arbeiten zu können. Aber je länger ich hier bin, desto mehr begreife ich, dass mich das nicht wirklich erfüllen würde. Inzwischen habe ich viele andere Dinge entdeckt, die mir bedeutend mehr bringen.«

»Wie etwa die Currys und Gewürzmischungen?«

Sie zuckte mit den Schultern. »Das ist ja jetzt wohl Makulatur, oder?«

Er lehnte sich zurück. »Meinst du wirklich?«

Sie runzelte die Stirn.

»Ich weiß noch genau, wie du der Yogagruppe erzählt hast, dass deine Gewürzmischungen immer beliebter werden«, sagte er. »Du musstest sogar jemanden einstellen, um mit den vielen Bestellungen fertig zu werden.«

»Er hat gerade alle Hände voll zu tun«, sagte sie und deutete mit dem Kopf in Richtung Küche. »Heute Nacht ging eine Bestellung über sage und schreibe zweihundert Päckchen ein.«

»Genau das meine ich.«

»Aber wenn ich nicht mehr hier arbeite ...« Sie verstummte und sah ihn verständnislos an.

»Du hast auch gesagt, dass Franc nicht will, dass ihr mit den Curry-Abenden weitermacht.«

Sie nickte.

»Dann«, sagte Sid, »dürfte es ja keinen Interessenkonflikt geben, wenn er nach seiner Rückkehr das Lokal so führt wie bisher und du weiterhin deine Gewürzmischungen verkaufst.«

Ihre Augen wurden immer größer. »Aber von wo aus denn?«

»Hier in der Gegend gibt es viele Geschäftsräume, die du mieten könntest.«

»Sid, ich weiß nicht so recht. Wir haben ja schon jetzt Engpässe bei der Rohware.«

»Du meinst die Gewürze?«

»Auf den Märkten in Dharamsala sind allenfalls mittelgroße Mengen zu bekommen. Wir dagegen bräuchten einen verlässlichen Lieferanten für hochklassige Gewürze in großen Quantitäten.«

»Das«, sagte Sid mit Nachdruck, »könnte ich problemlos in die Wege leiten.«

»Wie denn?«

»Über meine Firma. Wir haben Kontakt zu Herstellern überall in der Region.«

»Ich dachte, du bist in der Computerbranche?«, fragte sie und wirkte noch verwirrter als zuvor.

Er nickte. »Unter anderem, ja. Aber Projekte wie der faire Handel mit biologisch angebauten Gewürzen – das ist nicht nur wichtig für die Gemeinschaft, sondern auch eines meiner persönlichen Anliegen.«

Sid hatte auch schon während der Unterhaltungen auf Ludos Balkon des Öfteren *unsere Gemeinschaft* erwähnt. Allmählich begriff Serena, wie sehr ihm diese Gemeinschaft am Herzen lag. Bei den Worten *biologisch angebaut* dagegen schrillten gleich mehrere Alarmglocken. »Und der Preis?«

»Wir kaufen direkt beim Hersteller. Dadurch wären die Gewürze wahrscheinlich sogar billiger als auf dem Markt.«

Sie nippte an ihrem Kaffee. Ihr war nicht entgangen, dass er *wir* gesagt hatte. Sie stellte die Tasse ab und legte die Hand auf den Tisch. »Selbst wenn ich, nun ja, ein eigenes Geschäft gründen würde – der Grund für die Beliebtheit der Würzmischungen ist nun mal das Himalaja-Buchcafé.«

Sid lächelte. Seine Augen sprühten vor Zuneigung. Er streckte die Hand aus und legte sie kurz auf die ihre. »Serena, das Himalaja-Buchcafé hat dich auf die Idee gebracht. Aber der Erfolg deines Geschäftsmodells hängt nicht davon ab. Das sind zwei verschiedene Dinge.«

Serena blickte ihn an, und allmählich dämmerte ihr, dass er recht hatte. Selbstverständlich bestellten die Leute nicht wegen des Himalaja-Buchcafés ständig nach, sondern weil die Gewürze schmackhaft, preiswert und leicht zu verwenden waren. Noch wichtiger fand sie in diesem Augenblick allerdings, weshalb er ihr das alles sagte. Ganz offensichtlich hatte sich Sid eine Menge Gedanken über sie und die Herausforderungen gemacht, denen sie sich stellen musste – viel mehr, als sie es gestern noch für möglich gehalten hatte.

Nun stürmte eine ganze Flut von Gedanken und Erinnerungen auf Serena ein: dass Sid nach der Yogastunde oft neben ihr auf dem Balkon saß; wie erfreut er war, als sie verkündet hatte, dass sie in McLeod Ganj bleiben und nicht nach Europa zurückkehren wollte; seine Anteilnahme am Tod von Francs Vater. All das ließ nur einen Schluss zu.

Genau wie Sam Bronnie erst bemerkt hatte, als sie ihm gegenübergestanden und seine Hand geschüttelt hatte, schien auch Serena Sid jetzt erst so richtig wahrzunehmen – und diese Erkenntnis zauberte ihr ein Lächeln aufs Gesicht.

»Was ist mit dem Kundenstamm?«, fragte sie, obwohl sie mit den Gedanken ganz woanders war. »Die Datei mit den Kundendaten gehört dem Himalaja-Buchcafé.«

»Franc scheint mir ein vernünftiger Mann zu sein«, sagte Sid. »Selbst wenn *er* den Gewürzhandel nicht fortführen will, könnte er dir doch das Geschäft übertragen. Von mir aus auch gegen eine Gebühr.«

Sie nickte. »So hätte er ein paar nette Nebeneinkünfte. Aber wenn ich mich wirklich selbstständig machen will ...«

»Brauchst du eine breiter aufgestellte Vertriebsstruktur, am besten gleich in Übersee. Und ich wüsste da auch jemanden, der dir dabei helfen könnte.«

»Ach ja?«

»Vielleicht bist du ihm bereits begegnet.«

Dieser Spruch kam mir doch bekannt vor. »Hier?«

»Ich habe den Namen vergessen, aber du hast gesagt, dass er zu den erfolgreichsten Geschäftsleuten der Fast-Food-Branche gehört.«

Gordon Finlay, dachte Serena. »Wow!«, rief sie aus. »Wenn er dafür sorgen würde, dass die Mischungen auch nur in einer einzigen Einzelhandelskette angeboten werden …« Sie schüttelte den Kopf. »Dass ich da nicht gleich draufgekommen bin.«

»Mit etwas Abstand sieht man manchmal klarer.«

Sie blickten sich eine kleine Ewigkeit lang in die Augen.

»Das ist … Wahnsinn!«, sagte Serena endlich. Diesmal streckte sie die Arme aus und nahm seine Hand in die ihren. »Vielen Dank, Sid. Für alles!«

Er nickte nur lächelnd.

»Hast du eine Visitenkarte oder so etwas dabei?«, fragte Serena. »Falls es noch etwas zu besprechen gibt?«

»Wir sehen uns beim Yoga«, sagte er.

»*Du* bist immer so gewissenhaft«, sagte sie. »Aber ich weiß noch gar nicht, ob ich diese Woche regelmäßig kommen kann.«

»Ich werde keine Stunde verpassen.«

Es folgte eine etwas ratlose Pause. »Kannst du mir nicht deine Telefonnummer geben oder so?«

Nach längerem Zögern zog Sid eine schwarze Brieftasche aus dem Jackett und entnahm ihr eine Karte.

»Da steht ja gar kein Name drauf«, bemerkte Serena, als er sie ihr überreichte. »Nur eine Adresse und eine Telefonnummer.«

»Frag einfach nach Sid.«

»Und so kann ich dich erreichen?«

Sid schmunzelte. »Ja. Man kennt mich dort.«

Den restlichen Tag über wirkte Serena etwas abwesend. Gelegentlich beobachtete ich sie, wie sie hinter dem Tresen stand und ins Leere starrte – was so gar nicht ihre Art war. Einmal brachte sie eine Flasche gekühlten Sauvignon Blanc vom Weinkeller in die Küche statt zum Gast an den Tisch. Einen anderen verabschiedete sie, ohne ihm sein Wechselgeld herauszugeben. Sie erledigte ihre Arbeit wie ferngesteuert und schien mit den Gedanken ganz woanders zu sein.

Sids Besuch hatte sie erfreut und gleichzeitig tief verwirrt. Wie hatte sie nur so blind sein können? Dabei hatte man ihr die Gefühle deutlich im Gesicht ablesen können, als er ihre Hand berührt hatte. Und als sie begriffen hatte, wie sorgfältig er ihre Lage überdacht hatte, war sie richtig verlegen geworden. Doch jetzt, wo er nicht mehr da war, wurden ihre Gedanken erneut von Zweifeln überschattet. Die Kunde von Francs baldiger Rückkehr, Sids Interesse an ihr und seine mutigen, aber auch Furcht einflößenden Geschäftspläne – das galt es erst einmal zu verdauen. Warum nur musste immer alles gleichzeitig passieren?

Kurz nach dem Mittagessen – einer saftigen *Sole meunière*, die ich dankbar verzehrte – hörte ich, wie Serena Sids Vorschläge Sam gegenüber mit einer gehörigen Portion Skepsis in der Stimme wiederholte. »Ich weiß gar nicht, ob Franc überhaupt bereit ist, mir die Datenbank zur Verfügung zu stellen«, sagte sie und verlieh damit ihren Zweifeln Ausdruck. »Anscheinend will er mit diesem Geschäft ja gar nichts zu tun haben.«

Sam schwieg.

»Und selbst wenn mir Gordon Finlay einige Türen öffnet«, fuhr sie fort, »ist es noch ein langer Weg bis zu einem stetigen Fluss an Bestellungen. Wie soll ich denn in der Zwischenzeit die Rechnungen bezahlen?«

Es war ein merkwürdiger Nachmittag – als würde im sonst so geselligen Himalaja-Buchcafé eine traurige Melodie gespielt. Dunkle Wolken zogen auf, und um drei Uhr nachmittags wehte bereits ein so kalter Wind, dass Kusali die großen Glastüren schließen musste.

Ich blieb eigentlich nur, weil ich zu viel Angst davor hatte, zum Jokhang zurückzukehren, bevor die Assistenten Feierabend machten. Allein die Vorstellung, dass der riesenhafte Mönch wieder Hand an mich legen könnte, ließ meine flauschigen grauen Pfoten vor Furcht erzittern. Seine Heiligkeit würde in wenigen Tagen zurückkehren, doch der Riese dämpfte meine Begeisterung darüber empfindlich.

Serenas Enthusiasmus, der durch Sids Besuch so stark entfacht worden war, schwand angesichts der baldigen Rückkehr von Franc ebenfalls dahin.

Die abendliche Kakao-Runde schien nur zu bestätigen, wie heikel die Situation geworden war. Sobald sich

Serena und Sam auf das Sofa gesetzt hatten, brachte Kusali drei Tassen heißer Schokolade – inzwischen war auch Bronnie regelmäßig zugegen – sowie Hundekuchen und meine Milch.

Marcel und Kyi Kyi stürzten sich mit einem Heißhunger auf die Leckerlis, als hätten sie den ganzen Tag über noch nichts zu fressen bekommen. Ich widmete mich mit gekonnter Zurückhaltung meiner Milch. Sam verließ den Buchladen und ließ sich schwer auf das Sofa fallen.

»Kommt Bronnie heute nicht?«, fragte Serena und deutete auf die dritte Tasse auf dem Tablett.

»Nein«, sagte Sam müde. »Und vielleicht überhaupt nie mehr«, fügte er nach einer Weile hinzu.

»Oh, Sam!« Serena wirkte bestürzt.

Er nahm einen großen Schluck Kakao, dann warf er ihr einen kurzen Blick zu. »Wir hatten einen Riesenstreit«, erklärte er.

»Unter Frischverliebten kommt es schon mal zu Kabbeleien.«

Er schüttelte traurig den Kopf. »Nein, das war schlimmer.«

Serena schwieg, bis er mit der Sprache herausrückte. »Sie sagt, dass sie schon immer nach K-K-Kathmandu wollte. Dort hat sich ihr ein Entwicklungshilfejob aufgetan. Und sie will einfach nicht begreifen, dass ich hier nicht alles stehen und liegen lassen und mit ihr kommen kann.«

Serena spitzte die Lippen. »Schwierig.«

Sam seufzte tief. »Die Arbeit oder meine Freundin. Ganz toll.«

Der Buchladen hatte sich inzwischen geleert, und im

Café saßen nur noch vier Stammgäste über Crème brûlée und Kaffee. Da Kusali sich um alles kümmerte, widmeten weder Serena noch Sam dem, was sich jenseits ihres Tisches abspielte, große Aufmerksamkeit. Von einem Besucher, der scheinbar aus dem Nichts aufgetaucht war, wurden sie deshalb auch komplett überrascht. Als Francs Lehrer und selbst ernannter Ratgeber Sams war er kein Fremder im Café, obwohl er sich schon eine geraume Zeit nicht hatte blicken lassen. Dieser Gast kam nur mit gutem Grund vorbei.

Sam bemerkte eine Bewegung auf den Stufen zum Buchladen und sah auf, nur um den Besucher direkt vor dem Tisch stehen zu sehen. »Geshe Wangpo!«, rief er verblüfft aus.

Sam und Serena erhoben sich hastig.

»Bleibt sitzen!«, befahl Geshe Wangpo und hielt ihnen die Handflächen entgegen. »Ich wollte nur auf einen Sprung vorbeikommen.« Er ließ sich auf der Armlehne von Sams Sofa nieder.

Allein die Anwesenheit des gebieterischen Geshe Wangpo reichte aus, um alle in einen Zustand demütiger Folgsamkeit zu versetzen. Als Serena Sam fragend ansah, ergriff Geshe Wangpo das Wort. »Sich in Gleichmut zu üben ist unerlässlich. Wenn im Geist Durcheinander herrscht, gibt es kein Glück und keinen Frieden. Das ist schlecht für einen selbst und« – er sah Serena an – »für die anderen.«

Serena senkte den Blick. Ich spürte, wie Geshe Wangpo sich mir zuwandte. Es war, als wäre ich ein offenes Buch für ihn. Er schien genau zu wissen, wie ich über das ehrwürdige Affengesicht und den Katzenschreck dachte.

Dass ich im Café Zuflucht gesucht hatte und die Rückkehr in den Jokhang fürchtete. Dass mich mein sonst so grenzenloses Selbstbewusstsein im Stich gelassen hatte. Als ich ihn ansah, spürte ich, dass er mich so gut kannte wie ich mich selbst.

Auch Sam schien sich irgendwie ertappt zu fühlen und nickte reumütig. Vor der Wahrheit kann man sich nicht verstecken, schon gar nicht, wenn sie so offen zutage tritt.

»Das *Wie* ist das Problem«, sagte Serena nach einer Weile.

»Das *Wie*?«

»Es ist furchtbar schwierig, gelassen zu bleiben und sich in Gleichmut zu üben, wenn so viel … um einen herum passiert«, gestand Serena.

»Vier Werkzeuge«, sagte Geshe Wangpo und sah uns der Reihe nach an. »Erstens: Unbeständigkeit. Vergesst nie: *Auch das wird vorbeigehen.* Mit Bestimmtheit können wir nur wissen, dass sich die Dinge ändern werden, wie auch immer sie gerade liegen mögen. Wenn ihr euch jetzt schlecht fühlt, ist das nicht so schlimm. Später werdet ihr euch besser fühlen. Ihr wisst, dass das die Wahrheit ist. So war es schon immer, und so wird es immer sein.«

Die beiden nickten.

»Zweitens: Warum sich Sorgen machen? Wenn ihr etwas dagegen tun könnt, dann tut es. Wenn nicht – weshalb sich den Kopf darüber zerbrechen? Lasst los! Jede Minute, die ihr euch Sorgen macht, sind sechzig verlorene Sekunden Glück. Lasst euch von euren Gedanken die Zufriedenheit nicht stehlen.

Drittens: Fällt keine Urteile. Wie oft lagt ihr schon falsch, wenn ihr gesagt habt: ›Das ist aber schlimm‹? Eine

Kündigung kann der Anfang einer viel befriedigenderen Berufstätigkeit sein. Das Ende einer Beziehung kann Möglichkeiten eröffnen, die ihr euch nicht hättet vorstellen können. Wenn es geschieht, denkt ihr: *schlecht.* Später denkt ihr vielleicht: *Das ist das Beste, was mir passieren konnte.* Also urteilt nicht, so verzweifelt die Lage auch sein mag. Ihr könntet einem Irrtum aufsitzen.«

Serena, Sam und ich starrten Geshe Wangpo wie gebannt an. In diesem Augenblick erschien er uns wie der Buddha persönlich, der in unserer Mitte aufgetaucht war und genau die Worte sagte, die wir am nötigsten brauchten.

»Viertens: Ohne Sumpf kein Lotos. Die übersinnlichste aller Blumen wächst aus dem Schmutz des Sumpfes. Das Leid ist wie der Sumpf. Wenn es uns Demut und Mitgefühl für andere lehrt, sodass wir uns ihnen öffnen, dann sind wir zur Veränderung bereit. Können wahre Schönheit erringen. So wie die Lotosblüte.

Natürlich« – nachdem Geshe Wangpo seine Botschaft verkündet hatte, erhob er sich von der Armlehne – »meine ich damit nur die Oberfläche des Ozeans, die Unwetter und Stürme, die wir meistern müssen. Doch vergesst nicht« – er legte die rechte Hand aufs Herz –, »tief unter der Oberfläche ist alles gut. Der Geist ist stets rein, grenzenlos und leuchtend. Je öfter ihr euch an diesem Ort aufhaltet, desto leichter wird der Umgang mit den vergänglichen Dingen an der Oberfläche.«

Geshe Wangpo kommunizierte mit mehr als nur mit Worten. Er zeigte uns auch ihre Bedeutung. In jenem Augenblick war das Bewusstsein dafür, dass auf einer tiefen Ebene alles gut war, greifbare Realität. Und dann verschwand er so still und heimlich, wie er gekommen war.

Serena und Sam saßen lange auf dem Sofa und waren wie betäubt von dem, was gerade geschehen war.

Schließlich fand Sam die Sprache wieder. »Das war … unglaublich. Er ist einfach so aufgetaucht.«

Serena nickte lächelnd.

»Irgendwie weiß er genau, was in uns vorgeht«, fuhr Sam fort.

»Und das nicht nur, wenn er anwesend ist«, sagte Serena.

Sie sahen sich lange an, in Erstaunen vereint.

»Und er hatte recht mit allem, was er sagte«, meinte sie immer noch lächelnd, als hätte sich eine dunkle Wolke über ihrem Kopf verzogen.

Sam nickte. »Richtig unheimlich.«

Sie kicherten.

Kusali öffnete die Vordertür, und eine leichte Abendbrise wehte durch das Lokal. Im vorderen Teil des Restaurants machten sich die letzten Gäste zum Aufbruch bereit.

Ich dachte über die Bedeutung von Geshe Wangpos Worten nach. Beständiges Glück ist nur durch Gleichmut zu erreichen. Solange unser Wohlbefinden von den äußeren Umständen abhängt, ist es so flüchtig und unzuverlässig wie diese Umstände selbst – unsere Gefühle werden von Mächten, über die wir keine Kontrolle haben, wie ein Büschel Katzenhaare im Wind hin und her geweht.

So, wie sie Geshe Wangpo erklärt hatte, waren die Werkzeuge zur Erlangung des Gleichmuts keine Glaubenssache, sondern selbstverständlich. Im Prinzip war die Essenz des Gleichmuts die Vertrautheit mit der Natur des eigenen Geistes. Und die musste, wie ich bereits gelernt hatte, durch Meditationspraxis erworben werden. Geshe Wangpo hatte diese Praxis ganz augenscheinlich gemeistert, da er die anderen so leicht durchschauen konnte – eine natürliche Folge der Tatsache, dass er seinen Geist von allen Hindernissen befreit hatte.

Bis Serena es merkte, dauerte es eine Weile. Doch dann sah sie sich hektisch auf dem Sofa um, spähte unter den Tisch und blickte schließlich zum Weidenkorb unter dem Tresen hinüber.

»Die Hunde!«, rief sie.

Sam setzte sich ruckartig auf. »Wo sind sie hin?«, fragte er ängstlich.

Die beiden standen auf und hielten im Café und dem Buchladen nach ihnen Ausschau.

Serena fand sie schließlich direkt vor dem Eingang auf dem Gehweg liegend. Dass sich Marcel und Kyi Kyi am Abend das gemütliche Sofa und die Chance auf eine Bauchmassage entgehen ließen, war noch nie vorgekommen. Und erst recht nicht hatten sie das Café nach Anbruch der Dunkelheit verlassen. Unmöglich.

Serena und Sam blickten sich vielsagend an.

»Sie wissen schon mehr als wir«, sagte sie.

Zehntes Kapitel

Und so war es auch.

Nachdem sich Serena von den letzten Gästen verabschiedet hatte, machten sowohl sie als auch Sam in seinem Buchladen Kassensturz, während Kusali für das Frühstück am nächsten Morgen eindeckte. Ich wollte gerade das Café verlassen und mich auf den Heimweg machen.

Plötzlich herrschte Unruhe vor der Tür, und wir blickten auf. Ein großes weißes Taxi hielt mit aufgeblendeten Scheinwerfern vor dem Café, und jemand stieg aus. Marcel und Kyi Kyi kläfften wie wild und sprangen auf den Mann in schwarzer Jeans und Pullover zu. Noch bevor er sich umdrehte, wussten wir, um wen es sich handelte.

Er beugte sich vor und nahm einen Hund in jeden Arm. Das Bellen verstummte abrupt und wurde von eifrigem Schnüffeln und Winseln abgelöst. Als ihm die Hunde das Gesicht ableckten, warf Franc den Kopf zurück und lachte vor Freude.

Dann betrat er das Café und sah nacheinander Serena, Sam, Kusali und mich an.

»Ich komme direkt aus Delhi. Der Taxifahrer fuhr am

Café vorbei, und als ich sah, dass noch Licht brannte ...«

Mehr musste er nicht erklären. Er drückte die beiden vor Wiedersehensfreude zappelnden Hunde fest an sich.

Serena ging als Erste auf ihn zu. »Willkommen zu Hause!«, sagte sie und küsste ihn auf die Wange.

Franc setzte die Hunde auf dem Boden ab. Sie rannten die Treppe zu Sam hinauf, wieder zu Franc zurück, hinaus auf den Gehweg und wieder ins Haus.

»Schön, dass du wieder da bist!« Sam begrüßte ihn mit einem Handschlag, gefolgt von einer freundschaftlichen Umarmung.

Kusali stand daneben, legte die Handflächen vor dem Herzen zusammen und verbeugte sich tief. Franc erwiderte die Geste, ohne den Oberkellner aus den Augen zu lassen. »*Namaste*, Kusali.«

»*Namaste*, Sir.«

Dann kam Franc zu mir herüber und nahm mich in die Arme. »Kleine Rinpoche«, sagte er und drückte mir einen Kuss auf den Nacken. »Wie froh ich bin, dass du auch da bist. Ohne dich wäre es hier nicht dasselbe.«

Ich schmiegte mich in seinen Arm.

Sam beobachtete die beiden Hunde, die immer noch wie irre ihre Runden drehten. »Ich weiß, ich habe meine Rückkehr nicht angekündigt«, verkündete er Sam und Serena. »Weil ich nämlich will, dass ihr in der nächsten Zeit genauso weitermacht wie bisher.«

»Glaubst du wirklich, dass du es schaffst, dich vom Café fernzuhalten?«, sagte Serena grinsend. Sie ließ sich ihre Anspannung nicht anmerken.

»Na, auf einen Kaffee oder zum Essen werde ich schon mal vorbeischauen. Aber Vollzeit hier arbeiten?«

Er schüttelte den Kopf. »Das hat keine Eile. Wenn mich die Geschichte mit meinem Vater eines gelehrt hat, dann dass ich das Beste aus meiner Zeit in McLeod Ganj machen will. Es gibt hier schließlich so viele ausgezeichnete Lehrer. Das Leben ist kurz, und ich will es nicht nur damit verbringen, dass ich ein Restaurant führe.«

Die Menschen und ich spitzten die Ohren.

»Wenn du nicht nach Europa gehen würdest« – er sah zu Serena hinüber –, »dann würde ich dich am liebsten überreden, hierzubleiben und meine Teilhaberin zu werden.«

»Das ist eine gute Idee.« Sam blickte Serena grinsend an.

Serena hob die Augenbrauen. »Das heißt, du vertraust meinem Urteil?«

Franc strahlte. »Wieso denn nicht? Seit ihr beiden hier übernommen habt, brummt der Laden. Ohne mich scheinen alle viel besser klarzukommen.« Er legte den Kopf schief und betrachtete die Hunde. »Na ja, *alle* vielleicht doch nicht ganz.«

Serena und Sam sahen sich erneut an.

»Es ist nur …«, fing Serena an. »Als wir …«, begann Sam im selben Moment.

Beide verstummten.

»Was?« Franc sah verwirrt von einem zum anderen.

»Die Curry-Abende«, brachte Serena heraus. »Gewürzmischungen«, stammelte Sam.

»Ganz genau!« Francs Augen glänzten.

»Aber wir dachten …«, sagte Serena.

»In der Mail hast du geschrieben …«, fuhr Sam fort.

»… dass dir die Idee nicht gefällt«, schloss Serena.

Franc runzelte die Stirn. »Ihr meint den Geschäftsbericht vom letzten Monat?«

Sie nickten mit ernster Miene. »Ich weiß noch ganz genau, was ich geschrieben habe«, sagte er. »*›ES GEFÄLLT MIR NICHT NUR, ICH LIEBE ES!‹*«

Sam war von seinen Gefühlen geradezu überwältigt. »Da muss die Übertragung abgebrochen sein!« Er sah Serena kleinlaut an. »Bei uns ist nur der erste Teil des Satzes angekommen.«

Doch für Serena spielte das jetzt keine Rolle mehr. Überglücklich schlang sie die Arme um Franc. »Ich kann dir gar nicht sagen, wie froh mich das macht!«

Nach dem Frühstück am nächsten Morgen verließ ich vorsichtig die Räumlichkeiten, die ich mit Seiner Heiligkeit teilte, und schlich mich den Flur hinunter, der am Assistentenbüro vorbeiführte, bereit, mich beim ersten Anzeichen des Katzenschrecks stehenden Fußes in Sicherheit zu bringen. Stattdessen jedoch hörte ich, dass Tenzin und Lobsang die jüngsten Entwicklungen besprachen. Neugierig wie immer tapste ich ins Büro.

»… völlig überraschend«, sagte Tenzin, bevor er mich erblickte.

»Guten Morgen, KSH!«, riefen sie wie aus einem Mund.

Ich ging zu ihnen hinüber und schmiegte mich erst gegen Lobsangs und dann an Tenzins Beine.

»Das Problem ist, dass er in drei Tagen zurückkommt

und sein Terminkalender vom ersten Moment an bis zum Rand gefüllt ist«, setzte Tenzin das Gespräch fort. Dann beugte er sich vor und streichelte mich. »Hast du das gehört, KSH? In drei Tagen bringt uns dein Lieblingsmitarbeiter Seine Heiligkeit zurück.«

Obwohl ich bei seinen Streicheleinheiten wohlig den Rücken krümmte, gefiel mir die Nachricht, dass der Chauffeur Seiner Heiligkeit den Jokhang betreten würde, ganz und gar nicht. Üblicherweise brüstete ich mich damit, eine Katze mit vielen Titeln zu sein, doch der Name, den mir dieser ungehobelte Kerl gegeben hatte, war überaus peinlich. Er hatte ihn mir bei einer Gelegenheit verliehen, als meine niedersten Instinkte die Oberhand über mich gewonnen und ich eine bewusstlose Maus in den Jokhang gebracht hatte. Liebe Leser, wisst ihr noch, wie er mich genannt hat? *Mich?*

Mausie-Tung!

»Seine Heiligkeit weiß, dass wir Schwierigkeiten haben, den Richtigen zu finden«, sagte Tenzin. »Die bisherigen Kandidaten waren entweder fachlich oder von ihrem Charakter her nicht geeignet. Daher diese kurzfristige Lösung.«

Ich war über die Maßen erleichtert. Das hörte sich nicht danach an, als ob sich das ehrwürdige Affengesicht Chogyals Platz unter den Nagel reißen würde. Und es würde auch nicht nötig sein, täglich am Büro vorbeizuschleichen, um nicht vom Katzenschreck bemerkt zu werden.

»Wann trifft die Aushilfskraft ein?«, fragte Lobsang.

Tenzin sah auf die Uhr. »Jeden Augenblick. Ich habe Tashi und Sashi losgeschickt, um ihn abzuholen.«

Lobsang nickte und sah dann zum Computer hinüber. »Wie steht es mit seinen IT-Kenntnissen?«

»Ich könnte nicht einmal sagen, ob er schon je mit einem Handy telefoniert hat«, meinte Tenzin achselzuckend.

»Na ja, andererseits ist die Fähigkeit, Gedanken zu lesen, sicher auch von Vorteil«, bemerkte Lobsang.

Darüber mussten sie lachen. »Manche Entscheidungen Seiner Heiligkeit kommen einem auf den ersten Blick merkwürdig vor«, sagte Tenzin. »Doch wie ich schon des Öfteren festgestellt habe, ist nicht alles so, wie es scheint.«

Kurze Zeit später begab sich Lobsang in sein eigenes Büro, und ich machte es mir auf dem Aktenschrank gemütlich. Aus dem Flur drang das Trippeln kleiner bloßer Füße, begleitet von Knabenstimmen. Schließlich erschien ohne jedes Geräusch Yogi Tarchin im Büro. Genau wie damals bei den Cartwrights trug er Kleidung, die aus einer anderen Zeit zu stammen schien – diesmal eine verwaschene rote Brokatrobe. Ein Hauch von Räucherwerk und Zedernduft umgab ihn.

Tenzin erhob sich. »Vielen Dank, dass Sie gekommen sind«, sagte er und verbeugte sich tief.

»Es ist ein Privileg, Seiner Heiligkeit dienen zu dürfen«, sagte Yogi Tarchin und erwiderte die Begrüßung.

Tenzin deutete auf Chogyals Stuhl und kehrte zu seinem Platz zurück, sodass sie sich gegenübersaßen.

»Seine Heiligkeit hält große Stücke auf Sie«, sagte Tenzin. »Insbesondere würde er Ihren Rat zu mehreren heiklen Personalentscheidungen innerhalb des Klosters schätzen, die er nach seiner Rückkehr zu treffen hat.«

Chogyal hatte sich mit derlei Entscheidungen immer sehr schwergetan. Die Klosterpolitik konnte hochkomplex sein. Faktoren wie Kenntnis der Schriften, die Persönlichkeit und die Herkunft mussten sorgfältig gegeneinander abgewogen werden.

Doch Yogi Tarchin kicherte nur. Was mich sofort an einen anderen erinnerte – an Seine Heiligkeit persönlich! Damit schien er andeuten zu wollen, dass die anstehende Entscheidung, so bedeutend sie auch sein mochte, von einer Warte der beständigen und zeitlosen Glückseligkeit aus eigentlich ziemlich leichtfiel.

»Aber natürlich«, sagte Yogi Tarchin. »Entscheidungen, die dem Wohle aller dienen, sind leicht zu treffen. Schwierig wird es nur, wenn es ums Ego geht!«

Tenzin schien sich von der beruhigenden Gegenwart des Yogis anstecken zu lassen. Ich bemerkte, dass er sich weiter in seinem Stuhl zurücklehnte als sonst. Auch seine Schultern wirkten weniger angespannt.

»Einen Großteil unserer Korrespondenz erledigen wir am Computer«, sagte Tenzin und deutete auf Chogyals Bildschirm. »Aber wir werden Ihnen jemanden zur Seite stellen, der Sie in technischen Fragen berät.«

»Sehr gut«, sagte Yogi Tarchin, drehte sich im Stuhl dem Rechner zu, nahm die Maus und schob sie routiniert hin und her. »Vor meinem letzten Retreat habe ich Microsoft Office benutzt. Und einen E-Mail-Account hat heutzutage ja jeder. Doch ansonsten bin ich in Computerdingen ziemlich unbedarft.«

Tenzin sah verblüfft drein. Zweifellos überfiel ihn gerade die Erkenntnis, dass man die Fähigkeiten eines Yogi nicht vorschnell beurteilen sollte. Schließlich dürfte es einem Geist, der Einblick in die filigransten Wahrheiten über das Wesen der Realität hat, nicht schwerfallen, ein Word-Dokument zu erstellen.

Als ich auf dem Aktenschrank herumrutschte, sah Yogi Tarchin vom Bildschirm auf. »Oh – kleine Schwester!«, rief er, stand auf und streichelte mich zärtlich.

»Das ist die Katze Seiner Heiligkeit, auch als KSH bekannt«, erklärte Tenzin.

»Ich weiß. Wir sind uns bereits begegnet.«

»Weshalb *kleine Schwester*?«

»Das ist nur ein Name. Sie ist meine kleine Dharma-Schwester«, sagte Yogi Tarchin.

Natürlich wussten wir beide, dass er damit auf meine Verbindung zu Serena anspielte, deren Bedeutung mir allerdings noch immer so schleierhaft war wie beim ersten Mal, als er mich so genannt hatte. Dennoch erschien es mir in diesem Moment, als würden wir ein Geheimnis teilen, das erst im Lauf der Zeit gelüftet werden sollte.

Nachdem Yogi Tarchin auf seinen Platz zurückgekehrt war, sah Tenzin zu mir auf und lächelte. »Ihr scheint ja bereits ziemlich gute Freunde zu sein«, bemerkte er.

Yogi Tarchin nickte. »Schon seit vielen Leben.«

Als ich das Himalaja-Buchcafé betrat, bemerkte ich die Veränderung sofort: Der Korb unter dem Empfangstresen war leer. Zum ersten Mal seit Katzengedenken war das Café hundefrei. Vor Verwunderung blieb ich stehen, und so erstaunlich es auch klingen mag – einen Augenblick lang war ich richtiggehend enttäuscht. Während Francs Abwesenheit waren die Hunde und ich prima miteinander ausgekommen. Dann erinnerte ich mich, wie begeistert die Hunde am Vortag von der Rückkehr ihres Herrchens gewesen waren, und freute mich für sie. Zweifellos hielten sie sich momentan bei Franc zu Hause auf und genossen das Beisammensein mit ihm.

Eitel Sonnenschein herrschte auch im Café. Francs nächtlicher Besuch mochte nur zehn Minuten gedauert haben, hatte jedoch denselben Effekt gehabt wie ein heftiger Wolkenbruch. Die Anspannung, die in den letzten Tagen so spürbar war, hatte sich in einem einzigen, kathartischen Moment entladen. Serena lief energiegeladenen Schrittes durchs Café, Sam war damit beschäftigt, einen neuen, noch größeren Verkaufsständer für die Gewürze aufzustellen. Sogar die Kellner schienen vitaler als sonst. Mit dem Himalaja-Buchcafé ging es ganz deutlich aufwärts. Und eine Person gab es, der Serena die guten Nachrichten unbedingt mitteilen wollte.

Mehrmals konnte ich beobachten, wie sie zum Telefon auf dem Empfangstresen hinüberging, Sids Karte herausnahm und den Hörer abhob. Und jedes Mal kam ihr irgendetwas Dringendes dazwischen. Bei Hochbetrieb war der Gastraum des Cafés nicht unbedingt der ideale Ort für ein ungestörtes Telefonat. Schließlich kam sie auf eine andere Idee.

Sie zeigte Kusali Sids Karte.

»Bougainvillea Street?«, fragte sie. »Die nehme ich doch immer, wenn ich zum Yoga gehe, oder? Gleich hinter dem Café, stimmt's?«

»Ja, Miss«, bestätigte er. Dann besah er sich die Karte. »Nummer 108. Das Anwesen mit den hohen weißen Mauern und dem Eisentor.«

»Wirklich?« Sie sah in meine Richtung. »Das kenne ich. Was ist dort, eine Firma?«

Er nickte. »Vermutlich. Jedenfalls herrscht dort immer reges Kommen und Gehen.«

Ich ahnte, was sie gerade dachte. Auch meine Neugier war geweckt. Ich erinnerte mich an die grünen Rasenflächen und die ausladenden Zedern, die ich gesehen hatte, während ich so lange auf der Mauer festgesessen hatte, an die bunten, duftenden Blumenbeete und das große Haus mit den vielen Winkeln und Spalten, die wir Katzen für unser Leben gern erkunden. Kurzerhand beschloss ich, Serena zu begleiten.

Dann fiel mir ein, welche Herausforderung die Steigung für meine körperliche Kraft darstellte – wie könnte ich das je vergessen? –, und wollte mir einen Vorsprung verschaffen.

Also verließ ich das Café und machte mich an den Aufstieg die Bougainvillea Street hinauf zu dem Anwesen mit den hohen weißen Mauern, wobei ich ständig nach den Retrievern Ausschau hielt. Ich blieb nahe bei den Gebäuden und sah mich regelmäßig um, damit ich mich sofort dünnmachen konnte, wenn sich entweder die Hunde oder Serena blicken ließen. Sie würde nicht zulassen, dass ich ihr bis zum Haus folgte. Wenn ich allerdings einfach so vor dem Haus auftauchte, dürfte sie mich kaum abweisen können.

Und so kam es, dass ich aus heiterem Himmel neben ihr stand und um ihre Knöchel strich, als sie sich über die Gegensprechanlage am Tor anmeldete und darauf wartete, eingelassen zu werden.

Gemeinsam betraten wir das Anwesen und folgten einem kurzen, gepflasterten Weg zum Haus hinüber. Mehrere Marmorstufen führten zum Vordereingang unter einem mit Säulen verzierten Portikus. Die gläserne Doppeltür mit den polierten Messinggriffen wirkte sehr offiziell.

Serena öffnete einen Türflügel, und wir fanden uns in einem großen Foyer mit Holzverkleidungen, indischen Teppichen und einem langen, offensichtlich sehr alten Tisch wieder, der nach Möbelpolitur roch. Sonst gab es in diesem Raum keinen Hinweis darauf, welchem Zweck das Gebäude diente. Die Vorhalle besaß weder die kühle Anonymität eines Bürotrakts noch die gesellige Atmosphäre eines Wohnhauses. Direkt vor uns führte eine weitere Tür in einen Flur. Zur Linken befand sich ein Durchgang zu einem Empfangsraum, zur Rechten eine Treppe.

Während wir uns noch umsahen, kam ein Mann mittleren Alters in Hemd und Krawatte durch den Flur auf uns zu.

»Kann ich Ihnen helfen, Ma'am?«, fragte er. Dann schrak er leicht zusammen, als er mich neben Serena sitzen sah.

Serena nickte. »Ist Sid zu sprechen?«

Er wirkte über die Maßen verwirrt.

»Sid«, wiederholte sie. »Arbeitet er nicht in der Computerabteilung?«

»Computer?«, wiederholte der Mann, als hätte er diesen Begriff gerade eben zum ersten Mal gehört. Dann sah er ängstlich zur Treppe hinüber, bevor er sich in diese Richtung in Bewegung setzte.

»Ich werde nachfragen«, sagte er.

Er hatte das Foyer zur Hälfte durchquert, als wir hörten, wie sich irgendwo über uns eine Tür öffnete. Kurz darauf erschien Sid am Ende der Treppe. Genau wie gestern trug er einen dunklen Anzug, der ihm eine vornehme und gebieterische Aura verlieh.

»Ich dachte doch, ich hätte dich vom Fenster aus gesehen«, sagte er überrascht und gleichzeitig erfreut. Aber war da nicht auch eine gewisse Reserviertheit zu spüren?

»Vielen Dank, Ajit«, sagte er und entließ den Mann, der uns empfangen hatte.

Ajit verbeugte sich tief und eilte davon.

Während Sid die Treppe hinunterstieg, blickte Serena auf mich herab. »Ich hoffe, sie stört dich nicht. Anscheinend ist sie mir gefolgt. Wahrscheinlich sind hier keine Katzen erlaubt.«

Sid hatte den Fuß der Treppe erreicht und breitete die Arme aus. »Aber selbstverständlich kann sie bleiben! Sie ist hier immer willkommen. Ein Haus ohne Katze hat keine Seele.«

»Ich habe Neuigkeiten, die ich dir persönlich erzählen wollte«, sagte Serena mit funkelnden Augen. »Ich hoffe, es macht dir nichts aus, dass ich dich einfach so überfalle.«

»Ganz im Gegenteil«, sagte er lächelnd. »Gehen wir

irgendwo hin, wo wir ungestört reden können. Allerdings erwarte ich jeden Augenblick einen Anruf, den ich annehmen muss.«

Er führte uns durch einen Raum mit mehreren Sofas, Erkerfenstern und Gemälden in Goldrahmen und auf eine Veranda mit Blick auf den Rasen und die Gartenanlagen, die ich nun aus einer völlig anderen Perspektive betrachten konnte. Auf der Veranda standen bequeme Peddigrohrsessel.

Einen Augenblick lang stand Serena nur da und bewunderte die atemberaubende Umgebung. Ein breiter, von hohen Kiefern überschatteter Weg verlief um das gesamte Grundstück. Dann bemerkte sie eine Bewegung hinter den Ästen.

»Oh, sieh mal«, sagte sie und deutete auf den weißen Mercedes, der gemächlich die Einfahrt heraufrollte. Hinter dem Steuer saß eine unverkennbare Gestalt mit dunklem Jackett und grauer Mütze. »Arbeitet er etwa hier?«, fragte Serena.

»In der Tat«, sagte Sid und forderte sie auf, sich zu setzen.

»Kann ich dir etwas zu trinken anbieten?«, fragte er.

Sie schüttelte den Kopf. »So lange wollte ich gar nicht bleiben.«

Während er sich einen Stuhl heranzog und ihr gegenüber Platz nahm, schnupperte ich am Mobiliar, das einen leichten Wachsgeruch verströmte. Dann stellte ich mich auf die Hinterbeine und inspizierte die vom vielen Gebrauch abgewetzten Sitzkissen. Hier fühlte ich mich sofort wie zu Hause. Ich sprang auf den Stuhl neben Serena, damit ich alles im Blick hatte.

»Franc hat uns gestern Abend einen Überraschungs-besuch im Café abgestattet«, sagte Serena.

»Er ist schon zurück?«

Sie nickte. »Ja, und hat uns nur deshalb nicht Bescheid gegeben, weil er das Restaurant nicht sofort wieder übernehmen will. Und er hat mir sogar« – ein Lächeln erhellte ihr Gesicht – »eine Teilhaberschaft angeboten. Anscheinend hätte er gern etwas mehr Freizeit.«

»Wirklich?« Sid beugte sich interessiert vor.

»Und es kommt noch besser«, vertraute ihm Serena an. »Wir dachten ja, dass er nichts von den Curry-Aben-den und den Gewürzmischungen hält. Aber das war ein Missverständnis.«

»Was?«

»Die Tücken der Technik«, sagte sie kopfschüttelnd. »Wie sich herausstellte, hat die letzte Zeile seiner Mail gefehlt. Er hat *ES GEFÄLLT MIR NICHT NUR, ICH LIEBE ES!* geschrieben.«

Sid grinste, als er an die Möglichkeiten dachte, die sich hier eröffneten.

»Also hat eine kurze Unterhaltung mit ihm …«

»… alles verändert.«

Sie sahen auf, als jemand nachdrücklich an die Glastür klopfte.

Ein anderer Mann in Hemd und Krawatte sah Sid nervös an. »Genf ist in der Leitung«, verkündete er.

»Entschuldige.« Sid sprang auf. »Ich bin sofort wieder da.«

Serena betrachtete den Garten und genoss den Sonnenschein. Sie ließ den Blick über das üppige Grün schweifen, dann sah sie zu der Tür hinüber, durch die Sid verschwunden war. Schließlich gewann die Neugier die Oberhand, und sie schlich sich in die Vorhalle zurück. Unnötig zu erwähnen, dass ich ihr auf dem Fuße folgte.

Eine Wand wurde von einem gewaltigen Kamin beherrscht, der Serena bis zur Schulter reichte. Darüber hing das große, goldgerahmte Porträt eines Inders. Er trug Turban, einen Anzug mit Mandarinkragen und edelsteinbesetzten Knöpfen sowie ein Schwert an der Hüfte. Auch wenn er mit finsterer Miene dreinblickte, war die Ähnlichkeit mit Sid unverkennbar.

Ein Paar gekreuzter Krummschwerter in goldbesetzten Lederscheiden hing an einer anderen Wand neben mehreren mit Silberfäden filigran bestickten Seidenbannern. Nachdem Serena dies alles betrachtet hatte, widmete sie ihre Aufmerksamkeit einem auf Hochglanz polierten Beistelltisch, auf dem Familienfotos aufgestellt waren, darunter auch mehrere Fotografien von Sid mit seinen Eltern. Eines davon nahm sie genauer in Augenschein.

Ein Teil des Tisches war den Bildern einer jungen Frau gewidmet. Auf manchen Fotos stand sie an Sids Seite, auf anderen neben einem kleinen Mädchen. Das Mädchen war auch auf anderen Aufnahmen zu sehen, die sie in allen Phasen des Heranwachsens zeigten.

Neben einem Erkerfenster hing ein großformatiges Gemälde, das ein prunkvolles Gebäude mit goldener Kuppel zeigte. Es war von hohen Mauern und mächtigen Palmen umgeben – genau wie die Paläste, die in den teuren Bildbänden abgebildet waren, die Sam im Buchladen verkaufte. Nachdem sie das Gemälde eine ganze Weile studiert hatte, waren von draußen Stimmen zu hören.

Durchs Fenster konnten wir den weißen Mercedes erkennen, der nun in der Einfahrt unter dem Portikus parkte. Daneben stand der Mann im dunklen Jackett mit der grauen Kappe – den Serena zunächst für den Maharadscha gehalten hatte. Der Mann, der Sid ans Telefon geholt hatte, redete auf ihn ein. Obwohl wir kein Wort verstehen konnten, war klar, dass er ihm Anordnungen erteilte.

Serena beobachtete sie gedankenverloren und versuchte, sich einen Reim auf die seltsame Unterhaltung zu machen, die sie vor geraumer Zeit mit Sid geführt hatte. »Irgendjemand hat mir mal gesagt, dass das der Maharadscha von Himachal Pradesh ist«, hatte sie nach der Yogastunde Sid gegenüber bemerkt. »Das habe ich auch gehört«, hatte Sid geantwortet. Jetzt erst wurde ihr bewusst, dass er nur das Gerücht, nicht aber seinen Wahrheitsgehalt bestätigt hatte.

Und dann war da noch das unerklärliche Auftauchen des Maharadschas samt Bediensteten und Feuerlöschern, die Ludos Zuhause und Yogastudio in letzter Sekunde gerettet hatten. Sollte ihnen jemand Bescheid gesagt haben, wirkte ihre Ankunft im genau rechten Augenblick gleich viel plausibler.

Gestern hatte Sid lange gezögert, bevor er Serena seine Karte gegeben hatte. Und auf der standen nur Kontaktinformationen, aber kein Name.

Und nicht zu vergessen die Reaktion des Bediensteten von vorhin, als sie ihm erklärt hatte, sie wolle Sid sprechen.

Sids Anteilnahme und sein Mitgefühl schienen ihr genauso aufrichtig wie ihre Gefühle ihm gegenüber. Doch wieso diese Geheimniskrämerei?

Wieder waren Schritte auf der Treppe zu hören, dann kam Sid auf uns zu. Als er Serena vor den Familienfotos sah, blieb er wie angewurzelt stehen.

»Also *du* bist der Maharadscha.« Sie klang mehr überrascht als wütend.

Er nickte ernst.

»Aber warum …«

»Ich habe auf die harte Tour gelernt, wie wichtig Diskretion ist. Doch ich hätte es dir schon noch gesagt, Serena. Ich konnte nur nicht damit rechnen, dass du plötzlich vor der Tür stehst.«

»Wie denn auch?«

Er deutete auf einen Stuhl. »Bitte lass mich alles erklären.«

Wieder setzten sie sich einander gegenüber, sie auf einen Stuhl, er auf ein Sofa. Und wieder roch ich an der Einrichtung. Diesmal nahm ich mir jedoch die Zeit, die Vorhänge und reich verzierten indischen Teppiche mit Interesse zu begutachten. Auch hier kam mir alles ungeheuer vertraut vor.

Beinahe familiär.

»Als mein Großvater in meinem Alter war, erbte er gewaltige Reichtümer«, erzählte Sid. »Selbst wenn man die hohen Maßstäbe der königlichen Maharadschas anlegt, war er ein sehr, sehr wohlhabender Mann. Seine Diamanten wurden in Pfund, die Perlen in Kilogramm und seine Goldbarren in Tonnen gemessen.

Er hatte über zehntausend Bedienstete, darunter vierzig Konkubinen und ihre Kinder sowie tausend Leibwächter. Zwanzig Personen waren allein dafür zuständig, Trinkwasser für die gesamte Herrscherfamilie aus dem nächsten, ein paar Meilen entfernten Brunnen zu holen.«

Serena hing förmlich an seinen Lippen. Ich sprang auf die Couch, trippelte zu Sid hinüber und tippte versuchsweise mit der Pfote gegen sein Bein. Als er nicht protestierte, kroch ich auf seinen Schoß, drehte darauf ein paar Kreise, um die bequemste Position zu finden, und ließ mich dann auf seiner Nadelstreifenhose nieder, woraufhin er mich wohltuend kraulte. Es war, als hätten wir in der Vergangenheit schon viele Male so zusammengesessen.

»Bedauerlicherweise«, fuhr Sid fort, »war mein Großvater im Gegensatz zu seinen Vorfahren kein besonders schlauer Mann. Er wurde von allen ausgenutzt: von seinen Ratgebern, seinen Dienern, selbst von seinen sogenannten Freunden. Im Laufe der Jahre verlor er seine Ländereien und sein Vermögen. Ich weiß noch, wie mich mein Vater an sein Totenbett brachte. Zu diesem Zeitpunkt war der Palast längst dem Verfall preisgegeben und seiner Reichtümer beraubt. Dennoch standen die Leute Schlange, angeblich um ihm die letzte Ehre zu erweisen. Mein Vater heuerte Sicherheitskräfte an, die jeden durchsuchten, der den Palast verließ.« Er schüttelte den Kopf. »Du kannst dir nicht vorstellen, was sie als ›Souvenirs‹ alles mitgehen lassen wollten.

Als mein Vater Maharadscha wurde, war mit diesem Titel nicht viel mehr verbunden als ein baufälliges Anwesen am Fuße des Himalajas, in das er nie mehr zurückkehren sollte. Er zeigte wenig Interesse für geschäftliche

Dinge und widmete sein Leben spirituellen Zielen. Da er dem Buddhismus nahestand, nannte er mich Siddharta. Nach dem Geburtsnamen des Buddha.«

Ich schnurrte.

»Weil mein Vater so weltfremd war, begriff er nicht, welche Konsequenzen der Verlust des Familienvermögens hatte. Wir lebten immer noch auf großem Fuß, und unser altehrwürdiger Name sorgte dafür, dass die Menschen stets bereit waren, uns Geld zu leihen. Dann schickte er mich zum Studium ins Ausland, und ich lernte ein Mädchen kennen, das mich ebenfalls für einen reichen Erben hielt.

Als die Gläubiger schließlich die Geduld mit meinem Vater verloren und ihn bedrohten, erlag er einem Herzanfall. Meine Freundin verließ mich, und ich kehrte zu einer trauernden Mutter und einem Riesenberg Schulden zurück. Deshalb« – Sid sah Serena durchdringend an – »zögere ich immer, mich mit einem derart ... problembelasteten Namen und Titel vorzustellen.«

Serena sah ihn mitfühlend an. »Das tut mir alles sehr leid«, sagte sie mit tröstender Stimme. »Wie schrecklich für dich.«

»Das alles ist Vergangenheit.« Er nickte entschlossen. »Seitdem hatte ich in geschäftlichen Dingen einen gewissen Erfolg. Anders als meine Vorfahren kümmere ich mich nicht nur um mich selbst, sondern auch um die Gemeinschaft. Was – beispielsweise – auch mein Interesse an fair gehandelten Gewürzen erklärt.«

Sie lächelte. »Du bist viel zu bescheiden.« Sie machte eine ausholende Geste, die das Gebäude und die zugehörigen Gartenanlagen einschloss. »Ich würde eher sagen, du warst extrem erfolgreich. Macht dich das nicht glücklich?«

Sid dachte lange nach, bevor er antwortete: »Ich glaube, es ist genau andersherum. Erst kommt das Glück und dann der Erfolg.«

Serena hörte ihm aufmerksam zu. »Als ich nach Indien zurückkehrte«, fuhr er fort, »stand ich vor großen Herausforderungen, doch tief im Inneren wusste ich genau, dass ich ein ausgewogenes Leben führen wollte. Etwas, das sowohl mein Vater als auch mein Großvater nie geschafft haben. Ich wollte Meditation und Yoga für das geistige und körperliche Wohl mit meinen Geschäftsaktivitäten in Einklang bringen, von denen ich und andere profitieren. Und weil ich mich als Teil der Gemeinschaft begriff, machte es mir auch nichts aus, in einer winzigen Zweizimmerwohnung direkt am Marktplatz zu hausen. Ich half, wo immer ich konnte. Und wenn man diese zufriedene Genügsamkeit im Herzen trägt, glaube ich, stellt sich der Erfolg auch irgendwann ein – ganz egal, ob man seine Ziele erreicht oder nicht.«

»Das Paradox der Nicht-Anhaftung«, meinte Serena.

»Nur wenige Menschen begreifen es.«

Serena sah ihm lange in die Augen. Dann deutete sie auf das Wandgemälde mit dem Palast. »Und das ist dein Familiensitz?«

Sid nickte. »Das Bild stammt noch aus der Zeit meines Großvaters. Langsam, aber sicher verhelfen wir dem Palast zu seinem ursprünglichen Glanz zurück.«

»Er ist zauberhaft!«

»Der Palast der vier Pavillons. In seiner Blütezeit war er überaus prächtig, heute ist er gerade so bewohnbar.

Meine Mutter zog vor einem Jahr aus Delhi dorthin, zusammen mit ihrer Himalaja-Katzenfamilie. Sie gehören derselben Art an wie diese hier.«

Ich sah Sid fragend an.

Delhi. Meine Geburtsstadt. Angeblich hatten meine Eltern zu einer reichen Familie gehört, die kurz nach meiner Geburt weggezogen war. Bisher hatte noch niemand sie ausfindig machen können.

»Ja, sie scheint sich auf deinem Schoß richtig heimisch zu fühlen. Und dir gefällt es offenbar auch.«

»Aber sicher. Das sind ganz besondere Geschöpfe, äußerst empfänglich für die Launen und Stimmungen der Menschen.« Nach einer Pause fragte er lächelnd: »Gehe ich eigentlich recht in der Annahme, dass wir beide die Welt von deinen Gewürzmischungen überzeugen werden?«

Eine geraume Zeit diskutierten sie über Vertriebswege, Lieferketten, Onlinemarketing und verschiedene Prominente, die sie für die Werbung gewinnen wollten. Doch unterhalb dessen fand noch ganz etwas anderes statt. An diesem Nachmittag, im Schein der Sonne, die durch die Erkerfenster fiel, war es ganz so, als würden Sid und Serena einander die Hand zum Tanz reichen.

Schließlich war es Zeit für den Abschied und die Yogastunde. Als wir den Raum verließen, drehte sie sich noch einmal zu dem Gemälde um. »Ich würde den Palast der vier Pavillons zu gern einmal sehen. Zeigst du ihn mir eines Tages?«

Sid lächelte breit. »Es wäre mir ein Vergnügen.«

Alle drei gingen wir zur Tür. An der Marmortreppe blieb Sid stehen und sah uns nach.

Auf halbem Wege drehte sich Serena noch einmal um. »Ach, übrigens … *Siddharta*«, sagte sie und schirmte die Augen mit der Hand gegen die Nachmittagssonne ab. »An dem Abend, an dem es gebrannt hat … da lag mein Schal auf dem Balkon, nicht wahr?«

Nach einer langen Zeit nickte er.

Die abendliche Brise trug sinnlichen Jasminduft mit sich. Serena berührte ihre Lippen mit den Fingerspitzen und warf Sid einen Kuss zu.

Lächelnd legte er die Handflächen vor dem Herzen zusammen.

Elftes Kapitel

Endlich war der Tag der Rückkehr Seiner Heiligkeit gekommen! Kurz nach dem Aufwachen fiel mir ein, dass der Dalai Lama in wenigen Stunden hier sein würde. Vierundvierzig Mal hatte ich allein auf der Yakwolldecke geschlafen. Ich öffnete die Augen und sprang übermütig vom Bett.

Seit den frühen Morgenstunden herrschte im Jokhang Hochbetrieb. Aus den Gemächern Seiner Heiligkeit drangen die Geräusche der Putzkolonne und das Dröhnen eines Staubsaugers. Als ich nach einem leichten Frühstück die Gemächer verließ, wurden gerade frische Blumen geliefert und in der Empfangshalle aufgestellt, um nicht nur den Dalai Lama willkommen zu heißen, sondern auch die vielen Gäste, die ihn besuchen wollten.

Tenzin saß nicht auf seinem Stuhl im Assistentenbüro. Er war mit dem Chauffeur zum Kangra Airport gefahren, um Seine Heiligkeit abzuholen. Auf dem Rückweg sollte Tenzin den Dalai Lama über die dringlichsten und wichtigsten Angelegenheiten informieren, die die Aufmerksamkeit Seiner Heiligkeit erforderten.

Kaum hatte Yogi Tarchin, der am Schreibtisch gegenüber saß, den Telefonhörer aufgelegt, als auch schon der nächste Bittsteller anrief. Doch er zeigte nicht die geringsten Anzeichen von Stress – im Gegenteil, er erledigte alles auf ruhige, fast spielerische Art, sodass eine Atmosphäre der Leichtigkeit den Raum beherrschte.

Davon konnte etwas weiter hinten im Flur nicht die Rede sein. Als ich vor Lobsangs Tür stehen blieb, bemerkte ich, dass er seine übliche Gelassenheit vermissen ließ. Eine Weile beobachtete ich, wie er seine Regale aufräumte, Akten durchsah, mehrere davon ordentlich auf den Schreibtisch stapelte und sich schließlich etwas ratlos in seinem Büro umsah. Erst da dämmerte mir, dass er offenbar von einer großen Nervosität geplagt wurde.

Im übrigen Jokhang dagegen war man gut gelaunt und beinahe in Feierstimmung. Schon bald würde Seine Heiligkeit wieder in unserer Mitte sein – und mit ihm würde auch der Sinn in unser Leben zurückkehren. Eine ganze Heerschar von Boten brachte Geschenke, Pakete und wichtige Briefe. Aus den Büros tönten laute, aufgeregte Stimmen, und Gelächter hallte durch die Korridore, in denen sich alle mit frischer Kraft auf die Arbeit stürzten. Aus der Küche drangen die unverkennbaren Aromen von Mrs. Trincis Kochkunst. Sie bereitete das Mittagessen für die ersten Besucher Seiner Heiligkeit vor.

Als Katze war ich mit einem hoch entwickelten Instinkt ausgestattet und wusste deshalb natürlich genau, wann der Dalai Lama ankommen würde. Daher fläzte ich mich nicht wie sonst auf den Aktenschrank, sondern ließ mich auf dem Platz nieder, an dem ich am liebsten lag, wenn Seine Heiligkeit anwesend war – der Fensterbank des großen Empfangssaals. Hier verbrachte er einen

Großteil seiner Zeit, hier lauschte ich den interessantesten Gesprächen. Und hier konnte ich – was für eine Katze von höchster Wichtigkeit ist – das Kommen und Gehen im Innenhof genau beobachten.

Natürlich beobachtete ich nicht *alles* draußen. Schließlich ist ein kurzes Verdauungsschläfchen essenzieller Bestandteil eines gelungenen Vormittags. Zudem hatte die sanfte Brise, die durch das offene Fenster drang, eine angenehm einschläfernde Wirkung. Kurze Zeit später wurde ich jedoch von Applaus aus dem Flur geweckt. Die Tür des Empfangssaals öffnete sich, die Sicherheitsleute unterzogen die Räumlichkeiten einer letzten Prüfung. Und plötzlich erschien Seine Heiligkeit.

Er betrat den Raum und sah mich direkt an. Sobald sich unsere Blicke trafen, durchflutete mich eine beinahe überwältigende Glückseligkeit. Er ließ seine Entourage und seine Berater einfach stehen, eilte auf mich zu und nahm mich in die Arme.

»Wie geht es dir, meine kleine Schneelöwin?«, murmelte er. »Wie sehr ich dich vermisst habe!«

Dann drehte er sich um, sodass wir das Kangra-Tal durch das Fenster betrachten konnten. Es schien, als hätte es nie einen klareren Himalaja-Morgen gegeben. Der Himmel war blauer und der Duft der Zypressen und Rhododendren intensiver als je zuvor. Während wir auf die mit Kiefernnadeln bedeckten Steinpfade hinabsahen, kommunizierten Seine Heiligkeit und ich ohne Worte.

Ich schnurrte, woraufhin er sich kichernd an unser letztes Gespräch vor seiner Abreise erinnerte. Natürlich musste er mich nicht fragen, ob ich die Kunst des Schnurrens erforscht hatte.

Er wusste es bereits.

Ich musste ihm auch keine Rechenschaft über meine Erkenntnisse ablegen, denn er sah meine Erfahrungen mit größerer Klarheit und Mitgefühl, als es mir je möglich gewesen wäre. Der Dalai Lama war genau darüber im Bilde, was ich während seiner Abwesenheit alles gelernt hatte. Er wusste, dass mich der berühmte Psychologe im Himalaja-Buchcafé gelehrt hatte, wie falsch wir mit unseren Vorstellungen vom Glück oft liegen. Genauso kannte er Viktor Frankls Beobachtung, dass Glück die Nebenwirkung des Engagements für eine Sache darstellt, die größer ist als man selbst, und wusste, dass ich die Bedeutung dieser Beobachtung erkannt hatte.

Ludo aus dem Yogastudio hatte mir gezeigt, dass man sein Glück nicht in der Vergangenheit finden kann, und Gordon Finlay war der Beweis dafür, dass man es auch nicht in der Zukunft suchen sollte. Und wenn aus Chogyals allzu frühem Ableben eine Lehre gezogen werden konnte, dann die, dass man erst mit einem feinen Gespür für die Vergänglichkeit jeden Tag als das erleben kann, was er ist – ein Wunder.

Sam Goldberg und seine Glücksformel hatten mich davon überzeugt, dass uns allen, unabhängig von Umständen oder Temperament, das Potenzial zu großem Glück innewohnt und wir dieses durch Meditation und andere Praktiken freisetzen können. Und nicht zu vergessen die Tatsache, dass wir selbst oft die Nutznießer sind, wenn wir anderen helfen. Könnte es einen besseren Grund zum Schnurren geben?

Der Disziplinar des Namgyal-Klosters hatte mich gelehrt, wie sehr die Stimmung von der Ernährung abhängt. Die persönlichen Krisen, die Serena und Sam durchmachen mussten, hatten nicht nur Geshe Wangpo dazu veranlasst, ihnen einen Überraschungsbesuch abzustatten; mir dienten sie darüber hinaus als anschauliche Lektion in Sachen Gleichmut.

Siddharta, der Maharadscha von Himachal Pradesh, war der lebende Beweis dafür, dass sich Glück und Erfolg genau umgekehrt zueinander verhalten, als die meisten Menschen glauben.

Yogi Tarchin hatte mich erkennen lassen, wie beschränkt die Sicht war, die ich auf meinen Geist und auf meine Befähigung zum Glücklichsein hatte. Und der britische Biologe schließlich hatte uns *Sem Chens* Hoffnung gegeben, indem er erklärte, dass alle mit Bewusstsein ausgestatteten Lebewesen die Fähigkeit zu tiefsten Einsichten besitzen. Unglaubliche Veränderungen können sich vollziehen, wenn man sich nicht als Mensch, Katze oder gar Hund begreift, die bewusste Erfahrungen machen können, sondern als ein Bewusstsein, das Erfahrungen als Mensch, Hund oder Katze machen kann.

In tiefem Einverständnis über diese Dinge genossen der Dalai Lama und ich den Himalaja-Morgen. Nun war der Augenblick gekommen, in dem er seine Gedanken über die wahren Ursachen des Glücks verkünden würde – genau wie er es vor seiner Abreise versprochen hatte. Die Botschaft, die eigens für mich und für alle bestimmt ist, die karmisch mit mir verbunden sind. Und da ihr mir bis hierher gefolgt seid, liebe Leser, gehört auch ihr dazu!

»Über das Glück gibt es eine ganz bestimmte Weisheit«, sagte Seine Heiligkeit. »In manchen Schriften wird sie auch als *Das heilige Geheimnis* bezeichnet. Wie viele Weisheiten kann man sie schnell erklären, aber es lässt sich nur schwer danach leben. Und dieses heilige Geheimnis lautet: Wenn du dein Leid beenden willst, dann trachte danach, das Leid der anderen zu beenden. Wenn du nach Glück suchst, dann sorge für das Glück der anderen. Denk nicht an dich, sondern an deine Mitgeschöpfe – *das* ist der schnellste und sicherste Weg zum Glück.«

Ich sog die Bedeutung seiner Worte so tief in mich ein wie die Morgenluft, die durchs Fenster strömte. Genauso häufig an andere zu denken wie an mich selbst, war allerdings eine große Herausforderung. KSH, Schneelöwin, Rinpoche, Swamini, Schönste Kreatur auf Erden, egal – sie ist es, um die von morgens bis abends meine Gedanken kreisen.

»Zu viel an sich selbst zu denken ist die Ursache großen Leids«, sagte der Dalai Lama. »Sorgen, Niedergeschlagenheit, Groll und Angst werden immer schlimmer, je mehr Aufmerksamkeit man dem Selbst widmet. *Ich, ich, ich* ist ein schlechtes Mantra.«

Jetzt, da er es ausgesprochen hatte, erkannte ich, dass ich tatsächlich immer dann am unglücklichsten gewesen war, wenn ich mich praktisch ausschließlich mit mir beschäftigt hatte. Wie damals, als ich auf Chogyal wütend war, weil er meine Decke hatte reinigen lassen. Dabei ging es mir um nichts anderes als mein eigenes Wohlbefinden – und nicht etwa um das von Chogyal!

Dann verkündete Seine Heiligkeit eine weitere bedeutende Weisheit: »Man muss nicht das Leid aller Lebewesen beenden, um seinem eigenen Leid ein Ende zu setzen. Auch müssen nicht alle Lebewesen glücklich sein, damit du glücklich sein kannst. Denn sonst« – er kicherte – »hätten ja alle Buddhas versagt! Es ist auf wundersame Weise paradox«, sagte er und blickte in meine saphirblauen Augen. »Sei auf weise Art selbstsüchtig, meine kleine Schneelöwin. Je mehr Glück du gibst, umso mehr wirst du erhalten.« Einen Augenblick lang schwieg er und streichelte mir mit vollendeter Zärtlichkeit das Gesicht. »Aber ich glaube, das tust du bereits – jedes Mal, wenn du schnurrst.«

Die Rückkehr Seiner Heiligkeit war im Grunde schon freudvoll genug für einen Tag. Aber es kam noch besser: Da einige hochrangige Delegierte der Vereinten Nationen zum Mittagessen blieben, war Mrs. Trinci in der Küche zugange. Wie üblich belohnte sie meinen Besuch mit einem Hinweis auf meine unvergleichliche Schönheit und einer großzügigen Portion saftiger Shrimps in Ziegenkäsesoße. Letztere war so köstlich cremig, dass ich geraume Zeit brauchte, um die Untertasse sauber zu lecken.

Danach saß ich im Halbschatten vor der Küche und putzte mir pappsatt und zufrieden das Gesicht. Seine Heiligkeit war wieder zu Hause und auch Mrs. Trinci würde uns zukünftig wieder öfter mit ihrer Anwesenheit beehren. Meine Welt war in bester Ordnung.

Und es gab einen weiteren Anlass, auf den ich mich freuen konnte: Am Abend sollte das Yogastudio des Herabschauenden Hundes mit einer kleinen Feier wiedereröffnet werden. In den letzten Tagen hatte eine Schar von Arbeitern die vom Feuer beschädigten Stützbalken in Ludos Haus durch Stahlträger ersetzt. Serena schwärmte vom renovierten Balkon, der jetzt offenbar viel stabiler und größer war als früher. Ludos Schüler hatten ihm extra dafür einen wunderschönen handgewebten Teppich geschenkt, woraufhin Ludo beschlossen hatte, eine offizielle Wiedereröffnungsfeier zu veranstalten, zu der sogar ein Überraschungsgast erwartet wurde.

In den exklusiven Zirkeln, in denen ich mich bewege, liebe Leser, war es selbstverständlich kein Geheimnis, um wen es sich bei diesem Überraschungsgast handeln würde. Und ihr als meine Vertrauten habt sicher auch längst erraten, von wem die Rede ist. Da sich zu dieser Gelegenheit so viele meiner Lieblingsmenschen unter einem Dach versammelten, stand es außer Frage, dass auch ich, die Swamini der Yogaschule des Herabschauenden Hundes, mit von der Partie sein würde.

Am späten Nachmittag machte ich mich auf den Weg die Bougainvillea Street hinauf. Ich kam an dem Gewürzladen vorbei, in dem sich erst vor wenigen Wochen tumultartige Szenen abgespielt hatten, lief über den Gehweg, der mir damals wie eine tödliche Falle erschienen war. Und als ich die hohen weißen Mauern von Sids Anwesen passierte, ging derselbe Albtraum wieder los. Ein weiteres Mal tauchten wie aus dem Nichts die monströsen Hunde auf und stürmten mir entgegen. Doch diesmal war meine Bedrängnis sogar noch ärger, denn ich sah nicht die geringste Fluchtmöglichkeit.

Eine kräftigere Katze wäre über die Straße gezischt und eine Wand hinaufgerast, um sich in Sicherheit zu bringen. Doch ich kannte die Grenzen meiner körperlichen Leistungsfähigkeit. Für mich gab es kein Entkommen.

Ich wandte mich meinen Verfolgern zu. Gerade als sie mich erreicht hatten, tat ich etwas, was mich selbst überraschte: Ich setzte mich hin. Die Hunde, die gerade eben noch voller Vorfreude auf eine hitzige Verfolgungsjagd herangestürmt waren, schienen ebenso erstaunt wie ich. Sie bremsten ihren Lauf mit den Vorderpfoten ab und kamen schlitternd zum Stehen. Dann bauten sie sich über mir auf. Ich roch ihren heißen schwefeligen Atem. Geifer tropfte von den Zungen, die ihnen aus den Mäulern hingen, als sie ihre Schnauzen auf mich richteten.

Und ich? Ich fletschte die Zähne, riss das Maul so weit wie möglich auf und zischte mit dem Zorn einer wütenden Göttin, die die Kläffer an Größe tausendmal übertraf. Das Herz klopfte mir bis zum Hals und mein Fell sträubte sich. Doch als ich die Reißzähne zeigte und mein Haupt ruckartig hin und her warf, traten die Bestien zurück und zogen verdattert die Köpfe ein.

Mit einer solchen Reaktion hatten sie nicht gerechnet. Die Schnauze eines der Hunde näherte sich bis auf wenige Zentimeter meinem Gesicht. Blitzschnell erteilte ich dem Vieh mit der Pranke einen schmerzhaften Denkzettel. Der Hund jaulte vor Schmerz gellend auf und sprang hastig zurück.

Es war eine Pattsituation entstanden – obwohl es von

ihnen nicht so geplant war, hatten sie mich in die Ecke getrieben. Und nun wussten sie nicht, was sie mit mir anfangen sollten. Mein Mut der Verzweiflung hatte sie völlig aus dem Konzept gebracht.

Gottlob kam in diesem Moment der Mann im Tweedjackett hinzu. »Na kommt, ihr beiden«, rief er in belustigtem Ton. »Lasst die arme Katze in Ruhe.« Wieder an die Leine genommen und von dannen geführt zu werden schien sie beinahe zu erleichtern.

Als ich ihnen nachsah, merkte ich zu meiner großen Überraschung, dass mich diese Begegnung weit weniger traumatisiert hatte als gedacht. Ich hatte mich meiner größten Angst gestellt und sie überwunden. Ich war stärker, als ich vermutet hatte. Es war eine schwere Prüfung, doch schlussendlich hatte ich mich gegen die beiden geifernden Köter behauptet.

Während ich meinen Weg fortsetzte, fielen mir die Worte Seiner Heiligkeit wieder ein – zu sehr an sich zu denken bringt Leid hervor, und Angst und Sorge werden nur größer, je mehr wir uns auf das eigene Ich konzentrieren. War ich seinerzeit etwa gar nicht wegen der Hunde bunt gewürzt auf der Mauer gelandet, sondern weil ich an nichts anderes gedacht hatte als an meine Rettung? Wäre es vielleicht besser gewesen, ich hätte mich den Verfolgern gestellt und sie niedergestarrt? Verkehrt sich der sogenannte Überlebenstrieb womöglich manchmal ins Gegenteil und wird zur Ursache von Leid?

Nach meinem Triumph über die beiden Bestien setzte ich den Aufstieg auf den Hügel mit neu gewonnenem Selbstvertrauen fort. Ich mochte zwar nur eine kleine Katze mit geschwächten Beinchen sein, doch in meiner

Brust schlug das Herz einer Schneelöwin. Ich hatte meine tiefsten Ängste überwunden. Ich war die Swamini, Bezwingerin der Golden Retriever!

Ludos Haus war dem Anlass entsprechend festlich geschmückt. Eine neue Kette farbenfroher tibetischer Gebetsfahnen flatterte unter dem Dachstuhl, sodass unzählige Gebete in den Wind getragen wurden. Der Flur war neu eingerichtet und roch nach frischer Farbe. Über den Eingang hatte man den Schriftzug *Yogaschule des Herabschauenden Hundes* angebracht.

So viele Menschen hatte ich noch nie auf einmal im Studio gesehen. Alle Schüler und Schülerinnen waren anwesend, darunter auch Merrilee – heute ohne Flachmann –, Jordan und Ewing. Andere dagegen schienen noch nie ein Yogastudio von innen gesehen zu haben und waren offenbar aus Neugier auf den geheimnisvollen Überraschungsgast gekommen. In der Menge erkannte ich auch mehrere Stammgäste des Cafés sowie einige Einheimische aus McLeod Ganj, denen ich bereits auf der Straße begegnet war, darunter auch Ludos Nachbarn, in deren Haus das Feuer ausgebrochen war. Nachdem alle meine Ankunft gebührend zur Kenntnis genommen hatten, schlich ich mich durch die Stapel mit Yogamatten zu meinem Lieblingsplatz.

In den hinteren Reihen bemerkte ich zu meiner großen Freude eine vertraute, wenn auch in diesem Rahmen etwas ungewohnte Gestalt. Es war Lobsang, der unglaublich erleichtert wirkte. Er saß still und für sich allein da, ein Mönch, dem eine gewaltige Last von den Schultern genommen worden war. Er hatte seine Gelassenheit wiedergefunden, und als er mich streichelte, erfüllte tiefer Frieden seinen Blick.

Die Schiebetüren zum Balkon waren weit geöffnet und boten eine unverstellte Aussicht auf das spektakuläre Himalaja-Panorama. Der neue Balkon war von einem Band aus vier miteinander verschlungenen Strängen in verschiedenen Farben – Blau, Grün, Rot und Gold – abgesperrt, das in der Abendbrise sanft hin und her baumelte. Während der Eröffnungszeremonie sollte es feierlich durchgeschnitten werden.

Kurzzeitig herrschte Aufregung an der Tür. Serena war gekommen. Sie sah sich um, bemerkte Lobsang in seiner Ecke und ging sofort auf ihn zu.

»Wie ist es gelaufen?«, flüsterte sie, setzte sich und legte ihre Hand auf seinen Arm.

Er nickte lächelnd. Offenbar fehlten ihm die Worte.

Serena blickte ihn voller Zuneigung an. »Also hat alles geklappt?«

»Ich musste ihn nicht mal fragen«, brachte er schließlich heraus. »Als ich zu ihm kam, lobte er minutenlang meine Arbeit am neuen Buch. Dann sah er mir in die Augen und sagte: ›Du bist noch jung und sehr talentiert. Vielleicht wäre es an der Zeit, mal etwas Neues auszuprobieren. Was meinst du?‹«

»Oh, Lobsang«, sagte sie und umarmte ihn.

»In sechs Wochen höre ich auf«, teilte er ihr mit, ganz von seinen Gefühlen überwältigt. »Dann kann ich auf Reisen gehen.«

»Weißt du schon wohin?«

»Seine Heiligkeit hat mir angeboten, mich dem Abt eines Klosters in Thailand zu empfehlen.« Seine Augen blitzten aufgeregt. »Womöglich nimmt dort mein Abenteuer seinen Anfang.«

Ich verdaute diese Neuigkeit mit gemischten Gefühlen. Lobsangs entspannte Gegenwart im Jokhang war mir so vertraut, dass ich sie inzwischen für selbstverständlich hielt. Dass er uns verlassen wollte, stimmte mich traurig. Andererseits war in den letzten Monaten deutlich zu merken gewesen, dass ihn etwas umtrieb. Trotz seiner verantwortungsvollen Aufgaben hatte er eine innere Unruhe und das Bedürfnis zur Neuorientierung verspürt. Wieder einmal eine Erinnerung daran, dass die Veränderung die einzige Konstante im Leben ist.

Nur wenig später schob sich Sam durch den Perlenvorhang. Nachdem er zum ersten Mal die atemberaubende Aussicht genossen hatte, sah er sich unter den Gästen um. Serena winkte ihm zu, und er gesellte sich mit Bronnie zu ihr.

Als die beiden sich neben sie setzten, nahm Serena sie genau in Augenschein. »Schön, dass ihr zusammen gekommen seid«, sagte sie.

»Kathmandu ist sicher ganz toll«, murmelte Bronnie, »aber ohne Sam so toll nun auch wieder nicht.«

Serena nickte. »Also bleibst du in Indien?«

Bronnie schüttelte den Kopf. Sam erklärte: »Ihr Arbeitsvertrag ist auf drei Monate befristet. Sie fährt erst mal allein, nach acht Wochen komme ich dann auch. Und anschließend kehren wir hierher zurück.«

»Das hört sich doch gut an«, sagte Serena.

»So bekommen wir beide mehr vom Himalaja zu sehen«, erklärte Bronnie. »… obwohl sich Sam wahrscheinlich lieber den Buchladen des Kopan-Klosters angucken will.«

»Tja, alte Gewohnheiten …«, bemerkte Serena.

»Einmal ein Nerd …«, sagte Sam.

»*Super-Nerd*«, korrigierte ihn Bronnie und nahm seine Hand.

Ludo kam aus dem Flur und bahnte sich geschmeidig und elegant wie immer einen Weg durch die Menge. Mit seiner weißen Baumwolltunika und der weißen Yogahose war er etwas formeller gekleidet als sonst, ließ es sich aber dennoch nicht nehmen, eine einfache Yogasitzung anzuleiten, die auch den Anfängern im Publikum einen Einstieg in die Praxis ermöglichte.

Sid tauchte untypisch spät auf. Ludo erklärte gerade die *Tadasana* beziehungsweise Berghaltung, als er Serena in den hinteren Reihen erspähte und auf sie zuging. Sam und Bronnie machten ihm bereitwillig Platz, damit er sich neben sie setzen konnte.

Sie befanden sich direkt vor mir. Ich beobachtete, wie sie eine Reihe von Haltungen durchliefen. Zunächst standen sie auf einem Bein und reckten die Arme zur Decke, dann drehten sie sich erst nach links und dann nach rechts. Einmal wandte sich Serena versehentlich zur falschen Seite um, sodass sie Sid direkt ansah. Statt verlegen den Blick abzuwenden, schauten sie einander in einem Moment unverhoffter, ungestörter Intimität lange in die Augen.

Ludo ließ seine Schüler mehrere Sitzhaltungen einnehmen. Als sie sich gerade in der Kinderhaltung (*Balasana*) befanden, erschienen zwei Sicherheitsmänner. Sie sahen sich gründlich um, dann nickten sie Ludo zu, der daraufhin alle aufforderte, sich aufzurichten.

»Natürlich weiß ich, warum viele von euch wirklich hier sind«, sagte er grinsend. »Und es ist mir eine große Ehre und eine echte Freude, unseren Ehrengast, Seine Heiligkeit den vierzehnten Dalai Lama von Tibet, begrüßen zu dürfen und ihn einzuladen, die Neueröffnung unseres Yogastudios zu vollziehen.«

Diese Ankündigung wurde von lauten Freudenbekundungen begleitet. Sobald Seine Heiligkeit im Flur erschien, standen alle respektvoll auf, doch er machte nur eine beschwichtigende Geste. »Bitte setzt euch«, sagte er, bevor er die Hände vor dem Herzen zusammenlegte und sich verbeugte. Dann sah er sich unter den Anwesenden um.

Wenn der Dalai Lama einen Raum voller Menschen betritt, schreitet er nicht einfach an ihnen vorbei, sondern nimmt sich die Zeit, das Publikum persönlich zu begrüßen. So drückte er Ewings Schulter und sah Merrilee kichernd in die Augen. Sukie legte die Handflächen zusammen und verbeugte sich. Sanft nahm er ihre Hände in die seinen, woraufhin ihr eine Träne die Wange hinabrollte.

Als Seine Heiligkeit Ludo erreichte, herrschte gespannte Stille. Jeder spürte die Energie, die er unablässig und so mühelos ausstrahlte – eine Energie, die das für gewöhnlich so begrenzte Bewusstsein öffnet, Einblicke in die Grenzenlosigkeit der eigenen Natur gewährt und einem das tröstliche Gefühl verleiht, dass alles gut ist. Der Dalai Lama blieb vor den geöffneten Türen stehen und bewunderte den spektakulären Ausblick.

Die Elemente hatten offenbar beschlossen, diesen Abend mit einem Sonnenuntergang von überirdischer Schönheit zu ehren. Der lapislazuliblaue Himmel bildete einen dramatischen Hintergrund, vor dem die funkelnden Berggipfel wie mit Gold überzogen wirkten. Anders als sonst wirkten die mächtigen Formationen des Himalajas nicht gewaltig und unvergänglich, sondern schimmerten wie eine flüchtige Vision, die sich jeden Augenblick in Luft auflösen konnte.

Während Seine Heiligkeit das Panorama betrachtete, übertrug sich sein Staunen auf alle Anwesenden. Für wenige zeitlose Augenblicke waren wir in Andacht vereint. Dann wandte er sich lächelnd Ludo zu.

Ludo verbeugte sich förmlich und bot dem Dalai Lama einen weißen Schal dar, wie es die Tradition verlangt. Seine Heiligkeit gab den Schal zurück und legte ihn um Ludos Schultern. Dann nahm er Ludos Hand.

»Mein lieber Freund«, sagte er und tätschelte die ineinander verschränkten Hände, bevor er sich ans Publikum wandte. »Vor vielen Jahren, als ich nach Dharamsala kam, hörte ich von diesem Deutschen, der so gern Yogalehrer werden wollte. *Sehr gut,* dachte ich. *Denn die Deutschen sind ja weltweit für ihren Fleiß und ihre Beharrlichkeit bekannt.*«

Allgemeines Gelächter brandete auf.

»Die Achtsamkeit gegenüber dem Körper ist eine fundamentale Praxis und sehr nützlich. Wenn wir Achtsamkeit lernen wollen, kann Yoga uns dabei helfen. Deshalb sage ich auch immer zu Ludo: ›Gib mehr Yogastunden. Davon können deine Schüler nur profitieren.‹«

Die Augen des Dalai Lama funkelten hinter seinen Brillengläsern. »Unser Körper ist wie eine Schatztruhe.

Und der Schatz, der sich darin befindet, ist der Geist. Wir Menschen haben die kostbare und seltene Gelegenheit, unseren Geist zu entwickeln. Eine Chance, die den meisten anderen Lebewesen verwehrt bleibt. Deshalb sollten wir gut auf unseren Körper achtgeben und uns um unsere Gesundheit kümmern. Macht das Beste aus eurem Leben – zu eurem eigenen Nutzen und dem der anderen.«

Seine Heiligkeit erteilte Ludo das Wort. Nachdem er den Dalai Lama erneut in der Yogaschule des Herabschauenden Hundes willkommen geheißen hatte, erklärte er, das Studio sei nicht nur nach einer weltbekannten Yogahaltung benannt, sondern auch nach einem Hund, auf den er in seinen Anfangstagen in McLeod Ganj aufgepasst hatte. Nachdenklich betrachtete Seine Heiligkeit das Foto des Lhasa Apso an der Wand.

Ludo berichtete, dass ihn die Unterstützung des Dalai Lama von Anfang an ermutigt habe. Nun, mehrere Jahrzehnte später, könne er sich ein Leben ohne das Unterrichten von Yoga nicht mehr vorstellen. Das Feuer und der Wiederaufbau des Balkons hätten ihm die Gelegenheit geboten, ein neues Kapitel in der Geschichte des Studios aufzuschlagen.

Mit einem tibetischen Gebet segnete der Dalai Lama das Studio und alle Lebewesen, die sich darin befanden. Schlagartig veränderte sich die Atmosphäre im Raum. In dem Moment, in dem das Bewusstsein Seiner Heiligkeit das unsere berührte, spürte jeder von uns etwas Sakrales und Tiefes in sich.

Ludo reichte Seiner Heiligkeit eine Schere und bat ihn, das Band vor dem Balkon durchzuschneiden, was der Dalai Lama unter frenetischem Beifall auch tat. »Ich habe

Seiner Heiligkeit bereits von dem Brand erzählt. Und dass es ohne unsere kleine Swamini wahrscheinlich noch viel schlimmer gekommen wäre«, sagte Ludo.

»Sie ist auch da«, rief Sid, der vor mir saß.

»Wirklich?«

Sid und Serena traten beiseite, und plötzlich waren alle Augen auf mich gerichtet. Der Dalai Lama blickte mich mit aufrichtiger Liebe an. Dann warf er einen Blick auf die Fotografie des Lhasa Apso an der Wand, bevor er sich Ludo zuwandte. »Es freut mich sehr, dass sie den Weg zu dir zurückgefunden hat.«

Später an diesem Abend lag ich auf der Yakwolldecke zu Füßen Seiner Heiligkeit. Er saß im Bett und las. Ich sah zu ihm auf und dachte an seine Bemerkung über die Fotografie an der Wand des Yogastudios. Dann fiel mir mein Traum ein. Und ich erinnerte mich daran, dass mich Yogi Tarchin *kleine Schwester* genannt hatte, als er mich in Serenas Beisein erblickt hatte. In Sids und Serenas Gegenwart fühlte ich mich geborgen und wie zu Hause.

In den letzten sieben Wochen war ich zu mehreren Erkenntnissen über das Glück gelangt, die mein Leben verändert hatten. Und noch etwas hatte ich erfahren – etwas ebenso Unerwartetes wie Bedeutungsvolles und Herzerwärmendes. Ich hatte begriffen, wie tief ich mit den Menschen verbunden war, die mir am nächsten standen. Diese Verbindung ging weit über meine Vorstellungskraft hinaus. Ich hatte ganze Leben mit ihnen geteilt, auch wenn ich mich nicht unbedingt genauer daran erinnern konnte.

Der Dalai Lama sah lächelnd auf mich herab. Dann schloss er das Buch, nahm die Brille ab und legte sie vorsichtig auf den Nachttisch. Er beugte sich vor und streichelte mein Gesicht.

»Ja, kleine Schneelöwin, es ist kein Zufall, dass wir beide hier sind. Wir haben die Ursachen für unser Zusammensein selbst erschaffen. Und ich für meinen Teil bin darüber sehr, sehr glücklich.«

Ich für meinen Teil auch, dachte ich und schnurrte wohlig.

Seine Heiligkeit löschte das Licht.

Norte Grande
p143

Easter Island
(Rapa Nui)
p401

Norte Chico
p190

⭐ Santiago
p44

Middle Chile
p88

Sur Chico
p220

Chiloé
p277

Northern Patagonia
p297

Southern Patagonia
p338

Tierra del Fuego
p379

SANTIAGO'S BELLAVISTA
NEIGHBORHOOD P70

PARQUE NACIONAL
HUERQUEHUE P242

COLCHAGUA VALLEY P112

IGLESIA SAN FRANCISCO
DE CASTRO P289

Contents

AHU TONGARIKI P413

GEYSERS DEL TATIO P148

Contents

MUSEO NACIONAL DE
BELLAS ARTES P53

PHOTON-PHOTOS/GETTY IMAGES ©

GLACIER GREY P363

Welcome to Chile

Chile is nature on a colossal scale, but travel here is surprisingly easy if you don't rush it.

Meet a Land of Extremes

Preposterously thin and unreasonably long, Chile stretches from the belly of South America to its foot, reaching from the driest desert on earth to vast southern glacial fields. Diverse landscapes unfurl over a 4300km stretch: parched dunes, fertile valleys, volcanoes, ancient forests, massive glaciers and fjords. There's wonder in every detail and nature on a symphonic scale. For the traveler, it's mind-boggling to find this great wilderness so intact. The human quest for development could imperil these treasures sooner than we think. Yet for now, Chile guards some of the most pristine parts of our planet, and they shouldn't be missed.

Wine Culture

Before wine became an export commodity, humble casks had their place on every Chilean table and grandparents tended backyard orchards. Chile has become a worldwide producer catering to ever more sophisticated palates. Rich reds, crisp whites and floral rosés – there's a varietal that speaks to every occasion. But at home, it's different. Chileans embrace the concept of *la buena mesa*. This is not about fancy. Beyond a good meal, it's great company, the leisure of overlapping conversations with uncorkings, and the gaze that's met at the clink of two glasses. *¡Salud!*

Slow Adventure

In Chile, adventure is what happens on the way to having an adventure. Pedal the chunky gravel of the Carretera Austral and end up sharing a ferry with SUVs and ox-carts, or take a wrong turn and find heaven in an anonymous orchard. Serendipity takes over. Plans may be made, but try being just as open to experience. Locals never rush, so maybe you shouldn't either. 'Those who hurry waste their time,' is the Patagonian saying that would serve well as a traveler's mantra.

La Buena Onda

In Chile, close borders foster backyard intimacy – bookended by the Andes and the Pacific, the country averages just 175km wide. No wonder you start greeting the same faces. Pause and it starts to feel like home. You've landed at the end of the continent, and one thing that stands out at this final frontier is hospitality. *Buena onda* (good vibes) means putting forth a welcoming attitude. Patagonians share round upon round of *maté* tea. The ritual of relating and relaxing is so integral to the fabric of local life, it's hardly noticed. But they do say one thing: stay and let your guard down.

Why I Love Chile

By Carolyn McCarthy, Writer

I've worked in Chile as a hiking guide, documented pioneer life in Patagonia and return to spend part of each year in the south. For me, Chile has always meant nature as it should be, in so many places a tangled and vast wilderness unmarred by the human hand. You could spend a lifetime discovering its wonderful, wild places. Precious few of these places remain on the planet, yet they are fundamental to our well-being and survival.

For more about our writers, see p480

Above: Carretera Austral (p301)

Chile & Easter Island

0 500 km
0 300 miles

Easter Island (Rapa Nui)

0 4 km
0 2 miles

PACIFIC OCEAN

Anakena

Hanga Roa

109°30'W 109°20'W

27°10'S

Rano Raraku
Easter Island's quarry of giant heads (p413)

North Coast
Surfing in Iquique (p167) and Arica (p176)

El Tatio Geysers
The world's highest geyser field (p160)

Valle de la Luna
Magnificent desert landscapes (p159)

Elqui Valley
Poetry, pisco and pretty villages (p201)

Valparaíso
Steep graffiti-clad hills to explore (p89)

Santiago
Museums, fine dining and nightlife (p44)

BRAZIL

BOLIVIA

SUCRE

PARAGUAY

ASUNCIÓN

BRAZIL

URUGUAY

MONTEVIDEO

ARGENTINA

BUENOS AIRES

Trópico de Capricornio

Río Paraná

CORRIENTES

RESISTENCIA

SANTA FE

CÓRDOBA

TUCUMÁN

SALTA

SAN JUAN

MENDOZA

SANTIAGO

RANCAGUA

Curicó

Cordillera de los Andes

Los Andes

Coastal Cordillera

VALPARAÍSO

Viña del Mar

Ovalle

Vicuña

LA SERENA

COPIAPÓ

Ojos del Salado (6893m)

Volcán Llullaillaco (6720m)

ANTOFAGASTA

San Pedro de Atacama

El Tatio Geysers

Calama

Chuquicamata

Panamericana

IQUIQUE

ARICA

PACIFIC OCEAN

Archipiélago Juan Fernández

Isla Robinson Crusoe

Easter Island (3680km)

85°W 80°W 75°W 70°W 65°W 60°W 55°W

20°S 25°S 30°S 35°S

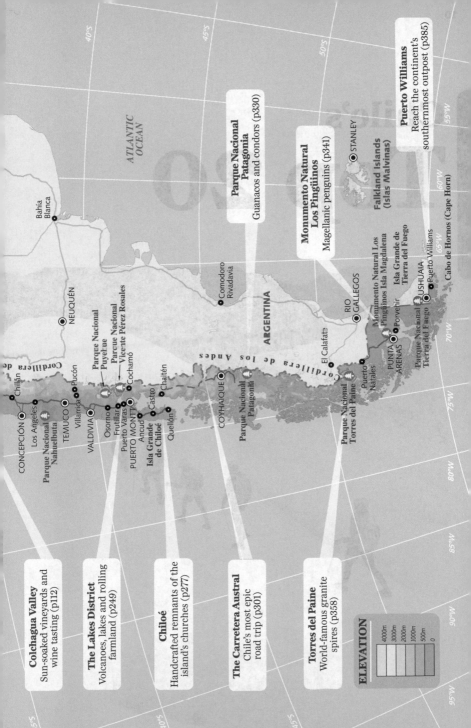

Colchagua Valley
Sun-soaked vineyards and wine tasting (p112)

The Lakes District
Volcanoes, lakes and rolling farmland (p249)

Chiloé
Handcrafted remnants of the island's churches (p277)

The Carretera Austral
Chile's most epic road trip (p301)

Torres del Paine
World-famous granite spires (p358)

Parque Nacional Patagonia
Guanacos and condors (p330)

Monumento Natural Los Pingüinos
Magellanic penguins (p341)

Puerto Williams
Reach the continent's southernmost outpost (p385)

Falkland Islands
(Islas Malvinas)

ATLANTIC OCEAN

ARGENTINA

Cordillera de los Andes

Bahía Blanca

NEUQUÉN

Comodoro Rivadavia

RIO GALLEGOS

El Calafate

Puerto Natales

Parque Nacional Torres del Paine

PUNTA ARENAS

Porvenir

Monumento Natural Los Pingüinos Isla Magdalena

Isla Grande de Tierra del Fuego

Parque Nacional Tierra del Fuego

USHUAIA

Puerto Williams

Cabo de Hornos (Cape Horn)

STANLEY

CONCEPCIÓN

Chillán

Los Ángeles

Parque Nacional Nahuelbuta

TEMUCO

Villarrica

Pucón

VALDIVIA

Osorno

Frutillar

Parque Nacional Puyehue

Parque Nacional Vicente Pérez Rosales

Cochamó

Puerto Varas

PUERTO MONTT

Ancud

Isla Grande de Chiloé

Castro

Chaitén

Quellón

COYHAIQUE

Parque Nacional Patagonia

ELEVATION

| 4000m |
| 3000m |
| 2000m |
| 1000m |
| 500m |
| 0 |

Chile's
Top 20

1

Parque Nacional Torres del Paine

1 Some rites of passage never lose their appeal, so strap on that heavy pack and hike through howling steppe and winding forests to behold these holiest-of-holy granite mountain spires. Las Torres may be the main attraction of its namesake park (p358), but this vast wilderness has much more to offer. Ice-trek the sculpted surface of Glacier Grey, explore the quiet backside of the circuit, kayak the calm Río Serrano or ascend Paso John Gardner for gaping views of the southern ice field.

Chasing Big-City Culture

2 Santiago (p44) is the center of the nation's cultural and intellectual universe. Dig the poetry of Pablo Neruda's home, La Chascona, a tribute to the surrealist's affection for the wild-haired lover who would become his third wife. Mainstream museums such as the Museo Nacional de Bellas Artes and the Museo de Arte Contemporáneo are worth popping into, before you widen your optics to discover the hard-charging underground arts scenes in Barrios Brasil, Lastarria and Bellas Artes. Below: Street art in Bellas Artes

Moai of Easter Island

3 The strikingly enigmatic *moai* (large anthropomorphic statues) are the most pervasive image of Easter Island (Rapa Nui). Dotted all around the island (p401), these massive carved figures stand on stone platforms, just like colossal puppets on a supernatural stage. They emanate mystical vibes and it is thought that they represent clan ancestors. The biggest question remains: how were these giant statues moved from where they were carved to their platforms? It's a never-ending debate among specialists.

North-Coast Surfing

4 Hit the potent tubes in northern Chile's duo of surf capitals, Iquique and Arica (p176). Surfers come in droves year-round for the consistent swell and a string of perfect gnarly reef breaks that break close to the desert shore. We're talking huge, hollow and nearly all left waves of board-breaking variety, especially in July and August when hard-core surfers storm the coast. But do bring booties and wetsuits – the shallow reefs are full of urchins and the water is cold, courtesy of the Humboldt Current. Below right: Surfing, Arica (p179)

PETO LASZLO/SHUTTERSTOCK ©

Churches of Chiloé

5 No matter how many European cathedrals, Buddhist monasteries or Islamic mosques you have seen, Chiloe's 16 wooden Unesco World Heritage–listed churches (p288) will be unlike any previously encountered. Each is an architectural marvel marrying European and indigenous design, and boasting unorthodox colors and construction. Built by Jesuit missionaries working to convert pagans to Catholicism, these 17th- and 18th-century cathedrals' survival mirrors the Chilote people's own uncanny resilience.

Wine Tasting

6 Big round cabernets and Carmeneres are the signature varietals of the Colchagua Valley (p112), a scorched parcel of earth that has become Chile's premier wine-tasting region. Oenophiles and gastronomes will be entranced by the epicurean delights of the valley's tony wineries, bistros and posh lodgings. For floral whites and mass-production reds, head just outside Santiago to visit the wineries of the Casablanca and Maipo Valleys, before traveling further south for a few heady but unpretentious reds in the Maule Valley.

Swooning over Valle de la Luna

7 See the desert don its surrealist cloak as you stand atop a giant sand dune, with the sun slipping below the horizon and multicolored hues bathing the sands, all with a backdrop of distant volcanoes and the rippling Cordillera de la Sal. In Valle de la Luna (p159), the moment the color show kicks in – intense purples, golds, pinks and yellows stretch as far as your eye can see – you'll forget the crowds around you, all squeezing in to catch sundown in the valley.

La Araucanía's National-Park Trifecta

8 Sur Chico (p220) boasts seven national parks, none more otherworldly than Reserva Nacional Malalcahuello-Nalcas and Parque Nacional Conguillío, whose charred desertscapes were born from volcanic eruptions, those of the volcanoes Lonquimay and Llaima among them. In ski season it's all powder bowls and blue skies. Then there's Parque Nacional Tolhuaca, flush with araucarias and intensely hued lagoons. This stunning trifecta – easily accessed via a base along the road to Lonquimay – is a microcosm of all that's beautiful about Sur Chico. Below: Parque Nacional Conguillío (p226)

PABLO DE SOUSA FOTOGRAFIA/SHUTTERSTOCK ©

GUAXINIM/SHUTTERSTOCK ©

Elqui Valley

9 Spend a few languid days in the lush Elqui Valley (p201) and you'll start to wax lyrical, or even channel the late Nobel Prize–winning poet Gabriela Mistral who grew up in these parts. Infused by poetry, pisco, pretty villages and star-sprinkled night skies, this is a wholesome land of spiritual retreats, ecofriendly inns, hilltop observatories and artisanal distilleries of the potent little grape. Sample food cooked solely by sun rays, get your aura cleaned, feast on herb-infused Andean fusion fare and ride the valley's mystic wave.

Above left: Vicuña (p201)

Skiing the Andes

10 The Chilean Andes are home to some of the best southern hemisphere skiing found on this powder-dusted planet. For steep slopes, expansive vistas, hot-tub parties and plenty of après-ski revelry, head to top resorts (p87) such as the all-in-one Portillo, budget-friendly El Colorado and the ritzy La Parva. Valle Nevado has expanded terrain with more than 7000 skiable acres. At Termas de Chillán you can take an after-ski dip in a hot-springs pool.

Top right: La Parva ski resort (p87)

Road-Tripping the Carretera Austral

11 Find out what adventures await on this 1240km romp through Andean backcountry dotted with parks and pioneer homesteads. The Carretera Austral (p301) is every wanderer's dream. It was created in the 1980s under the Pinochet regime, in an attempt to link the country's most isolated residents to the rest of Chile. Now, with nearly half the road paved and a ferry connection to Puerto Natales, it's more accessible than ever. If you have the time, offshoot roads to glaciers, seaside villages and mountain hamlets are worthy detours.

ART KOWALSKY/ALAMY ©

Santiago Dining & Nightlife

12 Santiago's avant-garde restaurants (p68) are taking South American fusion to new levels by combining old-school sensibilities with new-school flavors. For culinary forays, explore the pop-deco bistros of Bellavista, the sidewalk charmers in Lastarria and the high-falutin' eateries of Las Condes. Come night-time, you'll find raucous beer halls, decibel-piercing *discotecas*, candlelit poetry houses and just about anything else your inner Bacchus desires along the alleyways of party districts like Bellavista, Bellas Artes and Lastarria.

Parque Nacional Patagonia

13 Dubbed the Serengeti of the Southern Cone, this new park (p330) is the best place to spot amazing Patagonian wildlife such as guanacos, condors and flamingos. Once a down-and-out cattle and sheep ranch, its meticulous restoration has made it a model park worthy of worldwide recognition. Put aside a few days to take the trails to turquoise lagoons, undulating steppe and ridgetops, or just watch wildlife along the main road that climbs to the border of Argentina near Ruta 40.

El Tatio Geysers

14 Dress warmly and catch daybreak on a frigid walk through the gurgling geysers, gnarly craters and gassy fuma-roles of El Tatio (p160), the world's highest geyser field ringed by pointy volcanoes and mighty mountains at 4300m above sea level. Hear this giant steam bath hiss, groan, spit and grumble as it shoots up white-vapor jets of steam, while the sun rises over the surrounding cordillera and bathes it in a sudden and surreal splash of red, violet, green, chartreuse and blue.

14

Puerto Williams, the Southernmost Spot

15 At the Americas' southernmost outpost, yachties trade tales and wilderness looms larger than life. Part of the appeal is getting there, which means crossing the Beagle Channel. As villages go, Puerto Williams is the kind of place where people know your name within days of your arrival. For adventure, take the two-day ferry from Punta Arenas, with views of tumbling glaciers, or hike the Dientes de Navarino circuit (p385), a five-day walk through wild high country fringed by razor-faced peaks.

IVANKONAR/SHUTTERSTOCK ©

15

Rano Raraku

16 Chances are that you've never seen a quarry quite like this one. The volcano of Rano Raraku (p413), known as 'the nursery', supplied the hard stuff that *moai* were shaped from. It's like wandering back into early Polynesian times as you walk among the partially carved *moai* dotting the southern slopes of the volcano. Make it all the way to the top for an awe-inspiring 360-degree view. Within the crater, there are a number of standing *moai* and a shimmering lagoon.

The Lakes District

17 Don't judge a district by its name. The Lakes District (Los Lagos) only tells part of the story. While turquoise, blue and green glacial lakes dominate the landscape, they're not the only attraction. Play on towering, perfectly conal, snowcapped volcanoes. Visit charming lakeside hamlets such as Frutillar. Admire the green umbrella of parks like Parque Nacional Huerquehue. A long list of outdoor adventures and a unique, German-influenced Latin culture make for a cinematic region (p249). Below: Parque Nacional Huerquehue (p242)

Hills of Valparaíso

18 Generations of poets, artists, philosophers and shanty-singing dockworkers have been inspired by the steep technicolor *cerros* (hills) of Valparaíso (p89). A maze of winding paths leads you to some of the nation's best street art, remarkable views and a patchwork of dilapidated tin homes that whisper inspiration at every turn. A renaissance is bringing revived architecture, boutique hotels and amazing restaurants to a town whose soul is encapsulated by its syncopated cityscape, arching views, never-ceasing breeze and rumble-and-tumble docks.

Monumento Natural Los Pingüinos

19 Every year, 60,000 Magellanic penguin couples convene just off the coast of Punta Arenas on Isla Magdalena (p341). Take a fast boat or ferry from the city to have a look at this enormous, squawking colony. Watching them as they waddle around, guard their nests, feed their fluffy, oversized offspring and turn a curious eye toward you makes for a great outing. There's also a historic lighthouse-turned-visitor center worth exploring. The penguins reside on the island from October to March.

Isla Robinson Crusoe

20 Little visited and hard to get to, Isla Robinson Crusoe in the Archipiélago Juan Fernández (p138) is one of the most beautiful and strange places you will see in Chile. For history lovers it's a dream destination: Alexander Selkirk, the inspiration for the fictional Robinson Crusoe, spent lonely years here as a castaway. It was also a stop for 17th- and 18th-century pirates. Today's visitors enjoy fantastic hiking, lobster dinners and scuba diving with the endemic Juan Fernández fur seals.

Need to Know

For more information, see Survival Guide (p445)

Currency
Chilean peso (CH$)

Language
Spanish

Visas
Generally not required for stays of up to 90 days. Australian citizens must pay a US$117 'reciprocity fee' when arriving by air.

Money
ATMs are widely available, except along the Carretera Austral. Credit cards are accepted at higher-end hotels, some restaurants and shops. Traveler's checks are not widely accepted.

Mobile Phones
Local SIM cards are cheap and widely available, for use with unlocked GSM 850/1900 phones. There's 3G or 4G access in urban centers.

Time
UTC-3 (GMT minus four hours; GMT minus three hours during daylight savings, usually October to May).

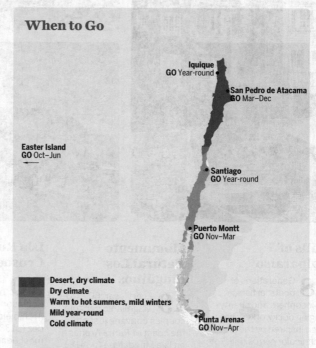

When to Go

Iquique
GO Year-round

San Pedro de Atacama
GO Mar–Dec

Easter Island
GO Oct–Jun

Santiago
GO Year-round

Puerto Montt
GO Nov–Mar

- Desert, dry climate
- Dry climate
- Warm to hot summers, mild winters
- Mild year-round
- Cold climate

Punta Arenas
GO Nov–Apr

High Season
(Nov–Feb)

➡ Patagonia is best (and most expensive) December to February.

➡ Beaches throng with crowds from late December through January.

Shoulder (Sep–Nov & Mar–May)

➡ Temperature-wise, these are the best times to visit Santiago.

➡ Lakes District is pleasant September to November; April brings fall foliage in the south.

➡ Wine country has grape harvests and wine festivals in March.

Low Season
(Jun–Aug)

➡ Best time for ski resorts is June to August.

➡ A good time to visit the north.

➡ Few services on the Carretera Austral; mountain passes can be blocked by snow.

➡ Transportation and accommodations are busy in July.

Useful Websites

Lonely Planet (www.lonely planet.com/chile) Destination information, hotel bookings, traveler forum and more.

Sernatur (www.chile.travel/en.html) The national tourism organization, in English, Spanish and French.

Santiago Times (www.santiago times.cl) Online newspaper in English with national coverage.

Visit Chile (www.visitchile.com) General tourist information.

Important Numbers

Country Code	☑56
International Access Code	three-digit carrier + ☑0
Directory Assistance	☑103
National Tourist Information (in Santiago)	☑562-731-8310
Police	☑133

Exchange Rates

Australia	A$1	CH$475
Canada	C$1	CH$485
Euro zone	€1	CH$731
Japan	¥100	CH$540
New Zealand	NZ$1	CH$431
UK	UK£1	CH$824
US	US$1	CH$606

For current exchange rates see www.xe.com.

Daily Costs

Budget: Less than CH$65,000

➜ Inexpensive *hospedaje* room/dorm bed: CH$10,000

➜ Budget-restaurant dinner main: CH$5000

➜ Three-course set lunch: CH$4000–7000

Midrange: CH$65,000–80,000

➜ Double room in midrange hotel or B&B: CH$50,000

➜ Midrange-restaurant dinner main: CH$8000

➜ Car rentals: start at CH$20,000 per day

Top End: More than CH$80,000

➜ Double room in top-end hotel: CH$80,000

➜ Fine-restaurant dinner main: CH$14,000

➜ All-day guided outdoor adventures: CH$30,000–65,000

Opening Hours

Hours given are generally for high season. In many provincial cities and towns, restaurants and services are closed on Sunday and tourist offices close in low season.

Banks 9am–2pm weekdays, sometimes 10am–1pm Saturday

Government offices & businesses 9am–6pm weekdays

Museums Often close Monday

Post Offices 9am–6pm Monday to Friday, to noon Saturday

Restaurants Noon–11pm, many close 4pm–7pm

Shops 10am–8pm, some close 1pm–3pm

Arriving in Chile

Aeropuerto Internacional Arturo Merino Benítez (Santiago) There are frequent shuttle connections to downtown Santiago hotels (40 minutes, CH$7000). You can also catch a local bus (one hour to downtown, then transfer to the metro or Transantiago bus; CH$1700) or taxi (CH$18,000).

Getting Around

Traveling Chile from head to tail is easy, with a constant procession of flights and buses connecting cities up and down the country. What is less convenient is the service east to west, and south of Puerto Montt, where the country turns into a labyrinth of fjords, glaciers and mountains. However, routes are improving. Drivers are generally courteous and orderly. Toll highways are common.

Air A worthwhile time saver for long distances, with economical regional deals sold in-country.

Bus The best way to get around Chile: frequent, comfortable and reasonably priced, with service to towns throughout the country. Less useful for parks access.

Car Renting your own wheels can help to better explore remote regions like Patagonia.

Train Limited. A few lines can be useful for travelers in Central Chile.

For much more on **getting around**, see p455

If You Like...

Urban Exploration

Life spills into the streets with pop-up graffiti murals, sprawling food markets, narrow winding staircases and leafy museum neighborhoods in the vibrant Chilean cities of Santiago and Valparaíso.

La Vega Central Vendors hawk a feast of ripe figs, avocados and chirimoyas. Nearby Mercado Central dishes up seafood lunches. (p56)

Santiago museums Classic Museo Chileno de Arte Precolombino contrasts with funky Museo de Arte Contemporáneo and fashion-forward Museo de la Moda. (p44)

Graffiti art Compelling graffiti murals flank the alleys and steep staircases of Valparaíso, making any stroll an exploration. (p89)

Night cycling At sunset the air cools, traffic eases and Santiago lights up – the witching hour for touring. (p63)

Centro Gabriela Mistral Grab the cultural pulse at Santiago's cutting-edge performing-arts center. (p53)

Barrio Recoleta Get off the beaten path and sample an authentic neighborhood with great ethnic eats. (p56)

Hiking

Chile has 4000km of mountains bumping down its spine. From desert to temperate rainforest, trails are everywhere, so expand your itinerary to include a lesser-known route. You won't regret it.

Putre Ideal base camp for high-altitude desert treks, less crowded than San Pedro de Atacama. (p186)

Siete Tazas Near wine country, a clear river drops through seven pools carved of black basalt. (p119)

Río Cochamó Valley A pristine valley of waterfalls, granite panoramas and well-marked trails, though the mud is infamous. (p268)

Cerro Castillo In the heart of Patagonia, trekking around this cathedral peak provides a top-notch four-day adventure. (p320)

Reserva Nacional Lago Jeinimeini Stunning contrasts, from tough backpacking over mountain passes to short hikes to rock art. (p326)

Animal Encounters

Andean condors soar the peaks, and the cold Humboldt Current means abundant marine life, from sea lions to migrating blue whales. Chile hosts a variety of camelids, diverse bird species and the huemul, an endangered national symbol.

Lago Chungará Teeming with birdlife, including the flamboyant Chilean flamingo, this surreal mirror lake sits high in the altiplano. (p188)

Reserva Nacional Las Vicuñas Over 20,000 of the park's namesake camelids roam this high desert reserve surrounded by sky-hugging volcanoes. (p189)

Chiloé Both Magellanic and Humboldt penguins nest near Ancud; pudú and avian life inhabit Parque Tantauco. (p277)

Parque Nacional Patagonia From guanaco, fox and condor to elusive puma and huemul, a treasure of Patagonian wildlife. (p330)

Food & Nightlife

In agricultural Chile, food is all about freshness, from amazing seafood to local wines and California-style produce. Nightlife ranges from rustic to sophisticated, hitting its apogee in the capital.

San Pedro de Atacama Take a tour of the night sky in one

Top: Valle de la Luna (p159)

Bottom: Rano Kau (p412)

of the world's best spots for stargazing. (p146)

Santiago Contempo stylings and bold South American fusions ignite the restaurant scene at places like Peumayen and Étniko. (p44)

Lakes District Beyond German staples, *asados* (barbecues) feature natural local beef, berry pies and organic summer salad. (p249)

Santiago neighborhoods Revelers light up the night in the party-till-you-drop dance halls of Bellavista and Lastarria's upscale sidewalk cafes. (p44)

Patagonia *Cocinas custombristas* feature kitchens of grandmas stirring up fresh seafood concoctions. (p338)

Memorable Landscapes

Potent scenery is not hard to find in Chile, where the climate ranges from parched desert to glacial peaks.

Atacama Desert Red rock canyons, cactus scrub and copper mountains give contrast to the piercing blue sky. (p146)

Archipelago of Chiloé From western cliffs to eastern inlets pocked with stilt houses, these green isles feed the imagination. (p277)

Lakes District Rolling, rainsoaked countryside marked by dozens of deep-blue lakes and snowcapped volcanoes that stand sentinel. (p249)

Patagonian Andes The Andes range reaches its dramatic crescendo in the deepest south. (p358)

Rano Kau Among the South Pacific's most striking landscapes, this crater lake overlooks the vast cobalt ocean. (p412)

Tierra del Fuego Both rugged and mystical, a last-frontier destination of remote isles and wind-sculpted landscapes. (p379)

Remote Getaways

Over 90% of Chile's population is concentrated in its middle. Escape in any direction, from the Atacama to remote Carretera Austral and barren Tierra del Fuego. Or visit Easter Island, the remotest Pacific isle.

Belén precordillera Off the beaten path, visit ancient pictographs, old colonial churches and lovely landscapes. (p183)

North coast of Easter Island This eerie stretch north of Ahu Tahai passes towering *moai* and climbs grassy hills to the Pacific. (p412)

Raul Marín Balmaceda With overgrown ferns and streets of sand, this lost village is surrounded by otters, dolphins and sea lions. (p311)

Caleta Cóndor An isolated, postcard-worthy paradise along a protected stretch of hard-to-reach indigenous coastline near Osorno. (p250)

Wine Country

Flanked by colonial bodegas, a Pacific breeze and the dazzling backdrop of the Andes, wine never tasted so good.

Ruta del Vino Link up with local experts around Santa Cruz touring the powerhouse wine region

responsible for Chile's best reds. (p115)

Lapostolle winery A posh and lovely setting to acquaint yourself with Chile's richest terroir. (p113)

Casablanca Valley A hub of excellent cool-climate winemaking and a quick getaway from Santiago. (p106)

Museo de Colchagua Don't miss 'El Gran Rescate,' an exhibit on the daring rescue of the 33 miners. (p113)

Emiliana winery Make your tasting dessert with the chocolate and wine pairings at this organic winemaker. (p106)

Living History

Take a break from museums. Outdoors you can explore history that persists in coastal battleships, on pioneer trails and in Chilote villages still using their ancestral inventions.

Humberstone This whole nitrate boomtown gone ghost city whets the traveler's imagination. (p174)

Ascensor Concepción Relive Valparaíso's glory days climbing above the city on its oldest cable-car elevator. (p94)

Orongo Ceremonial Village This ancient village places you in the geographical heart of Easter Island's strange bird-cult culture. (p412)

Lago Llanquihue Historic German villages confound Latin sensibilities with unique architecture and German sweets. (p256)

Mina San José Tour the site where trapped miners survived 69 days, guided by one of the original 33. (p211)

Iquique Board the old naval ship *Esmeralda,* a famous warship with a dark role in the dictatorship. (p167)

Northern Patagonia Ride the well-worn trails first forged by Patagonian pioneers around Palena and Futaleufú. (p306)

Pure Adrenaline

With high-quality outfitters, wild geography and pristine settings, Chile is a natural playground for adventure sports. Mountaineers, kitesurfers and backcountry skiers should bring their own equipment.

Skiing and snowboarding Chile's top ski resorts include Valle Nevado, Portillo and hot-springs mecca Nevados de Chillán. (p87)

Glacier treks Scramble up Torres del Paine's Glacier Grey, Glaciar San Rafael or remote glaciers on the Carretera Austral. (p358)

Surfing Ride famous waves at Pichilemu or Iquique, or discover the quiet surf-shack style of Buchupureo. (p115)

Rafting and kayaking Paddle Cajón de Maipo near Santiago, Puerto Varas' Río Petrohué or the world-class Futaleufú. (p306)

Sand-boarding Sample this relatively new sport in San Pedro de Atacama and Iquique. (p146)

Month by Month

TOP EVENTS

New Year's Eve in Valparaíso, December

Fiestas Patrias, September

Carnaval Ginga, February

Campeonato Nacional de Rodeo, April

Tapati Rapa Nui, February

January

It's summer peak season and Chileans start flocking to beaches. Annual celebrations break out in every Chilean town and city with live music, special feasts and fireworks. It's also high season in Patagonia.

🎭 Brotes de Chile

One of Chile's biggest folk festivals takes place in the second week of January and includes traditional dances, food and crafts in Angol.

🎭 Muestra Cultural Mapuche

Six days of all things Mapuche in Villarrica, including artisans, indigenous music, foods and ritual dance.

🏃 Ruta del Huemul

Held the last week in January, this two-day, hundred-person community hike traverses Reserva Nacional Tamango near Cochrane. Reserve ahead in order to participate.

🎭 Santiago a Mil

Latin America's biggest theater festival (www.stgoamil.cl) brings acts to the streets of Santiago, as well as international works, emerging theater and acrobats.

☆ Semanas Musicales

All month, prestigious international acts ranging from classical to hip-hop come south to perform in Frutillar's stunning Teatro de Frutillar (www.semanas musicales.cl), with sublime lake and volcano views.

February

February is Chileans' favorite month to vacation. With unrelenting heat from the north to Santiago, people flock south, particularly to Pucón and the Lakes District. Beaches fill and Santiago nightlife transplants to Viña del Mar and Valparaíso.

🎭 Carnaval

Putre puts out highland merriment and flour bombs, ending with the burning of the *momo* – a figure symbolizing the frivolity of Carnaval.

🎭 Carnaval Ginga

Held in Arica in mid-February, this festival features the musical skills of regional *comparsas* (traditional dancing groups).

🎭 Festival Costumbrista

Castro struts Chiloé's distinctive folk music and dance, plying revelers with heaps of traditional foods in mid-February.

☆ Festival Internacional de la Canción

This fancy star-studded concert series held in Viña del Mar showcases top names in Latin American pop.

🎭 Fiesta de la Candelaria

A religious festival in early February, most fervently celebrated in Copiapó, where thousands of pilgrims and dancers converge.

🎭 Tapati Rapa Nui

The premier festival on Easter Island is an incredibly

colorful event that keeps the party going for two weeks, with a series of dance, music and cultural contests.

March

A great month to travel. As fall moves in, summer crowds disperse. Though all of Chile cools a bit, usually Southern Patagonia is still dry and less windy, with great hiking weather. The central valley's grape harvest begins.

🎊 Fiesta de la Vendimia

Santa Cruz celebrates the grape harvest with stands from local wineries in the plaza, a harvest queen, songs and folk dancing.

☆ Lollapalooza Chile

Chile rocks this international edition (www.lollapaloozacl.com), with 60 bands playing Santiago's Parque O'Higgins; kids get their hair punked at the adjoining Kidsapalooza.

April

Bright reds and yellows highlight the forests of Northern Patagonia, though rain will come any day. The south is clearing out, but you might get lucky with decent hiking weather. Santiago and the central valley enjoy still-pleasant temperatures.

☆ Campeonato Nacional de Rodeo

In Rancagua in April, the National Rodeo Championship features feasting, *cueca*

Top: Tapati Rapa Nui (p406), Easter Island

Bottom: Carnaval (p150), San Pedro de Atacama

(a playful, handkerchief-waving dance that imitates the courtship of a rooster and hen) and, most importantly, Chilean cowboys showing off their fancy horse skills.

June

Winter begins. With days at their shortest, nightlife and cultural events pick up. The world-class ski resorts around Santiago start gearing up and it's a good time to visit the desert.

☆☆ Festival de la Lluvia

Why not celebrate what's most plentiful in a Lakes District winter – rain? This cheeky week of free events in Puerto Varas includes a parade of decorated umbrellas and live music.

☆☆ Fiesta de San Pedro y San Pablo

In San Pedro de Atacama, folk-dancing groups, a rodeo and solemn processions mark this animated religious festival.

July

Chilean winter vacation means family travel is in full swing. Ski resorts are up and running and those who brave Patagonia will find lovely winter landscapes without the infamous wind of summer.

☆☆ Carnaval de Invierno

Punta Arenas gets through the longest nights with fireworks, music and parades in late July.

☆☆ Festival de la Virgen del Carmen

Some 40,000 pilgrims pay homage to Chile's virgin with lots of street dancing, curly-horned devil masks with flashing eyes and spangly cloaks. Held in La Tirana in mid-July.

August

August represents the tail end of the ski season and cheaper lodgings in holiday destinations, now that school vacation is over. In the south, winter rains begin to taper off.

☆☆ Festival de Jazz de Ñuñoa

Held in late August, this free winter jazz fest brings together Chile's best jazz acts for a weekend of music.

☆☆ Fiesta de Santa Rosa de Lima

A huge Catholic celebration of the criollo saint with a colorful street procession, held August 30.

September

Spring comes to Santiago, with mild, sunny days. Though low season, it's not a bad time to travel. Everything closes and people get boisterous the week of the national holiday.

☆☆ Fiestas Patrias

Chilean Independence is feted during Fiestas Patrias (week of September 18), with a week of big barbecues, *terremotos* (potent wine punch) and merrymaking all over Chile.

October

October is a fine time to travel, with spring flowers blossoming in both northern and central Chile.

☆☆ Oktoberfest

Join the swillers and oom-pah bands in Puerto Varas and Valdivia for live music in lederhosen and beer festivals.

November

Chile's south is in full bloom though the weather is still crisp. It's a good time to visit the beach resorts and Patagonia; the crowds and high prices are still a month or so away.

☐ Feria Internacional de Artesania

Weavers, potters and artisans show off Chile's best traditional crafts at a huge fair in Providencia's Parque Bustamante.

December

Summer begins and services return to the Carretera Austral. It's still quiet but an ideal time for outdoor activities in the Lakes District and Patagonia.

☆☆ New Year's Eve

December 31 means the year's biggest bash in Valparaíso, where revelers fill open balconies and streets to dance, drink and watch fireworks on the bay.

Itineraries

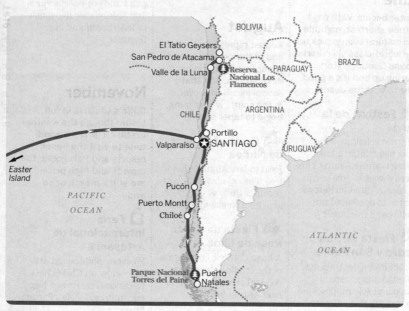

BOLIVIA

El Tatio Geysers
San Pedro de Atacama
Valle de la Luna
Reserva Nacional Los Flamencos

PARAGUAY

BRAZIL

CHILE

ARGENTINA

Portillo
Valparaíso
★ SANTIAGO

URUGUAY

Easter Island

PACIFIC OCEAN

Pucón
Puerto Montt
Chiloé

ATLANTIC OCEAN

Parque Nacional Torres del Paine
Puerto Natales

Best of Chile

Skate through Chile's amazing diversity in one month. From **Santiago**, feed your imagination exploring boho **Valparaíso**. In winter hit nearby powder stashes at top Andean resorts like **Portillo**.

Then turn up the dial with desert heat. Fly or bus to the highland village of **San Pedro de Atacama**. Absorb altiplano ambience visiting the moonlike **Valle de la Luna**, the steaming and strange **El Tatio Geysers** and the stark **Reserva Nacional Los Flamencos**. Wind up days of hiking, horseback riding or volcano climbing with mellow evening bonfires and star-stocked skies. Or skip the desert to hop a plane to **Easter Island (Rapa Nui)** and puzzle over its archaeological treasures for five days.

Head south to delve into temperate rainforest in **Pucón**, where rafting, hiking and hot springs fill up your Lakes District dance card. From **Puerto Montt**, detour to folklore capital **Chiloé**, or cruise on a four-day ferry ride through glacier-laced fjords to **Puerto Natales**. By now you are probably in top shape for **Parque Nacional Torres del Paine**. Take three days to a week at this world-famous hiking destination.

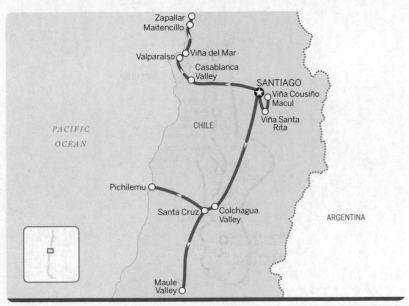

2 WEEKS La Capital & Wine Country

Explore Chile's vibrant wine scene with urban vinotecas and vineyards in the shadow of the Andes.

In **Santiago**, stroll around the historic center, break for a seafood lunch in the clamoring Mercado Central and tour La Chascona, Pablo Neruda's home. Sip champagne at Bocanáriz or catch experimental dance at the Centro Gabriela Mistral.

Big-bodied reds are crafted in Santiago's outskirts; in the Maipo valley, visit the wineries at **Viña Santa Rita** and **Viña Cousiño Macul**. Sample the whites of **Casablanca Valley**, where aspiring pickers can join Viña Casas del Bosque's March harvest. Tren Sabores del Valle offers train service from Santiago to Santa Cruz with wine tastings.

On to funky **Valparaíso** to roam steep hills and ride antique elevators. Admire open-air graffiti, step into Neruda's La Sebastiana getaway and feast on freshly caught fish. Then hit nearby resort cities **Viña del Mar**, **Zapallar** or **Maitencillo** for a quick beach getaway.

Finish in Chile's best-known wine region, **Colchagua Valley**. Overnight in **Santa Cruz** with a morning visit to the Museo de Colchagua before a carriage ride at Viu Manent, or a world-class prix-fixe lunch at Lapostolle. Surf in relaxed **Pichilemu** or visit the lesser-known wineries of **Maule Valley**.

Pioneer Patagonia

(4 WEEKS)

If you wish to travel only back roads, if you desire getting dirty, almost lost and awe-inspired, look no further than this four-week plan. Following the Carretera Austral, this route crisscrosses its little-known offshoots and gives you plenty of time on the hoof. Summer, with better connections and warm weather, is the best time to go.

From **Puerto Montt**, ferry to **Parque Nacional Pumalín** and explore ancient forests and climb to the steaming crater of Volcán Chaitén. Ramble the Carretera Austral to **Futaleufú**, for stunning rural vistas and heart-pumping white water. Check out the hot-springs options near **Puyuhuapi** or camp under the hanging glacier at **Parque Nacional Queulat**.

Coyhaique is the next major hub. After making connections to **Chile Chico** on the enormous Lago General Carrera, hop the border to **Los Antiguos** and travel Argentina's classic Ruta 40 to **El Chaltén** for hiking around the gnarled tooth of Cerro Fitz Roy. Take two days to visit **El Calafate**, spending one under the spell of the magnificent glacier Perito Moreno in the **Parque Nacional Los Glaciares**. While you're there, feast on giant steaks and bottles of peppery Malbec.

From El Calafate it's an easy bus connection to **Parque Nacional Torres del Paine** via **Puerto Natales**. Hike the 'W' route or go for the full weeklong circuit. By now you're in prime hiking shape – enjoy passing others on the trail. Return to Natales for post-trek pampering, namely hand-crafted beer, hot tubs and thin-crust pizza. With time, return to Puerto Montt via the Navimag ferry.

With an extra week, an alternative route would be to skip Chile Chico and follow the Carretera Austral to its southern terminus. Spend a few days hiking in **Parque Nacional Patagonia**, a new world-class park, refuge to scores of guanaco, puma and condors. Reach **Villa O'Higgins** and the end of the road to fish, hike and ferry to the O'Higgins glacier on the southern ice field. From here, a rugged boating and hiking combination can get you across the border to El Chaltén.

Top: Valle de la Luna
(p159)
Bottom: Putre (p186)

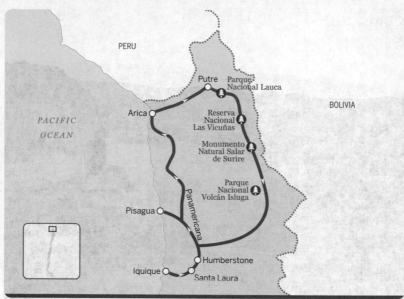

 Desert Solitaire

How about a few days sleeping under star-crazy skies and following condor shadows along desert mountaintops? You'll need a 4WD and plenty of food, water and extra gas.

Start with a surfboard in **Iquique** to sample the swells of Playa Cavancha and Playa Huaiquique, then jump off a cliff on a tandem paragliding jaunt. With the adrenaline rush in place, slow things down with a contemplative wander around nitrate ghost towns **Santa Laura** and **Humberstone**, where you can poke around the creepy abandoned buildings of these once-flourishing spots and explore their crumbling grandeur.

Head north, with an optional stop in the isolated coastal town of **Pisagua**, once a bustling nitrate-era port, then a penal colony and today a nearly abandoned and strangely lyrical place where algae gatherers work alongside the ruins of busted mansions; don't miss the windswept old cemetery sloping forlorn on a nearby hill.

Cheer up in sunny **Arica**, where plenty of surf awaits below the dramatic headland of El Morro and remarkably preserved Chinchorro mummies lie in situ at the small museum just below the hill. From the coast, head inland via Hwy 11, passing geoglyphs, colonial chapels and misty mountain hamlets, to the pretty Andean village of **Putre**. Take a day or two here to catch your breath, literally, as Putre sits at a dizzying altitude of 3530m.

Once you've adjusted to the height, head to nearby **Parque Nacional Lauca**, where you can take in the perfect cone of Volcán Parinacota, wander through the tiny Aymara village with the same name and walk around the lovely Lago Chungará, all paired with awesome wildlife sightings in this Unesco Biosphere Reserve.

Further south, the remote **Reserva Nacional Las Vicuñas** shelters thousands of these flighty creatures and few interlopers to spook them, so go easy. Heading south on tough terrain past dazzling landscapes and through the isolated salt flat of **Monumento Natural Salar de Surire** with its three flamingo species (best seen between December and April), your reward for an adventurous ride is reaching the ultra-removed **Parque Nacional Volcán Isluga**, before looping back to Iquique.

Kayaking, Futaleufú (p306)

Plan Your Trip

Chile Outdoors

From the parched Atacama Desert to temperate rainforest and the glacier-studded south, Chile's dazzling geography is seemingly made for active vacations. The possibilities are only limited by the time at hand. Plan carefully for seasonal changes and equipment needs, seek expert advice and this world is your oyster.

Chile's Biggest Thrills

Hiking Valle Francés (p358)
In Torres del Paine, this lesser-known panorama rimmed by steep summits inspires awe.

Climbing a Volcano (p214)
Chile's Ojos del Salado is the highest volcano in the world, but dozens more are well equipped for exploration.

Exploring the Atacama (p146)
Scale massive dunes, admire geoglyphs and question the shimmering visions of oases.

Surfing Pichilemu (p115)
Punta de Lobos is considered a perfect left break.

Powder Day at Portillo (p110)
Steep and deep terrain is the delight of boarders and skiers.

Diving off Easter Island (p412)
The water around stunning sea stack Motu Kao Kao boasts 60m visibility.

Cycling the Carretera Austral (p316)
Every summer, more cyclists take up the challenge of this epic journey.

Hiking & Trekking

The sublime Torres del Paine is one of the continent's most beloved hiking destinations, graced by glaciers, gemstone lakes and the world-famous granite spires. The park has good public access, *refugios* (huts) and campsites that allow for multiday treks. To combat overcrowding, new regulations require reservations for all camping and lodgings on the 'W' and Paine Circuit hikes. For awe-inspiring isolation, Tierra del Fuego's Dientes de Navarino hiking circuit is also stunning but harder to access.

The Lakes District abounds with trails and tantalizing terrain. Within the northern corner of Patagonia, Parque Pumalín also has great day hikes; a highlight is

hiking to the crater overlook of steaming Volcan Chaitén.

Santiago's worthwhile city escapes include nearby Monumento Natural El Morado or Parque Nacional La Campana. Reserva Nacional Altos de Lircay, in Chile's middle, has a great backcountry circuit. In the north, desert oasis San Pedro de Atacama has a number of intriguing hikes, as does Parque Nacional Lauca. Fly to the Pacific to hike Parque Nacional Juan Fernández or Easter Island.

Opportunities are not limited to the national parks: check out the Sendero de Chile and opportunities for rural community tourism in the south. Horse-packing is offered in many rural areas. Private reserves, such as Chiloé's Parque Tantauco and El Mirador de Chepú, as well as new Parque Nacional Patagonia near Cochrane and others, are preserving topnotch destinations.

Some regional Conaf offices have reasonable trail maps; the SIG Patagon, Trekking in Chile and JLM maps also have trail indicators on the more specific touristoriented maps.

The comprehensive Trekking in Chile App (www.fundaciontrekkingchile.cl/programasturismoemocional/trekking chile-app) works offline.

Mountaineering & Climbing

Prime mountaineering and ice-climbing territory, Chile has hundreds of peaks to choose from, including 50 active volcanoes. They range from the picture-perfect cone of dormant Parinacota in the northern altiplano to the challenging trek up Ojos del Salado.

A charm bracelet of lower volcanic cones rises through La Araucanía and the Lakes District and Torres del Paine. Popular climbs here include Volcán Osorno, which has summit ice caves. Ice climbers can look into the Loma Larga and Plomo massifs, just a few hours from Santiago.

Climbers intending to scale border peaks such as the Pallachatas or Ojos del Salado must have permission from Chile's **Dirección de Fronteras y Límites** (Difrol; Map p48; ☏2-2671-4110; www.difrol.cl; Bandera 52, 4th fl, Santiago). Climbers can request permission prior to arriving in Chile via a request form on the agency's website.

For more information, contact the **Federación de Andinismo** (Feach; Map p48; ☎2-2222-0888; www.feach.cl; Almirante Simpson 77, Providencia, Santiago; ⊙10am-2pm & 3-8pm Mon-Fri; ⒨Baquedano).

For detailed stats, route descriptions and inspirational photos, visit www.escalando.cl.

Skiing & Snowboarding

Powder junkies rejoice. World-class resorts in the Chilean Andes offer myriad possibilities for skiing, snowboarding and even heli-skiing. Don't expect too many bargains; resorts are priced to match their quality. 'First descents' of Chilean Patagonia's numerous mountains is a growing (but limited) trend.

Most resorts are within an hour's drive of Santiago, including a wide variety of runs at family-oriented La Parva, all-levels El Colorado and Valle Nevado, with a lot of terrain and renowned heli-skiing. Legendary Portillo, the site of several downhill speed records and the summer training base for many of the northern hemisphere's top skiers, is northeast of Santiago near the Argentine border crossing to Mendoza.

Termas de Chillán, just east of Chillán, is a more laid-back spot with several beginners' slopes, while Parque Nacional Villarrica, near the resort town of Pucón, has the added thrill of skiing on a smoking volcano (the resort may still be temporar-

Surfing, Pichilemu (p116)

ily closed due to an eruption in 2015). On Volcán Lonquimay, Corralco has great novice and expert terrain, as well as excellent backcountry access. Volcanoes Osorno and Antillanca, east of Osorno, have open terrain with incredible views and a family atmosphere. These southern resorts are often close to hot springs, a godsend after a hard day of descents. Coyhaique has its own small resort, while Punta Arenas offers an ocean view, if little challenge.

RESPONSIBLE TREKKING

➡ Exercise caution with campfires on the windy Patagonian steppe.

➡ Cook on a camp stove (not an open fire) and dispose of butane cartridges responsibly.

➡ Carry out all rubbish.

➡ Where there is no toilet, bury human waste. Dig a small hole 15cm deep and at least 100m from any watercourse. Cover the waste with soil and a rock. Pack out toilet paper.

➡ Wash with biodegradable soap at least 50m away from any watercourses.

➡ Do not feed the wildlife.

➡ Trails can pass through private property. Ask permission before entering and leave all livestock gates as you found them.

Bicycling, Carretera Austral (p301)

Ski season runs from June to October, though snowfall in the south is less consistent. Santiago has some rental shops; otherwise resorts rent full packages.

A good website to gather general information is www.andesweb.com, with photo essays, reviews and trail maps.

Cycling & Mountain Biking

From a leisurely ride around the lakes to bombing down still-smoking volcanoes, Chile's two-wheel options keep growing. A favorite mountain-biking destination in the north is San Pedro de Atacama. Fabulous trips in the Lakes District access pristine areas with limited public transportation. The new bike lane around Lago Llanquihue is very popular, as is the Ojos de Caburgua loop near Pucón. The long, challenging, but extremely rewarding Carretera Austral has become an iconic route for international cyclists.

More and more people are taking on the ultimate challenge to cycle Chile's entire length. Most large towns have bike-repair shops and sell basic parts, but packing a comprehensive repair kit is essential.

Horseback Riding

Saddling up and following in the path of Chile's *huasos* (cowboys) is a fun and easy way to experience the wilderness. Chilean horses are compact and sturdy, with amazing skill for fording rivers and climbing Andean steps. Now more than ever, multiday horseback-riding trips explore cool circuits, sometimes crossing the Andes to Argentina, on terrain that would be inaccessible otherwise. Except in the far north, opportunities can be found just about everywhere.

With strong initiatives for community-based rural tourism in the south, guided horseback riding and trekking with packhorses is a great way to discover remote areas. Rural guides charge affordable rates, provide family lodging in their own homes and offer invaluable cultural insight. Check out offerings in the Río Cochamó and Puelo Valleys, Palena and Coyhaique.

BUT WAIT, THERE'S MORE...

Canyoning Navigate stream canyons by jumping into clear pools and rappelling alongside gushing waterfalls. Hot spots are near Puerto Varas and Pucón.

Canopy Go with well-recommended tour operators. Minimum gear requirements include a secure harness with two straps that attach to the cable (one is a safety strap), a hard hat and gloves.

Paragliding and land-sailing With its steep coastal escarpment, rising air currents and soft, extensive dunes, Iquique ranks among the continent's top spots for paragliding, desert land-sailing and kite-buggying.

Fly-fishing Reel in monster trout (brown and rainbow) and Atlantic salmon (a non-native species) in the Lakes District and Patagonia. The season generally runs from November to May.

Sand-boarding Be prepared to get sand in places you never imagined possible. Try it in San Pedro de Atacama or Iquique.

Diving Exciting dive sites can be found on the Archipiélago Juan Fernández and around Easter Island. On the mainland, check out the coast of Norte Chico.

Swimming Chile's almost endless coastline has sandy beaches, but the Humboldt Current makes waters cold, except in the far north around Arica.

Adventure outfitters offer multilingual guides and a more elaborate range of services. Most places offer first-time riders preliminary lessons before taking to the trails. Favorites for single- or multiday horse treks are: Pucón, Puelo Valley, Elqui Valley, Hurtado, San Pedro de Atacama and around Torres del Paine. The island of Chiloé is also popular.

Rafting & Kayaking

The wealth of scenic rivers, lakes, fjords and inlets in southern Chile make it a dream destination. Chile's rivers, raging through narrow canyons from the Andes, are world class. Northern Patagonia's Río Futaleufú offers memorable Class IV and V runs. Less technical runs include those outside Pucón and the beautiful Petrohué, near Puerto Varas, as well as Aisén's Río Simpson and Río Baker. Near Santiago, the Cajón del Maipo offers a gentle but enjoyable run. For detailed kayaking information, see www.riversofchile.com.

Agencies in Santiago, Pucón, Puerto Varas and elsewhere offer trips for different levels. Since there is no certifying body for guides, check to see if the company has specialized river-safety and first-aid training and verify that equipment is high quality. Wet suits may be necessary.

The southern fjords are a sea-kayaker's paradise. Popular trips go around Parque Pumalín and the sheltered bays of Chiloé. Lake kayaking and stand-up paddling (SUP) is catching on throughout the Lakes District.

Surfing & Kitesurfing

With breaks lining the long Pacific Coast, Chile nurtures some serious surf culture, most active in middle and northern Chile. With big breaks and long left-handers, surf capital Pichilemu hosts the national surfing championship. Pilgrims crowd the perfect left break at Pichilemu's Punta de Lobos, but beginners can also have a go nearby at La Puntilla. Iquique has a shallow reef break; bring booties for sea urchins. The coastal Ruta 1 is lined with waves.

Only at Arica is the water comfortably warm, so wet suits are imperative. The biggest breaks are seen in July. Rough surf and rip currents also make some areas inadvisable, and it's best not to surf alone. You can buy or hire boards and track down lessons in any surfing hot spot.

Chile also has opportunities for kitesurfing, although equipment and lessons are harder to come by: try Pichilemu and Puclaro (near Vicuña). Spanish-speakers can find more information on www.kitesurf.cl.

Plan Your Trip

Travel with Children

Chile is a top family destination where bringing children offers up some distinct advantages. Little ones are welcomed and treasured, and empathy for parents is usually keen. Even strangers will offer help, and hotels and services tend to accommodate. There are lots of active adventures and family-oriented resorts and lodgings.

Best Regions for Kids

Adventure

Rafting the Río Petrohué Near Puerto Varas (p257).

Horseback riding, Cajón de Maipo Go with Los Baqueanos (p83).

Terrain Park, Valle Nevado A ski resort (p87) with family barbecues.

Entertainment

Lollapalooza Chile, Santiago (p64) Has a kids' area.

Wandering around Santiago Kids can take free tours and explore Parque Bicentenario (p61).

Dining

Patagonia asados Bring barbecues, best sampled outdoors at an *estancia* (grazing ranch).

Soda fountain fun in cities Try Punta Arenas, where you can eat burgers in retro restaurants like Fuente Hamburg (p345).

Rainy-Day Refuges

Museo Interactivo Mirador, Santiago (p58) Interactive museum.

Teatro del Lago, Frutillar (p255) Kids' workshops.

Practicalities

Chile is as kid-friendly as a destination gets, though it's best to take all the same travel precautions you would at home. Free or reduced admission rates are often given at events and performances. In Chile, people are helpful on public transportation; often someone will give up a seat for parent and child. Expecting mothers enjoy a boon of designated parking spaces and grocery-store checkout lines.

Though upper-middle-class families usually employ a *nana* (live-in or daily childcare), finding last-minute help is not easy. Babysitting services or children's activity clubs tend to be limited to upmarket hotels and ski resorts. If you're comfortable with an informal approach, trusted acquaintances can recommend sitters.

Formula, baby food and disposable diapers are easy to find. In general, public toilets are poorly maintained; always carry toilet paper, which tends to run out in bathrooms, and hand sanitizer, as there's rarely soap and towels. While a woman may take a young boy into the ladies' room, it is socially unacceptable for a man to take a girl into the men's room.

There are no special food and health concerns, but bottled water is a good idea for delicate stomachs.

Adventure

Children love plenty of adult sports such as hiking or cycling, as long as they can go at their own pace. Scale activities down, bring snacks and have a plan B for when bad weather or exhaustion hits. Routine travel, like crossing fjords on a ferry or riding the subway, can amount to adventure. Activities like guided horseback rides (usually for ages eight and up), rafting and canyoning usually have age limits but are invariably fine for teenagers.

In rural areas, agritourism can be a great option, which can involve farm chores or hiking with packhorses taking the load. Some rivers may be suitable for children to float or raft; make sure outfitters have life vests and wet suits in appropriate sizes.

Dining

While restaurants don't offer special kids' meals, most offer a variety of dishes suitable for children; none are spicy. It is perfectly acceptable to order a meal to split between two children or an adult and a child; most portions are abundant. High chairs are rarely available. The only challenge to dining families is the Latin hours. Restaurants open for dinner no earlier than 7pm, sometimes 8pm, and service can be quite slow. Bring a journal or scribble book and crayons for the kids to pass the time.

Children's Highlights

Santiago

Brimming with children's museums, parks and winter resorts with easy terrain, fun events and kids' classes. Eco-adventure parks, horseback riding and ziplines offer excitement in nearby Cajón del Maipo.

Sur Chico

For horseback riding, lake dips, farm visits, water sports and volcano thrills. Lake towns Pucón or Puerto Varas provide the best bases to explore the region, with kid-centered events in summer.

Norte Chico

Seaside resorts provide beach fun, swimming and surf lessons. Kids love playing in the tide pools of La Piscina in Bahía Inglesa. The gentle, sunny climate here helps keep your plans on target.

PLANNING

If renting a car, communicate ahead if you will need a child's seat; you might have to bring one. If you don't want to be tied town to a schedule while traveling, plenty of activities can be booked last minute.

When to Go
➡ Summer (December to February) for good weather and outdoor fun.
➡ The desert north can be visited year-round.
➡ Avoid the south during the rainiest months (May to July).
➡ Winter (June to August) is fun as kids can try out skis.

Accommodations
➡ Hotels often give discounts for families and some can provide cribs.
➡ Aparthotels in cities are convenient and offer good value.
➡ Cabins are widely available in summer and often have self-catering options.
➡ Campgrounds in the south may have *quinchos* (barbecue huts) for rain shelter.

What to Pack
➡ Bathing suit, sunhat and warm clothing
➡ Nontoxic bug spray
➡ Baby backpack – strollers aren't always convenient

Regions at a Glance

Skinny Chile unfurls toward Cape Horn, cartwheeling from the stargazing center of the Atacama, the world's driest desert, to patchwork vineyards and farms, the deep green of temperate rainforest and the cool blue of glacial fields. Throughout, there's the constant blue of the roiling Pacific to the west and the ragged bulwark of the Andes to the east. With the country's population cinched in the middle, Santiago keeps humming unto the wee hours. Yet Valparaíso is a close challenger for urban cool, with its narrow, graffiti-cloaked passages. Roam in any direction for vibrant country life, visiting villages where time seems to tick a little slower and reaching out to wilderness that begs to be explored.

Santiago

History
Arts
Nightlife

Political Past

From the early independence to Salvador Allende's deposition in 1973 and the years of military government, Chile's fascinating past is laid bare in the museums of Santiago.

Path of Beauty

Santiago has the best of old and new. Pre-Columbian objects and Chilean masterpieces abound at traditional museums, while up-and-coming artists, photographers and filmmakers show at contemporary centers and galleries.

All-Hours Revelry

Chile's lively capital pulls all-nighters. Find *carrete* (nightlife) in the down-to-earth bars of Bellavista and Barrio Brasil, the posh cocktail lounges of Vitacura and rocking live-music venues about town.

p44

Middle Chile

Wine
Beaches
Outdoors

Vineyard Magic

Tinto o blanco? These welcoming wineries literally overflow with both reds and whites. The Colchagua Valley specializes in Cabernet Sauvignon, while the Casablanca Valley produces delectable Chardonnay and Sauvignon Blanc.

Coastal Adventure

There are waves to be pioneered up and down this coast. Grab a board in Pichilemu or Buchupureo, or head to lower-key Maitencillo to learn how to catch a wave.

Andean Adrenaline

Dare to brave South America's longest ski slope, a 14km run. In summer travelers bolt for Chile's star attractions – Torres del Paine and the Atacama – leaving Central Chile's national parks crowd-free.

p88

Norte Grande

Landscapes
Activities
History

Natural Beauty

Take in the diversity and drama of Norte Grande's landscapes – from the heights of the altiplano to the desert sunsets and the star-studded night skies.

Thrilling Adventures

Norte Grande offers up a healthy dose of adrenaline, from hitting Arica's waves and paragliding off Iquique's cliff to sand-boarding near San Pedro de Atacama and horseback riding through the world's driest desert.

Ghosts of the Past

Wander around the nitrate-era ghost towns of Humberstone and Santa Laura, tour the storied *Esmeralda* ship in Iquique's harbor and take in creepy Chinchorro mummies in situ at an Arica museum.

p143

Norte Chico

Beaches
Activities
Architecture

Sunny Shores

A string of pretty beaches lines the coast of Norte Chico, including activity hubs like buzzy La Serena and virtually virgin strips of sand and hip beach hideaways like the tiny Bahía Inglesa.

Volcanoes to Sea

You can climb the world's highest active volcano, Ojos del Salado, sail the coast around Bahía Inglesa, hop on a boat to see Humboldt penguins and windsurf off the coast of La Serena.

Colonial Treasures

From the colonial charms of leafy La Serena to Caldera's neoclassical mansions from the early mining era, Norte Chico showcases a hodgepodge of eye candy for architecture buffs.

p190

Sur Chico

Parks
Outdoors
Lakes

Green Retreats

Sur Chico parks offer a wealth of landscapes. Explore the verdant nature around Pucón. Parks showcase alpine lakes, araucaria forests and ski slopes.

Open-Air Fun

While trekkers relish the laundry list of trails, other great options here include rafting, kayaking, mountain biking and volcano climbing. Pucón is Chile's high-adrenaline epicenter, while Puerto Varas is a close cousin.

Aquatic Landscapes

Deep-blue and jade-green lakes pepper the region, but there are also hot springs, none more enticing than Termas Geométricas. Rivers are rich with trout and waterfalls.

p220

Chiloé

Churches
Culture
Nature

Jesuit Legacy

These Unesco-registered churches will have you worshipping architecture. Each village centerpiece was built at the call of Jesuit missionaries in the 17th and 18th centuries.

Island Cuisine

Chiloé's distinctive flavor, notable in mythology and folklore, lives in the architecture of churches and *palafitos* (stilt houses). Cuisine dates to pre-Hispanic cultures and features seafood and potatoes, famously in *curanto* (meat, potato and seafood stew).

Coastal Wilderness

Parque Nacional Chiloé and Parque Tantauco protect rainforest with native wildlife. To meet Magellanic and Humboldt penguins, visit Monumento Natural Islotes de Puñihuil.

p277

Northern Patagonia

**Culture
Outdoors
Nature**

Cowboy Culture

Long the most isolated part of Chile, Patagonia's northern region is a cowboy stronghold. Visit rural settlers off the grid who live in harmony with a wicked and whimsical Mother Nature.

Nature Unbound

Land the big one fly-fishing, raft wild rivers or mosey into the backcountry on a fleece-mounted saddle. Scenery and real adventure abound on the Carretera Austral, Chile's unpaved southern road.

Wildlife-Watching

Patagonia can get wild. The best wildlife-watching is in the Valle Chacabuco, home to guanacos and flamingos. Near Raul Marín Balmaceda, observe dolphins and sea lions at play from your kayak.

p297

Southern Patagonia

**Seafaring
Trekking
Parks**

Isles & Inlets

Sailors of yore mythologized these channels rife with craggy isles, whales and dolphins. Today ferry trips go to Puerto Montt and Puerto Williams. Kayakers can paddle still sounds and glacier-strewn bays.

Andean Highs

Between Torres del Paine and Argentina's Fitz Roy range, the trekking doesn't get any better. Snug *refugios* (rustic shelters) make the day's work a little easier. Or go off the beaten path to Parque Nacional Pali Aike or historic Cabo Froward.

Wild Landscapes

Glaciers, rock spires and rolling steppe. Patagonia is a feast for the eye, and Torres del Paine and Parque Nacional Patagonia rate among the finest parks on the continent.

p338

Tierra del Fuego

**Wilderness
History
Landscapes**

Wild Outdoors

Whether you are backpacking the rugged Dientes de Navarino circuit, observing penguins or boating among glaciers and sea lions, this special spot on the planet connects you to your wild side.

Austral Heritage

The past is ever present on this far-flung isle. Coastal shell middens remain from native inhabitants. Trace its history in Puerto Williams' Museo Martín Gusinde and Ushuaia's former jail Museo del Presidio.

Fuegian Vistas

From steep snow-bound peaks and tawny plains to labyrinthine channels scattered with rugged isles, the scenery of the Land of Fire is breathtaking. Take it in on a trek, coastal stroll or long boat ride.

p379

Easter Island (Rapa Nui)

**History
Landscapes
Outdoors**

Rapa Nui Heritage

Easter Island (Rapa Nui) is an open-air museum, with archaeological remains dating from pre-European times. Think *moai*, large *ahu* (ceremonial platforms) and burial cairns.

Pacific Vistas

Ready your wide-angle lens for some shutter-blowing landscapes. For the most dramatic, stand on the edge of Rano Kau, a lake-filled crater, or walk across the beautiful Península Poike.

Immersion in Nature

Outdoorsy types will be in seventh heaven. Hike up Maunga Terevaka for extraordinary views. Learn to surf, then snorkel in crystal-clear waters. Clip clop around Península Poike and bike your way around the island.

p401

On the Road

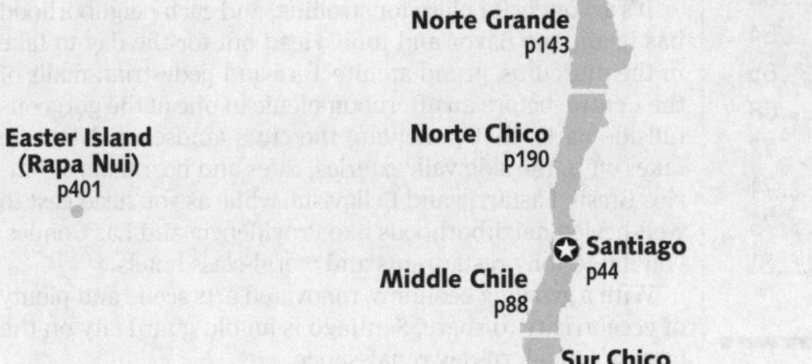

Norte Grande
p143

Easter Island
(Rapa Nui)
p401

Norte Chico
p190

⭐ Santiago
p44

Middle Chile
p88

Sur Chico
p220

Chiloé
p277

Northern Patagonia
p297

Southern Patagonia
p338

Tierra del Fuego
p379

Santiago

☑ 2 / POP 7,037,000 / ELEV 543M

Best Places to Eat

➡ Boragó (p72)

➡ Silabario (p71)

➡ La Diana (p69)

➡ Salvador Cocina y Café (p69)

➡ Peumayen (p70)

Best Places to Stay

➡ Singular (p66)

➡ CasaSur Charming Hotel (p67)

➡ Happy House Hostel (p67)

➡ Hotel Magnolia (p65)

Why Go?

Surprising, cosmopolitan, energetic, sophisticated and worldly, Santiago is a city of syncopated cultural currents, madhouse parties, expansive museums and top-flight restaurants. No wonder 40% of Chileans call the leafy capital city home.

It's a wonderful place for strolling, and each neighborhood has its unique flavor and tone. Head out for the day to take in the museums, grand architecture and pedestrian malls of the Centro, before an afternoon picnic in one of the gorgeous hillside parks that punctuate the city's landscape. Nightlife takes off in the sidewalk eateries, cafes and beer halls of Barrios Brasil, Lastarria and Bellavista, while as you head east to well-heeled neighborhoods like Providencia and Las Condes, you'll find tony restaurants and world-class hotels.

With a growing economy, renovated arts scene and plenty of eccentricity to spare, Santiago is an old-guard city on the cusp of a modern-day renaissance.

When to Go
Santiago

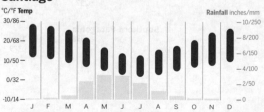

Mar–Aug The wine harvest kicks off, then June brings snow to nearby ski areas.

Sep–Nov Fiestas Patrias celebrations give way to comfortable temperatures.

Dec–Feb Summer brings street festivals and excellent quick adventures in the countryside.

History

Nomadic hunter-gatherers wandered here as early as 10,000 BC, but only in 800 BC did Mapuche settlers begin to permanently populate the area. Not long after the Inka made the area a major hub on their road network, Spanish soldier Pedro de Valdivia arrived and founded the city of Santiago de la Nueva Extremadura on February 12, 1541, marching on to attack the Mapuche to the south. The Mapuche living nearby weren't happy and kicked off a counterinsurgency. Valdivia's lover, Inés de Suárez, turned out to be as bloodthirsty as he was, and led the defense of the city, personally decapitating at least one Mapuche chief. Despite ongoing attacks, floods and earthquakes, the conquistadores didn't budge, and eventually Santiago began to grow.

Santiago was the backdrop for Chile's declaration of independence from Spain in 1810 and the final battle that overthrew the colonial powers in 1818. As the population grew, public-works projects transformed the city, which became the hub of Chile's growing rail network before displacing Valparaíso as Chile's financial capital in the early 20th century. Not everyone prospered, however. Impoverished farmers flocked to the city and the upper classes migrated to the eastern suburbs. Rapid post-WWII industrialization created urban jobs, but never enough to satisfy demand, resulting in scores of squatter settlements known as *callampas* ('mushrooms,' so-called because they sprang up virtually overnight).

Santiago was at the center of the 1973 coup that deposed Salvador Allende. During the dark years that followed, thousands of political prisoners were executed, and torture centers and clandestine prisons were scattered throughout Santiago. Despite this, military commander-in-chief General Augusto Pinochet was Chile's president until 1990. The nation's democratic government was restored in 1990 when Patricio Aylwin was elected president, with Pinochet continuing on as head of the nation's military.

The gap between rich and poor widened during the 1990s, and social inequality – though less pronounced than in other Latin American cities – looks set to linger for some time. In the decade up to 2014 there were an estimated 200 small-scale bombings in the capital. Many attributed the bombings – most of which took place at night and targeted banks and government buildings using basic pipe-bomb technology – to anarchist groups. Only one person was killed in the bombings – a would-be bomber in 2009. Occasional student and worker strikes continue to ripple through the city; however, most indicators still point to Santiago as one of the safest large cities in Latin America. Steady economic prosperity has sparked something of a renaissance, with brand-new parks and museums popping up around town, a cleaned-up riverfront, construction of supermodern apartment buildings, and large-scale projects like new metro lines and the Costanera Center, the tallest skyscraper in South America. The city also became more diverse than ever before in the late 2010s as immigrants from Colombia, Venezuela, Haiti and the Dominican Republic outpaced Peruvians and Bolivians in search of 'the Chilean dream.'

⊙ Sights

Thanks to a recent wave of construction, Santiago is alive with ultramodern cultural centers, sleek museums and vast green parks dotted with colorful sculptures and locals basking in the sunshine. The city's food markets, leafy residential streets, outdoor cafes and busy shopping strips are often the best places to witness the particular mix of distinctly Latin American hustle and bustle and more Old World reticence that defines Santiago.

⊙ Centro

The wedge-shaped Centro is the oldest part of Santiago, and the busiest. It is hemmed in by three fiendishly hard-to-cross borders: the Río Mapocho, the Autopista Central expressway (which has only occasional bridges over it) and the Alameda, where the central railing puts your vaulting skills to the test. Architecturally, the Centro is exuberant rather than elegant: haphazardly maintained 19th-century buildings sit alongside the odd glittering high-rise, and its crowded *paseos* (pedestrian precincts) are lined with inexpensive clothing stores, fast-food joints and cafes staffed with scantily clad waitresses. Government offices, the presidential palace and the banking district are also here, making it the center of civic life. You'll find some interesting museums, but it pays to head to other neighborhoods for your lunch and dinner.

Santiago Highlights

1 **Cerro San Cristóbal** (p55) Gazing out over Santiago from this breathtaking summit.

2 **Museo Chileno de Arte Precolombino** (p50) Tracing the roots of Chilean culture and art.

3 **Mercado Central** (p68) Sampling *paila marina* (seafood stew) and watching locals bargain for fresh fish.

4 **Centro Gabriela Mistral** (p53) Catching experimental performances at this exciting performing-arts complex.

5 **Barrio Italia** (p58) Getting lost amid the trendy

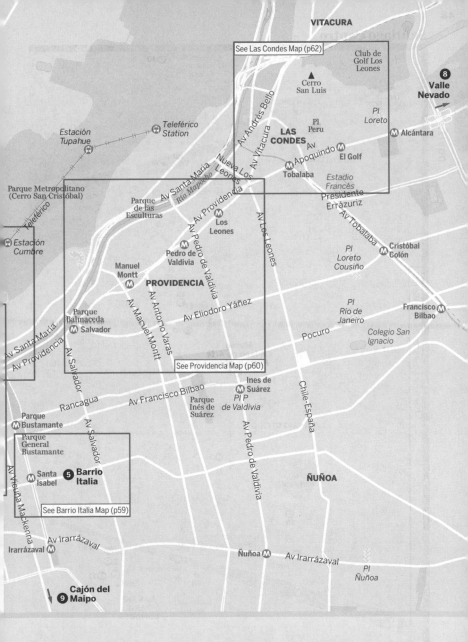

VITACURA

See Las Condes Map (p62)

Club de Golf Los Leones

Valle Nevado

Cerro San Luis

Estación Tupahue

Teleférico Station

Pl. Loreto

Pl Peru

LAS CONDES

Ⓜ Alcántara

Parque Metropolitano (Cerro San Cristóbal)

Av Andrés Bello

Av Vitacura

Nueva Los Leones

Av Santa María

Río Mapocho

Av Apoquindo Ⓜ

Av El Golf

Estadio Francés

Presidente Errázuriz

Tobalaba Ⓜ

Teleférico

Estación Cumbre

Parque de las Esculturas

Av Providencia

Av Pedro de Valdivia

Av Los Leones

Los Leones

Pedro de Valdivia

Manuel Montt Ⓜ

PROVIDENCIA

Av Antonio Varas

Av Eliodoro Yáñez

Av Tobalaba

Pl Loreto Cousiño

Cristóbal Colón

Pl Río de Janeiro

Francisco Bilbao Ⓜ

Parque Balmaceda

Ⓜ Salvador

Av Santa María

Av Manuel Montt

Pocuro

Colegio San Ignacio

Av Providencia

Av Salvador

See Providencia Map (p60)

Rancagua

Av Francisco Bilbao

Ines de Suárez Ⓜ

Parque Inés de Suárez

Pl P de Valdivia

Chile-España

Parque Ⓜ Bustamante

Parque General Bustamante

Av Salvador

Av Pedro de Valdivia

ÑUÑOA

Ⓜ Santa Isabel

❺ Barrio Italia

Av Vicuña Mackenna

See Barrio Italia Map (p59)

Av Irarrázaval

Irarrázaval Ⓜ

Ñuñoa Ⓜ

Av Irarrázaval

Pl Ñuñoa

❾ Cajón del Maipo

shopping arcades and plant-filled patio cafes.

❻ **La Chascona** (p54) Walking in Pablo Neruda's footsteps at the one-time home of Chile's legendary poet.

❼ **Bellavista** (p73) Dining, drinking and dancing till dawn in Santiago's party central.

❽ **Valle Nevado** (p87) Tearing up the slopes at Chile's top ski resort.

❾ **Cajón del Maipo** (p83) Rafting, hiking or biking through the magical countryside.

Santiago Centro

Parque
Los Reyes

Caly Canto
Bridge

⊚ 10

Cementerio
General
(1.5km)

Av La Paz

64 ☆

Ⓜ Puente Cal
y Canto

Av Santa María

Av Recoleta

Manzano

Bellavista

Av Santa María

General Mackenna

Parque
Venezuela

50 ⊗

12
⊚

Diagonal Cervantes

Valdés Vergara

San Pablo

⊗ 52

Esmeralda

30

Amunátegui

Teatinos

Morandé

Bandera

Rosas

21 de Mayo

Santo Domingo

Maclver

Santo Domingo

Paseo Puente

Plaza de
Armas

15
⊚

Monjitas

Catedral

Ⓜ
27

5 ⓘ
21

⊚ 20

Merced

**Museo
Chileno de Arte
Precolombino**

Portal Fernández Concha

68
⌂

Compañía de Jesús

🏛 2

51

34

22 ●

Paseo Huérfanos

*Tribunales
de Justicia*

45 ⊗

⊗
48

BARRIO CÍVICO

Matías Cousiño

Paseo Estado

Agustinas

65 ☆

San Antonio

Tenderini

Maclver

*Biblioteca
Nacional*

Huérfanos

29

Agustinas

⊗ 53

Moneda

36

Moneda

Pl de la
Constitución

Bandera

La Bolsa

Paseo Ahumada

Nueva York

🏛
18

ⓘ

*Dirección de
Fronteras
y Límites*

Av O'Higgins (Alameda)

39

3 ⊚

9

Amunátegui

Amanda Labarca

Teatinos

Morandé

⊚ 6

Pl de la
Ciudadanía

38

40

11

París

La Moneda Ⓜ

28

Ⓜ
**Universidad
de Chile**

**BARRIO
PARÍS
LONDRES**

Londres

San Francisco

*Universidad
de Chile*

47 ⊗

San Martín

Lord Cochrane

Nataniel Cox

Paseo Bulnes

Zenteno

San Diego

Arturo Prat

Paseo Serrano

Ovalle

Tarapacá

Ovalle

*Concaf
(180m)*

*Teatro
Caupolicán
(900m)*

*La Diana
(300m)*

See Barrio Brasil & Barrio Yungay Map (p57)

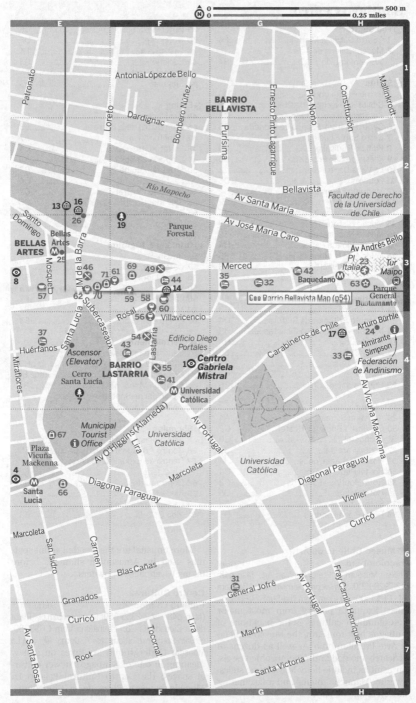

0   0   500 m
0   0.25 miles

Patronato

AntoniaLópezdeBello

**BARRIO
BELLAVISTA**

Dardignac

Loreto

Bombero Núñez

Purísima

Ernesto Pinto Lagarrigue

Pío Nono

Constitución

Mallinkrodt

Río Mapocho

Bellavista

Av Santa María

Facultad de Derecho
de la Universidad
de Chile

Santo
Domingo

13 🏛 **16** 🏛

26

Bellas
Artes

19

Parque
Forestal

Av José María Caro

Av Andrés Bello

**BELLAS
ARTES**

Bellas
Artes Ⓜ

25

M de la Barra

Merced

35

🏛 42

Baquedano Ⓜ

Pl
Italia

23

**Tur
Maipo**

63

Parque
General

8

57

46

71 61

69

49 ✕

44

14

32

Mosqueto

Santa Lucía

Subercaseaux

62

70

59 58

Rosal

60

See Barrio Bellavista Map (p54)

Bustamante

56

Villavicencio

Carabineros de Chile

17 🏛

Arturo Búrhle

24

ℹ

37

Huérfanos

Miraflores

Ascensor
(Elevator)

Cerro
Santa Lucía

54

43

Lastarria

Edificio Diego
Portales

**BARRIO
LASTARRIA**

✕ 55

41

1 ◎

**Centro
Gabriela
Mistral**

Almirante
Simpson

33 🏛

Federación
de Andinismo

7

Ⓜ **Universidad
Católica**

Av Vicuña Mackenna

67

Plaza
Vicuña
Mackenna

Municipal
Tourist
ℹ Office

Av O'Higgins(Alameda)

Lira

Universidad
Católica

Av Portugal

Universidad
Católica

Diagonal Paraguay

4

Ⓜ

**Santa
Lucía**

66

Diagonal Paraguay

Marcoleta

Viollier

Curicó

Marcoleta

San Isidro

Carmen

Blas Cañas

Av Portugal

Fray Camilo Henríquez

Granados

Curicó

Av Santa Rosa

Root

Tocornal

Lira

31

General Jofré

Marín

Santa Victoria

Santiago Centro

★ **Museo Chileno de Arte**
Precolombino   MUSEUM
(Chilean Museum of Pre-Columbian Art; Map p48;
☎ 2-2928-1500; www.precolombino.cl; Bandera
361; CH$4500; ☉ 10am-6pm Tue-Sun; Ⓜ Plaza de
Armas) Exquisite pottery from most major
pre-Columbian cultures is the backbone of
Santiago's best museum, the Museo Chileno
de Arte Precolombino. As well as dozens of
intricately molded anthropomorphic vessels,
star exhibits include hefty Maya stone steles,
towering Mapuche totems and a fascinating
Andean textile display.

More unusual are the wooden vomit spatulas used by Amazonian shamans before
taking psychoactive powders.

Centro Cultural
Palacio La Moneda   ARTS CENTER
(Map p48; ☎ 2-2355-6500; www.ccplm.cl; Plaza
de la Ciudadanía 26; exhibitions from CH$3000;
☉ 9am-9pm, exhibitions to 7:30pm; ♿; Ⓜ La
Moneda) Underground art takes on a new
meaning in one of Santiago's newer cultural spaces: the Centro Cultural Palacio La
Moneda beneath Plaza de la Ciudadanía.

A glass-slab roof floods the vaultlike space with natural light, and ramps wind down through the central atrium past the Cineteca Nacional, a state-run art-house movie theater, to two large temporary exhibition spaces that house some of the biggest touring shows to visit Santiago.

The uppermost level contains a fair-trade crafts shop, a few cafes and a gallery space.

Palacio de la Moneda   HISTORIC BUILDING
(Map p48; www.gob.cl/en/guided-tours; cnr Morandé & Moneda; ⊙9am-5pm Mon-Fri; MLa Moneda) FREE Chile's presidential offices are in the Palacio de la Moneda. The ornate neoclassical building was designed by Italian architect Joaquín Toesca in the late 18th century and was originally the official mint. The inner courtyards are generally open to the public; schedule a guided tour by emailing visitas@presidencia.cl.

The north facade was badly damaged by air-force missile attacks during the 1973 military coup when President Salvador Allende – who refused to leave – was overthrown here. A monument honoring Allende now stands opposite in Plaza de la Constitución.

Museo de la Solidaridad Salvador Allende   MUSEUM
(Map p57; ☑2-2689-8761; www.mssa.cl; Av República 475; CH$1000; ⊙10am-6pm Tue-Sun Feb-Nov, 11am-7pm Tue-Sun Dec & Jan; MRepública) Picasso, Miró, Tàpies and Matta are some of the artistic heavyweights who gave works to the Museo de la Solidaridad Salvador Allende. Begun as a populist art initiative during Allende's presidency – and named in his honor – the incredible collection was taken abroad during the dictatorship, where it became a symbol of Chilean resistance.

The 2000 works finally found a home in 2005, when the Fundación Allende bought and remodeled this grand old town house. The permanent collection sometimes goes on tour and is replaced by temporary exhibitions, and there's a darkened room with an eerie display of Allende's personal effects. Guided tours (email ahead) sometimes visit the basement, where you can see tangled telephone wires and torture instruments left over from when the house was used by the dictatorship's notorious National Intelligence Directorate (DINA) as a listening station.

Plaza de Armas   PLAZA
(Map p48; cnr Monjitas & 21 de Mayo; MPlaza de Armas) Since the city's founding in 1541, the Plaza de Armas has been its symbolic heart.

In colonial times a gallows was the square's grisly centerpiece; today it's a fountain celebrating *libertador* (liberator) Simón Bolívar, shaded by more than a hundred Chilean palm trees.

Parallel pedestrian precincts Paseo Ahumada and Paseo Estado disgorge scores of strolling Santiaguinos onto the square on weekends and sunny weekday afternoons: clowns, helium-balloon sellers and snack stands keep them entertained.

Mercado Central   MARKET
(Central Market; Map p48; www.mercadocentral.cl; cnr 21 de Mayo & San Pablo; ⊙6am-5pm Sun-Thu, to 8pm Fri, to 6pm Sat; MPuente Cal y Canto) Gleaming piles of fresh fish and crustaceans atop mounds of sparkling ice thrill foodies and photographers alike at the Mercado Central. Look for *congrio* (conger eel), *locos* (Chilean abalone), *piure* (an orange tunicate) and other local specialties.

Biblioteca Nacional de Chile   LIBRARY
(Map p48; ☑2-2360-5272; www.bibliotecanacional.cl; Av B O'Higgins 651; ⊙9am-7pm Mon-Fri, 9:10am-2pm Sat; MSanta Lucía) FREE Chile's national library is a sight to behold, with soaring ceilings, stained-glass domes, checkered floors and creaky antique furnishings. One of the largest (and oldest) libraries in Latin America, it hosts frequent gallery exhibitions and is a great spot to rest your legs with free internet and a central cafe.

Palacio Cousiño   PALACE
(☑2-2386-7449; www.palaciocousino.co.cl; Dieciocho 438; admission on guided tour only; ⊙9:30am-1:30pm & 2:30-5pm Tue-Fri, 9:30am-1:30pm Sat & Sun, last tours leave an hour before closing; MToesca) 'Flaunt it' seems to have been the main idea behind the shockingly lavish Palacio Cousiño. It was built between 1870 and 1878 by the prominent Cousiño-Goyenechea family after they'd amassed a huge fortune from winemaking and coal and silver mining, and it's a fascinating glimpse of how Chile's 19th-century elite lived.

Carrara-marble columns, a half-tonne Bohemian crystal chandelier, Chinese cherrywood furniture, solid-gold cutlery and the first electrical fittings in Chile are just some of the ways they found to fritter away their fortune.

Catedral Metropolitana   CHURCH
(Map p48; Plaza de Armas; ⊙Mass 12:30pm & 7pm; MPlaza de Armas) Towering above the Plaza de Armas is the neoclassical Catedral

Metropolitana, built between 1748 and 1800. Bishops celebrating Mass on the lavish main altar may feel uneasy: beneath them is the crypt where their predecessors are buried.

Cerro Santa Lucía
PARK

(Map p48; entrances cnr Av O'Higgins & Santa Lucía, cnr Santa Lucía & Subercaseaux; ⊙9am-6:30pm Mar-Sep, to 8pm Oct-Feb; Ⓜ Santa Lucía) FREE Take a break from the chaos of the Centro with an afternoon stroll through this lovingly manicured park. It was just a rocky hill until 19th-century mayor Benjamín Vicuña Mackenna had it transformed into one of the city's most memorable green spaces.

A web of trails and steep stone stairs leads you through terraces to the Torre Mirador at the top, and there are a scattering of chapels and other interesting buildings in between. There's a free elevator to the top if you want to save your legs.

Barrio París-Londres
AREA

(Map p48; cnr París & Londres; Ⓜ Universidad de Chile) This pocket-sized neighborhood developed on the grounds of the Franciscan convent of Iglesia de San Francisco is made up of two intersecting cobblestone streets, París and Londres, which are lined by graceful European-style town houses built in the 1920s. Look for the memorial at Londres 38, a building that served as a torture center during Pinochet's government.

Iglesia de San Francisco
CHURCH

(Map p48; Av O'Higgins 834; ⊙8am-8:30pm; Ⓜ Universidad de Chile) The first stone of the austere Iglesia de San Francisco was laid in 1586, making it Santiago's oldest surviving colonial building. Its sturdy walls have weathered some powerful earthquakes, although the current clock tower, finished in 1857, is the fourth. There's an attached colonial-art museum (CH$1000).

Museo Histórico Nacional
MUSEUM

(National History Museum; Map p48; ☎2-2411-7010; www.museohistoriconacional.cl; Plaza de Armas 951; ⊙10am-6pm Tue-Sun; Ⓜ Plaza de Armas) FREE Colonial furniture, weapons, paintings, historical objects and models chart Chile's colonial and republican history at the Museo Histórico Nacional. After a perfunctory nod to pre-Columbian culture, the ground floor covers the conquest and colony. Upstairs goes from independence through Chile's industrial revolution and right up to the 1973 military coup – Allende's broken glasses are the chilling final exhibit.

Museo Violeta Parra
MUSEUM

(Map p48; ☎2-2355-4600; www.museovioleta parra.cl; Av Vicuña Mackenna 37; ⊙9:30am-6pm Tue-Fri, 11am-6pm Sat & Sun; Ⓜ Baquedano) FREE One of the most influential folk musicians on the continent, Violeta Parra was also a prolific artist and the first South American woman to have a solo exhibition in the

---

SANTIAGO IN...

Two Days

Start in the heart of town, at bustling **Plaza de Armas** (p51), dedicating the morning for tours of central museums like **Museo Chileno de Arte Precolombino** (p50). Dive into a savory seafood lunch at **Mercado Central** (p68), then hotfoot it up **Cerro Santa Lucía** (p52) to revel in the city from above. Break for afternoon tea and people-watching at a **Barrio Lastarria cafe** (p69), then head to **Bellavista** (p70) for a long and lazy dinner before a night of *carrete* (partying) in the neighborhood's discos. Get inspiration on your second day at Pablo Neruda's house, **La Chascona** (p54), then take in great views atop **Cerro San Cristóbal** (p55). Head to Barrio Italia (p58) for shopping and brunch, then have a pisco sour at **Chipe Libre** (p72) before a show at **Centro Gabriela Mistral** (p53) – for contemporary works – or **Municipal de Santiago** (p74; for classics).

Four Days

On day three cruise out to the countryside with a visit to **Cajón del Maipo** (p83) or tour nearby **wineries** (p81). In winter head for the snow at Tres Valles (p86). Spend your fourth day admiring street art in working-class **Barrio Brasil** (p56) or contemporary art in the galleries of hoity-toity Vitacura, home to Chile's most acclaimed restaurant: **Boragó** (p72). Toast your stay in Santiago with a wine flight at Lastarria's lauded **Bocanáriz** (p72).

Louvre. This biographical museum, opened in late 2015, showcases 23 of Parra's embroidered masterpieces and highlights the Chilean's wide-reaching artistic, social and cultural legacy.

Londres 38 HISTORIC SITE
(Map p48; www.londres38.cl; Londres 38, Barrio Paris-Londres; ⊙10am-1pm & 3-6pm Tue-Fri, 10am-2pm Sat; Ⓜ Universidad de Chile) FREE Explore the dark history of the early days of the Pinochet regime at this former detention center. There are both guided and unguided tours.

⊙ Barrios Lastarria & Bellas Artes

Home to three of the city's best museums, these postcard-pretty neighborhoods near Cerro Santa Lucía are also Santiago's twin hubs of hip. East of the Cerro, Barrio Lastarria takes its name from its narrow cobbled main drag Lastarria, which is lined with arty bars and restaurants. You'll find cheaper cafes and tree-lined parkland over at Barrio Bellas Artes, as the few blocks north of Cerro Santa Lucía are now known. José Miguel de la Barra is the main axis.

★**Centro Gabriela Mistral** ARTS CENTER
(GAM; Map p48; ☑2-2566-5500; www.gam.cl; Av O'Higgins 227, Barrio Lastarria; ⊙plazas 8am-10pm, exhibition spaces 10am-9pm Tue-Sat, from 11am Sun; Ⓜ Universidad Católica) FREE This striking cultural and performing-arts center – named for Chilean poet Gabriela Mistral, the first Latin American woman to win the Nobel Prize in Literature – is an exciting addition to Santiago's art scene, with concerts and performances most days. Drop by to check out the rotating art exhibits on the bottom floor, the iconic architecture that vaults and cantelevers on the inside and looks like a giant rusty cheese grater from the street, the little plazas, murals, cafes and more.

Museo Nacional de Bellas Artes MUSEUM
(National Museum of Fine Art; Map p48; ☑2-2499-1600; www.mnba.cl; José Miguel de la Barra 650, Barrio Bellas Artes; ⊙10am-6:45pm Tue-Sun; Ⓜ Bellas Artes) FREE This fine art museum is housed in the stately neoclassical Palacio de Bellas Artes, built as part of Chile's centenary celebrations in 1910. The museum features an excellent permanent collection of Chilean art. There are free guided tours starting at 10:30am daily (except January and February, when they begin at noon).

Look out for works by Luis Vargas Rosas, member of the Abstraction Creation group, along with fellow Chilean Roberto Matta, whose work is also well represented.

Museo de Arte Contemporáneo MUSEUM
(MAC, Contemporary Art Museum; Map p48; www.mac.uchile.cl; Ismael Valdés Vergara 506, Barrio Bellas Artes; ⊙11am-7pm Tue-Sat, to 6pm Sun; Ⓜ Bellas Artes) FREE Temporary exhibitions showcasing contemporary photography, design, sculpture, installations and web art are often held at the Museo de Arte Contemporáneo, located inside the Palacio de Bellas Artes. Its pristine galleries are the result of extensive restoration work to reverse fire and earthquake damage. Twentieth-century Chilean painting forms the bulk of the permanent collection.

Museo de Artes Visuales MUSEUM
(MAVI, Visual Arts Museum; Map p48; ☑2-2664-9337; www.mavi.cl; Lastarria 307, Plaza Mulato Gil de Castro, Barrio Lastarria; CH$1000, Sun free; ⊙11am-7pm Tue-Sun; Ⓜ Universidad Católica) Exposed concrete, stripped wood and glass are the materials local architect Cristián Undurraga chose for the stunningly simple Museo de Artes Visuales. The contents of the four open-plan galleries are as winsome as the building: top-notch modern engravings, sculptures, paintings and photography form the regularly changing temporary exhibitions.

Admission includes the **Museo Arqueológico de Santiago** (MAS; Santiago Archeological Museum), tucked away on the top floor. The low-lit room with dark walls and wooden floors makes an atmospheric backdrop for a small but quality collection of Diaguita, San Pedro and Molle ceramics, Mapuche jewelry and more.

Edificio Radicales ARTS CENTER
(Map p48; www.radicales.cl; Monjitas 578, Barrio Bellas Artes; ⊙hours vary by establishment; Ⓜ Bellas Artes) Nowhere else in Santiago can you stop by an art gallery, check out an independent film, do a bit of coworking, grab a pisco sour and purchase a sex toy all within the same building. Such is the joy of Edificio Radicales, a three-story hub for the alternative set that formerly housed the original Bar The Clinic (now Bar Radicales).

Parque Forestal PARK
(Map p48; Barrio Bellas Artes; 👪; Ⓜ Bellas Artes) On weekend afternoons, the temperature rises in Parque Forestal, a narrow green space wedged between Río Mapocho and Merced.

The rest of the week it's filled with joggers and power walkers.

Barrio Bellavista

Tourists associate Bellavista with Pablo Neruda's house and the Virgin Mary statue looming over the city from the soaring hilltop park on Cerro San Cristóbal. For locals, Bellavista equals *carrete* (nightlife). Partying to the wee hours makes Bellavista's colorful streets and cobbled squares deliciously sleepy by day. The leafy residential streets east of Constitución are perfect for aimless wandering, while the graffitied blocks west of it are a photographer's paradise.

★ **La Chascona** HISTORIC BUILDING
(Map p54; ☎ 2-2777-8741; www.fundacionneruda. org; Fernando Márquez de La Plata 0192; adult/student CH$7000/2500; ☺ 10am-7pm Tue-Sun Jan & Feb, to 6pm Tue-Sun Mar-Dec; Ⓜ Baquedano) When poet Pablo Neruda needed a secret hideaway to spend time with his mistress Matilde Urrutia, he built La Chascona (loosely translated as 'Messy Hair'), the name inspired by her unruly curls. Neruda, of course, was a great lover of the sea, so the

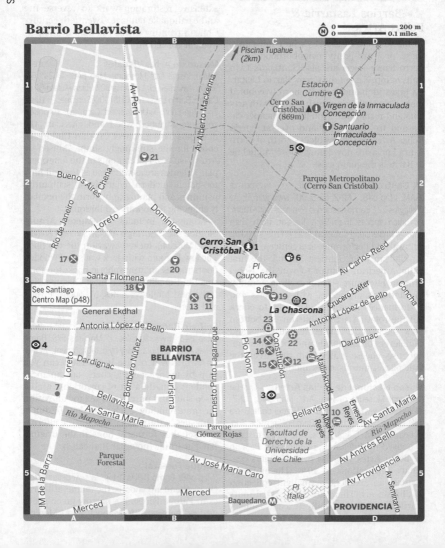

Barrio Bellavista

dining room is modeled on a ship's cabin and the living room on a lighthouse.

Audio tours (available in English, French, German, Portuguese and Spanish) take you through the history of the building and the collection of colored glass, shells, furniture and artwork by famous friends – sadly much more was lost when the house was ransacked during the dictatorship. The Fundación Neruda, which maintains Neruda's houses, has its headquarters here and runs a lovely gift shop.

★ **Cerro San Cristóbal**   PARK
(Map p54; www.parquemet.cl; Pío Nono 450) The best views over Santiago are from the peaks and viewpoints of the **Parque Metropolitano**, better known as Cerro San Cristóbal. At 722 hectares, the park is Santiago's largest green space, but it's still decidedly urban: a funicular carries you between different landscaped sections on one side, while a teleférico (cable car) swoops you away on the other.

A snowy white 14m-high statue of the Virgen de la Inmaculada Concepción towers atop the *cumbre* (summit) at the Bellavista end of the park. The benches at its feet are the outdoor church where Pope John Paul II said Mass in 1984. To get here, take a steep switchbacked dirt trail or the **funicular** (http://funicularsantiago. cl; adult/child 1-way from CH$1500/1000, roundtrip from CH$2000/1500; ⏰10am-6:45pm Tue-Sun, 1-6:45pm Mon; Ⓜ Baquedano) from Plaza Caupolicán (where you'll also find a tourist info kiosk). Alternatively, enter the park from Pedro de Valdivia and board the

teleférico (www.parquemet.cl; Parque Metropolitano; weekdays/weekends 1-way' CH$1910/2290; ⏰10am-7pm Tue-Sun; Ⓜ Baquedano).

Other attractions on the hillside include the Zoológico Nacional; the **Jardín Botánico Mapulemu**, a botanical garden; the child-oriented **Plaza de Juegos Infantiles Gabriela Mistral**, featuring attractive wooden playground equipment and an interactive water fountain; and two huge public swimming pools, the Piscina Tupahue (p62) and Piscina Antilén (p61). The small but perfectly landscaped **Jardín Japonés** (Japanese Garden) is just above the Pedro de Valdivia entrance.

Near the top of the funicular is the **Terraza Bellavista** (Map p54; Parque Metropolitano; Ⓜ Baquedano), where there are a few snack stands and extraordinary city views. The park lies north of Bellavista and Providencia and has entrances in both neighborhoods.

Patio Bellavista   AREA
(Map p54; www.patiobellavista.cl; Constitución 30-70; ⏰10am-2am Sun-Wed, to 4am Thu-Sat; Ⓟ; Ⓜ Baquedano) Upmarket eateries and posh souvenir shops ranged around a huge courtyard make up Patio Bellavista, a clear attempt by developers to spruce up Barrio Bellavista. Check the online schedule for full listings and the schedule of live music and theater performances.

Zoológico Nacional   ZOO
(National Zoo; Map p54; ☎2-2730-1368; www. parquemet.cl/zoologico-nacional; Parque Metropolitano; adult/child CH$3000/1500; ⏰10am-5pm

Barrio Bellavista

WORTH A TRIP

BARRIO RECOLETA

Bustling Korean eateries and Middle Eastern takeout counters, a happening marketplace overflowing with ripe fruit, a colorful jumble of street vendors, an achingly hip cocktail lounge – this burgeoning barrio just west of Bellavista is a slight detour off the beaten path. Here are a few spots you shouldn't miss.

Restobar KY (Map p54; ☑ 2-2777-7245; www.restobarky.cl; Av Perú 631; ☺ 8pm-2am Tue-Sat; Ⓜ Cerro Blanco) Taking inspiration from the barrio's Southeast Asian flavor is this stunning cocktail bar.

La Vega Central (Map p48; www.lavega.cl; cnr Nueva Rengifo & Antonia López de Bello; ☺ 6am-6pm Mon-Sat, 7am-2pm Sun; Ⓜ Patronato) Raspberries, quinces, figs, peaches, persimmons, custard apples...if it grows in Chile you'll find it at La Vega Central.

Patronato (Map p54; bordered by Av Recoleta, Loreto, Bellavista & Dominica; Ⓜ Patronato) This barrio within a barrio, bordered by Recoleta, Loreto, Bellavista and Dominica streets, is the heart of Santiago's immigrant communities, particularly Koreans, Chinese and Arabs.

Vietnam Discovery (Map p54; ☑ 2-2737-2037; www.vietnamdiscovery.cl; Loreto 324; mains CH$7000-11,000; ☺ 1pm-midnight Mon-Sat, to 4pm Sun; ☑; Ⓜ Patronato) A French-Vietnamese couple opened this lavishly designed eatery, with a humble storefront that belies a decorative Buddha-filled interior.

Tue-Sun; Ⓜ Baquedano) The dinky Zoológico Nacional houses an aging bunch of neglected animals. It is, however, probably the only place in Chile where you are assured a glimpse of a pudú, the world's smallest deer. Note that the funicular stops at the zoo on the way up, but not on the way down.

◉ Barrio Brasil & Barrio Yungay

Toss aside the map, but don't forget your camera – wandering through these slightly sleepy barrios west of the city center is like stepping back in time. Characterized by vibrant street art, socialist students, crumbling old-fashioned houses, down-to-earth outdoor markets and a range of hole-in-the-wall eateries, these *barrios históricos* (historic neighborhoods) offer a charming counterpoint to the high-rise glitz of Santiago's business sector. True, the area is short on tourist sights and has a dodgy reputation after dark – but a stroll through the neighborhood offers a glimpse of faded grandeur you're unlikely to find elsewhere in the Chilean capital.

A spindly monkey-puzzle tree shades Plaza Brasil, the green heart of the hood. A wave of urban renovation is slowly sweeping the surrounding streets, where more and more bars and hip hostels are popping up. Incongruous among the car-parts shops between here and the Alameda is pint-sized Barrio Concha y Toro, featuring a gorgeous little square fed by cobblestone streets and overlooked by art deco and beaux arts mansions.

★**Museo de la Memoria y los Derechos Humanos** MUSEUM
(Museum of Memory & Human Rights; Map p57; ☑ 2-2597-9600; www.museodelamemoria.cl; Matucana 501, Barrio Yungay; ☺ 10am-6pm Tue-Sun; Ⓜ Quinta Normal) FREE Opened in 2010, this striking museum isn't for the faint of heart: the exhibits expose the terrifying human rights violations and large-scale 'disappearances' that took place under Chile's military government between 1973 and 1990.

There's no way around it – learning about the 40,000 victims subjected to torture and execution is positively chilling – but a visit to this carefully curated museum helps to contextualize Chile's tumultuous recent history.

NAVE CULTURAL CENTRE
(Map p57; www.nave.io; Libertad 410, Barrio Yungay; ☺ hours vary by event; Ⓜ Quinta Normal) When NAVE opened to the public in 2015 it was a grand symbol of Barrio Yungay's emergence as an artistic hub of Santiago. This experimental cultural center – built within the walls of a 20th-century mansion – invites artists in residence to showcase their works across dance, performance, music and theater. With just 146 seats, intimacy is guaranteed at each event.

Parque Quinta Normal PARK
(Map p57; Barrio Yungay; ☺ 7am-7:30pm Tue-Sun Apr-Nov, to 8:30pm Dec-Mar; Ⓜ Quinta Normal) Strolls, picnics, pedal-boating, *fútbol* (soccer) kickabouts and soapbox rants are all

Barrio Brasil & Barrio Yungay

Barrio Brasil & Barrio Yungay

popular activities at the 40-hectare Parque Quinta Normal, just west of Barrio Brasil. Several museums are also located here, though they're not up to the standard of the offerings elsewhere in the city.

Museo de Arte Contemporáneo Espacio Quinta Normal MUSEUM
(Museum of Contemporary Art, Quinta Normal Branch; Map p57; ☎2-2977-1765; www.mac.uchile.cl; Matucana 464, Quinta Normal; ◎11am-7pm Tue-Sat, to 6pm Sun; Ⓜ Quinta Normal) FREE This

branch of the downtown Museo de Arte Contemporáneo specializes in offbeat and experimental exhibitions. It's housed in the **Palacio Versalles**, declared a national monument in 2004.

◉ Barrio Italia

Barrio Italia has rapidly transformed over the last decade into Santiago's most electric neighborhood with funky cafes, provocative art galleries and hip new hotels lining the parallel *avenidas* Italia and Condell. A hub of the city's nascent coffee culture, it's a great place for lunching and brunching (and one of the only neighborhoods hopping on a Sunday morning).

Shopping is one of the main draws here; independent booksellers, antique restorers and local fashion designers all hawk their made-in-Chile goods at miniature shopping arcades that are plotted out like mazes in the rooms of historic homes. Exceedingly trendy, it retains much of its blue-collar character.

◉ Providencia

Head east from the Centro, and Santiago's neighborhoods slowly start getting swisher. First up: Providencia, a traditionally upper-middle-class area that's short on sights but very long indeed on drinking and dining possibilities. The 1970s and '80s tower blocks along the area's main artery, Av Providencia, aren't aesthetically interesting, though some house fascinating *caracoles* (old-fashioned shopping malls). The more residential side streets contain lovely early 20th-century buildings and manicured bike lanes.

Parque de las Esculturas PARK
(Sculpture Park; Map p60; Av Santa María 2205; ⊙8am-7pm; Ⓜ Pedro de Valdivia) **FREE** On the north side of the Río Mapocho lies a rare triumph in urban landscaping: the Parque de las Esculturas, a green stretch along the river decorated with more than three-dozen unique sculptures by noted Chilean artists.

SANTIAGO FOR CHILDREN

Santiaguinos are family oriented and usually welcome travelers with children. Kids stay up late and often accompany their parents to parties or restaurants, where they order from the regular menu rather than a separate one for children. That said, most kiddy-oriented activities here are helpful distractions rather than standout sights. In a pinch, children also love creamy Chilean ice cream, which is available everywhere, and the clowns and acrobats that put on performances in the Plaza de Armas and Parque Forestal on weekends. Trips to the Cajón del Maipo or the ski areas make great quick getaways.

Fantasilandia (☑2-2476-8600; www.fantasilandia.cl; cnr Av Beaucheff & Tupper, Parque O'Higgins, Centro; adult/child CH$14,000/7000; ⊙noon-9pm daily Jan-Feb, noon-7pm Sat & Sun Mar-Oct, closed Nov-Dec; ﹠; Ⓜ Parque O'Higgins) Give your children their dose of adrenaline and cotton candy at this colorful amusement park. Check the Fantasilandia website for further information, updates, frequent promotions and discounts.

Cerro San Cristóbal (p55) Your one-stop shop for good clean fun is Cerro San Cristóbal, which combines a modest zoo, two great outdoor swimming pools and a well-maintained playground with interesting transport, including a creaky funicular (p55) and new Teleférico cable cars (p55) with panoramic views.

Museo Interactivo Mirador (MIM, Mirador Interactive Museum; ☑2-2828-8000; www. mim.cl; Punta Arenas 6711, La Granja; adult/child CH$3900/2700, tickets half-price Wed; ⊙9:30am-6:30pm Tue-Sun; Ⓟ ﹠; Ⓜ Mirador) The stimulus is more intellectual (but still fun) at the Museo Interactivo Mirador. Forget 'do not touch': you can handle, push, lie on and even get inside most of the exhibits. For ages four and up.

Museo Artequín (☑2-2681-8656; www.artequin.cl; Av Portales 3530, Barrio Estación Central; adult/child CH$1500/1000; ⊙9am-5pm Tue-Fri, 11am-6pm Sat & Sun, closed Feb; ﹠; Ⓜ Quinta Normal) Education and entertainment come together at the Museo Artequín, a museum that showcases copies of famous artworks, hung at children's height in a striking cast-iron and glass structure that was once used as Chile's pavilion in the 1889 Paris Exhibition.

Barrio Italia

Ⓝ 0 — 200 m / 0 — 0.1 miles

👁 Las Condes, El Golf & Vitacura

Glittering skyscrapers, security-heavy apartment blocks and spanking-new malls: Las Condes is determined to be the international face of Chile's strong and steady economic growth. Its westernmost corner, known as Barrio El Golf, is home to posh eateries, gorgeous mansions and luxe hotels. The even ritzier neighborhood of Vitacura, to its north, contains Santiago's most exclusive shopping street, Av Alonso de Córdova, as well as high-end bars and restaurants. The tongue-in-cheek nickname 'Sanhattan' is sometimes used to describe the financial district around the Costanera Center, the tallest building in South America. As you'd expect, these upper-class neighborhoods see a steady stream of business travelers. While they lack some of the soul found elsewhere in the city, they deliver on fashion, shopping and good eats.

★ Museo Ralli
MUSEUM

(☎ 2-2206-4224; www.museoralli.cl; Alonso de Sotomayor 4110, Vitacura; ⊙ 10:30am-5pm Tue-Sun, closed Feb) **FREE** This little-visited museum on a quiet residential street in Vitacura boasts a stunning collection of contemporary Latin American art mixed in with familiar European masters. Don't miss the gallery dedicated to 20th-century Chilean art on the basement level or the surrealist works by Salvador Dalí and René Magritte on the top floor.

Costanera Center
NOTABLE BUILDING

(Map p62; ☎ 2-2916-9226; www.costanera center.cl; Av Andrés Bello 2425, Providencia; ⊙ 10am-10pm; Ⓜ Tobalaba) The four skyscrapers that make up Costanera Center include **Gran Torre Santiago**, the tallest building in Latin America (300m). The complex also contains offices, a high-end hotel and the largest shopping mall in South America.

Barrio Italia

🏃 Activities, Courses & Tours
1 Casa Boulder B1
2 Centro Deportivo Providencia D1
3 Upscape Travel C2

🛌 Sleeping
4 CasaSur Charming Hotel.................... B3
5 Hostal Chile Pepper............................ B2

🍷 Drinking & Nightlife
6 Xoco Por Ti Chocolate Bar C3

🛍 Shopping
7 Estacion Italia C2

Providencia

Providencia

◎ Sights
1 Parque de las Esculturas C1

✈ Activities, Courses & Tours
2 Altué Active Travel D1
3 Tandem Santiago A4

⊜ Sleeping
4 Hotel Orly D4
5 Intiwasi Hotel D2

⊗ Eating
6 Aquí Está Coco B2
7 El Huerto D4

8 Holm B2
9 Liguria Bar &
   Restaurant D4
10 Voraz Pizza B3

⬤ Drinking & Nightlife
11 California Cantina D4
12 Faustina C1
13 Mito Urbano B3
14 Santo Remedio A3

⬢ Shopping
Contrapunto ....(see 15)
15 Galería Drugstore D4

Head to Sky Costanera (p60) for panoramic views from the top of Gran Torre.

➡ **Sky Costanera**

(Map p62; www.skycostanera.cl; adult/child CH\$15,000/10,000) Head to the top of the

tallest building in Latin America for a 360-degree view of Santiago and the mountains that tower above it on both sides for as far as the eye can see. Views are best on sunny winter days after it rains or in late afternoons during warmer months when the smog subsides.

Parque Bicentenario   PARK

(Bicentennial Park; Map p62; Bicentenario 3236, Vitacura; M Tobalaba) This gorgeous urban oasis was created, as the name suggests, in celebration of the Chilean bicentennial. In addition to more than 4000 trees, a peaceful location alongside the Río Mapocho and access to city bike paths, the park features inviting chaise lounges and sun umbrellas, plus state-of-the-art playground equipment for kids.

It's a quick taxi ride from the Tobalaba metro station, or hop on bus 405 and get off at Av Alonso de Córdova (three blocks east of the park).

Museo de la Moda   MUSEUM

(Museum of Fashion; ✆ 2-2219-3623; www.museo delamoda.cl; Av Vitacura 4562, Vitacura; adult/student & senior/child CH$3000/1500/free; ⊙ 10am-6pm Tue-Fri, 11am-7pm Sat & Sun; M Escuela Militar) This slick, privately operated fashion museum comprises a vast and exquisite permanent collection of Western clothing – 20th-century designers are particularly well represented.

Star attractions include John Lennon's jacket from 1966, the 'cone bra' Jean Paul Gaultier designed for Madonna and an evening gown donned by Lady Diana in 1981. Note, however, that only a fraction of items from the 10,000-piece collection are on display at any given time. Lighthearted temporary exhibits have ranged from a Michael Jackson tribute and a 'Back to the 80s' show to a *fútbol*-themed exhibit featuring athletic wear from the World Cup held in Chile in 1962. The airy on-site cafe is a fashionable spot for coffee or lunch.

From Escuela Militar metro station, grab a taxi or take bus 425 from the east side of Américo Vespucio (you need a Bip! card) and get off at the intersection with Av Vitacura.

Activities

Casa Boulder   GYM

(Map p59; ✆ 2-2839-1210; www.casaboulder.cl; Av Italia 875, Barrio Italia; free climbing from CH$4000, classes (in Spanish) from CH$9000; ⊙ 8am-10:30pm Mon-Fri, 10am-10pm Sat, 10am-8pm Sun; M Santa Isabel) Before you decide to grapple with the highest mountains outside Asia, it may be a good idea to brush up on your climbing skills at Casa Boulder. This North Face–affiliated gym offers six walls of varying heights (up to 10m) and angles spread across an indoor-outdoor complex. Prices are cheaper before 4pm, and there are discounts for those aged 25 and under.

Centro Deportivo Providencia   SWIMMING

(Map p59; ✆ 2-2341-4790; www.cdprovidencia. cl; Santa Isabel 0830, Providencia; day pass CH$6000-8000; ⊙ 6:30am-10pm Mon-Fri, 9am-6pm Sat & Sun; M Santa Isabel) You can do your lengths year-round at this 25m indoor pool in Providencia.

Movimiento Furiosos Ciclistas   CYCLING

(Furious Bikers Movement; Map p48; www. movimientofuriososciclistas.cl; M Baquedano) Hundreds of cyclists gather at Plaza Italia at 8pm the first Tuesday of each month for group rides through the city.

Piscina Antilén   SWIMMING

(✆ 2-2730-1331; Cerro San Cristóbal s/n, Parque Metropolitano; adult/child CH$7500/4000; ⊙ 10am-6:30pm Tue-Sun Nov-Mar; M Baquedano) Public swimming pool with soaring city views.

ART GALLERY HOP

Ground zero for the exhibition of contemporary Chilean art – and a choice spot to observe a fashionable crowd of Santiaguinos in their natural habitat – is the gallery circuit around Av Alonso de Córdova in Vitacura. Drop by one of these art spaces for an opening to see the champagne-fueled scene at its most happening. Check the galleries' websites for upcoming events and times.

Galería Animal (✆ 2-2371-9090; www.galeriaanimal.com; Av Nueva Costanera 3731, Vitacura; ⊙ 9:30am-7:30pm Mon-Fri, 10:30am-2pm Sat)

Galería Isabel Aninat (✆ 2-2481-9870; www.galeriaisabelaninat.cl; Espoz 3100, Vitacura; ⊙ 10am-8pm Mon Fri, 11am-2pm Sat)

La Sala Galería de Arte (✆ 2-22467207; www.galerialasala.cl; Francisco de Aguirre 3720, Vitacura; ⊙ 10am-8pm Mon-Fri, 11am-2:30pm Sat)

Las Condes

N 0 ——— 400 m
0 ——— 0.2 miles

Boragó (300m); Vinolia (600m);
Galería Animal (650m);
La Sala Galería de Arte (700m);
La Misión (1.1km);
Museo Ralli (1.8km)

Galería Isabel Aninat (1.2km);
Museo de la Moda (1.3km);
Parque Arauco (1.5km);
CorpArtes (3.6km)

Club
de Golf
Los Leones

Cerro
San Luis

Pl
Loreto

Pueblito Los
Dominicos (3km)

BARRIO
EL GOLF

LAS
CONDES

See Providencia
Map (p60)

Estadio
Francés

Las Condes

◉ Sights
1 Costanera Center	A3
2 Parque Bicentenario	B1
Sky Costanera	(see 1)

✪ Activities, Courses & Tours
3 Enotour	A4

⊟ Sleeping
4 Ritz-Carlton	C3
5 W Santiago	C3

✕ Eating
6 Café Melba	B3
7 Dominó	B2
8 Fuente Las Cabras	A4

⊜ Drinking & Nightlife
9 Cafetin	C3
10 Flannery's Beer House	C4

⊜ Shopping
11 Andesgear	B3
El Mundo del Vino	(see 5)

Piscina Tupahue   SWIMMING
(☎2-2730-1331; Cerro San Cristóbal s/n, Parque Metropolitano; adult/child CH$6000/3500; ◷10am-6:30pm Tue-Sun Nov-Mar; Ⓜ Baquedano) There are fabulous views from this huge, open-air pool atop Cerro San Cristóbal. It's more for splashing about than serious training.

📖 Courses

Tandem Santiago   LANGUAGE
(Escuela de Idiomas Violeta Parra; Map p60; ☎2-2236-4241; www.tandemsantiago.cl; Triana 853, Providencia; enrollment fee US$55, 45min lesson US$22, 20-lesson course US$180; ◷9am-9pm Mon-Fri; Ⓜ Salvador) Combines an outstanding academic record with a friendly vibe and

cultural activities. Accommodations (optional) are in shared or private apartments. Check the website for special courses like 'Spanish for Lawyers' or 'Medical Spanish.'

Natalislang LANGUAGE
(Map p48; ☑2-2222-8685; www.natalislang.com; Arturo Bürhle 047, Centro; intensive 3-day traveler crash course from CH$150,000; Ⓜ Baquedano) Great for quick, intense courses. The website has an extensive list of options.

Instituto Británico de Cultura LANGUAGE
(Map p48; ☑2-2413-2000; www.britanico.cl; Huérfanos 554, Centro; Ⓜ Santa Lucía) Qualified English teachers may find work here.

Universidad de Chile LANGUAGE
(Map p48; www.uchile.cl; Av O'Higgins 1058, Centro; Ⓜ Universidad de Chile) Check at the Universidad de Chile Santiago campuses for language exchanges and potential guerrilla learning opportunities. The main campus on Av O'Higgins houses the International Relations program.

☞ Tours

★ Uncorked Wine Tours TOURS
(☑2-2981-6242; www.uncorked.cl; full-day tour US$195) Wine tours to the Casablanca Valley. An English-speaking guide will take you to three wineries, and a lovely lunch is included. Uncorked also offers urban wine tasting in Santiago (US$52) and workshops (US$95) on cooking traditional Chilean cuisine.

★ La Bicicleta Verde TOURS
(Map p54; ☑2-2570-9939; https://labicicleta verde.com; Loreto 6, Barrio Recoleta; bike tours from CH$25,000, rentals half-/full-day from CH$6000/11,000; Ⓜ Bellas Artes) You can rent bikes and helmets here or choose from highly recommended guided tours of morning markets, shady green spaces, hip barrios or nearby vineyards in the Maipo Valley.

Free Tour Santiago WALKING
(Map p48; ☑ cell 9-9236-8789; www.freetour santiago.cl; Catedral Metropolitana, Plaza de Armas, Centro; ⊙ departs 10am & 3pm; Ⓜ Plaza de Armas) A free four-hour English-language walking tour of downtown Santiago: guides work for tips only. No booking necessary, just look for the guides wearing red shirts in front of Catedral Metropolitana (p51).

Happy Ending Tours TOURS
(☑ cell 9-9710-7758; www.happyendingtour.com; tours from CH$30,000) Reserve ahead for pub

---

WORTH A TRIP

PARQUE POR LA PAZ

During Chile's last dictatorship some 4500 political prisoners were tortured and 241 were executed at Villa Grimaldi by the now-disbanded National Intelligence Directorate (DINA). The compound was razed in the last days of Pinochet's dictatorship – no doubt to conceal evidence of torture – but after the return of democracy it was turned into a powerful memorial park known as **Parque por la Paz** (☑2-2292-5229; www.villagrimaldi.cl; Av Jose Arrieta 8401, Peñalolén; ⊙ 10am-6pm).

Each element of the park symbolizes one aspect of the atrocities and visits here are fascinating but harrowing – be sensitive about taking pictures as other visitors may be former detainees or family members. Check the website ahead of time to arrange a guided tour. Take Transantiago bus D09 (you need a Bip! card) from right outside the Av Vespucio exit of Plaza Egaña metro station; it drops you opposite.

---

crawls, winemaking workshops, and high-end clubbing trips that kick off with a glass of champagne at the top of Sky Costanera (p60), the city's tallest building. The price includes drinks and door-to-door service from your hotel.

Vinolia WINE
(☑2-2604-8528; www.vinolia.cl; Alonso de Monroy 2869, Local 5, Vitacura; tours CH$32,500; ⊙ 11am-11pm Mon-Sat) A veritable theme park for wine lovers. Guided tours (in English and Spanish, reserve ahead) take you to a sensory exploration room where you can dissect the aromas of wine, and a theater where top Chilean winemakers narrate an audiovisual tasting experience with light food pairings. There's also a stylish wine bar here serving tapas.

Tours 4 Tips TOURS
(Map p48; www.tours4tips.com; Barrio Bellas Artes; ⊙ departs 10am & 3pm; Ⓜ Bellas Artes) Following the free-tour model (tip what you think your guide deserves), this operation has tours departing from in front of the Museo de Bellas Artes daily at 10am and 3pm – the guides wear red-and-white-striped Where's Waldo (Wally) gear. The morning tour focuses on offbeat Santiago, while in the afternoon you just get the highlights.

Spicy Chile
WALKING

(Map p48; ☑ cell 9-6835-2286; www.spicychile.cl; Barrio Bellas Artes; Ⓜ Bellas Artes) Three-hour tip-based tours of Santiago Centro leave from a meeting spot outside the Bellas Artes metro station at 10am and 3pm daily. The guides wear green shirts.

Upscape Travel
TOURS

(Santiago Adventures; Map p59; ☑ 2-2244-2750; http://upscapetravel.com; Tegualda 1352, Barrio Italia; Ⓜ Santa Isabel) Savvy English-speaking tour guides lead personalized tours covering Santiago's food and wine, as well as day trips to the coast and throughout Chile.

Enotour
TOURS

(Map p62; ☑ 2-2481-4081; www.enotourchile.com; Luis Thayer Ojeda 0130, Oficina 1204, Providencia; tours from CH$37,000; Ⓜ Tobalaba) Head out for intoxicating group tastings at the nearby Maipo and Casablanca Valleys or on private tours further afield to the Colchagua or Aconcagua Valleys on one- or two-day excursions. The guides all specialize in wine and gastronomy.

Altué Active Travel
ADVENTURE

(Map p60; ☑ 2-2333-1390, cell 9-9142-7505; www.altue.com; Coyancura 2270, Oficina 801, Providencia; ☺ 9am-5pm Mon-Fri; Ⓜ Los Leones) One of Chile's pioneer adventure-tourism agencies; it covers almost any outdoor activity but specialties include sea kayaking and cultural trips in Chiloé.

Turistik
BUS

(Map p48; ☑ 2-2820-1000; https://turistik.com; Municipal Tourist Office, Plaza de Armas s/n, Centro; day pass from CH$20,000; ☺ 10am-6pm; Ⓜ Plaza de Armas) Hop-on, hop-off double-decker bus tours run to 12 stops between the Centro district and Parque Arauco mall. Check the online map for further information.

✯✯ Festivals & Events

Santiago a Mil
PERFORMING ARTS

(www.fundacionteatroamil.cl/en/santiagoamil; ☺ Jan) This major performing-arts festival draws experimental companies from all over the world to the stages of Santiago. Expect more than 1000 shows to take place over the span of three weeks, with many staged for free in parks and plazas across town. It's truly the most exciting time to be in Santiago.

Festival de Jazz de Providencia
MUSIC

(www.providencia.cl; Parque de las Esculturas; ☺ Jan) Some of the world's top jazz perform-ers converge on Providencia's Parque de las Esculturas for one weekend each January. Pick up free tickets from the Fundación Cultural de Providencia (Nueva Providencia 1995) and arrive early to get a spot with a view. Alternatively, set out a blanket and pic-nic dinner on the far side of Río Mapocho and watch the jumbotron.

Festival Nacional del Folklore
MUSIC

(www.sanbernardo.cl; ☺ late Jan) In the south-ern suburb of San Bernardo, this four-day festival celebrates traditional Chilean music, culture, dance and food.

Ñam
FOOD & DRINK

(www.niamsantiago.cl; Cerro Santa Lucía; ☺ Mar) Chile's biggest food festival takes over Cer-ro Santa Lucía for one week with a maze of food stands, wine tastings, cooking demon-strations, parties and more.

Lollapalooza Chile
MUSIC

(www.lollapaloozacl.com; ☺ Mar) Santiago was the first city outside of the US to stage this famous music festival. Big-name nation-al and international acts roll into Parque O'Higgins.

Fiesta del Vino
WINE

(www.fiestadelvinodepirque.cl; ☺ Apr) This wine festival in Pirque, one of many taking place around Santiago during harvest time, also features traditional cuisine and folkloric music.

Santiago Festival Internacional de Cine
FILM

(SANFIC; www.sanfic.com; ☺ Aug) Santiago's weeklong film festival showcases choice in-dependent cinema throughout several mov-ie theaters. This relatively new festival has grown in prestige in recent years.

Feria Internacional del Libro de Santiago
LITERATURE

(FILSA; https://camaradellibro.cl/ferias/filsa; ☺ late Oct-early Nov) Scores of publishing houses and authors from throughout the Spanish-speaking world (and beyond) move into Estación Mapocho and set up shop for two weeks. A full slate of cultural programming coincides with the fair, including author talks, poetry readings, workshops and live performances (mostly in Spanish).

Muestra de Artesanía UC
ART

(www.artesania.uc.cl; Parque Bustamente; ☺ late Nov/early Dec) Talented craftspeople show off their creations in Providencia's Parque

Bustamente, making this the perfect spot to purchase holiday gifts.

🛏 Sleeping

Santiago's unique neighborhoods provide the backdrop for your stay. For easy access to museums and restaurants, consider the Centro, budget-friendly Barrio Brasil or nightlife districts like classy Barrio Lastarria and raucous Bellavista. For fancier digs and sophisticated dining – but limited access to most major sights – head to leafy Providencia, trendy Barrio Italia or well-heeled Las Condes.

🛏 Centro

CasAltura Boutique Hostel   HOSTEL $
(Map p48; 📞2-2633-5076; www.casaltura.com; San Antonio 811; dm/d CH$13,000/40,000, s/d without bathroom CH$20,000/30,000; @🛜; M Puente Cal y Canto) This sophisticated 'boutique hostel' is a travelers' favorite thanks to kitchen access, fine linens, a newly renovated terrace overlooking Parque Forestal and a location near Mercado Central.

Ecohostel   HOSTEL $
(Map p48; 📞2-2222-6833; www.ecohostel.cl; General Jofré 349B; dm/s/d without bathroom CH$8000/15,000/23,000; @🛜; M Universidad Católica) Anyone looking to chill will love this hostel's personalized service, cozy couches and sunny patio (complete with hammock). Eight-bed dorms in the converted old house can be dark, but bunks and lockers are both big and there are plenty of well-divided bathrooms. There's a women-only dorm.

Hostel Plaza de Armas   HOSTEL $
(Map p48; 📞2-2671-4436; www.plazadearmas hostel.com; Compañía de Jesus 960, Apt 607, Plaza de Armas; dm CH$6000-10,000, d with/without bathroom CH$27,500/23,500; 🛜; M Plaza de Armas) You'll think you're in the wrong place when you show up to this busy apartment building on Santiago's main square. Take the elevator to the 6th floor to reach the hostel, which sports tiny dorms and a well-equipped communal kitchen. Great balconies with views over Plaza de Armas make up for the run-down facilities.

Hotel Plaza Londres   HOTEL $
(Map p48; 📞2-2633-3320; www.hotelplaza londres.cl; Londres 35, Barrio París-Londres; s/d/tr CH$27,500/40,000/45,000; ❄🛜; M Universidad de Chile) At the end of quiet cobblestoned Calle Londres, this simple hotel has modernish 1970s-style rooms with incongruous pictures of private jets and other odds and ends. The worn, slightly raggedy colonial building is not without its charms, and there's some decent modern art on display.

★ Hostal Río Amazonas   GUESTHOUSE $$
(Map p48; 📞2-2635-1631; www.hostalrio amazonas.cl; Av Vicuña Mackenna 47; s/d CH$34,000/55,000; @🛜; M Baquedano) Great for those looking for the social life of a hostel without sharing a room. This long-running guesthouse in a mock-Tudor mansion has bright rooms, a big terrace, a modern shared kitchen and a large collection of art.

Agustina Suites   ACCOMMODATION SERVICES $$
(Map p48; 📞2-2710-7422; www.agustinasuite.cl; Huérfanos 1400, Oficina 106B; apt from US$69; ❄🛜❄; M Santa Ana) Good-quality apartments in the city center with flat-screen TVs, balconies and a seasonal outdoor pool.

Hotel Vegas   HOTEL $$
(Map p48; 📞2-2632-2498; www.hotelvegas santiago.com; Londres 49, Barrio París-Londres; s/d CH$44,500/54,400; ❄@🛜; M Universidad de Chile) There's a vintage twist to the grand old rooms at the Hotel Vegas: think a collision of the ages with wood paneling, beige bathrooms and lime-green accents, all within the confines of a colonial building. The rooms are clean and large – some even sport sitting areas – though they're a bit dim and the beds can be spongy or bowed.

★ Hotel Magnolia   DESIGN HOTEL $$$
(Map p48; 📞2-2664-4043; www.hotelmagnolia. cl; Huérfanos 539; r from CH$75,000; ❄🛜; M Santa Lucía) No two rooms are exactly alike at this artfully designed boutique hotel, which masterfully intertwines old and new within the confines of a restored 1920s office building. Checkered tiles, marble staircases and stained-glass windows pop alongside playful modern light fixtures, geometric furnishings and vertigo-inducing glass floors. Head to the rooftop bar for views over Cerro Santa Lucía and Santiago Centro.

Hotel Galerías   HOTEL $$$
(Map p48; 📞2-2470-7400; www.hotelgalerias. cl; San Antonio 65; s/d CH$78,000/88,000; ❄@🛜❄; M Santa Lucía) This hotel is proud to be Chilean: mock *moai* (Easter Island statues) guard the entrance, the restaurant specializes in regional cuisine, and the simple but well-appointed rooms are accented with traditional weavings and hardwood

furniture. There's an outdoor swimming pool and kids under 10 stay free with their parents. A solid family pick.

Hotel Plaza San Francisco LUXURY HOTEL $$$
(Map p48; ☑ 2-2360-4444; www.plazasanfran cisco.cl; Av O'Higgins 816, Barrio París-Londres; d CH$91,500; ❅❀🐾☀️; Ⓜ Universidad de Chile) With an oak-paneled reception, hunting prints and maroon and mustard furnishings, this hotel is angling for the English drawing-room look. The impeccably mannered staff are a match for any butler, the fitness center is convenient and the buffet breakfast and on-site restaurant are excellent, but overall the place feels overdue for some updates.

🛏 Barrios Lastarria & Bellas Artes

Poker Hostal GUESTHOUSE $
(Map p48; ☑ 2-2633-3979; www.pokerhostal.com; Luis de Valdivia 361, Barrio Lastarria; s/d/f from CH$17,000/33,000/33,000; 🛜; Ⓜ Universidad Católica) As eclectic and arty as the neighborhood, this great-value guesthouse offers the cheapest private rooms you'll find in Lastarria. There's a shared kitchen for cooking, and some rooms have private balconies.

Hostal Forestal HOSTEL $
(Map p48; ☑ 2-2638-1347; www.hostalforestal. com; Coronel Santiago Bueras 120, Barrio Lastarria; dm CH$10,000, d with/without bathroom CH$40,000/35,000; @🛜; Ⓜ Baquedano) This hostel wins big for its location. It has cheery common spaces, a shared kitchen and a small patio, but the dorms are a bit dark.

Lastarria 43 APARTMENT $$
(Map p48; ☑ cell 9-9496-1793, 2-2638-3230; www. lastarria43.cl; Lastarria 43, Barrio Lastarria; studios US$76-108, 3- to 5-person apt US$148-200; 🛜; Ⓜ Universidad Católica) On a quiet street at the entrance to Barrio Lastarria, these studios and apartments are great value for families. You'll miss the common areas of most hotels, but the furnished apartments with upscale amenities offer a chance at high-flying Santiago condo living. Unlike other apartment rentals, it offers a daily cleaning service.

★ Singular LUXURY HOTEL $$$
(Map p48; ☑ 2-2306-8820; www.thesingular. com; Merced 294, Barrio Lastarria; r from US$240; ℗❅🛜☀️; Ⓜ Universidad Católica) Setting new standards for boutique luxury, this standout in the heart of Barrio Lastarria is sharp, refined, thoughtful and, well, singular. The large rooms feature eclectic furniture and artwork, and will appeal to even the most discerning fashionista. The pool and spa bookend the hotel top to bottom.

Luciano K BOUTIQUE HOTEL $$$
(Map p48; ☑ 2-2620-0900; www.lucianok hotel.com; Merced 84, Barrio Lastarria; r from CH$90,000; ❅🛜☀️; Ⓜ Baquedano) This new high-design hotel occupies seven floors of a 1920s-era building that was once the tallest in Santiago with the city's first lift (it's still in use!). The rooftop claims a trendy bar (with mesmerizing floor tiles) and a pool big enough to fit a small family. Rooms exude casual elegance with hardwood floors, natural colors and designer furnishings.

Hotel Boutique Lastarria BOUTIQUE HOTEL $$$
(Map p48; ☑ 2-2840-3700; www.lastarriahotel. com; Coronel Santiago Bueras 188, Barrio Lastarria; r US$200-339, ste US$369-399; ❅🛜☀️; Ⓜ Bellas Artes) Even though it sets a pretty high mark, we still feel this 14-room boutique is a bit overpriced. Reasons to stay: a ridiculously lush pool in the back garden, vaulted-ceiling rooms with travertine tiles, modern-classic furnishings and plenty of space to move around, plus a small gym and about the most ideal location you could imagine.

🛏 Barrio Bellavista

Bellavista Hostel HOSTEL $
(Map p54; ☑ 2-2732-3146; www.bellavistahostel. com; Dardignac 0184; dm US$15-17, s/d without bathroom US$30/50; @🛜; Ⓜ Baquedano) This highly social hostel is a Bellavista classic. Brightly painted walls crammed with colorful paintings and graffiti announce the relaxed, arty vibe. There's a supercool terrace and two kitchens. We only wish it was a bit cleaner. The city's best bars and clubs are on your doorstep and so, sometimes, are their patrons.

If you aren't staying out late, sleep in the annex or look elsewhere.

La Chimba HOSTEL $
(Map p54; ☑ 2-2732-9184; www.facebook.com/ lachimbahostel; Ernesto Pinto Lagarrigue 262; dm CH$11,000-15,000, s/d without bathroom CH$24,000/36,000; @🛜; Ⓜ Baquedano) A massive mural announces your arrival at this Bellavista party hostel. There's a cooledout 1950s-style throwback lounge perfectly mismatched with a glowing chandelier and other odds and ends that span the decades.

The rooms feel punk-rock beat – it's a bit grungy, but quite flavorful. And you'll love swapping stories at the rambling back plaza.

Hotel Boutique Tremo　　　BOUTIQUE HOTEL **$$**
(Map p54; 📞 2-2732-4882; www.tremohotel.cl; Alberto Reyes 32; r CH$47,000; ❄️🛜; Ⓜ️Baquedano) For those looking for a boutique experience on a realistic budget, this is your best bet. The lovely converted mansion on a quiet Bellavista street has a terrific patio lounge, fresh art deco stylings, decent service and a chilled-out air.

A spiraling stairway takes you to the high-ceilinged rooms, which are bathed in white, and feature minimalist Scandanavian design sensibilities, some funky art and modern baths.

Aubrey Hotel　　　　　LUXURY HOTEL **$$$**
(Map p54; 📞 2-2940-2800; www.theaubrey. com; Constitución 317; d/ste from US$200/375; ❄️@🛜≋; Ⓜ️Baquedano) Redefining sophistication, this transformed Spanish-style patrician mansion dating from 1927 is one of the best luxury boutiques in Santiago. True standout features include the lovely (and well-heated) outdoor swimming pool, tech-forward lighting throughout, a quirky piano lounge and the stunning location at the foot of Cerro San Cristóbal.

The fusion between art deco, contempo and classic design entrances as you pass through the common areas to the well-appointed rooms. Customize your experience with a quick chat with the on-call concierge.

🛏 Barrio Brasil & Barrio Yungay

★Happy House Hostel　　　　HOSTEL **$**
(Map p57; 📞 2-2688-4849; www.happyhouse hostel.com; Moneda 1829, Barrio Brasil; dm CH$14,000, s/d CH$40,000/45,000, without bathroom CH$30,000/35,000; @🛜≋; Ⓜ️Los Héroes) This 1910 mansion has a fabulous molded ceiling, funky modern touches and incongruous art deco stylings. There's a pool, bar and patio out back, a few stories of dorm rooms and definitely worthwhile privates.

La Casa Roja　　　　　　　HOSTEL **$**
(Map p57; 📞 2-2695-0600; www.lacasaroja.cl; Agustinas 2113, Barrio Brasil; dm CH$9500, d with/ without bathroom CH$32,000/28,000; @🛜≋; Ⓜ️Ricardo Cumming) With its swimming pool, airy patios, outdoor bar, garden and a huge, well-designed kitchen, it's easy to see why this Aussie-owned outfit is backpacker cen-

Greater Santiago is wedged between two mountain ranges, the Andes and the coastal cordillera. Although it's made up of some 37 *comunas* (districts), most sights and activities are concentrated in a few of the central neighborhoods.

East–west thoroughfare Av O'Higgins (better known as the Alameda) is the city's main axis; east of Plaza Italia it becomes Av Providencia and then Av Apoquindo. Metro Línea 1 runs under it for much of its length. Flowing roughly parallel to the north is the highly polluted Río Mapocho, which effectively acts as the border between downtown and the northern suburbs.

Three climbable hills punctuate the otherwise-flat cityscape: Cerro San Cristóbal (a major open-space park), Cerro Manquehue (home to great urban hiking routes) and the smaller Cerro Santa Lucía.

tral. Serious socializing isn't the only appeal: the sweeping staircases and sky-high molded ceilings of this lovingly restored 19th-century mansion ooze character.

Especially great value are the doubles, fitted with stylish retro furniture and bijoux bathrooms.

🛏 Barrio Italia

Hostal Chile Pepper　　　　　HOSTEL **$**
(Map p59; 📞 2-2501-9382; www.hostal chilepepper.com; Claudio Arrau 251; dm/d CH$10,000/22,000; 🛜; Ⓜ️Santa Isabel) Located on a quiet side street of Barrio Italia, this clean hostel has nine rooms with a mix of dorms and private accommodations. There's a kitschy Astroturf lawn to sun on out front, a cozy patio to grill on out back, and ample common space in-between to play pool or share travel tips.

★CasaSur Charming Hotel　　　B&B **$$$**
(Map p59; 📞 2-2502-7170; www.casasurchile.com; Eduardo Hyatt 527; r US$160-210; ❄️🛜; Ⓜ️Santa Isabel) With extremely helpful staff, lavish cooked breakfasts and personalized service right down to the nameplate welcoming you to your light and airy room, CasaSur is just as charming as it claims to be. The location on a quiet Barrio Italia side street is equally

CEMENTERIO GENERAL

More than just a graveyard, Santiago's **Cementerio General** (www.cementerio general.cl; Av Profesor Alberto Zañartu 951, Barrio Recoleta; ⊘ 8:30am-6pm; Ⓜ Cementerios) is a veritable city of tombs, many adorned with works by famous local sculptors. The names above the crypts read like a who's who of Chilean history: its most tumultuous moments are attested to by Salvador Allende's tomb and the **Memorial del Detenido Desaparecido y del Ejecutado Político**, a memorial to the 'disappeared' of Pinochet's dictatorship.

To reach the memorial from the main entrance, walk down Av O'Higgins, turning right onto Limay for another 200m until you find Patio Recoleta Norte.

ideal. Book ahead as this fantastic B&B is rightly popular.

Providencia

Castillo Surfista Hostel   HOSTEL $
(☑ 2-2893-3350; www.castillosurfista.com; Maria Luisa Santander 0329; dm CH$9700, d without bathroom CH$26,000; @ 🛜; Ⓜ Baquedano) On the northern edge of Barrio Italia and run by a California surfer, this renovated house features homey dorms and doubles, tidy communal areas and laid-back hosts who can help you access the surf scene – the owner even runs daylong surf trips to lesser-known breaks and arranges Wicked camper rentals if you want to venture to the beaches alone.

Intiwasi Hotel   BOUTIQUE HOTEL $$
(Map p60; ☑ 2-2985-5285; www.intiwasihotel. com; Josue Smith Solar 380; r US$85-90; 🌸 @ 🛜; Ⓜ Los Leones) This cozy, centrally located hotel is more like a boutique hostel for grown-ups. The proud owners are eager to help you plan your travels, and the look is native Chilean (Intiwasi means 'House of the Sun' in Quechua), with indigenous textiles, dark wood and bright hues of red and orange throughout. Rooms have LCD televisions.

Hotel Orly   LUXURY HOTEL $$$
(Map p60; ☑ 2-2630-3000; www.orlyhotel.com; Av Pedro de Valdivia 027; s/d US$125/145, apt US$125; 🅿 🌸 @ 🛜; Ⓜ Pedro de Valdivia) This stately (and rather staid) hotel has a lovely glassed-in terrace. The look is classic, with dark-wood furnishings, crisp white linens and heavy maroon drapes. There's coffee, tea and cake available all day in the breakfast room. Families might consider the Orly's 23 apartments down the block; service includes breakfast at the hotel.

Las Condes, El Golf & Vitacura

W Santiago   LUXURY HOTEL $$$
(Map p62; ☑ 2-2770-0000; www.wsantiagohotel. com; Isidora Goyenechea 3000, Barrio El Golf; r from US$300; 🅿 🌸 🌸 @ 🛜 ⚊ 🌸; Ⓜ El Golf) Fashion-forward, high-energy, decadent and sexy, the W Santiago offers everything you would expect from this international chain: parties, drop-in fashion shows, good restaurants, bumping night clubs, celebs and beautiful people. The sleek rooms and suites feature floor-to-ceiling views, and all the modern tech-friendly amenities you could imagine.

Nonguests should consider dining or partying here. Choose from several bars, or dine on French, Nikkei or Chilean at the terrace bistro. Guests love the rooftop pool and 3rd-floor spa.

Ritz-Carlton   LUXURY HOTEL $$$
(Map p62; ☑ 2-2470-8500; www.ritzcarlton. com/santiago; El Alcalde 15, Barrio El Golf; r from US$398; 🌸 @ 🛜 ⚊; Ⓜ El Golf) The Ritz is Santiago's long-running luxury choice. Detail is what it does best: the king-sized beds have Egyptian-cotton sheets and deliciously comfortable mattresses, and there's even a menu of bath treatments.

The jewel in the crown is the top-floor health club and pool, with a vaulted glass roof that means you can swim beneath the stars. If you prefer liquid treats that come in a glass, the bar's novelty pisco sours are legendary.

✗ Eating

The best high-end restaurants are in Lastarria, Bellavista, Providencia and Vitacura – you can sample many of them for less by going for midweek set lunch menus. More classic Chilean cuisine includes seafood lunches at the central fish market, empanadas from takeout counters and *completos* (hot dogs piled high with avocado) at downtown diners.

✗ Centro

Mercado Central   SEAFOOD $
(Central Market; Map p48; www.mercadocentral. cl; cnr 21 de Mayo & San Pablo; ⊘ food stands &

restaurants 9am-5pm Mon-Fri, 7am-3:30pm Sat & Sun; M Puente Cal y Canto) Santiago's wrought-iron fish market is a classic for seafood lunches (and hangover-curing fish stews like the tomato- and potato-based *caldillo de congrio,* Pablo Neruda's favorite). Skip the touristy restaurants in the middle and head for one of the tiny low-key stalls around the market's periphery.

El Naturista   VEGETARIAN $
(Map p48; ☑2-2696-1668; www.elnaturista.cl; Paseo Huérfanos 1046; meals CH$3400-5000; ☺8:30am-9pm Mon-Fri, 9am-4pm Sat; ☑; M Plaza de Armas) A downtown vegetarian classic, El Naturista does simple but filling soups, sandwiches, salads, tarts and fresh-squeezed juices, plus light breakfasts.

Emporio Zunino   BAKERY $
(Map p48; www.empanadaszunino.com; Puente 801; empanadas CH$1000; ☺9:30am-8pm Mon-Fri, to 3pm Sat; M Puente Cal y Canto) Founded in 1930, this classic bakery makes fantastic empanadas – Chilean food journalists recently awarded them among the top 10 in a contest for the best empanadas in Santiago.

Bar Nacional   CHILEAN $
(Map p48; ☑2-2695-3368; Paseo Huérfanos 1151; mains CH$2000-10,000; ☺7:30am-11pm Mon-Fri, to 5pm Sat; M Plaza de Armas) From the chrome counter to the waitstaff of old-timers, this *fuente de soda* (soda fountain) is as vintage as they come. It has been churning out Chilean specialties like *lomo a lo pobre* (steak and fries topped with fried egg) for years. To save a buck (or a few hundred pesos) ask for the sandwich menu.

Bar Nacional is so popular that there are two more city locations.

Fast-Food Stands   CHILEAN $
(Map p48; Portal Fernández Concha; snacks CH$1500-5000; ☺9am-11pm Mon-Sat; M Plaza de Armas) Some of the cheapest meals in town come from the string of food stands that line the Portal Fernández Concha, the arcade along the south side of Plaza de Armas. Supersized empanadas, *completos* and pizza slices are the staples here, day and night.

★Salvador Cocina y Café   CHILEAN $$
(Map p48; ☑2-2673-0619; www.facebook.com/SalvadorCocinaYCafe; Bombero Ossa 1059; mains CH$6000-7500; ☺8am-7pm Mon-Fri; M Universidad de Chile) This no-frills lunch spot packs a surprising punch with market-focused menus that change daily and highlight unsung

dishes (and exotic meats) from the Chilean countryside. Chef Rolando Ortega won Chile's coveted chef of the year award in 2015 and the tables have been packed ever since.

★La Diana   CHILEAN $$
(☑2-2632-8823; www.ladiana.cl; Arturo Prat 435; mains CH$6000-8500; ☺1pm-12:30am Tue-Sat, to 6:30pm Sun; M Universidad de Chile) Attached to a children's arcade of the same name and built within the walls of an old monastery, La Diana defies easy description. Its ceilings are adorned with as many potted plants as chandeliers, its tables are a mishmash of found furnishings, and its menu is as notable for grilled seafood as seafood-packed pizzas.

Confitería Torres   CAFE $$
(Map p48; www.confiteriatorres.cl; Av O'Higgins 1570; CH$4500-12,000; ☺10:30am-midnight Mon-Sat; ☺; M Los Héroes) Even after restorations that added contemporary elegance to its appearance, Confitería Torres – one of Santiago's oldest cafes – still wears its history on its sleeve. Aging waiters attend with aplomb, chandeliers glow and the green and white floor tiles are worn from use.

Barrios Lastarria & Bellas Artes

Café Bistro de la Barra   CAFE $
(Map p48; JM de la Barra 455, Barrio Bellas Artes; sandwiches CH$4000-5500; ☺8am-11pm Mon-Fri, 9am-11pm Sat & Sun; ☑; M Bellas Artes) Worn old floor tiles, a velvet sofa, 1940s swing and light fittings made from cups and teapots make a quirky-but-pretty backdrop for some of the best lunches and *onces* (afternoon tea) in town. The rich sandwiches include salmon-filled croissants or Parma ham and arugula on flaky green-olive bread. Save room for the berry-drenched cheesecake.

Emporio La Rosa   ICE CREAM $
(Map p48; ☑2-2638-9257; www.emporiolarosa.com; Merced 291, Barrio Lastarria; ice creams CH$2000, salads & sandwiches CH$4000-6000; ☺10am-9pm Mon-Thu & Sun, to 10pm Fri & Sat; ☑; M Bellas Artes) Choco-chili, rose petal and Thai pineapple are some of the fabulous flavors of this extra-creamy handmade ice cream, which has been known to cause addiction. Flaky *pains au chocolat* and squishy *marraqueta* (a type of bread) sandwiches are two more reasons to plonk yourself at the chrome tables. Ever-expanding, there are now a dozen branches across town.

Tambo

PERUVIAN $$

(Map p48; ☑ 2-2633-4802; http://tambo.cl; Lastarria 65, Barrio Lastarria; mains CH$6000-11,000; ☺ 1-11pm; Ⓜ Universidad Católica) Occupying a prime spot along one of Barrio Lastarria's most scenic passages, this contemporary Peruvian eatery offers spicy twists on dishes and drinks that Chileans have since adopted – go ahead, taste test the fantastic ceviche. Kick off your sampling from the other side of the border with a delicious *maracuyá* (passion fruit) pisco sour.

Sur Patagónico

CHILEAN $$

(Map p48; ☑ 2-2664-5341; Lastarria 92, Barrio Lastarria; mains CH$8000-14,000; ☺ 10:30am-11pm Mon-Sat; Ⓜ Universidad Católica) The food is slightly overpriced and service is notoriously slow, but if you can score one of the pretty sidewalk tables on this well-traveled corner, you mightn't mind – the people-watching is fantastic, especially if you have a cold Chilean microbrew in hand.

✗ Barrio Bellavista

Galindo

CHILEAN $

(Map p54; ☑ 2-2777-0116; www.galindo.cl; Dardignac 098; mains CH$3000-6000; ☺ noon-midnight Mon-Sat; Ⓜ Baquedano) Retro signs adorn the wood-backed bar at this long-time local favorite, usually packed with noisy but appreciative crowds. Unlike the precious restaurants around it, Galindo's all about sizzling *parrilladas* (mixed grills) and hearty Chilean staples like *chorrillana* (french fries topped with grilled onions and meat).

Wash them down with freshly pulled pints or carafes of house wine.

El Caramaño

CHILEAN $

(Map p54; http://caramano.tripod.com; Purísima 257, Barrio Recoleta; mains CH$5000-10,000; ☺ 1-11pm Mon-Sat, to 5pm Sun; Ⓜ Baquedano) An extensive menu of Chilean classics like *machas a la parmesana* (gratinée razor clams), *merluza a la trauca* (hake baked in sausage and tomato sauce) and *oreganato* (melted oregano-dusted goat cheese) keep local families coming back here. It's a reliable choice for an affordable Chilean dinner.

Etniko

FUSION $$

(Map p54; ☑ 2-2732-0119; www.etniko.cl; Constitución 172; mains CH$5900-11,000; ☺ 7:30pm-2am Mon-Sat; Ⓜ Baquedano) With an airy transcendental energy, gigantic sushi platters and a sprinkling of other culinary offerings from Japan, Thailand and Chile, this hip eatery is fashionable and friendly. It stretches a long way back with a mix of stone, metal, bamboo, light and sound.

Azul Profundo

SEAFOOD $$

(Map p54; ☑ cell 9-5622-0029; Constitución 111; mains CH$7000-13,000; ☺ 1pm-midnight; Ⓜ Baquedano) Step into the deep blue for fresh and inventive seafood. If you're up for sharing, order the delicious ceviche sampler and a round of pisco sours; the colorful (and oversized) platter might be one of the most memorable meals on your Chilean adventure.

★ Peumayen

CHILEAN $$$

(Map p54; www.peumayenchile.cl; Constitución 136; tasting menu CH$12,500; ☺ 1-3pm & 7pm-midnight Tue-Sat, 1-4pm Sun; Ⓜ Baquedano) Without a doubt one of the most unique culinary experiences in Chile, this Bellavista upstart is innovating Chilean cuisine by looking back to the culinary roots of the Mapuche, Rapa Nui and Atacameños.

Don't even bother ordering á la carte, unless you are in a big group. Instead, ask for the tasting menu; it's served on a stone slab and features modern takes on traditional indigenous fare, such as llama, lamb tongue, sweet breads, horse and salmon. The dramatically lit patio and low-ceilinged interior provide the perfect backdrop for your technicolor trip through Chile's gastronomic roots.

✗ Barrio Brasil & Barrio Yungay

Palacio del Vino

CHILEAN $

(Map p57; ☑ cell 9-8855-1922; www.palaciodelvino.cl; Av Brasil 75, Barrio Brasil; mains CH$5000-8000; ☺ 11am-6pm Mon-Sat, by reservation only for dinner) This down-to-earth 'wine palace' gets high marks for both atmosphere and price. Not only is it located in a character-rich heritage building in Barrio Brasil, but you can get a glass of *gran reserva* wine for CH$3000 and a seafood dish to go with it for less than CH$6000.

Peluquería Francesa

FRENCH $$

(Map p57; ☑ 2-2681-5550; www.peluqueriafrancesa.cl; Compañía de Jesús 2789, Barrio Yungay; mains CH$8500-13,000; ☺ 9:30am-10:30pm Mon-Sat, 10am-6pm Sun; Ⓟ ☎; Ⓜ Ricardo Cumming) This is one of Santiago's more innovative dining experiences. The name means 'French Barbershop,' and that's exactly what this elegant corner building, dating from 1868, originally was. Decorated with quirky antiques, it still has turn-of-the-century charm; it gets crowded on weekend evenings with hip Santiaguinos who come in numbers for the well-prepared French-inflected dishes.

Squella Restaurant
SEAFOOD $$
(Map p57; ☑ 2-2699-3059; www.squella restaurant.cl; Av Ricardo Cumming 94, Barrio Brasil; mains CH$10,000-18,000; ⏰ 12:30-11:30pm Mon-Sat, to 5:30pm Sun; Ⓜ Ricardo Cumming) When you enter this four-story eatery (housed in the rooms of an old home), your dinner may still be swimming (or crouching) in the bubbling pools that line one side of the ground-floor dining room. The fresh oysters, shrimp, clams and ceviche have kept locals loyal to this seafood institution for decades.

Las Vacas Gordas
STEAK $$
(Map p57; ☑ 2-2697-1066; Cienfuegos 280, Barrio Brasil; mains CH$7000-13,000; ⏰ noon-midnight Mon-Sat, to 5pm Sun; Ⓜ Ricardo Cumming) Steak, pork, chicken and vegetables sizzle on the giant grill at the front of the clattering main dining area, then dead-pan old-school waiters cart it over to your table. This popular steakhouse is often packed, so reserve or get there early.

🍴 Barrio Italia

⭐ Silabario
CHILEAN $$
(☑ 2-2502-5429; www.cocinalocal.cl; Lincoyan 920; mains CH$6000-9500; ⏰ 7-11:30pm Tue-Fri, 1-4:30pm & 7pm-midnight Sat, 1-4:30pm Sun; Ⓜ Irarrázaval) Tucked away in an old home south of Barrio Italia's main drag, this intimate spot re-envisions staples from the countryside as gourmet dishes. From northern quinoa salads to hearty Mapuche stews from the south, each culinary journey ends with a complimentary homemade *bajativo* (digestif).

🍴 Providencia

Voraz Pizza
PIZZA $
(Map p60; ☑ 2-2235-6477; www.vorazpizza.cl; Av Providencia 1321; pizzas CH$4000-5000; ⏰ 12:30-11:30pm Mon-Sat, 5:30-11:30pm Sun; 🎵; Ⓜ Manuel Montt) This hole-in-the-wall spot serves great-value thin-crust pizzas and craft beers at sidewalk tables; it will happily deliver too. An added bonus for non-meat eaters: this pizzeria has a few tasty vegetarian options and will also cater to vegans.

Holm
CAFE $$
(Map p60; ☑ cell 9-4227-4411; Padre Mariano 125; meals CH$5000-7500; ⏰ 9am-10pm Mon-Fri, 10am-4pm Sat & Sun; 🎵; Ⓜ Pedro de Valdivia) Santiaguinos flock to this homey Providen-

cia cafe each weekend for the best brunches in town. Fresh-baked breads and jams, yogurt and granola or scrambled eggs with crispy bacon are but a few of the offerings. Salads, sandwiches and fresh fruit juices round out the midweek fare.

Liguria Bar & Restaurant
MEDITERRANEAN, CHILEAN $$
(Map p60; ☑ 2-2334-4346; www.liguria.cl; Av Pedro de Valdivia 47; mains CH$7000-12,000; ⏰ 10am-1:30am Mon-Sat; Ⓜ Pedro de Valdivia) Liguria mixes equal measures of bar and bistro perfectly. Stewed rabbit and other specials are chalked up on a blackboard, then dapper old-school waiters place them on the red-checked tablecloths with aplomb.

Vintage adverts, Chilean memorabilia and old bottles decorate the wood-paneled inside, but it's the sidewalk tables that diners really fight over. There are three other locations in the city.

Fuente Las Cabras
CHILEAN $$
(Map p62; ☑ 2-2232-9671; Av Luis Thayer Ojeda 166; mains CH$6000-8000; ⏰ 9-11:30am & 12:30pm-1am Mon-Fri, 1pm-12:45am Sat & Sun; Ⓜ Tobalaba) Imagine if a top chef took over the reins of an American diner. That, in essence, is what award-winning chef Juan Pablo Mellado has done with this *fuente de soda* (soda fountain) where he re-envisions Chilean fast-food staples with a gourmet twist. There's not even a soda fountain in sight; you'll only find craft beers pouring from the taps.

El Huerto
CAFE $$
(Map p60; ☑ 2-2231-4443; www.elhuerto.cl; Orrego Luco 054; mains CH$6000-8000; ⏰ noon-11pm Mon-Sat, 12:30-4:30pm Sun; 🎵; Ⓜ Pedro de Valdivia) This earthy restaurant's healthy, vegetarian fare is a big hit with both hip young things and ladies who lunch. Come for seaweed ceviches, fresh fruit juices, quinoa salads and wonderfully rich desserts.

Aquí Está Coco
CHILEAN $$$
(Map p60; ☑ 2-2410-6200; www.aquiestacoco.cl; La Concepción 236; mains CH$9100-13,000; ⏰ 1-3pm & 7-11pm Mon-Sat, closed Feb; 🎵; Ⓜ Pedro de Valdivia) 🌿 This beautifully restored mini-mansion – reconstructed with sustainable building materials – houses one of Providencia's most memorable dining venues. The name, translating to 'Here's Coco,' refers to the imaginative owner who uses the space to showcase art and artifacts from his world travels (not to mention his considerable culinary talent and zeal for fine wine).

✗ Ñuñoa

Fuente Suiza   DINER $

(www.fuentesuiza.cl; Av Irarrázaval 3361; sandwiches CH$3200-6300; ⊙11am-midnight Mon-Thu, to 1am Fri, to 10:30pm Sat; Ⓜ Ñuñoa) Seriously good *lomo* (pork) sandwiches and flaky deep-fried empanadas make this simple family-run restaurant the perfect place to prepare for (or recover from) a long night of drinking.

✗ Las Condes, El Golf & Vitacura

Café Melba   CAFE $

(Map p62; ☑ 2-2905-8480; www.cafemelba.cl; Don Carlos 2898, Barrio El Golf; sandwiches CH$4000, mains CH$4000-6000; ⊙8am-6pm; ☑; Ⓜ Tobalaba) The king of Santiago brunching in the late aughts, Café Melba has long since been eclipsed by tastier and more atmospheric cafes in Providencia and Barrio Italia. However, its eggs and bacon, waffles, croissant sandwiches and gigantic cups of coffee are still among the best value in town.

Dominó   SANDWICHES $

(Map p62; www.domino.cl; Isidora Goyenechea 2930, Barrio El Golf; sandwiches CH$1800-6000; ⊙8am-9pm Mon-Fri, noon-9pm Sat, noon-4:30pm Sun; Ⓜ Tobalaba) This location of Dominó – a contemporary take on the traditional *fuente de soda* – is hopping at lunchtime with good-looking young office workers. The cool black-and-white interior, plus budget-friendly sandwiches and *completos* equal stylish fast food, Chilean-style. You'll see other locations throughout the city.

★Boragó   CHILEAN $$$

(☑ 2-2953-8893; www.borago.cl; Av Nueva Costanera 3467, Vitacura; tasting menu from CH$50,000; ⊙7-11:15pm Mon-Sat) Chef Rodolfo Guzman earned a coveted spot among the World's 50 Best Restaurants by elevating Chilean cuisine to new heights at this Vitacura restaurant, where a minimalist design forces you to focus on the food. The multicourse tasting menus, which include little-known endemic ingredients, sweep you away on an unforgettable culinary adventure from the Atacama to Patagonia. Reserve well in advance.

🍸 Drinking & Nightlife

Santiaguinos take Sunday off to be with family, but you party any other day. Bellavista is the main nightlife district, while the chic Lastarria, working-class Brasil and upscale Vitacura and Providencia neighborhoods are best for bars. Most clubs don't start until midnight, staying open until 4am or 5am.

🍷 Barrios Lastarria & Bellas Artes

★Bocanáriz   WINE BAR

(Map p48; ☑ 2-2638-9893; www.bocanariz.cl; Lastarria 276, Barrio Lastarria; ⊙noon-midnight Mon-Sat, 7-11pm Sun; Ⓜ Bellas Artes) You won't find a better wine list anywhere in Chile than this homey restobar with servers who are trained sommeliers. Try creative wine flights (themed by region or style) or sample several top bottles by the glass. There are also meat and cheese plates, as well as hearty Chilean dishes (mains CH$8000 to CH$12,000). Reservations recommended.

★Chipe Libre   COCKTAIL BAR

(Map p48; ☑ 2-2664-0584; Lastarria 282, Barrio Lastarria; ⊙12:30pm-12:30am Mon-Wed, to 1am Thu-Sat; Ⓜ Bellas Artes) Learn about the big sour over pisco – and who made it first – at the only bar in Santiago dedicated to the South American brandy. There are as many piscos from Peru as Chile on the menu and you can try them in flights of three or within an array of flavored sours. Reserve ahead for tables on the interior patio.

Opera Catedral   COCKTAIL BAR

(Map p48; ☑ 2-2664-3048; www.operacatedral. cl; cnr JM de la Barra & Merced, Barrio Bellas Artes; ⊙12:30pm-3am Mon-Thu, to 5am Fri & Sat; Ⓜ Bellas Artes) Classy Opera Catedral has a menu that goes way beyond bar snacks – anyone for a glass of champagne with violet crème brûlée? A poised crew of professionals in their 20s and 30s love this cocktail bar's minimal two-tone couches, smooth wood paneling and mellow music. Head to the roof deck for views over Cerro Santa Lucía.

Mamboleta   COCKTAIL BAR

(Map p48; ☑ 2-2633-0588; www.mamboleta.cl; Merced 337, Barrio Lastarria; ⊙9:30am-midnight Tue-Thu, to 2am Fri, 11am-2am Sat, 3:30-11pm Sun; 🛜; Ⓜ Bellas Artes) With eclectic music that spans the continents and the decades, as well as a pretty decent patio, this is a good spot to begin your *noche de carrete* pub crawl. Cocktails tend to be cheaper here than elsewhere in the barrio.

Lastarria Café   CAFE

(Map p48; ☑ 2-2633-0995; www.facebook.com/ lastarriacafe; Lastarria 305, Plaza Mulato Gil de

Castro, Barrio Lastarria; ⊗9am-9pm Mon-Fri, from 11am Sat & Sun; ⊜; Ⓜ Bellas Artes) Adjacent to a small visual-arts museum on a quaint cobblestoned passageway, this cheerful courtyard cafe does lovely cappuccinos, loose-leaf teas, pastries, gourmet sandwiches and salads.

Café Mosqueto
CAFE

(Map p48; ☑2-2664-0273; Mosqueto 440, Barrio Bellas Artes; ⊗8am-10pm Mon-Fri, 10am-10pm Sat & Sun; ⊜; Ⓜ Bellas Artes) This adorable cafe offers a cozy spot on a rainy day, while the sidewalk tables, facing a pedestrian street, provide fantastic people-watching when the sun shines. The pedestrian mall that runs along Mosqueto between Monjitas and Merced is lined with several similar cafes with cheap eats and strong espresso coffees.

El Diablito
BAR

(Map p48; ☑2-2638-3512; www.eldiablito.cl; Merced 336, Barrio Lastarria; ⊗6pm-3am Mon-Fri, 7pm-4am Sat, 7pm-2am Sun; Ⓜ Bellas Artes) Old photos and vintage household items clutter the already dark walls of this smoky den. After dark, the tiny tables seem to invite you to huddle conspiratorially into the small hours; great-value *schop* (draft beer) and pisco sours are two more reasons to stay.

🍷 Barrio Bellavista

Club La Feria
CLUB

(Map p54; www.laferia.cl; Constitución 275; cover CH$10,000; ⊗from 11pm Thu-Sat; Ⓜ Baquedano) Euphoric electronic music, an up-for-it crowd and banging DJs mean this is still the place to go to dance the night away.

El Clan
CLUB

(Map p54; www.facebook.com/BarElClan; Bombero Núñez 363, Barrio Recoleta; cover CH$4000-7000; ⊗10pm-4am Tue-Sat; Ⓜ Baquedano) The name's short for 'El Clandestino,' a throwback from this small club's undercover days. Rotating bands and a crew of resident DJs keep the 20-something crowds going – expect anything from '80s to house, R & B, funk or techno.

🍷 Barrio Italia

Xoco Por Ti Chocolate Bar
CAFE

(Map p59; ☑cell 9-5774-2673; www.xocoporti.com; Av Italia 1634; ⊗noon-8pm Tue-Sun; Ⓜ Santa Isabel) Sweet-toothed travelers will reach nirvana at this pint-sized chocolate bar, which has a tempting menu of hot chocolates to melt away any winter woes. Chocolate-inspired frappes and ice creams also go down smooth-

ly on the plant-packed patio. Customize any order by strength (55% to 85% cocoa) and origin (Bolivia, Brazil, Peru or Ecuador).

🍷 Barrio Brasil & Barrio Yungay

★ Blondie
CLUB

(Map p57; www.blondie.cl; Av O'Higgins 2879, Centro; cover CH$2000-6000; ⊗from 11:30pm Thu-Sat; Ⓜ Union Latinoamericano) The '80s and '90s still rule at least one floor of Blondie, while the other could have anything from Goth rock and techno to Britpop or Chilean indie. A favorite with both Santiago's student and gay communities, it's usually packed.

Cerveceria Nacional
CRAFT BEER

(Map p57; ☑cell 9-9218-4706; www.cerveceria nacional.cl; Compañía de Jesús 2858, Barrio Yungay; ⊗7pm-12:30am Mon-Thu, to 1:30am Fri & Sat; Ⓜ Quinta Normal) Pitchers of craft beer are not so easily found in Santiago, which is why this no-frills brewpub is such a rare treat. The home-brewed *cervezas* span the beer rainbow, from pale lager to imperial stout, while the pizza selection is equally diverse. A pitcher and a pizza for two will only set you back about CH$12,000.

Baires
BAR

(Map p57; ☑2-2697-4430; www.bairesushiclub.cl; Av Brasil 255, Barrio Brasil; ⊗noon-2am Sun-Wed, to 4am Thu-Sat; ⊜; Ⓜ Ricardo Cumming) Technically it's a 'sushi club,' but the nightlife at Baires is what brings in the crowds. The terrace tables fill up quickly, even on weeknights; there's an encyclopedia-sized drink list, and DJs occasionally get going upstairs on weekends.

🍷 Barrio Recoleta

Bar La Virgen
BAR

(Map p54; ☑cell 9-9221-8576; www.barlavirgen.cl; Bombero Nuñez 290; ⊗6:30pm-2am Tue-Thu, 7pm-3am Fri & Sat; Ⓜ Baquedano) Cheap Chilean tapas and good-value cocktails are the reasons to grab a table at this rooftop bar in Recoleta, which boasts views of Cerro San Cristóbal (but, oddly enough, not La Virgen atop it). You'll find the stairs up to La Virgen behind a black unmarked door on Bombero Nuñez near the intersection with Santa Filomena.

🍷 Providencia

Santo Remedio
COCKTAIL BAR

(Map p60; www.santoremedio.cl; Román Díaz 152; ⊗1-3:30pm & 6pm-2am Mon-Fri, 6pm-2am Sat;

ⓜ Manuel Montt) Strictly speaking, this low-lit and spectacularly funky old house is a restaurant, and an aphrodisiacal one at that. But it's the bar action people really come for: powerful, well-mixed cocktails and regular live DJs keep the 20- and 30-something crowds happy.

Faustina
CAFE

(Map p60; ☑ 2-2244-2129; Av Andrés Bello 2177; ⏰ 7:30am-6:30pm Mon-Fri, 9am-2pm Sat; ☎; ⓜ Los Leones) Quality coffees and fast wi-fi make this Providencia cafe an expat favorite. A mellow vibe permeates the place, from the pillow-covered sofas inside to the beachy benches on the terrace out front.

California Cantina
SPORTS BAR

(Map p60; ☑ cell 9-6249-3041; www.california cantina.cl; Las Urbinas 56; ⏰ noon-2am Mon-Thu, to 4am Fri, 3pm-4am Sat, 3pm-1am Sun; ⓜ Los Leones) A popular stop on the Providencia happy-hour circuit is this spacious California-inspired bar with something for (almost) everyone: a dozen beers on tap, Mexican pub grub like tacos and quesadillas, terrace seating, everyday cocktail specials and *fútbol* matches on the big screen.

Mito Urbano
CLUB

(Map p60; www.mitourbano.cl; Av Manuel Montt 350; cover CH$4000-6000; ⏰ 4pm-4am Tue-Sat; ⓜ Manuel Montt) At this fun-loving nightclub, disco balls cast lights on the good-looking 20-, 30- and 40-somethings dancing to vintage hits and Chilean pop. Check the schedule for salsa classes, karaoke, live jazz and other promotions that aim to bring people in before midnight.

🍽 Ñuñoa

Cervecería HBH
BREWPUB

(www.cervezahbh.cl; Av Irarrázaval 3176; ⏰ 5pm-midnight Mon-Fri, 7:30pm-2am Sat; ⓜ Ñuñoa) Beer buffs and students rave about this laid-back microbrewery. As well as pouring out icy glass mugs of its own house-brewed stout and lager, HBH offers pizza by the slice.

🍽 Las Condes, El Golf & Vitacura

La Misión
WINE BAR

(☑ 9-4018-0793; www.lamisionsantiago.cl; Av Nueva Costanera 3969, Vitacura; ⏰ 12:30pm-midnight Mon-Wed, to 1am Thu-Sat) Santiago's newest (and hippest) wine bar highlights the best vinos from across the Americas, including neighboring Argentina and Uruguay. Order by the glass or select a tasting of three wines united by a common theme (region, grape, style etc). Stick around for a meal on the airy patio out back and you may find the prices high and portions small.

Cafetin
COFFEE

(Map p62; ☑ 2-2880-9608; www.cafetin.cl; Don Carlos 3185, Barrio El Golf; ⏰ 8am-7:45pm Mon-Fri, 10am-6pm Sat & Sun; ☎; ⓜ El Golf) Geek out over the latest coffee trends at this stylish cafe where addicts can order their morning fix brewed in everything from a Chemex to an AeroPress. Rotating art exhibitions and live music on the patio make Cafetin a welcome alternative in the otherwise business-minded neighborhood. Stop by on weekends for bountiful brunches.

Flannery's Beer House
IRISH PUB

(Map p62; ☑ 2-2303-0197; www.flannerysbeer house.cl; Av Tobalaba 379, Providencia; ⏰ 12:30pm-2am Mon-Fri, 5pm-2am Sat, 5:30-11:30pm Sun; ⓜ Tobalaba) Now in a new location a few blocks away from the original, Flannery's remains popular with gringos and well-toned and well-lubricated locals alike. The two stories contain plenty of nooks and crannies, while a large terrace and excellent beer list round out the offerings.

☆ Entertainment

Whether you get your kicks on the dance floor or at the *fútbol* stadium, whether you'd rather clap in time to strumming folk singers or at the end of three-hour operas, Santiago has plenty to keep you entertained.

★ El Huaso Enrique
TRADITIONAL MUSIC

(Map p57; ☑ 2-2681-5257; www.elhuasoenrique. cl; Maipú 462, Barrio Yungay; cover CH$2500-3000; ⏰ 7pm-2am Wed-Sun; ⓜ Quinta Normal) On weekend nights at this traditional *cueca* venue, watch proud Chileans hit the dance floor – performing their national dance, a playful, handkerchief-wielding ritual that imitates the courtship of a rooster and hen – to traditional live music.

★ Municipal de Santiago - Ópera Nacional de Chile
THEATER

(Municipal Theater of Santiago; Map p48; ☑ 2-2463-1000; www.municipal.cl; Agustinas 794, Centro; tickets from CH$3000; ⏰ box office 10am-7pm Mon-Fri, to 2pm Sat & Sun; ⓜ Santa Lucía) This exquisite neoclassical building is the most prestigious performing-arts venue in the city. Home to the Ópera Nacional de Chile, it also hosts world-class ballet, classical music and touring acts. Guided tours of the theater (CH$7000) run Monday, Wednesday and Friday at noon and 4:30pm. Reserve ahead at visitasguiadas@municipal.cl to arrange a tour in English.

CorpArtes
ARTS CENTER

(☑2-2660-6071; www.corpartes.cl; Rosario Nte 660, Las Condes; ⊘11am-8pm; Ⓜ Manquehue) This glossy (and moneyed) cultural center hosts big-name art exhibitions from the likes of Yoko Ono and Yayoi Kusama. There are also top-notch theater, dance and orchestra performances in an 880-seat theater.

Centro Cultural Matucana 100
ARTS CENTER

(Map p57; ☑2-2964-9240; www.m100.cl; Matucana 100, Barrio Estación Central; galleries free, show prices vary; ⊘galleries open noon-6pm Tue & Wed, to 9pm Thu-Sun; Ⓜ Quinta Normal) One of Santiago's hippest alternative-arts venues, the huge redbrick Centro Cultural Matucana 100 gets its gritty industrial look from its previous incarnation as government warehouses. Renovated as part of Chile's bicentennial project, it now contains a hangar-like gallery and a theater for art-house film cycles, concerts and fringe productions.

Estadio Nacional
SOCCER

(National Stadium; ☑2-2238-8102; Av Grecia 2001, Ñuñoa; Ⓜ Irarrázaval) On the whole, Chileans are a pretty calm lot – until they step foot in a *fútbol* (soccer) stadium. The most dramatic matches are against local rivals like Peru or Argentina, when 'Chi-Chi-Chi-Lay-Lay-Lay' reverberates through the Estadio Nacional.

Tickets can be bought at the stadium. Equally impassioned are the *hinchas* (fans) of Santiago's first-division *fútbol* teams like Colo Colo, Universidad de Chile and Universidad Católica.

Centro de Extensión Artística y Cultural
THEATER

(CEAC; Map p48; ☑2-2978-2480; www.ceacuchile.com; Av Providencia 043, Providencia; Ⓜ Baquedano) The Orquesta Sinfónica de Chile and Ballet Nacional Chileno are two high-profile companies based at this excellent theater run under the auspices of the University of Chile. There is a full season of ballet, choral, orchestral and chamber music, as well as the occasional rock gig.

Club de Jazz
JAZZ

(☑2-2830-6208; www.clubdejazz.cl; Av Ossa 123, La Reina; cover CH$5000-7000; ⊘9:30pm-3am Tue-Sat; Ⓜ Plaza Egaña) One of Latin America's most established jazz venues (Louis Armstrong and Herbie Hancock are just two of the greats to have played here), this venerable club hosts local and international jazz, blues and big-band performers.

La Batuta
LIVE MUSIC

(www.batuta.cl; Jorge Washington 52, Ñuñoa; cover CH$3000-6000; ⊘7pm-4am Sun-Thu, to 5am Fri & Sat; Ⓜ Ñuñoa) Enthusiastic crowds jump to ska, *patchanka* (think: Manu Chao) and *cumbia chilombiana;* rockabilly and surf; tribute bands and Goth rock...at Batuta, just about anything alternative goes.

La Casa en el Aire
PERFORMING ARTS

(Map p54; ☑2-2735-6680; www.lacasaenelaire.cl; Antonia López de Bello 0125, Barrio Bellavista; ⊘8pm-late; Ⓜ Baquedano) Latin American folk music, storytelling gatherings, film cycles and poetry readings take place nightly in this low-key boho bar.

Cineteca Nacional
CINEMA

(Map p48; www.ccplm.cl/sitio/category/cinetecanacional; Centro Cultural La Moneda, Centro; adult/student CH$3000/2000; Ⓜ La Moneda) Located in the Centro Cultural La Moneda, this underground cinema plays documentaries and art-house favorites (mostly in Spanish).

Estación Mapocho
CULTURAL CENTER

(Mapocho Station; Map p48; www.estacionmapocho.cl; Plaza de la Cultura, Centro; ⊘event times vary, check website; Ⓜ Puente Cal y Canto) Rail services north once left from Estación Mapocho. Earthquake damage and the decay of the rail system led to its closure, but it's been reincarnated as a cultural center which hosts art exhibitions, major concerts and trade expos.

It's worth a walk by just to check out the soaring cast-iron structure of the main hall, which was built in France then assembled in Santiago behind its golden beaux arts–style stone facade.

Teatro Caupolicán
LIVE MUSIC

(☑2-2699-1556; www.teatrocaupolican.cl; San Diego 850, Centro; Ⓜ Parque O'Higgins) Latin American rockers who've played this stage include far-out Mexicans Café Tacuba, Argentinian electro-tango band Bajofondo and Oscar-winning Uruguayan Jorge Drexler; International acts like Garbage and James Blunt also play concert dates at Teatro Caupolicán.

🔒 Shopping

Some shoppers may be initially put off by the Centro's uninspiring shopping streets, pedestrianized Ahumada and Huérfanos, not to mention Santiago's overall megamall addiction, but there are fantastic indie stores with made-in-Chile goods at places like Providencia's Galería Drugstore or Barrio Italia's Estacion Italia. For seriously cheap clothes, head to the Korean and Palestinian immigrant area of Patronato, west of Bellavista.

★ La Tienda Nacional BOOKS

(Map p48; ☎2-2638-4706; www.latiendanacional.cl; Merced 369, Barrio Lastarria; ⊙11am-8pm Mon-Fri, noon-9pm Sat; Ⓜ Bellas Artes) Much more than a bookstore, this two-floor shop sells Chilean movies, documentaries, records, toys, shirts and more. A must-visit to purchase unique gifts.

★ Pueblito Los Dominicos ARTS & CRAFTS

(Los Dominicos Handicraft Village; ☎cell 9-7681-6870; Av Apoquindo 9085, Las Condes; ⊙10:30am-7pm; Ⓜ Los Dominicos) Santiago's best place to buy quality gifts that were actually made in Chile. This mock village houses dozens of small stores, art galleries and traditional cafes. Look for lapis lazuli jewelry, Andean textiles, carved wooden bowls and ceramics with indigenous motifs.

★ Artesanías de Chile ARTS & CRAFTS

(Map p48; ☎2-2697-2784; www.artesaniasdechile.cl; Plaza de la Ciudadanía 26, Centro Cultural Palacio La Moneda, Centro; ⊙9:30am-7:30pm Mon-Sat, 10:30am-7pm Sun; Ⓜ La Moneda) Not only does this foundation's jewelry, wood carvings, ceramics and naturally dyed textiles sell at reasonable prices, most of what you pay goes directly to the artisans who made them. Look for other locations at Los Dominicos and the airport, as well as towns throughout Chile.

Plop Galería ARTS & CRAFTS

(Map p48; ☎2-2633-2902; www.plopgaleria.com; Merced 349, Barrio Lastarria; ⊙11am-8pm; Ⓜ Bellas Artes) Tucked away in an unassuming passageway behind the ticket booth for Teatro Ictus, this shop specializes in graphic art, design books and other products handmade in Chile. You can also stock up on art supplies or purchase a one-of-a-kind postcard to send home.

Vinomio WINE

(Map p54; ☎2-2735-3786; www.vinomio.cl; Antonia López de Bello 090, Barrio Bellavista; ⊙11am-9pm Mon-Sat; Ⓜ Baquedano) This boutique wine shop has the most knowledgeable staff in town to help pair serious oenophiles with rare bottles not found in the supermarket. You might pay more, but your reward is insider knowledge and a handpicked selection of quality quaffs. Stop by Thursday evenings for free wine tastings (Spanish only).

Estacion Italia SHOPPING CENTER

(Map p59; www.estacionitalia.cl; Av Italia 1439, Barrio Italia; ⊙11am-7pm Sun & Mon, to 8pm Tue-Sat; Ⓜ Santa Isabel) This hub of commerce houses more than two-dozen independently owned boutiques selling everything from art supplies (Arte Nostro) to graphic novels (Pánico Ediciones) and hand-crafted leather shoes made in Chile (Blasko). Think of it like a mini mall for the mall-averse.

Galería Drugstore FASHION & ACCESSORIES

(Map p60; www.drugstore.cl; Av Providencia 2124, Providencia; ⊙shops 11am-8pm Mon-Fri, to 6:30pm Sat; Ⓜ Los Leones) Head to this cool three-story independent shopping center for clothes no one back home will have – it has tiny boutiques of several up-and-coming designers, arty bookstores and cafes.

Persa Biobío MARKET

(www.persa-biobio.com; Barrio Franklin; ⊙10am-5pm Sat & Sun; Ⓜ Franklin) Antiques, collectibles and fascinating old junk fill the cluttered stalls at this famous flea market that sprawls across several blocks between Bío Bío and Franklin. Sifting through the jumble of vintage sunglasses, antique brandy snifters, cowboy spurs, old-fashioned swimsuits and discarded books is an experience.

It's also a choice spot to try some Chilean street food. Just be sure to keep one hand on your valuables while stuffing food into your mouth; pickpockets have been known to prey on unsuspecting shoppers.

Kind of Blue MUSIC

(Map p48; ☎2-2664-4322; Merced 323, Barrio Lastarria; ⊙11:30am-8:30pm Mon-Fri, 11am-10pm Sat, 12:30-8:30pm Sun; Ⓜ Bellas Artes) At the best music shop in town, savvy multilingual staff happily talk you through local sounds and artists, and can get hard-to-find imports in a matter of days.

El Mundo del Vino WINE

(Map p62; ☎2-2584-1173; www.elmundodelvino.cl; Isidora Goyenechea 3000, Barrio El Golf; ⊙10am-9pm Mon-Sat; Ⓜ Tobalaba) This revamped location of the high-end wine chain (look for other branches throughout Chile) features 6000 bottles from around the world –

or from just a short drive away in the Colchagua Valley – at the hip W Santiago hotel.

Patio Bellavista   SHOPPING CENTER
(Map p54; www.patiobellavista.cl; Constitución 53, Barrio Bellavista; ⊗11am-10pm; Ⓜ Baquedano) Posh contemporary crafts, leather goods, weavings and jewelry sell at premium prices at this shopping and dining complex.

Contrapunto   BOOKS
(Map p60; ☑2-2231-2947; www.contrapunto.cl; Av Providencia 2124, Galería Drugstore, Local 010-011, Providencia; ⊗10:30am-8pm Mon-Fri, 11am-2:45pm Sat; Ⓜ Los Leones) Sells high-end art, design and coffee-table books, mostly in Spanish.

Alto Las Condes   MALL
(www.altolascondes.cl; Av Kennedy 9001, Las Condes; ⊗10am-10pm) As well as top-end Chilean and Argentine clothing brands, this mall has a branch of department store Falabella and a cinema complex. There are also several Chilean and international outdoor-equipment stores to stock up on supplies for onward journeys. Catch a bus marked 'Alto Las Condes' outside the Escuela Militar metro station.

Parque Arauco   MALL
(www.parquearauco.cl; Av Kennedy 5413, Las Condes; ⊗10am-9pm Mon-Sat, 11am-9pm Sun; Ⓜ Manquehue) A huge range of local and international clothing stores make this the fashionista mall of choice. From Manquehue metro station, it's a 1km walk (or a quick taxi ride) north along Rosario Norte.

Andesgear   SPORTS & OUTDOORS
(Map p62; ☑2-2245-7076; www.andesgear.cl; Helvecia 210, Barrio El Golf; ⊗10am-8pm Mon-Fri, to 2pm Sat; Ⓜ Tobalaba) Imported climbing and high-altitude camping gear for your journey to Chilean Patagonia, with several locations throughout the city.

Contrapunto   BOOKS
(Map p48; ☑2-2639-1413; www.contrapunto.cl; Huérfanos 665, Centro; ⊗10:30am-8pm Mon-Fri, to 2pm Sat; Ⓜ Santa Lucía) This chain bookstore has a broad selection, though the English titles are limited.

Centro Artesanal Santa Lucía   ARTS & CRAFTS
(Map p48; cnr Carmen & Av O'Higgins, Centro; ⊗10am-7pm; Ⓜ Santa Lucía) It's a stretch to call this market's mass-produced weavings and leather goods 'crafts,' but it's certainly a good place to go for cheap souvenirs. Pan-pipes, silver jewelry and Andean-style sweaters are some of the products available. For the real stuff head to Los Dominicos.

Centro de Exposición de Arte Indígena   ARTS & CRAFTS
(Map p48; Av O'Higgins 499, Centro; ⊗10am-5:30pm Mon-Sat; Ⓜ Santa Lucia) Indigenous craftspeople sell a small selection of wares at these stalls next to the Terraza Neptuno entrance to Cerro Santa Lucía; goods include silver jewelry, postcards, instruments and Mapuche dictionaries.

❶ Information

DANGERS & ANNOYANCES
Violent crime is relatively rare in Santiago, which regularly ranks as the safest big city in Latin America. Pickpocketing and bag-snatching, however, remain a problem, and tourists are often targets.
➡ Keep your eyes open and your bags close to you around Plaza de Armas, Mercado Central, Cerro San Cristóbal and all bus stations.
➡ Be aware that organized groups of pickpockets sometimes target drinkers along Pío Nono in Bellavista.
➡ Barrio Brasil's smaller streets can become dodgy after dark.
➡ Protests occasionally turn violent, so it's advisable to avoid them unless you're really part of the movement.

Police (Carabineros; ☑133)
Primera Comisaría Santiago (Main police station; ☑2-2922-3700; Santo Domingo 715, Centro; ⊗24hr; Ⓜ Plaza de Armas)

EMERGENCY

Ambulance	☑131
Drugs hotline	☑135
Fire	☑132
Police Emergency	☑133
Police Information	☑139

INTERNET ACCESS & TELEPHONE
You can still find a few cybercafes in Centro and around the universities: prices are CH$500 to CH$1000 per hour. Many are part of a *centro de llamados* (public telephone center) where you can also make local and long-distance calls. Most cafes and hotels have free wi-fi for guests.

LAUNDRY
Many hotels and hostels offer laundry service; you can also drop off your clothes anywhere called '*lavandería*' (expect to pay about

CH$7000 per load). Note that self-service launderettes are uncommon in Chile.

Laundromat (Monjitas 507, Centro; per load CH$6900; ☺8am-7:30pm Mon-Fri, to 2pm Sat; 🛜; Ⓜ Bellas Artes)

MAPS

Tourist offices distribute an ever-changing collection of free (ie sponsored) maps of the Centro and Providencia. The searchable maps at Map City (www.mapcity.com) and EMOL (www.mapas.emol.com) are reliable online resources.

For trekking and mountaineering information visit **Conaf** (Corporación Nacional Forestal; 📋 2-2663-0000; www.conaf.cl; Paseo Bulnes 265, Centro; ☺9:30am-5:30pm Mon-Thu, to 4:30pm Fri; Ⓜ La Moneda). For detailed topographical maps, go to the **Instituto Geográfico Militar** (📋 2-2410-9300; www.igm.cl; Santa Isabel 1651, Centro; ☺8:30am-1pm & 2-5pm Mon-Fri; Ⓜ Toesca).

MEDICAL SERVICES

Consultations are cheap at Santiago's public hospitals but long waits are common and English may not be spoken. For immediate medical or dental assistance, go to a *clínica* (private clinic), but expect hefty fees – insurance is practically a must.

Clínica Alemana (📋 2-2210-1111; www.alemana.cl; Av Vitacura 5951, Vitacura) One of the best – and most expensive – private hospitals in town. English- and German-speaking staff.

Clínica Las Condes (📋 2-2210-4000; www.clinicalascondes.cl; Lo Fontecilla 441, Las Condes) A recommended clinic in Las Condes for international-level care.

Clínica Universidad Católica (Red de Salud UC; 📋 2-2354-3000; http://redsalud.uc.cl/ucchristus/Hospital/hospital-clinico; Marcoleta 350, Centro; Ⓜ Universidad Católica) A well-respected university hospital conveniently located in Santiago Centro.

Farmacia Salcobrand (https://salcobrand.cl; Av Portugal 174, Centro; ☺24hr; Ⓜ Universidad Católica) A 24-hour pharmacy.

Hospital de Urgencia Asistencia Pública (📋 2-2568-1100; www.huap.cl; Av Portugal 125, Centro; ☺24hr; Ⓜ Universidad Católica) Santiago's main emergency room.

Hospital del Salvador (📋 2-2575-4000; www.hsalvador.cl; Av Salvador 364, Providencia; Ⓜ Salvador) The nicest and best located of Santiago's public (and thus, cheaper) hospitals.

MONEY

You're never far from an ATM in Santiago. Supermarkets, pharmacies, gas stations and plain old street corners are all likely locations: look for the burgundy-and-white 'Redbanc' sign. Counterfeit currency does circulate in town; be especially wary of nonlicensed money changers.

Cambios Afex (www.afex.cl; Moneda 1140, Centro; ☺9am-6:30pm Mon-Fri; Ⓜ La Moneda) Reliable exchange office with branches around town.

POST

Correos Chile El Golf (Map p62; www.correos.cl; Av Apoquindo 3297, Barrio El Golf; ☺9am-7pm Mon-Fri, 10am-2pm Sat; Ⓜ El Golf)

Correos Chile Providencia (Map p60; www.correos.cl; Av Providencia 1466, Providencia; ☺9am-6pm Mon-Fri; Ⓜ Manuel Montt)

Correos Chile Santiago Centro (Map p48; 📋 2-2956-0303; www.correos.cl; Catedral 989, Plaza de Armas, Centro; ☺9am-6:30pm Mon-Fri, 10am-2pm Sat; Ⓜ Plaza de Armas)

FedEx (Map p62; 📋 800-363-030; www.fedex.com/cl_english/contact; Av Providencia 2519, Providencia; ☺10am-1pm & 2-7pm Mon-Sat; Ⓜ Tobalaba)

TOURIST INFORMATION

Municipal Tourist Office (Map p48; www.santiagocapital.cl; Plaza de Armas s/n, Centro; ☺9am-6pm Mon-Fri, to 4pm Sat & Sun; Ⓜ Plaza de Armas) Well-meaning but under-resourced staff provide basic maps and information. There's also a small gallery and a shop with Chilean products.

Municipal Tourist Office (Map p48; www.santiagocapital.cl; Cerro Santa Lucía s/n, Centro; ☺9am-1:30pm & 3-6pm Mon-Fri; Ⓜ Santa Lucia) Small tourist office on Cerro Santa Lucía.

Providencia Tourist Office (Map p60; 📋 2-2374-2743; http://turismo.providencia.cl; Av Providencia 2359, Providencia; ☺9am-2pm & 3-7pm Mon-Fri, 10am-4pm Sat & Sun; Ⓜ Los Leones) Pamphlets, maps and information about Providencia and greater Santiago.

Sernatur (Map p60; 📋 2-2731-8336; www.chile.travel; Av Providencia 1550, Providencia; ☺9am-6pm Mon-Fri, to 2pm Sat; 🛜; Ⓜ Manuel Montt) Gives out maps, brochures and advice; has free wi-fi.

TRAVEL AGENCIES

Chilean Travel Service (CTS; 📋 2-2251-0400; www.chileantravelservices.com; Antonio Bellet 77, Oficina 101, Providencia; Ⓜ Pedro de Valdivia) has well-informed multilingual staff and can organize accommodations and tours all over Chile through your local travel agency.

⊙ Getting There & Away

AIR

Chile's main air hub for both national and domestic flights is **Aeropuerto Internacional Arturo Merino Benítez** (Santiago International Airport, SCL; 📋 2-2690-1796; www.nuevopudahuel.cl; Pudahuel). It's 16km west of central Santiago.

LATAM Airlines (☎ 600-526-2000; www.latam.com) and **Aerolíneas Argentinas** (☎ 800-610-200; www.aerolineas.com.ar) run regular domestic and regional services from here, as do low-cost Chilean carriers **Sky Airline** (www.skyairline.com) and **JetSmart** (www.jetsmart.com). Low-cost Brazilian carrier **Gol** (www.voegol.com.br) has services to major Brazilian cities, including São Paulo, Salvador and Rio. Other international airlines that fly to Chile have offices or representatives in Santiago.

BUS

A bewildering number of bus companies connect Santiago to the rest of Chile, Argentina and Peru. To add to the confusion, services leave from four different terminals and ticket prices fluctuate wildly at busy times of year, and often double for *cama* (sleeper) services. The following sample of *clásico* or *semi-cama* (standard) fares (approximate only) and journey times are for major destinations that are served by a variety of companies. For fares to smaller destinations, see the listings under each terminal. Discounts often apply; shop around either in person at the terminals or on websites like Recorrido (www.recorrido.cl), a foreigner-friendly ticketing site that compares prices for more than 40 bus companies and allows you to purchase via PayPal.

DESTINATION	COST (CH$)	HOURS
Antofagasta	33,000	19
Arica	44,000	28
Buenos Aires (Argentina)	66,000	24
Chillán	7900	5
Concepción	8000	6½
Copiapó	20,000	11
Iquique	40,000	25
La Serena	11,000	6
Los Andes	2500	1½
Mendoza (Argentina)	29,000	8
Osorno	21,800	11
Pichilemu	7000	4
Pucón	18,800	10
Puerto Montt	22,000	12
San Pedro de Atacama	40,600	23
Santa Cruz	6000	3½
Talca	5000	3½
Temuco	16,000	8
Valdivia	19,000	10
Valparaíso	4000	2
Viña del Mar	4000	2

Terminal de Buses Alameda

Turbus (☎ 600-660-6600; www.turbus.cl) and **Pullman Bus** (☎ 600-320-3200; www.pullman.cl) operate from this **terminal** (cnr Av O'Higgins & Jotabeche, Barrio Estación Central; Ⓜ Universidad de Santiago), next door to Terminal de Buses Sur. The two companies run comfortable, punctual services to destinations all over Chile, including every 15 minutes to Valparaíso and Viña del Mar. **Pullman del Sur** (☎ 2-2776-2424; www.pdelsur.cl; Terminal de Buses Alameda, Barrio Estación Central; Ⓜ Universidad de Santiago) runs regular buses to cities in the O'Higgins and Maule regions of Chile, including Rancagua, Pichilemu and Talca.

Terminal de Buses Sur

Santiago's largest **terminal** (Av O'Higgins 3850, Barrio Estación Central; Ⓜ Universidad de Santiago) is also known as Terminal Santiago, and is usually manically busy. The companies operating from the large, semicovered ticket area mainly serve destinations south of Santiago, including the central coast, the Lakes District and Chiloé. A few companies also operate northbound buses and international services to nearly every major city in South America up to Colombia and across to Brazil.

Bus Norte (☎ 600-401-5151; www.busnortechile.cl) runs excellent-value services to Puerto Montt and Valparaíso. The modern, well-appointed buses operated by **Línea Azul** (www.buseslineaazul.cl/destinos.php) connect Santiago with southern destinations, as do **JAC** (☎ 2-2822-7989; www.jac.cl), **Cruz del Sur** (☎ 2-2682-5038; www.busescruzdelsur.cl) and **Andimar** (☎ 2-2779-4801; www.andimar.cl).

Buses Nilahué (☎ 2-2776-1139; www.busesnilahue.cl) goes to Cobquecura (CH$10,000, seven hours, once daily), Termas de Chillán (CH$14,000, seven hours, once daily), Santa Cruz (CH$5000, three hours, hourly) and Pichilemu (CH$7000, four hours, hourly). **Condor** (☎ 2-2822-7528; www.condorbus.cl) goes to Concón and Quintero (CH$5000, 2½ hours, two hourly) and to major southern cities.

International tickets are sold from booths inside the terminal. **Cata Internacional** (☎ 2-2779-3660; www.catainternacional.com; Terminal de Buses Sur, Barrio Estación Central; Ⓜ Universidad de Santiago) has six daily services to Mendoza and one to Buenos Aires. **El Rápido** (www.elrapidoint.com.ar) has similar but slightly cheaper services, as does **Tas Choapa** (☎ 2-2822-7561; www.taschoapa.cl).

Terminal Los Heroes

Also known as Terrapuerto, this small but central **terminal** (Map p57; ☎ 2-2420-0099; Tucapel Jiménez 21, Centro; Ⓜ Los Héroes) is the base for a handful of companies, mostly servicing Los Andes and northern destinations.

Ahumada (Map p57; www.busesahumada.cl) goes three times daily to Mendoza; some services continue to Buenos Aires.

Terminal San Borja

This **terminal** (Map p57; San Borja 184, Barrio Estación Central; M Estación Central) is located behind Estación Central, with buses to the beaches of the central coast and destinations north of Santiago. A few companies also operate southbound buses here. Ticket booths are on the 2nd floor, divided by region. The most useful services from here are **Libac** (Map p57; ☑2-2778-7071; www.buseslibac.cl; Terminal San Borja, Barrio Estación Central; M Estación Central) and **Pullman Bus** (p79). Bus services to Pomaire also leave from here.

Terminal Pajaritos

Buses from Santiago to the airport and Valparaíso and Viña call in at this small, newly renovated **terminal** (Pajaritos Bus Station; General Bonilla 5600; M Pajaritos). It's on metro Línea 1, so by getting on buses here you avoid downtown traffic.

CAR

Intense rush-hour traffic and high parking fees mean there's little point hiring a car to use in Santiago. However, having your own wheels is invaluable for visiting the Casablanca Valley and places of natural beauty like Cerro la Campana and the Cajón del Maipo. Those planning to travel mostly in rural Chile may consider hiring a camper van from **Soul Vans** (☑cell 9-5417-3743; www.soulvans.com; Eduardo Castillo Velasco 3100, Ñuñoa; camper vans from CH$39,000; ⏱9am-1pm; M Ñuñoa), which allows one-way rentals and has additional offices in Puerto Montt and Punta Arenas.

Chilean car-rental companies tend to be cheaper than big international ones, but note that they often have sky-high deductibles. Most rental companies have their own roadside assistance; alternatively, the **Automóvil Club de Chile** (☑600-450-6000; www.automovilclub. cl; Av Andrés Bello 1863, Providencia; M Pedro de Valdivia) provides reciprocal assistance to members of the American Automobile Association and some other associations, but you may need to stop by the office to register. Some of the companies listed here also have airport offices at Pudahuel.

Chilean Rent A Car (☑2-2963-8760; www. chileanrentacar.cl; Bellavista 0183, Barrio Bellavista; rentals per day from CH$20,000; ⏱8am-9:30pm Mon-Fri, 8:30am-7pm Sat & Sun; M Baquedano)

Europcar (☑2-2598-3200; www.europcar. cl; Av Francisco Bilbao 1439, Providencia; cars from CH$33,000; ⏱8am-8pm Mon-Fri, 8:30am-4pm Sat & Sun; M Ines de Suárez)

First Rent a Car (☑2-2225-6328; www.first. cl; Rancagua 0514, Providencia; cars from CH$33,000; ⏱8am-5pm Mon-Fri, 9am-2pm Sat; M Parque Bustamente)

Hertz (☑2-2360-8617; www.hertz.cl; Av Andrés Bello 1469, Providencia; cars from CH$38,000; ⏱8am-8pm Mon-Fri, to 6pm Sat & Sun; M Manuel Montt)

Piamonte (☑2-2751-0200; www.piamonte. cl; Irarrázaval 3400, Ñuñoa; cars from CH$22,000; ⏱8am-7pm Mon-Fri, 9am-2pm Sat; M Ñuñoa)

United (☑2-2963-8760; www.united-chile. com; Curricó 360, Centro; rentals per day from CH$20,000; ⏱8am-9pm Mon-Fri, to 6pm Sat & Sun; M Universidad Católica)

TRAIN

Chile's limited train system, **TrenCentral** (EFE Ticket Office; ☑2-2585-5000; www.trencentral. cl; ⏱tickets 7:15am-8pm Mon-Fri, 8am-7pm Sat), operates out of **Estación Central** (Av O'Higgins 3170, Barrio Estación Central). Train travel is generally slower and more expensive than going by bus, but wagons are well maintained and services are generally punctual. Normal trains run south to Chillán (CH$8100, five hours, twice daily), stopping along the way in Rancagua, Curicó and Talca. Special tourist trains head to the Colchagua Valley two Saturdays each month (CH$60,000).

ⓘ Getting Around

TO/FROM THE AIRPORT

Two cheap, efficient bus services connect the airport with the city center: **Buses Centropuerto** (Map p57; ☑2-2601-9883; www.centro puerto.cl; 1-way/round-trip CH$1700/3000; ⏱5:55am-11:30pm, departure every 15min) and **Turbus Aeropuerto** (☑600-660-6600; www. turbus.cl; 1-way/round-trip CH$1700/2800; ⏱5am-1am, departures every 15min; M Universidad de Santiago). Both leave from right outside the arrivals hall, and you can buy tickets on board. The total trip takes about 40 minutes. All buses stop at metro station Pajaritos on Línea 1 – you avoid downtown traffic by transferring to the metro here.

A pushy mafia of 'official' taxi drivers tout their services in the arrivals hall. Although the ride to the city center should cost around CH$18,000, drivers may try to charge much more. A simpler bet is to approach the desk of **Transvip** (☑2-2677-3000; www.transvip.cl; 1-way from CH$7000), which offers shared shuttles (from CH$7000) to the Centro. Trips to Providencia and Las Condes cost slightly more.

BICYCLE

In general, Santiago is flat and compact enough to get around by bike, and the climate is ideal for it. There is an ever-increasing network of *ciclovías* (bike lanes) – and more and more Santiaguinos are cycling to work. Check out the interactive map of bike paths and cyclist-friendly facilities at Bicimapa (www.bicimapa.cl).

The city's main bike-share program is **Bike Santiago** (☑ 600-750-5600; www.bikesantiago. cl). Ask in any of its five hubs – including La Moneda, Costanera Center and Plaza de Armas – about the Tourist Plan, which lets you ride for one day (CH$5000) or three days (CH$10,000). The orange bikes are located in all central neighborhoods except Las Condes (which, annoyingly, runs a separate bike-share program).

A linchpin of the local cyclist movement is **Movimiento Furiosos Ciclistas** (p61), which organizes a Critical Mass–style bike rally the first Tuesday of each month.

BUS

Transantiago buses are a cheap and convenient way of getting around town, especially when the metro shuts down at night. Green-and-white buses operate in central Santiago or connect two areas of town. Each suburb has its own color-coded local buses and an identifying letter that precedes route numbers (eg routes in Las Condes and Vitacura start with a C and vehicles are painted orange). Buses generally follow major roads or avenues; stops are spaced far apart and tend to coincide with metro stations. There are route maps at many stops and consulting them (or asking bus drivers) is usually more reliable than asking locals.

On Sundays, take advantage of the **Circuito Cultural de Transantiago** (www.transantiago. cl; CH$600; ⊘10am-6:30pm Sun), a bus loop tour that passes by the city's main attractions (museums, cultural centers) starting at Plaza Italia. You use your Bip! card to pay for one regular bus fare, and the driver will give you a bracelet that allows you to board the circuit's buses as many times as you like. The buses are clearly marked 'Circuito Cultural.'

Transantiago

In 2006 sleek extra-long buses replaced the city's many competing private services when the bus and metro were united as **Transantiago** (☑ 800-730-073; www.transantiago.cl; single ride from CH$610), a government-run public-transportation system that's quick, cheap and efficient for getting around central Santiago. The Transantiago website has downloadable route maps and a point-to-point journey planner.

You'll need a *tarjeta* **Bip!** (a contact-free card you wave over sensors). You pay a nonrefundable CH$1550 for a card, and then 'charge' it with as much money as you want. Two people can share a card, and they also work on the metro. Transantiago charges CH$640 during most of the day, though the fare is CH$610 early in the morning

and late at night. One fare allows you two hours in the system, including multiple transfers.

CAR & MOTORCYCLE

To drive on any of the expressways within Santiago proper, your car must have an electronic sensor known as a TAG in the windshield; all rental cars have them. On-street parking is banned in some parts of central Santiago and metered (often by a person) in others; costs range from CH$1000 to CH$3000 per hour, depending on the area. If you're not paying a meter, you're expected to pay a similar fee to the 'parking attendant.' For detailed information on driving and parking, read the English-language section at Car Rental in Chile (www.mietwagen-in-chile.de); it will also rent you a vehicle.

METRO

The city's ever-expanding **metro** (www.metro. cl; per ride from CH$610; ⊘6am-11pm Mon-Sat, 8am-11pm Sun) is a clean and efficient way of getting about. Services on its six interlinking lines are frequent, but often painfully crowded. A seventh line is slated to open in late 2018. To get on the trains, head underground. You can use your Bip! card or purchase a one-way fare. Pass through the turnstiles and head for your line. It's a fine way to get around during the day, but during the morning and evening rush, you may prefer to walk.

TAXI

Santiago has abundant metered taxis, all black with yellow roofs. Flagfall costs CH$300, then it's CH$150 per 200m (or minute of waiting time). For longer rides – from the city center out to the airport, for example – you can sometimes negotiate flat fares. It's generally safe to hail cabs in the street, though hotels and restaurants will call you one, too. Most Santiago taxi drivers are honest, courteous and helpful, but a few will take roundabout routes, so try to know where you're going. *Taxis colectivos* are black with roof signs indicating routes (you'll share the ride, which generally costs CH$1500 to CH$2000).

AROUND SANTIAGO

Where else in the world can you go skiing, white-water rafting, wine tasting and bathing in thermal baths all within a two-hour radius of a bustling city of seven million people? *This* is what makes greater Santiago such an attractive launchpad for your Chilean adventures.

Maipo Valley Wineries

When you've had your fill of Santiago's museums and plazas, head south of the city center to check out the gorgeous vineyards and mass-production wine operations of the Maipo Valley. Big-bodied reds, featuring varietals such as Cabernet Sauvignon, Merlot, Carmenere and Syrah – many that have notes of eucalyptus or mint – are what the valley is all about. You can go it alone as many wineries are within 1½ hours of the city center on public transportation. But if you'd like to hit the wine circuit with a knowledgeable guide, try the specialized tours at Uncorked Wine Tours (p63): an English-speaking guide will take you to three wineries, and a lovely lunch is included. Also recommended is the winery bike tour with La Bicicleta Verde (p63). Enotour (p64) is another curated wine-tour outfit. Most wine tours require advance reservations.

🏃 Activities

⭐ **Viña Santa Rita**   WINE
(☑ 2-2362-2520; www.santarita.com; Camino Padre Hurtado 0695, Alto Jahuel; tours CH$12,000-40,000; ⊙ tours 10am-5pm Tue-Sun) Famous for the premium Casa Real Cabernet, Santa Rita offers bike and wine trips – through Turistik (p64) – as well as picnics, tastings and tours of its stunning winery. There's also a jaw-dropping pre-Columbian art collection on display at the on-site Museo Andino, with pottery, textiles and gold Incan jewelry.

To get here, take the Santiago metro to Las Mercedes station, where you can catch bus MB81 toward Alto Jahuel and the vineyard entrance.

Viña Undurraga   WINE
(☑ 2-2372-2850; www.undurraga.cl; Camino a Melipilla, Km34, Talagante; tours from CH$12,000; ⊙ tours at 10:15am, noon & 3:30pm daily) The subterranean bodegas at Undurraga date from 1885. Come for tours or to try wines by the glass.

Regular public buses depart for Talagante from Santiago's Terminal San Borja, and you can ask the conductor to drop you at the vineyard entrance.

Viña Cousiño Macul   WINE
(☑ 2-2351-4100; www.cousinomacul.com; Av Quilín 7100, Peñalolen; tours CH$14,000-24,000; ⊙ tours (in English) 11am, 12:15pm, 3pm & 4:15pm Mon-Fri, 11am & 12:15pm Sat) A historic winery set in Santiago's urban sprawl. Most of the vineyards are now at Buin, but tours take in the production process and underground bodega, built in 1872. La Bicicleta Verde (p63) runs frequent bike and wine tours here.

From Santiago, bus 418, which passes by Costanera Center and the Tobalaba metro station, will take you all the way to the intersection of Tobalaba and Av Quilín, from where you'll only need to walk five minutes west to the winery.

Viña De Martino   WINE
(☑ 2-2577-8037; www.demartino.cl; Manuel Rodríguez 229, Isla de Maipo; tastings from CH$14,000, tours from CH$17,500; ⊙ 9am-1:30pm & 3-6pm Mon-Fri, 10:30am-1pm Sat) Reserve ahead for personalized tours and tastings in a Tuscan-style manor, including one where you can blend your own wine. Note: you will need a car to visit this winery.

Viña Aquitania   WINE
(☑ 2-2791-4500; www.aquitania.cl; Av Consistorial 5090, Peñalolén; tours CH$13,000-22,000; ⊙ by appointment only 9am-6pm Mon-Fri, 10am-2pm Sat) Set at the foot of the Andes is one of Santiago's most interesting wineries. Aquitania works with tiny quantities and sky-high quality.

From Santiago's Grecia metro station (Línea 4), take bus D07 south and get off at the intersection of Av Los Presidentes and Consistorial (you need a Bip! card). Aquitania is 150m south. Note that Viña Cousiño Macul is located only 2km away.

Viña Concha y Toro   WINE
(☑ 2-2476-5269; www.conchaytoro.com; Virginia Subercaseaux 210, Pirque; standard tours CH$14,000; ⊙ 10am-5pm) To see winemaking on a vast scale, do one of the mass-market tours at Viña Concha y Toro, Latin America's largest wine producer.

To get here by public transportation take the Santiago metro to the Las Mercedes station, exit by the sign 'Concha y Toro Oriente' and catch one of Concha y Toro's minibuses (CH$2000, every 30 minutes).

ℹ Getting There & Away

If you plan on visiting two or more wineries, you're better off renting a car; however, most vineyards are reachable by public transportation from Santiago.

Pomaire

In this small, rustic country village 68km southwest of Santiago, skilled potters make beautifully simple brown and black earthenware ceramics and sell them for incredibly cheap prices (a homemade coffee mug goes for CH$1000). A trip here makes a pleasant half-day out, especially as the town is also celebrated for its traditional Chilean food.

Note that while Pomaire is packed with day-trippers on weekends, the town is practically deserted on Monday, when the potters have a day off.

Cheerful restaurant **La Fuente de mi Tierra** (cell 9-8475-3494; www.lafuentedemitierra.cl; Roberto Bravo 49; mains CH$4000-9000; 10am-8pm Tue-Sun) offers cheap traditional food in a livelier atmosphere than elsewhere in town. The walls are covered in photography and local clay art, and the food is sure to fill.

Buses Bahía Azul (www.bahiaazul.cl) runs three direct buses between Santiago's Terminal San Borja and Pomaire on Saturdays and Sundays (CH$1800, 45 minutes). Otherwise, take one of the regular services to Melipilla (CH$1500, one hour, four hourly) with Ruta Bus 78 (www.rutabus78.cl) and get off at the Pomaire *cruce* (crossroads), where *colectivos* and minibuses take you into town (CH$500).

Cajón del Maipo

Rich greenery lines the steep, rocky walls of this stunning gorge of the Río Maipo. Starting only 25km southeast of Santiago, it's popular on weekends with Santiaguinos, who come here to camp, hike, climb, cycle, raft and ski. Increasingly trendy restaurants, new microbreweries and a big winery mean that overindulgence is also on the menu.

November to March is peak rafting season as glacier meltwater brings Class III or IV rapids to the Río Maipo; ski bums and bunnies flock here June to September; and hiking, horseback riding and lunching are popular year-round.

Plans for a hydroelectric station here could have serious consequences for the region's ecosystem. So take advantage of this pristine natural playground; it's an easy getaway from the capital city by car or public transportation.

🏃 Activities

⭐ **Rutavertical Rafting** RAFTING
(cell 9-9435-3143; www.rutavertical.cl; Camino al Volcán 19635, San José De Maipo; trips CH$19,000; daily departures at 11am, 2pm & 4:30pm) One-hour rafting trips led by enthusiastic multilingual guides descend Class III or IV rapids, taking in some lovely gorges before ending up back in San José de Maipo. Allot about 2½ hours in total for the briefing, outfitting and drive upriver to the starting point. Helmets,

wetsuits and lifejackets are provided, and there are lockers to store your belongings.

The river is made up of a series of mostly Class III rapids with very few calm areas – indeed, rafters are sometimes tossed into the water. Still, it's less hazardous than when the first kayakers descended in the 1980s and found themselves facing automatic weapons as they passed the grounds of General Pinochet's estate at El Melocotón (the narrow bedrock chute here, one of the river's more entertaining rapids, is now known as 'El Pinocho,' the ex-dictator's nickname).

Vizcachas Multiespacio ADVENTURE SPORTS
(Ex Geoaventura; cell 9-6209-9130; www.facebook.com/multiespaciolasvizcachas; Camino a San José del Maipo 07820, Puente Alto; ziplining CH$15,000; bungee jumping CH$25,000; paragliding CH$40,000; 10am-6pm) Just before you enter Cajón del Maipo, this adventure center has bungee jumps, paragliding, ziplining, a rock wall, paintball and more.

🛏 Sleeping

Los Baqueanos TENTED CAMP $$$
(cell 9-9618-7066; www.losbaqueanos.cl; Camino al Volcán 4926, El Canelo; package incl meals & horseback riding per person from CH$70,000;) Guests here sleep in luxurious dome-shaped tents heated by solar power and comfortably furnished with cozy cots, ergonomic chairs and wi-fi access. Gourmet breakfasts and meals are prepared by the chef, while beautiful Chilean horses wait on the sidelines to take travelers on day excursions into the Cajón del Maipo.

Ask about the condition of the dirt road up to Los Baqueanos if you plan to drive yourself.

ℹ Getting There & Away

Two roads wind up Cajón del Maipo on either side of the river and join at El Melocotón, 7km before San Alfonso. The G-421 on the southern side goes through Pirque, while the G-25 runs along the north side past San José de Maipo and San Alfonso to Baños Morales and the Monumento Natural el Morado. The 100km drive from central Santiago to Baños Morales takes about two hours and is doable in a regular car. Count on another 20 minutes to reach Termas Valle de Colina; depending on the state of the last stretch of road, you may need a 4WD.

There is no public transportation all the way to Termas Valle de Colina. However, private vans run by **Tur Maipo** (Map p48; www.turmaipo.cl; return trip to Baños Morales CH$8400) go to Baños Morales from outside Santiago's

Around Santiago

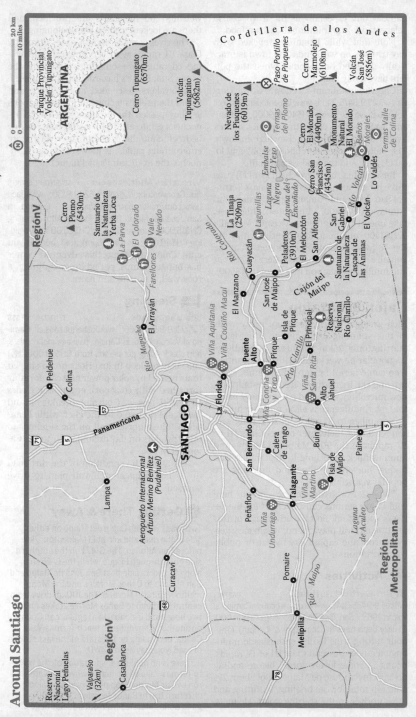

Baquedano metro station, usually on Saturdays and Sundays. Metrobus MB-72 connects San Alfonso and San José de Maipo with Santiago's Bellavista la Florida metro station every 30 minutes from 7am to 9pm (CH$1100).

Pirque

Although it's only just outside Santiago, Pirque has a very small-town feel to it with scenic vineyard-lined roads, a gorgeous nature reserve and empanada stands aplenty. There's nothing small-scale or low-key about its main attraction, however: Viña Concha y Toro (p82), Chile's largest and most industrial winery. The main road leads east from Concha y Toro up the south side of Cajón del Maipo toward San Alfonso. About 3km along it is a string of restaurants, including La Vaquita Echá.

A mix of Andean forest and scrubland make up **Reserva Nacional Río Clarillo** (www.conaf.cl/parques/reserva-nacional-rio-clarillo; Camino a Reserva Nacional Río Clarillo s/n, Pirque; adult/child CH$6000/3000; ⏲ 8:30am-6pm), a hilly, 100-sq-km nature reserve in a scenic tributary canyon of the Cajón del Maipo, 18km southeast of Pirque. It's home to abundant bird species, foxes and rodents, and the endangered Chilean iguana.

Two short, clearly labeled trails start near the Conaf rangers office, 300m after the entrance: Quebrada Jorquera takes about half an hour; Aliwen Mahuida takes 1½ hours. The rangers give advice on longer hikes along the river, but plan on starting early as camping is not allowed here. There are several picnic areas with tables and barbecue pits for your midday break.

🛏 Sleeping & Eating

⭐**La Calma de Rita**   GUESTHOUSE **$$**
(📱 cell 9-7217-3978; www.lacalmaderita.cl; Camino A Santa Rita 2672; r US$75-130; ❄🅿️🛜🏊) Sleep inside a jumbo-sized wine barrel or aboard a converted carriage at this delightfully quirky rural retreat. All rooms are centered around a flower-filled garden with hammocks, a pool, and a wine spa where you can nourish both your pores and your palate. The on-site restaurant is packed with vintage memorabilia and there's a shop with local cheeses, jams and artisan beers.

La Vaquita Echá   CHILEAN **$$**
(www.lavaquitaecha.cl; Ramón Subercaseaux 3355; mains CH$5200-15,000; ⏲ 11am-9pm) The long-running local favorite, La Vaquita Echá

is rightly famed for its grill – steaks, ribs, fish and even wild boar all sizzle over the coals.

❶ Getting There & Away

To get to Pirque, take the Santiago metro to Plaza de Puente Alto, the end of Línea 4. Then catch a minibus with a 'Pirque' label in the window. Departures are frequent and the fare is around CH$500. Note that you'll need a car to visit nearby wineries or nature reserves, though you could also taxi around.

San Alfonso & Cascada de las Animas

Halfway up Cajón del Maipo a small cluster of homes and businesses make up San Alfonso. It's the location of the beautiful private nature reserve Santuario de la Naturaleza Cascada de las Animas, which is set up like a natural, outdoorsy theme park.

🏃 Activities

Cascada de las Animas   OUTDOORS
(📱 2 2861 1303; www.cascadadelasanimas.cl; Camino al Volcan 31087) Organized activities are the only way to visit this private nature reserve, which takes its name from a stunning waterfall reached by the shortest walk offered (CH$7000); there are also guided half-day hikes into the hills (CH$12,000) and rafting trips (CH$18,000). Horseback riding is the real specialty, however – indeed, the reserve is also a working ranch.

Weather permitting, it offers two-hour rides (CH$25,000) and all-day trips (CH$50,000 including *asado* – barbecue – lunch). Book in advance.

🛏 Sleeping & Eating

⭐**Cascada de las Animas**   RESORT **$$$**
(📱 2-2861-1303; www.cascadadelasanimas.cl; Camino al Volcan 31087; lodge r CH$100,000, cabins for 3/6/8 people CH$80,000/110,000/150,000, 5-person domes CH$130,000, campsites per person from CH$10,000; 🅿️🛜🏊) If you're into peace and quiet, spend the night here in one of the bungalow suites at the Cascada Lodge. The rustic-chic design features organic wood and stone fixtures, skylights, mosaic tilework and king-sized beds imported from Italy.

You can choose instead to stay in one of the wood cabins with log fires and well-equipped kitchens. There are also five-person lofted domes, two-person riverside bungalows or smaller guest rooms to fit any budget. Alternatively, pitch your tent in the shady campsite.

Santuario del Río   LODGE **$$$**
(☑ 2-2790-6900; www.santuariodelrio.cl; Camino al Volcán 37659; d/q CH$130,000/220,000; P✳☎☜) Just outside San Alfonso, this tranquil lodge specializes in corporate retreats, but has a very nice selection of wood and adobe rooms and cabins that feature relaxing views over the river, hardwood bed frames and vaulted wood ceilings. There's a spa, hot tub and pool, plus the on-site restaurant is excellent.

Pizzería y Cervecería Jauría   PIZZA **$$**
(www.cervezajauria.cl; Bernardo ÓHiggins 18; pizzas CH$9000; ☺5pm-midnight Fri, 1:30pm-1am Sat, 1:30pm to 8pm Sun) Craving beer and pizza? This new brewpub combines creative pizzas (such as prosciutto, grilled pear and sun-dried tomatoe) with home-brewed IPAs, brown ales and stouts. Kick back and relax on the patio under the soft glow of tiki torches.

❶ Getting There & Away

Cascada de las Animas runs private van transportation to and from Santiago (for one/two people round-trip CH$70,000/90,000). Much cheaper is Metrobus MB-72, which connects San Alfonso and San José de Maipo with Santiago's Bellavista la Florida metro station every 30 minutes from 7am to 9pm (CH$1100).

Baños Morales & Monumento Natural El Morado

A newly paved stretch of the G-25 continues uphill from San Alfonso to the small village of Baños Morales. There's excellent hiking and horseback riding here, as well as relaxing hot springs. Serious outdoor enthusiasts can continue on for high-Andean adventures, mountain climbing and more.

At Baños Morales is the entrance to **Monumento Natural El Morado** (www.conaf.cl/parques/monumento-natural-el-morado; adult/child CH$5000/2500; ☺must enter 8:30am-1pm & leave by 6pm Oct-Apr, enter 8:30am-12:30pm & leave by 5:30pm May-Sep), a small national park. From the banks of sparkling Laguna El Morado are fabulous views of Glacier San Francisco and the 5000m summit of Cerro El Morado. It takes about two hours to reach the lake on the well-marked 6km trail from the Conaf post.

In summer motivated hikers can continue to the base of Glaciar San Francisco (six hours round-trip from the Conaf post), on the lower slopes of the mountain.

Ask a Conaf ranger about the four-hour hike to Valle de las Arenas, just outside the park. It's an epic trail, though not well signposted.

The murky hot springs of **Balenario Termal Baños Murales** (CH$5000; ☺10am-6pm Tue-Sun Apr-Dec, 8am-8pm daily Jan-Mar) offer a curative dip after a day of hiking, though they're not quite as picturesque as the pools further up in Valle de Colina.

Private buses from Tur Maipo (p83) leave from outside Santiago's Baquedano metro station at 7:30am for Baños Morales daily January and February or weekends the rest of the year.

Termas Valle de Colina

About 16km after the turnoff to Baños Morales, the G-25 (now a basic dirt track best negotiated in a 4WD) reaches the thermal springs of **Termas Valle de Colina** (☑2-2985-2609; www.termasvalledecolina.com; entrance incl camping adult/child CH$8000/4000), where hot natural pools offer a privileged view over the valley. There's a well-organized camping ground, but be sure to bring plenty of food and supplies.

The administration can put you in touch with local *huasos* (cowboys) who offer short horseback-riding expeditions during the summer months (December to March).

For a real adventure, join a guided motorcycle tour of the region through **Enduro Trip** (☑cell 9-8764-2776; www.endurotrip.com; tours per person CH$120,000). Leaving from Santiago at 9am, these energetic guides run four standard circuits, including one that goes to Baños Morales, Termas de Colina and Glaciar El Morado. In addition to the ride itself and some excellent wildlife-viewing, you'll stop along the way to try regional treats from empanadas to homemade bread.

There is no public transportation to Termas Valle de Colina, which is about 16km after the turnoff to Baños Morales on the G-25.

Tres Valles

Santiago's four most popular ski centers – Farellones/El Colorado, La Parva and Valle Nevado – are clustered in three valleys, hence their collective name, Tres Valles. Although they're only 30km to 40km northeast of Santiago, the traffic-clogged road up can be slow going. All prices given here are for weekends and high season (usually early July to mid-August). Outside that time, there are hefty midweek discounts on both ski passes and hotels. Well-marked off-piste runs connect the three valleys. The predominance of drag lifts means that lines get long during the winter holidays, but otherwise crowds here are bearable. Ask about combination tickets if you're planning on skiing at multiple resorts.

🏃 Activities

Valle Nevado SKIING
(📞 2-2477-7705; www.vallenevado.com; Camino a Valle Nevado s/n; day pass adult/child CH$49,500/37,500; ⏰ lifts 9am-5pm) Modeled on European setups, Valle Nevado boasts almost 30 sq km hectares of skiable terrain – the largest in South America. It's also the best-maintained of Santiago's resorts and has the most challenging runs. A variety of beginner runs make it good for kids too.

Thirteen chairlifts or surface lifts – and a kick-ass eight-person gondola – take you to high-altitude start points, which range from 2860m to 3670m. Adrenaline levels also run high here: there's a snow park, good off-piste action and heli-skiing.

In summer (December to April), the **Mirador chairlift** (round-trip CH$19,000), transporting hikers and picnic-toting families to a 3300m peak, is open daily. Check the website for more on horseback-riding excursions, mountaineering, guided trekking, children's activities and lunch with panoramic views at the mountaintop restaurant.

The resort is 12km from Farellones.

La Parva SKIING
(www.laparva.cl; Los Clonquis s/n; day pass adult/child CH$46,500/31,500; ⏰ lifts 8am-5pm) The most exclusive of Santiago's ski resorts, La Parva is definitely oriented toward posh families rather than the powder-and-party pack. Private cottages and condos make up ski base Villa La Parva, from where 15 lifts take you to its 48 runs, the highest of which starts at 3574m above sea level.

Snow permitting, there's plenty of off-piste skiing here too. The ski between La Parva and Valle Nevado or El Colorado is also a favorite among more experienced skiers.

Farellones SKIING
(www.parquesdefarellones.cl; Camino a Farellones s/n; day pass CH$20,000; ⏰ lifts 9am-5pm) Farellones is Chile's first ski resort. At about 2500m, it's lower than its sister property of El Colorado, and its handful of runs tend to attract mainly beginner skiers, as well as tubing fans. Other activities on offer include ziplines, fat bikes, tobogganing and snowshoeing.

SKI CENTERS

Several of Chile's best ski resorts are within day-tripping (or two-day tripping) distance from Santiago. Aim to go midweek, if you can: snow-happy Santiaguinos crowd both the pistes and the roads up to the resorts on weekends.

El Colorado SKIING
(www.elcolorado.cl; El Colorado s/n; day ski pass adult/child CH$49,000/37,000; ⏰ lifts 9am-5pm) The interconnected Farellones and El Colorado have a combined 101 runs ranging from beginner to expert. The highest of El Colorado's 19 lifts takes you 3333m above sea level.

🛌 Sleeping & Eating

Hotel Valle Nevado LUXURY HOTEL $$$
(www.vallenevado.com; Camino a Valle Nevado s/n; d per person incl breakfast, lunch & dinner from US$419; @ 🤖 📺) You can ski right onto your balcony here. The best-appointed option in the Tres Valles, it has a heated outdoor pool, spa, and piano bar with a huge open fire. Dinner at the hotel's La Fourchette restaurant goes some way to offsetting the rates (which also include daily lift passes).

Hotel Tres Puntas HOTEL $$$
(www.vallenevado.com; Camino a Valle Nevado s/n; d per person incl breakfast & dinner US$219; @ 🤖) This 'budget' option at Valle Nevado skimps on luxury but not on prices. There's a mix of regular and dorm-style rooms, all of which are cramped but functional. The price also includes daily lift passes.

La Fourchette INTERNATIONAL $$$
(www.vallenevado.com; Hotel Valle Nevado; mains CH$15,000-22,000; ⏰ 7-10am & 7-11pm) The most distinguished of Valle Nevado's six restaurants, serving Mediterranean cuisine.

ℹ Getting There & Away

There is no public transportation to the Tres Valles. **KL Adventure** (📞 2-2217-9101; www.kladventure.com; Augo Mira Fernández 14248, Las Condes, Santiago; round-trip to Tres Valles CH$35,750, incl hotel pickup CH$50,000) and **SkiTotal** (📞 2-2246-0156; www.skitotal.cl; Av Apoquindo 4900, Local 39-42, Las Condes, Santiago; round-trip CH$16,000-18,000) both run daily shuttles to the ski centers in season. The latter is conveniently located near the Escuela Militar metro station in the Las Condes neighborhood of Santiago.

Middle Chile

Best Places to Eat

➡ Casa Botha (p107)

➡ Viña Casa Silva (p112)

➡ Lo que más quiero (p129)

➡ El Peral (p98)

➡ Sativo (p104)

Best Places to Stay

➡ Parque Las Nalkas (p127)

➡ WineBox Valparaiso (p97)

➡ Zerohotel (p97)

➡ Casa Chueca (p121)

➡ Ecobox Andino (p126)

Why Go?

If you love wine, fine dining, never-ending springs, street art, skiing, hiking, mountain biking, surfing or just lazying for days on wild coasts, there's a spot in Middle Chile that was created just for you. This is Chile's most important wine-producing region, and the wineries and cozy bed and breakfasts of the sun-kissed Colchagua, Maule and Casablanca Valleys will tickle your palate and enliven your senses. For board riders, there are killer breaks up and down the coast, with surf culture exploding in towns like Pichilemu, Matanzas and Buchupureo. Hikers and skiers will love the lost lagoons and steep pistes found eastward in the Andes, while cultural explorers won't want to miss the murals and jumbled alleyways of Valparaíso and the hard-rocking musical exploits of Concepción.

When to Go
Valparaiso

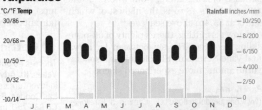

Mar–Apr Wine lovers migrate to the vineyards for the grape harvest and the festivals surrounding it.

Jun–Aug Frequent snowfall brings skiers and snowboarders to the slopes in full force.

Oct–Dec Find calm beaches, cheaper hotels and a verdant central valley before the summer rush.

VALPARAÍSO & THE CENTRAL COAST

Valparaíso

♫ 32 / POP 300,000

Syncopated, dilapidated, colorful and poetic, Valparaíso is a wonderful mess. Pablo Neruda, who drew much inspiration from this hard-working port town, said it best: 'Valparaíso, how absurd you are...you haven't combed your hair, you've never had time to get dressed, life has always surprised you.'

But Neruda wasn't the only artist to fall for Valparaíso's unexpected charms. Poets, painters and would-be philosophers have long been drawn to Chile's most unusual city. Along with the ever-shifting port population of sailors, dockworkers and prostitutes, they've endowed gritty and gloriously spontaneous Valparaíso with an edgy air of 'anything goes.' Add to this the spectacular faded beauty of its chaotic *cerros* (hills), some of the best street art in Latin America, a maze of steep, sinuous streets, alleys and *escaleras* (stairways) piled high with crumbling mansions, and it's clear why some visitors spend more time here than in Santiago.

History

The sea has always defined Valparaíso and the region surrounding it. Fishing sustained the area's first inhabitants, the Chango, and no sooner had the Spanish conquistadores arrived than Valparaíso became a stop-off point for boats taking gold and other Latin American products to Spain. More seafaring looters soon followed: English and Dutch pirates, including Sir Francis Drake, who repeatedly sacked Valparaíso for gold.

The port city grew slowly at first, but boomed with the huge demand for Chilean wheat prompted by the California gold rush. The first major port of call for ships coming round Cape Horn, Valparaíso became a commercial center for the entire Pacific coast and the hub of Chile's nascent banking industry.

After Valparaíso's initial glory days, the port saw hard times in the 20th century. The 1906 earthquake destroyed most of the city's buildings, then the opening of the Panama Canal had an equally cataclysmic effect on the port's economy. Only the Chilean navy remained a constant presence.

Today Valparaíso is back on the nautical charts as a cruise-ship stop-off, and Chile's growing fruit exports have also boosted the port. More significantly, the city has been Chile's legislative capital since 1990. Unesco sealed the deal by giving it World Heritage status in 2003, prompting tourism to soar.

◉ Sights

◉ El Plan & El Puerto

Mercado Cardonal MARKET
(⊙ 6am-5pm) As colorful as Valparaíso's trademark houses – and built almost as high – are the fruit and vegetable displays in the Mercado Cardonal, bordered by Yungay, Brasil, Uruguay and Rawson.

Plaza Sotomayor PLAZA
(El Plan) Plaza Sotomayor is dominated by the palatial blue-colored naval command building **Edificio Armada de Chile**. In the middle of the square lies the **Monumento a los Héroes de Iquique**, a subterranean mausoleum paying tribute to Chile's naval martyrs.

The **Aduana Nacional** (Customs House) and **Estación Puerto** (p101), the terminal for commuter trains, are also nearby. The plaza has a helpful tourist kiosk and a tacky handicrafts market, the Feria de Artesanía. **Muelle Prat**, the pier at the foot of Plaza Sotomayor, is a lively place on weekends, and also the prime point for crane- and container-spotting.

Museo de Historia Natural MUSEUM
(Natural History Museum; www.mhnv.cl; Condell 1546, El Plan; ⊙ 10am-6pm Tue-Sat, to 2pm Sun) FREE Explore the natural history of central Chile in nine rooms that focus on biology and ecosystems. Signage is in Spanish only.

Reloj Turri MONUMENT
(cnr Esmeralda & Gómez Carreño) Where Prat and Cochrane converge to become Esmeralda, the Edificio Turri narrows to the width of its namesake clock tower, the Reloj Turri. This is one of the most iconic buildings in old Valparaiso, dating back to the 1920s.

Barrio El Puerto AREA
(www.barriopuertovalparaiso.cl) In the west of El Plan, Barrio El Puerto (the port neighborhood) has the twin honors of being the oldest part of Valparaíso and the most run-down. Crumbling stone facades hint of times gone by.

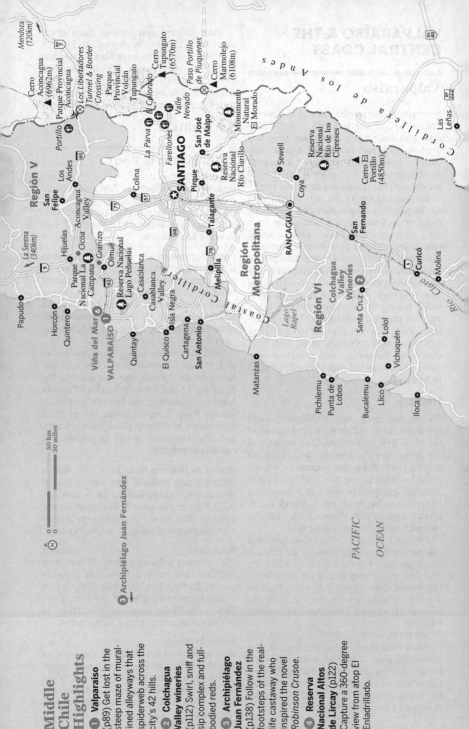

Middle Chile Highlights

1 Valparaíso
(p89) Get lost in the steep maze of mural-lined alleyways that spiderweb across the city's 42 hills.

2 Colchagua Valley wineries
(p112) Swirl, sniff and sip complex and full-bodied reds.

3 Archipiélago Juan Fernández
(p138) Follow in the footsteps of the real-life castaway who inspired the novel *Robinson Crusoe*.

4 Reserva Nacional Altos de Lircay (p122)
Capture a 360-degree view from atop El Enladrillado.

5 Buchupureo (p127) Catch a steep and quicksilver-fast wave at the famous surf breaks of this sleepy beach town.

6 Viña del Mar (p101) Party like it's 1999 at one of the city's light-up-the-night discos.

7 Nevados de Chillán (p125) Ski through the trees on the longest ski slope in South America.

8 Maule Valley (p120) Tickle your senses with wine, spa treatments and fine dining.

Valparaíso

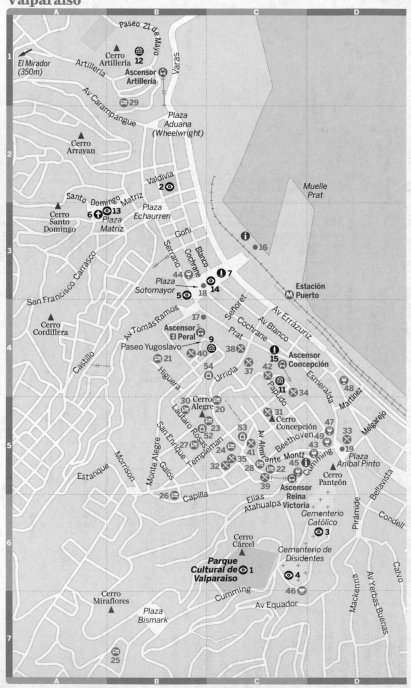

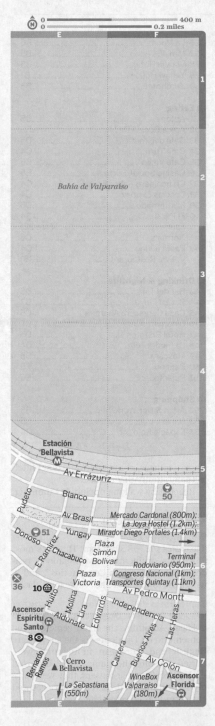

Mercado Puerto HISTORIC SITE
(cnr Cochrane & San Martín, Puerto) Long defunct (and home to a pack of street cats!), El Puerto's beautifully restored food market should be open again by the time you read this.

Plaza Matriz PLAZA
(El Puerto) The historic heart of the city is Plaza Matriz, which is watched over by Iglesia La Matriz. Begun in 1837, it's the fourth church to occupy this site since the construction of the original chapel in 1559.

Congreso Nacional LANDMARK
(www.congreso.cl; cnr Av Pedro Montt & Rawson; ⊙library only open 9:30am-1pm & 2:30-5:30pm Mon & Fri) One of Valpo's only modern landmarks is the controversial horseshoe-shaped Congreso Nacional, located in the eastern section of El Plan. Its roots lie in Pinochet's presidency both literally and legislatively: it was built on one of his boyhood homes and mandated by his 1980 constitution (which moved the legislature away from Santiago).

Iglesia La Matriz CHURCH
(www.corporacionlamatriz.cl; Santo Domingo 71, Puerto) Classically inspired church, allegedly sacked by Sir Francis Drake in the 16th century. The fourth construction is the one you see today.

⊙ Cerros Concepción & Alegre

Museo de Bellas Artes MUSEUM
(Palacio Baburizza, Fine Arts Museum; ☑32-225-2332; http://museobaburizza.cl; Paseo Yugoslavo 176; admission CH$4000; ⊙10:30am-6pm Tue-Sun) The rambling art nouveau building at the western end of Cerro Alegre is called Palacio Baburizza; it houses the Museo de Bellas Artes, which has a decent permanent collection plus plenty of details on the original palace owners. The funicular **Ascensor El Peral** (Plaza de Justicia & Paseo Yugoslavo; CH$100; ⊙7am-11pm) runs here from just off Plaza Sotomayor.

Museo Lukas MUSEUM
(☑32-222-1344; www.lukas.cl; Paseo Gervasoni 448, Cerro Concepción; adult/child & senior CH$1000/500; ⊙11am-6pm Tue-Sun) Local cartoonist Lukas had a sharp eye for the idiosyncrasies of Valparaíso. You need to speak Spanish to understand his sardonic political strips displayed here, but the ink drawings of iconic Valpo buildings certainly speak for themselves.

Valparaíso

Ascensor Concepción FUNICULAR
(Prat (El Plan) & Paseo Gervasoni (Cerro Concepción); CH$300; ⊙7am-10pm) The city's oldest elevator, Ascensor Concepción takes you to Paseo Gervasoni, at the lower end of Cerro Concepción. Built in 1883, it originally ran on steam power. At the time of research it was closed for renovations.

⊙ Cerro Carcel

★**Parque Cultural
de Valparaíso** ARTS CENTRE
(PCdV; ☎32-235-9400; http://parquecultural.cl; Cárcel 471; ⊙10am-7pm; **P**) **FREE** This cultural center built from the bones of a prison has a little bit of everything the thinking traveler could ask for. There are excellent murals in the old exercise yards (with practically no chance of getting shanked), rotating arts exhibits, live theater and dance, and occasional classes, courses, round tables and other intellectually stimulating events.

Reach it by walking up Subida Cumming.

⊙ Cerro Panteón

Cementerios 1 & 2 CEMETERY
(Dinamarca s/n; ⊙8:30am-5pm) The city's most illustrious, influential and infamous residents rest in peace in Cementerios 1 and 2, where the tombs look like ornate mini alaces.

Cementerio de Disidentes CEMETERY
(Dissident Cemetery; Dinamarca s/n; ⊙9am-1pm & 3-5pm) Adjoining the main cemetery, the Cementerio de Disidentes is the spot where English and European immigrants were buried. Despite the name, these departed souls weren't rabble-rousers; they were simply Protestants, and therefore not accepted at the traditional cemeteries.

◉ Cerro Bellavista

★ La Sebastiana   HISTORIC BUILDING

(☑ 32-225-6606; www.fundacionneruda.org; Ferrari 692; adult/child & senior CH$7000/2500; ⊘10:30am-6:50pm Tue-Sun Jan & Feb, 10:10am-6pm Tue-Sun Mar-Dec) Bellavista's most famous resident writer was Pablo Neruda, who made a point of watching Valparaíso's annual New Year's fireworks from his house at the top of the hill, La Sebastiana. Because entry operates on a first-come, first-served basis, it's recommended that you get here in the morning.

Getting here involves an uphill hike, and the climbing continues inside the house – but you're rewarded on each floor with ever-more heart-stopping views over the harbor. You can wander around La Sebastiana at will, lingering over the chaotic collection of ships' figureheads, glass, 1950s furniture and artworks by his famous friends.

Alongside the house, the Fundación Neruda has built the Centro Cultural La Sebastiana, containing a small exhibition space and souvenir shop.

To get here, walk 800m uphill along Héctor Calvo from Ascensor Espíritu Santo. Alternatively, take green bus O on Serrano near Plaza Sotomayor in El Plan, or from the plaza at the top of Templeman on Cerro Alegre and get off at the 6900 block of Av Alemania.

Museo a Cielo Abierto   AREA

(Open-Air Museum; cnr Rudolph & Ramos; ⊘24hr) Twenty classic, colorful murals are dotted through this *cerro's* lower streets, forming the Museo a Cielo Abierto, an open-air museum with works from famed Chilean artists such as Mario Toral and Roberto Matta. Sadly, many are now in very poor shape. The Ascensor Espíritu Santo takes you from behind Plaza Victoria to the heart of this art.

◉ Cerro Artilleria

Museo Marítimo Nacional   MUSEUM

(National Maritime Museum; ☑ 32-253-7018; www.mmn.cl; Paseo 21 de Mayo 45; adult/child CH$1000/300; ⊘10am-6pm Tue-Sun) Cannons still stand ready outside this naval museum. Much space is devoted to Chile's victory in the 19th-century War of the Pacific. Other exhibits include historical paintings, uniforms, ships' furniture, swords, navigating instruments and medals, all neatly displayed in exhibition rooms along one side of a large courtyard. Rattling Ascensor Artillería brings you here from Plaza Aduana.

⚑ Courses

★ Chilean Cuisine   COOKING

(☑ cell 9-6621-4626; www.chileancuisine.cl; Pasaje Galvez 25, Cerro Concepcion; course per person from CH$40,000; ⊘daily courses) An energetic chef takes you to shop for ingredients at the local market, then teaches you to make pisco sours, taste local wines, and cook – then eat – a menu of Chilean classics.

Chilean Cooking Class and Anti-Tours   COOKING

(☑ cell 9-8143-9656; gonzalolarachef@yahoo.es; Av Almirante Montt 448, Cerro Alegre) Gonzalo Lara, the chef of Café Vinilo (p98), runs a culinary course that's won rave reviews from travelers; email him directly for prices and availability.

Natalis Language Center   LANGUAGE

(☑ 32-225-4849; www.natalislang.com; Plaza Justicia 45, 6th fl, Oficina 602, El Plan; 3-day crash course CH$180,000) Language school with a good reputation for quick results.

⌖ Tours

★ Valpo Street Art Tours   CULTURAL

(☑ cell 9-4021-5628; www.valpostreetart.com; Pasaje Galvez 25, oficina 2; ⊘10:30am & 3:30pm Mon-Sat) Two-hour pay-what-you-wish 'GraFREEti Tours' leave from Plaza Anibal Pinto daily (except Sundays) at 10:30am and 3:30pm. Knowledgeable English-speaking guides walk you to some of the city's best murals and explain why Valpo became a street-rt mecca. You can also sign up for workshops (US$30) where you meet a resident graffiti artist and learn how to spray your own piece.

★ Tours 4 Tips   WALKING

(www.tours4tips.com; Plaza Sotomayor, El Plan; ⊘10am & 3pm) Just show up at Plaza Sotomayor, look for the guides with the red-and-white shirts in the middle of the plaza, and head off for a friendly introduction to the city that focuses on street art, cultural history and politics. You only tip if you like the tour. We think CH$5000 to CH$10,000 is a good tip if you enjoy yourself.

Blue Valpo   CRUISE

(http://bluevalpo.com; Muelle Prat; CH$10,000; ⊘2 Sat per month) BYO drink of choice and float to the beat of the DJs and live bands on this three-hour sunset cruise through the bay. Boats depart from Muelle Prat. Check the website for upcoming trips.

Harbor Boat Tours
BOATING

(Muelle Prat; 30min tour CH$3000; ⊙9:30am-6:30pm) Pass alongside giant cruise vessels or naval battleships, or spot sea lions frolicking in the harbor. Several companies operate boats; ask around for the best price and group up for savings.

🎭 Festivals & Events

Puerto de Ideas
CULTURAL

(www.puertodeideas.cl; events CH$2000; ⊙Nov) Held every November, this intellectual conference is Chile's equivalent to TED. If you speak Spanish, it can be fascinating.

Año Nuevo
NEW YEAR

(⊙Dec 31) Fantastic fireworks displays over the harbor draw hundreds of thousands of spectators to the city each December 31. Book accommodations well in advance.

🛏 Sleeping

★ La Joya Hostel
HOSTEL $

(🖅cell 9-3187-8552; www.lajoyahostel.com; Quillota 80; dm CH$10,500; d from CH$39,000; P@🛜) La Joya is almost too posh to be called a hostel, with impeccably clean quarters, seriously comfy beds and the aesthetic of a Brooklyn loft. Attached is a hip bar and burger joint that's worth the visit even if you aren't staying. Friendly staff are eager to help with city info, and they occasionally organize barbecues on the rooftop deck.

Its location near the bus station makes it convenient for those arriving late or departing early, yet inconvenient for quick trips to the most popular *cerros*.

El Mirador
B&B $

(🖅32-234-5937; www.elmiradordevalparaiso.cl; Levarte 251, Cerro Playa Ancha; s/d/tr incl breakfast US$35/60/64, 2-person apt US$70; P@🛜) Budget-minded couples and solo travelers enjoy this homey B&B. Though slightly out of the way, the beautifully tended property – a restored house with comfortable doubles, apartments with kitchenettes, accommodating hosts and a spacious terrace – is pretty good value. To get here, from the Museo Marítimo Nacional, walk uphill along Playa Ancha and turn left on Levarte.

Hostal Jacaranda
HOSTEL $

(🖅32-327-7567; www.hostaljacaranda.blogspot.com; Urriola 636, Cerro Alegre; dm/d from CH$8000/25,000; 🛜) Small but very welcoming (and perfectly located in a lively section of Cerro Alegre), this cheerful, family-style hostel

features a terrace that's romantically illuminated at night. The owners have a wealth of knowledge; if you ask nicely, they might even show you how to make Chilean specialties including pisco sours and empanadas.

Hostal Cerro Alegre
B&B $

(🖅32-327-0374; www.hostalcerroalegre.cl; Urriola 562, Cerro Alegre; dm CH$14,000; r with/without bath CH$59,000/44,000; 🛜) Funky antiques, original oil paintings by the former owner, and an eclectic mix of colors, styles and design sensibilities make this a good bet for the Boho crowd. There's a shared kitchen and smallish living area, and the dorm sleeps just four. You can also rent bikes here (day/half-day CH$11,000/6000).

Yellow House
B&B $

(🖅32-233-9435; www.theyellowhouse.cl; Capitán Muñoz Gamero 91, Cerro Artillería; r CH$33,000-55,000, without bathroom CH$25,000-32,000, all incl breakfast; @🛜) Oh-my-God views over the old port set this quiet B&B apart, as does the friendly care lavished on guests by the Chilean owner. Cozy, pastel-painted rooms come with thick white comforters. The Oceano has by far the best views. The only drawback: you're quite far removed from the action, dining and nightlife of the more popular *cerros*.

Use caution arriving late at night as the area is occasionally used by pickpockets.

La Nona
B&B $

(🖅cell 9-6618-6186; www.bblanona.com; Galos 660-662, Cerro Alegre; s/d/tr incl breakfast CH$36,000/40,000/60,000; 🛜) The English-speaking owners of this B&B are mad about Valpo, and love sharing insider tips with their guests. Rooms are simple but highly passable. Stained glass and skylights add an open air, and the central location on Cerro Alegre is a serious selling point. Ask for a room with a view.

La Nona also provides hard-to-find laundry service (CH$10,000 for up to 5kg) for both guests and nonguests.

Casa Aventura
HOSTEL $

(🖅32-275-5963; www.casaventura.cl; Pasaje Gálvez 11, Cerro Concepción; dm/s/d without bathroom CH$11,500/20,000/29,000; 🛜) One of Valpo's oldest hostels, this ramshackle old house has airy, pastel-painted dorms, while doubles feature sky-high ceilings and original wooden floors. There's a shared kitchen, but it's missing a cool terrace or large common areas.

★**WineBox Valparaiso** DESIGN HOTEL $$
(📱cell 9-9424-5331; Baquedano 763, Cerro Mariposas; r CH$65,000-180,000; P🅿🛜📺) 🍴 Built from 25 decommissioned shipping containers and home to Valparaiso's first urban winery, WineBox is primed to change the face of tourism in the city. If all goes according to plan, it will open a wine bar and shop in 2018 with 320 labels and 30 wines offered by the glass (including those made in the basement).

All rooms are in colorful shipping containers with comfy beds and porthole windows looking out over the sea. There are also two terraces lined with furniture made from wine barrels, tanks and even bathtubs. Nearly everything you see here was built using recycled materials.

Vía Vía Hotel GUESTHOUSE $$
(📱32-319-2134; www.viaviacafe.cl; Almirante Montt 217, Cerro Alegre; r US$50-70; 🛜) 🍴 Run by a friendly Ecuadorian-Belgian couple, this round-walled art deco boutique is a favorite for the arts-poetry-and-chunky-glasses set. With just five rooms, it's a cozy affair. The rooms are sparse but quite airy, and the baths have solar showers and elegant stone accents. There is a fun cafe on the main floor, making this a good spot for night owls.

Hotel Ultramar BOUTIQUE HOTEL $$
(📱32-221-0000; www.hotelultramar.com; Pérez 173, Cerro Cárcel; d incl breakfast CH$68,000; 🛜) Unparalleled views over the bay justify the trek to sleek Ultramar, high on Cerro Cárcel. Behind the brown-brick front it's very mod, with soaring red-and-white walls, black banisters and checkered floor tiles.

Make sure you understand which room you're booking ahead of time – there's a big difference between a spacious double with a view and a smaller room that doesn't face the ocean.

★**Zerohotel** BOUTIQUE HOTEL $$$
(📱32-211-3113; www.zerohotel.com; Lautaro Rosas 343, Cerro Alegre; d incl breakfast CH$186,000-263,000; 🛜) This boutique hotel has one of the best patios around, and taking in the Valparaíso sunshine here is a decadent treat. There are just nine rooms, all with high ceilings, minimalist design and plenty of creature comforts – like an honor bar that gives you access to some of Chile's best wines.

The contempo digs match surprisingly well with the lofty architecture that dates back to 1880.

★**Fauna Hotel** BOUTIQUE HOTEL $$$
(📱32-327-0719; http://faunahotel.cl; Pasaje Dimalow 166, Cerro Alegre; r from CH$90,000; 🛜) This high-design hotel is imbued with natural materials from the exposed-brick walls to the recycled wood paneling. Each room has unique art, quirky murals or antique furnishings, giving the place a very Valparaíso feel. Head to the rooftop restaurant to watch the sun set over the harbor.

Casa Higueras BOUTIQUE HOTEL $$$
(📱32-249-7900; www.casahigueras.cl; Higuera 133, Cerro Alegre; r CH$197,000-360,000; 🛜🏊) Rich Santiaguinos always preferred weekending in Viña to Valpo, but they've been won over by this hotel's slick rooms with dark-wood furniture and huge beds, mosaic-tiled bathrooms with big bowl sinks and the quiet living room filled with Asian sculptures and beige sofas. It has bay views, plus a lovely swimming pool, Jacuzzi and terrace, ideal for cocktails at sunset.

Mm 450 BOUTIQUE HOTEL $$$
(📱32-222-9919; www.mm450.cl; Lautaro Rosas 450, Cerro Alegre; r incl breakfast CH$77,000-120,000; 🛜) This boutique hotel has a streamlined modern look, a gorgeous interior patio and super-comfy rooms with new mattresses and gleaming white comforters. It's attached to a hip restaurant and lounge, so there's always somebody around.

🍴 Eating

★**Chinchinero Sabor Propio** CHILEAN $
(📱cell 9-9821-6612; Urriola 377, Cerro Alegre; set breakfast/lunch CH$3000/6000; ⏰10am-7pm Mon-Sat, to 6pm Sun; 🛜🍴) Extremely flavorful and very filling set breakfasts or lunches make this funky 10-table cafe the best value in town. There are also delicious cakes, coffees and empanadas.

Delicias Express CHILEAN $
(📱32-223-7438; Urriola 358, Cerro Alegre; empanadas CH$1000-2400; ⏰10am-6pm Mon-Fri, from 11am Sat & Sun) Boasting 81 varieties of empanadas, friendly service and a crispy crust you'll love, this is one of the best empanada joints on the coast.

Norma's CHILEAN $
(📱32-222-3112; Av Almirante Montt 391, Cerro Alegre; set lunch $6900-9900; ⏰11am-6pm Thu-Tue) Don't let the name (or the nondescript entryway) throw you off: just climb the tall stairway into this cheerful, casually elegant restaurant for a surprisingly well-prepared

set lunch that's friendlier on your wallet than most others in the area. The restored house still has the grand dimensions, polished wood and charming antique window frames of the original structure.

Café del Poeta
CAFE $

(32-222-8897; www.facebook.com/cafedelpoeta; Plaza Aníbal Pinto 1181, El Plan; mains CH$3500-7800; 9am-10pm Mon-Fri, from 11am Sat & Sun;) This sweet cafe and eatery brings some sophistication to a busy central plaza in El Plan. On the menu are savory crepes, pasta and seafood; there's also sidewalk seating, a relaxing afternoon tea, wines by the glass and a collection of books about Valparaíso that guests are invited to linger over.

Mercado Cardonal
MARKET $

(http://elcardonal.cl; Mercado Cardonal, 2nd fl, El Plan; mains CH$3500-5000; 6am-6:30pm) There's a good selection of seafood stands at Valparaíso's main food market.

Casino Social J Cruz
CHILEAN $

(32-221-1225; www.jcruz.cl; Condell 1466, El Plan; mains CH$6500; noon-1:30am) Graffiti covers the walls at this tiny cafe, tucked away down a narrow passageway in El Plan. Forget about menus, there's only one essential dish to try: it's said that *chorrillana* (a mountain of French fries under a blanket of fried pork, onions and egg) was invented here. Folk singers may serenade you into the wee hours.

★ El Peral
CHILEAN $$

(32-336-1353; El Peral 182, Cerro Alegre; mains CH$8000; noon-4:30pm, to midnight Fri & Sat Dec-Apr) The menu at this beloved cafe above Ascensor El Paral (p93) is written on chalkboards each morning and typically includes the freshest ingredients from the sea. Pair your food with invigorating fruit juices, local craft beers or pisco sours in intriguing flavors. Reserve ahead for a table on the leafy terrace, which offers a shaded view over the port below.

★ El Internado
CHILEAN $$

(32-335-4153; www.elinternado.cl; Pasaje Dimalow 167, Cerro Alegre; CH$4500-8000; noon-midnight Sun-Thu, to 1:30am Fri & Sat;) Soaring Valpo views, well-priced Chilean sandwiches and silky-smooth pisco sours make this funky new spot on Pasaje Dimalow a favorite among locals. Head to the basement level in the evenings for art shows, poetry readings, film screenings, live music and more.

Fauna
CHILEAN $$

(32-212-1408; www.faunahotel.cl; Pasaje Dimalow 166, Cerro Alegre; mains CH$6500-13,000; 12:30-10:30pm) One of the best decks in town is found at this hip lounge and resto-bar (with a sophisticated attached hotel). It's a top spot for locals to suck down craft beers, cocktails and wine, and boasts an alluring seafood-heavy menu. Reserve a table in advance.

Viá Viá Restaurant
CAFE $$

(32-319-2134; www.viaviacafe.cl; Av Almirante Montt 217, Cerro Alegre; mains CH$5500-10,500; 1-11pm Tue-Sat, to 6pm Sun, closed Mon-Wed May-Oct;) Set below a precipitous stairway and looming three-story mural, this garden cafe brims with creativity and serendipitous energy. There's occasional live music in summer, simple dining options, and a good mix of Belgian beers and Chilean wines on tap. It's a must-stop on any mural or pub crawl.

Café Vinilo
CHILEAN $$

(32-223-0665; www.cafevinilo.cl; Av Almirante Montt 448, Cerro Alegre; mains CH$5000-13,000; 9am-1:30am Sun-Thu, to 3:30am Fri & Sat;) The retro-chic atmosphere matches (and perfectly mismatches) the colors and rhythms of the city. Dinner plates feature fresh albacore and other local catches with inventive presentations and delicious flavor combinations. As the last plates are licked, the record player gets turned up and things slip into bar mode.

Café Turri
SEAFOOD $$

(32-236-5307; www.turri.cl; Templeman 147; mains CH$5000-13,000; 11:30am-11pm Mon-Sat, to 7pm Sun;) Locals call it an overpriced tourist trap, but elegant Café Turri does boast unforgettable views over the harbor and ocean. You can't go wrong by grabbing a seat on the terrace and ordering a pisco sour and some baked clams or octopus carpaccio.

Apice Cocina De Mar
SEAFOOD $$$

(cell 9-5708-9737; www.restaurantapice.cl; Av Almirante Montt 462; mains CH$12,000-13,000; by reservation only 7:30-9:30pm Thu-Tue) Just 20 people per night have the privilege of dining in this exclusive low-lit seafood den on Cerro Alegre. The fish is caught the same day you eat it, and the wine list only includes small producers from neighboring valleys. Reserve ahead.

Pasta e Vino ITALIAN $$$
(☑ 32-249-6187; www.pastaevinoristorante.cl; Papudo 427; mains CH$12,000-18,000; ☺1-3:30pm & 7-11pm Tue-Sat, 1-4pm Sun) If you want to compete with local foodies, it's worth reserving ahead. You'll be dining on inventive seasonal pastas in a sleek, intimate atmosphere with only a dozen tables.

Abtao SEAFOOD $$$
(☑32-222-3442; www.restauranteabtao.cl; Abtao 550, Cerro Concepción; mains CH$10,000-17,000; ☺1-3:30pm & 7:30-11pm Mon & Wed-Sat, 1-4:30pm Sun) If it's warm out, sit in the glassed-in patio; if not, head toward the art deco-inspired dining room for warmth, intimacy and elegance. The food is a tad overpriced but inventive, matching fruit with fish, sweet with tart and featuring spiced flavors from across the globe.

🍷 Drinking & Nightlife

⭐**Máscara** CLUB
(www.mascara.cl; Plaza Aníbal Pinto 1178, El Plan; cover CH$2000-3500; ☺10pm-late Mon-Sat) Music-savvy clubbers in their 20s and 30s love this gay-friendly club. the beers cheap, there's plenty of room to move and hardly any teenyboppers. There are typically drink specials and cheaper entry fees before 1am.

Bar del Tio BAR
(☑32-259-9352; www.facebook.com/bardeltio; Av Almirante Montt 67; ☺6pm-1am Tue-Thu, to 3am Fri, 8pm-3am Sat) Jazz music bounces off expensed-brick walls in this classy cocktail bar with dangerously good libations. Soak up the liquor with tasty tapas.

Dinamarca 399 CAFE
(☑cell 9-9705-4227; http://dinamarca399.cl; Dinamarca 399, Cerro Panteón; ☺9am-6pm Mon-Thu, to midnight Fri-Sun; 🛜) Grab an espresso coffee and a home-baked sweet to enjoy a lazy breakfast on the wraparound terrace of this architectural stunner by the cemeteries. The views are spectacular and the prices affordable. There's also a gallery, a bakery and a coworking space here. The cafe turns into a tapas bar on weekend evenings.

Casa Cervecera Altamira CRAFT BEER
(☑32-319-3619; www.cerveceraaltamira.cl; Elías 126; ☺6pm-midnight Mon-Thu, to 1am Fri, 1pm-1am Sat) This microbrewery at the bottom of **Ascensor Reina Victoria** (CH$100; ☺7am-11pm) offers flights of its pale ale, amber, stout and knock-you-out strong ale. It also serves pizzas, burgers and other comfort

foods. Check the website for live music, including frequent jazz nights.

Pagano GAY
(Errazuriz 1852, El Plan; cover varies; ☺11:30pm-3:30am Mon-Thu, to 5am Fri & Sat, also to 3:30am Sun Jan-Mar) Die-hard clubbers both gay and straight can dance all week on Pagano's packed, sweaty floor. Plan to arrive well after midnight or you'll be dancing alone.

Pajarito BAR
(☑32-225-8910; www.pajaritobar.blogspot.com; Donoso 1433, El Plan; ☺11am-1:30am Mon-Thu, 11 to 2:30am Fri, 7pm-2:30am Sat) Artsy Porteños (residents of Valparaíso) in their 20s and 30s cram the Formica tables at this laid-back, old-school bar to talk poetry and politics over beer and piscola (pisco mixed with Coke or other soft drinks).

Bar La Playa BAR
(☑cell 9-9961-2207; Serrano 567, El Puerto; ☺11am-midnight Sun-Wed, to late Thu-Sat) Valparaíso's longest-running bar shows no signs of slowing down. On weekend nights, cheap pitchers of beer, powerful pisco and a friendly but rowdy atmosphere draw crowds of local students and young bohemian types to the wood-paneled bar upstairs and the cellar-level disco. There's also classic *porteño* food for half the price of what you'll pay in the hills.

La Piedra Feliz BAR, CLUB
(www.lapiedrafeliz.cl; Av Errázuriz 1054, El Plan; admission from CH$3000; ☺9pm-5am Thu-Sat) Jazz, blues, tango, son, salsa, rock, drinking, dining, cinema: is there anything this massive house along the waterfront doesn't do? Note: the crowd skews older here.

Hotel Brighton BAR
(☑32-222-3513; www.brighton.cl; Paseo Atkinson 151, Cerro Concepción; ☺10am-midnight Sun-Thu, to 3am Fri & Sat) Teetering over the edge of Cerro Concepción, this funked-out house has a terrific terrace that overlooks the port and city. Come around sunset for cocktails and stay for decent (though unmemorable) food and live music on weekends.

🛍 Shopping

Bahía Utópica ART
(☑32-273-4296; www.bahiautopica.cl; Av Almirante Montt 372, Cerro Alegre; ☺11am-7:30pm Wed-Mon) Affordable art, funky postcards, coffee-table books and more make this a great stop for authentic souvenirs.

Espacio Rojo
ARTS & CRAFTS

(☑ 32-324-0437; www.galeriaespaciorojo.com; Pasaje Miramar 175, Cerro Alegre; ☺ 11am-6pm) Stop by this eclectic gallery with English-speaking staff for local art, jewelry, ceramics and souvenirs.

Art in Silver Workshop
JEWELRY

(☑ 32-222-2963; www.silverworkshop.cl; Lautaro Rosas 449A, Cerro Alegre; ☺ 11am-2pm & 4-8pm) Silver and lapis lazuli come together in unusual designs at this small jewelry store, where you can sometimes see their creator, silversmith Victor Hugo, at work.

❶ Information

DANGERS & ANNOYANCES

Petty street crime and muggings are often reported in the old port area of Valparaíso, so keep a close watch on your belongings, especially cameras and other electronics. The rest of Valparaíso is fairly safe, but stick to main streets at night and avoid sketchy stairways and alleyways.

MEDIA

Ciudad de Valparaíso (www.ciudadde valparaiso.cl) Helpful, comprehensive listings of services in the city.

El Mercurio de Valparaíso (www.mercurio valpo.cl) The city's main newspaper.

Qué hacer en Valpo (www.quehacerenvalpo.cl) The latest on local events and happenings.

TOURIST INFORMATION

There are several helpful tourist information stands around town, including one **kiosk** (www. ciudaddevalparaiso.cl; cnr Wagner & Cumming, El Plan; ☺ 10am-6pm) by Plaza Aníbal Pinto and another **kiosk** (www.ciudaddevalparaiso.cl; Muelle Prat, El Plan; ☺ 10am-6pm) by Muelle Prat.

❶ Getting There & Away

BUS

All major intercity services arrive and depart from the **Terminal Rodoviario** (Av Pedro Montt 2800, El Plan), about 20 blocks east of the town center. There is a small tourist information kiosk and a bag check (from CH$500 per bag).

Services to Santiago leave every 15 to 20 minutes with **Turbus** (☑ 32-213-3104; www. turbus.cl) and **Condor Bus** (☑ 32-213-3107; www.condorbus.cl), which both also go south to Puerto Montt (two each daily), Osorno (two each daily) and Temuco (three each daily). In addition, Turbus also goes to Pucón (two daily), Concepción (five daily) and Chillán (seven daily).

Turbus also operates to the northern cities of Iquique (twice daily), Calama (twice daily) and Antofagasta (four daily). **Romani** (☑ 32-222-

0662; www.busesromani.cl) goes twice daily to La Serena, as does Condor Bus.

You can reach Mendoza in Argentina with **Cata Internacional** (☑ 800-835-917; www.cata internacional.com), **El Rápido** (☑ 810-333-6285; www.elrapidoint.com.ar), **Ahumada** (☑ 32-254-5561; www.busesahumada.cl) and **Andesmar** (www.andesmar.com). Some buses continue to Buenos Aires. **Buses JM** (☑ 34-344-4373; www.busesjm.cl) offers hourly services to Los Andes, as does **Pullman Bus Costa Central** (☑ 600-200-4700; www.pullmancosta.cl). **Buses Casablanca** (www.facebook.com/buses casablanca) runs direct buses to Casablanca every 30 minutes.

Pullman Bus Lago Peñuela (☑ 32-222-4025) leaves for Isla Negra every hour. From Av Argentina, just outside the terminal, **Transportes Quintay** (☑ 32-236-2669; Av Argentina) runs *taxi colectivos* (shared taxis) every 20 minutes to Quintay.

The city transport network, **Transporte Metropolitano Valparaíso** (TMV; ☑ 32-259-4689; www.tmv.cl; 1 way within El Plan CH$250, El Plan to Cerro CH$400), has services to the beach towns north of Valparaíso and Viña del Mar. For Reñaca, take the orange 607, 602 or 605. The 602 and 605 continue to Concón.

Note that fares may increase considerably during school holidays or long weekends, and you'll pay more for the *cama* class (with fully reclining seats) on long-haul rides.

DESTINATION	COST (CH$)	HOURS
Antofagasta	34,000	16
Calama	34,700	19
Casablanca	1000	1
Chillán	8200	8
Concepción	9000	9
Iquique	33,000	25
Isla Negra	3200	1½
La Serena	7000	7
Los Andes	5000	3
Mendoza	22,000	8
Osorno	12,000	14
Pucón	10,000	12
Puerto Montt	12,000	15
Santiago	3000	1½
Temuco	10,000	10

CAR

The closest car-rental agencies to Valparaíso are in Viña del Mar, but most visitors find the steep, narrow streets and lack of parking a major deterrent to car travel within the city. A rental is only recommended for trips out of town.

ℹ Getting Around

Walking is the best way to get about central Valparaíso and explore its *cerros* – you can cheat on the way up by taking an *ascensor* or a *taxi colectivo* (CH$500). *Colectivos* to Cerros Concepción and Alegre line up at the bottom of Almirante Montt, while those to Cerros La Cárcel and Bellavista leave from Av Ecuador.

Countless local buses operated by **TMV** run along Condell and Av Pedro Montt, Av Brasil and Yungay, connecting one end of El Plan with the other. A few climb different *cerros* and continue to Viña or along the northern coast; destinations are displayed in the windshield. The city's most famous line is the 802, which uses the oldest working trolleybuses in the world. The curvy cars date back to 1947 and have been declared a national monument.

Metro Valparaíso (☑ 32-252-7615; www.metro-valparaiso.cl) operates commuter trains every six to 12 minutes from Valparaíso's **Estación Puerto** (cnr Errázuriz & Urriola, Paseo del Puerto; ⊙ 6am-11pm Mon-Fri, from 7:30am Sat & Sun) and **Estación Bellavista** (cnr Errázuriz & Bellavista; ⊙ 6am-11pm Mon-Fri, from 7:30am Sat & Sun) to Viña del Mar (CH$450 to CH$500, depending on the hour of departure).

Taxis are much more expensive in Valparaíso than other Chilean cities.

If you're willing to brave the hills on a bike, you'll see a few outfitters around town renting bicycles (generally CH$6000 per half-day).

Viña Del Mar

☑ 32 / POP 286,931

Clean and orderly Viña del Mar is a sharp contrast to the charming jumble of neighboring Valparaíso. Manicured boulevards lined with palm trees, stately palaces, a sprawling public beach and beautiful expansive parks have earned it the nickname of Ciudad Jardín (Garden City). Its official name, which means 'Vineyard by the Sea,' stems from the area's colonial origins as the hacienda of the Carrera family. Not many foreign travelers stay here, opting instead for a day trip from Valparaíso. Nevertheless, Viña remains a popular weekend and summer destination for well-to-do Santiaguinos – and the *carrete* (partying) here is first rate.

◎ Sights

Viña's white-sand beaches stretch northward from the northern bank of the Estero Marga Marga to the suburbs of Reñaca and Concón.

★ **Jardín Botánico Nacional** PARK
(National Botanical Garden; ☑ 32-267-2566; www.jbn.cl; Camino El Olivar 305; adult/child CH$2000/1000; ⊙ 10am-6pm May-Aug, 9am-7pm Sep-Apr; 🚍 203) There are over 3000 plant species in the nearly 400 hectares of parkland that comprise Chile's Jardín Botánico Nacional. It's 8km southeast of the city center; take a taxi or catch bus 203 from Viña along Calle Alvarez to Puente El Olivar, then cross the bridge and walk about 500m north to the park's entrance signs.

Cerro Castillo AREA
A fantastic barrio for an afternoon stroll, with lovingly restored mansions, great city lookouts, a small 'castle' and the summer palace of the President of Chile. To reach the top of the hill, take the Bajada Britania (near Castillo Wulff) or Vista Hermosa (off Calle Valparaíso).

Artequin MUSEUM
(☑ 32-297-3637; www.artequinvina.cl; Parque Portrenillos 500; adult/child CH$1200/600; ⊙ 8:30am-5:30pm Tue-Fri, 10:15am-5:45pm Sat & Sun Mar-Dec; 11am-6:30pm Tue-Sun Jan & Feb; 🅿 ♿) This children's museum has plenty of play areas and a big workshop for art classes. There are a few reproductions of masterpieces from the 15th to 20th centuries, including paintings and sculptures by both Chilean and international artists.

Parque Quinta Vergara PARK
(Errázuriz 563; ⊙ 7am-7pm) Nowhere is Viña's nickname of the 'Garden City' better justified than at the magnificently landscaped Parque Quinta Vergara, which you enter from Errázuriz at the south end of Libertad (here called Eduardo Grove). It once belonged to one of the city's most illustrious families, the Alvares-Vergaras.

Castillo Wulff HISTORIC BUILDING
(☑ 32-218-5753; Av Marina 37; ⊙ 10am-1:30pm & 3-5:30pm Tue-Sun) **FREE** Pretty Castillo Wulff, built by a prominent Valparaíso businessman in the early 20th century, hangs out over the sea: pass through the art exhibitions to the tower at the back, where you can peer through the thick glass floor at the rocks and waves below.

Museo de Arqueología e Historia Francisco Fonck MUSEUM
(☑ 32-268-6753; www.museofonck.cl; 4 Norte 784; adult/child CH$2700/500; ⊙ 10am-2pm & 3-6pm Mon, 10am-6pm Tue-Sat, 10am-2pm Sun)

Viña del Mar

The original *moai* (an Easter Island statue) standing guard outside the Museo de Arqueología e Historia Francisco Fonck is just a teaser of the beautifully displayed archaeological finds from Easter Island within, along with Mapuche silverwork and anthropomorphic Moche ceramics. Upstairs are old-school insect cases and taxidermied Chilean fauna.

**Parroquia Nuestra
Señora de Dolores**   CHURCH
(www.parroquiadevina.cl; Alvares 662; ⊘ Mass at noon & 7pm) Check out the cool iconography at Viña's oldest church, built and rebuilt between 1882 and 1912.

🎭 Festivals & Events

★ **Festival Internacional
de la Canción**   MUSIC
(International Song Festival; www.festivaldevina.cl; Anfiteatro Quinta Vergara, Parque Quinta Vergara;

tickets from CH$25,000; ⊘ Feb) At South America's biggest music festival, held the third weekend in February, Latin American pop, rock and folk stars join top-tier global musicians to entertain crowds of up to 15,000 at Anfiteatro Quinta Vergara (and another 150 million via live broadcasts and online streaming). This massive event has launched the careers of everyone from Shakira to former host Sofia Vergara.

🛌 Sleeping

Not Found Hostel   HOSTEL $
(📱 cell 9-3054-8854; www.notfoundrooms.com; Paseo Cousiño s/n; dm/d incl breakfast without bathroom CH$15,000/35,000; 🛜) Follow the cryptic yellow markings to the 3rd floor of a once-abandoned building on Paseo Cousiño to find Not Found Hostel. With hearty breakfasts, fluffy comforters on every bed and a sleek minimalist look, it's one of the best hostels in town.

Viña del Mar

◎ Sights

⊜ Sleeping

✕ Eating

🍷 Drinking & Nightlife

🎭 Entertainment

Columba Hostel
HOSTEL $

(☎ 32-299-1669; www.columbahostel.com; Calle Valparaíso 618; dm CH$9000-12,000; d with/without bathroom incl breakfast CH$35,000/30,000; 🛜) This vibrant hostel contains stylish dorms and doubles with colorful linens, hardwood floors and urban art. It's a bit dirty, but the central location is great and there's a communal kitchen, a female-only dorm and a chillout room with a TV. The private rooms are actually pretty passable.

Eco-Hostal Offenbacher-hof
B&B $$

(☎ 32-262-1483; www.offenbacher-hof.cl; Balmaceda 102; r incl breakfast CH$55,000-65,000; 🛜) 🌿 There are fabulous views over the city from this commanding chestnut-and-yellow mansion atop quiet Cerro Castillo. Sweeping views, newly renovated bathrooms and antique furnishings make this your best buy in Viña. It's spotless, the owner is charming and there's an amazing patio for afternoon tea.

La Blanca Hotel
BOUTIQUE HOTEL $$$

(☎ 32-320-4121; www.lablancahotel.cl; Echevers 396; r incl breakfast CH$70,000-120,000; 🅿🛜) This sophisticated and well-loved eight-room hotel lies within a 1912-built town house at the end of a quiet residential alleyway near Parque Quinta Vergara.

Hotel del Mar
LUXURY HOTEL $$$

(☎ 32-250-0800; www.enjoy.cl; cnr Av Perú & Los Héroes; r incl breakfast CH$158,000-214,200; ✳🛜⊠) The view from the sleek, glass-fronted lobby of Viña's top luxury hotel is a preview of what awaits upstairs – on many floors you can see the sea from your bed and even the indoor pool seems to merge with the waves beyond the window. The glamorous service and style evokes the roaring '20s.

✕ Eating

Panzoni
ITALIAN $

(☎ 32-271-4134; Paseo Cousiño 12B; mains CH$4000-7000; ⊙1-4pm daily, 8-11pm Thu-Sat) One of the best-value eateries in central Viña, Panzoni's well-prepared Italian pastas and friendly service reel in the lunchtime diners. The location is slightly hidden on an out-of-the-way passageway.

Portal Álamos
SANDWICHES $

(Calle Valparaíso 553; mains from CH$2500; ☺hours vary) The Portal Álamos, a downtown shopping arcade, has a string of samey *schop*-and-sandwich joints that fill the open-fronted 2nd floor.

Samoiedo
SANDWICHES $

(🖂32-268-4316; www.samoiedo.cl; Calle Valparaíso 639; mains CH$3000-7000; ☺8am-10:30pm) For half a century the old boys have been meeting at this *confitería* (tearoom) for lunchtime feasts of steak and fries or well-stuffed sandwiches. The outdoor seating is greatly preferable to the interior, which is open to a busy shopping mall.

★Sativo
CHILEAN $$

(🖂cell 9-8219-1025; www.sativorestaurant.com; 4 Poniente 630, Local 18; mains CH$8000-13,000; ☺noon-4pm Tue-Sat, also 8:30-11:30pm Thu-Sat; 🖄) Don't let the simple storefront fool you: the plates here are works of art, the ingredients are fresh, the wine list is intriguing and the service is sublime. From the herb-filled butters and breads you get when you arrive to the free digestif offered when you leave, this will no doubt be a memorable dining experience. Try the octopus carpaccio!

Divino Pecado
ITALIAN $$

(www.divinopecado.cl; Av San Martín 180; mains CH$8000-14,000; ☺1-4pm & 8-11pm Mon-Sat, 1-4pm Sun) The menu at this intimate, candlelit Italian restaurant includes scallops au gratin, artichoke lasagna and lamb-filled cappelletti – a divine sin indeed.

🍷 Drinking & Nightlife

★Café Journal
CLUB

(www.facebook.com/cafejournal1999; cnr Agua Santa & Alvares; cover free-CH$3000; ☺noon-3:30am Sun-Thu, to 4:30am Fri & Sat) Electronic music is the order of the evening at this boomingly popular club, which has two heaving dance floors, a lively terrace and an attached concert hall where emerging bands play on Friday and Saturday nights.

Barbones
BAR

(🖂cell 9-6434-2200; www.barbones.cl; 7 Norte 420; mains CH$5000-9000; ☺12:30pm-3:30am; 🖄) Gourmet Chilean sandwiches and *chorrillanas* (fries slathered in meat, eggs and onions), well-priced cocktails you can order by the pitcher and an extensive list of craft beers served on tap make this open-air restobar a one-stop spot for dinners that segue into late-night fun.

Club Divino
GAY

(🖂cell 9-5708-4660; www.clubdivino.cl; Camino Internacional 537; cover varies; ☺11:45pm-5am Fri & Sat) Chile's largest (and some say gaudiest) gay club, with DJs, drag queens, go-go dancers and room for 2000 sweaty revelers. It's located about 10km from downtown along the Camino Internacional, so you'll want to hire a taxi.

La Flor de Chile
BAR

(🖂32-268-9554; www.laflordechile.cl; 8 Norte 601; mains CH$4000-10,000; ☺noon-midnight Mon-Sat) For nearly 40 years, Viñamarinos young and old have downed their *schops* (draft beer) over the closely packed tables of this gloriously old-school bar.

☆ Entertainment

Anfiteatro Quinta Vergara
CONCERT VENUE

(Parque Quinta Vergara) This giant amphitheater hosts concerts and is the home of the Festival Internacional de la Canción (p102).

Casino Municipal
CASINO

(🖂32-250-0700; www.enjoy.cl/enjoy-vina-del-mar; Av San Martín 199; weekend entry CH$3800; ☺1pm-5am Mon-Thu, to 7am Fri & Sat, to 4am Sun) Overlooking the beach on the north side of the Marga Marga, this elegant local landmark is the place to squander your savings on slot machines, bingo, roulette and card games. There's also a disco, Club OVO, open Friday and Saturday nights from midnight to 5am (entry free–CH$10,000).

ℹ Information

Most streets are identified by a number and direction, either Norte (North), Oriente (East) or Poniente (West). Av Libertad separates Ponientes from Orientes.

Banco Santander (🖂32-226-6917; Plaza Vergara 108; ☺9am-2pm Mon-Fri, ATM 24hr) One of several banks with ATMs on the main square.

Conaf (🖂32-232-0200; www.conaf.cl; 3 Norte 541; ☺9am-2pm Mon-Fri) Provides information on nearby parks, including **Parque Nacional La Campana** (p108).

Hospital Gustavo Fricke (🖂32-257-7602; www.hospitalfricke.cl; Alvares 1532; ☺24hr) Viña's main public hospital, located east of downtown.

Lavarápido (🖂32-290-6263; Av Arlegui 440, local 104; per kilo CH$2000; ☺10am-7pm Mon-Fri, to 5pm Sat) Offers an express service.

Municipal Tourist Office (🖂32-218-5712; www.visitevinadelmar.cl; Av Arlegui 715; ☺9am-2pm & 3-7pm Mon-Fri, 10am-2pm &

BEACH TOWNS

North of Viña del Mar, a beautiful road snakes along the coast, passing through a string of beach towns that hum with holidaying Chileans December through February. The beaches range from small, rocky coves to wide open sands. Towering condos overlook some, while others are scattered with rustic cottages and the huge summer houses of Chile's rich and famous.

Reñaca & Concón

Viña's high-rises merge into the multitiered apartments of Reñaca, a northern suburb with a wide, pleasant beach. Come to local landmark **Roca Oceánica**, a rocky hill looking out over the Pacific, for a sunset hike with incredible views (oceanside north of town). Concón, just north of Reñaca, is known for its casual and wonderfully authentic seafood restaurants. Top on the list are the crab-stuffed empanadas at **Las Deliciosas** (✆32-281-1448; Av Borgoño 25370; empanadas CH$1500-2800; ⊗9:30am-9:30pm) and evening cocktails and *machas* (razor clams) at local legend **La Gatita** (✆32-327-1782; Pasaje Morales 230, Concón; mains CH$6000-10,000; ⊗noon-11pm).

Horcón

Chile's hippie movement began at the tiny fishing town of Horcón, on a small curving peninsula that juts out into the Pacific 28km north of Concón. Brightly painted, ramshackle buildings clutter the steep main road down to its small, rocky beach where fishing boats come and go. These days there's still a hint of peace, love and communal living – note the happy-go-lucky folks gathering on the beach with dogs, guitars, and bottles of liquor in paper bags at sunset. If hippie chic is more your scene try **La Ritoquena** (✆cell 9-6121-2447; www.laritoquena.com; Sitio 70, Ritoque; r from CH$65,000; 🛜), a beachfront cabin complex between Concón and Horcón that can arrange yoga, surfing and fishing.

Maitencillo

About 21km north of Horcón, Maitencillo's long, sandy beaches stretch for several kilometers along the coast and attract many visitors. **Escuela de Surf Maitencillo** (✆cell 9-9238-4682; www.escueladesurfmaitencillo.cl; Av del Mar 1450; group class per person CH$16,000; ⊗classes at noon & 4pm Mar-Dec, extended hours Jan & Feb) is a relaxed place to learn how to surf. Although the town is packed with holiday homes, it retains a pleasant low-key vibe. A favorite restaurant, bar and cabin complex is **Cabañas Hermansen & La Canasta** (✆32-277-1028; www.hermansen.cl; Av del Mar 592; 2-/4-/6-person cabins CH$62,000/87,000/110,000) for wood-baked pizzas and – of course – fresh fish.

Cachagua

This small, chillaxed town 13km north of Maitencillo sits on the northern tip of a long crescent beach. Just across the water is the **Monumento Nacional Isla de Cachagua** (www.conaf.cl/parques/monumento-natural-isla-cachagua/), a guano-stained rocky outcrop that's home to roughly 2000 Humboldt penguins, as well as a colony of sea lions. Ask local fishers at Zapallar Caleta to take you closer to the island, but you cannot get off the boat.

Zapallar

Santiago's elite flock to the most exclusive of Chile's Pacific resorts, 2km north of Cachagua. Multi-million-dollar mansions cover the wooded hillsides leading up from the beach, which is an unspoiled arc of sand in a sheltered cove. Everyone who's anyone in Zapallar makes a point of lunching at **El Chiringuito** (✆cell 9-9248-3139; Francisco de Paula Pérez s/n; mains CH$12,500-20,000; ⊗12:30-6pm Sun-Wed, to midnight Thu-Sat, extended hours Jan & Feb; 🅿), where terrace tables look out over the rocks and pelicans fishing for their dinner.

Papudo

This workaday town attracts a more grounded crowd than its ritzy neighbor Zapallar, meaning you can dine on CH$1600 empanadas right on the ocean at places such as **Banana** (Irarrázaval 86, Papudo; ⊗11:30am-8pm Mon-Thu, to 11pm Fri & Sat).

3-6pm Sat & Sun) Stop by for maps, pamphlets and English-language tourist assistance.

Post office (Correos de Chile; Plaza Vergara s/n; ⊙9am-7pm Mon-Fri, 10am-1pm Sat) Centrally located post office off the main plaza.

❶ Getting There & Away

All long-distance services operate from the orderly **Rodoviario Viña del Mar** (✆32-275-2000; www.rodoviario.cl; Valparaíso 1055). There's tourist information here and luggage storage downstairs (CH$1000).

There are frequent departures for northern coastal towns from Reñaca to Papudo with several local bus lines through the **Transporte Metropolitano Valparaíso** (TMV; www.tmv.cl; short-distance trips CH$440), plus privately run line **Sol del Pacífico** (✆32-275-2008; www.soldelpacifico.cl). To catch one, go to Plaza Vergara and the area around Viña del Mar's metro station; expect to pay between CH$1200 and CH$2200 one way, depending on your final destination. For Reñaca, take the orange 607, 601 or 605. The 601 continues to Concón, or take the 302 instead.

❶ Getting Around

Frequent local buses run by Transporte Metropolitano Valparaíso connect Viña and Valparaíso. Some routes run along the waterfront following Av Marina and Av San Martín; others run through the town center along Av España and Av Libertad. Destinations are usually displayed on the windshield.

In summer Viña is congested and tricky to park in. However, a car can be very useful for touring the northern coast or the Casablanca Valley wineries. **Europcar** (✆32-217-7593; www.europcar.com; Marina 15; cars per day from CH$30,000; ⊙8:30am-7pm Mon-Fri, 9am-1pm & 2-6pm Sat & Sun) is your best bet for a rental.

The commuter train **Metro Valparaíso** (✆32-252-7633; www.metro-valparaiso.cl; ⊙6am-11pm Mon-Fri, from 7:30am Sat & Sun) also runs between Viña and Valpo every six to 12 minutes during the day.

Casablanca Valley Wineries

A cool climate and temperatures that vary greatly from day to night have made this valley halfway between Santiago and Valparaíso one of Chile's best regions for top-notch Chardonnays, Sauvignon Blancs and Pinot Noirs. Its well-organized wineries take food and wine tourism seriously, and many have on-site restaurants. There's no public transportation to any of the wineries, but in a rental car you can easily blitz four or five of them in a day – most are on or around Ruta 68. Alternatively, contact the Ruta del Vino de Casablanca or Enotour (p64) for curated wine tours. Drivers note that Chile has a zero tolerance (zero alcohol) driving-under-the-influence policy. Make sure you have a designated driver. Some of the larger wineries offer drop-in visits, but it's recommended to reserve in advance for tours.

◉ Sights

Ruta del Vino de Casablanca　　SHOWROOM
(✆cell 9-6572-9579; www.rutadelvinodecasablanca.cl; Óscar Bonilla 56; ⊙info center & cafe 9am-6pm Mon-Fri, cafe only 10am-7:30pm Sat) Make this info center on Casablanca's main plaza your first stop to pick up free valley winery maps or to book tours. There's also a showroom with local wines and an on-site cafe serving espresso coffee.

🏃 Activities

★Viña Indómita　　WINE
(✆32-215-3902; www.indomita.cl; Ruta 68, Km64; tastings from CH$3500, tours from CH$10,000; ⊙10am-5pm) There's no beating the views from these vineyards – the Hollywood-style sign on the hillside is easily spotted from afar. Reserve ahead for special trekking excursions, horseback riding and harvest tours (March and April).

★Emiliana　　WINE
(✆2-2353-9130; www.emiliana.cl; Ruta 68, Km60.7; tastings from CH$12,000, tours from CH$16,000; ⊙10am-5pm Apr-Nov, to 6pm Dec-Mar) 🍷 Tastings take place in a gorgeous slate-and-wood building overlooking vines that are grown organically using biodynamic principles. Reserve ahead for chocolate pairings, premium tastings, picnics or DIY winemaking experiences.

Catrala　　WINE
(✆cell 9-9639-7563; www.catrala.cl; Camino Lo Orozco, Km10; tours from CH$17,000, full-day outing with lunch and tastings CH$70,000; ⊙open by appointment only) 🍷 For a boutique experience, book a tour and tasting at this sustainable winery. You'll walk through vineyards that lie right along the edge of a Unesco Biosphere Reserve.

Note that the winery is located about 45 minutes north from Casablanca via F-50.

Viña Mar WINE

(☎ 32-275-4300; www.vinamar.cl; Camino Interior Nuevo Mundo s/n; tours from CH$13,000; ⊙ 10am-5:30pm, reduced hours Jun-Aug) The striking manor at the heart of this carefully landscaped property houses the gourmet restaurant Macerado. Come for tours with tastings of Viña Mar's sparklings or sister-property Leyda's premium wines.

William Cole Vineyards WINE

(☎ 32-215-7777, ext 114; www.williamcolevineyards. cl; Fundo El Rosal s/n; tastings from CH$7000, tours from CH$13,000; ⊙ 9am-6pm Mon-Sat) With architecture inspired by old-fashioned Chilean missions and English-speaking staff, this contemporary winery is very visitor friendly. Walk-up wine tastings are generally possible.

Viña Casas del Bosque WINE

(☎ 2-2480-6940; www.casasdelbosque.cl; Hijuelas 2 Ex Fundo Santa Rosa; tastings from CH$7500, tours with/without tastings CH$12,500/7000; ⊙ 10am-5:30pm Mon-Fri, to 6pm Sat & Sun) This winery with a stunning mirador over the Casablanca Valley also offers bike rentals for use in its vineyards (CH$9000). While the grounds are gorgeous and the wine is some of the best in the valley, be aware that this place can often get overrun with bus tours.

Viña Matetic WINE

(☎ 2-2611-1520; www.matetic.com; Fundo Rosario s/n, Lagunillas; tastings from CH$6000, tours from CH$13,000; ⊙ 10am-5pm) A real showstopper: the glass, wood and steel gravity-flow winery has attracted almost as much attention as the wines. Book tours in advance or simply show up for tastings; you can stay the night at La Casona, its on-site boutique hotel (rooms from US$450).

House of Morandé WINE

(☎ 32-275-4701; www.morande.cl; Ruta 68, Km61; tastings from CH$5000, tours from CH$9000; ⊙ 9am-5pm Tue-Sun) An architecturally striking wine 'house' featuring a fantastic gourmet restaurant, tastings and tours of Morandé's Casablanca vineyard.

Viña Veramonte WINE

(☎ 32-232-9955; www.casonaveramonte.com; Ruta 68, Km66; tastings from CH$12,500, tours from CH$13,000; ⊙ 9:30am-5pm) Veramonte's Cabernets and Chardonnays have won 'top value' awards from *Wine Spectator*. Tours and tastings take place in a rather soulless industrial complex.

🛏 Sleeping & Eating

Hotel Casablanca Spa & Wine HOTEL $$

(☎ 32-274-2711; www.hotelrutadelvino.cl; F-864-G s/n; r from CH$64,000; ⓟ🖵🛜🏊) With two pools (indoor and outdoor) alongside a hot tub, wine spa, sauna, gym and tennis court, this hotel's amenities mean you may never want to leave and explore the nearby vineyards. The hotel oozes character with its arched adobe walls and wooden finishings – we just wish the grounds were a little cleaner and the breakfast was more inspiring.

★ Casa Botha INTERNATIONAL $$

(☎ cell 9-7431-2040; Ruta 68, Km63; mains CH$13,000; ⊙ 12:30-6pm Wed-Sun) 🥗 Let the gregarious South African owner David usher you through a long and lazy lunch with surprising wine pairings from boutique producers at this eclectic restaurant, built entirely from recycled materials. The menu changes with the season but always includes homemade pastas and at least one vegan option.

🛈 Getting There & Around

Both **Pullman Bus** (p79) and Ruta Curacaví offer hourly buses between Santiago's Terminal San Borja and Casablanca's Plaza de Armas, with the last bus departing for Santiago at 7:30pm. Local buses to Valparaíso pick up from Casablanca's Plaza de Armas roughly every 20 minutes between 7am and 10pm. Note that if you arrive by public transportation you will need to hire taxis or book a tour in town to visit the wineries.

You'll need a car to visit the Casablanca Valley's wineries on your own. Drive over from Valparaíso, or rent a car from Santiago. Make sure to set your GPS to avoid tolls as driving on Ruta 68 between wineries can incur fees of up to CH$1900 each time.

Quintay

As the sun sets over the Pacific, the craggy rocks protecting the tiny fishing cove and ex–whaling station of **Caleta Quintay** are stained a rich pink. The Quintay Whaling Station (1943–1964) was the largest on Chile's long Pacific Coast, employing up to 1000 men at its height. The open-air **Museo Ex Ballenera** (www.fundacionquintay.cl; Costanera s/n; adult/child CH$800/free; ⊙ 9am-6pm Tue-Sun) at the site documents the region's whaling history and explores modern-day whale conservation. Signage is in Spanish only.

Several of the colorful houses clustered in this low-key outpost are seafood restaurants.

One of the best places for a seaside lunch is the terrace of **Restaurant Miramar** (032-236-2046; Costanera s/n; mains CH$7000-10,000; 12:30-5:30pm;). You can see your future meal up close on the guided scuba dives run by **Austral Divers** (cell 9-9885-5099; www.australdivers.cl; Costanera s/n; beginner dive lesson CH$45,000, single dive CH$27,000; 9am-9pm), a PADI-certified dive company.

A signposted turnoff about 1.2km back down the road toward Valparaíso takes you down a 1.5km road to the long, sweeping **Playa de Quintay**, one of the prettiest, most natural beaches in the region.

Quintay is an easy half-day trip from Valparaíso. **Transportes Quintay** (cell 9-9183-7388) operates *taxi colectivos* between just outside Valparaíso's bus terminal (on Av Argentina) and Quintay's main street (from CH$2000, one hour), 500m from Caleta Quintay and 2.5km from Playa de Quintay.

Isla Negra

It was poet Pablo Neruda who put Isla Negra on the map and gave the area its confusing name ('Black Island' in English) after the dark outcrop of rocks offshore. Neruda's former home and current gravesite here attract droves of visitors from across the globe, and a vibrant community of poets and artists remain in town continuing his legacy. You'll also find solemn beaches for strolling, and a scenic ravine, **Quebrada de Cordova**, for hiking.

The spectacular setting on a windswept ocean headland makes it easy to understand why **Casa de Isla Negra** (Pablo Neruda's House; 035-461-284; www.fundacionneruda.org; Poeta Neruda s/n; adult/child CH$7000/2500; 10am-6pm Tue-Sun Mar-Dec, to 7pm daily Jan & Feb) was Pablo Neruda's favorite house. Built by the poet when he became rich in the 1950s, it was stormed by soldiers just days after the 1973 military coup when Neruda was dying of cancer.

Overenthusiastic commercialization gives a definite Disney-Neruda vibe to visits here, as the house is surrounded by countless gift stands and themed cafes. Yet, the audio-guided tours now allow you to linger longer over the extraordinary collections of shells, ships in bottles, nautical instruments, colored glass, fine art and books. The seemingly endless house (Neruda kept adding to it) and its contents are awe-inspiring. On the terrace outside you'll find Neruda's tomb

and that of his third wife, Matilde, overlooking the sea.

At sustainably minded hostel **La Conexion del Poeta** (cell 9-9409-7786; www.laconexiondelpoeta.com; Los Aromos 341; s/d/tr CH$23,000/33,000/40,000;) owner Sandra has built a minikingdom of earthly goodness. Perks include free yoga on Sundays, a reading library with inspirational titles, homemade herbal teas and bountiful breakfasts. Behind the hostel you'll find a relaxing herb garden and two studios for massage, reiki, reflexology and other treatments. Rooms upstairs offer partial sea views.

Isla Negra is an easy half-day trip from Valparaíso. **Pullman Bus Lago Peñuelas** (032-222-4025) leaves from Valparaíso's bus terminal every hour (CH$3200, 1½ hours). **Pullman Bus Costa Central** (032-246-9398; www.pullmancosta.cl) comes here direct from Santiago's Terminal de Buses Alameda (CH$4000–CH$6000, 1½ hours, hourly).

Parque Nacional la Campana

Within this **national park** (33-244-1342; www.conaf.cl/parques/parque-nacional-la-campana; adult/child CH$4000/2000; 9am-5pm Sat-Thu, to 4:30pm Fri) are two of the highest mountains in the coastal range: **Cerro El Roble** (2200m); and **Cerro La Campana** (1890m), which Charles Darwin climbed in 1834. Visitor numbers have risen since then, but the park remains relatively uncrowded despite its proximity to Santiago. It's subdivided into three sectors: Conaf's main administration station is at **Granizo**, near Olmué. There are also rangers at the nearby entrance of **Cajón Grande** and at **Ocoa**, in the north of the park.

Most of the park's 80 sq km resemble the dry, jagged scrubland of the mountains of Southern California. The park protects around 100 animal species, and several endemic plant species. There's excellent hiking to be had here. Paved access roads lead to the three entrances, but there are no roads within the park. Spring is the best time to visit.

 ## Activities

Sendero Andinista HIKING

Most people come to the park to make like Darwin and ascend Cerro La Campana: on clear days its summit affords spectacular views stretching from the Pacific to the

Andean summit of Aconcagua. From the Granizo park entrance (373m above sea level), the Sendero Andinista climbs 1455m in only 7km.

Mercifully, most of the hike is in shade. Prior to the final vertiginous ascent you pass a granite wall with a plaque commemorating Darwin's climb. Figure at least four hours to the top and three hours back down. Start early!

Sendero Los Peumos   HIKING

The 5.5km Sendero Los Peumos connects the Granizo entrance to the Sendero Amasijo, which winds for another 7km through a palm-studded canyon to Ocoa. The whole hike takes around five hours one way. The southern part of Sendero Amasijo plunges down into Cajón Grande, a canyon with deciduous forests of southern beech.

Sendero La Cascada   HIKING

From Ocoa, Sendero La Cascada leads 6km to Salto de la Cortadera, an attractive 30m-high waterfall that is best during the spring runoff.

🛌 Sleeping

Conaf runs two basic 23-tent **campsites** (CH$6000) with toilets and cold-water showers near the Ocoa and Cajón Grande entrances. Backcountry camping is not permitted. In really dry weather, only a handful of campers are permitted at a time to reduce the risk of fires.

ℹ Getting There & Away

The park is easily accessible by car from Santiago (160km) and Valparaíso (60km). There is no public transportation to any of the three entrances, though Pullman Bus runs a regular service between Santiago and Olmué. **Metro Valparaiso** (p101) also sells a ticket to Olmué, from which you could catch a quick taxi to the Granizo or Cajón Grand entrances.

ACONCAGUA VALLEY

If you arrive in Chile overland from Mendoza, the fertile Aconcagua Valley is the first scenery you see. It's watered by the Río Aconcagua, which flows west from the highest mountain in the Americas, Cerro Aconcagua (6962m), just over the Argentine border. Scenic highway CH-60 runs the length of the valley and snakes across the Andes to Mendoza.

Around Valparaíso & Viña del Mar

Los Andes

🏔 34 / POP 61,000

A stopover on your way to the Portillo ski area or over to Argentina, this dusty agricultural town has great views of the neighboring boring foothills, a few quiet museums and little else. Ask at your hotel for local hiking options or wineries that offer tastings. They may even point out that Nobel Prize–winner Gabriela Mistral taught school in Los Andes. Another remarkable Chilean woman, nun Santa Teresa de los Andes, worked her miracles here.

👁 Sights

Museo Antiguo Monasterio del Espíritu Santo   MUSEUM

(📞34-242-1765; Av Santa Teresa 389; adult/child CH$1000/500; ⏰9:30am-1pm & 3-6pm Tue-Fri, 10am-6pm Sat & Sun) The award for the most unintentionally bizarre museum displays in

Middle Chile goes to this museum. Mannequins in nuns' habits re-create scenes from Santa Teresa's life: she took her vows in this ex-convent then died of typhus, aged 19.

⚐ Tours

Góndola Carril   RAIL
(☑ cell 9-9319-3454; www.efe.cl/empresa/servicios/trenes-turisticos/gondola.html; Av Argentina 51; tickets CH$35,000) This tourist train leaves the FEPASA Los Andes station one Sunday morning each month (March to November), chugging up the valley in a throwback passenger-engine combo across the old Trans-Andean route to Río Blanco, where you stop for lunch. You arrive back in Los Andes by 6pm. Check the website for upcoming dates.

🛏 Sleeping & Eating

Hotel Genova   GUESTHOUSE $
(http://hotelgenova.cl; Las Heras 523; s/d/tr CH$25,000/33,000/39,000; [P][🖥][❄]) Behind a mustard-yellow facade two blocks southwest of the Plaza de Armas you'll find Los Andes' best budget digs. Local textiles and artwork liven up the small rooms, and there's a small pool that's a godsend on a hot summer's day.

Nanko's Delicias Del Mundo   INTERNATIONAL $
(☑ cell 9-9611-3681; www.facebook.com/nankos delicias; Gral Freire 353; mains CH$1500-6000; ☉ noon-3:30pm & 7-10:30pm Mon-Fri, 7pm-midnight Sat; 🖥) This eclectic hole-in-the-wall has a wide-ranging menu of well-priced (and well-executed) comfort foods, from pizzas to burgers and Venezuelan-style arepas. Add in friendly service, good tunes and thirst-quenching fruit juices and you can see why Nanko's is a travelers' favorite.

La Table de France   FRENCH $$$
(☑ cell 9-7216-1656; http://latabledefrance. cl; Camino Internacional, Km3, El Sauce; mains CH$9000-16,000; ☉ 1-4pm & 8:30-11pm Tue-Sat, 12:30-6pm Sun; 🖥) Rolling countryside is the only thing between the Andes and the sweeping terrace of this French-run restaurant on a hill 3km out of town. Duck, rabbit and wild boar satisfy adventurous carnivores, while dishes such as goat's-cheese lasagna cater to vegetarians.

From the center of town, take Av Esmeralda east to General del Canto; it's a quick 10-minute drive.

ℹ Orientation

The highway to the Argentine border (CH-60, the Carretera Internacional) runs across the north of Los Andes, where it's called Av Argentina. The bus station lies north of it, eight blocks from the town center. Esmeralda, the main commercial street, runs along the north side of the Plaza de Armas where you'll find most travelers' services.

ℹ Getting There & Away

Los Andes is the last (or first) Chilean town on the route between Santiago and Mendoza in Argentina; buses pass through its **Terminal de Buses Los Andes** (Rodoviario Internacional; Av Carlos Díaz 111), eight blocks northwest of the Plaza de Armas on the northern extension of Av Santa Teresa (called Av Carlos Díaz).

Pullman Bus (www.pullman.cl; Av Carlos Díaz 111) has regular services to Santiago's terminal San Borja (CH$2500, 1½ hours, hourly). **El Rápido** (www.elrapidoint.com.ar; Av Carlos Díaz 111) has direct buses to Mendoza (from CH$22,000, 10:15am and 11:15pm, six hours) and Buenos Aires (from CH$50,000, 10am, 18–20 hours).

Portillo

Set around the spectacular alpine lake of Laguna del Inca on the Argentine border, **Portillo** (☑ 2-2263-0606; www.skiportillo.com; daily ski pass adult/child CH$44,000/26,000; ☉ lifts 9am-5pm) is one of Chile's favorite ski resorts. There's not much to do here in the summer but hike to the other side of the lake (5km), and the resort is basically shuttered outside the ski season. But when the snow comes, so does the fun. It's not just amateurs who love its ultrasteep slopes: the US, Austrian and Italian national teams use it as a base for their summer training, and the 200km/h speed barrier was first broken here. Some of its terrain is apt for novices but it's hard-core powder junkies that really thrive. Altitudes range from 2590m to 3310m on its 20 runs, the longest of which measures 3.2km. Aside from the hotel and attached lodges, there are no other businesses here.

🛏 Sleeping

Accommodations in Portillo are geared around weeklong or less-frequent three-day-long all-inclusive stays. (Sleeping 70km west in Los Andes is a much cheaper alternative.) Regardless of where you stay, you can use the gym, yoga facilities, games room, small cinema and babysitting services for free. Shops, an internet cafe and a bar and disco are also on-site. The heated outdoor swimming pool is, far and away, the standout amenity.

Inca Lodge
LODGE $
(☑2-2263-0606; www.skiportillo.com; r per person per week incl meals & lift pass US$1365; P🛜⛷) The Inca Lodge is rather dim and dated, and has a bit of a ski-bum vibe to it. Share a four-bed dorm room to save big.

Octagon Lodge
LODGE $$
(☑2-2236-0606; www.skiportillo.com; r per person per week incl meals & lift pass US$2125; P⛷) This octagon-shaped lodge has slightly cramped four-bunk rooms with private bathrooms. It's one step up from the nearby Inca Lodge and draws a slightly older crowd.

Hotel Portillo
HOTEL $$$
(☑2-2263-0606; www.skiportillo.com; r per person per week incl meals & lift pass US$4400-6475; P🛜⛷) Portillo's most luxurious option is the Hotel Portillo, which has an Old World elegance and smallish doubles with lake or valley views. Except for the restaurant, the hotel and all its facilities are closed during the summer (October to May).

Chalets
CABIN $$$
(☑2-2263-0606; www.skiportillo.com; q/f per week incl meals & lift pass US$8700/14,000; P🛜⛷) The resort's only summer accommodation option, these chalets sleep four to eight people in a '70s-style space that feels like a ship's cabin. Amazing views.

🛈 Getting There & Away

Driving to Portillo takes two to three hours from Santiago, depending on road conditions.

Portillo Tours & Travel (☑2-2263-0606; ptours@skiportillo.com) runs shuttle buses (US$70 one way) to and from Santiago airport, but only on Wednesdays and Saturdays. It can arrange shuttle transportation for a slightly higher price other days of the week.

An alternative is provided by private ski transfers that run affordable Wednesday and Saturday shuttles from Santiago to the slopes; we like **Ski Total** (☑2-2246-0156; www.skitotal.cl; Av Apoquindo 4900, Locales 37-46, Las Condes, Santiago; round-trip CH$27,000). It also rents equipment, which will save you time once you reach Portillo.

The Santiago to Mendoza services run by **Buses Tas Choapa** (www.taschoapa.cl) can drop you on the far side of the highway from Portillo (a quick five-minute walk); if there are seats you may be able to catch them to Los Andes, Santiago or Mendoza.

ACONCAGUA MOUNTAIN

So you're dying to get closer to the highest peak in the Americas – but you don't have time to travel? Santiago-based outfitter **Andes Wind** (☑cell 9-9710-7959; www.andeswind.cl; day trip CH$75,000) runs daylong journeys that take you into Argentina and closer to the mountain. After stopping in Portillo on the way back, you'll be in the capital city around 7:30pm.

SOUTHERN HEARTLAND

South of Santiago, squeezed between the Andes and the coastal cordillera, the central valley is Chile's fruit bowl. With a Mediterranean climate and endless orchards and vineyards, this region produces most of Chile's wine. The Andes in this sector are spectacular, with deciduous beech forests climbing their slopes and broad gravel-bedded rivers descending into the valley. Along the coast are laid-back surf towns, broad vistas and never-ending beaches.

History

After 7000 relatively undisturbed years, central Chile's Mapuche communities were invaded twice in quick succession, first by the Inka and then by the Spanish. Earthquakes and constant Mapuche sieges meant that early Spanish colonial cities floundered almost as often as they were founded. Eventually the Mapuche retreated south of the Río Biobío, and colonial central Chile grew, becoming a linchpin in the struggle for independence. Political change gave way to economic growth: massive irrigation projects transformed the central valleys into fertile agricultural land, and major natural resources were discovered and exploited: coal mines near Concepción, copper at Rancagua. The area was a focus of repression during the dictatorship, and since the return to democracy it has been the backdrop for vociferous strikes by students and workers.

The 8.8-magnitude earthquake that rocked Chile in February 2010 was particularly devastating to this region. In addition to the countless houses and offices that were destroyed in Curicó, Concepción and Chillán, historic landmarks like Talca's Villa Cultural Huilquilemu were so badly damaged that they may never reopen. While you'll see a fair few cracks in historic buildings, businesses are back and running.

ⓘ Getting There & Around

The comfortable and easily accessible **Tren-Central** (p462) train line connects Santiago to Chillán, stopping at all major towns and cities along the way. The prices are cheaper, and departures more frequent, through the various bus lines that serve the region.

From a practical point of view, a rental car is a must for visiting wineries and far-flung national parks. It's possible to take public transportation to some destinations, though service is rarely direct – travelers should to be prepared to walk a few kilometers from where the bus drops off. Outside major cities, you may be able to catch a ride by hitchhiking.

Colchagua Valley

Protected by mountains on all sides, this sun-scorched parcel of vines and orchards produces Chile's best red wines. Production started here shortly after the conquest in the mid-16th century with the introduction of vineyards by Jesuit missionaries. The mining boom of the late 19th century brought wealth and noble grapes of French origin, including Carmenere, which was rediscovered here in the 1990s after disappearing in Europe. It's now Chile's signature grape.

The town of Santa Cruz has a few good hotels and a picturesque plaza, and serves as your central departure point. But the real *encanto* (charm) here is heading to the countryside to learn about wine, visit with eccentric vintners and experience the lyrical pull of wine country.

🏃 Activities

★ Torreón de Paredes   WINE
(☑ cell 9-9225-3991; www.torreon.cl; Las Nieves s/n, Rengo; tastings from CH$10,000, tours from CH$18,000; ⊘ 9:30am-5:30pm Mon-Sat, tours by reservation) 🥂 This gorgeous winery is named after the 300-year-old adobe tower at its heart (which was reconstructed after the 2010 earthquake). It's just a 15-minute drive from the Casa Silva vineyard. Almost all of its elegant wines are made for export, and the winemaker often participates in tastings to share his thoughts.

★ Viña Casa Silva   WINE
(☑ 72-291-3117; www.casasilva.cl; Hijuela Norte s/n, San Fernando; tastings by the glass CH$1500-6000,

tours from CH$16,000; ⊘ 10am-6:30pm) One of the country's oldest wineries, Casa Silva features insightful tours and an excellent restaurant set alongside a polo pitch. You can taste rare-in-Chile grapes here such as Viognier and Sauvignon Gris.

★ MontGras   WINE
(☑ 72-282-2845; www.montgras.cl; Camino Isla de Yáquil s/n, Palmilla; tastings from CH$9000, tours from CH$15,000; ⊘ 9am-5:30pm Mon-Fri, to 5pm Sat, open to 5pm Sun Nov-Apr only; 👪) In addition to tastings and 'make-your-own-wine' workshops (12:30pm daily, CH$33,000), this extremely friendly, award-winning winery offers horseback riding, hiking and mountain biking. There are also kid-friendly harvest tours from February to May when you can pick and stomp on your own grapes. Reserve ahead for tours.

Viu Manent   WINE
(☑ 2-2379-0020; www.viumanent.cl; Carretera del Vino, Km37; tastings CH$13,000, tours CH$16,000; ⊘ tours 10:30am, noon, 3pm & 4:30pm) At this third-generation family-owned vineyard, tours involve a carriage ride through 80-year-old vineyards and an insightful winery visit. It's located close to Santa Cruz, and offers up an unexpected Malbec (better known as an Argentinean wine). Tastings (at 11am or 2pm) are more generous than elsewhere, with seven pours. There's also a nice on-site restaurant and a cheaper cafe.

Estampa   WINE
(☑ 2-2202-7000; www.estampa.com; Ruta 90, Km45, Palmilla; tastings by the glass CH$1500-3500, tours from CH$15,000; ⊘ 10:30am-5:30pm Mon-Sat, also open 7-11pm Thu-Sat Nov-Apr) Reserve a tour or show up for a hands-on tasting at this stylish winery, which specializes in blends. Return on summer evenings for sunset drinks and tapas on the covered patio.

Lugarejo   WINE
(☑ cell 9-7135-9285; www.lugarejo.cl; Camino San Gregorio s/n, Nancagua; tours from CH$20,000; ⊘ by reservation; 👪) Explore the art of winemaking on a minuscule scale at this tiny vineyard halfway between Santa Cruz and San Fernando. English-language tours delve into the nitty-gritty details of how one family with no background in viticulture turned their backyard into an award-winning winery.

Viña Santa Cruz   WINE
(☑ 72-235-4920; www.vinasantacruz.cl; Lolol; tours adult/child CH$19,000/9000; ⊘ 10am-6pm;

⊕) This 900-hectare winery caters specifically to tourists, and is one of the only wineries in the area suitable for kids. The three-pour winery tour takes you up a gondola to a small observatory (enquire about star tours Thursday to Saturday nights, CH$16,000) and a grouping of replica indigenous villages.

Viña Las Niñas   WINE
(⊠72-297-8060; www.vinalasninas.com; Apalta Casilla 94, Parcela 11; tastings CH$7000, tours CH$12,000; ⊗10am-5:30pm Tue-Sat) This low-key organic winery, with its all-female leadership team, has a new visitor center just outside its pine-box vinting facility for tastings and tours. Staff can prepare picnics (with advance notice) or point you toward hikes in the surrounding hills.

Lapostolle   WINE
(⊠72-295-7350; www.lapostolle.com; Apalta Valley; tours CH$20,000, prixe-fixe lunch CH$40,000-60000, r US$1500; ⊗10:30am-5:30pm) ⚑ This iconic winery has a nice tasting tour at its six-story complex set on a hill above the Apalta Valley. The reds here are excellent, and the tour includes a taste of the signature Clos de Apalta wine. Set aside some extra time for an outstanding lunch. It occasionally offers tastings only (CH$15,000) in the off-season.

Montes   WINE
(⊠72-260-5195; www.monteswines.com; Apalta Valley; tours from CH$14,000; ⊗9am-6pm) High-tech, ecofriendly winemaking and vineyards covering picturesque hillsides. Tours start with a visit through the vineyards and end with a four-wine tasting. Note that this winery caters more to group tours than individual walk-ups.

❶ Getting There & Away

Visiting the wineries in the area is best done in a rental car from Santiago or on a tour organized either in Santiago or Santa Cruz. Do not drink and drive. There's a zero-tolerance policy.

Santa Cruz

⊠72 / POP 34,915

Your jumping-off point for journeys into wine country is a rather sleepy place with a pretty main square, an excellent private museum, a smattering of fine restaurants and, of course, a casino. Other than a cruise around the plaza and an afternoon in the museum, there's not much else to be seen or done here. But it makes for a pleasant base as you head into the countryside for picnics and tastings.

◉ Sights & Activities

Museo de Colchagua   MUSEUM
(⊠72-821-050; www.museocolchagua.cl; Errázuriz 145; adult/child CH$7000/3000; ⊗10am-7pm) Exhibiting the impressive private collection of controversial entrepreneur and alleged arms dealer Carlos Cardoen, this is the largest private museum in Chile. The collection includes pre-Columbian anthropomorphic ceramics from all over Latin America; weapons, religious artifacts and Mapuche silver; and a whole room of *huasos* (cowboy) gear.

For many Chileans, the headlining exhibit here is *El Gran Rescate* (The Big Rescue), showing objects, photos and films related to the October 2010 rescue of the 33 miners trapped 700m underground near Copiapó. Perhaps as interesting as the museum is the story of its founder, Carlos Cardoen, who allegedly sold armaments to Iraq during Saddam Hussein's regime, and was instrumental in bringing tourism to the Colchagua Valley by supporting the creation of museums and other wine-centric attractions.

Tren Sabores del Valle   RAIL
(⊠600-585-5000; www.trencentral.cl/sabores-del-valle; tickets CH$60,000-70,000) Departing Santiago's Estacion Central at 9:10am, this eight-hour round-trip train excursion takes you through the Colchagua Valley to the San Fernando Terminal, where you disembark and head out on a bus to a popular area winery for a tasting.

The tourist-oriented trip includes food and two tastings on board. It runs every other Saturday throughout the year. The website has up-to-date schedules.

☞ Tours

Red Del Vino   TOUR
(⊠72-282-3422; www.reddelvino.com; Diego Portales 957; tours from CH$15,000; ⊗9am-7pm Mon-Sat) An association of small-batch producers offering interesting tours of the smaller operations in the valley.

✷ Festivals & Events

Fiesta de la Vendimia de Colchagua   WINE
(www.vendimiadecolchagua.cl; Plaza de Armas; ⊗Mar) Santa Cruz celebrates the grape harvest with this lively festival. Local wineries set up stands in the Plaza de Armas, a harvest

queen is crowned, and there is singing and folk dancing all round.

🛏 Sleeping

★ Hotel Casa Pando   B&B $$

(☎72-282-1734; www.casapando.cl; Cabello 421; r CH$75,000; ⓟ👁❄) Food and wine lovers José María and Mariela run this remarkably friendly B&B just on the edge of town, six blocks north of Plaza de Armas. The converted house has large rooms (that could be a bit brighter, but are nevertheless highly serviceable) surrounded by gorgeous gardens. There's a large pool, and the owners know everything you'll need to know to savor your experience in wine country.

Casa Silva   HISTORIC HOTEL $$$

(☎72-271-7491; www.casasilva.cl; Hijuela Norte s/n, San Fernando; d incl breakfast & wine tour from US$250; 👁❄) Maple trees shade the stone-tiled courtyard, complete with fountain, at the heart of this 115-year-old house on the edge of a vineyard, near Ruta 5, Km132. The sumptuous rooms ooze Old World style with their padded fabric wall-coverings, old prints, and antique wardrobes and bedsteads (many are four-posters).

Hacienda Histórica Marchigüe   HISTORIC HOTEL $$$

(☎cell 9-9307-4183; http://haciendahistorica.com; Los Maitenes s/n, Marchigüe; r incl breakfast CH$110,000; ⓟ👁❄) This sprawling hotel was originally built in 1736 and used as an administrative building for Jesuits. It's quite remote, but it has all you will need, including a pool, a wine cellar, mountain bikes, horses to rent and plenty of opportunities to explore the 50-hectare *fundo* (estate).

Hotel Plaza Santa Cruz   RESORT $$$

(☎72-220-9600; www.hotelsantacruzplaza.cl; Plaza de Armas 286; s/d incl breakfast US$350/400; ⓟ👁❄) Pass through the archway off the main square to enter this striking Spanish-colonial-inspired resort. Lush landscaping, a lagoon-style swimming pool, a classy *vinoteca* (wine cellar), a pair of gourmet restaurants (recommended and open to the public), a spa and, of course, the gleaming Casino Colchagua round out the offerings.

🍴 Eating

179 Pizzeria Bar   ITALIAN $

(☎72-248-6266; www.bar179.cl; Besoain 179; mains CH$6000, pizzas to share CH$9000; 👁11am-3am Mon-Sat) Excellent pizzas and

pastas, plus wines by the glass, bring in a small lunch crowd to this stylish space near Plaza de Armas. At night, the bar comes alive with glowing blue lights, DJ lineups and creative, potent cocktails.

Vino Bello   ITALIAN $$

(www.ristorantevinobello.com; Barreales s/n; mains CH$7000-11,000; 👁12:30-3:30pm & 7:30-10:30pm; ⓟ👁) It's just 1km out of town, but this warm Italian restaurant really makes you feel like you're in the heart of wine country – especially when you're sipping a glass of Carmenere on the gorgeous patio at sunset or dining by candlelight on homemade gnocchi or thin-crust pizzas.

From Plaza de Armas, take Nicolas Palacios, passing the Laura Hartwig vineyards; you'll see the entrance to Vino Bello on the left.

Viña La Posada   INTERNATIONAL $$

(Rafael Casanova 572; mains CH$7000-11,000; 👁hours vary by establishment; 👁) Ten blocks west of the Plaza de Armas, this colonial-style winery has an excellent grouping of international restaurants. **La Casita de Barreales** features traditional Peruvian fare, while **Tatos** gives Peruvian cuisine a modern twist. **La Posada del Asturiano** serves Spanish tapas and get things moving.

🛍 Shopping

Vinonauta   WINE

(☎cell 9-9665-5314; www.vinonauta.cl; 21 de Mayo 287; tastings from CH$13,000; 👁11am-9pm Mon-Sat, to 3pm Sun) This intimate shop sells hard-to-find garage wines and top-quality bottles from small Chilean producers. The English-speaking owner can organize thematic tastings by reservation, but there's always a bottle open to try when you pass by. Inquire about special winemaker talks (Spanish only, every other Saturday).

Eco Bazar   ARTS & CRAFTS

(www.facebook.com/ecobazarsantacruz; Rafael Casanova 572, Local A; 👁11am-8:30pm Mon-Sat, noon-4pm Sun) Quality ceramics, jewelry, textiles, children's toys and home goods from local designers at affordable prices.

ℹ Information

BancoEstado (Besoain 24; 👁8am-7pm Mon-Fri, 9am-5pm Sat) Has an ATM and changes dollars or euros.

Post Office (☎800-267-736; Claudio Cancino 65; 👁9am-2pm & 3-6pm Mon-Fri, 10am-1pm

Sat) Centrally located post office near the Plaza de Armas.

Ruta del Vino (📞72-282-3199; www.ruta delvino.cl; Plaza de Armas 298; ⏱9am-7pm) Stop by the storefront in Santa Cruz to pick up a guide to valley wineries. You can also shop for wines, get area info or sign up for tours (from CH$14,000).

❶ Getting There & Away

Long-distance buses operate from the open-air **Terminal de Buses Santa Cruz** (Rafael Casanova 478), about four blocks west of the Plaza de Armas. **Buses Nilahue** (www.busesnilahue.cl; Rafael Casanova 478, Terminal de Buses Santa Cruz) and other lines offer hourly departures from Santa Cruz to Pichilemu (CH$3000, two hours), San Fernando (CH$1500, 45 minutes) and Santiago (CH$5000, three hours).

To get to Lolol or Curicó (CH$1000 to CH$1800), look for the fleet of local minibuses; they leave every 20 minutes between 6:30am and 9pm from the parking lot adjacent to the main terminal.

Matanzas

📞72 / POP 590

Hip Santiaguinos have been moving to tiny Matanzas in recent years to set up uberstylish hotels and shops along its long grey-sand beach. They're joined by windsurfers and other adventure enthusiasts from around the world who've helped turn this tranquil hamlet – framed by pea-green hills – into one of the trendiest spots along the central coast.

🛏 Sleeping & Eating

Roca Cuadrada Hostel   HOSTAL **$**
(📞cell 9-7552-9414; www.rocacuadrada.cl; Carlos Ibañes del Campo s/n; dm/d CH$17,000/55,000) This hostel by the sea is spartan but sleek with an unrivaled position on the sand. Dorms hold no more than four beds and there's a shared kitchen, storage space for water-sports equipment and a bar overlooking the ocean that's lively on weekend nights. The on-site surf shop offers 1½-hour lessons (private/per person in a group CH$25,000/20,000).

★ **OMZ - Olas de Matanzas**   HOTEL **$$$**
(📞cell 9-9643-4809; www.omz.cl; Fundo San Luis de Lagunillas; 4-person campsites CH$45,000, r CH$130,000, cabins CH$119,000-180,000; 🅿🛜) This sprawling oceanfront complex includes a stylish wood-built hotel, even

more stylish two- to six-person Tetris-like cabins and luxury campsites (with private bathrooms and covered picnic areas). But it doesn't stop there: add to the mix a yoga studio, a tennis court, a spa, heaps of hot tubs and a bike park. Most amenities are included for noncampers.

Head to OMZ's surf shop for lessons (private/per person in a group CH$25,000/20,000) or to rent equipment by the day for windsurfing (CH$50,000), surfing (CH$20,000), SUP (CH$20,000) or mountain biking (CH$12,000).

Hotel Surazo   DESIGN HOTEL **$$$**
(📞cell 9-9600-0110; www.surazo.cl; Carlos Ibáñez del Campo s/n; dm CH$25,000, d CH$95,000-130,000; 🛜🛁) This gorgeous high-design hotel is built on stilts above the sand with many rooms facing right out onto the sea. Facilities include a small pool, a sauna, hot tubs and fire pits, and there are comfy dorms for solitary surfers.

Surazo   SEAFOOD, PIZZA **$$**
(www.surazo.cl; Carlos Ibáñes del Campo s/n; mains CH$11,000-13,000, pizzas to share CH$10,000; ⏱1:30-10:30pm; 🛜) Glass walls encase two gnarled old trees that rise above this restaurant by the beach. Inventive pizzas and exquisite seafood dishes make up the small and ever-changing menus. The attached hotel rivals OMZ for the most stylish in town.

❶ Getting There & Away

Buses Paravias (📞2-2366-0400; www. paravias.com; CH$6500) runs three buses per day between Santiago's Terminal San Borja and Matanzas. The journey takes about three hours.

Pichilemu

📞72 / POP 13,900

Wave gods and goddesses brave the icy waters of Chile's unofficial surf capital year-round, while mere beach-going mortals fill its long black sands December through March. The town itself isn't winning any beauty pageants any time soon, but it has an odd charm and heaps of quality restaurants, cafes and hotels to keep visitors happy. Just outside the town center, the streets are still unpaved, lending an atavistic air to this peaced-out surfer village. Further south, you'll find a string of small villages that have amazing surf, small lodges and plenty of good-times vibes that harken back to the golden days of surfing.

◉ Sights & Activities

★ Cahuil
VILLAGE

This little village has good ocean views and a few restaurants and cabins. Head to the bridge for a 30-minute boat tour of the Laguna de Cahuil (CH$5000 per boat with up to five people), and to purchase local ceramics. Further inland, follow the Ruta de la Sal, a scenic drive past salt farms and tidelands teeming with waterfowl.

Centro Cultural Augustín Ross
CULTURAL CENTER

(☎72-297-6595; www.centroculturalagustinross.cl; Ross 495; ⊙9am-9pm) FREE This three-story cultural center is housed in a gorgeous building that used to be the town's casino. Rotating art exhibits make a welcome break from beach life and bonfires.

Surfing

The westernmost part of Pichi juts out into the sea, forming La Puntilla, the closest surfing spot to town, where you'll find a long and slow point break. Fronting the town center to the northeast is calm Playa Principal (Main Beach), while south is the longer and rougher Infiernillo, known for its more dangerous lefts, fast tow and fun beachfront leftovers. The best surfing in the area is at Punta de Lobos, 6km south of Pichi proper, where you'll find a steep left. Waves break year-round, but get better from September through May. You definitely want a wetsuit. Enquire at Pichilemu Surf Hostal for kiteboards or Océanos for surf trips to remote beaches (US$125).

Escuela de Surf Manzana 54
SURFING

(☎cell 9-9574-5984; www.manzana54.cl; Eugenio Díaz Lira 5; board & gear hire per day CH$7000-8000, 2hr group classes CH$10,000) A reliable surf school, on La Puntilla beach, where conditions are good for beginners.

Océanos
SURFING

(☎cell 9-7706-0392; www.oceanoschile.com; Pasaje San Alfonso s/n; surf lesson US$45, cultural tour US$55, 5-day all-inclusive surf retreat US$750) This operation offers highly recommended English-language surf or SUP lessons, wine tours to Colchagua Valley, cultural tours to Cáhuil and all-inclusive retreats with stays at its cosy Surf House.

☜ Courses

Pichilemu Institute of Language Studies
LANGUAGE

(PILS; ☎cell 9-6526-3106; www.studyspanishchile.com; Anibal Pinto 21, Piso 3, Oficina 3-R; private lesson US$20, weekly 15-hour course US$180) Take a break from surf sessions at this language school that can arrange homestays.

⊨ Sleeping

Surfarm
HOSTEL $

(☎cell 9-9539-8693; www.surfarm.cl; 1km south of Cahuil Bridge, Cahuil; campsites per person CH$7000, dm/d CH$10,000/25,000; ⊜) To really get away from it all, head to this old workers' camp that young upstart Nico has converted into a rural hostel and surf lodge. You get a pretty decent break right outside your door (surf classes CH$15,000). Horseback rides (CH$18,000) are also on offer. Dorm rooms are quite rustic, while doubles are a bit nicer with pine walls, comfy beds and private bathrooms.

You'll need to bring your own food. To get here, call ahead and Nico will pick you up.

Eco Camping La Caletilla
CAMPGROUND $

(☎72-284-1010; www.campingpichilemu.cl; Eugenio Suarez 905; campsites per person CH$5000-8000; ⊜) Enjoy hot showers, an outside kitchen area and wind-sheltered pitches at this groovy campsite 1km south of town. Most of the structures are made from repurposed materials.

Pichilemu Surf Hostal
HOSTEL $

(☎cell 9-9270-9555; www.surfhostal.com; Eugenio Diaz Lira 167; dm/s/d incl breakfast CH$15,000/30,000/45,000; ⊜) Attic-style lookouts with incredible sea views top most of the rooms at this unusually designed clapboard hostel opposite Infiernillo beach. Each room has firm beds, pale linens and huge framed photos of the nearby waves. Expert wave advice is provided by Pichilemu Surf Hostal's windsurfing Dutch owner, Marcel.

Perks include free bikes and chairs to watch sunset on the beach. There's also a restaurant and bar, El Puente Holandés. A new, more luxe property was under construction next door at the time of research.

Hotel Chile España
HOTEL $

(☎72-284-1270; www.chileespana.cl; Av Ortúzar 255; s/d/tr incl breakfast CH$25,000/35,000/50,000; ⊜) Once a popular surfer hangout, this budget hotel, located at the entrance to town, now caters largely to older travelers. If you're not looking to party at a youth hostel, score a room here. The Spanish-style building, with its leafy central patio, wooden shutters and antique interior, is utterly charming, though a few of the rooms are a bit cell-like.

Cabañas Waitara
CABIN $

(☑72-284-3026; www.waitara.cl; Costanera 1039; d/tr/q CH$35,000/40,000/55,000; ☏) Overlooking the town's main beach, these cabins have pitched roofs, sunny porches, bathrooms and small living rooms with kitchenettes, making it a good bet for groups. Cabins range in size, accommodating two to 11 people. The attached club is the town's top nightlife spot, so expect noise on weekend evenings.

Surf Lodge Punta De Lobos
LODGE $$

(☑cell 9-8154-1106; www.surflodgepuntadelobos. com; Catrianca s/n; d/tr/q from CH$56,000/ 60,000/64,000; ☏⛱) This woodsy complex oozes youthful energy with a hip design and ample leisure toys for adults (such as board games, hammocks and swings). The rooms are small for a reason; you're meant to spend time communing with other guests in the lounges, over a bonfire, at one of the two pools, or at the spa and Jacuzzi.

Cabañas Guzmán Lyon
RESORT $$

(☑72-284-1068; www.cabanasguzmanlyon.cl; San Antonio 48; d/tr/q incl breakfast CH$65,000/ 70,000/80,000; ☏⛱) This rambling cliff-top resort just north of the town's main intersection is comprised of a series of clapboard cottages. There are stunning views over the ocean and lake from the private patio off the front of each cottage.

La Loica
CABIN $$$

(☑cell 9-7897-8190; www.loicachile.cl; Punta de Lobos s/n; d/q CH$75,000/80,000; ☏) These Punta de Lobos cabins have pine walls, gorgeous picture windows that just catch the sea and chilled-out terraces. It's the perfect spot for families and surfers. Cabins all come with kitchens, wood-burning stoves and modern amenities. We totally love Numero 3.

✖ Eating

Pulpo
PIZZA $

(☑72-284-1827; Ortúzar 275; mains CH$4000-8000; ⊙noon-1am Tue-Sat, 1-4:30pm Sun, 7:30pm-12:30am Mon; ☏⛱) This central pizza joint has a pleasant patio and an airy interior. It serves up crispy stone-fired pies with plenty of veggie offerings such as artichoke hearts and sun-dried tomatoes. There are also salads, sandwiches and ceviches.

La Casa de las Empanadas
EMPANADAS $

(Aníbal Pinto 268; empanadas CH$1800-2500; ⊙11am-11pm) Just look for all the surfers eating out of brown paper bags at the wooden benches outside this cheerful takeout counter serving killer gourmet empanadas. The seafood versions are to die for.

Restaurant Los Colchaguinos
CHILEAN $

(☑cell 9-6307-6816; Aníbal Pinto 298; mains CH$5000-7000; ⊙11am-7pm, to midnight Jan & Feb) Rich, homey *paila marina* (seafood stew) is the star attraction at this small, family-run hole-in-the-wall.

El Puente Holandés
SEAFOOD $$

(☑cell 9-9270-0955; Eugenio Díaz Lira 167; mains CH$8000-10,000; ⊙1-4pm & 7-11pm) An arching wooden bridge leads from the Costanera into this high-ceilinged bar and restaurant overlooking Infiernillo beach. Run by the same owners as Pichilemu Surf Hostal, it does simple seafood dishes well – grilled sea bass or clam, for example – or you can nurse a beer or cocktail on the terrace.

☕ Drinking & Nightlife

There are a handful of nice bars on Eugenio Diaz Lira at the intersection with Valderrama. The only nightclub anyone goes to these days is the one attached to Cabañas Waitara.

Cúrcuma
JUICE BAR

(☑cell 9-9509-0670; www.facebook.com/curcuma pichilemu; Av Comercio 2241, Local 23; ⊙11am-5:30pm Sun-Thu, to 9:30pm Fri & Sat; ☏) A hipstery juice bar and healthy brunch spot in a buzzing new shopping center, Altomar, at the southern edge of town.

🛍 Shopping

Tienda Marcelo Pino Sommelier
WINE

(☑72-284-2522; Ortúzar 255; ⊙10am-9pm Sun-Wed, to 11pm Thu-Sat) A boutique wine shop that doubles as a wine bar with cheese and meat boards to accompany the vino.

ℹ Information

BancoEstado (Ortúzar 681; ⊙9am-2pm Mon-Fri, ATM 24hr) ATM and currency exchange (US dollars and euros only).

Oficina de Información Turística (www. pichilemu.cl; Av Angel Gaete 365, Municipalidad; ⊙8am-1pm & 2-5pm) Basic information about accommodations and events is available from this office within the main municipal building.

Post Office (Aníbal Pinto 45; ⊙9:30am-5:30pm Mon-Fri, 9am-noon Sat)

❶ Getting There & Away

The **Terminal de Buses** (☑72-298-0504; cnr Av Millaco & Los Alerces) is in the southwestern section of Pichilemu; the closest stop to the town center is the corner of Santa María and Ortúzar. From the terminal there are frequent services to Santa Cruz (CH$3000, two hours), San Fernando (CH$5000, 3½ hours) and Santiago (CH$7000, four hours) with **Buses Nilahue** (☑72-284-2042; www.busesnilahue.cl; cnr Av Millaco & Los Alerces) and **Pullman del Sur** (☑72-284-2425; www.pdelsur.cl; cnr Av Millaco & Los Alerces): you can buy tickets at the terminal. Change at San Fernando for buses or trains south. If you're going to Santiago, make sure to ask for a bus that goes through Melipilla; though it bumps along country roads for kilometers, it's a more direct service that gets you into Santiago in less than four hours.

Curicó

☑75 / POP 147,017

'Nice plaza' is about as much as most locals have to say about Curicó. They're right: some 60 towering palm trees ring the square, while the inside is decorated with cedars, monkey puzzles, a striking early 20th-century wrought-iron bandstand and a wooden statue of the Mapuche chief Toqui Lautaro. (Fun fact: Curicó means 'Black Water' in Mapudungun, the language of the Mapuche.) Curicó bursts into life for the **Fiesta de la Vendimia** (Wine Harvest Festival; http://vendimiachile.cl; Plaza de Armas; ☺Mar), which lasts four days in early fall. Otherwise, it's a pretty humdrum place that most travelers use as a launchpad for exploring the stunning Parque Nacional Radal Siete Tazas, or the nearby wineries in the Curicó and Maule Valleys.

☞ Tours

Ruta del Vino Curicó TOURS
(☑75-232-8972; www.rutadelvinocurico.cl; Carmen 727, Hotel Raíces; tour CH$87,000; ☺10am-1pm & 3:30-7pm Mon-Fri) Can arrange a chauffeured guided tour to two of the best Curicó Valley vineyards, including San Pedro, Echeverria and Aresti, plus lunch at the Miguel Torres winery.

🛏 Sleeping & Eating

Homestay in Chile GUESTHOUSE $$
(☑75-222-5272; www.homestayinchile.cl; Argomedo 448; s/d/tr US$65/85/108; ⓟ🅰) The English-speaking host of this guesthouse

one block south of the Plaza de Armas offers the warmest welcome in Curicó. Pillows are cloud-like, wi-fi is fast and breakfast includes real coffee and fresh juice.

★ El Cerrillo Bed & Breakfast B&B $$$

(☑cell 9-8678-0000; Fundo El Cerrillo s/n, Lontue; d/q from CH$82,000/108,000; 🛜🅰) This gloriously landscaped estate house, 14km south of town, is an atmospheric pick for a wine-country getaway in the Curicó Valley. It absolutely drips of romance, with refined furnishings and sun-kissed decks overlooking rolling vines. Note that the cheaper rooms have external bathrooms.

El Rincón Che CHILEAN $

(☑75-274-6003; Agromedo 249; mains CH$3500-10,000; ☺noon-4pm daily, 8-10:30pm Thu-Sat) A laid-back spot near Plaza de Armas for cheap set lunches and bountiful grilled-meat platters on weekend evenings.

★ Restaurante Miguel Torres CHILEAN $$$

(☑75-256-4100; www.migueltorres.cl; Panamericana Sur, Km195; mains CH$15,000-17,000; ☺12:30-4pm daily, plus 8:30-11pm Fri) Set amid sprawling vineyards, this high-end eatery cooks up gourmet versions of Chilean classics – and every dish is listed with a recommended wine pairing (lamb and quinoa paired with Reserva de Pueblo País? *Sí, por favor.*) It's just south of town off Hwy 5.

❶ Getting There & Away

BUS

Most Curicó buses arrive at and leave from the **Terminal de Buses** (cnr Prat & Maipú), near the train station five blocks west of the Plaza de Armas. From here **Andimar** (☑75-231-2000; www.andimar.cl) has frequent services to Santiago (CH$5000, 2½ hours, every 15 minutes). **Pullman del Sur** (☑2-2776-2424; www.pdelsur. cl) has a cheaper service (CH$3500), but there are only three daily departures.

To get to Parque Nacional Radal Siete Tazas, catch a bus to Molina (CH$600, 35 minutes, every five minutes) with **Aquelarre** (☑75-232-6404; Terminal de Buses Rurales, opposite the main bus terminal). From Molina there are frequent services to the park in January and February, and one daily service to Radal, 9km before the park proper, the rest of the year.

Turbus (☑600-660-6600; www.turbus.cl; cnr Av Manso de Velasco & Castillion) has its own terminal southeast of town. From here, services go to Santiago (CH$4000, 2½ hours, three daily) and Valparaíso (CH$8000, 4½ hours, one daily), and also south to Osorno (CH$12,000, 10 hours, three daily), Puerto Montt (CH$12,000, 12 hours, two daily) and Valdivia (CH$12,000, 10 hours, two daily).

TRAIN

TrenCentral passenger trains between Santiago and Chillán stop at Curicó's **train station** ([📞] 600-585-5000; www.trencentral.cl; Maipú 657; [🕐] ticket office 9:30am-2:30pm Mon-Fri, 9am-1pm Sat, 12:30-8:30pm Sun), five blocks west along Prat from the Plaza de Armas, near the bus station. There are three trains a day to Santiago (CH$8100, 2¼ hours) and Chillán (CH$9100, 2½ hours).

Parque Nacional Radal Siete Tazas

The upper basin of the Río Claro marks the beginning of the ecological transition between drought-tolerant Mediterranean vegetation to the north and moist evergreen forests to the south. Here, 78km southeast of Curicó along a narrow gravel road, lies the **Parque Nacional Radal Siete Tazas** ([📞] 71-222-4461; www.conaf.cl/parques/parque-nacional-radal-siete-tazas; adult/child CH$5000/1000; [🕐] 9am-7:30pm Jan & Feb, to 5:30pm Mar-Dec).

Conaf's main post is at the **Parque Inglés** sector, 11km beyond the entrance at Radal, but there are two interesting stop-offs in between. **Velo de la Novia** ('The Bridal Veil') is a 50m-high waterfall you can see from a small roadside viewing point 2.6km from Radal. Another 4.4km on is the Conaf ranger hut and car park for the 400m trail to the **Siete Tazas** (Seven Cups), a breathtaking series of seven pools carved out of black basalt by the Río Claro. From here, another short trail leads to a viewpoint for the **Salto la Leona**, a waterfall plunging more than 50m from a narrow gorge.

Two well-marked hiking trails loop from Camping Los Robles at Parque Inglés: the 1km **Sendero el Coigüe** and 7km **Sendero Los Chiquillanes**, which has great views of the Valle del Indio (plan on about four hours of walking in total). The first segment of this trail is part of the Sendero de Chile, which continues to El Bolsón, where there is a refuge, and Valle del Indio. From here you can trek across the drainage of the Río Claro to Reserva Nacional Altos de Lircay (p122), taking about two days (roughly 32km): the route is unsigned and crosses private land, so either do it with a guide or get detailed information from Conaf and carry a topo-

Around Curicó & Talca

graphical map, compass and adequate supplies. **Trekking Chile** ([📞] 71-197-0097; www.trekkingchile.com; Viña Andrea s/n; tours from CH$45,000), based in nearby Talca, can take you on guided trips and has the best maps of the region.

Conaf runs two campsites at the Parque Inglés sector: **Camping Rocas Basálticas** ([📞] 75-222-8029; parque.radalsietetazas@conaf.cl; Parque Inglés; campsites per person CH$3000) and **Camping Los Robles** ([📞] 75-222-8029; parque.radalsietetazas@conaf.cl; campsites per person CH$3000). Both get very busy during summer.

❶ Getting There & Away

During January and February Buses Hernández operates four services from the Terminal de Buses in Molina to the Parque Inglés sector of the park (CH$3000, 2½ hours). From March to December there is one daily bus with Buses Radal to Radal (CH$2500, two hours, 5pm), 11km down the hill from Parque Inglés. It returns to Molina at 7:30am daily.

To drive to **Parque Nacional Radal Siete Tazas** (p119), take the Panamericana south of Curicó then turn off to Molina. Leave Molina on paved road K-175 and the road soon turns to gravel. From here, it's a bumpy 39km further to Radal, and another 11km to Parque Inglés.

Maule Valley

The Maule Valley, a hugely significant wine-producing region for Chile, is responsible for much of the country's export wine. The specialty here is full-bodied Cabernet Sauvignon, though intriguing bottles of old-vine Carignan and País are the real stars.

Many visitors use Talca as a base for exploring the wineries and the nearby Reserva Nacional Altos de Lircay. Ask for the free *Región del Maule* booklet at Sernatur in Talca for great information (in English) on recommended treks, local tips and a guide to regional flora and fauna.

🏃 Activities

★ Viña Gillmore   WINE
(☑ 73-197-5539; www.gillmore.cl; Camino Constitución, Km20; tour incl 2 pours CH$6000, tasting only CH$2000; ⊙ 9am-5pm Mon-Sat) 🌱 There's more to do at this boutique winery, which is converting to an organic system, than sip and swirl (though its Vigno Carignan is indeed fantastic; Vigno is a Chilean wine appellation). It also features beautiful trails, a vino-themed lodge (rooms from CH$140,000) and a spa offering various wine-based therapies. No reservations necessary for tastings.

Casa Donoso   WINE
(☑ 71-234-1400; www.casadonoso.cl; Camino a Palmira, Fundo La Oriental, Km3.5; tastings from CH$6000, tours from CH$15,000; ⊙ 9am-6:30pm Mon-Fri, 10am-3pm Sat) A traditionally run vineyard set around a colonial homestead, this winery on the edge of Talca (taxis cost CH$4500) offers huge discounts on bottles in the wine store. Reservations are recommended for tours and tastings, though they're not always necessary.

Viña J Bouchon   WINE
(☑ 73-197-2708; www.bouchonfamilywines.com; Camino Constitución, Km30; tours by reservation only CH$15,000; ⊙ 9am-6pm Mon-Fri) 🌱 Located 30km from Constitución, this sustainable winery offers horseback riding (CH$20,000), bike tours (CH$15,000) and other outdoor activities, all of which must be reserved 48 hours in advance. There's also a beautiful inn for overnight stays (rooms from US$320).

Viña Balduzzi   WINE
(☑ 73-232-2138; www.balduzzi.com; Av Balmaceda 1189, San Javier; tour incl 4 pours CH$9000, tasting only CH$4500; ⊙ 9am-6pm Mon-Sat; 🚌 San Javier Directo) A visitor-friendly fourth-generation winery surrounded by spacious gardens and well-kept colonial buildings. Unlike at many other wineries, no reservation is required. Balduzzi is also one of the few wineries that's easy to reach by public transportation. From the bus terminal in Talca, look for a bus labeled 'San Javier Directo' (CH$900), which drops passengers off near the winery.

Via Wines   WINE
(☑ 73-241-5500; www.viawines.com; Fundo La Esperanza s/n, San Rafael; tour incl 3 pours from CH$15,000; ⊙ tours by reservation with 48hr notice) 🌱 One of Chile's first certifiably sustainable wineries, Via Wines turns out delicious Sauvignon Blanc and Syrah. Though it isn't as visitor friendly as other Maule Valley wineries, you can reserve ahead for well-run two-hour winery tours.

Ruta del Vino   TOURS
(www.valledelmaule.cl; Talca) Maule's Ruta del Vino was in flux at the time of research, but had plans to open an office in Talca and restart regular wine tours in 2018.

🍴 Eating

Viña Corral Victoria   CHILEAN $$
(☑ cell 9-9279-4111; www.corralvictoria.cl; Camino San Clemente, Km11; mains CH$5000-11,000; ⊙ 11am-5pm Tue-Sun, 6pm-midnight Thu-Sat; 🍷) More of a restaurant than a winery (though you can do tastings in the wine shop for CH$4000), this woodsy spot 7km east of Talca offers a countryside dining experience where *parrillada* (a sharing platter of grilled meats) is the star attraction.

ℹ Getting There & Away

Talca's tourism board runs occasional buses from the Plaza de Armas to area vineyards for as little as CH$1000. Check its Facebook page (www.facebook.com/visitatalca) for the latest schedules.

It's always possible to reach three wineries – **Balduzzi**, **Casa Donoso** and **Corral Victoria** – from Talca by public transportation or by taking a cheap taxi (CH$4500–CH$8000), but you'll need a car for a more in-depth exploration of the valley.

Talca

🏠 71 / POP 228,045

Founded in 1690, Talca was once considered one of the country's principal cities; Chile's 1818 declaration of independence was signed here. These days it's mainly known as a convenient base for exploring the gorgeous Reserva Nacional Altos de Lircay and the Maule Valley wineries. You'll find a decent range of travelers' services, including dining and lodging options, plus lovely views of the Andes when you're strolling down the sun-baked pedestrian thoroughfare at midday. However, there is little reason to linger too long.

🛏 Sleeping & Eating

Cabañas Stella Bordestero   CABAÑAS $

(☑ 71-235-545; www.turismostella.cl; 4 Poniente 1 Norte 1183; s/d cabin incl breakfast CH30,000/48,000; ❄🌐⊛) Four blocks from the Plaza de Armas but a world apart, these clapboard cabins are surrounded by a leafy garden with a swimming pool, deck chairs and a grill. The owners have been just as thorough inside: there are firm beds, cable TVs and small decks where you can relax with a glass of wine in the evening.

⭐ Casa Chueca   GUESTHOUSE $$

(☑ 71-197-0096; www.casa-chueca.com; Viña Andrea s/n, Sector Alto Lircay; dm CH$13,500, d CH$49,000-75,000, 4-person cabins CH$122,000; 🌐⊛) 🍴 Gardens looking over the Río Lircay surround the comfortable cabins and hostel at Austrian-run Casa Chueca. It's in the countryside outside Talca, but it has become a destination in its own right for fans of the great outdoors. The knowledgeable owners can help you plan trekking and horseback-riding adventures in nearby Reserva Nacional Altos de Lircay (p122) or beyond.

They'll also arrange wine tastings, Spanish lessons and kid-friendly activities. From Talca terminal you can take the Taxutal 'A' micro toward San Valentín to the last stop and walk 1.9km, but it's much easier to take a taxi (CH$5000).

Las Viejas Cochinas   CHILEAN $

(☑ 71-222-1749; www.lasviejascochinas.cl; Rivera Poniente s/n; mains CH$4200-10,000; ⊗ noon-midnight; 🅿) One of Talca's most popular restaurants is a huge, clattering, low-roofed canteen out of town alongside the Río Claro. Dour waiters take forever to bring out the house specialty, *pollo mariscal* (chicken in a brandy and seafood sauce), but it's worth the wait and big enough to share.

To get there, leave town heading west along 4 Norte (Av O'Higgins), cross the Río Claro bridge, keep right, then stay right at the fork in the road.

La Buena Carne   CHILEAN $

(www.parrilladaslabuenacarne.cl; cnr 6 Oriente & 1 Norte; mains CH$3500-7500; ⊗ noon-11pm Mon-Sat) This cozy, contemporary steakhouse offers friendly service, a fantastic central location, and a menu of gigantic steak platters, cheap wine by the glass and classic Chilean dishes. In the evenings, locals come to drink beer and watch *fútbol* (soccer).

ℹ Information

BancoEstado (1 Sur 971; ⊗ 9am-2pm Mon-Fri, ATM 24hr) One of many ATMs along 1 Sur.

Hospital Regional (☑ 71-274-7000; www.hospitaldetalca.cl; 1 Norte 1951; ⊗ 24hr) Big and busy public hospital on the corner of 13 Oriente.

Post Office (Correos de Chile; ☑ 800-267-736; 1 Oriente 1150; ⊗ 9am-6pm Mon-Fri, to noon Sat) Inside a large building off Plaza de Armas.

Sernatur (☑ 71-222-6940; www.chile.travel; 1 Oriente 1150; ⊗ 8:30am-5:30pm Mon-Fri, extended hours Dec-Feb) Exceptionally helpful English-speaking staff offer travelers advice on accommodations and activities as well as money-saving tips in Talca. Sernatur also runs occasional buses from the Plaza de Armas to area vineyards for as little as CH$1000. Check its Facebook page (www.facebook.com/visita talca) for the latest schedules.

ℹ Getting There & Away

BUS

Most companies use the **Terminal de Buses de Talca** (☑ 71-220-3992; 2 Sur 1920, cnr 12 Oriente), 11 blocks east of the Plaza de Armas. **Talca, París y Londres** (☑ 71-221-1010; www.busestalcaparisylondres.cl) has hourly buses to Santiago. So does **Buses Linatal** (☑ 71-268-8765; www.linatal.cl), which also has 14 southbound buses to Concepción daily. **Buses Línea Azul** (www.buseslineaazul.cl/destinos.php; 2 Sur 1920) has hourly buses south to Chillán. **Buses Vilches** (☑ cell 9-5703-0436) has three daily buses to Vilches Alto, gateway to the Reserva Nacional Altos de Lircay.

Turbus (☑ 600-660-6600; www.turbus.cl; 3 Sur 1960), which uses a separate terminal one block south of the main terminal, has hourly buses to Santiago, three departures for Valparaíso and two evening buses south to Puerto Montt, stopping at Chillán, Los Angeles, Temuco, Osorno and other cities on the Panamericana. Other companies operating with similar services include **Pullman del Sur** (☑ 2-2776-2424; www.

pdelsur.cl; 2 Sur 1920, Terminal de Buses de Talca) and **Pullman Bus** (☑ 600-320-3200; www.pullman.cl; 2 Sur 1920, Terminal de Buses de Talca)

DESTINATION	COST (CH$)	HOURS
Chillán	4000	2½
Concepción	5,500	3½
Osorno	12,000	8
Puerto Montt	14,000	12
Santiago	5000	3
Temuco	8000	6
Valparaíso/Viña del Mar	9000	6
Vilches	1900	2

TRAIN

From the TrenCentral **train station** (☑ 600-585-5000; www.trencentral.cl; 11 Oriente 900; ⊘ ticket office 7am-noon & 3-8pm) there are three trains a day to Santiago (CH$8100, 3½ hours) and south to Chillán (CH$9100, two hours). Check the website for the latest schedules.

Reserva Nacional Altos de Lircay

The range of challenging hikes at this well-organized and easily accessible **national park** (☑ cell 9-9064-3369; www.conaf.cl/parques/reserva-nacional-altos-de-lircay; adult/child CH $5000/1000; ⊘ 9am-1pm & 2-5pm) will leave you as short of breath as the fabulous views. Its 121 sq km are made up of a mix of high-Andean steppes, lagoons and deciduous forest that turns a glorious gold and red in the fall. Pudú deer, Patagonian foxes and Pampas cats also live here, though sightings are uncommon.

🏃 Activities

★ Circuito de los Cóndores   HIKING

Longer hikes around the park include the seven-day Circuito de los Cóndores, for which it's advisable to carry topographic maps or hire a guide. Another such offering is the loop across the drainage of the Río Claro to exit at Parque Nacional Radal Siete Tazas (p119).

Sendero Enladrillado   HIKING

Arguably the best hike in the whole of Middle Chile, the Sendero Enladrillado takes you to the top of a 2300m basalt plateau.

The trail starts with a two-hour stretch east along the Sendero de Chile, then a signposted right-hand fork climbs steeply through dense forest for about an hour before leveling off. You eventually emerge onto the dead-flat platform of El Enladrillado – many people think it's a UFO-landing ground. To the west you can see the flat-topped crater of the **Volcán Descabezado** (literally, 'Headless Volcano') and next to it the sharp peak of Cerro Azul. The 10km trek takes about four hours up and three down. There are two or three potable springs before the trail emerges above the tree line, but carry as much water as possible.

Mirador del Valle Venado   HIKING

A gentle 9km (three-hour) hike along the Sendero de Chile takes you from the Administración to the Mirador del Valle Venado, which has views over the Volcán Descabezado and the Río Claro Valley.

Sendero Laguna del Alto   HIKING

The 9km Sendero Laguna del Alto follows the Sendero de Chile for an hour before forking right into a steep, three-hour uphill stretch to the gorgeous Laguna del Alto, a mountain-ringed lake at 2000m above sea level. Plan on three hours there and back, or you can continue for two hours on a trail leading northwest to El Enladrillado.

🧭 Tours

Trekking Chile   TOURS

(☑ 71-197-0096; www.trekkingchile.com; Viña Andrea s/n, Talca; guided tours in the park per day around Ch$33,000) Excellent tours organized by an expert Austrian hiker based out of Casa Chueca (p121) in Talca. Trekking Chile also runs 10-day tours from Constitución (on the coast) to Altos de Lircay and across the Andes to Argentine Patagonia using electric bikes (inquire for pricing). A one-day version of the e-bike trip to Laguna del Maule costs CH$45,000.

Costa y Cumbre Tours   TOURS

(☑ cell 9-9943-5766; www.costaycumbretours.cl; tours from CH$33,000) Provides camping equipment, runs horseback-riding trips and offers excellent guided trekking excursions along the park's more difficult trails.

🛏 Sleeping

Hostería de Vilches   CABIN $

(☑ cell 9-9826-7046; www.hosteriadevilches.cl; Camino Vilches Alto, Km22; 2-person cabins from CH$50,000; 🚗) 🐾 You can stay just outside the park but keep the back-to-nature vibe at Hostería de Vilches, where adorable private cabins overlook well-tended gardens and a pair of swimming pools. The hearty home-made cuisine (dinner CH$8500), laid-back atmosphere and inviting hot tub are a god-send after a day of trekking.

Camping Antahuara   CAMPGROUND **$**
(☑cell 9-9064-3369; campsites per person CH$3000) Conaf runs the excellent Camp-ing Antahuara in the forest about 800m be-yond the Adminstración. It's accessible by car and has electricity, hot water, flush toi-lets and garbage collection. There are two *campings primitivos* (designated camping areas with cold-water showers and toilets), which are respectively a three-hour and an eight-hour hike east from the Adminis-tración along the Sendero de Chile.

ⓘ Information

Centro de Información Ambiental (Camino Vilches Alto, Km24; ⊙8:30am-1pm & 2-3:30pm) About 2km before the park en-trance, this Conaf-run information center has displays on local natural and cultural history (the area has soon four sequential indigenous occupations).

ⓘ Getting There & Away

Buses Vilches goes from the **Terminal de Bus-es de Talca** (p121) to Vilches Alto (CH$1900, two hours), a scattering of houses about 2km below the Centro de Información Ambiental and 5km from the Administración of the Reserva Nacional Altos de Lircay. Buses leave Talca daily at 7:15am, noon and 4:50pm from March to December, and there are seven services daily in January and February. The last bus back to Talca is generally at 5:10pm.

Chillán

☑42 / POP 180,197

Earthquakes have battered Chillán through-out its turbulent history; the 2010 earth-quake was yet another hit. While this perpetually rebuilding city isn't especially interesting, it is pleasantly green and an important gateway to some of the loveliest landscapes in Middle Chile, not to mention amazing skiing and summer trekking in the nearby mountains.

◉ Sights

Mercado de Chillán   MARKET
(Maipón 773; set lunches from CH$2500; ⊙7:30am-8pm Mon-Fri, to 6pm Sat, to 3pm Sun) The city's main market is split into two sec-tions on either side of Maipón between Isa-bel Riquelme and 5 de Abril. Come to buy Chillán's famous *longaniza* sausages.

Escuela México   MONUMENT
(Av O'Higgins 250; donations welcome; ⊙10am-12:30pm & 3-6pm Mon-Fri) In response to the devastation that the 1939 quake caused, the Mexican government donated the Es-cuela México to Chillán. At Pablo Neruda's request, Mexican muralists David Alfaro Siqueiros and Xavier Guerrero decorated the school's library and stairwell, respective-ly, with fiercely symbolic murals, now set within an otherwise normal working school.

🛏 Sleeping & Eating

Hotel Canadá   GUESTHOUSE **$**
(☑42-232-9481; www.hotelcanada.cl; Bulnes 240; s/d CH$30,000/40,000; **P**🛜) A row of eight clean and comfy rooms set back from the road amid a peaceful garden.

Hotel Las Terrazas Express   HOTEL **$$**
(☑42-243-7000; www.lasterrazas.cl; Constitución 663; s/d incl breakfast CH$53,000/60,000; @🛜) The rooms are a bit cramped, but for those seeking a few creature comforts in the city proper, this business hotel is just the tick-et. The downstairs lobby and cafe are open and airy, and there are a few lounge areas throughout.

★**Fuego Divino**   STEAK **$$**
(☑42-243-0900; www.fuegodivino.cl; Gamero 980; mains CH$8000-15,000; ⊙12:30-3:30pm & 7:30-10:30pm Tue-Thu, to midnight Fri & Sat) Styl-ish restaurants are thin on the ground in Chillán – perhaps that's why the gleaming black tables here are always booked up on weekends. Or maybe it's because the expert-ly barbecued prime cuts of Osorno beef taste so delicious.

🛍 Shopping

La Feria de Chillán   MARKET
(Plaza Sargento Aldea; ⊙8am-7pm Mon-Sat, to 3pm Sun) The Feria de Chillán has a reason-able selection of crafts. Especially good are ceramics from the nearby village of Quin-chamalí, but you'll also see rawhide and leatherwork, basketry, weavings and the typical straw hats called *chupallas*.

ⓘ Information

BancoEstado (Constitución 500; ⊙9am-2pm Mon-Fri) Bank with ATMs on this street.

Sernatur (www.biobioestuyo.cl; 18 de Sepiembre 455; ⊙9am-2pm & 3-6pm Mon-Fri, 10am-2pm

Chillán

△ N 0 _____ 400 m
      0 _____ 0.2 miles

Terminal María Teresa (380m)

1 ⓘ Plaza Héroes de Iquique

Itata

Gamero

Fuego Divino (250m) →

Vega de Saldías

Av Brasil

🚂 Train Station

Bulnes

⊞ 3

2 🚇 Terminal del Centro

Rosas

Av O'Higgins

Claudio Arau

Av Libertad

Carrera

Constitución

18 de Septiembre

ⓘ Sernatur

Plaza de Armas

Arauco

5 de Abril

4 ⊞

Isabel Riquelme

El Roble

Plaza la Victoria

Maipón

Sargento Aldea

Arturo Prat

2 ◎

⊞ 5

Cocharcas

Plaza de la Merced

Terminal de Buses Rurales 🚇

Chillán

◎ Sights
1 Escuela México B1
2 Mercado de Chillán C4

🛏 Sleeping
3 Hotel Canadá B2
4 Hotel Las Terrazas Express C3

🛍 Shopping
5 La Feria de Chillán C4

Sat) Friendly staff provide city maps and information on accommodations and transport.

ⓘ Getting There & Away

BUS

Chillán has two long-distance bus stations. The most central is **Terminal del Centro** (Av Brasil 560), five blocks west of the Plaza de Armas on the corner of Avs Brasil and Constitución. From here, **Línea Azul** (www.buseslineaazul.cl/

destinos.php) has regular services to Santiago, as well as to Los Angeles (six daily), Angol (four daily) and Concepción (every 20 minutes).

All other long-distance carriers use the **Terminal María Teresa** (O'Higgins 010), north of Av Ecuador. These include **Turbus** (📞 600-660-6600; www.turbus.cl), which has services to Santiago (hourly), some of which stop in Talca and other cities along the Panamericana. Turbus also goes direct to Valparaíso and south to Temuco, Osorno, Valdivia and Puerto Montt (four daily). **Buses Jac** (www.jac.cl) and **Condor** (www.condorbus.cl) similarly travel to Puerto Montt. **Pullman Bus** (📞 600-320-3200; www.pullmanbus.cl) makes daily journeys to Salto del Laja and has direct services to Los Angeles (six daily). It also runs north to Calama, Antofagasta and Arica (10 daily), and south to Puerto Montt (six daily). **Sol del Pacífico** (www.soldelpacifico.cl) leaves from this terminal for Santiago, Viña and Valparaíso.

Local and regional services leave from the **Terminal de Buses Rurales** (Terminal Paseo La Merced; Maipón 890). **Rembus** (📞 42-222-9377; www.busesrembus.cl; Maipón 890) takes you to Valle Las Trancas (10 daily); the 7:50am and 1:20pm buses continue to Valle Hermoso. **Vía Itata** (www.busesviaitata.cl; Maipón 890, Terminal de Buses Rurales) is one of several companies here that operate routes to Ninhué (five daily) and Cobquecura (twice daily), continuing to the surf hangout Buchupureo.

DESTINATION	COST (CH$)	HOURS
Angol	5000	3
Cobquecura	2300	2¾
Concepción	3000	2
Los Angeles	3000	1½
Osorno	10,100	8
Puerto Montt	11,200	9
Quirihue	1600	1½
Santiago	8000	6
Talca	4000	3
Temuco	8000	5
Termas de Chillán	3000	2
Valdivia	12,000	6
Valparaíso	10,000	8
Valle Las Trancas	2000	1½

CAR
Driving makes it possible to cram in lots of national-park action or quick day trips up the mountain to Termas de Chillán. Try **EcaRent** (☑ cell 9-8501-2059; www.ecarent.cl; cnr Avs Brasil & Libertad, train station; ⊘ 9:30am-2pm & 4-6:30pm). Rates start at about CH$27,000 a day. Note that if the mountain roads are slippery you may need to hire wheel chains too.

TRAIN
The TrenCentral line runs from the **train station** (☑ 600-585-5000; www.trencentral.cl; cnr Avs Brasil & Libertad; ⊘ ticket office 11am-8pm Mon-Fri, from noon Sat, from 10am Sun) to Santiago (CH$8100, 4½ hours, three daily), stopping along the way at Talca (CH$5300, 1¾ hours), Curicó (CH$5300, 2½ hours) and Rancagua (CH$8100, 3½ hours), among other places. Check the website for the latest schedules.

Termas de Chillán & Valle Las Trancas

A winding road leads from Chillán 80km up into the mountains to Valle Las Trancas and the Termas de Chillán. Chilean powder fiends flock to these slopes in winter, when bumper-to-bumper traffic is common at the top. The pace is less manic the rest of the year, when the valleys turn a luscious green and are perfect for hiking, climbing

and horseback riding, or just lazing around and drinking in the views. Despite the hikers and mountain bikers who come out on summer weekends, the place is almost dead on a weekday in summer. Note that there aren't any ATMs around most of these accommodations; you'll want to bring cash from Chillán.

◉ Sights

Cueva de los Pincheira CAVE
(www.turismolospincheira.cl; Ruta 55, Camino Termas de Chillán, Km61; adult/child CH$3000/2000; ⊘ 9:30am-6:30pm; 🚐) On your way to the resort, stop at this roadside attraction, where you can visit a shallow cave and a waterfall and learn about the escapades of the outlaw Pincheira brothers who hid out here. In high season there are reenactments.

Observatorio OBSERVATORY
(www.milodge.com; M I Lodge, Camino a Shangri-Lá, Km2; nighttime observation tours CH$12,000; ⊘ by reservation; 🚐) On clear summer nights the M I Lodge (p126) brings an astronomer up to its observatory to give star talks where you can scan the sky for galaxies and planets through an 18in Dobson telescope.

🏃 Activities

Nevados de Chillán Ski Center SKIING
(☑ 42-220-6100; www.nevadosdechillan.com; Camino Termas de Chillán, Km85; ski pass per day adult/child CH$41,000/35,000) The southern slopes of 3122m-high Volcán Chillán are the stunning setting of this ski mecca. Unusually for Chile's ski resorts, many of its 40 runs track through forest, and there's a good mix of options for beginners and more experienced skiers.

Superlatives abound here: it's got the longest piste in South America (13km Las Tres Marías), the longest chairlift and some of the biggest and best off-piste offerings. Since 2008 a snow park and summertime bike park (CH$10,000, 9am–5pm November to March) have been added too. The season can start as early as mid-June and usually runs to late September – locals swear that great snow, empty slopes and discounted ski passes make the beginning of September one of the best times to come. In summer there's hiking, horseback riding, climbing, canyoning and bike rental; check the website for the full offerings. If money's no object, stay on-site at the Hotel Nevados de Chillán (p126), where warm thermal waters fill an outdoor pool surrounded by snow.

Valle Hermoso
OUTDOORS

(www.nevadosdechillan.com; Camino Termas de Chillán, Km83; thermal springs adult/child CH$8000/6000, campsite for up to 5 people CH$30,000; ⊙ thermal springs 9am-5pm Apr-Nov, to 9pm Dec-Mar) A turnoff halfway between Valle Las Trancas and the ski center takes you to this leafy recreational area. Most people come here for the open-air **thermal springs**, which are open year-round. Ziplines (CH$10,000) and horseback riding (from CH$5000) provide extra action in summer, when you can stay at the small campsite.

M I Lodge Spa
SPA

(⌨ cell 9-9321-7567; www.milodge.com; M I Lodge, Camino a Shangri-Lá, Km2; pools CH$9500, pools plus massage CH$28,500; ⊙ 11am-8pm) This low-key spa, built entirely of wood, lies on the grounds of M I Lodge and is open to nonguests. It offers indoor and outdoor pools, a Jacuzzi and massages.

Rukapali Adventours
OUTDOORS

(⌨ cell 9-8920-4429; www.rukapali.com; tours from CH$15,000) Trekking, mountain-biking and rock-climbing tours of Valle las Trancas and the nearby Parque Nacional Laguna del Laja.

Ecoparque Shangri-Lá
ADVENTURE SPORTS

(⌨ cell 9-5730-0095; www.facebook.com/ecoparqueshangrila; Camino Shangri-Lá, Km3; adult/child CH$15,000/12,000; ⊙ 9am-5:30pm daily Dec-Feb, Fri-Sun only Mar-Nov; ⛺) Adults can enjoy 25 zipline platforms at this well-done, hour-long canopy tour. The kids' route is just 15ft off the ground.

🛏 Sleeping & Eating

Accommodations on the mountain divide into two camps. The posh hotels in Termas de Chillán at the top of the road get you closest to the slopes. Prices are much lower, however, if you stay in the cabins, hostels and lodges downhill at Valle Las Trancas. Most places have huge low-season discounts.

Chil'in Hostel & Restaurante
HOSTEL $

(⌨ cell 9-9368-2247; www.chil-in.com; Camino Termas de Chillán, Km72; dm/d without bathroom CH$10,500/32,000; 🛜🍽) At this awesome ski-lodge-style hostel, you get a cozy living room and bar and lots of camaraderie. Rooms are simple but clean – some come with lofts to stack more skiers. There's also an attached pizza restaurant that's always bumping and a block of private rooms nearby.

★ Ecobox Andino
BOUTIQUE HOTEL $$

(⌨ 42-242-3134; www.ecoboxandino.cl; Camino a Shangri-Lá, Km0.2; 2- to 5-person cabins CH$40,000-130,000, d incl breakfast CH$40,000-80,000; 🛜🍽) 🌿 Some of the hippest, most unique lodgings in Middle Chile, these impeccably decorated cabins were once shipping containers. They were interlocked (Lego-style) to create remarkable cabins with modern art deco exteriors and contemporary interiors.

Wooden decks overlook the tree-filled garden through which paths wind to the pool. A separate *refugio* (rustic shelter) has seven rooms with private bathrooms that look onto a common shared kitchen and living room.

Hotel Nevados de Chillán
RESORT $$$

(⌨ 42-220-6100; www.nevadosdechillan.com; Camino Termas de Chillán, Km85; r per person incl breakfast and lift ticket from CH$95,000; ⊙ closed Dec; 🍽) With modern rooms, access to a thermally heated pool and plenty of other activities to chose from, this is a smart buy in ski season.

M I Lodge
LODGE $$$

(⌨ cell 9-9321-7567; www.milodge.com; Camino a Shangri-Lá, Km2; r per person incl breakfast CH$30,000-45,000; 🛜🍽) This lodge has plenty to offer: rustic furnishings and a fire crackling in the middle of a beautifully designed glass-and-wood-walled French restaurant (specializing in crepes and open to the public). Rooms are dark and dated, but you have plenty of space and thick mattresses. Request a room with a view.

Snow Pub
PUB FOOD $

(⌨ 42-221-3910; Camino Termas de Chillán, Km71; mains CH$5000-7000; ⊙ 1pm-late Mon-Sat, to 8pm Sun) For years the après-ski in Valle Las Trancas has centered on this feel-good bar, which gets packed with revelers in high season. Beyond the booze, it serves delicious pizzas, gnocchi and sandwiches.

❶ Getting There & Away

From Chillán's Terminal de Buses Rurales, **Rembus** (p124) has at least 10 daily departures for Valle Las Trancas (CH$2000, 1½ hours); the 7:50am and 1:20pm buses continue to Valle Hermoso. From Santiago's Terminal Sur there is one direct services to Valle Las Trancas (CH$14,000, seven hours, 2:50pm daily) with **Buses Nilahue** (⌨ 2-2776-1139; www.busesnilahue.cl). In winter there are eight daily shuttle buses from Valle Las Trancas up to the ski center (CH$1600).

Coastal Towns

Quiet unspoiled beaches come with rural surroundings in the remote coastal towns northwest of Chillán. The area's perfect for lazy walks along the sand, and there's good, low-key surfing.

Cobquecura

A quiet little town with picturesque houses and dry walls made from local slate (a few too many that crumbled to pieces in the 2010 earthquake), Cobquecura has a long, wide beach with wild waves attracting surfers from around the world. A deep baying sound resonates from a rock formation 50m offshore: known as La Lobería, it's home to a large colony of sunbathing sea lions.

Follow the coast road 5km north and you reach the exquisite Iglesia de Piedra (Church of Stone), a massive monolith containing huge caves that open to the sea. The light inside the caves is mysterious – Cobquecura's pre-Hispanic inhabitants held ritual gatherings inside the stone, and it now contains an image of the Virgin Mary. Head 5km south of town and you'll find Playa Rinconada, the safest beach for a swim.

🛏 Sleeping & Eating

Ruka Antu Eco Lodge   BOUTIQUE HOTEL **$$$**
(www.rukaantu.cl; Playa Rinconada s/n; r per person CH$55,000; P🛇🖥) Eight stylish (but small) rooms overlook the pounding waves and a grassy lawn strewn with hammocks. All-inclusive packages (CH$75,000 per person) come with breakfast and dinner in the glassed-in restaurant, guided trekking or SUP lessons, and a relaxing trip to the sauna and private hot tubs.

Reserve ahead for a transfer from the bus stop in Cobquecura to the hotel, which is 5km south of town along Playa Rinconada (CH$5000).

Los Copihues   CAFE **$**
(☑42-197-1360; Independencia 635; sandwiches & cakes CH$1000-2500; ⊙10am-7pm daily, to 9pm Jan & Feb; 🛜) A local favorite for ridiculously cheap breakfasts, sandwiches and home-baked cakes (try the papaya küchen!). Sit at a table facing the interior garden, sip some espresso and enjoy the friendly service.

Caleta de Pescadores   SEAFOOD **$**
(Playa Rinconada; snacks CH$2000-2500; ⊙10am-6pm) Fresh-caught crab, *piure* (a fleshy tunicate) and *navajuelas* (clams) are sold in small tubs at these simple stands by Playa Rinconada, 5km south of town.

ℹ Getting There & Away

From Chillán's Terminal de Buses Rurales, **Via Itata** (www.busesviaitata.cl) has two daily buses to Cobquecura (CH$2500, three hours) leaving at 7:40am and 11am. There are more frequent departures over the summer and on weekends. **Magabus** (www.magabus.cl) has four daily buses from Concepción (CH$4500) that pass through Cobquecura and connect it with Buchupureo and Pullay. **Nilahue** (☑2-2776-1139; www.busesnilahue.cl) operates a direct bus from Santiago's Terminal Sur to Cobquecura (CH$10,000, seven hours). There's just one daily departure between April and November, and two daily departures December to March.

Buchupureo

Magic is alive in this tranquil farming village 13km north of Cobquecura. Steep slopes covered with lush greenery surround the settlement, lending it a tropical air. Despite growing interest from tourists and surfers, the pace of life is slow here: oxen-pulled carts are still a common sight. It's also a famous fishing spot – *corvina* (sea bass) apparently jump onto any hook dangled off the beach.

Dunes and scrubland separate the desolate black-sand beach from the main road, which runs parallel to the shore before looping through the small town center to the beach. A couple of wooden walkways also connect the road and the sand.

🛏 Sleeping & Eating

Complejo Turística Ayekán   CABIN **$**
(☑cell 9-9988-5986; www.turismoayekan.cl; Guillermo Cox s/n; campsites CH$15,000, 2-/4-person cabins CH$35,000/65,000; 🖥) In summertime you can pitch your tent at one of 20 campsites in a pretty clearing at the bottom of a eucalyptus-lined drive, close to the beach. A circular restaurant serves Chilean and Peruvian food (mains CH$5000–CH$15,000), and the cabins come with kitchens and log furniture. You can just hear the waves from your porch.

★ Parque Las Nalkas   RESORT **$$$**
(☑cell 9-7779-8469; www.parquelasnalkas.cl; Talcamavida s/n; 2-/5-/8-person cabins & treehouses CH$95,000/145,000/180,000; 🛜🖥) This stunning complex of gravity-defying tree houses and cosy cabins is set 5km back from the beach within a 22-hectare forest reserve.

Ruby-red boardwalks lead you from one art-filled cabin to the next, past a serene pool and an imaginative playground up to lookouts (with tree swings!) in the hills above.

Even if you don't sleep here it's worth a visit to hike its trails (entry per person CH$3000) or to eat seafood or pizzas at the highly recommended Gaba Restaurant. A taxi from central Buchupureo costs about CH$3000.

La Joya del Mar B&B $$$
(📞 42-197-1733; www.lajoyadelmar.cl; Camino Buchupureo, Km8.5; 2-/5-person villas incl breakfast CH$115,000/150,000; 🐟🅿) Rich tropical plants overhang the terraces, and the pool seems to merge with the view of the sea at this romantic spot run by a Californian family. The vibe spills over into the airy, glass-fronted farm-to-table restaurant (mains CH$9000 to CH$11,000, open noon to 10pm). The three villas can sleep two to five people.

El Puerto SEAFOOD $
(📞 cell 9-9161-2315; www.elpuertobuchupureo.cl; Playa La Boca s/n; mains CH$5000-7000; ⏱9am-2am Jan & Feb, noon-midnight Mar-Dec) This long-running hangout with a sundeck overlooking the sea serves up affordable seafood dishes and strong cocktails. Basic (though totally adequate) cabins line the hill above the restaurant, offering impeccable views at bargain-basement prices (4-person cabins CH$35,000).

★ **El Chiringuito de Pullay** SEAFOOD $$
(📞 cell 9-9185-0344; www.facebook.com/El ChiringuitoDePullay; Playa Pullay s/n, Pullay; mains CH$6000-8000; ⏱noon-8pm Dec-Mar, weekends only Sep-Nov & Apr; 🍴) Fresh seasonal ingredients sourced from local farmers and fishers – that's the philosophy behind this low-key beachfront restaurant with colorful wooden furniture. You can camp next to the restaurant (if you don't mind cold showers; campsites per person CH$5000) or take English-language surf lessons (surf lessons CH$20,000; by reservation only).

ℹ Getting There & Away

From Chillán's Terminal de Buses Rurales, **Via Itata** (www.busesviaitata.cl) has at least one daily bus to Buchupureo (CH$2500, three hours) leaving at 7:40am. There are more frequent departures over the summer and on weekends. **Magabus** (p127) has four daily buses from Concepción (CH$4500) that pass through Cobquecura and connect it with Buchupureo

and Pullay. **Nilahue** (p127) operates a direct bus from Santiago's Terminal Sur to Cobquecura (CH$10,000, seven hours). There's just one departure between April and November, and two departures December to March. High-season buses automatically go on to Buchupureo, but you'll need to ask the driver to stop there in advance at other times of the year.

Concepción

📞 41 / POP 229,000 / ELEV 12M

Concepción is an important and hard-working port city that is best known for its universities and music scene (many of Chile's best rock acts got their start here). There are a few plazas and museums worth checking out, and Spanish-speakers will be rewarded with an energetic and youthful arts, music and culture scene. The city sits on the northern bank of the Río Biobío, Chile's only significant navigable waterway, about 10km from the river's mouth. The metropolis seems to go on forever, with an estimated 950,000 people living in the greater area. 'Conce,' as it's known locally, was terribly damaged in a February 2010 earthquake. It was also ravaged by looting and lawlessness during the aftershocks, but because of its economic importance, it was quickly rebuilt.

◎ Sights

La Casa del Arte MUSEUM
(📞 41-220-3835; http://extension.udec.cl/pina coteca; cnr Avs Chacabuco & Paicaví, Barrio Universitario; ⏱10am-6pm Tue-Fri, 11am-5pm Sat, 11am-2pm Sun) FREE The massive, fiercely political mural La Presencia de América Latina is the highlight of the university art museum La Casa del Arte. It's by Mexican artist Jorge González Camarena, a protégé of the legendary muralist José Clemente Orozco, and celebrates Latin America's indigenous peoples and independence from colonial and imperial powers.

For more socially minded artwork, take a stroll around the campus and check out the vibrant public murals covering nearly every wall.

Parque Ecuador PARK
(Av Lamas) Parque Ecuador is a narrow stretch of well-maintained urban parkland that runs along the foot of **Cerro Caracol** – walk up one of the two access roads (continuations of Caupolicán and Tucapel) to a viewpoint with great views of Concepción.

LOTA MINE TOUR

Concepción's exponential industrial and economic growth owes much to the huge off-shore coal deposits discovered south of the city along the so-called Costa del Carbón (Coal Coast). The hilly coastal town of Lota spiraled into poverty when the mines closed in 1997, resulting in some of the most deprived shantytowns in the country. However, it has now reinvented itself as a tourist destination and makes an interesting half-day trip from Concepción.

The star attraction is **Mina Chiflón del Diablo** (Devil's Whistle Mine; ☑41-287-0917; www.lotasorprendente.cl; Antonio Ríos 1; 45min tours CH$7500, complete Lota tourist package with entry to mine, park & historical museum CH$8000; ⊘tours 10:30am-4:30pm), a naturally ventilated undersea mine that operated between 1852 and 1976. Ex–coal miners now work as guides on well-organized 45-minute tours (Spanish only) that take you through a series of galleries and tunnels to a coalface some 50m under the sea.

Before clambering into the rattling metal-cage elevator that takes you down, you're kitted out with safety gear. You can also visit the Pueblito Minero, painstaking re-creations of typical miners' houses built for the Chilean movie *Sub Terra* (Underground), which was filmed here.

Down the road, **Parque Botánico Isidora Cousiño** (☑41-287-1022; www.lota sorprendente.cl; El Parque 21; adult/child CH$2500/1700; ⊘10:30am-6pm) has manicured flower beds, small ponds and wilder woodland leading to a lighthouse on a tip of land jutting out into the sea.

To reach Lota from Concepción, catch a bus labeled 'Coronel-Lota' (CH$800, one hour, every 15 minutes). Ask the driver to drop you at the Iglesia Parroquial, then follow the signs downhill to the mine.

🛏 Sleeping

Hostal B&B Concepción GUESTHOUSE $
(☑41-318-9308; www.hostalboutiqueconcepcion.com; Ongolmo 62; s/d/tr incl breakfast CH$20,000/33,500/41,000; ℗🛜) Exceptionally clean rooms with comfy beds in a prime location near Plaza Peru. We only wish the breakfast was more generous, given how yummy the cakes and coffees are at the on-site cafe.

Hotel Alborada BOUTIQUE HOTEL $$
(☑41-291-1121; www.hotelalborada.cl; Barros Arana 457; d incl breakfast from CH$56,000; ℗🛜) A surprisingly stylish addition to Concepción's hotel scene is this centrally located, coolly minimalist hotel. The public spaces – outfitted with all-white furnishings, glass and mirrors – are sleeker than the guest rooms themselves, which are spacious and comfortable, but standard.

🍴 Eating

Deli House INTERNATIONAL $
(www.delihouse.cl; Av Diagonal Pedro Aguirre Cerda 1234; mains CH$3500-6500; ⊘9:30am-11:30pm Mon-Fri, from noon Sat, 12:30-4:30pm Sun; 🛜) These leafy sidewalk tables are a relaxed place to kick back for coffee, empanadas, gourmet pizza or happy hour while watching the bohemian university set pass by.

Café Rometsch CAFE $
(☑41-274-7046; Barros Arana 685; mains CH$3500-7000; ⊘9am-8pm) Delicious cakes and gelato, generous salads and sandwiches, classy sidewalk tables on the plaza – need we say more?

★**Lo que más quiero** CHILEAN $$
(☑41-213-4938; Lincoyán 60; mains CH$6000-11,000; ⊘11am-3pm & 6:30pm-midnight Mon-Fri) Conce's top restaurant is as unstuffy as the city itself, with a whimsical woodsy aesthetic and a secret garden out back. The menu includes the largest list of salads we've seen in Chile, as well as creative meat-heavy mains, delicious sandwiches and fresh juices. Don't even think about coming without a reservation.

Fina Estampa PERUVIAN $$
(☑41-222-1708; www.facebook.com/finaestampa concepcion; Angol 298; mains CH$8000-10,000; ⊘12:30pm-midnight Mon-Sat, to 4pm Sun) Starched tablecloths, fiercely folded napkins and deferential bow-tied waiters bring old-time elegance to this Peruvian restaurant. Ceviches, *ají de gallina* (chicken in a spicy yellow-pepper sauce) and other classics are perfectly executed, as is grilled seasonal fish.

(Continued on page 134)

Chilean Wine

Picture a delirious blue sky, neat rows of grapes robust on the vine, tall poplars and shimmering peaks in the distance. The languorous landscape says California or northern Italy. Guess again. Chile's wine country spans from the grand estates of family dynasties to upstart garage wines. Uncork it and savor.

1. Viña Indómita (p106)
Halfway between Santiago and Valparaíso, wine tourism is serious business in the Casablanca Valley.

2. Viña Concha y Toro (p82)
Wine barrels at Chile's largest and most industrial winery, located in the Maipo Valley.

3. Grape harvest
Harvest of Cabernet Sauvignon grapes at Viña Concha y Toro in the Maipo Valley.

4. Viña Veramonte (p107)
This Casablanca Valley winery is known for its award-winning Cabernets and Chardonnays.

JORGE LEON CABELLO/GETTY IMAGES ©

1. Viña Casas del Bosque (p107)
Wineries in the Casablanca Valley are best known for their top-notch Chardonnays, Sauvignon Blancs and Pinot Noirs.

2. Colchagua Valley (p113)
Jesuit missionaries introduced vineyards to this part of Chile in the mid-16th century.

3. Maipo Valley (p81)
Gorgeous wineries and mass-production operations characterize the Maipo Valley, just south of Santiago.

4. Elqui Valley (p202)
Better known for its potent grape-brandy pisco, the Elqui Valley is also home to numerous wineries.

TETYANA DOTSENKO/SHUTTERSTOCK ©

(Continued from page 129)

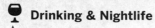

Drinking & Nightlife

★ **Casa de Salud** BAR
(http://casadesalud.cl; Brasil 574; cover varies; ⊘9:30pm-4am Wed-Sat) A multisensory experience for the mind, body and soul, this labyrinthine space blurs the lines between bar, club, concert venue, art gallery and cultural center. What happens when all of those things become one? Come and find out!

Tostaduría de Café Coyoacán COFFEE
(☑cell 9-8739-1054; www.tostaduriacoyoacan. cl; Av Chacabuco 1111; ⊘9am-7:30pm Mon-Fri, 11am-2:30pm Sat; ☎) The beans are roasted on-site at this cosy cafe by Universidad de Concepción; you won't sip a fresher or richer espresso coffee anywhere else in town.

❶ Information

BancoEstado (O'Higgins 486; ⊘9am-2pm Mon-Fri) One of many banks with ATMs near Plaza Independencia

Conaf (☑41-262-4046; www.conaf.cl; Rengo 345; ⊘8:30am-4:30pm Mon-Thu, to 3:30pm Fri) Limited info on national parks and reserves.

Hospital Regional (☑41-272-2500; cnr San Martín & Av Roosevelt; ⊘24hr) Public hospital.

Post Office (Correos de Chile; cnr O'Higgins & Colo Colo; ⊘9am-7pm Mon-Fri, 9:30am-1pm Sat) A central post office.

Sernatur (☑41-274-1337; www.biobioestuyo. cl; Pinto 460; ⊘9am-8pm Mon-Fri, to 4pm Sat Jan & Feb, 8:30am-1pm & 3-6pm Mon-Fri Mar-Dec) On Plaza Independencia with info and brochures on the region.

❶ Getting There & Away

BUS
Concepción has two long-distance bus terminals. Most companies use the **Terminal de Buses Collao** (Tegualda 860), 3km east of central Concepción. From outside the terminal, grab a taxi into town.

There are dozens of daily services to Santiago: **Eme Bus** (☑41-232-0094; www.emebus.cl; Tegualda 860), **Pullman Bus** (☑600-320-3200; www.pullmanbus.cl; Tegualda 860), **Nilahue** (www.busesnilahue.cl; Tegualda 860) and **Turbus** (☑600-660-6600; www.turbus.cl; Tucapel 530), which also goes to Valparaíso and south to Temuco, Valdivia and Puerto Montt.

Línea Azul (☑42-203-800; www.buseslinea azul.cl/destinos.php; Tegualda 860, Terminal de Buses Collao) goes to Chillán (every 30 minutes). Pullman Bus connects Conce with Los Angeles every 30 minutes; some buses stop at the Salto del Laja. Buses Biobío has similar services and also goes to Angol every hour.

For services south along the coast, including Cañete, try **Sol de Lebu** (☑41-251-2263; www. soldelebu.com; Tegualda 860, Terminal de Buses Collao).

Buses Biobío (www.busesbiobio.cl; Camilo Henríquez 2565, Terminal Camilo Henríquez) uses the separate Terminal Camilo Henríquez, northeast along the extension of Bulnes.

DESTINATION	COST (CH$)	HOURS
Angol	5000	3½
Chillán	2500	2
Los Angeles	2500	2
Lota	800	1
Puerto Montt	10,000	8
Santiago	8000	6½
Talcahuano	500	45 minutes
Temuco	8500	4
Valdivia	12,000	6
Valparaíso/Viña del Mar	9500	8

CAR
A car can be useful for exploring the national parks south of Concepción. **Hertz** (☑41-279-7461; www.hertz.cl; Av Arturo Prat 248; cars per day from CH$30,000; ⊘8am-8pm Mon-Fri, 9am-1pm Sat) has an office downtown.

Salto Del Laja

Halfway between Los Angeles and Chillán, the Río Laja plunges nearly 50m over a steep escarpment to form a horseshoe-shaped waterfall. Some have dubbed the sight a miniature Iguazú Falls when it's full, but the comparison is far-fetched. Still, there are great views from where the road bridges the Río Laja. This road is the old Panamericana, but a new Ruta 5 bypass to the west means that only a few buses between Chillán and Los Angeles detour through here. A cluster of tacky souvenir stands and competing restaurants are evidence of the Salto del Laja's popularity with Chileans on road trips or outings from nearby cities.

🛏 Sleeping

Los Manantiales RESORT $
(☑43-231-4275; www.losmanantiales.saltosdellaja. com; Variante Salto del Laja, Km480; campsites for up to 6 people CH$34,000; s/d CH$35,000/40,000; @🛜🏊) To linger longer at Salto del Laja,

check into Los Manantiales, a popular budget hotel with a large restaurant that has spectacular views over the falls. Wood-paneled rooms are spacious and clean, and the decor of the whole complex seems gloriously unchanged since the 1970s.

Hotel Salto del Laja RESORT $$
(☑ 43-232-1706; www.saltodellaja.cl; Ruta 5 Sur, Km485; s/d incl breakfast from CH$62,000/72,000; @ 🎧 ☒) The area's most upmarket option has spacious, well-appointed rooms with spectacular waterfall views. There's also a nine-hole golf course (included in the price), guided trekking and even an on-site microbrewery.

ℹ Getting There & Away

Several companies, including **Buses Jota Be** (☑ 41-286-1533), offer services to Salto del Laja every 30 minutes from the Terminal de Buses Rurales in Los Angeles (CH$1000, 45 minutes). **Pullman Bus** (☑ 600-320-3200; www.pullman. cl; Av Sor Vicenta 2051, Terminal Santa María) offers a similar service from Terminal Santa María in Los Angeles. Some buses traveling between Chillán and Los Angeles also stop here, but be sure to confirm ahead of time.

Los Angeles

☑ 43 / POP 169,929

A useful base for visiting Parque Nacional Laguna del Laja, Los Angeles is an otherwise unprepossessing agricultural and industrial service center 110km south of Chillán.

🛏 Sleeping & Eating

★ **Residencial El Rincón** LODGE $$
(☑ cell 9-9082-3168; www.elrinconchile.cl; Sector El Olivo s/n; r incl breakfast CH$48,000-61,000, without bathroom CH$40,000; 🎧) With its gorgeous rural setting 19km north of Los Angeles, the American-run Residencial El Rincón is a relaxing place to take time out from traveling. The lodge has cozy, all-wood rooms and serves fabulous homemade breakfasts and dinners (three-course dinner CH$16,000).

Cafe Francés FRENCH $
(☑ 43-223-4461; www.facebook.com/cafefrances; Colo Colo 696; mains CH$3000-4500; ⊙10am-9pm Mon-Sat; 🎧) Stop by this simple French cafe for espresso coffee, sandwiches, salads and cakes, as well as sweet or savory crepes.

ℹ Getting There & Away

Long-distance buses leave from two adjacent bus terminals on Av Sor Vicenta, the continuation of Villagrán, on the northeast outskirts of town.

Turbus (☑ 43-240-2003; www.turbus.cl) leaves from the **Turbus terminal** (Av Sor Vicenta 2061) and has numerous daily departures to Santiago (CH$7500, seven hours), most of which stop at Talca and Curicó. Over 20 daily services head south to Temuco (CH$4900, two hours), Osorno (CH$8500, seven hours) and Puerto Montt (CH$10,000, eight hours). **Buses Bio Bio** (www.busesbiobio.cl) runs regular services from this terminal to Concepción (CH$3700, 1½ hours), Chillán (CH$3000, two hours) and Angol (CH$1500, two hours), the gateway to Parque Nacional Nahuelbuta.

All other bus companies use the next-door **Terminal Santa María** (Av Sor Vicenta 2051). From here **Pullman Bus** runs regular services to Salto del Laja (CH$1000, 45 minutes, every 30 minutes), as well as Temuco, Osorno and Puerto Montt (with times and prices similar to Turbus).

Local bus companies, including **Jota Be** (☑ 43-253-3918), operate out of the **Terminal de Buses Rurales** (Terminal Vega Techada; Villagrán 501), on the corner of Rengo near the Vega Techada market. You'll find frequent departures for Salto del Laja here

Parque Nacional Laguna del Laja

Located some 93km east of Los Angeles lies the 116-sq-km Parque Nacional Laguna del Laja (☑ cell 9-6642-6899; www.conaf.cl/parques/parque-nacional-laguna-del-laja; adult/child CH$3000/1500; ⊙8:30am-8pm Dec-Apr, to 6:30pm May-Nov). Within the park is the symmetrical cone of Volcán Antuco (2985m). Lava from this volcano dammed the Río Laja, creating the lake that gives the park its name. The lava fields immediately around the lake form an eerie lunar landscape. Although the volcano may seem quiet, it is not extinct: volcanic activity was last recorded about 25 years ago.

The park protects the mountain cypress (Austrocedrus chilensis) and the monkey-puzzle tree, as well as other uncommon tree species. Mammals are rare, though puma, fox and viscacha have been sighted. Nearly 50 bird species inhabit the area, including the Andean condor.

There is a small Conaf post at Los Pangues, the park entrance, where you sign in. From here, you can travel along a winding road to the park headquarters at Chacay, 3km on.

MIDDLE CHILE ANGOL

🏃 Activities

Sendero Sierra Velluda   HIKING
The park's star trek is the 4.6km Sendero Sierra Velluda, named for the hanging glacier you pass along the way. It winds through a forest of mountain cypress, passing waterfalls and lava fields; condors are also a common sight.

Chacay   HIKING
The starting point for several well-marked hiking trails. On the left-hand side of the road is the easy 1.6km trail to two small, stunning waterfalls, the **Salto de Las Chilcas** (where the underground Río Laja emerges) and the **Salto del Torbellino**. On the right is **Sendero Los Coigües**, a 1.7km hike to a spot with fabulous views of Volcán Antuco.

Centro de Esquí Volcán Antuco   SKIING
(📞 43-232-2651; www.skiantuco.cl; Los Carrera s/n; lift ticket CH$20,000) In winter the Club de Esqui de Los Angeles operates two drag-lifts and a small restaurant (mains CH$7000) at these ski slopes on the edge of the volcano near Chacay.

🛏 Sleeping

Centro Turistico   CABAÑAS $$
(📞 cell 9-8221-2078; www.parqueantuco. cl; 1km past park entrance; campsites per person CH$5000, 4-/6-/7-person cabins CH$45,000/60,000/70,000; 🅿) This privately run complex has well-equipped two-story A-frame cabins that are built of wood and stone and lie in a valley at the entrance to the park, offering humbling views of the mountains above. There are also 22 campsites with clean bathrooms and hot-water showers.

ℹ Getting There & Away

Departing from Los Angeles' **Terminal de Buses Rurales** (p135), local buses go through Antuco to the village of El Abanico, 11km from the entrance to Parque Nacional Laguna del Laja (CH$2000, two hours, six daily). The last bus back to Los Angeles leaves Abanico at 8pm. Note that there's no public transportation between Abanico and the park. It takes about 1½ hours to walk this stretch, and another half hour to reach the campsites and cabins of the Centro Turistico. Hitchhiking is technically possible, but vehicles are a rare sight on weekdays. If you're driving, you'll need a 4WD and chains to negotiate this road between May and September.

Angol

📍 45 / POP 56,204

Despite a turbulent and interesting history – the village was razed on six separate occasions during the conflict between the Mapuche and the conquistadores – Angol's only real appeal is its easy access into mountainous Parque Nacional Nahuelbuta.

The town straddles the Río Vergara, an upper tributary of the Biobío formed by the confluence of the Ríos Picoiquén and Rehue. The city's older core lies west of the river and centers on the attractive Plaza de Armas. The plaza has huge, shady trees, well-kept flower beds and a fountain adorned by four gloriously poised marble statues that represent Europe, Asia, the Americas and Africa.

✨ Festivals & Events

Brotes de Chile   MUSIC
(www.festivalbrotesdechile.cl; ⊙ Jan) One of Chile's biggest folk festivals takes over this small town in mid-January. Come for traditional music, food and crafts.

🛏 Sleeping & Eating

Hotel Angol   HOTEL $
(📞 45-271-9036; Lautaro 176; d incl breakfast CH$33,000; 🛜) These 11 simple, centrally located rooms come with private bathrooms and cable TV. Check-in is downstairs at the nondescript Café la Rueda, which is open to the public.

Duhatao   BOUTIQUE HOTEL $$
(📞 45-271-4320; www.hotelduhatao.cl; Arturo Prat 420; s/d incl breakfast CH$39,500/59,500; 🛜) Here's a surprise: there's a design hotel in Angol. The Duhatao blends clean modern lines with local crafts and colors – handwoven throws cover the springy beds and bathrooms have big bowl sinks. The slick on-site restaurant and bar is the only place in town open on a Sunday.

Sparlatto Pizza   PIZZA $$
(www.sparlatto.cl; Bunster 389; mains CH$5000-9000; ⊙ 9:30am-12:30am Mon-Fri, from 11am Sat) This bustling little restaurant on the plaza serves steak sandwiches, salads, Chilean comfort food and pizza. In the evening it fills up with a younger, beer-drinking crowd.

ℹ Getting There & Away

Most long-distance bus services leave from Angol's **Terminal Rodoviario** (Bonilla 448), a

CAÑETE

On the far side of Parque Nacional Nahuelbuta from Angol lies the Mapuche stronghold of Cañete, home to the **Museo Mapuche** (Mapuche Museum of Cañete; ☎41-261-1093; www.museomapuchecanete.cl; Camino Contulmo s/n; ⏰9:30am-5:30pm Tue-Fri, from 11am Sat, from 1pm Sun) **FREE**. Pottery, textiles, silver jewelry, woven objects and ceremonial trumpets are just some of the items on display within this striking building, which takes its round shape from a *ruka* (traditional thatched Mapuche house). Even most Chileans can't make head or tail of the wild menu at nearby **La Sazón** (☎41-261-9710; Arturo Prat 626; mains CH$6000-9000; ⏰noon-11pm Mon-Sat, to 4pm Sun), which draws inspiration from Mapuche cooking techniques. Unfamiliar ingredients you can try here include *nalca* (Chilean rhubarb), *harina tostada* (toasted flour) and tart *murtilla* berries. It's impossible to get to Parque Nacional Nahuelbuta by public transportation from this side, but the city makes a great base for those traveling by car. Alternatively, Cañete-based **Parque Ecológico Reussland** (☎cell 9-5659-1472; www.reussland.cl; Ruta P-60 R, Km33; cabins from CH$42,000, five-day all-inclusive tour CH$294,000) offers five-day English-language tours of the region (including horseback riding, trekking in Parque Nacional Nahuelbuta and visits to the surrounding Mapuche cultural sites) with pickup and drop-off in Concepción. This private reserve also has two-story capsule-like cabins in the woods for those passing through.

1km walk from the Plaza de Armas. To get to the center of town, turn left from the main exit and walk four blocks along José Luis Osorio to O'Higgins, the main road, where you turn right and cross the bridge.

Several companies run multiple daily services north to Santiago (CH$7000–CH$10,000, eight hours), including **Pullman JC** (☎45-764-2960), **Línea Azul** (www.buseslineaazul.cl/destinos. php) and **Turbus** (☎45-268-6117; www.turbus. cl; Terminal Rodoviario). The latter also serves Chillán (CH$5100, three hours, two daily), Los Angeles (CH$1500, one hour, six daily) and Valparaíso (CH$12,000, nine hours, 10:15pm).

Leaving from its own terminal, **Buses Bío Bío** (www.busesbiobio.cl; Julio Sepúlveda 550) serves Los Angeles (CH$1600, one hour, 12 daily) and Concepción (CH$4900, 3½ hours, 15 daily).

Local and regional services leave from the **Terminal de Buses Rurales** (Ilabaca 422), including buses toward Parque Nacional Nahuelbuta.

Parque Nacional Nahuelbuta

Between Angol and the Pacific, the coast range rises to 1550m within the 68-sq-km **Parque Nacional Nahuelbuta** (www.conaf. cl/parques/parque-nacional-nahuelbuta; adult/child CH$5000/3000; ⏰8:30am-6pm). This is one of the last non-Andean refuges of araucarias (monkey-puzzle trees), the arboreal equivalent of fireworks. In summer other interesting plant life includes 16 orchid varieties and two carnivorous plant species. Various species of *Nothofagus* (southern beech) are common here, and the Magellanic woodpeckers that typically inhabit them make for great bird watching. Rare mammals such as pumas, Darwin's fox and the miniature Chilean deer known as the pudú also live in the park. According to some, it's a prime location for UFO-spotting too.

The dirt road between Angol and Cañete runs through the park. Conaf maintains the park headquarters and information center at Pehuenco, roughly halfway between the two park entrances, which are sometimes staffed by rangers. The area enjoys warm, dry summers, but is usually snow-covered during winter.

🏃 Activities

Cerro Piedra del Águila　　　　　HIKING
The park's most popular hike is an easy 4.5km walk through araucaria forests to the 1379m granite outcrop of Cerro Piedra del Águila (literally 'Eagle Rock'), which has fabulous views from the Andes to the Pacific. To the southeast you can see the entire string of Andean volcanoes, from Antuco, east of Chillán, to Villarrica and Lanín, east of Pucón.

You can loop back to Pehuenco via the valley of the Estero Cabrería to the south: the trail starts beneath the west side of the outcrop and the whole hike takes about three hours. Alternatively, you can reach Piedra del Águila by walking 800m from the end of a shorter approach accessible by car.

Cerro Anay HIKING

This trail leads 5km north from Pehuenco to Cerro Anay, a 1450m hill with great views. It's an easy four-hour walk past wildflower beds and huge stands of araucarias.

🛌 Sleeping

Camping Pehuenco CAMPGROUND $
(www.conaf.cl/parques/parque-nacional-nahuel buta; 6-person campsites CH$14,000) Next to the park headquarters, 5.5km from the entrance on the Angol side of the park, there are 11 campsites in shady forest clearings with picnic tables plus basic bathrooms with flush toilets and cold showers.

❶ Getting There & Away

Several local bus lines, including **Buses Carrasco** (📞045-715-287) and **Buses Moncada** (📞045-714-090), depart Angol at 6:45am and 4pm for Vegas Blanca (CH$1700, 1½ hours), 7km from the eastern park entrance and 12.5km from the park headquarters at Pehuenco. Some lines go on Monday, Wednesday and Friday, others on alternate days. All leave from Angol's **Terminal de Buses Rurales**, and return from Vegas Blancas at around 9am and 6pm (confirm these times so you don't get stranded). In January and February the morning service usually continues to the park entrance. Motorists with low-clearance vehicles may find the steep and dusty road difficult in spots, and you need a 4WD and chains June through August.

Mountain bikers generally need to dismount and walk at least part of the way up; note that water is hard to find along the way. However, local buses to Vegas Blancas are generally happy to carry bikes, so cycling from there is an option.

ARCHIPIÉLAGO JUAN FERNÁNDEZ

Pirates, shipwrecks, political prisoners and (perhaps!) buried treasure all make cameo appearances in the Hollywood-worthy history of this remote chain of small volcanic islands 667km west of Valparaíso. This is the place where castaway Alexander Selkirk (inspiration for Daniel Defoe's *Robinson Crusoe*) whittled away lost years scampering after goats and scanning the horizon for ships. Once an anonymous waypoint for marauders, sealers and war ships, the archipelago was later declared both a national park and a Unesco Biosphere Reserve, with 62% of its flora found nowhere else on Earth.

There are three main volcanic islands in the chain. Robinson Crusoe, previously known as Más A Tierra, is the main tourist hub, while Alejandro Selkirk and Santa Clara islands are seldom visited. Small-scale sustainable tourism is the shared mantra, with hiking, diving and fishing the biggest draws.

History

In November 1574 Portuguese mariner Juan Fernández veered off course between Peru and Valparaíso and discovered these islands that now bear his name. Unlike Easter Island, there are no historical records of visits to the islands by either Polynesians or Native Americans. In following centuries the islands proved a popular stop-off for ships skirting around the Humboldt Current. Pirates sought refuge in the few bays – hunting feral goats and planting gardens to stock future visits – and traffic increased with sealers.

In the early 19th century, one island played a notorious role in Chile's independence struggle, as Spanish authorities exiled 300 criollo patriots to damp caves above San Juan Bautista after the disastrous Battle of Rancagua in 1814. The patriots in exile included Juan Egaña and Manuel de Salas, figures from the Chilean elite who would not quickly forget their cave-dwelling days.

Chile established a permanent settlement in 1877. For many years the island remained an escape-proof political prison for the newly independent country. During WWI it again played a memorable historic role, as the British naval vessels *Glasgow, Kent* and *Orama* confronted the German cruiser *Dresden* at Bahía Cumberland.

This Pacific outpost has made headlines in recent times for two major tragedies: first, the islands' infrastructure was badly damaged in the tsunami following the 2010 earthquake, prompting action from a charity foundation, Desafío Levantemos Chile (Together We Pick Up Chile), intent on rebuilding after the disaster. And in September 2011, a group of prominent Chilean TV journalists and crew from the morning program *Buenos Días a Todos* boarded a plane to the islands to film a segment on the reconstruction efforts. The plane crashed near Isla Robinson Crusoe, killing all 21 passengers, shocking the Chilean public and sending the islands into a further tailspin. The islands have since recovered, but the campaign to woo back travelers remains ongoing.

Isla Robinson Crusoe

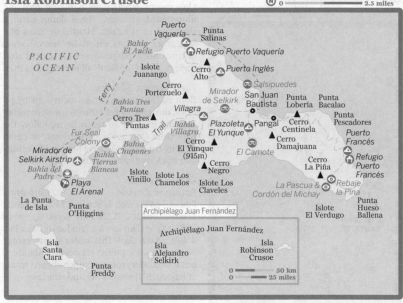

ℹ Getting There & Away

From Santiago, three airlines operate flights to Juan Fernández. There are usually daily flights between September and April, with fewer departures the rest of the year. The 2¼-hour flight takes six to 12 passengers and there is typically a 10kg weight restriction for luggage; note that climate is a major factor with flight schedules – foul weather on the island can provoke last-minute departure changes and cancellations.

Flights with **Aerocardal** (☎ 2-2377-7400; www.aerocardal.com) and **ATA** (☎ 2-2611-3670; www.aerolineasata.cl) depart from Santiago's International Airport, while **Lassa** (☎ 2-2322-3300; lassaisla@hotmail.com) operates out of Santiago's Aeródromo Tobalaba. Upon arrival at the island, passengers take a one-hour boat taxi (included in the airfare) to the pier of San Juan Bautista. Return flights require a minimum number of passengers to depart, so keep travel arrangements flexible enough to allow for an extra day or two on the island. Consult the airlines for prices, but count on paying upwards of CH$550,000 round-trip.

It is possible to reach Robinson Crusoe by sea from Valparaíso aboard the cargo ship **MN Antonio** (☎ 32-229-1336, cell 9-5858-4667; www.transmarko.cl; 1-way/return ticket CH$100,000/170,000), which makes the voyage twice each month. The crossing takes between 40 and 45 hours and the ship has capacity for just 12 passengers. *MN Antonio* typically stays

in the archipelago for two to five days before returning to the mainland, making it possible to do a round-trip journey of between seven and 10 days, leaving ample room for schedule changes.

San Juan Bautista

The sole inhabited town on Isla Robinson Crusoe, San Juan Bautista (St John the Baptist) is the proverbial sleepy fishing village, down to the lobster catchers in knitted caps, and dusty stores that run out of cheese and vegetables before the provision ship arrives. Doors here rarely have locks and islanders still greet every passerby with a warm hello.

Most of the town's lower half was completely rebuilt after the 2010 tsunami. The steep hills at its spine are strewn with lush gardens and modest cottages with paths leading into horse pastures and wooded hiking trails.

◎ Sights & Activities

Getting into the water around Robinson Crusoe is like slipping into a great abyss: this idiosyncratic ecosystem hosts world-class scuba diving. Moray eels, flounder, lobsters and enormous schools of yellowtail troll the clear waters, but the biggest attraction is the playful Juan Fernández fur seal *(Arctocephalus*

San Juan Bautista

San Juan Bautista

philippii). You can also swim, snorkel, kayak or SUP in Bahía Cumberland when the seas are calm.

Cuevas de los Patriotas CAVE
Up a short footpath from Baron de Rodt and illuminated at night, these damp caverns sheltered Juan Egaña, Manuel de Salas and 300 other patriots exiled for several years during Chile's independence movement after their defeat in the Battle of Rancagua in 1814.

Fuerte Santa Bárbara FORT
Built in 1749 to discourage incursions by pirates, these Spanish fortifications were reconstructed in 1974. To reach them, follow the path from Cuevas de los Patriotas, or climb directly from the plaza via Subida El Castillo. The track continues to Mirador de Selkirk.

**Centro Náutico
Robinson Crusoe** WATER SPORTS
(☑ cell 9-6493-6892; Av Von Rodt 345; 2hr wetsuit & snorkel rental CH$2000, 2hr kayak/SUP rental CH$3000; ⊙ 11am-1pm & 3-7pm Tue-Fri, 10am-1pm & 4-7pm Sat & Sun) This water-sports center was set up as a public service for islanders, but it also offers tourists super-cheap rentals of kayaks, SUPs, wetsuits and snorkels.

Daniel Paredes Gónzalez WALKING
(☑ cell 9-7140-5488; paredesgonzalezdaniel dagoberto@gmail.com; city tour for 2-4 people from CH$30,000) Surely one of the most unique tours in all of Chile. Daniel sings the history of the island while strumming his ukulele and ushering you through the town's most important sites. Songs are all in Spanish, though the tour can be conducted in limited English too.

Daniel can also arrange boat trips to as far away as Isla Alejandro Selkirk (a 12- to 14-hour overnight journey, CH$3,500,000) on his 15m boat.

⌂ Sleeping & Eating

Hostería Petit Breulh GUESTHOUSE **$$**
(☑ cell 9-9549-9033; petitrobinsoncrusoe@gmail. com; Vicente Gonzáalez 80; r per person CH$28,000, incl half board CH$38,000; 📶) Bedside minibars, dark leather, massage showers and cable TV make this a comfortable, if aging, spot to crash. Meals (CH$6500–CH$9000) are showstoppers – think ceviche with capers and zucchini stuffed with fresh fish and baked under bubbling cheese. Nonguests should make reservations.

Hostal Mirador de Selkirk GUESTHOUSE **$$**
(☑ 32-275-1028, cell 9-9550-5305; mfernandez iana@hotmail.com; Pasaje del Castillo 251; r per person incl breakfast CH$35,000; @) High on the hillside, this family home has six snug

SELKIRK: THE QUINTESSENTIAL CASTAWAY

Más a Tierra, today known as Isla Robinson Crusoe, was the long-time home of one of the world's most famous castaways (no, not Tom Hanks or his volleyball Wilson). After ongoing disputes with his captain over the seaworthiness of the privateer *Cinque Ports*, Scotsman Alexander Selkirk requested to be put ashore on the island in 1704. He would spend four years and four months marooned here before his rescue. Abandonment was tantamount to a death sentence for most castaways in this day, who soon starved or shot themselves, but Selkirk adapted to his new home and endured, despite his desperate isolation.

Although the Spaniards vigorously opposed privateers in their domains, their foresight made Selkirk's survival possible. Thanks to them, unlike many small islands, Más a Tierra had abundant game. Disdaining fish, Selkirk tracked feral goats (introduced by earlier sailors), devoured their meat and dressed himself in their skins. He crippled and tamed some of the goats for easier hunting. Sea lions, feral cats and rats – the latter two European introductions – were among his other companions. Selkirk would often climb to a lookout above Bahía Cumberland (Cumberland Bay) in hope of spotting a vessel on the horizon, but not until 1708 did his savior, Commander Woodes Rogers of the British privateers *Duke* and *Duchess*, arrive with famed privateer William Dampier as his pilot. Rogers recalled his first meeting with Selkirk when the ship's men returned from shore. He called him 'a man Cloth'd in Goat-Skins, who look'd wilder than the first Owners of them.'

After signing on with Rogers and returning to Scotland, Selkirk became a celebrity and the inspiration for a rag-tag army of reality shows, theme-park rides and great literature alike. Daniel Defoe's classic *Robinson Crusoe* is thought to be inspired by Selkirk. Other worthy reads include Captain Woodes Rogers' *A Cruising Voyage Round the World*, by Selkirk's rescuer; *Robinson Crusoe's Island* (1969) by Ralph Lee Woodward; and Nobel Prize winner JM Coetzee's revisionist novel *Foe* (1986).

Traditional biography was cast away when British writer Diane Souhami made a portrait of the man through the place. Her take, *Selkirk's Island,* won the 2001 Whitbread Biography Award. While in the archipelago researching, Souhami became intrigued with the way the island pared down modern life, leaving what was essential. Souhami noted how Selkirk's relationship to the island he once cursed changed postrescue. 'He started calling it "my beautiful island,"' said Souhami. 'It became the major relationship in his life.'

MIDDLE CHILE SAN JUAN BAUTISTA

rooms and a sprawling deck overlooking the bay (where you recover your breath from the hike up). Señora Julia serves up fantastic meals (from CH$6000). Foodies shouldn't miss her lobster empanadas or seafood *parol* (stew).

La Robinson Oceanic LODGE $$$
(☑ cell 9-7135-9974; www.lro.cl; Carrera Pinto 198; r per person incl breakfast CH$45,000) 🔗 Unique wood-hewn rooms (some with a kitchenette) surround a gorgeously landscaped garden with a hot tub and a deck overlooking the sea. Sports-fishing and scuba-diving trips are the big draws here, and guests often cook up their catch with the owners over a shared dinner.

Refugio Náutico BOUTIQUE HOTEL $$$
(☑ cell 9-7483-5014; www.islarobinsoncrusoe. cl; Carrera Pinto 280; s/d incl half board CH$98,000/186,000) This waterfront refuge has a hot tub, a kitchen and all the comforts of home. The bright terraced rooms are quite small for the price, but the communal living area is brimming with books, DVDs and music – perfect for a rainy day, or for your postmeal coma. The on-site Lord Anson Restaurant is the best on the island.

Kayak rentals, hiking and dive trips are available through the PADI-certified dive center, located by the pier. Credit cards are accepted.

Salvaje Sándalo Restobar & Hospedaje SEAFOOD $$
(☑ cell 9-6835-3272; www.facebook.com/salvaj iandola; Carrera Pinto 296; mains CH$7000-9000; ⊙ 4-10pm Wed, Thu & Sun, to midnight Fri & Sat) This friendly seafront restobar offers pizza, ceviche, empanadas and more. Locals come here for the good tunes and long list of cocktails – everything from negronis to mojitos and creative pisco sours. There's a spacious guest room above the restaurant with huge windows to take in the sea breeze (s/d incl breakfast CH$30,000/50,000).

ℹ️ Information

Wi-fi is virtually nonexistent on the island, though you can usually find it at the Casa de la Cultura near Conaf's administrative headquarters.

There are no banks or money changers on Isla Robinson Crusoe, so bring pesos, preferably in small bills. Some businesses take US dollars or euros, albeit at poor rates. Credit cards are rarely accepted outside of higher-end guesthouses.

ℹ️ Getting There & Away

There are two ways to get to San Juan Bautista from the airport on the far side of Isla Robinson Crusoe. Most people take the one-hour boat taxi (included in the price of your plane ticket), but you can also send your luggage on the boat and arrange for a trekking guide to meet you at the airstrip (CH$45,000 for up to five people). It's a 19km hike from the airstrip to San Juan Bautista, traversing spectacular island scenery.

Parque Nacional Archipielago Juan Fernandez

This **national park** (☎ cell 9-9542-1209; www.conaf.cl/parques/parque-nacional-archipielago-de-juan-fernandez; 7-day park pass adult/child CH$5000/2500) covers the entire archipelago, a total of 93 sq km, though the township of San Juan Bautista and the airstrip are de facto exclusions. In an effort to control access to the most fragile areas of the park, Conaf requires many of the longer hikes to be organized and led by local registered guides. A list of guides is posted at the kiosk near the plaza, where you should register before taking any self-guided hike. Day hikes for a group of five people cost CH$25,000 to CH$50,000. Still, a number of areas are accessible without guides. Another way to see the park is by boat. Local tour operators can arrange trips to see fur-seal colonies.

🏃 Activities

Mirador de Selkirk   HIKING

Perhaps the most rewarding and stunning hike on the island is to Selkirk's mirador above San Juan Bautista, where he would look for ships appearing on the horizon. The 3km walk, gaining 565m in elevation, takes but 1½ hours of steady walking but rewards the climber with views of both sides of the island.

As you walk up, look for the signpost marking a path to the supposed ruins of Selkirk's hut.

Villagra to La Punta de Isla   HIKING

Beyond Selkirk's overlook, the trail continues on the south side, taking one hour to reach Villagra (4.8km), where there are campsites. From here the wide trail skirts the southern cliffs to La Punta de Isla (13km; approximately four hours) and the airstrip. En route is Bahía Tierras Blancas, the island's main breeding colony of Juan Fernández fur seals. This reasonably challenging hike takes in a significant part of the island and is an excellent way to enjoy its serenity. From Villagra guided hikes go to the base of Cerro El Yunque and Cerro Negro (3.5km), where there are natural swimming holes.

Plazoleta El Yunque   HIKING

Plazoleta El Yunque is a tranquil forest clearing with bathrooms, water, and picnic and camping areas at the base of the 915m-high Cerro El Yunque (The Anvil). You'll pass the crumbled foundation of the home of a German survivor of the *Dresden* who once homesteaded here.

An elevated walking path runs from here into a preserved patch of native forest. This is one of the best spots for viewing the Juan Fernández hummingbird.

Puerto Francés   HIKING

Puerto Francés on the island's eastern shore was a haven for French privateers, whose presence motivated Spain to erect a series of fortifications in 1779, the ruins of which are all but gone. From Cerro Centinela, a 6.4km trail reaches the port where there are five campsites, a *refugio* (only available in poor weather), running water and a bathroom.

Puerto Inglés   HIKING

Take a boat taxi to the stone beach at Puerto Vaquería (a great spot for birders) and hike with a guide to Puerto Inglés to learn about the 'hidden treasure' that American millionaire Bernard Keiser has been searching for in a cave here over the past 20 years.

Salsipuedes   HIKING

At the top of La Pólvora, a trail zigzags through eucalyptus groves, then endemic ferns, then thickets of *murtilla* to reach the ridge Salsipuedes, which translates to 'Leave if You Can.'

Centinela   HIKING

Cerro Centinela (362m) holds the ruins of the first radio station on the island, which was established in 1909. The 3km hike is accessed from Pangal.

Norte Grande

Best Places to Eat

➜ Santorini (p172)

➜ Baltinache (p153)

➜ El Wagón (p172)

➜ Los Aleros de 21 (p182)

➜ Tio Jacinto (p166)

Best Places to Stay

➜ Terrace Lodge & Cafe (p187)

➜ Pampa Hotel (p171)

➜ Hostal Quinta Adela (p150)

➜ Hotel Aruma (p181)

➜ Pachamama Hostel (p187)

Why Go?

Dust devils zoom wantonly through sun-scorched Norte Grande with its undulating curves of rock and stone, Andean lagoons, snowcapped volcanoes, salt flats and sensuously perforated coastline. Famous as much for its hilltop observatories as its massive copper mines, those vast, uninhabited spaces touch the soul and the imagination. Norte Grande's star attraction is the tiny adobe village of San Pedro de Atacama, just a day trip away from the world's highest geyser field and some astounding desert formations.

But there's more to Norte Grande than San Pedro. Go for lung-bursting, jaw-dropping adventure near the mountain village of Putre in the high-altitude reserve of Parque Nacional Lauca or further afield to Monumento Natural Salar de Surire. Spend a week sunning yourself on the beaches outlying Iquique and Arica, or make your own adventure in the lost ghost towns and hard-sprung mining centers that make this region unique.

When to Go
Iquique

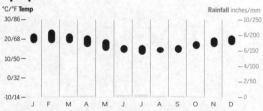

Jan–Feb Vacationers hit the coast and some highland spots become impossible to reach.

Sep–Oct The altiplano has solid weather and European summer visitors have gone home.

Jul–Aug Best for highland destinations (though it gets bitterly cold at night) and for hard-core surfing.

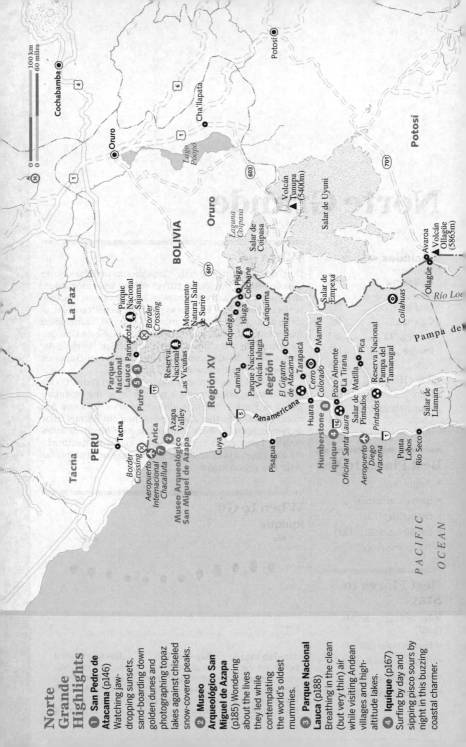

Norte Grande Highlights

1 San Pedro de Atacama (p146) Watching jaw-dropping sunsets, sand-boarding down golden dunes and photographing topaz lakes against chiseled snow-covered peaks.

2 Museo Arqueológico San Miguel de Azapa (p185) Wondering about the lives they led while contemplating the world's oldest mummies.

3 Parque Nacional Lauca (p188) Breathing in the clean (but very thin) air while visiting Andean villages and high-altitude lakes.

4 Iquique (p167) Surfing by day and sipping pisco sours by night in this buzzing coastal charmer.

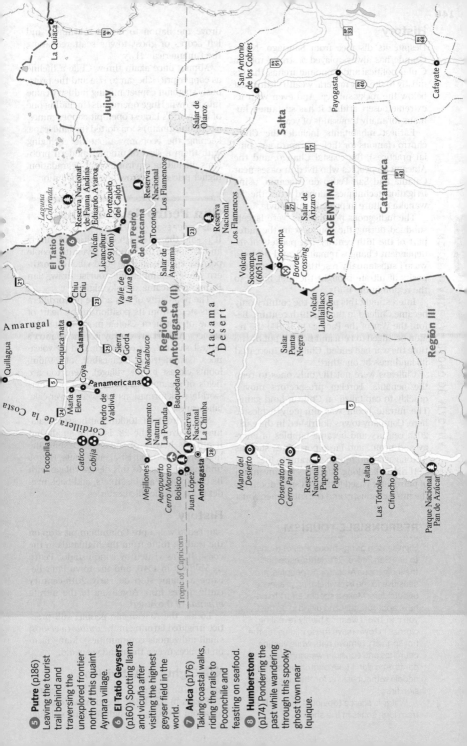

La Quiaca

Jujuy

San Antonio
de los Cobres

Salar de
Olaroz

Salta

Payogasta

Cafayate

Laguna
Colorada

Reserva Nacional
de Fauna Andina
Eduardo Avaroa

Reserva
Nacional
Los Flamencos

Portezuelo
del Cajón

6 El Tatio
Geysers

Volcán
Licancábur
(5916m)

Toconao

San Pedro
de Atacama

1

Reserva
Nacional
Los Flamencos

ARGENTINA

Catamarca

Salar de
Arizaro

Chiu
Chiu

Valle de
la Luna

Salar de
Atacama

Socompa

Border
Crossing

Calama

Quillagua

Amarugal

Chuquicamata

Sierra
Gorda

**Región de
Antofagasta (II)**

Volcán
Socompa
(6051m)

Coya

María
Elena

Pedro de
Valdivia

Panamericana

Oficina
Chacabuco

Baquedano

Atacama Desert

Volcán
Llullaillaco
(6720m)

Región III

Tocopilla

Cordillera de la Costa

Monumento
Natural
La Portada

Reserva
Nacional
La Chimba

Salar
Punta
Negra

Gatico

Cobija

Mejillones

Aeropuerto
Cerro Moreno

Bolsico

Juan López

Antofagasta

Mano del
Desierto

Observatorio
Cerro Paranal

Reserva
Nacional
Paposo

Paposo

Taltal

Las Tortolas

Cifuncho

Parque Nacional
Pan de Azúcar

Tropic of Capricorn

5 Putre (p186)
Leaving the tourist
trail behind and
traversing the
unexplored frontier
north of this quaint
Aymara village.

6 El Tatio Geysers
(p160) Spotting llama
and vicuña after
visiting the highest
geyser field in the
world.

7 Arica (p176)
Taking coastal walks,
riding the rails to
Poconchile and
feasting on seafood.

8 Humberstone
(p174) Pondering the
past while wandering
through this spooky
ghost town near
Iquique.

History

Despite its distance from Santiago, Norte Grande has always played a strong role in Chile's political and economic arenas, thanks mostly to the vast mineral wealth sitting just below the rocky surface. And even with its extreme desert aridity, it has sustained humans for many thousands of years.

Earliest inhabitants include the Chinchorro (famous for their extraordinary burial practices), the coastal Chango, and the Atacameño peoples who lived in oases near Calama and San Pedro de Atacama, using irrigation techniques adopted from the Tiwanaku culture in present-day Bolivia.

The indigenous populations were largely subdued during the conquest in the latter part of the 16th century, but pockets of independent Changos remained, and the area wasn't substantially resettled until large deposits of nitrate brought the first boom to the region in the 1810s.

Interestingly, this part of the country only became Chilean in the late 19th century. Before the War of the Pacific (1879–84) the region belonged to Peru and Bolivia, but by the time the war had ended, Chile had increased its landmass by one-third.

Chileans were not the only ones to reap the benefits. Foreign prospectors moved quickly to capitalize on Chilean land gains. The nitrate boom was uniquely explosive here. Company towns flourished in the early 20th century and became bubbles of energy and profit, and large port cities such as Antofagasta and Iquique sprang to life.

It didn't last long, though – the invention of petroleum-based fertilizers spelt doom for the nitrate industry and the subsequent bust drove the nation to near bankruptcy, and left scores of ghost towns scattered along the Panamerican Hwy.

Mining once again threw Chile a lifeline as copper prices began to rise and the previously stagnant copper-mining industry came into its own. Huge operations (including one of the world's largest open-pit copper mines, at Chuquicamata) soon dotted the landscape, keeping the economy afloat but bringing with them a slew of unique, modern problems, including environmental degradation, higher prices, overcrowding and pollution.

San Pedro de Atacama

♪ 055 / POP 5600 / ELEV 2438M

It is said that the high quantities of quartz and copper in the region gives its people positive energy, and the good vibes of northern Chile's number-one tourist draw, San Pedro de Atacama, are sky high.

The popularity of this adobe precordillera oasis stems from its position in the heart of some of northern Chile's most spectacular scenery. A short drive away lies the country's largest salt flat, its edges crinkled by volcanoes (symmetrical Licancábur, at 5916m, looms closest to the village). Here too are fields of steaming geysers, a host of otherworldly rock formations and weird layer-cake landscapes.

San Pedro itself, 106km southeast of Calama via paved Chile 23, is quite small, but it attracts hordes of travelers. Despite the high prices and tourist-agency touts, there's undeniable allure to this desert village with its picturesque adobe streets, laid-back residents and music-filled eateries.

History

San Pedro was a pre-Columbian pit stop on the trading route from the highlands to the coast. It was visited by conquistador Pedro de Valdivia in 1540, and the town later became a major stop on early 20th-century cattle drives from Argentina to the nitrate *oficinas* of the desert.

Locals, the Atacameño people, still practice irrigated farming in the *ayllus* (a-*ee*-oos; small indigenous communities). Many farm on terraces over a thousand years old.

◉ Sights & Activities

Iglesia San Pedro CHURCH
(Le Paige s/n) FREE The recently restored Iglesia San Pedro is a delightful little colonial

church built with indigenous or artisanal materials: chunky adobe walls and roof, a ceiling made from *cardón* (cactus wood) resembling shriveled tire tracks and, in lieu of nails, hefty leather straps. The church dates from the 17th century, though its present walls were built in 1745, and the bell tower was added in 1890.

Trekking & Biking

Around San Pedro rise immense volcanoes, a few of them active, and begging to be climbed. If climbing isn't your cup of tea, consider a more active trekking or biking trip to the usual suspects in the area, such as Valle de la Luna. Bikes are available for rent at several agencies and hotels around town, for about CH$6000 per day; try **Km O** (Caracoles 282B; half-/full day CH$3500/6000; ⊙9am-9pm).

Vulcano Expediciones ADVENTURE
(☑55-285-1023; www.vulcanochile.com; Caracoles 317; 10am-8pm) Runs treks to volcanoes and mountains, including day climbs to Sairecabur (5971m, CH$110,000), Láscar (5592m, CH$85,000) and Tocco (5604m, CH$670,000). Two-day climbs take in Llcancábur (CH$250,000) and other mountains. It can also hook you up with motorbike tours offered by On Safari (p149).

CosmoAndino Expediciones TOURS
(☑55-285-1069; www.cosmoandino.cl; Caracoles 259; ⊙9am-9:30pm) This well-established operation specializes in trekking excursions to nearby highlights; expect to pay more than for a standard tour but you'll also get more 'quality time in the Atacama,' as its motto claims.

Azimut 360 ADVENTURE
(☑in Santiago 2-235-3085; www.azimut360.com) Although it doesn't have an office in town, Santiago-based Azimut 360 still has its experts on the ground and remains one of the top choices for climbing and trekking tours. For information and bookings, call the office in Santiago.

Sand-Boarding

Jumping on a sand-board and sliding down enormous sand dunes is the most popular of the adrenaline-pumping activities around San Pedro. This happens in Valle de la Muerte, where 150m-high dunes make perfect terrain.

A number of outfits lead sand-boarding tours, including **Sandboard San Pedro** (☑55-285-1062; www.sandboardsanpedro.com;

Caracoles 362-H) and **Altitud Aventura** (☑cell 9-7387-5602; Toconao 441; ⊙10am-9pm).

 Tours

A bewildering array of tours is on offer. Unfortunately, the quality of some tours has become somewhat lax, and travelers complain of operators who cancel abruptly or run unsafe vehicles. Tour leaders are often merely drivers rather than trained guides. Agencies often contract out to independent drivers, many of whom work for different companies, so the quality of your driver – or guide, for that matter – can depend on the luck of the draw. That said, don't unfairly dismiss local Spanish-speaking drivers. Many are very courteous and knowledgeable, and can provide a valuable insider's viewpoint.

You may find that the agency you paid is not the same agency that picks you up. Some agencies offer tours in English, German or Dutch, but these tours may require advance notice or extra payment. Competition keeps prices down, and operators come and go.

The tourist information office has a helpful, entertaining and occasionally terrifying book of complaints on various tour agencies; the problem is that nearly every agency is featured and, by the time you read about unlicensed or drunken drivers over the passes to Bolivia, you may decide to do nothing but write postcards from the safety of your hostel, which would be a tragic mistake in such a beautiful area. Nevertheless, when choosing an operator, ask lots of questions, talk to other travelers, trust your judgment and try to be flexible. Don't sign up for tours on the street – any decent tour operator will have an office, and smooth-talking scammers have been known to prey on unwary travelers.

At last count, there were over 50 tour agencies in town, so shopping around is an option you may wish to explore.

Standard Tours

The following destinations are featured in the most popular tours offered by agencies around San Pedro. Most tour operators charge roughly the same for these trips so keep the following benchmark prices in mind when shopping around. Note that entrance fees are not included in tour prices.

Valle de la Luna Leaves San Pedro midafternoon to catch the sunset over the valley, returning early evening. Includes visits to Valle de la Luna, Valle de la Muerte and Tres Marías (CH$16,000, entrance fee CH$10,000).

San Pedro de Atacama

Geysers del Tatio This hugely popular tour leaves San Pedro at 4am or 5am in order to see the surreal sight of the geysers at sunrise, returning between noon and 1pm. Most tours include thermal baths and breakfast (CH$25,000, entrance fee CH$10,000).

Piedras Rojas and Lagunas Leaves San Pedro between 7am and 8am to see flamingos at Laguna Chaxa in the Salar de Atacama, then moves on to the town of Socaire, Lagunas Miñiques and Miscanti, followed by a visit to the photogenic rock formations of Piedras Rojas. Return between 4pm and 7pm (CH$45,000, entrance fee CH$5500).

Tulor and Pukará de Quitor Half-day archaeological tours take in this pair of pre-Columbian ruins. Departures between 8am and 9am, returning between 1pm and 3pm (around CH$15,000, entrance fees CH$6,000).

Tours 4 Tips WALKING
(www.tours4tips.com; Plaza de Armas; ☉tours 10am & 3pm) For a deeper understanding of San Pedro, take an edifying stroll with this friendly outfit. On two-hour walks around the village and its outskirts, enthusiastic guides relate fascinating episodes from San Pedro's past, touching on indigenous beliefs and symbols, desert plants and hallucinogens, and even a bit of celestial mythology. Tours are offered in Spanish and English.

Una Noche con las Estrellas OUTDOORS
(☎cell 9-5272-2201; www.unanocheconlasestrellas. cl; Calama 440; astronomy tour CH$20,000; ☉10am-11pm) This recommended outfit takes you to a light-free spot 6km outside town for a memorable stargazing experience, available in English or Spanish. You'll get a brief 'class' covering astronomical phenomena, then have the chance to peer through five telescopes aimed at different features. Snacks and drinks included.

San Pedro de Atacama

Tours depart at 9pm and 11pm (8pm and 10:30pm in winter).

Cordillera Traveler TOURS
(☑ 55-320-5028; www.cordilleratraveller.com; Tocopilla 429-B; ⊘ 9am-9pm) This small family-run outfit gets the best feedback from travelers regarding touring to Uyuni, Bolivia.

**San Pedro de Atacama
Celestial Explorations** OUTDOORS
(☑ 55-256-6278; www.spaceobs.com; Caracoles 166; 2½hr tours CH$25,000; ⊘ 11am-9pm Dec-Mar, to 7pm Apr-Nov) Take a Tour of the Night Sky from San Pedro with **Servicios Astronómicos Maury y Compañía**. French astronomer Alain Maury ferries travelers into the desert, far from intrusive light contamination, where they can enjoy the stars in all their glory. He owns several chunky telescopes through which visitors can gawk at galaxies, nebulae, planets and more. Shooting stars are guaranteed.

Reserve well ahead. Tours leave twice nightly, and they alternate between Spanish, English and French. Bring very warm clothes.

ALMA Visitor Center TOURS
(☑ in Santiago 2-467-6416; www.almaobservatory. org; Hwy 23, Km121; free with online registration) **FREE** Located 55km southeast of San Pedro, the Atacama Large Millimeter/submillimeter Array (ALMA) consists of 66 antennae, most with a diameter of around 12m. This field of interstellar 'ears' simulates a telescope an astonishing 16km in diameter, making it possible to pick up objects in space up to 100 times fainter than those previously detected.

Contact the ALMA Visitor Center to visit. It's free but guest numbers are limited; register online. A free shuttle from Tumisa near Ave Pedro de Valdivia provides transportation to the facility, leaving at 9am and returning at 1pm.

Apacheta OUTDOORS
(www.apacheta.travel; Plaza de Armas; astronomy tour CH$20,000; ⊘ 10:30am-2:30pm & 5-8:30pm) Facing the Plaza de Armas, this outfit generally receives positive reviews for its scientifically minded astronomy tours, though Apacheta doesn't go as far out of town as some other outfits.

On Safari MOTORBIKE TOURS
(☑ cell 9-7215-3254; www.onsafariatacama.com; 4hr motorbike tour CH$135,000) Offers motorbike, all-terrain-vehicle (ATV), 4WD, mountain-biking and mountaineering tours in the Atacama region and further afield. Other offerings include tours with an emphasis on photography, bird-watching or astronomy.

Rancho La Herradura
HORSEBACK RIDING

(☑55-285-1956; www.atacamahorseadventure.com; Tocopilla 406; ⏰9am-8pm) Sightseeing from the saddle is available from several places, including Rancho La Herradura. Tours vary from two hours for CH$20,000 to epic 10-day treks with camping in the desert. English-, German- and French-speaking guides are available.

Desert Adventure
TOURS

(☑cell 9-9779-7211; www.desertadventure.cl; cnr Caracoles & Tocopilla; ⏰9:30am-9pm) Has the full spectrum of tours and bilingual guides. Unique offerings include an ethnocultural 'Ancestral Caravan' tour that features two hours of llama trekking along routes used by Atacameños in centuries past (CH$25,000).

Terra Extreme
TOURS

(☑55-285-1274; www.terraextreme.cl; Toconao s/n; ⏰9am-9pm) ✒ Offers the full range of standard tours using a well-maintained fleet of its own vehicles.

Less Common Tours

Some nonstandard tours available in San Pedro include a full-day excursion to the Tatio geysers in the morning, continuing to the pueblos of Caspana and Chiu Chiu, and then the Pukará de Lasana, finishing in Calama (a good tour to do before your flight the next day), or returning to San Pedro.

A few other tours are becoming increasingly popular, such as jaunts to Laguna Cejar and Ojos de Salar (you can swim in both, and in Cejar you can float just like in the Dead Sea), to Valle del Arcoiris with its rainbowlike multicolored rock formations and Salar de Tara. The last is one of the most spectacular, if back-breaking, trips from San Pedro, which involves a round-trip journey of 200km, to altitudes of 4300m.

Note that these tours don't leave regularly and have a higher price tag than the best-sellers in the area.

✵ Festivals & Events

Carnaval
CARNIVAL

(⏰Feb or Mar) Expect costumed dancers and parades.

Fiesta de Nuestra Señora de la Candelaria
RELIGIOUS

(⏰Feb) In early February San Pedro celebrates with religious dances.

Fiesta de San Pedro y San Pablo
RELIGIOUS

(⏰Jun 29) Locals celebrate with folk dancing, Mass, a procession of statues, a rodeo and modern dancing that gets rowdy by midnight.

🛏 Sleeping

Hostal Pangea
HOSTEL $

(☑55-320-5080; www.hostalpangea.cl; Le Paige 202; dm/d CH$13,000/43,000; 🖃) Pangea is a traveler favorite for its excellent central location, friendly staff and budget-friendly prices. The spacious and colorfully decorated patio is a great place to meet other travelers. It can be noisy at night, and it's definitely more a place to socialize than relax.

Hostal Sonchek
HOSTEL $

(☑55-285-1112; www.hostalsonchek.cl; cnr Paige & Calama; dm CH$12,000, d CH$44,000, s/d without bathroom CH$16,000/27,000; 🖃) Thatched roofs and adobe walls characterize the rooms at this lovely, good-value hostel. It's centered on a small courtyard, and there's a shared kitchen, luggage storage and a garden out back with table tennis and a few tables. The common bathrooms with solar-heated showers are kept quite clean.

Hostal Edén Atacameño
HOSTEL $

(☑55-259-0819; http://edenatacameno.cl; Toconao 592; s/d incl breakfast CH$25,000/40,000, without bathroom or breakfast CH$12,000/24,000; Ⓟ@🖃) This laid-back hostel has rooms around a couple of sociable, hammock-strung patios with plentiful seating. Guests can use the kitchen, and there's laundry service and luggage storage. The shared bathrooms are clean.

Hostelling International
HOSTEL $

(☑55-256-4683; hostelsanpedro@hotmail.com; Caracoles 360; dm/d CH$12,000/45,000, d/tr/q without bathroom CH$30,000/38,000/45,000; 🖃) This convivial spot offers dorms – with some bunks nearly 3m up – and a few doubles around a small patio. It has a shared kitchen and lockers, and staff will book tours. HI members get a CH$2000 discount.

★ Hostal Quinta Adela
B&B $$

(☑55-285-1272; www.quintaadela.com; Toconao 624; r from CH$73,000; @🖃) This friendly family-run place, just a quick walk from town, has seven character-filled rooms (each with its own individual style) and a shady terrace and is situated alongside a sprawling orchard with hammocks. There's luggage storage and the hostel is flexible with check-in and checkout.

Hostal Puritama
GUESTHOUSE $$

(☑55-285-1540; www.hostalpuritama.cl; Caracoles 113; s/d CH$38,000/48,000, without bathroom CH$20,000/34,000; 🖃) Right on San Pedro's main drag, Puritama has tidy, simply furnished rooms, though some are a touch on the small side. Plastic tables are set in the shaded garden, where you can take in a bit of birdsong.

Hotel Loma Sanchez HOTEL $$

(☑cell 9-9277-7478; www.lomasanchez.cl; Caracoles 259-A; d/tr CH$55,000/75,000, s/d without bathroom from CH$25,000/30,000; ☎) Sitting right in the middle of the Caracoles strip, Loma Sanchez has a backyard full of small yurts with adobe walls and thatch roofs that make for an atmospheric (if somewhat chilly) stay. The guesthouse also has more traditional rooms, with pleasing touches like wooden floorboards and local weavings for decorations.

Takha Takha
Hotel & Camping HOTEL, CAMPGROUND $$

(☑55-285-1038; www.takhatakha.cl; Caracoles 101-A; campsites per person CH$13,000, s/d CH$54,000/62,000, without bathroom CH$21,000/41,000; ☎⊠) A popular catch-all outfit with decent campsites, plain budget rooms and spotless midrange accommodations set around a sprawling flowery garden with a swimming pool. A great location and friendly service add to the value.

Hotel Don Sebastián HOTEL $$

(☑cell 9-7966-9943; www.donsebastian.cl; Domingo Atienza 140; s/d CH$70,000/90,000, cabins CH$100,000-110,000; P@☎) Solid midrange option a hop and a skip from town, with well-appointed heated rooms and a handful of cabins with kitchenettes. There are nice shared areas, but it can get busy with tour groups.

Hostal Lickana HOSTEL $$

(☑55-256-6370; www.lickanahostal.cl; Caracoles 140; s/d CH$49,000/65,000; P☎) Just off the main drag, this low-slung hotel has superclean rooms with big closets, colorful bedspreads and straw-covered front patios. What it lacks is the common-area ambience of other hostels.

Katarpe Hostal HOTEL $$

(☑55-285-1033; Domingo Atienza 441; s/d CH$55,000/67,000; P☎) A great location just off Caracoles, a range of reasonably sized rooms, crisp sheets and decent beds make this a good if unexciting choice. Rooms are arranged around a couple of patios, one featuring long wooden tables. There's a laundry service too, and the staff are accommodating.

Hotel Kimal BOUTIQUE HOTEL $$$

(☑55-285-1030; Atienza; s/d CH$121,000/135,000, cabins s/d from CH$111,000/124,000; ☎⊠) A high-end option a short stroll south of the main street, Kimal has lovely rooms with adobe walls, wooden floors, modern bathrooms and all the extras (minifridge, room service), plus attractive grounds with a pool. You can arrange massages, take a Hatha yoga class or book an excursion.

Also rents freestanding cabins set in an overgrown garden across the street.

Atacama Awasi HOTEL $$$

(☑cell 9-7659-1320; www.awasiatacama.com; Tocopilla 4; s/d all-inclusive per night from US$675/1350; P⊠) A kilometer or so south of town, the Awasi is one of the finer upscale choices in the area. Rooms are gorgeously decorated using mostly local materials (even the bath salts are locally sourced) in a rustic-chic design. There's a great on-site restaurant, a sweet little pool area and perks include a personal guide/driver for each guest.

Tierra Atacama Hotel & Spa HOTEL $$$

(☑55-255-5977; www.tierrahotels.com; Sequitor s/n; s/d all-inclusive 2 nights US$2000/3100; P@☎⊠) All the luxe perks paired with heaps of style await those who stay at this resort-style hideaway 1.5km south of Caracoles. Stone-floored rooms showcase an organic minimalist look, outdoor showers and terraces that sport wow vistas of Licancábur. There's a spa and a restaurant. The all-inclusive rate includes food, drinks and tours.

Hotel Terrantai HOTEL $$$

(☑55-285-1045; www.terrantai.com; Tocopilla 411; d CH$155,000-190,000; P☎⊠) This is arguably the most intimate and central of San Pedro's upscale hotels. The key is in the architecture: high, narrow passageways made from smooth rocks from the Río Loa lead guests to the elegant rooms with Andean textiles and ceiling fans. Slightly pricier superior rooms have more space and light and nicer views. There's a bamboo-shaded sculpture garden out back as well as a dip pool and a bar.

✖ Eating

Franchuteria BAKERY $

(Le Paige 527; croissants CH$1100-2500; ⊙7am-8:30pm) About 500m east of the plaza is San Pedro's best bakery. Run by a talented young Frenchman, Franchuteria has beautifully baked goods, including perfect baguettes with unique ingredients like Roquefort cheese and fig, or goat's cheese and oregano, and buttery-rich croissants – also available with unique fillings like *manjar* (dulce de leche).

Enjoy your goodies with an espresso in the garden-like seating area in front.

Babalú
ICE CREAM $

(Caracoles 140; ice creams CH$1900-3900; ☉10am-10pm) One of several ice-cream shops on the main street, Babalú serves up rich flavors you won't find at home. Try ice creams made from desert fruits like *chañar* or *algarrobo*, sample pisco sour, *hoja de coca* (coca leaf) and delightful surprises such as quinoa. You can't go wrong!

Tchiuchi
CHICKEN $

(Toconao 424; mains CH$3200-6000; ☉noon-4pm & 5-11pm Thu-Tue) If San Pedro's high prices have you down, pay a visit to this no-nonsense rotisserie-chicken joint. A quarter of a chicken with fries will set you back only CH$3200. Get it to go and make a picnic out of it.

Cafe Peregrino
CAFETERIA $

(Gustavo Le Paige 348; mains CH$3500-6000; ☉9am-9pm; 🛜🖊) Overlooking the plaza, this well-placed cafe has a few shaded tables strategically placed for people-watching. Foodwise, you'll find pizzas, quesadillas, sandwiches, pancakes (for breakfast) and nice cakes and pastries. And, yes, real espressos and cappuccinos!

Salon de Te O2
CAFE $

(Caracoles 295; mains around CH$3000-6000; ☉7am-11pm Mon-Sat, 8am-11pm Sun; 🛜) Early-morning breakfasts, great quiches, juicy meat sandwiches and lovely tarts are the highlights of this colorful cafe run by a French-Chilean couple. You can while away the afternoon on the shady back patio.

Tahira
CHILEAN $

(Tocopilla 372; CH$4500-9000; ☉noon-11pm) A down-to-earth cafe where the locals outnumber the gringos, Tahira serves up no-frills mainstays that are satisfying, and barbecues on weekends.

La Casona
CHILEAN $$

(☑55-285-1337; Caracoles 195; mains CH$9000-14,000; ☉noon-midnight Wed-Mon; 🛜) A dining room with high ceilings, dark wood paneling and an adobe fireplace in the middle, classic La Casona serves up sizzling *parrilladas* (mix of grilled meats) and Chilean staples such as *pastel de choclo* (maize casserole). There's a long list of Chilean wines and a small patio for alfresco lunches.

Las Delicias de Carmen
CHILEAN $$

(Calama 370; lunch specials CH$4000-7000; mains CH$8000-14,000; ☉8:30am-10:30pm; 🛜🖊) Great breakfasts, delicious cakes and empanadas, brick-oven pizzas (choose your own toppings) and different dishes daily are churned out at this light-flooded restaurant with leafy views. Daily specials – such as *cazuela* (stew) or carrot-ginger soup – and a filling *menú del dia* (three-course lunch) always bring in the crowds.

Todo Natural
INTERNATIONAL $$

(www.tierratodonatural.cl; Caracoles 271; mains CH$8000-12,800; ☉noon-11pm; 🛜🖊) Local ingredients like quinoa, plus Asian influences, whole-wheat sandwiches, good salads and other healthy offerings fill out the lengthy menu here. The service is erratic but the food decent, and there are vegetarian choices.

La Plaza
INTERNATIONAL $$

(Plaza de Armas; mains CH$5000-10,000; ☉8am-9pm) The food can be hit or miss, but this place has one of the loveliest settings in town, with umbrella-shaded tables facing the greenery of the plaza.

El Toconar
INTERNATIONAL $$

(cnr Toconao & Caracoles; mains CH$5000-12,000; ☉noon-1am) El Toconar has one of the best garden setups in town, complete with bonfires for those chilly desert nights. Also on offer is a wide menu and a superb selection of cocktails (including pisco sours infused with desert herbs).

El Churruá
PIZZA $$

(Tocopillo 442; mains CH$6000-11,000; ☉noon-11pm) The best thin-crust pizzas in town are at this unassuming little place just off the main drag. There are only a few tables, but it's worth the wait. No alcohol on the menu.

Blanco
INTERNATIONAL $$

(☑55-285-1301; Caracoles 195B; mains CH$8500-11,000; ☉7am-midnight Wed-Mon; 🛜) The hippest eatery in town, this all-white adobe-clad restaurant has artful bamboo lampshades, a terrace with a fireplace out back, a good range of dishes and a buzzy vibe. Favorites include seafood risotto, Mediterranean-style salad and pizzas.

Ckunna
INTERNATIONAL $$

(☑55-298-0093; www.ckunna.cl; Tocopilla 359; mains CH$9000-13,800; ☉noon-3pm & 7-11:30pm; 🛜) Come for the homemade pastas and the fusion of altiplano and Mediterranean fare served inside an old school building a stroll

WORTH A TRIP

EXCURSION TO UYUNI, BOLIVIA

Colorful altiplano lakes, weird rock playgrounds worthy of Salvador Dalí, flamingos, volcanoes and, most famously of all, the blindingly white salt flat of Uyuni: these are some of the rewards for taking an excursion into Bolivia northeast of San Pedro de Atacama. However, be warned that this is no cozy ride in the country, and for every five travelers that gush about Uyuni being a highlight of their trip, there's another declaring it a waking nightmare.

The standard trips take three days, crossing the Bolivian border at Hito Cajón, passing Laguna Colorada and continuing to the Salar de Uyuni before ending in the town of Uyuni. The going rate of around CH$115,000 includes transportation in crowded 4WD jeeps, basic and often teeth-chatteringly cold accommodations, plus food; an extra CH$15,000 to CH$25,000 will get you back to San Pedro on the fourth day (some tour operators drive through the third night). Bring drinks and snacks, warm clothes and a sleeping bag. Travelers clear Chilean immigration at San Pedro and Bolivian immigration on arrival at Uyuni. Certain nationalities (including US citizens) require visas (US$160) to visit, so be prepared. Note that entrance fees to Bolivian parks are not included, and cost approximately CH$20,000.

None of the agencies offering this trip get consistently glowing reports. Cordillera Traveler (p149) generally gets positive feedback from travelers.

from the main strip. There's a welcoming bar and a terrace with a bonfire out back.

★ **Baltinache** CHILEAN $$$
(☑ cell 9-3191-4225; Atienza; 3-course menu CH$15,000; ◷ 1-4pm & 7:30-10pm) A short walk south from busy Caracoles, Baltinache has some of San Pedro's best cuisine. Thick adobe walls hung with geoglyph-inspired artwork and flickering candles set the scene at this elegantly understated gem. The menu changes by night and features high-quality local products like river trout, vegetable soup with grated goat's cheese, rabbit and desserts made from desert fruits. Reserve ahead.

Adobe INTERNATIONAL $$$
(☑ 55-285-1132; Caracoles 211; mains CH$11,000-14,000; ◷ 11am-1am; 🛜) Popular with travelers for its studied rusticity, rock-art decor, bench-like seating and smoky fire in the alfresco dining room. Adobe serves tasty but pricey dishes such as mushroom quinoa risotto or lamb with tabouli and hummus; it's also a good spot for a drink.

 Drinking & Nightlife

San Pedro welcomes tourism but not latenight revelers. There's only one bar and no alcohol is sold after 1am. Nights are cut short by travelers with early tours: waking for a 4am jaunt to El Tatio is enough of a headache *without* a hangover!

However there's a cozy bar-cum-restaurant scene, with travelers swapping stories around fires and enjoying happy hours.

Chelacabur BAR
(Caracoles 212; ◷ noon-1am) The only bar in town, Chelacabur draws a wide cross section of residents and foreigners, who come for cold beers, a festive but easygoing vibe and a rock-filled soundtrack. You can also catch football matches on the screen here.

There's no food, though you can bring in pizza from around the corner at El Churruá.

ℹ Information

There are three ATMs in town (two on Caracoles and the other opposite the museum) but they do not always have money, so bring a big wad of cash, just in case. Many establishments take plastic, but some prefer the real stuff.

There's free wi-fi on the main plaza (if working).
Oficina de Información Turística (☑ 55-285-1420; cnr Toconao & Le Paige; ◷ 9am-9pm) Tourist office offering advice, maps and brochures. Check the annual book of comments for up-to-date traveler feedback on tour agencies, hostels, transportation providers and more.
Posta Médica (☑ 55-285-1010; Le Paige s/n) The local clinic, on the plaza.

ℹ Getting There & Away

San Pedro has a newish **bus terminal** (Tumisa s/n) about a kilometer southeast of the plaza. All buses depart and arrive here. One company, **Tur Bus** (☑ 55-268-8711; Licancábur 154), has an office downtown where you can book tickets.

Buses Atacama 2000 (◷ 8am-7pm) has regular departures to Calama (from CH$3000, three daily), where you can connect to its Uyuni

(Continued on page 158)

The Natural World

Set out to find sweeping desert solitude, climb craggy Andean summits or wander the sacred forests of poet Pablo Neruda. Surf, paddle or sail the endless coast. Explore the mysteries of Easter Island, stargaze, soak in hot springs or watch glaciers calve. In Chile, all roads lead to nature.

1

SUNSINGER/SHUTTERSTOCK ©

1. Easter Island (p401)
Parque Nacional Rapa Nui is filled with enigmatic *moai* (large anthropomorphic statues).

2. Parque Nacional Lauca (p188)
This Unesco Biosphere Reserve is home to glistening Lago Chungará, one of the world's highest lakes.

3. Lago General Carrera (p326)
Boat and kayak trips to the cool marble caves of Capilla de Mármol.

4. Valle de la Luna (p159)
Experience giant sand dunes and surreal, lunar-like landscapes.

DUDAREV MIKHAIL/SHUTTERSTOCK ©

GJ-NYC/SHUTTERSTOCK ©

1. Isla Magdalena (p341)
Enormous colonies of squawking Magellanic penguins reside on Isla Magdalena from October to March.

2. El Tatio Geysers (p160)
Resembling a giant, gurgling steam bath, El Tatio is fed by 64 geysers and 100 fumaroles.

3. San Pedro de Atacama (p146)
This adobe precordillera oasis sits at the heart of some of northern Chile's most spectacular scenery.

4. Parque Nacional Torres del Paine (p358)
Dramatic peaks, azure lakes and one big, radiant blue glacier comprise Chile's finest national park.

3

(Continued from page 153)

bus. **Buses Frontera del Norte** goes to Calama (five daily) as well as Arica (from CH$18,000) and Iquique (CH$15,000), departing at 9:45pm every night.

Tur Bus has hourly buses to Calama (CH$3000 to CH$4000), from where you can connect to all major destinations in Chile.

Andesmar (☑ 55-259-2692; www.andesmar. com) serves Salta and Jujuy, Argentina, leaving at 8am on Wednesday and Sunday (from CH$30,000, 12 hours with border time). Pullman Bus departs at 9:30am on Wednesday, Friday and Sunday for similar prices. **Géminis** (☑ 55-289-2065) also goes to Salta (CH$32,000, 12 hours) on Tuesday, Friday and Sunday at 9:30am.

Several agencies in town offer transfer services to Calama airport including **Tour Magic** (www.tourmagic.cl), which has regular bus service three times a day from the bus terminal to the airport (per person CH$8000, 1½ hours).

❶ Getting Around

Mountain bikes are a terrific way to steam around San Pedro. Be sure to carry plenty of water and sunblock. Several agencies and hostels rent mountain bikes, for the current going rate of about CH$6000 per day. Some agencies will give out photocopied maps to guide your forays.

Around San Pedro de Atacama

The majority of travelers visit this area on guided tours, though if you have your own wheels, you can explore on your own. Several places (including Valle de la Muerte) are also reachable by foot, though biking is a better option if you want to go green. There's no public transportation in the area.

Around 3.5km west of San Pedro, the striking **Valle de la Muerte** (off Ruta 23; CH$3000; ☉9am-8pm) should figure high on any itinerary to the region, with jagged rocks, a towering sand dune and dramatic viewpoints of the distant cordillera. The name Valle de la Muerte (Death Valley) is actually a linguistic distortion of Valle de Marte (Mars Valley), which more accurately represents its red rock features and otherworldly beauty.

Tour groups typically come in the afternoon before heading over to the nearby Valle de la Luna for sunset. It's an easy bike ride (or long walk) here, and also accessible by your own vehicle. The tall sand dune is a prime destination for sand-boarding, with outfits like Sandboard San Pedro (p147) offering both morning and afternoon excursions.

The **La Silla Observatory** (☑emergencies 9-9839-5312; www.eso.org/public/teles-instr/lasilla) is home to an array of powerful telescopes, with many important discoveries emerging from astronomical research conducted here. You can learn more about the site on a public tour, conducted once a week. Tours take place at 2pm on Saturdays, though you must arrive no later than 1:30pm. You'll also need your own transportation. To arrange a tour, fill out a visitor form online.

Circular adobe structures huddle together like muddy bubble-wrap in the ruins of **Aldea de Tulor** (CH$3000; ☉9am-7pm), the oldest excavated village in the region. It's an interesting diversion 11km southwest of San Pedro. You can get there by your own vehicle, driving along sandy tracks, or by riding a mountain bike. However, you'll get more out of the experience if you go on a good guided tour.

If you go alone, there's often a Spanish-speaking guide who can fill in some of the historical details (included with admission).

Dominating a curvaceous promontory over the Río San Pedro, the crumbling 12th-century **Pukará de Quitor** (CH$3000; ☉8:30am-7pm) was one of the last bastions against Pedro de Valdivia and the Spanish in northern Chile. The indigenous forces fought bravely, but were overcome and many were promptly beheaded. About 100 defensive enclosures hug the slopes here, like big stone bird's nests. The hilltop commands an impressive view of the oasis.

The fort is 3.5km northwest of San Pedro, and easily accessible on foot, by bike or by vehicle. The *mirador* (lookout) closes at 6pm.

The idyllic **Termas de Puritama** (adult/child CH$15,000/7000; ☉9:30am-5:15pm) hot springs puddle together in a box canyon, about 30km northeast of San Pedro en route to El Tatio. Their temperature is about 33°C (91°F), and there are several falls, pools and changing rooms on-site. Few tours stop here due to the hefty admission charged, but taxis will take you or you can drive yourself. The springs are a 20-minute walk from the parking lot.

Bring food, water and sunblock. Go early in the day to beat the crowds. Prices are cheaper Monday to Friday after 2pm (CH$9000).

Reserva Nacional Los Flamencos

Covering 740 sq km, **Reserva Nacional Los Flamencos** (admission varies per site; ☉hours vary) contains some of northern Chile's most spectacular scenery. Amid a parched, untrammeled landscape, you'll find vast salt flats, russet-colored lunar-like ridges and topaz lakes sparkling against a backdrop of soaring mountain peaks. Given the great variety on offer, you'd need at least a week to properly see this vast reserve, which encompasses seven geographically distinct sectors south, east and west of San Pedro de Atacama.

◉ Sights

Laguna Cejar
LAKE

(CH$10,000-15,000; ⊙9am-5pm) San Pedro has its own mini version of the Dead Sea, a mere 22km south of the village. This topaz-colored lake allows you to float effortlessly because of its high salt content – a fine place to contemplate the mountainous horizon. Cejar is just one of three lakes here, the other two (Laguna Piedra and Laguna Baltinache) do not allow bathing, though you can often see flamingos feeding here.

The price is CH$10,000 in the morning, then jumps to CH$15,000 from 2pm onward. There are showers and change rooms, though you'll need to bring your own towels and other essentials.

Quebrada de Jere
GORGE

(CH$2000; ⊙8am-8pm) A patch of green among the desert landscape, this long, narrow gorge is a favorite for hikers, swimmers and rock climbers.

Laguna Chaxa
LAKE

(CH$2500; ⊙8am-8pm) The jagged crust of the Salar de Atacama looks for all the world like God went crazy with a stippling brush. But in the midst of these rough lifeless crystals is an oasis of activity: the pungent Laguna Chaxa, about 25km southwest of Toconao and 65km from San Pedro, the Reserva Nacional Los Flamencos's most easily accessible flamingo-breeding site.

Three of the five known species (James, Chilean and Andean) can be spotted at this salt lake, as well as plovers, coots and ducks: bring zoom lenses and snappy reflexes. Sunrise is feeding time for the birds, though the park doesn't open until 8am. It's also gorgeous at sunset.

Valle de la Luna
NATURAL FEATURE

(CH$3000; ⊙9am-6pm) Watching the sun set from the exquisite Valley of the Moon is an unforgettable experience. From atop a giant sand dune, you can drink in spectacular views as the sun slips below the horizon and a beautiful transformation occurs: the distant ring of volcanoes, rippling Cordillera de la Sal and surreal lunar landscapes of the valley are suddenly suffused with intense purples, pinks and golds.

The Valle de la Luna is named after its lunar-like landforms eroded by eons of flood and wind. It's 15km west of San Pedro de Atacama at the northern end of the Cordillera de la Sal and forms part of Reserva Nacional Los Flamencos.

The valley is San Pedro's most popular and cheapest organized tour; trips typically depart about 4pm, leaving good time to explore before sunset. If you want to avoid dozens of tourist vans, all making the same stops, pick an alternative time. Some hardy souls come here at dawn to sidestep the sunset crowds.

Aside from watching the sunset, the valley has various walks that take in wild geological formations and even caverns (bring a torch).

It's easy to get there by car (no 4WD needed). Mountain biking is a great way to get here, but keep to the roads and trails, and make sure you have lights and reflective gear if you're staying for the sunset. Park only on the shoulder or at other designated areas – do not tear up the fragile desert with tire tracks.

Laguna Miñiques
LAKE

(incl entrance to Laguna Miscanti CH$3000; ⊙9am-6pm) The smaller of two dramatic alpine lakes, the shimmering blue surface of Miñiques looks all the more stunning against a backdrop of chiseled snow-covered peaks.

Socaire
VILLAGE

Home to less than 500 residents, this tiny traditional village is famous for its traditional church. You can browse locally made handicrafts.

Laguna Miscanti
LAKE

(incl entrance to Laguna Miñiques CH$3000; ⊙9am-6pm) A glittery blue sweet-water lake overlooked by snowcapped volcanoes.

ℹ Getting There & Away

There's no public transportation in the area. Most visitors come on organized tours from San Pedro, but if you have a car you can visit on your own and avoid the heavy crowds.

Around Calama & San Pedro de Atacama

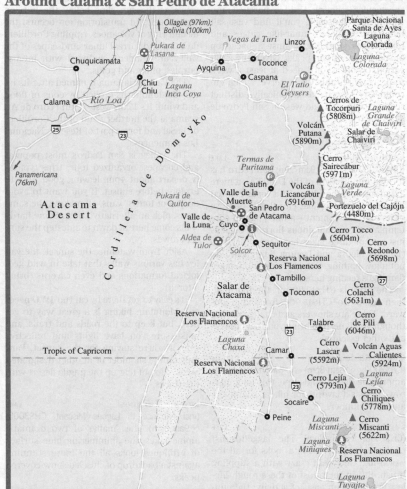

El Tatio Geysers

Visiting the world-famous **El Tatio Geysers** (CH$10,000; ☺ 6am-6pm) at dawn is like walking through a gigantic steam bath, ringed by volcanoes and fed by 64 gurgling geysers and a hundred gassy fumaroles. Swirling columns of steam envelop onlookers in a Dantesque vision, and the soundtrack of bubbling, spurting and hissing sounds like a field of merrily boiling kettles. The experience does not *feel* like bathtime, however: unless it's bathtime in the arctic. Most visitors find themselves wishing the geysers would spread their heat more efficiently during the freezing dawn.

At 4300m above sea level, El Tatio is the world's highest geyser field. The sight of its steaming fumaroles in the azure clarity of the altiplano is unforgettable, and the mineral structures that form as the boiling water evaporates are strikingly beautiful. As dawn wears on, shafts of sunlight crown the surrounding volcanoes and illuminate the writhing steam.

Watch your step – in some places, visitors have fallen through the thin crust into underlying pools of scalding water and suffered se-

BOLIVIA

Reserva Nacional de Fauna Andina Eduardo Avaroa

Laguna Caruta

Laguna Busch

Potosí

Salar de Tara

Reserva Nacional Los Flamencos

Salar de Tara

Reserva Nacional Los Flamencos

Paso de Jama

Jujuy

Paso de Huaytiquina (4296m)

ARGENTINA

Salta

Salar de Laco

Paso de Lago Sico (4079m)

23

however). This is a rough road and a 4WD is recommended, though check the latest driving conditions with the tourist office if you're thinking of driving a smaller car.

If you rented a vehicle in Calama, consider returning via the picturesque villages of Caspana and Chiu Chiu rather than via San Pedro. Some tours from Calama and San Pedro take this route as well.

Calama

📱 055 / POP 148,000 / ELEV 2250M

It may appear drab and gritty but Calama happens to be the pride and joy of northern Chile, an economic powerhouse that pumps truckloads of copper money into the Chilean economy year on year. And while it holds little attraction for visitors – most people will only stop here for the night (if they have to) on their way to the la-la land of San Pedro de Atacama – there is a visceral appeal to this mining town that definitely goes that extra mile in 'keeping it real.'

Calama sits on the north bank of the Río Loa. Though the city has sprawled with the influx of laborers from Chuquicamata, its central core is still pedestrian friendly. Calle Ramírez begins in an attractive pedestrian mall leading to the shady Plaza 23 de Marzo, which bristles with market stalls and pigeons.

🛏 Sleeping

Hostería Calama   HOTEL $

(📞55-234-2033; www.hosteriacalama.cl; Latorre 1521; s/d/tr from CH$45,000/52,000/60,000; P@🛜) Calama's fanciest downtown hotel features spacious carpeted rooms decked out in a classic style, some with leafy views. It has all the conveniences of an upscale hotel, including a gym, restaurant and patio. Front rooms are noisy, but have tree-shaded balconies.

Hotel Atenas   HOTEL $

(📞55-234-2666; Ramírez 1961; s/d CH$20,000/25,000; 🛜) A dark warren of rooms right off the pedestrian mall, the Atenas is the best of Calama's rock-bottom choices, with spacious clean bathrooms and a good location.

Hotel Anpaymi   HOTEL $$

(📞55-234-2325; www.hotelanpaymi.cl; Sotomayor 1980; s/d CH$35,000/45,000; 🛜) A surprisingly tranquil option in a busy downtown location. Doubles are good value, with wooden floors, spacious layouts and tiny bathrooms. Singles are cramped but adequate.

vere burns. Dress in layers: it's toe-numbingly cold at sunrise but you'll bake in the van on the way back down.

The geysers are 95km north of San Pedro de Atacama. Administration of the geysers was handed over to indigenous Atacameño people in 2004. You'll need to stop to pay the entrance fee (CH$10,000) at the site's administrative kiosk, about 2km before the geysers.

If driving, leave San Pedro no later than 4am to reach the geysers by sunrise. The route north is signed from San Pedro, but some drivers prefer to follow tour minibuses in the dark (the bus drivers do not appreciate this,

Hotel El Mirador HOTEL **$$**
([☎] 55-234-0329; www.hotelmirador.cl; Sotomayor 2064; s/d from CH$45,000/55,000; [P][☎]) This historic hotel fronted by an octagonal tower has colonial-style rooms with a pleasant grandmotherly vibe and small bathrooms, all set around a sun-splashed patio. The sitting room has old photos of Calama.

✕ Eating & Drinking

Mercado Central MARKET **$**
(Latorre; set meals CH$3500) For quick filling eats, take advantage of the *cocinerías* (greasy spoons) in this busy little market between Ramírez and Vargas.

Bavaro CHILEAN **$$**
(Sotomayor 2095; mains CH$5500-11,000; [☉]8:30am-11pm Mon-Fri, 10am-11pm Sat, noon-10pm Sun; [☎]) Part of a chain that covers pretty much all northern Chile, this place still has rustic charm and serves up a good variety of meat dishes and seafood. The attached cafeteria downstairs has slightly less expensive set meals.

Pasión Peruana PERUVIAN **$$**
(cnr Abaroa & Ramirez; mains CH$9000-14,000; [☉]noon-11pm Mon-Sat, to 6pm Sun) One of Calama's top dining spots, this great catch-all place serves up a variety of Peruvian and Chilean fare. It's on one edge of the plaza.

Maracaibo Cafe CAFE
(Latorre, near Mackenna; [☉]10am-9pm Mon-Fri) A charming sun-filled cafe with Venezuelan soul (and delicious arepas) located in a small shopping complex. Stop for strong coffee, dessert and filling lunch specials (CH$5000 to CH$6000).

ⓘ Information

Several banks with ATMs are in the city center, some also change currency.
Hospital Carlos Cisternas ([☎]55-265-5721; http://hospitalcalama.gob.cl; Carlos Cisternas 2253) Five blocks north of Plaza 23 de Marzo.

ⓘ Getting There & Around

AIR
Aeropuerto El Loa ([☎]55-234-4897; www. cacsa.cl) is 7km south of Calama. Private cabs from the airport charge CH$5700; minibus transfers cost CH$3500 per person to drop you at your hotel. Taxis (CH$28,000 to CH$40,000) will drive tourists to San Pedro de Atacama but it's cheaper to arrange for a transfer ahead of time (CH$15,000 to CH$20,000); try **Transfer**

Lincancabur ([☎]55-254-3426). There's also direct bus service several times a day from Calama airport to San Pedro with **Tour Magic** (p158) (per person CH$8000, 1½ hours).

LATAM ([☎]600-526-2000; www.latam. com; Latorre 1726; [☉]9am-1pm & 3-6:30pm Mon-Fri, 10am-1pm Sat) flies to Santiago (from CH$75,000, two hours) several times daily.

Sky ([☎]600-600-2828; www.skyairline.cl) also has flights to Santiago (from CH$50,000).

BUS
Bus companies are scattered throughout the town but mostly concentrated along Av Balmaceda and Antofagasta. Major companies include **Condor Bus/Flota Barrios** ([☎]55-234-5883; www.condorbus.cl; Av Balmaceda 1852) and **Expreso Norte** ([☎]55-255-6845; www. expresonorte.cl; Balmaceda 1902). Those with bus services northbound and southbound on the Panamericana include the following.

DESTINATION	COST (CH$)	HOURS
Antofagasta	6000	3
Arica	15,000	10
Iquique	13,000	7
La Serena	23,000	14
Santiago	32,000	22

Tur Bus ([☎]55-268-8812; www.turbus.cl; Ramírez 1852) provides regular services to San Pedro de Atacama (CH$3000 to CH$4000, 1½ hours) from the main **Terminal de Calama** (Av Granaderos 3051). **Buses Frontera** ([☎]55-282-4269; Antofagasta 2046) also has daily buses to San Pedro (CH$3000, 1½ hours, three daily) as does **Buses Atacama 2000** ([☎]9-7403-2022; Abaroa 2106).

International buses are invariably full, so reserve as far in advance as possible. To get to Uyuni, Bolivia (CH$12,000, nine hours) via Ollagüe (CH$9000, three hours), ask at Frontera and Buses Atacama 2000; services go only several times per week so buy ahead.

Service to Salta and Jujuy, Argentina, is provided by **Pullman** ([☎]55-234-1282; www. pullmanbus.cl; Balmaceda 1974) on Monday, Wednesday and Friday mornings at 8am (CH$35,300, 12 hours), and by **Géminis** ([☎]55-289-2050; www.geminis.cl; Antofagasta 2239) on Tuesday, Friday and Sunday at 7:30am (CH$35,000). Buy tickets in advance during the high summer season.

CAR
Car-rental agencies include **Hertz** ([☎]55-234-1380; Parque Apiac, Sitio 3c; [☉]8am-7pm Mon-Fri) and **Avis** ([☎]55-279-3968; Aeropuerto El Loa; [☉]8am-8pm Mon-Fri, 9am-8pm Sat, 9am-7pm Sun); daily rates start at CH$28,000.

Fill up the tank in Calama, as the lone gas station in San Pedro charges a fortune. To visit the geysers at El Tatio, rent a 4WD or pickup truck; ordinary cars lack sufficient clearance for the area's rugged roads and river fords.

Chuquicamata

Slag heaps as big as mountains, a chasm deeper than the deepest lake in the USA, and trucks the size of houses: these are some of the mind-boggling dimensions that bring visitors to gawp into the mine of Chuquicamata (or just Chuqui). This awesome abyss, gouged from the desert earth 16km north of Calama, is one of the world's largest open-pit copper mines.

Chuqui was, until recently, the world's largest single supplier of copper (a title just snatched by Mina Escondida, 170km southeast of Antofagasta), producing a startling 630,000 tonnes annually. It's largely thanks to Chuqui, then, that Chile is the world's greatest copper producer. In total, copper now accounts for around one-third of Chilean exports. And with the price of copper shooting up in recent years (courtesy of huge demand in China and India) its importance to the Chilean economy is hard to overestimate.

The mine, which employs 20,000 workers, spews up a perpetual plume of dust visible for many kilometers in the cloudless desert, but then everything here dwarfs the human scale. The elliptical pit measures an incredible 8 million sq meters and has a depth of up to 1250m. Most of the 'tour' is spent simply gazing into its depths and clambering around an enormous mining truck with tires more than 3m high; information is minimal, although the bilingual guide answers questions.

Chuquicamata was once integrated with a well-ordered company town, but environmental problems and copper reserves beneath the town forced the entire population to relocate to Calama by 2007. The 'city of Chiquicamata' is not much more than a ghost town these days.

History

Prospectors first hit the jackpot at Chuquicamata in 1911. However, they were soon muscled out by the big boys, otherwise known as the US Anaconda Copper Mining Company, from Montana. In the blink of an eye, the company created a fully functioning mining

town, with rudimentary housing, schools, cinemas, shops and a hospital, although labor unrest became rife and resentment toward the corporation snowballed. By the 1960s Chile's three largest mines (all run by Anaconda) accounted for more than 80% of Chile's copper production, 60% of total exports and 80% of tax revenues. Despite coughing up elevated taxes, Anaconda was a sitting duck for the champions of nationalization.

During the government of President Eduardo Frei Montalva in the late 1960s, Chile gained a majority shareholding in the Chilean assets of Anaconda and Kennecott. In 1971 Congress approved the full nationalization of the industry.

☞ Tours

Codelco TOURS
(☎ 55-232-2122; visitas@codelco.cl; cnr Avs Granaderos & Central Sur, Calama; tour by donation; ☺ bookings 9am-5pm Mon-Fri) Arrange visits through Codelco by phone or email. Tours (minimum age eight) run on weekdays, in English and Spanish. Report to the Oficina on the corner of Avs Granaderos and Central Sur 15 minutes before your tour; bring identification.

The two-hour tour begins at 1pm. Wear sturdy closed-toe shoes (no sandals), long pants and long sleeves. The tour ends around 4:30pm.

Tours are limited to 40, but it occasionally adds a second bus. Demand is high from January to March and in July and August, so book at least a week ahead.

❶ Getting There & Away

From Calama, Codelco has a free shuttle that picks people up at its **Oficina** (p163), roughly 3km north of the Plaza 23 de Marzo. You must be there at 12:45pm. To get to the pickup point, take a *taxi colectivo* (shared taxi; CH$700, 15 minutes) – look for 5, 65, 11 or 17 – from Latorre, or hop on the *micro* (small bus) D (CH$500).

Antofagasta

☑ 055 / POP 390,000
Chile's second-largest city is a rough-and-ready jumble of one-way streets, modern mall culture and work-wearied urbanites. As such, this sprawling port city tends not to tickle the fancy of passing travelers, who often choose to leapfrog over Antofagasta en route north to San Pedro de Atacama or south to Copiapó.

CHUQUI THROUGH THE EYES OF CHE

Over 50 years ago, when it was already a mine of monstrous proportions, Chuquicamata was visited by a youthful Ernesto 'Che' Guevara. The future revolutionary and his traveling buddy Alberto Granado were midway through their iconic trip across South America, immortalized in Che's *Motorcycle Diaries*. An encounter with a communist during his journey to Chuqui is generally acknowledged as a turning point in Che's emergent politics. So it's especially interesting to read his subsequent memories of the mine itself (then in gringo hands). In one vivid paragraph, the wandering medical student writes of such mines: '...spiced as they would be with the inevitable human lives – the lives of the poor, unsung heroes of this battle, who die miserably in one of the thousand traps set by nature to defend its treasures, when all they want is to earn their daily bread.'

In a footnote to this much-analyzed encounter, the 'blond, efficient and arrogant managers' gruffly told the travelers that Chuquicamata 'isn't a tourist town.' Well, these days it receives around 40,000 visitors per year.

However, Antofagasta is not all high-rise concrete and gridlocked streets. The old-fashioned plaza is a pleasure to kick back in, and evidence of the golden nitrate era can be found in the wooden-fronted Victorian and Georgian buildings of the coastal Barrio Histórico. Ancient spindly *muelles* (piers) molder picturesquely along the grubby guano-stained port.

The port here handles most of the minerals from the Atacama, especially the copper from Chuquicamata, and is still a major import-export node for Bolivia, which lost the region to Chile during the War of the Pacific.

◉ Sights

Ruinas de Huanchaca
HISTORIC SITE

(☎55-241-7860; http://ruinasdehuanchaca. cl; Ave Angamos 01606; museum adult/child CH$2000/1000; ⊙10am-1pm & 2:30-7pm Tue-Sun) What at first glance looks like the ruins from some ancient indigenous settlement in fact dates only from the turn of the 20th century. Created by Bolivian Hunachaca Company (one of the richest silver-mining operations of the late 1800s), the site was used as a foundry and refinery for raw material shipped in from the Pulacayo mine in Bolivia, and once employed more than 1000 workers. You can take photos of the ruins, but are not allowed to enter.

The small museum in front of the site has exhibits on natural history, mining and indigenous culture, as well as a four-wheeled vehicle dubbed 'Nomad' (an early prototype for the Mars Rover) thrown in for good measure. To get there take bus 102 or 103 from the center to Calle Sangra (CH$500).

Monumento Natural La Portada
VIEWPOINT

(⊙museum 10:30am-1:30pm & 3-5:30pm Sat & Sun) FREE While not in Antofagasta proper, but rather 22km north of the city, this enormous offshore arch – the centerpiece of a 31-hectare protected zone – is the most spectacular of the area's sights. Topped by marine sediments and supported by a sturdy volcanic base, the stack has been eroded into a natural arch by the stormy Pacific. It's situated on a short westbound lateral off the highway; there's a small Conaf-managed museum and cliff-top views over surrounding beaches.

To get there, take a Mejillones-bound bus operated by Megatur (www.megatur.cl; Latorre 2748) to the junction at La Portada. From there, you'll have to walk 2km west or catch an onward bus – these run only in the busy months of January and February.

Centro Cultural Estación Antofagasta
CULTURAL CENTER

(www.facebook.com/centro.cultural.estacion.antofa gasta; Bolívar 280; ⊙10am-2pm & 3-7pm Mon-Sat) FREE One block from the waterfront, this handsomely designed space is worth visiting for its intriguing exhibitions – which don't shy away from challenging topics such as immigration and national identity. The center also hosts free weekly yoga sessions, film screenings and other events.

Biblioteca Regional de Antofagasta
LIBRARY

(www.bibliotecaregionalantofagasta.cl; Jorge Washington 2623; ⊙10am-8pm Tue-Fri, to 2pm Sat & Sun) FREE Antofagasta's pride and joy is this thoughtfully designed library (opened in 2013) inside a landmark building facing Plaza Colón. The library hosts changing art exhibitions, and there's a good cafe in the back.

Terminal Pesquero MARKET

(◷ 9am-6pm) A few blubbery male sea lions, snorting loudly and occasionally snapping at unwary pelicans, circle hopefully below Antofagasta's busy fish market, just north of the Port Authority. Inside, you'll find a dozen or so stalls serving up hearty seafood soups, ceviche and fried fish.

Barrio Histórico AREA

British flavor prevails in the 19th-century Barrio Histórico, between the plaza and the old port, where handsome Victorian and Georgian buildings still stand. On Bolívar, the bottle-green-colored train station (1887) is the restored terminus of the Antofagasta–La Paz railway. It's closed to the public but you can see several old engines and British-style telephone boxes through the western railings.

Plaza Colón PLAZA

The British community left a visible imprint on Antofagasta's beautiful 19th-century Plaza Colón, which sports rushing fountains amid its palms, mimosas and bougainvilleas. The cute Torre Reloj is a replica of London's Big Ben; its chimes even have a baby Big Ben ring to them, and tiled British and Chilean flags intertwine on its trunk.

Museo Regional MUSEUM

(www.museodeantofagasta.cl; cnr Av Balmaceda & Bolívar; ◷ 9am-5pm Tue-Fri, 11am-2pm Sat & Sun) FREE The former Aduana (customs house) now houses this two-floor museum, which has well-presented displays on natural history, and prehistoric and cultural development. Artifacts include models of indigenous rafts (made from the inflated hides of sea lions), a deformed skull, early colonial tidbits and paraphernalia from the nitrate era.

Resguardo Marítimo HISTORIC BUILDING

This handsome building with wooden balustrades, built in 1910 as the coast guard, sits at the entrance to the newly restored Muelle Salitrero (Nitrate Pier), where glassed-in sections allow glimpses of the old piles beneath the walkway. A wrought-iron passageway links the building to the former Gobernación Marítima.

🛏 Sleeping

Hotel Frontera HOTEL $

(☑ 55-228-1219; Bolívar 558; s/d CH$24,000/27,000, without bathroom CH$16,000/22,000; 🛜) Behind the modern-looking front is a set of basic rooms, each complete with cable TV.

No breakfast is included or available but at least there's wi-fi.

Hotel Marina HOTEL $$

(☑ 55-222-4423; www.hotelmarina.cl; La Cañada 15; s/d CH$45,000/53,000; 🅿🛜) Near the Terminal Pesquero, this high-rise hotel feels like a peaceful retreat from the big-city bustle. Rooms are spacious and well equipped, and the best have balconies with waterfront views. There's a good restaurant here and a small beach just a short stroll from the hotel.

Hotel Licantay HOTEL $$

(☑ 55-228-0885; www.licantay.cl; 14 de Febrero 2134; r CH$43,000-68,000; 🛜) This friendly small-scale hotel has bright, cheerfully painted rooms with wood furnishings and artwork on the walls. Everything is meticulously clean. On the downside, the bathrooms are tiny in the less expensive rooms. It's 1½ blocks southwest of the Mercado Central.

Hotel Paola HOTEL $$

(☑ 55-226-8989; www.hotelpaola.cl; Matta 2469; s/d CH$40,000/50,000; 🛜) One of the more appealing options in the center, the Paola sports a white marble hallway, a contemporary look, an inner patio on the 3rd floor and five floors of rooms featuring hardwood floors, fridges and ample closet space. Some rooms lack exterior windows.

It's set on a lively pedestrian lane half a block from the city's big Mercado Central.

Hotel Ancla Inn HOTEL $$

(☑ 55-235-7400; www.anclainn.cl; Baquedano 516; s CH$33,000-39,000, d CH$43,000-49,000; 🅿🛜) Central location, friendly staff and well-equipped rooms make this a good choice, behind a funny chalet-like facade. The standard rooms are often booked up by miners, while pricier executive rooms come with wi-fi, fridge and more space.

🍴 Eating

Letras y Musica CAFE $

(Jorge Washington 2623; sandwiches around CH$3000; ◷ 10am-8pm Tue-Fri, to 2pm Sat & Sun; 🛜) Across from the plaza, Antofagasta's beautifully designed public library has a charming cafe tucked in the back. Stop in for sandwiches, changing lunch specials (CH$4500), juices and desserts. Unfortunately, the coffee isn't a selling point.

Marisquería D&D SEAFOOD $

(Terminal Pesquero; mains CH$3000-6000; ◷ 8am-5pm Mon-Fri, to 6pm Sat & Sun) Inside the fish market, this eatery draws crowds for its tasty fish sandwiches, fried fish platters and *paila marina* (seafood soup). Grab a seat and tuck into the seafood delights.

Bongo   DINER $
(Baquedano 743; mains CH$2100-3900; ⊙9am-11pm Mon-Sat) Buzzy eatery with cushioned booths, a tidy mezzanine above and a good-and-greasy menu for those times when only a draft beer and burger – preferably with *palta* (avocado) – will do. Place your order at the counter and pay before you sit down.

★Cafe del Sol   CHILEAN $$
(www.cafedelsolchile.com; Esmeralda 2013; set lunch CH$4000, mains CH$8000-13,000; ⊙1-4pm) On weekend nights, this ramshackle corner resto-bar comes alive with live Andean music and dancing (CH$3000 cover after 11pm). Other nights, it serves a good range of mains in the cozy wooden interior with dim lighting.

Tio Jacinto   CHILEAN $$$
(☑55-222-8486; http://tiojacinto.cl; Uribe 922; CH$12,800-15,000; ⊙noon-4pm & 8-10:30pm Mon-Fri, noon-4pm Sat & Sun) One of Antofagasta's best places for a meal, the family-run Tio Jacinto serves mouth-watering plates of locos (Chilean abalone), *erizos* (sea urchin) and *jaiba* (crab), which are fine preludes to the perfectly grilled fish. Good service and a decent wine and beer list. Reserve ahead.

❶ Information

Numerous ATMs are located downtown.
Conaf (☑55-238-3320; Av Argentina 2510; ⊙8:30am-1:30pm & 3-5:30pm Mon-Thu, 8:30am-1:30pm & 3-4:15pm Fri) Information on the region's natural attractions.
Sernatur (☑55-245-1818; Arturo Prat 384; ⊙8:30am-6pm Mon-Fri, 10am-2pm Sat) The city tourist office is conveniently located by the plaza. Has lots of brochures.
Hospital Regional (☑55-265-6602; Av Argentina 1962)

❶ Getting There & Around

AIR
Antofagasta's Aeropuerto Cerro Moreno is 25km north of the city. Private taxis cost CH$15,000; try calling **Gran Via** (☑55-224-0505).

   LATAM (☑600-526-2000; www.latam. com; Arturo Prat 445; ⊙9am-6:15pm Mon-Fri, 10am-1pm Sat) has several daily flights to Santiago (from CH$60,000, two hours), as well as one weekly direct flight to La Serena (from CH$40,000, 1½ hours, Sunday), and one weekly

direct flight to Lima, Peru (CH$460,000, three hours, Saturday).

   Sky (☑600-600-2828; www.skyairline. cl) flies to Santiago (daily from CH$60,000, two hours) and La Serena (from CH$58,000), plus one weekly flight to Concepción (from CH$60,000, 2¼ hours, Friday).

   Bolivian airline Amaszonas (www.amaszonas. com) flies to Copiapó (CH$65,000, one hour), as well as to Iquique (CH$55,000, 45 minutes), from where you can connect to onward flights to Cochabamba, Bolivia or Asunción, Paraguay.

BUS
Terminal de Buses Cardenal Carlos Oviedo (☑55-248-4502; Av Pedro Aguirre Cerda 5750) serves most intercity destinations. It's about 4km north of the center (reachable by bus 111, 103, 119 or 108). Here you'll find operators like **Condor/Flota Barrios** (☑55-223-4626; www. condorbus.cl). A few major long-distance bus companies, including **Tur Bus** (☑55-222-0240; www.turbus.cl; Latorre 2751) and **Pullman Bus** (www.pullmanbus.com; Latorre 2805),operate also out of their own terminals near downtown.

   Nearly all northbound services now use coastal Ruta 1, via Tocopilla, en route to Iquique and Arica.

DESTINATION	COST (CH$)	HOURS
Arica	12,000	9
Calama	5000	3
Copiapó	10,000	9
Iquique	10,000	6
La Serena	15,000	12
Santiago	23,000	18

CAR
Car rental is available from **Europcar** (☑55-257-8160; www.europcar.cl; Panamericana Hotel, Blamaceda 2575; ⊙8:30am-1:30pm & 3-6:30pm Mon-Fri) and **First** (☑55-222-5777; www.firstrentacar.cl; Bolívar 623), 3½ blocks southeast of Plaza Colón.

South of Antofagasta

The Panamericana south of Antofagasta continues its trip through the dry Atacama Desert, where water, people and tourist attractions are scarce.

   Long-haul buses travel between major towns, though to properly explore the region, you'll need your own wheels.

◉ Sights

Cerro Paranal Observatory   OBSERVATORY
(☑cell 9-9839-5312; www.eso.org; off Ruta 710) In the world of high-powered telescopes,

where rival institutes jostle to claim the 'biggest,' 'most powerful' or 'most technologically advanced' specimens, Paranal is right up there with the big boys. This groundbreaking observatory has a Very Large Telescope (VLT) consisting of an array of four 8.2m telescopes – for a time at least, the most powerful optical array in the world.

The Cerro Paranal Observatory is run by the European Southern Observatory (ESO), and is so futuristic-looking that portions of the James Bond flick *Quantum of Solace* were filmed here. There's a hotel for scientists on-site, which looks like it is built underground; you'll enter the foliage-filled lobby as part of the tour. The observatory complex is situated on Cerro Paranal at 2664m above sea level, 120km south of Antofagasta; a lateral leaves the Panamericana just north of the Mano del Desierto (assuming you're heading south). The drive from Antofagasta takes about two hours.

The fascinating free visits are allowed on Saturdays, at 10am and 2pm. You must show up half an hour early; tours last two hours. You'll need to schedule months in advance (reservations are only accepted through the website), and you'll also need your own vehicle to get there. Check the observatory's website for details and updates.

Mano del Desierto SCULPTURE
Located roughly 70km south of Antofagasta, this soaring granite hand stretches up from beneath the desert earth, like some ancient vestige of a long-buried titan. Chilean sculptor Mario Irarrázaval created the 11m-high work, which was unveiled in 1992.

It lies about 45km south of the junction of the Panamericana and Ruta 28. Bus travelers should look to the west side of the highway.

Sleeping & Eating

Hotel Mi Tampi HOTEL $
(☎55-261-3605; www.hotelmitampi.cl; O'Higgins 138, Taltal; s/d CH$40,000/50,000; P 📶) On a quiet street just a short stroll from the waterfront, this cheerful little guesthouse has spacious rooms with firm beds set around a leafy patio. Reserve ahead.

Club Social Taltal CHILEAN $$
(☎55-261-1064; Torreblanca 162, Taltal; mains CH$8000-12,000; ⏱noon-11pm Mon-Sat) Just a half block from the plaza (toward the waterfront), this is the old British social club, offering great seasonal seafood and friendly service.

Iquique

☎057 / POP 192,000

Barefoot surfers, paragliding pros, casino snobs and frenzied merchants all cross paths in the rather disarming city of Iquique. Located in a golden crescent of coastline, this city is counted among Chile's premier beach resorts, with a glitzy casino, beachfront boardwalk and more activities (from paragliding to sand-boarding) than any sane person can take on in a week. The big draw here is the swaths of pitch-perfect beach, which offer some of the best surfing around.

Refurbished Georgian-style architecture from the 19th-century mining boom is well preserved, and the Baquedano pedestrian strip sports charming wooden sidewalks. Iquique's main claim, however, is its duty-free status, with a chaotic duty-free shopping zone *(zona franca)*.

The city, 1853km north of Santiago and 315km south of Arica, is squeezed between the ocean and the desolate brown coastal range rising abruptly some 600m behind it.

History

The lifeless pampas around Iquique is peppered with the geoglyphs of ancient indigenous groups, and the shelf where the city now lies was frequented by the coastal Chango peoples. However, the Iquique area was first put on the map during the colonial era, when silver was discovered at Huantajaya.

During the 19th century, narrow-gauge railways shipped minerals and nitrates through Iquique. Mining barons built opulent mansions, piped in water from the distant cordillera and imported topsoil for lavish gardens. Downtown Iquique reflects this 19th-century nitrate boom, and the corroding shells of nearby ghost towns such as Humberstone and Santa Laura whisper of the source of this wealth.

After the nitrate bust, Iquique reinvented itself primarily as a fishing port, shipping more fish meal than any other port in the world. However, it was the establishment of the *zona franca* in 1975 that made this one of Chile's most prosperous cities.

Sights

Museo Corbeta Esmeralda MUSEUM
(www.museoesmeralda.cl; Paseo Almirante Lynch; CH$3500; ⏱10am-12:15pm & 2-5pm Tue-Sun) This replica of the sunken *Esmeralda*, a plucky little Chilean corvette that challenged

Iquique

N 0 _____ 400 m
0 _____ 0.2 miles

Av Arturo Prat Chacón

Zona
Franca
(700m)

Terminal
Rodoviario

4

Puerto de
Iquique

3

Sotomayor

5

Esmeralda

18

Bolívar

San Martín

Vivar

Barros Arana

Amunátegui

Martínez

Arturo Fernández

Busfer Luján

25

Taxis
Aeropuerto

33

8

1

Plaza
Condell

Serrano

Tarapacá

Thompson

7

Gorostiaga

Lagos Wilson

Thompson

28

32

Latorre

31

10

Santa
Angela

Barreda;
Chacón;
Expreso Norte;
Pullman;
Ramos Cholele;
Tur Bus

Grumete Bolados

Taxi Pampa
y Mar

Sargento Aldea

Taxi
Chubasco

Mercado
Centenario

Latorre

Freddy Taberna

6

11

15

Zegers

Playa
Bellavista

22

14

34

2

O'Higgins

Anibal Pinto

Baquedano

Patricio Lynch

Obispo Labbé

Ramírez

Manuel Bulnes

Orella

19

9

Riquelme

27

21

20

Barros Arana

Amunátegui

Martínez

Arturo Fernández

Errázuriz

JJ Pérez

29

12

Manuel Rodríguez

La Gaviota

Av Arturo Prat Chacón

Céspedes y Gonzáles

16

26

PACIFIC
OCEAN

Libertad

Barros Arana

Amunátegui

JM Carrera

Bonilla

24

23

30

Playa
Cavancha

17

13

Santorini
(1.5km)

Fuenzalida

Iquique

NORTE GRANDE IQUIQUE

ironclad Peruvian warships in the War of the Pacific, is Iquique's new pride and glory. The original ship was captained by Arturo Prat (1848–79), whose name now graces a hundred street maps, plazas and institutions. Guided tours (reserve ahead for a tour in English) take you inside the staff quarters, past the orange-lit engine, and on to the ship's deck.

Book ahead or come on Sunday when it is first-come, first-served.

Casino Español   HISTORIC BUILDING

(☑ 57-276-0630; www.casinoespanoliquique.cl; Plaza Prat 584; ⊙ restaurant 1-4pm & 8-11pm Tue-Sat) The prize for the showiest building in Iquique goes to this Moorish-style place from 1904, on the plaza's northeast corner. The gaudily tiled creation is now a club and restaurant. Go at meal times for a look at the interior with its dazzling tile work, coffered ceilings and fanciful murals.

Centro Cultural
Palacio Astoreca   HISTORIC BUILDING

(O'Higgins 350; ⊙ 10am-2pm & 3-6pm Tue-Fri, 11am-2pm Sat) **FREE** Originally built for a nitrate tycoon, this 1904 Georgian-style mansion is now a cultural center, which exhibits contemporary work produced by local artists. It has a fantastic interior of opulent rooms with elaborate woodwork and high ceilings, massive chandeliers, a gigantic billiard table and balconies.

Museo Regional   MUSEUM

(Baquedano 951; ⊙ 9am-6pm Tue-Thu, to 5pm Fri, 10am-2pm Sat) **FREE** Iquique's former courthouse now hosts the catch-all regional museum, which earnestly re-creates a traditional adobe altiplano village and also exhibits masked Chinchorro mummies and elongated skulls. Photographs explore Iquique's urban beginnings, and a fascinating display dissects the nitrate industry.

Muelle de Pasajeros   BAY

(Mue; boat ride adult/child CH$3500/1500; ⊙ 10am-5pm) Hour-long boat tours around the harbor leave from Iquique's 1901 passenger pier, just west of the Edificio de la Aduana. The tour floats past the Boya Conmemorativa del Combate de Iquique, a buoy marking the spot where the *Esmeralda* sank in a confrontation with the ironclad Peruvian Huáscar. It also approaches a colony of sea lions.

Tours depart when enough people (typically eight) show up. Go on a weekend around 11am or noon for the least amount of waiting around.

Plaza Prat   PLAZA

The city's 19th-century swagger is hard to miss on Iquique's central square. Pride of place goes to the 1877 **Torre Reloj** clock tower, seemingly baked and sugar-frosted rather than built. Jumping fountains line the walkway south to the marble-stepped **Teatro Municipal**, a neoclassical building that has been hosting opera and theater since 1890. A handsomely restored **tram** (Baquedano btwn Tarapaca & Thompson) sits outside and occasionally jerks its way down Av Baquedano in high season.

Museo Naval
MUSEUM

(Esmeralda 250) **FREE** Take in the artifacts salvaged from the sunken *Esmeralda* at this small museum inside the haughty colonial-style customs house, built in 1871 when Iquique was still Peruvian territory. Peru incarcerated prisoners here during the War of the Pacific, and the building would later see battle in the Chilean civil war of 1891. It's currently closed for long-term renovations.

🏃 Activities

Bloque Andino
CLIMBING

(✔cell 9-6735-3127; www.facebook.com/talleres catarapaca; Ramirez 714; CH$500) Hidden on a back patio just off Ramirez, you'll find a small bouldering wall, where local climbers practice their skills. A friendly, welcoming group runs it, and you can stop in for free-climbing or a class (there are also circus arts on offer), held at different times throughout the week. Check the Facebook page for times.

Puro Vuelo
ADVENTURE SPORTS

(✔57-231-1127; www.purovuelo.cl; Baquedano 1059; ⏰10am-8pm) A well-run outfit that specializes in paragliding, it charges CH$45,000 for a tandem flight, with photos included. As with most paragliding jaunts in Iquique, this includes pickup at your hotel, brief instruction and at least 20 minutes of flying time (up to 40 minutes in good conditions). Prices drop by about 10% in low season, between April and November.

Playa Cavancha
BEACH

Iquique's most popular beach is worth visiting for swimming and body-boarding. Surfing and body-boarding are best in winter, when swells come from the north, but are possible year-round. There's less competition for early-morning breaks at the north end of Playa Cavancha.

Vertical
SURFING

(✔57-237-6031; Av Arturo Prat 580) This is Iquique's surfer central, which sells and rents equipment. Wetsuit and board will set you back CH$12,000 for two hours; one or the other only costs CH$8000. Private lessons start at CH$24,000 for 1½ hours, and it runs surf trips outside the city and **sand-boarding** trips to Cerro Dragón (CH$25,000 for three hours).

🎓 Courses & Tours

Academia de Idiomas del Norte
LANGUAGE

(✔57-241-1827; www.languages.cl; Ramírez 1345; ⏰8am-10pm Mon-Fri, 9am-2pm Sat) The Swiss-run Academia de Idiomas del Norte provides Spanish-language instruction. Classes are small (one to four students) and cost CH$315,000 to CH$400,000 per week, depending on intensity.

Mistico Outdoors
OUTDOORS

(✔cell 9-9541-7762; www.chileresponsible adventure.com; Eleuterio Ramírez 1535; full-day tour from CH$61,000) This small outfitter has a solid reputation for its customized tours and excursions, ranging from half a day to three weeks. Among the offerings: six-day trips in Parque Nacional Lauca, 10-day climbing trips to Ojos del Salado and full-day trips to Altos de Pica. Reserve at least four days in advance.

Boat Rides
BOATING

(adult/child CH$3500/1500, minimum 8 passengers; ⏰10am-5pm) For nautical adventures, try the hour-long boat tours from Iquique's 1901 passenger pier just west of the Aduana. They pass by the commemorative buoy marking the spot where the *Esmeralda* sank and also approach a colony of sea lions.

Magical Tour Chile
TOURS

(✔57-276-3474; www.magicaltour.cl; Baquedano 997; per person Ruta del Sol CH$21,000, Aventura Isluga CH$44,000; ⏰10:30am-8pm Mon-Sat) Offers the full range of trips, including one full-day Ruta del Sol excursion to the Gigante de Atacama geogliph, Humberstone ghost town and Pica Oasis. Other trips take you to geysers (Aventura Isluga) and photogenic lakes in the altiplano.

Show Travel
ADVENTURE

(✔cell 9-7367-0517; www.showtravel.cl; Baquedano 1035; ⏰9:30am-8pm Mon-Fri, 10:30am-5pm Sat) In addition to the usual tours, this is a good bet for active trips to places off the beaten track, including the El Huarango eco-camp near La Tirana.

🎉 Festivals & Events

Héroes de Mayo
SURFING

(⏰mid-May) One of Chile's biggest surf events.

🛏 Sleeping

Virgilio B&B
GUESTHOUSE $

(✔cell 9-7513-8035; saavedra.ivan@hotmail. fr; Libertad 825; dm/s/d without bathroom

CH$14,000/18,000/33,000; ☎) In a good location within easy strolling distance of the beach, this small, welcoming guesthouse has tidy rooms, a roofed-in front terrace and a lounge where you can relax after a day of exploring. Keep in mind that the cheapest rooms are quite small and none of the rooms have private bathrooms.

Backpacker's Hostel Iquique HOSTEL $
(☑cell 9-6172-6788; www.hosteliquique.com; Amunátegui 2075; dm CH$10,000, d CH$35,000, s/d/tr without bathroom CH$18,000/27,000/36,000; ☎) One of Iquique's best budget options, this buzzing hostel has much to recommend: nicely outfitted rooms, friendly staff and a great location near Playa Cavancha. There's a cafe-bar and small front terrace where you can meet other travelers. The hostel also organizes activities and excursions (sand-boarding, paragliding, surf lessons).

Plaza Kilantur HOTEL $
(☑57-241-7172; Baquedano 1025; s/d CH$25,000/35,000; ☎) One of the best deals in its category, this Georgian-style building fronts on to the pedestrian strip. There is a welcoming lobby with a big skylight and comfortable, medium-sized rooms arranged around a slender patio dominated by a towering pine tree.

Hostal Catedral HOSTEL $
(☑57-242-6372; Obispo Labbé 253; s/d CH$18,000/28,000, without bathroom per person CH$11,000; ☎) Homey place opposite the city's main church, handy for early or late Tur Bus (p173) connections. Has a range of rooms – some quite stuffy but others spacious. Have a look at a few if you can.

Hotel Esmeralda HOTEL $$
(☑57-221-6996; www.esmeraldahotel.cl; Labbé 1386; s/d CH$45,000/51,000; ☎) Spacious rooms and clean lines characterize this modern hotel a few blocks from Paya Gaviota. Service can be absentminded, but it's fair value for the price nonetheless.

Hotel Pacifico Norte HOTEL $$
(☑57-242-9396; hotelpacificonorte@chileagenda. cl; Ramirez 1941; s/d CH$30,000/40,000; ☎) The service is kind, and the wooden floors are squeaky at this old-fashioned charmer. The rooms downstairs have tall ceilings but no view. Rooms upstairs are cozy but slightly cramped. Get one at the front for their sweet little wooden balconies overlooking the street.

Pampa Hotel GUESTHOUSE $$$
(☑cell 9-8839-5211; www.pampahotel.com; Ramirez 1475; d/tr/lofts CH$62,000/72,000/100,000; ☎) A lovely new addition to Iquique, Pampa Hotel has boutique-style guest rooms and young, kind-hearted hosts. Set in a converted home built in 1890, it's awash with striking details, including original Oregon pine-wood flooring and feature walls, high ceilings, vintage fixtures and thoughtful touches like hand-woven throws for the bed, Alba bath products and blackout shades.

Sunfish Hotel HOTEL $$$
(☑57-254-1000; www.sunfish.cl; Amunátegui 1990; s/d CH$90,000/98,000, with view CH$105,000/113,000; P ❄ ☎ ☲) This luxe option in a dark-blue high-rise just behind Playa Cavancha has a polished lobby, efficient service and rooftop pool. The rooms are bright and spacious, and have balconies. For the best vistas, get one on the top two floors.

🍴 Eating

Monorganiko CAFE $
(Prat 580; sandwiches CH$3000-4000; ⊗9am-2:30pm & 4-9pm Mon-Sat; ☑) This tiny cafe secreted away inside a surf shop serves some of Iquique's best coffees. The barista will prepare it any way you like – V60, aeropress, chemex etc – or you can get a flat white, latte or espresso. At the adjoining counter, you can order tasty acai bowls, smoothies, wraps, sandwiches and desserts.

El Guru CHILEAN $
(Libertad 732; lunch specials around CH$3000, mains CH$4000-6000; ⊗noon-4pm & 7:30-11pm Mon-Fri, noon-4pm Sat) Locals flock to this familial spot for its good-value, classic cooking. Come early for changing lunch specials of grilled fish, steak or pork served up with all the sides. It's outdoor dining only in front of the simple eatery.

M.Koo SWEETS $
(Latorre 600; snacks from CH$600; ⊗9am-8:30pm Mon-Sat) Colorful corner shop famous for its crumbly *chumbeques,* sweet biscuits filled with mango, lemon, guava, passion fruit, *manjar* (dulce de leche) and other flavors. A big pack costs CH$1500.

Cioccolata CAFE $
(Pinto 487; snacks CH$2500-5000; ⊗8am-10pm Mon-Sat; ☎) Proof that Chileans enjoy a decent espresso, this friendly coffee shop is usually crammed with people. It offers sandwiches, scrumptious cakes and waffles.

BEAT THE HEAT IN PICA

The friendly and laid-back desert oasis of Pica appears as a painter's splotch of green on a lifeless brown canvas. It boasts lush fruit groves and is justly famous for its limes, a key ingredient in any decent pisco sour. Visitors come here to cool off in the attractive but overcrowded freshwater pool and to slurp on the plethora of fresh fruit drinks.

Most visitors make a beeline to the freshwater pool at **Cocha Resbaladero** (Termas de Pica; General Ibáñez; CH$3000; ☺8am-8pm), at the upper end of General Ibáñez. Encircled by cool rock, hanging vegetation and a watery cave, it makes a terrific spot to beat the desert heat – but in itself is not reason enough to visit Pica.. A few blocks north of the plaza, **El Pomelo** (Bolívar, near Maipu; mains CH$6500-12,000; ☺12:30-6pm Wed-Sun) is the best place to eat in town, with hearty lunch specials (CH$6000), grilled meats and fresh juices.

Pica is served by buses to Iquique (CH$3200, two hours), as well as tours operating from Iquique.

★ Santorini
FUSION $$

(☎57-222-1572; www.santorinirestobar.cl; Aeropuerto 2808; mains CH$8000-14,000; ☺6:30-11pm Mon, 1-3:30pm & 7-11:30pm Tue-Fri, 1pm-1am Sat, 1-5pm Sun; ☑) A surprising find in Iquique, Santorini serves up a huge menu of authentic Greek fare, best enjoyed in the bougainvillea-draped back patio. Aside from *saganaki* (fried cheese) and souvlaki, you'll also find pastas, whole grilled fish, delectable thin-crust pizzas and slow-roasted tender lamb cooked in a wood-burning oven. Finish with a creamy dessert (like Greek yogurt) and strong Greek coffee.

It's about 4km southeast of the Plaza Prat.

La Mayor Sandwicheria
SANDWICHES $$

(Céspedes y González 717; mains CH$4500-7800; ☺5:30pm-midnight Mon-Thu, from 1pm Fri & Sat; ☑) This small rock-music-loving joint dishes up sizzling gourmet burgers and frothy craft brews to a postsurf crowd near the beach. The draw: delectable toppings (Iberian ham, fried egg, caramelized onions), excellent fries, a huge beer list and a respectable vegetarian option (a quinoa patty). Portion sizes are generous – cutlery is required. Go early for a table.

La Mulata
FUSION $$

(☎57-247-3727; Prat 902; mains CH$9000-13,000; ☺12:30-4pm & 7:30-midnight Mon-Sat, 12:30-5pm Sun; ☎☑) Some of the best cooking in town is served at this lively Peruvian-Japanese restaurant. Service is snappy but personable, portions are well-sized without being over the top and there's a partial view of Playa Cavancha too. Don't neglect the great cocktails.

El Tercer Ojito
INTERNATIONAL $$

(www.eltercerojito.cl; Lynch 1420; mains CH$8000-12,500; ☺1-4pm & 7:30-10:30pm Tue-Sat, 1-5pm Sun; ☎☑) Recognizable by the huge lump of quartz outside, this laid-back restaurant serves great vegetarian and carnivore-friendly dishes. Its globally inspired repertoire includes Peruvian ceviche, Thai curries and Italian-style spinach and ricotta ravioli. A flower-draped patio sports bougainvillea and other greenery.

★ El Wagón
CHILEAN $$$

(☎57-234-1428; Thompson 85; mains CH$11,000-17,000; ☺1-4pm & 8pm-2am Mon-Sat) Almost single-handedly taking on the task of preserving the region's culinary traditions, this rustically decked-out dining hall serves up a fantastic collection of seafood plates, with inspiration for recipes coming from everywhere from grandma's classics to port-workers' and miners' staples. Pricey, but worth it.

🍷 Drinking & Nightlife

Radicales
BAR

(Baquedano 1074; ☺4pm-2:30am Mon-Thu, to 5am Fri & Sat) Set on the pedestrian drag of Baquedano, this vibrant two-story bar has a warren of creatively adorned rooms you can explore with a well-made tropical cocktail in hand. There's an upstairs balcony and outdoor seating on the lane in front – both fine spots for starting off the night.

Clinic
BAR

(www.facebook.com/bartheciniciquque; Lagos 881; ☺5pm-1:30am Wed & Thu, to 3am Fri & Sat) An all-wood interior lends this place a chalet-like charm, and makes a fine backdrop to drinks and snacks. There's live music most weekends, with bands kicking off around 10pm. Usually no cover.

Club Croata
CAFE

(Plaza Prat 310; ☺10am-6pm Mon-Sat; ☎) Plazaside eatery with arched windows, Croatian coats of arms and a clutch of tables outside. It's a fine spot for an afternoon pick-me-up.

Shopping

Zona Franca   MALL

(Zofri; Av Salitrera Victoria; ⊙11am-9pm Mon-Sat) Created in 1975, Iquique's *zona franca* is a massive monument to uncontrolled consumption – reputedly South America's largest. The entire region of Tarapacá is a duty-free zone, but its nucleus is this shopping center, housing over 400 stores selling imported electronics, clothing, automobiles and almost anything else.

If you want to shop, take any northbound *colectivo* (around CH$700) from downtown. Don't walk – it's surrounded by some of the worst neighborhoods in town.

❶ Information

There are many ATMs downtown and at the *zona franca*. Several *cambios* (money exchangers) exchange foreign currency and traveler's checks.

Post Office (Bolívar 458; ⊙9am-6pm Mon-Fri, 10am-noon Sat)

Sernatur (☑57-241-9241; www.sernatur.cl; Pinto 436; ⊙9am-6pm Mon-Fri, 10am-2pm Sat) This office has tourist information, free city maps and brochures.

❶ Getting There & Away

AIR

The local airport, **Aeropuerto Diego Aracena** (☑57-247-3473; www.aeropuertodiegoaracena. cl), is 41km south of downtown via Ruta 1.

LATAM (☑600-526-2000; www.latam.com; Pinto 699; ⊙9am-1:30pm & 3:30-6:15pm Mon-Fri, 10:30am-1pm Sat) has several flights a day to Santiago (from CH$90,000, 2½ hours). It also has two weekly flights to Salta, Argentina (around CH$155,000, 1½ hours).

Sky (☑600-600-2828; www.skyairline. cl) has several daily flights to Santiago (from CH$55,000).

Amaszonas (www.amaszonas.com) flies daily to Arica (from CH$30,000, 40 minutes) and Antofagasta (from CH$45,000, 45 minutes). It also has four weekly flights to La Paz, Bolivia (from CH$65,000), four weekly flights to Salta, Argentina (from CH$190,000, 1½ hours) and five weekly to Asuncion, Paraguay (CH$200,000, two hours).

BUS

The main bus station, **Terminal Rodoviario** (☑57-242-7100; Lynch), is at the north end of Patricio Lynch. Most major bus companies, such as **Expreso Norte** (☑57-242-3215; www. expresonorte.cl; Barros Arana 881), **Pullman**

(☑57-242-9852; www.pullman.cl; Barros Arana 825) and **Tur Bus** (☑57-273-6161; www.turbus. cl; Barras Arana 869, Mercado Centenario), as well as a few local ones, also have offices clustered around the Mercado Centenario, mainly along Barros Arana. You can reserve tickets here (saving a trek out to the bus terminal), but buses depart from the terminal. Services north and south are frequent, but most southbound services use Ruta 1, the coastal highway to Tocopilla (for connections to Calama) and Antofagasta (for Panamericana connections to Copiapó, La Serena and Santiago).

Several major bus companies, including **Ramos Cholele** (☑57-247-1628; Barros Arana 851), travel north to Arica and south as far as Santiago.

Sample fares are as follows.

DESTINATION	COST (CH$)	HOURS
Antofagasta	19,000	7
Arica	7200	4½
Calama	13,000	7
Copiapó	36,000	14
La Serena	39,000	19
Santiago	50,000	24

To get to Pica, try one of the agencies on Barros Arana, between Zegers and Latorre. **Chacón** (Barros Arana 957) has several departures daily to Pica (CH$3200, two hours) as does **Barreda** (☑57-241-1425; Barros Arana 965) next door. **Santa Angela** (☑57-242-3751; Barros Arana 971) travels to Pica (CH$3200, two hours), La Tirana (CH$2500, 1½ hours) and Humberstone (CH$2500, 45 minutes).

For another way of reaching Humberstone (and Santa Laura), head to the Mercado Central for a *colectivo*. Companies include **Taxi Chubasco** (☑57-275-1113; cnr Amunátegui & Sargento Aldea) and **Taxi Pampa y Mar** (☑57-232-9832; cnr Barros Arana & Sargento Aldea).

Several bus companies travel to Bolivian destinations, including La Paz, Cochabamba and Oruro. They're all clustered on one block of Esmeralda, between Amunategui and Martinez. It's not a great neighborhood – take a taxi for early or late departures. For La Paz, **Busfer** (☑cell 9-9561-8050; Esmeralda 951) has four departures daily (CH$6000 to CH$10,000, 14 hours), including 4am and 2pm, and **Luján** (Esmeralda 999) also has several daily departures (CH$10,000, 14 hours).

The easiest way to get to Peru is to go first to Arica, then hook up with an international bus there.

❶ Getting Around

TO/FROM THE AIRPORT

Minibus transfer from Aeropuerto Diego Aracena to your hotel costs CH$6000; there are a few stands at the airport. Alternatively, shared taxis charge around CH$7000 per person; private cabs cost CH$17,000. Try **Taxis Aeropuerto** (☑ 57-241-3368; cnr Anibal Pinto & Tarapaca) facing the plaza.

NORTE GRANDE EAST OF IQUIQUE

BUSES

Colectivos are the easiest way to get around town (CH$600). Destinations are clearly marked on an illuminated sign on top of the cab.

CARS

Cars cost from CH$26,000 per day. Local agencies often require an international driver's license.

AVIS (☑ 57-257-4330; Rodriguez 730; ☺ 8:30am-6:30pm Mon-Fri, 9am-2pm Sat)

Econorent Car Rental (☑ 57-242-3723; Hernán Fuenzalida 1058; ☺ 8:30am-7pm Mon-Fri, 9am-1pm Sat)

East of Iquique

Ghost towns punctuate the desert as you travel inland from Iquique; they're eerie remnants of once-flourishing mining colonies that gathered the Atacama's white gold – nitrate. Along the way you'll also pass pre-Hispanic geoglyphs, recalling the presence of humans centuries before. Further inland the barren landscape yields up several picturesque hot-spring villages, while the high altiplano is home to some knockout scenery and a unique pastoral culture.

There are various public-transportation companies linking Iquique with destinations here, including *colectivos* from Iquique to just outside Humberstone (CH$2800, 40 minutes); and buses from Iquique to La Tirana (CH$2500, 1½ hours), Mamiña (CH$3000, two hours) and Colchane (CH$4500, 3½ hours) – the latter for access to Parque Nacional Volcán Isluga.

Gigante de Atacama

It's the biggest archaeological representation of a human in the world – a gargantuan 86m high – and yet little is really known about the **Giant of the Atacama** (Ruta 15). Reclining on the isolated west slope of Cerro Unita 14km east of Huara, the geoglyph is thought to represent a powerful shaman. Experts estimate that the giant dates from around AD 900. Don't climb the slope, as it damages the site.

The Huara–Colchane road, the main Iquique–Bolivia route, is paved; only the very short stretch (about 1km) from the paved road to the hill itself crosses unpaved desert. The isolated site is 80km from Iquique; the best way to visit is to rent a car or taxi, or take a tour.

Humberstone & Santa Laura

The influence and wealth of the nitrate boom whisper through the deserted ghost town of **Humberstone** (www.museodelsalitre.cl; adult/child incl Oficina Santa Laura CH$4000/2000; ☺ 9am-7pm Dec-Mar, to 6pm Apr-Nov). Established in 1872 as La Palma, this mining town once fizzed with an energy, culture and ingenuity that peaked in the 1940s.

However, the development of synthetic nitrates forced the closure of the *oficina* by 1960; 3000 workers lost their jobs and the town dwindled to a forlorn shell of itself. The following all now lie quiet and emptied of life: the grand theater (rumored to be haunted, like a lot of the town's other buildings) that once presented international starlets; the swimming pool made of cast iron scavenged from a shipwreck; the ballroom, where scores of young *pampinos* (those living or working in desert nitrate-mining towns) first caught the eye of their sweethearts; schools; tennis and basketball courts; a busy market; and a hotel frequented by industry big-shots.

Some buildings are restored, but others are crumbling; take care when exploring interiors. At the west end of town, the electrical power plant still stands, along with the remains of the narrow-gauge railway to the older Oficina Santa Laura. Although designated a historical monument in 1970, Humberstone fell prey to unauthorized salvage and vandalism However, the site's fortunes were boosted in 2002, when it was acquired by a nonprofit association of *pampinos* (Corporación Museo del Salitre) that set about patching up the decrepit structures. At the entrance, pick up a useful map that indicates what the buildings were used for.

Admission also allows entry to nearby Oficina Santa Laura.

The skeletal remains of **Oficina Santa Laura** (adult/child incl Humberstone CH$4000/2000; ☺ 9am-7pm Dec-Mar, to 6pm Apr-Nov), 2km west of Humberstone, are a half-hour walk southwest of its abandoned neighbor. Less visited and more in ruin than Humberstone, Santa Laura is nevertheless worth a peak for its haunting small museum. There are also hunkering industry buildings with massive old machinery.

MAMIÑA

Upon arrival, Mamiña appears to be a dusty desert village surrounded by parched precordillera. However, the valley floor below is home to famously pungent hot springs, around which a small, sleepy resort has shaped itself. The baths, particularly popular with local miners, are the only reason to come here. You can easily do it on a day trip from Iquique.

The village huddles into upper and lower sectors, the former clustered around the rocky outcrop where the 1632 **Iglesia de San Marcos** stands, while the latter lies low in the valley, where the hot springs are. 'Resort facilities' include **Barros Chinos** (Cruce A-653; CH$3000; ⊘9am-4pm), where mud treatments are available.

Mamiña is 73km east of Pozo Almonte. Buses and *taxis colectivos* from Iquique stop in the plaza opposite the church. To get here from Iquique, catch one of the Barreda (p173) buses (CH$3000, two hours), which has daily departures from its office on Barros Arana in Iquique.

Like in Humberstone, ghost stories abound; visitors have heard children crying and felt strange presences following them around.

Parque Nacional Volcán Isluga

If you want to get off the beaten track, this isolated national park richly rewards the effort. Dominated by the malevolently smoking Volcán Isluga, the park is dotted with tiny pastoral villages that house just a few hardy families or, at times, nobody at all. The park's namesake village, **Isluga**, is itself uninhabited. It functions as a *pueblo ritual* (ceremonial village), where scattered migrational families converge for religious events that center on its picture-perfect 17th-century adobe church. Hot springs can be found 2km from the village of **Enquelga**.

Parque Nacional Volcán Isluga's 1750 sq km contain similar flora and fauna to those of Parque Nacional Lauca, but it is far less visited. The park is 250km from Iquique and 13km west of **Colchane**, a small village on the Bolivian border.

🛏 Sleeping

Hotel Isluga HOTEL **$**
(☑cell 9-8741-6260; Teniente González s/n, Colchane; s/d CH$25,000/36,000, without bathroom CH$16,000/35,000) The nicest place to stay in the area, this little hotel has comfy rooms, although they tend to get cold at night. It also organizes tours to nearby attractions.

Hostal Camino del Inca HOTEL **$**
(☑cell 9-8446-3586; hostal_caminodelinka@ hotmail.com; Teniente González s/n, Colchane; r per person incl breakfast & dinner CH$14,000, without bathroom CH$11,000) Run by a local family, it has two floors of sparse but clean rooms,

with hot showers. It gets bitterly cold, so bring a sleeping bag, and a flashlight, because electricity is cut at 11pm.

ℹ Getting There & Away

The road to Colchane is paved, but the park itself is crisscrossed by myriad dirt tracks. Several daily buses (fewer on Sundays) that depart Iquique, 251km away, pass Colchane (CH$4500, 3½ hours) on their way to Oruro (CH$7000, eight hours, plus more for border passing); try **Luján** (p173), which has 1pm departures daily from Iquique.

At Colchane it's also possible to cross the border and catch a truck or bus to the city of Oruro, in Bolivia.

La Tirana

Curly-horned devils prance, a sea of short skirts swirls, a galaxy of sequins twinkles and scores of drum-and-brass bands thump out rousing rhythms during La Tirana's **Virgin of Carmen festival**. Chile's most spectacular religious event, the fiesta takes place in mid-July. For 10 days as many as 230,000 pilgrims overrun the tiny village (permanent population 1300) to pay homage to the Virgin in a Carnaval-like atmosphere of costumed dancing.

The village, 72km from Iquique at the north end of the Salar de Pintados, is famed as the final resting place of a notorious Inka princess and is home to an important religious shrine. The **Santuario de La Tirana** consists of a broad ceremonial plaza graced by one of the country's most unusual, even eccentric, churches.

La Tirana is about 78km east of Iquique. Several bus companies have daily connections between Iquique and La Tirana

(CH$2500, 1½ hours), including Barreda (p173) and Santa Angela (p173).

Pintados

Just off the Panamericana, about 45km south of Pozo Almonte, the brown hillsides of the Atacama have been transformed into a magnificent canvas of aboriginal art. There are some 420 geoglyphs decorating the hills like giant pre-Columbian doodles at **Pintados** (adult/child CH$4000/2000; ◎9:30am-5pm Tue-Sun), 45km south of Pozo Almonte. Geometrical designs include shapes, figures and animals. Most of the works date from between AD 500 and AD 1450.

Pintados lies 4.5km west of the Panamericana via a gravel road, nearly opposite the eastward turnoff to Pica. There's no public transportation to the site, though agencies in Iquique run day trips.

Pisagua

◪ 057 / POP 260

The ghosts of Pisagua's past permeate every aspect of life in this isolated coastal village, 120km north of Iquique. Not much more than a ghost of its former self, when it was one of Chile's largest 19th-century nitrate ports, today it is home to some 260 people who make their living harvesting *huiro* (algae) and *mariscos* (shellfish). A penal colony where Pinochet cut his teeth as an army captain, the town would acquire its true notoriety shortly afterward when it became a prison camp for Pinochet's military dictatorship (1973–89). After the return to democracy, the discovery of numerous unmarked mass graves in the local cemetery caused an international scandal.

There is a spooky magic and lyricism to Pisagua, which feels like a forgotten seaside hamlet set beneath a near-vertical rock face.

◉ Sights

Cemetery CEMETERY
(◎daylight) Pisagua's most sobering site is its old cemetery 3km north of town, spread over a lonely hillside that slips suddenly into the ocean. Here, vultures guard over a gaping pit beneath the rock face, where a notorious mass grave of victims of the Pinochet dictatorship was discovered. A poignant memorial plaque quotes Neruda, 'Although the tracks may touch this site for a thousand years, they will not cover the blood of those who fell here.'

Beyond the cemetery, the road continues for 3.5km to Pisagua Vieja, with a handful of adobe ruins, a pre-Columbian cemetery and a broad sandy beach.

Teatro Municipal HISTORIC BUILDING
(Esmeralda) A once-lavish, now crumbling theater with a broad stage, opera-style boxes and peeling murals of cherubim on the ceiling. Ask for the key at the **library** (◎9am-3pm & 4-6pm Mon-Fri; ☎) next door.

🛏 Sleeping & Eating

Hostal La Roca HOTEL $
(☎57-273-1502; h.larocapisagua@gmail.com; Manuel Rodríguez 20; s/d CH$14,000/28,000; ℗) This quirky little place is perched on a rocky rise overlooking the Pacific and run by a friendly local couple. It offers four charming rooms, two with ocean views. You can also arrange surfing and diving trips here.

Señora Jacqueline CHILEAN $
(Patricio Lynch; mains around CH$3000; ◎noon-11pm) You'll have to poke around to find this unsigned, informal place set in one enterprising local's home. Señora Jacqueline cooks up whole fish and whatever else is freshly available for the day. Find her house on a hilly rise above the waterfront at the eastern edge of the village.

❶ Getting There & Away

As the crow flies, Pisagua lies about 60km north of Iquique, but by road is double that. It's reached from a turnoff 85km south of the police checkpoint at Cuya, and 47km north of Huara. Leaving the Panamericana, travel 40km west until you hit the coast.

One *micro* (small bus) a day (except Sundays) leaves Iquique's terminal at 5pm (CH$2000, two hours). It returns from Pisagua at 7am.

Arica

◪ 058 / POP 221,000

The pace of Arica is simply delightful. It's warm and sunny year-round, there's a cool pedestrian mall to wander around come sunset, and decent brown-sugar beaches are just a short walk from the town center. Top this off with some kick-ass surf breaks and a cool cliff-top War of the Pacific battlefield at El Morro, and you may just stay another day or two before you head up to nearby Parque Nacional Lauca or take an afternoon off from 'beach duty' to visit the Azapa Valley, home to some of the world's oldest-known mummies.

History

Pre-Hispanic peoples have roamed this area for millennia. Arica itself was the terminus of an important trade route where coastal peoples exchanged fish, cotton and maize for the potatoes, wool and charqui (jerky) from the people of the precordillera and altiplano.

With the arrival of the Spanish in the early 16th century, Arica became the port for the bonanza silver mine at Potosí, in present-day Bolivia. As part of independent Peru, the city's 19th-century development lagged behind the frenzied activity in the nitrate mines further south. Following the dramatic battle over Arica's towering El Morro in the War of the Pacific, the city became de facto Chilean territory, an arrangement formalized in 1929.

◎ Sights

★ Museo de Sitio Colón 10   MUSEUM
(Colón 10; adult/child CH$2000/1000; ⊘ 10am-7pm Tue-Sun Jan-Feb, to 6pm Tue-Sun Mar-Dec) See the 32 excavated Chinchorro mummies in situ at this tiny museum below El Morro. They were discovered when an architect bought this former private home with the intention of converting it into a hotel. You can gape at the glass-protected bodies as they were found, in the sand below the floors, in different positions, complete with their funerary bundles, skins and feathers of marine fowl.

There are a few infants, with red-painted mud masks. Go up the wooden ramp for a better vantage point of the mummies and then check out the great view of the city from the covered terrace. The included audio guide (available in English and other languages) gives a fine context to the site.

Ferrocarril Arica-Poconchile   TRAIN
(http://trenturistico.fcalp.cl; Av Brasil 117; adult/child return CH$9000/4000; ⊘ ticket office 9am-2pm & 3-6:30pm Mon-Fri) One part of the old rail line that linked Arica with La Paz, Bolivia, has been restored, allowing you to ride a tourist train that runs once a week between Arica and the Lluta Valley town of Poconchile, some 37km to the northeast. The 1950s vintage train cars currently depart Saturdays at 10:30am and arrive back in Arica at 3:30pm, after a one-hour stop in Poconchile.

The train departs from the station in Chinchorro, about 3km northeast of the center. Call ahead or confirm with the tourist office that the train is running. Outside high season (December to mid March) it tends to run only twice a month.

Cuevas de Anzota   NATURAL FEATURE
(Av Comandante San Martín) About 10km south of the center, the serene beaches give way to an area of jagged cliffs, rocky shorelines and caves that were used by the Chinchorro culture some 9000 years ago. A new coastal walk takes you through the area, with staircases leading up to lookout points, and fine vantage points over the dramatic coastline. Keep an eye out for sea lions, *chungungo* (a marine otter) and a host of marine birds.

There's no public transportation down this way. Take a taxi.

El Morro de Arica   VIEWPOINT
This imposing coffee-colored shoulder of rock looms 110m over the city. It makes a great place to get your bearings, with vulture-eye views of the city, port and Pacific Ocean. This lofty headland was the site of a crucial battle in 1880, a year into the War of the Pacific, when the Chilean army assaulted and took El Morro from Peruvian forces in less than an hour.

The hilltop is accessible by car or taxi (CH$4000 round-trip with a 30-minute wait), or by a steep footpath from the south end of Calle Colón. The story of El Morro is told step by step in the flag-waving Museo Histórico y de Armas (p179), which has information in Spanish and English.

Catedral de San Marcos   CHURCH
(San Marcos 260, Plaza Colón; ⊘ 8:30am-9pm Mon-Fri, 11am-1pm Sat, 9am-1pm & 7:30-9pm Sun) This Gothic-style church has a threefold claim to fame. First, it was designed by celebrated Parisian engineer Alexandre Gustave Eiffel, before his success with the Eiffel Tower. Second, it was prefabricated in Eiffel's Paris shop in the 1870s (at the order of the Peruvian president) then shipped right around the world to be assembled on-site. Still more curious is the construction itself: the entire church is made of stamped and molded cast iron, coated with paint.

Ex-Aduana de Arica   NOTABLE BUILDING
(Casa de Cultura; ☏ 58-220-9501; Prat s/n) FREE Eiffel designed this former customs house. Prefabricated in Paris, it was assembled on-site in 1874, with walls made of blocks and bricks stacked between metallic supports. As the city's cultural center, it hosts a smattering of exhibitions and has an impressive 32-step wrought-iron spiral staircase. At the

Arica

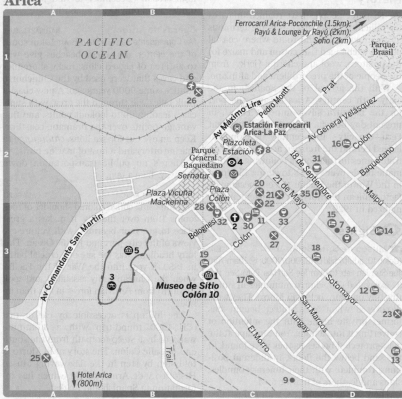

Arica

◉ Top Sights
1 Museo de Sitio Colón 10 .... C3

◉ Sights
2 Catedral de San Marcos C3
3 El Morro de Arica B3
4 Ex-Aduana de Arica C2
5 Museo Histórico y de Armas B3

✪ Activities, Courses & Tours
6 Miramar B1
7 North Light Academia de Idiomas D3
8 Orange Travel C2
9 Raíces Andinas C4

🛏 Sleeping
10 Arica Surfhouse E3
11 Casa Beltrán C3
12 Hostal Huanta-Jaya D3
13 Hostal Jardín del Sol D4
14 Hotel Aruma D3
15 Hotel Gavina Express D3
16 Hotel Mar Azul D2
17 Hotel Savona C3

18 Hotel Sotomayor D3
19 Petit Clos C3

🍴 Eating
20 Boulevard Vereda Bolognesi C2
21 Cafe del Mar C2
22 Govinda's C3
23 Los Aleros de 21 .... D4
24 Lucano E1
25 Maracuyá A4
26 Mata-Rangi B1
27 Mercado Central C3
28 Mousse C3
29 Salon de Te 890 ....E4

🍷 Drinking & Nightlife
30 Así Sea Club C3
31 Baristta Coffee.................................... D2
32 Mosto Vinoteca C3
33 Old School C3
34 Vieja Habana D3

🛍 Shopping
35 Frutos Rojos D2

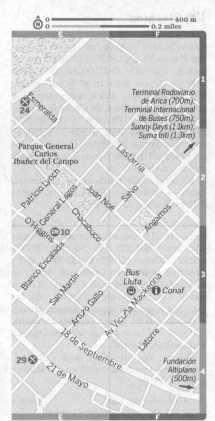

The most frequented beaches are south of town, along Av Comandante San Martín, where there are several sheltered coves and seaside restaurants. The closest is **Playa El Laucho**, a 20-minute walk away, just past the Club de Yates, followed by decidedly prettier **Playa La Lisera**, 2km south of downtown, with changing rooms and showers. Both have only gentle surf and are worthy spots for swimming and lounging alike. Nearby, rougher **Playa Brava** is suitable for sunbathing only.

About 9km south of town, past a pungent fish-meal processing plant, is **Playa Corazones**, with wild camping and a kiosk. Just past the beach a trail leads to caves, cormorant colonies, tunnels and a sea-lion colony. Hire a cab or bike it here.

Beaches are also strung along the Panamericana Norte for 19km to the Peruvian border; these beaches are longer and rougher, but cleaner. The enormous **Playa Chinchorro**, 2km north of downtown, is a veritable play land: a long, wide beach strung with overpriced restaurants, ice-cream shops and, in holiday season, Jet Ski rentals. The sea is a bit on the rough side but fine for experienced swimmers. The water here turns somewhat silty in February.

Playa Las Machas, a few kilometers north, is a surfers' haunt. Take bus 12 or 14 from 18 de Septiembre; get off on the corner of Av Antarctica and Av España.

Surfing

The secret's out: Arica's reputation for terrific tubes has spread worldwide. It now hosts high-profile championships and tempts surfing film crews to the area. July sees the biggest breaks. As well as Playa Las Machas, expert surfers also hit the towering waves of El Gringo and El Buey at Isla de Alacrán, an expert point break south of Club de Yates. Hire boards or take surf lessons from Arica Surfhouse (p180).

Mayuru   OUTDOORS
(☎9-8582-1493; www.mayurutour.com; Baquedano 411, Putre) Mayuru has a strong reputation for its high-quality tours around the region. If time allows, skip the one-day blitz to Lauca, and do one of Mayuru's multiday trips, taking in the natural wonders of the altiplano.

The office is in Putre, so call or email before you arrive.

Miramar   BOATING
(Muelle Pesquero; adult/child CH$3000/1000; ☉10am-6pm) On the fishing jetty, this is one

time of writing it was closed for long-term restoration.

Museo Histórico y de Armas   MUSEUM
(adult/child CH$1000/500; ☉8am-6pm Tue-Fri, to 8pm Sat & Sun) Atop Morro de Arica, this museum recounts a key battle that took place on this hillside in 1880 during the War of the Pacific. There'a a collection of 19th- and early 20th-century weaponry.

🏃 Activities

Beaches

Surfers, swimmers and sunbathers can all find their niche along Arica's plentiful beaches. The Pacific is warm enough to bathe comfortably here, although there are strong ocean currents that make some beaches more dangerous for swimming than others. The mirrorlike waters of sheltered Playa La Lisera are the safest place to take young children swimming.

of several outfits that runs 40-minute cruises around the bay. You're sure to see pelicans, sea lions and perhaps even a penguin. Boats depart whenever there are enough passengers. Go before lunchtime on a weekend for the least amount of waiting-around time.

Orange Travel OUTDOORS
(☑9-8869-3991; www.orangetravel.cl; Paseo Bolgnesi 421; ☺9am-6pm Mon-Sat) Offers a full range of tours, including full-day trips to Parque Nacional Lauca (CH$30,000) and half-day excursions taking in the area's archaeological wonders (CH$15,000). Also has bikes available for hire.

🐟 Courses & Tours

North Light
Academia de Idiomas LANGUAGE
(☑9-8360-0049; www.facebook.com/academia deidiomasarica; 21 de Mayo 483, 3rd fl; ☺4-6:30pm Mon-Fri) Offers Spanish courses (CH$60,000 for 12 90-minute classes including enrollment fee).

Raíces Andinas ECOTOUR
(☑9-8680-9445; www.ecotourexpediciones.cl; Héroes del Morro 632; ☺9am-noon & 3-6pm Mon-Sat) A well-run outfit recommended for encouraging better understanding of the local people. It specializes in trips of two or more days, and offers expeditions to Sajama in Bolivia via Lauca as well as adventures into Salar de Uyuni.

Suma Inti TOURS
(☑58-222-5685; www.sumainti.cl; Poblacion Juan Noé, Pasaje 11, No 1128; ☺9am-1pm & 3-7pm Mon-Fri, 9am-1pm Sat) A little Aymara-run outfit which focuses on ancestral traditions; tours often feature rituals involving coca leaves and chants. Can also arrange longer treks and climbing expeditions.

🎊 Festivals & Events

Carnaval Andino con
La Fuerza del Sol CARNIVAL
(☺late Jan-early Feb) This festival, with blaring brass bands and dancing by traditional *comparsas* (traditional dancing groups), draws around 15,000 spectators during a three-day weekend. It mostly happens on Av Comandante San Martín near El Morro.

Semana Ariqueña FESTIVAL
(☺early Jun) Arica week features parades, concerts and fireworks.

🛏 Sleeping

Sunny Days GUESTHOUSE $
(☑58-224-1038; http://sunny-days-arica.cl; Tomas Aravena 161; s/d CH$20,000/30,000, dm/s/d without bathroom CH$11,000/15,000/26,000; P@☎) If you don't mind being outside the center, this welcoming, easygoing guesthouse near Playa de Chinchorro is an appealing option. Pleasant rooms, friendly English-speaking staff, a spacious lounge area, and access to kitchens, laundry and bike hire (CH$8000 per day) draw a wide mix of travelers.

It's about 2km northeast of the center. Catch a *colectivo* (CH$700) or *micro* (CH$500) along Av Santa Maria.

Arica Surfhouse HOSTEL $
(☑58-231-2213; www.aricasurfhouse.cl; O'Higgins 664; dm CH$12,000, s/d CH$25,000/36,000, without bathroom CH$20,000/30,000; @☎) Doubling as Arica's surfer central, this is one of Arica's top hostels, with a variety of clean rooms, a great open-air communal area, 24-hour hot water and laundry service. There's a shuttle service to the beaches in winter and staff will hook you up with surf classes and equipment rental.

You can also hire bikes, book tours (national-park excursions) and go parasailing or scuba diving.

Hostal Jardín del Sol HOTEL $
(☑58-223-2795; www.hostaljardindelsol.cl; Sotomayor 848; s/d CH$23,000/$37,000; ☎) It's been here for ages but still lives up to its reputation as one of Arica's best budget hotels, with small but spotless rooms, fans included. Guests mingle on the leafy patio, in the shared kitchen and the lounge room. There's a book exchange and lots of tourist info.

Hostal Huanta-Jaya HOTEL $
(☑58-231-4605; hostal.huanta.jaya@gmail.com; 21 de Mayo 660; s/d from CH$20,000/30,000; ☎) The pleasant, clean and spacious (if a bit dark) rooms are reached via a long hallway lined with African-themed artwork. The cheapest rooms lack exterior windows and there isn't much of a traveler vibe.

Hotel Mar Azul HOTEL $
(☑58-225-6272; www.facebook.com/marazularica; Colón 665; s/d CH$20,000/30,000; ☎🖥) The flag-fronted Mar Azul at the heart of town has an all-white interior, a little outdoor pool and cable TV.

Petit Clos GUESTHOUSE **$$**
(☑58-232-3746; www.lepetitclos.cl; Colón 7; d
CH$32,000-36,000) Near the steps leading up
to Morro de Arica, this Belgian-run guest-
house makes a great base for exploring the
city. The rooms are pleasantly furnished,
there's a terrace with lovely views (where
breakfast is served) and tea and coffee are
always available.

It's a steep uphill climb from the center.

Casa Beltrán HOTEL **$$**
(☑58-225-3839; www.hotelcasabeltran.cl; Soto-
mayor 266; r CH$52,000-62,000; P❋@🛜) This
sleek city-center charmer inside an old *casona* has 17 well-designed rooms with dark
hardwood floors and all the upscale trimmings (desk, minifridge, spotless modern
bathrooms). Some rooms have balconies.
The upscale restaurant (closed Sundays)
serves *almuerzos* (set lunches) and afternoon tea overlooking a leafy patio.

Hotel Sotomayor HOTEL **$$**
(☑58-258-5761; www.hotelsotomayor.cl; Sotomay-
or 367; s/d CH$35,000/45,000; P🛜) Slightly
frayed around the edges, this four-story
number just uphill from the plaza wins
points for its cheerfully painted facade,
spacious rooms and quiet location, set back
from the street beside a small plaza.

Hotel Gavina Express BUSINESS HOTEL **$$**
(☑58-258-3000; www.gavinaexpress.cl; 21 de
Mayo 425; s CH$51,000-61,000; d CH$59,000-
69,000, ste CH$80,000; ❋🛜) Right in the
middle of the pedestrian strip, this busi-
ness-class hotel offers all the expected comforts, including king-size beds, spacious
rooms and spotless modern bathrooms.

Hotel Savona HOTEL **$$**
(☑58-223-1000; www.hotelsavona.cl; Yungay
380; s/d CH$39,000/54,000; P@🛜❋) This
snowy-white hotel at the foot of El Morro
has a concertina-style front and an attractive
inner patio with bougainvillea blooms and
a pill-shaped pool. The classic-style rooms
are a bit clunky but well equipped. There are
free bikes for use.

★Hotel Aruma BOUTIQUE HOTEL **$$$**
(☑58-225-0000; www.aruma.cl; Lynch 530;
s/d standard CH$80,000/90,000, superi-
or CH$110,000/120,000; ❋🛜❋) Arica's
best-looking hotel is a mixture of cool ambience, modern styling and friendly service.
The spacious rooms have a contemporary,
relaxed feel and the rooftop snack bar,

lounge areas and dip pool further add to the
appeal.

Look online for good deals (standard/
superior rooms from CH$67,000/80,000).

Hotel Arica HOTEL **$$$**
(☑58-225-4540; www.panamericanahoteles.cl; Av
Comandante San Martín 599; r CH$75,000-120,000,
cabin for 2 CH$110,000-140,000; P❋@🛜❋)
This large-scale oceanfront resort offers a
range of rooms, including cabins overlook-
ing the ocean, plus all four-star trappings.
It's about 3km southwest of the center by
Playa El Laucho. Request a room with an
ocean view and check for web-only specials.

✖ Eating

Mata-Rangi SEAFOOD **$**
(Muelle Pesquero; mains CH$5000-7000; ⊙12:30-
4pm Thu-Tue) Superb seafood is served at this
adorable spot hanging over the harbor by
the fishing jetty. A wooden shack-style place
packed with wind chimes, it has a breezy
dining room and a small terrace above the
ocean. Get here early to grab a seat or be
prepared to wait.

Salon de Te 890 PIZZA **$**
(21 de Mayo 890; pizzas CH$3800-6000;
⊙5pm-midnight Mon-Sat; 🛜) Come to this
cheerful teahouse for pizzas, sandwiches and
heavenly sweet cakes served in a pair of pas-
tel-colored rooms with old-timey decoration.
Don't miss the signature Siete Sabores cake.

Govinda's VEGETARIAN **$**
(www.facebook.com/viejaescuelabararica; Sotomay-
or 251; mains CH$3000-4000; ⊙9am-4pm Mon-Fri,
1-4pm Sat) Take a break from meat and fish at
this welcoming vegetarian eatery around the
corner from the cathedral. The menu chang-
es daily and might feature the likes of lentil
soup, quinoa risotto, spinach ravioli, quiche
or fajitas. Sandwiches, juices and breakfast
fare (weekdays) round out the menu.

Boulevard Vereda Bolognesi INTERNATIONAL **$**
(Bolognesi 340; mains CH$4000-9000; ⊙10am-
11pm Mon-Sat) Hip little shopping mall with
a clutch of cool cafes, restaurants and bars.
Choose between a Peruvian joint, an Italian
restaurant or a sushi bar, and eat on the cen-
tral patio. In the evening it's a popular local
gathering spot for drinks.

Cafe del Mar CAFETERIA **$**
(21 de Mayo 260; mains CH$4200-6000; ⊙9am-
11pm Mon-Sat; 🛜) On the lively pedestrian
lane, the ever-popular Cafe del Mar has a big

menu of salads, crepes, burgers and sandwiches, plus first-rate coffee. Grab a table out front for prime people-watching.

Mercado Central   MARKET $

(Sotomayor; mains CH$3500-6000; ⊘8am-6pm Mon-Fri) Very much a local's market, specializing in fresh produce, cheap clothing, food stalls and plenty of Bolivian imports.

★ Los Aleros de 21   CHILEAN $$

(⁂58-225-4641; 21 de Mayo 736; mains CH$9500-13,500; ⊘noon-3:30pm & 8-11:30pm Mon-Sat; 🐾) One of Arica's best restaurants serves up excellent grilled meat and seafood dishes amid wood paneling and an old-fashioned ambience. Service is generally quite good, and there's a decent wine list too.

Lucano   ITALIAN $$

(⁂58-247-5233; www.pizzerialucano.cl; Esmeralda 210; pizzas CH$6000-12,000; ⊘6pm-midnight Mon-Fri, from 1pm Sat & Sun; 🐾🍴) A bit outside the center, open-sided Lucano has an easygoing charm with checkered tablecloths, outdoor tables and a soundtrack of American soul, funk and vintage jazz. The pizzas are good and pair nicely with Guayacan Pale Ale and other Chilean brews.

Lucano also delivers.

Maracuyá   SEAFOOD $$

(⁂58-222-7600; Av Comandante San Martín 0321; mains CH$8700-13,500; ⊘12:30-3:30pm & 8:30pm-midnight Mon-Sat; 🐾) Treat yourself to a superb seafood meal complete with snappily attired servers and sea views at this villa-style restaurant next to Playa El Laucho. Reservations recommended.

Mousse   ITALIAN $$

(www.facebook.com/moussebarrestaurant; 7 de Junio 174; mains CH$7000-9000; ⊘9am-2am Mon-Sat, 5pm-2am Sun; 🐾🍴) One of several appealing indoor-outdoor eateries facing Plaza Colón, Mousse serves a great variety of pastas and pizzas, plus breakfast fare, tostadas (grilled sandwiches) and other snacks. Lunch specials (like vegetarian lasagna) are good value at CH$4500.

Rayú   FUSION $$$

(⁂58-221-6446; Raúl Pey Casado 2590; mains CH$8500-15,000; ⊘1pm-2am Mon-Sat; 🍴) Across the street from Playa Chinchorro, Rayú has earned a strong following for its creative menu that fuses Italian and Peruvian dishes. The upscale, open-air space makes a fine setting to linger over mouthwatering ceviche or tender octopus followed

by heartier plates of lamb lasagna, goat's-cheese ravioli and grilled fish served with abalone risotto.

🍷 Drinking & Nightlife

Baristta Coffee   CAFE

(18 de Sepiembre 295, 2nd fl; ⊘8:15am-11pm Mon-Fri, 4-11pm Sat; 🐾) Arica's best coffee is poured at this hip upstairs cafe with a spacious outdoor patio made of reclaimed wood. You choose the preparation style – V60, Chemex, Syphon or Aeropress – or straight-up espresso. There are also lunch specials (CH$4000), croissant sandwiches and breakfast fare.

Lounge by Rayú   BAR

(Raúl Pey Casado 2590; ⊘9pm-4am Tue-Sat) The beautiful people flocks to this upscale lounge with its open-air patio out in Playa Chinchorro. Come for cocktails, sushi and electronic grooves by rotating DJs.

Mosto Vinoteca   WINE BAR

(www.facebook.com/mostovinotecacl; 7 de Junio 196; ⊘7pm-2am Mon-Fri, noon-2am Sat & Sun) For a fine vantage point of the cathedral, grab an outdoor table at this new wine bar on the plaza. Aside from a good selection of Chilean reds, Mosto offers craft beers, cheese and charcuterie plates, and sandwiches. On weekends there's usually a DJ or a jazz trio on hand.

Así Sea Club   BAR

(San Marcos 251; ⊘noon-5pm & 6pm-midnight Mon-Thu, to 2am Fri & Sat) This swank hideaway inside a rambling historic town house has a set of sleek rooms featuring original detail, and a back patio. It serves a menu of *tablas* (shared plates, CH$5000 to CH$20,000), cocktails and all-Chilean wines, paired with loungey tunes.

Old School   BAR

(Vieja Escuela; www.facebook.com/viejaescuela bararica; Colón 342; ⊘8pm-2am Tue-Sat) A mainstay of the nightlife scene, Old School is a cavernous place with live music on weekends and DJs on some weeknights. There's also the occasional screening of Chilean football matches.

Soho   CLUB

(www.facebook.com/discosoho; Buenos Aires 209; cover CH$4000-8000; ⊘11pm-5am Thu-Sat) The city's most happening disco; gets a variety of DJs as well as live salsa and rock bands. It's about 3km north of the center, near Playa Chinchorro.

WORTH A TRIP

ADVENTURE IN THE ANDEAN FOOTHILLS

There's a new frontier for adventurous travelers who want to get off the beaten path near Arica: a string of isolated villages that necklaces the Andean foothills. A series of rough gravel roads connects these pretty traditional hamlets in the precordillera, including **Belén**, **Saxamar**, **Tignamar** and **Codpa**. Highlights include colonial churches, ancient agricultural terraces and *pukarás* (pre-Hispanic fortifications). There's been a recent effort to develop heritage tourism in this Andean region; the project is being promoted as the 'mission route.' This has been headed up by Fundación Altiplano (p183), a foundation that is trying to promote sustainable development of these nearly forgotten Andean communities.

The fertile oasis of the Codpa Valley is home to the area's best place to overnight, **Codpa Valley Lodge** (☑cell 9-8449-1092; http://terraluna.cl/en/codpa-valley-lodge; Ruta A-35; d/tr CH$75,000/85,000; ☒). This solar-energy-powered hideaway (there's electricity for only two hours nightly) has cozy rustic rooms with private patios set around a swimming pool, and a good restaurant. Bring plenty of pesos; it's cash only. Lodge tours include a scenic two-day overland to Putre through the precordillera.

La Paloma in Arica has departures for Belen and Codpa several times per week. It's not possible, however, to make a loop through all the villages on public transportation.

For travelers with vehicles (a 4WD is highly recommended, if not imperative), this spectacular route is a great way to get from Codpa to Putre, or vice versa. Make sure you get a good road map and don't attempt this journey during rainy season (December to March), since rivers run amok due to heavy rains and often wash the roads away.

Vieja Habana　　　　　　　　　　BAR
(www.facebook.com/vieja.habana.salsoteca; 21 de Mayo 487; ⊙midnight-4.30am Fri & Sat) Has salsa and bachata classes (from CH$3000) Monday to Thursday from 8pm to 11:30pm, and functions as a lively *salsoteca* (salsa club) on weekends.

🛍 Shopping

Frutos Rojos　　　　　　　　FOOD & DRINKS
(18 de Sepiembre 330; ⊙10am-10pm Mon-Sat) This atmospheric little shop sells nuts and dried fruits, juices, coca leaves, yerba maté, teas and almond-stuffed nuts and olive oil from the Azapa Valley. It's a great place to sample the produce from the region. And those dried, intestine-looking stacks by the door? That's actually *cochayuyo* – a species of kelp prevalent in Chile that's packed with nutrients.

Poblado Artesanal　　　　　　　MARKET
(Hualles 2825; ⊙10:30am-1:30pm & 3:30-7pm Tue-Sun) On the outskirts of Arica, near the Panamericana Sur, is this full-on shopping experience: a mock altiplano village filled with serious craft shops and studios, selling everything from ceramic originals to finely tuned musical instruments. The village even has its own church, a replica of the one in Parinacota, complete with copies of its fascinating murals.

Taxis colectivos 7 and 8 pass near the entrance, as do buses 7, 8 and 9.

ℹ Information

While Arica is a very safe city, it has a reputation for pickpockets. Be especially cautious at bus terminals and beaches.

There are numerous 24-hour ATMs as well as *casas de cambio* (which change US dollars, Peruvian, Bolivian and Argentine currency, and euros) along the pedestrian mall (21 de Mayo).
Conaf (☑58-220-1201; aricayparinacota.oirs@conaf.cl; Av Vicuña Mackenna 820; ⊙8:30am-5:30pm Mon-Thu, to 4pm Fri) Carries useful information about Región I (Tarapacá) national parks. To get there, take *micro* 9 or *colectivo* 7, 2 or 23 from downtown (CH$600).
Fundación Altiplano (☑58-225-3616; www.fundacionaltiplano.cl; Andres Bello 1515)
Sernatur (☑58-225-2054; infoarica@sernatur.cl; San Marcos 101; ⊙9am-6pm Mon-Fri, 10am-2pm Sat) Helpful office with info on Arica and the surrounding region.
Post office (Prat 305; ⊙9am-3:30pm Mon-Fri) On a walkway between Pedro Montt and Prat.
Hospital Dr Juan Noé (☑58-220-4592; 18 de Sepiembre 1000) A short distance east of downtown.

ℹ Getting There & Away

From Arica, travelers can head north across the Peruvian border to Tacna and Lima, south toward Santiago or east to Bolivia.

AIR

Aeropuerto Internacional Chacalluta (☑58-221-3416; www.chacalluta.cl; Av John Wall) is 18km north of Arica, near the Peruvian border. Shared taxis charge CH$4000 to the airport. In town, **Arica Service** (☑58-231-4031) runs airport shuttles (CH$4000 per person). For a private taxi, call **Lynn Tour** (☑ cell 9-5885-8543; www.lynntourarica.cl), which charges to CH$10,000 to CH$14,000, or **Taxi Turismo Frontera** (☑ cell 9-4409-2433).

Santiago-bound passengers should sit on the left side of the plane to get awesome views of the Andes and the interminable brownness of the Atacama Desert.

LATAM (☑600-526-2000; www.latam.com; Arturo Prat 391) has direct daily flights to Santiago (from CH$105,000, 2½ hours).

Sky (☑600-600-2828; www.skyairline.cl) has direct daily flights to Santiago (from CH$105,000, 2½ hours).

Amazonas (www.amazonas.com) flies daily to Iquique (from CH$30,000, 40 minutes).

BUS

Arica has two main bus terminals. The somewhat-polished indoor **Terminal Rodoviario de Arica** (Terminal de Buses; ☑58-222-5202; Diego Portales 948) houses most companies traveling south to destinations in Chile. Next door, the open-air **Terminal Internacional de Buses** (☑58-224-8709; Diego Portales 1002) handles international and some regional destinations. The area is notorious for petty thievery – keep an eye on your luggage at all times. To reach the bus terminals, take *colectivo* 8 from Maipú or San Marcos; a taxi costs around CH$3000.

More than a dozen companies have offices in Terminal Rodoviario de Arica, and ply destinations toward the south, from Iquique to Santiago.

A schedule board inside the terminal helps you find your bus (but it's not always accurate). Buses run less often on Sundays.

Some of the standard destinations and fares are shown here.

DESTINATION	COST (CH$)	HOURS
Antofagasta	18,000	10
Calama	15,000	10
Copiapó	24,000	18
Iquique	7000	5
La Paz, Bolivia	9000	9
La Serena	25,000	23
Santiago	30,000	27

Tur Bus (☑58-222-5202; www.turbus.cl; Diego Portales 948) goes twice a day to San Pedro de Atacama (from CH$15,000), currently departing at 9pm and 10pm.

Bus Lluta (cnr Chacabuco & Av Vicuña Mackenna) goes to Poconchile and Lluta four to five times daily (CH$2500, one hour).

Buses La Paloma (☑58-222-2710; Diego Portales 948) travels once daily at 7am to Putre (CH$4500), from the main terminal; it returns from Putre at 2pm. La Paloma also goes to Belén, Socoroma and Codpa several times a week. **Transportes Gutiérrez** (☑58-222-9338; Esteban Ríos 2140) also goes to Putre (CH$4500) at 6:45am on Monday, Wednesday and Friday (and Sunday at 8am).

For Parinacota (CH$7000) and Parque Nacional Lauca, look for **Trans Cali Internacional** (☑58-226-1068; Oficina 15) in the international terminal. Trips depart daily at 8:30am.

To get to Tacna, Peru, buses leave the international terminal every half hour (CH$2000); *colectivos* charge CH$4000. No produce is allowed across the border.

To get to La Paz, Bolivia (from CH$9000, nine hours), the comfiest and fastest service is with **Chile Bus** (☑58-226-0505; Diego Portales 1002), but cheaper buses are available with Trans Cali Internacional and **Trans Salvador** (☑58-224-6064; Diego Portales 1002) in the international bus terminal. Buses on this route will drop passengers in Parque Nacional Lauca, but expect to pay full fare to La Paz.

Buses Géminis (☑58-235-1465; www.geminis.cl; Diego Portales 948), in the main terminal, goes to Salta and Jujuy in Argentina (CH$38,000, 21 hours), via Calama and San Pedro de Atacama, on Monday, Thursday and Saturday at 9pm.

TRAIN

Trains to Tacna (CH$3200, 1½ hours) depart near the port from **Estación Ferrocarril Arica-Tacna** (☑ cell 9-7633-2896; Av Máximo Lira, opposite Chacabuco) at 10am and 8:30pm daily.

Remember to set your clock forward: there's a two-hour time difference in Peru.

❶ Getting Around

Micros (local buses) and *colectivos* connect downtown with the main bus terminal. *Taxis colectivos* are faster and more frequent, costing CH$700 per person. Destinations are clearly marked on an illuminated sign atop the cab. *Micros* run to major destinations and cost CH$500 per person. Radio Taxi service is between CH$2000 and CH$3000, depending on your destination.

Rental cars are available, from around CH$25,000 per day.

Europcar (☑58-257-8500; www.europcar.com; Chacabuco 602; ⊗8:30am-1pm & 2:30-6pm Mon-Fri, 9am-11:30pm) At the airport.

Hertz (☑ 58-223-1487; Baquedano 999; ⊗ 8:30am-7:30pm Mon-Fri, 9am-1pm Sat)

You can rent mountain bikes from several tour agencies and hostels in town for around CH$8000 for the day (CH$2000 per hour).

Around Arica

Azapa Valley

Located 12km east of Arica, **Museo Arqueológico San Miguel de Azapa** (☑ 58-220-5551; Camino Azapa, Km12; adult/child CH$2000/1000; ⊗ 9am-8pm Jan & Feb, 10am-6pm Mar-Dec) is home to some of the world's oldest-known mummies. There are superb local archaeological and cultural-heritage displays and a handy audio guide in English. *Colectivos* (CH$1200) at the corner of Chacabuco and Patricio Lynch provide transportation.

Set in a lush garden dotted with tall palm trees, the museum has two sections. The original exhibition hall displays a large assemblage of exhibits from 7000 BC right up to the Spanish invasion, from dioramas, baskets and masks to pottery, pan flutes and an enormous 18th-century olive press. Well-written booklets in several languages are available to carry around this section. Past the outdoor 'petroglyph park' is the new hall in a modern concrete building backed by mountains and olive groves. Inside is a swank permanent exhibit dedicated to Chinchorro mummies, with display cases featuring tools, clothing and adornments used in the process, as well as infant mummies, a few skulls and life-size figures of Chinchorro peoples.

❶ Getting There & Away

From Parque General Carlos Ibáñez del Campo in Arica, at the corner of Chacabuco and Patricio Lynch, yellow *colectivos* charge CH$1200 (one way) to the front gate of the Museo Arqueológico San Miguel de Azapa.

If you have your own wheels, you can take the scenic (but narrow) A-143 north to Poconchile, then continue either east to Putre or west back to Arica.

Route 11

About 10km north of Arica, the Panamericana intersects paved Chile 11, which ushers traffic east up the valley of the Río Lluta to Poconchile and on to Putre and Parque Nacional Lauca. The road features a clutch of worthy stops, if you want to break up the journey. Note that this heavily trafficked winding route toward La Paz, Bolivia, gets about 500 trucks per day.

Beyond Copaquilla, paved Chile 11 climbs steadily through the precordillera toward the altiplano proper. If you're driving, the Aymara farming village of Socoroma on the colonial pack route between Arica and Potosí is worth a quick detour. To see its cobbled streets, a 17th-century church that's currently being restored, bits of colonial remains and terraced hills of oregano, take the serpentine road that descends from Chile 11 for 4.5km.

⊙ Sights

Lluta Geoglyphs   ROCK ART
A short distance inland from the intersection of the Panamericana and Chile 11, you'll see the pre-Columbian Lluta geoglyphs, also known as the Gigantes de Lluta. These are sprinkled along an otherwise-barren slope of the southern Lluta Valley; markers indicate when to pull over and squint toward the hillsides. The diverse figures include a frog, an eagle, llamas and the occasional human. These delightful geoglyphs recall the importance of pre-Columbian pack trains on the route to Tiwanaku.

Socoroma   VILLAGE
(off Ruta 11) An old Aymara village with a famous church dating from the 16th century.

Pukará de Copaquilla   FORT
(⊗ daylight) **FREE** Teetering on the brink of a spectacular chasm 1.5km beyond the posada (inn) is this 12th-century fortress built to protect pre-Columbian farmlands below and once home to 500 people. Peering over the canyon's edge will reward with views of abandoned terraces and forbidding mountains all around. There's a great echo too. At around 10am, you can sometimes see condors flying above the fortress.

🛏 Sleeping

Eco Truly   CAMPGROUND, HOTEL $
(☑ cell 9-9776-3796; http://vrindaarica.cl/eco-truly-arica; Sector Linderos, Km29; campsites/cabins per person CH$4000/8000, r incl breakfast CH$8000) In the village of Poconchile, along a road that runs for 1km along train tracks from the marked turnoff of Chile 11, is a slightly surreal Hare Krishna 'ecotown' and yoga school called Eco Truly. It's a nice spot to stop for lunch (vegetarian, CH$4000) on your way to

TEN STEPS TO A CHINCHORRO MUMMY

The Chinchorro mummies are the oldest-known artificially preserved bodies in the world, predating their Egyptian counterparts by more than two millennia. They were created by small groups that fished and hunted along the coast of southern Peru and northern Chile from around 7000 BC. The mummification process was remarkably elaborate for such a simple culture. While the order and methods evolved over the millennia, the earliest mummies were made more or less by doing the following.

➡ Dismembering the corpse's head, limbs and skin.

➡ Removing the brain by splitting the skull or drawing it through the base.

➡ Taking out other internal organs.

➡ Drying the body with hot stones or flames.

➡ Repacking the body with sticks, reeds, clay and camelid fur.

➡ Reassembling parts, perhaps sewing them together with cactus spines.

➡ Slathering the body with thick paste made from ash.

➡ Replacing the skin, patched with sea-lion hide.

➡ Attaching a wig of human hair and clay mask.

➡ Painting the mummy with black manganese (or, in later years, red ocher).

Several hundred Chinchorro mummies have now been discovered; all ages are represented and there's no evidence to suggest that mummification was reserved for a special few. Interestingly, some mummies were repeatedly repainted, suggesting that the Chinchorro kept and possibly displayed them for long periods before eventual burial. Millennia later, the conquistadores were appalled by a similar Inka practice, in which mummified ancestors were dressed up and paraded in religious celebrations.

Parinacota, or stay for a few days of simplified relaxation.

Getting There & Away

To get to Poconchile, 35km from Arica, take **Bus Lluta** (p184) to the end of the line at the police checkpoint. *Taxis colectivos* charge around CH$3500 from outside Arica's international bus terminal; you'll have to wait for it to fill up. To explore more of the area, you'll need your own car.

Putre

📋 058 / POP 1450

Pocket-sized Putre is an appealing Aymara village perched precariously on a hillside in the precordillera at a dizzying elevation of 3530m. Just 150km from Arica, it's an ideal acclimatization stop en route to the elevated Parque Nacional Lauca on the altiplano. As such, this languid mountain village now hosts a number of hostels and tour agencies.

Originally a 16th-century *reducción* (Spanish settlement to facilitate control of the native population), the village retains houses with late-colonial elements. In the surrounding hills local farmers raise alfalfa for llamas, sheep and cattle on extensive stone-faced agricultural terraces of even greater antiquity.

Tours

Terrace Lodge & Tours   TOURS
(☑ 58-223-0499; www.terracelodge.com; Circunvalación 25) Flavio of Terrace Lodge is not only a fountain of info but runs a range of excellently guided tours, which take you away from the crowds and to some hidden spots, both in the immediate area around Putre as well as further north. He also sells quality maps of the region (CH$5000).

Tour Andino   ADVENTURE
(☑ cell 9-9011-0702; www.tourandino.com; Baquedano 340) A one-man show run by local guide Justino Jirón. While he does the usual roster of tours (which get mixed reviews), his specialty is treks into the surrounding mountains and volcano climbs.

Festivals & Events

Carnaval   CARNIVAL
(⊙ Feb) Visitors get dragged into the fun during Putre's Carnaval. Scores of balloon

bombs filled with flour are pelted around, not to mention clouds of *chaya* (multicolored paper dots). Two noncompetitive groups, the older *banda* and younger *tarqueada,* provide the music. The event ends with the burning of the *momo,* a figure symbolizing the frivolity of Carnaval.

🛌 Sleeping

★ Terrace Lodge & Cafe   LODGE $
(📋 58-223-0499; www.terracelodge.com; Circunvalación 25; s/d CH$37,000/43,000; @ 🤝) A friendly pair of multilingual Italian expats run this hideaway with five rustic-chic rooms. Units are small but well heated, with mountain views through tiny long windows, plus down duvets and all-day hot water. Look for the sign as you enter town. It's the only place in town that accepts credit cards. Book way ahead. The owner also runs tours.

Pachamama Hostel   HOSTEL $
(📋 cell 9-6353-5187; www.hostalpachamama.cl/ serv.php; off Baquedano; dm/s/d without bathroom CH$10,000/14,000/25,000, apt CH$40,000; 🤝) The best-value lodging in town has a great traveler atmosphere, with tidy adobe-walled rooms set around a sunny courtyard. Guests can use the kitchen, play billiards or table tennis and hang out in the lounge. Pachamama also runs excursions (from CH$30,000) and offers bike hire (per day CH$3100).

Hearty breakfasts are available for around CH$6100.

Hotel Kukuli   HOTEL $
(📋 cell 9-9161-4709; reservashotelkukuli@gmail. com; Baquedano; r CH$30,000; 🅿🤝) Kukuli is a fair choice on the main strip, with rooms sporting either a small terrace or a sunny alcove but regrettably no heating. If the hotel seems closed, ask in the owner's store at Baquedano 301.

Residencial La Paloma   GUESTHOUSE $
(📋 58-222-2710; lapalomaputre@hotmail.com; O'Higgins 353; s/d CH$15,000/30,000; 🅿🤝) Putre's most established *residencial* (budget accommodations) and restaurant slots nine rooms around two concrete courtyards. It has hot showers (morning and evening only) and noisy rooms which vary greatly – those at the front are a better bet. Enter from the back on Baquedano or through the restaurant.

Hotel Q'antati   HOTEL $$
(📋 cell 9-9663-8998; www.hotelqantati.blogspot. com.ar; Hijuela 208; s/d CH$51,000/60,000; 🅿)

The favorite of tour groups, this Aymara-run hotel is Putre's most upscale and priciest option, with 24-hour hot showers, firm beds, heated doubles with unheated large bathrooms and a fancy living room with a fireplace. Get rooms 8, 9 or 10 for best views. It's behind the army barracks on the edge of town.

🍴 Eating

Cantaverdi   INTERNATIONAL $
(Canto 339; mains CH$4000-7500; ⊙ 10am-3pm & 6:30-10pm) Two rustic rooms with contemporary artwork and a fireplace right off the main plaza. The menu features a few Andean staple dishes as well as crowd-pleasers such as sandwiches, pizzas, *tablas* (shared plates) and empanadas.

Walisuma   CHILEAN $
(Baquedano 300; mains CH$2000-4000; ⊙ 7am-9:30pm) This popular local spot two blocks south of the plaza offers warming, filling lunch specials (two courses including soup around CH$3500). It also has sandwiches and snacks, but no menu.

Rosamel   CHILEAN $$
(cnr Carrera & Latorre; mains CH$4500-7500, 3-course lunch CH$4000; ⊙ 6am-10pm; 🍴) On a corner of the plaza, Rosamel has a big menu of Andean dishes, including *lomo de alpaca con papas fritas* (alpaca meat with fries). There are a few vegetarian options as well, including quinoa burgers.

ℹ Information

BancoEstado (Arturo Prat 301) Putre's only bank, off the main plaza, has a 24-hour ATM, but sometimes runs out of money; bring sufficient cash with you from Arica.

Oficina de Información Turística (📋 58-259-4897; imputre@entelchile.net; Latorre s/n; ⊙ 8:30am-1:30pm & 2:30-5:45pm Mon-Fri) A handy resource on the plaza, although it has no town maps and opens only sporadically.

Centro Salud Familiar de Putre (Baquedano 261; ⊙ 8:30am-6:30pm) This clinic will give you oxygen if the dizzying altitude gets to you. Outside official hours, ring the bell; there's always someone available to help.

ℹ Getting There & Away

Putre is 150km east of Arica via paved Chile 11, the international highway to Bolivia. **Buses La Paloma** (p184) serves Putre daily, departing Arica at 7am, returning at 2pm (CH$4500). Buy return tickets at Hotel Kukuli.

Route 11 & Parque Nacional Lauca

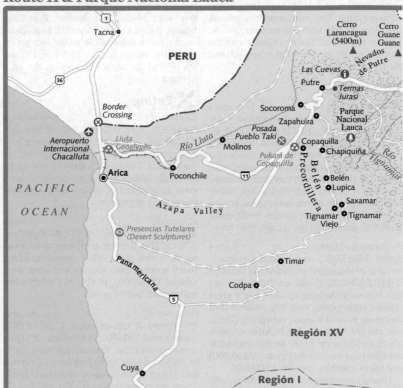

Tacna

PERU

Cerro Larancagua (5400m)

Cerro Guane Guane

Nevados de Putre

Las Cuevas

Putre

Termas Jurasi

Border Crossing

Socoroma

Zapahuira

Parque Nacional Lauca

Aeropuerto Internacional Chacalluta

Lluta Geoglyphs

Río Lluta

Posada Pueblo Taki

Molinos

Copaquilla

Chapiquiña

Río Tignamar

Arica

Poconchile

Pukará de Copaquilla

Belén Precordillera

Belén

Lupica

PACIFIC

OCEAN

Azapa Valley

Saxamar

Tignamar

Tignamar Viejo

Presencias Tutelares (Desert Sculptures)

Panamericana

Timar

Codpa

Región XV

Cuya

Región I

Transportes Gutiérrez (p184) also runs from Arica to Putre on Monday, Tuesday, Wednesday and Friday at 7am and Sunday at 8pm (CH$3500, three hours). From Putre, buses leave from the plaza for Arica on Monday, Tuesday, Wednesday and Friday at 5pm (Friday's bus can be full, so plan ahead).

If taking the bus to Putre from Arica, get a seat on the right side to see the geoglyphs of the Lluta Valley.

Buses to Parinacota, in Parque Nacional Lauca, pass the turnoff to Putre, which is 5km from the main highway.

Parque Nacional Lauca

It's not just the exaggerated altitude (3000m to 6300m above sea level) that leaves visitors to this national park breathless. Situated 160km northeast of Arica (near the Bolivian border), Parque Nacional Lauca, comprising 1380 sq km of altiplano, is a Unesco Biosphere Reserve home to breath-taking scenery, snow-sprinkled volcanoes, sparkling lakes and isolated hot springs. It also shelters pretty highland villages and a huge variety of wildlife. The nimble-footed vicuña and rabbit-like viscacha are the star attractions, but you're also likely to see other South American camelids and a variety of bird species (there are more than 150 species in the park, including the occasional condor and fast-footed rhea).

Lauca's most spectacular feature is glistening Lago Chungará, one of the world's highest lakes, abundant with birdlife. Looming over it is the impossibly perfect cone of Volcán Parinacota, a dormant volcano with a twin brother, Volcán Pomerape, just across the border.

🏃 Activities

Termas Jurasi   HOT SPRINGS
(adult/child CH$2500/1000; ☉ daylight) A pretty cluster of thermal and mud baths huddled amid rocky scenery 11km northeast of Putre.

0 — 40 km
0 — 20 miles

Caquena
Nevada
Sajama (6520m)
101
Sajama
Volcán Pomerape
(6240m)
Parinacota Volcán Parinacota
(6350m)
Chucuyo Lago Parque
Chungará Nacional
Sajama
Border Crossing
Paso de Tambo Tambo
Quemado Quemado
(4660m)
Volcán
Guallatire
(6060m)
Guallatire

Reserva
Nacional
Las Vicuñas

BOLIVIA

Oruro

Chilcaya
Salar Monumento
de Surire Natural Salar
de Surire
Polloquere

Parque Nacional
Volcán Isluga

ℹ Information

Parque Nacional Lauca is administered from the refugio (rustic shelter) at Parinacota. Otherwise, rangers at the Las Cuevas entrance and at Lago Chungará are sometimes available for consultation; posts are, in theory, staffed from around 9am to 12:30pm then 1pm to 5:30pm. If you prefer to visit the park independently, you'll need a car with extra supplies of gas, lots of flexibility and a laid-back attitude. Inquire with **Conaf** (p183) in Arica about hikes and lodgings (the latter mainly basic options for the hard core).

Take it easy at first: the park's altitude is mostly well above 4000m and overexertion is a big no-no until you've had a few days to adapt. Eat and drink moderately; have mainly light food and no fizzy drinks or (little) alcohol. If you suffer anyway, try a cup of tea made from the common Aymara herbal remedy chachacoma, rica rica or mate de coca. Keep water at your side, as the throat desiccates rapidly in the arid climate and you lose lots of liquids. Definitely wear sunblock and a wide-brim hat – tropical rays are brutal at this elevation.

ℹ Getting There & Away

The park straddles Chile 11, the paved Arica–La Paz highway; the trip from Arica takes just under three hours. There are several buses from Arica. Other bus companies with daily service to La Paz, Bolivia, will drop you off in the park, but you will probably have to pay the full fare.

Agencies in Arica and Putre offer tours. Renting a car will provide access to the park's remoter sites such as Guallatire, Caquena and beyond into the Salar de Surire (the latter only with a high-clearance vehicle, since you'll ford several watercourses, and not during rainy season). Carry extra fuel in cans; most rental agencies will provide them. Do not forget warm clothing and sleeping gear, and take time to acclimatize.

South of Parque Nacional Lauca

Visiting **Monumento Natural Salar de Surire** is a surefire way to see huge herds of roaming vicuña, pockets of cuddly viscacha, as well the occasional ungainly ñandú (the ostrich-like rhea). But the star attraction of this isolated 113-sq-km salt flat is the flamingo: three species, including the rare James flamingo, come to nest in the sprawling salt lake.

The best time to see them is from December to April. Situated 126km from Putre, the reserve was formed in 1983, when the government chopped up Parque Nacional Lauca. In 1989 the outgoing dictatorship gave 45.6 sq km to mining company Quiborax.

More than 20,000 wild vicuña are thought to roam the sparsely inhabited 2100 sq km of the off-the-beaten-path **Reserva Nacional Las Vicuñas**, directly south of Lauca and surrounded by sky-hugging volcanoes. At the base of smoking Volcán Guallatire, 60km from Parinacota via a roundabout route, the village of Guallatire features a 17th-century church and a couple of no-frills lodging options. Bring a warm sleeping bag.

There's no public transportation out this way. Most agencies in Arica and Putre offer two- to four-day circuits that take in these two reserves and drop you off either back in Arica or in Iquique.

Although most visitors return to Putre, it's possible to make a southerly circuit through Parque Nacional Volcán Isluga and back to Arica via Camiña or Huara. Always consult Conaf (p183) or the police first. This route is particularly iffy during the summer rainy season.

NORTE GRANDE SOUTH OF PARQUE NACIONAL LAUCA

Norte Chico

Best Places to Eat

➡ El Plateao (p218)

➡ Delicias del Sol (p204)

➡ Lemongrass (p195)

➡ Nativo (p210)

➡ Legado (p213)

Best Places to Stay

➡ Hacienda Los Andes (p199)

➡ Hostal Tierra Diaguita (p195)

➡ El Tesoro de Elqui (p206)

➡ Coral de Bahía (p217)

➡ Hacienda Santa Cristina (p200)

Why Go?

For such a small sliver of land, Chile's Norte Chico (Little North) offers up fantastic diversity. La Serena, a coastal colonial capital and the region's largest city, is a must-see for anybody visiting. From there, move on to the mystical Elqui Valley: the verdant home to Chile's pisco producers, new-age communes and cutting-edge observatories. Further north are some amazing national parks, a trendy little beach hideaway, and kilometers of uncharted coastline just waiting for you to set up camp or charge out for an afternoon surf.

Wildlife lovers won't want to miss the playful penguins of Reserva Nacional Pingüino de Humboldt and Parque Nacional Pan de Azúcar. And high in the Andes, the seldom-visited Parque Nacional Nevado Tres Cruces is a great place to spot vicuña and flamingos. Despite its diminutive moniker, the Little North is actually quite a bit bigger than most people expect.

When to Go

La Serena

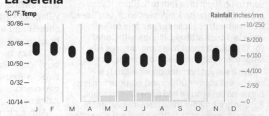

Jan–Feb Chileans on vacation storm the beaches, making hotel options scarcer and sights crowded.

Jul–Aug Temperatures drop dramatically at night but days are warm and blissfully free of crowds.

Sep–Nov Catch the storied sight of the flowering desert, best in Parque Nacional Llanos de Challe.

Norte Chico Highlights

1 Elqui Valley
(p201) Taking in captivating scenery, serene villages and historic pisco distilleries.

2 Bahía Inglesa
(p217) Spending the day on a pretty beach followed by a night of seafood feasting in Norte Chico's coolest little beach town.

3 Parque Nacional Pan de Azúcar
(p218) Hiking desert trails and finding a slice of paradise on untouched sands.

4 La Serena
(p192) Strolling through colonial streets, then playing on the broad beachfront just outside town.

5 Parque Nacional Nevado Tres Cruces
(p214) Getting off the beaten track amid high-Andean lagoons and herds of guanacos.

6 Reserva Nacional Pingüino de Humboldt (p208) Spotting penguin colonies, marine birds and dolphins during a memorable boat ride.

7 Norte Chico Observatories
(p205) Marveling at the star-filled night sky with astronomers pointing out distant galaxies.

8 Vicuña (p201) Overnighting in this peaceful village while visiting Gabriel Mistral sites, solar-powered eateries and craft-brew joints.

La Serena

📞 051 / POP 218,000

Chile's second-oldest city and the thriving capital of Región IV, La Serena is doubly blessed with some beautiful architecture and a long golden shoreline, making it a kind of thinking-person's beach resort. The city absorbs hoards of Chilean holidaymakers in January and February, though it is fairly peaceful outside the summer rush. Sauntering through downtown La Serena reveals dignified stone churches, tree-shaded avenues and some pretty plazas. Some of the city's architecture is from the colonial era, but most is actually neocolonial – the product of Serena-born president Gabriel González Videla's 'Plan Serena' of the late 1940s.

La Serena also has numerous attractions in the surrounding countryside, with pretty villages and pisco vineyards aplenty, as well as international astronomical observatories that take advantage of the region's exceptional atmospheric conditions and clear skies.

◉ Sights

Jardín del Corazón PARK

(Parque Japonés Kokoro No Niwa; Eduardo de la Barra; adult/child CH$1000/300; ⊙10am-7:40pm daily Dec-Mar, to 5:40pm Tue-Sun Apr-Nov) With

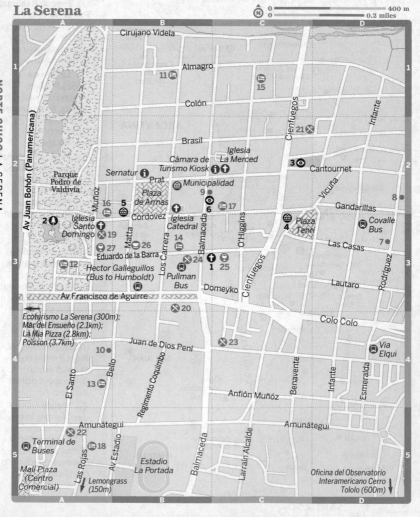

La Serena

0 ——————— 400 m
0 ——————— 0.2 miles

its trickling brooks, drifting swans and neatly manicured rock gardens, this Japanese garden makes an idyllic escape from the city bustle. Don't miss the greenhouse collection of adorable bonsai trees in diminutive forms of *ciruela* (cherry), *higuera* (fig) and ficus trees.

Patio Colonial AREA
(Av Balmaceda 432; ⊙10am-8pm Mon-Fri, to 4pm Sat) Tucked off Balmaceda, this small, picturesque lane is dotted with shops and eateries. The patio in back feels like a secret getaway from the city-center bustle, and makes a fine spot for an alfresco coffee or snack.

Mercado La Recova MARKET
(cnr Cantournet & Cienfuegos; ⊙10am-8pm) La Serena's most vibrant market offers a jumble of dried fruits, rain sticks and artisan jewelry, plus a wide range of Andean wool clothing and crafts. It's a handy spot for gift ideas.

Museo Histórico Casa Gabriel González Videla MUSEUM
(Matta 495; ⊙10am-6pm Mon-Fri, to 1pm Sat) FREE Although richly stocked with general historical artifacts, this two-story museum in an 18th-century mansion concentrates on one of La Serena's best-known (and most controversial) sons. González Videla was Chile's president 1946 to 1952. Ever the cunning politician, he took power with communist support but then promptly outlawed the party, driving poet Pablo Neruda out of the Senate and into exile. Treachery aside, González Videla was the world's first head of state to visit Antarctica (in 1948).

Head upstairs for a look at curios from the past, including 19th-century drawings of La Serena, elaborate saddles and leather boxes, and some rather dangerous-looking drinking horns.

Museo Arqueológico MUSEUM
(www.museoarqueologicolaserena.cl; cnr Cordovez & Cienfuegos; ⊙9:30am-5:50pm Tue-Fri, 10am-1pm & 4-7pm Sat, 10am-1pm Sun) Inside a crescent-shaped building with a leafy patio, this museum makes an ambitious attempt to corral Chile's pre-Columbian past. Its highlights include an Atacameña mummy, a hefty 2.5m-high *moai* (large anthropomorphic statue) from Easter Island and interesting Diaguita artifacts that include a dinghy made from sea-lion hide.

At the time of writing the museum was closed for long-term renovations and was scheduled to open sometime in 2019.

Iglesia San Francisco CHURCH
(Balmaceda 640; ⊙9am-6pm) The granddaddy of all La Serena's churches is a colonial marvel, two blocks southeast of the plaza and built in the early 1600s. It's a stone construction, with a tower and fancy baroque facade.

🏃 Activities

A bike path runs all the way to Coquimbo; Varous guesthouses rent bikes for around CH$8000 per day including Hostal El Punto (p195) and Hostal Tierra Diaguita (p195).

Other activities include sailing, surfing and windsurfing (but keep an eye on swimmers within 200m of the beach or you'll run afoul of the Gobernación Marítima). Playa

La Serena

◎ Sights
1	Iglesia San Francisco	B3
2	Jardín del Corazón	A3
3	Mercado La Recova	C2
4	Museo Arqueológico	C3
5	Museo Histórico Casa Gabriel González Videla	B2
6	Patio Colonial	B2

✪ Activities, Courses & Tours
7	Astronomy Adventures	D3
8	La Serena School	D2
9	Planeta Turismo	B2
	Sandal Making	(see 18)
10	Tembeta Tours	A4

🛏 Sleeping
11	America Holidays	B1
12	El Arbol	A3
13	Hostal El Punto	A4
14	Hostal Tierra Diaguita	B3
15	Hotel del Cid	C1
16	Hotel Francisco de Aguirre	A2
17	Hotel Londres	C2
18	Maria's Casa	A5

✗ Eating
19	Ayawasi	A3
20	Casona del 900	B3
21	El Guatón	C2
22	El Santo Cervecero	A5
23	Jack Fish	C4
24	La Terrazza	B3

◎ Drinking & Nightlife
25	La Rocca	C3
26	Lighthouse Coffee	B3
27	Moscatel	A3

Totoralillo, south of Coquimbo, is rated highly for its surf breaks and windsurfing potential. **Poisson** (☎cell 9-9138-2383; Av del Mar 1001; ⊘8am-9pm) rents surfboards for CH$5000 per hour.

Oficina del Observatorio
Interamericano Cerro Tololo OUTDOORS
(☎51-220-5200; www.ctio.noao.edu; Colina El Pino, Casilla 603; ⊘8:30am-12:45pm & 2-5:30pm Mon-Fri) Head to this office in La Serena to pick up a permit to visit the Observatorio Interamericano Cerro Tololo (p205). The office is about 2.5km southeast of Plaza de Armas.

🥾 Courses

Sandal Making WORKSHOP
(☎cell 9-9386-7576; http://leatherhandcraft.blog spot.com; Las Rojas 18; course including supplies CH$15,000) 🌿 Francisco 'Pancho' Pizarro, a skilled shoemaker who also helps run Maria's Casa guesthouse, leads a workshop for those interested in making their own pair of leather sandals. You choose the color and design; the soles are made from the treads of recycled Firestone tires.

It takes about two hours; at the end you can walk out in your new stylized footwear.

La Serena School LANGUAGE
(☎51-221-1487; www.laserenaschool.cl; Rodríguez 450) Offers Spanish courses (from CH$24,000 per hour).

🗘 Tours

Agencies offer a wealth of excursions, ranging from national-park visits to nighttime astronomical trips, and pisco-tasting tours to new-age jaunts in UFO central, Cochiguaz. Traditional excursions include half-day city tours (from CH$28,000), full-day trips through the Elqui Valley (from CH$30,000), Parque Nacional Bosques de Fray Jorge and Valle del Encanto (from CH$40,000), and Parque Nacional Pingüino de Humboldt (around CH$50,000). Agencies also provide excursions to the observatories, mainly to Mamalluca (p205; CH$25,000). If there is demand, they will also do trips to Andacollo as well as treks to mines (the so-called Ruta del Quarzo) located nearby. The minimum passenger number ranges from two to six.

Ecoturismo La Serena OUTDOORS
(☎cell 9-7495-2666; www.ecoturismolaserena. cl; Francisco de Aguirre 76; full-day tours CH$50,000) This outfitter offers a good range of day tours, including to the Elqui Valley

(CH$30,000), boat trips in the Reserva Nacional Pingüino de Humboldt (Isla Damas, from CH$46,000) and nighttime stargazing in the valley's observatories (CH$25,000).

Discounts available if you pay in cash.

Planeta Turismo ADVENTURE
(☎51-221-4396; www.talinaychile.com; Balmaceda 432; ⊘8:30am-5:30pm Mon-Sat) Offers the usual spread of tours (Elqui Valley, astronomy tours etc), as well as more adventurous activities such as mountain biking in Parque Nacional Bosques de Fray Jorge, kayaking off Playa Herradura (CH$25,000) and horseback riding in the Elqui Valley (from CH$25,000).

Tembeta Tours CULTURAL
(☎51-221-5553; www.tembeta.cl; Andres Bello 870; day tours from CH$35,000) Offers the full spectrum of tours around the region, including trips to Parque Nacional Bosques de Fray Jorge, the Elqui Valley, the Reserva Nacional Pingüino de Humboldt and astronomy tours.

🎉 Festivals & Events

Jornadas Musicales de La Serena MUSIC
(⊘early Jan) This traditional festival sees a series of musical events, plus traditional food stands. It typically happens in the Plaza de Armas.

Feria Internacional del
Libro de La Serena FAIR
(⊘early Feb) This book fair brings prominent Chilean authors to the Museo Histórico Casa Gabriel González Videla (p193).

🛏 Sleeping

La Serena gets booked up fast in January and February and some hotels won't accept one-night stays. Off-season, most midrange hotels offer discounts for longer stays.

El Arbol HOSTEL $
(☎51-221-6053; www.hostalelarbol.cl; Eduardo de la Barra 29; dm/d without bathroom from CH$9000/26,000; 🖥) Near the lush Parque Japones, this converted colonial house has just a handful of rooms, all sunny and well maintained. There's a pretty bougainvillea-clad garden in front and English-speaking staff on hand, and guests can make themselves at home and use the lounge area, kitchen and barbecue. Dorms have four to eight beds.

Maria's Casa GUESTHOUSE $
(☎cell 9-7466-7433; www.hostalmariacasa.cl; Las Rojas 18; d CH$32,000, s/d without bathroom

CH$20,000/25,000; ☎) The cottage-style rooms at this family-run spot are simple and cozy, and there's a garden in back where you can camp (CH$5000 per person). Other backpacker-friendly amenities include well-scrubbed shared bathrooms, a quaint country kitchen with free tea and coffee, laundry service and bike rental.

You can arrange tours here or learn how to make your own pair of sandals.

Hostal El Punto   HOSTEL $
(☏51-222-8474; www.hostalelpunto.cl; Bello 979; d/tr CH$36,000/41,000, dm/s/d/tr without bathroom from CH$10,000/20,000/24,000/34,000; @☎) This is La Serena's best hostel, with a wide range of rooms, a bunch of sunny terraces, bright mosaics and tree-trunk tables. The staff speak German and English, and provide travel tips, tours, bike rental, nice cakes, laundry, book exchange…you name it. You'll want to book months ahead, especially in high season.

★ Hostal Tierra Diaguita   HOSTEL $$
(☏51-221-6608; www.terradiaguita.cl; Eduardo de la Barra 440; incl breakfast s/d CH$45,000/52,000, without bathroom CH$38,000/43,000; ☎) Inside a colonial house and leafy patio sprinkled with pre-Columbian designs and artwork, you'll find a mix of attractively designed rooms, all with comfy furniture and modern bathroom. Guests can relax in the verdant back garden, complete with small open fires on cold nights. There's also an inside lounge area, where the excellent breakfast is served.

Hotel del Cid   HOTEL $$
(☏51-221-2692; www.hoteldelcid.cl; O'Higgins 138; s/d CH$50,000/60,000; P☎) A dependable midrange option, this pleasant hotel has rooms with classic flair around a colonial-style patio and a set of more modern units in the extension out back. It's all paired with friendly English-speaking service.

Hotel Londres   HOTEL $$
(☏51-221-9066; www.hotellondres.cl; Cordovez 550; s/d/tr CH$37,000/47,000/57,000; P☎) Besides having a great location, this friendly family-run hotel features very beige rooms with a bit of chintz, but firm beds and spacious bathrooms. Rooms in the front are noisier but also brighter.

America Holidays   HOTEL $$
(☏51-248-2802; Almagro 399; s/d CH$53,000/ 58,000, without bathroom CH$34,000/36,000, ste CH$75,000; ☎) A fine little corner hotel with boutique pretensions, America Holidays features thoroughly modern rooms with modern stylings and fittings, friendly personalized service and a hushed, tranquil atmosphere.

Mar del Ensueño   HOTEL $$$
(☏51-222-2381; www.hotelmarensueno.com; Av del Mar 900; s/d from CH$88,000/95,000, cabañas CH$209,000; ✴☎≋) For instant beach access, it's hard to beat the Ensueño – it's right across the road. A family-friendly place (play equipment, games room etc), it's a reasonable deal for couples too – the bright spacious rooms all face the ocean and there's a decent on-site restaurant.

Families should check out the *cabañas,* which offer more space, plus full kitchens and small patios.

Hotel Francisco de Aguirre   HOTEL $$$
(☏51-222-2991; www.hotelfranciscodeaguirre. com; Cordovez 210; s/d from CH$66,000/75,000; P@☎≋) This large hotel's imposing neocolonial frontage faces Iglesia Santo Domingo (cnr Cordovez & Muñoz; 9am-6pm), the bells of which often wake late risers. Rooms range in size, but generally you'll have to upgrade to a superior to get a large one. There's also a spacious pool and a small gym.

✖ Eating

La Serena has a wide range of dining options, with a mix of bustling budget-friendly eateries and a few more upscale dining rooms. There are several markets in town, including the well-known Mercado La Recova (p193), with produce, crafts and several restaurants. Supermarkets are ubiquitous.

Ayawasi   VEGETARIAN $
(Pedro Pablo Muñoz 566; mains CH$4000-9500; ☻9am-8pm Mon-Wed & Fri, to 4pm Thu, noon-5pm Sat) A short walk from the plaza, this little vegetarian oasis serves some fantastic set lunches, delicious fresh juices and innovative sandwiches and salads in a shady garden setting or laid-back dining room.

Lemongrass   ASIAN $$
(☏cell 9-9760-6361; Las Rojas Peniente 261; mains CH$7000-10,500; ☻12:30-5pm Mon-Sat; ☏) Tucked away in a residential neighborhood 1.5km south of the plaza, Lemongrass has a loyal local following for its delicious pan-Asian cooking – a rarity in these parts. Grab a table on the small front terrace and fire up your taste buds with massaman curry (a Thai coconut curry), Malaysian-style

rice noodles with shrimp, or wok stir-fried vegetables.

La Mia Pizza
ITALIAN $$

(☑51-221-2232; Av del Mar 2100; ⊘noon-midnight Mon-Sat, to 4:30pm Sun) Out on La Serena's oceanfront, La Mia Pizza has a solid reputation among locals for its excellent Italian fare (pizzas, pastas), plus top-notch seafood. It's a classy spot with big windows and a deck overlooking the shore – though a busy road separates it from the sands.

El Guatón
CHILEAN $$

(Brasil 750; mains CH$6200-13,000; ⊘12:30-11pm Mon-Sat, 1-8pm Sun) One of La Serena's best restaurants, El Guatón has a covered courtyard with beautifully tiled floors and an aesthetic of rustic elegance – a fine setting for grilled meats and seafood, plus traditional hits like *pastel de choclo* (beef and corn casserole). The dapper, hat-wearing waitstaff deserve special mention for the friendly service.

La Terrazza
ITALIAN $$

(Eduardo de la Barra 435; mains CH$6000-9000; ⊘10am-11pm Mon-Sat; 🛜) This polished, high-ceilinged space is a great spot for pizzas, panini, gnocchi and other Italian fare; or you can stop in for an afternoon pick-me-up (cappuccinos, wines by the glass). The prime place to be is on the large wooden deck out front, with heat lamps flaring on cold nights.

Jack Fish
FUSION $$

(☑51-221-9711; Juan de Dios Peni 508; mains CH$8000-13,000; ⊘1-11:30pm Mon-Sat) Ceviche and sushi are served with a does of heavy metal at this small, friendly eatery. The creative ceviche combos are named after music legends such as Metallica (tuna, shrimp and abalone) or Black Sabbath (*reineta* fish, octopus and scallops), and there's also a wide variety of sushi platters, tempuras and cooked seafood.

El Santo Cervecero
INTERNATIONAL $$

(cnr El Santo & Amunátegui; mains CH$6500-12,000; ⊘noon-11pm Mon-Sat) Perched up on a hillside, this large indoor/outdoor setup serves up some tasty pizzas along with sandwiches, steaks and *tablas* (sharing platters). Food aside, the big draw is the selection of craft brew, including El Santo's own frothy creations.

Casona del 900
PARRILLA $$

(☑51-252-0767; Av Francisco de Aguirre 431-443; mains CH$7000-10,000; ⊘noon-3pm & 7pm-midnight Mon-Sat) Inside an old beer factory, this high-ceilinged steakhouse with a glassed-in garden oozes ambience and packs in meat-loving locals for its good-value barbecues (CH$22,900 for two, with wine).

Drinking & Nightlife

The happening part of town is the area around the corner of Eduardo de la Barra and O'Higgins, where you'll find boho student crowds. Nightclubs sparkle along the seafront, past the lighthouse and all the way to Barrio Inglés in Coquimbo; they're especially hot during summer.

Lighthouse Coffee
CAFE

(www.lighthousecoffee.cl; Matta 570; ⊘9am-9pm) This hip, art-filled cafe serves the best coffee in town. Linger over Chemex brews and V-60 pour-overs whipped up by friendly baristas. If you're craving something sweet, cast your eye over the strawberry-topped cheesecake, pumpkin pie and other decadent desserts to the right of the counter.

There's a tree-shaded patio in back.

Moscatel
COCKTAIL BAR

(Pedro Pablo Muñoz 580; ⊘10am-midnight Mon-Sat) This stylish, upscale pisco bar serves more than 40 varieties, including rare types you won't find elsewhere. You can enjoy it straight or in beautifully made cocktails like the Sangre del Elqui with *horchata* (a rice and cinnamon drink) and grenadine, or a classic pisco sour. Quality craft beers and ample sharing plates (empanadas, ceviche, charcuterie, vegetarian carpaccio) round out the menu.

La Rocca
BAR

(www.facebook.com/publarocca; Eduardo de la Barra 569; ⊘4pm-3am Tue-Sat) Stay out late drinking on the interior patio at this popular student hangout with occasional live music.

Information

Banks with ATMs are readily available in the blocks around Plaza de Armas. There are several money-exchange shops on Balmaceda, between Cordobez and Prat.

Sernatur (☑51-222-5199; www.turismo regiondecoquimbo.cl; Matta 461; ⊘10am-8pm Mon-Fri, to 6pm Sat & Sun Dec-Mar, 9am-6pm Mon-Fri, 10am-2pm Sat Apr-Nov) Excellent tourist info shelled out from this office by the Plaza de Armas.

Cámara de Turismo Kiosk (Prat; ⊘10am-6pm Mon-Fri, to 2pm Sat) In summer the municipal tourist office runs an information kiosk by Iglesia La Merced.

Hospital Juan de Diós (☑ 51-233-3312; www.
hospitalserena.cl; Balmaceda 916; ☺ 24hr) The
emergency entrance is at the corner of Larraín
Alcalde and Anfión Muñóz.

ℹ Getting There & Away

AIR

La Serena's **Aeropuerto La Florida** (LSC;
☑ 51-227-0353; www.aeropuertolaserena.cl)
is around 5km east of downtown along Ruta 41.
LATAM (☑ 600-526-2000; Balmaceda 406;
☺ 9am-1:45pm & 3:20-6pm Mon-Fri, 10:30am-
1:15pm Sat) flies daily to Santiago (from
CH$25,000, one hour) and to Antofagasta (from
CH$19,000, 1½ hours). Sky (www.skyairline.
com) also flies to Santiago (from CH$11,000)
and Antofagasta (from CH$12,000).

BUS

Terminal de Buses (☑ 51-222-4573; cnr
Amunátegui & Av El Santo), just southwest of
the center, has dozens of carriers plying the
Panamericana from Santiago north to Arica, including **Tur Bus** (☑ 51-221-3060; www.turbus.
cl) and **Pullman Bus** (☑ 51-221-8879; www.
pullman.cl; Eduardo de la Barra 435).

Typical destinations and fares are as follows.

DESTINATION	COST (CH$)	HOURS
Antofagasta	18,000-36,000	12
Arica	38,000-51,000	22
Calama	17,000-39,000	14
Copiapó	9000-18,000	5
Iquique	27,000-43,000	19
Santiago	8000-18,000	6
Vallenar	5000-10,000	3

To get to Vicuña (CH$2700, 1½ hours),
Ovalle (CH$2700, two hours), Montegrande
(CH$4000, two hours) or Pisco Elqui (CH$4000,
2½ hours), try **Via Elqui** (☑ 51-231-2422; cnr
Juan de Dios Pení & Esmeralda). You can even do
Elqui Valley as a day trip; the first bus to Vicuña
departs at 6:40am and the last returns at 9pm.

Hector Galleguillos (☑ 51-225-3206; Aguirre
s/n) offers bus service from La Serena to Punta
de Choros.

For Argentine destinations, Cata Internacional
(www.catainternacional.com) departs on Sundays at 6pm for Mendoza (from CH$37,000, 13
hours). In summer **Covalle Bus** (☑ 51-222-1751;
Infante 538) also goes to Mendoza (CH$45,000,
13 hours) and San Juan (CH$45,000, 18 hours)
via the Libertadores pass every Wednesday and
Friday, leaving at 11pm.

TAXI COLECTIVO

A large number of regional destinations are
frequently and rapidly served by *taxi colectivo*
(shared taxi). *Colectivos* to Coquimbo (from
CH$800, 20 minutes) leave from Av Francisco
de Aguirre between Balmaceda and Los Carrera.

ℹ Getting Around

Private taxis to Aeropuerto La Florida, 5km east
of downtown on Ruta 41, cost CH$6000; try
Radio Taxi Florida (☑ 51-221-2122; http://radio
taxilaflorida.cl).

Women traveling alone should be wary of taxi
drivers in La Serena; sexual assaults have been
reported. Only take company cabs.

For car hire, try **Avis** (☑ 51-254-5300; Av Fran-
cisco de Aguirre 063; ☺ 8:30am-6:30pm Mon-
Fri, 9am-2pm Sat), **Hertz** (☑ 51-222-6171; Av
Francisco de Aguirre 0409; ☺ 8:30am-6:30pm
Mon-Fri) or **Econorent** (☑ 51-222-0113; Av
Francisco de Aguirre 0141; ☺ 8:30am-6:40pm
Mon-Fri, 9am-1pm Sat). They all have stands at
the airport as well as downtown offices.

South of La Serena

Coquimbo

☑ 051 / POP 210,000

The rough-and-tumble port of Coquimbo
next door to La Serena has been undergoing
something of a revolution in recent years.
Clinging to the rocky hills of Península Coquimbo, the town was long written off as La
Serena's ugly cousin, but it has blossomed
into the area's up-and coming spot for nightlife. It's worth a trip for a wander around its
handsomely restored 19th-century Barrio
Inglés (English Quarter) and a visit to the
fish market for some fresh seafood. Other
highlights include boat trips on the bay and
a massive cross (with museum) that offers
magnificent views over the bay.

◉ Sights

Fuerte Coquimbo VIEWPOINT
(Camino al Fuerte; ☺ 24hr) FREE Also known
as Fuerte Lambert, this former 19th-century
fortification offers picturesque views over
the bay from a rocky perch near the peninsula's northeast point. You can spy pelicans
and other seabirds from one of the small
lookout towers above the crashing waves.

The fort is 2km north of Barrio Inglés.

Cruz del Tercer Milenio NOTABLE BUILDING
(Cross of the Third Millennium; www.cruzdeltercer
milenio.cl; Teniente Merino, Cerro El Vigía; adult/child
CH$2000/1000; ☺ 9:30am-6pm; 🅿) A cross be-
tween a holy pilgrimage site and theme park,
this whopping 93m-high concrete cross can

be clearly seen from La Serena's beaches and makes for an outstanding lookout. The cross contains a museum (largely devoted to the late Pope John Paul II), prayer rooms and an elevator ride to the top. Mass is held every Sunday at 4:30pm (4pm in the winter).

☞ Tours

Galeon Pirata
BOATING
(CH$3000; ⊙noon-8pm) For a whimsical boat ride on the bay, take a tour aboard this re-created pirate ship. Hour-long boat tours of the harbor depart regularly from Muelle Morgan on Av Costanera in January and February, weekends only in winter.

🛏 Sleeping & Eating

Hostal Nomade
HOSTEL $
(☑51-275-1161; www.hostalnomadecoquimbo.cl; Regimiento Coquimbo 5; dm CH$15,000, d from CH$28,000; P🖥) Built in 1850 and once the French consulate, the friendly Hostal Nomade houses several living rooms complete with odds and ends from the 19th century, a full kitchen, table-tennis table (in summer), rustic garden area and 13 well-maintained dorm and private rooms.

The atmospheric old mansion with its bohemian vibe and mural-covered corridors earns bonus points for only putting four people in each dorm room.

Hotel Iberia
HOTEL $$
(☑51-231-2141; www.hoteliberia.cl; Lastra 400; s/d CH$20,000/30,000; P🖥) Hotel Iberia has simply furnished rooms in a great location across from the Plaza de Armas and near the nightlife of Barrio Inglés. Some rooms lack exterior windows so look at a few before committing.

Terminal Pesquero
SEAFOOD $$
(Costanera; mains CH$5500-12,000; ⊙9am-6pm Mon-Sat) The fish market, located along the bay, offers a wealth of fresh seafood, and it's the best place to be around lunchtime.

Puerto Brasas
INTERNATIONAL $$
(Aldunate 865; mains CH$6500-12,000; ⊙noon-midnight Mon-Thu, to 2am Fri & Sat; 🖥) Some excellent fish dishes, good *parrilla* (barbecued meat) and live music on weekends make this a solid choice, tucked among the bars of the Barrio Inglés.

🍷 Drinking & Nightlife

Most of the nightlife is along Aldunate, heading northwest from the plaza in Barrio Inglés. This entire area, stretching for several blocks, is chock-full with bars and clubs, which get going on weekends. Weeknights in Coquimbo can be pretty quiet. Wherever you go, be sure to take a taxi after dark as the surrounding area can be unsafe to wander.

Mi Bar Coquimbo
CLUB
(☑9-6418-0663; Freire 387; ⊙6pm-2am Wed & Thu, to 4am Fri, 8pm-4am Sat) A reliable spot for catching live bands and DJ-spun grooves, with a mix of funk, soul, hip-hop, blues and jazz. The extra-large cocktails are legendary.

El Europeo
BAR
(Aldunate 809; ⊙11am-8pm Mon-Wed, to midnight Thu & Fri, 6pm-2am Sat) A small, welcoming beer bar on lively Aldunate serves up craft brews, gourmet burgers (around CH$4000) and snacks.

ℹ Getting There & Away

Coquimbo's **bus terminal** (Varela) is about 600m south of Barrio Inglés on Varela between Borgoño and Alcalde. Many local buses and *colectivos* also link Coquimbo with La Serena (bus CH$600, *colectivo* CH$1200, private taxi CH$7000 to CH$12,000).

Guanaqueros

 051

Petite Guanaqueros' long white beach makes it one of the area's most popular bucket-and-spade destinations. Situated 30km south of Coquimbo and 5km west of the Panamericana, it's suitable for a day trip, although cabin complexes dot the entrance road.

A friendly spot just uphill from the waterfront, **Akitespero** (☑51-239-5311; www.akitespero.cl; Calle La Serena; d from CH$40,000-80,000; P🖥) has five well-equipped apartments, all with small kitchen units and bright, airy interiors. Book an upstairs unit for a terrace with sea views.

A short uphill stroll from the beach, **El Guanaquito** (☑cell 9-8129-6222; www.elguanaquito.com; Av del Ocaso 2920; apt CH$40,000-65,000) offers spacious apartments with private balconies overlooking the bay. The place could use a makeover, though you can score good deals in low season (with prices dropping as low as CH$25,000). There's a restaurant on-site.

Across from the waterfront, **El Pequeño** (Av Guanaqueros; mains CH$7000-13,500; ⊙10am-10pm) serves up some of the best grilled fish in town. There's a happy buzz to the place, with locals and out-of-towners feasting on plates of crabs, shrimp or seafood empanadas followed by the fresh catch of the day, served either fried or grilled. Or try the lively **Centro Gastronomico El Suizo** (Av Guanaqueros 2427; mains CH$6000-10,000; ◷10am-10pm), a semi-enclosed food court ringed by small bars and restaurants.

To get here, catch any of the frequent buses leaving from the bus terminals in La Serena and Coquimbo (45 minutes, CH$1900).

Tongoy

◪ 051

Tongoy is a lively little beach resort – the perfect place to savor fresh seafood, sink a few chilled *copas* (glasses) and be serenaded by full-throated buskers; you'll find the *marisquerías* (seafood restaurants) alongside Playa Grande. Playa Socos, on the north side of the peninsula, is a much more sheltered spot for a dip.

Right off the plaza on the main road in Tongoy, the family-run **Hotel Aqua Marina** (◪51-239-1870; Fundación Sur 93; r CH$35,000; ⓟ⚲) has eight simply furnished rooms set around a small patio. **Terminal Pesquero** (Av Coquimbo; mains CH$1800-3500; ◷10am-5pm) is a small fish market, with vendors serving up freshly shucked oysters, ceviche, scallops and other seafood. The best option of the beachfront restaurants, **La Bahia** (◪51-239-2147; Av Playa Grande; mains CH$9000-11,000) whips up a wide variety of fish and seafood plates. The *lenguado* (sole) is quite good. Go early to score a seat out front with views over the seaside.

Buses leave every 20 minutes or so for La Serena (from CH$2000, 70 minutes), passing Guanaqueros and Coquimbo en route.

Parque Nacional Bosques de Fray Jorge

The last thing you'd expect to stumble across in a cactus-riddled semidesert would be lush cloud forest of the type found around Valdivia, 1205km south. But that's exactly what you'll find at **Parque Nacional Bosques de Fray Jorge** (off Ruta 5; adult/child CH$6000/3000; ◷9am-5:30pm), a smear of green squeezed between the ocean and the desert.

The puzzle of how this pocket of verdant Valdivian cloud forest came to exist in such a parched environment is answered by the daily blanket of moist *camanchaca* (thick fog) that rolls in from the Pacific Ocean. Come around noon and you'll witness this white cushion of clouds cloaking the sea and progressively swallowing the forest's base, giving the impression that you could be on top of the world – when you're only really 600m above the sea. That said, the best time to appreciate the forest's ecology is early morning, when condensation from the fog leaves the plants dripping with moisture.

Patches of green inland suggest that the forest was once far more extensive. Of Fray Jorge's 100 sq km, there remain only 400 hectares of its truly unique vegetation – enough, though, to make it a Unesco World Biosphere Reserve.

Scant mammals include skunks and sea otters, as well as two species of fox. There are also some 80 bird species; small hawks sit atop the cacti while eagles wheel high above in search of prey.

In the late afternoon the rising *camanchaca* moistens the dense vegetation at **Sendero El Bosque**, a 1km trail that runs along the ridge above the ocean. The trail is at the end of the 27km-long road from the Panamericana. The last segment of the road is very steep, rough and dusty.

There's no public transportation to the park. The park is a six-hour drive from Santiago. Take a westward lateral off the Panamericana, at Km387, about 20km north of the Ovalle junction.

Several agencies in La Serena offer tours. Fray Jorge's gated road may be locked outside opening hours.

Río Hurtado Valley

◪ 053

The least explored of Norte Chico's valleys, this verdant region is crisscrossed with curvy roads, hillside hamlets and endless vineyards, all enveloped by barren mountains rising on all sides. It's the type of place where you won't see anyone for kilometers on end, and then a man on horseback will trot along its dusty roads.

A nice place to stay is **Hacienda Los Andes** (◪53-269-1822; www.haciendalosandes.com; off Ruta D-595; campsites per person CH$5000, s/d incl breakfast from CH$45,000/66,000; ⓟ). This gorgeously rambling hideaway offers skinny dipping in a cool highland river, dozy afternoons spent in a hammock and other ways to disconnect. Overlooking the lush banks of Río Hurtado, Hacienda Los Andes offers all that and more. It also has horseback trips (from CH$60,000 for half-day trips), night-sky tours (from CH$12,000) and 4WD trips (CH$60,000).

Free activities include scenic walks on the marked trails that dot the property. To get here, take one of the buses from Ovalle to Hurtado (CH$2400, roughly between noon and 7pm but check the website for details). The hacienda is 6km before Hurtado, just before the bridge. It can provide a pickup service from Ovalle, La Serena and Vicuña. The hacienda is 46km from Vicuña via a decent mountain road.

To get here, catch one of several buses a day running from Ovalle to Hurtado (CH$2400, 2½ hours), but to properly explore the valley you'll need your own wheels.

Limarí Valley

📄 053

Often overlooked, this pretty valley is home to hot springs, verdant rural lodges and an astonishing collection of pre-Columbian rock art. Despite the cacti and dry climate (which averages 10cm of rainfall per year), the Limarí is also home to a growing number of wineries. In fact, this is one of Chile's northernmost winegrowing regions.

🛏 Sleeping & Eating

⭐ **Hacienda Santa Cristina**   LODGE $$$
(📞 53-242-2270; www.haciendasantacristina.cl; off Ruta D-505; r $89,000; 🕸🐾) In the heart of the fertile Limarí Valley, this welcoming, family-run hacienda is set amid eucalyptus, poplars and spacious flower-filled lawns with views of distant mountains. Rooms are handsomely designed in classic country style with verandas overlooking the grounds, and there's a first-rate restaurant on-site (mains CH$6500 to CH$11,000). The Hacienda has its own stable and offers horseback riding.

Manager Juan Pablo has a wealth of information about exploring the area, and can advise on wine tasting, village visits and other activities.

Cabildo Abierto   CHILEAN $$
(📞 cell 9-425-5367; Ruta D-565, Barraza; mains CH$6000-8000; 🕐1-4pm) In the tiny village of Barraza, Cabildo Abierto serves up delicious home-cooked Chilean fare, which you can enjoy in the rustic back garden. Afterward, be sure to a pay a visit to the 17th-century church across the street.

It's 34km west of Ovalle and 8km east of the Panamericana, north of Socos.

ℹ Getting There & Around

Ovalle is the main access point of the valley, though to properly explore, you'll need your own wheels. There are bus links from Ovalle to Santiago (CH$8000 to CH$15,000, 5½ hours) and Iquique (CH$20,000 to CH$40,000, 19 hours), and frequent service to La Serena (from CH$2000, 1½ hours).

If you have your own transportation you can make a loop from La Serena to Vicuña, Hurtado and Ovalle. The 43km gravel road from Vicuña to Hurtado is usually manageable in a regular car, but a 4WD or high-clearance vehicle would be less hair-raising. The drive is beautiful, sometimes steep, with desert scenery of cacti, multicolored rocks and views of hilltop observatories. Public transportation from Ovalle goes as far as Hurtado, but there is no direct connection to Vicuña.

VALLE DEL ENCANTO

An intriguing gallery of pre-Colombian rock art can be found at **Monumento Arqueológico Valle del Encanto** (Ruta D-589; adult/child CH$500/300; 🕘9am-8pm Dec-Feb, to 6pm Mar-Nov), a rocky tributary canyon of the Río Limarí 19km west of Ovalle. An array of petroglyphs and pictographs depict dancing stick-men, alien-like figures with antennae and characters sporting spectacular headdresses. The valley rocks are also riddled with holes called *tacitas,* which were used as mortars to grind ceremonial plants and food.

The figures mostly date to the El Molle culture, which inhabited the area from the 2nd to the 7th century AD. The rock art is best viewed around noon when shadows are fewer, but it can be very hot at that time of day.

To get here, take any westbound bus out of Ovalle and disembark at the highway marker; Valle del Encanto is an easy 5km walk along a gravel road, but with luck someone will offer you a lift.

Tabalí (📞 cell 9-9015-7960; www.tabali.com; Hacienda Santa Rosa de Tabalí; tour & tasting per person from CH$10,000; 🕘 tours by reservations Mon-Sat) is a great little winery that's making waves in the Limarí Valley. Located at 1600m and planted on a mix of soils (alluvial, transitional, granitic), the vineyards here produce a one-of-a-kind wine that is ripe and fresh. You'll need to reserve ahead to arrange a tour and tasting.

The winery is on the same road as the Monumento Arqueológico Valle del Encanto (2km south of the vineyard), and makes a great add-on following a visit to the open-air gallery of ancient rock art.

TERMAS DE SOCOS

After a grueling day in the desert it's blissful to sink into the steamy thermal baths or a refreshingly cool swimming pool at Termas de Socos, a tiny spring hidden 1.5km off the Panamericana at Km370. Spring water is bottled on-site.

A pleasant gravel-and-sand campsite, **Camping Termas de Socos** (🗹53-263-1490; www.campingtermassocos.cl; campsites per person CH$7000; 🗷) has its own pool and baths. There's only partial shade but it has a good games room and playground. Nonguests can use the pool for CH$4500. You can find Francisco, the campground owner, at the shop and restaurant next to the gas just off the main highway in Socos. An unexpected delight, **Hotel Termas Socos** (🗹53-198-2505; www.termasocos.cl; s/d incl full board CH$67,000/123,000; P🗷) is guarded by tall eucalyptus, surrounded by lush foliage and isolated amid arid hills. Its room rates include a piping-hot private bath, and there are fine areas for relaxing, including a lounge with fireplace.

Termas de Socos is signed off the Panamericana, and is roughly 38km southwest of Ovalle. Most visitors arrive with their own wheels since it's a dusty 1.5km walk from the highway.

Ovalle

🗹 053 / POP 113,000

The capital of the prosperous agricultural province of Limarí, this workaday place can be a useful base for exploring the area.

Housed in the right flank of the old train-station building, the **Museo de Limari** (🗹53-243-3680; cnr Covarrubias & Antofagasta; ☉10am-6pm Tue-Fri, to 2pm Sat & Sun) **FREE** houses dramatically lit ceramics, most of which are Diaguita, dating from around AD 1000 to AD 1500.

The best of the budget picks, **Hotel Roxi** (🗹53-262-0080; karimedaire@hotmail.com; Libertad 155; s/d CH$19,000/27,000, without bathroom CH$16,000/20,000) offers decent-sized rooms with blasting hot showers a couple of blocks from the plaza. A short walk northeast of the main Plaza de Armas, the easygoing **Hostal Chile Colonial** (🗹53-220-5433; http://hostalchilecolonial.com; Arauco 146; s/d/tw CH$30,000/35,000/40,000; P🗟) has nine small but comfortably furnished rooms set around a covered courtyard. Ovalle's most charming eatery, **El Relajo** (🗹53-244-8323; www.elrelajo.cl; Tirado 177; mains CH$7000-13,000; ☉1-3pm & 7.30-11pm Mon-Sat; 🗷) serves up a mix of Mexican, Peruvian and Chilean dishes

amid rustic wood furniture, a thatch roof and upbeat Latin grooves.

Although Ovalle is 30km east of the Panamericana, many north–south buses pass through here. In the south of town, **Terminal Media Luna** (Ariztía Oriente s/n) has service to major destinations, including Santiago (CH$8000 to CH$15,000, 5½ hours), Arica (CH$25,000 to CH$46,000, 27 hours), Iquique (CH$20,000 to CH$40,000, 19 hours) and Antofagasta (from CH$17,000, 14 hours).

North of the terminal, on Ariztía Oriente, regional bus companies like Serena Mar (www.serenmar.cl) go to La Serena (from CH$2000, 1½ hours) every 20 minutes or so. On the same street, *colectivos* (shared taxis) also make the trip to La Serena (CH$2500, 1½ hours).

Elqui Valley

Vicuña

🗹 051 / POP 28,000

The spirit of Gabriela Mistral's somnambulist poetry seeps from every pore of snoozy little Vicuña. Just 62km east of La Serena, this is the easiest base from which to delve deeper into the Elqui Valley. The town itself, with its low-key plaza, lyrical air and compact dwellings, is worth a visit for a day or two before you head out into the countryside to indulge in the nearby solar kitchens (where the sun cooks the food), and the fresh avocados, papayas and other fruits grown in the region – not to mention the famous grapes that are distilled into Chile's potent grape-brandy pisco.

◉ Sights

Cervecería Guayacan BREWERY
(🗹cell 9-9798-3224; www.cervezaguayacan.cl; Calle Principal 33, Diaguitas; ☉noon-8pm daily) **FREE** You won't get far in the Elqui valley without someone offering you a Guayacan, and if you're even vaguely interested in beer, you should accept. This little craft brewery's reputation is growing fast and brief tours of the facilities are accompanied by a generous sampling of their products.

The brewery is in the small village of Diaguitas, about 7km east of downtown Vicuña and there's an inviting beer garden serving up tasty pizzas and burgers (mains CH$5000 to CH$7000) from Wednesday to Sunday.

EXPLORING THE ELQUI VALLEY

The first point of interest on the drive from Vicuña, at Km14.5 just before Montegrande and at an altitude of 1080m, is the **Cavas del Valle winery** (☑ cell 9-6842-5592; www.cavasdelvalle.cl; Ruta 485, Km14.5; ⊙ 11am-7pm) **FREE**. Opened in 2004, this little boutique bucks the trend by serving actual wine, rather than pisco. The *cosecha otoñal* dessert wine, made of pink muscatel grapes, alone is worth the stop. A quick tour of the facilities with a tasting of three wines is free although you are encouraged to purchase a bottle.

An artisanal *pisquera* (pisco distillery) established in 1868, 3km south of Pisco Elqui, **Fundo Los Nichos** (☑ 51-245-1085; www.fundolosnichos.cl; Ruta 485; tour from CH$1000; ⊙ 11am-6pm) still produces pisco the old-fashioned way. Its four guided tours (CH$1000, in Spanish only, 11:30am, 1pm, 4pm and 5pm daily in summer) include a visit to the facilities and a tasting of three piscos. Or just stop by between 11am and 6pm for a free tasting; bottles start at CH$5000.

Drive on from here and you'll reach the **Horcón artisanal market** (☑ 51-245-1015; Ruta D-393, Horcón Bajo; ⊙ noon-7:30pm summer, 1-6:30pm Tue-Sun rest of year) in the valley of its namesake village, worth a browse for its wealth of gorgeous handmade arts and crafts, local all-natural food and cosmetic products, all sold out of bamboo stalls. It's a feast of colors, dream catchers, wind chimes, knit dresses and jewelry.

From here, the paved road turns into a dusty dirt track leading to the adorable village of **Alcoguaz**, 14km beyond Pisco Elqui. Note its yellow and red wooden church and, if you wish to stay, move on to **Casona Distante** (☑ cell 9-9226-5440; www.casonadistante.cl; Fundo Distante, Alcohuaz; r CH$78,000-120,000;), a big wooden 1930s farmhouse beautifully restored into a rustic eight-room ecolodge with a swimming pool, riverside trails, a small observatory and a split-level restaurant.

Museo Gabriela Mistral

MUSEUM

(☑ 51-241-1223; www.mgmistral.cl; Av Gabriela Mistral 759; ⊙ 10am-5:45pm Tue-Fri, 10:30am-6pm Sat, 10am-1pm Sun) **FREE** The town's landmark Museo Gabriela Mistral, between Riquelme and Baquedano, celebrates one of Chile's most famous literary figures. Gabriela Mistral was born Lucila Godoy Alcayaga in 1889 in Vicuña. The museum charts her life (in Spanish only), from a replica of her adobe birthplace to her Nobel Prize, and has a clutch of busts making her seem a particularly strict schoolmarm.

Museo Entomologico e Historia Natural

MUSEUM

(Chacabuco 334; adult/child CH$600/300; ⊙ 10:30am-1:30pm & 3:30-7pm) On the south side of the plaza, this small, one-room museum has an eye-catching collection of fierce-looking scarab beetles, shimmering blue-winged morpho butterflies and other insects, including various Saturniidae, among the largest moths on earth. Minerals and fossils round out the intriguing displays.

Pisquera Aba

DISTILLERY

(☑ 51-241-1039; www.pisquera-aba.cl; Ruta 41, Km66; ⊙ 10am-6pm) **FREE** This family-run boutique pisquera, in operation since 1921, offers quite a different view of pisco production. The 40-minute tours take you through all the aspects of production and end up in the tasting room, with samples of their full range of products, from the classics to some innovative fruit blends. It's about 4km from the centre of town – an easy bike ride or CH$3000 taxi trip from the plaza.

Planta Pisco Capel

DISTILLERY

(☑ 51-255-4337; www.centroturisticocapel.cl; tours from CH$4000; ⊙ 11:30am-7:30pm Jan & Feb, to 6pm Mar-Dec) Capel distills pisco at this facility and has its only bottling plant here. Located about 2km (20-minute walk) southeast of town, this artisanal pisco maker offers 45-minute tours of the facilities, which includes an on-site museum and a few skimpy samples (CH$15,000 gets you the premium tour, with snacks and tastings of six top-shelf piscos). To get here, head southeast of town and across the bridge, then turn left.

There's also a mixology tour, where the distillery visit is followed by a lesson in making the perfect cocktail (CH$8000). Call ahead for English-language tours.

🏃 Activities

Vicuña is a great base if you want to devote more time to exploring Elqui Valley. Not only is it the gateway to some great observatories, but it also offers bike rides into the surrounding countryside, trips to remote mountains around Paso del Agua Negra (summer only) and horseback jaunts. There is even kitesurfing on the Puclaro reservoir, 10km away along the road to La Serena; **Chile KiteSurf** (☑ cell 9-5223-7712; www.chilekitesurf.cl; Gualliguaica, Puclaro) offers classes.

Elki Magic   ADVENTURE SPORTS
(☑ cell 9-6877-2015; www.elkimagic.com; San Martin 472; ☺ 10am-8pm) Run by an enthusiastic Chilean-French couple, this agency offers guided downhill bike jaunts (from CH$15,000), half-day van tours to valley highlights (from CH$15,000) and all-day 4WD trips to the lagoons near Argentina (CH$40,000 including lunch). They also rent bikes (CH$7000 per day) and can provide a map of the 18km trail around the surrounding villages.

The office is two blocks north of the plaza.

✸ Festivals & Events

Carnaval Elquino   CARNIVAL
(☺ mid-Jan–Feb) Vicuña holds its annual grape harvest festival, Carnaval Elquino, in mid-January. It ends February 22, the anniversary of the city's founding, with activities including live music and folkloric dancing.

🛏 Sleeping

La Elquina   HOSTAL $
(☑ 51-241-1317; www.laelquina.cl; O'Higgins 65; campsites per person CH$6000, d CH$30,000, s/d without bathroom CH$15,000/25,000; ℗ 🛜) The best of Vicuña's budget options, La Elquina is a friendly family-run spot with simply furnished rooms set around several spacious courtyards. There are also nicely shaded campsites and a kitchen that's open 24 hours. The outdoor tables on the grass are fine places to unwind in the afternoon.

Alfa Aldea   HOSTAL $
(☑ 51-241-2441; www.alfaaldea.cl; La Vinita; s/d CH$25,000/40,000; ℗ 🛜) It's worth the CH$2000 taxi ride (or 15-minute walk) to the outskirts of town to stay in this low-key family-run *hostal*. Nestled in the vineyards and with priceless valley and mountain views, the rooms are simple but extremely comfortable. The stars (sorry) of the show, however, are the excellent astronomical tours (p205) held on-site.

Hostal Valle Hermoso   HOSTAL $
(☑ 51-241-1206; www.hostalvallehermoso.com; Av Gabriela Mistral 706; s/d/tr CH$18,000/

36,000/48,000; 🛜) Great lodging choice with eight airy and immaculately clean rooms around a sun-drenched patio inside an old adobe *casona* with Oregon-pine beams and walnut floors. Staff is warm and friendly and the ambience laid-back – as if staying with old friends.

Zaguan Hostal Boutique   GUESTHOUSE $$
(☑ 51-241-1244; http://zaguanhotel.com; Gabriela Mistral 718; r CH$55,000-75,000; ℗ 🛜) In a lovely adobe house dating to 1906, Zaguan has handsomely designed rooms with high-quality furnishings set around a flower-filled central garden. The friendly multilingual owners do their best to make guests feel at home. Generous breakfasts.

The two split-level rooms are ideal for families, with a king-sized bed and a separate room with two twin beds.

Solar de los Madariaga   GUESTHOUSE $$
(☑ 51-241-1220; www.solardelosmadariaga.cl; Gabriela Mistral 683; s/d CH$32,000/53,000; ℗ 🛜) Set in a beautifully restored 19th-century home, this friendly and welcoming guesthouse has loads of charm, with attractive rooms opening on to a back garden. The front of the house is something of a house museum, with furnishings and family memorabilia from the Basque family that lived here in the 1880s.

With just a few rooms available, the Solar books up quickly, so reserve well ahead.

Hostal Aldea del Elqui   HOTEL $$
(☑ 51-254-3069; www.hostalaldeadelelqui.cl; Av Gabriela Mistral 197; s/d CH$25,000/40,000; 🛜 ❄) *Casonas* (large houses) converted into accommodations, this friendly hotel has well-kept rooms with good beds and TV, some on the 2nd floor of a newer adjacent building. There's a tranquil garden with a small pool, sauna and hot tub. Off-season, prices drop considerably.

Hostería Vicuña   HOTEL $$
(☑ 51-241-1301; www.hosteriavicuna.cl; Sargento Aldea 101; s/d/tr CH$40,000/54,000/69,000; ℗ 🛜 ❄) Its simple rooms leave a bit to be desired for the price and the whole place feels a little outdated, but the gardens have warm vine-touched patios, sentinel palm trees and a big pool area (available to nonguests for CH$5000 per day).

🍴 Eating

Govinda's   VEGETARIAN $
(Prat 234, 2nd fl; lunch special CH$3500; ☺ 1-5pm Mon-Sat) In an airy upstairs space across

NORTE CHICO ELQUI VALLEY

from the plaza, Govinda's serves up delicious and hearty vegetarian fare, with a menu that changes daily. Spaghetti with vegetables, flavor-packed paella and juicy veggie burgers are recent selections, with homemade desserts topping things off.

Govinda's also has yoga classes (currently Monday, Wednesday and Friday at 6:30pm).

La Bilbaina ICE CREAM $
(Gabriela Mistral 383; ⊙ 11am-8pm) On the north side of the plaza, La Bilbaina is a local favorite for its delicious and creative varieties of ice cream (try regional flavors such as *copao,* a fruit from a wild cactus). It's been going strong for over 50 years.

Antawara CHILEAN $
(Mistral 109; mains CH$4200-8000; ⊙ noon-midnight Mon-Thu, to 5am Fri & Sat) This is your best bet for late-night eats – otherwise problematic in sleepy Vicuña. Service is warm, the wine list is impressive and there's a good range of hot and cold *tablas* (platters) along with sandwiches and a good-value set lunch for CH$4000.

Frida INTERNATIONAL $
(Prat btwn Mistral & Chacabuco; mains CH$3000-4000; ⊙ 10am-10pm) Vicuña's most colorful cafe is whimsically decorated with Mexican knickknacks and serves up spice-lacking goat's-cheese sandwiches, quesadillas and fajitas, but surprisingly little else in the way of Mexican fare. It's a better spot for afternoon drinks with snacks.

★ Chivato Negro INTERNATIONAL $$
(www.facebook.com/restaurantechivatonegro; Mistral 542; mains CH$3000-8500; ⊙ 9am-11pm Sun-Wed, to 1am Thu-Sat; 🖉) Two blocks east of the plaza, Chivato Negro has a bohemian, vintage vibe with a spacious patio hidden in back. There's a wide-ranging menu of sandwiches, pizzas and regional dishes (like grilled trout), plus a three-course *menú del día* for CH$5000. The cozy setting (with a roaring fire in the evening) invites lingering, whether over coffee or cocktails.

From December to March, there's occasional live music on weekends.

Delicias del Sol CHILEAN $$
(Villaseca village; mains incl wine CH$7000-8000; ⊙ 1-5pm) Don't miss lunch at this restaurant 5km southeast of Vicuña, where a group of women discovered a groundbreaking way to cook with sunrays instead of hard-to-find firewood. It's the best of Villaseca's solar-kitchen

restaurants, but service is slow. However, the food is quite tasty and paired with lovely vineyard views. Locally raised *cabrito* (goat) is the specialty.

Paraíso del Elqui CHILEAN $$
(📱 cell 9-8537-4883; http://ricardopacheco.cl; Chacabuco 237; mains CH$5800-9500; ⊙ noon-10pm Mon-Sat; 🖉) Opened by a professional chef, this cozy spot with a backyard, two small dining rooms and tables on the patio serves up regional specialties, with countless empanadas and good-value *almuerzos* (set lunches). Vegetarian offerings are also good.

❶ Information

There is a bank on the main plaza, which changes US dollars. The city center also has three ATMs.

Gather a bit of info on the town's past and present at the municipal **tourist office** (📞 51-267-0308; www.turismovicuna.cl; San Martín 275; ⊙ 8:30am-8pm Jan & Feb, 8:30am-5:30pm Mon-Fri, 9am-6pm Sat, 9am-2pm Sun Mar-Dec), a few steps west of the main plaza.

For emergencies, head to the **Hospital San Juan de Dios** (📞 51-233-3424; cnr Independencia & Prat; ⊙ 24hr), a few blocks north of Plaza de Armas.

❶ Getting There & Around

From Vicuña, eastbound Ruta 41 leads over the Andes to Argentina. A rugged, dusty and bumpy (though passable in a regular car) secondary road leads south to Hurtado and back down to Ovalle.

The **bus terminal** (cnr Prat & O'Higgins) has frequent buses to La Serena (CH$2000, one hour), Coquimbo (CH$2000, 1¼ hours), Pisco Elqui (CH$2000, 50 minutes) and Montegrande (CH$2000, 40 minutes). Expresso Norte has a twice-daily service at 11:45am and 9:45pm to Santiago (CH$12,000 to CH$18,000, seven hours). There's a wider choice of destinations in La Serena.

Located inside the bus-terminal complex is the **Terminal de Taxis Colectivos** (cnr Prat & O'Higgins), which has fast *taxi colectivos* that run to La Serena (CH$2500, 50 minutes).

You can hire good-quality bikes (from CH$1000 per hour) at **Elki Magic** (p203).

Montegrande

📞 051

This skinny roadside village is the former home of the internationally renowned poet Gabriela Mistral, who is a Nobel Prize winner and national icon. Aside from the fresh air and mountain views, there isn't much to the tiny settlement, but you can visit a few

THE BEST OF STARGAZING IN NORTE CHICO

The star of the stargazing show, the purpose-built **Observatorio Cerro Mamalluca** (☑51-267-0330; adult/child CH$7500/4500), 9km northeast of Vicuña, is Elqui Valley's biggest attraction. So big, in fact, that you're likely to share the tour with hordes of other tourists, all looking for their chance to goggle at distant galaxies, star clusters and nebulae through a 30cm telescope.

Bilingual two-hour tours take place nightly every two hours between 8:30pm and 2:30am in summer and between 7:30pm and 1:30am in winter. The cheesy Cosmo Visión Andina tour (in Spanish only) includes presentations and music but no access to the telescopes – so you're better off booking the basic astronomy tour.

Make reservations through the office at Av Gabriela Mistral 260 in Vicuña; advance booking is recommended. There is no public transportation, but a minivan takes visitors from the Vicuña office (reserve in advance, per person CH$3000). Some La Serena tour agencies arrange trips or you can hire a taxi in Vicuña.

Like Mamalluca, the shiny hilltop **Observatorio Collowara** (☑cell 9-7645-2970; www.collowara.cl; Urmeneta 675, Andacollo; CH$5500) in Andacollo is built for tourists; no serious interstellar research is conducted here. Two-hour tours run in summer at 9:30pm, 11pm and 12:30am; in winter they are at 9pm. The facility boasts three viewing platforms and a 40cm telescope – slightly larger than that at Mamalluca. There are also three smaller telescopes available, so you won't have to wait for long. There are plenty of accommodations in Andacollo, 54km from La Serena and connected by bus (CH$2000, 1½ hours) and *colectivo* (shared taxi; CH$2500, one hour).

The latest on the observatory front is **Observatorio del Pangue** (☑51-241-2584; www.observatoriodelpangue.blogspot.com; off Ruta D-445; with transportation CH$25,000), 17km south of Vicuña, run by three enthusiastic French and Chilean astronomers. The two-hour tours (in English, French and Spanish) leave nightly – unless there's a full moon – at 8:30pm (and on demand at 10:30pm) and offer pure observation, with a 10-person maximum.

Probing the mysteries of stars billions of kilometers into the past is all in a night's work at the futuristic **Observatorio Interamericano Cerro Tololo** (☑51-220-5200; www.ctio.noao.edu; Cerro Tololo) ｟FREE｠, which sits at 2200m atop its hill. While visitors can't stargaze through its monstrous telescopes (even the astronomers don't do that as the telescopes first feed data into computer monitors), a daytime tour of the facilities is still an enlightening experience. Operated by the Tucson-based Association of Universities for Research in Astronomy (AURA; a group of about 25 institutions, including the Universidad de Chile), Tololo has an enormous 4m telescope. Free bilingual tours take place on Saturday only. Make reservations at least one month ahead in high season. Two-hour tours are held at 9am and 1pm. There is no public transportation so rent a car or taxi, or arrange to come with a tour operator (even then you *still* must make your own reservations with the observatory).

If you tire of getting herded around in the large observatories, you may be interested in the small, personalized astronomical tours (in English or Spanish) on offer at the **Alfa Aldea** (☑51-241-2441; www.alfaaldea.cl; Parcela 17, La Viñita; adult/child CH$15,000/5000). Held in the on-site amphitheater, tours start with a short video exploring the basics of astronomy, then get you up close and personal with the celestial bodies via scientific-grade telescopes. It's an open-air event – the whole thing takes place under the star-filled sky and small group sizes mean plenty of telescope time for everybody – but it can get frosty. Dress warmly (although the blankets, wine and vegetable soup that come with the tour help to cut the chill).

For professionally guided astronomy tours, contact **Astronomy Adventures** (☑cell 9-9879-4846; www.astronomyadventures.cl; Manuel Rodríguez 589, La Serena; astronomy tours CH$15,000-42,000), a La Serena–based outfit that arranges customized stargazing experiences all around Chile.

NORTE CHICO ELQUI VALLEY

key sites related to Mistral, including the poet's final resting place.

The gravesite of Gabriela Mistral, **Mausoleo Gabriela Mistral** (Ruta D-485; CH$1000; ⏰ 10am-1pm & 3-6pm Tue-Sun) lies on a hillside just south of Montegrande's main plaza. A winding path to the top is lined with quotes and biographical details about the famous poet, providing a fine tribute to her extraordinary life. Mistral received her primary schooling at the Casa Escuela y el Correo, where the humble **Museo Casa-Escuela Gabriela Mistral** (Calle Principal; CH$500; ⏰ 10am-1pm & 3-6pm) is dedicated to the poet, with a reconstructed schoolroom and dorm.

Set in an old adobe *casona,* the peaceful **Hotel Las Pleyades** (📱 cell 9-8520-6983; www.elquihotelpleyades.cl; Calle Principal; d CH$70,000; 🅿🀫) offers nice touches such as cane roofs and an outdoor plunge pool. **Mesón del Fraile** (Calle Principal; mains CH$8000-12,000; ⏰ noon-6pm, closed Mon & Tue in low season), opposite the museum, is worth stopping for *churrasco* (steak), pizza, sandwiches or fresh juice.

Local buses provide regular service from Vicuña (CH$2000, 40 minutes).

Pisco Elqui

📱 051 / POP 1200

Renamed to publicize the area's most famous product, the former village of La Unión is a laid-back hideaway in the upper drainage area of the Río Claro, a tributary of the Elqui. It has become the area's most popular backpacker draw in recent years, and while it can get overcrowded, it's well worth a couple of days' stay.

Note that Pisco Elqui doesn't have an ATM or a bank so make sure to bring enough cash with you.

◉ Sights

Distileria Pisco Mistral　　DISTILLERY
(📱 51-245-1358;　www.destileriapiscomistral.cl; O'Higgins 746; tours from CH$6000; ⏰ noon-7pm Jan & Feb, 10:30am-6pm Tue-Sun Mar-Dec) The star attraction in Pisco Elqui is the Distileria Pisco Mistral, which produces the premium Mistral brand of pisco. The hour-long 'museum' tour gives you glimpses of the distillation process and includes a free tasting of two piscos and a drink at the adjacent restaurant, which hosts occasional live music.

🏃 Activities

Pisco Elqui may be small in size but it's big in terms of tours and activities you can do in and around the valley. These include guided treks (from CH$15,000 per half day), horseback-riding trips (from CH$8000 per hour, and more for multiday trips into the mountains), mountain-bike excursions (from CH$20,000) and stargazing trips (from CH$15,000).

Reputable agencies in town include **Turismo Dagaz** (📱 cell 9-7399-4105; www.turismodagaz.com; Prat; ⏰ 9am-8pm) and **Turismo Migrantes** (📱 51-245-1917; www.turismomigrantes.cl; O'Higgins s/n; ⏰ 10am-2pm & 3-7pm).

Bikes can be rented from several places in town for around CH$2000 per hour or CH$7000 per day.

🛏 Sleeping

Hostal Triskel　　　　　　　　HOSTEL $
(📱 cell　9-9419-8680;　www.hostaltriskel.cl; Baquedano s/n; r without bathroom per person CH$15,000; 🀫) Up the hill from town, this lovely adobe and wood house has seven clean rooms with four shared bathrooms and a shared kitchen. A giant fig tree provides shade for the patio and there's a fruit orchard with lots of nooks, crannies and hammocks, plus laundry services.

Refugio del Angel　　　CAMPGROUND $
(📱 cell　9-8245-9362;　www.campingrefugiodelangel.cl; Calle El Condor; campsites per person CH$10,000, day use CH$4000) This idyllic spot by the river has swimming holes, bathrooms and a little shop. The turnoff is 200m south of the plaza off Carrera.

Cabañas Pisco Elqui　　　　　CABIN $
(📱 cell 9-8331-2592; Prat s/n; cabins CH$60,000; 🀫) Basic, medium-sized wood-floored cabins with full kitchen and a sizable front deck. The property rambles down the hillside, with a burbling stream running through it.

★ El Tesoro de Elqui　　　　HOTEL $$
(📱 51-245-1069; www.tesoro-elqui.cl; Prat s/n; s CH$30,000-40,000, d CH$45,000-55,000; 🀫🀫) Up the hill from the center plaza, this tranquil oasis dotted with lemon trees, lush gardens and flowering vines has 10 appealing wooden bungalows with terraces. There's a restaurant that serves great coffee and cake and you can also arrange guided excursions on-site.

Refugio Misterios de Elqui　CABIN $$$
(📱 51-245-1126; www.misteriosdeelqui.cl; Prat s/n; d cabins CH$85,000; 🅿🀫🀫) Pisco Elqui's most luxe choice, sitting on the edge of town on the road to Alcoguaz, with seven cabins

set around lush gardens that slope down toward the swimming pool and the valley below. Cabins come with stylish decor, such as headboards made of recycled train tracks, wooden beams, cool tile floors and terraces.

Eating & Drinking

Most restaurants in Pisco Elqui are also good spots for a drink as the evening wears on.

El Durmiente Elquino INTERNATIONAL $
(Carrera s/n; mains CH$5000-7500; ⊙1-10pm Tue-Sun) Sample the tasty tapas, pizzas and interesting mains, like quinoa risotto, in the all-natural interior of this restobar full of wood, bamboo, clay and pebbles. Sip an artisanal beer or a glass of organic wine on the small patio out back, with nice mountain views.

La Escuela CHILEAN $$
(Prat; CH$6500-12,000; ⊙12:30-11:30pm) For a memorable night out, head to this polished restaurant on the main road leading south of town. Grab a fireside seat in the courtyard and linger over grilled salmon, oven-baked kid or tender lamb raised locally, which pair nicely with wine and well-mixed cocktails. There are quinoa salads, quiche and at least one vegetarian plate of the day.

Rustika BAR
(Carrera s/n; ⊙7pm-2am) Just south of the plaza, Rustika is a welcoming spot for an evening libation, with outdoor tables set beside a gurgling brook, and warming fires by starlight. Cocktails aside, Rustika also serves up pizzas, quesadillas, sharing platters and fresh juices.

Getting There & Away

Pisco Elqui has no gas station so fill up before leaving Vicuña.

Frequent buses travel between Pisco Elqui (CH$2000, 50 minutes) and Vicuña.

Cochiguaz

☑051
New-age capital of northern Chile, the secluded valley of Cochiguaz is accredited with an extraordinary concentration of cosmic vibes, a vortex of powerful energies, much-publicized UFO sightings and formidable healing powers. But you needn't be a believer to enjoy the beautiful valley, which is also the jumping-off point for hiking and horseback rides in the backcountry. It sometimes snows here in winter, so bring warm clothes.

Sights

Centro Otzer Ling BUDDHIST STUPA
(Estupa Cochiguaz; http://otzerling.com; ⊙10am-7pm Tue-Sun) A Buddhist stupa in a remote corner of northern Chile? You'll think you took a wrong turn off the Panamericana and somehow ended up in the Himalaya rather than the Andes. Built in 2016, this evocative snow-white monument, complete with Tibetan prayer flags flapping in the breeze, looks all the more striking against the parched, mountainous backdrop.

Sleeping & Eating

Tambo Huara CABIN $
(☑cell 9-9220-7237; www.tambohuara.cl; Km13; campsites river/forest per person CH$7000/10,000, cabins without/without bathroom CH$40,000/35,000) An idyllic little spot nestled between the trees by the river, Tambo Huara offers medium-sized eco-cabins (those with bathroom have composting toilets and solar showers). The riverside campsites are fantastic and there's meditation, healing therapies and yoga available on-site.

Camping Cochiguaz CAMPGROUND $
(☑51-245-1154; www.campingcochiguaz.blogspot.com; Camino Cochiguaz; campsites per person CH$8000) Amid eucalyptus trees, Camping Cochiguaz has some labyrinthine camping grounds down by the river, including some nicely shaded sites right on the water. It's 17km from Montegrande at the end of a tortuous dirt track. It also offers horseback-riding trips.

Luna de Quarzo CABAÑAS $$
(☑cell 9-8501-5994; www.lunadecuarzo.cl/tortuga.html; El Pangue, Km11; cabins CH$60,000-90,000; 🕾) On a beautiful mountain property, Luna de Quarzo has well-equipped wooden cabins with wood trim, river stone and adobe walls and bamboo ceilings. The kitchens are useful, as dining options are limited and you'll want to bring your own food. Afternoons spent relaxing by the poolside are followed by nights of stargazing.

Casa del Agua GUESTHOUSE $$
(☑cell 9-5867-6522; www.cabanascasadelagua.cl; Km13; 2-/4-/6-person cabins CH$85,000/100,000/150,000; 🅿🐾) Hummingbirds flit around the lush gardens of Casa del Agua, a pretty cabin complex 13km north of Montegrande, perched delicately along the banks of the Río Cochiguaz. There's a bar, restaurant and walking paths. It also offers tours.

NORTE CHICO ELQUI VALLEY

El Alma Zen HOTEL $$
(☑ cell 9-9047-3861; www.refugiocochiguaz.cl; Km11; s/d from CH$45,000/75,000; ☎) Hippy-kitsch El Alma Zen has well-equipped cabins, a spa, two swimming pools and a pretty location backing into eucalyptus forest down by the river.

Restaurant Borde Rio CHILEAN $$
(☑ cell 9-9905-1490; Km12; mains CH$9000-12,000; ⊙ noon-11pm; ☑) Amid lush foliage beside the gurgling Rio Cochiguaz, this entirely outdoor spot has the most enchanting setting for kilometers around. Start with ceviche or *ostiones a la parmesana* (scallops with Parmesan) before moving on to grilled meats, fish or veg-friendly pastas. Bring your swimsuit so you can go for a dip after the meal.

ℹ Getting There & Away

There's currently one bus a day to Cochiguaz from Montegrande on Mondays, Wednesdays and Fridays at 6pm. It travels from Cochiguaz to Montegrande at 7am on the same days. Otherwise, you can contract a driver in Montegrande who will charge around CH$10,000 per vehicle (up to four people), or do as the locals do and try to hitch a ride.

Some guesthouses in Cochiguaz will also provide transport, or can hook you up with a driver.

Paso del Agua Negra

A spectacular roller coaster of a road crosses the mountains into Argentina, 185km east of Vicuña. At an ear-popping 4765m above sea level, it's one of the highest Andean passes between Chile and Argentina. It's also one of the best areas to see the frozen snow formations known as *penitentes,* so called because they resemble lines of monks garbed in tunics. There are also accessible glaciers on both the Chilean and Argentinean sides.

From Vicuña, Ruta 41 climbs along the Río Turbio to the Chilean customs and immigration post at Juntas del Toro. It continues south along the turquoise reservoir known as La Laguna before switchbacking steeply northeast to Agua Negra. The road leads to the hot-springs resort of Termas de Pismanta in Argentina, and to the provincial capital San Juan.

The route is usually open to vehicular traffic from mid-November to mid-March or April, and cyclists enjoy the challenge of this steep, difficult route. The road is passable for any passenger vehicle in good condition. There is no public transportation, but agencies in Vicuña and Pisco Elqui offer trips during summer.

Reserva Nacional Pingüino de Humboldt

Pods of bottlenose dolphins play in the waters of this national reserve (Islas Damas; adult/child CH$6000/3000; ⊙ 9am-3pm Dec-Mar, to 3pm Wed-Sun Apr-Nov), while slinky sea otters slide off boulders and penguins waddle along the rocky shoreline – keeping their distance from sprawling sea-lion colonies. The 888-hectare reserve embraces three islands on the border between Regiónes III and IV, and makes one of the best excursions in Norte Chico. The reserve takes its name from the Humboldt penguin, which nests on rocky Isla Choros.

◉ Sights & Activities

At Punta de Choros boats ply the route to Isla Damas; it lies 5.6km away from the shore. This 60-hectare metamorphic outcrop capped by a low granite summit has two snowy-white beaches with crystal-clear water: Playa La Poza, where boats land, and the fine-sand Playa Tijeras, a 1km walk away. Visitors are required to pay the visitor fee at a Conaf stand at the Isla Damas dock and are only allowed to stay on the island for one hour.

Hired boats also pass Isla Choros, where you're likely to see pods of bottlenose dolphins that splash alongside the boat, a large sea-lion colony, groups of otters and Humboldt penguins, and massive rookeries of cormorants, gulls and boobies.

Isla Chañaral, the largest and most northerly of the three islands comprising the reserve, is less easily accessible but most protected and least crowded. Its access point is the scenic coastal village of Caleta Chañaral de Aceituno (about 27km north of Punta de Choros), from where boats take people to the island for about CH$90,000 (based on 10 people) between 9am and 4pm. There are a couple of campgrounds and a simple eatery. Explora Sub (☑ cell 9-7795-4983; www.explorasub.cl; Chañaral de Aceituno; 1-tank dive with rental from CH$60,000) in Chañaral de Aceituno arranges diving trips in the reserve.

Bad weather and high waves can occasionally prevent boat trips: call the Conaf station (☑ 51-224-4769; www.conaf.cl; ⊙ 8:30am-5:30pm) to check conditions before leaving. Note that tickets for boat trips are only sold till 2pm.

🛏 Sleeping & Eating

Mare Alta   CABAÑAS $$
(☑ cell 9-8120-6250; www.marealta.info; Punta de
Choros; cabins from CH$90,000, campsite for 2
CH$20,000) Overlooking the sea, this beauti-
fully located spot has a handful of small but
comfortable cabins as well as a few rooms
in a large wooden boat plopped right on the
sands. There's a restaurant, camping, and
you can arrange excursions.

Costa Bahia   CHILEAN $$
(☑ cell 9-7734-1205; Punta de Choros; mains
CH$6000-11,000; ⊙10am-8:30pm) The best
place for a post-trip meal is this airy, hilltop
eatery with excellent seafood and efficient
service. There are outdoor tables in front
(facing the road), but no ocean views.

ℹ Getting There & Around

From a turnoff on the Panamericana, about
87km north of La Serena, a rough gravel road
passes through Los Choros and continues to
Punta de Choros (123km from La Serena, about
two hours by car). Caleta Chañaral de Aceituno
is another 27km to the north.

The park is best reached from La Serena.
Hector Galleguillos (p197) offers bus service
to and from La Serena (CH$5000, two hours).
Buses from La Serena depart from in front of the
Los Griegos *panadería* (bakery) near the corner
of Aguirre and Matta at 8:30am. Call first to
reserve a spot. La Serena–based travel agencies
also offer tours.

At the Punta de Choros dock, you'll see boat
operators offering trips for around CH$10,000
per person. This price is based on a 10-person
minimum, so if there aren't enough passengers,
you'll either have to pay the difference or wait
until enough prospective passengers show

up. Your best bet is to show up in the morning
(weekends are busiest); during low season,
things are quite slow.

Huasco Valley

A lush thumb of greenery snaking its way
down from the Andes, the fertile valley of
the Río Huasco, roughly midway between
Copiapó and La Serena, is famous for its
plump olives, pisco and a deliciously sweet
wine known as *pajarete*. However, the region's other claim to fame – mining – is now
threatening this agricultural oasis after Canadian mining conglomerate Barrick Gold
began a controversial mining project here
in 2009. To learn more about this issue, and
the indigenous Diaguita community's struggle to protect their ancestral land, see the
Cry of the Andes documentary.

Vallenar

☑ 051 / POP 53,000

Huasco Valley's principal town, Vallenar is a
bucolic settlement that runs at a soothingly
slow pace. Strange as it seems, its name is a
corruption of Ballinagh – an Irish town and
home to the region's colonial governor, Am-
brosio O'Higgins. After serious earthquake
damage in 1922, Vallenar was rebuilt with
wood instead of adobe, but the city's buildings still rest on unconsolidated sediments.

Though there is little to do in town other
than stroll around the central plaza, it's a
good jumping-off point for visits to Parque
Nacional Llanos de Challe and a place to
break the journey if driving or heading up
north.

THE PLIGHT OF THE PENGUIN

Humboldt penguins breed along the Peruvian and Chilean coasts. The International
Union for the Conservation of Nature and Natural Resources lists them as a 'vulnerable
species,' with an estimated population of around 12,000 breeding pairs. Overfishing and
the exploitation of guano were the primary causes for the penguin's decline, and experts
say that if new conservation measures are not put in place, the species could well become extinct in the next few decades.

While noise and pollution from boats visiting the area is affecting local marine life, it
is really Isla Damas – the only place where boats can land – that is suffering the most.
Local biologists are reporting that the number of birds that call the island home has
significantly dropped in recent years. The island was originally supposed to have a
maximum visitation of 60 people per day. But in high season, hundreds of tourists can
pack the island daily. If you do decide to visit the park, you may consider skipping an
excursion to Isla Damas altogether. If you visit the island, you should definitely keep to
the established paths.

Motorists often bypass Vallenar because Puente Huasco (Huasco Bridge), which spans the valley, does not drop into the town itself. At the bridge's southern end, the Vallenar–Huasco Hwy leads east then branches across the river.

Sleeping & Eating

Hostal Real Quillahue
HOSTAL $

(☎51-261-9992; hotel_takia@yahoo.es; Plaza 70; incl breakfast s/d from CH$20,000/27,000, without bathroom from CH$15,000/22,000; P☎) Right on the south side of the plaza, this attractive, gated guesthouse has simply furnished rooms with an old-fashioned charm.

Hotel del Marques
HOTEL $$

(☎51-261-3892; www.hoteldelmarques.cl; Marañon 680; s/d/tr from CH$35,000/50,000/60,000; ☎) A few blocks north of the main square (Plaza Ambrosio O'Higgins), this friendly place offers some of the best accommodations in town, with modern and cheery yellow rooms with all the mod cons and views over the corrugated-iron rooftops to the hills beyond town.

Hotel Cecil
HOTEL $$

(☎51-260-0680; reservas.cecilhotel@gmail.com; Prat 1059; s/d from CH$35,000/45,000; P☎) Four blocks east of the plaza, Hotel Cecil offers more value than your average Vallenar digs, with cabin-style rooms and a verdant courtyard with a pool. It's a friendly spot, and there's a popular grill house next door.

★Nativo
CHILEAN $$

(Ramírez 1387; mains CH$7800-11,000; ☺noon-midnight Mon-Thu, to 2am Fri & Sat; ☎) On a leafy block a 10-minute walk east of the plaza, this bohemian bar and eatery has earthy decor of wood and adobe, snacks, and pizzas with unusual toppings like goat's cheese and charqui (jerky). Excellent (and massive) sandwiches too. Has craft beer and good cocktails best enjoyed on the appealing patio (sunshine by day, fires by night).

Club Social Vallenar
INTERNATIONAL $$

(☎cell 9-8204-8612; http://clubsocialvallenar.cl; Prat 899; ☺12:30pm-midnight Mon-Sat, to 5pm Sun) Set with eye-catching tile floors and black-and-white photos on the walls, this casual restaurant serves up Chilean, Peruvian and Italian fare with a dash of style. Highlights include *lomo saltado* (marinated steak), seafood spaghetti and refreshing pisco sours. There's live music (jazz, blues) some weekends.

It's two blocks east of the plaza.

ℹ Information

Banks with ATMs are available around the plaza. **Municipal Tourism Office** (☎51-275-6417; turismovallenar@gmail.com; Prat 1094; ☺8:30am-2pm & 3-5pm Mon-Fri, 9am-2pm Sat) Four blocks east of the plaza, this helpful office stocks a few brochures and maps.

ℹ Getting There & Away

Vallenar's **Terminal de Buses** (cnr Prat & Av Matta) is at the west end of town, some 500m west of Plaza de Armas. **Pullman** (☎51-261-0493; cnr Atacama & Prat) is right next door, while **Tur Bus** (☎51-261-1738; Prat) is opposite the main bus terminal; both have extensive north- and southbound bus routes. Destinations include Santiago (CH$24,000, nine hours), La Serena (from CH$6000, three hours), Copiapó (from CH$5000, two hours) and Antofagasta (CH$14,000, 10 hours).

Huasco

☎051 / POP 10,200

The picturesque fishing port of Huasco, an hour west of Vallenar by paved highway, has a beautiful seafront studded with squat palms, sculpture, shady benches and a soaring lighthouse. There's also a good beach that sprawls as far as the eye can see. The small town itself is a pleasant spot for a stroll, with a waterfront promenade, a lively main street (Calle Craig) and a sleepy central plaza, presided over by a church that resembles the upward swooping bow of a fishing boat.

One of Huasco's emblems is its 22m-high lighthouse, **El Faro de Huasco** (Costanera; ☺11am-5pm Sat & Sun) FREE. Its elegantly tapering octagonal shape and copper dome looks all the more striking against the rocky shoreline and mountainous backdrop. If you're around on a weekend, make the climb to the top for a sweeping view across the coastline.

Sleeping & Eating

Hostal San Fernando
HOTEL $

(☎51-253-1726; Valdivia 176; s/d from CH$22,000/28,000) Oddly out of place overlooking a desert shoreline, alpine-style Hostal San Fernando has great ocean views from every room. Ask for a new room.

Hotel Solaris
HOTEL $$

(☎51-253-9001; www.hotelsolaris.cl; Cantera 207; s/d from CH$55,000/60,000; P☎≋) The modern and somewhat out of place Solaris is

Huasco's best hotel. Rooms are set in earth tones and well-equipped with minifridge and small desk. Some have balconies.

Book a top (3rd) floor room for the best views.

Bahia CHILEAN $$
(Muelle Fiscal, 2nd fl; mains CH$5500-9300; ⏰noon-10:30pm Mon-Sat, to 6pm Sun) This unfussy place is a local favorite for grilled fish and filling lunch specials. It's above the fish market, and the big windows offer fine views over the bay, with its bobbing fishing boats watched over by the sentinel-like lighthouse.

El Faro SEAFOOD $$
(☑cell 9-8686-0367; Av Costanera s/n, Playa Grande; mains CH$7200-10,200; ⏰12:30-4pm & 7:30-10:30pm Mon-Sat, 12:30-5pm Sun) Just below the lighthouse, El Faro offers the best views in town and a big menu of seafood hits, including eight types of ceviche and a wide variety of grilled fish, plus grilled meats and empanadas.

ⓘ Information

Tourist office (Calle Craig; ⏰9am-6pm Mon-Fri) Helpful office in the former train station near the main plaza. Can advise on area attractions, including good roads for seeing desert blooms if you're here at the right time (June to October).

ⓘ Getting There & Away

Buses to Huasco depart from the front of Vallenar's **Terminal de Buses** (p210) every 15 minutes or so (CH$1600, one hour). To return to Vallenar just flag down a bus from Huasco's main plaza. They pass every 15 minutes or so.

Parque Nacional Llanos de Challe

This isolated **national park** (adult/child CH$5000/1500; ⏰8:30am-8pm Dec-Mar, to 5:30pm Apr-Nov) hugs the desert coastline 40km north of Huasco. It generally sees little traffic, except in those years when the *desierto florido* (flowering desert) bursts into bloom. There is also an interesting selection of cacti, flighty guanacos and canny foxes.

The park is accessible only by private vehicle. It consists of a coastal sector south of Carrizal Bajo around Punta Los Pozos, and an inland sector along the Quebrada Carrizal, 15km southeast of Carrizal Bajo. You can camp at **Camping Playa Blanca** (campsites per person CH$4000, showers per 3min CH$800)

overlooking the beach. There are good beach breaks along the coast here: good news for surfers, bad news for swimmers.

There's no public transportation to the park. If you're driving from Huasco, take the decent road along the coast north from the nearby farming village of Huasco Bajo. Alternatively, a reasonable dirt road leaves the Panamericana 40km north of Vallenar.

Copiapó

☑052 / POP 154,000

With Copiapó's pleasing climate, a leafy main plaza and many historic buildings, you may find yourself oddly comfortable amid its milling miners and down-to-business pace. However, it's not really worth stopping for long unless you're heading to the remote mountains near the Argentine border, especially the breathtaking Parque Nacional Nevado Tres Cruces, Laguna Verde and Ojos del Salado, the highest active volcano in the world.

The town, nestling in the narrow valley floor on Río Copiapó's north bank, is the site of several historical firsts: South America's first railroad (completed 1852) ran from here to Caldera; here, too, appeared the nation's first telegraph and telephone lines, and Chile's first gasworks. All came on the back of the 18th-century gold boom and the rush to cash in on silver discovered at neighboring Chañarcillo in 1832. Today it's mainly copper that keeps the miners and beer-hall gals in the green.

◉ Sights

★**Mina San José** MINE
(off Carretera C-327; visitor center free, guided tour CH$5000; ⏰10am-6pm Thu-Sun) In 2010, 33 miners were trapped more than 700m underground after a devastating collapse within the mountain where they'd been working. Following a Herculean effort – that pulled resources from a number of countries – all the men were successfully rescued. Televised before a global audience of an estimated one billion, the survivors emerged one by one from the specially built rescue capsule to the cheers of friends, family and assorted onlookers – including the president of Chile, Sebastián Piñera.

Although the mine was closed following the accident, the government reopened the site as a tourist attraction in 2015. At the entrance, you'll pass a hillside with 33 flags (one for each miner, including one Bolivian),

THE FLOWERING DESERT

In some years a brief but astonishing transformation takes place in Norte Chico's barren desert. If there has been sufficiently heavy rainfall, the parched land erupts into a multicolored carpet of wildflowers – turning a would-be backdrop from *Lawrence of Arabia* into something better resembling a meadow scene from *Bambi*.

This exquisite but ephemeral phenomenon is appropriately dubbed the *desierto florido* (flowering desert). It occurs between late July and September in wetter years when dormant wildflower seeds can be coaxed into sprouting. Many of the flowers are endangered species, most notably the endemic *garra de león* (lion's claw, one of Chile's rarest and most beautiful flowers). Even driving along the Panamericana near Vallenar you may spot clumps of the delicate white or purple *suspiro de campo* (sigh of the field), mauve, purple or white *pata de Guanaco* (Guanaco's hoof) and yellow *corona de fraile* (monk's crown) coloring the roadside.

Llanos de Challe is one of the best places to see this phenomenon, although the region's erratic rainfall patterns make it difficult to predict the best sites in any given year.

which lies near the former site of Campamento Esperanza (Cape Hope), where family and loved ones held a round-the-clock vigil until the men were rescued. Indeed, without the relentless pressure by the miner's spouses, girlfriends and family, rescuers might have given up on the men before they ever made contact (a harrowing 18 days after their entrapment began).

Overlooking the site is a small visitor centre that gives details of what the men endured during their 10-week imprisonment deep below the surface. You can watch videos of the unfolding saga and the miners' rescue, including some powerful reunions with men who were taken for dead. The highlight is the tour (in Spanish only) of the site led by Jorge Galleguillos, one of the original 33.

The mine is around 50km northwest of Copiapó. It's reachable by normal vehicle, though most tour agencies in Copiapó also arrange excursions.

Museu Regional de Atacama MUSEUM
(Atacama 98; ⊙9am-5:45pm Tue-Fri, 10am-12:45pm & 3-5:45pm Sat, 10:30am-1:15pm Sun) **FREE** This catch-all museum provides an overview of the region's natural and human history, its mineral wealth, and key events that have shaped history over the centuries. Among the wide-ranging displays, you'll find ancient zoomorphic vessels for preparing hallucinogens used by indigenous shamans, pottery from the El Molle period (circa AD 700) and weaponry from the War in the Pacific when Copiapó was a base of operations for the Chilean invasion of Peru and Bolivia.

There's also a room with period furnishings and portraits of industrialists and military figures from the 19th century. The Sala

de Mineira (Miner's Room) has old objects used by laborers who toiled underground, as well as a display related to 'Los 33' – the 33 miners who were successfully rescued after being trapped underground for 69 days in 2010. The courtyard contains the original pod (the *Fénix 2*) used to rescue the men.

Museo Minero de Tierra Amarilla MUSEUM
(☑52-232-9136; www.mmta.cl; Sector Punta del Cobre s/n, Tierra Amarilla; ⊙8am-5pm Mon-Fri, 2-6pm Sat) **FREE** To find out more about the region's geology, head 18km southeast of town to this private museum near the village of Tierra Amarilla. Surrounded by working mines, the restored 200-year-old *quincho* (barbecue house/hut) features eight rooms exhibiting fossils, volcanic rocks, meteorites, minerals and oxidated rare stones. Catch a yellow *colectivo* from the corner of Chacabuco and Chañarcillo.

Tours

Chillitrip OUTDOORS
(☑9-8190-9019; www.chillitrip.cl; Los Carrera 464; tours from CH$15,000) Offers a wide range of trips, including adventures like mountain biking, sandboarding, visits to deserted beaches, night-sky astronomical observations, and two-day excursions to Parque Nevado Tres Cruces. The office is located in the back of a small shopping gallery, one block from the plaza.

Geo Adventures OUTDOORS
(☑cell 9-9613-1426; www.geoadventures.cl; Juan Martinez 635; full-day tour from CH$70,000; ⊙9am-6pm Mon-Sat) A reputable outfitter that leads a full range of tours, from trips to see the flowering desert (when in bloom)

to 4WD adventures in the Parque Nacional Nevada Tres Cruces. Also goes out to the San José mine (p211), combined with sightseeing along the coast.

Puna de Atacama
TOURS

(☑cell 9-9051-3202; www.punadeatacama.com; day trips from CH$115,000) Ercio Mettifogo Rendic offers fun customized tours to surrounding highlights as well as lots of secret spots in the desert and the mountains.

🛏 Sleeping & Eating

Hotel El Sol
HOTEL $

(☑52-221-5672; Rodríguez 550; s/d CH$25,000/32,000; ℗🖥) Cheerful yellow-painted hotel with a string of simple but clean rooms at a good price, just a short walk from the plaza.

★Hotel La Casona
HOTEL $$

(☑52-221-7277; www.lacasonahotel.cl; O'Higgins 150; s/d from CH$48,000/54,000; 🖥) There's airiness and charm to this homey 12-room hotel a 10-minute walk west of the plaza, boasting bilingual owners and a series of leafy patios. All room categories have a country-casual feel, hardwood floors and cable TVs. The restaurant serves delicious dinners.

Diventare
CAFE $

(www.facebook.com/cafeteriadiventare; O'Higgins 760; sandwiches CH$2500-5000; ⊗8:30am-9pm Mon-Sat) A short stroll from the plaza, Diventare is a charming, sun-drenched cafe with outdoor tables perfect for enjoying quality espressos, yogurt with granola and baguette sandwiches. The gelato counter is a big draw on hot days.

La Chingana
CHILEAN $$

(www.facebook.com/lachingana.restopub; Atacama 271; mains CH$7000-15,000; ⊗1pm-3am Mon-Sat, 8pm-3am Sun) A lively spot for a meal or a drink, with various art-filled rooms and an inviting back terrace. Three-course daily lunch specials (CH$5000) are good value. The cocktails are first-rate and there's live music on weekends.

Legado
CHILEAN $$

(☑52-254-1776; www.facebook.com/legadorestaurant; O'Higgins 12; mains CH$10,000-15,000; ⊗noon-3pm & 7-11pm Mon-Sat) Copiapó's best restaurant for a splurge, Legado serves up beautifully grilled black steaks, creamy scallop and shrimp risotto, and mouthwatering fresh fish amid a series of elegantly set dining rooms. Service is attentive and there's a solid wine list.

🍷 Drinking & Nightlife

Tololo Pampa
BAR

(Atacama 291; ⊗7pm-3am Tue-Sat) A happening boho joint with a series of artsy colorful rooms and an open-air back patio with rough-hewn furniture and an outdoor fireplace. Come for drinks and late-night snacks such as quesadillas and fajitas (CH$4500 to CH$10,000).

ⓘ Information

Numerous ATMs are located at banks around the plaza.

Conaf (☑52-221-3404; Rodriguez 434; ⊗8:30am-5:30pm Mon-Thu, to 4:30pm Fri) Has information on regional parks, including brochures in English about Pan de Azúcar.

Hospital San José (☑52-246-5600; Los Carrera 1320; ⊗24hr) Medical care, 1.4km east of Plaza Prat.

Sernatur (☑52-221-2838; Los Carrera 691; ⊗8:30am-7pm Mon-Fri, 9am-3pm Sat & Sun Jan & Feb, 8:30am-6pm Mon-Fri Mar-Dec) The well-run tourist office on the main plaza gives out a wealth of materials and information in English.

ⓘ Getting There & Away

AIR

The **Aeropuerto Desierto de Atacama** (☑52-252-3600; Ruta 5 Norte, Km863, Caldera) is about 50km west of Copiapó.

LAN (☑600-526-2000; Colipí 484, Mall Plaza Real, Local A-102; ⊗9am-2pm & 3-6pm Mon-Fri, 10:30am-1:30pm Sat) flies to Santiago daily (from CH$60,000, 1½ hours).

Private taxis to the Aeropuerto Desierto de Atacama cost CH$28,000; try **Radio Taxi San Francisco** (☑52-221-8788). There's also **Transfer Casther** (☑cell 9-6545-6386) which ferries new arrivals to town (CH$7000, 40 minutes). Buses and taxi colectivos plowing between Copiapó and Caldera may agree to drop you at the junction, from where it's a straightforward 300m walk to the airport.

BUS & TAXI COLECTIVO

Bus companies are scattered through Copiapó's southern quarter. Virtually all north–south buses stop here, as do many bound for the interior. **Pullman Bus** (☑52-221-2629; Colipí 127) has a large terminal with many departures as does **Tur Bus** (☑52-223-8612; Chañarcillo 650). Other companies include **Expreso Norte** (☑52-223-1176), **Buses Libac** (☑52-221-2237) and **Condor Bus** (☑52-221-3645; www.condorbus.cl), all located in a common terminal at Chañarcillo 650. Note that many buses to northern desert destinations leave at night.

Standard destinations and common fares are shown in the following table.

DESTINATION	COST (CH$)	HOURS
Antofagasta	15,000	8
Arica	25,000	18
Calama	20,000	10
Iquique	26,000	15
La Serena	10,000	5
Santiago	30,000	12
Vallenar	7000	2

Buses Casther (☑ 52-221-8889; Buena Esperanza 557) go every 30 minutes to Caldera (CH$2500).

ℹ Getting Around

Copiapó's car-hire agencies include **Hertz** (☑ 52-221-3522; Av Copayapu 173; ⊗ 8:30am-7pm Mon-Fri, 9am-1pm Sat) and **Budget** (☑ 52-252-4591; Rómulo Peña 102; ⊗ 8:30am-6:30pm Mon-Fri, to 1:30pm Sat); both can also be found at the airport. Another Chilean option is **Rodaggio** (☑ 52-221-2153; www.rodaggio.cl; Colipí 127; ⊗ 8:30am-1pm & 3-8pm Mon-Fri, 9am-1pm Sat) which has slightly cheaper rates and occasional multiday deals.

Parque Nacional Nevado Tres Cruces

Hard-to-reach **Parque Nacional Nevado Tres Cruces** (adult/child CH$5000/1500; ⊗ 8:30am-6pm) has all the rugged beauty and a fraction of the tourists of more famous high-altitude parks further north. Apart from pristine peaks and first-rate climbing challenges, the park shields some wonderful wildlife: flamingos spend summer here; large herds of vicuñas and guanacos roam the slopes; the lakes are home to giant and horned coots, Andean geese and gulls; and even the occasional condor and puma are spotted.

The 591-sq-km park is separated into two sectors of the high Andes along the international highway to Argentina via Paso de San Francisco. The larger **Sector Laguna Santa Rosa** comprises 470 sq km surrounding its namesake lake at 3700m, and includes the dirty-white salt-flat Salar de Maricunga to the north.

The considerably smaller **Sector Laguna del Negro Francisco** surrounds a lake of the same name. The shallow waters are ideal for the 8000 birds that summer here, including Andean flamingos, Chilean flamingos

and few rare James flamingos. The highest quantity of birds is present from December through February. Conaf runs the cozy **Refugio Laguna del Negro Francisco** (per person per night CH$10,000), with beds, cooking facilities, electricity, flush toilets and hot showers. Bring your own bed linen, drinking water and cooking gas.

The relatively comfy **Refugio Flamenco** (☑ cell 9-9051-3202; erciomettifogo@gmail.com; campsites per person CH$15,000, dm CH$20,000, r per person CH$40,000; ⊗ Sep-Apr) has a 12-bed bunk room, with electricity, a proper bathroom and shared kitchen. There are also cushier private rooms with en suite available.

It's easy to get lost on your way to the national park and there's no public transportation, so we recommend taking a tour from Copiapó. If you decide to attempt it by car, a high-clearance 4WD is highly recommended, as well as a satellite phone and a good map.

Sector Laguna Santa Rosa is 146km east of Copiapó via Ruta 31 and another (nameless) road up the scenic Quebrada de Paipote. Sector Laguna del Negro Francisco is another 81km south via a rambling road that drops into the Río Astaburuaga valley.

Ojos del Salado

Located just outside the Nevado Tres Cruces park boundaries, 6893m-high Ojos del Salado is Chile's highest peak (69m below South America's highest peak, Aconcagua in Argentina) and the highest active volcano in the world; its most recent activity (steam and gas expulsion) was in 1993.

🏃 Activities

The mountain can be climbed between November and March. While some people try to climb it in eight days, this is not advisable. Only 25% of people attempting to reach the peak actually get there, and that's not because it's a technical climb – only the last 50m or so requires skill. It's because people don't take time to acclimatize slowly, so be wiser and allow 12 days for the climb.

Expeditions typically spend nights in two shelters en route to the peak. They start at the spectacular turquoise lake Laguna Verde (elevation 4342m), about 65km beyond Laguna Santa Rosa, which glows like liquid kryptonite – brighter even than the intense blue of the sky. There's a frigid campsite beside the lake, as well as shallow thermal baths in which to heat frozen toes. Further

LOS 33

For 121 years, the San José mine 45km north of Copiapó went about its business of digging for gold and copper deep in the Atacama Desert. Then in the afternoon of August 5, 2010, a major cave-in trapped 33 of its workers 700m underground. Suddenly, San José was in the spotlight and Los 33, as the buried miners became known, became unlikely superstars of one of the most televised rescue efforts in human history.

Less than six months before this incident, Chile had gone through the 2010 earthquake and the subsequent tsunami. With sympathy levels running high, the eyes of the nation were on the plight of the miners and their families. Under immense pressure, the government took over the rescue from the mine owners. The venture, at an estimated cost of US$20 million, involved international drilling rig teams, experts from NASA and several multinationals. On October 13, 2010, in a televised finale that lasted nearly 24 hours and drew an estimated viewing audience of one billion from around the world, the last of the 33 men was hoisted up to freedom through a narrow shaft, and a sign was held up for the TV cameras reading: 'Misión cumplida Chile' (Mission accomplished Chile).

While they were trapped, the ordeal of Los 33 became a round-the-clock soap opera. At one point, a buried man had a wife and a lover waiting for him above. After 69 days in the pitch-dark depths of the earth, the 33 men resurfaced to find themselves in the spotlight. Next they were cheered on by football fans at Wembley stadium, jetted off on all-expenses-paid trips to Disneyland, showered with gifts and money and flown to New York to be interviewed by David Letterman.

But the dark side of fame caught up with the miners. With the public drama over, the men faced a set of medical and psychological issues. A few years after the event, most were struggling to find work; some returned to work in the mines. And for all their short-lived fame, the men earned little financial gain for their suffering. This despite their story eventually making it to Hollywood: The 33, starring Antonio Banderas, was released in 2015.

Today, you can visit the **Mina San José** (p211) – above ground – where the men were trapped. One of the miners, Jorge Galleguillos, leads tours (in Spanish only). In Copiapó, it's also worth visiting the **Museo Regional de Atacama** (p212), which has artifacts from the 33, including the original rescue capsule.

up, at 4540m, climbers stay at Refugio Claudio Lucero. The next one up, at 5100m, is the Universidad de Atacama, managed by Refugio Atacama. Determined climbers then reach Refugio Tejos (5700m), from where only the peak remains.

A number of outfits lead trips to the summit, including reputable outfitters like Aventurismo Expediciones or ChileMontaña. Because Ojos del Salado straddles the border, foreign climbers must get authorization from Chile's **Dirección de Fronteras y Límites (Difrol)** (www.difrol.cl), which oversees border-area activities. These permits are free, but must be arranged in advance. Contact Difrol for a permit.

ChileMontaña OUTDOORS
(cell 9-8259-3786; http://andesadventureguides. com) Santiago-based adventure company with a solid reputation for its outdoor adventures.

Aventurismo Expediciones ADVENTURE
(cell 9-9599-2184; www.aventurismo.cl; 8-/12-day excursion US$3200/4200) This agency has a solid reputation for its climbs up Ojos del Salado. Prices are lower if you're not climbing solo (12-day program for a group of three is US$2000 per person).

Getting There & Away

You'll need your own wheels to reach this area or go on an organized tour.

Caldera

052 / POP 17,700

Year-round sun, some great beaches and abundant seafood make Caldera – once the second-biggest port during the 19th-century mining boom – one of the most popular seaside retreats in Región III, along with its sister resort at nearby Bahía Inglesa. While Caldera is hugely popular with vacationing Chileans, most foreign visitors fall in love with neighboring Bahía Inglesa for its crop of great little hotels and restaurants and its laid-back vibe. If you're on a budget, it's cheaper to stay in

Caldera by night and spend your days on Bahía's beach.

◉ Sights & Activities

The town's beach is slightly contaminated with gasoline from the nearby dock. You are better off taking a short day trip to Bahía Inglesa or further afield to Playa La Virgen. There's a 7km bike trail from Caldera to Bahía Inglesa. Hire bikes from Qapaq Raymi.

Casa Tornini   MUSEUM
(www.casatornini.cl; Paseo Gana 210; CH$2500; ◎ tours 11:30am & 4:30pm Mar-Dec, noon & 8pm Jan & Feb) This red neoclassical mansion from the early 1890s, once owned by a family of Italian immigrants, is the town's newest attraction. The guided tours in Spanish, English or German take in six period rooms, with historical items and original furniture, plus two spaces that host temporary photo and art exhibits.

Centro Cultural Estación Caldera   HISTORIC BUILDING
(Wheelwright s/n; paleontology museum CH$1000; ◎ 10:30am-1pm & 4-7pm Tue-Fri, 11am-2pm & 4-8pm Sat & Sun) **FREE** Built in 1850, this distinctive building on the north side of the jetty was the terminus for South America's first railroad. Today it houses a gorgeously airy exhibition space with wooden beams, sometimes used for festivals and various events, and a paleontology museum.

Muelle Pesquero   HISTORIC BUILDING
Down by the seafront, Caldera's colorful fishing jetty teems with hungry pelicans, colorful little boats and knife-wielding *señoras* busily gutting and frying the day's catch.

Qapaq Raymi   OUTDOORS
(☑ 9-7386-3041; Edwards 420; half-/full-day tours from CH$10,000/18,000) This enthusiastic new outfit offers tours to Parque Nacional Pan de Azúcar, indigenous villages, white-sand beaches and the Mina San José (p211) among other destinations. You can also hire bikes here (half-/full day from CH$4000/8000) and arrange airport transfers.

Trimaran Ecotour   BOATING
(☑ cell 9-9866-4134; Muelle Pesquero; adult/child CH$5000/3000) You can take a one-hour boat tour to the lighthouse, spotting penguins and sea lions en route. Trimaran Ecotour has a kiosk on the jetty; it runs several tours daily (12:30pm, 2pm, 3:30pm and 5:30pm) during summer, and on Saturday (11am) only out of season.

🛏 Sleeping

★ Qapaq Raymi   HOSTEL $
(☑ 9-7386-3041; Edwards 420; dm/d CH$12,000/25,000; ☜) ✎ New in 2017, Qapaq Raymi has a friendly, laid-back vibe. Guests feel right at home in this art-filled converted house, complete with well-equipped kitchen (where you can watch films, or borrow the guitar), comfy guestrooms, and back patio – a great spot for barbecues and meeting other travelers.

The hostel has loads of tips on exploring the region and arranges tours, and has a strong green ethos, with recycling, composting and repurposed furniture (including bed frames made from upcycled wooden pallets).

El Aji Rojo   HOSTEL $
(☑ 9-8325-2341; Tocornal 453; d CH$25,000; ☜) A short stroll from the plaza, El Aji Rojo offers pleasant but simply furnished rooms, plus a fully equipped kitchen for guest use and a little backyard sitting area.

★ Casa Hostal El Faro   GUESTHOUSE $$
(☑ 9-7369-6902; www.casahostalelfaro.cl; Pasaje Alcalde Gigoux 504; s/d/apt CH$31,000/45,000/75,000; ☜) In a tiny hillside neighborhood about 1.4km northwest of the centre, this welcoming guesthouse has just a handful of rooms and one apartment well-equipped for groups. The rooms boast a cheery design with attractive furnishings, and the deck offers sweeping views over the bay. Guests can also use the kitchen.

Hotel Costa Fosil   HOTEL $$
(☑ 52-231-6451; www.jandy.cl; Gallo 560; s/d CH$35,000/46,000; P☜) This friendly hotel offers a central location, just half a block from the plaza. Its 23 pleasant rooms are set around a breezy patio and there's a small sunny terrace upstairs. Coffee and tea are available around the clock.

✕ Eating

Seafood fans should head to the Terminal Pesquero behind the old train station. There you'll find simple bustling places with fresh fish served up to fine views.

There's also one reliable waterfront seafood eatery. Apart from that, most Caldera restaurants are casual, unfussy affairs

For a broader variety, head over to Bahía Inglesa.

★ **Cafe Museo**   CAFE $
(Edwards 479A; cakes CH$1200-2600, sandwiches
from CH$2500; ☎ 10am-noon & 5-8pm Mon-Sat;
🛜) Head to this cute little cafe with old post-
ers and newspaper clips, adjacent to Casa
Tornini, for its delicious cakes, sandwiches
and real espressos on wooden tables inside
and a couple more on the sidewalk.

Doña Triny   SEAFOOD $$
(Terminal Pesquero;   mains   CH$7000-10,000;
☎ 9am-8pm) One of a half-dozen casual sea-
food stalls in the lively fish market, this is
the go-to spot for fresh catch of the day. Grab
a table near the end for the best views.

Nuevo Miramar   SEAFOOD $$
(📱 52-231-5381; Gana 090; mains CH$7800-
12,350; ☎ noon-4pm & 7:30-10pm Mon-Sat, noon-
8pm Sun) A somewhat-upscale restaurant on
the seafront, with lots of windows offering
beach and harbor views, dependable seafood mainstays and a decent wine list.

ℹ **Information**

The **tourist kiosk** (📱 52-231-6076; Plaza Condell, ☎ 9am-9pm summer, 9am-2pm & 4-7pm
Mon-Sat rest of year), on the north side of the
plaza, has limited info in Spanish only, although
staff are friendly.

ℹ **Getting There & Around**

Private taxis to **Aeropuerto Desierto de
Atacama** (p213), 25km to the south, cost
CH$12,000.

The **Pullman** (📱 52-231-5227; cnr Gallo &
Vallejos) terminal is one block east of the plaza.
Tur Bus has an **office** (Gana 241; ☎ 9am-9pm
Mon-Fri, 10am-2pm & 5-8:30pm Sat) where
you can buy tickets near the plaza, but buses
depart from **Plaza Las Americas** (cnr Ossa
Varas & Cifuentes), about five blocks southeast
of Caldera's central plaza. Buses run to Copiapó
(CH$2500, one hour), Antofagasta (CH$13,200
to CH$24,000, six hours) and Santiago (from
CH$28,000, 12 hours).

Taxi colectivos between Caldera and Bahía Inglesa charge CH$1000. It's also an easy 6km bike
ride, with bikes available from **Qapaq Raymi**.

Bahía Inglesa
📱 052 / POP 280

A short distance south of Caldera is the
sweet little seaside resort of Bahía Inglesa.
With rocky outcrops scudding out of the
crystal waters, this is the place to come for
a spot of beachside fun. It has become one

of the north's most popular vacation spots,
with a trendy vibe and a long white-sand
beach. Most tourist businesses are on or
around the beachfront Av El Morro, including the Domo Bahía Inglesa hotel, at the
south end, which many locals use as a point
of reference

Bahía Inglesa takes its name from the
British pirates who took refuge here in the
17th century; there are legends of their
treasure still being hidden somewhere in
these parts.

☞ **Tours**

Geo Turismo Atacama   TOURS
(📱 cell 9-5647-1513; www.geoturismoatacama.
com; Av El Morro 840; tours CH$15,000-30,000)
Next to Domo Bahía Inglesa hotel. Arranges
excursions and day trips to nearby beaches
such as Playa La Virgen (p219), as well as to
Pan de Azúcar (p218) and the San José mine
(p211) near Copiapó. On clear nights, you
can also join in for astronomy tours.

Bahía Mako   DIVING
(📱 cell 9-5358-0487; www.facebook.com/bahia.
mako; Av El Morro; diving/snorkeling trip with gear
CH$45,000/25,000; ☎ 10am-6pm Dec-Feb, to 5pm
Mar-Nov) Offers diving and snorkeling trips
around the bay as well as scuba classes. Experienced divers should ask about wreck
dives.

🛏 **Sleeping**

Cabañas Villa Alegre   APARTMENT $
(📱 52-231-5074; Valparaiso; apt from CH$40,000)
The town cheapie offers decent little apartments with full kitchen just behind the
Bahia de Coral hotel. The location is great.
Rooms are a bit worn, but it's the best bet in
town for stretching your budget.

★ **Coral de Bahía**   HOTEL $$
(📱 cell 9-8434-7749; www.coraldebahia.cl; Av El
Morro 559; d with/without view CH$90,000/75,000;
🅿🛜) At the south end of the beach, Coral
de Bahía has 11 lovely rooms upstairs, some
with balconies and sweeping ocean views.
This hotel gets booked up in summer, so
reserve ahead. The beachfront restaurant
downstairs has a nice terrace, and dishes up
delectable seafood with a twist. Latin, Asian
and Mediterranean influences inspire the
menu (mains CH$10,000 to CH$16,500).

Nautel   GUESTHOUSE $$
(📱 cell 9-7849-9030; www.nautel.cl; Copiapó 549;
d/tr/cabins   from   CH$70,000/85,000/125,000;

P🛜) Stylish boutiquey guesthouse on a street just up from the Domo hotel. The modern building has eight earth-toned doubles (five with ocean views) and there's an adorable four-person wooden cabin on the beachfront. The open-air kitchen and living space are a boon if you want to mingle, and there's direct access to the waterfront.

Hotel Rocas de Bahía — HOTEL $$$
(📞52-231-6005; www.rocasdebahia.cl; El Morro 888; d from CH$96,200; P@🛜🏊) Looming like some massive geometric sandcastle overlooking the bay, the Rocas de Bahía has spacious rooms with balconies and plenty of natural light. About half come with ocean views. On the downside, the whole place with its aquamarine accents and weathered exterior feels a bit dated. The small pool on the 4th floor has stretching vistas.

✖ Eating

Naturalia — PIZZA $
(Miramar s/n; pizzas CH$5000-7000; ⏰11am-4pm & 7-10pm) Next door to Punto de Referencia (p218) and sharing the same terrace, this simple eatery churns out pizzas, empanadas and freshly squeezed juices.

El Plateao — INTERNATIONAL $$
(Ave El Morro 756; mains CH$8000-11,000; ⏰noon-9pm) The best-loved dining spot in town is this laid-back, art-filled dining room right on the main street. The wide-ranging menu features Thai-style seafood soup, Indian tandoori, shrimp lasagna and straight-up grilled fish. The tables on the front terrace are fine spots to kick back with a cocktail in the afternoon.

Punto de Referencia — FUSION $$
(📞9-8298-8242; Miramar 182; mains CH$10,000-16,000; ⏰noon-10pm) Chic choice tucked inside a side street just off the waterfront, this place specializes in sushi and sashimi. It also has some beautifully executed cooked dishes, including grilled meats and fresh pastas. It's a cozy space, with a small terrace in front.

Ostiones Vivos — SEAFOOD $$
(Av El Morro; 11am-5pm; ⏰small plate of scallops CH$3500) Perched right over the sea, this ramshackle place serves up delectably fresh *ostiones* (scallops). It's located at the southern end of the beach. During low season, hours can be hit or miss.

ℹ Information

There is no money exchange or ATM in Bahía Inglesa. The nearest ATM is in Caldera, so stock up before you arrive.

ℹ Getting There & Away

Most transit is out of neighboring Caldera. You can get there by *colectivo* for CH$1000. In summer *colectivos* get packed at the end of the day so you may have to wait a while. Minivans charge about CH$12,000 per person to get to Playa La Virgen, with a three- or four-person minimum.

Parque Nacional Pan de Azúcar

An abundance of white sandy beaches, sheltered coves and stony headlands line the desert coastline 30km north of Chañaral. Chañaral itself is a cheerless mining and fishing port set among the rugged headlands of the Sierra de las Animas and offers little appeal to the traveler; it's best used only as the gateway for the park (www.conaf.cl; Ruta C-120; adult/child CH$5000/1500).

It's the wildlife that brings most international travelers to Pan de Azúcar, which straddles the border between Regiónes II and III. That's because the cool Humboldt Current supports a variety of marine life. Star of the show is the endangered Humboldt penguin, which nests on an offshore island. Here you'll also spot slippery marine otters and rowdy sea lions, as well as scores of pelicans and cormorants.

The 437-sq-km park's altitude ranges from sea level to 900m. There are great coastal campsites, which get busy in summer.

◉ Sights & Activities

Isla Pan de Azúcar — ISLAND
(Sugarloaf Island) The subtriangular-shaped Isla Pan de Azúcar lies a tantalizingly short distance offshore, its base often shrouded by *camanchaca* (thick fog) at twilight. It is home to about 2000 Humboldt penguins, as well as other birds, otters and sea lions. The island is a restricted area, but local fishers approach the 100-hectare island by boat for up-close-and-personal views.

Launches charge CH$6000 to 12,000 per person (depending on number of passengers, with a 10-person minimum) from Caleta Pan de Azúcar; with a lack of visitors in the low season, it can be difficult to go on a trip, unless you're willing to hire the entire

A SLICE OF PARADISE

Until just a couple of years ago, stunning **Playa La Virgen** (☑cell 9-5858-9728; www.
playalavirgen.cl; ⊗8am-9:30pm), 46km south of Bahía Inglesa along a lovely coastal road,
was a well-guarded treasure of just a few in-the-know Chileans. While the secret is now
out, it's worth a day trip or a couple of days' stay at this little sliver of sandy paradise. In
January the parasol-dotted beach gets packed with a young party crowd; in February it's
families who move in.

You can head there with one of the tour agencies in Caldera or Bahía Inglesa or arrange your own minivan transportation. If you have your own wheels, note that the road
is rough (but doable with a regular car) and that it costs CH$5000 to park by the recep-
tion, unless you're renting one of the cabins. To avoid the fee, park at the top and walk
downhill for 10 minutes to the crescent-shaped beach.

For accommodations, two-person cabins start at CH$80,000 in high season; it's
CH$110,000 for a *cabaña* with a kitchen. A campsite (no electricity) for six people costs
CH$75,000 (CH$10,000 per person in low season). The pricey restaurant (mains from
CH$10,000), open January and February only, has sandy floors, a thatched roof, straw
chairs and a terrace with ocean views.

boat yourself. Round-trips take 1½ hours,
and run from 10am to 6pm in summer, and
to 4pm in winter. You'll have to sign up at
the bay kiosk and wait for the next tour.
Note that it is more difficult to round up
enough people during the week; prepare to
wait longer or pay more.

Trails HIKING
There are five trails in the park. The most
popular is the 2.5km **El Mirador**; en route
you will see sea cacti, guanaco and chilla
fox. Next up is **Las Lomitas**, an easy 4km
trail with minimal slope; look out for the
black-hooded sierra finch. You can also walk
the 1.5km coastal path that goes from Pan de
Azúcar harbor to Playa Piqueros.

🛏 Sleeping & Eating

Camping is available at Playa Piqueros, Playa El Soldado and Caleta Pan de Azúcar. The
most basic facilities start at CH$5000 per
person. Most people prefer to stay in Caldera, an hour further south.

Pan de Azúcar Lodge CAMPGROUND, CABINS **$$**
(☑cell 9-9444-5416; www.pandeazucarlodge.
cl; campsites per person CH$8500, cabins for
1/2/6/8 people CH$35,000/65,000/90,000/120,
000) Ecological Pan de Azúcar Lodge runs
the best camp. It has two sites, one on Playa
Piqueros and another on El Soldado, both
with bathrooms, hot water, solar energy and
activities (in summer) like yoga, treks and
various workshops. The lodge also has five
beach cabins and an outdoor spa.

★**Club Social Chañaral** CHILEAN **$$**
(Maipu btwn Los Carrera & Buin; mains CH$7000-
12,000; ⊗11am-10pm) A surprising find in the
small town of Chañaral, this exceptional
restaurant serves excellent fish (try the *pe-
jegallo* with capers and beurre blanc) as well
as grilled sirloin steaks and budget-friendly
lunch specials (around CH$5000). Giancar-
lo, the friendly English-speaking owner, can
fill you in on the local gossip around town.

ℹ Information

One kilometer south of Caleta Pan de Azúcar,
Conaf's **Environmental Information Center**
(Playa Piqueros; ⊗9am-12:30pm & 2-5:30pm
Tue-Sun) has exhibits on the park's flora and
fauna, and a cactarium. It also has a brochure in
English, with explanations and a trails map.

There is a Conaf checkpoint at Km15 on the
southern entrance road from Chañaral, where
you pay the CH$5000 fee. Make sure you hold
on to your ticket, as you'll be asked to present it
at different trailheads.

ℹ Getting There & Away

Pan de Azúcar is 30km north of Chañaral by a
well-maintained paved road. Most people reach
it by tour or transfer from Caldera/Bahía Inglesa
or Copiapó.

Taxis from Chañaral charge around
CH$28,000 to drop you off in the morning and
return to pick you up in the afternoon.

If you are driving from the north, there are two
minor park entrances off the Panamericana:
one at Km1014 (connecting to Route C-112) and
another at Km968 (connecting to Route C-110).

Sur Chico

Best Places to Eat

➡ Cotelé (p273)

➡ Awa (p264)

➡ Chile Picante (p273)

➡ La Marca (p261)

➡ Anita Epulef Cocina Mapuche (p243)

Best Places to Stay

➡ Refugio Tinquilco (p242)

➡ Refugio Cochamó (p268)

➡ La Montaña Mágica (p253)

➡ Awa (p264)

➡ Campo Eggers (p270)

Why Go?

Hence begins the Chilean south. The regions of La Araucanía, Los Ríos and the Lakes District jar travelers with menacing ice-topped volcanoes, glacial lakes overflowing with what looks like melted jade, roaring rivers running through forests and coastal enclaves inhabited by the indomitable Mapuche people. Sur Chico is home to eight spectacular national parks, many harboring exquisitely conical volcanoes, and is a magnet for outdoor-adventure enthusiasts and thrill seekers.

Peppered about sprawling workhorse travel hubs, you'll find well-developed lakeside hamlets, most notably Pucón and Puerto Varas, dripping in charm and draped by stunning national parks and nature reserves, each one like an Ansel Adams photograph leaping from the frame. But the region – call it Patagonia Lite – isn't all so perfectly packaged. Off-the-beaten path destinations like the Río Cochamó Valley and Caleta Cóndor reward the intrepid spectacularly, their isolation fodder for that ever-elusive travel nirvana.

When to Go
Puerto Montt

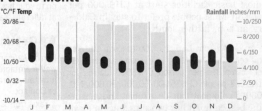

Jan–Feb Summer in this weathered region brings less rain, but you'll still need a raincoat.

Nov–Mar Navimag ferry high season: spectacular Patagonian sunsets and glaciers.

Jan One of the most crowded months for visiting Volcán Villarrica but also the sunniest skies.

History

As the Spanish conquistadores pushed their way south from present-day Santiago, they were motivated by stories of precious metals and the possibility of a large, docile indigenous workforce. The land of La Araucanía and the Lakes District would be the ideal territory to continue the imperial dream. Or maybe not. The Mapuche waged one of the fiercest and most successful defenses against the European invaders anywhere in the Americas, and the Spanish were not able to settle south of the Río Biobío until the mid- to late 19th century.

Germans were recruited to settle the Lakes District, leaving their mark on architecture, food, manufacturing and dairy farming. Today millions of national and international tourists, plus wealthy Santiaguinos looking for country homes, are doing more than anybody to continue to tame and colonize the once-wild lands. Real-estate prices are skyrocketing and the several hundred thousand remaining Mapuche are being pushed further and further into the countryside. Tourism, logging and salmon farming – despite a near collapse in the late 2000s – are driving the future of the region.

LA ARAUCANÍA

Temuco

045 / POP 262,530

With its leafy, palm-filled plaza, its pleasant Mercado Municipal and its intrinsic link to Mapuche culture, Temuco is the most palatable of Sur Chico's blue-collar cities to visit. The city is the former home of Pablo Neruda, one of most influential poets of the 20th century, who once called it the Wild West. Although it's not a high-value destination in and of itself, most folks do spend some time here if for no other reason than transport logistics.

Sights

Monumento Natural Cerro Ñielol HISTORIC SITE

(www.conaf.cl/parques/monumento-natural-cerro-nielol; Calle Prat; adult/child Chilean CH$1000/free, foreigner CH$2000/1000; 8am-7pm) Cerro Ñielol is a hill that sits among some 90 hectares of native forest – a little forested oasis in the city. Chile's national flower, the copihue *(Lapageria rosea)*, grows here in abundance, flowering from March to July. Cerro Ñielol is also of historical importance, since it was here in 1881, at the tree-shaded site known as La Patagua, that Mapuche leaders ceded land to the colonists to found Temuco.

Museo Regional de La Araucanía MUSEUM

(www.museoregionalaraucania.cl; Av Alemania 084; 9:30am-5:30pm Tue-Fri, 11am-5pm Sat, 11am-2pm Sun) FREE Housed in a handsome frontier-style building dating from 1924, this small but excellent regional museum is one of Sur Chico's best. There are permanent exhibits recounting the history of the Araucanian peoples before, during and since the Spanish invasion in its newly renovated basement collection, including an impressive Mapuche dugout canoe.

Sleeping

Adela y Helmut GUESTHOUSE $

(cell 9-8258-2230; www.adelayhelmut.cl; Faja 16,000, Km5 N, Cunco; incl breakfast dm CH$15,000, r CH$30,000-56,000; P) If a gritty, working-class city isn't your thing, but you're stuck in the area, make your way out to this backpacker favorite on a small farm, 48km out of town on the road to Parque Nacional Conguillío. Solar-heated water, small kitchens in every room and outstanding views to still-smoldering Volcán Llaima are highlights.

Don't miss the Swabian treats from the kitchen (such as Hefezopf sweetbread). The guesthouse also offers 4WD tours and unguided horseback riding.

Hospedaje Klickmann GUESTHOUSE $

(45-274-8297; www.hospedajeklickmann.cl; Claro Solar 647; r per person with/without bathroom CH$20,800/16,800; P @) This clean and friendly family-run *hospedaje* boasts new, modern bathrooms and is barely a hiccup from several bus companies.

Hostal Callejón Massmann GUESTHOUSE $$

(045-248-5955; www.hostalcm.cl; Callejón Massmann 350; r from CH$47,300; P) Single travelers get shafted on room prices, but it's otherwise hard to find fault with this new midrange choice in a lovely home that evokes the architecture of the countryside. The 10 rooms feature stylish furnishings and duvets and there's a lovely backyard patio, all with the advantage of being within walking distance of the best restaurants and nightlife.

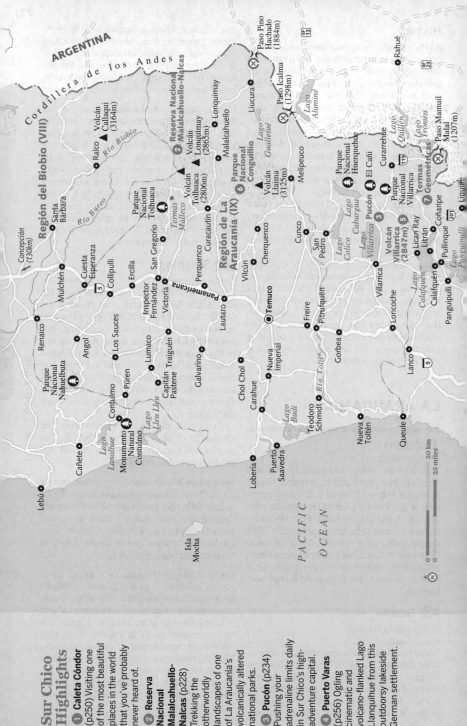

Sur Chico Highlights

1 Caleta Cóndor (p250) Visiting one of the most beautiful places in the world that you've probably never heard of.

2 Reserva Nacional Malalcahuello-Nalcas (p228) Trekking the otherworldly landscapes of one of La Araucanía's volcanically altered national parks.

3 Pucón (p234) Pushing your adrenaline limits daily in Sur Chico's high-adventure capital.

4 Puerto Varas (p256) Ogling cinematic and volcano-flanked Lago Llanquihue from this outdoorsy lakeside German settlement.

5 Volcán Villarrica (2847m)

6 Parque Nacional Conguillío

7 Termas Geométricas

ARGENTINA

Cordillera de los Andes

Región del Biobío (VIII)

Región de La Araucanía (IX)

PACIFIC OCEAN

5 Volcán Villarrica
(p240) Hiking up to the fuming crater of an active volcano.

6 Parque Nacional Conguillío (p226)
Driving straight through the heart of this volcanic wonderland.

7 Termas Geométricas (p232)
Burning a day at these romantic and spectacular hot springs.

8 Huilo-Huilo Biological Reserve
(p253) Sleeping in a fairy-tale hotel inside a gorgeous nature preserve.

✖ Eating & Drinking

★ Tradiciones Zuny
CHILEAN $

(Tucapel 1374; meals CH$5000; ⏰12:30-5pm Mon-Sat) Temuco's best-kept secret is an underground locals' haunt specializing in the fresh, simple food of the countryside served out of an indigenous-themed home. It's hard to find (look for the colorful duck/basketball mural) but the cheap, Chilean-Mapuche organic fusion cuisine is a showstopper. You're welcome.

Feria Pinto
MARKET $

(Av Barros Arana; meals CH$2000-3000; ⏰7:30am-5:30pm Mon-Sat, 8am-3pm Sun) Feria Pinto is a colorful Mapuche produce-and-food market taking up several blocks along Barros Arana. Along the streets more practical wares are sold, while in the Feria itself vendors hawk everything from apples and artisan cheeses to honey and bags of *merkén* (Mapuche spice-smoked chile).

There is a lane of *cocinerías* (greasy spoons) as well – plop yourself down at a counter and tuck into *cazuelas, sopapaillas* with cheese, *pailas* of eggs and other homespun goodness. And don't miss Don Rigo's chili sauce!

La Pampa
STEAK $$

(www.lapampa.cl; Av San Martín 0137; steaks CH$11,500-16,900; ⏰noon-4pm & 7pm-midnight Mon-Sat, noon-4pm Sun; ☎) The best beef in the region is further south, but this high-style, two-story steakhouse is the Temuco hot spot for carnivores.

Gohan Sushi
JAPANESE $$

(☎45-274-1110; www.gohan.cl; España 390; sushi rolls CH$3490-6950; ⏰12:50pm-midnight Mon-Sat; ☎) This innovative and trendy sushi spot gets the job done with an extensive list of funky rolls and shrimp dishes, hip staff and loungy tunes. You can even get your rolls *acevichado* – drenched in ceviche – an abomination we can get behind! There's a second **branch** (☎45-248-7656; Vicuña MacKenna 531; rolls CH$3490-6950; ⏰12:30-11:30pm Mon-Sat; ☎) too.

Temuco

★ Lagerhaus CRAFT BEER
(www.facebook.com/lagerhaustemuco; Trizano 420; pints CH$3100-4400; ⊘4pm-2am Mon-Fri, 5pm-2am Sat; 🛜) Temuco's top spot for locally crafted *cerveza artesanal* is this 15-tap hops hideaway tucked into the corner of the Paseo Los Suizos strip mall. Inside, it's stuffed full of cozy upholstered banquettes; outside, a sunny terrace. Either way, fiercely local brews like Klein, Birrell and Black Mud flow from the taps along with selected invitees from Valdivia and Catripulli (Alásse).

🛍 Shopping

Centro Mercado Modelo MARKET
(Aldunate 365; ⊘10am-7pm Mon-Sat) Temuco's Mercado Municipal was gutted by fire in 2016 and is not expected to be rebuilt until 2019. In the meantime, many artisans have moved across the street to this temporary tented market.

ℹ Information

Keep an eye out for pickpockets in *el centro*, especially in Feria Pinto. Snatch-and-grab thievery has also been reported on the Cerro Ñielol hike.

ATMs and exchange houses are plentiful all around Plaza de Armas Aníbal Pinto.

Banco de Chile (www.bancochile.cl; Plaza de Armas Aníbal Pinto) ATM.

BBVA (www.bbva.cl; cnr Claro Solar & Vicuña MacKenna) ATM.

CorreosChile (www.correos.cl; cnr Diego Portales & Prat; ⊘9am-7pm Mon-Fri, to 1pm Sat)

Conaf (☑ 045-229-8149; www.conaf.cl; Bilbao 931, Pasillo D; ⊘8:45am-2pm Mon-Fri) Mainly administrative offices, but has maps of the regional parks at the information booth.

Sernatur (☑45-240-6214; www.sernatur.cl; cnr Bulnes & Claro Solar; ⊘9am-2pm & 3-6pm Mon-Thu, 9am-2pm & 3-5pm Fri) Well-stocked national tourist info.

Tourist Information Kiosk (☑ cell 9-6238-0660; www.temuco.cl; Plaza de Armas; ⊘9am-6pm Mon-Fri, to 2pm Sat, shorter hr winter) Free city tours leave from this kiosk on Tuesday, Friday and Saturday at 9:45am; reservations recommended (ofiturplaza@gmail.com).

Tourist Information Kiosk (☑45-297-3628; www.temuco.cl; Centro Mercado Modelo; ⊘9am-6pm Mon-Sat, 10am-2pm Sun, shorter hr winter)

ℹ Getting There & Away

AIR

Temuco's shiny and modern **Aeropuerto de La Araucanía** (☑45-220-1900; www.aeropuerto

Temuco

◉ Sights
1 Monumento Natural Cerro Ñielol.......C1
2 Museo Regional de La Araucanía.......B2

🛏 Sleeping
3 Hospedaje Klickmann.........................D3
4 Hostal Callejón Massmann..................A2

🍴 Eating
5 Feria Pinto..F2
6 Gohan Sushi.......................................D3
7 La Pampa..A3
8 Tradiciones Zuny................................F1

🍷 Drinking & Nightlife
9 Lagerhaus...A2

🛍 Shopping
10 Centro Mercado Modelo.....................E3

araucania.cl; Longitudinal Sur, Km692, Freire) is located near Freire, 20km south of the city. **LATAM** (☑ 600-526-2000; www.latam.com; Bulnes 687; ⊗ 9am-1:30pm & 3-6:30pm Mon-Fri, 10am-1pm Sat), Sky Airline (www.skyairline.com), JetSmart (www.jetsmart.com) and Latin American Wings (www.vuelalaw.com) service the airport from Santiago.

BUS

Temuco is a major transport hub. Long-haul bus services run from the **Terminal Rodoviario** (☑ 45-222-5005; Pérez Rosales 01609), located at the northern approach to town. Closer to the *centro*, the **Terminal de Buses Rurales** (☑ 45-221-0494; Av Pinto 32) serves local and regional destinations. Companies have ticket offices around downtown.

Bus companies serving main cities located along the Panamericana include **TurBus** (☑ 45-268-6604; www.turbus.cl; Claro Solar 625; ⊗ 9am-8pm Mon-Fri, to 2pm Sat) and **Buses ETM** (☑ 45-225-7904; www.etm.cl; Claro Solar 647; ⊗ 10am-7:30pm Mon-Fri, 3-6:30pm Sat), both of which offer frequent services to Santiago. TurBus also services Valparaíso/Viña del Mar. **Cruz del Sur** (☑ 45-273-0310; www.busescruzdelsur.cl; Claro Solar 599; ⊗ 9am-7:30pm Mon-Fri, to 6pm Sat), which is also set up at **Manuel Montt 290** (☑ 45-273-0315; www.busescruzdelsur.cl; Manuel Montt 290, Local 7; ⊗ 9am-1pm & 3-7:30pm Mon-Fri, 8:30am-1:30pm & 2-4:30pm Sat), serves the island of Chiloé.

For Parque Nacional Conguillío's three entrances, **Nar-Bus** (☑ 45-240-7740; www.igillaima.cl; Balmaceda 995) leaves from its own terminal to Melipeuco. From the Terminal de Buses Rurales, Vogabus runs to Cherquenco, from where it's a 17km walk or hitchhike to the ski lodge at Los Paraguas; and **Buses Curacautín Express** (☑ 45-225-8125; Av Pinto 32, Terminal de Buses Rurales) heads off for Curacautín. **Buses JAC** (☑ 45-299-3117; www.jac.cl; cnr Av Balmaceda & Aldunate), with its own terminal, offers the most frequent service to Villarrica and Pucón, plus services to Santiago, Lican Ray and Coñaripe. **Buses Bio Bio** (☑ 45-265-7876; www.busesbiobio.cl; Lautaro 854) operates services to Los Angeles and Concepción, as well as Chillán and Lonquimay.

For Argentina, **Igi Llaima/Nar-Bus** heads to San Martín de Los Andes and Neuquén daily, and **Via Bariloche** (☑ 45-225-7904; www.viabariloche.com.ar; Claro Solar 647; ⊗ 10am-7:30pm Mon-Fri, 3-6:30pm Sat) heads to Neuquén. **Andesmar** (☑ 45-238-9231; www.andesmar.com; Pérez Rosales 01609, Terminal Rodoviario) offers the only departure for Bariloche from Temuco, otherwise you'll need to get to Osorno.

DESTINATION	COST (CH$)	HOURS
Bariloche (Ar)	28,000	8
Castro (Chiloé)	12,000	9
Cherquenco (for Los Paraguas)	1400	1½
Chillán	8500	4
Coñaripe	3000	2
Concepción	8500	4½
Curacautín	1500	2
Lican Ray	3800	1¾
Lonquimay	4300	3
Los Angeles	4900	3
Melipeuco	1900	2
Neuquén (Ar)	19,000	9
Osorno	5500	4
Pucón	2900	2
Puerto Montt	6500	5
San Martín de Los Andes (Ar)	14,000	6
Santiago	12,000	9
Valdivia	4000	3
Valparaíso/Viña del Mar	19,000	10
Villarrica	2000	1½

❶ Getting Around

The most economical airport option is **Transfer Temuco** (☑ 45-233-4033; www.transfertemuco.cl; one-way CH$5000; a reliable door-to-door shuttle service (CH$5000). An Uber runs CH$10,000 to CH$13,000 to the airport (30 to 45 minutes) and CH$2300 to CH$2900 to the bus terminal (15 minutes). *Colectivo* 11 and 111 Express go from downtown (Claro Solar) to the bus terminal (CH$500 to CH$600). *Micro* 7 heads to **the terminal** (p226) as well, from Diego Portales (CH$450).

Europcar (www.europcar.cl) and **Avis** (www.avis.cl), among others, rent out of the airport.

Parque Nacional Conguillío

Llaima means 'Blood Veins' in Mapudungun and that's exactly what tourists who were visiting **Parque Nacional Conguillío** (www.conaf.cl/parques/parque-nacional-conguillio; adult/child Chilean CH$4000/2000, foreigner CH$6000/3000), and its towering Volcán Llaima (3125m), saw on New Year's Day 2008. The centerpiece of this Unesco Biosphere Reserve (and the Geoparque

Kütralcura within) is one of Chile's most active volcanoes. Since 1640 Llaima has experienced 35 violent eruptions. The Mapuche believe this impressive flamethrower is a living spirit, who is rather enthusiastically coughing up the earth's imbalances as punishment. Despite the fire spitting, this wonderful park – which was created in 1950 primarily to preserve the araucaria and 608 sq km of alpine lakes, deep canyons and native forests – is open. The gray-brown magma that has accumulated over the years is to blame for the dramatic vistas and eerie lunarscape atmosphere – at its most dramatic, perhaps, in late April when the leaves are in full autumn bloom.

🏃 Activities

The 2008 Volcán Llaima eruption coughed up lava to the southeast into Sector Cherquenco, sparing all of the park's designated trails. One of Chile's finest short hikes, the Sierra Nevada trail (7km, three hours one way) to the base of the Sierra Nevada, leaves from the small parking lot at Playa Linda, at the east end of Laguna Conguillío. Climbing steadily northeast through dense coigüe forests, the trail passes a pair of lake overlooks; from the second and more scenic overlook, you can see solid stands of araucarias beginning to supplant coigües on the ridge top.

Conaf discourages all but the most experienced hikers from going north on the Travesía Río Blanco (5km, five hours one way); a guide is essential.

Near the visitors center, the Sendero Araucarias (0.8km, 45 minutes) meanders through a verdant rainforest. At Laguna Verde, a short trail goes to La Ensenada, a peaceful beach area. The Cañadón Truful-Truful trail (0.8km, 30 minutes) passes through the canyon, where the colorful strata, exposed by the rushing waters of Río Truful-Truful, are a record of Llaima's numerous eruptions. The nearby Los Vertientes trail (0.8km, 30 minutes) leads to an opening among rushing springs.

Centro de Ski Las Araucarias (☎45-227-4141; www.skiaraucarias.cl; half-/full-day lift tickets CH$22,000/27,000) offers skiing on Volcán Llaima.

🛏 Sleeping

Sendas Conguillío   CAMPING, CABAÑAS $
(☎2-2840-6852; www.sendasconguillio.cl; camping per site from CH$26,000, cabañas CH$96,000-155,000) Running the camping areas inside

Conguillío on concession from Conaf, Sendas Conguillío offers five campgrounds with hot water (three at Sector Curacautín and two at Sector La Caseta) totaling 98 sites, including a special camping sector set aside for backpackers (campsites CH$7500). There are more comfortable cabins as well.

At the Sector Curacautín reception, you can also rent kayaks for use on Lago Conguillío (per hour CH$6000).

★ La Baita   LODGE $$
(☎45-258-1073; www.labaitaconguillio.cl; Región de la Araucanía, Km18, Camino a Laguna Verde; s/d/tr incl breakfast CH$65,000/90,000/95,000, cabañas 5/9 people from CH$60,000/115,000; ☻) ✎ Spaced amid pristine forest, this is an ecotourism project just outside the park's southern boundary. It's home to eight attractive cabins with slow-burning furnaces, solar- and turbine-powered electricity and hot water. There's also an extremely cozy, incense-scented lodge and restaurant with six rooms complete with granite showers and design-forward sinks; and a pleasant massage room, outdoor hot tub and sauna.

It's owned by hippie-esque former singer Isabel Correa, who entertains guests over wine and yoga when she is not in Santiago. Mountain bikes, kayaks and trekking are all at the ready. La Baita is located 16km from Melipeuco and 60km from Curacautín.

ℹ Information

It is obligatory to stop at CONAF's **control post** (www.conaf.cl/parques/parque-nacional-conguillio; R-925-S; ⊘ 8:30am-6:30pm), 6km before Laguna Captrén, to register your entrance to the park as well as pay the entrance fee.

Centro de Informaciónes Ambientales Santiago Gómez Luna (www.conaf.cl; Laguna Conguillío; ⊘ 8:30am-9:30pm Dec 16-Mar, 8:30am-1pm & 2:30-6pm Apr-Dec 15)

ℹ Getting There & Away

You can access Parque Nacional Conguillío from three directions. The first, and shortest (80km), is directly east of Temuco via Vilcún and Cherquenco; this accesses the ski resorts at Sector Los Paraguas, but doesn't access (by road) the campgrounds, main visitor center and trailheads. All of those are best reached by taking the more northern route from Temuco via Curacautín (120km). The park's southern entrance, also 120km from Temuco, is accessed via Melipeuco. From here a road heads north through the park to the northern entrance, also accessing the trailheads and campgrounds. It's passable heading south by most normal cars in high season (after Conaf grates the road); other times of year and heading the opposite direction, where there are many more gravely inclines, things can get real dicey between Laguna Captrén and Laguna Conguillío.

To reach Sector Los Paraguas, Vogabus, at Temuco's Terminal de Buses Rurales, runs six times daily to Cherquenco (CH$1400, 1½ hours, 1:30pm to 8:30pm), from where it's a 17km walk or hitchhike to the ski lodge at Los Paraguas.

For the northern entrance at Laguna Captrén, **Buses Curacautín Express** (☑45-225-8125; Av Manuel Rodríguez, Terminal Curacautín) has three departures from Curacautín on Mondays and Wednesday (6am, 9am and 6pm), two on Tuesdays and Thursdays (6am and 6pm) and four on Fridays (6am, 9am, 2pm and 6pm). There are no buses on Saturday or Sunday. The bus goes as far as mile 26.5 on the Ruta Curacautín–Parque Nacional Conguillío (where R-925-S and S-297-R intersect), 4.8km before the **Guardería Captrén** (p227) at the park's entrance. In winter the bus will go as far as conditions allow. Other options from Curacautín include a taxi (CH$30,000, one hour), lugging a bike on the bus, or a day tour from **Epu Pewen** for CH$55,000 per person all-in.

For the southern entrance at Truful-Truful, **Nar-Bus** (p226) in Temuco runs eight times per day Monday to Saturday (CH$1900, two hours, 8am to 6:30pm) and five times on Sunday (9am to 6:30pm)

Curacautín

☑045 / POP 16,508

Curacautín is the northern gateway to Parque Nacional Conguillío (p226). There are more services here than in Melipeuco and a pleasant step-up in traveler accommodations has leveled the playing field a bit, though you'll still be happier if you base yourself along the road to Lonquimay, a more central location for the area's three parks.

The excellent **Hostal Epu Pewen** (☑45-288-1793; www.epupewen.cl; Manuel Rodríguez 705; dm from CH$8000, d/tr without bathroom CH$24,000/34,000, d/tr incl breakfast CH$33,000/44,000; ℗@☞) ⌖ is clean and comfortable and features all sorts of indigenous touches, like bathroom and wall tiles patterned with *kultrün* (ceremonial drums), and nonconventional design elements (*rauli*-wood sink stands). There's an in-house agency that organizes sustainable

park treks, rafting and visits to Geoparque Kütralcura. English and French spoken.

ℹ Information

Información Turística (☑45-288-2102; www.destinocuracautin.cl; Manuel Rodríguez s/n; ⊙8:30am-9pm Jan-Feb, shorter hr winter) Has brochures and information on the park and accommodations in town.

ℹ Getting There & Away

The **bus terminal** (Av Manuel Rodríguez) is directly on the highway to Lonquimay. **Buses Bio Bio** (☑45-288-1123; www.busesbiobio.cl; Av Manuel Rodríguez, Terminal Curacautín) heads to Temuco (CH$3700, 1½ hours) via Lautaro (CH$1500, one hour), the quickest route, daily at 7:55am and 1:45pm Monday to Friday. **Buses Curacautín Express** (p228) goes to Temuco (CH$1500) via Lautaro (CH$1000, 1½ hours, every 30 minutes, 5:45am to 8:30pm). **TurBus** (☑45-268-6629; www.turbus.cl; Serrano 101), which also has a ticket office at the bus station, has two direct buses per day to Santiago (from CH$14,300, 8:50pm and 9:15pm) leaving from its office on Serrano.

For accommodations on the road to Lonquimay, **Buses Flota Erbuc** (☑ cell 9-5781-1371; Av Manuel Rodríguez, Terminal Curacautín) goes to Malalcahuello six times daily and can drop you anywhere along the route (CH$800, 10am to 8:15pm).

Reserva Nacional Malalcahuello-Nalcas

Just north of the pretty hamlet of Malalcahuello (en route to Lonquimay) is a combined reserve (www.conaf.cl/parques/reserva-nacional-malalcahuello; adult/child Chilean CH$1500/1000, foreigner CH$2000/1500) of 303 sq km, which extends almost to the border of Parque Nacional Tolhuaca. Though off the main park circuit, Malalcahuello-Nalcas offers one of the most dramatic landscapes in all of Sur Chico, a charcoal desertscape of ash and sand that looks like the Sahara with a nicotine addiction. Its main event, Cráter Navidad – formed by the last eruption of Volcán Lonquimay (on Christmas Day 1988, hence the name!) – helps shape this otherworldly atmosphere. It's not unlike Mars with its desolate red hues reflecting off the spoils of magma and ash. The whole thing sits against a magnificent backdrop of Lonquimay, Volcán Tolhuaca and Volcán Callaqui off in the distance. Be sure to charge up your camera batteries before coming here.

🏃 Activities

Sled Chile
SNOW SPORTS

(☑cell 9-9541-3348; www.sledchile.com; Volcán Lonquimay, Km6.5) This upstart adventure specialist offers customized, high-adrenaline backcountry tours by snowmobiles and/or splitboards.

Cañón del Blanco
HOT SPRINGS

(☑cell 9-7668-4925; www.canondelblanco. cl; shared/private access CH$12,000/60,000; ☺11am-midnight Mon-Sat, to 10pm Sun) Located 16km down the same gravel road as Andenrose is this new hot springs, with well-done pools in a gorgeous forest setting.

Corralco Mountain & Ski Resort
SNOW SPORTS

(☑02-2206-0741; www.corralco.com; Reserva Nacional Malalcahuello-Nalcas; half-/full-day lift tickets CH$29,500/37,500) There's better skiing here than in Conguillío, with numerous runs, prettier scenery and new infrastructure which includes Valle Corralco Hotel & Spa (d full board from CH$232,800; P🅿🛁🛜), the best of Sur Chico's ski-resort lodges. Gear rentals run CH$27,000 for adults and CH$18,000 for kids.

To get here, the turnoff is 2km east of Malalcahuello on the road to Lonquimay.

🛏 Sleeping

Andenrose
LODGE $$

(☑cell 9-9869-1700; www.andenrose.com; Camino Internacional, Km68.5; s/d incl breakfast from CH$48,000/53,000; apt & cabañas from CH$59,000; P🅿♨🛜🛁) The Bavarian-styled Andenrose along the Río Cautín is built from organic wood and is full of exposed brick and southern German hospitality (Hans, the enthusiastic owner, is quite the firecracker). Recent renovations have left a new pool, four rooms, three fully equipped apartments and two cabañas, the latter set spectacularly among a field of lavender and daisies.

SuizAndina Lodge
LODGE $$

(☑45-197-3725; www.suizandina.com; Camino Internacional, Km83; campsites per person CH$10,000; dm CH$20,000; s/d/tr from CH$39,000/66,000/76,000; P🅿🛜) The heavily German-staffed Suizandina is run by a hospitable Swiss-Chilean couple. Cleanliness is next to godliness in the roomy lodgings (fantastic bathrooms) and it's well stocked with wine and miniküchens (sweet German-style cakes). The menu goes all out with excellent

Swiss specialties like *rösti* (hash browns), fondue and raclette (a type of cheese that is melted and poured over potatoes).

There's an emphasis on massages and horseback riding as the owner is a physiotherapist horse lover. A good source for backcountry skiing as well.

★ Ñamku Lodge
LODGE $$$

(☑cell 9-6675-5738; www.namkulodge.com; Ruta 89, Km1, Malalcahuello; r incl breakfast US$350-486, 3-bdrm houses from US$550; P🅿🛜) 🍃 Chilean-raised, half-American free spirit Annette and her supercat Guiña are your hosts at this remarkable three-room lodge, a nature-centric gem absolutely embedded in local craftmanship – petrified-volcano-ash sinks, reclaimed-araucaria staircases and tables, indigenous-textile seat cushions, robleand coihue-wood shelving and bannisters – that sets the tone for a sustainable journey through local Mapuche and Pewenche cultures.

There are rattan hanging nests for reading, a native bamboo breakfast *quincho* for morning sustenance and solar-lit trails around the secluded property. Nature and culture tours, a private chef (often foraged ingredients used!) and sommelier are at the ready. One of the three separate *cabañas* sits right on the Río Cautín, which roars through the forested 4-hectare property. You ain't going to leave here for a very long time.

🍴 Eating & Drinking

La Esfera
RESTAURANT $$

(www.vorticechile.com; Camino Internacional, Km69.5, Vórtice Eco-Lodge; menú CH$13,000; ☺9am-9:30pm, bar to 10:30pm; 🛜) It's worth popping into the atmospheric wooden domo at this outdoor-adventure complex for the Andino-Mapuche fusion cuisine of Ariel Ñamcupil, a Pewenche chef doing surprisingly great-value gourmet grub. Ñamcupil and his team forage for many of their own indigenous ingredients and specialties, include traditionally smoked meats and fish and unusual desserts like beet or hazelnut/ *rosa mosqueta* ice cream.

El Randonnés
BAR

(Ejército 600, Malalcahuello; ☺1-10pm, closed Mon Nov-Dec & Apr-May; 🛜) Steeped in skiing and mountain-bike sports (friendly owner Andrés makes custom-built splitboards), this popular après-ski restobar is a haven for *cervezas artesanales*, with Temuco's Klein on tap (pale ale, porter and amber) as well as even more local Cerveza Lonquimay and Malalcahuello's own Tikian in bottles. It's all goes down nicely with the excellent eggplant escabeche served at the table.

🛍 Shopping

★ **Emporio Ñamku**   ARTS & CRAFTS, HOMEWARES
(www.namkulodge.com; Ruta 89, Km1; ⏰ 11am-9pm, closed Mon & Tue Oct-Dec & Mar-May) 🌿
You'll want one of everything at this excellent locally steeped handicraft shop, including picoyo and araucaria woodwork (cutting boards, serving platters), Mapuche and Pewenche textiles, throws and wool ponchos and – if you can figure out a way to get it home – a traditional iron *olleta* cooking pot! All local, sustainably sourced and meticulously curated by Annette Bottinelli, owner of Ñamku Lodge (p229).

ℹ️ Information

The Cámara de Turismo (www.malalcahuello. org) has an excellent web site.
Conaf (www.conaf.cl; Camino Internacional, Km82, Malalcahuello; ⏰ 8:30am-1pm & 2-6pm)
Guardaparques (www.conaf.cl; R-785; ⏰ 8:30-1pm & 2-6pm)

ℹ️ Getting There & Away

Heading east of Malalcahuello, the road passes through the narrow, one-way 4527m Túnel Las Raíces, a converted railway tunnel from 1930 that emerges into the drainage of the upper Biobío and has sealed its place in history as the longest tunnel in South America. The road eventually reaches 1884m Paso Pino Hachado, a border crossing that leads to the Argentine cities of Zapala and Neuquén.

Buses Flota Erbuc (p228) goes to Malalcahuello six times daily and can drop you anywhere along the route (CH$800, 10am to 8:15pm). From there, numerous lodges and tour agencies offer day tours to the park (CH$75,000 to CH$90,000).

Melipeuco

📞 045 / POP 5590

Melipeuco, the southern gateway to Parque Nacional Conguillío (p226), is 90km east of Temuco via Cunco. If you're looking to base yourself nearer the park than Temuco, this is a good spot for day trips, though you're better off going all the way into the park to truly absorb the otherworldly atmosphere of Conguillío.

Turismo Remulcura (📞 cell 9-9424-2454; www.relmucura.cl; Camino Internacional Icalma, Km1; campsites per person CH$4000, r per person incl breakfast CH$15,000; 🅿️🛜), a Mapuche farmstead on the east end of Melipeuco, offers simple but comfortable rooms with modern shower capsules, but the real coup is the 2nd-floor bay windows with framed, Ansel Adams–esque views of Volcán Llaima. The family can set you up with rafting, trekking and canyoning from their agency in town.

ℹ️ Information

Tourist Office (📞 45-258-1075; www. melipeuko.cl; Pedro Aguirre Cerda s/n; ⏰ 8:30am-5pm Mon-Thu, to 4:30pm Fri, 11am-6pm Sat & Sun) Friendly tourist information inside the new Parador Turístico Melipeuco.

ℹ️ Getting There & Away

From its Temuco station, **Nar-Bus** (p226) has eight buses per day to Melipueco from Monday to Saturday (CH$1900, two hours, 8am to 6:30pm) and five on Sunday (9am to 6:30pm). Heading back to Temuco, buses ply the main road more or less hourly between 7am and 8pm.

Villarrica

📞 045 / POP 49,184

Unlike Pucón, its wild neighbor across windswept Lago Villarrica, Villarrica is a real living and breathing Chilean town. While not as charming, it's more down-to-earth than Pucón, lacks the bedlam associated with package-tour caravans, and has more reasonable prices and a faded-resort glory that attracts travelers of a certain lax disposition.

The newish *costanera* (lakeshore boardwalk), a post-2010 Concepción earthquake project, is impressive and they have done a fine job with the new artificial black-sand beach, Chile's first (the city's main street, Aviador Acevedo, also received a 2017 makeover). Considering you can book all the same activities here as in Pucón, it makes for an agreeable alternative for those seeking less in-your-face tourism and a more culturally appropriate experience.

👁 Sights & Activities

Museo Histórico Arqueológico Municipal   MUSEUM
(Av Pedro de Valdivia 1050; ⏰ 9am-1pm & 2:30-6pm Mon-Fri) FREE Mapuche artifacts (including

Villarrica

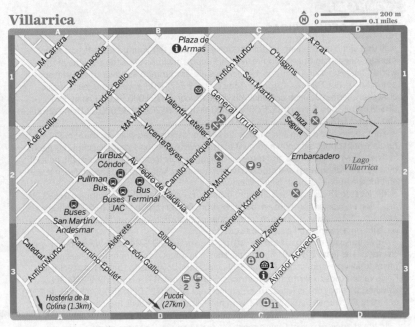

jewelry, musical instruments and rough-hewn wooden masks) are the focus of this small museum behind the tourist office.

★**Aurora Austral Patagonia Husky** DOG SLEDDING
(☎cell 9-8901-4518; www.auroraaustral.com; Camino Villarrica–Panguipulli, Km19.5) Located about 19km from Villarrica on the road to Lican Ray is this German-run husky farm, where you'll find around 55 of the cutest Siberian and Alaskan huskies you ever did see, ready to take you on the ride of your life. In winter there are day trips (CH$80,000), multiday tent-/cabin-based trips and a seriously epic seven-day Andean crossing (all-inclusive CH$2,400,000).

In summer there are 6km rides with an optional barbecue (CH$33,000 to CH$39,000) and husky trekking on Volcán Villarrica (CH$48,000). True dog lovers can sleep out here as well in four extremely nice cabins (CH$40,000 to CH$70,000).

Four- to 12-week volunteers are also accepted here.

⛟⛟ Festivals & Events

Muestra Cultural Mapuche CULTURAL
(☉Jan) Features local artisans, indigenous music and ritual dance.

Villarrica

🛏 Sleeping

La Torre Suiza HOSTEL $
(☎45-241-1213; www.torresuiza.com; Bilbao 969; dm CH$11,000, s/d from CH$20,000/25,000; 🅿 🕸) Once Villarrica's mainstay hostel, this wooden chalet has evolved over the years. Once a traveler utopia with Swiss bike-enthusiast owners, it's now a Chilean-owned guesthouse

TERMAS GEOMETRICAS

If all that climbing, trekking, paddling and cycling have left your bones rattled and your muscles begging for mercy, you're in luck. Pucón's environs are sitting on one of the world's biggest natural Jacuzzis. Hot springs are as common as adventure outfitters around here, but **Termas Geométricas** (☑cell 9-7477-1708; www.termasgeometricas. cl; Acceso a Termas Geométricas; adult/child before noon CH$23,000/12,000, noon-6pm CH$28,000/12,000, 6-9pm CH$25,000/12,000, 9-11pm CH$20,000/12,000; ☺11am-8pm Sun-Thu, to 11pm Fri & Sat) stands out above the crowd.

For couples and design aficionados, this Asian-inspired, red-planked maze of 17 beautiful slate hot springs set upon a verdant canyon over a rushing stream is simply gorgeous.

There are two waterfalls and three cold plunge pools to cool off in, and a cafe heated by fogón (outdoor oven) and stocked with natural chicken soup and real coffee. If it weren't for the Spanish, you'd think it was Kyoto.

It's located 15km north of Coñaripe. Transport is available from Coñaripe (CH$33,000 including admission) or there are day trips from Pucón (around CH$39,000 including admission). The gravel approach from Coñaripe has improved over the years and is passable in a normal vehicle in good conditions.

Adventure outfitter **Turismo Aventura Chumay** (☑9-9744-8835; www.turismo chumay.cl; Las Tepas 201; ☺9am-midnight, shorter hr winter) rents mountain bikes and offers trekking excursions to Glaciar Pichillancahue, day trips to Huilo-Huilo Biological Reserve and trips to Termas Geométricas. Stay at **Hostal Chumay** (☑9-9744-8835; www.hostalchumay.cl; Las Tepas 201; s/d/tr incl breakfast CH$25,000/35,000/45,000; ℗@⑨) or **Hotel Elizabeth** (☑63-231-7272; www.hotelelizabeth.cl; Beck de Ramberga 496; s/d/tr CH$30,000/48,000/58,000; @⑨), both with on-site restaurants.

In the shadow of one of Chile's most active volcanoes, Coñaripe offers a far more tranquil, less commercial experience than Pucón but those looking for action will be twiddling their thumbs. **Información Turística** (☑63-231-7378; www.sietelagos.cl; Plaza de Armas; ☺9am-10pm Jan-Feb, shorter hr winter) is a good source of information on hot springs in the area.

Local buses ply the main road for Villarica (CH$1200, 1½ hours, every 15 minutes, 6:40am to 9:15pm), Lican Ray (CH$700, every 10 minutes, 30 minutes, 6:40am to 8:40pm), Liquiñe (CH$1000, one hour, seven daily, 11am to 7:30pm) and Panguipulli (CH$1200, 45 minutes, seven daily, 7:30am to 5pm).

that can often fill with visiting work teams. But the old-school crunchiness of the place has its charms – creaky old floors, simple rooms – and the friendly owners are doing their best to to cultivate traveler camaraderie.

Hostal Don Juan INN $
(☑45-241-1833; www.hostaldonjuan.cl; General Körner 770; s/d CH$34,000/44,000, without bathroom CH$25,000/34,000; ℗⑨) Don Juan Hostal wins travelers over around a large *parilla* (outdoor grill), which was designed by the friendly owner, and offers fabulous volcano views from some rooms on the 2nd floor. Rooms are basic but homey – and service is friendly. Breakfast runs CH$3500 extra.

Hostería de la Colina INN $$
(☑45-241-1503; www.hosteriadelacolina.com; Las Colinas 115; r from CH$78,000; ste CH$90,000; ℗@⑨) This once-smart *hostería* (inn) is set on meticulously manicured and lush grounds on a hill with stupendous views just southwest of town, but it has lost a bit of its soul since new Chilean hosts took over from nearly 30 years of American hospitality. Well-appointed main-house rooms are classically inclined while two independent suites offer more privacy and contemporary decor.

🍴 Eating & Drinking

★ **Travellers** RESTAURANT $
(www.facebook.com/travellersrestobar; Letelier 753; mains CH$4950-7950; ☺9am-2am Mon-Sat; ⑨) Chinese, Mexican, Thai, Indian, Italian – it's a passport for your palate at this gay-friendly restobar that is ground zero for foreigners. The food isn't fantastic, but you won't be pissed either. A postfire makeover marries a pop-culture potpourri with postcards and beer coasters from amigos the

world over and a bright-light NYC skyline motif above the bar.

German and English traveler advice is available, and so are discounted cocktails (stunning raspberry mojitos, commendable *micheladas* with Kunstmann Torobayo) during the lengthy happy hour (6pm to 10pm).

El Sabio PIZZA $
(www.elsabio.cl; Zegers 393; pizzas CH$6700-7600; ☺ 1-4pm & 7:30-11:30pm Mon-Sat; 🖥) A friendly Argentine couple runs the show here, creating fantastic, uncut oblong pizzas served on small cutting boards. Forget everything you thought you knew about pizza in Chile.

Café Bar 2001 CHILEAN $
(www.facebook.com/cafebarvillarrica; Henríquez 379; sandwiches CH$2800-7750; ☺ 9am-midnight Mon-Sat, 10am-11pm Sun; 🖥) Packed from morning to night, this diner-like hot spot dates from 1972 and has been filling hungry Villarricans ever since. There's *pailas* (earthenware bowls) of eggs for breakfast, piled-high sandwiches and heartier mains all day and a bit of a social scene at night.

Huerto Azul DESSERTS $
(www.huertoazul.cl; Henríquez 341; chocolate per 100g CH$2490; ☺ 9:30am-9:30pm) A blindingly blue chain born in Villarrica, this fabulous gourmet store/ice-cream parlor dares you to walk in without stumbling out in a sugar coma. Artisanal marmalade and chutney line the walls; an extensive line of housemade Belgian chocolate bars fill display cases.

Brazas CHILEAN $$$
(☑ 45-241-1631; www.brazasvillarrica.cl; General Körner 145; mains CH$5800-16,500; ☺ 1-4pm & 7:30-11:30pm; 🖥) This upscale choice has everything: postcard-framed volcano sunsets right out the bay windows, above-and-beyond service for Sur Chico and, most importantly, the grub to accompany it all. There's an emphasis on serious steaks, but the rest of the gourmet menu shouldn't be ignored – especially the caramelized slab of succulent pork ribs, falling off the bone between stolen lake glances; and the stuffed trout.

Delirium Tremens CRAFT BEER
(www.facebook.com/cerveceriadtrb; Letelier 898; pints CH$2990; ☺ 5:30-4am Tue-Thu, to 5am Fri & Sat) Traverse through doors between an inviting patio and several living-room-like spaces at Villarrica's one spot for craft beer,

a five-tap brewpub that's serious about local brews. House-brewed Bravía comes in American Amber, Dry Stout and Blonde options while invitees often feature the excellent Alásse from Catripulli.

🛍 Shopping

Mercado Fritz HANDICRAFTS
(www.facebook.com/Mercadofritz; Acevedo 612; ☺ 8:30am-8pm) Probably Villarrica's best market for handicrafts; you'll find higher-quality woodwork, woolens, jewelry etc as well as **Tam Tam** (a beautiful ceramics shop) and several purveyors of gourmet regional food items.

Centro Cultural Mapuche ARTS & CRAFTS
(Feria Wenteche Map; cnr Pedro de Valdivia & Zegers; ☺ 10am-11pm) A good spot for Mapuche figures carved from laurel wood and raulí wood bowls, as well as a gastronomic and cultural center.

ℹ Information

Banks with ATMs are plentiful near the corner of Pedro Montt and Av Pedro de Valdivia.

BCI (www.bci.cl; cnr Alderete & Av Pedro de Valdivia) ATM.

Banco de Chile (www.bancochile.cl; cnr Pedro Montt & Av Pedro de Valdivia) ATM.

CorreosChile (www.correos.cl; Anfión Muñoz 315; ☺ 9am-1:30pm & 3:30-7pm Mon-Fri, 10am-1pm Sat)

Oficina de Turismo (☑ 45-220-6618; www.visitvillarrica.cl; Av Pedro de Valdivia 1070; ☺ 8:30am-11pm Jan-Feb, 8:30am to 6pm Mon-Fri, 9am-1pm & 2:30-5:30pm Sat & Sun Mar-Dec) Municipal office that has helpful staff and provides many brochures. A secondary office operates out of **Plaza de Armas** (☑ 45-241-9819; www.visitvillarrica.cl; Plaza de Armas; ☺ 8:30am-1pm & 2:30-6pm Mon-Fri).

Hospital de Villarrica (https://villarrica.araucaniasur.cl; San Martín 460; ☺ 24hr)

ℹ Getting There & Away

Villarrica has a main (mostly regional) **bus terminal** (Av Pedro de Valdivia 621); most long-distance companies have separate offices nearby. Long-distance fares are similar to those from Temuco (an hour away), which has more choices for southbound travel. From the terminal – really just a parking lot – **Buses Vipu-Ray** (☑ cell 9-6835-5798) goes to Pucón. **Buses Coñaripe** (☑ cell 9-6168-3803; ☺ 8am-9pm) departs throughout the day to Lican Ray, Coñaripe and Panguipulli. **Buses Villarrica** (☑ 45-241-4408) heads to Temuco.

The following services leave from each company's own terminal. **Buses JAC** (⌨ 45-246-7775; www.jac.cl; Bilbao 610; ☺ 6am-9:40pm Mon-Fri, from 6:30am Sat, from 7:30am Sun) goes to Pucón, Temuco, Puerto Montt, Puerto Varas and Valdivia. **TurBus/Cóndor** (⌨ 45-220-4102; www.turbus.cl; Anfión Muñoz 657; ☺ 9am-1pm & 3-7pm Mon-Fri, 9am-2pm Sat), **Pullman Bus** (⌨ 45-241-4217; www.pullman.cl; cnr Anfión Muñoz & Bilbao) and Buses JAC offer the most frequent services to Santiago, the first with at least one nightly departure to Viña del Mar/Valparaíso (8:40pm).

For Argentine destinations, **Igi Llaima** (⌨ 45-241-2753; www.igillaima.cl; Av Pedro de Valdivia 621, Terminal Villarrica; ☺ 9am-1:30pm & 5:30-8pm Mon-Fri, 9am-7pm Sat, noon-9pm Sun), in the main terminal, leaves daily for San Martín de los Andes. **Buses San Martín** (⌨ 045-241-9673; Pedro León Gallo 599; ☺ 9am-1:30pm & 4-8:30pm Mon-Fri, 9am-1pm Sat) does the same route Tuesday, Thursday and Saturday.

DESTINATION	COST (CH$)	HOURS
Coñaripe	2100	1
Lican Ray	1500	¾
Panguipulli	2900	1½
Pucón	900	¾
Puerto Montt	9300	5
Puerto Varas	9000	4¾
San Martín de los Andes (Ar)	13,000	5
Santiago	27,400	10
Temuco	1800	1
Valdivia	4500	3
Viña del Mar/Valparaíso	28,800	15

Pucón

⌨ 045 / POP 22,081

Pucón is firmly positioned on the global map as a center for adventure sports; its setting on beautiful Lago Villarrica under the smoldering eye of the volcano of the same name seals its fate as a world-class destination for adrenaline junkies. Once a summer playground for the rich, Pucón is now a year-round adventure machine catering to all incomes, especially in February (a time to avoid, if possible), when it is absolutely overrun. The town receives alternating floods of package tourists, Santiago holidaymakers, novice Brazilian snowboarders, adventure-seeking backpackers, new-age spiritualists and mellowed-out ex-activists turned eco-pioneers. While its popularity can be off-putting for some, Pucón boasts the best small-town tourism infrastructure south of Costa Rica. That means quality accommodations, efficient tourism agencies, hundreds of activities and excursions, vegetarian restaurants, falafel, microbrews and hundreds of expat residents from the world over.

 Activities

Hot Springs

Popular hot spots to catch a soothing soak in the area include the new-agey and low-key **Termas de Panqui**, 56km east of Pucón; the once-popular (but fading) **Termas Los Pozones**, 36km east; the upscale **Termas Peumayén**, 30km east; and the traditional **Termas de Huife**, 35km east. Pucón tour operators offer day trips (including transport) to the most popular hot springs for between CH$20,000 and CH$25,000; and a few are reachable on public transportation.

Mountain Biking

Mountain bikes can be rented all over town. Daily rental prices are negotiable but shouldn't be more than CH$10,000 to CH$14,000 (unless it is a brand-new bike with full suspension).

The most popular route is the **Ojos de Caburgua Loop** (though increased traffic has killed some of the joy here). Take the turnoff to the airfield about 4km east of town and across Río Trancura. It's a dustbowl in summer, though, and tends to irritate all but the most hard-core riders. Extensions off the same route include the **Lago Caburgua to Río Liucura Loop** and the full **Río Trancura Loop**. Two other popular trails that are close to town are **Correntoso** and **Alto Palguín–Chinay** (to the Palguín hot springs). It's also possible to tackle the volcano on a downhill run (per person based on two/four people CH$70,000/55,000).

Any bike-rental agencies will be able to give you more details and should provide a decent trail map. You'll pay slightly more, but **Freeride Pucón** (⌨ cell 9-9317-8673; www.freeridepuconchile.com; Urrutia 436, Local 3; half-/full day CH$8000/14,000; ☺ 9am-8pm Dec-Feb, 9am-1pm & 3-7pm Mar-Nov) has the best bikes and maintenance in town.

Rafting & Kayaking

Pucón is known for both its river sports and the quality of the rafting and kayaking infrastructure. Most of the larger travel agencies run rafting trips. The rivers near Pucón and

Pucón

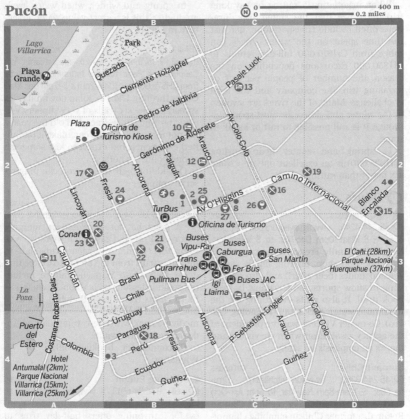

Pucón

their corresponding rapids classifications are: the **Lower Trancura** (III), the **Upper Trancura** (IV), **Liucura** (II–III), the **Puesco Run** (V) and the **Maichín** (IV–V), among many others. Bear in mind, rafting here is not as good as Futaleufú.

When negotiating a rafting or kayaking trip, recognize that the stated trip durations often include transportation, not just the time spent on the water. Prices can range from CH$10,000 full-day rentals to CH$50,000 excursions depending on the season, the number of people per raft or kayaking trip, the company and the level of challenge. Many of the rivers are swollen in the winter and closed for most sports, although it is still possible to raft or kayak in some.

In spring and winter hydrospeeding (CH$25,000) is an excellent option – some say better than rafting.

⛵ Tours

★ Aguaventura   OUTDOORS
(☑ 45-244-4246; www.aguaventura.com; Palguín 336; ⊙ 8:30am-10pm Dec-Mar, to 8:30pm Apr-Nov) This friendly French-owned agency is your one-stop shop, offering highly skilled volcano guides (beer after!) and also specializing in snow sports and kayaking, but can book it all. It also rents everything for the mountain, water and snow (including Go-Pro). Co-owner Vincent was the president of the agency association when we visited and there's an emphasis on safety.

Summit Chile   OUTDOORS
(☑ 45-244-3259; www.summitchile.org; Urrutia 585; ⊙ 10am-8pm Nov-Mar, to 6pm Apr-Oct) Started by internationally certified Claudio Retamal, a former Chilean climbing champion and the most experienced guide on the volcano. He can also take you up the other volcanoes – Lanín, Llaima and Lonquimay – as well as offering rock climbing, throwing in some geology and natural history along the way. Advanced/backcountry skiers should ask about skiing *up* Villarrica.

Antilco   HORSEBACK RIDING
(☑ cell 9-9713-9758; www.antilco.com; Carhuello, Km7) Highly recommended outfitter that runs half- to 12-day horse treks in Liucura Valley, Parque Nacional Huerquehue, Mapuche reservations and on to Argentina. They're designed for both beginners and experts, with English-speaking guides.

Aventur   OUTDOORS
(☑ 45-244-2796; www.aventurpucon.cl; Panguín 383; 1-/2-day hydrospeed CH$20,000-25,000) Aventur is the recommended agency for hydrospeeding.

In spring and winter, when water levels are higher, this is a great-value water adventure in Pucón.

Bike Pucón   MOUNTAIN BIKING
(☑ cell 9-9579-4818; www.bikepucon.com; cnr Caupolicán & Perú; half-day tours incl bike rental from CH$75,000; ⊙ 10am-2pm & 5-9 pm Dec-Mar) Offers thrilling 17km to 20km downhill rides spread among six trails of very slippery volcanic terrain, single-track and old fire roads. It's not for novices – you can make it on limited experience, but expect to kiss some ash at one point or another.

Outside of high season, you can only reserve online.

Elementos   CULTURAL
(☑ cell 9-5689-3491; www.elementos-chile.com) 🐟 A good bet for *etnotourism,* merging nature, culture and gastronomy with an eco-slant, this German-run agency runs half- to multiday trips from the Biobío to Chiloé that delve deeper into Mapuche culture, including cooking lessons with Mapuche chefs, visits to *rukas* (traditional thatched Mapuche houses) and meet-and-greets with Mapuche medicine men, with a few waterfalls and Andean lagoons thrown in.

Discounts for booking online or via WhatsApp.

Canyoning Pucón   CAYONING
(☑ cell 9-9294-6913; www.canyoningpucon.cl; Blanco Encalada 185) The recommended agency for canyoning offers half-day trips to Pillán (October to March) and Nevados (December to April) canyons (both CH$35,000).

Kayak Pucón   KAYAKING
(☑ cell 9-9716-2347; www.kayakpucon.com; Av O'Higgins 211; ⊙ 9am-9pm Nov-Feb; 🚹) This well-regarded kayak operator offers three-day kayak courses (CH$240,000) as well as multiday expeditions for more experienced boaters. Half-day ducky (one-person inflatable boats) tours on Class III rapids are a good option for those with less kayak experience (CH$25,000). There's rafting for kids and more adventurous tours for advanced kayakers. Also rents all kayak equipment.

Free Tour Pucón   WALKING
(☑ cell 9-4305-5479; www.freetourpucon.com; ⊙ 11am Wed-Sun Dec-Mar) FREE Javier is your enthusiastic, English-speaking guide on this great two-hour walking tour that goes beyond belays and backpacks. No need for

reservations in high-season – just turn up at the plaza in front of the church.

Politur
RAFTING

(☑ 45-244-1373; www.politur.cl; Av O'Higgins 635; ⊙8am-11pm, to 8pm May-Oct) The go-to agency for rafting.

🛏 Sleeping

★ iécole!
HOSTEL $

(☑ 45-244-1675; www.ecole.cl; Urrutia 592; r CH$36,000-58,000, s/d without bathroom CH$20,000/24,000, dm with/without bedding CH$12,00/9000; ℗@☎) ⚲ Eco-conscious iécole! is a travel experience in itself. It's a meeting point for conscientious travelers and a tranquil and artsy hangout that has long been Pucón's most interesting place to stay. Rooms are small, clean and comfortable, but walls are thin and voices carry within the leafy grounds, so it's not a wild party hostel.

Four new rooms outfitted with soothing light-pastel hardwoods and modern bathrooms with cotton shower curtains are quietly set in the back; there's yoga three times per day; a massage room; and an excellent vegetarian restaurant is one of Chile's best (mains CH$4800 to CH$5400). These guys were preaching sustainability, conservation and eco-everything nearly two decades before anyone else in Chile.

Chili Kiwi
HOSTEL $

(☑ 45-244-9540; www.chilikiwihostel.com; Roberto Geis 355; dm from CH$10,000, r without bathroom from CH$34,000; ☎) ⚲ Sitting on prime lakeside real estate, this is Pucón's most sociable hostel. It's run by an enthusiastic Kiwi-Dutch partnership packing years of globetrotting experience from which to draw their traveler-centric ideas. There are various dorms and private options (converted vans, tree houses, cabins, Quonset-style huts, with top-quality bedding), an overload of design-detailed kitchens/bathrooms and up to two outlets per dorm bed.

A guest-only craft-beer pub, featuring a wonderful outdoor terrace built by German *wandergeselle,* offers cheaper pints than outside. What's not to love?

French Andes II
HOSTEL $

(☑ 45-244-3324; www.french-andes.com; Pasaje Luck 795; dm 1/2 people CH$14,000/24,000, r without bathroom CH$45,000; ℗@☎) ⚲ This French-owned hostel has a lot going for it: Japanese-style capsule dorms (both single and double) actually offer more privacy than a standard dorm room (luggage is stored outside in lockboxes or cages) and shared bright-red bathrooms have a touch of personality. The backyard – firepit and all – is a real coup. There are impressive Villarica views and recycling too.

Okori Hostel
HOSTEL $

(☑ cell 9-9821-9442; www.okorihostelpucon.com; Camino Internacional, Km5; dm from CH$12,000, r with/without bathroom from CH$65,000/50,000; ℗☎) If you aren't fussed about being in the center of town or you dig a little nature with your hosteling, this newcomer tucked away in a residential neighborhood 5km outside Pucón is a good option. The purpose-built hostel is steeped in native hardwood – a wood-carved bar, wood-carved sinks, reclaimed-hardwood staircase banisters etc.

Hostal Victor
GUESTHOUSE $

(☑ 45-244-3525; www.hostalvictor.cl; Palguín 705; dm/r CH$15,000/40,000; @☎) If you value actual sleep, Victor stands out for cleanliness and a warm atmosphere conducive to rest. All rooms – including the four-bed dorms – offer private bathrooms.

Hotel Antumalal
BOUTIQUE HOTEL $$$

(☑ 45-244-1011; www.antumalal.com; Camino Pucón–Villarrica, Km2; r from CH$339,900, lakehouse for 6 CH$780,000; ℗☎⊠) This testament to Bauhaus architecture on the road to Villarrica is built into a cliffside above the lake. From its tree-bark lamps to araucaria-clad walls, it instills a sense of location while being wildly and wonderfully out of place.

Its huge slanting windows give unbeatable views of Lago Villarrica from the swanky common areas and all the minimalist rooms offer fireplaces; some have fern- and moss-covered raw rock for the internal walls. The restaurant does international cuisine with a Chilean spark (mains CH$10,000 to CH$17,000), with many ingredients plucked right from the organic vegetable patch, just a drop in the bucket of the property's 12 hectares of gardens.

Aldea Naukana
BOUTIQUE HOTEL $$$

(☑ 45-244-3508; www.aldeanaukana.com; Gerónimo de Alderete 656; incl breakfast r from CH$143,000, ste CH$190,000; ℗☎) A wonderful clash of native hardwoods and volcanic stone forms the backbone of this 10-room boutique hotel, one of our favorites in Pucón proper. Besides the wonderfully comfortable rooms, there a small sauna (included in rates) and a chargeable rooftop hot tub with expectedly stupendous volcano views.

✕ Eating

★ Trawen   CHILEAN, FUSION $
(☑ 45-244 2024; www.trawen.cl; Av O'Higgins 311; mains CH$6200-16,800; ◷ 8:30am-midnight; 🔊) Trawen is a time-honored favorite that does some of Pucón's best gastronomic work for the price, boasting innovative flavor combinations and fresh-baked everything. Highlights include excellent smoked-trout ravioli in spinach-cream sauce, bacon-wrapped venison, smoked *merkén* octopus risotto and salads from the restaurant's own certified-organic gardens, the first in southern Chile. To accompany, biodynamic and natural wines. Creative types tend to congregate here.

Just Delicious   MIDDLE EASTERN $
(www.facebook.com/JDpucon; O'Higgins 717, Local 7, Patagonia Blvd; ◷ noon-4pm & 6:30-9pm Tue-Sat; 🔊🍴) Israeli transplant Tal makes everything from scratch – often with ingredients smuggled in from the motherland – at this fantastic, cash-only Middle Eastern haven for hummus, falafel, *shakshuka* (eggs with spicy tomato sauce), baba ghanoush, baklava and more! The falafel sandwich (hummus, pickled cabbage, tahini and spicy *matbukha* in house-made pita) is a revelation. Even Tal's house-cured pickled veggies are memorable.

Sundar   VEGETARIAN $
(www.facebook.com/sundarvegetariano; Ansorena 438; meals CH$3000; ◷ noon-5pm, closed Sun; 🍴) Vegetarian or not, this is one of Pucón's best deals, a tiny, locals-in-the-know-only hot spot for healthy, daily-changing vegetarian lunch menus hidden away in the back of a small shopping center.

Menta Negra   CAFE $
(www.emporiomentanegra.cl; O'Higgins 772; set meals CH$6900; ◷ 9am-midnight, closed Sun Apr-Nov; 🔊) On a sunny day, it's hard to beat plopping yourself down on this artsy emporium's patio for good home-cooked meals and views of a rare breed in Pucón: to nature, not development.

La Picada   CHILEAN $
(Paraguay 215; set lunch CH$4500; ◷ noon-4pm, closed Sun Mar-Nov) This locals' secret is out: an underground eatery in someone's living room (or outside on the new terrace) serving fuss-free set lunches: salads, *pastel de choclo*

(maize casserole), *cazuelas*, pasta. No sign. Knock to gain entrance.

Latitude 39°   AMERICAN $
(www.latitude39.cl; Urrutia 436, Local 2; mains CH$5900-7800; ◷ noon-11:30pm, shorter hr winter; 🔊) California-transplant owners fill a clearly appreciated gringo niche at this homesick-remedy of a restaurant. Juicy American-style burgers are a huge hit: try the Grand Prix (caramelized onions, bacon, peanut butter) or the Buddha (Sriracha mayo, Asian slaw, popcorn shrimp), but there's also a fat breakfast burrito (available for lunch!), fish tacos, buffalo chicken wraps and everything else you might miss.

Expresso de Lider   SUPERMARKET $
(www.lider.cl; Pasaje Las Rosas 635; ◷ 8:30am-10pm Mon-Sat, 9am-9pm Sun) Pucón's best-stocked supermarket for international brands.

El Castillo   INTERNATIONAL $$
(☑ cell 9-8901-8089; Camino a Volcán, Km8; mains CH$3600-12,900; ◷ 6am-5pm Dec-Feb, shorter hr winter) Along the volcano road and with optimal Ansel Adams–like views of the beast itself, this volcanic-stone and wood space warmed by a Russian stove is a requisite stop for those with wheels. Chef Zoe does homey gourmet with an emphasis on game – wild rabbit, venison stroganoff, wild boar – that stunningly satiates the urge for something different.

La Maga   STEAK $$
(☑ 45-244 4277; www.lamagapucon.cl; Gerónimo de Alderete 276; steaks CH$13,900-18,900; ◷ 1-4pm & 8-11pm Dec-Mar, closed Mon Mar-Nov) There is a *parrilla* (steakhouse) for every budget in Pucón, but this Uruguayan steakhouse stands out for its *bife de chorizo* (steak), house-cut fries and addictive chimichurri. It's a far cry from cheap, but this is one of Sur Chico's best grills.

Viva Perú   PERUVIAN $$
(www.vivaperudeli.cl; Lincoyán 372; mains CH$8900-15,900; ◷ 1pm-midnight Dec-Mar, 1-4pm & 7:30-11:30pm Apr-Nov; 🔊) This intimate Peruvian restaurant does all the classics and does them well: ceviche (raw fish and onions marinated in citrus juices and spices), *tiradito* (onion-free ceviche), *chicharones* (deep-fried pork rinds) and *ají de gallina* (creamy chicken stew with cheese, peppers and peanuts). It even serves Peru's famous Chinese-fusion *chifa* dishes.

Pizza Cala PIZZA $$
(www.pizzacala.cl; Lincoyán 361; pizzas CH$5700-19,000; ⊘noon-midnight; ⓢ) The best pizza in town is spit from a massive 1300-brick oven by an Argentine-American pizza maker who grows his own fresh basil. In winter it's the only warm restaurant in town.

★ **La Fleur de Sel** FRENCH $$$
(☑45-197-0060; www.termaspeumayen.cl; Camino Pucón–Huife, Km28; mains CH$8900-14,500; ⊘1-4pm & 7:30-9pm, closed Mon mid-Mar–mid-Dec) ∮ Basque-country chef Michel Moutrousteguy offers a Mapuche-infused French menu that's well worth the trip to Termas Peumayén (for the food, not the service), 32km east of Pucón, even if you don't plan on getting wet. It's meat heavy (wild rabbit, beef tongue *pot au feu,* beef bourguignonne), fiercely local and seasonal, and *the* region's gourmet destination for foodies.

A three-course menu plus entrance to the hot springs runs CH$27,500. Peumayén is reachable by car or five times daily from Pucón with Fer Bus (p240) (CH$1500).

🍸 Drinking & Nightlife

BeerHouse CRAFT BEER
(www.facebook.com/BeerHousePucon; Urrutia 324; pints CH$3300-4000; ⊘5:30pm-12:30am Mon-Thu, to 1:30am Thu & Fri) Beggars can't be choosers, so hopheads congregate here, Pucón's only bar dedicated to *cervezas artesanales.* That said, while there isn't much to choose from (six taps and a handful of bottles from Chile/USA), what's here is solid: Hoppy IPAs from Tübunger and Jester, Cuello Negro stout and a selection from San Diego's Ballast Point, among others.

Big burgers and piles of skin-on fries as well. Grab a spot on the street patio!

Madd Goat Coffee Roasters CAFE
(www.facebook.com/patagoniaroast; O'Higgins 717, Local 3, Patagonia Blvd; coffee CH$1600-4000; ⊘9am-9pm Mon-Sat; ⓢ) Pucón may have got hip to good coffee two decades after everyone else, but it finally has a Third Wave coffeehouse to satiate the masses dying from Nescafé overdose. American owner Scott Roberts roasts Latin American–sourced beans in-house and pulls his espresso from a stylish Pavoni machine from Italy.

Mama's & Tapas BAR, CLUB
(Av O'Higgins 597; cocktails from CH$5500; ⊘10am-5am Dec-Mar, from 6pm Apr-Nov) Known simply as 'Mama's,' this is Pucón's

long-standing bar of note. It boasts an all-wood wall and ceiling space designed by an acoustic engineer to sonically seize your attention. It doesn't get going until the wee hours, when it morphs into a club.

Black Forest LOUNGE
(www.blackforest.cl; O'Higgins 524; cocktails CH$3000-6000; ⊘5pm-3am Sun-Thu, to 4am Fri-Sat; ⓢ) Black Forest caters to a slightly more refined drinking crowd content to tuck away in chic lounge environs, soak up cocktails with decent sushi and enjoy a bit of live music on Saturday nights.

La Vieja Escuela CLUB
(www.laviejaescuelacultobar.com; Colo Colo 450; ⊘8:30pm-3:30am Mon-Thu, to 5am Fri-Sun; ⓢ) This dark and sexy bar/club/live-music venue – 'The Old School' – caters to sophisticated 30-somethings who've outgrown the guide-versus-backpacker pickup game. Blood-red velvet seats emanate Victorian overtones and the whole place is in a class all its own. Expect DJs and live rock.

ⓘ Information

Petty theft is on the rise in Pucón, especially in the areas around the beach. Bikes and backpacks are the biggest targets, but you can't leave anything in your vehicle overnight. Use prudence.

There are several banks with ATMs up and down **Av O'Higgins**. Banco do Estado's withdrawal fees are the cheapest.

Banco de Chile (www.bancochile.cl; Av O'Higgins 311) ATM.

BancoEstado (www.bancoestado.cl; Av O'Higgins 240) ATM.

Carabineros de Chile (☑45-246-6339; www.carabineros.cl; O'Higgins 135; ⊘24hr) Police

CorreosChile (www.correos.cl; Fresia 183; ⊘9am-1pm & 2:30-6pm Mon-Fri, 9am-12:30pm Sat)

Conaf (☑45-244-3781; www.conaf.cl; Lincoyán 336; ⊘8:30am-6:30pm Mon-Fri) The best-equipped Conaf in the region.

Oficina de Turismo (☑45-229-3001; www.destinopucon.com; cnr Av O'Higgins & Palguín; ⊘8:30am-10pm, to 7pm Apr-Oct) Has stacks of brochures and usually an English-speaker on staff. There is a seasonal **kiosk** (www.destinopucon.com; Plaza de Armas; ⊘11:30am-7pm holiday weekends & Jul, 8:30am-10pm mid-Dec–mid-Feb) on Plaza de Armas as well.

ⓘ Getting There & Away

Bus transportation to and from Santiago is best made with **TurBus** (☑45-268-6102; www.turbus.com; Av Bernardo O'Higgins 447A;

⏱7:30am-9:30pm), with its own station just east of the center, and **Pullman Bus** (☑ 45-241-4217; www.pullman.cl; Palguín 555; ⏱7:30am-9:30pm), in the center. Both offer a few daily departures to Viña del Mar/Valparaíso. **Buses JAC** (☑ 045-299-3183; www.jac.cl; cnr Uruguay & Palguín; ⏱7am-7pm Mon-Sat, 9am-9pm Sun) goes to Temuco as well as Puerto Montt via Osorno and Puerto Varas. For Valdivia, JAC has up to six daily buses, while **Buses Vipu-Ray** (☑ cell 9-6835-5798; Palguín 550) and **Trans Curarrehue** (☑ cell 9-9273-1043; Palguín 550) have continuous services to Villarrica and Curarrehue. **Buses Caburgua** (☑ cell 9-9838-9047; Palguín 555) has at least three daily buses to and from Parque Nacional Huerquehue. From the same station, **Fer Bus** (☑ cell 9-9047-6382; Palguín 555) goes to Termas Los Pozones, Termas Peumayen, and Santuario El Cañi.

Buses San Martín (☑ 45-244-2798; Uruguay 627; ⏱9am-1pm & 3:30-7:45pm Mon-Fri, 9am-noon Sat, 4:30-7:45pm Sun) offers departures for Argentina Tuesday and Saturday at 7:45am to San Martín de los Andes, and Neuquén via Junín. **Igi Llaima** (☑ 45-244-4762; www.igi llaima.cl; cnr Palguín & Uruguay; ⏱7am-1:30pm & 3-9pm) heads to San Martín de los Andes and Neuquén.

DESTINATION	COST (CH$)	HOURS
Curarrehue	1000	¾
Neuquén (Ar)	42,000	9
Parque Nacional Huerquehue	2000	¾
Puerto Montt	9800	5
San Martín de los Andes (Ar)	14,000	5
Santiago	38,400/35,500	9½
Santuario El Cañi	1000	
Temuco	2800	1
Termas Los Pozones	1500	
Termas Peumayen	1500	
Valdivia	4700	3
Valparaíso/Viña del Mar	35,500	12½
Villarrica	1000	½

ⓘ Getting Around

Pucón itself is very walkable. A number of travel agencies rent cars and prices can be competitive, especially in the low season, though prices tend to climb on weekends.
Kilometro Libre (☑ 9-9218-7307; www.renta carkilometrolibre.com; Palguín 212, Hotel Rangi Pucón; ⏱9am-6pm)

Parque Nacional Villarrica

Parque Nacional Villarrica is one of the most popular parks in the country because of its glorious mix of volcanoes and lakes. Its proximity to Pucón, with all of the town's tourism infrastructure, also makes Villarrica an unusually accessible park for everyone from bus-trippers to climbers, skiers and hardcore hikers.

The highlights of the 630-sq-km park are the three volcanoes: Villarrica (2847m) – which erupted briefly but spectacularly in March 2015; Quetrupillán (2360m); and, along the Argentine border, a section of Lanín (3747m). The rest of Lanín is protected in an equally impressive park in Argentina, from where it may be climbed.

Since the 2015 eruption, high alerts have been occasionally issued – please check the situation on the ground ahead of your visit.

🏃 Activities

Climbing

The hike to the smoking, sometimes-lava-spitting crater of Volcán Villarrica is a popular full-day excursion (around CH$85,000 to CH$95,000, not including the chairlift fee of CH$10,000), leaving Pucón between 6am and 7am depending on the season. You do not need prior mountaineering experience, but it's no Sunday stroll and can challenge even seasoned trekkers. Conditions are most difficult in fall when snow levels are depleted.

It is important to use reliable equipment and choose an outfitter with guides who are properly trained. Note that bad weather may delay organized ascents for days. Less-reputable operators may take you partway up on days when they know the weather won't hold, just so they don't have to return the money.

Solo climbers must obtain permission from Conaf in Pucón (p239).

Hiking

The most accessible sector of the park, Rucapillán, is directly south of Pucón along a well-maintained road and takes in the most popular hikes up and around Volcán Villarrica.

The **Challupén–Chinay** trail (23km, 12 hours) rounds the volcano's southern side, crossing through a variety of scenery to end at the entrance to the Quetrupillán sector. This sector is easily accessed via the road

Around Pucón

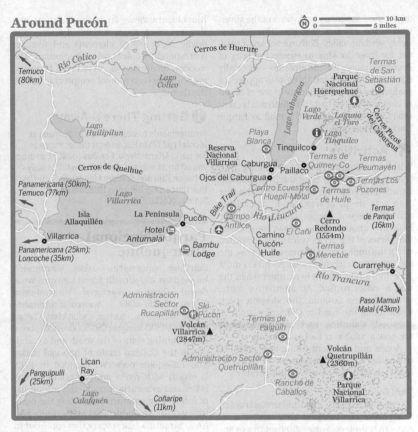

that goes to Termas de Palguín. However, if you plan to continue through to Coñaripe, the road south through the park requires a high-clearance 4WD even in good weather. A 32km combination of hikes, with a couple of camping areas, links to the Puesco sector, near the Argentine border, where there is public transportation back to Curarrehue and Pucón (or you can make connections to carry on to Argentina).

Those traversing the volcano (as opposed to climbing it) are charged a CH$10,000 fee.

Skiing

Ski Pucón (📞 45-244-1901; www.skipucon. cl; Clemente Holzapfel 190, Pucón office at Enjoy Tour, Gran Hotel Pucón; full-day lift ticket adult/ child CH$38,000/32,000; ⏰ 9am-5pm Jul–mid-Oct) is the most developed ski resort in La Araucanía. Officially, there are six lifts and 17 runs, though many can be closed. An artificial snow park is quite good for freestyle skiers and snowboarders, and eruptions have carved out some natural landscapes for jumping (half-pipes etc) over the years.

🛈 Getting There & Away

Taxis from Pucón to the volcano base (CH$20,000 to CH$25,000, 30 minutes), your own car or a tour are the only ways to get to the park (although fit mountain bikers can make it too).

Río Liucura & Río Caburgua Valleys

Heading northeast out of Pucón, the wishbone road splits into two valleys. Highlights of the Río Caburgua Valley to the north include **Lago Caburgua** and its wonderful **Playa Blanca** (24km away), as well as waterfall-heavy **Ojos del Caburgua**. The Camino Pucón–Huife road leads to myriad hot springs, **El Cañi** (www.santuario cani.cl; Pichares, Km21; with/without guide CH$15,000/4000; ⏰ entrances from 8am-noon only) nature sanctuary and views of the silver-ribbon Río Liucura that cuts through this richly verdant valley. Both routes are a magnet for those looking to escape the buzz of Pucón for more relaxing environs – especially nature enthusiasts and those who appreciate soaking the day or night away in one of Mother Nature's fevered bathtubs. Both roads eventually link back up with the road to Parque Nacional Huerquehue.

🏃 Activities

Within Santuario El Cañi, a hiking trail (7.5km, three hours) from the park's administration ascends the steep terrain (the first 3km very steep) of lenga and araucaria to arrive at Laguna Negra. On clear days the lookout – another 1km – allows for spectacular views of the area's volcanoes. In winter, when the underbrush is covered in snow, the area is particularly gorgeous. All hikers must go with a guide, except in summer when the trail is easier to find. An alternative route, which detours around the steepest part, starts along the road to Coilaco; a guide is required. Camping and accommodations are now available at La Loma Pucón.

A new and excellent trail map – with flora and fauna info – is available at at iécole! (p237) as well as El Cañi's administration.

Cañi Guides Group HIKING
(📱cell 9-9837-3928; contacto@santuariocani.cl) The nature sanctuary El Cañi is now a reserve that protects some 500 hectares of ancient araucaria forest, all of which has been turned over and now successfully maintained by this local guide association.

🛏 Sleeping

La Loma Pucón CAMPGROUND $
(📱cell 9-8882-9845; www.tocatierra.cl/tocatierra 4.html; Santuario El Cañi; campsites per person CH$5000) Rod Walker, an environmental-education legend in Chile, runs basic camping facilities at La Loma Pucón within the sanctuary. It's 2km up from the park admin and operates with a DIY/remote-control arrangement with trust box and mobile-phone backup. Full details online.

Elementos Eco Lodge LODGE $$$
(📱45-244-1750; www.elementos-chile.com; Camino a Caburgua, Km16; incl breakfast s/d/ste CH$100,000/120,000/160,000; 🅿🛜) 🏊
This new sustainable lodge on the road to Caburgua features eight grass-roofed rooms and suites made from straw and mud with

Río Liucura views from the bathtubs and showers. Each room is themed after a Mapuche *Ngen* (spirit element) and features corresponding color and aromatherapy. The wooden furniture was carved by a Mapuche *mamuillñfe* (ceremonial sculptor) to match the theme.

ℹ Getting There & Away

Arrangements to visit El Cañi can be made at **iécole!** (p237) in Pucón or at the entrance to the park. Alternatively, **Fer Bus** (p240) can drop you off on its way to Caburgua five times daily between 7am and 5:30pm Monday to Saturday; four times daily between 10:30am and 5:30pm Sunday (CH$1000).

Parque Nacional Huerquehue

Startling aquamarine lakes surrounded by verdant old-growth forests ensure wonderful **Parque Nacional Huerquehue** (📱cell 9-6157-4089; www.conaf.cl/parques/parque-nacional-huerquehue; adult/child Chilean CH$3000/1500, foreigner CH$5000/3000) is one of the shining stars of the south and a standout in the Chilean chain of national parks. The 125-sq-km preserve, founded in 1912, is awash with rivers and waterfalls, alpine lakes and araucaria forests, and a long list of interesting creatures, including the pudú (the world's smallest deer) and *arañas pollitos* (tarantula-like spiders that come out in the fall). The trails here are well marked and maintained and warrant multiple days of exploration, but a day trip from Pucón, about 35km to the southwest, is a must for those in a bigger hurry.

🛏 Sleeping

Lago Tinquilco CAMPGROUND $
(📱cell 9-6157-4089; parque.huerquehue@conaf.cl; campsites Chileans/foreigners CH$15,000/18,000) Camping accommodations with electricity and hot water are at the Conaf-managed 22-site Lago Tinquilco.

Renahue CAMPGROUND $
(📱cell 9-6157-4089; parque.huerquehue@conaf.cl; campsites CH$15,000) Conaf-managed camping with bare-bones facilities on the Los Huerquenes trail.

Refugio Tinquilco LODGE $$
(📱cell 9-9539-2728; www.tinquilco.cl; all incl breakfast campsites CH$20,000, dm CH$16,000, d with/

without bathroom CH$42,900/34,900, cabins CH$75,000; ⊗closed Jun-Aug) Refugio Tinquilco, on private property at the Lago Verde trailhead 2km past the park entrance, is a luxe two-story lodge offering much more than a bed, a meal and a quiet place to get away from it all – it's an experience. After hiking, be sure to submit yourself to the addictive forest sauna/plunge-pool treatment (CH$14,000).

Your host, Patricio, turns out hearty home-style Chilean cuisine with welcome touches, such as French-press coffee and an extensive wine list, and is a helluva guy to share a bottle of Carmenere with. He also produces an invaluable field guide to the park that is leaps and bounds beyond anything published by Conaf.

Designed by an architect, a writer, an engineer and an Emmy-nominated documentary filmmaker, it's the kind of place people lose themselves for a week and lost souls find their way. Lunch or dinner is CH$10,500.

❶ Information

Centro de Informaciones Ambientales (☑cell 9-615/-4089; www.conaf.cl; ⊗10.30am-2.30pm & 4:30-7:30pm) At the entrance of Parque Nacional Huequehue; hiking maps and park info.

❶ Getting There & Away

Buses Caburgua (p240) has at least three daily buses from Pucón to Parque Nacional Huerquehue (CH$2000, 45 minutes, 8:30am, 1pm and 4pm), returning from the park at 9:30am, 2:10pm and 5:10pm.

Curarrehue

☑045 / POP 6624

The Mapuche stronghold of Curarrehue, which is located 40km west of the Argentine border, isn't much to look at, but it has begun a slow rise to fame for its Mapuche cultural museum and wealth of *etnoturismo* opportunities. The small pueblo – and its fancy new Plaza de Armas – counts 80% of the population as Mapuche and is the last town of note before the Paso de Mamuil Malal (Paso Tromen) border with Argentina.

A sparse but informative museum of Mapuche culture, **Museo Intercultural Trawupeyüm** (Héroes de la Concepción 21; CH$1000; ⊗9am-8pm Mon-Fri, from 11am Sat & Sun Jan & Feb, 9:30am-5:30pm Mon-Fri, 10am-5pm Sat Mar-Dec) is housed in a modern interpretation of a mountain ruka, a traditional circular Mapuche dwelling oriented to the east.

🛏 Sleeping & Eating

Ko Panqui LODGE $$
(☑cell 9-9441-5769; www.facebook.com/kopanqui/; Camino a Panqui, Km4.9; cabañas/ste CH$76,000/102,000; ᴘ🛜🐾) ✆ Located 5km north of Curarrehue in the Panqui hills, this sustainable lodge and artistic retreat, the brainchild of Claudio Ansorena (the grandson of Pucón's founder) is an idyllic, gay- and pet-friendly escape surrounded by bucolic bliss. The three stylish, grass-roofed *cabañas* are great; the plant-filtered infinity pool – staring off at three volcanoes – is a little piece of heaven in Chile.

★**Anita Epulef Cocina Mapuche** CHILEAN $
(Mapu Lyagl; ☑cell 9-8788-7188; anita.epulef@gmail.com; Camino al Curarrehue; menú CH$7500; ⊗1:30-5:30pm Dec-Feb, by reservation only Apr-Nov; 🍴) Mapuche chef Anita Epulef turns seasonal ingredients into adventurous vegetarian Mapuche tasting menus. You can sample such indigenous delicacies as *mullokiñ* (bean puree rolled in quinoa), sautéed *piñones* (the nut of the araucaria tree – in season only!) and roasted corn bread with an array of salsas – all excellent and unique.

For those with extra time, Anita also offers half-day cooking courses (per person CH$15,000; April to November). Coming from Pucón, you'll find her on the right-hand side of the main road just before the town entrance.

❶ Information

Tourism Office (☑45-219-71574; www.curarrehue.cl; O'Higgins s/n; ⊗9am-7pm Mon-Fri) Small and signless – but helpful – tourist information along the main road through town.

❶ Getting There & Away

Trans Curarrehue (p240) heads to Pucón (CH$1000, 45 minutes, every 30 to 60 minutes, 6:30am to 8:30pm).
Buses to Pucón (O'Higgins s/n)

LOS RÍOS

Valdivia

☑063 / POP 154,432

Valdivia was crowned the capital of Chile's newest Región XIV (Los Ríos) in 2007, after years of defection talk surrounding its inclusion in the Lakes District despite its

Valdivia

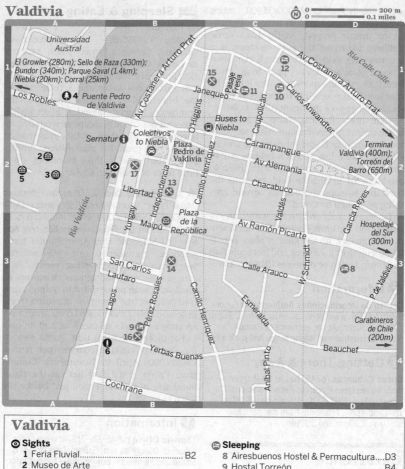

0   200 m
0   0.1 miles

Universidad
Austral

El Growler (280m); Sello de Raza (330m);
Bundor (340m); Parque Saval (1.4km);
Niebla (20km); Corral (25km)

Los Robles

4 Puente Pedro
de Valdivia

Río Calle Calle

Av Costanera Arturo Prat

12

Av Costanera Arturo Prat

15

Pasaje Fresia

11

Janequeo

10

Carlos Anwander

O'Higgins

Buses to
Niebla

Caupolicán

Sernatur

Colectivos
to Niebla

Plaza
Pedro de
Valdivia

Carampangue

Av Alemania

Terminal
Valdivia (400m);
Torreón del
Barro (650m)

2

1

17

7

Libertad

13

Independencia

Camilo Henríquez

Chacabuco

5

3

Yungay

Maipú

Plaza
de la
República

Av Ramón Picarte

Valdés

García Reyes

Hospedaje
del Sur
(300m)

Río Valdivia

San Carlos

Lautaro

Lagos

Pérez Rosales

Calle Arauco

W Schmidt

8

P de Valdivia

14

Camilo Henríquez

Esmeralda

Carabineros
de Chile
(200m)

9

16

6

Yerbas Buenas

Aníbal Pinto

Beauchef

Cochrane

Valdivia

◎ Sights
1 Feria Fluvial... B2
2 Museo de Arte
  Contemporáneo................................... A2
3 Museo Histórico y
  Antropológico...................................... A2
4 Parque Prochelle A1
5 RA Philippi Museo de la
  Exploración... A2
6 Torreón de los Canelos......................... B4

◎ Activities, Courses & Tours
7 Reina Sofía... B2

◎ Sleeping
8 Airesbuenos Hostel & Permacultura....D3
9 Hostal Torreón...B4
10 Hostal Totem C1
11 Hostel Bosque Nativo............................ C1
12 Hotel Encanto del Río C1

◎ Eating
13 Café Moro..B2
14 Entrelagos B3
15 La Calesa C1
16 La Última Frontera B4
17 Mercado Municipal.................................B2

geographical, historical and cultural differences. It is the most important university town in southern Chile and, as such, offers a strong emphasis on the arts, student prices at many hostels, cafes, restaurants and bars, southern Chile's best craft-beer culture and a refreshing dose of youthful energy and German effervescence.

◎ Sights

Feria Fluvial   MARKET
(Av Prat s/n; ⊙7am-3:30pm) A lively riverside market south of the Valdivia bridge, where vendors sell fresh fish, meat and produce. Waterfront sea lions have discovered the Promised Land here – a place where they can float around all day and let tourists

and fishmongers throw them scraps from the daily catch. A fresh ceviche here runs CH$1500.

To get closer to the sea lions, walk up the *costanera* another 200m.

Cervecería Kunstmann BREWERY
(☑63-229-2969; www.cerveza-kunstmann.cl; Ruta T-350 950; pints CH$3100-3500, mains CH$6600-10,600; ⊙noon-10pm) On Isla Teja at Km5 on the road to Niebla, you'll find the south's best large-scale brewery. Standard tours (45 minutes) leave hourly from 12:15pm to 8pm (CH$10,000) and include a takeaway glass mug and a 300ml sampling of the Torobayo unfiltered, available only here, straight from the tank. A more elaborate 90-minute tour (CH$15,000), which includes a five-beer sampling and a ride to the factory in an electric kombi, goes four times a day (12:15pm, 2pm, 4pm, 6pm; hours can vary).

Unless you're a beer-history nut, the cost of the tour is better spent on sampling your way through the 15 or so beers on offer here, chased with hearty German fare that includes lots of pork chops, sauerkraut and *currywurst*. With Valdivia's craft-beer explosion, the beers here no longer carry the same cachet as in the past, there isn't a German in sight, and it's nearly overflowing with tourists and tour buses, but you could still do worse than drinking away an afternoon here. *Micro* (minibus) 20 from Carampangue to Isla Teja (CH$600) can drop you off – a good idea even if you have wheels.

Museo Histórico y Antropológico MUSEUM
(www.museosaustral.cl; Los Laureles s/n; adult/child CH$1500/300; ⊙10am-8pm, shorter hr winter) Housed in a fine riverfront mansion on Isla Teja, this museum is one of Chile's finest. It features a large, well-labeled collection from pre-Columbian times to the present, with particularly fine displays of Mapuche Indian artifacts, and fine silverware and household items from early German settlements.

On the same grounds, you'll find the sparse **Museo de Arte Contemporáneo** (www.macvaldivia.uach.org; Los Laureles s/n; adult/child CH$1500/300; ⊙10am-8pm, shorter hr winter) and, in a neighboring mansion, the science- and nature-oriented **RA Philippi Museo de la Exploración** (www.museosaustral.cl; Los Laureles s/n; adult/child CH$1500/300; ⊙10am-8pm, shorter hr winter). Admission, plus Museo Histórico y Antropológico, costs CH$2500.

Parque Prochelle PARK
(⊙8am-10pm) **FREE** This urban Isla Teja park contains two historic homes opposite the main road from the park entrance.

Parque Saval PARK
(adult/child CH$500/100; ⊙8am-midnight, shorter hr winter) Parque Saval on Isla Teja has a riverside beach and a pleasant trail that follows the shoreline of Laguna de los Lotos, covered with lily pads. It's a good place for birdwatching.

Torreón de los Canelos TOWER
(cnr Yerbas Buenas & General Lagos) The inaccessible Torreón de los Canelos, which dates from the 17th century, is one of a couple of turrets can be seen around town east of the bus terminal.

Torreón del Barro TOWER
(Av Costanera Arturo Prat s/n) Torreón del Barro is from a Spanish fort built in 1774. It's closed to the public.

Tours

Reina Sofía CRUISE
(☑63-220-7120; CH$20,000; ⊙cruise 1:30pm) A recommended (albeit a bit pushy) outfitter for Valdivia's standard boat cruises. It departs from Puerto Fluvial at the base of Arauco.

★☆ Festivals & Events

Bierfest BEER
(http://bierfestkunstmann.cl; Parque Saval; ⊙Jan) Kunstmann-organized suds festival.

Noche de Valdivia CULTURAL
(www.nochevaldiviana.cl; ⊙3rd Sat in Feb) The largest happening is Noche de Valdivia, which features decorated riverboats and fireworks.

Sleeping

★**Airesbuenos Hostel & Permacultura** HOSTEL $
(☑63-222-2202; www.airesbuenos.cl; García Reyes 550; dm/r incl breakfast CH$12,000/38,000; @⊛) ✦ Valdivia's best hostel is run by a friendly northern Californian who has turned this long-standing traveler mainstay into one of Sur Chico's most ecofriendly sleeps. Solar-heated showers, rainwater catchment, permaculture, vertical gardens, compost, Egyptian bamboo towels – it's all here. Besides the sustainability, you'll find comfy, colorful dorm rooms and simple,

SUR CHICO VALDIVIA

well-done private rooms that are a little on the small side.

Hospedaje del Sur
B&B $

(📱cell 9-8391-3169; franco.silvacampos@gmail.com; José Martí 301; s/d/tr incl breakfast CH$22,000/36,000/50,000; P🛜) On the 3rd floor of an apartment building attached to the bus terminal, you'll find astounding value and Chilean-spun hospitality with young lawyer Franco and family. Three rooms in summer (one otherwise) are spacious, with large flat-panel Samsung TVs with cable and homey hardwood ceiling. Breakfast will surprise you: real bread, pastries, cheese and cold cuts.

Hostal Totem
GUESTHOUSE $

(📞63-222-9284; www.turismototem.cl; Carlos Anwandter 425; s/d/tr incl breakfast CH$28,000/40,000/47,000; @🛜) Of the ample choices along residential thoroughfare Carlos Anwandter, this 11-room guesthouse is the best bang for the peso. Clean rooms, a friendly French- and English-speaking upstart owner and a sunny breakfast room make up for the lack of antiquated character, though the hardwood floors in this old house squeak with the best of 'em.

Hostel Bosque Nativo
HOSTEL $

(📞63-243-3782; www.hostelnativo.cl; Pasaje Fresia 290; incl breakfast dm CH$12,000, s/d CH$32,000/35,000, without bathroom CH$29,000/33,000; @🛜) This hostel, run by a sustainable forestry management NGO, is a wooden den of comfort hidden away down a gravel residential lane a short walk from the bus station. It's not without issues: there's no bathroom hand towels and, oddly, toilet paper is outside the stalls in common bathrooms (and there's limited English).

But the private rooms are some of Valdivia's best value and it's one of the city's coziest hostels.

Hotel Encanto del Río
HOTEL $$

(📞63-222-4744; www.hotelencantodelrio.cl; Prat 415; s/d CH$59,000/75,000; P🛜) This mid-range hotel is along a quieter and trendier stretch of the river. It's laden with indigenous weavings and Botero reprints on the walls, giving it some extra character, and the feeling you're sleeping in someone's home with the services of a hotel. River-view rooms have small patios that look straight across the Río Calle Calle...to a factory, unfortunately.

Hostal Torreón
HISTORIC HOTEL $$

(📞63-221-3069; hostaltorreon@gmail.com; Pérez Rosales 783; s/d CH$25,000/40,000, without bathroom CH$20,000/30,000; P🛜) This rickety old mansion tucked away off the street prides itself on uneven flooring – it's survived two massive earthquakes! – and is notable for its antiquated character. The antique-laden common areas are a nod to the house's lengthy past while 2nd-floor rooms offer more light and less dampness than the basement options. Breakfast is CH$4000 to CH$7000.

Eating

Café Moro
CHILEAN $

(Paseo Libertad 174; menú CH$3600; ⏰9:30am-10pm Mon-Fri, 11am-10pm Sat; 🛜) An excellent spot for a supervalue set-menu lunch. It draws an age-defying and eclectic mix of intellectual hipsters and WWF think-tank scientists from Valdivia's Centro de Estudios Científicos, and turns to drinking as evenings progress.

La Última Frontera
RESTAURANT, BAR $

(Pérez Rosales 787; sandwiches CH$3000-5300; ⏰10am-2am Mon-Sat; 🛜📱) You'll find one-stop traveler nirvana at this restobar with a distinctly bohemian vibe. Hidden quietly away in a restored mansion, it has a load of outside-the-box sandwiches, fresh juices and local craft beer – 15 or so on draft (Cuello Negro, Totem, Valtare, Duende) and a few more stragglers in bottles.

At night, it morphs into a fun bar courtesy of the town's hip artistic front. Lose yourself in one of the art-saturated rooms or knock back a cold one on the new patio and deck.

Entrelagos
CAFE $

(www.entrelagos.cl; Pérez Rosales 640; sandwiches CH$3260-6600; ⏰9am-9:30pm Mon-Fri, 10am-9:30pm Sat, 11am-9pm Sun) This classic *salón de té* (teahouse) is where Valdivians talk about you behind your back over delicious *café cortados* (espresso with milk, always served with properly carbonated water), cakes and sandwiches. Toasted sandwiches and hearty *tablas* (shared plates; after 4pm) draw those looking for something more filling (or perhaps just escapists – the Parisian-style seating couldn't be more un-Chilean).

Mercado Municipal
CHILEAN $

(Prat s/n; mains CH$300-8000; ⏰9am-9pm) Fat plates of fish and chips or *choritos al ajillo* (mussels in garlic and chilies) are served in three floors of restaurants with river views.

Sello de Raza
CHILEAN **$$**

(☎ 63-222-6262; www.restaurantselloderaza.cl; Las Encinas 301; mains CH$8900-15,900; ⊗7pm-1am Tue-Fri, 12:30pm-1am Sat, 12:30pm-5pm Sun; ☎) Classy Sello de Raza holds its own as a *parilla* (steakhouse), but it does a wonderful job with typical Chilean dishes as well. The *pastel de choclo* (maize casserole) is one of the best you'll find and there's good *chupe de jaiba* (crab casserole), *guatitas a la chilena* (tripe stew) etc.

La Calesa
PERUVIAN **$$**

(http://lacalesarestaurante.blogspot.cl; O'Higgins 160; mains CH$7300-10,900; ⊗noon-4pm & 7-11pm Mon-Fri, noon-4:30pm & 7-11:30pm Sat, 1-5pm Sun; ☎) This restaurant serves Peruvian staples, such as garlic-roasted chicken, *lomo saltado* (stir-fried beef with spices, onions, tomatoes and potatoes) and ceviche appetizers fit for a meal. The pisco sours are memorable as is the *suspiro*, a Peruvian dessert made from *manjar* (dulce de leche, a caramel sauce) and meringue and laced with pisco.

🍷 Drinking & Nightlife

★El Growler
CRAFT BEER

(www.elgrowler.cl; Saelzer 41; pints CH$2800-4000; ⊗noon-2am Mon-Thu, to 3am Fri & Sat, to 1am Sun; ☎) Sur Chico's best craft-beer destination, El Growler is a collaboration between an Oregonian brewer and his Chilean partner. There are 15 taps, more or less split evenly between house-brewed IPAs, red ales, stouts, porters and experimental brews (and always one cider); and invitees from the region and occasionally the USA. Weather permitting, the outdoor patio is always packed.

Great and rarely seen bar grub (fish tacos, deliciously messy reubens, fish and chips, and interesting veg choices like polenta and garbanzo sandwiches) means you can call it a night here, and you aren't likely to find a better IPA for kilometers. These guys grow hops right on the patio!

Bundor
MICROBREWERY

(www.cervezabundor.com; Los Alerces 31; pints CH$2500-3000; ⊗1pm-1am Mon-Thu, to 2am Fri & Sat, to 11pm Sun; ☎) This seven-tap brewhouse in trendy Isla Teja brews commendable Russian Imperial Stouts, Wee Heavies, Oatmeal Stouts and American India Pale Ale, among others, which are best used here to chase a bevy of burgers (CH$5000 to CH$8900).

There's outdoor patio seating with wooden pallets reincarnated as tables.

ℹ Information

Downtown ATMs are abundant.

Banco de Chile (www.bancochile.cl; Plaza de la República) ATM.

BBVA (www.bbva.cl; cnr Arauco & Camilo Henríquez) ATM.

Carabineros de Chile (☎ 63-226-7800; www.carabineros.cl; Beauchef 1025; ⊗24hr) Police.

CorreosChile (www.correos.cl; O'Higgins 575; ⊗9am-7pm Mon-Fri, 9:30am-1pm Sat)

Información Turística (☎ 63-222-0498; www.valdiviaturismo.cl; Anfión Muñoz 360, Terminal Valdivia; ⊗8am-10pm) At the bus terminal, Zone B.

Sernatur (☎ 63-223-9060; www.turismolosrios.cl; Prat s/n; ⊗9am-9pm) Provides very helpful advice.

ℹ Getting There & Away

AIR

Aeropuerto Pichoy (☎ 63-227-2294; San José de la Mariquina, Mariquina) is situated 32km northeast from Valdivia on Ruta 5. **LATAM** (☎ 600 526-2000; www.latam.com; Maipú 271; ⊗9am-1pm & 3:30-6pm Mon-Fri, 10am-1pm Sat) has one flight per day from Santiago. **JetSmart** (www.jetsmart.com) and **Sky Airline** (www.skyairline.com) also serve the airport.

BUS

Valdivia's centrally located **Terminal Valdivia** (☎ 63-222-0498; www.terminalvaldivia.cl; Anfión Muñoz 360), along the northeast side of the *costanera* at Anfión Muñoz, is one of southern Chile's most modern and organized. Leave your luggage at the *custodia de equipaje* (CH$2000; 7am to 11pm).

Ticket offices are located in the terminal's Zones B and C. Frequent buses head to destinations on or near the Panamericana between Puerto Montt and Santiago, especially with **Tur-Bus**, (☎ 63-221-2430; www.turbus.cl) **Pullman Bus** (☎ 63-220-4669; www.pullman.cl) and **Cruz del Sur** (☎ 63-221-3840; www.buses cruzdelsur.cl), the latter with the most frequent services to Chiloé. For Viña del Mar/Valparaíso, TurBus heads out three times daily.

Regional bus carriers include **Buses Pirihueico** (☎ 63-221-3804 to Panguipulli); **Bus Futrono** (☎ 63-220-2225) to Futrono; and **Buses JAC** (☎ 63-233-3343; www.busjac.cl) to Villarrica, Pucón and Temuco. Officeless **Ruta 5** (☎ 63-231-7040) goes to Lago Ranco once daily.

Andesmar (☎ 63-220-7948; www.andesmar chile.cl) goes to Bariloche (Argentina) direct at 8:15am daily; a few other bus services also leave from Osorno. For San Martín de los Andes, you'll need to go to Villarica. To get to Neuquén, head to Osorno.

DESTINATION	COST (CH$)	HOURS
Bariloche (Ar)	23,000	7
Castro (Chiloé)	9300	7
Futrono	2800	1½
Lago Ranco	3100	1¾
Osorno	4000	2
Panguipulli	3300	1¾
Pucón	4700	3
Puerto Montt	5000	3½
Santiago	20,600	12
Temuco	3800	2¼
Valparaíso/ Viña del Mar	27,400	13
Villarrica	4500	1¾

ⓘ Getting Around

To and from the airport, **Transfer Aeropuerto Valdivia** (☏ 63-222-5533; CH$4000) provides an on-demand minibus service, but the most economical way is catching any **Buses Pirihuei-co** (p247) bus to Panguipulli from the bus terminal, which will drop you at the airport (CH$1000, 6:30am to 8:35pm). A taxi from the bus terminal costs CH$20,000 (an Uber runs CH$12,500 to CH$17,500 from the center). The trip takes about 30 minutes.

From the **bus terminal** (p247) to Plaza de la República, head to the south end of the terminal and up the escalators to the 3rd-floor exit onto Carlos Anwandter, where you can take any green or yellow *colectivo* (CH$500 by day, CH$600 at night) or bus 3 (CH$450), which will drop you on Chacabuco, one block north of the plaza.

For Niebla, take *colectivos* (cnr Yungay & Chacabuco; CH$1000) or *micro 20* (Carampangue; CH$600). From the Muelle Niebla, small boats go back and forth to Corral every 20 minutes or so from 8am to 9pm (CH$800) and ply the waters to Isla Mancera every 20 minutes a few times daily (CH$300; 9am, 12:30pm, 2:30pm and 5:30pm Monday to Saturday, 10:30am, noon and 4pm Sunday). There is also a larger **ferry** (p249) that can carry cars to Corral (every hour, 8am to midnight).

Hertz (☏ 63-221-8316; Carampangue 488; ⏱ 8am-8pm Mon-Fri, 9am-2pm Sat), among other agencies, rents cars in the city.

Around Valdivia

Southwest of Valdivia, where the Río Valdivia and the Río Tornagaleones join the Pacific, lie several 17th-century Spanish fortifications that are well worth a visit on pleasant day trips from the city. Niebla, especially, is pleasant – the coastal town emits a northern California beach-town vibe and is an easy escape from Valdivia. In the other direction, 35km northwest of Valdivia in Curiñanco, a fine assortment of Valdivian rainforest is protected at the 80-hectare Parque Punta Curiñanco, which makes for a day of hiking.

⊙ Sights

The Spanish forts at **Corral**, **Niebla** and **Isla Mancera** are the big draw here. The largest and most intact is the **Castillo de Corral**, consisting of the Castillo San Sebastián de la Cruz (1645), the gun emplacements of the Batería de la Argolla (1764) and the Batería de la Cortina (1767). **Fuerte Castillo de Amargos**, a half-hour walk north of Corral, lurks on a crag above a small fishing village and has well-preserved gun emplacements.

Located on the north side of the river, the broken ramparts of **Castillo de la Pura y Limpia Concepción de Monfort de Lemus** (aka Fuerte de Niebla; 1671) are the oldest remaining ruins. It allowed Spanish forces to catch potential invaders in a crossfire. Isla Mancera's **Castillo San Pedro de Alcántara** (1645) guarded the confluence of the Valdivia and the Tornagaleones, and later it became the residence of the military governor.

Parque Punta Curiñanco (☏ cell 9-8355-5938; www.codeff.cl/area-punta-curinanco; Curiñanco; adult/child CH$3000/1000, in winter CH$2000/1000; ⏱ 9am-7pm Dec-Mar, 10am-6pm Apr-Nov, closed Mon), 35km northwest of Valdivia in Curiñanco, is a unique piece of Valdivian rainforest featuring four types of subforest within its boundaries. It's great for hiking and there are spectacular ocean views and a long, beautiful beach. Keep an eye out for the Darwin's frogs; they look conspicuously like an autumn leaf.

To get here from Valdivia, grab a bus marked Curiñanco (CH$1300, 45 minutes) to the left of the bridge to Isla Teja (on the Valdivia side) or from the bus terminal and take it all the way end of the road. The entrance to the park is hidden behind two private properties, marked by a red sign about 20m or so from the end of the road, on your left just next to a downtrodden bus stop. Follow the signs 100m or so to the entrance – there's a little house where a man will open the gate to the park and take your entry fee.

ⓘ Getting There & Away

The tours that leave from Puerto Fluvial in Valdivia would like you to believe they are the only way to get to the fortifications, but there's a much more economic alternative: *colectivos* (leaving from the corner of Chacabuco and Yungay; CH$1000, 20 minutes) or *micro* 20 (CH$600, 30 minutes).

From the new **Terminal de Pasajeros de Niebla** (T-350), passenger ferries go back and forth to Corral (CH$1000, 30 minutes) every 30 minutes from 8am to 8:20pm; and to Isla Mancera (CH$1300, 20 minutes) five times daily (Monday to Saturday at 9:30am, 11am, 1pm, 4:40pm and 6pm; and Sunday at 10:30am, 11:30am, 3pm, 5pm and 6pm). A car ferry for Corral, leaving from from a separate **port** (www.mtt.gob.cl; T-350; passenger/car CH$730/4620) a few hundred meters northeast of the new terminal, departs every two hours from 7am to 11pm in January and February; four times daily the rest of the year (7:15am, 1:15pm, 5:15pm and 7:15pm).

THE LAKES DISTRICT

The Lakes District – named 'Los Lagos' for its myriad glacial lakes that dot a countryside otherwise characterized by looming, snowcapped volcanoes, otherworldly national parks and serene lakeside villages – is one of Chile's most picturesque regions. Outdoor adventurers congregate around pretty Puerto Varas, the region's most touristy town and the jumping-off point for most of the area's attractions, be it horseback riding or rock climbing in the Río Cochamó Valley, lake lingering around Lagos Llanquihue, Puyehue or Todos los Santos, or flashpacking through any number of impressive national parks.

Osorno

☏ 064 / POP 151,913

Osorno (the city, not the volcano) is a bustling place and the commercial engine for the surrounding agricultural zone. Though it's an important transportation hub on the route between Puerto Montt and Santiago and the Huilliche communities of the Osorno coast, most visitors spend little time here, despite evidence of a blossoming hipsterization – once a town in dire need of quality eats

and drinks, Osorno now harbors a handful of cool cafes, good restaurants and quality bars that could distract you for a day or two if necessary.

⏢ Sleeping

Hostel Vermont HOSTEL $
(☏ 64-224-7030; www.hostelvermont.cl; Toribio Medina 2020; incl breakfast dm CH$15,000, s/d without bathroom CH$25,000/37,000, cabins CH$50,000; ⊗closed Apr-Oct; @🖥) Osorno's first decent hostel is run by a bilingual snowboarder who named the hostel after her stint near Burlington, Vermont. It's everything you want in a hostel: friendly, clean and well equipped (as well as some things you don't want: creaky old floors mixed with rowdiness means it can get sleep-deprivingly loud).

Hotel Villa Eduviges HOTEL $$
(☏ 64-223-5023; www.hoteleduviges.cl; Eduviges 856; s/d/tr from CH$28,000/48,000/58,000; 🅿🖥) Midrange and comfortable, Villa Eduviges wins props for being in the minority in Región X, allowing singles to sleep in a double bed without paying for a double. The relaxed setting in a residential area south of the bus terminal bodes well, with spacious, somewhat-old-fashioned rooms, private bathrooms and kind management.

✕ Eating

Café Central CAFE $
(O'Higgins 610; sandwiches CH$1950-6500; ⊗8am-midnight, to 10pm Sun) This bilevel plaza hot spot is more or less a Chilean diner, crowded for its decent coffee, colossal burgers, ridiculous sandwiches and hot dogs *completísimo* (sauerkraut, avocado, mayo). There's also a counter – convenient for solo travelers.

Mercado Municipal CHILEAN $
(cnr Prat & Errázuriz; ⊗6am-9pm) Osorno's large and modern Mercado Municipal has an array of *cocinerías* (lunch stalls) serving good and inexpensive food.

★El Galpón STEAK $$
(☏ 64-223-4098; www.hotelwaeger.cl; Cochrane 816; steaks CH$13,000-18,500; ⊗12:30-3pm & 7:30-11pm Mon-Sat; 🖥) Tucked away around the side of Hotel Waeger, you'll find dark flooring and a rustic, barnyard vibe (old-school metallic buckets as lampshades) complementing the main event: perfectly grilled steaks for devout carnivores, on a

THE OSORNO COAST

The indigenous Huilliche communities of Osorno's gorgeous coast are sitting on an *etnoturismo* gold mine and have only started to realize it in the last few years. You can immerse yourself in their way of life over multiday trips that involve some of Chile's most stunning beaches, Valdivian forest treks, and rural homestays around San Juan de la Costa and **Territorio Mapu Lahual**, an indigenous protected zone that stretches south into Río Negro province and includes **Caleta Cóndor**, one of Chile's most stunning off-the-beaten path destinations.

In San Juan de la Costa, a series of five magnificent *caletas* (bays) – Pucatrihue, Maicolpué, Bahía Mansa, Manzano and Tril-Tril – are the jumping-off point for Caleta Cóndor.

Popular hikes include the 10km round-trip jaunt from Maicolpué to Playa Tril-Tril (also reachable by car) and, from Pucatrihue, a 16km round-trip to Caleta Manzano (reachable within 1km by 4WD only). Boat trips (CH$10,000 per person, minimum three) to visit a penguin colony are also offered. At sunset, surfers even hit the waves in Maicolpué.

You'll find a handful of *cabañas, hospedajes* and camping options, mainly in Bahía Mansa and Maicolpué. The centrally located **Hostería Miller** (☑64-255-0277; www.hosteriamiller.com; Maicolpué; incl breakfast s/d without bathroom CH$15,000/35,000, tr/q CH$45,000/60,000; 🅿🛜) is best equipped to set you up with excursions and activities

Perched high above Maicolpué beach in Maicolpué Río Sur, **Altos de Pichi Mallay** (☑64-255-4165; raicesrestaurant1@gmail.com; Maicolpué Río Sur camino a Tril Tril, Maicolpué Río Sur; campsites/r per person CH$5000/25,000; 🅿🛜) is a family-run paradise with 12 guest rooms in the main lodge featuring wool bedspreads, wonderful hardwood floors and the majority panoramic sea views – a vista shared with the restaurant (mains CH$4500 to 9500). But the real coup? A six-person, wood-fired hot tub nestled in the forest with an absolutely miraculous ocean view.

Besides gawking at scenery, kayaking, diving, trekking and horseback riding are the main activities in Caleta Cóndor. **Caleta Cóndor Expediciones** (☑cell 9-9773-6383; www.caletacondorexpediciones.cl) is the go-to agency to set things up and connect travelers with providers. A one-/two-tank dive costs CH$45,000/60,000. Don't miss the 45-minute-or-so guided trek up to Mirador Caleta Cóndor – your Instagram followers will thank you! Stay at **Hostal Caleta Cóndor** (☑9-9382-4035; www.caletacondor expediciones.cl; Caleta Cóndor; r per person without bathroom incl breakfast CH$18,000, meals CH$5000), a guesthouse where free-range horses meet the perfect Pacific beach.

To reach the coast, *micros* (minibuses) depart regularly from Osorno's Feria Libre Rahue (p251) for Bahía Mansa, Pucatrihue and Maicolpué (CH$1800, 1½ hours).

parrilla piled high with wood like a fireplace. The filets are superthick and the potent pisco sours often outrun the wine.

A quintuplet of accompaniments (butter, guacamole, chimichurri, *ají* and marinated olives) are served, but you won't need it – this meat is best enjoyed naked.

Panca PERUVIAN $$
(☑64-223-2924; Rodríguez 1905; mains CH$5500-12,000; ⊙12:30-3pm & 8-11:30pm Mon-Sat, 12:30-3:30pm Sun; 🛜) You'll be as as surprised as we were about how authentic the classic Peruvian dishes at this hip newcomer are, considering the Peruvian side of this Chilean-Peruvian partnership handles the finances, not the food. Spicy ceviche, *chaufa* (Peruvian-Chinese fried rice), *ají de galli-*

na (spicy creamed chicken), *lomo saltado* (marinated steak) – it's all pretty perfect.

Even the scrumptious *suspiro de limeña* (*manjar blanco* with meringue) will transport you to Peru.

🍷 Drinking & Nightlife

★**Cervecería Artesanal Armin Schmid** MICROBREWERY
(☑cell 9-8294-1818; Ruta 215, Km12; beer CH$2300-3300, pizzas CH$8100; ⊙1:30-10:30pm Tue-Sat) If you're within 100km of Osorno and a beer lover, you'll want to readjust your itinerary to visit this improvised temple of suds, the south's most interesting craft brewery, located 12km outside of Osorno on Ruta 215 toward Entre Lagos and the border with Argentina.

Taberna Pirata
BAR

(www.facebook.com/tabernapirata; MacKenna 1873; ☺6pm-3am Mon-Sat; 🛜) The quirkily themed Pirata is Osorno's closest thing to legendary bar – vaguely divey and catering to bohemian locals in the know. It's the city's best for craft beer, with 10 taps flowing in summer (weekends only otherwise), which are a mix of house brews and Chilean micro/nanobrews from Valdivia and Puerto Varas (along with a West Coast USA–heavy bottle list).

Live rock and pop Wednesday to Saturday (7pm).

Gallardía
GASTROPUB

(www.facebook.com/gallardia.sg; O'Higgins 1270; ☺6pm-1am Mon, 1pm-1am Tue-Sat, 1-6pm Sun; 🛜) Occupying a traditional Osorno residence, Gallardía is a rooster-adorned enclave for craft beers (Kross, along with Belgian, Dutch, Spanish and German selections), cocktails made with Patagonia's very own hipster craft spirit Trä·kál (born in Osorno; CH$5000) and a battery of slang-named gourmet sandwiches that hit the spot when buzzed (CH$5000 to CH$7300). It's where the cool kids go.

ℹ️ Information

You'll find ATMs on Plaza de Armas.

Osorno's has two helpful tourist-information kiosks, one on **Plaza de Armas** (☑64-221-8740; www.imo.cl/sitios/cp/turismo; Plaza de Armas; ☺8:15am-2pm & 3-5:15pm Mon-Fri, 10:30am-1:30pm Sat) and a second inside the **Mercado Municipal** (☑64-224-0304; www.imo.cl/sitios/cp/turismo; Mercado Municipal; ☺8:15am-2pm & 3-5:15pm Mon-Fri).

CorreosChile (www.correos.cl; O'Higgins 645; ☺9am-7pm Mon-Fri, to 1pm Sat)

ℹ️ Getting There & Away

AIR

Aeródromo Cañal Bajo – Carlos Hott Siebert (ZOS; ☑64-224-7555; off Ruta CH-215) is 7km east of downtown. **LATAM** (☑600-526-2000; www.latam.com; Eleuterio Ramírez 802; ☺9am-1pm & 3-6:30pm Mon-Fri, 9:30am-1pm Sat) flies once daily to Santiago only on Tuesday, Friday and Sunday.

There is no public transport to the airport, but any Entre Lagos–bound bus, leaving from **Terminal Mercado Municipal**, can drop you at the airport entrance, 300m from the terminal (CH$700, 15 minutes). That beats a CH$4200 to CH$4900 Uber!

BUS

Long-distance buses use the main **Terminal de Buses de Osorno** (☑64-221-1120; Errázuriz 1400). Most services going north on the Panamericana start in Puerto Montt, departing about every hour, with mainly overnight service to Santiago. **Buses ETM** (www.etm.cl; Errázuriz 1400) offers the most frequent direct services to the capital; other good options include **Pullman Bus** (☑64-223-0808; www.pullman.cl), **TurBus** (☑64-220-1526; www.turbus.cl) and **Cruz del Sur** (☑64-226-0025; www.busescruzdelsur. cl). There is a small *custodia* for left luggage (CH$1000-CH$2000; 7:30am to 10:30pm).

For Valparaíso/Viña del Mar, try **Bus Norte** (☑64-223-3319; www.busnortechile.cl). **Buses JAC** (☑64-255-3300; www.jac.cl) has numerous departures for Valdivia and Temuco, plus six departures for Pucón in high season (three otherwise). **Ruta 5** (☑64-231-7040) goes to Lago Ranco. Cruz del Sur has the most departures south and on to the island of Chiloé.

For Chilean Patagonia, **Queilen Bus** (☑64-226-0025; www.queilenbus.cl) heads to Coyhaique. For Punta Arenas, try Queilen Bus and Pullman Bus, among others. **Buses to Anticura** (Prat btwn Carrera & Errázuriz) leave from a stop on Colón.

Buses to Bariloche, Argentina, include **Bus Norte Internacional** (☑64-223-2777; www. busescruzdelsur.cl), **Via Bariloche** (☑64-226-0025; www.viabariloche.com.ar; Errázuriz 1400, Terminal Buses de Osorno) and **Andesmar** (☑64-223-5186; www.andesmar.com). All Bariloche-bound buses stop in Villa Angostura, Argentina. Andesmar also heads direct to Neuquén and El Bolsón, Argentina, via Bariloche. For Zapala, Argentina, direct buses leave from Temuco.

Also departing from the main bus terminal are several trips daily to places around Lago Llanquihue at the foot of Volcán Osorno.

Micros (minibuses) for other local and regional destinations leave from the **Terminal Mercado Municipal** (Errázuriz btwn Prat & Colón) in front of the new Mercado Municipal. **Expreso Lago Puyehue** (☑cell 9-8838-9527; www.expreso lagopuyehue.wix.com/buses-expreso; Errázuriz btwn Prat & Colón, Terminal Mercado Municipal) goes to Termas Puyehue/Aguas Calientes and Entre Lagos. **Buses Río Negro** (☑64-223-6748; Errázuriz btwn Prat & Colón, Terminal Mercado Municipal) goes to Río Negro, from which you can access Caleta Cóndor (via land).

To get to the Huilliche communities of San Juan de la Costa – Bahía Mansa, Pucatrihue and Maicolpué – minibuses depart the **Feria Libre Rahue** (cnr Chillán & Temuco). To **reach the Feria** (Colón btwn Errázuriz & Carrera), catch buses 200 (purple) or 300 (white) – local routes change according to colored placard so be sure to catch the correct one!

DESTINATION	COST (CH$)	HOURS
Aguas Calientes	2200	1½
Ancud	6200	4
Anticura	6000	½
Bariloche (Ar)	17,000	5
Concepción	17,000	9
Coyhaique	40,000	20
El Bolsón, (Ar, via Bariloche)	23,400	10
Lago Ranco	1500	2
Neuquén (Ar, via Bariloche)	24,000	12
Pucón	8400	4
Puerto Montt	2000	1¼
Puerto Varas	2000	1¼
Punta Arenas	35,000	28
Río Negro	1200	¾
San Juan de la Costa (Bahía Mansa, Pucatrihue & Maicolpué)	1800	1¾
Santiago	30,000	12
Temuco	5500	3½
Valdivia	3600	1¾
Valparaíso/Viña del Mar	20,000	14
Villa Angostura (Ar)	17,000	4

Parque Nacional Puyehue

Volcán Puyehue, 2240m tall, blew its top the day after the earthquake in 1960, turning a large chunk of dense, humid evergreen forest into a stark landscape of sand dunes and lava rivers. Parque Nacional Puyehue (www.conaf.cl/parques/parque-nacional-puyehue; Ruta Internacional 215, Puyehue; Anticura CH$1500) FREE protects 1070 sq km of this contrasting environment, and it is one of the more 'developed' of the country's national parks, with a ski resort and several hot-spring resorts within its boundaries.

🛏 Sleeping

Lodge El Taique   LODGE $$
(✆ cell 9-9213-8105;   www.lodgeeltaique.cl; Sector El Taique Puyehue; s/d incl breakfast CH$58,000/78,000, cabins from CH$90,000; P 🕏) Located 8km off Ruta 215 between Entre Lagos and Aguas Calientes, this stylish eight-room lodge frames postcard views of Volcán Osorno, Volcán Puntiagudo and Lago Rupanco, and offers French-spun hospitality and a vivid attention to detail. Muted gray-toned rooms feature king-size beds and dark hardwood bathrooms (some with private terraces).

The gourmet restaurant (mains CH$6000 to CH$15,500) whips up delights such as venison with wild mushrooms or ostrich with blue-cheese-and-walnut sauce. It's a perfect retreat within striking distance of Entre Lagos and all things Puyehue.

ℹ Information

Centro de Información Ambiental (✆ 64-197-4572; www.conaf.cl; Ruta 215, Camino Antillanca Km76, Aguas Calientes; ⊙ 8am-1pm & 2-6pm) Conaf's Centro de Información Ambiental at Aguas Calientes houses an informative display on Puyehue's natural history and geomorphology.

ℹ Getting There & Away

The park's western border is about 75km east of Osorno via the paved Ruta 215, which continues through the park, following the course of the Río Golgol to the Argentine border. Buses from Osorno head to Aguas Calientes (CH$2200, 1½ hours, hourly, 7am to 7pm) and Anticura (CH$2000, 1½ hours, 5pm). You'll need your own wheels for Antillanca and El Caulle (though the latter is easily walkable from Ruta 215; ask any bus to drop you off).

Aguas Calientes

The hot-springs facilities at Termas Aguas Calientes (✆ 64-223-3178; www.termasaguas calientes.cl; Ruta 215, Camino Antillanca Km76; day use without/with meals CH$12,500/35,000, without meals private/public CH$14,500/4400) include individual tubs and several pools, lodging options, a restaurant and a cafe.

Restaurant Los Canelos does a decent but pricy buffet (CH$15,500); there's also the simpler Café Boutique, which does snacks, coffee, pizza, sandwiches and empanadas (CH$2000 to CH$3000).

The only lodging option is Cabañas Aguas Calientes (✆ 64-233-1700; camping per site CH$28,000, 2-/4-person domos without bathroom CH$80,000/105,000, 4-/8-person cabins from CH$148,000/215,000; P @ 🕏 ⋈). Its A-frame cabins are stacked up along the hillside like a well-planned miniature village, and they are remarkably comfortable, with plush beds, full kitchens, hot showers and wood stoves (and

HUILO-HUILO BIOLOGICAL RESERVE

The newly paved road from Lago Pirihueico, 101km east of Valdivia and 80km south of Villarrica, to Puerto Fuy parallels the scenic Río Huilo-Huilo, which tumbles and falls through awe-inspiring scenery to the impressive **Huilo-Huilo Biological Reserve** (☑2-2887-3535; www.huilohuilo.com; Camino Internacional Panguipulli–Valdivia Km55; ⊗24hr) **FREE**, a spectacular low-impact ecotourism conservation project that falls within a much larger Unesco biosphere reserve. Well worth a visit even for the reserve's fantasy-land hotels, this outdoor playground offers days' worth of outdoor adventures and is one of the most pristine and worthwhile destinations in Los Ríos.

Outdoor adventures include trekking, climbing, horseback riding, rafting, kayaking and visits to the stunning 37m Salto de Huilo-Huilo. In 2017, the **Teleférico Cóndor Andino** (adult/child CH$12,500/6000; ⊗11:15am-7:35pm Jan & Feb, noon-7pm Sat & Sun Mar-Dec) opened to the public – southern Chile's first cableway. By the time you read this, three enduro-mountain bike-trails should be operating too.

The stone-domed **Museo de Volcanes** (adult/child CH$3000/1500; ⊗10am-8pm Dec-Mar, to 6pm Apr-Nov) is Sur Chico's most impressive archeological museum, covering Chilean indigenous cultures, including one of the best Mapuche ornament collections in existence.

La Montaña Mágica (☑2-2887-3535; s/d incl breakfast CH$112,622/225,244; P⊗@🛜) is a Frodo-approved spire with a fountain spewing from the top, full of kitschy furniture and supernatural design touches. There are only nine rooms available (so book ahead!). **Nothofagus Hotel & Spa** (☑2-2887-3535; s/d incl breakfast CH$112,622/225,244; P@🛜) is a Gaudí-inspired inverted cone suspended in the treetops with a restaurant serving international and Chilean cuisine with indigenous touches. At 55 rooms, it's Huilo-Huilo's biggest hotel. Exclusive **Nawelpi Lodge** (☑2-2887-3535; s/d all-inclusive 3-night packages CH$1,240,580/1,783,280; P⊗🛜) offers 12 expansive cabins with luxurious furnishings, volcanic-slate fireplaces and outstanding terraces overlooking the Río Fuy.

The 22-room, mushroom-inspired **Reino Fungi Lodge** (☑2-2887-3535; s/d incl breakfast CH$112,622/225,244; P🛜) is one of the newer surreal accommodations. Its spa and sauna facilities are a godsend after a day of outdoor adventure. **Canopy Village** (☑2-2887-3535; cabañas 2/6 people from CH$37,128/89,107; P) offers 27 raised *refugio*-style treehouses connected by a wooden walkway, a guest kitchen and outstanding views of Volcán Mocho. A bit out of the way, **El Puma Backpackers** (☑2-2887-3535; dm CH$9000; P) has twin 10-bed dorm rooms in good shape. **Camping Huilo-Huilo** (☑2-2887-3535; www.huilohuilo.com; campsites per person CH$11,000) has electricity, nice bathrooms with hot water and thermal bathtubs carved from the wooden patio deck. Grab a beer and thin-crust pizza at **Cervecería Peterman** (pints CH$4000; ⊗noon-10:30pm Sun-Thu, to 1am Fri-Sat, 12:30-7:30pm Mar-Nov)n.

From Puerto Fuy, the ferry **Hua-Hum** (☑cell 9-4277-3450; https://barcazahuahum.com/en; Ruta Internacional CH-203, Puerto Fuy; car CH$17,200-CH$25,790, foreign/resident pedestrians CH$950/CH$680) carries passengers and vehicles to and from Puerto Pirihueico (1½ hours) once daily from April to December 14 (at 1pm) except Friday, when it goes twice at noon and 4pm. From December 15 through March, the ferry heads out three times (8am, 1pm and 6pm) Monday to Thursday, and four times on Friday to Sunday (7am, 11am, 3pm and 7pm). Make vehicle reservations.

Regular buses to Puerto Fuy from Panguipulli (CH$2000 to CH$3000, one hour) can drop you in the small hamlet of Neltume, 3km from the park's reception, with more affordable accommodation. The same bus can drop you at Huilo-Huilo.

some with hot tubs, though they lack privacy). Comfortable riverside domos back up against the pleasant, somewhat-rushing river.

Rates include spa facilities but not breakfast – despite the rates rising at an alarming rate over the years.

ℹ Getting There & Away

Expreso Lago Puyehue (p251) goes to Aguas Calientes (CH$2200, 1½ hours, hourly, 7am to 7pm) from Osorno's Mercado Municipal.

Antillanca

The ski season runs from early June to September. The ski area (☑64-261-2070; www.ski antillanca.cl; Ruta U-485; lift tickets CH$32,000, full rentals adult/child CH$32,000/20,000) has five surface lifts and 460m of vertical drop. The resort includes an outrageously overpriced hotel (two buildings, Hotel Eduardo Meyer and Refugio Carlos) open year-round with typical ski-resort trimmings.

There is a full-service restaurant at the resort's lodge (mains CH$6000 to CH$12,000).

There's no public transportation to Antillanca. The resort offers round-trip private transfers for up to 14 people from Osorno (CH$160,000, 1½ hours), Puerto Montt (CH$267,000, 2½ hours) and other cities in the region.

El Caulle

Officially within park boundaries but privately owned, El Caulle (☑cell 9-5008-6367; www.elcaulle.com; Fundo El Caulle s/n; entrance CH$10,000; ☺restaurant 10am-8pm Tue-Sun), two kilometers west of Anticura, marks the southern entrance for the trek across the western base of Volcán Puyehue. It's also an excellent restaurant (CH$7500 to CH$10,000) – serving dishes such as grilled wild boar and pastel de jaiba (crab casserole) – and offers dorm accommodations for CH$8000 (with sleeping bag) and CH$13,000 (with mattress).

Any bus heading from Osorno to Anticura can drop off trekkers at El Caulle.

Anticura

Co-run by a young, enthusiastic climber from Osorno, Patagonia Expeditions (☑cell 9-9104-8061; www.anticura.com; Ruta Internacional 215, Km90) operates the concession on Centro Turístico Anticura. Short hikes – trail fee CH$1000 – from the visitors center include Salto de Princesa, Salto del Indio – where, according to legend, a lone Mapuche hid to escape encomienda (colonial labor system) service in a nearby Spanish gold mine – and Repucura, which ends back up on Ruta 215 (buses come careening down the highway; walk on the opposite side).

There's also a 4km steep hike up to a lookout point.

Excursions from here include climbing Volcán Casablanca (1960m; CH$40,000); Volcán Puyehue (2240m; CH$55,000, or CH$90,000 along with the 2011 Puyehue eruption crater), nocturnal waterfall visits and multiday treks. A restaurant serves three meals a day (CH$5000 to CH$9000).

🛏 Sleeping

Camping Catrué　　CAMPING, CABAÑAS **$$**
(☑cell 9-9104-8061; www.anticura.com; Ruta Internacional, 215 Km90; camping s/d CH$5000/9000, cabañas for 2/4/6 CH$40,000/CH$52,000/60,000; ☎) Patagonia Expeditions runs the hostel-vibey Camping Catrué, which now offers 15 woodsy sites with tree-trunk picnic tables, electricity and bathrooms with hot water. Cabins have been refurnished and are fully equipped. Two of them are converted into dorms in low season only (CH$15,000).

ℹ Getting There & Away

A **public bus for Anticura** (p251) (and on to Chilean customs at the Argentine border) leaves from Prat between Carrera and Errázuriz in Osorno at 5pm daily (CH$2000, 1½ hours), returning from Anticura at 7:30am. There are three buses (1½ hours, 6:30am, noon, 4pm) from Osorno's **Terminal Mercado Municipal** (p251) with **Buses Carlos** (☑cell 9-7265-9780; Errázuriz btwn Prat & Colón, Terminal Mercado Municipal), but by reservation only. Fares are CH$6000 per person, give or take, depending on group size.

Frutillar

☑065 / POP 16,283

Frutillar, right up the coastline of Lago Llanquihue from Puerto Varas, is on quite a run over the last decade. First this enchanting lakeside retreat received a world-class performing-arts center in 2010; then, in 2017, it was named Chile's first Unesco Creative City of Music, putting it in some impressive worldwide company (Liverpool, Seville, Auckland and Adelaide, among others).

There is an attractive pier, a long, drawn-out lakeside beach and, above all, quaint German architecture and küchen aplenty with a soundtrack provided by buff-necked ibises, who cackle from rooftops all over town. Though the Germanness of this town can sometimes feel forced and too touristy compared to Puerto Octay, it remains a serene spot that makes for a pleasant alternative to staying in more chaotic Puerto Varas.

◎ Sights

Teatro del Lago ARTS CENTER
(☑65-242-2900; www.teatrodellago.cl; Av Philippi 1000; ⊗box office 10am-6pm) This amazing 12-years-in-the-making, US$25-million world-class performing-arts center opened in 2010, and has single-handedly put Frutillar on the global cultural map. The striking copper-roofed structure is a thing of beauty in itself, flanked against the lake with postcard views of four volcanoes. Daily tours (45 minutes) start at noon throughout the year (CH$4500).

Inside, it houses a state-of-the-art 1178-seat concert hall – acoustically insured by beautiful beechwood walls – and a second 278-seat amphitheater, as well as a pizzeria and lakeside cafe (sandwiches CH$6500 to CH$7500). It currently hosts a wealth of cultural events, including the music festival, and attracts internationally known orchestras and artists in all genres. Check the website for what's on during your visit.

Museo Histórico Alemán MUSEUM
(www.museosaustral.cl; cnr Pérez Rosales & Prat; CH$2500; ⊗9am-5:30pm) The Museo Histórico Colonial Alemán was built with assistance from Germany and is managed by the Universidad Austral. It features nearly perfect reconstructions of a water-powered mill, a blacksmith's house and a farmhouse and belfry set among manicured gardens. It is considered the best museum on German colonialism in the region.

☞ Tours

Guillermo Duarte ADVENTURE
(☑cell 9-7952-4279; www.facebook.com/guillermo duartetravel) A bit of a renegade cowboy, guide-of-all-trades Guillermo Duarte can get you on the trails, horseback, up the volcano or on cross-country skies, but where he really excels is with bespoke tours – no adventure is too outrageous. Prices run around CH$160,000 per day for his services plus vehicle – the itinerary is left to your wildest dreams. Spanish, English, French and Portuguese spoken.

✿✿ Festivals & Events

Semana Musical de Frutillar MUSIC
(☑65-242-1386; www.semanasmusicales.cl; Teatro del Lago; ⊗Jan-Feb) For 10 days (usually January 27 through February 4) the Semana Musical de Frutillar showcases a variety of musical styles, from chamber music to jazz, with informal daytime shows and more formal evening performances from 8pm to 10pm.

🛏 Sleeping & Eating

Ayacara Hotel B&B $$
(☑65-242-1550; www.hotelayacara.cl; Av Philippi 1215; s/d incl breakfast from CH$65,000/$85,000) Streams of light flow through the inviting living areas, and upstairs front-facing rooms get a spectacular volcano view in this remodeled 1910 house that's now an eight-room boutique hotel, which often caters to artists, musicians and other performers from the world-class Teatro del Lago (it's their official accommodations of choice).

Cocina Frau Holle STEAK $$
(☑65-242-1345; www.frauholle-frutillar.cl; Varas 54; steaks CH$9400-11,500; ⊗1-3:30pm & 7:30-10:30pm, closed May; 🐾) Don't let the name evoke garden gnomes and lederhosen – this is a dead-serious steakhouse tucked just enough inland from the lake that most folks don't even know it's here. No béarnaise, chimichurri or green-pepper sauce here – just serious cuts of beef, perfectly fired over Chilean oak-fed flames and seasoned with nothing but salt. Chase with wine. ¡De nada!

Lavanda Casa de Té TEAHOUSE $$
(☑cell 9-9458-0804; www.lavandacasadete. cl; Camino a Quebrada Honda, Km1.5; menú CH$15,000; ⊗1-8pm Nov-Mar, closed Mon-Wed Apr-Oct) On a lavender farm just outside town, this is a lakeside favorite for tea, gourmet lavender products and farm-fresh lunches. Make a reservation for afternoon tea (CH$9800) or a lingering lunch. Minimum consumption is CH$6000.

★ Se Cocina CHILEAN $$$
(☑cell 9-8972-8195; www.secocina.cl; Camino a Quebrada Honda, Km2; mains CH$10,500, 3-course meal CH$21,200; ⊗1-3pm & 8-10:30pm Tue-Sun Jan-Feb, closed Mon & Tue Dec-Mar) Se Cocina is hit or miss, but even when it misses, this beautiful 1850s farmstead 2km from Frutillar is one of the most interesting foodie destinations on the lake. The daily changing menu marries Nueva Chilena cuisine with a modern atmosphere housed inside a historically protected farm.

PUERTO OCTAY

Cute and quaint, Puerto Octay (ock-*tie*) isn't heavily visited, but it's actually one of the more charming towns on Lago Llanquihue and a good escape from more touristy towns to the south. The tranquil streets, perched on a hillside above the lake, yield interesting 1800s German-settler architectural treasures. It is the oldest town on the lake settled by Germans, and, of course, it has a requisite **Oktoberfest** (www.oktoberfestpuerto octay.cl).

Stay at **Zapato Amarillo** (☑ 64-221-0787; www.zapatoamarillo.cl; Ruta 55, Km2.5, La Gruta; incl breakfast dm CH$14,000, r CH$42,000, without bathroom CH$27,000/36,000; P ☎), nestled on a small farm approximately 2km north of town toward Osorno. You'll find an octagonal dorm house with two impeccably clean bathrooms as well as three separate buildings housing farmhand-chic rooms. Slow Food dinners (for guests only) are CH$10,000, and the kitchen results are miraculous! The hospitable Chilean-Swiss owners help ensure this spot is a traveler favorite for all ages. Scooter and mountain bikes for rent means you can hop between lake towns for the day.

Day-trippers dine at **Rancho Espantapájaros** (☑ 65-233-0049; www.espantapajaros. cl; Quilanto, Camino Puerto Octay–Frutillar Km5; buffet CH$17,000, sandwiches CH$3500-6500; ⊙ noon-10pm Jan-Feb, noon-8pm Mar, noon-5:30pm Mon-Thu, to 10pm Fri & Sat, to 7:30pm Sun Apr-Nov; ☎), 6km outside Puerto Octay on the road to Frutillar. It packs in the crowds for the main attraction, succulent *jabalí* (wild boar, fatty but fantastic) cooked on 3.5m spits across a giant *fogón* behind the buffet. It's expensive, but it's an elaborate all-you-can-eat buffet and includes a juice, wine or beer, and everything is excellent.

Adventurous drivers can seek out the black beach at **Puerto Fonck**, tucked away down a long gravel road 22km east of Puerto Octay.

Puerto Octay's **bus terminal** (☑ 64-239-1189; cnr Balmaceda & Esperanza) has regular service to Osorno (CH$1500, one hour) and Cruce de Rupanco (CH$1200, 15 minutes), from where you can grab a bus to Las Cascadas (30 minutes), another of the lake's less touristy towns, every 20 minutes between 7:20am and 8:15pm. It also has five buses per day to Frutillar (CH$1000, 30 minutes), Puerto Varas (CH$1600, one hour) and Puerto Montt (CH$1900, 1¼ hours) between 8am and 6pm.

🛍 Shopping

Vipa & Co. FOOD, COSMETICS
(www.vipaonline.cl; Av Philippi 989; ⊙ 11am-7:50pm) A great shop for picking up artisanal foodstuff and biodegradable cosmetics, including high-quality brands such as Melí (spices, salsas and mustards) and Agua de Patagonia (soaps, shampoos, aromatherapy).

ℹ Information

The town's **tourist information** (Av Philippi s/n; ⊙ 9am-1pm & 2-6pm) is near the town pier.

ℹ Getting There & Away

Minibuses (Jorge Montt btwn Av Philippi & Vicente Pérez Rosales) to Puerto Varas (CH$1200, 30 minutes) and Puerto Montt (CH$1600, 45 minutes) leave from a stop on Jorge Montt. Everything else leaves from terminals in Frutillar Alto, reached by *coletivo* 1 from Frutillar Bajo (CH$500 to CH$600, five minutes). **Cruz del Sur** (☑ 65-242-1552; www.cruzdelsur.cl; Palma 52) has the most frequent services to Osorno (CH$1500, 45 minutes, seven daily, 8:20am to 8:20pm), Valdivia (CH$4000, 2¼ hours, seven daily, 8:20am to 8:20pm), Temuco (CH$6000, 3½ hours, 8:20am, 2:35pm, 8:20pm) and Santiago (from CH$27,000, 10½ hours, 9:15pm), plus four daily departures to Castro (Chiloé; CH$7000, 3¾ hours), daily departures for Bariloche (CH$18,000, six hours, 9:25am) and Punta Arenas on Tuesday, Thursday and Saturday (CH$50,000, 36 hours, 11:55am). **Buses ETM** (☑ 65-242-1852; www.etm.cl; Winkler 238) also heads to Santiago (from CH$16,000, 10½ hours, 7:20pm and 8:20pm) and Temuco (CH$8500, 3½ hours, 7:20pm), Osorno (CH$1500, 7:20pm) and Concepción (CH$18,000, eight hours, 10:55am). **Thaebus** (www.thaebus.cl; Palma 381) goes to Puerto Octay five times daily (CH$1200, 45 minutes, 7:15am to 7:15pm) plus Puerto Varas and Puerto Montt.

Puerto Varas

☑ 065 / POP 37,942
Two menacing, snowcapped volcanoes, Osorno and Calbuco, stand sentinel over

picturesque Puerto Varas and its scenic Lago Llanquihue like soldiers of adventure, allowing only those on a high-octane quest to pass. Just 23km from Puerto Montt but worlds apart in charm, scenery and options for the traveler, Puerto Varas has been previously touted as the 'next Pucón,' but unlike its kindred spirit to the north, Puerto Varas has been able to better manage its rise as a go-to destination for outdoor adventure sports. As a result, it avoids some of the tourist-package onslaught that besieges Pucón.

With all of the conveniences of Puerto Montt just a short trip away, Puerto Varas is a top choice for an extended stay and also makes a good base for exploring the region. Some find it too touristy, but its juxtaposition of German heritage and contemporary Chilean adrenaline is both beautiful and addictive.

◎ Sights & Activities

Paseo Patrimonial   ARCHITECTURE
Many notable constructions in town are private houses from the early 20th century. Grab a city map at the tourist office to follow the Paseo Patrimonial, a walking tour of historic homes listed as Monumentos Nacionales. Several of these houses serve as *hospedajes*, including the 1941–42 Casa Schwerter (Del Carmen 873), the 1930 Casa Hitschfeld (Prat 107) and the 1930 Casa Wetzel (O'Higgins 608).

Iglesia del Sagrado Corazón   CHURCH
(cnr San Francisco & Verbo Divino; ⊙hours vary) The imposing and colorful 1915 Iglesia del Sagrado Corazón, overlooking downtown from a promontory, is based on the Marienkirche of the Black Forest, Germany.

Al Sur   RAFTING, KAYAKING
(☑65-223-2300; www.alsurexpeditions.com; cnr Aconcagua & Imperial) ✈ Al Sur specializes in rafting – with an exclusive base camp on the banks of the Río Petrohué – and also does high-end, multiday kayaking trips within the fjords of Parque Pumalín, all with a heavy focus on environmental NGOs.

Ko'Kayak   RAFTING, CANYONING
(☑65-223-3004; www.kokayak.cl; San Pedro 311; ⊙8:30am-7pm) A long-standing favorite for rafting, offering half-day rafting trips for CH$35,000 with two departures daily and one-/two-day sea kayaking trips for CH$70,000/165,000.

La Comarca
Puelo Adventure   MOUNTAIN BIKING
(☑cell 9-9799-1920; www.pueloadventure.cl; Av Vicente Pérez Rosales 1621) ✈ Specializes in dramatic and custom-tailored adventure trips to less-explored areas of the Río Puelo Valley, Río Cochamó Valley and beyond. Highlights include extensive mountain-bike and road-cycling holidays in Chile and Argentina (including an epic 12-day single-track ride from Bariloche to Puerto Varas); beer-sluggin' and biking; and a wine-and-cheese excursion to the 900m viewpoint at Arco Iris in La Junta.

The Bike & Beer tour is a good-fun 30km bike ride along the lake, culminating in a craft-brew tasting at Chester Beer (p262). Groups are never more than 12 strong and everyone here is dedicated to giving travelers a unique off-the-beaten-path experience. Also rents road bikes, full-suspension mountain bikes and e-bikes.

Trails of Chile   TOURS
(☑65-233-0737; www.trailsofchile.cl) Specializes in top-shelf, professional tours and adventure travel with excellent service.

Birds Chile   BIRDWATCHING
(☑65-223-3004, cell 9-9269-2606; www.birdschile.com; San Pedro 311; ⊙9am-7pm) ✈ Excellent and expert bird-watching and nature-centric tours are on offer with Raffaele Di Biase, who, in addition to being the foremost naturalist in the area, is an all-around great guy to spend a day with while outdoors. Birds Chile is the only tour operator in Chile with a Level 3 Sustainable Stamp according to Sernatur. Italian and English spoken.

Patagonia Fishing Rockers   FISHING
(☑cell 9-9090-6958; www.facebook.com/patagoniafishingrockers) Good-time angler Gustavo Arenas is definitely not your grandpa's fly-fishing guide – his trips on the Río Maullín, Río Peulo and Río Petrohué come with a dash of rock and roll and (maybe) a shot of Jägermeister.

He is building Puelo Lodge, an eight-room haven for nature lovers in the Puelo River Basin on Lago Tagua-Tagua, set to open by 2019.

Moyca Expediciones   CLIMBING
(☑cell 9-7790-5679; www.facebook.com/moyca expediciones; San José 192, oficina 203; ⊙10am-2pm & 3-7pm, shorter hr winter) This Puerto Varas–based outfitter comes highly recommended for summiting Volcán Osorno

Puerto Varas

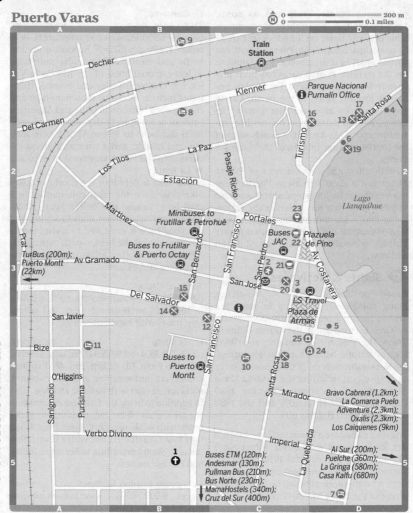

Train Station

Parque Nacional Pumalín Office

Lago Llanquihue

Minibuses to Frutillar & Petrohué

Buses to Frutillar & Puerto Octay

Av Gramado

TurBus (200m); Puerto Montt (22km)

Buses JAC

Plazuela de Pino

LS Travel

Plaza de Armas

Buses to Puerto Montt

Bravo Cabrera (1.2km); La Comarca Puelo Adventure (2.3km); Oxalis (2.3km); Los Caiquenes (9km)

Al Sur (200m); Puelche (360m); La Gringa (580m); Casa Kalfu (680m)

Buses ETM (120m); Andesmar (130m); Pullman Bus (210m); Bus Norte (230m); MamaHostels (340m); Cruz del Sur (400m)

(2652m) or Volcán Calbuco (2003m). It's above the Patagonia shop.

Yak Expediciones   KAYAKING
(☑cell 9-8332-0574; www.yakexpediciones.cl) A fan favorite for both short and multiday sea-kayaking trips on Lago Todos Los Santos, Reloncaví fjord and beyond.

Vive SUP   STAND-UP PADDLE
(☑cell 9-8475-7830; www.vivesup.com; Santa Rosa s/n; per hr rentals/classes CH$5000/8000; ⊙10am-7pm Dec-Feb) Stand-up paddleboarding (SUP) enthusiast Eduardo divides his time between Portland, USA, and Puerto

Varas and can get you supping on the water. He offers excursions: sunset trips to Laguna Escondida, advanced trips on the Río Petrohué, an eight-day paddling extravaganza through the Río Puelo Valley, SUP surf trips on the coast), classes, yoga retreats and rentals.

Pionero del Lago   BOATING
(☑cell 9-9229-6043; www.pionerodellago.cl; Santa Rosa s/n; adult/child CH$10,000/6000; ⊙departures 12:30pm, 5:30pm, 7:30pm) Three daily catamaran trips on Lago Llanquehue, which include one pisco sour or soft drink.

Puerto Varas

TurisTour OUTDOORS
(☎65-222-8440; www.turistour.cl; Del Salvador 72; ⊙7:30am-8pm Mon-Sat, to 5pm Sun) Runs the CruceAndino, a bus-and-boat combo transport trip through the majestic lakes and mountains of the Pérez Rosales Pass to Bariloche, Argentina, and vice versa. The total fare is US$280 (backpacker/cyclist US$120), although there are seasonal discounts and a 50% discount for children. There are daily departures throughout the year. Also runs numerous day trips in the region.

Reservations must be made at least one day in advance. You may also purchase tickets at the Petrohué dock. Consider bringing your own food for the first part of the trip, as some feel meals aboard the catamaran to Peulla and in Peulla are expensive and dull. You must also pay an AR$23 boarding fee (cash only in Argentine pesos, Chilean pesos, US dollars, euros or Brazilian reais) for Parque Nacional Nahuel Huapi in Argentina.

🛏 Sleeping

Hostel Melmac Patagonia HOSTEL $
(☎65-223-0863; www.melmacpatagonia.com; Santa Rosa 608, Interior; dm CH$14,000, s/d from CH$35,000/42,000; ᴾ@🛜) This intimate hostel in elevated digs perfectly positioned above downtown is decked out with all the modern fixings – right down to the artisanal home-brew beer fridge, which goes down nicely on the front porch (first beer free!), an outdoor hot tub (per person CH$10,000) and Wall-E, the Roomba cleaning robot.

Mapatagonia HOSTEL $
(☎65-223-7695; www.mapatagonia.com; Purísima 681; dm CH$12,000, s/d without bathroom CH$24,000/32,000; ᴾ@🛜) This spacious and historic 1932 home is on the town's list of patrimonial heritage sites. It's the nicest hostel in town, offering quieter, much larger rooms and bathrooms for better prices than most spots and a whole lot of French-Chilean hospitality. Big, bright dorms hold nine beds only.

Galpón Aíre Puro GUESTHOUSE $$
(☎cell 9-9979-8009; www.galponairepuro.cl; cnr Decher & Independencia; s/d incl breakfast CH$39000/58,000, ste CH$78,000; ᴾ@🛜) American expat Vicki Johnson – chef, chocolatier and purveyor of all of life's finer things – has transformed this massive 1920s potato-storage barn into her very own den of good taste. She expanded and moved her artisan chocolate shop and cafe here, and offers eight spacious guest rooms for more independently minded travelers above a hip commercial-office space.

Huge rooms with vaulted ceilings, fabulous stone bathrooms and an inviting common space evoke a homespun sense of community that only Johnson can pull off. Breakfast is taken downstairs at **Gallo Negro Café**, or fix your own in the gourmet guest kitchen.

Casa Azul HOSTEL $$
(☎65-223-2904; www.casaazul.net; Manzanal 66; dm CH$10,000, d CH$37,000, s/d without bathroom CH$20,000/29,000; ᴾ@🛜) It's hard to find fault with this impeccably kept

German-Chilean operation set in a quieter residential neighborhood just outside downtown. The superbly tranquil garden and koi pond (with bonsai trees) immediately calm your nerves, in any case. Rooms are spacious, bathrooms recently retiled and there's an expansive guest kitchen and common area with cool furniture fashioned from tree branches.

Compass del Sur
B&B $$

(☑65-233-2044; www.compassdelsur.cl; Klenner 467; campsites CH$10,000, dm CH$14,000, s/d CH$34,000/46,000, without bathroom CH$29,000/39,000; P🛜) ⊘ This charming colonial house with Scandinavian touches and very friendly staff sits above the main area of town, accessed by a staired walking street. It has comfortable beds and some rain-style showers that please the flashpacker crowd who dominate the scene here.

New ecofriendly pellet-boiler heating, renovated bathrooms and common kitchen and planned terrace means it's doing its part to keep up with the Joneses.

MamaHostels
HOSTEL $$

(☑cell 9-6521-4688; www.mamahostels.cl; San Francisco 1256; incl breakfast dm CH$15,000, s/d without bathroom CH$40,000/45,000, r CH$50,000; P@🛜) Despite the name, this is only one hostel, very conveniently located for long-distance bus departures. Run by a friendly Chilean-Venezuelan couple, it offers games such as Xbox, pool and table tennis as well as alerce-wood bathroom sinks and counters, and double-bed dorm beds for snuggling couples. Private rooms are touched up with a bit of colorful art and are good value. The hostel also offers airport pickups.

★ Los Caiquenes
B&B $$$

(☑cell 9-8159-0489; www.hotelloscaiquenes.cl; Camino a Ensenada, Km9.5; r incl breakfast from CH$102,000; P🛜❄) This lakeshore boutique B&B 9km from Puerto Varas on the road to Ensenada is a shabby-chic escape for settling in for the long haul. The extremely cozy common area and kitchen boasts big bay windows with lake views and an enticing fireplace; rooms are just as seductive, all hardwood floors, snug bedding and wonderful bathrooms.

It's an easy-to-love retreat with a particular emphasis on personalized service and gourmet gluttony (meals CH$7500 to CH$13,000).

Casa Kalfu
B&B $$$

(☑cell 9-9959-4110; www.casakalfu.cl; Tronador 1134; s/d CH$86,000/113,000; P@🛜) Since the name Casa Azul was taken, the Chilean-Argentine couple that runs this excellent midrange choice opted for *kalfu* (Mapudungun for 'blue') instead. And what a big, bright, beautiful blue it is. The home is a renovated 1940s chalet that now holds 19 rooms, simply and minimally decorated with large *oveja* (natural wool) wall hangings by renowned local artist Kika Xicota.

✖ Eating

★ La Gringa
AMERICAN $

(www.lagringa.cl; Imperial 605; mains CH$4800-11,900; ⊘8am-11pm Mon-Fri, 9am-11pm Sat, 9am-6pm Sun; 🛜) ⊘ Evoking the rainy-day cafes of the American Pacific Northwest, this charming spot run by an adorable Seattleite dishes up delicious house-produced bread and pastries, hearty sandwiches (pulled pork with cabbage) and refreshing main courses (barbecue baby back ribs with spicy austral-pepper mash) along with standout CH$7300 *menús* (fixed-price menu; 1pm to 4pm except February).

★ Costumbrista
CHILEAN $

(☑cell 9-6237-2801; Del Salvador 547B; mains CH$5000-6000; ⊘1-4pm & 7-9:30pm Mon-Sat; 🛜) This little, unassuming, Chiloé-inspired eatery is Puerto Varas' secret gourmet *cocinería* (kitchen). It's a two-man, eight-table show among aqua clapboard walls with a limited menu of fish and heartier dishes – a perfect pork chop, osso buco, a beautiful salmon or *meluza* (hake) – and is executed with skill and results that completely outshine its extraordinary-value price range.

Pudú
ICE CREAM $

(www.facebook.com/Heladospudu; Santa Rosa 318; 1/2 scoops CH$2000/2500; ⊘10am-8pm Mon-Fri, 11am-9pm Sat & Sun) Everybody's favorite artisanal ice cream, often using local ingredients: *manjar* (dulce de leche) from Fundo Playa Venado etc.

Puelche
BURGERS $

(www.hotelpuelche.cl; Imperial 695; burgers CH$6500-7500; ⊘noon-4pm & 7-11pm Tue-Sat, noon-5pm Sun; 🛜) A savvy manager has helped turn this hipster hotel burger joint into the best spot in town for an age-old classic combination: burger, fries and a beer. Forget about obnoxious Chilean portions; these 160g beef bonanzas don't require manhandling but are still a beautiful mess. Stellar house-cut fries, in-house pickling and cold craft beer round out the experience.

Café Dane's
CAFE $

(Del Salvador 441; mains CH$2100-11,400; ⊙7:30am-10:30pm Mon-Sat, to 9:30pm Sun; 🛜) This local favorite sums up the hybrid history of the region within its walls: küchen and empanadas, Alpine architecture and Spanish menus, *apfelstrudel* (apple strudel) and *pastel de choclo* (maize casserole). It's one of the few open early on Sunday.

★ La Marca
STEAK $$

(📱65-223-2026; www.lamarca.cl; Santa Rosa 539; steaks CH$7200-13,300; ⊙12:30-11:30pm Mon-Sat, 1-10pm Sun; 🛜) This is *the* spot in Puerto Varas for devout carnivores to delight in seriously outstanding slabs of perfectly grilled beef. You won't find any obnoxious *rancho* decor here – it's all very subtle and stylish with sweet, sometimes delayed, service to boot. The small filet (300g) carries some heft and is seasoned just right.

Order a bottle of reasonably priced Carmenere and save room for the sinful churros (CH$7300), some of the best you'll ever have.

El Humedal
FUSION $$

(📱65-223-6382; Turismo 145; mains CH$6200-9800; ⊙12:30-11pm Tue-Sat, to 12:30-5pm Sun; 🛜) In an adorable and cozy home perched on a hilltop over town, El Humedal (oddly, it means 'Wetland') serves up one of the best lunches in Puerto Varas with its interpretations of Asian curries and stir-fries, Mexican enchiladas and burritos, ramen bowls, and fish and chips, among others. Desserts are scrumptious as well.

Mesa Tropera
PIZZA, BEER $$

(www.mesatropera.cl; Santa Rosa 161; mains CH$6200-7900; ⊙10am-2pm Mon-Sat; 🛜) This wildly popular Coyhaique brewery/pizzeria transplant merges a jovial mix of families and hopheads. It's majestically located, jutting out over Lago Llanquihue, framing three volcanoes on a clear day. Skip the pizza, but house-specialty tartars on toast are excellent (beef, octopus, salmon, artichoke). The 12 taps of house-brewed craft beer (beers CH$2000–CH$3700) – including seldom-seen double IPAs, brown ales and Belgian-style ales – are PV's best.

La Jardinera
PUB FOOD $$

(📱65-223-1684; www.lajardinera.cl; Santa Rosa 131; mains CH$8000-9500; ⊙1-3:30pm & 8-11pm Tue-

Sat, 1-3:30pm Sun; 🛜) La Jardinera's eclectic menu is overseen by a friendly Chilean couple and was developed after a five-year London culinary stint. But the restaurant's evolution has now started to favor homegrown takes rather than overseas recipes, now including a vibrant local fusion: crab croquettes with *merkén* mayo, pistachio-crusted salmon, lamb confit.

Donde El Gordito
CHILEAN, SEAFOOD $$

(San Bernardo 560; mains CH$6500-18,000; ⊙noon-4:30pm & 6:30-10pm, closed Jun) This down-to-earth locals' favorite is an intimate seafooder in the Mercado Municipal. It does wonderful things with crab sauce. It's rich but excellent.

Casavaldés
CHILEAN, SEAFOOD $$$

(📱cell 9-9079-3938; www.facebook.com/restaurantecasavaldes; Santa Rosa 40; mains CH$7500-13,100; ⊙12:30-4pm & 7-11pm Mon-Sat, 7-11:30pm Sun; 🛜) Though a bit cramped, Puerto Varas' most intimate, interesting and best seafood restaurant has lake and Calbuco views. Highlights of the innovative menu include divine crab-stuffed *piquillo* peppers and a long list of fresh fish preparations, accented by the perfectly pleasant kick of the *donostiarria* (olive oil, garlic, red chili and vinegar). Reservations recommended.

Oxalis
FUSION $$$

(📱65-223-1957; Av Vicente Pérez Rosales 1679; mains CH$10,000-19,700; ⊙12:30-3:30pm & 7:30-11:30pm Mon-Sat, 12:30-3:30 Sun; 🛜) File under one to watch: this newcomer offers expansive lake and town views from its perch on the southeast end of the *costanera* and gets high marks for creativity and commitment to local ingredients. The modern-European menu is peppered with Asian flourishes (tuna smoked in eucalyptus and green tea, rib eye with wild mushrooms and bok choy) and Peruvian touches.

🍷 Drinking & Nightlife

★ Caffè El Barista
CAFE

(www.elbarista.cl; Martínez 211; coffee CH$1400-3200; ⊙8am-1am Mon-Thu, to 2am Fri & Sat, noon-1pm Sun, shorter hr winter; 🛜) This stylish Italian-style coffeehouse serves Sur Chico's best espresso from its La Marzocco machine, draws a healthy breakfast and lunch crowd for cast-iron eggs, excellent CH$6800 *menús del dia* and a selection of tasty sandwiches (CH$3600-6200). As night falls, it morphs into a fine spot for a drink as well.

CHESTER BEER BREWING COMPANY

American nanobrewer 'Chester' (real name Derek Way) has been at it since 2006, long before 'craft' was a thing in Chile. His rustic but epic countryside brewery, **Chester Beer Brewing Company** (www.chesterbeer.cl; Línea Nueva 93, Campo Molino Viejo; pints CH$2500; ⊙10am-5pm Mon-Fri, noon-7pm Sun), is fashioned from shipping containers. It's a true makeshift beervana, with four taps dedicated to experimental one-offs and all of his staples in bottles (IPA, Summer Ale, APA and Stout).

The brewery, 8km north of Puerto Varas, isn't reachable by public transport but there's a 50% discount for bike arrivals, or catch the **Beer Bus** (noon, 1:30pm, 3pm, 4:30pm and 6pm), which runs Wednesday to Sunday from December to March, Thursday to Saturday from April to November, from Plaza de Armas and the old train station in Puerto Varas.

At the time of writing, Derek was planning to move his operation 1.5km northeast on Línea Nueva (Llanquihue) to a new, 220-sq-meter barn and brewery with pub grub, rotating food trucks and parrilla-equipped picnic tables (bring your own beef!).

Pub Puerto Varas　　BAR
(www.facebook.com/pubpuertovaras; Santa Rosa 068, 2nd fl; pints CH$3000; ⊙5pm-2am Mon, 2pm-2am Tue-Thu, 2pm-3am Fri & Sat, 2pm-1am Sun; 🛜)
Two veteran hostelers opened this obviously named bar in 2017, finally giving the town what it lacked for decades: a drinking establishment dedicated to *drinking* (hence the motto 'Drink & Drink', not 'Food & Drink'!). There are 12 taps of mostly craft-driven local beers (Chester and Morchela), cocktails mixed with Latin American craft spirits and wines-by-the-glass decanted by a Vinturi aerator.

The spacious 2nd-floor outdoor patio fills up with the town's bold and beautiful – and there's often live music or DJs to cap it all off.

Casa Mawen Café　　CAFE
(www.facebook.com/mawencafe; Santa Rosa 218; coffee CH$1500-3300; ⊙7:30am-10pm Mon-Fri, 9:30am-11pm Sat & Sun; 🛜) Occupying a big, beautiful lake-view home, Chilean-owned Mawen is the town's *other* great coffee spot, with more of a local vibe, a family-friendly atmosphere and great java, including 100% Arabica beans sourced from Mexico and Colombia. The extensive outdoor patio – with stupendous lake views! – is a wonderful spot to while away an afternoon of espresso and people-watching.

Bravo Cabrera　　BAR, RESTAURANT
(www.bravocabrera.cl; Av Vicente Pérez Rosales 1071; ⊙6pm-late Mon-Thu, 12:30pm-3am Fri & Sat, 12:30-6pm Sun; 🛜) Named after a Patagonian Robin Hood who stole beef from the rich and threw barbecues for the poor, this fashionable restobar is where you'll find upper-class local color downing craft beers, trendy cocktails and great **pub grub** (mains CH$6200 to CH$8400). It's a great place to escape the tourist onslaught and see how the other half of PV lives.

A late-night taxi back to *centro* costs CH$1500.

🛍 Shopping

Fundación Artesanías de Chile　　ARTS & CRAFTS
(www.artesaniasdechile.cl; Del Salvador 109; ⊙9am-9pm Mon-Sat, 10:30am-7pm Sun) 🖉 A not-for-profit foundation offering beautiful Mapuche textiles as well as high-quality jewelry and ceramics from all over southern Chile.

Feria Artesanal　　ARTS & CRAFTS
(Del Salvador; ⊙11am-7:30pm) Typical tourist wares.

ℹ Information

Banco de Chile (www.bancochile.cl; cnr Del Salvador & Santa Rosa) ATM.

BBVA (www.bbvacompass.com; San Pedro 326) ATM.

BCI (www.bci.cl; cnr San Pedro & Del Salvador) ATM.

Carabineros de Chile (🖉65-276-5100; www.carabineros.cl; San Francisco 241; ⊙24hr) Police.

Clínica Puerto Varas (www.clinicapv.cl; Otto Bader 810; ⊙24hr) Near Del Salvador's southwest exit from town.

CorreosChile (www.correos.cl; San José 242; ⊙9am-1:30pm & 3-6pm Mon-Fri, 9:30am-12:30pm Sat)

Parque Nacional Pumalín Office (🖉65-225-0079; www.parquepumalin.cl; Klenner 299; ⊙9am-6pm Mon-Fri) Though the park is found in northern Patagonia, this is the official tourism office for Parque Nacional Pumalín. The sign says 'Tompkins Conservation.'

Tourist Office (☑ 65-236-1175; www. ptovaras.cl; Del Salvador 320; ☺ 8:30am-9pm Mon-Fri, 9am-9pm Sat & Sun Dec-Feb, 8:30am-7pm Mon-Fri, 10am-2pm & 3-7pm Sat & Sun Mar-Nov)

ⓘ Getting There & Away

Most long-distance bus services from Puerto Varas originate in Puerto Montt. Buses leave from a few individual offices and from two terminals: one for **Cruz del Sur** (☑ 65-223-6969; www.busescruzdelsur.cl; San Francisco 1317; ☺ office 7am-10pm) – and Bus Norte's Bariloche departures – and the other the **TurBus** (☑ 65-223-3787; www.turbus.cl; Del Salvador 1093; ☺ office 7am-10:30pm Mon-Fri, 7am-2pm & 4-10:30pm Sat & Sun) station just outside the *centro*, which also serves JAC and **Cóndor**. A few companies sell tickets through their individual offices around downtown.

For Osorno, Valdivia and Temuco, Cruz del Sur has several departures daily; it also goes to Chiloé and Punta Arenas. For Santiago, **Buses ETM** (☑ 65-223-0830; www.etm.cl; Rosas 1017, office; ☺ 8:30am-11pm), **Bus Norte** (☑ 65-223-4298; www.busnortechile.cl; Andrés Bello 304, 2nd fl, office; ☺ office 10am-1pm & 3-9pm Mon-Fri, 11am-1pm & 2:30-9pm Sat-Sun) and **Pullman Bus** (☑ 65-223-7720; www.pullman. cl; San Francisco 1004, office; ☺ 8am-3pm & 4:45-11pm) offer the best services. **Buses JAC** (☑ 65-238-3800; www.jac.cl; Martínez 230; ☺ 9am-noon & 2-6:30pm Mon-Fri, 10am-1pm Sat), the in-town office of which also represents TurBus, goes to Villarrica and Pucón. For Viña del Mar/Valparaíso, Pullman has a nightly bus, as does Buses ETM and TurBus.

For Bariloche (Argentina), Cruz del Sur/**Bus Norte Internacional** goes daily. **Andesmar** (☑ cell 9-9789-8296; www.andesmar.com; San Francisco 1057) heads out daily with an extra summer departure – note Andesmar departs from Pullman Bus, not at the Andesmar office.

LS Travel (☑ 65-223-2424; www.lstravel. com; San José 128; ☺ 8am-8pm) offers more exclusive daily shuttles (US$170; 7:30am) and shuttle/boat combos (US$230; 7:15am) with touristy stops along the way, but they do not go unless at least four people have reserved in advance.

DESTINATION	COST (CH$)	HOURS
Ancud	5000	2½
Bariloche (Ar)	18,000	6
Castro (Chiloé)	6500	4½
Osorno	2000	1¼
Pucon	9300	5½

DESTINATION	COST (CH$)	HOURS
Punta Arenas	50,000	18
Santiago	25,000	12
Temuco	from 6500	6
Valdivia	4500	3½
Viña del Mar/ Valparaíso	30,000	15

ⓘ Getting Around

Micros to and from Ensenada and Petrohué leave regularly from a small stop near the corner of Martínez and San Bernardo. The best place to catch buses to Puerto Montt is on the 600 block of San Francisco alongside the new shopping mall. Minibuses to Cochamó and Río Puelo also pass here 20 minutes or so after leaving Puerto Montt (p275). For Frutillar and Puerto Octay, buses depart from a small stop on Av Gramado near San Bernardo.

Regional minibus fares from Puerto Varas:

DESTINATION	COST (CH$)	HOURS
Cochamó	2500	1½
Ensenada	1200	1
Frutillar	1200	½
Petrohué	2500	1½
Puerto Montt	800	¼
Río Puelo	4000	3

Ensenada

☑ 065 / POP 1623

Rustic Ensenada, 45km along a picturesque shore-hugging road from Puerto Varas, is really nothing more than a few restaurants, *hospedajes* and adventure outfitters, but it's a nice natural setting in full view of three majestic beasts: Volcán Osorno, Volcán Calbuco and Volcán Puntiagudo. Staying in Ensenada instead of Puerto Varas has a few advantages: if you plan to climb or ski Osorno, you can save an hour of sleep by overnighting here (and if the weather turns, you won't have come quite as far for nothing). Volcán Calbuco is also within striking distance, just to the south of Ensenada. And between them is the breathtaking Parque Nacional Vicente Pérez Rosales (p265), the entrance of which sits just outside town.

For trout and salmon on Río Petrohué, trophy browns on Río Maullín and fly-fishing in the Lakes District (day trips, lodge stays or

OH NO, CALBUCO!

Following on from Volcán Villarrica a month before, Volcán Calbuco, just south of Ensenada, blew its top rather dramatically on April 22, 2015. The violent sub-Plinian eruption (a sustained eruption as opposed to those lasting a few seconds/minutes), of which there have only been 300 recorded in history, resulted in no fatalities but threatened livestock and even thousands of salmon from the nearby farms. A red alert was declared and immediate evacuation orders were issued for 4000 people within a 20km radius of the volcano. Residents didn't need the order, though; things got ugly real fast when a massive plume of gases, ash and pyroclastic clouds rose several kilometers into the air, draping the area in volcanic fallout and sending people fleeing with whatever they could grab. Though Calbuco is considered one of Chile's three most dangerous volcanoes, this was its first eruption in 42 years.

road trips throughout Patagonia), call John Joy at **Tres Ríos Lodge** (☑ 65-271-5710, cell 9-9825-8577; www.tresrioslodge.com; Route 225, Km 37), who also runs the Tradicion Austral B&B in Puerto Varas.

🛏 Sleeping & Eating

★ Hamilton's Place   GUESTHOUSE $$
(☑ cell 9-8466-4146; www.hamiltonsplace. com; Camino a Ensenada, Km42; dm CH$17,000, s/d CH$40,000/50,000, without bathroom CH$30,000/35,000, closed Apr-Oct; P �ଛ) A friendly Canadian-Brazilian couple run this show, situated close to Ensenada but down an isolated residential street that feels a world away. Tastefully decorated rooms have excellent beds (private bathrooms feature the rarely seen bathtub species!), give off a woodsy feel and boast premium Osorno and Calbuco views. A new 3rd-floor dormitory was installed in 2017.

Eloa, a Brazilian chef, makes fantastic homemade bread for her elaborate breakfast and more substantial meals for guests, including Brazilian specialties like *feijoada* (black-bean-and-pork stew) and *moqueca* (seafood stew) on occasion.

Quila Hostel   B&B $$
(☑ cell 9-6760-7039; www.quilahostal.com; Camino a Ensenada, Km37; incl breakfast s/d CH$53,000/58,000, without bathroom from CH$43,000/48,000; P @ ଛ) A veteran, French Puerto Varas hostel owner runs this rustic choice, completely renovated and homey for this price range. The six-room home is filled with a throwback vibe – all under the nose of super Osorno and Calbuco views. You're a bit isolated out this way without a car, but that's part of the appeal.

★ Awa   BOUTIQUE HOTEL $$$
(☑ 65-229-2020; www.hotelawa.cl; Rut 225, Km27; s/d incl breakfast US$370/400, ste s/d US$520/550; P @ ଛ ☀) ✎ An architect family built and own Sur Chico's most beautiful new hotel, a deceptively small, 16-room sustainable lakeside retreat that harbors exquisite design details. Rustic (hanging old boats, antique maps) marries modernity (exposed concrete ceilings, slate flooring, reclaimed hardwoods) in common areas; rooms frame stunning volcano views from beds with handmade throws colored to match kinetic-art paintings by Matilde Pérez.

You'll find your TV hidden inside an antique trunk and bathtubs fit three (Harman Kardon speakers to set the mood)! There's also a 25m lap pool and free kayaks, bikes and stand-up paddleboards. The restaurant is above and beyond for the region.

★ Awa   CHILEAN $$$
(☑ 65-229-2020; www.awa.cl; Ruta 225, Km27; mains CH$13,000; ⊙ 1-3pm & 8-10pm; ଛ) ✎ Awa has a sommelier poached from Borogo and a chef from La Percanta – two of Santiago's finest foodie destinations – so you'd be right to expect big things. Thankfully, it delivers. With waves of just-picked produce from its own organic greenhouse, creative dishes change twice daily (green-curry conger eel, osso-buco ragú, hake with fava mash and bacon).

The wine list features exclusive Chilean wines like Tatay de Cristóbal and Viñedo Chadwick. The restaurant, like the hotel itself, sources everything it can from within 100km. *¡Qué rico!*

ⓘ Getting There & Away

Minibuses frequently shuttle between Ensenada and Puerto Varas (CH$1200, 50 minutes) and Petrohué (CH$1000, 30 minutes). There is no public transportation between Ensenada and Las Cascadas, a distance of 22km on the road to Puerto Octay.

Parque Nacional Vicente Pérez Rosales

In this park of celestial lakes and soaring volcanoes, Lago Todos Los Santos and Volcán Osorno may be the standouts, but they're actually just part of a crowd. One lake leads to the next and volcanoes dominate the skyline on all sides of this storied pass through the Andes range. The needlepoint of Volcán Puntiagudo (2493m) lurks to the north and craggy Monte Tronador (3491m) marks the Argentine border to the east.

Established in 1926, the 2510-sq-km Pérez Rosales was Chile's first national park, but its history goes back much further. In pre-Columbian times Mapuche traveled the 'Camino de Vuriloche,' a major trans-Andean route they managed to conceal from the Spaniards for more than a century after the 1599 uprising. Jesuit missionaries traveled from Chiloé, continuing up the Estero de Reloncaví and crossing the pass south of Tronador to Lago Nahuel Huapi, avoiding the riskiest crossings of the region's lakes and rivers.

There is a Conaf's visitor center (☎65-221-2036; www.conaf.cl; Laguna Verde; ☻8:30am-5:30pm Sun-Thu, to 4:30pm Fri) for basic park info and maps.

Volcán Osorno

Volcán Osorno (2652m), rivaled only by Volcán Villarrica, is a perfect conical peak towering above azure glacial lakes. It retains its idyllic shape due to the 40 craters around its base – it's there that the volcano's eruptions have taken place, never at the top.

Centro de Ski y Montaña Volcán Osorno (☎cell 9-9158-7337; www.volcanosorno. com; Ruta V-555, Km 12; half-/full-day lift tickets CH$20,000/26,000; ☻10am-5:30pm) has two lifts for skiing and sightseeing and has recently undergone an expansion of its restaurant and rental shop. It has ski and snowboard rentals (full packages CH$20,000) and food services on the mountain year-round. There's also a tubing park – fun for kids and adults alike (from CH$15,000).

Expanded summer options include taking the ski lift up for impossibly scenic views at 1420m (CH$12,000) or 1670m (CH$16,000). You can descend a little faster via zip lines (CH$12,000).

Just downhill from the ski slopes, the spruced-up Refugio Teski (☎065-256-6622; www.teski.cl; Ruta V-555, Km 12; dm with bedding/sleeping bag CH$17,000/15,000, r with/without bathroom CH$54,000/42,000; ☎) offers unparalleled access to the mountain. It's not always professionally run, but it's a spectacular

Parque Nacional Vicente Pérez Rosales

0 ——— 10 km
0 ——— 5 miles

Puerto Octay (20km);
Osorno (60km)

Trail

Refugio
La Picada

Cerro La
Picada
(1710m)

Volcán
Puntiagudo▲
(2493m)

Parque
Nacional
Puyehue

Parque Nacional
Nahuel Huapi

Cordillera
de los Andes

Lago
Nahuel
Huapi

Las
Cascadas

Volcán
▲Osorno
(2660m)

Lago Todos
Los Santos

Ferry

Peulla

Bariloche
(50km)

Puerto Frías

Centro de
Ski y Montaña
Volcán Osorno

Conaf

Saltos del
Petrohué

Petrohué

Parque Nacional
Vicente Pérez
Rosales

Paso
Pérez
Rosales
(1022m)

Refugio
Teski

Lago
Llanquihue

Ensenada

Monte
▲Tronador
(3491m)

Puerto Varas
(30km)

Cayutué

Río Blanco

ARGENTINA

Volcán
▲Calbuco
(2003m)

Río
Petrohué

Lago
Cayutué

Lago
Fonck

Trail

Ralún

Paso
)(Tronador
(1390m)

Seno de
Reloncaví

Cochamó (5km);
La Junta (22km)

spot to stay as you can have the outstanding views of Lago Llanquihue and the surrounding mountains all to yourself once the tourist buses depart in the late afternoon.

With 24 hours' notice, rent out a mountainside **hot tub** (CH$40,000 for three hours, including a pisco sour and finger food) at sunset and make a night of it.

❶ Getting There & Away

To get to the ski area and the *refugio*, take the Ensenada–Puerto Octay road to a signpost about 3km from Ensenada and continue driving 10km up the lateral. It's well worth your money renting a car and driving up the paved road, taking in spectacular views flanked by Osorno on one side, Calbuco on the other and Lago Llanquihue down below. There are no transportation services to or from the slopes for anyone except package-tour buyers.

Petrohué

People may come for the ferry cruise to Peulla, but Petrohué's majestic lakeside setting and serenity tend to convince visitors to stay a little longer. Tourism feels a bit forced here, but once the package-tour onslaught leaves or you get yourself across the lake to the *hospedajes*, it feels like a world away. It's only 20 minutes from Ensenada down a reasonable ash road, so it has similar advantages in an infinitesimally prettier locale.

◉ Sights & Activities

From Conaf's woodsy Camping Playa Petrohué just beyond the paid parking area (you can park for free here), a dirt track leads to **Playa Larga**, a long black-sand beach much better than the one near the hotel. From the beach, **Sendero Los Alerces** heads west to meet up with **Sendero La Picada**, which climbs past Paso Desolación and continues on to Refugio La Picada on the volcano's north side. Alternatively, follow Los Alerces back to the hotel.

Trips to **Isla Margarita**, a wooded island with a small interior lagoon, cost CH$10,000 with a minimum of 10 people (smaller fishing boats may go for less). Boatmen also linger at the pier to take folks on a 30-minute lake navigation (CH$5000 for up to five people).

Saltos del Petrohué　　　WATERFALL
(www.conaf.cl/parques/parque-nacional-vicente -perez-rosales; adult/child Chilean CH$2000/ 1000, foreigner CH$4000/2000; ⊙9am-6pm) Six kilometers southwest of Petrohué, the Saltos

del Petrohué is a rushing, frothing waterfall raging through a narrow volcanic rock canyon carved by lava. Anyone wondering why the rafting trips don't start from the lake will find the answer here, although experienced kayakers have been known to take it on. Parking is CH$1000.

🛏 Sleeping

Hospedaje Esmeralda　　　GUESTHOUSE $
(☑cell 9-9839-2589, cell 9-6225-6230; rosabur67@ hotmail.com; incl breakfast campsites/r per person without bathroom CH$7000/15,000, cabañas CH$70,000; @) Like mother, like son: this wooden lodge on stilts is a nearly upscale budget option run by the son of matriarch Küschel, who owns the cheaper *hospedaje* a few hundred meters down the shore. There's a beautiful breakfast room with broad windows sucking up the lake views.

Petrohué Lodge　　　LODGE $$$
(☑65-221-2025; www.petrohue.com; Ruta 225, Km60; s/d incl breakfast from CH$135,000/185,000, cabins for 4 people CH$175,000; ⓟ@🛜🛆) In a gorgeous stone and wood-gabled building replete with a tower, this high-end adventure lodge deserves a visit. Its abundant skylights and the roaring fires in the lounge make it a romantic place to relax, read a book or cuddle up. The rooms, rich in wood, have beds piled high with blankets and are scattered with candles.

The restaurant is open to the general public and the adventure outfitter here arranges climbing, rafting and canyoning excursions and has kayaks for rent. The equally luxe *cabañas* sit on the lakeshore.

❶ Getting There & Away

Minibuses run from Puerto Varas (CH$1500, one hour) and Ensenada (CH$1000, 15 minutes) to Petrohué throughout the year.

Cochamó

☑065 / POP 3908
The Chilote-style, alerce-shingled **Iglesia Parroquial María Inmaculada** stands picturesque and proud against a backdrop of milky-blue water along the road to Cochamó, forming one of the most stunning spots throughout the region and the gateway to the upper Río Cochamó Valley. In addition to its made-over *costanera*, some vibrant new accommodation choices are now vying for your attention, doing thei‑

best to graduate Cochamó to more than just the spot where you put your kayaks in the water on a day trip from Puerto Varas.

Locally-run **Southern Trips** (☑cell 9-8407-2559; www.southern-trips.com; Av Cochamó, Pueblo Hundido), located on the main road, offers three-day (CH$231,000) to 11-day (CH$960,000) horse-trekking trips in the area, as well as horses and packhorses to La Junta (per horse CH$30,000, 65kg maximum). Across the street, its Coffee House (10am to 8pm December to March) is Cochamó's best for espresso, panini, traveler camaraderie and wi-fi.

🛏 Sleeping & Eating

Las Bandurrias Eco Hostal GUESTHOUSE $
(☑cell 9-9672-2590; www.hostalbandurrias.com; Sector el Bosque s/n; dm CH$15,000, s/d without bathroom CH$25,000/CH$37,000) 🍴 The friendly Swiss-Chilean owners at this newly built eco-guesthouse will grab you in town to introduce you to their fairy-tale sleeps, the best and most sustainable choice. The bathrooms and guest kitchen are great, and composting and solar heating are the norm. House-made breads (including Swiss *tresse*) and outdoor tables and benches overlooking the fjord are highlights.

Book ahead as there are only five rooms, and get directions via Av El Bosque – Google maps will lead you astray.

Campo Aventura LODGE $
(☑cell 9-9289-4318; www.campo-aventura.com; Valle Concha s/n; campsites per person CH$5000, r per person incl breakfast CH$20,000) Campo Aventura sleeps 15 in three splendid rooms and one cabin at its riverside camp at Cochamó, which is US owned and managed. There's a lovely breakfast and beautiful camping area at the river's edge. It is well-equipped to get you up to La Junta on horseback.

La Bicicleta HOSTEL $
(☑cell 9-9402-9281; www.labicicletahostel.com; Av Cochamó 179; incl breakfast dm CH$15,000, d without bathroom CH$35,000; 🛜) This bike-themed hostel is little more than two four-bed dorms and a double built behind the amicable Chilean owner's home along the main road through Cochamó, but the facilities are quite good, with solid hardwood bunk beds, mirrors and wooden chairs. Shared bathrooms follow suit and include welcome design touches such as recycled-tree-branch toilet-paper holders.

Owner Sixto does a great country breakfast, with fried *churrasco* (steak) bread, free-range eggs and great jams, honey and cheese. Wi-fi is via portable modem – Sixto will let you take it back to the dorms for a better signal. Cyclists are welcome to pop in for a coffee or snack when riding through!

Patagonia Nativa GUESTHOUSE $
(☑cell 9-9316-5635; www.patagonianativa.cl; Av Aeródromo s/n; dm CH$17,000, r CH$40,000-42,000, r/tr without bathroom CH$40,000/54,000; 🛜) One of several worthwhile options that have opened above town, with views over the Reloncaví fjord that would make a postcard throw in the towel. Owner Cristian speaks enough English and has built a cozy cabin-like guesthouse – filtered coffee! – that still smells of pine. He runs kayak trips as well.

Hospedaje Maura GUESTHOUSE $
(☑cell 9-9334-9213; www.hostalmaura.cl; JJ Molina 77; r per person without bathroom CH$20,000, cabañas CH$75,000) The cozy in-town choice has charming owners, recently spruced-up rooms with good beds and very low ceilings. Two new *cabañas* feature chic Electrolux refrigerators and modern bathrooms. Hop from the guest kitchen (with wood-fired BBQ) to the outdoor sauna and call it a night. Breakfast is CH$4000.

El Faro CHILEAN $
(Costanera s/n; mains CH$3700-8000; ⊙9am-10pm, shorter hr winter) Probably your best bet for a decent home-cooked meal in Cochamó, El Faro does ceviches, fresh fish such as *merluza* (hake) and congrio (conger eel) a number of ways, and other seafood delights. It's right on the water, so views are expectedly dramatic.

❶ Information

Wi-fi has finally arrived in Cochamó. If you do not have a signal at your lodgings, you can connect to the wi-fi at the **Biblioteca Pública** (Av Cochamó s/n; ⊙9am-1pm & 2:30-7pm Mon-Fri; 🛜) – after a quick registration with your passport – or with the password (crdrcn20co90) at **Municipalidad de Cochamó** next door (network: Coordinacion Municipal). Both are free and only work during office hours.

Municipalidad de Cochamó (☑65-256-2586, cell 9-6480-9493; www.municochamo.cl; Av Cochamó s/n; ⊙8:30am-1pm & 2:30-5:30pm Mon-Fri; 🛜) Maps, info and wi-fi signal. For after hours tourism assistance, call Janette on ☑cell 9-6480-9493.

ℹ Getting There & Away

Buses Río Puelo/Estuario Reloncaví (☎ 65-284-1200; cnr Av Diego Portales & Lillo, Puerto Montt Terminal, Boletería 42) leaves Puerto Montt for Cochamó (CH$3000, 2½ hours) at 7:45am, 2pm and 4pm (7:45am, noon and 4:30pm on Sunday). **Transhar** (☎ 65-225-4187; cnr Av Diego Portales & Lillo, Puerto Montt Terminal, Boletería 44) goes at 12:15pm and 3:30pm Monday to Saturday only (2½ hours). All services stop in Puerto Varas and Ensenada and continue on to Río Puelo (CH$4500). Heading back, buses pass through at 6:30am, 7am, 8am, 2pm, 2:30pm and 5pm; flag them down along the main road.

Río Cochamó Valley

With its impressive granite domes rising above the verdant canopy and colossal alerce trees dominating the rainforest, some tout the spectacular Río Cochamó Valley as the Chilean Yosemite. Near here, the glacial waters of the Lakes District give way to the salt waters of the 80km Estero de Reloncaví, a fjord that forms the gateway to Northern Patagonia. The region's popularity, however, has exploded in recent years – originally with rock climbers, as there are more than 300 climbs and six full-day hikes, but more recently with campers. This evolution that has turned the valley into a bit of a student-driven party scene in high season (so much so that the *carabineros* recently employed a drug-sniffing dog at the trailhead). The area is indeed a beautiful spot worthy of multiple days; and controls have been implemented to curb the growth and negative environmental impact. But Yosemite comparisons, perhaps inevitably, rang a little too true here.

🛏 Sleeping

La Frontera　　　CAMPGROUND, LODGE **$**
(☎ cell 9-8554-9033; www.lafronteravallecochamo. com; La Junta; campsites per person CH$5000, s/d incl breakfast CH$30,000/36,000) 🍃 This well-organized Chilean-Czech operation is the best place to bed down nearest the trailhead to La Junta (it sits about 900m away – get a head start!). The cozy hexagonal lodge was nearly entirely built by hand and designed to maximize sunlight in an otherwise-humid and darkish location. The eco-camping features hot showers and composting toilets.

Pizza and biomagnetic therapies are on offer.

Río Cochamó Valley
Reservations　ACCOMMODATION SERVICES **$**
(www.reservasvallecochamo.org) All tourists entering the Río Cochamó Valley between December 15 and March 15 must register in advance, choose their accommodations and secure a voucher that will need to be shown to control along the trail. If you do not have a voucher and there's no space available for the night you are hiking up, you will be turned away.

ℹ Getting There & Away

The road to the trailhead begins just before the Río Cochamó bridge to Campo Aventura, but most folks grab a taxi from Cochamó (from CH$6000, 30 minutes) or drive themselves this first 7km to the trailhead. (You can park at the last house on the right for CH$2000.)

La Junta

🛏 Sleeping

Camping La Junta　　　CAMPGROUND **$**
(www.cochamo.com/camping; campsites per person CH$5000; ☉ mid-Sep–Apr) 🍃 The scenic Camping La Junta is a climber-run ecofriendly campground with makeshift solar showers, six composting bathrooms, fire-pit warmed shelters and sinks to wash dishes. All the day hikes in La Junta begin from this point. To reach it, you'll need to hike approximately 11km, then continue past Campo Aventura's river-crossing pulley system for just less than 1km (10 minutes).

Refugio Cochamó　　　LODGE **$$**
(www.cochamo.com; Valle La Junta Décima; dm CH$17,000, d/q without bathroom from CH$48,000/65,000; ☉ Dec-Mar; ◉) The impressive Refugio Cochamó is a fantastic gringo-Argentine, climber-run cabin with wood-fired showers, water straight from the Trinidad waterfall, homemade pizza (from CH$15,000) and nightly specials (CH$14,000). You'll need to hike approximately 11km, then continue past Campo Aventura's river-crossing pulley system across the Cochamó. Continue 10 minutes to the pampa of Camping La Junta, and follow signs to the *refugio's* pulley system.

Reservations through website only.

Campo Aventura La Junta Ranch　　　CAMPGROUND **$$**
(☎ cell 9-9289-4318; www.campoaventura.cl; campsites per person CH$5000) Run by the most established outfitter in the area, this

candlelit converted farmhouse on 50 hectares has the smallest number of maximum campers per night for the biggest space (ie you get elbow room!). Facilities include three two-cubicle outhouses and a *quincho* for cooking food.

There is also a four bedroom, four-bed bunkhouse lodge with wood-fired showers, a dining room with a central woodstove and a sundeck that has superb Arco Iris views, but it was only being rented out to private tour groups on our last visit.

❶ Getting There & Away

The only way in or out is on foot – a spectacular 12km trek from the trailhead at Cochamó – or on horseback. **La Comarca Puelo Adventure** (p257) in Puerto Varas runs a three-day trek (CH$390,000 per person including meals, lodging and load horses). If you are just looking for transport, Cochamó-based **Southern Trips** (p267) is highly recommended.

Río Puelo

The road from Cochamó continues along the Estero de Reloncaví another 31km through to Río Puelo, a little hamlet under the watchful eye of Volcán Yates and the jade-hued Río Puelo. It's a serene and photogenic spot that makes for a great base for serious fishing and exploration further afield into the Río Puelo Valley.

Carved out of virgin Valdivian rainforest 15km east of Puelo, **Parque Tagua-Tagua** (☑ 65-256-6646; www.parquetaguatagua.cl; adult/child CH$5000/3500) is southern Chile's latest park. A private initiative funded by Universidad Mayor in Santiago and managed by Mítico Puelo Lodge and Miralejos Chile Adventure, the park preserves 30 sq km of previously unseen alerce forest along with two lakes, Lago Alerce and Lago Quetrus, bounded by granite mountains. Trekking and climbing are big draws here, as is bird-watching and the chance of spotting pudú (small deer), puma and condors.

There are three basic but well-made alerce *refugios* with bathrooms, solar panels and wood-burning stoves in the park, built along its 25km of trails that traverse rivers via well-built wooden bridges. The park has a limited capacity established by the fragility of its ecosystem and visits are possible by reservation only.

To get here, catch the once-a-day Lago Tagua-Tagua–bound bus from Puerto Montt (7:45am) or Puerto Varas (8:20am), which meets the ferry at the edge of Lago Tagua-Tagua. Make sure you have called ahead to park officials, who will meet you on the other side of the Tagua-Tagua ferry crossing (Puerto Maldonado) for the final 10-minute boat ride to the park.

🛏 Sleeping

Puelo SiempreVerde　　CABAÑAS $
(☑ cell 9-7668-7308; www.puelosiemprepreverde.cl; Camino Internacional Río Puelo el Bolsón s/n; cabañas 2/7 people CH$40,000/90,000; ℗ 🛜) A bit of English is spoken but you won't much care once you tuck yourself away in one of two grass-roofed, rustic-chic cabins right on the banks of the Río Puelo Chico. With modern kitchens and bathrooms and indigenous-style decor, these are pretty ultimate get-away-from-it-all couples' retreats.

Bikes are for rent; kayaking, fishing and trekking excursions offered.

Camping Río Puelo　　CAMPGROUND $
(☑ cell 9-6769-2918; www.cabalgatasriopuelo. cl; Puelo Alto; campsites per person CH$5000, cabañas d/q CH$30,000/50,000; ℗ 🛜) This basic campground offers lovely Andes views, improved bathrooms (including an outdoor solar shower) and wi-fi. The friendly owner, a bit of a multilinguist, has a few well-equipped *cabañas* with his own proud invention: a rotating heater that can be pointed in specific directions for more concentrated warmth. Call ahead.

★ Domo Camp　　HOTEL $$
(☑ cell 9-6802-4275; www.andespatagonia.cl; Puelo Alto; d/tr/q/cabaña CH$45,000/55,000/ 65,000/45,000; ℗ @ 🛜) Each of these geodesic domes connected by planks through native forest has its own fireplace for warmth, and cozy mattresses and sleeping bags are provided. Unlimited use of the soothing outdoor hot tub on premises is included in domo rates and there's a great *quincho* for BBQs. The agency here arranges excursions for guests and nonguests alike.

❶ Information

Tourist Office (☑ 65-256-2551 ext 114; www.municochamo.cl; Santiago Bueras s/n; ◷ 8:30am-2pm & 3-5:30pm Mon-Fri) This small plaza tourist office inside the *municipalidad* has a map and basic info on local treks, rustic family lodgings and guides. After hours, give Eliseo a shout on ☑ cell 9-9631-1246.

SUR CHICO RÍO PUELO

❶ Getting There & Away

There are five daily departures to and from Puerto Montt (CH$4500, four hours), stopping in Puerto Varas, Ensenada and Cochamó (fewer on Sunday). From the village, the road banks inland to Puerto Canelo on Lago Tagua-Tagua. In January and February, **Transportes Puelche** (☑ cell 9-6159-3120; www.navierapuelche.cl; cars/pedestrians CH$7000/1050) operates the 45-minute lake crossing to the road's extension at Puerto Maldonado three times daily at 7:30am, noon and 4:30pm, returning at 8:30am, 1pm and 5:30pm (the first departure is cut the rest of the year; the crossing takes about 45 minutes). The road then parallels the river 32km to Llanada Grande. Vehicles should show up 90 minutes before departure to get in line.

Puelo Valley

☑ 065 / POP 500

Like a country lass of modest origins, the Río Puelo Valley remains unfazed by that massive industry called tourism, offering authentic, off-the-grid adventures. An ecotourism surge here in recent years has thus far warded off proposed hydroelectric dams (which would flood most of the valley), but the threat of development is always present. Fishing, trekking and horseback riding are king here and each offers days of satiating adventures in the area.

Llanada Grande & Beyond

The area has seen a steady stream of new *hospedajes*, camping, *cabañas* and a few upscale fishing lodges. Inquire at Campo Eggers about a system of pioneer homes and rustic B&Bs in place for travelers to continue east from here, making your treks and horseback rides feel a little less touristy and a little more cultural.

🛏 Sleeping

Campo Eggers   AGROTURISMO **$**
(☑ 65-256-6644, cell 9-8730-0953; agroturelsalto @gmail.com; r per person without bathroom incl breakfast & dinner CH$35,000, cabañas for 2/4/6 CH$40,000/50,000/60,000; ℗ 🛜) 🌿 An invaluable choice in an impeccably clean and sensibly furnished log home owned by spirited Blanca Eggers, who can set up accommodations in pioneer homes and B&Bs all the way to Lago Puelo in Argentina. Breakfast, *onces* (elevenses) and dinner (and wine!) – almost all hailing from the farm itself – are included

and often involve traditional lamb or wild-boar *asado*.

The animal-packed farm's postcard setting in front of the 1200m El Salto waterfall – two new top-shelf *cabañas* frame it perfectly – is a destination in itself, but it can be too quiet if it's not a full house.

Isla Las Bandurrias   COTTAGE **$$$**
(☑ cell 9-9263-6861; www.opentravel.cl; Isla Las Bandurrias, Lago Las Rocas; r per person incl meals US$220) 🌿 Surrounded by the mountains some 20km or so from the Argentine border, the 4-hectare Isla Las Bandurrias' cinematic island setting is its selling point, but whether you're in the lovely main home or the idyllic cabin, rustic-chic furnishings and recycled design elements coupled with French antiques and wooden stoves aplenty make for the ultimate, solar-powered nature retreat.

It sure as hell ain't easy to get to and all the better for it. The late mother of OpenTravel's Cathy Berard built this little isolated patch of paradise in the middle of Lago Las Rocas, 20km south of Llanada Grande, from reclaimed cypress logs rescued from the lake and a fierce, off-the-grid determination. It's pricey, but the bill includes three meals (with wine) and afternoon tea, but not the boat transfer across Lago Las Rocas, which is CH$15,000 for up to eight people, arranged by OpenTravel.

❶ Getting There & Away

The 7:45am **Buses Río Puelo/Estuario Reloncaví** (p268) departure from Puerto Montt to Río Puelo continues on to the ferry departure point at Puerto Canelo on the north side of Lago Tagua-Tagua (CH$5000, 4½ hours), where ferries leave three times a day in January and February (45 minutes; 7:30am, noon and 4:30pm). At Puerto Maldonado, on the south side, a bus to Llanada Grande (CH$1000, 45 minutes) waits for the noon ferry *only* (and passes Llanada Grande around 10am to return for the noon ferry). To return, ferries leave Puerto Maldonado three times a day in high season (45 minutes; 8:30am, 1pm and 5:30pm; only the last two depart the rest of the year). The first morning departure is cancelled the rest of the year.

Puerto Montt

☑ 065 / POP 218,858

Say what you will about Puerto Montt (locals certainly don't hold back, with Muerto Montt, meaning 'Dead Montt,' topping the list), but if you choose to visit southern Chile's ominous volcanoes, its celestial glacial lakes and its mountainous national parks, you will most likely be visiting the capital of the Lakes District and the region's commercial and transportation hub.

Puerto Montt's most redeeming quality besides its plethora of exit points – the Navimag ferry departs from here – is that it has become a fine spot for a meal (several of the region's best restaurants are here). Still, most folks, including those who on occasion become endeared of Puerto Montt's unpolished working-class Chilean atmosphere, make their way to Puerto Varas instead.

⊙ Sights

Monte Verde ARCHAEOLOGICAL SITE
(www.fundacionmonteverde.cl; V-830; ⊙24hr) **FREE** A small child's footprint discovered in a marshy field 28km west of Puerto Montt turned the archaeological world on its head in 1975 – evidence of human settlement in the Americas suddenly predated the long-accepted Clovis paradigm by roughly 1000 years. Located on the banks of Chinchihuapi Creek, the site is now believed to date back some 18,500 years into the coldest moment of the Ice Age.

The site is under the direction of American anthropologist Tom Dillehay. Recent excavations in the open-air human settlement have uncovered ropes with knots, tool-shaped implements, mastodon bones – some 39 stone objects and 12 small bonfires with associated bones and vegetables in all. Infrastructure here is minimal, but there are instructive panels explaining the site as well as a 200m-long trail marked with instructive plaques showing where excavations have occurred. A museum project is in the works. You'll need your own wheels to visit.

Av Angelmó Street Stalls MARKET
(Av Angelmó) Along busy, diesel-fume-laden Av Angelmó is a dizzying mix of streetside stalls (selling artifacts, smoked mussels, *cochayuyo* – edible sea plant – and mysterious trinkets), crafts markets and touristy seafood restaurants with croaking waiters beckoning you to a table. Enjoy the frenzy, but keep on going...

The best quality crafts and food are found at the end of the road at the picturesque fishing port of **Angelmó**, 3km west of downtown. It's easily reached by frequent local buses and *colectivos*.

Casa del Arte Diego Rivera GALLERY
(www.culturapuertomontt.cl; Quillota 116; ⊙9am-1pm & 3-6:30pm Mon-Fri) **FREE** This joint Mexican-Chilean project finished in 1964. The upstairs Sala Hardy Wistuba specializes in works by local artists, sculptors and photographers. Also houses a small cafe and an excellent boutique.

Catedral de Puerto Montt CHURCH
(Urmeneta s/n) Built entirely of alerce in 1856, this church, located on the Plaza de Armas, is the town's oldest building and one of its few attractive ones.

☞ Tours

OpenTravel ADVENTURE
(⎙65-226-0524; www.opentravel.cl) Offers off-the-beaten-path trekking and horseback riding to remote areas in northern Patagonia and across the Andes to Argentina, including remote Argentine-French retreats on Isla Las Bandurrias in Lago Las Rocas and multiday horseback-riding/cultural farmstay trips between Argentina and Chile.

🛏 Sleeping

Hospedaje Vista al Mar GUESTHOUSE $
(⎙65-225-5625; www.hospedajevistaalmar.cl; Vivar 1337; s/d CH$23,000/35,000, without bathroom CH$15,000/30,000; @🕾) This family-run favorite is one of nicest of the residential guesthouses, decked out in great-condition hardwoods with spick-and-span bathrooms, rooms with cable TV and wonderful bay views. Eliana fosters a family-friendly atmosphere – helpful to the nth degree – and breakfast goes a step beyond for Chile: yogurt, whole-wheat breads, cakes, muffins and filtered coffee (maybe if you beg?).

Colores del Puerto GUESTHOUSE $
(⎙65-248-9360; www.coloresdelpuerto.cl; Pasaje Schwerter 207; s/d CH$25,000/36,000; 🕾) Tomás, a friendly, classical-music-loving amateur artist, offers three rooms with private bathrooms (two en suite, one private but outside of the room) and views inside his well-appointed home, which is dotted with his own marine-themed watercoloring.

Casa Perla GUESTHOUSE $
(⎙65-226-2104; www.casaperla.com; Trigal 312; incl breakfast campsites per person CH$7000, dm CH$11,000, r without bathroom CH$26,000; @🕾) This welcoming family-home's matriarch, Perla, will have you feeling like a sibling. English and German are spoken.

Puerto Montt

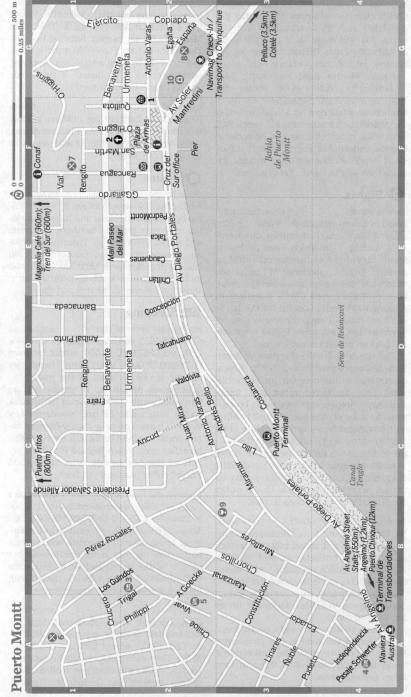

Puerto Montt

All bathrooms are shared and guests can use the kitchen, where Perla makes jam and sometimes homemade bread on the wood-burning stove. It's the coziest, knick-knack-filled choice in this neighborhood.

★**Tren del Sur** DESIGN HOTEL $$
(☑65-234-3939; www.trendelsur.cl; Santa Teresa 643; s/d CH$39,900/53,200; P@🛜) This boutique hotel in the old neighborhood of Modelo is full of furniture (headboards, wardrobes) fashioned from rescued railway trestles. The high-style lobby is cozy and follows the principles of feng shui. The 17 rooms, a step down from the high-design common areas, offer central heating and are entered from a skylighted hallway visible through installed windows.

✖ Eating

El Bosque CAFE, BAR $
(Rancagua 293; sandwiches CH$5600-6400; ⊚10:30am-9pm; 🛜) Beaming with personality, this artsy and bohemian 2nd-floor cafe and bar touts rustic design schemes often forged from recycled materials. The daily lunch *menú* (four or so choices; CH$4000 to CH$6000) draws a hip, in-the-know crowd and there are fantastic sandwiches too, including satisfying quinoa or mushrooms burgers for veggies. Cool tunes to boot.

Puerto Fritos SEAFOOD $
(Av Presidente Iháñez 716, Mercado Municipal Presidente Ibáñez; mains CH$5300-8900; ⊚10am-5:30pm; 🛜) Forget touristy Angelmó! All of Puerto Montt is laid out before you at

this cute and unassuming locals' secret with the best views in town. It's well worth the CH$2000 Uber for excellent *caldillo de mariscos* (seafood soup; CH$5300 to CH$9900) and ceviches (CH$5500 to CH$7600), all of which are served fresh directly from the colorful market downstairs.

On Sunday, seafood and sauvignon blanc is the Golden Ticket – there is little else to see, eat or do in the city.

Unimarc SUPERMARKET $
(www.unimarc.cl; Av Soler Manfredini 51, Paseo Costanera; ⊚9am-10pm Mon-Sat, 11am-10pm Sun) This is the most convenient supermarket in town for stocking up on Navimag provisions. It's located inside the same mall as the transfer-bus departure point for Chinquihue.

★**Cotelé** STEAK $$
(☑65-227-8000; www.cotele.cl; Av Soler Manfredini 1661, Pelluco; steaks CH$11,000-15,000; ⊚1-3:30pm & 8-11:30pm Mon-Sat; 🛜) This *quincho* (barbecue hut) steakhouse has a long-standing reputation for its meticulous grillmen who honor the meat with Picasso-level focus. Grill maestro Julio Elgueta, who has been manning the open hearth here through various changes since 2002, isn't shy about letting you know he has skills. Fair enough: the top-end Angus cuts (sirloin, rib eye and filet) are riveting.

Steaks work from a base of CH$2000 and are priced per kilo from there (Julio will bring the precooked slabs to the table and cut to order) and are served with roasted breadsticks with a fiery *merkén* paste, *sopapillas* (fried bread) with *pebre* (coriander, chopped onion, olive oil, garlic and spicy peppers) and potatoes. Perfect order: 350g Angus filet with green peppercorn sauce. The bad news? At the time of research, the former South African owner had sold it and returned home; while it's not expected to not to skip a beat, change always brings uncertainty.

In Pelluco, it can be easily reached by buses from the terminal marked Chamiza/Pelluco (CH$400, 10 minutes) but this Slow Food steak means you'll need to Uber (CH$2000 to CH$4000) home – buses stop around 8:30pm or so. Reservations are a good idea, especially Thursday through Sunday – there are just 10 tables.

★**Chile Picante** CHILEAN $$
(☑cell 9-8454-8923; www.chilepicanterestoran.cl; Vicente Pérez Rosales 567; menú CH$10,500;

⊕11:30am-3:30pm & 7:30-10:30pm Mon-Sat; 🔊) Owner Francisco Sánchez Luengo is on to something at this intimate and playful gourmet hot spot that's an ambitious (up-hill) walk from most of the budget sleeps. With expansive city and sea views as the backdrop, Luengo offers just a few choices in his always-changing, three-course menu, all delicately presented yet bursting with the flavors of the market that day.

There's a fascinating emphasis on out-of-the-box preparations of native ingredients: *nalca* (Chilean rhubarb), *cochayuyo* and *ulte* (sea plants), *michuña* (native Chiloé potato) etc. Reservations recommended. Cash only.

🍷 Drinking & Nightlife

Cirus Bar
BAR

(Miraflores 1177; ⊕10am-midnight Mon-Thu, to 1am Fri-Sat; 🔊) By day, it's one of Puerto Montt's best-value lunch destinations. By night, as one local put it, 'It's a great place to find some sinister personalities!' It draws a tantalizing mix of lawyers, prostitutes, artists, writers and poets – local color in spades! – in a room packed with with a bohemian potpourri of antiques and discarded memorabilia.

Nightly folk music keeps the soundtrack lively.

Magnolia Café
CAFE

(Luis Ross 460; coffee CH$1400-2890; ⊕8:30am-8pm; 🔊) 🍴 Cute little cafe tucked away inside Casa del Diamante, which also houses a Bikram yoga center. It's a fine, locals' secret for breakfast (CH$2900 to CH$4990), cakes and pastries, and espresso.

🛍 Shopping

Paseo Costanera
SHOPPING

(http://pasmar.cl/mall-paseo-costanera; Illapel 10; ⊕10am-9pm) Puerto Montt's best shopping mall, with a cinema and a trampoline park for the kiddies. If you are arriving off the Navimag, you can find ticket offices for Cruz del Sur and TurBus/JAC right inside the mall. If you're looking for outdoor gear, you'll find Lippi, Rockford, Merrell, Helly Hansen, Weinbrenner, Columbia, Doite, Andesgear, Ripley and Nike.

❶ Information

If arriving at night, stay alert; petty thievery isn't uncommon. Be hyperaware walking around the bus station as well as along the *costanera* and Antonio Varas, which have become stretch-es of ill repute and shadiness after the sun goes down.

There are more banks along **Antonio Varas near Plaza de Armas** than there are in Switzerland. You'll find money-exchange houses clustered around **Diego Portales and Guillermo Gallardo.**

Banco de Chile (www.bancodechile.cl; cnr Rancagua & Urmeneta) ATM.

Banco de Chile (www.bancodechile.cl; cnr Pedro Montt & Antonio Varas) ATM.

Conaf (☑65-248-6115; www.conaf.cl; Ochagavía 458; ⊕9am-1pm & 2:30-5:45pm Mon-Thu, to 4:30pm Fri) Can provide details on nearby national parks.

Información Turística (Sernatur; ☑65-222-3016; www.sernatur.cl; San Martín 80; ⊕9am-1pm & 3-6pm Mon-Fri, 9am-2pm Sat) On the west side extension of Plaza de Armas and at arrivals in the **airport** (Sernatur; www.sernatur.cl; El Aeropuerto Internacional El Tepual, Arrivals Hall, San Antonio; ⊕9am-5:50pm Mon-Fri). Stocks a wealth of brochures, but little English spoken.

Andina del Sud (☑65-222-8600; www.andinadelsud.com; Antonio Varas 216, Edificio Torre del Puerto, suite 907; ⊕9am-7pm Mon-Fri) Represents the CruceAndino to Puerto Montt.

Carabineros de Chile (☑65-276-5158; www.carabineros.cl; Guillermo Gallardo 517; ⊕24hr)

Clínica Puerto Montt (☑65-248-4800; www.clinpmontt.cl; Panamericana Sur 400; ⊕24hr) One of Puerto Montt's most recommended private hospitals.

Argentinian Consulate (☑65-228-2878; www.cpmon.cancilleria.gov.ar; Pedro Montt 160, 6th fl, Puerto Montt)

CorreosChile (www.correos.cl; Rancagua 126; ⊕9am-7pm Mon-Fri, 9:30am-1pm Sat)

❶ Getting There & Around

AIR

Aeropuerto El Tepual (☑65-229-4161; www.aeropuertoeltepual.cl; V-60, San Antonio) is located 16km west of the city and is served by **LATAM** (☑600-526-2000; www.latam.com; O'Higgins 167, Local 1-B; ⊕9am-1:15pm & 3-6:30pm Mon-Fri, 10am-1:30pm Sat), which flies two to four times daily to Punta Arenas, twice daily to Balmaceda/Coyhaique and up 10 times daily to Santiago. (Flights to Castro, Chiloé, are from Santiago only.) The airport is also served by **Sky Airline** (www.skyairline.com), **JetSmart** (www.jetsmart.com) and **Latin American Wings** (LAW; www.vuelalaw.com) airlines.

Andrés Tour (☑cell 9-9647-2210; www.andrestur.com; cnr Av Diego Portales & Lillo,

Puerto Montt Terminal, box 38) services the airport from the bus terminal (CH$2500; boxes 10-14). Catch the bus two hours before your flight's departure (don't cut it close with the shuttle departure time – they are fined if they sit in their assigned gate longer than a few minutes and they will leave without you!). It also offers door-to-door service from the airport to Puerto Montt (CH$5000; CH$8000 for two) and Puerto Varas (oddly, CH$10,000 for *one or two* people).

Taxis to the airport cost between CH$12,000 and CH$15,000 (Uber rings up between CH$7000 and CH$9000); both trips take 30 to 45 minutes.

In addition to car-rental companies at the airport, the small **Terminal Rent-A-Car** (V-60, San Antonio; ⊘7:30am-midnight Mon-Fri, 8am-7pm Sat-Sun), just outside the airport on the main road, houses several budget-friendly local agencies.

Charter flights leave from the small **Aeródromo La Paloma**, 3km northeast of downtown Puerto Montt.

Pewen Services Aéreos (☑65-222-4000; www.pewenchile.com; Aeródromo La Paloma s/n, Hangar 10) flies to Chaitén Monday to Friday (9:30am, 11:30am and 3:30pm) and Saturday and Sunday (9:30am). **Aerocord** (☑65-226-2300; www.aerocord.cl; Aeródromo La Paloma s/n, Hangar 7 & 8) flies the same route daily in summer, less in low season. A one-way ticket on either is CH$50,000.

A quick taxi from the *costanera* in Puerto Montt is CH$3500.

BUS

Puerto Montt's modern waterfront **bus terminal** (☑65-228-3000; www.terminalpm.cl; cnr Av Diego Portales & Lillo) is the main transportation hub for the region, and it gets busy and chaotic – watch your belongings or leave them with the *custodia* (per 24 hours CH$1200 to CH$2400) while sorting out travel plans. In summer trips to Punta Arenas and Bariloche can sell out, so book in advance.

Regional *micros* (minibuses), including Puerto Varas (CH$900, 25 minutes), Frutillar (CH$1600, one hour) and Puerto Octay (CH$1900, two hours), leave frequently from the northern front of the terminal. **Buses Río Puelo/Estuario Reloncaví** (p268) leaves for the villages of Ralún (CH$2500, two hours), Cochamó (CH$3000, 2½ hours) and Río Puelo (CH$4500) at 7:45am, 2pm and 4pm Monday to Saturday, and 7:45am, noon and 4:30pm on Sunday. The first morning departure carries on all the way to Lago Tagua-Tagua (CH$5000, 4½ hours). **Transhar** (p268) plies the Cochamó route at 12:15pm and 3:30pm Monday to Saturday only (CH$4500 as far as Río Puelo).

Bus companies, all with offices at the **bus terminal** (p275), include **Cruz del Sur** (☑65-248-3144; www.buscruzdelsur.cl; cnr Av Diego Portales & Lillo, Puerto Montt Terminal), with frequent services to Chiloé; **Turbus**

THE NAVIMAG TO PUERTO NATALES

The Japanese-built, Patagonian-adapted cargo boat **Navimag** (☑22-869-9900; www.navimag.com; Av Diego Portales 2000, office; ⊘9am-1pm & 2:30-6:30pm Mon-Fri, 3-6pm Sat) takes you through days of uninhabited fjords, close encounters with glaciers and views of surreal orange sunsets over the Pacific. Along the way, you might spot minke and Humboldt whales, a variety of birds, a long-abandoned sea-level shipwreck and South American sea lions.

Life on board is cramped, but beds are surprisingly cozy, hovering somewhere between 1st class on an Indian train and midrange rock-band tour bus for comfort level.

If the weather is poor, your views are limited and you will spend much of your time watching movies in the dining area. If the weather is worse, you can spend a day or so pitching back and forth on rough seas and fighting to hold down your lunch. If the weather is worse than that, your trip can be delayed (for days) prior to departure and you can even be delayed en route if the Golfo de Penas (on the open Pacific) is too rough to cross. Cancellations altogether are not infrequent. Either way, it's windy and cold, summer included.

Fares below represent the Puerto Montt–Puerto Natales leg between November and March. In the opposite direction, fares are slightly less in high season. In low season (April to October), prices drop significantly.

CLASS	AAA (US$)	BB (US$)	CC (US$)	C (US$)
Single	1950	1500	780	–
Double	2100	1520	1200	–
Triple	–	2010	1500	–
Quad	–	2200	1800	400

(☎65-249-3402; www.turbus.cl; cnr Av Diego Portales & Lillo, Puerto Montt Terminal, Boletería 4), with daily service to Valparaíso/Viña del Mar; **Pullman Bus** (☎65-225-4399; www.pullman.cl; cnr Av Diego Portales & Lillo, Puerto Montt Terminal, Boletería 30), with a one-stop only departure for Santiago at 9:30pm; and **Buses ETM** (☎65-225-6253; www.etm.cl; cnr Av Diego Portales & Lillo, Puerto Montt Terminal, Boletería 14). All of these services go to Santiago, stopping at various cities along the way (locals consider ETM the most reliable and comfortable); Buses ETM and **Bus Norte** (☎65-225-2783; www.busnorte.cl; cnr Av Diego Portales & Lillo, Puerto Montt Terminal, Boletería 12) also offer nightly service to Valparaíso/Viña del Mar. Cruz del Sur also has a **town office** (☎65-228-1717; www.busescruzdelsur.cl; Antonio Varas 437; ☻9am-1pm & 2:30-7:30pm Mon-Fri).

For Pucón, Villarrica and Validivia, **Buses JAC** (☎65-238-4600; www.jac.cl; cnr Av Diego Portales & Lillo, Puerto Montt Terminal, Boletería 22) departs 10 or so times per day. **Kemelbus** (☎65-225-3530; www.kemelbus.cl; cnr Av Diego Portales & Lillo, Puerto Montt Terminal, Boletería 40) has a daily departure to Chaitén that stops at Parque Pumalín; otherwise, catch more frequent buses to Hornopirén and switch there.

For long-haul trips to Punta Arenas via Argentina, try **Queilen Bus** (☎65-225-3468; www.queilenbus.cl; cnr Av Diego Portales & Lillo, Puerto Montt Terminal, Boletería 26), Cruz del Sur and Pullman Bus. Queilen Bus also goes to Coyhaique.

For Bariloche, Argentina, try Cruz del Sur, **Via Bariloche** (☎65-223-3633; www.viabariloche.com.ar; cnr Av Diego Portales & Lillo, Puerto Montt Terminal, Boletería 47), **Andesmar** (☎65-228-0999; www.andesmar.com; cnr Av Diego Portales & Lillo, Puerto Montt Terminal, Boletería 46) and **Trans Austral** (☎65-227-0984; www.transaustral.com; cnr Av Diego Portales & Lillo, Puerto Montt Terminal, Boletería 41).

Buses from Puerto Montt

DESTINATION	COST (CH$)	HOURS
Ancud	4000	2½
Bariloche (Ar)	18,000	6
Castro (Chiloé)	6000	4
Chaitén	20,000	9½
Concepción	17,100	10
Coyhaique	40,000	22
Hornopirén	4000	4
Osorno	2200	1½
Pucón	9800	5½
Punta Arenas	35,000	32
Quellón	8000	6
Santiago	11,900	13
Temuco	6700	5
Valdivia	5200	3½
Valparaíso/ Viña del Mar	12,000	15
Villarrica	9300	5

BOAT

Puerto Montt is the main departure port for Patagonia. At the **Terminal de Transbordadores** (www.empormontt.cl; Av Angelmó 2187), you can find the ticket offices of **Naviera Austral** (☎65-227-0430; www.navieraustral.cl; Av Angelmó 1673; seat CH$17,300, vehicle CH$95,100; ☻9am-2:45pm & 3-6:45pm Mon-Fri, 10am-12:45pm Sat). The offices of **Navimag** are located near the bus station. Both companies are primarily commercial transporters, so don't expect thread counts and Dom Pérignon. If you are looking for added comforts or a more cruise-oriented experience, consider **Skorpios** (☎65-227-5646; www.skorpios.cl; Av Angelmó 1660; s/d incl meals & alcohol from US$3300/4400; ☻8:30am-6:30pm Mon-Fri).

Naviera Austral sails the *Jacaf* Monday, Thursday and Friday to Chaitén at 11pm daily, year-round. The trip takes nine hours and usually runs overnight and is less than comfortable.

Auto-passenger ferries from **Pargua** (☎056-227-0700; www.transmarchilay.cl; Ruta 5; car/pedestrian CH$12,200/free; ☻24hr; ☏), 62km southwest of Puerto Montt, leave for Chacao (30 minutes), on the northern tip of Chiloé, on a first-come, first-served basis every 30 minutes or so.

TAXI

Taxis to most places around town run CH$3000 or so. *Colectivos* and minibuses ply the *costanera* and around for CH$400 to CH$600.

Europcar (☎65-236-8215; www.europcar.com; Antonio Varas 162; ☻8am-7pm Mon-Fri, to 1:30pm Sat)

Chiloé

Best Places to Eat

➡ Rucalaf Putemún (p292)

➡ Cazador (p292)

➡ Mercadito (p292)

➡ La Cocinería Dalcahue (p286)

➡ Cocineria Tradiciones Morelia (p295)

Best Places to Stay

➡ Tierra Chiloé (p289)

➡ Palafito del Mar (p291)

➡ OCIO Territorial Hotel (p289)

➡ Palafito Cucao Hostel (p294)

➡ Isla Bruja Lodge (p295)

Why Go?

When the early-morning fog shrouds misty-eyed and misunderstood Chiloé, it's immediately apparent something different this way comes. Isla Grande de Chiloé is South America's fifth-largest island and is home to a fiercely independent, seafaring people.

Immediately apparent are changes in architecture and cuisine: *tejuelas*, the famous Chilote (of Chiloé) wood shingles; *palafitos* (houses mounted on stilts along the water's edge); the iconic wooden churches (16 of which are Unesco World Heritage sites); and the renowned meat, potato and seafood stew, *curanto*. A closer look reveals a rich spiritual culture that is based on a distinctive mythology of witchcraft, ghost ships and forest gnomes.

All of the above is weaved among landscapes that are wet, windswept and lush, with undulating hills, wild and remote national parks, and dense forests, giving Chiloé a distinct flavor unique in South America.

When to Go
Ancud

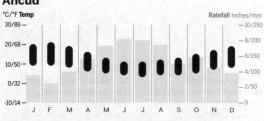

Feb The clearest skies of the year in Chiloé, but you'll still need a poncho.

Sep–Mar Penguins breed in Monumento Natural Islotes de Puñihuil.

Dec–May Best time of year to catch endangered blue whales off Chiloé's northwest coast.

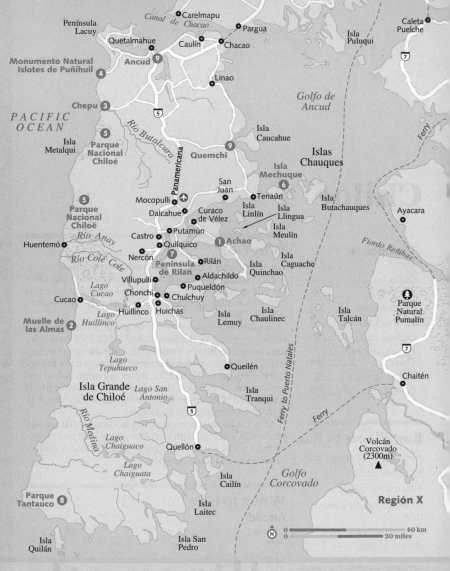

Chiloé Highlights

1 Unesco-listed Wooden Churches (p288) Genuflecting in awe at the Chiloé's churches.

2 Muelle de las Almas (p294) Trekking across Chiloé's landscape to the mythological Dock of Souls.

3 Chepu (p284) Taking a dawn kayak trip through a misty sunken forest.

4 Monumento Natural Islotes de Puñihuil (p283) Spying Magellanic and Humboldt penguins in the wild.

5 Parque Nacional Chiloé (p294) Hiking along Chiloé's raging and wild west coast.

6 Isla Mechuque (p285) Wandering the idyllic mini-island microcosm of Chiloé.

7 Peninsula de Rilán (p288) Sleeping in remote luxury at this picturesque peninsula.

8 Parque Tantauco (p295) Losing yourself on a hut-to-hut trek through untamed temperate rainforest.

9 Curanto (p283) Tearing into a bowl of Chiloé's most traditional dish.

History

The islands were first populated by the Chono people, who were pushed toward the Archipelago de Aisén as the Mapuche invaded from the north. The Spaniards took full possession of Chiloé in 1567, some five years after a smallpox epidemic killed much of the indigenous population. A measles epidemic in 1580 further weakened the native influence.

During the wars of independence, Chiloé was a Spanish stronghold; the Spanish resisted criollo attacks in 1820 and 1824 from heavily fortified Ancud, until their final defeat in 1826. Chiloé itself stayed off the radar until the 1850s when its proximity to the new Puerto Montt gave the islands increasing commercial importance. It took another century to establish a road running the length of the main island. Fishing was and is the main industry, but is now heavily dominated by salmon and shellfish farming.

ⓘ Getting There & Away

The most popular route for travelers is the frequent **ferry** (p276) between Pargua, on the mainland 62km southwest of Puerto Montt, and Chacao, a small town of little interest at the northeast corner of Isla Grande de Chiloé, but that is all set to change over the coming years. Construction on the controversial Puente Chacao, a 2.6km suspension bridge – the largest of its kind in Latin America – linking Chiloé with the mainland, has been postponed several times but *may* be operational in the next decade. Until then, bus fares to/from the mainland include the half-hour ferry crossing. LATAM Airlines operates one daily flight from Santiago to Castro via Puerto Montt five days a week (four in low season).

Ancud

📋 65 / POP 40,800

Ancud was once a rather wealthy place with gracious buildings, *palafitos* (stilt houses) and a railway line. But the earthquake of 1960 decimated the town. Today, version 2.0, though rather quaint, is a sprawling city only peppered with occasional native architecture leading down to the spectacular waterfront – which, by the time you read this, should have been made over to include bike paths, a pedestrian pier, and multiple seating plazas.

But Ancud's coup is its natural surroundings, and for those who want a taste of Chiloé but don't have time to head as far south as Castro, its spectacular nearby coastline, excellent seafood, cozy hostels and proximity to Monumento Natural Islotes de Puñihuil make it an easy-to-digest base for exploring a lesser visited corner of Chiloé.

⊙ Sights

★ **Centro de Visitantes Inmaculada Concepción** MUSEUM

(www.iglesiasdechiloe.cl; Errázuriz 227; suggested donation CH$500; ⊙ 9:30am-7pm Jan & Feb, 9:30am-1pm & 2:30-6pm Mon-Fri Mar-Nov) Don't think about visiting Chiloé's Unesco-listed churches without first stopping in at this excellent museum housed in the former Convento Inmaculada Concepción de Ancud (1875). It's home to wooden scale models of all 16 churches, which show the workings of the intricate interior woodwork of each.

You'll also find an interesting museum shop, where you can pick up the free bilingual *La Ruta de Las Iglesias Chiloé* visitors' guide. If you dig Chiloé churches, the foundation has produced a good coffee-table book, which is also available in the shop.

★ **Museo Regional de Ancud Aurelio Bórquez Canobra** MUSEUM

(Museo Chilote; www.museoancud.cl; Libertad 370; ⊙ 10am-7:30pm Jan & Feb, 10am-5:30pm Tue-Fri, to 2pm Sat & Sun Mar-Dec) FREE This worthwhile museum, casually referred to as Museo Chiloé, offers interesting displays tracking the history of the island, including a full-sized replica of the *Ancud*, which sailed the treacherous fjords of the Strait of Magellan to claim Chile's southernmost territories; and a massive intact blue-whale skeleton.

Fuerte San Antonio FORTRESS

(cnr Lord Cochrane & Baquedano; ⊙ 8:30am-9pm Mon-Fri, 9am-8pm Sat & Sun) FREE During the wars of independence, Fuerte San Antonio was Spain's last Chilean outpost. At the northwest corner of town, late-colonial cannon emplacements look down on the harbor from the early-19th-century remains of the fortress. There's a somewhat-secluded beach, Playa Gruesa, behind the north wall.

⟳ Tours

Austral Adventures OUTDOORS

(📋 65-262-5977; www.austral-adventures.com; Av Costanera 904) ⌀ This is the go-to agency for English-speaking tours from Ancud, including extended nature-centric jaunts to see penguins, kayaking on the bay and bird-watching – always with a fierce eco-slant and more elaborate than the cookie-cutter tours. US owner Britt Lewis is impossibly nice and knowledgeable.

Ancud

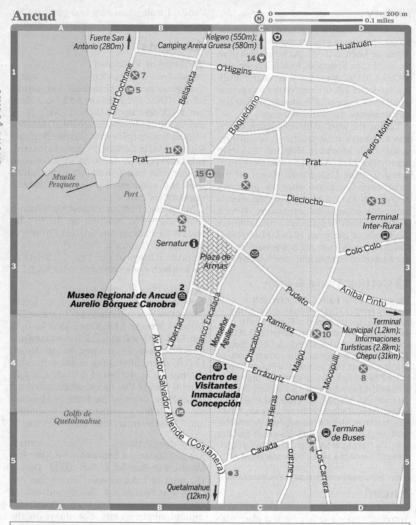

Ancud

⊚ Top Sights

1 Centro de Visitantes Inmaculada
   Concepción...C4
2 Museo Regional de Ancud Aurelio
   Bórquez Canobra.................................B3

🏃 Activities, Courses & Tours

3 Austral Adventures..................................C5

🛏 Sleeping

4 13 Lunas Hostel.....................................D5
5 Hostal Lluhay..B1
6 Hostal Mundo Nuevo.............................B4

🍴 Eating

7 Café Amaranthine...................................B1
8 Café Blanco...D4
9 Cocinerías Mercado Gastronómico......C2
10 El Embrujo de Chiloé.............................D4
11 Kuranton..B2
12 Retro's Pub...B3
13 Unimarc...D2

🍷 Drinking & Nightlife

14 Club Social Baquedano C1

🛍 Shopping

15 Mercado Municipal.................................B2

🛏 Sleeping

★13 Lunas Hostel
HOSTEL $

(☎65-262-2106; www.13lunas.cl; Los Carrera 855; dm from CH$11,500, s/d 22,000/30,000; P@🖤) 🖋 The best option for migrating backpackers, 13 Lunas is situated directly opposite the main bus terminal. Owner Claudio and his multicultural staff are young, enthusiastic and speak English, while the hostel itself oozes coziness with bright hardwoods, plenty of natural light, hotel-standard bathrooms, a grassy lawn and a wonderful terrace with views. Solar-heated water and active recycling give it an eco-edge.

Hostal Lluhay
GUESTHOUSE $

(☎65-262-2656; www.hostal-lluhay.cl; Lord Cochrane 458; s/d/tr incl breakfast CH$22,000/38,000/45,000; P@🖤) Awash in antique kitsch and character, Lluhay wins over visitors with its very welcoming owners. Don't be surprised if they start feeding you delicious homemade küchen (sweet, German-style cakes), pouring you cocktails by the fireplace, or knocking out a few bars on the piano.

Camping Arena Gruesa
CAMPGROUND $

(☎65-262-3428; www.hotelarenagruesa.cl; Av Costanera Norte 290; campsites per person CH$7000, s/d incl breakfast from CH$38,000/49,000; @🖤) City campsites don't get much better views than this one, located atop a bluff on the north side of town. The area is grassy and decently maintained, with electricity, hot water at night, tiny refugios (rustic shelters) for rainy days and bright, surprisingly clean bathrooms. It's also a minute's walk to the beach.

Chil-Hué
GUESTHOUSE $$

(☎65-262-5977; www.chil-hue.com; Playa Lechagua; r from CH$70,000, casitas CH$110,000; 🖤) For those with extra pesos and a penchant for solitude, this is the place for you in Ancud. Your hosts are Britt from Austral Adventures and his wife, Sandra – a Peruvian gourmet chef (who will also cook you dinner for CH$15,000) and Ashtanga yoga instructor – who have built just three lodgings on their property on an isolated beach 6km south of Ancud.

On offer are two stylish apartments with kitchenettes (pluck your organic greens straight from the adjacent garden), but sea views are obstructed. In the isolated beachfront casita, however, it's just you and the dolphins in the bay. This remote and rustic getaway is only for certain souls. You know who you are.

Hostal Mundo Nuevo
HOSTEL $$

(☎65-262-8383; www.hostalmundonuevo.com; Costanera 748; dm/s/d/q CH$14,000/$39,000/52,000/64,000, s/d without bathroom CH$29,000/42,000; @🖤) This Swiss-owned midrange hotel masquerading as a hostel is just a hop, skip and a jump from the Cruz del Sur bus station. It boasts postcard-perfect sunset views over the Bay of Ancud from a big, comfortable bench on its naturally lit front porch, and also from its 13 privates (including two new, larger rooms) and a six-bed dorm.

The outdoor hot tub (from CH$12,000 for up to eight guests) is well worth reserving a few hours in advance. A new restaurant was in the works when we visited.

✗ Eating & Drinking

Unimarc
SUPERMARKET $

(www.unimarc.cl; Prat 318; ⊗9am-9:30pm) Ancud's best supermarket.

Café Amaranthine
CAFE $

(www.amaranthinechiloe.com; Lord Cochrane 412; mains CH$4500-5500; ⊗10am-9pm Mon-Sat; 🖤) 🖋 Well-regarded Peruvian chef Sandra Echegaray opened this drop-dead adorable cafe, Chiloé's first organic and vegetarian option, in 2017. Rustic-chic touches like colorful wrought-iron chairs and mismatched retro couches have upped the cutesy vibe ante, and the wonderful coffees, teas, smoothies and more substantial plates (quinoa burgers, veggie pichangas, maqui berry cheesecake) are a nice change from Chilean staples.

Café Blanco
CAFE $

(www.facebook.com/cafeblancoancud; Ramírez 359; mains CH$3700-6900; ⊗9:30am-8:30pm Mon-Sat, 4-7pm Sun; 🖤) A very welcome addition to the Ancud dining scene, this cozy Castro transplant occupies a colorful and rambling old Chilote home and is a requisite stop for sandwiches, salads, and sweet-tooth-satiating cakes and pies (CH$1500 to CH$3100). Locally produced provisions are available in the organic shop as well.

Retro's Pub
PUB FOOD $

(www.facebook.com/retros.pub; Pudeto 44; mains CH$5000-13,000, pizzas CH$11,000; ⊗11am-4am Mon-Fri, 6pm-4am Sat; 🖤) Having reopened in a grittier space near Plaza de Armas in 2016, Ancud's most timeless bar is divey in all the right ways. The menu is chock-full of Tex-Mex, burritos the size of Kansas, killer burgers on sourdough-reminiscent buns, stone-cooked pizzas and more. Everything is made from scratch.

The friendly home-brewing owner also makes a good Trappist-style Belgian Tripel with porters, stouts and IPAs on the way.

Cocinerías Mercado Gastronómico
MARKET $

(Dieciocho; meals CH$2500-7000; ⊙9am-9pm) Tucked away off Dieciocho is a series of down-home market stalls dishing up *cazuela* (meat and vegetable stew), *chupe* (fish casserole) and set lunch menus for around CH$2500 to CH$7000.

El Embrujo de Chiloé
CAFE $

(Maipú 650; sandwiches CH2500-3200; ⊙9am-8pm Mon-Fri, 10am-7pm Sat; 🕾) This cozy cafe is always packed with discerning locals, sipping decent cappuccinos coffee (CH$1000-CH$2800) or catching a sandwich on the cheap. There's a playful witchcraft undercurrent and it feels more Chiloé than elsewhere.

Club Social Baquedano
BAR

(Baquedano 469; beers CH$2000-3000; ⊙1pm-1am Mon-Thu, to 2am Fri & Sat; 🕾) Ancud's classiest bar is housed in a restored shingled Chilote house that once hosted a social club of the same name in the 1960s and '70s. There's craft beer on tap – Cuello Negro and Kross – and Victorian-like sofas to lounge on.

🛍 Shopping

Kelgwo
CLOTHING

(☑ cell 9-8424-3110; Costanera Norte 200; ⊙8am-5pm Mon-Fri) In a nod to Chiloé's age-old weaving traditions, this boutique housed in a crumbling home in Arena Gruesa sells modern, naturally dyed high-quality woven coats, dresses, scarfs, shawls, tops, wall hangings and framed art.

Mercado Municipal
MARKET

(Prat, cnr Dieciocho & Libertad; ⊙8:30am-7:30pm Mon-Sat, 9am-6:30pm Sun) Has an abundance of craft stalls.

ℹ Information

Banco de Chile ATM (Libertad 621) ATM.

Conaf (☑65-262-7520; www.conaf.cl; Errázuriz 317; ⊙8:30am-12:50pm & 2:30-5:30pm Mon & Wed, 8:30am-12:50pm & 2:30-6:30pm Fri) The Ancud office of Chile's National Forest Corporation can assist with info on national parks.

CorreosChile (www.correos.cl; cnr Pudeto & Blanco Encalada; ⊙9am-1pm & 3-6pm Mon-Fri, 9:30am-12:30pm Sat)

Hospital de Ancud (www.hospitalancud.gov.cl; Almirante Latorre 301; ⊙24hr) Located at the corner of Pedro Montt.

Informaciones Turísticas (www.muniancud.cl; Ruta 5; ⊙10am-5pm) Helpful municipal tourism office at the entrance to town.

Sernatur (☑65-262-2800; www.sernatur.cl; Libertad 669; ⊙8:30am-7pm Mon-Fri, 9:30am-7pm Sat & Sun Dec-Feb, 9.30am-5pm Mon-Thu, to 4:30pm Sat & Sun Mar-Nov; 🕾) This is the only formal national tourist office on the island. Expect very helpful staff, brochures, town maps, lists of accommodations and wi-fi.

ℹ Getting There & Away

Ancud has three bus terminals. **Cruz del Sur** (☑65-262-2265; www.busescruzdelsur.cl; ⊙6am-11pm Mon-Sat, 7am-11pm Sun) owns and operates the main **Terminal de Buses** (cnr Los Carreras & Cavada; ⊙6am-11pm Mon-Sat, 7am-11pm Sun), which offers the most departures to Chiloé's more southerly towns, with departures around every hour, and to cities on the Panamericana to the north (including two daily departures to Santiago at 7pm and 7:35pm). It's a five-minute walk from the waterfront and downtown. A taxi to/from the terminal to Av Costanera in downtown costs CH$2000. **Queilen Bus** (☑65-262-1140; www.queilenbus.cl) operates out of the old **Terminal Municipal** (Anibal Pinto 1200), 1.5km from the center.

Cruz del Sur buses go to Punta Arenas every Tuesday, Thursday and Saturday at 8:30am. Queilen Bus heads out Monday at 7:30am. However, travelers going to most southerly regions beyond Chiloé and to Bariloche, Argentina, will do better to take buses from Puerto Montt.

Sample starting fares in high season are as follows (prices can fluctuate with company and the quality of the bus/classes):

DESTINATION	COST (CH$)	HOURS
Castro	2000	1½
Concepción	23,000	12
Dalcahue	1700	¾
Osorno	6200	4
Puerto Montt	4500	2
Puerto Varas	5000	1½
Punta Arenas	45,000	32
Quellón	4000	3
Santiago	30,000	16
Temuco	11,000	8
Valdivia	8500	6

Chiloé's more rural destinations to the east, as well as afternoon buses to Chepu, the gateway to the northern end of Parque Nacional Chiloé, are serviced by buses that leave from the small **Terminal Inter-Rural** (☑ cell 9-6301-9912; Colo Colo 860). The schedule is posted near the bathroom (if not, ask at the administration office); simply buy tickets on the bus.

DON'T MISS

CURANTO: CHILOÉ'S CULINARY COUP

No words can quite prepare you for the first moment a piping hot bowl of *curanto* lands on the table in front of you, but 'What did I get myself into?' comes to mind. Rest assured, however, your slack jaw will come in handy when it's time to shove all that food in. Chiloé's most traditional dish is of unknown origins, but historically its preparation harks back to the earth ovens of Polynesian culinary ancestry. Traditionally *curanto* was made by heating up stones in a hole in the ground until they crackled, then directly piling on shellfish, pork and chicken, followed by *nalca* (a rhubarb-like plant) or *pangue* (a native plant of Chile) leaves and damp cloths before the whole shebang was covered in dirt and grass and left to simmer for nearly two hours. Locals still prepare it this traditional way, called *curanto al hoyo*, in a few places around the island, including **Restaurant Quetalmahue** (www.restaurantequetalmahue.es.tl; W-20, Quetalmahue; curanto CH$10,000; ⊙11am-8pm, to 10pm Jan-Feb) in Quetalmahue, a small fishing village 12km from Ancud (high season only unless you are a big group with advance reservations). If you can't make it there (*curanto* ready from 2pm to 4pm; a taxi runs a negotiable CH$15,000 or so round-trip from Ancud with waiting), the next best thing – minus the pit and dirt – is **Kuranton** (Prat 94; curanto CH$8000; ⊙11am-8pm; 🐾) in Ancud and **El Chejo** (p284) in Quemchi.

To visit Monumento Natural Islotes de Puñihuil on public transport, **Buses Mar Brava** (Terminal Inter-Rural) heads to nearby Pumillahue (CH$2000), at 1pm and 5pm (Monday to Friday) and 1pm (Saturday). **Buses Pumillahue** (☑ cell 9-8379-2328, cell 9-9952-1984; Terminal Inter-Rural) heads out at noon and 4pm (Monday, Wednesday and Friday), 4pm (Tuesday and Thursday) and 1pm (Sunday). The bus will drop you at Piedra Run crossroads, from where it is a 2km walk to the beach (follow the paved road). In low season, services drop off substantially.

ℹ Getting Around

Ancud is small and mostly manageable on foot. Further flung, uphill destinations like the Terminal Municipal can be reached via *colectivos* CH$400 between 7am and 9pm, CH$500 at night and on Sunday) on Dieciocho or by grabbing a **taxi** (☑ 65-262-2577; cnr Pudeto & Maipú) (CH$2000).

Monumento Natural Islotes de Puñihuil

Three islands off the coast of Puñihuil, on the Pacific Ocean, are breeding grounds for Magellanic and the near-extinct Humboldt penguins, and a haven for blue whales. The entire area is protected as a natural monument and a no-fishing zone is enforced in the area. The best time of year to go for the penguins is when they are breeding, from September to March (you might otherwise be out of luck). Several travel agencies in Ancud organize excursions to the site.

Boat trips to view the penguins is the main event. **Ecoturismo Puñihuil** (☑ cell 9-8317-4302; www.pinguineraschiloe.cl; Puñihuil; penguin tour adult/child CH$3500/700) represents three of the seven licensed penguin-viewing operators and runs 20 or so trips per day with three upgraded local fishing boats between 10am and 6pm to take tourists out for a closer (but quick) look at the cute flightless birds (if they're full, walk on down the beach for other options). All-weather gear is provided. Boats can fill up in high season – it's best to book ahead at Austral Adventures (p279) in Ancud. When weather permits, Austral also runs whale-watching and sea-lion trips here too.

ℹ Getting There & Away

From Ancud's Terminal Inter-Rural, **Buses Mar Brava** (p283) heads to Pumillahue (CH$2000), near Monumento Natural Islotes de Puñihuil, at 1pm and 5pm (Monday to Friday) and 1pm (Saturday). **Buses Pumillahue** (p283) makes the run at noon and 4pm (Monday, Wednesday and Friday), 4pm (Tuesday and Thursday) and 1pm (Sunday). The bus will drop you at Piedra Run crossroads, from which it is a 2km walk to the beach (follow the paved road). In low season services drop off substantially. Buses return about 75-minutes after their Ancud departure.

A round trip taxi from Ancud including wait time is CH$20,000.

Quemchi

☑ 065 / POP 9102

On a clear summer day, the snowcapped mountains of southern Chile loom in the

CHEPU

Previously difficult to access and lacking infrastructure, Chepu, the northern sector of Parque Nacional Chiloé, 38km southwest of Ancud, remains a sanctuary of pristine beauty. You'll find stunning coastline and rivers and 128 bird species. Bring supplies – it's rural!

Chepu's masterpiece is a breathtaking spot overlooking the confluence of three rivers and 140 sq km of sunken forest (a phenomena created by by the 1960 Valdivia earthquake, which sunk the ground some 2m, allowing salt water to enter the area and kill the trees). It's best seen at dawn on a serene kayak trip offered by recommended ecotourism agency **Chiloé Natural** (p291) on overnight trips from Castro (CH$265,000 per person including lodging/meals).

Don't skip **Muelle de la Luz** (per person incl transport CH$25,000; ⊙9am-7pm Sat-Sun), a larger and newer version of Chiloé's mystical and famous Muelle de las Almas, reached via a 45-minute boat ride from Muelle Anguay near Refugio Lugar de Encuentro in Chepu. Attractively perched on a pier dropping off where the Chepu river meets the ocean, the dock is engrossing, but it lacks the strong mythological background of Almas.

Stay at **Alihuen** (☑cell 9-7489-9510; www.travelchiloe.com; d CH$30,000; ☎) 🖉, where Flemish chef and former guide Jeroen (locals call him Yuna) runs a fiercely sustainable farm (rainwater catchment, organic greenhouse) near his cozy, cabin-in-the-woods-like Cabaña Reciclada, a two-bedroom recycled-corrugated-iron cabin. This tucked-away escape features a fully equipped, pinewood-accented kitchen, washing machine and outdoor BBQ area. Meals (breakfast CH$5000, dinner CH$16,000) teeter between Belgian and Chilote tradition. **Agroturismo Chepu** (☑cell 9-9635-0226, cell 9-8523-6960; www.agroturismochepu.cl; Camino Ancud-Castro, Km 25; r with/without bathroom per person incl dinner CH$25,000/22,000) offers lodgings on a working farm.

Bus Juan Carlos Silva has one 4pm departure from Ancud's Terminal Inter-Rural on Monday, Wednesday and Friday for Chepu. The buses returns to Ancud at 5:30pm (CH$2000, one hour); flag it along the main road.

distance over misty Quemchi, topping off an already impressive view from the sea wall of this sleepy little town. Quemchi's waterfront is an ideal place to lose yourself for a day, strolling along the bay and passing the hours in one of Chiloé's best restaurants – El Chejo. Quemchi has the highest change in tides (7m) on the island, which makes for a surreal scene of beached fishing boats while the water's out.

🛏 Sleeping & Eating

Hospedaje Costanera GUESTHOUSE $
(☑65-269-1230; ray.paredes.d@gmail.com; Diego Bahamonde 141; r per person without bathroom CH$10,000, s/d from CH$20,000/25,000; P☎) It isn't the only game in town, but it boasts the best sea views (though some are obstructed by electrical wires) and a prime location, 50m from El Chejo. Ask for rooms one, two or five to get sea glimpses, but avoid room three (there's no room for luggage).

There are also a few *cabañas* around the back.

★ **El Chejo** CHILEAN $
(☑65-269-1490; Diego Bahamonde 251; meals CH$4000-9800; ⊙9am-11pm; ☎) A family-run treasure, El Chejo offers honest food pre-

pared with love by a family that fawns over its patrons. There's no menu – you get what's good that day. That could mean starting with the excellent *empanada de centolla* (a fried pastry filled with king crab) followed by a choice of several locally caught fish, washed down with a sampling of Chilote fruit liqueurs (try the *murtado*, a medicinal berry).

Curanto al hoyo (*curanto* prepared in the traditional way in an earth oven) is served Sundays in high season (CH$7500).

🍷 Drinking & Nightlife

Barlovento's BREWPUB
(Yungay 08; ⊙9am-midnight Mon-Sat, to 2am Fri & Sat, 11am-7pm Sun; ☎) This restaurant and brewhouse with sea views is Quemchi's only recommendable nightlife option, with *cervezas artesanales* brewed in-house. The food centers around what's fresh that day (meals CH$2000-7000) – empanadas, congrio, salmon – and service is friendly.

❶ Information

You'll find a fussy **Banco de Chile ATM** (Yunguy) at the town library, halfway between El Chejo and the Terminal de Transporte.

❶ Getting There & Away

Rural buses make the trip to Ancud and Castro (CH\$1500, 1½ hours to either destination) every 20 to 45 minutes from 6:40am to 7pm Monday to Friday. Services drop off on Saturday and significantly on Sunday. Buses leave from the **Terminal de Transporte** (Yungay) at the end of the road, where there is a maze of schedules posted.

Isla Mechuque

⬛ 065 / POP 500

The further you venture into Chiloé's smaller islands, the more it feels as if you've traveled back in time. Isla Mechuque is only 45 minutes by boat from Tenaún, but feels like it's caught in a bygone era. A part of the Islas Chauques (considered Chiloé's most beautiful island chain), Mechuque is small but stunning. There are two museums, *tejuela* (Chilote wood shingle) homes, a splendid viewpoint, a picturesque bridge, famous *curanto al hoyo* and *palafitos* – it's like a mini Chiloé offering all of the larger archipelago's attractions condensed down into an area that makes for an easy and memorable day trip.

Most people visit Isla Mechuque on a day trip from Castro. From a handful of simple guesthouses, **Hospedaje Maria Humilde** (⬛ cell 9-9012-6233; r per person without bathroom CH\$15,000) is the pick of the bunch.

Several boats make the trip from Dalcahue's fishing dock each week. There are usually departures on Tuesday at 1pm, on Wednesday and Thursday at 3:30pm and on Saturday at noon, returning from Isla Mechuque on Wednesday at 7am and on Thursday at 8:15am but the schedule is always changing, so it's best to check with the Alcadia de Mar (p286) in Dalcahue or with the boats directly. Fares range between CH\$2000 and CH\$500 depending on the boat. The island is also reachable from Tenaún; contact Hospedaje Mirella (p287).

The easiest way to explore Mechuque is on a day tour with Turismo Pehuén (p291) in Castro. In January and February there is a fixed tour every Saturday at 10am; other times of year by reservation.

Dalcahue

⬛ 065 / POP 8000

In Huilliche, Dalcahue means 'Dalca's Place' and it is named after the *dalcas* (boats) constructed by Chiloé's first inhabitants. It's a feisty town facing the inner sea of the island and is famous for its vibrant Sunday crafts fair and Unesco-listed church. It's also the jumping-off point for Isla Quinchao, one of archipelagic Chile's more accessible and interesting islands, and Isla Mechugue.

Dalcahue's revamped waterfront – with pleasant seating and a boardwalk – was unveiled in 2017.

◉ Sights

Crafts Fair   MARKET

(Pedro Montt; ⊙ 9am-6pm Dec-Feb, 9am-5pm Sun Mar-Nov) You'll find the island's most authentic arts and crafts here, dominated by sweaters, socks, and hats woven from *oveja* (wool) and dyed with natural pigments made from roots, leaves and iron-rich mud. It's open daily but is at its best on Sundays, when all the surrounding islands participate.

Nuestra Señora de Los Dolores   CHURCH

(Plaza de Armas) Founded in 1849, this church is another one of the island's 16 protected by Unesco. A complete restoration was finished in 2015, which gave everything a shiny new glow – some say not for the better.

⬛ Sleeping

Hostal Lanita   GUESTHOUSE \$

(⬛ 65-264-2020; www.lanitahostal.blogspot.com; O'Higgins 50B; r without bathroom per person incl breakfast from CH\$12,500; ⓟ⬛) A great-value B&B just a block from the sea. There's a massive kitchen for guest use (lunch and dinner only) and shared-bathroom-only rooms are clean with comfortable beds and cozy down comforters. Ana, a friendly Valparaiso transplant, whips up a great little breakfast.

Hostal Lüfkümen   HOSTAL \$

(⬛ cell 9-9000-6709; www.hostaluftkumen.cl; Ramón Freire 121; s/d incl breakfast CH\$20,000/ 40,000; ⓟ⬛) This main-street guesthouse is in tip-top shape (spit-shined floors, hardwood walls) and, while it may lack local character, it offers good value for money. The single rooms with private bathroom, which drop to CH\$15,000 in low season, are about as good as it gets if sharing bathrooms is not your thing.

Hostal Encanto Patagon   GUESTHOUSE \$

(⬛ 65-264-1651; www.hostelencantopatagon.blog spot.com; Freire 26; dm per person CH\$10,000, r without bathroom per person CH\$12,000; ⓟ⬛⬛) A move from a rambling 100-year-old Chilote home chock-full of antiquated charm to a far less cinematic ranch means Encanto Patagon's atmosphere took a hit, but the simple rooms – and, more importantly, the excellent home-cooked dinners of your host, Cecilia (CH$3000) – make this a good option at the right price.

Refugio de Navagantes
BOUTIQUE HOTEL **$$$**

(☑65-264-1128; www.refugiodenavegantes.cl; San Martín 165; d CH$100,000-150,000; P❄@🕏) This stylish new boutique on Plaza de Armas is the best hotel in town. The five rooms are extra spacious, with cozy beds draped in local throws, and all come with a terrace, modern bathrooms and quality local artwork. The best room frames exquisite church views. The adjacent cafe is also the town's best.

Eating

★ La Cocinería Dalcahue
CHILEAN **$**

(www.cocineriasdalcahue.blogspot.cl; Pedro Montt; mains CH$3000-8000; ⊙9am-7pm) Tucked behind the crafts market, this collection of stalls – run by grandmotherly types who dish up *curanto* and *cazuela*, pound out *milcao* (potato bread) and dole out Chilote sweets – is Dalcahue's don't-miss. Locals prefer No 8 (Camila – Donde Lula), as her *cazuela* with beef and *luche* (algae) is outstanding – but go with your gut.

Refugio de Navegantes
CAFE **$**

(www.refugiodenavegantes.cl; San Martín 165; snacks CH$900-4900; ⊙9am-11pm Mon-Sat, to 8pm Sun, reduced hr winter; 🕏) This perfectly shingled gem on the Plaza de Armas caters to Dalcahue's bold and beautiful, who come for the town's only serious espresso, high-quality teas, wraps and desserts. The upstairs lounge monopolizes the scene in summer.

Casita de Piedra
CAFE **$**

(www.facebook.com/artesania.casitadepiedra; Pedro Montt 144; cakes & sandwiches CH$2200-5600; ⊙9am-10:30pm Mon-Sat, noon-8pm Sun, reduced hr winter; 🕏) This wonderful cafe houses a very stylish crafts shop on the 1st floor (everything but the tea and essential oils are made by local artisans) and an atmospheric waterfront spot for espresso, quiche, sandwiches and great lemon meringue pie on the 2nd floor.

Dalca
SEAFOOD **$**

(☑65-264-1222; Calle Acceso Rampla; mains CH$1500-6800; ⊙10am-11:30pm Mon-Sat, 11am-5:30pm Sun; 🕏) Dalcahue's top seafood restaurant plates up excellent steamed fresh fish and *caldillo de mariscos* (shellfish stew).

ℹ Information

There is a **BancoEstado ATM** (Freire 245) on Freire near the Copec gas station.

ℹ Getting There & Away

There is no bus terminal in Dalcahue. **Buses Dalcahue** runs buses to Castro (CH$800, 30 minutes) and Mocopulli (CH$600), for airport access, every 15 minutes between 7am and 8:30pm from a **stop** on Freire in front of Supermercado Otimarc between Henriquez and Eugenin. You can also catch buses at various points up and down the main street of Freire. **Cruz del Sur** (☑65-264-1050; www.busescruzdelsur.cl; San Martín 102; ⊙8:30am-1pm & 2:30-7pm Mon-Sat, 2:30-7pm Sun) has two buses per day to Ancud (CH$1700) and Puerto Montt (CH$6000) leaving at 9:10am and 3:15pm; there's an extra 7pm departure on Sunday. Buses depart from the office on San Martín right next to the church. Buses between Castro and Tenaún (CH$1200, 40 minutes) pass here several times per day. Catch them along the main street.

Ferries for Isla Quinchao leave continuously between 6:10am and 1am. Pedestrians go free, but try and time it so you cross with an Achao-bound bus as you'll need to be on it once you get to the other side. Cars cost CH$5000 (round trip). Boats also leave here for Isla Mechuque several days per week – the schedule is available at the **Alcadia de Mar** (☑65-264-1570; Pedro Montt; ⊙24hr) in the white building near the fishing dock. Fares generally cost CH$5000 per person. There are usually departures Tuesdays at 1pm, Wednesday and Thursday at 3:30pm and Saturday at noon, but it's always changing, so it's best to check with the Alcadia or with the boat captains directly:

Doña Luisa (☑cell 9-9376-4088)

Doña Luisa II (☑cell 9-9444-0123, cell 9-9647-1610)

Isabel (☑cell 9-9647-0948)

Don José H (☑cell 9-9146-6548)

Isla Quinchao

☑065 / POP 9203

The elongated island of Quinchao, easily accessed via a short ferry crossing from Dalcahue, is a hilly patchwork of pasturelands punctuated by small villages. A good road runs the length of the island and carries you through the island's most popular destinations, Curaco de Vélez and Achao. On a clear day, you have spectacular views to Chiloé to the west and the snowcapped mountains of Northern Patagonia to the southeast.

Curaco de Vélez

☑065 / POP 3403

An unexpected treasure lies in wait in the form of lovely Curaco de Vélez, the first town you come to along the main road from the

WORTH A TRIP

TENAÚN

Tiny Tenaún, 37km northeast from Dalcahue, is rural, but there is a very compelling reason to visit. The stunning blue **Iglesia de Nuestra Señora del Patrocinio** (Galverino Riveros; ⊙11am-6pm) is easily one of the most striking of the Chiloé's Unesco-listed wooden churches; its three azure towers will redefine your definition of clergy architecture. There's not a lot else to see and do, but if you're looking for the road less travelled – even though the road is paved now – Tenaún tempts with rural Chilote personality and a quirky seafaring ethos.

Hospedaje Mirella (☑cell 9-9647 6750; www.chiloeturismorural.cl/web/archivos/103; Galvarino Riveros; r with/without bathroom incl breakfast CH$16,000/14,000; @📶), located next to the church and part of the Agroturismo Network, makes it worth staying in Tenaún. The indomitable Mirella is an exceptional cook and is serious about making sure her guests enjoy the multicourse meals she prepares (CH$5000 to CH$12,000). She does *curanto al hoyo*, great seafood empanadas, *cazuelas* or whatever fresh catch the fishers bring in that day. Mirella also can arrange boats to Isla Mechuque (CH$60,000 return, 45 minutes, minimum four people). Calling ahead is always a good idea.

On weekdays, there are frequent buses between Castro and Tenaún (CH$1600, 1½ hours, 7:15am to 7pm), fewer on weekends – all stopping in Dalcahue (CH$1200, 40 minutes). To Ancud, **Buses Ramoncito** (☑cell 9-9481-6079) operates two buses Monday to Friday at 8:30am and at 3:30pm (CH$2300, 1½ hours) via Quemchi (CH$1000, 30 minutes). Buses depart from the unmissable yellow-with-red-trim Casona Bahamonde Werner bus stop at the corner of Av Quarto Centenario and Av Galverino Riveros.

ferry dock on Isla Quinchao. A superbly tranquil town, it's well worth spending an afternoon strolling the streets here, taking in the fascinating two- and three-story ornately shingled wooden homes and eight traditional water mills for which the town is known. Don't miss the underground crypt of War of the Pacific hero Galvarino Riveros Cárdenas – he's buried right in the square!

The main reason folks come to Curaco is for the fresh oysters served in the restaurants along the undesirable waterfront. You'll find droves of folks gobbling down Quinchao's oversized bivalve. There is also a decent restaurant or two on and around Plaza de Armas.

Achao

☑065 / POP 3452

When the early-morning fog rolls into the village of Achao, 22km southeast of Dalcahue, it can be an eerie sight, leaving no doubt you are in a remote Chilote seaside town. Though it lacks some of the indisputable charm and stillness of Curaco, Achao, too, is a worthwhile stop for its landmark church (with its spectacular interior) and outstanding architecture – not to mention stupendous views across to mainland Chile on a clear day. People from nearby islands come to Achao to sell their wares and pro-

duce, creating quite a buzz of activity along its small jetty and adjacent *feria artisanal.*

⊙ Sights

★**Iglesia Santa María de Loreto** CHURCH

(Plaza de Armas; ⊙10am-7pm) Achao's 18th-century Jesuit church, on the south side of the Plaza de Armas, is Chiloé's oldest (1740). Crowned by a 25m tower, the World Heritage site has alerce shingles; the whole structure is held together by wooden pegs rather than nails. The church has been slowly restored, with new wood juxtaposing the old, but its restoration has remained faithful to the original design.

Don't miss the stunning interior – it's like no church you have ever seen.

Mirador Alto la Paloma VIEWPOINT

(W-59) If you're driving into Achao, don't miss this cinematic viewpoint along the road just a few kilometers outside town – the whole of Achao Bay, neighboring islands and the mainland across the water to Chaitán is spectacularly laid out before you on a clear day.

Museo de Achao MUSEUM

(cnr Delicias & Amunátegui; entry by donation; ⊙10am-6pm Dec-Mar) Museo de Achao highlights aspects of the Chono people of Achao and other indigenous groups in Chiloé. Wood products, weavings, stones and plants used for tinting materials are all elegantly presented with informative material (in Spanish).

🛏 Sleeping & Eating

Hospedaje Plaza GUESTHOUSE $
(☑ 65-266-1283; Amunátegui 20; s/d incl breakfast CH$9000/18,000, d without bathroom CH$16,000; ☏) A friendly family home with eight rooms right on the plaza. It's kind of like staying at grandma's house.

★ Restaurante El Medan SEAFOOD $
(Serrano; meals CH$2800; ☺ 12:30-4pm Mon-Sat, closed Fri Apr-Nov) Simple El Medan has no menu – you get what's procured fresh at the fish market across the street. Think *cazuela*, fried fish, *paila marina* (seafood stew), baked salmon and the like, with four daily-changing options available. Everything is excellent.

Mar y Velas CHILEAN, SEAFOOD $
(Serrano 2; mains CH$4500-9800; ☺ 10am-1am; ☏) Overlooking the bustling jetty (and usually a thick blanket of intimidating fog) is this recommended seafood restaurant with an extensive menu. Try the house-style fish smothered in cheese, sausage and mussels.

🛍 Shopping

Feria Municipal Achao HANDICRAFTS
(Paseo Arturo Prat; ☺ 10am-5pm) In a clearly half-hearted attempt at competing with Dalcahue's excellent crafts market, Achao

---

CHILOÉ'S TOP CHURCHES

Chiloé once boasted more than 150 gorgeous wooden *iglesias* (churches) and *capillas* (chapels), one of the region's main attractions; today, some 60 or so remain, 16 of which are Unesco World Heritage sites. Most were built in a similar fashion with a single tower in the front, slanted side roofs, arched entrances and attractive wooden shingles. Some boast amazing exteriors, but the truly triumphant moment comes when you step inside – the interiors are completely unorthodox if your comparison is European or North American cathedrals. We count Achao, Castro and Tenaún among our favorites.

For tours to some of the island's less accessible churches, contact Chiloétnico (p290) in Castro.

---

has built a small crafts market on the water. It's decent enough for a variety of woolens and funky wooden tree magnets with fuzzy wool as leaves – ain't nobody else back home gonna have that on their fridge!

Grupo Artesanal Llingua MARKET
(☑ cell 9-7464-3319; cnr Serrano & Ricardo Jara; ☺ 10am-4pm Mon, Thu & Fri Nov-Feb) The Grupo Artesanal Llingua, artisans from the nearby Isla Llingua, host a well-stocked market of crafts, including woven coffee cups, handbags and breadbaskets. It's only open on high-season days when the ferry comes over from Isla Llingua. If you spot something you like while window-shopping at another time of the year, call the listed number for someone to (possibly) assist.

ℹ Information

There is a **BancoEstado ATM** at the corner of Delicias and Velesque and a free wi-fi signal at the **Feria Municipal Achao** (p288).
Oficina de Turismo (☑ 65-266-1143; www.facebook.com/turismocomunaquinchao; Amunategui 18; ☺ 8:30am-5:30pm Mon-Fri) Located on the Plaza de Armas.

ℹ Getting There & Away

The **bus terminal** (cnr Miraflores & Zañartu) is a block south of the church. Buses run daily to Dalcahue (CH$1400), Castro (CH$1800) and Curaco de Velez (CH$800) every 15 to 30 minutes from 7am to 8pm. **Quellen Bus** (☑ 65-266-1345; www.quellenbus.cl; ☺ 6:30-7am, 10am-1:30pm, 3-7pm Mon-Fri, 10-11am Sun) also goes to Puerto Montt (CH$7000) Monday to Saturday at 7am and at 1pm Sunday. **Marorl Bus** (☑ cell 9-9905-6884) goes to Puerto Montt at 6:30am Monday to Saturday and 11am on Sunday.

Peninsula de Rilán

Chiloé's raw beauty is everywhere, but escaping to some of the island's more remote corners is even more poetic. The Peninsula de Rilán is home to a few far-flung top-end lodges and guesthouses that beautifully hide themselves away among the island's remote and rugged nature.

Rilán's **Santa Maria de Rilán church** (Plaza de Rilán), one of Chiloé's Unesco-listed houses of worship, is fashioned from a potpourri of the island's native hardwoods. Despite a recent 12-year renovation, there isn't a ton to see, but the dramatic blue ceiling is certainly worth an Instagram moment. If the church is closed, contact Maria on 9-8875-3061.

🛏 Sleeping

OCIO Territorial Hotel BOUTIQUE HOTEL **$$$**
(📋 65-297-1911; www.ocioterritorial.com; Huenuco; s/d from CH$249,900/333,200; 🅿🛜) A tucked-away 15-room retreat with dramatic views over the Castro fjord, this traditionally shingled getaway greets guests with a cozy fireplace lounge with a copper flume. Built to blend into the natural setting, standard rooms beckon lazy sleep-ins and all come with balconies, ecofriendly amenities and local art. High-ceilinged deluxe rooms boast Jacuzzi tubs and loft lounges.

Tierra Chiloé LODGE **$$$**
(📋 65-277-2080; www.tierrachiloe.com; Bahía Pullao, San José Playa; full-board 2-night packages s/d US$1950/3100, s/d B&B CH$560/640; 🅿🛜@ 🛜🏊) This dramatic upscale shelter on the edge of Chiloé's most important wetlands was purchased by Tierra Hotels in 2014, becoming the latest in a growing list of remote boutique lodges that includes properties in San Pedro de Atacama and Torres del Paine.

Castro

📋 065 / POP 41,600

If there is one place in Chiloé you could call cosmopolitan, it's Castro, where all the idiosyncrasies and attractions of Chiloé are nicely packaged in the Big City. At times loud and boisterous like some working-class towns in Chile, the capital of the archipelago somehow retains its local Chilote character side by side with a dash of modern development, comfortable tourism infrastructure and a touch of trendiness. In recent years, Castro's culinary scene has evolved from fast-food to foodie-frenzy and the city now boasts enough excellent restaurants to be considered a bonafide culinary destination.

Just 85km south of Ancud, the city sits on a bluff above its sheltered estuary lined with distinctive *palafito* houses. Located in the dead center of the island, it's the main transportation hub and a perfect base for exploring attractions further afield.

👁 Sights

⭐**Iglesia San Francisco de Castro** CHURCH
(San Martín; 🕐 9:30am-10pm Jan & Feb, 9:30am-12:30pm & 3:30-8:30pm Mar-Dec) Italian Eduardo Provasoli chose a marriage of neo-Gothic and classical architecture in his design for the elaborate Iglesia San Francisco, one of Chiloé's Unesco gems and finished in 1912 to replace an earlier church that burned down (which had replaced an even earlier church that had also burned down).

The church is an unconventional visual delight – yellow with violent and mauve trim. Inside, the varnished-wood interior is stunning. It is best to visit on a sunny day – if you are lucky enough – as the interior is more charming when illuminated by the rows of stained-glass windows.

Iglesia Nuestra Señora de Gracia de Nercón CHURCH
(📋 cell 9-5704-3413; Nercón; 🕐 hours vary) Just 4km south of Castro is another of Chiloé's Unesco-recognized churches, restored in 2012. Built from cypress and larch wood between 1887 and 1888, its prominent 25m tower can be viewed from Ruta 5. Of note in the interior are an all-wood sculpture of St Michael with a demon, and columns painted to look like marble. A rudimentary landscaped garden and adjacent cemetery add to the atmosphere here; a small visitors center next door affords this church better tourism infrastructure than most.

Opening hours vary, but call Nancy the keymaster, on the number we list, who can let you in if it's shut. Catch bus 2 (CH$350) from O'Higgins, which stops 50m from the church.

Feria Alcalde José Sandoval Gomez MARKET
(Feria Yumbel; Yumbel 863; 🕐 8am-8pm, to 6pm in winter) Castro's well-conceived fresh market is located a bit off the beaten path but is worth a trip for its colorful architecture and wide range of island treats (fresh cheeses, local potatoes, fish etc) arranged in a very pleasant and orderly fashion. On the 2nd floor, half a dozen *cocinerías* serve up home-cooked meals (CH$2500 to CH$5500). Take bus 1B, 2 or 4 from the center to Galvarino Riveros.

Puente Gamboa Mirador VIEWPOINT
(Panamericana) The east side of the bridge into town offers the best viewpoint for Palofitos Gamboa.

Museo Regional de Castro MUSEUM
(Esmeralda 255; 🕐 9:30am-7pm Mon-Fri, to 6:30pm Sat, 10:30am-1pm Sun Jan & Feb, 9:30am-1pm & 3-6:30pm Mon-Fri, 9:30am-1pm Sat Mar-Dec) **FREE** This museum, half a block south from Plaza de Armas, houses a well-organized collection of Huilliche relics, musical instruments, traditional farm implements, Chilote wooden boat models, and exhibits on the

Castro

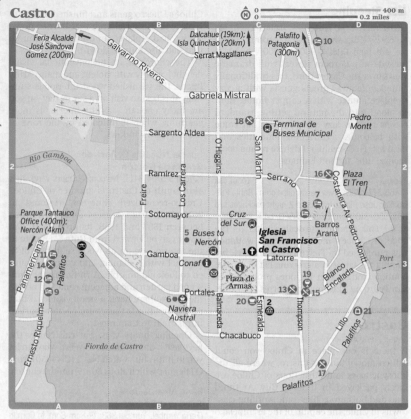

Castro

◎ Top Sights
1 Iglesia San Francisco de Castro C3

◎ Sights
2 Museo Regional de Castro C3
3 Puente Gamboa Mirador A3

⊕ Activities, Courses & Tours
4 Chiloé Natural D3
5 Chiloétnico B3
6 Turismo Pehuén B3

🛏 Sleeping
7 Hospedaje Mirador D2
8 Hostal Cordillera C2
9 Palafito 1326 .... A3
10 Palafito del Mar D1

11 Palafito Hostel A3
12 Palafito Waiwen A3

✖ Eating
13 Cafe Blanco C3
14 Cazador A3
15 Hostalomera C3
16 Mercadito D2
17 Restaurant Travesía D4
18 Sanguche Patito C2

◎ Drinking & Nightlife
19 Almud Bar C3
20 La Cafeta C3

ⓐ Shopping
21 Feria Artesanal D3

evolution of Chiloé's towns. Its black-and-white photographs of the 1960 earthquake help you to understand the impact of the tragic event.

👉 Tours

★ **Chiloétnico**   ADVENTURE, CULTURAL
(☏ 65-263-0951, cell 9-4042-1505; www.chiloetnico.
cl; Los Carrera 435; ⊙ 9am-8pm, reduced hr winter)

This highly recommended trilingual (fluent English and German) agency is doing the right things in the right places. It runs great mountain-biking (with e-bike options) and hiking trips to Parque Nacional Chiloé, Parque Tantauco and nearby islands; flora-and-fauna-focused nature trips; and cultural trips to some of Chiloé's more obscure churches on the less trampled secondary islands.

Also rents camping gear and bikes.

★ **Chiloé Natural** KAYAKING
(☑65-253-4973, cell 9-6319-7388; www.chiloe natural.com; Blanco Encalada 100; ☺10am-9pm Mon-Sat, to 2pm Sun, shorter hr in winter) 🏄 An extremely friendly, environmentally conscious agency specializing in sea-kayak tours and outside-the-box excursions (cooking classes, knife forging). Half-/multiday trips around Castro and further afield (from CH$55,000 per person based on two people) include the magnificent kayak at dawn in Chepu (CH$265,000 per person; a Chiloé must!) and a Unesco-listed-churches tour (three days; CH$240,000 including lunch). Staff plant a tree in the name of each client.

Turismo Pehuén TOURS
(☑65-263-5254; www.turismopehuen.cl; Chacabuco 498; ☺9am-9:30pm Mon-Sat, shorter hr in winter) Highly regarded agency that organizes multiday tours to nearby islands such as Mechuque (from CH$60,000 including lunch) and Parque Nacional Chiloé (from CH$55,000 including lunch). It's also the official office for Naveira Austral in Castro.

✹ Festivals & Events

Festival Costumbrista CULTURAL
(☺Feb) Castro celebrates a weeklong party with folk music and dance, as well as traditional foods.

🛏 Sleeping

Palafito Waiwen HOSTEL $
(☑65-263-3888; www.palafitowaiwen.com; Riquelme 1236; dm/s/d incl breakfast CH$15,000/$45,000/55,000; ⊕🛜) This *palafito* haven strikes a number of balances: affordable yet stylish, hostel-like yet family friendly. The ground floor houses two four-bed dorms with lockers, central heating and private bathrooms, a communal kitchen and seaview terrace with BBQ. Upstairs are hotel-quality private rooms hung with local art. Peppered with rescued antiques (theater seats, transistor radios), the hostel represents one of Castro's best style-for-value ratios.

Hostal Cordillera GUESTHOUSE $
(☑65-253-2247; www.hostalcordillera.cl; Barros Arana 175; s/d/tr CH$25,000/35,000/45,000, r per person without bathroom CH$15,000; ⊕🛜) Weather dragging you down? The firecracker owner at this traveler's hub will smother you with motherly love and put a big smile on your face. You'll get some sea views, large bathrooms (two newly renovated ones upstairs), comfy beds, electric heaters and cable TV.

Hospedaje Mirador GUESTHOUSE $
(☑cell 9-6570-5950; www.hostalelmiradorcastro. cl; Barros Arana 127; r CH$35,000, s/d without bathroom CH$15,000/25,000; ☺Nov-Mar; ℗⊕🛜) One of the better Barros Arana choices, Mirador has some seaside views, fantastic bathrooms (by Chiloé standards), a welcoming atmosphere and off-site parking. A second location down the hill has all private bathrooms. No breakfast.

Palafito del Mar BOUTIQUE HOTEL $$
(☑65-263-1622; www.palafitodelmar.cl; Pedro Montt 567; r icl breakfast from CH$60,000; 🛜) Of all the stylish *palafito* options in Castro, this minimalist, seven-room hotel along Castro's northern stretch of *palafitos* boasts an important bonus: all rooms have pleasant terraces with full or partial sea views, ready for you to kick your feet up on while enjoying a bottle of Carmenere. Cozy showers and bright *mañío* and *tepú* hardwoods throughout give it a stylish edge as well.

Palafito 1326 BOUTIQUE HOTEL $$
(☑65-253-0053; www.palafito1326.cl; Ernesto Riquelme 1326; r incl breakfast from CH$74,000; ⊕🛜) Following a Chilote design aesthetic carved entirely from *tepú* and cypress woods, this *palafito*-style hotel has 12 smallish rooms with stylish touches like wool throws from Dalcahue. The fjord-view rooms make you feel like you're sleeping over wetlands, and there's a great 3rd-floor cafe with postcard-perfect views.

Palafito Hostel HOSTEL $$
(☑65-253-1008; www.palafitohostel.com; Ernesto Riquelme 1210; dm/s/d incl breakfast CH$16,000/35,000/48,000; ℗⊕🛜) This flashpacker hostel sitting on Palafitos Gamboa revolutionized Castro when it opened in 2008 and was the catalyst for turning the city into a hip destination. You pay more for a dorm here, but the quality (and lockers) outweighs the difference, with great breakfasts, dreamy views and a cabin-cool feel throughout.

✖ Eating

Sanguche Patito
SANDWICHES $

(www.facebook.com/sanguchepatito/; San Martín 718; sandwiches CH$3200-2500; ⊙1-9:30pm Mon-Sat) There's a whole lotta culinary love coming out of this divey sandwich joint near the municipal bus terminal. Choose your base (chicken, beef, pork, smoked pork or mushrooms), then build your own sandwich by choosing three options from a long list of 18 ingredients and nine sauces. It's all piled on toasted bread, becoming a gastronomic revelation!

Cafe Blanco
CAFE $

(www.facebook.com/cafeblancochiloe; Blanco 215; sandwiches CH$4100-5000; ⊙9am-9:30pm Mon-Fri, 10am-9:30pm Sat; 🐌) The newer, bigger and better of two locations on this street, this quaint cafe is a solid bet for espresso as well as sandwiches, salads or sweet-tooth-satiating cakes and pies (CH$1000 to 3000). The attached organic shop is a good place to pick up locally produced provisions.

Hostalomera
CHILEAN $

(www.hostalomera.cl; Blanco Encalada 159; set menu CH$3500; ⊙10am-midnight Mon-Fri, 9am-4pm Sat & Sun; 🐌) This arty lunch spot offers three exceptional home-cooked set-menu choices per day, including an appetizer and juice. An à la carte menu (mains CH$4500 to CH$5500) of Chileanized pastas like ravioli with *cochayuyo* (an algae) and more elaborate meat and fish dishes are also available. Bar open until 3am Saturday and Sunday.

★ Rucalaf Putemún
FUSION $$

(☑cell 9-9579-7571; www.rucalafputemun.cl; Km 3.6 de la Ruta a Rilán; mains CH$7900-12,500; ⊙1-4pm & 7:30-10:30pm Tue-Sat, 1-4pm Sun) In tiny Putamún (7km outside Castro on the way to the Peninsula de Rilán and Dalcahue) is one of Chiloé's destination restaurants. In a colorful and cozy cabin-like room, scrumptious contemporary Chilean fare – excellent ceviche, *merluza* (hake) with pesto and dehydrated tomato, free-range escabeche-style chicken – is served by delightful staff in a rustic-refined atmosphere.

★ Cazador
CHILEAN $$

(☑65-253-1770; www.facebook.com/marycanela chiloe; Ernesto Riquelme 1212; mains CH$7000-14,000; ⊙1-3pm & 8-10pm Mon-Sat, 8-10pm Sun, shorter hr in winter; 🐌) Formerly known as the excellent and innovative Mar y Canela, the restaurant's same chef – and her wine-savvy new partner – have managed to improve this

groundbreaking *palafito* bistro which now specializes in heartier dishes and game, many of which arrive in cast-iron skillets.

Reserve ahead – it's small. Also home to Castro's best handicrafts shop, Pura Isla.

Restaurant Travesía
CHILEAN $$

(☑65-263-0137; www.facebook.com/restaurant ravesia; Lillo 188; mains CH$6000-13,000; ⊙1-11pm Mon-Sat, to 4pm Sun; 🐌) Two locals (a historian and a chef) are behind Castro's most authentic restaurant. Its lengthy menu features resurrected island recipes transformed into gourmet Chilote cuisine that leans heavily on staunchly local ingredients (algae like *luche* and *lamilla*, for example). Favorites include *chanchita tentación* (braised smoked pork), a loaded *congrio* soup (smoked pork, *luche*, razor clams) and *murta* (strawberry myrtle) sours. Cash only.

It's smallish (chef Lorna Muñoz grew up in the house!) so reserve ahead.

Mercadito
CHILEAN $$

(☑65-253-3866; www.elmercaditodechiloe.cl; Pedro Montt 210; mains CH$7200-10,000; ⊙12:30-4:40pm & 7-11pm Mon-Sat, 2:30-4:30pm Sun; 🐌) This wonderfully whimsical spot is a havens for gastronomes. Creative takes calling on the wares of local farmers produce outstanding dishes, from tuna with potato and yellow-pepper puree to coriander-crusted hake with chickpea curry, as well as local oysters. Seafood isn't served out of season and tables are set with proper Laguiole cutlery.

There's a long list of wines and regional beers to fuel the foodie fun. Reserve ahead.

🍺 Drinking & Nightlife

★ Palafito Patagonia
CAFE

(www.facebook.com/palafitopatagonia; Pedro Montt 651; ⊙noon-9pm, reduced hr winter; 🐌) This wonderful cafe-gallery takes coffee very seriously – Intelligentsia and Blue Bottle are served, two of North America's best, along with Santiago-roasted Lama and We Are Four – and is a pristine spot for a caffeine jolt (espresso, V60, Chemex), light bites and postcard views from its naturally lit lounge and breezy patio. It's set along Castro's increasingly stylish northern *palafitos*.

Pioneras Casa Cervecera
CRAFT BEER

(www.facebook.com/pioneraschiloe; Ruta 5, Nercón; ⊙6pm-midnight Mon-Thu, to 1am Fri & Sat) True to its name, two pioneering local female brewers opened Castro's first craft brewpub, a supremely cozy retreat in Nercón. The 11 varieties on tap are all brewed in-house, while the bottle menu includes US brews rarely seen in Chile (Rogue, Goose Island) and a handful of Belgians. The IPAs are a work in progress, but the imperial red ale should please connoisseurs.

Almud Bar
BAR
(www.facebook.com/almudbar; Serrano 325; ⏱6:30pm-1am Tue-Thu, 7:30pm-3:30am Fri, 8:30pm-3:30am Sat) The best proper bar in Castro – named after Chiloé's unit of measurement for potatoes – offers a wide range of cocktails (CH$3000 to CH$7500), craft beers (CH$3000 to CH$4500) and sparkling wines, and some bar grub to soak it up.

La Cafeta
COFFEE
(cnr Blanco Encalada & Esmeralda; ⏱8am-1pm, shorter hr in winter) A modified van running on caffeine serves some of Castro's best espresso. The beans are Peruvian and staff can whip up all the usual drink variations.

🛍 Shopping

Feria Artesanal
MARKET
(Lillo; ⏱11:30am-9pm) Castro's waterfront Feria Artesanal is by far the island's biggest, but be wary here – much of the merchandise is secretly imported from China, India, Peru and Ecuador. You'll find vendors hawking a good selection of woolen ponchos and sweaters, caps, gloves, basketry and liquors.

ℹ Information

There are numerous ATMs around the Plaza de Armas and a **Banco de Chile** ATM on the corner of Blanco Encalada and Serrano.

CorreosChile (www.correos.cl; O'Higgins 388; ⏱9am-1:30pm & 3-6pm Mon-Fri, 10am-12:30pm Sat)

Hospital de Castro (www.hospitalcastro.gov. cl; Freire 852)

Conaf (☑65-253-2501; www.conaf.cl; Gamboa 424; ⏱9am-1pm & 2-5:45pm Mon-Fri) The official Chilean national-parks department has a limited amount of info in Spanish and English.

Información Turística (☑65-254-7706; www. visitchiloe.cl; Plaza de Armas; ⏱10am-9pm Jan & Feb, to 6pm Mar-Dec) Brochures and maps.

Parque Tantauco Office (☑65-263-3805; www. parquetantauco.cl; Panamericana Sur 1826; ⏱9am-6pm Jan & Feb, to 6pm Mon-Fri Mar-Dec)

ℹ Getting There & Away

AIR

Castro's Aerodrómo Mocopulli, located 20km north of town, has finally connected Chiloé with the rest of the country via commercial flights. **LATAM** (☑600-526-2000; www.latam.com; Blanco 180; ⏱9am-1:15pm & 3-6:30pm Mon-Fri, 10am-1:15pm Sat) flies from Santiago via Puerto Montt five days a week on a varying schedule in high season (four days in low season).

BUS

Centrally located Castro is the major hub for bus traffic on Chiloé. There are two main bus terminals. The rural station, **Terminal de Buses Municipal** (San Martín), has the most services to smaller destinations around the island and some long-distance services. Buses to Mocopulli (CH$800), Dalcahue (CH$800), Chonchi (CH$800), Isla Quinchao (CH$1800) and Tenaún (CH$1600) all leave from here. **Queilen Bus** (☑65-263-2594; www.queilenbus.cl) and an office representing Cruz del Sur and others also operates out of here to most destinations of importance, including Punta Arenas (daily at 6:20am December to March, Mondays only outside summer).

Buses Ojeda (☑cell 9-9887-4129) and **Union Express** (☑cell 9-6668-3531) offer the most departures to Cucao and Parque Nacional Chiloé on the west coast, with 20 per day between them (CH$200, 7:45am to 8pm). Sit on the right side for the most outstanding views of Lago Cucao. Buses Ojeda also runs a daily trip to Muelle de las Almas (CH$7000 return, 10:30am, 1¾ hours).

The second terminal, the main depot of **Cruz del Sur** (☑65-263-5152; www.buscruzdelsur. cl; San Martín 486), focuses on transportation to the main Chilote cities, Quellón and Ancud, and long-distance services, including Punta Arenas (Tuesday, Thursday and Saturday, 7am).

Starting sample fares and times are as follows:

DESTINATION	COST (CH$)	HOURS
Ancud	2000	1½
Concepción	25,000	13
Puerto Montt	6200	3¾
Quellón	2000	2
Quemchi	1500	1½
Santiago	31,000	16
Temuco	12,000	10
Valdivia	9500	7
Punta Arenas	50,000	36

BOAT

Naviera Austral (☑65-263-5254; www. navieraustral.cl; Chacabuco 498) runs summer ferries to/from Chaitén departing on Sunday at midnight in January and February. Seat-only fares cost CH$12,700. Vehicles cost CH$69,000.

ⓘ Getting Around

Castro is tiny and walkable. If you are heading out to Iglesia Nuestra Señora de Gracia de Nercón, **buses** (cnr O'Higgins & Latorre) leave from Gamboa and Balmaceda near the north-west corner of Plaza de Armas.

Parque Nacional Chiloé

Running back from the pounding Pacific coastline, and over extensive stands of native evergreen forest, the 430-sq-km **Parque Nacional Chiloé** (☑65-297-0724; www.conaf.cl; adult/child Chilean CH$2000/1000, foreigner CH$4000/2000; ⊗9:30am-7:30pm Mon-Thu, to 6pm Fri-Sun Dec-Mar, 9:30am-5:30pm Mon-Thu, to 4:30pm Fri-Sun Apr-Nov) is located only 30km west of Chonchi and 54km west of Castro. The park teems with Chilote wildlife, ranging from 110 different types of bird, to foxes and the reclusive pudú (the world's smallest deer), which inhabits the shadowy forests of the contorted *tepú* tree. Within the park and situated along the eastern perimeter are a number of Huiliche indigenous communities, some of which are involved with the management of campsites within the park.

Visitors are at the mercy of Pacific storms, so expect lots of rain. The mean annual rainfall at Cucao, the park's main epicenter near the southern Chanquín sector, is 2200mm, and anyone planning more than an hour-long walk should have water-resistant footwear, woolen socks and a decent rain jacket. Insect repellent is not a bad idea either.

⊙ Sights & Activities

★ Muelle de las Almas   PIER

(☑cell 9-9592-1286; Punta Pirulil; CH$1500; ⊗8:30am-7pm Dec-Feb, 9am-5:30pm Mar-Nov) Shrouded in folklore and Huilliche mythology, Chiloé's 'Dock of Souls' was built in 2007 by architect Marcelo Orellana. The curved boardwalk spans 17m along an outrageously cinematic landscape and seemingly disappears off a 70m cliff into the Bay of Cucao. According to legend, wandering souls must call to a passing boatman, Tempilcahue, for transport to the afterlife, or they will mourn in the area for all eternity.

To reach this far-flung dock to nowhere on your own, you'll need to drive to the **ticket office** (⊗8:30am-7pm Dec-Feb, 9am-5:30pm Mar-Nov) in Rahue, 7km south of Cucao, where you'll pay your admission to the landowners, Don Orlando (don't miss his fossil

collection!) and Doña Sonia. (Keep your ticket – there is a ticket inspector on the hike.) From here, drive another 2.8km or so to the parking lot (CH$2000); and then hike another 2.3km along a rudimentarily signed, up-and-down, often-muddy path. In high season up to 700 people per day visit, so consider visiting at other times of year to avoid the lengthy queues. Buses Ojeda (p293) in Castro also runs a daily trip to Muelle de las Almas (10:30am, CH$7000 return).

Palafito Trip   ADVENTURE

(☑cell 9-9884-9552; www.palafitotrip.cl; Sector Chanquín, Palafito Cucao Hostel) Can arrange kayaking, horseback riding and trekking in and around Parque Nacional Chiloé, as well as bike rentals.

🛏 Sleeping & Eating

Camping y Cabañas del Parque   CAMPGROUND $

(www.parquechiloe.cl; campsites per person CH$5000, cabins from CH$35,000; 🅿🛜) This well-equipped camping and cabin complex lies about 100m beyond the visitors center and into the park. The cabins are surprisingly nice, with stylish furnishings, running water, hot showers, firewood and all the mod cons. Dorms are low season only. Depending on whether or not the National Forest Corporation (Conaf) secures a concessionaire, it may or may not be up and running.

There is a small **cafe** (Sector Chanquín; mains CH$1500-7900; ⊗9am-6:30pm Dec 15-Mar, 10am-6pm Apr-Dec 14; 🛜) on-site that is not only great for fuelling up for a hike but normally handles reception as well.

Hospedaje Chucao   GUESTHOUSE $

(☑cell 9-9787-7319; Huentemó; r per person without bathroom incl breakfast CH$10,000) Simple *hospedaje* for crashing at Huentemó. Contact Jorge Guenuman on the number provided for reservations.

★ Palafito Cucao Hostel   HOTEL $$

(☑65-297-1164; www.hostelpalafitocucao.cl; Camino Rural Cucao, Sector Chanquín; dm/s/d/tr incl breakfast CH$16,000/45,000/55,000/75,000; 🅿🖳🛜) This equally chic sister hotel of Castro's Palafito hotels, situated on the Lago Cucao, offers the best and most comfortable beds in Cucao, whether you lay your head in one of the 11 stylish private rooms or in the equally fashionable six-bed dorm. Facilities include a cozy common area, a kitchen, and a wraparound terrace with outstanding views and a hot tub.

QUEILÉN

For the peace and quiet of rural lodgings in striking distance of Parque Nacional Chiloe, seaside Queilen is an excellent choice.

Hidden away on the shores of the Palidad estuary southwest of Queilén, 15km or so from Ruta 5, a young Chilean-American couple have turned their cozy home into a wonderful and tasteful getaway. At **Isla Bruja Lodge** (☑cell 9-7732-3226; www.islabrujalodge.com; Estero Paildad, Comuna de Queilén; r incl breakfast from CH$93,000, cabañas CH$85,000, treehouse CH$100,000; P@☎), homespun hospitality abounds, whether by Francisco and Marie or their domesticated sheep Torpé (abandoned at birth and raised here). Hiking and mountain-biking excursions are possible from here. Hardwoods throughout the home give it a cabin-in-the-woods feel and you can see dolphins in the estuary from the outdoor hot tub (included in the price along with kayaks and bikes). It's popular with sailors, who ride right up, and mountain bikers, who hit the trails with Francisco. A new two-bedroom cabaña and two secluded palofitos de bosque (treehouses!) offer more privacy.

At **Espejo de Luna** (☑cell 9-9040-5888; www.espejodeluna.cl; Km 35 de la ruta Chonchi-Queilén; r incl breakfast CH$122,000-205,000; P☎), 🖋, a massive sideways ship forms the reception and restaurant of an extremely cozy eco-getaway, 7km from Queilén. A few bungalows of various shapes and sizes are spread across 3 hectares, connected by wooden walkways wrapped in recycled fishing nets for grip. Each has a Mapudungun name, such as 'the wisemen', 'the family' and the lovers' etc. Those seeking romance and solitude could tuck themselves away in the latter for a week without coming up for air, except to visit the supremely private outdoor hot tub, hidden away in an *arrayán* (Chilean myrtle) forest.

El Arrayán　　　　　CHILEAN $
(☑cell 9-9297-7160; www.facebook.com/lagranjade notuco; Camino Rural Cucao, Sector Chanquín; mains CH$7500-9500; ⊙10am-10pm, shorter hr in winter; ☎) A lovely couple runs what is easily Cucao's best restaurant in town proper, a welcoming spot where everything from the pisco sours to sophisticated versions of Chilean staples are made from scratch in-house. Octopus, shrimp, fresh fish and beef dishes are chased by good wines in a room warmed by the massive dining-room *parrilla*. Good desserts too.

★ Cocinería
Tradiciones Morelia　　　CHILEAN $$
(☑9-9794-6594; Sector Quilque; mains CH$6500-9500; ⊙10am-6pm, reduced hr winter) This cozy, traditional, fireplace-heated restaurant on Lago Cucao beckons hungry adventurers with an artsy, hardwood-heavy dining room gussied up with wool-draped benches and local textiles.

The daily-changing menu focuses on local produce: think strawberry juice with *nalca* (giant Chilean rhubarb), sea kelp küchen, *cazuela* with *macha* (clams) and *luche* (red algae) smoked pork stew.

🛈 **Information**

The **Conaf visitor center** (www.conaf.cl; ⊙9:30am-7:30pm Mon-Thu, to 6pm Fri-Sun Dec-Mar, 9:30am-5:30pm Mon-Thu, to 4:30pm Fri-Sun Apr-Nov) is about 1km past the bridge from Cucao with park info in five languages.

🛈 **Getting There & Away**

Cucao is 54km from Castro and 34km west of Chonchi via a bumpy gravel road, passable in all but the most inclement weather. There are 20 daily bus departures from Castro to Cucao (CH$2000, 7:45am to 8pm). The last bus back to Castro leaves Cucao at 6:30pm. Both bus companies, Union Express and Buses Oejda, have small ticket kiosks near the park entrance.

Parque Tantauco

One of the world's 25 biodiversity hot spots identified by Conservation International, **Parque Tantauco** (☑65-263-3805; www.parque tantauco.cl; Panamericana Sur 1826, Castro; adult/child CH$3500/500) – created and owned by Chilean business magnate and recently re-elected president Sebastián Piñera, and run by his foundation – is a private 1180-sq-km nature reserve west of Quellón encompassing 130km of trails. The park is home to native otters, Darwin foxes and pudú (small Andean deer), as well as both the world's largest mammal (blue whales) and its smallest marsupial (*monito del monte*). Spending time here usually means you are isolated with nature, with access limited to just eight trekkers per day.

Along the route, there are six basic **refugios** (📞 65-263-3805; www.parquetantauco.cl; r per person CH$15,000) and a wonderful **guesthouse** (📞 65-263-3805; www.parquetantauco.cl; Inío; r with/without bathroom incl breakfast CH$70,000/60,000; 🛜) in Inío, a fascinating fishing village at the bottom of Chiloé where the trek ends. There are also two campgrounds at the beginning (Chaiguata) and end (Inío) which cost CH$15,000 per site for up to four people.

For more information, visit the the the park's Castro office (p293).

To reach Chaiguata, a private transfer from Castro is your only option (CH$100,000, 2½ hours, maximum four people with luggage) – try Chiloe Natural (p291). From Inío, you'll need to charter a plane (CH$250,000, maximum two passengers with luggage) or chance a seat on a government-subsidized boat (in high season only) to Quellón (per person CH$10,000) – locals are given priority.

Quellón

📞 065 / POP 21,823

While it's the southern terminus for one of the world's great highways (the Panamericana Hwy, also known as Hwy 5) and a salmon epicenter, Quellón is for the most part an unsophisticated town, one you're only likely to see coming or going from the ferry to Chaitén.

If you come in on the ferry and have had enough traveling for a day, there are some excellent eats, but a general drunken-sailor sentiment about the place makes Quellón a get-in, get-out sort of town.

🛏 Sleeping & Eating

Patagonia Insular
HOTEL $$

(📞 65-268-1610; www.hotelpatagoniainsular.cl; Av Juan Ladrilleros 1737; s/d incl breakfast from CH$62,000/68,000; 🅿@🛜) If you're just off a cranky boat ride and need a considerable comfort upgrade, this is Quellón's finest option, with 29 rooms perched above town with wooded views over the bay. It's not luxurious by any means, but feels a world away from most beds in town – modern, friendly and perfectly agreeable. It's a CH$1500 taxi ride from the center.

Hotel El Chico Leo
HOTEL $$

(📞 65-268-1567; ligorina@hotmail.com; Costanera Pedro Montt 325; r per person without bathroom CH$12,000, s/d CH$18,000/32,000; 🅿🛜) Despite being cramped, full of grandmotherly froufrou and with ceilings that pose a challenge to taller travellers, El Chico Leo is a comfortable enough budget choice.

Sandwichería Mitos
SANDWICHES $

(www.mitoschiloe.cl; Jorge Vivar 145; sandwiches CH$4000-9000; ⏰8:30am-10pm Mon-Fri, 10am-10pm Sat, 10am-4pm Sun; 🛜) For a dash of local color, this charming restaurant one street above the waterfront is dressed in cozy hardwoods and wool-trimmed accents. Patrons settle into a large, open-kitchen seating area and watch a gaggle of women chopping, stirring and seasoning ingredients for an extensive menu of huge sandwiches.

Taberna Nos
SPANISH $

(O'Higgins 150; tapas CH$2800-8000; ⏰8pm-4am Mon-Sat; 🛜) If you spend one night in Quellón, it should be at this local secret run by a genuine Galician. Inside a residential black house, excellent tapas and drinks are served in this bar that's way too cool for its address.

El Chico Leo
SEAFOOD $

(Costanera Pedro Montt 325; mains CH$4500-10,500; ⏰9am-11:30pm Mon-Sat, 1-8:30pm Sun; 🛜) A long-running standby along the *costanera*, this welcoming seafooder has been feeding hungry sailors at its red-cothed tables for years. The *curanto* is a good bet as your first or last Chilote meal, but there's also an extensive menu of fish (*merluza*, salmon, *congrio*), shellfish and meat.

❶ Information

Don't wander west of Gómez Garcia on the *costanera* or around the bus station, especially at night, when drunken people tend to harass outsiders.

For cash, there is a **Banco de Chile** (Juan Ladrilleros 315) on the main road through town.

❶ Getting There & Away

Buses to Castro (CH$2000, two hours, every 30 minutes, 6am to 7:30pm) leave from the new **Cruz del Sur Terminal** (📞 65-268-1284; www.buses cruzdelsur.cl; Pedro Aguirre Cerda 052). There are also services to Puerto Montt (CH$8000, 4½ hours, 6am to 6:20pm) and Temuco (CH$13,000, eight hours, 6:50am, noon, 5:15pm).

Naviera Austral (📞 65-268-2207; www.navieraustral.cl; Pedro Montt 355; ⏰9am-1pm & 3-7pm Mon-Sat, 3-6:30pm Sun) sails to Chaitén on Thursday at 3am and on Sunday at 6pm throughout the year (except the second Sunday of each month). Passenger seats cost CH$13,000 and vehicles cost CH$71,000. It sails to Puerto Chacabuco on Wednesday and Saturday at 11pm throughout the year. Prices are CH$17,450 for a seat and CH$141,000 for a vehicle. The trip takes 28 hours.

Northern Patagonia

Best Places to Eat

➡ Dalí (p317)

➡ Martín Pescador (p308)

➡ El Rincón Gaucho (p331)

➡ Ruibarbo (p317)

➡ Mamma Gaucha (p317)

Best Places to Stay

➡ Entre Hielos (p333)

➡ Destino No Turístico (p329)

➡ Uman Lodge (p308)

➡ Lodge at Valle Chacabuco (p331)

Why Go?

For a century, Northern Patagonia has been the most rugged and remote part of continental Chile, the place where scant pioneers quietly set forth a Wild West existence. While life here may still be tough for its residents, Northern Patagonia doesn't lack for scenery. Exuberant rainforest, scrubby steppe and unclimbed peaks crowd the horizon, but the essence of this place is water, from the clear cascading rivers to the turquoise lakes, massive glaciers and labyrinthine fjords.

Southbound visitors often bypass Northern Patagonia on a sprint to Torres del Paine, but its backcountry treasures are pay dirt to the adventurous traveler.

The mostly gravel Carretera Austral rumbles from Puerto Montt to Villa O'Higgins, some 1200km south. Ferry connections are required for northerly roadless stretches where mountains meet the sea. Though sections north of Coyhaique are now being paved, the iconic challenge of driving the rest still remains.

When to Go
Coyhaique

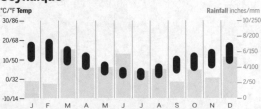

Nov–Mar Warmest months and the best bus connections on the Carretera Austral.

Feb Festival Costumbrista celebrates pioneer culture; parties in most small towns.

Jul–Aug Bluesky days around Coyhaique, with nearby skiing and snowshoeing.

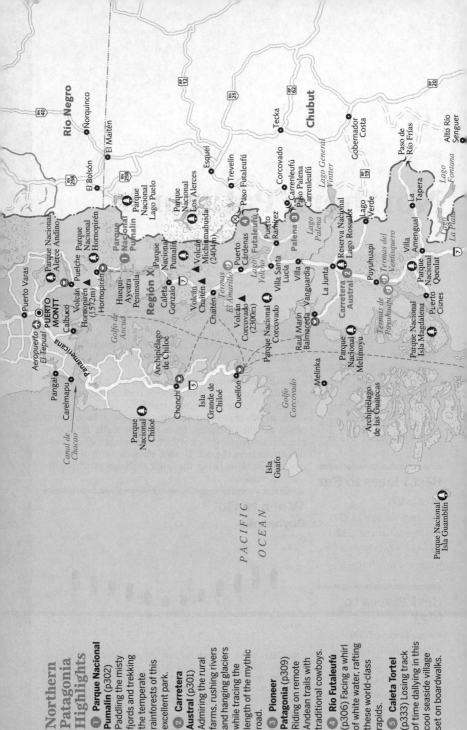

Northern Patagonia Highlights

① Parque Nacional Pumalín (p302)
Paddling the misty fjords and trekking the temperate rainforests of this excellent park.

② Carretera Austral (p301)
Admiring the rural farms, rushing rivers and hanging glaciers while tracing the length of the mythic road.

③ Pioneer Patagonia (p309)
Riding on remote Andean trails with traditional cowboys.

④ Río Futaleufú (p306) Facing a whirl of white water, rafting these world-class rapids.

⑤ Caleta Tortel (p333) Losing track of time dallying in this cool seaside village set on boardwalks.

6 Reserva Nacional Lago Jeinimeni (p326)
Scouting for cave paintings and spying on flamingos in this little-known park

7 Puerto Río Tranquilo (p326)
Getting up close and personal with Glaciar San Rafael or the marble caves by joining a tour from this nearby town.

Río Mayo

ARGENTINA

Paso Alto Coyhaique
Paso Huemules (502m)
El Portezuelo
Villa Cerro Castillo

Perito Moreno

Cueva de las Manos

Bajo Caracoles

Santa Cruz

100 km
60 miles

Reserva Nacional Coyhaique

COYHAIQUE
Balmaceda
Cerro Castillo (2700m)

Lagunas

Dos Lagunas

Puerto Aisén
Puerto Chazabuco

Reserva Nacional Río Simpson

Fiordo Aisén

Puerto Ingeniero Ibáñez

Lago Buenos Aires

Chile Chico

Los Antiguos

6 Reserva Nacional Lago Jeinimeni

Cordillera de los Andes

Paso Roballos (647m)

Volcán Hudson (2600m)

Parque Nacional Cerro Castillo

Puerto Murta

Lago General Carrera

Mallín Grande

Puerto Guadal

Parque Nacional Patagonia

Lago Cochrane

Reserva Nacional Tamango

Cochrane

Puerto Río Tranquilo

Cruce El Maitén

Puerto Bertrand

Bahía Exploradores

Estuario San Francisco

Monte San Valentín (4058m)

7 Glaciar San Rafael

Campo de Hielo

Laguna San Rafael

Parque Nacional Laguna San Rafael

Campo de Hielo Norte

Península de Taitao

Laguna San Rafael

Golfo de Penas

Ferry to Puerto Natales

Península Tres Montes

Archipiélago de los Chonos

El Vagabundo

Caleta Tortel

Puerto Yungay

Región XI

Campo de Hielo Sur

Villa O'Higgins

Lago O'Higgins

Candelario Mansilla

Parque Nacional Bernardo O'Higgins

Reserva Nacional Katalalixar

History

Long isolated and still remote, Northern Patagonia is the youngest area of the Chilean nation and the last to integrate. Chile only started promoting colonization in the early 20th century and many of the towns are barely 50 years old.

For thousands of years, the Chonos and Alacalufes people inhabited the intricate canals and islands, while Tehuelches lived on the mainland steppes. Rugged geography deterred European settlement, save for fortune seekers seeking the legendary 'City of the Caesars.' Many expeditions visited the area in the late 18th and early 19th centuries (including one that brought Charles Darwin), some in search of a protected passage to the Atlantic Ocean.

In the early 1900s the government granted nearly 10,000 sq km in and around Coyhaique to the Valparaíso-based Sociedad Industrial Aisén as a long-term lease for exploitation of livestock and lumber. The company dominated the regional economy, and colonists trickled into the region to claim remote lands for farming. Encouraged by a Chilean law that rewarded clearance with land titles, the Sociedad and colonists burned nearly 30,000 sq km of forest and destroyed much of Aisén's native southern beech in fires that raged for nearly a decade in the 1940s.

The region is sparsely populated, most notably south of Coyhaique, an area devastated by the 1991 eruption of Volcán Hudson. As with Volcán Chaitén's 2008 eruptions, it dumped tons of ash over thousands of square kilometers in both Chile and Argentina, ruining cropland and killing livestock by burying pasture grasses.

Salmon farming is a major industry and Patagonia's cold waters provide optimal farming conditions. The industry edged south after contaminating some Lakes District waters past sustainability, with waste from farms causing serious ecological disruption. The lobby for salmon farming is still quite strong and effective, given that there are few other industries in the region.

A strong public campaign contributed to the 2014 defeat of a number of proposed hydroelectric projects. In recent years these and other plans for industrialization defined the continual push and pull between development and conservation in this region. In 2017 the Chilean government accepted the donation of various private Patagonian parks put together by Tompkins Conservation and added more federal land, making Chile the most park-dense region of the world.

ⓘ Getting There & Around

Flights from Puerto Montt access Chaitén and Coyhaique (some direct from Santiago). Within the region there are charter services and there may be regional flights between Coyhaique, Cochrane and Villa O'Higgins.

The Carretera Austral and its offshoots are remote. Sections between Chaitén and Balmaceda have been paved, but offshoot roads and those further south are unpaved and in varying condition.

Most travelers start with a ferry from Puerto Montt or Chiloé, to Chaitén or Puerto Chacabuco; fly to Chaitén or Coyhaique; or go overland via Argentina, accessing the region through Futaleufú. In order to drive the length of the Carretera Austral, there are several mandatory ferry crossings. It's now also possible to travel from the south, with a car ferry that links Puerto Natales to Caleta Tortel and Puerto Yungay.

Some bus routes only have services a few days per week, with fewer in low season. In high season long-distance buses often fill up early in their route and refuse standing passengers. Book your bus tickets at least three days in advance to spare yourself the frustration.

Hitchhiking, not recommended by Lonely Planet, is possible along the Carretera Austral, but hard for groups or travelers with a lot of luggage.

Hornopirén

📞 65 / POP 1283

Few take advantage of the lush surroundings of this salmon-farming and transport hub. If the ferry is full, you may spend more time here than originally planned. The Ruta Bi-Modal ferry links the roadless northern section of Parque Nacional Pumalín to Caleta Gonzalo, where the road continues south. The road between the Puelche ferry landing and Hornopirén is paved.

Relatively unknown and not often accessed, Parque Nacional Hornopirén protects a lush wilderness of alpine terrain. It remains obscure mainly because there's no public transportation and the park entrance is partially accessed on foot. Trails to and in the park are marked but at times hard to follow. The upside? It offers great scenery and backcountry escapes. If planning on making an overnight hike, check in with Conaf before departing town.

About 6km south of Hornopirén, the road forks. The right fork eventually leads to the end of the road at Pichanco. Continue walking another 8km from here along a faintly marked trail to the park's entrance. Some 3km on, Lago General Pinto Concha has a pristine beach where wild camping is possible.

🛏 Sleeping & Eating

Hotel Hornopirén   HOTEL **$**
(☑65-221-7256; Carrera Pinto 388; d CH$35,000, s/d without bathroom CH$13,000/30,000; @🛜) This hotel has well-worn Patagonian character, water views and the assuring presence of Señora Ollie. The best rooms are those on the 2nd floor overlooking the water.

Cabañas Lahuan   CABIN **$$**
(☑65-221-7239, cell 9-8409-0231; www.turismo lahuan.com; Calle Cahuelmó 40; 5-/8-person cabins CH$75,000/100,000; 🛜) Solid two-story cabins with flat-screen TVs, wood stoves, grills and big picture windows facing the

harbor. There are kayaks for guest use. With a day's notice, the owners can help arrange excursions to the lovely and remote Termas Porcelanas, 1½ hours by boat.

★El Pescador   SEAFOOD **$**
(☑cell 9-9508-9534; Río Barceló s/n; CH$6000; ⊙10am-8pm) Come for simple but outstanding Chilean comfort food. The fried *merluza* (hake) comes fresh, crisp and oversized, though you probably won't want to share. There are also seafood stews and surprisingly good steak.

Cocinas Costumbristas   SEAFOOD **$**
(cnr O'Higgins & Cordillera; mains CH$7000; ⊙8:30am-9pm Mon-Sat, 10am-5pm Sun) Eating in these market-style shops is like a visit to your Chilean grandma, with fresh fish and oversized portions.

ROAD TRIP!

Ranking among the world's ultimate road trips, the **Carretera Austral** runs 1240km alongside ancient forests, glaciers, pioneer farmsteads, turquoise rivers and the crashing Pacific. Completed in 1996, it required an initial investment of US$300 million, took more than 20 years to build and cost 11 workers their lives. Pinochet's quest to cut a road through Aisén was not based on common sense or a pragmatic plan, it arguably had more to do with the symbolism of a highway that united forgotten outposts with national identity.

Highway is a glorified name – the southern half of the route is unpaved and can be in poor condition. Yet travelers are drawn here in part because the route is not lined with Shell stations and Starbucks. Don't skimp on planning and a good dose of prudence. If you like your food green, bring fresh produce – the local selection can be severely lacking.

To the north of the Carretera Austral, ferry service is inadequate for the amount of traffic and only runs regularly during summer. Especially in winter, rock slides are common and landslides may close sections of the road for days. In the south, the road sits barely 1m above the flood-prone Río Baker, the mightiest Chilean river.

Isolation makes this region expensive. Be prepared for costs 20% above the rest of Chile. Go prepared:

➡ Get your vehicle checked out prior to departure.

➡ When possible, reserve ferry crossings in advance.

➡ Organize your cash (few towns have ATMs, and BancoEstado takes only MasterCard).

➡ Drive during the day; there are no streetlights and curves are not marked with reflectors.

➡ Carry extra food, water and gas, as a breakdown or empty tank can leave you marooned.

➡ Always carry a *neumático* (spare tire) and make sure the vehicle has *una gata* (a car jack) and jumper cables.

➡ Take your time and enjoy the scenery – high-speed turns on loose gravel roads are a recipe for disaster.

➡ Stop if someone looks like they might need help.

➡ Give trucks a wider berth on gravel – broken windshields are endemic to the Carretera Austral.

If crossing into Argentina, start your trip with all papers in order, permission to take a rental vehicle out of the country and the required insurance. Extra fuel, meat, produce and dairy products can't cross borders.

ALERCE

Waterproof and nearly indestructible, the valuable alerce shingle once served as currency for the German colonists in the south. Known as *lahuan* in Mapuche, *Fitzroya cupressoides* ranks among the oldest and largest tree species in the world, with specimens reaching almost 4000 years old. This 40m-to-60m jolly evergreen giant plays a key role in temperate rainforests, though its prime value as a hardwood (and surefire shelter in a rainy climate) means it was logged to near extinction. It is no longer legal to harvest live trees, but you can see alerce shingles on Chilote houses and the real deal deep in the Lakes District and Northern Patagonian forests.

❶ Information

For tourism information, check the website **Patagonia Verde** (http://patagoniaverde.org) or visit the **Tourist Kiosk** (oficinadeturismo hualaihue@gmail.com; 21 de Septiembre s/n; ⊘ 9am-7pm Dec-Feb) on the plaza.

❶ Getting There & Away

Kemelbus (🖉 in Puerto Montt 65-225-6450; Plaza s/n) has four buses daily to and from the bus terminal in Puerto Montt (CH$4000, four hours). The bus ticket includes the fee for the ferry across the narrow Estuario de Reloncaví. Departing Puerto Montt at 6am and 8am, passengers can continue on to Parque Nacional Pumalín or Chaitén (CH$20,000, 10 hours), via the Ruta Bi-Modal ferry crossing; bus tickets include ferry costs.

Naviera Austral (🖉 in Puerto Montt 65-227-0430; www.taustral.cl; ferry dock, off Ingeniero Militares) makes two ferry crossings relevant to travel here. Less than one hour south of Puerto Montt, a 30-minute crossing goes from Caleta La Arena to Puelche (bicycle/car CH$2800/9800). Ferries leave every half-hour in high season, with extended hours in summer.

Between Hornopirén and Parque Nacional Pumalín (per passenger/car CH$5600/33,600), ferry crossings are known as the Ruta Bi-Modal, a system which coordinates two ferry crossings with a short 15km land stretch between them; passengers pay only once. In total, the trip between Hornopirén and Caleta Gonzalo lasts five hours. From the first week of January to the end of February there are three trips daily at 10:30am, noon and 3pm. Summer is busy, so reserve one week ahead online, or with a direct bank deposit including passport information for all passengers and the vehicle license plate. Kemelbus serves the route.

Parque Nacional Pumalín

🖉 65

Verdant and pristine, this 2889-sq-km **park** (www.parquepumalin.cl) **FREE** encompasses vast extensions of temperate rainforest, clear rivers and seascapes. A remarkable forest-conservation effort, stretching from near Hornopirén to south of Chaitén, Parque Nacional Pumalín attracts international visitors in great numbers. Created by American philanthropist Doug Tompkins (p335), it was one of the largest private parks in the world prior to its donation to Chile in 2017. For Chile it's a model park, with well-maintained roads and trails, extensive infrastructure and minimal impact. There's no entry fee as the park bisects the Carretera Austral and it would be difficult to distinguish the park users from those traveling through.

The park closed for several years after the dramatic 2008 eruption of Volcán Chaitén. Now there is a trail leading to a spectacular viewpoint of the smoking crater.

🏃 Activities

Check with an information center before finalizing your hiking plans as conditions are changeable.

★ **Sendero los Alerces**　　　HIKING
This 1km trail crosses the river to a substantial grove of millennial alerce trees, with interpretive signs along the way. It's 12.5km south of Caleta Gonzalo.

Aero Alerce　　　SCENIC FLIGHTS
(🖉 cell 9-8198-7283; www.aeroalerce.com; 3hr overflight per person US$500) Pilot Rodrigo Noriega has decades of experience in Patagonia and it shows. Trips include overflights in Pumalín and Corcovado national parks, visits to prime fly-fishing destinations and wilderness overnights. Costs are based on four passengers. The three-hour overflight includes up-close views of the smoking Chaitén crater and a picnic stop at Lago Negro.

Volcán Chaitén Crater Trail　　　HIKING
This five-hour round-trip ascends the blast path to view the puffing crater. The lower sections teem with vegetation while the upper reaches are barren and beautiful. The trail is 800m with a 250m change in altitude, a pyroclastic Mt St Helen's–style trail

through forest that burned through heat, not fire. It's near Puente Los Gigos.

Laguna Tronador
HIKING

This four-hour, 4.8km round-trip is not so much a trail as it is, often literally, a staircase. A boardwalk crosses a *pasarela* (hanging bridge) to a series of wooden stepladders. Climb one hour to a *mirador* (lookout) at the saddle with views of Volcán Michimahuida. The trail drops toward the lake with a two-site campground, sturdy picnic tables and latrine. It's about 11km south of Caleta Gonzalo.

Ventisquero Amarillo
HIKING

(El Amarillo) This flat, open 10km trek to the Amarillo hanging glacier sits in Pumalín's newest sector, some 20km south of Chaitén. Start at the Ventisquero campground toward the base of the Michinmahuida Glacier; cross the river at its widest point, closer to the campground.

Michinmahuida
HIKING

(El Amarillo) At Michinmahuida, 33km south of Caleta Gonzalo, a challenging 12km trail ascends 700m to the base of the volcano.

Sendero Cascada
HIKING

This three-hour round-trip is an undulating climb through dense forest that ends at a large waterfall. The river crossing an hour into the hike can be dangerous at high water.

Cascadas Escondidas
HIKING

At Cascadas Escondidas, 14km south of Caleta Gonzalo, a one-hour trail leads from the campground to a series of waterfalls.

👉 Tours

Currently the only way to access some of the isolated northern reaches of the park is by boat. A few Puerto Varas–based operators organize boating and kayaking trips through the fjords and to otherwise-inaccessible hot springs. In Chaitén, Chaitur (p304) has information on local guides who take hiking groups to the volcano.

Al Sur Expeditions (☑in Puerto Varas 65-223-2300; www.alsurexpeditions.com) specializes in sea kayaking and provides boat transportation to the remote Cahuelmó Hot Springs.

🛏 Sleeping

Camping Tronador
CAMPGROUND $

Free backcountry campsites at the basin of the stunning amphitheater lake on Laguna Tronador trail, a steep two-hour climb from the trailhead.

Lago Blanco
CAMPGROUND $

(campsites per person/motor home CH$5000/10,000) Twenty kilometers south of Caleta Gonzalo and 36km north of Chaitén, Lago Blanco has a few covered sites and great views of the lake. Make sure you hike the short distance to the *mirador* for a better view. There is excellent fishing in the lake, but you'll need to get a permit from a ranger station. There's a covered cooking area and bathrooms.

Sector Amarillo
CAMPGROUND $

(campsites per person/motor home CH$6000/10,000) This sector south of Chaitén occupies former farmland beyond the Termas El Amarillo, with great views and flat, open sites in three separate areas. It has covered cooking areas and bathrooms. It is a couple of days' hiking from other areas or accessible by car.

Lago Negro
CAMPGROUND $

(campsites per person/motor home CH$5000/10,000) Large camping area close to the lake with cook shelter and bathrooms.

Camping El Volcán
CAMPGROUND $

(campsites per person/motor home CH$5000/10,000) At the southern end of the park before Chaitén, 2.5km before the southern-entrance ranger station, this big camping zone has car camping and information. It has a covered cooking area and bathrooms with cold-water showers.

Cascadas Escondidas
CAMPGROUND $

(campsites per person/motor home CH$6000/10,000) Features platform sites with roof at the trailhead to Cascadas Escondidas. Also has a cooking area and bathrooms.

Avellano Lodge
LODGE $$

(☑65-257-6433, cell 9-9641-4613; www.elavellanolodge.com; Ayacara; per person half board CH$30,000; @🕿) Just outside of the park on the peninsula, this gorgeous hardwood lodge offers an unbeatable combination of park access, service and comfort. Hiking, fly-fishing and sea-kayaking tours with all-inclusive packages, including transfer from Puerto Montt, are available.

★ Caleta Gonzalo Cabañas
CABIN $$$

(☑in Puerto Varas 65-225-0079; reservas@parquepumalin.cl; Caleta Gonzalo; campsites per person/motor home CH$6000/10,000, s/d/t/q incl breakfast CH$80,000/100,000/120,000/145,000) Custom made for forest gnomes, these tiny shingled cabins (without kitchen facilities) overlook the fjord, with hardwood details and cool loft beds for kids. There's camping nearby at Río Gonzalo with a cooking shelter, bathrooms and cold-water showers.

Fundo del Río Cabañas CABIN $$$
(☑ in Puerto Varas 65-225-0079; reservas@parque pumalin.cl; 2-/4-person cabins CH$65,000/125,000) Tucked into farmland, these ultra-private cabins with kitchen facilities have sea or valley views and firewood included.

✖ Eating

Puma Verde MARKET $
(☑ 65-220-2358; Carretera Austral s/n, El Amarillo; ☺ 10am-8pm) Sells reasonably priced provisions, including well-priced wines, eggs and produce, for campers, as well as some high-quality local crafts. The on-site cafe serves espresso drinks and snacks.

Café Caleta Gonzalo CAFE $$
(Caleta Gonzalo; mains CH$8500-16,000; ☺ 9am-10pm) The park's only restaurant is this attractive cafe with a huge fireplace. Fresh bread, local honey and organic vegetables put it a notch above average. Homemade oatmeal cookies, honey or picnic boxes are available to go.

❶ Information

There's almost no cell service in the park. The **Centro de Visitantes Caleta Gonzalo** (www. parquepumalin.cl; Caleta Gonzalo; ☺ 9am-7pm Mon-Sat, 10am-4pm Sun) and **Centro de Visitantes El Amarillo** (www.parquepumalin.cl; El Amarillo; ☺ 9am-7pm Mon-Sat, 10am-4pm Sun) have park brochures, photos and environmental info as well as regional artisan goods for sale.

Tompkins Conservation (☑ in USA 1-415-229-9339; www.tompkinsconservation.org) has information on all the conservation projects under the Tompkins umbrella.

❶ Getting There & Away

The **Naviera Austral** (☑ 65-221-7266; www.taustral.cl; ferry dock; passenger/car CH$6000/34,000) ferries sail from Caleta Gonzalo to Hornopirén (five to six hours) twice daily in high season. Bus-boat combos from Puerto Montt can drop visitors in the park on the way to Chaitén.

Chaitén

☑ 65 / POP 6200

The main service town for Parque Nacional Pumalín, Chaitén is also the major transport hub for the northern Carretera Austral. Flights and ferries from Puerto Montt and Chiloé arrive here, and it's the starting point for many bus routes south.

When an unknown volcano decided to wake up on May 2, 2008, this quiet village underwent a total siege. Locals were able to evacuate, but suffered years of uncertainty as the government formed a response. Residents resisted the initial government decision to move the town 10km north and have rebuilt their shingled town with pride.

✱ Activities

Termas El Amarillo HOT SPRINGS
(☑ Municipalidad de Chaitén 65-274-1500; CH$7000; ☺ 9am-7pm) Overly popular in summer with a recently renovated soaking pool and smaller, hotter tubs, overlooking Río Michinmahuida. It's 25km southeast of Chaitén, on a spur north off the Carretera Austral. There's on-site lodging and camping at a private site 1km away. There's no phone signal; make inquiries by calling the Chaitén municipality, which manages the site.

Chaitur TOURS
(☑ 65-273-7249, cell 9-7468-5608; www.chaitur. com; O'Higgins 67; ☺ hours vary) The best source of local information, English-speaking Nicholas dispatches most of the buses and arranges bilingual guided visits to Pumalín, Yelcho glacier, Termas El Amarillo and beaches with sea-lion colonies. Guided hikes to the Volcan Chaitén Crater Trail offer detailed scientific information. Also rents bikes (CH$10,000 per day).

🛏 Sleeping

Doña Collita GUESTHOUSE $
(☑ cell 9-8445-7500; Portales 54; incl breakfast per person without bathroom CH$15,000, d CH$35,000; ☎) An immaculate, old-fashioned *hospedaje* (guesthouse) with spotless rooms and a stern hostess. Cold feet take heart: it's one of the few options on the Carretera Austral where the heat is always cranking.

Cielo Mar Camping CAMPGROUND $
(☑ cell 9-7468-5608; www.chaitur.com; cnr O'Higgins & Costanera Av Corcovado; campsites per person CH$5000; ☎) Backyard campsites and hot-water showers, right in the center of town.

Cabañas Grizzly CABAÑAS $$
(☑ 65-224-1908; elguetaangel@gmail.com; Carretera Austral, Km25, El Amarillo; 2-/4-person cabins CH$50,000/60,000; ☎) These impeccable country-style cabins with shady porches sport nice hardwood furnishings, fully equipped kitchens and cable TV. Don't worry about the bears – it's named for the family dog.

Posada Expediciones Kahuel CABIN $$
(☑ cell 9-8156-6148; www.pymesdechile.cl/posada kahuel/index.php; Carretera Austral s/n; d with breakfast CH$50,000, cabins from CH$88,000; ☎) Located on the outskirts of town, this forested retreat consists of small rooms with raw wood details and nice woolen throws, plus cabins for larger groups. It's 400m from the ocean, and can feel damp if it's raining. The owners offer boat excursions (CH$80,000 for four) to check out sea lions, with the possibility of dolphin-spotting. Takes credit cards.

✕ Eating

★**Cocinerías Costumbristas** SEAFOOD $
(☑ cell 9-8170-8983; Portales 258; meals CH$3000-8000; ☉ 9am-midnight) Apron-clad señoras in tiny kitchens serve up piping-hot seafood empanadas, fish platters and fresh *paila marina* (shellfish soup). Come early for lunch because it fills up fast with locals.

Café Pizzería Reconquista PIZZERIA, CAFE $
(☑ cell 9-7495-4442; Portales 269; pizzas CH$5000-8000; ☉ noon-midnight) A good bet for thin-crust pizzas, plus burgers and cola in bottles, this shiny cafe has a handful of gleaming indoor picnic tables and considerate staff.

Natour FOOD TRUCK $
(O'Higgins s/n; ☉ 9am-2pm Mon-Sat; ☎☑) Whole-bean coffee, omelets and sandwiches are sold out of this food truck, also serving ice cream.

Restobar el Volcán CHILEAN $$
(☑ cell 9-8186-9558; Prat 65; mains CH$6000-9000; ☉ 9am-midnight; ☎) Housed in a rambling shingled home, Restobar el Volcán is a friendly restaurant-bar. In summer local produce and house-made jams and juices (try *nalca*, a Patagonian relative of rhubarb) spiff up a typical menu of regionally sourced fish, tasty steak and sandwiches. Servings are oversized. Breakfast is also served.

ℹ Information

BancoEstado (cnr Libertad & O'Higgins; ☉ 9am-2pm Mon-Fri) Has an ATM and poor exchange rates for cash.

Sernatur (☑ 65-273-1082; Portales 408; ☉ 8:30am-1:30pm & 2:30-5:30pm Mon-Fri) Promotes the Patagonia Verde route from Hornopirén through Palena.

Tourist Kiosk (cnr Costanera Av Corcovado & O'Higgins; ☉ 9am-9pm Jan-Feb) Has leaflets and a list of accommodations.

Hospital de Chaitén (☑ 65-731-244; Av Ignacio Carrera Pinto; ☉ 24hr) 24-hour emergency room.

ℹ Getting There & Away

Chaitén is a hub for the northern section of the Carretera Austral. It's 56km south of Caleta Gonzalo and 45km northwest of Puerto Cárdenas.

In December 2017 a major landslide hit Villa Santa Lucía, located some 75km south, causing 14 deaths, destroying much of the village and cutting off north–south connectivity for some months. As a result, there may be fewer transport, lodging and food services located in Villa Santa Lucía in the future.

VOLCÁN CHAITÉN WAKES UP

No one even considered it a volcano, but that changed quickly. On May 2, 2008, Volcán Chaitén, 10km northeast of its namesake town, began a month-long eruption with a 20km-high column of ash.

During the first week, successive explosions emitted more than a cubic kilometer of rhyolitic ash. The rampage caused flooding and severe damage to homes, roads and bridges, decimated thousands of livestock and spewed ash as far as Buenos Aires. Chaitén's 4000 inhabitants were evacuated. The government sanctioned relocating the town slightly northwest to the village of Santa Bárbara (Nuevo Chaitén), but later improvements in the original town's infrastructure saw locals returning to recover their homes in Chaitén.

Located in Parque Nacional Pumalín (p302), the volcano is easily viewed from sections of the main park road that show forests on the volcano's northeastern flank calcified by pyroclastic flows. The crater has yawned open to 3km in diameter, hosting within it a new complex of quickly formed rhyolitic domes. For stunning views of the smoking crater, hike to the ridgetop of the crater trail (p302). Go early or late in the day during summer, as there's little shade on the trail.

The park reopened in 2011, thanks to park rangers who have worked tirelessly in its recovery. Volcán Chaitén remains under constant monitoring by **Sernageomin** (www. sernageomin.cl), the government agency of geology and mining.

AIR

Santa Bárbara airport is 10km north of Chaitén. Both **Aerocord** (☑ cell 9-7669-4515; www. aerocord.cl; Portales 287) and **Pewen** (☑ cell 9-9403-4298; www.pewenchile.com; O'Higgins s/n) fly to Aeródromo La Paloma in Puerto Montt (one way CH$50,000, 45 minutes). Both fly daily except Sundays, usually midmorning.

BOAT

Ferry schedules change, so confirm online before making plans.

In summer the **Naviera Austral** (☑ 65-2731-011; www.navieraustral.cl; Riveros 181; passenger seat/car CH$17,300/95,000) auto-passenger ferry *Don Baldo* sails three times a week to Puerto Montt (nine hours) and twice weekly to Quellón (six hours) and Castro, Chiloé (five hours).

If you arrive by ferry, the port is a 500m walk northwest of town.

BUS

Transportation schedules and operators for the Carretera Austral change frequently. Departures are from the main **Chaitur Bus Terminal** (☑ cell 9-7468-5608; www.chaitur.com; O'Higgins 67; ☉ 9am-noon & 4-7pm). Kemelbus goes to Puerto Montt (CH$20,000, nine hours) daily at 10am and noon. Buses Becker goes to Coyhaique on Wednesday and Sunday at noon, stopping in Villa Santa Lucía (where offshoots lead to Futaleufú and Palena), La Junta and Puyuhuapi along the way. This route was being paved at the time of writing, causing delays and road closures. It may be completed by the time you read this, but ask for updates at the terminal.

Buses Cárdenas goes to Futaleufú daily at 1pm and to Palena daily at noon. Buses Cumbres Nevadas goes to Palena and Futaleufú daily at 4pm and 7pm.

Currently many bus routes offer subsidized fares for all passengers, but in the future discounts may be for residents only.

DESTINATION	COST (CH$)	HOURS
Coyhaique	24,000	8
Futaleufú	2000	3
La Junta	12,000	3
Palena	2000	3
Puyuhuapi	15,000	4½
Villa Santa Lucía	1000	1½

Futaleufú

☑ 65 / POP 2300

The wild, frosty-mint waters of the Río Futaleufú have made this modest mountain town famous. Not just a mecca for kayaking and rafting, it also boasts fly-fishing, hiking and horseback riding. Improved roads and growing numbers of package-tour visitors mean it isn't off the map anymore – just note the ratio of down puffer jackets to woolen *mantas* (ponchos). It's a fun place, but if you prefer a peaceful visit, go on either end of the summer rush.

The town of Futaleufú, a small 20-block grid of pastel-painted houses 155km southeast of Chaitén, is mainly a service center to the Argentine border, only 8km away, and a bedroom community for boaters. Many visitors hop the border to the nearby Argentine towns of Trevelín and Esquel, and to Argentina's Parque Nacional Los Alerces.

🏃 Activities

The 'Futa' or 'Fu,' as it's known, is a technical, demanding river, with some sections only appropriate for experienced rafters. Depending on the outfitter you choose and the services included, rafting the Futaleufú starts at CH$50,000 per person for a half-day section known as Bridge to Bridge, with Class IV and IV-plus rapids. A full-day trip for experienced rafters only goes from Bridge to Macul, adding two Class V rapids, starting at CH$60,000.

Ideal for families, there's rafting on the Class III Río Espolón. Novice kayakers can try this river or head to Lago Espolón for a float trip.

Bio Bio Expeditions   OUTDOORS
(☑ 22-196-4258, US toll free 1-800-246-7238; www. bbxrafting.com) A pioneer in the region, this ecologically minded group offers river descents, horse treks and more. It is well established but may take walk-ins.

Bochinche Rafting   RAFTING
(☑ cell 9-8847-6174; https://bochinchex.com; Cerda 697; ☉ 9am-10pm) A small outfitter offering daily rafting trips in addition to kayak and bike rentals and other guided outdoor activities.

Expediciones Chile   OUTDOORS
(☑ 65-562-639; www.exchile.com; Mistral 296; ☉ 9am-11pm Dec-Mar) A secure rafting operator with loads of experience. Specializes in weeklong packages but offers kayaking, mountain biking and horse riding as well. It also runs an eco-camp on the Río Azul and a kayak school on the Río Espolón.

Carpintero Negro   HIKING
(☑ cell 9-5825-4073; www.carpinteronegro.com; Cerda 439; ☉ hours vary) There's plenty of gor-

geous hiking around Futaleufú but little information on how to do it. Offering half-day and multiday trips, this guiding service fills a much-needed niche. Contact via WhatsApp.

Patagonia Elements RAFTING
(☑ cell 9-7499-0296; www.patagoniaelements.com; Cerda 549; ☺ 9:30am-9pm) Competent Chilean guides; also offers mountain-bike rentals (half-day CH$15,000).

✯ Festivals & Events

Ruta de los Valles SPORTS
(www.rutadelosvalles.cl; ☺ late Jan) Race through gorgeous Andean mountain scenery at this annual mountain-bike race with 20km and 48km circuits, attracting participants from around the world.

Futa Fest SPORTS
(https://es-la.facebook.com/GenteDeRios; ☺ late Feb-early Mar) This annual river festival celebrates the mighty Río Futaleufú with competitions, parties and public events. See the Facebook page for details. The event started after the eruption of Volcán Chaitén, when the region suffered disastrously and faced economic hardship, with the aim to preserve the river and its incredible natural environment.

🛏 Sleeping

Las Natalias HOSTEL $
(☑ cell 9-6283-5371; www.hostallasnatalias.cl; dm/tr CH$15,000/50,000, d with/without bathroom$36,000/32,000; ☺ Nov-Apr) Named for four generations of Natalias, this welcoming spot is a great deal for backpackers, with tips on outdoor options. There are plenty of shared bathrooms, a large communal area, mountain views and a guest kitchen. It's a 10-minute walk from the center. Follow Cerda and signs for the northwest outskirts of town; it's on the right after the hill climb.

The owner Nate also offers recommended kayak instruction (CH$80,000 per day).

Cara del Indio CAMPGROUND $
(☑ WhatsApp 9-9467-2943; www.caradelindio.cl; Lonconao Sector; campsites per person CH$5000, cabañas CH$35,000-50,000; ☺ Nov-Apr) With a spectacular riverfront setting, this adventure base camp (also offering rafting) is run by Luis Toro and his family. Cabins come in various sizes on the 10km spread. Sites have access to hot showers, an outdoor kitchen and a wood-burning sauna. Guests can dine onsite or purchase homemade items. The contact number only handles WhatsApp calls.

It's 15km from Puerto Ramírez and 35km from the Carretera Austral.

Posada Ely GUESTHOUSE $
(☑ 65-272-1205; posada.ely.futaleufu@gmail.com; Balmaceda 409; s/d incl breakfast CH$15,000/30,000; P ☎) A great deal, these well-kept rooms sit under the sure guardianship of Betty, a dyed-in-the-wool local who makes a mean rose-hip jam, served with a breakfast of fresh bread, eggs, juice, tea and more. Cable TV is available.

Martín Pescador B&B B&B $
(☑ 65-272-1279; Balmaceda 603; per person CH$20,000, 6-person cabins CH$60,000; ☎) Behind the restaurant, this cozy home with adobe-style walls and attractive furnishings is a steal. The two-bedroom cabins with narrow staircases are rustic and stylish, with kitchenettes. Mitch, the owner, also works as a freelance outdoor guide.

Aldea Puerto Espolón CAMPGROUND $
(☑ cell 9-5324-0305; www.aldeapuertoespolon.cl; Ruta 231; campsites per person CH$7000, domos CH$9000; ☺ Jan-Mar; ☎) A gorgeous setting on a sandy riverbank flanked by mountains, just before the Chilean entrance to town. Campers have hot showers and a sheltered kitchen for cooking with gas. Groups can also sleep in geodesic domes on platforms; bring your own sleeping bag.

Adolfo's B&B B&B $
(☑ 65-272-1256; pettyrios@gmail.com; O'Higgins 302; incl breakfast s/d CH$20,000/40,000, r per person without bathroom CH$15,000; @☎) The best bargain digs in town are in this warm wood-finish home run by a hospitable family. Breakfast includes eggs, homemade bread and coffee cake.

★ La Antigua Casona INN $$
(☑ 65-272-1311; silvanobmw@gmail.com; Rodríguez 215; d/tr incl breakfast CH$60,000/80,000; ☎) Every polished detail of this refurbished settler's barn expresses the loving attention of its Italian and Chilean owners. Rooms sport a lovely, nature-themed decor with hand-painted birds and quilted beds. For passers-by, there's an inviting cafe (p308) with a shaded terrace attended by Silvano, an aficionado of local history.

La Gringa Carioca B&B $$
(☑ 65-272-1260, cell 9-9659-9341; Aldea 498; s/d incl breakfast US$100/120; ☎) Come home to a sweeping garden area with hammocks and lovely windowbox seats in an old, lived-in

house. Adriana, the Brazilian hostess, speaks multiple languages and proves helpful with local tips. On-site yoga, reiki and massage are coming soon. The wonderful breakfasts include farm eggs and real coffee. The downside is the older installations and bathrooms.

Hostería Río Grande
HOTEL $$

(☑65-272-1320; www.pachile.com; O'Higgins 397; s/d/tr CH$35,000/55,000/65,000; P⊙) This comfortable shingled lodge caters to sporty gringos. Expect bright, carpeted rooms with portable heaters and low-slung beds in deep frames. It also features an on-site cafe with wi-fi and a grassy terrace.

★Uman Lodge
LODGE $$$

(☑65-272-1700; http://umanlodge.cl; Fundo La Confluencia; s/d incl breakfast US$490/550; ⊙⊠) This panorama of converging rivers rates among Patagonia's best views. *Uman* means 'lodging' in Mapundungun, and the place longs for a native connection beyond the hardwoods. Tastefully modern, it's sheathed in glass walls and alerce shingles with 16 luxury rooms with views. Amenities include on-site adventure tours and an indoor-outdoor pool. It's 2.5km from town, with a steep gravel approach.

The on-site restaurant includes a notable wine cellar with tastings guided by a resident sommelier.

Hotel El Barranco
HOTEL $$$

(☑65-272-1314; www.elbarrancochile.cl; O'Higgins 172; d incl breakfast US$215; @⊙⊠) At this elegant lodge on the edge of the grid of town, rooms are stylish and snug with carved woodwork, colonial accents and big beds, though the sluggish service hardly merits the high-end price tag. There's also an on-site restaurant, swimming pool and sauna.

✖ Eating & Drinking

Pizzas de Fabio
PIZZA $

(☑cell 9-5877-8334; Carnicer s/n; pizzas CH$6000; ⊙noon-10pm; ☑) There's no going wrong with these thin-crust, gooey pizzas made by Argentine chef Fabio, who gave up cooking haute cuisine to open his own grungy-fun takeout business. Vegan options.

Picada de Colonos
CHILEAN $

(☑65-272-1326; O'Higgins 782; mains CH$5000-7000; ⊙8am-10pm Mon-Sat) In Nelsa's home kitchen there's no menu, but she can cook up pork chops, *cazuela* (oversized stews), *milanesas* (schnitzels) and fries. Tables are set with homemade *sopapillas* (fry bread), a Patagonian staple. It's on the way to the border.

Rincón de Mamá
CHILEAN $

(☑65-272-1208; O'Higgins 465 alley; mains CH$8000; ⊙11:30am-2:30pm & 6:30-10pm Mon-Sat) This simple eatery with citrus colors and plastic tablecloths does home-cooked meals on the 2nd floor of a rambling alleyway house.

Restaurant Antigua Casona
ITALIAN $$

(☑65-272-1311; Rodríguez 215; mains CH$10,000; ⊙noon-10pm) With an elegant atmosphere, this cafe at the small La Antigua Casona hotel (p307) does wonderful homemade pasta, gnocchi and lasagna with vegetarian options. The owner hails from Milan, so authenticity is not an issue. Continuous hours means it's open when you're hungry. Try one of the house-made craft beers.

Martín Pescador
CHILEAN $$$

(☑65-721-279; Balmaceda 603; mains CH$10,000-13,000; ⊙dinner Nov-April; ☑) ⦿ This locavore eatery is taking some exciting risks with a rotating menu featuring local products you will see nowhere else. Think honey from local *michay* flowers, forest mushrooms, *nalca* fruit, rabbit and traditional Huilliche seafood. There's nice low-lit ambience with a roaring log fire. The four-course meal option (CH$30,000) offers a good sampling, with vegetarian options (ask ahead).

Cafe Mandala
CAFE

(Cerda s/n; ⊙11am-8pm Mon-Fri, noon-8pm Sat & Sun) Wake up happy with the espresso drinks from this tiny plaza-front cafe, also serving juices, cakes and grilled cheeses.

Sur Andes
CAFE, BAR

(☑cell 9-7479-1638; Cerda 308; ⊙1pm-4am Mon-Sat; ☎) An adorable cafe and bar with a homespun feel and pub fare.

ⓘ Information

BancoEstado (cnr O'Higgins & Manuel Rodríguez; ⊙9am-2pm Mon-Fri) Bring all the money you'll need; this is the only choice for changing money and locals report that foreign cards often have problems at the ATM.

Post Office (☑65-223-7629; Balmaceda 501; ⊙9am-1pm & 3-7pm Mon-Fri) Helpful with bus schedules and ticket sales for buses and ferries.

Tourist Office (☑65-223-7629; O'Higgins 536; ⊙9am-9pm) Helpful, with information on cabins, activities and descriptions of local treks.

ⓘ Getting There & Away

Bus schedules change frequently: be alert.

To Chaitén, **Bus D&R** (☑65-238-0898, cell 9-9883-2974; Manuel Rodríguez s/n;

PALENA

A quiet mountain town on its namesake turquoise river, Palena's draw is exploring its verdant valleys on foot or horseback, where you'll find remnants of pioneer lifestyle and real hospitality. The rodeo, held on the last weekend in January, and the weeklong **Semana Palena**, in late February, feature cowboy festivities and live music.

On the plaza, the **tourism office** (☑65-274-1221; www.municipalidadpalena.cl; O'Higgins 740; ☺8am-1pm & 2-5pm Mon-Fri) arranges horse packing, rafting and fishing trips with local guides. Allow some lead time before your trip, since some rural outfitters must be reached by radio.

Raft or float (CH$14,000) the turquoise waters of the Río Palena with **Auquinco** (☑cell 9-9514-7274; www.auquinco-patagonia-turismo.com/index.html; Palena; CH$17,000) and seasoned guide Jorge Vásquez. He also offers fly-fishing (two guests CH$120,000) from November to April and horseback riding. Costs include transfers, guided trip and meals.

For a remote pioneer adventure, ride or hike 5km to **Rincon de la Nieve** (☑cell 9-8186-4942; rincondelanieve@hotmail.com; Valle Azul; per person incl breakfast CH$18,000), the wonderful Casanova farm in Valle Azul. Ride horses, visit a waterfall and round up cattle or continue on the trail to remote Lago Palena. Meals (CH$7000) feature fresh local ingredients. Horses are extra. Since there's no phone service on-site, all trips must be arranged in advance. Visitors can also arrange a three-day package (per person CH$108,000) that includes rides and farm activities. Arrive at the trailhead, at the junction of El Tigre and Azul rivers, by 4WD or take a transfer from Palena (total CH$20,000).

In town, sleep at **La Chilenita** (☑cell 9-6777-9112; Pudeto 681; per person without bathroom CH$10,000; ☎), where Señora Elena takes guests into her snug home like wayward chiolto. Next door, **Restaurante Al Paso** (☑65-274-1226; Pudeto 661; menú CH$7000; ☎) serves up home cooked meals. It also rents adequate rooms upstairs (CH$15,000).

Buses Palena (☑65-741-319; Plaza de Armas) travel to Chaitén (CH$2000, three hours) from the Plaza de Armas at 6:45am Monday, Wednesday and Friday. From Chaitén, the bus departs at 3:30pm each Wednesday and Friday.

☺9am-noon & 3-7pm) goes almost daily at 6am (CH$2200, three hours). **Buses Becker** (☑65-272-1360; www.busesbecker.com; cnr Balmaceda & Prat; ☺9am-1pm & 3-7pm) goes to Coyhaique (CH$24,000, 10 hours) on Sundays at 11am to Villa Santa Lucía (1½ hours), La Junta and Puyuhuapi. **Buses Jerry** (Lautaro s/n) goes to Palena (CH$2500, two hours) three times per week. (There's no office, the bus stops on the street.) To Puerto Montt, **Buses Apsa** goes to Puerto Montt (CH$18,000, 10 hours) on Tuesday and Friday at 7:30am; buy the ticket at the **post office**. **Bus Río Palena** (☑cell 9-9321-0621; Carrera 500; ☺8am-7pm) makes the same trip, starting in Palena and driving via Argentina on Sundays at 8am.

International buses (☑65-272-1458; Cerda 436; CH$2500) to the Argentine border (15 minutes) currently leave on Mondays and Fridays at 9am and 7pm. On the Argentine side, **Transportes Jacobsen** (☑02945-454676) takes passengers to Trevelín and Esquel. The **Futaleufú border post** (Ruta Internacional s/n; ☺8am-8pm) is far quicker and more efficient than the crossing at Palena, opposite the Argentine border town of Carrenleufú.

There's a **Copec** gas station on the road to the border. Note that gas is cheaper in Argentina.

La Junta

☑67 / POP 914

With the slow feel of a Rocky Mountain backwater, La Junta is a former *estancia* (grazing ranch) that formed a crossroads for ranchers headed to market. Midway between Chaitén and Coyhaique, it's also an important transfer point for north–south connections, with solid lodging options. Unmistakable with its centerpiece monument to Pinochet, it now serves as a major fuel-and-rest stop for travelers, replete with old-fashioned hardware stores and a rocky butte bookending town.

🏃 Activities

Visitors can take float trips on Río Palena, go fly-fishing or hike in area reserves. Brown, rainbow and Chinook trout abound at Reserva Nacional Lago Rosselot and Lago Verde.

Termas del Sauce   HOT SPRINGS
(☑cell 9-9454-2711; Camino a Raúl Marín Balmaceda, Km17; per person CH$5000; ☺10:30am-8:30pm) Private hot springs with pleasant but rustic pools and camping (CH$10,000

including hot springs) on a brook 17km out of town toward Raúl Marín Balmaceda. Campers can enjoy the pools after hours and have the use of a *quincho* (outdoor kitchen/ grill) for cooking.

Yagan Expeditions ADVENTURE
(☑67-231-4352; www.yaganexpeditions.com; 5 de Abril 350; ⊙hours vary) Small tour operator providing horseback riding, trekking and hot-springs trips, as well as kayaking on Lago Rosselot.

🎊 Festivals & Events

Ruta de Palena SPORTS
(Tourist Kiosk; ⊙early Feb) Celebrates the two rivers that converge in La Junta, with a collective four-day floating trip with camping on the Río Palena from Palena all the way down to the sea at Raúl Marín Balmaceda. There are barbecues and folk performances. For details, ask the tourism office in La Junta.

🛏 Sleeping & Eating

Mi Casita de Té Alojamiento HOTEL $
(☑67-231-4206; www.facebook.com/micasita. dete; Carretera Austral s/n; d/q incl breakfast CH$35,000/55,000; 🛜) These two-story rooms along the main road offer good value, alongside a restaurant of the same name that's the town hub.

Hostería Mirador del Río FARMSTAY $
(☑cell 9-6177-6894; www.miradordelrio.cl; Camino a Raúl Marín Balmaceda, Km6; r per person without bathroom incl breakfast CH$15,000, 3-person cabins CH$60,000) 🥾 Retreat from the dusty Carretera Austral to this charming farmhouse run on solar and generator power. The family is lovely and breakfast satisfies with homemade jam and bread hot out of the woodstove. The son is a guide offering float trips down the mellow Río Palena or sportfishing. It's outside town, on the way to Raúl Marín Balmaceda.

There's also a hike to an alpine lake (6km round-trip).

Hospedaje Tía Lety GUESTHOUSE $
(☑cell 9-8763-5191; Varas 596; r per person without bathroom incl breakfast CH$15,000; 🛜) A friendly family setting, with bulky beds in well-kept rooms. Breakfast with homemade küchen (sweet, German-style cakes), jam and bread, is filling and Tía Lety is a top-notch host. Also offers empanadas and dinners with advance notice.

Alto Melimoyu Hotel B&B $$
(☑67-231-4320; www.altomelimoyu.cl; Carretera Austral 375; s/d incl breakfast CH$42,000/55,000; 🛜) A design B&B on the Carretera Austral, though set back enough to almost forget it's there. A wooden hot tub and sauna are rented by the hour. Visitors have found it closed sporadically, so check ahead for opening days.

★Espacio y Tiempo LODGE $$$
(☑67-231-4141; www.espacioytiempo.cl; Carretera Austral s/n; s/d/tr incl breakfast US$115/148/192; 🛜) This well-heeled and comfortable lodge relaxes visiting anglers and travelers with classical music, sprawling green gardens and a well-stocked bar. Rooms here feature muted tones and top-quality mattresses. Further perks include private porches and an abundant buffet breakfast with real coffee. The hosts happily arrange local excursions and provide helpful tips.

The on-site restaurant is popular with locals; specialties include homemade venison ravioli with mushroom sauce, but there are also enticingly big bowls of salad.

Mi Casita de Té CHILEAN $$
(☑cell 9-7802-0488; Carretera Austral s/n; menú CH$8000; ⊙9am-midnight) Eliana and her flock cook and serve abundant, fresh meals and even espresso. In summer there are lovely salads with organic lettuce and fresh rhubarb juice. The beef *cazuela* (stew), with corn cobs, fresh peas and cilantro, is satisfying Chilean comfort food. Unfortunately, portions are not always equal for all patrons.

ℹ Information

Conaf (☑67-231-4128; Lynch s/n; ⊙9am-5pm Mon-Fri) Has details on nearby parks and reserves.

Tourist Kiosk (cnr Portales & 1 de Noviembre; ⊙9am-9pm Mon-Fri, 10:30am-7:30pm Sat & Sun Dec-Feb) On the plaza, with information on buses, lodgings and activities.

ℹ Getting There & Away

There is no bus terminal here; ask locals for schedules and catch a bus passing by.

Buses traveling between Chaitén (CH$12,000, three hours north) and Coyhaique (CH$10,000, six hours south) ply this mostly paved route. At the time of writing, Cuesta de Queulat, a short mountain section between La Junta and Puyuhuapi, was still unpaved.

To Raúl Marín Balmaceda (CH$3000, up to two hours), a bus departs on Monday, Wednesday and Friday at 3pm, with a short, free ferry crossing.

RAÚL MARÍN BALMACEDA

The long-isolated island village of Raúl Marín Balmaceda now has road access and it's well worth the detour. At the mouth of the Río Palena, a watershed preserve, it's teeming with wildlife such as otters, sea lions and Austral dolphins. For the best marine life, paddle out in a kayak or take a boat tour. The village has wide sandy streets and grassy paths to a lovely beach.

In the village, **Los Lirios** (cell 9-6242-0180; violaloslirios@gmail.com; Av Central; r per person with/without bathroom incl breakfast from CH$15,000/12,000;) offers a comfortable homestay.

On the water, **Refugio Puerto Palena** (cell 9-7769-0375; born.ricardo@gmail.com; s/d US$100/120;) is expanding its lovely B&B to an entire boutique hotel with seven large, contemporary rooms and two apartments. Oversized windows bring the fjord into the room. There's also elevator access. It's by reservation only. It may offer catamaran excursions.

A bus to La Junta (CH$3000) departs from the *costanera* (coastal road) on Monday, Wednesday and Friday at 8:30am. You can make the nearly two-hour drive yourself on a decent gravel road. There's an obligatory ferry crossing (free) across the mouth of the Palena: day-trippers, note that it's only open until 7pm.

Naviera Austral (600-401-9000; www.navieraustral.cl; off Av Central; passenger/vehicle CH$7500/55,000) runs a weekly ferry to Quellón, Chiloé from the pier in town.

Puyuhuapi

67 / POP 535

Tucked into the Jurassic scenery of overgrown ferns and nalca plants, this quaint seaside village is the gateway to Parque Nacional Queulat (p312) and Termas de Puyuhuapi (p318), a prestigious hot-springs resort. In 1935 four German immigrants settled here, inspired by explorer Hans Steffen's adventures. The town sits at the northern end of the Seno Ventisquero, a scenic fjord that's part of the larger Canal Puyuhuapi.

Sights & Activities

Fábrica de Alfombras　　　　　HISTORIC SITE
(cell 9-9359-9515; www.puyuhuapi.com; Aysen s/n; 9am-noon & 3-6:30pm Mon-Fri) The skilled Chilote textile workers fed the success of the 1947 German carpet factory, still weaving high-end handmade rugs. They are sold online, but visits to the factory are sometimes permitted.

Termas del Ventisquero　　　　HOT SPRINGS
(cell 9-7966-6805; www.termasventisquero puyuhuapi.cl; CH$18,000; 9am-11pm Dec-Feb, reduced winter hr) Located roadside on the Carretera Austral, 6km south of Puyuhuapi, with one big pool and three small pools facing the sound. The water is 36°C to 40°C and there are adequate changing rooms with showers and lockers.

Experiencia Austral　　　　　KAYAKING
(cell 9-8258-5799, cell 9-7766-1524; http://experienciaustral.com; Av Otto Uebel 36; 9am-1pm & 2-7pm) Adventure tours include kayaking the fjord (CH$25,000 for five hours), visits to Ventisquero hot springs by kayak and trips to Parque Nacional Queulat to paddle in Laguna Ventisquero Colgante (CH$12,000). Also rents bicycles (CH$2000 per hour) and sit-on-top kayaks (CH$6000 per hour).

Sleeping

Los Mañíos del Queulat　　　　HOTEL $
(cell 9-9491-1920; Circunvalación s/n; d incl breakfast with/without bathroom CH$45,000/35,000;) Above the cafe (p312), these six new rooms feature Berber carpeting and handsome rustic furniture made by the owner himself. Beds have good mattresses and down duvets. Breakfast is abundant.

Hostal Comuyhuapi　　　　GUESTHOUSE $
(cell 9-7766-1984; www.comuyhuapi.cl; Llautureo 143; tw/d CH$35,000/40,000;) A solid bargain option, this annex to a family home has decent doubles and twin rooms, and on-site meal service with generous country-style cooking and fresh bread.

Camping La Sirena　　　　CAMPGROUND $
(67-232-5100, cell 9-7880-6251; Av Costanera 148; campsites per person CH$5000) Sites are cramped, but there are tent shelters, bathrooms and hot showers. Enter via the road passing the playground to the water.

Casa Ludwig
GUESTHOUSE $$

(📞 67-232-5220; www.casaludwig.cl; Av Otto Uebel 202; s/d CH$30,000/54,000, without bathroom from CH$20,000/30,000; ⏾ Oct-Mar) A historic landmark, this classic home is elegant and snug, with roaring fires in the sprawling living room and big breakfasts at the communal table. Prices correspond to room size. The English- and German-speaking owners can help with tour arrangements, but be warned, their retirement is imminent.

Cabañas Aonikenk
CABIN $$

(📞 67-232-5208; www.aonikenkpuyuhuapi.cl; Hamburgo 16; d/cabins incl breakfast CH$54,000/80,000; 🛜) Hosted by the amicable Verónica, these all-wood cabins have local log furniture, snug white bedding and small balconies. Guests have use of a grill and kitchen while the on-site cafe offers cake and coffee. Helpful with tourism information.

✖ Eating

Los Mañíos del Queulat
CAFE $$

(📞 cell 9-7664-9866; Circunvalación s/n; mains CH$8000; ⏾ noon-4pm & 7-10pm) An attentive family-run cafe serving burgers, heaping plates of beef or pork chops, and an appealing selection of homemade desserts and real coffee. Adults can try a Hopper Dietzel, Puyuhuapi's local beer. There's a kids menu too.

El Muelle
SEAFOOD $$

(📞 cell 9-7654-3598; Av Otto Uebel s/n; mains CH$8000; ⏾ noon-10pm Tue-Sun) If the *merluza* on your plate were any fresher, it would still be in the fjord. Despite slow service, it's worth hunkering down to a big seafood meal served with mashed potatoes or crisp fries. The shingled house surrounded by overgrown flowerbeds sits in front of the police station.

ℹ Information

There's free wi-fi on the plaza.

One of Patagonia's best public information centers, the **tourist office** (www.puerto puyuhuapi.cl; Av Otto Uebel s/n; ⏾ 9am-9pm) has comprehensive information on lodgings, hot springs and restaurants. Offers maps to the town walking circuit.

ℹ Getting There & Away

The road around Puyuhuapi, between La Junta and Parque Nacional Queulat, is under construction until 2025, with sections closed to traffic during established hours. Check with tourism

offices and hotels for closure information and schedules, and be prepared for delays.

Buses that run between Coyhaique and Chaitén will drop passengers in Puyuhuapi along Av Otto Uebel, the main road. Buy your return ticket as far ahead as possible, as demand exceeds availability in summer. **Buses Becker** (📞 67-223-2167; www.busesbecker.com; Av Otto Uebel s/n) goes to Chaitén on Thursdays at noon and also goes to Futaleufú once a week. Northbound buses pass through La Junta, including **Entre Verdes** (📞 cell 9-9510-3196; stopping Av Otto Uebel). **Terra Austral** (📞 67-225-4335; Av Otto Uebel s/n, Nido de Puyes supermarket) leaves at 6am daily for Coyhaique, while Buses Becker goes on Monday, Wednesday and Friday at 3:30pm.

DESTINATION	COST (CH$)	HOURS
Chaitén	15,000	5
Coyhaique	9000	4-5
Futaleufú	15,000	6
La Junta	2000	1

Parque Nacional Queulat

The 1540-sq-km **Parque Nacional Queulat** (www.conaf.cl/parques/parque-nacional-queulat; CH$5000; ⏾ 8:30am-5:30pm) is a wild realm of rivers winding through forests thick with ferns and southern beech. When the sun comes out it's simply stunning, with steep-sided fjords flanked by creeping glaciers and 2000m volcanic peaks. The park straddles the Carretera Austral for 70km, midway between Chaitén and Coyhaique.

Created in 1983, the park is extremely popular but its far-flung location keeps it within reach of few. Visitors are challenged by the almost-constant rain (up to 4000mm per year) and impenetrable foliage. Despite its impressive size, hiking trails are few. Conaf has struggled to maintain trailhead signs, most of which are either hidden by the aggressive growth or missing.

🏃 Activities

Near the information center, there's a quick walk to a lookout of the **Ventisquero Colgante**, the main attraction of the hanging glacier. You can also take the bridge across Río Ventisquero and follow a 3.2km trail along the crest of a moraine on the river's north bank for great glacier views. At **Laguna de Los Témpanos**, there are boat cruises (CH$5000, summer only) to the glacier.

North of the southern entrance, at Carretera Austral Km170, a damp trail climbs the valley of the Río de las Cascadas through a dense forest of delicate ferns, copihue vines, tree-size fuchsias, podocarpus and lenga. The heavy rainfall percolates through the multistoried canopy. After about half an hour, the trail emerges at an impressive granite bowl where six waterfalls drop from hanging glaciers.

Top-notch fishing can be found at the larger streams, such as the Río Cisnes, and the glacial fingers of Lago Rosselot, Lago Verde and Lago Risopatrón.

🛏 Sleeping

Camping Ventisquero CAMPGROUND $
(campsites CH$5000) Near the Ventisquero Colgante, 10 attractive private sites have covered barbecues, picnic tables and hot showers. Firewood is available. Sites are a bit rocky for pitching multiple tents.

Camping Angostura CAMPGROUND $
(Lago Risopatrón; campsites CH$5000) Located in a sopping rainforest, 15km north of Puerto Puyuhuapi, but the facilities are good, with firepits and hot showers.

ℹ Information

The **Centro de Información Ambiental** (⊙ 8:30am-5:30pm), 22km south of Puerto Puyuhuapi and 2.5km from the road, at the parking lot for the Ventisquero Colgante, is the main center to the park and where admission fees are collected. It is well organized, has informative displays of plants and glacial activity, and rangers can help with hiking plans.

ℹ Getting There & Away

Buses connecting Chaitén (four hours north) and Coyhaique (4½ hours south) will drop passengers here. In summer don't arrive late in the day to camp – spots fill in the morning and there's no onward transportation. Buy tickets for your onward bus ahead in Puyuhuapi, if possible.

Heading south, the road zigzags up the Portezuelo de Queulat between Km175 and Km178, with outstanding views of the Queulat Valley. One of the few areas yet to be paved on the Carretera Austral north of Coyhaique, it's narrow and treacherous.

Around Parque Nacional Queulat

This rural region offers travelers a final taste of the lush landscapes of Northern Patagonia before the landscape transitions to steppe in Coyhaique. South of Parque Nacional Queulat, the road splits at the turnoff for Puerto Cisnes. From here to Coyhaique it's all paved. **Villa Amengual** is a pioneer village with a Chilote-style shingled chapel, basic family-run lodgings and rudimenatry services. It's at the foot of 2760m Cerro Alto Nevado.

A further 13km south of Villa Mañihuales, the Carretera Austral splits. The highway southwest to Puerto Aisén and Puerto Chacabuco is also paved. Access to Coyhaique takes an incredibly scenic route crossing the Andes through primary forest thick with ferns and lianas.

An island sanctuary with hot springs and trails, **Parque Nacional Isla Magdalena** (🗹 in Coyhaique 67-221-2109; www.conaf.cl/parques/parque-nacional-isla-magdalena-2) makes an engaging trip for adventurers, but there is little infrastructure from Conaf and boat hire is expensive. Acces is via Puerto Cisnes, an industrial salmon-farming area 35km west of the Carretera Austral linked by a paved road. Buses from La Junta (three hours) arrive here daily.

🛏 Sleeping

Aonikenk Karho CABINS $
(🗹 in Puyuhuapi 67-232-5208; Carretera Austral, Km198; campsites per person CH$5000, dm/cabins Ch$10,000/15,000; ⊙ closed May) Like birdhouses for humans, these simple cabins hang above the ferns with the forest fairies. Backpackers brave some sketchy footing for the secret views of Glaciar Queulat. A staircase through the rainforest leads far past the shared bathrooms and *quincho* to bunks and camping platforms. Bring your own sleeping bag. It's 2km south of Parque Nacional Queulat.

★ **Posada Queulat** CABINS $$$
(🗹 cell 9-9319-0297; www.posadaqueulat.cl; Carretera Austral, Km228; d incl half board CH$130,000; ⊙ Sep-Apr; 🖥) The ultimate hideaway, these rustic cabins along the fjord exude serenity. Ample lodgings are well spaced for privacy and feature wood stoves. Service is friendly and highly personalized. There are kayaks for guided trips (CH$25,000), boat excursions (from CH$30,000) and guided walks to a waterfall (CH$15,000). The satellite internet doesn't always work well, but that's hardly why you're here.

Los Torreones LODGE $$$
(🗹 cell 9-9829-3263, cell 9-9873-9031; www.flyfishpatagonia.com; Camino Turístico; 4 nights all-included double occupancy per person fisher/

DRIVING TOUR: VALLE MIRTA

If you haven't burned out on driving yet, there are some beautiful routes that take you into the remote Patagonia of yesteryear. Take the Carretera Austral north 12km to Valle Mirta, follow to **Lago Verde** and return via **Lago Rosselot**. Enjoy the views of hulking **Melimoyu** volcano, lazy rivers and remote homesteads dotting the way. This 52km clockwise route takes about five hours, and a 4WD vehicle is best.

nonfisher US$2700/1050; ⊙Nov-May) A good option for fly-fishing and horseback riding just past the turnoff for Puerto Aisén, Los Torreones is a comfortable lodge in the bucolic countryside along the Río Simpson. For those serious about casting, it's paradise. From Coyhaique it's 42km to the Camino Turístico; take your first left.

ℹ Getting There & Away

Buses traveling between Puyuhuapi and Coyhaique stop along this route. Check with locals for exact times.

Coyhaique

🏠 67 / POP 53,715

The cow town that kept growing, Coyhaique is the regional hub of rural Aisén, urbane enough to house the latest techie trends, mall fashions and discos. All this is plopped in the middle of an undulating range, with rocky humpback peaks and snowy mountains in the backdrop. For the visitor, it's the launch pad for far-flung adventures, be it fly-fishing, trekking the ice cap or rambling the Carretera Austral to its southern end at Villa O'Higgins.

For those fresh from the rainforest wilderness of northern Aisén, it can be a jarring relapse into the world of semi trucks and subdivisions. Rural workers come to join the timber or salmon industries and add to the growing urban mass.

◉ Sights & Activities

At the confluence of the Río Simpson and Río Coyhaique, the sprawling city center has its plaza at the heart of a pentagonal plan. The new bike path along the Río Simpson is an excellent place to let off steam.

Many tour agencies offer day trips to Capilla de Marmol (p326): don't do it unless you are game to spend a punishing eight hours on the road. It's better to head south on your own, if you can.

Mirador Río Simpson   VIEWPOINT
For prime river vistas, walk west on JM Carrera to this viewpoint.

**Monumento Natural
Dos Lagunas**   WILDLIFE RESERVE
(www.conaf.cl/parques/moumento-natural-dos-lagunas; CH$3000) Near Paso Alto Coyhaique on the Argentine border, this 181-hectare wetland reserve hosts diverse birdlife, including black-neck swans, coots and grebes. It's an ecological transition zone from southern beech forest to semiarid steppe. Orchids abound. A short hiking trail goes to Laguna El Toro while a longer loop flanks the northern edge of Laguna Escondida. Near the entrance there's a self-guided nature trail (1km) and picnic area.

While the park lacks regular public transportation, Coyhaique's branch of Conaf (p318) may be able to offer suggestions for getting there.

Lago Elizalde   LAKE
One of many serene mountain lakes surrounding Coyhaique and great for trout fishing, kayaking or simply time at the beach. It's just 33km from Coyhaique. Buses depart from the bus terminal (p319).

Reserva Nacional Coyhaique   NATURE RESERVE
(🖉 67-221-2225;   www.conaf.cl/parques/reserva-nacional-coyhaique; CH$3000) Draped in lenga, ñire and coigue, the 21.5-sq-km Reserva Nacional Coyhaique has small lakes and Cerro Cinchao (1361m). The park is 5km from Coyhaique (about 1½ hours on foot), with views of town and Cerro Mackay's enormous basalt columns in the distance. Take Av General Baquedano north, across the bridge, then go right at the gravel road, a steep climb best accessed by 4WD.

From the park entrance, it's 2.5km to the Casa Bruja sector, where you'll find campsites (CH$5000 per site) with fire pits, hot water, showers and bathrooms. Hike 4km through coigue and lenga forests to Laguna Verde, with picnic sites and camping with basic facilities. Hiking trails also lead to Laguna Los Sapos and Laguna Venus.

Patagonia Rafting Excursions   RAFTING
(🖉 cell 9-5626-9633; Paseo Horn 48; ⊙9am-6pm) Offers rafting on Río Simpson and guided tours of the Carretera Austral. The office is inside a local restaurant.

Coyhaique

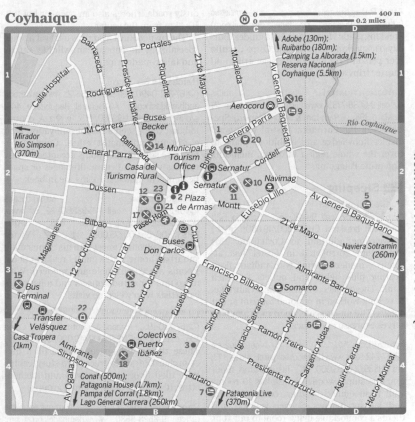

Coyhaique

Activities, Courses & Tours
1 Carretera Austral	C2
2 Casa del Turismo Rural	B2
3 GeoSur Expediciones	B4
4 Patagonia Rafting Excursions	B2

Sleeping
5 El Reloj	D2
6 Hostal Español	D4
7 Huella Patagónica	C4
8 La Estancia Cabañas	D3
9 Raices B&B	C1

Eating
10 Café Confluencia	C2
11 Café de Mayo	C2

12 Café Holzer	B2
13 Carnes Quelat	B3
14 Casino de Bomberos	B2
15 Dali	A3
16 Mako	C1
17 Mamma Gaucha	B2
18 Unimarc	B4

Drinking & Nightlife
19 Bajo Marquesina	C2
20 Piel Roja	C2

Shopping
21 Feria Artesanal	B2
22 La Bodeguita	A3
23 Paredón	B2

GeoSur Expediciones ADVENTURE
(☎ cell 9-9264-8671; www.geosur.com; Simón Bolívar 521; ◷ 9am-5pm Mon-Fri) Recommended adventure and regional-culture specialists GeoSur Expediciones offer tailored trips on the Carretera Austral, kayaking, hiking or country day trips at their adventure center located 57km south of Coyhaique. They also do multiday treks to Cerro Castillo or Jeinimeni-Chacabuco.

Alma Patagónica TREKKING
([☑]cell 9-7618-3588; hcastaneda.c@gmail.com)
Trekking guide Hugo Castañeda guides four-
day backpacking trips around Cerro Castillo
(per person CH$300,000), glacier trips and
shorter trips around Coyhaique.

Carretera Austral TOURS
([☑]cell 9-6636-7733; www.carretera-austral.info; 21
de Mayo 398; ⊙9am-1pm & 3-6pm Mon-Fri) Specialists in the Carretera Austral with good
insider knowledge and ambitious plans to
cover the whole region in depth, including
Argentine Patagonia.

🛏 Sleeping

Huella Patagónica HOSTEL $
([☑]67-223-0002, cell 9-4410-1571; Serrano 621;
dm/d incl breakfast CH$18,000/49,000; [P][☎])
A welcome addition to Coyhaique, this
three-story corrugated-tin hostel has attractive, modern dorms with radiant floor
heating plus lights and outlets for each
bunk. The owners, Mauricio and Gabriella,
have long worked in regional tourism and it
shows. The on-site cafe, open to the public,
serves espresso and snacks.

Hostal Español GUESTHOUSE $
([☑]67-242-580; www.hostalcoyhaique.cl; Aldea 343;
s/d CH$39,000/53,000; [◉]) Tasteful and mod-
ern, this ample wooden house has 10 rooms
with fresh quilted bedding, central heating
and kitschy touches. Service is good and
there's a comfortable living room to put your
feet up by the crackling fire. For some reason,
the hotel insists in charging IVA (*impuesto de
valor agregado* or value-adding tax) to foreigners – though by regulation they shouldn't.

Camping La Alborada CAMPGROUND $
([☑]67-223-8868; Coyhaique–Puerto Aisén, Km1;
campsites per person CH$4500) Only 1km from
the city, this campground has exceptionally
clean and sheltered sites (with roofs), lots of
bathrooms and individual sinks, hot showers, fire pits and electricity.

Patagonia House BOUTIQUE HOTEL $$
([☑]67-221-1488, cell 9-7659-9963; www.patagonia-
house.com; Campo Alegre s/n; s/d/ste
US$110/120/160, 3-person cottages US$160; [☎])
🌱 Set apart from the bustle of downtown
Coyhaique, this comfortable countryside
lodging has a sustainable approach and un-
derstated modern style. Spacious rooms fea-
ture garden views and beautiful photographs.
Breakfasts are extensive and gourmet dinners
(CH$17,000) are a godsend after a long day on

dusty roads. There's also an open-air hot tub.
It's 3km from the center.

The owner Ruth also runs a travel agency
specializing in Patagonian wildlife safaris
and tailor-made trips.

Raices B&B B&B $$
([☑]67-221-0490, cell 9-9619-5672; www.raicesbed
andbreakfast.com; Av General Baquedano 444;
s/d incl breakfast US$100/145; [P][☎]) A central
lodging that's seen a recent renovation with
a tasteful, minimalist ethos. Comfortable
beds are set in large rooms accented by raw
cypress wood and rustic fireplaces or space
heaters. The quietest rooms are in back.

Patagonia Live GUESTHOUSE $$
([☑]67-223-0892, cell 9-9886-7982; www.
hostalpatagonialive.cl; Lillo 826; s/d/tr
CH$37,500/55,000/75,000; [☎]) 🌱 Victor
warmly welcomes guest into his immaculate
suburban home with a guest breakfast nook.
Rooms are comfortable and modern. With
discounts for carbon offsets and a list of lo-
cal artists who welcome visits.

La Estancia Cabañas CABIN $$
([☑]67-250-193; cabanasla@hotmail.com; Colón
166; d/tr cabins CH$30,000/40,000/50,000; [☎])
These rustic, well-spaced cabins fill a quiet orchard of apple trees. Two-story cabins
have tiled floors, wood stoves and kitchenettes. It's a great deal for small groups.

Pampa del Corral BOUTIQUE HOTEL $$$
([☑]cell 9-8528-5680; www.pampadelcorral.com;
Campo Alegre AB1; d incl breakfast from US$152;
[☎]) 🌱 On the outskirts of town, this elegant
home spreads out on a green property with
a wooden hot tub and great city views. Am-
ple rooms feature large picture windows,
hand-painted headboards, floating side ta-
bles and Smart TV. Big breakfasts include a
bounty of local products. The hotal also col-
lects rainwater for use, composts, recycles
and emphasizes organic products.

El Reloj BOUTIQUE HOTEL $$$
([☑]67-223-1108; www.elrelojhotel.cl; Av General
Baquedano 828; s/d incl breakfast US$98/125;
[P][@][☎]) Comfortably upscale, this lovely
lodging is actually a renovated warehouse.
Old rustic remnants blend with a smart,
clean design and LED lighting. Think cypress walls, colonial furniture and a cozy
stone fireplace. Rooms are quiet, with those
upstairs boasting better light and views. The
highly regarded restaurant features regional
products.

Eating

Mamma Gaucha
PIZZA **$**

(☑67-221-0721; www.mammagaucha.cl; Paseo Horn 47; mains CH$5000-10,000; ☺10am-1:30am Mon-Sat) Fusing Patagonian lore with a sophisticated palate and reasonable prices, Mamma Gaucha could please the fussiest road warrior. Cane ceilings and whitewashed barn-board walls create a down-home setting. Start with fresh-mint lemonade, organic wine or a pint of La Tropera. The mainstay are clay-oven pizzas, but the homemade pastas and salad bowls featuring local produce are just as worthy.

Those with wheels could venture to its sister outlet and brewery, Casa Tropera (p317), on the outskirts of town.

Café de Mayo
CAFE **$**

(☑cell 67-227-3020; 21 de Mayo 543; mains CH$4000-6000; ☺9am-10pm; 🕸🍴) A meeting spot specializing in espresso drinks, farm-egg breakfasts or filling staples like *pastel de choclo* (maize casserole). There are also sandwiches, cheese boards and homemade cakes. Choose from shady outdoor tables or a cozy indoors with hanging teapots and fireplace.

Adobe
BURGERS **$**

(☑67-224-0846; Av General Baquedano 9; mains CH$7000; ☺1pm-1am Mon-Wed, to 2am Thu-Sat) Oversized bacon-cheese burgers served on pillowy rolls, lamb sandwiches and surprisingly tasty roasted-vegetable burgers rule this roadhouse-style eatery. It's also a good place to watch Chilean soccer with a beer or pisco infused with maqui berries. Good atmosphere and food available until 1am.

Café Holzer
CAFE **$**

(www.holzer.cl; Dussen 317; cakes CH$2000; ☺9:30am-9pm Tue-Fri, 10am-9pm Sat & Sun; 🕸) This tiny cafe with a grassy front patio is a local favorite for sweets and caffeine. Cakes and tarts are flown in from a reputable Santiago bakery. Real coffee and noteworthy hot chocolate are served. Or sample a gourd of *maté* to see what all the buzz is about.

Casino de Bomberos
CHILEAN **$**

(☑67-223-1437; General Parra 365; mains CH$7000; ☺12-3:30pm) Call it a cultural experience – this classic but windowless eatery gets packed with locals downing seafood plates or steak and eggs.

Café Confluencia
CAFE **$**

(☑67-224-5080; 21 de Mayo 544; mains CH$5000-7000; ☺10:30am-10:30pm Mon-Sat) A popular eatery with a sheltered patio serving sandwiches, *tablas* (cheese and meat boards), teas and fresh juices.

Unimarc
SUPERMARKET **$**

(☑800-510101; Lautaro 331; ☺9am-9pm) A supermarket for self-catering.

Ruibarbo
CHILEAN **$$**

(☑67-221-1826, cell 9-5871-1869; Av General Baquedano 208; mains CH$8000-13,000; ☺7:30am-8:30pm Mon-Fri, 8:30am-7pm Sat) For wonderful, drawn-out lunches by the woodstove. Highlights include appetizers like baked razor clams with bubbling cheese or smoked salmon mixed with greens and plums. There are also pisco sours and affordable set menus for lunch. Don't skip the rhubarb crème brûlée – the owner is an inventive pastry chef.

Carnes Queulat
PARRILLA **$$**

(☑67-225-0507; www.carnesqueulat.cl; Ramón Freire 327; mains CH$6000-9000; ☺1-3:30pm & 7:30-11pm) Tucked away down a gravel alleyway, this friendly plain-Jane place happens to serve the best steaks in the region. *Carne a las brasas* – meat attentively grilled over wood fire – is the worthy house specialty, best matched with some piping-hot homemade empanadas and the secret-recipe pisco sour.

Mako
SUSHI **$$**

(☑67-2210-2936; Av General Baquedano 400; mains CH$7000-11,000; ☺1pm-1am Mon-Sat; 🍴) Nice for a light bite, this Japanese and Peruvian cafe serves sushi, fusion dishes and cocktails in a modern, minimalist space. Ceviche has ginger overtones and *merluza* comes in a sriracha sauce. Rolls are OK but heavy on the cream cheese.

★Dalí
CHILEAN **$$$**

(☑67-224-5422, cell 9-8198-2906; dalipatagonia@gmail.com; Lautaro 82; mains CH$12,000; ☺8-10pm Mon-Sat) A happy surprise, dining in this chef's home is a special event. There's no menu, just a few well-attended candlelit tables served by the vivacious Jessica. Chef Cristian employs seasonal seafood, game and fresh local produce in innovative combinations, to delicious effect. Start with a calafate sour and end with an airy raspberry meringue.

🍷 Drinking & Nightlife

Casa Tropera
MICROBREWERY

(☑cell 9-6597-0585; Teniente Vidal, Km1.5; ☺6pm-1am Mon-Thu, noon-2am Fri & Sat) Local hipsters, athletes and mountain folk unite at the altar of huge stainless-steel tanks to quaff four

WORTH A TRIP

TERMAS DE PUYUHUAPI HOTEL & SPA

Chile's leading hot-springs resort, the luxurious **Termas de Puyuhuapi Hotel & Spa** (📞 67-232-5117, 67-232-5103; www.puyuhuapilodge.com; d US$320, all-inclusive per person per day US$850) sits in a lush forest on the western shore of the Seno Ventisquero. Access is by boat only. Buildings combine the rustic look of Chilote *palafitos* (houses on stilts) with Bavarian influences. Most guests book package vacations, making one-night reservations sometimes scarce. Boat transfers are included.

Three outdoor baths, including a fern-shaded hot-mud lagoon, sit right by the water, allowing visitors to soak and steam away then jump into the cool sound. The indoor spa is more elaborate but less ambient. Families frequent its cold-water pools, Jacuzzis and one large pool with different jets. Spa treatments and massages cost extra.

Day use is not offered in high season (January and February) or during high occupancy. Day-trippers get use of the outdoor pools (CH$50,000), transportation and lunch. Food is served at the hotel restaurant and a cheaper cafe.

Access via boat from the Bahía Dorita mainland dock, 13km south of Puerto Puyuhuapi. Launches leave between 10am and 6pm.

varieties of beer made on-site in this warehouse. If you don't have wheels, it's a pain to get to, but if you do it could be worth it. Also has great pub food.

Bajo Marquesina SPORTS BAR
(📞 67-221-0720; bajo.marquesina@gmail.com; 21 de Mayo 306; ⏰ 5pm-midnight Tue-Fri, 1:30-10pm Sat & Sun) Lovers of football, unite! With vintage photos of Patagonian cowboys playing footie and jerseys from clubs all over Chile, this sports pub and dedicated football (soccer) museum has wonderful relics of bygone eras, best enjoyed if you can get the friendly owner chatting.

Piel Roja BAR
(www.pielroja.cl; Moraleda 495; ⏰ 6pm-5am) Rumbling late-night life with local youth and the occasional adventure guide. Upstairs becomes a romping dance floor in the wee hours.

🛍 Shopping

La Bodeguita ALCOHOL
(📞 67-221-3709; www.facebook.com/labodeguita coyhaique; Lautaro 261; ⏰ 10:30am-8:30pm Mon-Sat) When your taste in regional souvenirs is more like a thirst, check out this cute beer-and-spirits shop that stocks a range of Patagonian craft beers as well as snacks like Wagyu beef jerky. It also has regular tastings.

Paredón GIFTS & SOUVENIRS
(📞 cell 9-9506-0304; Dussen 357; ⏰ 10am-1pm & 3-8pm) This adorable shop sells handmade products and books that are 100% Chilean, representing local Patagonian artists, regional books and unusual crafts.

Feria Artesanal MARKET
(Plaza de Armas; ⏰ daylight hours) Artisan goods, woolens and wood carvings; shop No 15 features gorgeous original quilted banners depicting the experience of Patagonian women by Sandra Bórquez Salas.

ℹ Information

Along Condell, between Plaza de Armas and Av General Baquedano, are a number of banks with ATMs. Get cash here; it is one of the few stops on the Carretera Austral with Visa ATM access.

Conaf (📞 67-221-2109; Av Ogaña 1060; ⏰ 9am-8pm Mon-Sat, 10am-6pm Sun) Provides information on area parks and reserves.

Sernatur (📞 67-224-0298; www.recorreaysen. cl; Bulnes 35; ⏰ 9am-6:30pm Mon-Fri, 10am-6pm Sat; 📶) A helpful office with lists of activity, lodging and transportation options and costs. Regional information is also available.

Municipal Tourism Office (📞 67-221-1253; Plaza de Armas; ⏰ 9am-1pm & 3-7pm Thu-Tue) English-speaking, helpful with excursion and accommodations information.

Casa del Turismo Rural (📞 cell 9-7954-4794; www.casaturismorural.cl; Plaza de Armas; ⏰ 10:30am-7:30pm Mon-Fri, 2-6pm Sat) Has information about homestays and agrotourism.

Hospital Regional (📞 67-221-9100; Ibar 68; ⏰ 24hr) Emergency is open 24 hours.

Police (📞 67-221-5105; Av General Baquedano 534; ⏰ 24hr)

Post Office (📞 67-223-0013; Lord Cochrane 202; ⏰ 9am-6:30pm Mon-Fri, 10am-1pm Sat)

Turismo Cabot (📞 67-223-0101; Lautaro 339; ⏰ 9am-5pm Mon-Fri) A general service travel agency.

ℹ Getting There & Away

AIR

Flights go to **Balmaceda Airport** (Balmaceda), 57km south of the city.

LATAM (☑ 600-526-2000; General Parra 402; ⊘ 9am-1pm & 3-6:30pm Mon-Fri, 9:30am-1pm Sat) has several daily flights (most leaving in the morning) to Puerto Montt (CH$60,000) and Santiago (CH$180,000) from the Balmaceda airport. Note that rates can be deeply discounted if purchased in-country.

Sky Airline (☑ 67-240-827; www.skyairline. cl; Balmaceda Airport; ⊘ vary) has flights from Santiago that stop at Balmaceda Airport on the way to Punta Arenas.

Aerocord (☑ 67-224-6300; www.aerocord.cl; General Parra 21; ⊘ 9am-1pm & 3-7pm Mon-Fri) flies small craft to Villa O'Higgins (CH$28,000) on Monday and Thursday at 10am, though services were not running at the time of publication. Charter flights are available to Raúl Marín Balmaceda, Parque Nacional Laguna San Rafael and Chile Chico.

Aerovías DAP (☑ 61-261-6100; www.aerovias dap.cl; O'Higgins 891) flies to Balmaceda from Punta Arenas. For tickets, see its website.

BOAT

Ferries and cruises to Puerto Montt, Chiloé and Parque Nacional Laguna San Rafael leave from Puerto Chacabuco, 78km west of Coyhaique (one hour by bus); the closest regional offices are in Coyhaique.

Navimag (☑ in Santiago 2-2869-9908; www. navimag.com; Lillo 91, Coyhaique; ferry to Puerto Montt passenger/vehicle from CH$51,000/120,000; ⊘ 9am-1pm & 3-7pm Mon-Fri, 10am-1pm Sat) Sailing the lovely fjords and islands of Patagonia, the Puerto Chacabuco to Puerto Montt ferry takes 24 hours and goes twice weekly in high season. Cabins range from individual bunks in shared rooms to private doubles. Reserve well in advance if bringing your car.

Somarco (☑ 67-224-7400; www.barcazas.cl/barcazas/wp/region-de-aysen/lago-general-carrera; Bilbao 736; passenger/automobile CH$2250/19,500; ⊘ 9am-5pm Mon-Fri) Travelers to Chile Chico can purchase ferry tickets online. The ferry crosses Lago General Carrera between Puerto Ingeniero Ibáñez and Chile Chico almost daily, saving drivers a lot of time on bad roads. If you're driving, make reservations a week out in summer.

BUS

Buses operate from the **bus terminal** (☑ 67-225-8203; Lautaro 109; ⊘ 8am-7pm) and separate offices. Schedules change continuously; check with **Sernatur** (☑ 67-224-0290; Bulnes 35; ⊘ 9am-6pm Mon-Sat) for the latest informa-

tion. Busing in and out of Coyhaique is just about as confusing as getting around the plaza.

DESTINATION	COST (CH$)	HOURS
Chaitén	15,000	9-11
Chile Chico	6000	3½ with ferry
Cochrane	14,000	7-10
Comodoro Rivadavia (Ar)	28,000	8
La Junta	10,000	6
Puerto Ingeniero Ibáñez	5000	1¾
Puerto Montt	40,000	23
Puyuhuapi	8000	5
Villa Cerro Castillo	5000	1½

Destinations North

Companies serving destinations north:

Buses Becker (☑ 67-223-2167; www.buses becker.com; General Parra 335) Services north to Puyuhuapi, La Junta, Villa Santa Lucía and Chaitén. To Futaleufú (CH$24,000) once per week. Also goes to Puerto Natales (CH$60,000) and Puerto Montt.

Queilen Bus (☑ 67-224-0760; Lautaro 109, Bus Terminal; ⊘ 11:30am-1:30pm & 2:30-6:30pm Mon-Sat) Osorno (CH$40,000), Puerto Montt and Chiloé (CH$45,000) via Argentina.

Transportes Terra Austral (☑ 67-225-4355; Lautaro 109, Bus Terminal; ⊘ 9:30am-1pm & 3:30-5:30pm) To Puyuhuapi and La Junta.

Destinations South

Companies serving destinations south:

Águilas Patagónicas (☑ 67-221-1288; www. aguilaspatagonicas.cl; Lautaro 109, Bus Terminal; ⊘ 8:30am-1pm & 2:15-5pm Mon-Sat) Daily trips to Cochrane at 9:30am, with stops including Puerto Río Tranquilo (CH$10,000) and Puerto Bertrand (CH$13,000).

Buses Acuario 13/Buses Sao Paulo (☑ 67-224-0990; Lautaro 109, Bus Terminal; ⊘ 8:30am-6pm Mon-Fri, to 10am Sat) To Cochrane three times per week, stopping in Villa Cerro Castillo (CH$5000) and Puerto Guadal (CH$11,000).

Buses Don Carlos (☑ 67-223-1981; Cruz 63) Serves Villa Cerro Castillo, Puerto Río Tranquilo, Puerto Bertrand and Cochrane.

Colectivos Puerto Ibáñez (Lautaro s/n) Door-to-door shuttle to Puerto Ingeniero Ibáñez (CH$5000, 1¾ hours), for ferry service on to Chile Chico. Or hop on in front of **Unimarc** (p317).

Transaustral (☑ 67-223-2067; Lautaro 109, Bus Terminal; ⊘ 8:30am-1pm & 3-6pm) Goes to Río Mayo (five hours, CH$20,000) and Comodoro Rivadavia, Argentina (eight hours,

CH$28,000), for connections to southern Argentina and Punta Arenas. Leaves Monday and Friday at 9am.

ⓘ Getting Around

TO/FROM THE AIRPORT

Door-to-door shuttle service (CH$5000, one hour) to Balmaceda Airport, 57km southeast of town, leaves two hours before flight departure. Take any airport transfer or call **Transfer Velásquez** (☑ 67-225-0413, cell 9-8906-4578; Lautaro s/n; airport shuttle CH$5000) for pick-up service.

A public bus (CH$2000; one hour 20 minutes) leaving from outside Arturo Prat 265 goes to the airport at 8am and noon.

BICYCLE

Figon (☑ 67-223-4616; Simpson 888; ☺ 10am-1pm & 3-7pm Mon-Sat) rents and repairs bikes.

CAR & MOTORCYCLE

Car rental is expensive and has availability limited in summer. However, it's a popular option since public transportation is infrequent and focused on major destinations. Shop around for the best price and, if possible, reserve ahead. Try **Traeger** (☑ 67-223-1648; www.traeger.cl; Av General Baquedano 457; ☺ 9am-6pm Mon-Fri, to noon Sat), with its own repair shop and tow service.

Reserva Nacional Río Simpson

Rocky elephant buttes flank the lazy curves of Río Simpson in a broad valley 37km west of Coyhaique. Straddling the highway to Puerto Chacabuco, the 410-sq-km Reserva Nacional Río Simpson is an easily accessed scenic area that is popular with anglers and summer soakers. A short walk from Conaf's **Centro de Visitantes** (www.conaf.cl/parques/reserva-nacional-rio-simpson; CH$3000; ☺ 10am-4pm Mon-Sat, 11am-2pm Sun) leads to **Cascada de la Virgen**, a shimmering waterfall on the north side of the highway.

Near the confluence of the Ríos Simpson and Correntoso, 24km west of Coyhaique, **Camping Río Correntoso** (☑ 67-232-005; campsites per person CH$7000) has 50 spacious riverside sites in a bucolic setting. The showers are rustic, but hot.

Five kilometers northwest of the Centro de Visitantes, **Camping San Sebastián** (campsites per person CH$7000) has sheltered sites and hot showers.

To reach Reserva Nacional Río Simpson from Coyhaique, take any bus heading to destinations north on the Carretera Austral, including those for Puerto Aisén.

Parque Nacional Cerro Castillo

Cerro Castillo's basalt spires are the crowning centerpiece of **Parque Nacional Cerro Castillo** (www.conaf.cl/parques/reserva-nacional-cerro-castillo; CH$3000), a sprawling 1800-sq-km park located 75km south of Coyhaique. It earned national-park status only in 2017, though park infrastructure has yet to catch up, and the most-used access points remain private property. The park boasts fine hiking in southern beech forest and open high-alpine terrain. Its namesake, the 2700m triple-tier Cerro Castillo, is flanked by three major glaciers on its southern slopes.

Hikers can complete a segment of Sendero de Chile with the 16km trail to Campamento Neozelandés. A recommended four-day Cerro Castillo Circuit trek leaves from Carretera Austral Km75, at the north end of the park, and winds around the peak via a high route passing glaciers, rivers and lakes to end in Villa Cerro Castillo. It's also serious, remote backcountry. Before heading out, share your plans with others and check in with the ranger to avoid seasonal hazards.

Conaf operates a sheltered **campground** (Carretera Austral s/n; tent CH$5000) at Laguna Chaguay, 67km south of Coyhaique. It has bathrooms and hot showers.

Hikers doing the Cerro Castillo circuit can start at Laguna Chaguay and walk into Villa Cerro Castillo upon finishing. Buses traveling the Carretera Austral can leave passengers at the turnoff to the ranger station and campground. Day hikers typically start in Villa Cerro Castillo.

Villa Cerro Castillo

Under the sparkly face of Cerro Castillo, pioneer town Villa Cerro Castillo has a congenial dusty-heeled feel. It's a good base to explore the reserve and a short distance from the Carretera Austral, 10km west of the Puerto Ingeniero Ibáñez junction. The town's **Festival Costumbrista**, usually held in February, draws artists and artisans from all over Chile and Argentina.

Senderos Patagonia (☑ cell 9-6224-4725; www.aysensenderospatagonia.com; Carretera Austral s/n) offers horseback riding (to Laguna Castillo CH$40,000), horse packing and backpacking tours. Hiking the circuit around Cerro Castillo is done in five days (US$1300 per person, two-person minimum), with porters, food and guiding included. Senderos Patagonia offers tons of local knowledge and good service.

🛏 Sleeping & Eating

★ Hostel Senderos Patagonia   HOSTEL $

(📱 cell 9-6224-4725; www.aysensenderospata gonia.com; Carretera Austral s/n; campsites per person CH$5000, dm CH$8000-10,000; 📶) A great hub for hikers heading into Parque Nacional Cerro Castillo, this hostel also offers custom hiking tours and horse-packing trips. Guests have kitchen use and the option of bedding for CH$2000. The English- and Spanish-speaking owners also prove helpful with local information. It's located next to the bridge on the main road through town.

The owners also manage local cabins ideal for groups and higher-end properties.

Refugio Aventura Tehuelche   HUT $

(📱 cell 9-8411-8736; aventuratehuelche@gmail. com; Sector La Chabela, campsites per person CH$3000, dm CH$5000) Guide Manuel Medina offers stays in a basic refugio 2km from Cerro Castillo. Located just 100m from climbing area La Chabela, it's aimed at the climbing community. For now there's only cold-water showers. Also helpful with trekking tips.

Baqueanos de la Patagonia   CAMPGROUND $

(📱 cell 9-6513-6226; Camino Sector Arroyo el Bosque; campsites per person CH$4000) Offers camping with hot showers, barbecues and bikes. It also leads trekking trips in Parque Nacional Cerro Castillo. Outside the park it offers horseback riding and practices doma racional, a gentle horse-taming method.

Cabañas Don Niba   GUESTHOUSE $

(📱 cell 9-9474-0408; donniba19@hotmail.com; Los Pioneros 872; d CH$23,000, r per person without bathroom CH$10,000) This basic longtime family lodging dishes out whopping breakfasts and the company of Don Niba, guide, storyteller and grandson of pioneers. It is also opening a restaurant serving typical Chilean fare.

La Cocina de Sole   FOOD TRUCK $

(📱 cell 9-9839-8135; Carretera Austral s/n; sandwiches CH$4000; ⊙8:30am-8pm) You can't miss this roadside bus painted in swirling pastels, serving enormous steak sandwiches and juices.

La Querencia   CHILEAN $

(📱 cell 9-9503-0746; Av O'Higgins 522; mains CH$6000-8000; ⊙8am-8pm) Cooks homemade set lunches and satisfying sit-down meals.

Villarica   CHILEAN $

(📱 cell 9-6656-0173; Av O'Higgins 592; mains CH$6000-9000; ⊙9am-8pm daily) Cooks homemade set lunches and has a menu of beef sandwiches and steak and eggs. There are also basic rooms for rent (CH$15,000 per person).

ℹ Information

The **tourist office** (cnr Carretera Austral & Av O'Higgins; ⊙10am-1pm & 2-6pm Jan & Feb) is a summer-only kiosk on the plaza.

ℹ Getting There & Away

Buses heading north to Coyhaique (CH$5000, 1½ hours) or south to Puerto Río Tranquilo (3½ hours) pass daily.

Puerto Ingeniero Ibáñez

📱 67 / POP 3000

On the north shore of Lago General Carrera, sleepy Puerto Ingeniero Ibáñez (also known as Puerto Ibáñez) serves as a transit station for ferry-goers traveling to the south shore of the lake and Chile Chico. Climbers come for the new sport-climbing routes. Clobbered in Volcán Hudson's 1991 eruption, it has since recovered.

If local handicrafts interest you, ask around for pottery artist Señora Marta Águila or weaver and herbal-remedy specialist Señora Juana Vega. It's that informal. Locals can also point you to cave paintings or the stunning Río Ibáñez falls, 8km away.

🛏 Sleeping & Eating

La Casona   GUESTHOUSE $

(📱 cell 9-7106-3591; senderospatagonia@gmail. com; Camino a Puerto Ingeniero Ibáñez; incl breakfast per person with shared bathroom CH$20,000, d/tw CH$60,000/50,000; 📶) Around 1.5km after the turnoff to Ibáñez from the Carretera Austral, La Casona's electric-pink farmhouse lodgings are hosted by the wonderful Mery. Upstairs rooms feature single beds thick with covers and flannel sheets. Rooms with private bathrooms out back meet the hotel standard, with new fixtures and huge picture windows.

Casa de Té Doña Leo   TEAHOUSE $

(Camino a Puerto Ingeniero Ibáñez; high tea CH$6000; ⊙1-3pm & 5:30-10pm Tue-Sun) Cooking up a dozen varieties of knockout jams from local berries, Doña Leo also offers guests a classic Chilean teatime known as *once* with cakes, fresh bread, scrambled eggs, cheese, deli meats and that famous jam. At 1pm she also does a set lunch. It's on the main road 800m north of town.

ⓘ Getting There & Away

Ferry **Somarco** crosses Lago General Carrera to Chile Chico almost daily; arrive 30 minutes predeparture. Get current ferry schedules online.

Buses to Coyhaique (☏ 67-225-1579; ferry area) go almost daily (CH$5000, two hours) when the ferry from Chile Chico arrives.

Chile Chico

☏ 67 / POP 4600

Bordering Argentina, this pint-sized orchard town occupies the windy southern shore of Lago General Carrera. A sunny microclimate makes it a pleasant oasis on the steppe. It is linked to Chile by ferry or a roller-coaster road. Locals who traditionally earned their living from raising livestock and farming turned to gold and silver mining. With the mines set to close, many are jumping into tourism.

Hikers shouldn't miss the Reserva Nacional Lago Jeinimeni, 60km away, with solitary treks in an arid wonderland of flamingo-filled, turquoise mountain lagoons. Travelers can cross easily to Los Antiguos, Argentina, and onward to Ruta 40 and points south.

◉ Sights & Activities

Casa de la Cultura MUSEUM
(☏ 67-241-1355; cnr O'Higgins & Lautaro; ☉9am-1pm & 3-6pm Mon-Fri) FREE Features works by regional artists and a 2nd-floor assemblage of local artifacts, including minerals and fossils. Outside, the restored *El Andes* was built in Glasgow, Scotland, to navigate the Thames, but was brought here to transport passengers and freight around the lake.

Patagonia Xpress ADVENTURE
(☏ cell 9-9802-0280; www.patagoniaxpress.com; O'Higgins 333, Galería Municipal No 8; all-day trek US$80; ☉9am-1pm & 3-7pm) A reputable outfitter that rents mountain bikes (full day CH$16,000) and guides hikes in Reserva Nacional Lago Jeinimeni, where it can also help hikers arrange drop-offs. Hiking tours go beyond the conventional, with routes

highlighting points of historical and cultural significance. Rents out some equipment.

Turismo Tramel TOURS
(☏ cell 9-7538-0178; www.turismotramel.cl; Manuel Rodríguez 487; tour CH$45,000; ☉9am-1pm & 3-6pm Mon-Fri, 10am-1pm Sat) This new agency does full-day tours to Capilla de Marmol in Puerto Río Tranquilo. For a one-way tour, there's a CH$15,000 discount.

⌖ Sleeping

Brisas del Lago GUESTHOUSE $
(☏ 67-241-1204; brisasdellago@gmail.com; Manuel Rodríguez 443; s/d without bathroom incl breakfast CH$17,000/30,000, apt CH$40,000, d/tr cabins CH$40,000/50,000; ☏) This longtime family-run lodging offers a number of good-sized rooms that are clean and comfortable. There are also cute cabins squeezed into a backyard strewn with flowerbeds. There's central heating.

Ñandu Camp HOSTEL $
(☏ cell 9-6779-3390; www.nanducamp.com; O'Higgins 750; dm CH$14,000, s/d without bathroom CH$20,000/30,000, q CH$45,000; ☏) This friendly lodging features ample dorms and bunk beds in an octagonal space with guest kitchen. The owners run mountain huts in Reserva Nacional Lago Jeinimeni and offer extensive information for trekkers, as well as transfers to the park. Breakfast is extra (CH$2500).

Kon Aiken GUESTHOUSE $
(☏ 67-241-1598, cell 9-7571-3354; konaikenturismo chilechico@gmail.com; Pedro Burgos 6; campsites per person CH$5000, r per person incl breakfast CH$15,000, 7-person cabins CH$65,000; ☏) A handy lodging with a family atmosphere that's fun and sometimes chaotic. The kind owners share the bounty of local produce and organize the occasional *asado* or salmon bake. A row of poplars blocks the winds for campers and there's a *quincho* for cooking.

★**Hostería de la Patagonia** GUESTHOUSE $$
(☏ 67-241-1337, cell 9-8159-2146; hdelapatagonia@ gmail.com; Camino Internacional s/n; campsites per person CH$4000, incl breakfast r per person without bathroom CH$20,000, s/d/tr CH$45,000/62,000/76,000, cabins CH$50,000; ☏) ✿ Descendants of Belgian colonists run this sweet farmhouse with historic memorabilia and a garden hot tub. Renovated rooms feature central heating and there's an excellent modern double made of recycled materials out back. Our favorite sleeping

quarters occupy a restored boat with kitchen – charming though landlocked. They serve dinner and are very helpful with travel plans. With bicycles for guests.

El Engaño
CABAÑAS $$

(☑cell 9-9134-8162; www.turismoelengano.com; Costanera s/n; 3-/5-person cabins CH$70,000/ 80,000; ☎) These contemporary cabins with tasteful decor sit waterfront, and feel isolated from the city, though only about a block apart. Some units feature a kitchen, while all have Direct TV. There's also a *quincho* for guest use and wooden hot tub (CH$30,000) – order it a day in advance so it's toasty when you want it. Also has good restaurant service on-site.

La Posada del Río
HOTEL $$

(☑cell 9-8945-4078; Camino Internacional, Km5; d/tr incl breakfast CH$62,000/70,000) On the open steppe with sweeping views, this boxy newcomer has bright, attractive rooms and breakfasts with orange juice and *medialunas* (croissants).

✗ Eating

Restaurante Jeinimeni
PIZZA $

(☑cell 9-8139-7738; Blest Gana 120; mains CH$6000-8000; ☻1-3pm & 7-11pm Mon-Sat) Thin-crust pizzas come sizzling out of the stone oven, plus there's seafood, sandwiches and Chilean classics. Not only friendly, it's one of the few spots in Patagonia with swift service. Try the Hudson beer, a local craft brew from Puerto Ibáñez.

Casa Piedras del Lago
INTERNATIONAL $$

(☑67-239-4757, cell 9-9802-0280; cnr Ericksen & Portales; mains CH$8000-12,000; ☻1-4pm & 7pm-midnight) This new restaurant gets creative with gourmet fare and a fine selection of wines. Start with its signature pisco sour. Options span from tender pork loin with caramelized mushrooms and rose-hip sauce, to grilled beef with morel mushrooms and seafood.

Casa Nativa
CHILEAN $$

(☑67-241-145; Manuel Rodríguez 243; mains CH$8000; ☻noon-3:30pm & 7-11pm) A restaurant serving Chilean classics like beef or salmon with roast potatoes. Has lake views and rustic wood details.

ℹ Information

There's only one cash machine in town, but *casas de cambio* (money exchangers) line the main street.

BancoEstado (González 112; ☻9am-2pm Mon-Fri) Has an ATM

Conaf (☑67-241-1325; Blest Gana 121; ☻10am-6pm Mon-Fri, 11am-4pm Sat) Has information on Reserva Nacional Lago Jeinimeni.

Oficina de Información Turística (☑67-241-1751; www.chilechico.cl; cnr O'Higgins & Blest Ghana; ☻8am-1pm & 2-5pm Mon-Thu, to 4pm Fri) Offers good area information.

Sernatur (☑67-241-1303; www.recorreaysen.cl; O'Higgins 333; ☻9am-2:30pm & 4-6:30pm Mon-Fri, 10am-2pm Sat) Tourism information. Shares an office with the Municipal Tourism office.

Post Office (Manuel Rodríguez 121; ☻9am-6pm Mon-Fri)

ℹ Getting There & Away

Traveling the abrupt curves of Paso Las Llaves, west from Chile Chico to the junction with the Carretera Austral, is one of the region's highlights. Scary and stunning, it hits blind corners and steep inclines on loose gravel high above the lake. There's no guardrails, so drivers should proceed with caution.

There's a Copec gas station near the ferry dock.

BOAT
An almost-daily ferry run by **Somarco** (☑67-241-1093; www.barcazas.cl/barcazas/wp/region-de-aysen/lago-general-carrera; Muelle Chile Chico; passenger/automobile CH$2250/19,500) crosses Lago General Carrera to Puerto Ingeniero Ibáñez, a big shortcut to Coyhaique. If driving, make reservations a week out in summer. Arrive 30 minutes predeparture.

BUS
Bus routes are run by private individuals who have to apply for the government concession, thus providers and schedules can vary from year to year.

To Puerto Guadal (CH$8000, 2½ hours), **Seguel** (☑67-243-1214; Av O'Higgins s/n) and **Buses Eca** (☑67-243-1224; Av O'Higgins s/n, Bus Station) go Monday through Friday at 4pm or 5pm.

Costa Carrera (☑cell 9-8739-2544; Av O'Higgins s/n, Bus Station) has service to Puerto Río Tranquilo (CH$15,000, four hours) twice a week and to Cochrane (CH$5000, four hours) three times per week.

Buses Acuña (☑67-225-1579; Rodríguez 143), **Transportes Alejandro** (☑cell 9-7652-9546) and **Buses Carolina** (☑67-241-1490; ferry office) go to Coyhaique (CH$5000) with a ferry-bus combination (4½ hours including ferry) via Puerto Ibáñez. The ferry is not included in the ticket. Some may allow advance reservations from the Chile Chico **bus terminal** (Av O'Higgins s/n), though the buses depart from Puerto Ibáñez.

(Continued on page 326)

GUAXINIM/SHUTTERSTOCK ©

DUDAREV MIKHAIL/SHUTTERSTOCK ©

1. Carretera Austral (p301)

This epic 1240km journey alongside ancient forests, glaciers, turquoise rivers and the crashing Pacific is one of the world's ultimate road trips.

2. Parque Nacional Pumalín (p302)

This 2889-sq-km park created by American philanthropist Doug Tompkins was one of the largest private parks in the world prior to its donation to Chile in 2017.

3. Parque Nacional Laguna San Rafael (p327)

Nineteen major glaciers come together in Chile's northern Patagonian ice field.

(Continued from page 323)

BORDER CROSSING

At the time of writing, no buses crossed the border to Los Antiguos, Argentina (20 minutes), just 9km east, because of new tariffs charged by Argentine authorities. Inquire locally as this situation could likely change. For now, you can take a taxi to the Chilean border (CH$6000), but have to walk 1km to the Argentine border. From there, it's 1.5km to Los Antiguos.

From Los Antiguos, travelers can make connections in Argentina to Perito Moreno, El Chaltén and southern Argentine Patagonia.

Reserva Nacional Lago Jeinimeni

Turquoise lakes and the rusted hues of the steppe mark the rarely visited Reserva Nacional Lago Jeinimeni, 52km southwest of Chile Chico. Its unusual wonders range from cave paintings to foxes and flamingos. In the transition zone to the Patagonian steppe, it covers 1610 sq km. Hiking options are excellent. Through-hikers can link to Valle Chacabuco via a three-day mountain traverse; for details ask at Parque Nacional Patagonia.

En route to the reserve, about 25km south of Chile Chico, an access road leads to **Cueva de las Manos**, Tehuelche cave paintings less impressive than their Argentine counterpart of the same name. Reaching the cave requires a steep uphill climb (unmarked) best done with a guide.

You can access the park by tours operated out of Chile Chico.

About 400m from the Conaf office are three private camping areas on Lago Jeinimeni. Rates per site covers 10 visitors.

For park access, 4WD is necessary; Río Jeinimeni cuts across the road, causing sporadic flooding conditions. Day-trippers should leave early enough to cross before 4pm on the way back.

Sendero Lago Verde takes visitors on a three-hour, 10km-round-trip hike to a gemstone lake.

Beginning at Lago Jeinimeni, the **Smuggler's Route** is a three- to four-day (51km) backpacking route connecting to Aviles Valley in Parque Nacional Patagonia via Paso de la Gloria. It has been gaining a lot of interest, though the logistics are not easy. It requires navigational skills and mountain expertise, as there are minimal markings and many river crossings. Transfers to and from the trailhead must be arranged ahead as there's no phone signal at either end of the trail.

Contact the visitor center (p331) at Parque Nacional Patagonia or local outfitters in Chile Chico for more details about the walk.

Puerto Río Tranquilo

☑ 67 / POP 500

A village of shingled houses on the windy western shores of Lago General Carrera, Puerto Río Tranquilo is a humble pit stop facing a whopping growth spurt. Once just a fuel stop, its growing outdoor opportunities have put it on the map. It's the closest access point to the cool marble caves of Capilla de Mármol. More recently it's become the launch point for more budget-minded tours to the stunning Glaciar San Rafael.

◉ Sights & Activities

Capilla de Mármol　　　　　　LANDMARK
(Marble Chapel; 5 passengers CH$50,000) Well worth the detour, these sculpted geological formations are accessible by boat on Lago General Carrera. Trips in small motorized boats or kayaks only go out in calm boating conditions. If you're driving, continue 8km south of Puerto Río Tranquilo to the tour boats at Bahía Manso; it's directly across from the caves and at a shorter boating distance.

Valle Exploradores　　　　SCENIC DRIVE
This relatively new east–west road heads toward Laguna San Rafael, but stops short at a water crossing. Gorgeous but rough, it is still a worthy driving or biking detour, crowded with glaciers and overgrown nalca plants. Look out for the **Glaciar Exploradores Overlook** (CH$4000 trail fee) at Km52. Day-trippers to Glaciar San Rafael usually meet their outfitters at the end of the road.

El Puesto Expediciones　　　ADVENTURE
(☑ cell 9-6207-3794; www.elpuesto.cl; Lagos 258; Exploradores trek CH$70,000) Francisco Croxatta runs reputable ice treks on Glaciar Exploradores, including transfer, kayaking to Capilla de Mármol (CH$42,000) .

Lapo Expediciones　　　　　ADVENTURE
(☑ cell 9-5632-2337) Experienced Spanish-speaking guide Guillermo Berracol takes visitors off the beaten path. Transport provided.

Destino Patagonia　　　　　　TOUR
(☑ cell 9-9158-6044; www.destinopatagonia.cl; Flores 208; per person full day US$145; ☺10am-9pm) Full-day tours visit the San Rafael Glacier in a covered boat, with lunch and whiskey on millennial ice. Choose transportation from

Puerto Río Tranquilo or from Km77 on the Valle Exploradores road (a US$20 discount). You can also opt for a two-day trip that includes trekking or a longer three-day trip that crosses the Ofqui Isthmus.

Ruta León ADVENTURE SPORTS
(☑ cell 9-9154-1734; www.facebook.com/Rutaleon patagonia; Costanera s/n; day trip CH$55,000; ⊙ 10am-1pm & 3-7pm Mon-Fri) Offers hikes on Glaciar Exploradores.

🛏 Sleeping

Lodging options are expanding, but there are basic guesthouses and a good inn. A German-run hostel is in the works.

Explora Sur GUESTHOUSE $
(☑ cell 9-7649-9047; www.explorasur.cl; Carretera Austral 269; d/tw incl breakfast CH$45,000/50,000; 🖥) Right on the water, these smart, modern rooms with central heating are a comfortable and toasty choice. A shared balcony overlooks the lake. Offers boat trips to the marble caves from its private dock.

Camping Pudu CAMPGROUND $
(☑ cell 9-8920-5085; https://es-la.facebook.com/campingpudu; campsites per person CH$8000; ⊙ mid-Nov–Mar) Attractive beach camping with hot showers, laundry service and sauna (CH$12,000), 1km southeast of Puerto Río Tranquilo. Offers tourist information. Takes credit cards.

Residencial Darka GUESTHOUSE $
(☑ cell 9-9126-5292; Los Arrayanes 330; r per person CH$10,000; 🖥) Family-run, with clean rooms. The pastels and lace provide a good dose of kitsch.

★ El Puesto INN $$
(☑ cell 9-6207-3794; www.elpuesto.cl; Pedro Lagos 258; s/d/tr/q incl breakfast US$127/168/225/266; 🖥 ✎) This smart 10-room hotel pampers with woolen slippers, hand-woven throws and rockers. There's even a swing set for kids. English-speaking owners Francisco and Tamara also run reputable tours to Glaciar Exploradores and kayaking to the marble caves. Dinner (CH$19,000) is available with reservations; they also offer massage and rent local cabins. This sustainable lodging uses solar energy and recycles.

🍴 Eating & Drinking

Donde Kike CHILEAN $
(Godoy 25; menú CH$6000; ⊙ 11am-7pm) This small cafe in front of the gas station does de-

cent Chilean classics – from soups to meat or fish with rice and potatoes – with the limited ingredients that arrive in the region.

★ Mate y Truco CAFE $$
(☑ cell 9-9078-5698; Carretera Austral 269; mains CH$8000-12,000; ⊙ noon-11pm) This cheerful button-sized cafe redeems the local dining scene with its thin-crust pizza, homemade gnocchi and steak with morel-mushroom sauce. It's just a two-woman show, so chill with a local microbrew or espresso drink while you wait. There are also real salads, sandwiches and huge *milanesas* (schnitzels). They can also cater to special diets.

Cervecería Río Tranquilo CRAFT BEER
(☑ cell 9-5159-2351; Carretera Austral s/n; ⊙ noon-1am) Facing the tourism kiosk, this welcoming pub slash man-cafe makes beer on-site, served with intimidating plates of *chorrillana*: a bomb of fries with meat or fried onions and peppers topped with a few fried eggs.

ℹ Information

There's no ATM. **Tourism Kiosk** (Av Costanera s/n; ⊙ 10am-1pm & 2-6:30pm Tue-Sun Dec-Mar) opens sporadically, but has info about lodging, alternate transportation (including vans to Valle Exploradores) and tours to the Capilla de Mármol.

ℹ Getting There & Away

Regular buses between Coyhaique (CH$10,000, five hours) and Cochrane (CH$8000, three hours) will drop off and pick up passengers here. To Coyhaique, **Vidal** (☑ cell 9-9932-9896; cnr Godoy & Exploradores) and minibus **Pato Aventuras** (☑ cell 9-8755-9453; CH$10,000) travel twice weekly. Coyhaique-bound buses originating further south usually pass at around 10am. Buses heading further south pass between 1pm and 2pm.

Costa Carrera (p323) has services to Chile Chico (CH$15,000, four hours) twice a week.

Parque Nacional Laguna San Rafael

Awesome and remote, this **national park** (www.conaf.cl/parques/parque-nacional-laguna-san-rafael; CH$7000) brings visitors face to face with the 30,000-year-old San Valentín glacier in Chile's Campo de Hielo Norte. Established in 1959, the 12,000-sq-km Unesco Biosphere Reserve is a major regional attraction. The park encompasses peaty wetlands, pristine temperate rainforest of southern beech and epiphytes, and 4058m

Monte San Valentín, the southern Andes' highest peak. Scientific interest centers on the extreme fluctuation in water level of the glacier-fed lagoon.

Until recently, getting here was expensive and time consuming, but a road built through Valle Exploradores has created options to go overland with a little help from tour operators in Puerto Río Tranquilo. Visitors who arrive by cruise shift to smaller craft to approach the glacier's 60m face. Stay overnight to hear the sighs, splintering and booms of calving ice.

☞ Tours

Multiday cruises sail from Puerto Chacabuco and Puerto Montt. Check the companies' websites for departures and student/senior discounts.

In Puerto Río Tranquilo, Destino Patagonia (p326) offers day trips and overnight tours.

Cruceros Skorpios   CRUISE
(☑in Santiago 2-2477-1900; www.skorpios.cl; 6-day, 5-night cruise d occupancy from US$4400) Sailing its Chonos route, named for the original inhabitants of the area, the luxuriant *Skorpios II* sails from Puerto Montt, spending all of the third day at the glacier. A highlight is the stop at Quitralco, Skorpios' private hot-springs resort. On the return it visits the island of Chiloé.

Catamaranes del Sur   CRUISE
(☑67-235-1112; www.catamaranesdelsur.cl; JM Carrera 50, Puerto Chacabuco; glacier day trip per person CH$200,000; ☺9am-6pm) Runs a 12-hour day trip from Puerto Chacabuco on the *Catamarán Chaitén* and the smaller *Iceberg Expedition,* with deep discounts in low season. Daytime travel ensures fjord views, but less time at the glacier face. There's also lodging at the exclusive but nondescript **Loberías del Sur** and visits to its private park **Aikén**. Offers senior discounts.

🛏 Sleeping

There's **camping** (per site CH$5000) near the Conaf office by the airstrip. Five rustic campsites have water and bathrooms. Fires are not allowed and no food is available at the park.

❶ Getting There & Away

A 78km gravel road travels **Valle Exploradores** from Puerto Río Tranquilo. The route makes day trips possible from Río Tranquilo: outfitters provide a necessary boat crossing to continue on from where the road ends at Bahía Exploradores.

If you drive, a high-clearance 4WD is best. There's no public transportation, and tour operators in Puerto Río Tranquilo charge extra for transportation. Note: at Km75 there's a bridge that larger vehicles like Sprinter vans and mobile homes can't cross.

Cruce el Maitén

Cruce el Maitén is little more than a fork in the road, where an eastern route branches alongside Lago General Carrera to Chile Chico. But the location is prime – you can either explore the wonders of Lago General Carrera, other lakes or even Parque Nacional Patagonia further south.

Reputable tour operator **Pared Sur Camp** (☑cell 9-9345-6736, in Santiago 2-2207-3525; www.paredsur.cl/camp; Carretera Austral, Km270, Bahía Catalina) has deluxe camping and lodging, and packages for biking, kayaking, rafting and canopy tours.

🛏 Sleeping

Mallín Colorado   LODGE $$$
(☑cell 9-7137-6242; www.mallincolorado.com; Carretera Austral, Km 273, Cruce el Maitén; d incl breakfast US$140-160, cabins from US$220; ☺mid-Oct–Mar) You might feel tucked away in Alaska instead of the Carretera Austral on this sprawling property with handsome cabins and a newer high-end guesthouse with central heating and big picture windows. There's also full restaurant service. Though not on the lake, it still boast great lake views and an enviable network of trails for trekking or horseback riding.

Hacienda Tres Lagos   LODGE $$$
(☑67-241-1323; www.haciendatreslagos.com; Carretera Austral, Km274, Cruce el Maitén; d incl breakfast CH$124,000, floating cabins CH$200,000; @☎) Aimed primarily at the package-tour crowd, lakeside Hacienda Tres Lagos offers elegant accommodations, horseback riding and amenities that aim to please all, namely an art gallery, sauna, Jacuzzi, cafe and game room. Its newest addition is two floating cabins.

❶ Getting There & Away

Buses traveling between Coyhaique and Cochrane stop along this stretch of the road; ask a local for the best place to wait and exact times as schedules change frequently. In summer full buses will pass you by.

Puerto Guadal

Windy but damn-postcard-beautiful, Puerto Guadal is located at the southwest end of Lago General Carrera on the road to Chile Chico, 13km east of the Carretera Austral. The village appears to hold siesta at all hours, but cool accommodations, nearby fossil hikes and glaciers can keep a visitor very entertained.

Adventure outfitter **Kalen Turismo Aventura** (📞67-243-1289, cell 9-8811-2535; turismo kalenpatagonia@gmail.com; Los Alerces 557; ⏱9am-9pm) is run by reputable guide Pascual Díaz. He offers horseback riding, glacier trips and hikes to a beautiful fossil bed. Contact in advance (the small office closes during outings).

🛏 Sleeping

Destino No Turístico   HOSTEL $

(📞cell 9-7392-5510; www.destino-noturistico.com; Camino Laguna La Manga, Km1; campsites per person CH$5500, dm/d CH$25,000/60,000) 🍴 A lovely countryside getaway, this eco-camp offers true off-grid living, with solar showers and composting toilets. The hostel is impeccable, with comfortable beds with individual reading lamps and kitchen use. Now run by a Swedish-French couple, there's a strong educational component with workshops on organic farming, permaculture, reforestation, meditation and Kundalini yoga.

It's situated 1.5km from town, an uphill walk, though pickups are available from the main road (CH$5000). Cars park outside the entrance gate.

Terra Luna   CABIN $$

(📞67-243-1263; www.terra-luna.cl; campsites per site CH$10,000, incl breakfast 2-person huts US$70, domos US$120, d/tr from US$100/120; 🛜) Lakeside adventure lodge Terra Luna presents the option of perfect repose or an adrenaline rush. Lodgings vary from smart apartments to cabins and domos, with the option of a lakefront wood-fired hot tub. The restaurant serves a set menu nightly. Campsites and adorable budget-oriented huts with kitchen suit budget travelers, though spots are few.

With sprawling grounds, there is also a play area, kayaks and ziplines. Run by Azimut, a French-owned guide service, there are frequent excursions. We prefer the hiking option to Glaciar Los Leones to the jetboat option. There are also helicopter trips to Campo de Hielo Norte. It's 1.5km from Puerto Guadal toward Chile Chico.

El Mirador de Guadal   LODGE $$$

(📞2-2813-7920; www.elmiradordeguadal.com; Camino a Chile Chico, Km2; d from US$115/130) This handsome lodge is known for friendly, professional service. It's in a top-notch location along Lago General Carrera with views of Monte San Valentín, private beach access and assistance arranging guided excursions. Restaurant service features meals prepared with produce from the on-site garden.

ⓘ Getting There & Away

Buses leave from **ECA** (📞67-252-8577, cell 9-8418-1967; Las Magnolias 306), heading north to Coyhaique (CH$12,000, six hours) four times per week in the morning. Bus services that are southbound pass the crossroads just outside of town, to Cochrane (CH$6000, two hours) starting at around 2pm. Both Buses Eca and **Seguel** (📞67-231-1214; Los Notros 560) service Chile Chico (CH$8000, 2½ hours) on weekdays at 7:30am.

Always confirm bus times and days as they change frequently.

Puerto Bertrand & Río Baker

📞67 / POP 300

On the bank of the ultramarine-blue Lago Bertrand below snow-covered San Valentín and Campo de Hielo Norte, Puerto Bertrand is a show of contrasts. Weathered shingle homes overgrown with rose blossoms and high-end fishing lodges share the space of this humble stop. Bertrand occupies the southeast shore of the lake, situated 11km south of Cruce el Maitén. It is also the base for rafting Río Baker, Chile's most voluminous river.

The Río Baker flows from Lago Bertrand, running parallel to the Carretera Austral south toward Cochrane. Lodges and a museum flank this scenic strip.

◉ Sights & Activities

★**La Confluencia**   LANDMARK

(The Confluence) Don't miss this dramatic viewpoint, where Chile's most powerful river, the Baker, froths into a broad, behemoth cascade before merging with the milkier, glacial-fed Río Nef in a swirling contrast of mint and electric blue. It's 12km south of Puerto Bertrand. Park roadside and follow the 800m trail.

Museo Pioneros del Baker   MUSEUM

(www.fundacionriobaker.cl; Carretera Austral s/n; ⏱by request) 🆓 In a pioneer house, this adorable cultural museum packs in engaging details, from Patagonian sayings to pioneer relics and molds of animal tracks. It's all in Spanish. For the key, go to the caretaker's house out back. It's located roadside between Puerto Bertrand and the entrance to Valle Chacabuco/Patagonia National Park.

Baker Patagonia Aventura RAFTING
(☑ cell 9-8817-7525; www.bakerpatagonia.cl; Costanera s/n; half-day rafting CH$28,000; ☺ 9:30am-9pm) Leads five-day and one-day (Class III) rafting trips on the Río Baker. The office faces Lago Bertrand.

Patagonia Adventure Expeditions ADVENTURE
(☑ cell 9-8182-0608; www.patagoniaadventureexpeditions.com) A pioneering high-end adventure outfitter adding scientific support and education to the mix, with a Wilderness Experience Center under construction. There are fixed dates for horseback treks through Aysén Glacier Trail and ice-to-sea floating on the Río Baker. The base is four hours from Cochrane; contact first via the website.

🛏 Sleeping & Eating

Hostería Puerto Bertrand GUESTHOUSE $
(☑ cell 9-9219-1532; Costanera s/n; r per person without bathroom CH$15,000, 4-person cabins CH$50,000) Above the general store, this rickety wood home has a cozy atmosphere with soft armchairs and lace-covered tables. Shop around for a room with ventilation.

Patagonia Green Baker CABIN $$
(☑ cell 9-9159-7757, in Santiago 2-2196-0409; www.greenlodgebaker.com; Carretera Austral s/n; d incl breakfast US$132, 2-/4-/7-person cabins US$138/193/311; ☏) A pleasant riverside complex, where rooms have handwoven throws and down duvets. Also features a hot tub, restaurant and activities like kayaking, mountain biking and horseback riding. It also offers guided fishing (CH$145,000 full day) and canopy zip line (CH$20,000). Cabins have Direct TV and phones. It's 3km south of Puerto Bertrand.

★ Bordebaker Lodge CABIN $$$
(☑ cell 9-9234-5315, in Santiago 2-2585-8464; www.bordebaker.cl; Carretera Austral s/n; d incl breakfast US$260; ☺ Oct-Apr; ☏) A tasteful design hotel with rustic touches, Bordebaker has a two-story main lodge connected by boardwalk to seven modern cabins. Each overlooks a sublime stretch of the emerald Río Baker. The lodge offers **tours** with lo-

cal operators and organic chef-made meals (dinner CH$28,000). It's 8km south of Puerto Bertrand.

Konaiken CAFE $
(☑ cell 9-7891-3056; Carretera Austral, Km301; mains from CH$7000; ☺ 24hr) This cozy cafe offers country-style meals plus cakes and pies with real coffee. Carolina and Héctor are locals with connections to guiding services and have a few **cabins** (from CH$45,000) on-site. It's 6km south of Puerto Bertrand.

ℹ Getting There & Away

Buses traveling between Coyhaique and Cochrane may stop here; ask ahead.

Parque Nacional Patagonia

Patagonian steppe, forests, mountains, lakes and lagoons comprise the 690-sq-km **Parque Nacional Patagonia** (www.parquepatagonia.org; Valle Chacabuco) **FREE**, where travelers will find wildlife-watching opportunities and world-class trekking. Located 18km north of Cochrane, this new national park was until recently an overgrazed *estancia*. **Tompkins Conservation** (www.tompkinsconservation.org) began its restoration in 2004. Now it's dubbed as the Serengeti of the Southern Cone, home to guanaco in the thousands, an important population of huemul (an endangered Andean deer), as well as flamingo, puma, viscacha and fox. Ñandu, an ostrich relative nearly eradicated in southern Chile, is being reintroduced. The park stretches the extent of Valle Chacabuco from the Río Baker to the Argentine border, which can be crossed in a private vehicle at Paso Roballos. Combining this valley with Reserva Nacional Lago Jeinimeni to the north and Reserva Nacional Tamango to the south will eventually result in a reserve of 2400 sq km in the heart of Patagonia.

🏃 Activities

Lagunas Altas Trail HIKING
This 23km trail ascends from the Westwind Camping site (near the visitor center) toward a southern ridge and heads east across open terrain and around small gemstone lakes before winding down toward the administration buildings. It has spectacular views of the Chacabuco Valley, San Lorenzo, the northern Patagonian ice field and the Jeinimeni Mountains. It's a long day hike; bring water.

Aviles Valley Trail
HIKING

A gorgeous 16km loop through open steppe. It starts at the Stone House Camping site (25km up valley from the visitor center). Continue for a three- to four-day (about 45km) backpack to Reserva Nacional Lago Jeinimeni near Chile Chico, but get detailed information first, as the reserve is far from town, with no public transportation.

Sendero Lago Chico
HIKING

This 16km round-trip loop starts near Mirador Douglas Tompkins, a grand overlook on Lago Cochrane and Monte San Lorenzo, and goes to the edge of Lago Chico.

Valley Drive
WILDLIFE WATCHING

The 72km drive from the Río Baker to the Argentine border climbs through steppe, with flamingos in lagoons and foxes crossing the road. Drive slowly and overtake only where there's room.

🛏 Sleeping & Eating

Stone House Camping
CAMPGROUND $

(campsites per person CH$8000; ☺ Oct-Apr) Campsites with shelters. A cooking area and bathrooms with hot-water showers are housed in a historic stone outpost left over from the park's days as a sheep *estancia*. Partway up the valley drive, it's about 25km from the visitor center.

Westwind Camping
CAMPGROUND $

(campsites per person CH$8000; ☺ Oct-Apr) In the valley, the park's primary campground is this large, grassy area with 60 tent sites, eight covered cook shelters, laundry service and a bathhouse with solar showers. Sites are first-come, first-served. It's 4km southwest from the visitor center.

Camping Alto Valle
CAMPGROUND $

(4-person module CH$24,000; ☺ Oct-Apr) 🍴 This recently inaugurated campground features eight sites with covered shelters, bathrooms with solar showers and two sites for motor homes. It's 35km from the visitor-center area toward Paso Roballos.

★ Lodge at Valle Chacabuco
BOUTIQUE HOTEL $$$

(reservas@vallechacabuco.cl; s/d incl breakfast US$289/411; ☺ Oct-Apr; 🐾) Classic and refined, these side-by-side beautiful stone lodges were modeled on English architecture in southern Argentina. Patterned tiles, handsome wood and large photographic nature prints foster a warm ambience, but

the real curiosity are the guanacos lounging on the lawn just outside the window. Guest rooms are ample and luxuriant, with some bunks for families. Advance reservations required. It's located near the visitor center.

★ El Rincón Gaucho
INTERNATIONAL $$

(mains CH$7000-17,000; ☺ 7:30am-10am & 1-10pm) With fine wood details and big picture windows, this handsome bar and restaurant provides an ambient setting for meals or drinks. An on-site greenhouse supplies most of the fresh produce and local lamb is served. In addition to a worthwhile gourmet set menu, there are sandwiches, takeout lunches and tea. It's near the visitor center.

ℹ Information

There's no entry fee, as the park bisects the Carretera Austral and it would be difficult to distinguish the park users from those traveling through. For more information on the project, check out the website for **Tompkins Conservation** (http://tompkinsconservation.org).

The new **Visitor Center & Museum** (📱 satellite phone 65-297-0833; CH$3000; ☺ 10am-7pm Mon-Sat) welcomes visitors and provides wonderful exhibits on the park within the context of conservation and environmental issues around the world.

ℹ Getting There & Away

The entrance to the park is 18km north of Cochrane. Look for the sign for Entrada Baker. Buses between Cochrane and Coyhaique can drop passengers at the entrance, but the administrative area is 11km further east on the main road to Paso Roballos.

In Cochrane, **Turismo Cochrane Patagonia** (p333) provides day trips in a private van. Book well in advance.

Cochrane

📱 67 / POP 2900

An old ranching outpost, Cochrane is the southern hub of the Carretera Austral. With plans for nearby hydroelectric dams scrapped, the speculative boom has ended and the village has since reverted to its languorous state of growing dandelions.

Though seemingly oblivious to tourism, Cochrane is the gateway to the new Parque Nacional Patagonia, Reserva Nacional Tamango, and fishing destination Lago Cochrane. It's also the best place for information along this lonely stretch of road and a last-chance stop to fill up the tank.

◉ Sights & Activities

Reserva Nacional Tamango PARK
(CH$3000; camping per site CH$5000) Boasting Chile's largest population of endangered huemul deer, Tamango protects a 70-sq-km transition zone to the Patagonian steppe. Huemul are notoriously shy, but chances of sighting one are better here than anywhere. At the entrance, trails (1.5km to 7km in length) lead to Laguna Elefantina, Laguna Tamanguito and 1722m Cerro Tamango. The reserve is 6km northeast of Cochrane; there's no public transportation to the entrance.

At the corner of Colonia and San Valentín, hikers can take Pasaje No 1 north and then east to access trails to the entrance. Cochrane's Conaf may have trail maps.

Calluqueo Glacier GLACIER
This glacier descending from the southeast flanks of Monte San Lorenzo has only recently become a tourist attraction. It requires boat access and a guide.

Mercado Municipal MARKET
(cnr Pioneros & Vicente Previske; ⊙ 9am-/pm Mon-Fri) A covered market with artisan crafts in addition to local produce sold on Mondays, Wednesdays and Fridays.

Turismo Cochrane Patagonia TOUR
(⊘ cell 9-7450-2323; www.turismocochranepatagonia.com; park day trip CH$30,000) To Valle Chacabuco (Parque Nacional Patagonia), the Confluencia and Glaciar Calluqueo, Turismo Cochrane Patagonia offers day tours in private vans, with a minimum of passengers. It sells out well in advance.

Lord Patagonia TREKKING
(⊘ cell 9-8425-2419; www.lordpatagonia.cl; full-day trek CH$50,000) Guide Jimmy Valdes takes groups to Glaciar Calluqueo on trekking day trips and overnights.

⊨ Sleeping & Eating

Residencial Cero a Cero GUESTHOUSE $
(⊘ 67-252-2158, cell 9-7607-8155; ceroacero@gmail.com; Lago Brown 464; incl breakfast s/d CH$25,000/40,000, r per person without bathroom CH$13,000; 🐾) A log home that has ample space, Cero a Cero is a comfortable option with good beds, plenty of windows and a warm, cozy interior.

Latitude 47 GUESTHOUSE $
(⊘ cell 9-5491-2576; Lago Brown 564; d CH$30,000, r per person without bathroom CH$12,500; 🐾) A selection of narrow upstairs rooms with single beds and kitchen use. The more recently constructed rooms with bathroom, in an independent area, are worthy upgrades.

Sur Austral GUESTHOUSE $$
(⊘ 67-252-2150; Arturo Prat s/n; d/cabins CH$32,000/50,000) A good option, this family guesthouse also has a newer cabin on-site that's equipped with a kitchen and cozy bedrooms on the 2nd floor.

Cabañas Sol y Luna CABIN $$
(⊘ cell 9-8157-9602; xmardonestorres@hotmail.com; Camino a la Reserva Tamango; 4-person cabins CH$65,000; 🐾) Nice, new and well equipped, these cabins with kitchens help you achieve a needed rest, 1km outside town. There's also a sauna and hot tubs.

Café Tamango CAFE $
(⊘ cell 9-9158-4521; Esmeralda 464; mains CH$5000; ⊙ 9am-9pm Mon-Sat; 🖉) Everything looks good in this cafe, from the homemade candies and chestnut ice cream to sandwiches, lentil burgers and couscous served with garden lettuce. It's set back from the road with outdoor seating.

▼ Drinking & Nightlife

Cervecería Tehuelche CRAFT BEER
(⊘ cell 9-7879-4509; Teniente Merino 372; pizzas CH$5000; ⊙ 8pm-midnight) This small brewpub is a good place to grab a late-night pizza and quaff some decent local beer.

Nación Patagonia CAFE
(⊘ cell 9-9988-7766; Las Golondrinas 198; ⊙ hours vary) Ideal for a coffee and a conversation, this eclectic cafe serves grilled sandwiches, lemon pie and fresh juices. It also sells trekking maps and local crafts.

❶ Information

There's a **hospital** (⊘ 67-252-2131; O'Higgins 755; ⊙ 24hr) with 24-hour emergency service. A new hospital is under construction.

BancoEstado (Esmeralda 460; ⊙ 9am-2pm Mon-Fri) ATM accepts MasterCard only, and changes euros and US dollars. If you are headed further south, this is the last ATM.

Conaf (⊘ 67-522-164; Río Neff 417; ⊙ 10am-6pm Mon-Sat) Offers info on local reserves.

Post Office (Esmeralda 199; ⊙ 9am-3pm Mon-Fri, 11am-2pm Sat)

Tourist Kiosk (www.cochranepatagonia.cl; Plaza de Armas; ⊙ 9am-1pm & 2-9pm Jan & Feb) Offers bus schedules, fishing guides and taxi information. In the off-season there's tourist info in a municipal building near the plaza.

❶ Getting There & Away

Buses go daily to Coyhaique between 6:30am and 9am. Companies include **Buses Don Carlos** (☑ 67-252-2150; Las Golondrinas s/n, Bus Terminal; ⊙ 8:30am-12:30pm & 3-7pm), **Buses Acuario 13** (☑ 67-252-2143; Las Golondrinas s/n, Bus Terminal; ⊙ 10am-noon & 4-7pm) and **Buses Sao Paulo** (☑ 67-252-2143; Las Golondrinas s/n, Bus Terminal; ⊙ 9am-noon & 2:30-7:30pm).

Various companies provide morning or evening service to Caleta Tortel. They include **Buses Aldea** (☑ 67-263-8291; Las Golondrinas s/n, Bus Terminal; ⊙ 9:30am-1pm & 4-7pm), **Pachamama** (p334), **Bus Patagonia** and Acuario 13.

For Villa O'Higgins (CH$8000), **Águilas Patagónicas** (☑ 67-252-2020; Las Golondrinas s/n, Bus Terminal; ⊙ 10am-1pm & 3-8pm) departs at 8am on Thursday and Sunday.

Chile Chico is served by Buses Aldea three days per week and **Transportes Marfer** (☑ cell 9-7756-8234; Las Golondrinas s/n, Bus Terminal; ⊙ 10am-12:30pm & 3-5pm), with stops in Puerto Bertrand and Puerto Guadal.

DESTINATION	COST (CH$)	HOURS
Caleta Tortel	10,000	3
Chile Chico	15,000	4
Coyhaique	14,000	7-10
Villa O'Higgins	8000	6

❶ Getting Around

For Parque Nacional Patagonia, Glaciar Calluqueo and La Confluencia, **Turismo Cochrane Patagonia** (☑ cell 9-8256-7718, cell 9-7450-2323; national park day trip CH$30,000) provides transfers.

There is no public transportation to Parque Nacional Patagonia, but taxis (CH$30,000, roughly one hour) from the plaza will go.

Caleta Tortel

☑ 67 / POP 523

A network of creaky boardwalks tracing the milky waters of the glacier-fed sound, Caleta Tortel feels like a place from long-ago fables. There are no roads. Dedicated as a national monument, this fishing village cobbled around a steep escarpment is certainly unique. Seated between two ice fields at the mouth of Río Baker, it was first home to canoe-traveling Alacalufe people (Qawashqar); colonists didn't arrive until 1955. Still isolated but more outwardly social than other Patagonians, locals live off tourism and cypress-wood extraction.

Dependence on a small turbine means that the town has water shortages in big droughts. Electricity is rationed and available for only several hours in the morning and evening. Use water sparingly.

◉ Sights & Activities

Imposing glaciers like Glacier Montt (Campo de Hielo Sur) and Glacier Steffens (Campo de Hielo Norte) can only be reached by boat. Motorized boat trips for eight to 10 people cost around CH$500,000. Some excursions include hiking or horseback riding. Rates are divided by the number of passengers and departures are dependent on weather.

Mirador Cerro Vijía   VIEWPOINT
Above El Rincón sector of Tortel, this three-hour round-trip hike offer views of the Baker estuary and canals.

Paz Austral   TOURS
(☑ cell 9-9579-3779; www.entrehielostortel.cl; per person day trip CH$70,000) Trips to Ventisquero Montt (CH$500,000 for 12 passengers) and the mouth of the Río Baker and Isla Los Muertos (daily). Its gorgeous new 16m *lancha Chilota* can take eight passengers on overnight trips.

Destinos Patagonia   TOURS
(☑ cell 9-7704-2651; claudio.landeros@live.cl) Boat *Qawasqar* visits both glaciers as well as Isla de los Muertos (CH$60,000).

🛏 Sleeping

Brisas del Sur   GUESTHOUSE $
(☑ cell 9-5688-2723; valerialanderos@hotmail.com; Sector Playa Ancha; incl breakfast d CH$45,000, r per person without bathroom CH$20,000; 🛜) Señora Valeria puts guests at ease in eight snug rooms with lovely beach views and smells of good cooking wafting up the stairs.

Camping Tortel   CAMPGROUND $
(☑ cell 9-7521-5330; www.campingtortel.cl; campsites per person CH$5000) Platform camping with hot showers.

Residencial Estilo   GUESTHOUSE $$
(☑ cell 9-8255-8487; zuri1_67@hotmail.com; d CH$45,000, r per person without bathroom CH$20,000) Alejandra's well-kept wooden house has bright colors and tidy doubles with down duvets.

★ **Entre Hielos**   B&B $$$
(☑ cell 9-9579-3779; www.entrehielostortel.cl; s/d incl breakfast US$118/150; 🛜) A lovely cypress

home located at the top of a steep staircase, this wonderful lodging boasts both modern style and family warmth, with a two-night minimum in high season. Breakfast includes real coffee and homemade jams. Chef-prepared dinners may include local beef or salmon from the Río Baker and there's a great selection of wines. Also run boat trips as Paz Austral (p333).

✗ Eating & Drinking

El Patagón
SEAFOOD $$

(☑cell 9-5600-2560; mains CH$9000-11,000; ☺1-9pm) Presided over by the señoras Elvira and Fredelinda, this no-nonsense eatery offers abalone empanadas, fresh fish and meat dishes.

Sabores Locales
CHILEAN $$

(☑cell 9-9087-3064; mains CH$6000-13,000; ☺1pm-1am; ☑) Maritza cooks up a storm of tasty soups, smoked salmon and homemade pasta dishes in this cute cafe with vegetarian options, liquor and local beer.

★ Cervecería Chelenka
CRAFT BEER

(☑cell 9-9794-9033; ☺noon-10:30pm) Who could guess that Patagonia's best beer is made by a Frenchman in this tiny boardwalk village? Julian makes a smooth Belgian-style IPA, a nice porter and other varieties, served with fresh ceviche or sandwiches at this friendly pub.

ⓘ Information

Tourism Kiosk (☑cell 9-6230-4879; www. municipalidaddetortel.cl; ☺10am-10pm Tue-Sun) Helpful, with some English-speaking staff. At the entry to the village, where buses stop.

ⓘ Getting There & Away

All buses depart from a stop next to the tourism kiosk in the upper entrance to the village, since there is no motorized access to town. Bus routes are run by private individuals who have to apply for the government concession, thus providers and schedules can vary from year to year.

There are three bus companies serving Cochrane (CH$10,000, three hours). **Buses Aldea** (☑cell 9-6232-2798) departs four days per week at various hours. **Pachamama** (☑cell 9-9411-4755; kamisaraki21@gmail.com) goes four times per week and **Hijos de Pioneros** (☑67-239-0877) goes daily.

Vultur Patagonia (☑cell 9-9350-8156; andrearosast@gmail.com) goes to Villa O'Higgins (CH$4000, four hours) at 4:30pm on Tuesday, Thursday and Saturday. Hijos de Pioneros goes at 1:30pm on Thursday.

A **ferry from Puerto Natales** (☑in Punta Arenas 61-272-8100; www.tabsa.cl; municipal ramp; CH$125,000) stops here weekly in high season before continuing on to Puerto Yungay. Arrivals usually come late at night. Since street lamps are lacking in this web of boardwalks, it's helpful to bring a headlamp and have a phone app with your lodgings marked and accessible offline.

ⓘ Getting Around

The road stops at the edge of town, near El Rincón sector. Boardwalks and staircases lead to the center and beyond to the sector of Playa Ancha, a wide beach. Water taxis help people get around town, but it's best to take minimal luggage (keeping in mind the numerous staircases).

Charging per trip, not per person, boat taxis leave from El Rincón sector for the center (CH$6000), Playa Ancha (CH$7000) and Isla de los Muertos (CH$60,000).

Puerto Yungay

Welcome to the middle of nowhere. With a new ferry route from Puerto Natales, Puerto Yungay has become a key transit point linking Northern and Southern Patagonia, saving travelers days of travel time. But don't expect much else. Wild stretches of rushing rivers and virgin forest flank the curvy road south of El Vagabundo and the access road to Caleta Tortel. Heading south on the Carretera Austral, it's the last stop before Villa O'Higgins.

Bring a tent if you plan to arrive by ferry from Puerto Natales. The closest lodgings along this wild section of road are in Caleta Tortel or Villa O'Higgins.

The only provisions are sold from a small kiosk at the ferry dock which opens when the ferry is running. Pass the time here with a scrumptious empanada.

Road access is by private vehicle only, preferably 4WD. The Carretera Austral demands constant attention here, with sectors of washboard road and potential slides. It's best to travel in a high-clearance vehicle.

Those taking the ferry from Puerto Natales have the option to disembark in Caleta Tortel or here in Puerto Yungay, if you are bringing a vehicle. Be aware that the service usually arrives late at night. Road conditions can be poor and there are no lodgings nearby.

At Puerto Yungay, a government ferry (www.barcazas.cl) hauls passengers and cars to the east end of Fiordo Mitchell at Río Bravo, at 10am, noon, 3pm and 6pm (free, one hour) from December to March, with trips twice daily in low season. Return trips from the Villa O'Higgins side leave one hour later. Drivers should arrive one hour early.

After the ferry crossing, another 100km of rugged road leads to the north end of a narrow arm of Lago O'Higgins (Lago San Martín on the Argentine side) and Villa O'Higgins.

Villa O'Higgins

📞 67 / POP 612

The last stop heading south on the Carretera Austral, this mythic village is alluring in its isolation. First settled by the English (1914–16), the outpost attracted few Chileans – the road didn't arrive until 1999. The spectacular surroundings can be explored on horseback or foot, and there's world-class fishing and boat access to Glaciar O'Higgins. A growing number of trekkers and cyclists cross over from El Chaltén, Argentina. Plans to create road access to Argentina via Entrada Mayer and add a strip of road between Candelaria Mansilla and Lago del Desierto (which would still require ferry use) will greatly facilitate travel to and from Argentina.

Almost no one uses addresses but locals are happy to point you in the right direction.

There's no ATM here so bring all the cash you will need, and Argentine pesos if you plan on crossing the border.

🏃 Activities

★ **Wings Patagonia**   SCENIC FLIGHTS
(Transportes Aéreos del Sur; 📱 cell 9-9357-8196; www.transportesaereosdelsur.com; Vargas 497; scenic flight per person US$300; ⊙9am-1pm & 3-8pm) Soaring over Patagonia with views of Campo de Hielo Sur, you would have to be an Andean condor to have it any better. These hour-long trips in a Cessna with an ace pilot aren't for the faint of heart, but they are spectacular. Rates are based on a four-passenger minimum. Flights are dependent on good weather. Credit cards accepted.

Also does charter flights to Aeródromo Cerro Castillo (near Torres del Paine) and Balmaceda Airport.

Ruedas de la Patagonia   BOATING
(📱 cell 9-7604-2400; www.turismoruedasdelapatagonia.cl; Padre Antonio Ronchi 28; transfer CH$35,000; ⊙9am-9pm) This 16-passenger, 12m boat shuttles between Candelario Mansilla and Puerto Bahamondez (one hour 40

THE TOMPKINS LEGACY

On January 29, 2018, President Michelle Bachelet and Kristine Tompkins signed a decree to expand Chile's national-park system by over 10 million acres. The act creates five new national parks and expands three existing ones. With 1 million acres from Tompkins Conservation and 9 million acres of federal land, this donation is greater than the size of Switzerland. The single largest of its kind in history, it puts Chile at the vanguard of conservation efforts worldwide.

It's the culmination of 25 years of hard work on the part of Douglas and Kristine Tompkins, Americans who came to Chile as adventurers and philanthropists eager to protect Patagonia's vast wilderness at a time when ranching had ceased to be profitable. They first built Parque Nacional Pumalín in 1991, and later transformed an overgrazed *estancia* into the extraordinary Parque Nacional Patagonia. Corcovado, Melimoyu, Isla Magdalena and Yendegaia were all protected and have become part of the new parks donation. The couple also went on to create significant conservation projects in Argentina as well, conserving over 2 million acres of land, which is more than any private individual in history.

While kayaking on Lago General Carrera with friends, Douglas Tompkins died of hypothermia on December 8, 2015, after his boat capsized in high winds. With this donation, the couple has joined the ranks of great conservation philanthropists like Theodore Roosevelt and John Muir. 'I hope we are remembered as people who lived in a way that honored our belief that all life has intrinsic value on its own,' affirms Kris Tompkins, 'in an age when human society has ever more distance from the very things that [it relies] on.'

In a country with little tradition of public philanthropy, the Tompkins' sweeping land purchases initially stirred up suspicion and resentment. Yet as time goes by, the economic value of world-class parks has become apparent. The couple's conservation efforts earned the Kiel Institute Global Economy Prize in 2015 and Kris received the Carnegie Medal of Philanthropy in 2017. Their donations have even inspired copycats, like President Sebastián Piñera's Parque Tantauco in Chiloé. But most importantly, the Tompkins have been key actors in preserving Chile's pristine wilderness for all.

minutes), usually making the trip on days that the *La Quetru* ferry by Robinson Crusoe does not run. Price includes bus transfer to Villa O'Higgins. Passengers have complained that trips do not leave on scheduled times or days. Also offers charter services.

Glaciares Austral Expediciones HIKING
(☑ WhatsApp 9-4232-3013; www.glaciaresexpedicion.cl) Guides Nicole Zúñiga and Misael Tiznado run recommended hiking and horse-packing trips from Candelario Mansilla or the nearby peninsula to Ventisquero Chico glacier and the Glaciar O'Higgins lookout. They also plan to put up a mountain refuge on the route. For hard-core glacier lovers, they offer a 10-day trip on the Campo de Hielo Sur (per person CH$850,000, all-inclusive).

Contact via WhatsApp, though expect slow responses as they are frequently out of range.

Robinson Crusoe TOURS
(☑ 67-243-1811; www.robinsoncrusoe.com; Carretera Austral s/n; glacier tour CH$99,000; ⊙ 9am-1pm & 3-7pm Mon-Sat Nov-Mar) Departing from Puerto Bahamondez, catamaran *La Quetru* tours to Glaciar O'Higgins, an impressive glacier on the Campo Hielo Sur, with drop-offs at Candelario Mansilla (CH$36,000, four hours) for those hiking to Argentina. Its package deal to El Chaltén (CH$75,000) is good value, including boat and transport on the Argentine side of the border. Also sells trekking maps.

The company plans to add a 20-passenger boat that will shorten travel times to Candelario Mansilla.

Villa O'Higgins Expediciones ADVENTURE
(☑ 67-243-1821, cell 9-8210-3191; www.villaohiggins.com; Teniente Merino s/n) Service at this agency is offered only sporadically, but it may have guided horseback riding or trekking trips. Also rents bikes.

🛌 Sleeping

★ El Mosco HOSTEL **$**
(☑ 67-243-1819, cell 9-7658-3017; www.patagoniaelmosco.blogspot.com; Carretera Austral, Km 1240; campsites per person CH$6000, dm CH$9000, incl breakfast d CH$45,000, s/d without bathroom CH$18,000/30,000, 4-person cabins CH$50,000) Friendly and full-service, this buzzing outpost hosts loads of cyclists, trekkers and even the odd conventional traveler. It's all about the service, and Orfelina nails it with motherly care. There's good travel information, a collection of area topographical maps and a Finnish sauna.

Entre Patagones CABAÑAS **$**
(☑ cell 9-7642-7287; www.entrepatagones.cl; Carretera Austral s/n; domos CH$90,000, 2-/4-person cabins CH$35,000/45,000) Rents good-value cabins at the restaurant of the same name or new geodesic domes replete with private wooden hot tubs on the deck, just on the outskirts of town. The domes are finished with handsome woodworking and sit high up on a wooded hillside.

Ruedas de la Patagonia GUESTHOUSE, CABIN **$**
(☑ cell 9-6627-8836; Calle Ronchi 128; r per person incl breakfast CH$15,000, 2-/4-/6-person cabins CH$40,000/55,000/65,000; 🐾) At the end of a dead-end street, these prim wooden cabins are a fair deal, though the double lacks a kitchen. Rooms in the guesthouse are adequate and the lodging takes credit cards.

Ecocamp Tsonek CAMPGROUND **$**
(☑ cell 9-7892-9695; www.tsonek.cl; Carretera Austral s/n; campsites per person/cyclist CH$4000/3000; 🐾) 🍃 A conservation project in a beautiful beech forest with tent platforms (and some loaner tents), composting toilets, hot solar showers and kitchen. It's the dream project of El Pajarero, a talented birdwatching guide who also guides excursions and float trips.

**Hospedaje Rural
Candelario Mansilla** GUESTHOUSE **$**
(☑ WhatsApp 9-9316-2011; Sector Candelario Mansilla; campsites per person CH$5000, r per person without bathroom CH$10,000) If you're reaching for the final frontier, check out this lodging in the southernmost sector of Candelario Mansilla, accessible only by ferry or boat. Meals (CH$8000) are extra.

Robinson Crusoe Lodge LODGE **$$$**
(Deep Patagonia; ☑ cell 9-6608-7168, in Santiago 2-2334-1503; www.robinsoncrusoe.com; Carretera Austral, Km1240; s/d/tr incl breakfast US$194/230/300; 🐾) Alone in the upscale niche, this modern prefab construction is made warm with colorful Andean throws and comfortable sofas with yarn cushions. While the hotel overshoots the value of a comfy king-sized bed, it does offer nice amenities like varied buffet breakfasts and a wooden-tub Jacuzzi. Most guests come with an all-inclusive package that includes activities with bilingual guides.

🍴 Eating & Drinking

Restaurante Lago Cisnes CHILEAN **$$**
(☑ cell 9-6673-2734; Calle Nueva 1; mains CH$9000-12,000; ⊙ 11am-11pm) With the most

ARGENTINA VIA THE BACK DOOR

Keen travelers can skirt Campo de Hielo Sur to get from Villa O'Higgins to Argentina's Parque Nacional Los Glaciares and El Chaltén. The one- to three-day trip can be completed between November 1 and April 30. Bring all of your provisions, cash in both currencies, plus your passport and rain gear. Travel delays due to bad weather or boat problems do happen so travel with extra food and extra pesos. The trip goes as follows:

➜ Take the 8am bus from Villa O'Higgins to Puerto Bahamondez (CH$2500).

➜ Take Robinson Crusoe (p336) catamaran *La Quetru* (CH$36,000, four hours) from Villa O'Higgins' port, Puerto Bahamondez, to Candelario Mansilla on the south edge of Lago O'Higgins. It goes one to three times a week, with departures mostly on Monday, Wednesday and Saturday.

➜ Or, Ruedas de la Patagonia (p335) uses a smaller, faster boat to shuttle between Candelario Mansilla and Puerto Bahamondez (one hour 40 minutes, CH$35,000), including transfer to Villa O'Higgins. Usually operates on the days the ferry does not.

➜ Candelario Mansilla has basic lodging, horseback riding and pack-horse rental (riding or pack horse CH$30,000). Pass through Chilean customs and immigration here.

➜ Trek or ride to Laguna Redonda (two hours). Camping is not allowed.

➜ Trek or ride to Laguna Larga (1½ hours). Camping is not allowed.

➜ Trek or ride to the north shore of Lago del Desierto (1½ hours). Camping is allowed. Pass through Argentine customs and immigration here.

➜ Take the ferry from the north to the south shores of Lago del Desierto (US$60, 2¼ hours). Another option is to hike the coast (15km, five hours). Camping is allowed. Check current ferry schedules with Argentine customs.

➜ Grab the shuttle bus to El Chaltén, 37km away (US$27, one hour).

For more information, consult Rancho Grande Hostel (p374) on the Argentine side. In Chile, Robinson Crusoe (p336) also offers the whole trip for a package price.

dependable working hours, this restaurant serves typical Chilean fare, including soups, seafood and beef. While the midday set menu is good value (CH$6000), it's not as tasty as menu items like *merluza frita*.

Entre Patagones　　　　　　　　CHILEAN $$
(☑ cell 9-7642-7287; Carretera Austral s/n; mains CH$8000-10,000; ☉ 1pm-midnight) With the best ambience in town, this faux-rustic log restaurant/bar serves abundant meals of salmon and salad or barbecue specialties. Call ahead to ensure service; it's at the entrance to town.

Cafe Noroeste　　　　　　　　　　COFFEE
(☑ cell 9-7669-4112; Teniente Merino s/n; ☉ 7:30am-1:30pm & 4-9:30pm) Serving espresso drinks and sweets, this is the only town cafe – though true to local tradition, even this place closes at lunchtime.

❶ Information

Information Kiosk (www.municipalidado higgins.cl; Plaza Cívica; ☉ 8:30am-1pm & 2:30-7pm Nov-Mar) May have trekking maps.

TAS (☑ 67-239-3163; www.transportesaereos delsur.com; Vargas 497; ☉ 9am-1pm & 3-8pm) Along with managing Wings Patagonia scenic flights, this agency offers road transfers plus guided fly-fishing and lake kayaking. Helpful with local information. Accepts credit cards.

❶ Getting There & Away

Aerocord (p319) flies to Coyhaique (CH$28,000, 1½ hours) but the flights are currently on hiatus. Be aware that locals get preference for seats as the region is isolated.

Catch buses on the Carretera Austral near the entrance to town. **Águilas Patagónicas** (p333) goes to Cochrane (CH$8000, six hours) on Friday and Monday at 8am. Frequency changes in low season.

BORDER CROSSING

North of Villa O'Higgins, an offshoot of the Carretera Austral goes to Paso Mayer and the Argentine border. While the Chilean side has a decent gravel road, the Argentine side lacks a necessary bridge. It might be OK for 4WD crossings in low season, but in summer it can be too flooded to attempt. Check with local police before attempting to cross.

Southern Patagonia

Best Places to Eat

➡ Singular Restaurant (p355)

➡ Afrigonia (p355)

➡ Santolla (p356)

➡ La Aldea (p355)

➡ El Fogon de Lalo (p346)

Best Places to Stay

➡ Patagonia Camp (p364)

➡ Singular Hotel (p354)

➡ La Yegua Loca (p344)

➡ Ilaia Hotel (p344)

➡ Wild Patagonia (p352)

➡ Vinn Haus (p352)

Why Go?

Pounding westerlies, barren seascapes and the ragged spires of Torres del Paine – this is the distilled essence of Patagonia. The provinces of Magallanes and Última Esperanza boast a frontier appeal perhaps only matched by the deep Amazon and remote Alaska. Long before humans arrived on the continent, glaciers chiseled and carved these fine landscapes. Now it's a place for travelers to hatch their greatest adventures, whether hiking through rugged landscapes, seeing penguins by the thousands or horseback riding across the steppe.

Parque Nacional Torres del Paine is the region's star attraction. Among the finest parks on the continent, it attracts hundreds of thousands of visitors every year, even some towing wheeled luggage (though we don't recommend that). Throughout the region, it's easy and worthwhile to travel between Argentina and Chile. Included in Southern Patagonia are the highlights of Argentine Patagonia.

When to Go
Punta Arenas

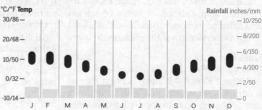

Dec–Feb Warmest months, ideal for *estancia* (grazing ranch) visits and backpacking.

Mid-Oct–early Mar Coastal fauna, including penguins and marine birds, abounds.

Mar–Apr Blasting summer winds start to die down and brilliant fall colors come in.

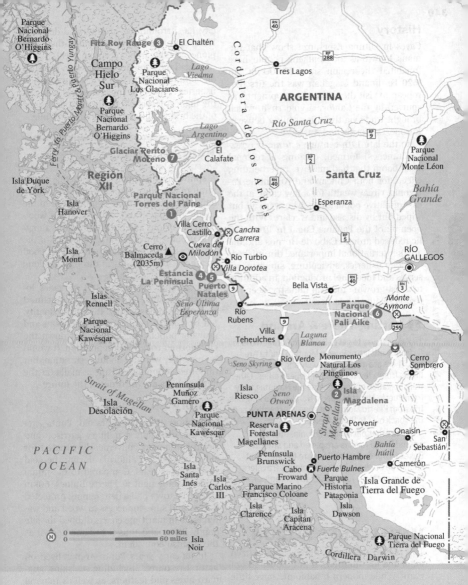

Southern Patagonia Highlights

1 Parque Nacional Torres del Paine (p358) Discovering the remote backside of this national park.

2 Isla Magdalena (p341) Joining the march of the penguins.

3 Fitz Roy Range (p377) Hiking under this toothy range near El Chaltén, Argentina's trekking capital.

4 Ride the range (p351) Eating a traditional *asado* (barbecue) at a working ranch outside Puerto Natales.

5 Puerto Natales (p349) Pampering yourself with locally distilled spirits, a

massage and lovely meals after time in Torres del Paine.

6 Parque Nacional Pali Aike (p349) Exploring the gnarled volcanic steppe of this little-known park.

7 Glaciar Perito Moreno (p372) Checking out the cool blue contours of this 15-story glacier in Argentina.

History

Caves in Última Esperanza show that humans, known as the Aonikenk people, have inhabited the region since 10,000 BC. In 1520 Ferdinand Magellan was the first European to visit the region. Development was spurred by the California gold rush, which brought trade via the ships sailing between Europe, California and Australia.

In the late 19th century, *estancias* (grazing ranches) formed, creating a regional wool boom that had massive, reverberating effects for both Chilean and Argentine Patagonia. Great wealth for a few came at the cost of native populations, who were all but wiped out by disease and warfare. With the opening of the Panama Canal in 1914, traffic reduced around Cabo de Hornos and the area's international importance diminished.

Today fisheries, silviculture, small oil reserves and methanol production, in addition to a fast-growing tourism industry, keep the region relatively prosperous.

ℹ Getting There & Around

The easiest way to get to Southern Patagonia is to fly from Santiago or Puerto Montt to Punta Arenas. There are many flights daily and less-frequent flights from a few other major Chilean cities. Other transportation options include the Navimag ferry from Puerto Montt to Puerto Natales, or a long bus trip from Puerto Montt that goes to Argentina and then back over to Punta Arenas.

Unlike other parts of Patagonia, the roads around Punta Arenas are paved and smooth. Buses to major destinations are frequent but should be booked ahead in summer. Travelers must fly or take a ferry to get to Porvenir or Puerto Williams.

MAGALLANES REGION

This rugged, weather-battered land has been inhabited for hundreds, if not thousands, of years. While modern inhabitants have little in common with the natives who once paddled the channels in canoes and hunted guanacos, they still remain cut off from the rest of the continent by formidable mountains and chilly waters. A supreme sense of isolation (and hospitality) is what attracts most visitors to Magallanes. The only way to get here from the rest of Chile is by air or sea, or by road through Argentine Patagonia.

While the capital, Punta Arenas, offers all of the conveniences of a major Chilean city, its surroundings are raw and desolate. Here visitors will find the end-of-the-world pioneer feeling to be recent and real.

Magallanes' modern economy depends on commerce, petroleum development and fisheries. Prosperity means it has some of the highest levels of employment and some of the best-quality public services in Chile.

Punta Arenas

♩ 061 / POP 124,500

A sprawling metropolis on the edge of the Strait of Magellan, Punta Arenas defies easy definition. It's a strange combination of the ruddy and the grand, with elaborate wool-boom mansions and port renovations alongside urban sprawl. Set at the bottom of the Americas, it is downright stingy with good weather – the sun shines through sidelong rain.

Magellanic hospitality still pervades local culture, undeterred and even nurtured by nature's inhospitality. Recent prosperity, fed by a petrochemical industry boom and growing population, has sanded down the city's former roughneck reputation. It would be nice if it were all about restoration, but duty-free shopping and mega-malls on the city outskirts are the order of the future.

History

Little more than 150 years old, Punta Arenas was originally a military garrison and penal settlement conveniently situated for ships headed to California during the gold rush in later years. Compared to the initial Chilean settlement at Fuerte Bulnes, 60km south, the town had a better, more protected harbor and superior access to wood and water. English maritime charts dubbed the site Sandy Point, and thus it became known as the Spanish equivalent.

In its early years Punta Arenas lived off natural resources, including sealskins, guanaco hides and feathers, as well as mineral products (including coal and gold), guano, timber and firewood. The economy took off in the last quarter of the 19th century, after the territorial governor authorized the purchase of 300 purebred sheep from the Falkland Islands. This successful experiment encouraged sheep ranching, and by the turn of the century nearly two million animals grazed the territory.

The area's commercial and pastoral empires were built on the backs of international immigrant labor, including English, Irish, Scots, Croats, French, Germans, Spaniards, Italians and others. Many locals trace their family origins to these diverse settlers. The many mansions created by the wealthy are now hotels, banks and museums.

◉ Sights

★**Cementerio Municipal**　　CEMETERY
(main entrance at Av Bulnes 949; ⊙ 7:30am-8pm) **FREE** Among South America's most fascinating cemeteries, with both humble immigrant graves and flashy tombs, like that of wool baron José Menéndez, a scale replica of Rome's Vittorio Emanuele monument, according to author Bruce Chatwin. See the map inside the main entrance gate.

It's an easy 15-minute stroll northeast of the plaza, or catch any *taxi colectivo* (shared taxi with specific route) in front of the Museo Regional de Magallanes.

Museo Regional de Magallanes　　MUSEUM
(Museo Regional Braun-Menéndez; ☑ 61-224-4216; www.museodemagallanes.cl; Magallanes 949; ⊙ 10:30am-5pm Wed-Mon, to 2pm May-Dec) **FREE** This opulent mansion testifies to the wealth and power of pioneer sheep farmers in the late 19th century. The well-maintained interior houses a regional historical museum (ask for booklets in English) and original exquisite French-nouveau family furnishings, from intricate wooden inlaid floors to Chinese vases. In former servants' quarters, a downstairs cafe is perfect for a pisco sour while soaking up the grandeur.

Museo Naval y Marítimo　　MUSEUM
(☑ 61-220-5479; www.museonaval.cl; Pedro Montt 981; adult/child CH$1000/300; ⊙ 9:30am-12:30pm & 2-5pm Tue-Sat) A naval and maritime museum with historical exhibits that include a fine account of the Chilean mission that rescued Sir Ernest Shackleton's crew from Antarctica. The most imaginative display is a replica ship complete with bridge, maps, charts and radio room.

Casa Braun-Menéndez　　HISTORIC BUILDING
(☑ 61-224-1489; ⊙ 10:30am-1pm & 5-8:30pm Tue-Fri, 10:30am-1pm & 8-10pm Sat, 11am-2pm Sun) **FREE** Facing the Plaza Muñoz Gamero's north side is the Club de la Unión, which houses the former Palacio Sara Braun, now known as the Casa Braun-Menéndez.

Museo Río Seco　　MUSEUM
(☑ cell 9-5335-0707; www.museodehistorianatural rioseco.org; Río Seco; ⊙ 3-6pm Mon-Fri, 10am-noon

MONUMENTO NATURAL LOS PINGÜINOS

The thriving Magellanic penguin colonies of **Monumento Natural Los Pingüinos** (www.conaf.cl/parques/monumento-natural-los-pinguinos; adult/child CH$7000/3500; ⊙ Nov-Mar) on Isla Magdalena and Isla Marta are well worth visiting, particularly if you have never seen penguins before. The islands are 35km northeast of Punta Arenas. Five-hour ferry tours (adult/child CH$50,000/25,000) spend 1½ hours in transit and land for an hour at the island; they depart the port on Tuesday, Thursday and Saturday, December through February. Confirm times in advance. Book tickets through Turismo Comapa (p343) and bring a picnic.

& 3-6pm Sat & Sun) **FREE** The pet project of the Caceres brothers, this funky homespun museum is a delightful detour for fans of natural history. Imaginative displays use fine naturalist drawings and painstakingly restored skeletons of seabirds, sea lions and whales to give a picture of life on the strait. Call ahead before visiting, as they might be cleaning whale bones out back.

Volunteers are welcome with a one-week minimum.

Plaza Muñoz Gamero　　PLAZA
A central plaza of magnificent conifers surrounded by opulent mansions. Facing the plaza's north side, Casa Braun-Menéndez houses the private Club de la Unión, which also uses the tavern downstairs (open to the public). The nearby monument commemorating the 400th anniversary of Magellan's voyage was donated by wool baron José Menéndez in 1920. Just east is the former **Sociedad Menéndez Behety**, which now houses Turismo Comapa. The cathedral sits west.

Instituto de la Patagonia　　MUSEUM
(☑ 61-220-7051; Av Bulnes 01890; ⊙ 8:30-11am & 2:30-6pm Mon-Fri) Pioneer days are made real again at the Patagonian Institute's **Museo del Recuerdo** (☑ 61-220-7056; www.umag.cl; CH$2000; ⊙ 8:30-11am & 2:30-6pm Mon-Fri), part of the Universidad de Magallanes. The library has historical maps and a series of historical and scientific publications. Any

Punta Arenas

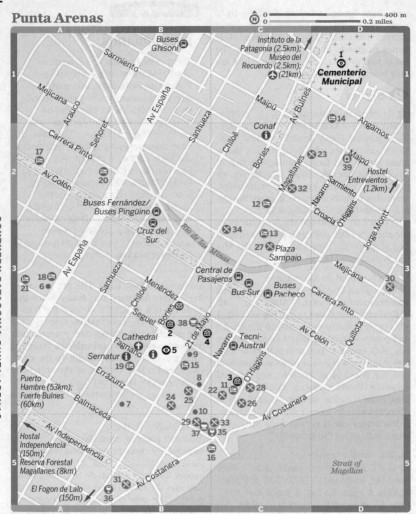

taxi colectivo that is heading to the Zona Franca will drop you across the street.

🏃 Activities

Patagonia Diving
DIVING

(☎ cell 9-8982-4635; www.patagoniadiving.cl; Calle Juan Williams s/n, Río Seco; ⊗ hours vary) With PADI-certified guides, this outfit takes divers to see shipwrecks, cold-water corals and sea-lion colonies. There are also impressive kelp beds and dolphins around. Offers dives and courses with full equipment. It's located 13km north of Punta Arenas toward the airport.

Cruceros Australis
CRUISE

(☎ in Santiago 2442-3110; www.australis.com; ⊗ Sep-May) Runs luxurious four- and five-day sightseeing cruises between Punta Arenas and Ushuaia. Turismo Comapa handles local bookings.

Ride Patagonia
MOUNTAIN BIKING

(☎ cell 9-7135-8831; www.ridepatagonia.cl; full day US$150) This new guide service does singletrack tours and mellower dirt-road rides away from traffic around Punta Arenas and even in Tierra del Fuego. With full-suspension bikes.

Punta Arenas

SOUTHERN PATAGONIA PUNTA ARENAS

🎫 Tours

Patagonia Backroads TOURS
(☑61-222-1111, cell 9-8393-6013; www.patagonia backroads.com; Av España 1032) For those who dream of Che's *Motorcycle Diaries* trip. Operator Aníbal Vickacka runs reputable 10-day BMW motorcycle (or 4WD) tours of Patagonia.

Kayak Agua Fresca KAYAKING
(☑cell 9-9655-5073; www.kayakaguafresca.com; 4½hr tour CH$70,000) On the rare day in Punta Arenas when winds are calm and the sea is glass, the sea kayaking can be spectacular. This company also does Zodiac boat excursions. There's no office; see the website for information.

Solo Expediciones TOURS
(☑61-271-0219; http://soloexpediciones.com; Nogueira 1255) This agency offers several tours: an Isla Magdalena penguin tour with faster, recommended semi-rigid boats (other tours take the ferry) and whale-watching day trips in the Parque Marino Francisco Coloane.

Isla Magdalena BIRDWATCHING
(admission/tour CH$7000/63,000; ⊘Dec-Feb) Isla Magdalena has thriving Magellanic pen-

guin colonies. Five-hour ferry tours land for an hour at the island and depart the port on Tuesday, Thursday and Saturday from December through February. Confirm times in advance. Book tickets through Turismo Comapa and bring a picnic.

Turismo Comapa TOURS
(☑61-220-0200; www.comapa.com; Lautaro Navarro 1112; ⊘9am-1pm & 2:30-6:30pm Mon-Fri) Sells tours for day trips around Punta Arenas, including the thriving Magellanic penguin colonies of Monumento Natural Los Pingüinos on Isla Magdalena. Also sells Navimag tickets.

Whale Sound WHALE WATCHING
(☑61-222-1935; www.whalesound.com; Lautaro Navarro 1111; per person 3-day package US$1500; ⊘Nov-Apr) Supports science with sea expeditions to the remote Parque Marino Francisco Coloane. Packages range from two days/one night to four days/five nights with lodging in domes and at Hostería Faro San Isidro.

Turismo Laguna Azul BIRDWATCHING
(☑61-222-5200; www.turismolagunaazul.com; Magallanes 1011; tour CH$50,000) If you are keen to see the king penguins on Tierra del Fuego, this agency makes a very long day

trip of it, leaving before 8am and returning by 9pm. Much of the trip is getting there. Beware that you may not get a guide or lunch (bring your own), and entrance to the private Reserva Onaisin is extra (CH$14,000).

Turismo Aonikenk
TOURS

(📞 61-222-8616; Magallanes 570) Now only organizing trips with visitors in person, this recommended agency offers Cabo Froward treks, visits to the king penguin colony in Tierra del Fuego, and cheaper open expeditions geared at experienced participants. With English-, German- and French-speaking guides.

🌟 Festivals & Events

Winter Solstice
CULTURAL

(🕙 Jun 21) The longest night of the year is celebrated on June 21.

Carnaval de Invierno
CULTURAL

(🕙 late Jul) At the end of July with fireworks, parades and good cheer.

🛏 Sleeping

Hostel Entrevientos
HOSTEL $

(📞 61-237-1171; www.hostelentrevientos.cl; Jorge Montt 0690; incl breakfast dm US$21, d/tr US$56/80; 📶) Near the sparkling waterfront, this spacious A-frame has commanding sea views from an ultra-cozy 2nd-floor living room. There's an ample guest kitchen, and dorm rooms and snug private rooms downstairs. It's warmly attended by the owners, who also rent bikes (CH$7000 per day). The downside: it's a 25-minute walk to the center, but buses also go.

Hostal Independencia
GUESTHOUSE $

(📞 61-222-7572; https://hostalindependencia.es.tl; Av Independencia 374; campsites per person CH$5000, dm incl breakfast CH$10,000; @📶) One of the last diehard backpacker haunts with cheap prices and good vibes to match. Despite the chaos, rooms are reasonably clean and there are kitchen privileges, camping and bike rentals (CH$8000 per day).

Al Fin del Mundo
HOSTEL $

(📞 61-271-0185; www.alfindelmundo.hostel.com; O'Higgins 1026; dm/d without bathroom CH$15,000/40,000; 📶) On the 2nd and 3rd floors of a musty downtown building, these rooms are cheerful but due for updates. All share bathrooms with hot showers and a large kitchen, as well as a living area with a large TV, a pool table and a DVD library. Has bikes for rental (CH$1000 per hour).

Hotel Lacolet
BOUTIQUE HOTEL $$

(📞 61-222-2045; www.lacolet.cl; Arauco 786; d incl breakfast US$125-145; P📶) On the foothills of the Cerro de la Cruz lookout, this gorgeous brick heritage house has parquet floors and five comfortable rooms with TVs, and hairdryers in the tiled bathrooms. Service is good and the buffet breakfast easily stands among Patagonia's best, serving four types of homemade bread, local rhubarb jam, eggs, fruit and deli meats and cheeses.

Hotel Patagonia
HOTEL $$

(📞 61-222-7243; www.patagoniabb.cl; Av España 1048; d incl breakfast US$85-125; P📶) A solid midrange option offering no-nonsense rooms with crisp white linens and simple style. Service could be a few degrees warmer. It's accessed via a long driveway behind the main building.

Hospedaje Magallanes
B&B $$

(📞 61-222-8616; www.hospedaje-magallanes.com; Magallanes 570; d CH$60,000, dm/d without bathroom CH$20,000/45,000; @📶) A great inexpensive option run by a German-Chilean couple who are also Torres del Paine guides with an on-site travel agency. With just a few quiet rooms, there are often communal dinners or backyard barbecues by the climbing wall. Breakfast includes brown bread and strong coffee.

Hostel Keoken
GUESTHOUSE $$

(📞 61-224-4086; www.hostelkeoken.cl; Magallanes 209; s/d CH$45,000/58,000, without bathroom CH$35,000/45,000; @) Increasingly popular with backpackers, Hostel Keoken features comfortable beds topped with fluffy white down comforters and homemade pastries for breakfast. The center of town is a few minutes away on foot.

★ La Yegua Loca
BOUTIQUE HOTEL $$$

(📞 61-237-1734; www.yegualoca.com; Fagnano 310; r US$200-220) Immerse yourself in regional lore at this gorgeous boutique hotel with relics from ranching life repurposed as clever fixtures and decor. Ample rooms play with themes such as shearing sheds, carpentry workshops and milking halls, all with comfortable beds and central heating. The service is attentive. It sits on a hillside with great views of the city; there's an on-site restaurant.

★ Ilaia Hotel
BOUTIQUE HOTEL $$$

(📞 61-272-3100; www.ilaia.cl; Carrera Pinto 351; s/d/tr incl breakfast US$110/150/200; 🕙 Sep-Apr; P📶)

Playful and modern, this high-concept boutique hotel is run with family warmth. Sly messages are written to be read in mirrors, rooms are simple and chic, and an incredible glass study gazes out on the strait. Offers massage and healthy breakfasts with chapati bread, homemade jam, avocados, yogurt and more. But you won't find a television. Recycles and composts.

Hostal Innata
GUESTHOUSE $$$
(☑ cell 9-6279-4254; www.innatapatagonia.com; Magallanes 631; d/apt CH$97,000/120,000; ᴘ ⬤) This pleasant and central guesthouse consists of a stylish home with 11 guest rooms with down duvets and LED TVs, and a new block of apartments out back. Breakfast is available at the hour you request it and there are box-breakfasts for early tours. Reserve ahead.

Hotel Dreams del Estrecho
HOTEL $$$
(☑ toll-free 600-626-0000; www.mundodreams.com/detalle/dreams-punta-arenas; O'Higgins 1235; d CH$158,000; ᴘ @ ⬤ ⬤) Parked at the water's edge, this glass oval high-rise brings a little Vegas to the end of the world. It's a glittery atmosphere, with spacious and luxuriant rooms, but the show-stopper is the swimming pool that appears to merge with the ocean. There's also a spa, a casino and a swank restaurant on-site.

Hotel Cabo de Hornos
BUSINESS HOTEL $$$
(☑ 61-224-2134; www.hotelcabodehornos.com; Plaza Muñoz Gamero 1025; d/tr US$235/280; @ ⬤) This smart business hotel begins with a cool interior of slate and sharp angles, but rooms are relaxed and bright, with top-notch service. Service is good and the well-heeled bar just beckons you for a nightcap. The on-site restaurant is well-regarded too.

Hotel Plaza
HOTEL $$$
(☑ 61-224-1300; www.hotelplaza.cl; Nogueira 1116; d/tr incl breakfast CH$70,000/101,000; ⬤) This converted mansion boasts vaulted ceilings, plaza views and historical photos lining the hall. Inconsistent with such grandeur, the country decor is unfortunate. But service is genteel and the location unbeatable.

✖ Eating

La Vianda
MARKET $
(Errázuriz 928; snacks CH$4000; ⊙10:30am-6:30pm Mon-Fri) The first stop for picnickers or those soon to climb aboard a long-distance bus, this market does a variety of excellent breads, including sweet varieties and sour-dough, all-natural soups and fresh rhubarb juice and jams. Decent premade sandwiches are on offer too.

La Mesita Grande
PIZZA $
(☑ 61-224-4312; O'Higgins 1001; mains CH$4000-9000; ⊙noon-11pm Mon-Sat, 1-8pm Sun) If you're homesick for Brooklyn, La Mesita Grande might do the trick. This mod exposed-brick pizzeria serves them up thin and chewy, with organic toppings and pints of local brew. Also has awesome Caesar salads. Save room for its homemade ice cream. The original outlet is in Puerto Natales (p355).

Los Inmigrantes
CAFE $
(☑ 61-222-2205; www.inmigrante.cl; Quillota 559; mains CH$5000; ⊙2:30-9pm) In the historic Croatian neighborhood, this cafe serves decadent cakes in a room full of interesting relics from Dalmatian immigrants.

Mercado Municipal
MARKET $
(21 de Mayo 1465; mains CH$3000-6000; ⊙8am-3pm) Fish and vegetable market with cheap 2nd-floor *cocinerías* (eateries), this is a great place for inexpensive seafood dishes.

Café Almacén Tapiz
CAFE $
(☑ cell 9-8730-3481; www.cafetapiz.cl; Roca 912; mains CH$5000; ⊙9am-9:30pm; ⬤) Cloaked in alerce shingles, this lively cafe makes for an ambient tea break. In addition to gorgeous layer cakes, there are salads and pita sandwiches with goat cheese, meats or roasted veggies.

Fuente Hamburg
CHILEAN $
(☑ 61-224-5375; Errázuriz 856; mains CH$3000-6500; ⊙10:30am-8:30pm Mon-Fri, 10:30am-3pm Sat) Shiny barstools flank a massive grill churning out quickie bites. Grab a *churrasco* (thin-sliced beef) topped with tomatoes and green beans, served with fresh mayo on a soft bun.

Pachamama
SUPERMARKET $
(☑ 61-222-6171; Magallanes 619A; ⊙10am-1pm & 3-8pm Mon-Fri, 10am-1:30pm Sat) Bulk trail-mix munchies, oats and organic products at a good price.

Kiosco Roca
SANDWICHES $
(Roca 875; snacks CH$700; ⊙7am-7pm Mon-Fri, 8am-1pm Sat) An irresistible stop, with locals patiently waiting for counter stools and U of Chile paraphernalia plastering the walls. It only turns out bite-sized sandwiches with chorizo or cheese or both, best paired with a banana milkshake.

Unimarc SUPERMARKET $
(Bories 647; ☺9am-10pm Mon-Sat, 10am-9pm Sun) A large, well-stocked supermarket.

El Fogon de Lalo GRILL $$
(☑61-237-1149; 21 de Mayo 1650; mains CH$7000-12,000; ☺8-11pm Tue-Sun) Local beef and lamb are grilled to perfection in this loud grill house decorated with pioneer memorabilia. There are also good salads and sides – everything comes à la carte. Expect expert service from a seasoned waiter who will likely talk you into a pisco sour and starters.

La Marmita CHILEAN $$
(☑61-222-2056; www.marmitamaga.cl; Plaza Sampaio 678; mains CH$8000-12,000; ☺12:30-3pm & 6:30-11:30pm Mon-Sat; ☑) This classic bistro enjoys wild popularity for its playful ambience and tasty fare. Besides fresh salads and hot bread, hearty dishes such as casseroles or seafood hark back to grandma's cooking, Chilean style. With good vegetarian options and takeout service.

La Cuisine FRENCH $$
(☑61-222-8641; O'Higgins 1037; mains CH$8000-13,000; ☺12:30-2:45pm & 7:30-11pm Mon-Sat) If you're craving veggies beyond the trusted potato, this plain-Jane French restaurant is a good bet. Seafood dishes come with sautéed vegetables, green salad or ratatouille.

There's also homemade pâté, and wine by the glass is cheap.

Damiana Elena CHILEAN $$
(☑cell 9-6122-2818; Magallanes 341; mains CH$8000-14,000; ☺8-11pm Mon-Sat) This elegant restaurant is in a romantic old house, off the beaten path in a residential neighborhood. The detour is usually worth it.

Sotito's SEAFOOD $$$
(☑61-224-3565; O'Higgins 1138; mains CH$8000-17,000; ☺noon-3pm & 7-11pm Mon-Sat, noon-4pm Sun) This seafood institution is popular with moneyed locals and cruise-ship travelers in search of a classy king crab feast. The decor may not be inspiring but the cuisine doesn't disappoint. The upstairs room has an expanded, cheaper menu that includes pastas.

🍷 Drinking & Nightlife

★**Bodega 87** BAR
(☑61-237-1357; 21 de Mayo 1469; ☺8:30pm-1:30am Sun-Thu, to 2:30am Fri & Sat) A fine addition to the city, this neighborhood bar is friendly and bubbling with life. There are memorable craft cocktails and local beer. Try a not-too-sweet calafate mojito.

Bar Clinic PUB
(☑61-237-1250; Errázuriz 970; ☺6pm-2:30am Mon-Sat) This gorgeous corner pub with

---

INDECENT EXPOSURE

In the mid-1980s British scientists at Halley Station in Antarctica noticed that their ozone-measuring instrument seemed to have gone wrong – ozone levels were vastly lower than had ever been recorded before. Unfortunately, it was not their instrument that had gone wrong, but the ozone itself – ozone levels over Antarctica in springtime were dropping to a fraction of the regular amount.

Soon after, they isolated the culprit: chlorofluorocarbons (CFCs), which are human-made gases used in aerosols, refrigeration, air-conditioning, industrial solvents, asthma inhalers and fire control. Most of the time CFCs are innocuous, but in the Antarctic springtime the combination of very cold temperatures and the return of sunshine to the polar region allows the CFCs to rapidly gobble up the stratospheric ozone, resulting in the famed ozone hole. As spring progresses, Antarctic temperatures start to warm, and the ozone begins to recover, only to be depleted again when the next spring arrives.

Ozone protects the earth's surface from UV radiation, the stuff that causes sunburn and skin cancer, among other things. The ozone hole has impacted Southern Patagonia more than any other inhabited area on earth, particularly during spring when the ozone hole is at its worst. Visitors, especially children, should wear brimmed hats and sunglasses, and slather on the sunscreen.

The 1987 Montreal Protocol banned CFCs, and Antarctic ozone levels are finally beginning to recover, but it will take another couple of decades to get back to normal. Unfortunately, many of the gases that are now used in place of CFCs are greenhouse gases, adding to the warming of our planet.

Jocelyn Turnbull, atmospheric scientist

leather details and polished floors has had nine lives: in its current incarnation it is a franchise outlet of the Santiago bar named for the humorous political newspaper. Although the intriguing backstory isn't evident to a casual visitor, the drinks are OK, and half-price from 6pm to 9pm Monday through Thursday.

Meraki Cafe COFFEE
(🖉 61-224-4097; Magallanes 922; ⊗ 9am-8pm Mon-Sat) If you're picky about espresso, beeline to this unassuming cafe and roaster also serving sandwiches and cakes. For those traveling on to bleaker coffee pastures, it's well worth nabbing a bag of its single-origin beans (ground, if you wish) for the road.

Cafe Wake Up COFFEE
(🖉 61-237-1641; Errázuriz 944; ⊗ 7am-8pm Mon-Fri, 9am-4pm Sat, 10am-4pm Sun) If you've lost your hipster in Magallanes, he's probably hanging out at this industrial-chic cafe with a double latte in hand. There's also some light fare that's reasonably priced.

La Taberna BAR
(🖉 61-222-2777; Casa Braun-Menéndez, Plaza Muñoz Gamero; ⊗ 7pm-2am Mon-Fri, 7pm-3am Sat & Sun) This dark and elegant subterranean bar, with polished wood fixtures and cozy nooks reminiscent of an old-fashioned ship, is a classic old boys' club. The rooms fill with cigar smoke later in the evening, but the opportunity to sip pisco sours in this classy mansion shouldn't be missed.

🛍 Shopping

Andrea Araneda ART
(🖉 cell 9-8904-5392; aranedacreaciones@gmail.com; Maipu 305; ⊗ by appointment) The workshop of talented local painter Andrea Araneda, with a playful touch on Magellanic themes. As it's a workspace, call ahead (English OK), and your visit may even include a glass of wine. At the time of writing, there were plans to move the studio to Plaza Sampaio sometime in the future.

Zona Franca SHOPPING CENTER
(Zofri; 🖉 61-236-2000; Km3.5 Norte; ⊗ 11am-8pm Mon-Sat) The duty-free zone is a large, polished conglomeration of shops that is worth checking out if you're looking for electronics, outdoor gear, computer accessories or camera equipment. *Colectivos* (shared taxis) shuttle back and forth from downtown along Av Bulnes throughout the day.

ℹ Information

Banks with ATMs dot the city center. **Sur Cambios** (🖉 61-271-0317; Navarro 1001; ⊗ 9am-7pm Mon-Fri, 9:30am-1pm Sat) exchanges money, as do some travel agencies.

The **post office** (Bories 911; ⊗ 9am-6:30pm Mon-Fri, 10am-1pm Sat) is located one block north of Plaza Muñoz Gamero.

Conaf (🖉 61-223-0681; Av Bulnes 0309; ⊗ 9am-5pm Mon-Fri) Has details on nearby parks.

Information kiosk (🖉 61-220-0610; Plaza Muñoz Gamero; ⊗ 8am-7pm Mon-Sat, 9am-7pm Sun Dec-Feb) Tourist information on the south side of the plaza.

Police (🖉 61-224-1714; Errázuriz 977)

Sernatur (🖉 61-224-1330; www.sernatur.cl; Fagnano 643; ⊗ 8:30am-6pm Mon-Fri, 10am-4pm Sat) With friendly, well-informed, multilingual staff and lists of accommodations and transportation. Reduced hours in low season.

Sernatur has a list of recommended doctors. Get medical care at the **Hospital Regional** (🖉 61-220-5000; cnr Arauco & Angamos).

ℹ Getting There & Away

The tourist offices distribute a useful brochure that details all available forms of transportation.

AIR
Punta Arenas' airport (PUQ) is 21km north of town.

Aerovías DAP (p319) offers Antarctica tours (full day US$5500), charter flights over Cabo de Hornos and to other Patagonian destinations, including Ushuaia and El Calafate, Argentina. From November to March, flights run to Porvenir (CH$55,000 round-trip) Monday through Saturday several times daily, to Pampa Guanaco in Tierra del Fuego, and to Puerto Williams (CH$143,000 round-trip) Monday through Saturday at 10am. Luggage is limited to 10kg per person.

Sky Airline (🖉 61-271-0645; www.skyairline.cl; Roca 935) and **LATAM** (🖉 61-224-1100; www.latam.com; Bories 884) serve Puerto Montt and Santiago. At the time of writing, LATAM was expected to add flights to Ushuaia. Aerolineas Argentinas has flights within and sometimes to Argentina.

BOAT
Transbordador Austral Broom (🖉 61-272-8100; www.tabsa.cl; Av Bulnes 05075) operates three ferries to Tierra del Fuego. The car and passenger ferry to/from Porvenir (CH$6200/39,800 per person/vehicle, 2½ to four hours) usually leaves at 9am but has some afternoon departures; check the current online schedule. From Punta Arenas, it's faster to do the Primera Angostura crossing (CH$1700/15,000 per person/vehicle, 20

minutes), northeast of Punta Arenas, which sails every 90 minutes between 8:30am and 11:45pm. Broom sets sail for Isla Navarino's Puerto Williams (reclining seat/bunk CH$108,000/151,000 including meals, 30 hours) three or four times per month on Thursday only, returning Saturday.

Cruceros Australis (p342) runs luxurious four-day and five-day sightseeing cruises to Ushuaia and back. **Turismo Comapa** (p343) handles local bookings.

BUS

Buses depart from company offices, most within a block or two of Av Colón. Buy tickets several hours (if not days) in advance. The **Central de Pasajeros** (☑ 61-224-5811; cnr Magallanes & Av Colón) is the closest thing to a central booking office.

For Puerto Natales, try **Buses Fernández** (☑ 61-224-2313; www.busesfernandez.com; Sanhueza 745) or **Bus Sur** (☑ 61-261-4224; www.bus-sur.cl; Av Colón 842).

For Argentina, try **Buses Ghisoni** (☑ 61-224-0646; www.busesbarria.cl; Av España 264), **Buses Pacheco** (☑ 61-224-2174; www.busespacheco.com; Av Colón 900) and **Tecni-Austral** (☑ 61-222-2078; Navarro 975).

For Chile's Lake District, try **Cruz del Sur** (☑ 61-222-7970; www.busescruzdelsur.cl; Sanhueza 745).

Daily destinations and companies include the following:

DESTINATION	COST (CH$)	HOURS
Osorno	35,000	30
Puerto Natales	7000	3
Río Gallegos	20,000	5-8
Río Grande	30,000	7
Ushuaia	35,000	10

❶ Getting Around

TO/FROM THE AIRPORT

Buses depart directly from the airport to Puerto Natales. **Patagon Transfer** (☑ cell 9-5096-3329; www.transferaustral.com; CH$5000) runs door-to-door shuttle services to/from town to coincide with flights. **Buses Fernández** does regular airport transfers (CH$4000).

BUS & TAXI COLECTIVO

Taxi colectivos, with numbered routes, are only slightly more expensive than buses (about CH$500, or a bit more late at night and on Sundays), but far more comfortable and much quicker.

CAR

Cars are a good option for exploring Torres del Paine, but renting one in Chile to cross the border into Argentina gets expensive due to international insurance requirements. If heading to El Calafate, it is best to rent your vehicle in Argentina.

Punta Arenas has Chilean Patagonia's most economical rental rates, and locally owned agencies tend to provide better service. Recommended **Adel Rent a Car** (☑ 61-222-4819; www.adelrentacar.cl; Pedro Montt 962; ⊗ 9:30am-1pm & 3:30-6pm Mon-Fri, 9:30am-1pm Sat) provides attentive service, competitive rates, airport pick-up and good travel tips. Other choices include **Hertz** (☑ 61-224-8742; O'Higgins 987) and **Lubag** (☑ 61-271-0484; www.lubag.cl; Magallanes 970).

Around Punta Arenas

Monumentos históricos Nacionales Puerto Hambre & Fuerte Bulnes

Two national monuments make up Parque del Estrecho de Magallanes, with trails and guided visits in addition to a top-notch museum and a cafe. Founded in 1584 by Pedro Sarmiento de Gamboa, it was one of Spain's most inauspicious and short-lived South American outposts, known as Puerto Hambre (Port Hunger) because its inhabitants starved to death.

In May 1843 Chilean president Manuel Bulnes sent the schooner *Ancud,* manned by Chilotes and captained by former British officer John Williams, to occupy this southern area, then only sparsely populated by indigenous peoples. Four months later on September 21, when the *Ancud* arrived at Puerto Hambre, Williams declared the area Chilean territory and began to establish camp on a hilltop, dubbed Fuerte Bulnes. Exposure, lack of potable water, rocky soil and inferior pasture sent colonists northward to a more sheltered area known as Sandy Point by the settlers and Lacolet by the Tehuelche.

⊙ Sights

★ Parque del Estrecho de Magallanes
PARK

(☑ 61-272-3195; www.phipa.cl; Km56 Sur; adult/child CH$14,000/6000; ⊗ 9:30am-5:15pm) The historic sites of Puerto Hambre (Port Hunger) and Fuerte Bulnes are the centerpiece of this privately managed park, an excellent introduction to regional history. The museum is Patagonia's best. Hourly presentations, sometimes in English, create a vivid picture of the lives of indigenous inhabitants and intrepid settlers. There's a restored wooden fort, where a fence of sharpened stakes surrounds the blockhouse, barracks and chapel. A 6km trail network offers lookouts on the Strait of Magellan with views to Tierra del Fuego.

Set aside at least an hour to see the creative exhibits at the museum covering natural history, regional exploration and information about the original inhabitants. It's well worth booking a guided tour for a dynamic explanation of events.

ℹ Getting There & Away

A paved road runs 60km south from Punta Arenas to the park. There isn't any scheduled public transportation but several tour companies make half-day excursions to Fuerte Bulnes and Puerto Hambre.

Cabo Froward

The most southerly point on the continent, Cabo Froward (Cape Froward) is 90km south of Punta Arenas and accessible by a two-day hike along wind-whipped cliffs. At the cape, a 365m hill leads to an enormous cross, originally erected by Señor Fagnano in 1913; the latest one was erected in 1987 for Pope John Paul II's visit. Camping is possible along the trail. Ask about guided hikes at any of the tour companies in Punta Arenas or Puerto Natales–based Erratic Rock.

Faro San Isidro, about 15km before Cabo Froward, is a lighthouse near the base of Monte Tarn (830m). This rugged area is home to prolific birdlife and some good hiking. It's also a launch point for humpback whale–watching trips to Isla Carlos III in Parque Marino Francisco Coloane, Chile's first marine park. Humpbacks and minke whales feed seasonally here between December and May.

ℹ Getting There & Away

The only access is by boat or a two-day hike, with tides affecting visitors' ability to continue along the trail.

Parque Nacional Pali Aike

Rugged volcanic steppe pocked with craters, caves and twisted formations, Pali Aike means 'devil's country' in Tehuelche. This desolate landscape is a 50-sq-km park along the Argentine border. Mineral content made the lava rocks red, yellow or green-gray. Fauna includes abundant guanaco, ñandú, gray fox and armadillo. In the 1930s Junius Bird's excavations at 17m-deep Pali Aike Cave yielded the first artifacts associated with extinct New World fauna such as the milodón and the native horse *Onohippidium*.

Parque Nacional Pali Aike (www.conaf. cl/parques/parque-nacional-pali-aike; adult/child under 12yr CH$3000/1000) has several trails, including a 1.7km path through the rugged lava beds of the Escorial del Diablo to the impressive Crater Morada del Diablo; wear sturdy shoes or your feet could be shredded. There are hundreds of craters, some four stories high. A 9km trail from Cueva Pali Aike to Laguna Ana links a shorter trail to a site on the main road, 5km from the park entrance.

ℹ Getting There & Away

Parque Nacional Pali Aike is 200km northeast of Punta Arenas via RN 9, Ch 255 and a graveled secondary road from Cooperativa Villa O'Higgins, 11km north of Estancia Kimiri Aike. There's also access from the Chilean border post at Monte Aymond. There is no public transportation, but Punta Arenas travel agencies offer full-day tours.

ÚLTIMA ESPERANZA

With a name that translates to Last Hope, the once-remote Última Esperanza fills the imagination with foreboding. Storms wrestle the vast expanse and the landscape falls nothing short of grand; after all, Parque Nacional Torres del Paine and part of the Southern Patagonian Ice Field are in the backyard. Often lumped together with neighboring Magallanes, Última Esperanza is a separate southern province. While it can still be a challenging place to travel in winter, it is no longer so far off the beaten path. In fact, the tourism boom has transformed parts of it from rustic to outright decadent; still, there's something for everyone here.

Puerto Natales

☑ 61 / POP 18,000

A formerly modest fishing port on Seno Última Esperanza, Puerto Natales has blossomed into a Gore-Tex mecca. The gateway to Parque Nacional Torres del Paine, this town feeds off tourism, an all-you-can-eat feast with unwavering demand. Boutique

Puerto Natales

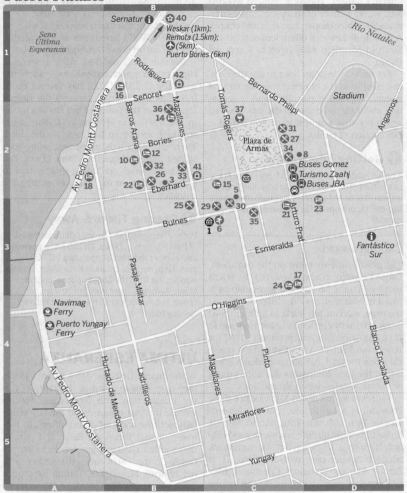

beers and wine tastings have overtaken tea time, and gear shops have replaced the yarn sellers. While there are growing services that cater to international tastes, there's appeal in Natales' corrugated-tin houses strung shoulder to shoulder and cozy granny-style lodgings. Most notably, in spite of a near-constant swarm of visitors, the town still maintains the glacial pace of living endemic to Patagonia.

Puerto Natales is 250km northwest of Punta Arenas via Ruta 9, and has some striking views out over the mountains. It is the capital of the province of Última Esperanza and the southern terminus of the ferry trip through the Chilean fjords.

◎ Sights & Activities

Museo Histórico   MUSEUM

(☎61-241-1263; Bulnes 28; CH$1000; ☺8am-7pm Mon-Fri, 10am-1pm & 3-7pm Sat & Sun) Worth a quick visit, this is a crash course in local history, with archaeological artifacts, a Yaghan canoe, Tehuelche bolas and historical photos.

Mirador Dorotea   TRAIL

(Ruta 9; CH$5000) A day hike through a lenga forest on private land to splendid views

of Puerto Natales and the glacial valley. It's located less than 10km from Natales. Dorotea is the large rocky outcrop just off Ruta 9.

Estancia La Península OUTDOORS
(☎ cell 9-6303-6497; www.estanciaspata gonia.com; Península Antonio Varas; day tour CH$130,000) Operated by a family with pioneer roots in the region, this classic *estancia* across the water offers day visits that include hiking or riding, herding-dog and sheep-shearing demonstrations and an awesome barbecue lunch of spit-roasted lamb.

There are also excellent multiday hiking options with a remote feel. The meeting place is the dock at Singular Hotel (p354).

Mandala Andino SPA

(☑cell 9-9930-2997; mandalaandino@yahoo.com; Bulnes 301; massages from CH$25,000; ⏱10am-9pm Nov-Mar) A recommended full-service wellness center with spot-on massages, tub soaks and various pampering treatments, including cannabis-oil massages. Also sells interesting gifts and local crafts.

Patagom Lila YOGA

(☑cell 9-6140-7857; www.yogapatagomlila.com; Galvarino 345) 🌿 Wonderful yoga teacher Susanne offers classes in English, German and Spanish in both a downtown house and a spectacular rural dome with views of the Seno Última Esperanza, where you will also find permaculture courses, yoga vacations and Thai and singing bowl massages. She also brings alternative therapies into the local community.

👣 Tours

Antares/Bigfoot Patagonia ADVENTURE

(☑61-241-4611; www.antarespatagonia.com; Costanera 161, Av Pedro Montt; Lago Grey kayaking CH$66,000) Specializing in Torres del Paine, Antares can facilitate climbing permits and made-to-order trips. Its sister company Big Foot has the park concession for Lago Grey activities, including Glacier Grey ice-trekking and kayak trips, with a base in the park.

Baqueano Zamora HORSEBACK RIDING

(☑61-261-3530; www.baqueanozamora.cl; Baquedano 534; ⏱10am-1pm & 3-7pm) Runs recommended horseback-riding trips and wild-horse viewing in Torres del Paine.

Chile Nativo ADVENTURE

(☑61-241-1835, cell 9-9078-9168; www.chilenativo.cl; Eberhard 230, 2nd fl) Links visitors with local gauchos, organizes photo safaris and can competently plan your tailor-made dream adventures.

Erratic Rock ADVENTURE

(☑61-241-4317; www.erraticrock.com; Baquedano 955; ⏱10am-1pm & 2-11pm) 🌿 Guides barebones Torres del Paine trips plus alternative options and rents gear. Alternative treks include Cabo Froward, Isla Navarino and lesser-known destinations. Also provides excellent information sessions on Torres del Paine at 11am and 3pm daily.

Turismo 21 de Mayo TOURS

(☑61-261-4420; www.turismo21demayo.com; Eberhard 560; ⏱8am-10pm Oct-Mar) Organizes day-trip cruises and treks to the Balmaceda and Serrano glaciers (CH$90,000)

and horseback riding on Cerro Dorotea (CH$30,000), just outside Puerto Natales.

Fortaleza Expediciones ADVENTURE

(☑61-261-3395; www.fortalezapatagonia.cl; Tomás Rogers 235) Knowledgeable; rents camping gear.

Pingo Salvaje HORSEBACK RIDING

(☑cell 9-6236-0371; www.pingosalvaje.com; Estancia Laguna Sofia; half-day horseback ride CH$40,000; ⏱Oct-Apr) This lovely *estancia* getaway offers horseback riding and condor spotting. You can stay over in a comfortable shared cabin (CH$22,000 per person; bring a sleeping bag) or campsite (CH$8000 per person) under a stand of trees, outfitted with grills, tables and hot showers. It's 30km from Puerto Natales; transportation costs CH$12,000 per person.

Turismo Fjordo Eberhard ADVENTURE

(Estancia Puerto Consuelo; ☑cell 9-6171-9655; www.fiordoeberhard.com; Km23 Norte) Surrounded by tranquil fjords and looming mountains, this gorgeous *estancia* offers horseback riding and kayaking.

🛏 Sleeping

⭐**Wild Patagonia** HOSTEL $

(☑cell 9-7715-2423; www.wildhostel.com; Bulnes 555; incl breakfast d US$85, dm/d without bathroom US$24/70; ⏱Sep-Apr; 🛜) Emanating happy vibes, this hostel has pleasant rooms, with tin-clad cabins around a courtyard with a fire pit. Breakfast includes fresh bread, yogurt and jam. Open to the public from 3pm on, the cafe serves great local beef burgers and often features live music at night. The polyglot owners speak a heap of languages and orient guests on park services.

With equipment rental.

⭐**Vinn Haus** BOUTIQUE HOTEL $

(☑cell 9-8269-2510; http://vinnhaus.com; Bulnes 499; dm/d incl breakfast US$24/80; ⏱Sep-May; 🛜) Taking dormitory living to a new level, this Chilean-Finnish enterprise employs a gorgeous vintage concept with old suitcases, antique tiles and pleated leather. Each bunk has its own USB outlet, and outlets for various plug designs. The wine bar and cafe serves some of the best coffee this side of Colombia. With buffet breakfast and a cute courtyard for lounging.

We Are Patagonia B&B $

(☑cell 9-7389-4802; www.wearepatagonia.com; Barros Arana 155; dm incl breakfast US$25; 🛜)

A lovely art hostel with minimalist Nordic charm and a grassy backyard. The small house has mixed dorms with 30 beds with down duvet covers, four bathrooms and a small open kitchen. Reception is 24-hour and it rents bikes (CH$2000 per hour).

Singing Lamb   HOSTEL $
(☑61-241-0958; www.thesinginglamb.com; Arauco 779; incl breakfast dm US$23-28, d US$80; @🕓) 🏃 A clean and green hostel with compost, recycling, rainwater collection and linen shopping bags. Dorm rooms are priced by the number of beds (maximum nine) and shared spaces are ample. Nice touches include central heating and homemade breakfasts. To get here, follow Raimírez one block past Plaza O'Higgins.

Yaganhouse   HOSTEL $
(☑61-241-4137; www.yaganhouse.cl; O'Higgins 584; dm CH$15,000, d with/without bathroom CH$40,000/36,000; 🕓) A Chilean country house with renovated rooms, a nice patio area and a grassy courtyard. There are a few single rooms (CH$24,000, shared bathroom) and homey living spaces with colorful throws and rugs, laundry service and equipment rental.

Lili Patagonico's Hostal   HOSTEL $
(☑61-241-4063; www.lilipatagonicos.com; Arturo Prat 479; incl breakfast dm CH$14,000, d/tr CH$37,000/42,000, d/q without bathroom CH$29,000/44,000; @🕓) A sprawling house with a climbing wall, a variety of dorms (some without bunks) and colorful doubles with newer bathrooms and down comforters. Offers 24-hour reception, multilingual service, laundry service and equipment rental.

Hostal Dos Lagunas   GUESTHOUSE $
(☑cell 9-8162-7755; hostaldoslagunas@gmail.com; cnr Barros Arana & Bories; dm/d without bathroom & incl breakfast CH$13,000/$35,000; 🕓) Natales natives Alejandro and Andrea are attentive hosts, spoiling guests with filling breakfasts, steady water pressure and travel tips. Among the town's most long-standing lodgings, the place is spotless.

Hostal Nancy   GUESTHOUSE $
(☑61-241-0022, dorm 61-241-4325; www.nataleslodge.cl; Ramírez 540; dm CH$15,000, s/d/tr CH$25,000/40,000/46,000; 🕓) Praised for its adoptable hostess Nancy, this remodeled family guesthouse has TVs and bathrooms in all rooms. There are kitchen privileges in the annex across the street. It's a family environment with twin or double beds available with shared bathroom. Breakfast includes homemade jam.

Residencial Bernardita   GUESTHOUSE $
(☑61-241-1162; www.residencialbernardita.cl; O'Higgins 765; s/d without bathroom incl breakfast CH$22,000/36,000; 🕓) Guests highly recommend Bernardita's quiet rooms with central heating and mismatched granny decor. Choose between rooms in the main house or more private ones in the back annex. There's also kitchen use.

Hotel Vendaval   BOUTIQUE HOTEL $$
(☑61-269-1760; http://hotelvendaval.com; Eberhard 333; d incl breakfast US$125; 🕓) Ushering in a new generation of lodgings in Puerto Natales, Vendaval is a Natalino-owned metal-clad beauty, with polished-concrete floors, folkloric Chilean etchings and art with maritime themes. Its 23 rooms are spread over four floors, with central heating, glass showers and cozy down bedding. There are panoramic views from the roof terrace, and a restaurant was in the works at the time of research.

Kau   B&B $$
(☑61-241-4611; www.kaulodge.com; Costanera 161, Av Pedro Montt; d incl breakfast CH$72,000-88,500; 🕓🍴) 🏃 With a mantra of simplicity, this aesthetic remake of a box hotel is cozy and cool. Thick woolen throws, picnic-table breakfast seating and well-worn, recycled wood lend casual intimacy. Rooms feature fjord views, central heating, bulk toiletries, and safe boxes. The Coffee Maker espresso bar boasts killer lattes and staff have tonnes of adventure information on tap.

4Elementos   GUESTHOUSE $$
(☑cell 9-9524-6956; www.4elementos.cl; Esmeralda 811; per person CH$30,000; 🕓) 🏃 A pioneer of Patagonian recycling, the passionate mission of this spare guesthouse is educating people about proper waste disposal. The hostel itself produces zero waste. Guests enjoy Scandinavian breakfasts made with care. Guide service, park bookings and greenhouse tours are available. By reservation only, as it isn't always open.

Temauken Hotel   B&B $$
(☑61-241-1666; www.temauken.cl; Calle Ovejero 1123; s/d/tr incl breakfast CH$65,000/75,000/85,000; 🕓) A cheerful and elegant choice well away from the center, this newer three-story stilted

SOUTHERN PATAGONIA PUERTO NATALES

home is plush and modern, with an ample, light-filled living room and panorama sea views.

Amerindia
B&B $$

(📞 61-241-1945; www.hostelamerindia.com; Barros Arana 135; d CH$55,000-65,000, without bathroom CH$48,000, 6-person apt CH$120,000; @ 🛜) An earthy, tranquil retreat with a wood stove, beautiful weavings and raw wood beams. Guests wake up to cake, eggs and oatmeal in a cozy cafe open to the public, also selling organic chocolate, teas and gluten-free options. Also rents cars.

Big Bang Patagonia
B&B $$

(📞 61-241-4317; www.erraticrock2.com; Benjamin Zamora 732; d incl breakfast US$80; @ 🛜) Billed as a 'hostel alternative for couples,' this cozy home offers 10 spacious doubles with throw pillows and tidy bathrooms. Breakfasts in the bright dining room are abundant.

It's by reservation only in low season.

★ Singular Hotel
BOUTIQUE HOTEL $$$

(📞 61-241-4040, bookings in Santiago 2387-1500; www.thesingular.com; RN 9, Km1.5; d incl breakfast US$530, d incl full board & excursions US$1630; P @ 🛜 🏊) A regional landmark reimagined, the Singular is a former meatpacking and shipping facility on the sound. Heightened industrial design, like chairs fashioned from old radiators in the lobby, mixes with vintage photos and antiques. The snug glass-walled rooms have water views, and a well-respected bar-restaurant (alongside the museum; open to the public) serves fresh local game.

Guests can use the spa with pool and explore the surroundings by bike or kayak. It's located in Puerto Bories, 6km from the center.

Simple Patagonia
BOUTIQUE HOTEL $$$

(📞 cell 9-9640-0512; www.simplepatagonia.cl; Puerto Bories; d incl breakfast US$250-290; 🛜) 🍃 Emanating tranquility, this modern lodge employs recycled light posts, polished concrete and raw lenga details with lovely results. It's family run by warm Chileans, with 11 rooms with safes, hairdryers, radiant heat and sea views. The on-site restaurant offers gourmet dinners and breakfast when you want it. There are also bicycles for use. It's 4.5km from Puerto Natales.

These rates allow a free change of date.

Bories House
INN $$$

(📞 61-241-2221; www.borieshouse.com; Puerto Bories 13-B; d/tr US$150/195, cottage US$350; 🛜) 🍃 Located outside of Puerto Natales in nearby Puerto Bories, this lovely option has all the elegance of an English country house with sweeping views of the sound. There's a comfortable den area and just a few rooms, with bold fabric headboards and sturdy wooden furniture. Dinners are available with advance notice.

Hotel IF Patagonia
BOUTIQUE HOTEL $$$

(📞 61-241-0312; www.hotelifpatagonia.com; Magallanes 73; s/d incl breakfast US$150/160; P 🛜) 🍃 Brimming with hospitality, IF (for Isabel and Fernando) is minimalist and lovely. Its bright, modern interior includes wool throws, down duvets and deck views of the fjord. There are also a garden sauna and a wooden hot tub.

Remota
LODGE $$$

(📞 61-241-4040, bookings in Santiago 2387-1500; www.remota.cl; RN 9, Km1.5; d incl breakfast US$370; @ 🛜 🏊) Unlike most hotels, this one draws your awareness to what's outside: silence broadcasts gusty winds, windows echo old stock fences and a crooked passageway imitates *estancia* sheep corridors. Though rooms are cozy, there's a feeling of isolation here and service can be cool. With all-inclusive adventure and fly-fishing packages.

Weskar
HOTEL $$$

(📞 61-241-4168; www.weskar.cl; RN 9, Km5; d US$150-250; @ 🛜) Just outside of town on the coastal road of the sound, this wooden lodge boasts big views, cozy nooks and a variety of rooms. Prices are high for the homespun, mismatched style, with rooms with water views a good deal more, but shoulder-season rates offer good value. There's a buffet-style breakfast and its upscale restaurant has garnered acclaim.

Noi Indigo Patagonia
BOUTIQUE HOTEL $$$

(📞 61-241-3609; www.indigopatagonia.com; Ladrilleros 105; d incl breakfast from US$229; @ 🛜) Hikers will head first to Indigo's rooftop Jacuzzis and glass-walled spa (nonguests CH$20,000). Materials like eucalyptus, slate and iron overlap the modern with the natural to interesting effect, though rooms tend to be small. The star here is the fjord in front of you, which even captures your gaze in the shower. It's part of Chile's upscale Noi chain.

🍴 Eating

La Forestera
BURGERS $

(📞 cell 9-7389-4802; Barros Arana 155; mains CH$6900; ⏱ 1-3pm & 7:30-11pm Tue-Sun) These gorgeous gourmet burgers do disappear fast. Tasty regular and lamb burgers or lentil and beet alternatives are served on airy brioche buns. It also does super-spicy wings and crisp onion rings, well matched with a local brew. There are just a few tables but also takeout service.

Cafe Kaiken CHILEAN $
(☑ cell 9-8295-2036; Baquedano 699; mains CH$7800-11,000; ⊘ 1-3:30pm & 6:30-11pm Mon-Sat) With just five tables and one couple cooking, serving and chatting up customers, this is as intimate as it gets. The owners moved here to get out of the Santiago fast lane, so you'd best follow their lead. Dishes such as mushroom ceviche, slow-roasted lamb or homemade ravioli are well worth the wait. Arrive early to claim a spot.

Aluen ICE CREAM $
(Barros Arana 160; ice cream CH$2000; ⊘ 2-7:30pm Tue-Sun) Delicious flavors like tart natural yogurt, *arroz con leche* (rice pudding) and calafate berry are made on-site.

Creperia FRENCH $
(☑ cell 9-6657-8348; Bulnes 358; mains CH$4000-9000; ⊘ 12:30-3pm & 5-11pm Mon-Sat) A bright nook with savory and sweet crepes, teas and coffee drinks. Factors like local produce and sought-after Nutella help you to break out of that meat-and-potato rut.

La Mesita Grande PIZZA $
(☑ cell 9-6141-1571; www.mesitagrande.cl; Arturo Prat 196; pizza CH$4000-9000; ⊘ 12:30-3pm & 7-11:30pm Mon-Sat, 1-3pm & 7-11:30pm Sun) Happy diners share one long, worn table for thin-crust pizza, quality pasta and organic salads.

El Living CAFE $
(www.el-living.com; Arturo Prat 156; mains $4000-8000; ⊘ 11am-10pm Mon-Sat Nov–mid-Apr; ☑) Indulge in the London lounge feel of this chill cafe, one of Natales' first. Offers fresh vegetarian fare (plus vegan, gluten-free), quick food plus curries and daily specials. There's stacks of European glossies and a hidden backyard with outdoor tables.

El Bote CHILEAN $
(☑ 61-241-0045; Bulnes 380; set menu CH$4500; ⊘ noon-11:30pm Mon-Sat) A haven for Chilean comfort food, this unpretentious restaurant dishes out roast chicken, seafood casseroles and homemade soups in addition to more expensive game dishes featuring guanaco

and venison. For dessert, go with the classic chestnuts in cream.

Masay SANDWICHES $
(☑ 61-241-5008; Bulnes 427; mains CH$3500-7000; ⊘ 11am-midnight) Nothing fancy, just good Chilean sandwiches on white buns and swift service.

La Guanaca PIZZA $$
(☑ 61-241-3245; Magallanes 167; mains CH$5000-16,000; ☑) From crisp oven-fired pizzas to crepes and marinated mushroom appetizers, this homespun restaurant delivers warming and satisfying meals. Oversized salads, like the quinoa with roasted vegetables, are abundant and varied. There's craft beer and several wines to choose from.

Afrigonia FUSION $$
(☑ 61-241-2877; Magallanes 247; mains CH$12,000-14,000; ⊘ 1-3pm & 6:30-11pm) Outstanding and wholly original, you won't find Afro-Chilean cuisine on any NYC menu. This romantic gem serves up fragrant rice, fresh ceviche and mint roasted lamb prepared with succulent precision. Desserts also hit the mark. Make reservations.

La Aldea MEDITERRANEAN $$
(☑ cell 9-6141-4027; www.aldearestaurant.cl; Barros Arana 132; mains CH$8000-16,000; ⊘ 7-11pm Wed-Mon) Chef Pato changes the offerings daily, but the focus is fresh and Mediterranean, with a nod to local ingredients. Think grilled clams, lamb tagine and quinoa dishes with an elegant presentation. Don't skip the decadent *tres leches* (three milks) cake for dessert.

Asador Patagónico PARRILLA $$
(☑ 61-241-3553; Arturo Prat 158; mains CH$7500-17,000; ⊘ 12:30-3pm & 9-11:30pm Mon-Sat) If trekking left you with a mastodon appetite, this upscale Argentine-style grill serves flame-seared lamb, steak and salads, as well as sweetbreads, alongside quality wines.

★ **Singular Restaurant** CHILEAN $$$
(☑ 61-272-2030; Puerto Bories; mains CH$12,000-18,000; ⊘ 8am-11pm) The perfect port in a storm, part supper club of yore, part modern bistro, with exquisite food and attentive service. Leather sofas and polished wood meet bare beams and stark views of the sound. Chef Hernan Vaso reinvigorates local ingredients: the freshest ceviche, tender lamb medallions and lovely salads come with original sides and fine Chilean wines. Vegetarian options excel.

★ **Santolla** SEAFOOD $$$

(📞 61-241-3493; Magallanes 77; mains CH$15,000-22,000; ⏰ 7-11pm Mon-Sat) For worthwhile upscale seafood, look no further than this cozy container restaurant attended by the owner. Feast on gorgeous salads and local king crab prepared several ways; we liked it with *merken* (smoked chili), white wine and parsley. Nonseafood eaters have options such as steak or rabbit in black-truffle sauce.

🍷 Drinking & Nightlife

★ **Last Hope** DISTILLERY

(📞 cell 9-7201-8585; www.lasthopedistillery.com; Esmeralda 882; ⏰ 5pm-2am Wed-Sun) Two Australians on vacation tossed in their day jobs to distill whiskey and gin at the end of the world. With bonhomie to spare, their bar caters to locals and travelers alike with a rotating menu of gorgeous cocktails. The signature drink is a calafate berry gin and tonic. It's tiny and the overflow waits outside – wear your down jacket.

Base Camp BAR

(📞 61-241-4658; Baquedano 731; ⏰ 6pm-2am) Debut your park tall tales at this happening gringo hideout. With pub trivia nights, good pub grub and occasional live music.

Baguales MICROBREWERY

(www.cervezabaguales.cl; Bories 430; ⏰ 6pm-2:30am Mon-Sat; 📶) Climber friends started this microbrewery as a noble quest for quality suds and the beer (crafted on-site) does not disappoint. A 2nd-floor addition seeks to meet the heavy demand. The gringo-style bar food is just so-so.

☆ Entertainment

Centro Cultural Galpon Patagonia CULTURAL CENTER

(http://galponpatagonia.cl; Pedro Montt 16; ⏰ 10am-1pm & 3-7pm Tue-Sun) This cultural center and teahouse occupies a revamped 1920 warehouse with exposed beams and worn floorboards. Features art exhibits, theater, dance and music.

🛍 Shopping

Wine & Market WINE

(📞 61-269-1138; www.wmpatagonia.cl; Magallanes 46; tasting CH$20,000; ⏰ 10am-10pm Mon-Sat) Picnickers should pop in here for a range of tasty gourmet products from all over Chile, and a great wine and craft-beer selection. If your trip doesn't take you to wine country,

it's well worth attending one of its daily tastings, with a sommelier presenting four classic wines.

Oneaco SPORTS & OUTDOORS

(cnr Eberhard & Magallanes; ⏰ 10am-9pm Mon-Sat, 11am-2pm & 4-8:30pm Sun) Down jackets, hiking boots and mountain equipment from international brands are sold here. Ticket prices may be double those back home, but for those waiting on lost luggage it's a lifesaver.

ℹ Information

Most banks in town are equipped with ATMs. **La Hermandad** (Bulnes 692; ⏰ 10am-7pm Mon-Fri) has decent exchange rates on cash and traveler's checks.

The best bilingual portal for the region is www.torresdelpaine.cl.

Conaf (📞 61-241-1438; www.parquetorresdelpaine.cl; Baquedano 847; ⏰ 8:30am-12:45pm & 2:30-5:30pm Mon-Fri) National parks service administrative office. Contact online to book Torres del Paine campgrounds under park administration; advance reservations are required.

Fantástico Sur (📞 61-261-4184; www.fantasticosur.com; Esmeralda 661; ⏰ 9am-1pm & 3-6pm Mon-Fri) Runs Refugios Torres, El Chileno and Los Cuernos in Torres del Paine and offers park tours, guiding and trek-planning services, including a popular self-guided option.

Hospital (📞 61-241-1582; Pinto 537) For emergency services.

Municipal Tourist Office (📞 61-261-4808; Bus Terminal; ⏰ 8:30am-12:30pm & 2:30-6pm Tue-Sun) With region-wide lodgings listings.

Post Office (Eberhard 429; ⏰ 9am-1pm & 3-6pm Mon-Fri)

Sernatur (📞 61-241-2125; infonatales@sernatur.cl; Costanera 19, Av Pedro Montt; ⏰ 9am-7pm Mon-Fri, 9:30am-6pm Sat & Sun) With useful city and regional maps and a second plaza location in high season.

Turismo Comapa (📞 61-241-4300; www.comapa.com; Bulnes 541; ⏰ 9am-1pm & 3-7pm Mon-Fri, 10am-2pm Sat) Navimag ferry and airline bookings; also books packages in Torres del Paine.

Vertice Patagonia (📞 61-241-2742; www.verticepatagonia.com; Bulnes 100; ⏰ 9am-1pm & 2:30-6pm Mon-Fri, 9:30am-noon Sat) Runs Refugios Grey, Dickson and Paine Grande, as well as Camping Perros, in Torres del Paine. Advance booking essential.

ℹ Getting There & Away

AIR

Puerto Natales' small **airport** (Aeropuerto Teniente Julio Gallardo; Ruta 9) has irregular service to Punta Arenas, with connections beyond. **LATAM** (p347) offers direct flights to Santiago two times per week in high season only. **Sky Airline** (☑ toll-free 600-600-2828; www. skyairline.cl; Bulnes 682) offers service to Santiago with a stop in Puerto Montt.

Navimag Ferry

For many travelers, a journey through Chile's spectacular fjords aboard the **Navimag Ferry** (☑ 61-241-1421, Rodoviario 61-241-1642; www. navimag.com; Costanera 308, Av Pedro Montt; ⊙ 9am-1pm & 2:30-6:30pm Mon-Fri) becomes a highlight of their trip. This four-day and three-night northbound voyage has become so popular it should be booked well in advance. To confirm when the ferry is due, contact Turismo Comapa or Navimag a couple of days before your estimated arrival date. There is a second office in the Rodoviario.

The ferry leaves Natales at 8am on Tuesdays and stops in Puerto Edén (or Glaciar Pía XI on southbound sailings) en route to Puerto Montt. It usually arrives in Puerto Montt on Friday at 8am, but schedules vary according to weather conditions and tides. Disembarking passengers must stay on board while cargo is transported; those embarking have to spend the night on board.

High season is November to March, mid-season is October and April and low season is May to September. Fares vary according to view, cabin size and private or shared bathroom, and include all meals (request vegetarian meals when booking) and interpretative talks. Bring water, snacks and drinks anyway. Per-person high-season fares range from US$450 for a bunk berth to US$2100 for a triple-A cabin; students and seniors receive a 10% to 15% discount. Check online for current schedules and rates.

Puerto Yungay Ferry

This new ferry option between Puerto Natales and Puerto Yungay links two areas of Patagonia with no road connections. Transbordador Austral Broom (TABSA) runs the 41-hour **Puerto Yungay Ferry** (Cruz Australis; ☑ 61-241-5966; www. tabsa.cl; Costanera s/n; passenger/bicycle CH$120,000/10,000) with a stop in Puerto Edén. Frequency varies month to month, but high season offers around 10 departures per month.

Travelers should note that under the current schedule the ferry usually arrives in Puerto Edén and Puerto Yungay (where there are no services) late at night, so reserve Puerto Edén hotels in advance and bring a headlamp to get around.

Buses arrive at the **Rodoviario** (Bus Terminal; ☑ 61-241 2554; Av España 1455; ⊙ 6:30am-midnight) on the town outskirts, though companies also sell tickets at their downtown offices.

Book at least a day ahead, especially for early-morning departures. Services are greatly reduced in the low season. Several lines go to Punta Arenas. For Argentina, try **Turismo Zaahj** (☑ 61-241-2260; www.turismozaahj.co.cl; Arturo Prat 236/270), **Cootra** (☑ 61-241-2785; Baquedano 244), **Bus Sur** (☑ 61-242-6011; www.bus-sur.cl; Baquedano 668) or **Buses Pacheco** (☑ 61-241-4800; www.busespacheco.com; Ramírez 224).

Torres del Paine–bound buses include **Buses Fernandez** (☑ 61-241-1111; www.busesfernandez. com; cnr Esmeralda & Ramírez), **Buses Gomez** (☑ 61-241-5700; www.busesgomez.com; Arturo Prat 234), **Buses JBA** (☑ 61-241-0242; Arturo Prat 258) and Turismo Zaahj. Buses leave for Torres del Paine two to three times daily at around 7am, 8am and 2:30pm. If you are headed to Mountain Lodge Paine Grande in the low season, take the morning bus to meet the catamaran. Tickets may also be used for transfers within the park, so save your stub. Schedules change, so double-check them before heading out.

Companies and destinations include the following:

DESTINATION	COST (CH$)	HOURS
El Calafate	17,000	5
Punta Arenas	7000	3
Torres del Paine	0000	2
Ushuaia	38,000	13

ℹ Getting Around

Many hostels rent bikes. Car-rental rates are generally better in Punta Arenas. Try **Emsa/Avis** (☑ 61-261-4388; Barros Arana 118; ⊙ 9am-1pm & 2:30-7pm). Drivers should know that there are two routes into Torres del Paine; the more direct gravel one goes via Lago Toro.

Reliable Radio Taxi (☑ 61-241-2805; cnr Arturo Prat & Bulnes) can even be counted on for after-hours deliveries.

Cueva del Milodón

In the 1890s, German pioneer Hermann Eberhard discovered the partial remains of an enormous ground sloth in a cave 24km northwest of Puerto Natales. The slow-moving, herbivorous milodón, nearly 4m tall, was supposedly the motivation behind Bruce Chatwin's book *In Patagonia*. The 30m-high Cueva del Milodón (www.cuevadelmilodon.cl; adult/12yr & under CH$4000/500; ⊙ 8am-7pm Oct-Apr, 8:30am-6pm May-Sep) pays homage to its former inhabitant with a life-size plastic replica of the animal. It's not exactly tasteful, but still worth a stop to appreciate the grand setting and ruminate over its wild past.

An easy walk leads up to a lookout point. Torres del Paine buses pass the entrance, which is 8km from the cave proper. There are infrequent tours from Puerto Natales; alternatively, you can hitch or share a *taxi colectivo* (CH$20,000). Outside of high season, bus services are infrequent.

Parque Nacional Bernardo O'Higgins

Virtually inaccessible, **Parque Nacional Bernardo O'Higgins** (www.conaf.cl/parques/parque-nacional-bernardo-ohiggins) remains an elusive cache of glaciers. It can be entered only by boat. From Puerto Natales, full-day excursions (CH$90,000, lunch included) to the base of Glaciar Serrano are run by Turismo 21 de Mayo (p352).

The same outfitter also offers Glacier Serrano tours that access Torres del Paine by boat. After the glacier visit, passengers transfer to a Zodiac (a motorized raft), stop for lunch at Estancia Balmaceda and continue up Río Serrano, arriving at the southern border of the park by 5pm. The same tour can be done leaving the park but may require camping near Río Serrano to catch the Zodiac at 9am.

Parque Nacional Torres del Paine

Soaring almost vertically above the Patagonian steppe, the granite pillars of **Parque Nacional Torres del Paine** (Towers of Paine; www.parquetorresdelpaine.cl; 3-day admission high/low season CH$21,000/11,000) dominate the landscape of South America's finest national park. Part of Unesco's Biosphere Reserve system since 1978, this 1810-sq-km park is, however, much more than its one greatest hit. Its diversity of landscapes range from teal and azure lakes to emerald forests, roaring rivers and that one big, radiant blue glacier. Guanacos roam the vast open steppe while Andean condors soar alongside looming peaks.

Forget roughing it. You can hike the whole 'W' while sleeping in beds, eating hot meals, taking showers and toasting your day with a pisco sour. Yet it isn't fully tamed. Weather can present four seasons in a day, with sudden rainstorms and knock-down gusts like a hearty Patagonian handshake.

The park's wild popularity has been taxing on infrastructure, an issue now being addressed by a strict reservations system for overnighters.

◉ Sights

The park is home to flocks of ostrich-like rhea (known locally as the ñandú), Andean condor, flamingo and many other bird species. Its star success in conservation is undoubtedly the guanaco, which grazes the open steppes where pumas cannot approach undetected. After more than a decade of effective protection from poachers, these large, growing herds don't even flinch when humans or vehicles approach. The puma population is also growing, and huemul (an endangered Andean deer) have been spotted in Valle Francés.

✦ Activities

Tour operators in Puerto Natales offer guided treks, which include all meals and accommodations at *refugios* (rustic shelters) or hotels. Per person rates decrease significantly in groups.

Guided day trips on minibuses from Puerto Natales are possible, but permit only a glimpse of what the park has to offer.

Hiking

Torres del Paine's 2800m granite peaks inspire a mass pilgrimage of hikers from around the world. Most go for the **Paine Circuit** or the **'W'** to soak in these classic panoramas. The Paine Circuit (the 'W' plus the backside of the peaks) requires seven to nine days, while the 'W' (named for the rough approximation to the letter that it traces out on the map) takes four to five. Add another day or two for transportation connections.

Trekkers either start from **Laguna Amarga** or take the catamaran from Pudeto to Lago Pehoé and start from there; hiking roughly southwest to northeast along the 'W' presents more views of the black sedimentary peaks known as Los Cuernos (2200m to 2600m).

For trekkers who arrive in the shoulder season, be aware of early-season and foul-weather route closures. Trekking alone, especially on the backside of the circuit, is unadvisable, and may be regulated by Conaf (Corporación Nacional Forestal; National Forest Corporation).

Parque Nacional Torres del Paine

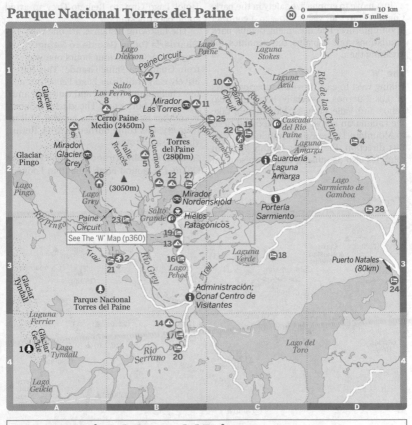

Parque Nacional Torres del Paine

In a move to emphasize safety in the park, Conaf requires all visitors to sign a contract upon entering. The document details park regulations and explains the penalties for breaking them.

The 'W'

Hiking west to east provides superior views of Los Cuernos, especially between Lago Pehoé and Valle Francés. Most hikers take the catamaran across Lago Pehoé and head to Mountain Lodge Paine Grande. Going in this direction, the hike is roughly 71km in total. It's also possible to take a cruise from

Hotel Lago Grey to Refugio Grey to avoid some backtracking.

The following distances are one way:

Guardería Paine Grande to Refugio Lago Grey (10km, four hours one way from Guardería Paine Grande) This relatively easy trail from Lago Pehoé has a few challenging uphills and camping and *refugios* at both ends. The glacier lookout is another half-hour's hike beyond. Still in recovery, this route burned in 2011. Return via the same route.

Guardería Paine Grande to Valle Francés (13km, five hours) From Mountain Lodge

The 'W'

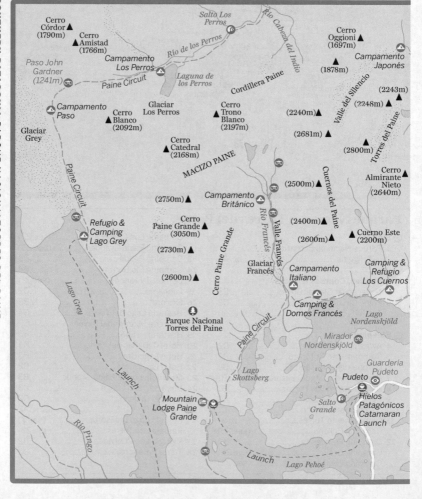

Paine Grande, the ferry dock is ahead to the right. The spectacular Cuernos loom overhead on the left, and Lago Skottsberg is passed on the right. Ascend beyond it to Valle Francés, reaching a hanging bridge before Campamento Británico.

Valle Francés to Los Cuernos/Lago Pehoé (10km, five hours) In clear weather, this hike is the most beautiful stretch between 3050m Cerro Paine Grande to the west and the lower but still spectacular Torres del Paine and Los Cuernos to the east, with glaciers hugging the trail. Camp at Italiano and at Británico, right

in the heart of the valley, or at the valley entrance at Camping Francés.

Los Cuernos to Refugio Las Torres (12km, seven hours) Hikers should keep to the lower trail as many get lost on the upper trail (unmarked on maps). There's a hotel, camping and a *refugio*. Summer winds can be fierce.

Refugio Las Torres to Mirador Las Torres (8km, four hours) A moderate hike up Río Ascencio to a treeless tarn beneath the eastern face of the Torres del Paine for the closest view of the towers. The last hour follows a scree field of huge boulders (covered with knee- and waist-high snow in winter). There are camping and *refugios* at Las Torres and Chileno. Return via the same route.

Guardería Paine Grande to Administración (16km, five hours) Only open between May 1 and September 30, this trail is an alternative to the Pudeto ferry. It goes around Lago Pehoé, then through extensive grassland along Río Grey. Mountain Lodge Paine Grande can radio in and make sure that you can catch a bus from the Administración back to Puerto Natales. You can also enter the 'W' this way to hike it east to west.

The Paine Circuit
For solitude, stellar views and bragging rights over your compadres doing the 'W,' this longer trek is the way to go. This loop takes in the 'W,' plus the backside between Refugio Grey and Refugio Las Torres; the total distance is roughly 112km. The landscape is desolate yet beautiful. **Paso John Gardner** (1214m; closed seasonally) is the most extreme part of the trek, sometimes offering knee-deep mud and snow.

Conaf prefers that hikers do the route counterclockwise. Enter the park (by bus) at Laguna Amarga and finish the circuit in Valle Francés and Los Cuernos, hiking out to Refugio Las Torres bus stop. The Paine Circuit is closed during winter.

Distances are one way:

Laguna Amarga to Campamento Serón (15km, four to five hours) A gentle start to the trek, with fairly open terrain. You can also start from Refugio Las Torres.

Campamento Serón to Campamento Lago Dickson (19km, six hours) As the trail wraps around Lago Paine, winds can get fierce and the trails vague; stay along the trail furthest away from the lake.

Campamento Dickson to Campamento Los Perros (9km, around 4½ hours) A relatively easy but windy stretch.

Campamento Los Perros to Campamento Paso (12km, four hours) This route has plenty of mud and sometimes snow; its physical and psychological high point is Paso John Gardner (1241m). Don't be confused by what appears to be a campsite right after crossing the pass; keep going until you see a shack.

Campamento Paso to Refugio Lago Grey (10km, two hours going south) This steep downhill section offers great glacier views. Trekking poles can save your knees here. The route has three hanging bridges (formerly staircases) over narrow gullies.

Other Overnight Hikes

From Guardería Lago Grey, a four-hour trail follows Río Pingo to Conaf's Camping Zapata, from where hikes (about another 1½ to two hours) continue to a lookout with impressive views of **Glaciar Zapata** and **Lago Pingo**. Because of ongoing studies of wildlife and fossil beds, hiking in this pristine area is authorized only for groups traveling with a Conaf-approved guide.

From Guardería Laguna Amarga a four-hour hike leads to **Laguna Azul**. The camping area on the northeastern shore closed after a wildfire; check with Conaf about its current status. After another two-hour hike north the trail reaches **Lago Paine**. Accessibility to meet up with the Paine Circuit trail near the other side of the lake is made impossible by the river.

From the Administración, the three-hour hike to Hostería Pehoé is an easy, mainly flat trail with great views. For more solitude and birdwatching, a four-hour hike branches east after crossing Río Paine, zigzags up the skirt of the Sierra del Toro to access a string of lakes, ending with **Laguna Verde**. There is no camping, but those inclined could splurge for a night at Hostería Mirador del Payne.

Day Hikes

Walk from Guardería Pudeto, on the main park highway, to **Salto Grande**, a powerful waterfall between Lago Nordenskjöld and Lago Pehoé. Another easy hour's walk leads to **Mirador Nordenskjöld**, an overlook with superb views of the lake and mountains.

For a more challenging day hike with tranquility and gorgeous scenery, try the four-hour trek to **Lago Paine**; its northern shore is only accessible from Laguna Azul.

Ice Trekking

A fun walk through a sculpted landscape of ice, and you don't need experience to go. Antares' **Bigfoot Patagonia** (☏61-241-4611;

TREKKING LIGHTLY

Some 200,000 tourists visit Torres del Paine each year, and with the park headlining adventure lists everywhere, its popularity will only grow. And there is sure to be an impact. Already, in the high season of January and February, trails have traffic jams and campgrounds resemble Woodstock. In that peace-and-love spirit, we offer some trip tips:

➡ Don't drink bottled water, since the bottles become a recycling nightmare (trash is taken out on pack horses, if you can imagine). Instead opt to bring a purifier or use tablets.

➡ Pack out all garbage, as little scavengers, mainly mice, love to make merry in campgrounds.

➡ Respect the official camp zones and hike only in designated areas.

➡ Don't make campfires – they're illegal.

➡ Be extremely mindful of fire from cigarettes, camp stoves, lighters etc. In 2005 and 2011, fires attributed to backpackers destroyed large parts of the park.

➡ Stay friendly. Park regulars have noted that as traffic increases the community feeling diminishes. But it doesn't have to be that way. So say hi to your fellow hikers and let the fleet-footed ones pass.

To help you can volunteer with trail maintenance, biological studies or an animal census with nonprofit **AMA Torres del Paine** (www.amatorresdelpaine.org). Alternatively, make donations through the **Torres del Paine Legacy Fund** (https://supporttdp.org), which aids park reforestation and recycling in Puerto Natales, organized by the nonprofit Sustainable Travel.

www.bigfootpatagonia.com; kayaking CH$66,000, ice hike CH$105,000; ⊙Oct-Apr) is the sole company with a park concession for ice hikes on Glacier Grey, using the Conaf house (former Refugio Grey) as a starting point. The five-hour excursion is available from October to April, in high season three times per day.

Kayaking, Cruises & Boating

Bigfoot Patagonia leads 2½-hour tours of the iceberg-strewn Lago Grey several times daily in summer; this is a great way to get up close to glaciers. A more demanding five-hour tour (CH$160,000) starts at Río Pingo to paddle the river toward Glacier Grey, surrounded by icebergs, ending at Río Serrano.

From October through April, catamaran *Grey III* does **Navegación Glaciar Grey** (Glacier Grey Cruise; ☑61-271-2100; www.lagogrey. com; adult/child round-trip CH$75,000/37,500, 1 way CH$65,000; ⊙Oct-Apr), a three-hour cruise to take in the massive glacier up close, with a stop to let hikers on and off. In high season there are four daily departures; the last two do glacier viewing before stopping at the trail for passengers.

Family-oriented floating trips that take rafts down the mild Río Serrano are run by Fantástico Sur (p356).

Horseback Riding

Due to property divisions within the park, horses cannot cross between the western sections (Lagos Grey and Pehoé, Río Serrano) and the private eastern sector known as Reserva Cerro Paine (Camping Francés is the approximate cutoff).

Baqueano Zamora (p352) runs excursions to Laguna Azul, Valle Francés, Dickson glacier and more remote locations, with one-day and multiday options.

Hotel Las Torres (p366) offers full-day horseback-riding trips around Lago Nordenskjöld and beyond.

Mountain Biking

Trails authorized for mountain biking include Laguna Azul and Cañon de Perros. Check with outfitters in Puerto Natales about this new option.

🧭 Tours

Patagonia Bagual   HIKING
(☑cell 9-5325-1266; http://patagoniabagual.cl; Laguna Azul; CH$135,000) This original tour takes hikers into the most pristine part of Torres del Paine to hike cross country to

observe wild horses. Nothing about it is a canned experience. Guides are experienced and multilingual. Includes 4WD transfer but park entrance is not included.

🛏 Sleeping

Regulations implemented in 2017 require hikers doing the Circuit or the 'W' to reserve all lodgings ahead, both *refugios* and camping (yes, even free campsites). This requires some tedious logistics work, as there's no central booking website. Visitors (or travel agencies) book with the two park concession companies and Conaf. Reservations require passport information that park staff may scan and verify.

Phone numbers listed are for Puerto Natales offices.

Refugios & Domos

If you are hiking the 'W' or the Paine Circuit, you will be staying in *refugios, domos* ('domes,' also known as yurts) or campsites along the way. It is essential to reserve your spot and specify vegetarian meals in advance. Try to do this as soon as you book your trip.

Refugio rooms have four to eight bunk beds each, kitchen privileges (for lodgers and during specific hours only), hot showers and meals. To prevent bedbugs, lodgings generally include bedding or sleeping bags.

TORRES IN WINTER

Snowbound landscapes and no crowds make winter an appealing time for hearty travelers to visit the park. Thanks to ever-increasing summer demand, the park administration has eased winter visitation with expanded services and routes available. However, visiting in winter has its own challenges. Visitors should come prepared with high-quality winter trekking gear. Trekking poles and even slip-on crampons are useful.

The park also requires hikers to use approved guides for all walks between May 1 and August 1. Visitors must enter the park accompanied by guides in this period. For a day hike, guides charge around CH$80,000 and can accompany up to six guests. Guides can be contracted from agencies in Puerto Natales, or recommended by park concessionaires, hotels or Conaf. For the latest closures or advisories, check out www.parquetorresdelpaine.cl.

Meals are extra. Should a *refugio* be overbooked, staff provide all necessary camping equipment. Most *refugios* close by the end of April. *Domos* are either cloth or plastic permanent camp structures with bunks or cots. Their operating season may be shorter.

Guests should use resources wisely and conserve water and electricity. There are no plugs in rooms, so bring a solar charger or extra batteries to charge electronics.

Accommodations require photo ID (ie a passport) upon check-in. Photocopy your tourist card and passport for all lodgings in advance to expedite check-in. Staff can radio ahead to confirm your next reservation. Given the huge volume of trekkers, snags are inevitable, so practice your Zen composure.

Wireless internet connections, where available, usually cost extra.

Refugio Grey
HUT $
(☑ 61-241-2742; www.verticepatagonia.cl; dm from US$32, incl full board US$82; ☺ year-round) Inland from the lake, this deluxe trekkers' lodge features a decked-out living area with leather sofas and bar, a restaurant-grade kitchen and snug bunk rooms that house 60, with plenty of room for backpacks. There's also a general store, and covered cooking space for campers.

It runs in winter without meal service (May to September). You can also arrive here via catamaran *Grey III*. Advance reservations required.

Mountain Lodge Paine Grande
CABIN $
(☑ 61-241-2742; www.verticepatagonia.cl; dm from US$50, incl full board US$100; ☎) Though gangly, it's nicer than most dorms, with sublime Los Cuernos views in all rooms. Its year-round presence is a godsend to cold, wet winter hikers, though meals are not available in winter (May to September). There's on-site camping, a kiosk with basic kitchen provisions and a more deluxe version of camping in domes.

Between Lago Grey and Valle Francés, it's a day hike from either and also accessible by ferry across Lago Pehoé. Advance reservations required.

Refugio Lago Dickson
CABIN $
(☑ 61-241-2742; dm from US$32, incl full board US$82; ☺ Nov-Mar) One of the oldest *refugios* and smallest, with 30 beds, in a stunning setting on the Paine circuit, near Glaciar Dickson. Advance reservations required.

Refugio Las Torres
LODGE $$
(☑ 61-261-4184; www.fantasticosur.com; dm US$120, incl full board US$200; ☺ year-round; ☎) An ample, attractive base camp with 60 beds and the added feature of a comfortable lounge, restaurant and bar. In high season a nearby older building is put into use to handle the overflow, at discounted rates. Advance reservations required.

Nash Serrano Lodge
LODGE $$
(☑ 61-241-4611; www.nashpatagonia.com; Pueblito Río Serrano; dm/s/tw incl breakfast US$100/210/240) This five-bedroom mountain refuge has comfortable rooms with central heating and provides sleeping bags for bedding. Lunch and dinner are also available. It's run by Bigfoot Patagonia and also used for longer kayak expeditions.

Refugio Chileno
CABIN $$
(☑ 61-261-4184; www.fantasticosur.com; dm incl full board US$170; ☺ Oct-Apr) ✎ Nearest to the fabled towers, Chileno is one of the smallest *refugios*, with 32 beds and a small provisions kiosk. It's run on wind energy and toilets use composting biofilters. Advance reservations required.

★ Patagonia Camp
YURT $$$
(☑ in Puerto Natales 61-241-5149; www.patagonia camp.com; d all-inclusive incl tours & transfers 3

nights US$3800; ⊙Sep–mid-May; ☎) ∦ This deluxe camp delivers full wilderness immersion far away from the park crowds. Raised boardwalks connect a series of spacious and comfortable yurts overlooking Lago del Toro. It's tucked into a 40,500-hectare private *estancia* with on-site kayaking, stand-up paddling, hiking and fly-fishing. Both the service and the dining are top notch. Eco credentials include an independent water-treatment plant.

It's at Km74 on the unpaved road to the park that passes Cueva del Milodón.

Refugio Los Cuernos CABIN $$$

(☑61-261-4184; www.fantasticosur.com; dm incl full board US$170, 2-person cabins US$310, incl full board $470; ⊙year-round) This mid-'W' location tends to bottleneck with hikers going in either direction. But with eight beds per room, this small lodge is more than cozy. Separate showers and bathrooms for campers relieve some of the stress. For a deluxe option, cabins with shared bathroom offer privacy, with access to a piping-hot wooden hot tub. Advance reservations required.

Ecocamp DOME $$$

(☑in Santiago 2-2923-5950; www.ecocamp. travel; 5-day 'W' hiking package US$2239) Part of a package tour, these domes range from basic, with shared composting bathrooms, to deluxe versions with heat, private bathroom and canopied beds. They're linked by boardwalks to dining, bar and yoga areas with a cozy, social atmosphere. Guided activities include hiking, fly-fishing and kayaking.

Domos El Francés DOME $$$

(☑61-261-4184; www.fantasticosur.com; dm US$130, incl full board US$210; ⊙Oct-Apr) Newish domes with dining hall located at Camping Francés, a 40-minute walk from Los Cuernos. Each has four bunks, central heating and individual bathrooms with showers.

Advance reservations required.

Camping

The park has both fee camping, with some services, and free camping. Conaf allows visitors to stay just one night in free campsites. According to new regulations, all must be reserved in advance or hikers will not be permitted to hike sections of the trail that are not day hikes.

Refugios and some *domos* rent equipment – tent (US$25 per night), sleeping bag (US$17) and mat/pad (US$7) – but quality may be inferior to your own gear. Small kiosks sell expensive pasta, soup packets and butane gas, and cooking shelters (at some campgrounds) prove useful in foul weather.

Campgrounds generally operate from mid-October to mid-March, though those on the backside of the Paine Circuit may not open until November due to harsher weather. The decision is made by Conaf.

For bookings, Vertice Patagonia (www. verticepatagonia.com) looks after Camping Paine Grande, Camping Grey, Campamento Lago Dickson, Campamento Los Perros and Paine Grande. Fantástico Sur (www.fantastico sur.com) owns Camping Las Torres, Camping Chileno, Camping Francés, Camping Los Cuernos and Campamento Serón.

Sites on the trekking routes which are administered by Conaf (www.parquetorres delpaine.cl) are free but very basic. They do not rent equipment or offer showers. These include: Campamento Británico, Campamento Italiano, Campamento Paso, Campamento Torres and Camping Guardas. Other private campgrounds include Camping Pehoé and Camping Río Serrano.

Rodents lurk around campsites, so don't leave food in packs or in tents – hang it from a tree instead.

Hotels & Lodges

When choosing lodgings, pay particular attention to location. Lodgings that adjoin the 'W' offer more independence and flexibility for hikers. Most offer multiday packages.

Cheaper hotels occupy the sector of **Pueblito Río Serrano**, just outside the park on the gravel road from Puerto Natales. Banked on the S-curves of Río Serrano, there are stunning views of the entire Paine massif, though reaching the principal trailheads requires transportation.

★Tierra Patagonia LODGE $$$

(☑in Santiago 2207-8861; www.tierrapatagonia. com; d 3 nights incl full board & transfers from US$5267; ⊙Oct-May; @☎▣) Sculpted into the sprawling steppe, this sleek luxury lodge is nothing if not inviting, with a lively living room and circular bar focused on a grand fire pit and a beautiful oversize artist's rendition of a park map. Large, understated rooms enjoy panoramas of the Paine massif. All-inclusive rates include airport transfer, daily excursions, use of spa, meals and drinks.

Located on Cerro Guido *estancia,* the hotel's ranch-focused activities are a strong asset. It's on Lago Sarmiento, just outside the national park about 20km from Laguna Amarga.

★ Awasi   LODGE $$$

(☑ in Santiago 2233-9641; www.awasipatagonia.com; 3-nights all-inclusive per person US$3200; 🛜) Awasi dazzles with its modern, understated style and a remote location that drinks in the wild surroundings. Villas with individual hot tubs surround a main lodge offering fine dining, lounge areas and wi-fi. Each lodging is connected by radio. It's sheepskin chic and well attended, with quality individually tailored tours included. Rates are based on double occupancy.

It's located outside the park, on the north-east side of Lago Sarmiento in the private reserve of Tercera Barranca. Travel time might require a little patience: it's a good distance by gravel road from the main attractions, though transfers are provided.

Explora   HOTEL $$$

(☑ in Santiago 2-2395-2800; www.explora.com; d 3 nights incl full board & transfers from US$5736; @ 🏊) These upscale digs sit perched above the Salto Chico waterfall at the outlet of Lago Pehoé. Views of the entire Paine massif pour forth from every centimeter of the hotel. The spa features a heated lap pool, a sauna and an open-air Jacuzzi. Rates include airport transfers, full gourmet meals and a wide variety of excursions led by young, affable, bilingual guides.

Hotel Lago Grey   HOTEL $$$

(☑ 61-271-2100; www.lagogrey.cl; booking address Lautaro Navarro 1061, Punta Arenas; s/d incl breakfast from US$305/360; @ 🛜) Open year-round, this tasteful hotel has snug white cottages linked by raised boardwalks. Deluxe rooms are lovely, featuring lake views and sleek modern style. The cafe (open to the public) overlooks the grandeur. Also offers guided excursions and transfers within the park. Glacier cruises stop on the other side of Lago Grey to pick up and drop off hikers.

Hotel Las Torres   HOTEL $$$

(☑ 61-261-7450; www.lastorres.com; booking address Magallanes 960, Punta Arenas; s/d incl breakfast from US$382/437; ☺ Jul-May; 🛜) 🍴 A hospitable and well-run hotel with international standards, a spa with Jacuzzi and good guided excursions. Most noteworthy, the hotel donates a portion of fees to nonprofit park-based environmental group AMA. The buffet serves organic vegetables from the greenhouse and organic meat raised on nearby ranches. High-season rates reflect the demand for sleeping trailside.

Hostería Mirador del Payne   INN $$$

(☑ 61-222-8712; www.miradordelpayne.cl; Laguna Verde; s/d/tr US$200/245/265) On the Estancia El Lazo in the seldom-seen Laguna Verde sector, this comfortable inn is known for its serenity, proximity to spectacular viewpoints and top-rate service – but not for easy access to the most popular trails. Activities include birdwatching, horseback riding and sport fishing. Call to arrange a ride from the road junction.

Hostería Pehoé   HOTEL $$$

(☑ 61-272-2853; www.hosteriapehoe.cl; s/d/tr incl breakfast from US$190/213/276) On the far side of Lago Pehoé and linked to the mainland by a long footbridge. Pehoé enjoys five-star panoramas of Los Cuernos and Paine Grande, while rooms are adequate but dated. Open to the public, the restaurant gets consistently poor marks.

Hostería Lago del Toro   INN $$$

(☑ cell 9-9678-9375; www.lagodeltoro.com; Pueblito Río Serrano; d incl breakfast US$165; @ 🛜) Sandwiched between two behemoth hotels, this more intimate charmer has fresh carpeted rooms and a warm fire to greet guests. The house, with a corrugated-iron face, resembles an old-fashioned inn, with macramé lace decor and dense wood furniture.

Hotel Cabañas del Paine   CABIN $$$

(☑ 61-273-0177; www.hoteldelpaine.cl; Pueblito Río Serrano; d incl breakfast US$200) On the banks of the Río Serrano, these cabin-style rooms stand apart as tasteful and well integrated into the landscape with great views. There's a bar and restaurant and bicycle rentals are available. With shuttle service.

ℹ Information

Parque Nacional Torres del Paine is open year-round, subject to your ability to get there. Entry is good for three days. If you plan to sleep outside the park during your visit, collect an exit stamp so you can return on the same ticket.

Transportation connections are less frequent in the low season, and lodging and services are more limited. Yet the months of November and March are some of the best times for trekking, with fewer crowds and windy conditions usually abating in March. Check the opening dates of all the services you'll require in advance (they change based on the weather in any given year). The website www.parquetorresdelpaine.cl also has useful info.

The main entrance where fees are collected is **Portería Sarmiento** (☉ daylight hours). **Conaf Centro de Visitantes** (☉ 9am-8pm Dec-Feb), located 37km from Portería Sarmiento, has good information on park ecology and trail status. **Administración** (☑ 61-236-0496; Villa Monzino; ☉ 8:30am-8pm) is also here. There is a small cafeteria at **Pudeto** and another at the southern tip of Lago Grey. **Portería & Guardería Río Serrano** is located at the access point to Río Serrano.

Erratic Rock (p352) holds an excellent information session every day at 3pm at its Puerto Natales Base Camp location. **Fantástico Sur** (p356) also provides information sessions at 10am and 3pm daily in its Puerto Natales office.

Trekking maps are widely available in Puerto Natales.

❶ Getting There & Away

Parque Nacional Torres del Paine is 112km north of Puerto Natales. An unpaved alternative road from Puerto Natales to the Administración provides a shorter, more direct southern approach via Pueblito Río Serrano.

Argentina is nearby, but there is no direct transportation from the park. About 40km south of the main park entrance, the seasonal border crossing of Cancha Carrera accesses Argentina at Cerro Castillo. Going to El Calafate from the park on the same day requires joining a tour or careful advance planning, since there is no direct service. Your best bet is to return to Puerto Natales.

❶ Getting Around

Shuttles (CH$4000) within the park drop off and pick up passengers at Laguna Amarga, at the catamaran launch at Pudeto, and at Administración.

Catamaran **Hielos Patagónicos** (☑ 61-241-1133; www.hipsur.com; Pudeto; 1-way/round-trip CH$18,000/28,000; ☉ Sep-Apr) connects Pudeto with Mountain Lodge Paine Grande.

Hikers can take advantage of **Navegación Glaciar Grey** (p363), a cruise that links Refugio Grey to Hotel Lago Grey with glacier viewing.

ARGENTINE PATAGONIA

El Calafate

☑ 02902 / POP 21,130

Named for the berry that, once eaten, guarantees your return to Patagonia, El Calafate hooks you with another irresistible attraction: Glaciar Perito Moreno, 80km away in Parque Nacional Los Glaciares. This magnificent must-see has converted once-quaint El Calafate into a chic fur-trimmed destination.

With a range of traveler services, it's still a fun place to be. Its strategic location between El Chaltén and Torres del Paine (Chile) makes it an inevitable stop for those in transit.

Located 320km northwest of Río Gallegos, and 32km west of RP 11's junction with northbound RN 40, El Calafate flanks the southern shore of Lago Argentino.

◉ Sights & Activities

★ Glaciarium   MUSEUM
(☑ 02902-497912; www.glaciarium.com; adult/child AR$300/120; ☉ 9am-8pm Sep-May, 11am-8pm Jun-Aug) Unique and exciting, this gorgeous museum illuminates the world of ice. Displays and bilingual films show how glaciers form, along with documentaries on continental ice expeditions and stark meditations on climate change. Adults suit up in furry capes for the *bar de hielo* (AR$240 including drink), a blue-lit below-zero club serving vodka or fernet and Coke in ice glasses.

Hielo y Aventura   OUTDOORS, CRUISE
(☑ 02902-492094,   02902-492205;   www.hieloyaventura.com; Libertador 935) Hielo y Aventura's conventional cruise Safari Nautico (AR$500, one hour) tours Brazo Rico, Lago Argentino and the south side of Canal de los Témpanos. Catamarans crammed with up to 130 passengers leave hourly between 10:30am and 4:30pm from Puerto Bajo de las Sombras. During busy periods buy tickets in advance for afternoon departures.

To hike on Glaciar Perito Moreno, try minitrekking (AR$2700, under two hours on ice), or the longer and more demanding Big Ice (AR$5200, four hours on ice). Both involve a quick boat ride from Puerto Bajo de las Sombras, a walk through lenga forests, a chat on glaciology and then an ice walk using crampons. Children under eight are not allowed; reserve ahead and bring your own food. Don't forget rain gear: it's often snowing around the glacier and you might quickly become wet and cold on the boat deck. Transfers cost extra (AR$1000).

➔ Tours

★ Glaciar Sur   ADVENTURE
(☑ 02902-495050; www.glaciarsur.com; 9 de Julio 57; per person US$250; ☉ 10am-8pm) Get glacier stunned *and* skip the crowds with these recommended day tours to the unexplored end of Parque Nacional Los Glaciares. Small groups drive to Lago Roca with an expert multilingual guide to view Glaciar Frías. The

SOUTHERN PATAGONIA EL CALAFATE

El Calafate

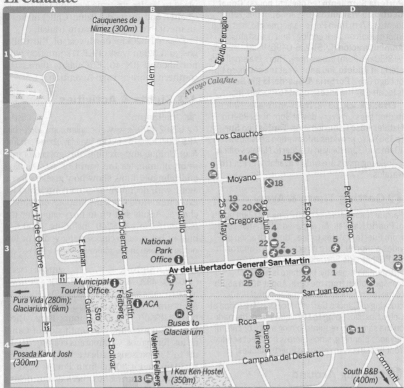

adventure option features a four-hour hike; the culture option includes a traditional *estancia asado* (barbecue grill) and off-hour visits to Glaciar Perito Moreno.

Chaltén Travel TOURS
(02902-492212; www.chaltentravel.com; Libertador 1174; ⏲9am-9pm) Recommended tours to Glaciar Perito Moreno, stopping for wildlife viewing (binoculars provided); also specializes in RN 40 trips. It outsources some excursions to Always Glaciers.

Caltur TOURS
(02902-491368; www.caltur.com.ar; Libertador 1080) Specializes in El Chaltén tours and lodging packages.

Overland Patagonia TOURS
(02902-492243, 02902-491243; www.glaciar.com; glacier tour US$52) Overland Patagonia operates out of both Hostel del Glaciar Libertador and Hostel del Glaciar Pioneros

(p370), and organizes an alternative trip to Glaciar Perito Moreno, which consists of an *estancia* visit, a one-hour hike in the park and optional lake navigation (AR$500 extra).

Always Glaciers TOURS
(02902-493861; www.alwaysglaciers.com; Libertador 924) Offers competitively priced tours to Glaciar Perito Moreno.

🛏 Sleeping

Hostal Schilling GUESTHOUSE $
(02902-491453; http://hostalschilling.com; Paradelo 141; dm US$26, d without bathroom US$65, s/d/tr with bathroom US$65/82/106; 🛜) Good value and centrally located, this friendly guesthouse is a top choice for travelers who value service. Much is due to the family owners, who look after guests with a cup of tea or help with logistical planning. Breakfast includes scrambled eggs, yogurt and

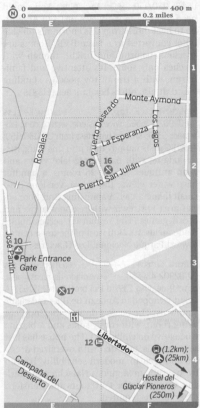

El Calafate

Activities, Courses & Tours
1 Always Glaciers D3
2 Caltur C3
3 Chaltén Travel C3
4 Glaciar Sur C3
5 Hielo y Aventura D3
6 Solo Patagonia SA C3
7 Southern Spirit B3

Sleeping
8 America del Sur E2
9 Calafate Hostel C2
10 Camping El Ovejero E3
11 Hostal Schilling D4
12 Hostel del Glaciar Libertador E4
13 Las Cabañitas B4
14 Madre Tierra C2

Eating
15 Buenos Cruces C2
16 Esquina Varela F2
17 La Tablita E3
18 Mi Rancho C2
19 Morphi al Paso C3
20 Olivia C3
21 Viva la Pepa D3

Drinking & Nightlife
22 el ba'r C3
23 La Zorra D3
24 Librobar D3

Entertainment
25 La Tolderia C3

cakes. There are also multiple living rooms, adult coloring books and games.

America del Sur HOSTEL $

(📞02902-493525; www.americahostel.com.ar; Puerto Deseado 151; dm US$30, d & q US$140; @🛜) This backpacker favorite has a stylish lodge setting with views and heated floors. Hip, modern doubles with artwork make you rethink the limitations of a hostel. There's a well-staffed and fun social scene, including affordable nightly barbecues with salad buffet in high season. It also offers electric-bike rentals.

Posada Karut Josh B&B $

(📞02902-496444; www.posadakarutjosh.com.ar; Calle 12, No 1882, Barrio Bahía Redonda; d US$71; 🛜) Run by an Italian-Argentine couple, this peaceful aluminum-sided B&B features big, bright rooms and a lovely garden with lake views. Breakfast is abundant and satisfying meals (AR$280) are also available.

Las Cabañitas CABIN $

(📞02902-491118; www.lascabanitascalafate.com; Valentín Feilberg 218; incl breakfast 2-/3-person cabins US$60/70, 4-person apt US$80; ☺Sep-May; @🛜) Las Cabañitas is a restful spot that has snug storybook A-frames with spiral staircases leading to loft beds and apartments, all with LED TVs. It's run by Eugenia, the helpful daughter of the original owner. Touches include a barbecue area, guest cooking facilities, and English lavender in the garden.

Hostel del Glaciar Libertador HOSTEL $

(📞02902-492492; www.glaciar.com; Libertador 587; dm/s/d US$25/77/88; @🛜) The best deals here are dorm bunk beds with thick covers. Behind a Victorian facade, the modern facilities include a top-floor kitchen, radiant floor heating, computers and a spacious common area with a plasma TV glued to sports channels. Breakfast is extra for dorm users (AR$84).

I Keu Ken Hostel HOSTEL $
(☑02902-495175; www.patagoniaikeuken.com.ar; FM Pontoriero 171; dm US$24, cabins per person incl breakfast US$70; @ 🛜) With helpful staff, artisan beer and deck chairs on industrial springs, this quirky hostel has proven popular with travelers. Features include inviting common areas, a terrace for lounging and first-rate barbecues. Its location, near the top of a steep hill, offers views (and a workout); it's an AR$80 taxi ride to the bus terminal.

Camping El Ovejero CAMPGROUND $
(☑02902-493422; www.campingelovejero.com. ar; José Pantín 64; campsites per person US$7; @ 🛜) El Ovejero has woodsy, well-kept (and slightly noisy) campsites with spotless showers that have 24-hour hot water. Locals boast that the on-site restaurant is one of the best deals in town for grill food. Extras include private tables, electricity and grills. It's located by the creek just north of the bridge into town. Make reservations online.

Hostel del Glaciar Pioneros HOSTEL $
(☑02902-491243; www.glaciar.com; Los Pioneros 251; dm/s/d US$20/53/59; ☺Nov-Mar; @ 🛜) A 15-minute walk from town, this sprawling, renovated red house is one of El Calafate's most long-standing hostels. A sociable place, it includes comfortable common areas, snug dorms and a small restaurant with homemade meals.

Calafate Hostel HOSTEL $
(☑02902-492450; www.calafatehostels.com; Moyano 1226; dm/s/d/tr US$20/71/94/110; @ 🛜) Best suited to large groups, this mammoth log cabin ends up feeling blander than the competition in El Calafate. Double-bunk dorms are cozy, while the new annex features tidy brick doubles.

Cauquenes de Nimez B&B $$
(☑02902-492306; www.cauquenesdenimez.com. ar; Calle 303, No 79; d/tr incl breakfast US$100/124; ❄🛜) 🚲 Both modern and rustic, Gabriel's welcoming two-story lodge offers views of flamingos on the lake (from November through summer). Smart rooms decorated with corduroy duvets and nature photography also feature lock boxes and TVs. Personalized attention is a plus, as is the complimentary tea time with lavender muffins, and free bikes (donations support the nature reserve).

South B&B B&B $$
(☑02902-489555; www.southbb.com.ar; Av Juan Domingo Perón 1016; d/tr/q incl breakfast US$85/120/150; ☺Oct-Apr; Ⓟ🛜) You would need a drone to get views of Lago Argentino to beat those from this enormous hillside hotel converted to a large B&B. Rooms are spacious, colorful and bright, though wi-fi reaches only some. It's attentive and family run, with a trio of toy poodles standing guard. It also offers box lunches (US$15).

Hosteria La Estepa BOUTIQUE HOTEL $$
(☑02902-496592; www.hosterialaestepa.com; Libertador 5310; s/d incl breakfast from US$130/150; @ 🛜) Guests happily tuck into this snug, rustic lodging with panoramic lake views and farm antiques. Of the 26 rooms, a handful have water views; the deluxe versions have small living areas. A sprawling 2nd-floor social area is strewn with regional maps and board games. The restaurant serves homemade meals. It's 5km west of the town center, toward Parque Nacional Los Glaciares.

Madre Tierra BOUTIQUE HOTEL $$$
(☑02902-489880; www.madretierrapatagonia. com; 9 de Julio 239; d incl breakfast US$165) A beaut wrapped in Andean textiles and rustic simplicity. The biggest draw is the 2nd-floor living room, with comfy sofas and a blazing woodstove on chilly days. The house has just seven rooms, outfitted with oversized dressers and a clean, modern sensibility. It's run by longtime area guides Natacha and Mariano, who also offer 4WD tours and transfers. Reservations required.

✖ Eating

Olivia CAFE $
(☑02902-488038; 9 de Julio 187; snacks AR$40-120; ☺10am-8pm; 🛜) This adorable coffee shop does *croque monsieurs* (grilled ham and cheese), fresh donuts and espresso drinks in a loungy pastel setting. It also uses whole-bean Colombian coffee. Want to take the chill off? Try the cheese scones served hot with cream.

Morphi al Paso FAST FOOD $
(☑911-3143-6005; 25 de Mayo 130; mains AR$50-150; ☺noon-1am Mon-Sat) For fresh *milanesas*, hot dogs and burgers in the off hours, this clean come-and-go counter flanked with bar stools is the way to go. *Morphi* means to chow down in Lunfardo, an Argentine slang derived from a dialect in Lombardy, Italy.

Viva la Pepa CAFE $
(☑02902-491880; Amado 833; mains AR$85-200; ☺noon-9pm Mon-Sat) Decked out in children's

drawings, this cheerful cafe specializes in crepes but also offers great sandwiches with homemade bread (try the chicken with apple and blue cheese), fresh juice and gourds of *maté*.

★**Buenos Cruces** ARGENTINE $$
(☑02902-492698; Espora 237; mains AR$130-280; ⊘7-11pm Mon-Sat; 🚸) This dynamic family-run enterprise brings a twist to Argentine classics. Start with a warm beet salad with balsamic reduction. The nut-crusted trout is both enormous and satisfying, as is the guanaco meatloaf or the baked ravioli crisped at the edge and bubbling with Roquefort cheese. The service is excellent and there's a play area for children.

★**Pura Vida** ARGENTINE $$
(☑02902-493356; Libertador 1876; mains AR$130-240; ⊘7:30-11:30pm Thu-Tue; 🖉) Featuring the rare treat of Argentine home cooking, this offbeat, low-lit eatery is a must. Its longtime owners are found cooking up buttery spiced chicken pot pies and filling wine glasses. For vegetarians, brown rice and wok veggies or salads are satisfying. Servings are huge. Don't skip the decadent chocolate brownie with ice cream and warm berry sauce. Reserve ahead.

Esquina Varela ARGENTINE $$
(☑02902-490666; Puerto Deseado 22; mains AR$190-245; ⊘7pm-late Thu-Tue; 🖉) Start with some fried calamari and beer at this corrugated-tin eatery. Filling lamb stew, steak and homemade pasta grace a short menu that also has vegetarian options. There's live music, too.

La Tablita PARRILLA $$
(☑02902-491065; www.la-tablita.com.ar; Rosales 24; mains AR$130-300; ⊘noon-3:30pm & 7pm-midnight) Steak and spit-roasted lamb are the stars at this satisfying *parrilla* that's popular beyond measure for good reason. For average appetites a half-steak will do, rounded out with a good malbec, fresh salad or garlic fries.

Mi Rancho ARGENTINE $$$
(☑02902-490540; Moyano 1089; mains AR$180-310; ⊘noon-3:30pm & 8pm-midnight) Inspired and intimate, Mi Rancho serves up oversized osso buco, delicious braided pastas stuffed with king crab, divine salads and sweetbreads with wilted spinach on toast. For dessert, chocolate fondant or passion-fruit semifreddo are both worth the calorie hit,

and more. Located in a tiny brick pioneer house with space for few.

🍷 Drinking & Nightlife

★**La Zorra** MICROBREWERY
(☑02902-490444; Av San Martín s/n; ⊘6pm-2am Tue-Sun) Long, skinny tables fill with both locals and travelers to quaff what we consider to be the best artisan beer in Patagonia, La Zorra. The smoked porter and double IPA do not disappoint. There's also pub fare such as fries and sausages.

Librobar BAR
(Libertador 1015; ⊘11am-3am; 🖉) Upstairs in the gnome village, this hip bookstore-bar serves coffee, artisan beers and pricey cocktails. Peruse the oversized photography books on Patagonian wildlife or bring your laptop and take advantage of the free wi-fi. There's also 2nd-story deck seating.

el ba'r CAFE
(9 de Julio s/n; ⊘11am-10pm Thu-Tue) This patio cafe is the hot spot for you and your sweater-clad puppy to order espresso, *submarinos* (hot milk with melted chocolate bar), green tea, gluten-free snacks or sandwiches (mains AR$80 to AR$180).

☆ Entertainment

La Tolderia LIVE MUSIC
(☑02902-491443; www.facebook.com/LaTolderia; Libertador 1177; ⊘noon-4am Mon-Thu, to 6am Fri-Sun) This petite storefront opens its doors to dancing and live acts at nighttime; it's probably the best spot to try if you're feeling boisterous.

🛈 Information

Withdraw your cash before the weekend rush – it isn't uncommon for ATMs to run out on Sundays. If you are headed to El Chaltén, consider getting extra cash here.

Banco Santa Cruz (Libertador 1285; ⊘8am-1pm Mon-Fri) Changes traveler's checks and has an ATM.

ACA (Automóvil Club Argentino; ☑02902-491004; Valentin Feilberg 51; ⊘24hr) Argentina's auto club; a good source for provincial road maps.

Hospital de Alta Complejidad SAMIC (☑02902-491889; www.hospitalelcalafate. org; Jorge Newbury 453) Located in El Calafate's upper neighborhood, a taxi ride from downtown.

Municipal Tourist Office (☑02902-491090, 02902-491466; www.elcalafate.tur.ar; Libertador

1411; ⊗ 8am-8pm) Has town maps and general information. There's also a kiosk at the bus terminal; both have some English-speaking staff.

National Park Office (☑ 02902-491545; Libertador 1302; ⊗ 8am-8pm Dec-Apr, to 6pm May-Nov) Offers brochures and a decent map of Parque Nacional Los Glaciares. It's best to get information here before reaching the park.

Post Office (Libertador 1133; ⊗ 8am-4:30pm Mon-Fri)

❶ Getting There & Away

AIR

The modern **Aeropuerto El Calafate** (☑ 02902-491220) is 23km east of town off RP 11. New low-cost airlines plan to offer flights to Buenos Aires, Ushuaia and Río Grande. **Aviación Civil Argentina** (ANAC; www.anac.gob.ar) has a map with new routes and airlines.

The following rates are one way. **Aerolíneas Argentinas** (☑ 02902-492814, 02902-492816; Libertador 1361; ⊗ 9:30am-5pm Mon-Fri, 10am-1pm Sat) flies daily to Bariloche (from AR$1860), Ushuaia (AR$1800), Trelew (AR$4000), and Aeroparque and Ezeiza in Buenos Aires (from AR$4400).

LATAM (☑ 02902-495548; 9 de Julio 81; ⊗ 9am-8pm Mon-Fri) flies to Ushuaia weekly.

Aerovías DAP (p319) flies to Punta Arenas in high season (December through March).

BUS

El Calafate's hilltop **bus terminal** (☑ 02902-491476; Jean Mermoz 104; ⊗ 24hr) is easily reached by a pedestrian staircase from the corner of Libertador and 9 de Julio. Book ahead in high season, as outbound seats can be in short supply.

For Río Gallegos, buses go four times daily; contact **Taqsa/Marga** (☑ 02902-491843; Jean Mermoz 104) or **Andesmar** (☑ 02902-494250; Jean Mermoz 104). Connections to Bariloche and Ushuaia may require leaving in the middle of the night and a change of buses in Río Gallegos. **Sportman** (☑ 02902-492680; Jean Mermoz 104) serves various destinations in Patagonia.

For El Chaltén, buses leave daily at 8am, 2pm and 6pm. Both **Caltur** (☑ 02902-491368; www.caltur.com.ar; Jean Mermoz 104) and **Chaltén Travel** (p368) go to El Chaltén and also drive the RN 40 to Bariloche (AR$2425, two days) in summer. General buses to Bariloche take longer in winter as they take the coastal route.

For Puerto Natales (Chile), **Cootra** (☑ 02902-491444; Jean Mermoz 104) and **Turismo Zahhj** (☑ 02902-491631; Jean Mermoz 104) depart at 8am and 8:30am daily (three times weekly in low season), crossing the border at Cerro Castillo,

where it may be possible to connect to Torres del Paine.

❶ Getting Around

Airport shuttle **Ves Patagonia** (☑ 02902-494355; www.vespatagonia.com.ar; airport transfer AR$160) offers door-to-door service (one-way AR$160), or you can take a taxi (AR$480). There are several car-rental agencies at the airport. **Localiza** (☑ 02902-491398; www.localiza.com.ar; Libertador 687; ⊗ 9am-8pm) and **Servi Car** (☑ 02902-492541; www.servi4x4.com.ar; Libertador 695; ⊗ 9:30am-noon & 4-8pm Mon-Sat) offer car rentals from convenient downtown offices.

Many lodgings and some downtown shops offer bicycle rentals.

Parque Nacional Los Glaciares (South)

Among the Earth's most dynamic and accessible ice fields, Glaciar Perito Moreno is the stunning centerpiece of the southern sector of Parque Nacional Los Glaciares (www.parquesnacionales.gob.ar/areas-protegidas/region-patagonia-austral/pn-los-glaciares; adult/child AR$500/130, collected after 8am). It's 30km long, 5km wide and 60m high, but what makes it exceptional in the world of ice is its constant advance – it creeps forward up to 2m per day, causing building-sized icebergs to calve from its face. Watching the glacier is a sedentary park experience that manages to be thrilling.

The glacier formed as a low gap in the Andes allowed moisture-laden Pacific storms to drop their loads east of the divide, where they accumulate as snow. Over millennia, under tremendous weight, this snow recrystallized into ice and flowed slowly eastward. The 1600-sq-km trough of Lago Argentino, the country's largest body of water, shows that glaciers were once far more extensive here. While most of the world's glaciers are receding, Glaciar Perito Moreno is considered 'stable.'

♔ Activities

Southern Spirit CRUISE
(☑ 02902-491582; www.southernspiritfte.com.ar; Libertador 1319, El Calafate; 1hr cruise AR$1800; ⊗ 9am-1pm & 4-8pm) Southern Spirit has one-to three-hour cruises on Lago Argentino in southern Parque Nacional Los Glaciares to see Perito Moreno Glacier. An active alternative includes hiking.

THE STORY OF GLACIERS

Ribbons of ice, stretched flat in sheets or sculpted by weather and fissured by pressure, glaciers have a raw magnificence that is mind-boggling to behold.

As snow falls on the accumulation area, it compacts to ice. The river of ice is slugged forward by gravity, which deforms its layers as it moves. When the glacier surges downhill, melted ice mixes with rock and soil on the bottom, grinding it into a lubricant that keeps pushing the glacier along. At the same time, debris from the crushed rock is forced to the sides of the glacier, creating features called moraines. Movement also causes cracks and deformities called crevasses.

The ablation area is where the glacier melts. When accumulation outpaces melting at the ablation area, the glacier advances; when there's more melting or evaporation, the glacier recedes. Since 1980 global warming has contributed greatly to widespread glacial retreat.

Another marvel of glaciers is their hue. What makes some blue? Wavelengths and air bubbles. The more compact the ice, the longer the path that light has to travel and the bluer the ice appears. Air bubbles in uncompacted areas absorb long wavelengths of white light, so we see white. When glaciers calve into lakes, they dump a 'glacial flour' comprised of ground-up rock that gives the water a milky, grayish color. This same sediment remains unsettled in some lakes and diffracts the sun's light, creating a stunning palette of turquoise, pale mint and azure.

– Carolyn McCarthy with contributions from Ursula Rick

Cabalgatas del Glaciar   HORSEBACK RIDING
(☑02902-495447; www.cabalgatasdelglaciar com; full day AR$2250) Cabalgatas del Glaciar runs one-day and multiday riding or trekking trips with glacier panoramas to Lago Roca and Paso Zamora on the Chilean border. Tours include transfer from El Calafate and a steak lunch. There's no office in El Calafate; the tour is sold online and via the Caltur office.

Solo Patagonia SA   CRUISE
(☑02902-491115; www.solopatagonia.com; Libertador 867, El Calafate; ⊙9am-12:30pm & 4-8pm) Solo Patagonia offers the Ríos de Hielo Express (AR$1350) from Puerto Punta Bandera, visiting Glaciar Upsala, Glaciar Spegazzini and Glaciar Perito Moreno. Weather may alter the route. Transfers from El Calafate cost extra (AR$450).

🛏 Sleeping

★ Camping Lago Roca   CAMPGROUND $
(☑02902-499500; www.losglaciares.com/camping lagoroca; per person US$14, cabin dm per 2/4 people US$88/59) This full-service campground with restaurant-bar, located a few kilometers past the education camp, makes an excellent adventure base. The clean concrete-walled dorms provide a snug alternative to camping. Hiking trails abound, and the center rents fishing equipment and bikes, and coordinates

horseback riding at the nearby Estancia Nibepo Aike

★ Estancia Cristina   ESTANCIA $$$
(☑02902-491133, in Buenos Aires 011-4803-7352; www.estanciacristina.com; d 2 nights incl full board & activities US$1738; ⊙Oct-Apr) Locals in the know say the most outstanding trekking in the region is right here. Lodgings are in bright, modern cabins with expansive views. A visit includes guided activities and boating to Glaciar Upsala. Accessible by boat from Puerto Punta Bandera, off the northern arm of Lago Argentino.

Estancia Nibepo Aike   ESTANCIA $$$
(☑02902-492797, in Buenos Aires 011-5272-0341; www.nibepoaike.com.ar; RP 15, Km60; d per person incl full board & activities from US$152; ⊙Oct-Apr; 🐾) This Croatian pioneer ranch, still a working cattle ranch, offers the usual assortment of *estancia* highlights, including demonstrations and horseback riding with bilingual guides. Rooms are simply lovely and high-quality photos give a sense of the regional history. Guests can also explore the surroundings on two wheels from the bicycle stash. Transfers to and from El Calafate are included.

❶ Getting There & Away

The main gateway town to Parque Nacional Los Glaciares' southern sector, El Calafate, is where you'll find most operators for tours and activities. Glaciar Perito Moreno is 80km west of El Calafate via paved RP 11, which passes through the breathtaking scenery around Lago Argentino. Bus tours (AR$650 roundtrip) are frequent in summer. Buses leave El Calafate in the early morning and afternoon, returning around noon and 7pm.

In the park, there is a free shuttle from the parking area to the boardwalks.

El Chaltén

[✎ 02962 / POP 1630]

This colorful village overlooks the stunning northern sector of Parque Nacional Los Glaciares. Every summer thousands of trekkers explore the world-class trails that start right here. Founded in 1985, in a rush to beat Chile to the land claim, El Chaltén is still a frontier town, albeit an offbeat one, featuring constant construction, hippie values and packs of roaming dogs. Every year more mainstream tourists come to see what the fuss is about, but in winter (May–September) most hotels and services board up and transportation links are few. Visit www.elchalten.com for a good overview of the town.

⛰ Tours

El Relincho   HORSEBACK RIDING
([☎ 02962-493007, in El Calafate 02902-491961; www.elrelinchopatagonia.com.ar; Av San Martín 505) Outfitter El Relincho takes riders to the pretty valley of Río de las Vueltas (three hours) and also offers more challenging rides up the Vizcacha hill followed by a barbecue on a traditional ranch. Cabin-style accommodations are also available through the company.

Camino Abierto   TOURS
([☎ 02962-493043; www.caminoabierto.com) An operator offering trekking throughout Patagonia and guided crossing to Villa O'Higgins. It's off Av San Martín.

🛏 Sleeping

Albergue Patagonia   HOSTEL $
(Patagonia Travellers' Hostel;   [☎ 02962-493019; www.patagoniahostel.com.ar; Av San Martín 376; incl breakfast d/tr US$105/130, dm/s/d without bathroom US$25/60/75; ⊗ Sep-May; @ 🗢) A gorgeous and welcoming wooden farmhouse with helpful staff. Dorms in a separate building are spacious and modern, with good service and a humming atmosphere. A B&B option features rooms with private bathrooms, kitchen use and a sumptuous buffet breakfast at Fuegia Bistro.

Also rents bikes and offers a unique bike tour to Lago del Desierto (AR$1100) with shuttle options.

Camping El Relincho   CAMPGROUND $
([☎ 02962-493007; www.elrelinchopatagonia. com.ar; Av San Martín 545; campsites per person/ vehicle/motorhome US$9/3/5, 4-person cabins US$118; 🗢) A private campground with wind-whipped and exposed sites, and an enclosed cooking area.

Condor de Los Andes   HOSTEL $
([☎ 02962-493101; www.condordelosandes.com; cnr Río de las Vueltas & Halvor Halvorsen; dm/d US$28/91; @ 🗢) This homey hostel has the feel of a ski lodge, with worn bunks, warm rooms and a roaring fire. Prices take a leap to stylish private doubles, though it's an unlikely choice for couples. The guest kitchen is immaculate and there are comfortable lounge spaces.

Lo de Trivi   HOSTEL $
([☎ 02962-493255; www.lodetrivi.com; Av San Martín 675; d US$80, dm/d without bathroom US$19/76; 🗢) A good budget option, this converted house has added shipping containers and decks with antique beds as porch seating. It's a bit hodgepodge but it works. There are various tidy shared spaces with and without TV; best is the huge industrial kitchen for guests. Doubles in snug containers can barely fit a bed.

Rancho Grande Hostel   HOSTEL $
([☎ 02962-493005; www.ranchograndehostel.com; Av San Martín 724; dm/d/tr/q US$35/147/170/194; @ 🗢) Serving as Chaltén's Grand Central Station (Chaltén Travel buses stop here), this bustling backpacker factory has something for everyone, from bus reservations to internet (extra) and 24-hour cafe service. Clean four-bed rooms are stacked with blankets, and bathrooms sport rows of shower stalls. Private rooms have their own bathroom and free breakfast.

★ Nothofagus B&B   B&B $$
([☎ 02962-493087; www.nothofagusbb.com.ar; cnr Hensen & Riquelme; s/d/tr US$74/94/106, without bathroom US$59/71/99; ⊗ Oct-Apr; @ 🗢) 🖋 Attentive and adorable, this chalet-style inn offers a toasty retreat with hearty breakfast options. Practices that earn them the Sello Verde (Green Seal) include separating organic waste and replacing towels only when

asked. Wooden-beam rooms have carpet and some views. Those with hallway bathrooms share one other room. The owners, former guides, are helpful with providing hiking information.

Anita's House
CABIN $$

(☑ 02962-493288; www.anitashouse.com.ar; Av San Martín 249; 2-/3-/4-person cabins US$118/129/141, 6-person cabins US$188; 🐕) When the wind howls, these few modern cabins are a snug spot for groups, couples or families, smack in the center of town. Owner run and with impeccable service. Kitchens come fully equipped and there's room service and cable TV. The larger two-story cabins are downright spacious.

El Barranco
INN $$

(☑ 02962-493006; www.posadaelbarranco.com; Calle 2, No 45; d/tr/q incl breakfast US$150/165/175; 🐕) This 10-room inn hits just the right note, with sleek rooms and their glass showers, LED TVs and lock boxes. The double water-heater system ensures you won't go without a hot shower. There arc also three high-ceiling cabins with kitchenettes set in the grassy yard. With 24-hour reception.

Inlandsis
GUESTHOUSE $$

(☑ 02962-493276; www.inlandsis.com.ar; Lago del Desierto 480; d US$84-99; ☺ Oct-Apr; 🐕) This small, relaxed brick house offers economical rooms with bunk beds (some are airless; check before booking) or larger, pricier doubles with two twin beds or a queen-size bed. It also has bi-level cabins with bathtubs, kitchens and DVD players. There are great extras, like afternoon cakes or wine, bag lunches for the trail and transportation in and out of town.

Pudu Lodge
HOTEL $$

(☑ 02962-493365; www.pudulodge.com; Calle Las Loicas 97; d incl breakfast US$90; P @ 🐕) This comfy lodging with modern style and congenial service has 20 spacious rooms with good mattresses. It's great value for El Chaltén. Buffet breakfasts are served in the cathedral-ceilinged great room.

★ Senderos Hostería
B&B $$$

(☑ 02962-493336; www.senderoshosteria.com.ar; Perito Moreno 35; s/d incl breakfast from US$125/150) This contemporary, corrugated-tin home offers wonderful amenities for trekkers seeking creature comforts. The on-site restaurant serves exquisite gourmet

meals with excellent wines and attentive service – a real perk when you've spent a day outdoors. Smart rooms have soft white sheets, firm beds, lock boxes and occasional Fitz Roy views.

Hostería El Puma
LODGE $$$

(☑ 02962-493095; www.hosteriaelpuma.com.ar; Lionel Terray 212; s/d/tr US$146/164/191; P 🐕) This luxury lodge with 12 comfortable rooms offers intimacy without pretension, as well as huge buffet breakfasts. The rock-climbing and summit photographs and maps lining the hall may inspire your next expedition, but lounging by the fireplace is the most savory way to end the day.

Kaulem
BOUTIQUE HOTEL $$$

(☑ 02962-493251; www.kaulem.com.ar; cnr Av Antonio Rojo & Comandante Arrua; d incl breakfast US$155, cabin d US$135; 🐕) 🍴 With a cozy lodge atmosphere, cafe and public art gallery, this boutique hotel is rustic and stylish, with just four rooms, all with Fitz Roy views, and an adjacent cabin with kitchen. The buffet breakfast includes yogurt, homemade bread and fruit. Guests share a huge open dining and living area piped with good music and stocked with books and chess.

✗ Eating

Cúrcuma
VEGAN $

(☑ 02902-485656; Av Rojo 219; mains AR$160; ☺ 10am-10pm; 🍴) With an avid following, this vegan, gluten-free cafe does mostly takeout, from adzuki-bean burgers to whole-wheat pizzas, stuffed eggplant with couscous and arugula. Salads, coconut-milk risottos and smoothies are rare as endangered species in Patagonia – take advantage. Hikers can reserve a lunch box a day in advance.

Domo Blanco
ICE CREAM $

(Av San Martín 164; snacks AR$90; ☺ 2pm-midnight) Excellent homemade ice cream made with flavors like lemon ginger and berry marscarpone, with fruit harvested from a local *estancia* and calafate bushes in town.

Patagonicus
PIZZA $

(☑ 02962-493025; Av MM de Güemes 57; pizza AR$100-160; ☺ 11am-midnight Nov-Apr) Serving 20 kinds of pizza, salads and wine at sturdy wood tables surrounded by huge picture windows, Patagonicus is a local favorite. Cakes and coffee are also worth trying.

Techado Negro
CAFE $

(☎ 02962-493268; Av Antonio Rojo; mains AR$90-180; ⊙ noon-midnight; 🖋) 🍴 With local paintings on the wall, bright colors and a raucous, unkempt atmosphere in keeping with El Chaltén, this homespun cafe serves up abundant, good-value and sometimes healthy Argentine fare. Think homemade empanadas, squash stuffed with *humitas* (sweet tamale), brown rice vegetarian dishes, soups and pastas. It also offers box lunches.

⭐ Maffía
ITALIAN $$

(☎ 02966-449574; Av San Martín 107; mains AR$180-360; ⊙ 11am-11pm) Bring your appetite. In a gingerbread house, this pasta specialist makes delicious stuffed *panzottis* and *sorrentinos*, with creative fillings like trout, eggplant and basil or fondue. There are also homemade soups and garden salads. Service is professional and friendly. For dessert, the oversize homemade flan delivers.

Estepa
ARGENTINE $$

(☎ 02962-493069; cnr Cerro Solo & Av Antonio Rojo; mains AR$100-300; ⊙ 11:30am-2pm & 6-11pm) Local favorite Estepa cooks up consistent, flavorful dishes such as lamb with calafate sauce, trout ravioli or spinach crepes. Portions are small but artfully presented, with veggies that hail from the on-site greenhouse. For a shoestring dinner, consider its rotisserie takeout service.

Don Guerra
INTERNATIONAL $$

(☎ in Buenos Aires 011-15-6653-5746; Av San Martín s/n; mains AR$190-230; ⊙ noon-11pm) Patagonian to its wooden bones, stuffed with sheepskin stools that wrap around an island bar and cozy booths. There are Esquel microbrews on tap and a variety of worthwhile dishes, from *milanesas* to stir-fries and fajitas.

El Muro
ARGENTINE $$

(☎ 02962-493248; Av San Martín 912; mains AR$90-210; ⊙ noon-3pm & 7-11pm) For rib-sticking mountain food (think massive stir-fries, tenderloin stroganoff or trout with crisp, grilled veggies), head to this tiny outpost at the end of the road.

La Cervecería
PUB FOOD $$

(☎ 02962-493109; Av San Martín 320; mains AR$100-190; ⊙ noon-midnight) That après-hike pint usually evolves into a night out at this humming pub with *simpatico* staff and a feisty female beer master. Savor a stein of unfiltered blond pilsner or turbid bock with

pasta or *locro* (a spicy stew of maize, beans, beef, pork and sausage).

La Oveja Negra
GRILL $$

(☎ 02962-271437; Av San Martín 226; mains AR$180-240; ⊙ noon-11:30pm) In a pleasant wooden house, a classic Argentine grill cooks up butterflied lamb over wood fires, plus beef and sausages. Vegetarians will have to satisfy themselves with grilled vegetables. There's artisan beer on tap and wines.

⭐ La Tapera
ARGENTINE $$$

(☎ 02962-493195; Antonio Rojo 74; mains AR$260-330; ⊙ noon-3pm & 6:30-11pm Oct-Apr) With tender steak in balsamic-reduction sauce, ultra-fresh trout from Lago del Desierto and red-wine glasses as big as your head, it's hard to go wrong at Chipo's place, reminiscent of a log cabin with an open fireplace. Vegetarian options invite less enthusiasm – best to try elsewhere. Otherwise, service is snappy, portions generous and there are wonderful wine options.

🍸 Drinking & Nightlife

La Vinería
WINE BAR

(☎ 02962-493301; Lago del Desierto 265; ⊙ 2:30pm-3am Oct-Apr) Transplanted from Alaska, this tiny, congenial wine bar offers a long Argentine wine list accompanied by 70 craft-beer options and standout appetizers. With 50 wines sold by the glass, and an entire gin menu, enthusiasts might be tempted to sabotage their next day on the trail.

La Chocolatería
CAFE

(☎ 02962-493008; Lago del Desierto 105; ⊙ 11am-9pm Mon-Fri, 9am-9pm Sat & Sun Nov-Mar) This irresistible chocolate factory tells the story of local climbing legends on the walls. It makes for an intimate evening out, with options ranging from spirit-spiked hot cocoa to wine and fondue. Chocolate and coffee drinks are AR$90.

Fresco
BAR

(Cabo García 38; ⊙ 5pm-midnight Mon-Sat) In a corrugated-tin house, this bare-bones bar gets lively when there's live music. There's also La Zorra beer on tap, one of Patagonia's finest.

Laguna los Tres
BAR

(Trevisán 42; ⊙ 6pm-2am) For a dose of rock or reggae with ping-pong on the side, this disheveled bar will do nicely. There's live music on weekends; check the Facebook page for events.

🛍 Shopping

Viento Oeste BOOKS
(📱02962-493200; Av San Martín 898; ⊙10am-11pm) Sells books, maps and souvenirs and also rents a wide range of camping equipment, as do several other sundries shops around town.

ℹ Information

Those coming from El Calafate should bring extra cash in case ATMs are out of money or service.

Banco de Santa Cruz (Bus Terminal; ⊙24hr) has a LINK-access ATM in the bus terminal. There's another one outside the terminal.

New regulations require lodgings and restaurants to accept credit cards, but it may take some time for local businesses to implement them. There's one gas station at the entrance to town that accepts cash only. Euros and US dollars are widely accepted.

Chaltén Travel (📱02962-493092; www.chaltentravel.com; Av MM de Güemes 7; ⊙7am-noon & 5-9pm) Books airline tickets (flights out of Calafate) and bus travel along RN 40.

Municipal Tourist Office (📱02962-493370; www.elchalten.tur.ar; Bus Terminal; ⊙8am-10pm) Friendly and extremely helpful, with lodging lists and good information on the town and tours. English is spoken.

Park Ranger Office (📱02962-493024, 02962-493004; pnlgzonanorte@apn.gob.ar; ⊙9am-5pm Sep-Apr, 10am-5pm May-Aug) Many daytime buses stop for a short bilingual orientation at this visitor center, just before the bridge over the Río Fitz Roy. Park rangers distribute a map and town directory and do a good job of explaining Parque Nacional Los Glaciares' ecological issues. Climbing documentaries are shown at 2pm daily – great for rainy days.

ℹ Getting There & Away

El Chaltén is 220km from El Calafate via smooth paved roads. A bicycle path heads from town to Hostería El Pilar, in Parque Nacional Los Glaciares. Bike rentals are available in various locations.

Many travelers arrive in El Chaltén after making a one- to three-day ferry and hiking trip from Villa O'Higgins (p337).

All buses go to the **Terminal de Omnibus** (📱02962-493370), located near the entrance to town. Outbound passengers must pay a separate departure tax (AR$20).

For El Calafate (AR$600, 3½ hours), **Chaltén Travel** (📱02962-493092, 02962-493005; Av San Martín 635) has daily departures at 7:30am, 1pm and 6pm in summer. **Caltur** (📱02962-

493150; Av San Martín 520) and **Taqsa/Marga** (📱02962-493130; Bus Terminal) also make the trip. Service is less frequent in low season.

Las Lengas (📱02962-493023; Antonio de Viedma 95) has shuttle service directly to El Calafate's airport (AR$600) in high season. It also has minivans to Lago del Desierto (AR$450 round-trip), stopping at Hostería El Pilar and Río Eléctrico.

Chaltén Travel also goes to Bariloche on odd days of the month in high season (AR$2425, two days), with an overnight stop (meals and accommodations extra). Taqsa also goes to Bariloche (AR$2020), to points on RN 40 in between, and to Ushuaia (AR$2150).

Parque Nacional Los Glaciares (North)

This surreal and stunning mountain landscape defies all logic. In the northern part of the park, the Fitz Roy Range – with its rugged wilderness and shark-tooth summits – is the de facto trekking capital of Argentina. It also draws world-class climbers for whom Cerro Torre and Cerro Fitz Roy are milestone ascents notorious for brutal weather conditions. But you don't have to be extreme to enjoy the numerous well-marked trails for hiking and jaw-dropping scenery – that is, when the clouds clear.

Parque Nacional Los Glaciares is divided into geographically separate northern and southern sectors. El Chaltén is the gateway town for the northern part of the park. El Calafate is the gateway town for the southern section, which features the Glaciar Perito Moreno. They are not connected by trails and are essentially seen as separate parks.

🏃 Activities

⭐ **Laguna de Los Tres** HIKING
This hike to a high alpine tarn provides one of the most photogenic spots in Parque Nacional Los Glaciares. It's somewhat strenuous (10km and four hours one way) and best for those already in good physical shape. Exercise extra caution in foul weather as trails are very steep.

Laguna Torre HIKING
Views of the stunning rock needle of Cerro Torre are the highlight of this 18km round-trip hike. If you have good weather – ie little wind – and clear skies, make this hike (three hours one way) a priority, since the toothy Cerro Torre is the most difficult local peak to see on normal blustery days.

Lago del Desierto–Chile Trail   HIKING

Some 37km north of El Chaltén (a one-hour drive on a gravel road), Lago del Desierto sits near the Chilean border. At the lake a 500m trail leads to an overlook with fine lake and glacier views. A lake trail along the eastern side extends to Candelario Mansilla in Chile.

An increasingly popular way to get to Chile is by crossing the border here with a one- to three-day trekking/ferry combination to Villa O'Higgins, the last stop on the Carretera Austral. The route is also popular with cyclists, though much of their time is spent shouldering their bike and gear through steep sections too narrow for panniers. Plans have started to put a road in here, but it may take decades.

Lomo del Pliegue
Tumbado & Laguna Toro   HIKING

Heading southwest from El Chaltén's Park Ranger Office, this trail (10km and four to five hours one way) skirts the eastern face of Loma del Pliegue Tumbado going toward Río Túnel, then cuts west and heads to Laguna Toro. It's less crowded than the main routes. The hike is gentle, but prepare for strong winds and carry extra water.

Piedra del Fraile   HIKING

This 16km round-trip (three hours one way) follows the Valle Río Eléctrico. There are some stream crossings with sturdy tree trunks to cross on and one bridge crossing; all are well-marked. From **Hostería El Pilar** walk 1km northeast on the main road to hit the signposted trailhead for Piedra del Fraile, near a big iron bridge.

☞ Tours

Exploradores Lago del Desierto   BOATING

(☑02962-493081; www.receptivochalten.com; glacier tour incl bus transfer AR$1450) This tour takes visitors boating on Lago del Desierto, with a short trek to Glaciar Vespignani. Rates are discounted without the transfer from El Chaltén. The boat also does crossings of Lago del Desierto (US$40 to Punta Norte) for treks to Candelario Mansilla, Chile.

Patagonia Aventura   ADVENTURE

(☑02962-493110; www.patagonia-aventura.com; Av San Martín 56, El Chaltén) Offers cruises (AR$1100) on Lago Viedma to view Glaciar Viedma, and trekking (AR$2100) on the peninsula overlooking the glacier, or the option of doing both as part of a package

(AR$2400). There used to be an option to trek on the glacier, but its recession has now made this impossible. Departs from Puerto Bahía Túnel.

Chaltén Mountain Guides   OUTDOORS

(☑02962-493329; www.chaltenmountainguides. com; Río de las Vueltas 212, El Chaltén) Licensed guides do ice-field traversing, trekking and mountaineering. Rates decrease significantly with group size. The office is in the Kaulem hotel.

Fitzroy Expediciones   OUTDOORS

(Adventure Patagonia; ☑02962-436110; www. fitzroyexpediciones.com.ar; Av San Martín 56, El Chaltén; ☺9am-1pm & 2-8pm) Runs trekking excursions, ice trekking on Glaciar Cagliero, kayaking and a five-day itinerary that includes trekking in the Fitz Roy and Cerro Torre area. Note that Fitzroy Expediciones does accept credit cards, unlike most businesses in town.

🛏 Sleeping

Lodge Los Troncos   HUT $

(campsites per person US$20, dm US$50) Reservations are not possible at Lodge Los Troncos since there are no phones – simply show up. The campground has a kiosk, a restaurant and excellent services.

Hostería El Pilar   ESTANCIA $$$

(☑02962-493002; www.hosteriaelpilar.com.ar; RP 23, Km 17; s/d incl breakfast US$160/180; ☺with advance reservation only Nov-Mar) At the south end of the Lago del Desierto, travelers can stay in one of 10 cozy *estancia* rooms or dine in the inviting restaurant serving excellent *cocina de autor* (gourmet cuisine). There are trails here that lead into the park or up Valle Río Eléctrico. It's 17km from El Chaltén.

❶ Getting There & Away

Parque Nacional Los Glaciares is just outside El Chaltén. Most trails start on the outskirts of town and require no transportation. Otherwise, excursions and taxis offer transfers to more distant trailheads, though costs tend to be exorbitant.

Las Lengas (☑02962-493023; Antonio de Viedma 95, El Chaltén) has a minibus service to Lago del Desierto (AR$450 round-trip, two hours), leaving El Chaltén at 8am, noon and 3pm daily.

From Candelario Mansilla, Chile, the catamaran **Hielo Sur** (☑in Chile +56-0672-431821; www. villaohiggins.com) makes border crossings.

Tierra del Fuego

Best Places to Eat

➡ Kalma Resto (p395)

➡ La Picada de los Veleros (p387)

➡ María Lola Restó (p396)

➡ Club Croata (p383)

Best Places to Stay

➡ Yendegaia House (p383)

➡ Refugio El Padrino (p386)

➡ Lakutaia Lodge (p387)

➡ Errante Ecolodge (p387)

➡ Antarctica Hostel (p392)

Why Go?

At the southern extreme of the Americas, the immense Fuegian wilderness, with its slate-gray seascapes, crimson bogs and wind-worn forests, endures as awesome and irritable as in the era of exploration. Shared by Chile and Argentina, this area is also lovely and wild. The remote Chilean side consists of hardscrabble outposts, lonely sheep ranches, and a roadless expanse of woods, lakes of undisturbed trout and nameless mountains.

In contrast, the Argentine side lives abuzz. Antarctica-bound cruisers arriving in Ushuaia find a lively dining scene and dozens of outfitters poised at the ready. Take a dogsled ride, boat the Beagle Channel or carve turns at the world's southernmost resort. When you tire of the hubbub, cross the Beagle Channel to solitary Isla Navarino.

Uninhabited groups of islands peter out at Cabo de Hornos (Cape Horn). And if Tierra del Fuego is not remote enough, Antarctica remains just a boat ride away.

When to Go
Porvenir

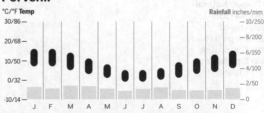

Nov–Mar Warm but windy, best for hiking, penguin watching and *estancia* (grazing ranch) visits.

Mid-Nov–mid-Apr Fishing season on the Atlantic coast and Chile's remote Lago Blanco.

Jul–Sep Optimal for skiing, snowboarding or dogsledding in Ushuaia.

Tierra del Fuego Highlights

1 Dientes de Navarino (p385) Backpacking around the jagged peaks and sculpted landscapes on this burly five-day backcountry circuit.

2 Parque Nacional Tierra del Fuego (p398) Exploring the ancient moss-bound Fuegian forests.

3 Ushuaia (p389) Splurging on fresh local seafood in gourmet style and racing through frozen valleys on a dogsledding tour.

4 Porvenir (p382) Skirting the scenic cliffs of Bahía Inútil while driving the empty back roads.

5 Strait of Magellan (p387) Cruising on ferry *Yaghan* while admiring glaciers, whales and remote lighthouses.

6 Cerro Castor (p389) Skiing and snowboarding with sublime views at the world's southernmost resort, just outside Ushuaia.

7 Parque Natural Karukinka (p384) Getting way off the beaten path to explore this pristine park in the middle of the main island.

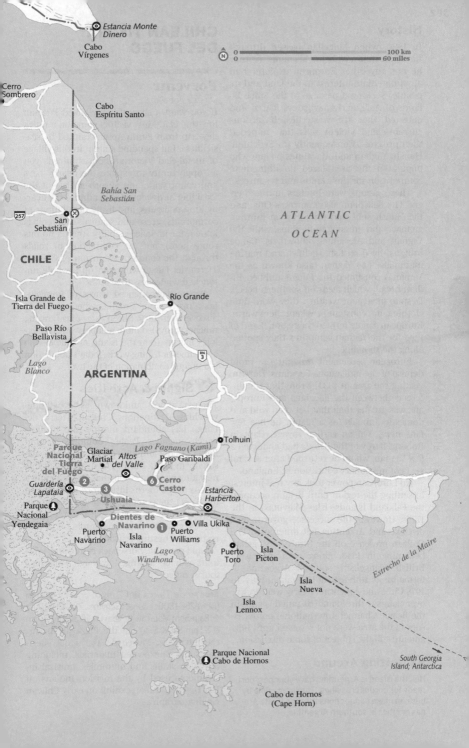

History

In 1520, when Magellan passed through the strait that now bears his name, neither he nor any other European explorer had any immediate interest in the land and its people. Seeking a passage to the Spice Islands of Asia, early navigators feared and detested the stiff westerlies, hazardous currents and violent seas that impeded their progress. Consequently, the Selk'nam, Haush, Yaghan and Alacalufes people who populated the area faced no immediate competition for their lands and resources.

These groups were hunters and gatherers. The Selk'nam, also known as Ona, and the Haush subsisted primarily on hunting guanaco and dressing in its skins, while the Yaghan and Alacalufes, known as 'Canoe Indians,' lived on fish, shellfish and marine mammals. The Yaghan (also known as the Yamaná) consumed the fungus dubbed Indian bread, which feeds off southern beech. Despite inclement weather, they wore little clothing, but constant fires kept them warm. European sailors termed the region 'Land of Fire' for the Yaghan campfires they spotted along the shoreline.

European settlement brought the rapid demise of the indigenous Fuegians. Darwin, visiting the area in 1834, wrote that the difference between the Fuegians and Europeans was greater than that between wild and domestic animals (as a result, he has few fans here). On an earlier voyage, Captain Robert Fitzroy of the *Beagle* had abducted a few Yaghan, whom he returned after several years of missionary education in England.

No European power took any real interest in settling the region until Britain occupied the Falkland Islands (Islas Malvinas) in the 1770s. However, the successor governments of Chile and Argentina felt differently. The Chilean presence on the Strait of Magellan beginning in 1843, along with increasing British evangelism, spurred Argentina to formalize its authority at Ushuaia in 1884. In 1978 Chile and Argentina nearly went to war over claims to three small disputed islands in the Beagle Channel. International border issues in the area were not resolved until 1984 and are still the subject of some discussion.

❶ Getting Around

Half the island is Argentine; have your passport ready for border crossings. Those traveling by bus can make connections through Punta Arenas or cities in southern Argentina.

CHILEAN TIERRA DEL FUEGO

Porvenir

☑ 061 / POP 5907

If you want a slice of home-baked Fuegian life, this is it. Most visitors come on a quick day trip from Punta Arenas tainted by seasickness. But spending a night in this village of metal-clad Victorian houses affords you an opportunity to explore the nearby bays and countryside and absorb a little of the local life; birdwatchers can admire the nearby king penguins, and lively populations of cormorants, geese and seabirds. Porvenir is known for its inaccessibility (there's no bus route here), but the completion of roads through the southern extension of Chilean Tierra del Fuego will open up a whole untouched wilderness to visitors.

Porvenir experienced waves of immigration, many from Croatia, when gold was discovered in 1879. Sheep *estancias* (grazing ranches) provided more reliable work, attracting Chileans from the island of Chiloé, who also came for fishing work. Today's population is a unique combination of the two.

◉ Sights & Activities

Though almost unknown as a wildlife-watching destination, Chilean Tierra del Fuego has abundant marine and birdlife, which includes Peale's dolphins around Bahía Chilota and king penguins, found seasonally in Bahía Inútil. The discovery of this new king penguin colony has created quite a stir. As of yet, there's little procedure in place to protect the penguins from overvisitation. Please make your visit with a reputable agency, give the penguins ample berth and respect the nesting season.

Gold panning, horseback riding and 4WD tours can be arranged through Porvenir's tourist office.

Museo de Tierra del Fuego   MUSEUM
(☑ 61-258-1800; Jorge Schythe 71; CH$1000; ⊙ 8am-5pm Mon-Thu, to 4pm Fri, 10:30am-1:30pm & 3-5pm Sat & Sun) On the Plaza de Armas, the intriguing Museo de Tierra del Fuego has some unexpected materials, including Selk'nam skulls and mummies, musical instruments used by the mission Indians on Isla Dawson and an exhibit on early Chilean cinematography.

Far South Expeditions OUTDOORS
(www.fsexpeditions.com) High-end natural-ist-run tours, with transportation available from Punta Arenas. Offers day trips and overnights to the king penguin colony or all-inclusive packages. Contact by phone or email.

Big Pampa OUTDOORS
(☑ cell 9-6190-4183; www.bigpampa.com; Croacia 702; ☉ hours vary) The only Tierra del Fuego–based agency on Chile's part of the big island does worthwhile tours to the king penguin rookery, visits to Parque Karukinka and trekking around lakes. Located at Yendegaia House.

Travesia del Fin del Mundo HORSEBACK RIDING
(☑ cell 9-4204-0362; wilke.chile@gmail.com; Estancia Porfin; 8-day tour CH$500,000) Longtime guide Wilke gives riding tours of Tierra del Fuego, viewing herds of wild horses and visiting remote ranches. The horses are considered a plague on the island, throwing the fragile ecosystem out of balance. Wilke's efforts to tame and sell the horses strive for a peaceful solution. The rustic tour is aimed at riders with experience.

Transfers to and from Porvenir (80km) included. Making contact with Wilke can be a challenge since he travels out of cell service areas. Accepts volunteers.

🛏 Sleeping & Eating

Hotel España HOTEL $
(☑ 61-258-0160; Croacia 698; s/d/tr CH$25,000/35,000/43,000; 🅿 🕸) This rambling hotel has spacious, impeccably kept rooms with views of the bay. Rooms have Berber carpets, TVs and central heating. There is a downstairs cafe and parking in the back.

Hotel Yagan GUESTHOUSE $
(☑ 61-258-0936; Philippi 296; s/d US$62/80; 🕸) Eleven clean and pleasant rooms offer heating and cable TV; some have wonderful views. The restaurant, serving fresh seafood and more, gets crowded for meals.

★ Yendegaia House B&B $$
(☑ 61-258-1919; http://yendegaiahouse.com; Croacia 702; s/d/tr incl breakfast US$67/100/120; 🕸) Everything a B&B should be, with naturalist books (some authored by the owner) to browse, abundant breakfast, views of the strait and spacious rooms with thick down duvets. This historic Magellanic home (Porvenir's first lodging) has been lovingly re-

stored, and its family of hosts are helpful. Its tour agency, Far South Expeditions, runs naturalist-led trips. With bikes for rent.

The cafe features espresso drinks, sandwiches and pizza.

El Chispa CAFE $
(☑ 61-258-0054; Señoret 202; mains CH$5000-9000; ☉ hours vary) In an old aquamarine firehouse packed with locals for salmon dinners, lamb and mashed potatoes, and other home-cooked fare. It's a couple of blocks uphill from the water.

Club Croata SEAFOOD $$
(☑ 61-258-0053; Señoret 542; mains CH$5000-12,000; ☉ 11am-4pm & 7-10:30pm Tue-Sun) Formal by tradition, the town's most reliable restaurant serves good seafood at reasonable prices. There's also Croat specialties, such as pork chops with *chucrut* (sauerkraut). The pub is open to 3am.

ⓘ Information

For tourism information, consult at the **tourist office** (☑ 61-258-0098, 61-258-0094; www.muniporvenir.cl; Zavattaro 434; ☉ 9am-5pm Mon-Fri, 11am-5pm Sat & Sun) or **kiosk** (☉ Jan-Feb) in front of Parque Yugoslavo.

BancoEstado (cnr Philippi & Croacia; ☉ 10am-1pm Mon-Fri) has a 24-hour ATM.

The **post office** (Philippi 176; ☉ 9am-1pm & 3-5pm Mon-Fri) faces the plaza.

ⓘ Getting There & Away

From Punta Arenas you can fly here with **Aerovías DAP** (☑ 61-261-6100; www.aeroviasdap.cl; cnr Señoret & Philippi) or take the ferry crossing with **Transbordador Austral Broom** (☑ 61-258-0089; www.tabsa.cl; passenger/vehicle Porvenir-Punta Arenas CH$6200/39,800).

A good gravel road (Rte 257) runs east along Bahía Inútil to the Argentine border at San Sebastián; allow about four hours. From San Sebastián (where there's gas and a motel), northbound motorists should avoid the heavily traveled and rutted truck route directly north and instead take the route from Onaisín to the petroleum company town of Cerro Sombrero, en route to the crossing of the Strait of Magellan at Punta Delgada–Puerto Espora.

Interior Tierra del Fuego
POP 420

You can see the wild interior in two ways: either as the future of tourism or as nowhereland itself. For adventurers and anglers, it has its intrigue. South of Cameron, access to

Chilean Tierra del Fuego once petered out into stark, roadless wilderness and the rugged Cordillera Darwin. With the Ministry of Public Works now working hard to create access to these southern points, there will eventually be a link to Ushuaia via Lago Fagnano. In the future the same road will continue to provide access to Parque Nacional Yendegaia.

Located south of Bahía Inútil (the Useless Bay), the region of Timaukel occupies the southern section of Chilean Tierra del Fuego. Attractions here include exclusive fishing lodges on the cherished fly-fishing getaway Lago Blanco and Parque Natural Karukinka.

Few roads lead into this region, with even less public transportation.

◎ Sights

Parque Natural Karukinka　　NATURE RESERVE
(☑ in Santiago 2-2222-2697; www.karukinka natural.cl) A pristine private park owned by the Wildlife Conservation Society, Karukinka has 300,000 hectares of lush wetlands, lenga forests and snowy peaks. There's great birdwatching, and possible glimpses of guanacos, foxes, river otters, dolphins, seals and elephant seals. There's camping as well as a list of nearby accommodations on the website. No fires are allowed. Access is by car from Porvenir or seasonal flights from Punta Arenas to Pampa Guanaco, some 20 minutes away.

⊨ Sleeping & Eating

There is some camping in reserve areas; otherwise, there's a fishing lodge, and some *estancias* may offer lodgings.

Nona Nina　　CAFE
(☑ 61-274-4349; www.nonanina.cl; Ruta 257, Km87, Estancia Miriana; items from CH$3000; ⊙ hours vary) If you are heading to Argentine Tierra del Fuego via the San Sebastián crossing, stop in at this welcoming family-run teahouse in Estancia Miriana for real coffee and loose-leaf teas served with homemade bread, rhubarb jam and sumptuous pies and cakes.

Parque Nacional Yendegaia

Serene glacier-rimmed bays and native Fuegian forest comprise this 1500-sq-km national park. Located in the Cordillera Darwin, **Parque Nacional Yendegaia** (www.conaf.

cl) is a strategic wildlife corridor between Argentina's Parque Nacional Tierra del Fuego and Chile's Parque Nacional Alberto de Agostini.

Partially a one-time *estancia* comprising 400 sq km, it has been in the process of removing livestock and rehabilitating trails. The Vicuña–Yendegaia road through the park is due to be finished in 2021. Trails and visitor infrastructure are in the works.

Unfortunately, access is difficult and expensive. Visitors should plan to camp and be completely self-supported. There are no provisions available here and there is no onsite phone contact.

ⓘ Getting There & Away

The **Transbordador Austral Broom** (p387) ferry travels between Punta Arenas and Puerto Williams and will drop passengers off only if given advance notice. Be aware of ferry dates and have advance reservations, as there is only weekly service in each direction, and weather delays could alter pick-up times or dates.

Isla Navarino

For authentic end-of-the-earth ambience, this remote island wins the contest without even campaigning. Located south across the Beagle Channel from Ushuaia, it's a mostly uninhabited wilderness of peat bogs, southern beech forest and jagged, toothy spires known as Dientes del Navarino, also a famed trekking route. By a quirk, the island is considered by Santiago to be part of Chilean Antarctica, not Chilean Tierra del Fuego or Magallanes. Puerto Williams is the only town, the official port of entry for vessels en route to Cabo de Hornos and Antarctica, and home to the last living Yaghan speaker.

A permanent European presence was established on the island by mid-19th-century missionaries who were followed by fortune-seekers during the 1890s gold rush. Current inhabitants include the Chilean navy, municipal employees and octopus and crab fishers. The remaining mixed-race descendants of the Yaghan people live in the small coastal village of Villa Ukika.

ⓘ Getting There & Away

From Punta Arenas there are flights and a ferry service with **Transbordador Austral Broom** (p387). There are also small boat crafts reaching Ushuaia in good weather. Visitors can also stop in on a cruise.

Puerto Williams

☑61 / POP 1677

Those stationed here might feel marooned, but for travelers Puerto Williams smarts of great adventure, with superb opportunities for trekking and kayaking. Not much happens here. In town, the wind hurtles debris while calves graze on the plaza and yards are stacked roof-deep in firewood. With transportation connections improving, more visitors are bound to discover South America's southernmost town.

◉ Sights

Museo Martín Gusinde   MUSEUM
(☑61-262-1043; www.museomartingusinde.cl; cnr Araguay & Gusinde; donation requested; ⊙9:30am-1pm & 3-6:30pm Tue-Fri, 2:30-6:30pm Sat & Sun, reduced hours low season) A well-crafted museum named for the German priest and ethnographer who worked among the Yaghans from 1918 to 1923. Focuses on ethnography and natural history. Spanish-only signs. Public wi-fi is available in the library. See its Facebook page for visiting shows.

Club de Yates Micalvi   LANDMARK
(⊙late Sep-May) A grounded German cargo boat, the *Micalvi* was declared a regional naval museum in 1976 but has found an infinitely better use as a floating bar, frequented by navy men and yachties. Unfortunately, the bar isn't open to the general public.

Yelcho Replica   LANDMARK
Near the entrance to the military quarters is a replica of the original bow of the ship that rescued Ernest Shackleton's Antarctic expedition from Elephant Island in 1916.

🏃 Activities

Mountain biking is a great way to see the island, which has a gravel coastal road on its northern face. Lakutaia Lodge offers horseback riding and heli-fishing, also available to nonguests.

Visitors can charter boats to visit Italia and Holanda glaciers: ask at tour agencies.

★ Explora Isla Navarino   ADVENTURE SPORTS
(☑cell 9-9185-0155; www.exploraislanavarino.com; Centro Comercial 140B; ⊙10am-1pm & 3-7pm Mon-Fri) ✐ This excellent outfitter runs kayak trips in a protected bay, trail running, biking and more, using a cool refurbished bus as base camp. There are also day-long and multiday trekking trips to the Dientes cir-

cuit and others with bilingual guides with sat phone and first-aid training. Works with small groups and incorporates local history into tours.

Dientes de Navarino   HIKING
This trekking circuit offers impossibly raw and windswept vistas under Navarino's toothy spires. Beginning at the Virgin altar just outside of town, the five-day, 53.5km route winds through a spectacular wilderness of exposed rock and secluded lakes. Fit hikers can knock it out in four days in the (relatively) dry summer months. Markings are minimal: GPS, used in conjunction with marked maps, is a handy navigational tool.

Winter hikes are only recommended for experienced mountaineers. The tourism office offers a useful brochure with detailed route information.

Cerro Bandera   HIKING
With expansive views of the Beagle Channel, this four-hour round trip covers the first approach of the Navarino Circuit. The trail ascends steeply through lenga to a blustery stone-littered hillside planted with a Chilean flag.

Turismo Shila   OUTDOORS
(☑cell 9-7897-2005; www.turismoshila.cl; O'Higgins 220; ⊙9am-1:30pm & 4-8pm Mon-Sat) Very helpful stop for trekkers. Offers guides and porters for Dientes treks, camping rentals, bicycle rentals, snowshoes, fishing gear and useful GPS tracks for trails. Also sells Ushuaia boat tickets and can arrange glacier boating tours.

Parque de Aventuras Subantártico   ADVENTURE SPORTS
(☑cell 9-8883-9884; www.facebook.com/parquedeaventurassubantartico; Y-905 s/n; CH$10,000; ⊙9am-7pm) With a canopy zipline and lake activities, this is a good spot for family fun.

Lago Windhond   HIKING
This remote lake is a lesser known, but worthy, alternative to hiking the Dientes circuit, with sheltered hiking through forest and peat bogs. The four-day round trip is a better bet if there are high winds. For route details, ask at Turismo Shila or go with a guide.

Waia Expeditions   BOATING
(☑cell 9-6228-4207; waiaexpedition@gmail.com) This fast boat offers trips around the island and to see the glaciers when weather permits. Comfort is basic, with a covered area but no bathroom.

DIENTES PRIMER

While growing in popularity, the Dientes de Navarino (p385) hiking circuit requires more navigational skills and backcountry know-how than Torres del Paine. Out here, you're essentially on your own. Before going:

➡ Consider whether you prefer naturalist guides or local guides and porters.

➡ When choosing a guide, ask about first-aid certification, language skills and the extent of their experience.

➡ Flight luggage is limited to 10kg. You can rent gear and buy camping gas and basic provisions on the island. Dry goods are well stocked, but bring your own energy bars.

➡ Make a plan B for bad weather – which might mean a change in destination, a postponement or extra time.

➡ Register at the police station (for safety reasons) before starting your trek.

➡ It's a good idea to have a GPS device and VHF radio.

⚐ Tours

Denis Chevallay TOURS
(☑ cell 9-7876-6934; denischevallay@gmail.com; Ortiz 260; ⊘ by appointment) For guided day treks, city tours and birdwatching, Denis speaks French, German and English and has a wealth of botanical and historical knowledge.

John Cano HIKING
(☑ cell 9-9127-6313; www.extremewilliams.com; per day CH$60,000) John is an experienced guide working the Dientes de Navarino circuit. Porter service is extra.

Turismo SIM BOATING
(☑ cell 9-9354-8322.; www.simexpeditions.com; 21-day Antarctica expeditions per person per day from US$350; ⊘ Nov-Apr) Wolf and Jeanette run reputable sailing trips (reserve well in advance) to the Beagle Channel, Cape Horn, South Georgia Islands and Antarctica.

Parque Etnobotánico Omora ECOTOUR
(☑ 61-262-1715; www.omora.org; adult/child CH$15,000/7500; ⊘ 8am-5pm) Best for those keen to learn about local flora and fauna in depth, this park is open for scientist-led tours (2½ hours) by advance reservation only. Trails feature plant names marked in Yaghan, Latin and Spanish. On the road to the right of the Virgin altar, 4km (an hour's walk) toward Puerto Navarino.

🛏 Sleeping

Hostal Pusaki GUESTHOUSE $
(☑ cell 9-9833-3248; pattypusaki@yahoo.es; Piloto Pardo 222; incl breakfast d US$75, r per person without bathroom US$28) Patty welcomes travelers into this cozy home with legendary warmth and comfortable, carpeted rooms. Her excel-

lent group dinners with fresh seafood are also available to nonguests.

Hostal Miramar GUESTHOUSE $
(☑ 61-272-1372; www.hostalmiramar.wordpress.com; Muñoz 555; d with/without bathroom incl breakfast CH$40,000/30,000; ☎) Señora Nuri hosts guests in her lovely, light-filled home with great views of the Beagle Channel and central heating. Dinners are available with advance notice.

Refugio El Padrino HOSTEL $
(☑ 61-262-1136, cell 9-8438-0843; Costanera 276; campsites per person US$25, dm incl breakfast US$13) Friendly and conducive to meeting others, this clean, self-service hostel doubles as a social hub hosted by the effervescent Cecilia. The small dorm rooms are located right on the channel. Marked with flags, the camping area features a nice living room, a kitchen and hot showers, and is located in an alley near the waterfront Copec gas station several blocks away.

Hostal Paso McKinlay GUESTHOUSE $
(☑ cell 9-7998-7598; www.hostalpasomckinlay.cl; Piloto Pardo 213; s/d incl breakfast CH$30,000/40,000; ☎) Run by the friendly family of an artisan fisherman, this lodging has clean remodeled rooms with TV, central heating and a 3rd-floor lookout. There's kitchen use and laundry service, but the best feature is fresh fish available for dinners in-house.

Hotel Fio Fio HOTEL $$
(☑ cell 9-3186-0121; www.fio-fio.cl; Cabo de Hornos 14; s/d/tr incl breakfast US$85/110/135) Clad in black tin siding, this smart six-room hotel is a fine addition to town, with Berber carpet

central heating and decor in subdued, natural tones. Includes airport transfers.

Errante Ecolodge
LODGE $$$

(☑ cell 9-9368-9723; www.erranteecolodge.com; dm/s/d incl breakfast US$60/170/200; ☏) ✐ Located near the end of the Dientes trek, this seafront lodge built by a young couple is steeped in Fuegian nature. The design is modern and sleek, with solar energy, central heating and thick down duvets. Rooms sport giant windows overlooking the Beagle Channel. There are also bikes for rent and wonderful dinners served at a shared table. Includes airport transfers.

The two spacious dorms take advantage of high ceilings with well-designed triple-decker bunks.

Lakutaia Lodge
HOTEL $$$

(☑ 61-262-1733; www.lakutaia.cl; s/d/tr US$233/292/349) About 3km east of town toward the airport, this modern full-service lodge offers respite in a lovely, rural setting. There is a full-service restaurant and the library contains interesting history and nature references. There are also treks and horseback riding on offer. Its only disadvantage is its isolation; you might leave without getting much of a feel for the quirky town.

✕ Eating & Drinking

Diente de Navarino
COLOMBIAN $$

(☑ cell 9-7586-7840; Centro Comercial s/n; mains CH$4000-12,000; ☺11am-midnight Tue-Sat) Pulsing with tropical beats, this Colombian cafe serves up big sandwiches, *arepas* (cornmeal cakes) and stews. The *bandeja paisa* feeds big appetites with flavorful beans and rice, fried plantains, egg and shoe-leather meat.

Wulaia
CHILEAN $$

(☑ 61-263-9675; Centro Comercial s/n; mains CH$9000-13,000; ☺12:30-3pm & 7-11pm Mon-Sat) A decent option for fried fish, *chupe de centolla* (king crab casserole) and abundant meat dishes, though vegetables lack luster. Service can be slow.

Kansaka
PIZZA $$

(☑ cell 9-7987-5491; Costanera 273; pizza CH$7000; ☺7:30-11:30pm Nov-Mar) Brought to you by a couple from Lyon, France, these delectable thin-crust pizzas are served in their own living room on the coastal road. Look for the lime-green house. BYO drinks. Servings are small.

La Picada de los Veleros
CHILEAN $$$

(☑ cell 9-9833-3248; Piloto Pardo 222; meals CH$15,000-25,000; ☺dinners by reservation) Family-style dinners are served to a menagerie of travelers. Patty is a genius with fresh seafood preparations. The jovial environment is best enjoyed if you can speak some Spanish. A bottle of wine is always welcome on the table.

Puerto Luisa Cafe
CAFE

(☑ cell 9-9934-0849; Costanera 317; snacks CH$3000; ☺10am-1pm & 4-9pm Mon-Fri, 8:30am-9pm Sat Nov-Mar; ☏) Next to the dock, this little haven offers espresso drinks and cheesecake in a cozy setting of oversized chairs with great sea views.

El Alambique
PUB

(Piloto Pardo 217; ☺8pm-1am Tue-Sat) Covered in murals, this cavernous haunt is the only venue with a pub atmosphere at night.

ℹ Information

Banco de Chile (☑ 61-637-3737; Centro Comercial s/n; ☺9am-2pm Mon-Fri) The island's only ATM tends to run out of cash but the bank can offer cash advances on credit cards.

Municipal Tourist Information (www.pto williams.cl/turismo.html; Centro Comercial; ☺9am-1pm & 2:30-6pm Mon-Fri, 9am-1pm Sat) Offers city maps, day trek maps, as well as weather and route conditions for Lago Windhond and Dientes de Navarino treks. Located in a small kiosk.

Turismo Shila (p385) Outdoor store that sells Ushuaia boat tickets and can arrange boating trips for glacier viewing.

ℹ Getting There & Away

Puerto Williams is accessible by plane or boat, although inclement weather can produce delays. Allow for a cushion of extra travel time to get on or off the island. Options from Punta Arenas, Chile, include the following:

Aerovías DAP (☑ 61-262-1052; www.aerovias dap.cl; Centro Comercial s/n; 1-way CH$75,000; ☺9am-1pm & 2:30-6:30pm Mon-Fri, 10am-1:30pm Sat) Flies to Punta Arenas (CH$75,000, 1¼ hours) daily Monday to Saturday from November to March, with fewer winter flights. Reserve ahead since there's high demand.

The airport is a 30-minute walk from the center. Hotels may offer pick up. Transfer services meet passengers at the terminal (CH$2500 per person). DAP flights to Antarctica may make a brief stopover here.

Transbordador Austral Broom (☑ 61-272-8100; www.tabsa.cl; reclining seat/bunk incl meals CH$108,000/151,000, 32hr) A ferry sails from the Tres Puentes sector of Punta Arenas to Puerto Williams three or four times a month, mostly on Thursdays, with departures from Puerto Williams back to Punta Arenas mostly on Saturdays. Only bunk berths can be reserved ahead; the seats are reserved for locals until the last minute, although you can request one and will usually get it. Travelers rave about the trip: if the weather holds there are glacier views on the trip from Punta Arenas and the possibility of spotting dolphins or whales between December and April. From Puerto Williams, the glaciers are passed at night.

Options from Ushuaia, Argentina, change frequently. **Turismo Shila** (p385) keeps tabs on the current offerings and offers reservations:

Fast boats to Argentina (☑ in Argentina 02901-436193; www.ushuaiaboating.com; 1-way US$120; ☺ service Mon-Sat Oct-Apr) Three separate boat services visit Ushuaia with Zodiac boats. Tickets include a sometimes bumpy and exposed 40-minute crossing plus an overland transfer to/from Puerto Navarino. Note: inclement weather means cancellations or indefinite postponement.

ⓘ Getting Around

Ferry Puerto Toro (☺ 8am departure, 3pm return) The last Sunday of every month, there's a free ferry to Puerto Toro, an isolated fishing post on the eastern shores of Isla Navarino. It's worth going to have a look around or to do some biking on area trails. It's a two-hour trip from Puerto Williams. Reserve your spot at the tourism office.

Cabo de Hornos & Surrounding Islands

If you've made it to Isla Navarino or Ushuaia, you've nearly reached the end of the Americas at Cabo de Hornos (Cape Horn). This small group of uninhabited Chilean islands has long been synonymous with adventure and the romance of the old days of sailing, although sailors usually dreaded the rough and brutally cold trip.

The South Shetland Islands at the northern end of the Antarctic Peninsula are one of the continent's most visited areas, thanks to the spectacular scenery, abundant wildlife and proximity to Tierra del Fuego, 1000km to the north across the Drake Passage.

As part of Chile's policy of trying to incorporate its claimed Territorio Chileno Antártico, the government has encouraged families to settle at Frei station, and the first children were born there in 1984. Today the station accommodates a population of about 80 summer personnel in sterile, weatherproofed houses.

ⓒ Tours

Aerovías DAP   TOUR
(☑ 61-222-3340; www.dap.cl; ☺ Nov-Apr) Flies from Punta Arenas to Frei station on King George Island (three hours). One- and two-day programs include tours to Villa Las Estrellas, sea lion and penguin colonies and other investigation stations on the island. Flights to Cabo de Hornos can also be chartered. Check the website for current departure dates and prices.

Antarctica XXI   TOURS
(☑ Punta Arenas 61-261-4100; www.antarcticaxxi. com; 7 days/6 nights double occupancy per person US$14,995) Runs the only air-cruise combo, flying from Punta Arenas to Chile's Frei station on King George Island, with a transfer to a ship for several days of cruising the South Shetlands and peninsula region. Programs vary in length. A member of IAATO, a body that mandates strict guidelines for responsible travel to Antarctica.

ⓘ Getting There & Away

Beyond having your own yacht, the only way to get here is on a package tour or charter. **Aerovías DAP** (p388) has charter flights above Cabo de Hornos that don't land. Potential visitors can also charter a sailboat trip with **Turismo SIM** (p386).

All transportation is weather-dependent, although ships are more likely than the small airplanes to do the trip in rough conditions. Plan for the possibility of delays, and if you can't wait, don't count on a refund. Check with Hotel Lakutaia for last-minute specials from Puerto Williams.

ARGENTINE TIERRA DEL FUEGO

ⓘ Getting There & Away

The most common overland route from Patagonia is via the 20-minute ferry crossing at **Punta Delgada** (Primera Angostura; ☑ 56-61-272-8100; www.tabsa.cl; car/passenger CH$15,000/1700; ☺ daylight hours), Chile. Unlike the rest of Argentina, Tierra del Fuego doesn't have designated provincial highways but rather secondary roads known as *rutas complementarias,* modified by a lowercase letter. These roads are referred to as 'RC-a,' for example.

If renting a car in mainland Argentina, be aware that you must pass through Chile a couple of times to reach Tierra del Fuego. This requires special documents, special attention to banned items (mainly fruit, dairy products, meat and seeds) and additional international insurance coverage. Most car-rental agencies can arrange the paperwork with advance notice.

Chile is building an alternate road to the southern end of the island. At the time of research it linked with Lago Fagnano, but a 4WD vehicle was required.

Visitors can fly into Río Grande or Ushuaia. Buses take the ferry from Chile's Punta Delgada; all pass through Río Grande before reaching Ushuaia.

Ushuaia

☑ 02901 / POP 57,000

A busy port and adventure hub, Ushuaia is a sliver of steep streets and jumbled buildings below the snowcapped Martial Range. Here the Andes meets the famed Beagle Channel in a sharp skid, making way for the city before reaching a sea of lapping currents.

Ushuaia takes full advantage of its end-of-the-world status, and an increasing number of Antarctica-bound vessels call into its port. The town's mercantile hustle knows no irony: there's a souvenir shop named for Jimmy Button (a Fuegian native taken for show in England) and the ski center is named for the destructive invasive *castor* (beaver). That said, with a pint of the world's southernmost microbrew in hand, you can happily plot the outdoor options: hiking, sailing, skiing, kayaking and even scuba diving.

Tierra del Fuego's comparatively high wages draw Argentines from all over, and some locals lament the lack of urban planning and loss of small-town culture.

⊙ Sights

Museo Marítimo & Museo del Presidio MUSEUM
(☑ 02901-437481; www.museomaritimo.com; cnr Yaganes & Gobernador Paz; adult/student/family AR$300/200/650; ⊙ 10am-8pm Apr-Nov, 9am-8pm Dec-Mar, last admission 7:30pm) Convicts were transferred from Isla de los Estados to Ushuaia in 1906 to build this national prison, finished in 1920. The depressing cells, designed for 380 inmates, held up to 800 before the prison closed in 1947. Famous prisoners include author Ricardo Rojas and anarchist Simón Radowitzky. The depiction of penal life is intriguing, but information is only in Spanish. Maritime exhibits provide a unique glimpse of the region's history.

Museo del Fin del Mundo MUSEUM
(☑ 02901-421863; www.tierradelfuego.org.ar/museo; cnr Av Maipú & Rivadavia; AR$130; ⊙ 10am-7pm) Built in 1903, this former bank, close to the port, contains exhibits on Fuegian natural history, stuffed birdlife, photos of natives and early penal colonies, and replicas of moderate interest. Information is provided in Spanish with English translations. Guided visits are at 11am and 3:30pm.

🏃 Activities

Aeroclub Ushuaia SCENIC FLIGHTS
(☑ 02901-421717, 02901-421892; www.aeroclubushuaia.com; Luis Pedro Fique 151; per person 15/60min US$70/205) Offers scenic flights over the channel and the Cordillera Darwin. Flights leave before 1pm; try to confirm three days ahead. The weather here can change rapidly, so your flight may have to be delayed or cancelled.

Cerro Castor SKIING
(☑ 02901-499301; www.cerrocastor.com; full-day lift ticket low/high season AR$885/1120; ⊙ mid-Jun–mid-Oct) Incredibly scenic, this large resort 26km from Ushuaia via RN 3 has 15 runs spanning 400 hectares, beautiful cabins and multiple restaurants. Rentals are available for skis and boards. Multiday and shoulder-season tickets are discounted. Clear windbreaks are added to lifts on cold days. August is the most reliable month for incredible snow conditions.

Cerro Martial & Glaciar Martial OUTDOORS
The panoramas of Ushuaia and the Beagle Channel from here are more impressive than the smallish glacier. Weather is unpredictable, so take warm clothing and sturdy footwear. You can hike or do a canopy tour. To get here, catch a taxi or minivan to Cerro Martial; minivans leave from the corner of Av Maipú and Juana Fadul every half-hour from 8:30am to 6:30pm.

Cruceros Australis CRUISE
(☑ in Buenos Aires 011-5128-4632; www.australis.com; 3 nights & 4 days per person from US$1190; ⊙ late Sep-early Apr) Luxurious three- to four-night sightseeing cruises from Ushuaia to Punta Arenas (Chile), with the possibility of disembarking at Cape Horn.

TIERRA DEL FUEGO USHUAIA

Ushuaia

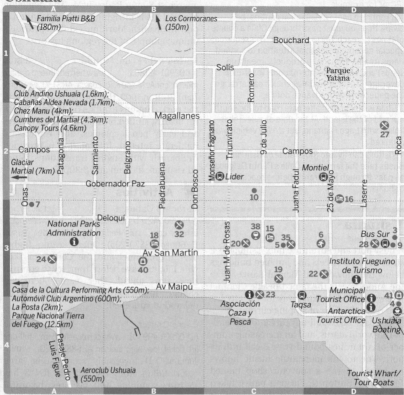

Rayen Aventura ADVENTURE
(☑02901-15-580517, 02901-437005; www.rayen
aventura.com; Av San Martín 611) Known for its
upbeat 4x4 tours to Lago Fagnano, with
trekking or kayaking options and *estancia*
visits. Also has winter tours.

★**Tierra** ADVENTURE
(☑02901-15-486886, 02901-433800; www.tierra
turismo.com; office 4C, Onas 235) ✐ Offering
active tours and unusual tailored trips, this
small agency was created by ultra-friendly,
multilingual former guides who wanted
to create a more personalized experience.
Options include 4WD trips combining kayaking and hiking, treks in Parque Nacional
Tierra del Fuego, and Estancia Harberton
visits.

Canal Fun ADVENTURE
(☑02901-435777; www.canalfun.com; Roca 136;
👣) Run by a group of younger, multilin-

gual guides, these popular all-day outings
include hiking and kayaking in Parque Nacional Tierra del Fuego, the famous 4WD
adventure around Lago Fagnano, and a
multi-sport outing around Estancia Harberton that includes kayaking and a visit by
boat to the penguin colony.

Piratour BOATING
(☑02901-15-604646, 02901-435557; www.pira
tour.net; Av San Martín 847; penguin-colony tour
AR$2500, plus port fee AR$20; ⊙9am-9pm)
Piratour operates 20-person tours to Isla
Martillo for trekking and spotting Magellanic and Papúa penguins, plus a visit to
Harberton. This is the only agency that
gets you out and about walking on the
island – with others you have to penguin
watch from the coast by boat. Also has
boats to Puerto Williams (Chile; December
to March). There's a second office at the
Tourist Wharf.

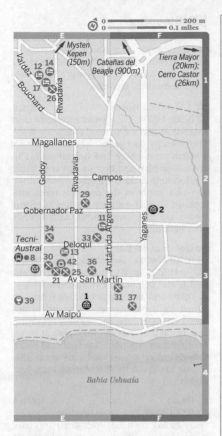

Ushuaia

⊙ Sights

🏃 Activities, Courses & Tours

🛏 Sleeping

🍽 Eating

🍷 Drinking & Nightlife

🛍 Shopping

TIERRA DEL FUEGO USHUAIA

Canopy Tours   ADVENTURE
(☎02901-503767; www.canopyushuaia.com.ar; Refugio de Montaña, Cerro Martial; long/short route AR$600/450; ☺10am-5pm Oct-Jun) These family-friendly canopy tours offer a long route (nine lines and two hanging bridges) and a shorter route (seven lines) that will get you zipping through the forest. By reservation only. The complex also has a cute cafe, with sandwiches, desserts and hot drinks, right before you start along the track to Glaciar Martial.

Patagonia Adventure Explorer   BOATING
(☎02901-15-465842; www.patagoniaadvent. com.ar; Tourist Wharf) Comfortable boats with snacks and a short hike on Isla Bridges. For extra adventure and a more intimate experience on the Beagle Channel, set sail in the 18ft sailboat. Multiday trips and full-day sail trips with wine and gourmet snacks are also available.

Che Turismo Alternativo   BOATING
(☎02901-15-517967; www.facebook.com/elche turismoalternativo; Tourist Wharf; half-day tour AR$1200) This owner-run boat tour of the

Beagle Channel includes a trek on Isla Bridges and local beer on tap to enjoy during the cruise back to the harbor – it's very popular with the hostel crowd. An additional AR$20 fee must be paid at the port before the boat leaves. Tours run daily from 10am and last four hours.

Compañía de
Guías de Patagonia
ADVENTURE

(☑ 02901-437753; www.companiadeguias.com.ar; full-day hike US$105) A reputable outfitter organizing expeditions and multiday treks around Ushuaia, Isla Navarino and further afield in remote Tierra del Fuego. Also offers glacier trekking, mountain biking and Antarctica trips with sea kayaking.

Turismo Comapa
TOURS

(☑ 02901-430727; www.comapa.com; Av San Martín 409) Confirm Navimag and Cruceros Australis passages at this long-standing Chile-based agency. It also sells conventional tours and boat transfers to Puerto Williams (Chile).

Tierra Mayor
ADVENTURE

(Antartur; ☑ 02901-430329; http://antartur.com.ar; RN 3, Km3018; guided dogsledding US$50) Tierra Mayot offers competitively priced adventure tours and has its own mountain base. Snowshoe a beautiful alpine valley or dogsled across Tierra Mayor. For a memorable night, combine either with an evening bonfire (US$130 to US$145). Also on offer are guided snowcat rides and a 4WD day trip to Lago Fagnano with canoeing and a barbecue. It's 19km from Ushuaia via RN 3.

Tres Marías Excursiones
BOATING

(☑ 02901-15-611199, 02901-436416; www.tresmariasweb.com; Tourist Wharf) The only outfitter with permission to land on Isla 'H' in the Isla Bridges natural reserve, which has shell mounds and a colony of rock cormorants. Its small, picturesque sailboat takes only eight passengers.

Tolkar
TOURS

(☑ 02901-431408, 02901-431412; www.tolkarturismo.com.ar; Roca 157) Tolkar is a helpful, popular, all-round agency, affiliated with Tecni-Austral buses (p398).

Ushuaia Turismo
TOURS

(☑ 02901-436003; www.ushuaiaturismoevt.com.ar; Gobernador Paz 865) Offers last-minute Antarctica-cruise bookings.

🛏 Sleeping

Camping Municipal
CAMPGROUND $

(RN 3; campsites free) About 10km west of town, en route to Parque Nacional Tierra del Fuego, this campground boasts a lovely setting but minimal facilities.

★ Antarctica Hostel
HOSTEL $

(☑ 02901-435774; www.antarcticahostel.com; Antártida Argentina 270; dm/d US$26/97; @ 🛜) This friendly backpacker hub delivers with a warm atmosphere and helpful staff. The open floor plan and beer on tap are plainly conducive to making friends. Guests lounge and play cards in the common room and cook in a cool balcony kitchen. Cement rooms are clean and ample, with radiant floor heating.

Hostel Cruz del Sur
HOSTEL $

(☑ 02901-434099; www.xdelsur.com.ar; Deloquí 242; dm US$25; @ 🛜) This easygoing, organized hostel comprises two renovated houses (1920 and 1926), painted tangerine and joined by a passageway. Dorm prices are based on room capacity, the only disadvantage being that your bathroom might be on another floor. There's a fine backyard patio, though indoor shared spaces are scant. Discounts are given for stays longer than four nights.

La Posta
HOSTEL $

(☑ 02901-444650; www.lapostahostel.com.ar; Perón Sur 864; dm/d US$22/65; @ 🛜) This cozy hostel and guesthouse on the outskirts of town is hugely popular with young travelers thanks to its warm service, homey decor and spotless open kitchen. The downside is that the place is far from the town center, but buses and taxis are plentiful.

Los Cormoranes
HOSTEL $

(☑ 02901-423459; www.loscormoranes.com; Kamshen 788; dm US$31-40, d/tr/q US$107/132/155; @ 🛜) This friendly, mellow HI hostel is a 10-minute (uphill) walk north of downtown. Six-bed dorms, some with private bathrooms, have radiant-heated floors and face outdoor plank hallways. Doubles have polished-cement floors and down duvets – the best is room 10, with bay views. Linens could use an update and common spaces are so-so. Breakfast includes DIY eggs and fresh-squeezed OJ.

Yakush
HOSTEL $

(☑ 02901-435807; www.hostelyakush.com; Piedrabuena 118; dm US$23-25, d with/without bathroom US$85/75; ☾ mid-Oct–mid-Apr; @ 🛜) A colorful hostel that, while friendly and centrally located, seems a bit expensive for what you get.

★ **Galeazzi-Basily B&B**   B&B $$
(✆ 02901-423213; www.avesdelsur.com.ar; Valdéz 323; s/d without bathroom US$45/65, 2-/4-person cabins US$110/140; @ 🛜) The best feature of this elegant wooded residence is its warm, hospitable family of owners, who will make you feel right at home. Rooms are small but offer a personal touch. Since beds are twin-size, couples may prefer a modern cabin out the back. It's a peaceful spot, and where else can you practice your English, French, Italian and Portuguese?

Familia Piatti B&B   B&B $$
(✆ 02901-15-613485, 02901-437104; www.familia piatti.com; Bahía Paraíso 812, Bosque del Faldeo; d US$80, ste US$139-190; @ 🛜) 🍴 If idling in the forest sounds good, head for this friendly B&B just five minutes outside town, with warm down duvets and native lenga-wood furniture. Hiking trails nearby lead up into the mountains. The friendly owners are multilingual (speaking English, Italian, Spanish and Portuguese) and can arrange transportation and guided excursions. Check the website for directions to get there.

Mysten Kepen   GUESTHOUSE $$
(✆ 02901-430156, 02901-15-497391; http:// mystenkepen.blogspot.com; Rivadavia 826; d/ tr/q US$94/144/175; 🛜) If you want an authentic Argentine family experience, this is it. Hosts Roberto and Rosario recount stories of favorite guests from years past, and their immaculate two-kid home feels busy and lived in – in a good way. Rooms have newish installations, bright corduroy duvets and handy shelving for nighttime reading. Airport transfers and winter discounts are available.

Martín Fierro B&B   B&B $$
(✆ 02901-430525; www.martinfierrobyb.com.ar; 9 de Julio 175; s/d US$70/110; ☾ Sep-Apr; P 🛜) Spending a night at this charming inn feels like staying at the cool mountain cabin of a worldly friend who makes strong coffee and has a great book collection. The owner, Javier, personally built the interiors with local wood and stone; these days he cultivates a friendly, laid-back atmosphere where travelers get into deep conversations at the breakfast table.

Posada Fin del Mundo   B&B $$
(✆ 02901-437345; www.posadafindelmundo.com. ar; cnr Rivadavia & Valdéz; d US$140) This expansive home exudes good taste and character, from the snug living room with folk art and expansive water views to the friendly chocolate lab. Of the nine distinctive rooms (some are small), the best are upstairs. Breakfast is abundant and there's also afternoon tea and cakes. The B&B is sometimes booked out by ski teams in winter.

La Casa de Tere B&B   B&B $$
(✆ 02901-422312; www.lacasadetere.com.ar; Rivadavia 620; d with/without bathroom US$120/85) Tere showers guests with attention but also gives them the run of the place in this beautiful modern home with great views. The three tidy rooms fill up fast. Guests can cook, and there's cable TV and a fireplace in the living room. It's a short but steep walk uphill from the town center.

Arakur   HOTEL $$$
(✆ 02901-442900; www.arakur.com; Cerro Alarken; d with valley/ocean view US$370/400; P ❄ @ 🛜 ≋) Towering over the city on a wooded promontory, Arakur is the town's latest luxury hotel, well known to locals for hosting an annual music festival. The look is sleek and modern, with neutral tones and personalized service, and the views are beyond comparison. Rooms feature electronic control panels and glass-walled bathrooms. The indoor-outdoor infinity pool is warm year-round.

Los Cauquenes Resort & Spa   RESORT $$$
(✆ 02901-441300; www.loscauquenes.com; d from US$275; @ 🛜 ≋) This exclusive, sprawling wooden lodge sits directly on the Beagle Channel in a private neighborhood with gravel-road access. Rooms are tasteful and well appointed; special features include a playroom stocked with kids' games and outdoor terraces with glass windbreaks and stunning channel views. Free shuttles go downtown every few hours. It's 4km west of the airport.

There's also a spa, a sauna and an indoor-outdoor pool. The spa features *yerba maté* scrubs and Andean peat masks.

Cabañas del Beagle   CABIN $$$
(✆ 02901-15-511323, 02901-432785; www.cabanas delbeagle.com; Las Aljabas 375; 2-person cabins US$140) Couples in search of a romantic hideaway delight in these rustic-chic cabins with heated stone floors, crackling fireplaces, and

full kitchens stocked daily with fresh bread, coffee and other treats. Personable owner Alejandro wins high praise for his attentive service. It's 13 blocks uphill from the town center and accessed via Av Leandro Alem. Four-night minimum stay.

Cabañas Aldea Nevada   CABIN $$$
(☑ 02901-422851; www.aldeanevada.com.ar; Martial 1430; 2-/4-person cabins from US$140/190; @ ☎) You expect the elves to arrive here any minute. This beautiful 6-hectare patch of lenga forest has 13 privately situated log cabins with outdoor grills. Interiors are rustic but modern, with functional kitchens, wood stoves and hardwood details. Rough-hewn benches are contemplatively placed by the ponds, and there's a gazebo overlooking the Beagle Channel. Two-night minimum stay.

Cumbres del Martial   INN $$$
(☑ 02901-424779; www.cumbresdelmartial.com.ar; Martial 3560; d/cabins US$220/340; @ ☎) This stylish place sits at the base of the Glaciar Martial. Standard rooms have a touch of English cottage, while the two-story wooden cabins are simply stunning, with stone fireplaces, Jacuzzis and dazzling vaulted windows. Lush robes, optional massages (extra) and your country's newspaper delivered to your mailbox are some of the fabulous details.

Mil 810   HOTEL $$$
(☑ 02901-437710; www.hotel1810.com; 25 de Mayo 245; d US$200; @) Billed as boutique, this is more like a small upscale hotel. The design is modern with elements of nature, such as a retaining wall of river stones and a rock face trickling with water. Its 38 rooms feature brocade walls, rich tones, luxuriant textures and touches of abstract art. Rooms have flat-screen TVs and safes, and halls are monitored.

✗ Eating

★ Almacen Ramos Generales   CAFE $
(☑ 02901-424-7317; Av Maipú 749; mains AR$73-175; ☺ 9am-midnight) With its quirky memorabilia and postings about local environmental issues, this warm and cozy former general store is a peek inside the real Ushuaia. Locals hold their powwows here. Croissants and crusty baguettes are baked daily. There's also local beer on tap, a wine list, and light fare such as sandwiches, soups and quiche.

Cafe Bar Banana   CAFE $
(☑ 02901-435035; Av San Martín 273; mains AR$80-150; ☺ 8am-1am) Serving homemade

burgers and fries, sandwiches, and steak and eggs, this is a local favorite for high-octane, low-cost dining with friends.

Freddo   ICE CREAM $
(Av San Martín 209; ☺ 9:30am-12:30am) One of Argentina's most-loved gelato shops has opened its doors in snowbound Ushuaia – and suddenly it's summer.

Tante Sara   CAFE $
(☑ 02901-433710; cnr Rivadavia & Av San Martín; mains AR$60-130; ☺ 8am-8:30pm Mon-Thu, to 9pm Fri & Sat) Offers nice pastries and weekend brunch.

El Turco   CAFE $
(☑ 02901-424711; Av San Martín 1410; mains AR$70-130; ☺ noon-3pm & 8pm-midnight) Nothing fancy, this classic, dated Argentine cafe nonetheless charms with inexpensive prices and swift-footed bow-tied waiters who want to try out their French on tourists. Standard dishes include *milanesa* (breaded meat), pizzas, crispy fries and roast chicken.

Lomitos Martinica   ARGENTINE $
(☑ 02901-432134; Av San Martín 68; mains AR$85-125; ☺ 11:30am-3pm & 8:30pm-midnight Mon-Sat) Cheap and cheerful, and full of locals getting takeout, this greasy spoon with grill-side seating serves enormous *milanesa* (breaded meat) sandwiches and offers a cheap lunch special.

La Anónima   SUPERMARKET $
(cnr Gobernador Paz & Rivadavia; ☺ 9am-10pm) A grocery store with cheap takeout.

Volver   SEAFOOD $$
(☑ 02901-423977; Av Maipú 37) Self-promoted as serving up *ceviche de la puta madre* (politely translated as 'fantastic seafood'), this place is run by a charismatic chef loved by locals. The food is served simply but is of incredible quality. Those who think they don't like king crab should give it a second chance here: there are no added sauces and the crab's cooked to perfection.

Bodegón Fueguino   PATAGONIAN $$
(☑ 02901-431972; Av San Martín 859; mains AR$130-250; ☺ noon-2:45pm & 8-11:45pm Tue-Sun) The spot to sample hearty home-style Patagonian fare or gather for wine and appetizers. Painted peach, this century-old Fuegian home is cozied up with sheepskin-clad benches, cedar barrels and ferns. A *picada* (shared appetizer plate) for two in-

cludes eggplant, lamb brochettes, crab and bacon-wrapped plums.

Paso Garibaldi
ARGENTINE $$

(☑02901-432380; Deloquí 133; mains AR$180-290; ☉noon-2:30pm & 7-11:30pm Tue-Sat, 7-11:30pm Sun) Serving hearty local fare including black-bean stew, flavorful salads and roasted hake, this new addition is refreshingly without pretension. The recycled decor looks a little too improvised, but service couldn't be more attentive and dishes are well priced.

Küar 1900
TAPAS $$

(☑02901-436807; http://kuar.com.ar; 2nd fl, Av San Martín 471; mains AR$120-180; ☉noon-3:30pm & 6:30pm-midnight Mon-Sat) Serves artisan meat and cheese plates, seafood platters to share and local artisan beer, all in a low-lit ambience. There's more variety at the coastal location.

Christopher
PARRILLA $$

(☑02901-425079; www.christopherushuaia.com.ar; Av Maipú 828; mains AR$120-280; ☉noon-3pm & 8pm-midnight, to 1am Sat; P) This classic grill and brewpub is deservedly popular with locals. Standouts include barbecue ribs, big salado and burgers. It's good value, with generous portions that you might want to share and a talented bartender mixing cocktails. Grab a table by the window for great harbor views.

La Estancia
STEAK $$

(☑02901-431421; cnr Godoy & Av San Martín; mains AR$120-240; ☉noon-3pm & 8-11pm) For authentic Argentine *asado* (barbecue), it's hard to beat this reliable, well-priced grill. There are many others along the main drag, but this is the one that consistently delivers. Enthusiastic appetites should go for the *tenedor libre* (all you can eat). Locals and travelers feast on whole roast lamb, juicy steaks, sizzling ribs and heaping salads.

Chiko
SEAFOOD $$

(☑02901-431736; www.chikorestaurant.com.ar; 25 de Mayo 62; mains AR$140-300; ☉noon-3pm & 7:30-11:30pm Mon-Sat) At this boon to seafood-lovers, crisp oversized calamari rings, *paila marina* (shellfish stew) and fish dishes like *abadejo a pil pil* (pollock in garlic sauce) are done so well that you might not mind the slowish service. An odd assemblage of homeland memorabilia suggests that the Chilean owners are a touch homesick.

Placeres Patagónicos
ARGENTINE $$

(☑02901-433798; www.facebook.com/Placeres-Patagonicos-Ushuaia-178544198846139; 289 Deloquí; snacks AR$65, tablas from AR$100; ☉noon-midnight) This stylish cafe-deli serves *tablas* (wooden cutting boards) piled with homemade bread and mouthwatering local specialties like smoked trout and wild boar. It's a good place to sip *mate* (a bitter ritual tea) with a plate of *tortas fritas* (fry bread). Coffee arrives steaming in a bowl-sized mug.

Küar Resto Bar
PUB FOOD $$

(☑02901-437396; http://kuar.com.ar; Av Perito Moreno 2232; mains AR$115-300; ☉6pm-late) This chic log-cabin-style hangout offers local beer, cheese boards and tapas, as well as complete dinners with ample fresh seafood. The interior is stylish, but the highlight, especially at sunset, is the jaw-dropping view over the water. It's five minutes from the center by cab, or visit Küar 1900, the smaller downtown venue focused on tapas.

Tante Sara
CAFE $$

(☑02901-423912; www.tantesara.com; cnr Av San Martín & Juana Fadul; mains AR$154-265; ☉8am-2am) This corner bistro, frequented by tourists and locals alike, serves the usual suspects in a warm atmosphere. For a late-night bite, this is your best bet – it's the only kitchen open until 2am. The burger menu is creative and extensive.

★Kalma Resto
INTERNATIONAL $$$

(☑02901-425786; www.kalmaresto.com.ar; Valdéz 293; mains AR$350-470, 5-course tasting menu AR$950; ☉7-11pm Mon-Sat) This gem presents Fuegian staples like crab and octopus in a creative new context. Black sea bass wears a tart tomato sauce for contrast; there's stuffed lamb seasoned with pepper and rosemary; and the summer greens and edible flowers come fresh from the garden. It's gourmet at its least pretentious. The wine list is mind-blowing.

Service is stellar, with charismatic yet humble young chef Jorge making the rounds and sharing his enthusiasm for harvesting local ingredients. For dessert, splurge with a not-too-sweet deconstructed chocolate cake.

★Kaupé
INTERNATIONAL $$$

(☑02901-422704; www.kaupe.com.ar; Roca 470; mains AR$300-500) For an out-of-body seafood experience, make a reservation at this candlelit house overlooking the bay. Chef Ernesto Vivian employs the freshest of everything and service is impeccable. The tasting menu features two starters, a main dish and dessert, with standouts such as king crab and spinach chowder or black sea bass in blackened butter.

Chez Manu INTERNATIONAL $$$
(📞 02901-432253; www.chezmanu.com; Martial 2135; mains AR$190-300) Heading to Glaciar Martial? Don't miss this quality place right on the way. It's just 2km from town, but you'll feel you're in the middle of nature. Chef Emmanuel adds a French touch to fresh local ingredients, such as Fuegian lamb or mixed plates of cold *fruits de mer* (seafood), and service is exceptional. The three-course set lunch is the best deal. Incredible views are a welcome bonus.

María Lola Restó ARGENTINE $$$
(📞 02901-421185; www.marialolaresto.com.ar; Deloquí 1048; mains AR$250-400; ☺noon-midnight Mon-Sat; 🅿) This creative cafe-style restaurant overlooks the channel. Locals pack in for homemade pasta with seafood or strip steak in rich mushroom sauce; the weekday set lunch or dinner with an included drink is AR$500. Service is good and portions tend toward the humongous: desserts can easily be split. It's among the few downtown restaurants with off-street parking.

🍷 Drinking & Nightlife

Dublin Irish Pub IRISH PUB
(📞 02901-430744; 9 de Julio 168; ☺7pm-4am) Dublin doesn't feel so far away at this dimly lit pub. Popular with the locals, it's the scene of lively banter and free-flowing drinks. Look out for occasional live music and be sure to try at least one of its three local Beagle beers. Arrive by 9pm if you want to score a seat.

Viagro BAR
(📞 02901-421617; Roca 55; ☺8pm-4am) If you can get past the unfortunate name, this cocktail nook is the perfect low-lit rendezvous spot, with exotic concoctions and appetizing tapas to fuel your night out. There's dancing on Saturday nights.

☆ Entertainment

Casa de la Cultura
Performing Arts PERFORMING ARTS
(📞 02901-422417; cnr Malvinas Argentinas & 12 de Octubre) Hidden behind a gym, this place hosts occasional live-music shows. It's 6km north of the center via Av Maipú.

Shopping

Quelhue Wine Shop WINE
(📞 02901-435882; www.quelhue.com.ar; Av San Martín 253; ☺9:30am-9:15pm) They don't seem to sell a bad bottle of wine in the whole place. This is a wine-lover's paradise, with floor-to-ceiling shelves stocked to the brim with Argentina's best reds, whites and sparklings. It also sells a solid selection of perfect picnic food: dried meats, a wide range of cheeses and quality chocolates.

Paseo de los Artesanos MARKET
(Plaza 25 de Mayo) This indoor artists market sells handmade jewelry, wool crafts, traditional *mates* and other household items. The majority of vendors only accept Argentine pesos, so bring cash. Hours vary depending on season and vendor, but most stalls are open between noon and 7pm. It's right next to the main port.

Boutique del Libro BOOKS
(📞 02901-424750; Av San Martín 1120) Outstanding selection of Patagonia- and Antarctica-themed material, with literature, guidebooks and pictorials (also in English).

ℹ Information

Several banks on Avs Maipú and San Martín have ATMs.

Antarctica Tourist Office (📞 02901-430015; www.tierradelfuego.org.ar/antartida; Av Maipú 505; ☺with ship in port 9am-5pm) Very helpful office at the pier.

All Patagonia (📞 02901-433622; www.all patagonia.com; Juana Fadul 48; ☺10am-7pm Mon-Fri, to 1pm Sat) Amex rep offering conventional and luxurious trips.

Asociación Caza y Pesca (📞 02901-422423, 02901-423168; www.cazaypescaushuaia. org; Av Maipú 822) Contact Asociación Caza y Pesca for a License 1, valid throughout the province, except in Parque Nacional Tierra del Fuego. Its website also has tidal charts.

Automóvil Club Argentino (ACA; www.aca.org. ar; cnr Malvina Argentinas & Onachaga) Argentina's auto club; good source for provincial road maps.

Club Andino Ushuaia (📞 02901-422335, 02901-440732; www.clubandinoushuaia.com. ar; Refugio Wallner, LN Alem 2873; ☺10am-1pm & 3-8pm Mon-Fri) Sells a map and bilingual trekking, mountaineering and mountain-biking guidebook. The club occasionally organizes hikes and can recommend guides. Located 5km west of Ushuaia.

Freestyle Adventure Travel (📞 02901-609792, 02901-606661; www.freestyle

ESTANCIA HARBERTON

Tierra del Fuego's first *estancia*, Harberton (Skype estanciaharberton.turismo; www.
estanciaharberton.com; entrance adult/child AR$240/free, dm US$50, s/d incl full board & activities US$325/580; ⊙10am-7pm Oct 15-Apr 15), was founded in 1886 by missionary Thomas
Bridges and his family. The location earned fame from a stirring memoir written by
Bridges' son Lucas, titled *Uttermost Part of the Earth*, about his coming of age among
the now-extinct Selk'nam and Yaghan people. Available in English, the book is an excellent introduction to the history of the region and the ways of the indigenous peoples.

In a splendid location, the *estancia* is owned and run by Thomas Bridges' descendants. There's lodging available and day visitors can take guided tours (featuring the
island's oldest house and a replica Yaghan dwelling), dine at the restaurant and visit the
Reserva Yecapasela penguin colony. It's also a popular destination for birdwatchers.

The impressive Museo Acatushún (www.estanciaharberton.com/museoacatushun
english.html; entrance with estancia visit adult/child AR$240/free) was created by Natalie
Prosser Goodall, a North American biologist who married into the extended Bridges family. Emphasizing the region's marine mammals, the museum has inventoried thousands
of mammal and bird specimens; among the rarest is a Hector's beaked whale. Much of
this vast collection was found at Bahía San Sebastián, north of Río Grande, where an
11km difference between high and low tides leaves creatures stranded. Confirm the museum's opening hours with Estancia Harberton.

Harberton is 85km east of Ushuaia via RN 3 and rough RC-j, a 1½- to two-hour drive.
In Ushuaia, shuttles leave from the base of 25 de Mayo at Av Maipú at 9am, returning
around 3pm. Day-long catamaran tours are organized by local agencies.

adventuretravel.com; Gobernador Paz 866) An
energetic agency with great last-minute Antarctica and Cape Horn deals and complete service
in English. A member of the International
Association of Antarctica Tour Operators and
donates 1% for the planet. Head to its office,
lovingly referred to as 'The Bunker,' and warm
up with a cup of coffee as you chat about trip
options.

Hospital Regional (ext 107, 02901-423200;
cnr Fitz Roy & 12 de Octubre) Emergency services. It's southwest of the center via Av Maipú.

Instituto Fueguino de Turismo (Infuetur;
02901-421423; www.tierradelfuego.org.
ar; Av Maipú 505) Tourism office for Tierra
del Fuego. Ask here about the development
of island trekking routes called Huella del Fin
del Mundo. It's on the ground floor of Hotel
Albatros.

Municipal Tourist Office (02901-437666;
www.turismoushuaia.com; Prefectura Naval
470; ⊙8am-9pm) Very helpful, with English-
and French-speaking staff, a message board
and multilingual brochures, as well as good
lodging, activities and transportation info. It
also posts a list of available lodgings outside
after closing time. There's a second office at
the **airport** (02901-423970; www.turismo
ushuaia.com; ⊙during flight arrivals).

National Parks Administration (02901-
421315; Av San Martín 1395; ⊙9am-5pm
Mon-Fri) Offers information on Parque Nacional
Tierra del Fuego.

Post Office (cnr Av San Martín & Godoy;
⊙9am-6pm Mon-Fri)

Rumbo Sur (02901-421139; www.rumbosur.
com.ar; Av San Martín 350; ⊙9am-7pm Mon-
Fri) Ushuaia's longest-running agency specializes in conventional activities, plus a catamaran
harbor cruise. It also handles bookings to
Antarctica.

⊕ Getting There & Away

AIR

LAN is the best bet for Buenos Aires; purchase
tickets through local travel agencies. **Aerolíneas Argentinas** (0810-2228-6527; www.
aerolineas.com.ar; cnr Av Maipú & 9 de Julio)
jets to Buenos Aires (one way 3½ hours) several
times daily, sometimes stopping in El Calafate
(70 minutes).

LADE (02901-421123, in Buenos Aires
011-5353-2387; www.lade.com.ar; Av San Martín
542) flies to Buenos Aires, El Calafate and Río
Grande, and may serve other destinations.

BOAT

For Puerto Williams (Chile), **Ushuaia Boating**
(02901-609030; www.ushuaiaboating.com;
Tourist Wharf s/n; 1-way US$120) goes daily
in Zodiac boats. Tickets include a 40-minute
crossing plus an overland transfer from Puerto
Navarino. Note: inclement weather often means
cancellations. Options include a 9:30am departure and sometimes (with sufficient demand) a

6pm departure. Another option to Puerto Williams is offered by **Piratour** (p390).

A small *tasa de embarque* (departure tax) is paid at the pier.

BUS

Ushuaia has no bus terminal. Book outgoing bus tickets as far in advance as possible; many readers have complained about getting stuck here in high season. Depending on your luck, long waits at border crossings can be expected.

Bus Sur (☑ 02901-430727; http://bussur. com; Av San Martín 245) has buses to Punta Arenas and Puerto Natales (Chile) three times weekly at 8am, connecting with Montiel services. It shares an office with Turismo Comapa, which also does tours and runs ferries in Chile.

Tecni-Austral (☑ 02901-431408; www. busbud.com; Roca 157) buses head daily to Río Grande and Río Gallegos via Tolhuin, and to Punta Arenas three times weekly. **Taqsa** (☑ 02901-435453; www.taqsa.com.ar; Juana Fadul 126) also has 7am buses to Río Grande and Rio Gallegos via Tolhuin; buses to Punta Arenas and Puerto Natales three times weekly; and buses to Río Gallegos, El Calafate and Bariloche daily.

Lider (☑ 02901-442264, 02901-436421; http://lidertdf.com.ar; Gobernador Paz 921) runs door-to-door minivans to Tolhuin and Río Grande six to eight times daily, with fewer departures on Sunday. **Montiel** (Transporte Montiel; ☑ 02901-421366; Gobernador Paz 605) has similar services.

DESTINATION	COST (ARS)	HOURS
El Calafate	1190	18
Punta Arenas, Chile	920	12
Río Gallegos	785	13
Río Grande	410	3½
Tolhuin	260	1½

❶ Getting Around

Taxis to/from the modern airport, 4km southwest of downtown, cost AR$120. Taxis can be chartered for around AR$1300 for three hours. There's a local bus service along Av Maipú.

Rental rates for compact cars, including insurance, start at around AR$800 per day; try **Localiza** (☑ 02901-430739; www.localiza.com; Av Maipú 768). Some agencies may not charge for drop-off in other parts of Argentine Tierra del Fuego.

Hourly ski shuttles (AR$250 round-trip) leave from the corner of Juana Fadul and Av Maipú to resorts along RN 3 from 9am to 2pm daily. Each resort also provides its own transportation from downtown Ushuaia.

Parque Nacional Tierra del Fuego

Banked against the Beagle Channel, the hushed, fragrant southern forests of Tierra del Fuego are a stunning setting to explore. West of Ushuaia some 12km along RN 3, Parque Nacional Tierra del Fuego (www. parquesnacionales.gob.ar; AR$350, collected 8am-8pm) was Argentina's first coastal national park, extending 630 sq km from the Beagle Channel in the south to beyond Lago Fagnano in the north.

There's access to the southern edge of the park with scenic hikes along bays and rivers, or through dense native forests. For spectacular color, come in autumn, when hillsides of ñire glow red.

Birdlife is prolific, especially along the coastal zone. Keep an eye out for condors, albatross, cormorants, gulls, terns, oystercatchers, grebes, kelp geese and the comical, flightless, orange-billed steamer ducks. Common invasive species include the European rabbit and the North American beaver, both wreaking ecological havoc despite their cuteness. Gray and red foxes, enjoying the abundance of rabbits, may also be seen.

🏃 Activities

After running 3242km from Buenos Aires, RN 3 reaches its terminus at the shores of Bahía Lapataia. From here, trails Mirador Lapataia (500m), with excellent views, and Senda Del Turbal (400m) lead through winding lenga forest further into the bay. Other short walks include the self-guided nature trail Senda Laguna Negra (950m), through peat bogs, and the Senda Castorera (400m), showcasing massive abandoned beaver dams on a few ponds.

At the end of the road to Lago Roca, a flat trail (a 10km four-hour round-trip) leads around Lago Roca's forested northeast shore to Hito XXIV – *veinticuatro* in Spanish – the boundary post that marks the Argentina–Chile frontier. It is illegal to cross the frontier, which is patrolled regularly.

From the same trailhead you can reach Cerro Guanaco (973m) via the steep and difficult 8km trail of the same name; it's a long, uphill haul, but the views are excellent.

🛏 Sleeping

There is plenty of availability for camping at wild sites. Camping Ensenada is 16km from the park entrance and nearest the Senda Costera trail; **Camping Río Pipo** is 6km from the entrance and easily accessed by either the road to Cañadon del Toro or the Senda Pampa Alta trail. **Camping Laguna Verde** and **Camping Los Cauquenes** are on the islands in Río Lapataia. There are no amenities at any of the sites; contact the park visitor center, **Centro de Visitantes Alakush** (☉9am-7pm, shorter hours Mar-Nov), for more information.

The park has closed the fee-based campground at Lago Roca but is planning a new campground with showers in a yet-to-be-determined location.

❶ Getting There & Away

Taxi fares here shared between groups can be the same price as bus tickets. Private tour buses also make the trip.

The most touristy and, beyond jogging, the slowest way to the park, **El Tren del Fin del Mundo** (☏02901-431600; www.trendelfindel mundo.com.ar; adult/child plus park entrance fee AR$790/150) originally carted prisoners to work camps. It departs (without the convicts) from the Estación del Fin del Mundo, 8km west of Ushuaia, three or four times daily in summer and once or twice daily in winter.

The one-hour, scenic narrow-gauge train ride has historical explanations in English and Spanish. Reservations are needed in January and February, when cruise-ship tours take over. You can take it one way and return via minibus, though the train fare is the same one way or round-trip.

Hitchhiking to the park is feasible, but many cars may already be full.

Tolhuin & Lago Fagnano

☏02901

Named for the Selk'nam word meaning 'like a heart,' Tolhuin (population 2000) is a lake town nestled in the center of Tierra del Fuego, 132km south of Río Grande and 104km northeast of Ushuaia via smooth asphalt roads. Muddy streets and clear-cut forests mark this fast-growing frontier town that fronts the eastern shore of Lago Fagnano, also known as Lago Kami. Shared with Chile, the glacial-formed Lago Fagnano has some low-key horseback riding, mountain biking, boating and fishing.

❂ Sights

Museo Histórico Kami   MUSEUM
(tdf@gmail.com; Lago Fagnano s/n; ☉3-7pm Tue-Sun) FREE If you make one stop in Tolhuin,

check out this museum, which is especially worthwhile for Spanish speakers. A former 1920s police post, the little house is now dedicated to regional history, starting with the Selk'nam people. One exhibit documents community members' stories of the still-recent pioneer times. It's next to Camping Hain, on Lago Fagnano. Don't be too shy to ask for a tour.

Parque Hain   AMUSEMENT PARK
(Parque de Diversiones Reciclado; Lago Fagnano s/n; adult/child AR$50/20; ☉9am-5pm; ⊞) The product of a creative mind that never sleeps, this offbeat playground is styled entirely from recycled materials, namely 5000 wooden pallets, tires fashioned into playforms and bottles forming decorative motifs. Created by Roberto Barbel, who also owns the campground across the street with similar whimsy on display, it's a kick to take in.

🛏 Sleeping & Eating

Hostería Ruta Al Sur   HOTEL $$
(☏02901-492278; RN 3, Km2954; d incl breakfast US$125; ☉mid Oct-Apr; ❂♿⊞) On the main road, this lovely lodge set among old beech trees is a bit of a surprise. So is the uneven service. There are sparkling rooms, a sprawling living room and a restaurant serving basic breakfasts. Confirm rates in advance since foreigners may be charged more (to be fair, it has rates for Tierra del Fuego residents and nonresidents too).

Panadería La Unión   BAKERY $
(☏02901-492202; www.panaderialaunion.com.ar; Jeujepen 450; snacks AR$100; ☉24hr) First-rate *facturas* (pastries) and second-rate instant cappuccinos keep this roadside attraction hopping. You may or may not recognize the Argentine celebrities gracing the walls (hint: the men are aging rock stars). Buses stop here to pick up passengers and hot water for *mate* (a bitter ritual tea).

❶ Information

Banco de Tierra del Fuego (☏02901-492030; Minkiol s/n; ☉10am-3pm Tue-Fri) Has an ATM.

Tourist Office (☏02901-492125; www.tierradelfuego.org.ar; Av de los Shelknam 80; ☉8am-10pm Mon-Fri) Provides information on hiking, horseback-riding tours and gear rentals. It's located behind the gas station. Those coming from Ushuaia might get more complete info from Ushuaia's tourist office.

ⓘ Getting There & Away

Throughout the day, buses and minivans passing along RN 3 (often already full in high season) stop at the Panadería La Unión bakery en route to Ushuaia or Río Grande (AR$280).

Río Grande

☎ 02964 / POP 66,500

A monster trout sculpture at the entrance to town announces the de facto fly-fishing capital of Tierra del Fuego, with world-class blue-ribbon angling for colossal sea-run trout. But nonfishers will likely blow through windswept Río Grande and hop a bus to Ushuaia, 230km southwest.

🛏 Sleeping & Eating

Hotel Villa
HOTEL $

(☎ 02964-424998; www.hotelvilla-riogrande.com; Av San Martín 281; d/tr US$57/77; P @ 🛜) Opposite Casino Status, this refurbished place has a dozen spacious and stylish rooms outfitted with down duvets, breakfast with *medialunas* (croissants) and a popular restaurant.

Posada de los Sauces
HOTEL $$

(☎ 02964-432895; http://posadadelossauces.com; Elcano 839; d US$97; @ 🛜) Catering mostly to high-end anglers, this warm and professional hotel fosters a lodge atmosphere, with fresh scents and woodsy accents. Deluxe rooms have Jacuzzis. The upstairs bar-restaurant, decked out in dark wood and forest green, is just waiting for stogies and tall tales to fill the air.

Don Peppone
ITALIAN $$

(☎ 02964-432066; Perito Moreno 247; mains AR$180-250; ⏰ noon-midnight Tue-Sun) On weekends there's a dose of madness in this busy pizzeria, with gooey brick-oven creations as well as a huge variety of pastas and meat dishes. Credit cards are accepted.

Tante Sara
CAFE $$

(☎ 02964-421114; Av San Martín 192; mains AR$120-280; ⏰ 8am-1am Sun-Thu, to 2am Fri & Sat) An upscale chain in Tierra del Fuego, this nonetheless cozy spot hosts both ladies having tea and cake, and boys at the varnished bar downing beer and burgers. Salads (including romaine, egg, blue cheese and bacon) are surprisingly good, although service can be quite sluggish.

ⓘ Information

Instituto Fueguino de Turismo (Infuetur; ☎ 02964-426805; www.tierradelfuego.org.ar; Av Belgrano 319; ⏰ 9am-9pm) Supplies tourist information for all of Argentine Tierra del Fuego.

Municipal Tourist Kiosk (☎ 02964-431324; turismo@riogrande.gob.ar; Rosales 350; ⏰ 9am-8pm) Helpful kiosk on Plaza Almirante Brown, with maps, *estancia* brochures and fishing details.

ⓘ Getting There & Away

AIR

The **airport** (☎ 02964-420699) is a short taxi ride from town, off RN 3. **Aerolíneas Argentinas** (☎ 02964-424467; Av San Martín 607; ⏰ 9:30am-5:30pm Mon-Fri) flies daily to Buenos Aires. **LADE** (☎ 02964-422968; Lasserre 429; ⏰ 9am-3pm Mon-Fri) flies a couple of times weekly to Río Gallegos, El Calafate and Buenos Aires. New low-cost airlines plan to offer flights to Buenos Aires, Ushuaia and El Calafate. **Aviación Civil Argentina** (ANAC; www.anac.gob.ar) has a map with new routes and airlines.

BUS

The following bus companies depart from **Terminal Fueguina** (Finocchio 1194):

Bus Sur (☎ 02964-420997; www.bus-sur.cl; 25 de Mayo 712) Buses to Ushuaia, Punta Arenas and Puerto Natales three times weekly at 5:30am, connecting with Montiel. (Note that the separate ticket office is on 25 de Mayo.)

Buses Pacheco (☎ 02964-421554) Buses to Punta Arenas three times weekly at 10am.

Taqsa/Marga (☎ 02964-434316) Buses to Ushuaia via Tolhuin.

Tecni-Austral (☎ 02964-430610) Buses to Ushuaia via Tolhuin three times weekly at 8:30am; also to Río Gallegos and Punta Arenas three times weekly.

Other buses:

Lider (☎ 02964-420003; www.lidertdf.com.ar; Av Belgrano 1122) The best option for Ushuaia and Tolhuin is this door-to-door minivan service, with several daily departures. Call to reserve.

Montiel (☎ 02964-420997; 25 de Mayo 712) Buses to Ushuaia and Tolhuin.

DESTINATION	COST (AR$)	HOURS
Punta Arenas, Chile	900	9
Río Gallegos	750	8
Tolhuin	280	2
Ushuaia	370	4

Easter Island (Rapa Nui)

Best Places to Eat

➡ Te Moai Sunset (p409)

➡ La Kaleta (p409)

➡ Te Moana (p410)

➡ Haka Honu (p409)

➡ Ariki o Te Pana – Tia Berta
(p409)

Best Places to Stay

➡ Lemu Lodge Vaihu (p408)

➡ Explora Rapa Nui (p408)

➡ Cabañas Christophe
(p406)

➡ Camping Mihinoa (p406)

➡ Pikera Uri (p408)

Why Go?

Few areas in the world possess a more mystical pull than this tiny speck of land, one of the most isolated places on Earth. It's hard to feel connected to Chile, over 3700km to the east, let alone the wider world. Endowed with the most logic-defying statues on the planet – the strikingly familiar *moai* – Easter Island (Rapa Nui to its native Polynesian inhabitants) emanates a magnetic, mysterious vibe.

But Easter Island is much more than an open-air museum. Diving, snorkeling and surfing are fabulous. On land, there's no better ecofriendly way to experience the island's savage beauty than on foot, from a bike saddle or on horseback. But if all you want to do is recharge the batteries, a couple of superb expanses of white sand beckon.

Although Easter Island is world famous and visitors are on the increase, everything remains small and personable – it's all about ecotravel.

When to Go
Hanga Roa

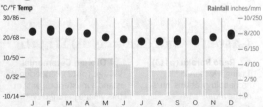

Jan–Mar Peak season. Highest prices and scarce hotels around February's Tapati Rapa Nui festival.

Jul–Sep Chilly weather, not ideal for beaches but a good time for hiking and horseback riding.

Apr–Jun & Oct–Dec The shoulder season is not a bad time to visit; the climate is fairly temperate.

Hanga Roa

♩ 32 / POP 8300

Hanga Roa is the island's sole town. Upbeat it ain't, but with most sights almost on its doorstep and nearly all the island's hotels, restaurants, shops and services lying within its boundaries, it's the obvious place to an-chor oneself. It features a picturesque fishing harbor, a couple of modest swimming holes and surf spots, and a few archaeological sites.

◉ Sights

Ahu Tahai   ARCHAEOLOGICAL SITE

Ahu Tahai is a highly photogenic site that contains three restored *ahu* (ceremonial

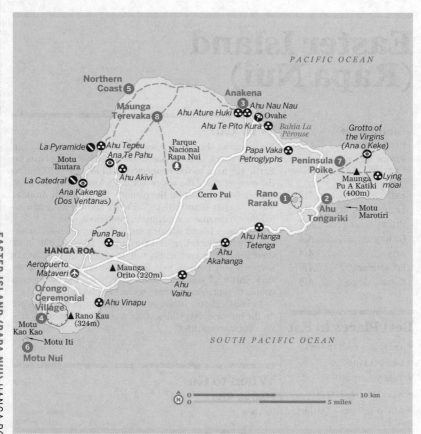

Easter Island (Rapa Nui) Highlights

1 Rano Raraku (p413) Taking a lesson in archaeology at this 'nursery' of the *moai*.

2 Ahu Tongariki (p413) Watching the sun rise above a row of enigmatic statues.

3 Anakena (p412) Having a snooze under the swaying palms of this alluring beach.

4 Orongo Ceremonial Village (p412) Pondering the island's mysterious past at this village perched on the edge of Rano Kau.

5 Northern Coast (p404) Hiking along the rugged trails of the island's least-visited corner.

6 Motu Nui (p403) Ogling the limpid blue waters on a snorkeling or diving trip around this tiny islet.

7 Península Poike (p413) Dipping into caves and climbing to volcanic domes on the rambling trails of this windswept peninsula.

8 Maunga Terevaka (p412) Clip-clopping on the flanks of an extinct volcano.

platform). Ahu Tahai proper is the *ahu* in the middle, supporting a large, solitary *moai* (large anthropomorphic statue) with no topknot. On the north side of Ahu Tahai is Ahu Ko Te Riku, with a topknotted and eyeballed *moai*. On the other side is Ahu Vai Uri, which supports five *moai* of varying sizes and shapes. Along the hills are foundations of *hare paenga* (traditional houses resembling an upturned canoe, with a narrow doorway).

Museo Antropológico Sebastián Englert
MUSEUM

(☑ 32-255-1020; www.museorapanui.cl; Sector Tahai; ⊙ 9:30am-5:30pm Tue-Fri, to 12:30pm Sat & Sun) **FREE** This well-organized museum makes a perfect introduction to the island's history and culture. It displays basalt fishhooks, obsidian spearheads and other weapons, circular beehive-shaped huts, petroglyphs, funerary cists and a rare female *moai*. It also features replica Rongo-Rongo tablets, covered in rows of tiny symbols resembling hieroglyphs.

Researchers have proposed various theories on the nature of the script, but it's still an enigma to decipher.

Caleta Hanga Piko
HARBOR

Easily overlooked by visitors, the little Caleta Hanga Piko is used by local fishers. Facing away from the *caleta*, the restored Ahu Riata supports a solitary *moai*.

Caleta Hanga Roa
BAY

Your first encounter with the *moai* will probably take place at Ahu Tautira, which overlooks Caleta Hanga Roa, the fishing port in Hanga Roa at the foot of Av Te Pito o Te Henua. Many dive outfits operate out of here, and there are some ocean-kissed restaurants and cafes.

Ahu Tautira
ARCHAEOLOGICAL SITE

(Av Policarpo Toro) If you've just arrived and can't wait for your first encounter with the *moai* (large anthropomorphic statues), head straight to Ahu Tautira. This site overlooks Caleta Hanga Roa, the fishing port in Hanga Roa at the foot of Av Te Pito o Te Henua. Here you'll find a single *ahu* (ceremonial platform) with two superb moai.

Iglesia Hanga Roa
CHURCH

(Av Tu'u Koihu s/n) The unmissable Iglesia Hanga Roa, the island's Catholic church, is well worth a visit for its spectacular carvings, which integrate Christian doctrine

with Rapa Nui tradition. It also makes a colorful scene on Sunday morning.

Centro de Interpretación
PARK

(Sector Caleta Vaihu) This new open-air interpretation center aims to help visitors better understand the rubble surrounding many of the island's archaeological sites by bringing history to life. A replica village built of volcanic rocks here is replete with boat houses, earthen pits for cooking *(umu pae)*, special stone chicken coups and *mana vai* (circular gardens surrounded by stone walls).

Ahu Akapu
ARCHAEOLOGICAL SITE

You'll find this *ahu* with a solitary *moai* along the coastline, north of Hanga Roa.

Playa Pea
BEACH

For a little dip, the tiny beach at Playa Pea, on the south side of Caleta Hanga Roa, fits the bill (though it's more of a rocky cove than a sandy oasis).

🏃 Activities

Diving & Snorkeling

Scuba diving is increasingly popular on Easter Island. The strong points are the gin-clear visibility (up to 50m), the lack of crowds, the dramatic seascape and the abundance of pristine coral formations. The weak point is marine life, which is noticeable only in its scarcity.

Easter Island is diveable year-round. Water temperatures vary from as low as 20°C in winter to 26°C in summer.

Most sites are scattered along the west coast. You don't need to be a strong diver – there are sites for all levels. A few favorites include Motu Nui and the very scenic La Catedral and La Pyramide.

Mike Rapu Diving Center
DIVING, SNORKELING

(☑ 32-255-1055; www.mikerapu.cl; Caleta Hanga Roa s/n; ⊙ 8:30am-7pm Mon-Sat, extended hours Dec-Mar) This well-established operator offers introductory dives (CH$40,000), single-dive trips (CH$35,000) and courses. Prices drop by about 15% for more than three dives. Also runs snorkeling trips (CH$25,000) to Motu Nui at least three days a week.

Orca Diving Center
DIVING, SNORKELING

(☑ 32-255-0877; www.orcadivingcenter.cl; Caleta Hanga Roa s/n; ⊙ 9am-7pm Mon-Sat) This state-of-the-art outfit offers the full slate of diving adventures, including introductory dives (CH$50,000 with underwater photos), single dives (CH$40,000), courses

Hanga Roa

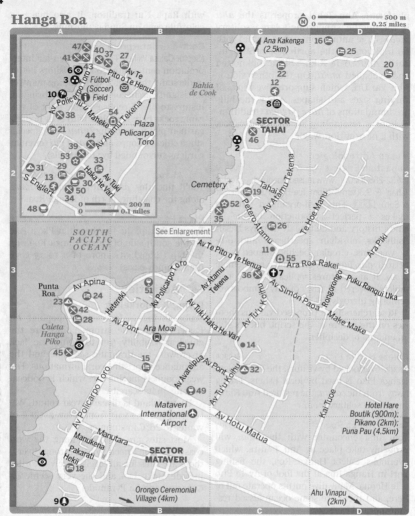

EASTER ISLAND (RAPA NUI) HANGA ROA

and packages, as well as snorkeling trips to Motu Nui (CH$28,000).

Surfing

Easter Island is hit with powerful swells from all points of the compass throughout the year, offering irresistible lefts and rights – mostly lava-reef breaks, with waves up to 5m. The most popular spots are scattered along the west coast. For beginners, there are a couple of good waves off Caleta Hanga Roa.

Hare Orca   SURFING
(☎ 32-255-0877; Caleta Hanga Roa s/n; rental per half-day CH$10,000-15,000; ☺ 9am-7pm Mon-Sat)

Attached to the Orca Diving Center (p403), this shop rents bodyboards, surfboards, stand-up paddle boards and snorkeling gear.

Hiking

You can take some fantastic trails through the island. A memorable walk is the way-marked Ruta Patrimonial, which runs from Museo Antropológico Sebastián Englert up to Orongo Ceremonial Village via the well-signed Te Ara O Te Ao Trail (about four hours, 7km). Other recommended walks are the climb to Maunga Terevaka from near

Hanga Roa

Ahu Akivi (about three hours) and the walk around Península Poike (one day). For the six- to seven-hour 13km walk between Ahu Tepeu and Anakena beach along the northern coastline, a guide is recommended because the path is not marked.

Cycling

Cycling is a superb way to see the island. Those hoping to loop Easter Island on a bike (by pedaling along the southern coast to Ahu Tongariki, up past Poike to Anakena and back to Hanga Roa along the center road) should be prepared for a 48km journey. While the coastal road is relatively flat, the road through the center of the island includes a few moderate hills. Split the trip camping at Camping Sustentable Ana Tekena (p413) by Anakena beach.

Makemake Rentabike CYCLING
(☑cell 9-8733-5596; Av Atamu Tekena; per day CH$12,000; ⏰9am-1pm & 4-8pm Mon-Sat, 9am-1pm Sun) This venture rents mountain bikes in tip-top condition. A helmet, map and emergency kit are provided, and it's the only place in town where you don't have to provide a credit-card guarantee for a bike. Discounts for multiday rentals.

Horseback Riding

Cabalgatas Pantu HORSEBACK RIDING
(☑32-210-0577; www.pikerauri.com; Sector Tahai s/n; half-/full day CH$35,000/75,000; ⏰daily by reservation) Offers guided trips that take in some of the sites near Hanga Roa or more remote places, such as Maunga Terevaka, Anakena and the north coast. Beginners are welcome. There's an extra fee if you pay by credit card.

Tours

Kava Kava Tours　　　　CULTURAL
(cell 9-4066-9236; www.kavakavatours.com; full-day tours per person from US$90) Run by a young, knowledgeable Rapanui lad who offers private, customized tours as well as highly recommended hiking tours of Poike. Kava Kava's website is also a handy tool for researching the island.

Haumaka Tours　　　　CULTURAL
(32-210-0274; cnr Avs Atamu Tekena & Hotu Matua; per day $250 (up to 3 people), per person $75 for larger groups) Run out of Aloha Nui, these private English-language tours come highly recommended and can be customized to your needs.

Rapa Nui Travel　　　　CULTURAL
(32-210-0548; www.rapanuitravel.com; Av Tu'u Koihu; 8am-5:30pm Mon-Fri, 8:30am-1pm Sat & Sun) Run by a Rapa Nui–German couple with custom tours and wallet-friendly shared options (half/full day US$30/45) in English, Spanish and German.

Aku Aku Turismo　　　　CULTURAL
(32-210-0770; www.akuakuturismo.cl; Av Tu'u Koihu s/n; 8:30am-5pm) A well-established company that employs competent guides.

Festivals & Events

Easter Island's premier festival, the **Tapati Rapa Nui**, lasts about two weeks in the first half of February and is so impressive that it's almost worth timing your trip around it (contact the tourist office for exact dates). Expect a series of music, dance, cultural and sport contests between two clans that put up two candidates who stand for the title of Queen of the Festival. The most spectacular event is the Haka Pei: on the flanks of the Cerro Pui, a dozen male contestants run downhill on a makeshift sled at speeds that can reach 70km/h.

No less awesome is the **Taua Rapa Nui**. This triathlon unfolds in the magical setting of the Rano Raraku crater (weather permitting). The first stage consists of paddling across the lake on a reed boat. Then the contestants race around the lake carrying banana bunches on their shoulders. The last leg consists of swimming across the lake using a reed raft as a board. On the last day the parade throughout Hanga Roa is the culmination of the festival, with floats and costumed figures.

Sleeping

Tipanie Moana　　CAMPGROUND, HOSTEL $
(www.campingtipaniemoana.cl; off Tu'u Koihu; campsite with/without tent CH$7000/6500, dm CH$14,500, d with/without bathroom CH$35,000/25,000;) If only all camping grounds in the world could be this clean, with spotless bathrooms, spacious shared kitchens and even racks to dry your clothes. There are also a few dorms and some great-value budget digs. The vibe here is quite lively, and while it's great for meeting fellow travelers, it may not be ideal for early risers.

Camping Mihinoa　　　　CAMPGROUND $
(32-255-1593; www.camping-mihinoa.com; Av Pont s/n; campsites per person with/without tent & gear CH$8000/7000, dm CH$13,000, d CH$25,000-45,000;) You have options here: a clutch of well-scrubbed rooms (the dearer ones offer more privacy), several two- to five-bed dorms, some with their own bathroom, or a campsite on a grassy plot (no shade). The ablution block has hot showers. Perks include tent hire, wi-fi, well-equipped communal kitchens and laundry service. Location is ace; you're just a pebble's throw from the seashore.

Cabañas Christophe　　　BUNGALOW $$
(32-210-0826; www.cabanaschristophe.com; Av Policarpo Toro s/n; d CH$60,000-90,000, f CH$150,000;) The best-value option in Hanga Roa, this charming venue seduces those seeking character and comfort, with four handsomely designed bungalows that blend hardwoods and volcanic stones. They're spacious, well appointed – think king-size beds, kitchen facilities and a private terrace – and inundated with natural light. It's at the start of the Orongo trail, about 1.5km from the center. Reserve well in advance.

At the time of research, two additional bungalows were under construction on a new plot 100m away with views of Orongo.

Hare Swiss　　　　BUNGALOW $$
(32-255-2221; www.hareswiss.com; Sector Tahai; s/d/tr from US$90/130/160;) Run by a lovely Rapanui-Swiss couple, this venture is a great option, with three immaculate cottages perched on a slope overlooking the ocean. They come equipped with sparkling bathrooms, king-size beds, tiled floors, kitchen facilities and a terrace with sea views. It's a

bit of a schlep from the town center (you'll need a bike).

Cabañas Mana Nui Inn
CABIN $$

(☑ 32-210-0811; www.mananui.cl; Sector Tahai; s/d/f CH$40,000/60,000/120,000; ☎) This well-run venture is great value with eight adjoining rooms in a quiet garden with spectacular views over the ocean. There are also two stand-alone cottages for self-caterers as well as a kitchen for guests' use.

Cabañas Ngahu
CABIN $$

(☑ cell 9-9090-2774; www.ngahu.cl; Av Policarpo Toro s/n; d US$98-190; ☎) A great choice where we encountered helpful service, friendly owners and happy guests. It consists of five well-equipped cabins of varying sizes and shapes, most with sea views. The casual atmosphere and prime sunset watching make this the kind of place where you quickly lose track of the days.

Aukara Lodge
GUESTHOUSE $$

(☑ 32-210-0539; www.aukara.cl; Av Pont s/n; s/d CH$45,000/75,000; ☎) A good pick, though the 'Lodge' bit is a gross misnomer. Where else could you find an establishment with an art gallery featuring various paintings and woodcarvings by Bene Tuki, the proprietor? The rooms themselves are nothing outstanding but spruce enough, and the shady garden is a great place to chill out. It's easy walking distance from the action.

Bene's wife, Ana Maria, is also an artist (and children's book author), speaks excellent English and is very knowledgeable about the history of the island. The couple's gallery is worth a visit even if you don't sleep here.

Hostal Tojika
GUESTHOUSE $$

(☑ cell 9-9215-2167; www.tojika.com; Av Apina s/n; d/tr/q from CH$45,000/55,000/90,000; ☎) A decent bet for budgeteers, Hostal Tojika has several rooms that are all different as well as a communal kitchen in a single building overlooking the sea. Some rooms lack privacy but get the job done. No breakfast is served but there's a small eatery at the entrance of the property.

Aloha Nui
GUESTHOUSE $$

(☑ 32-210-0274; haumakatours@gmail.com; Av Atamu Tekena s/n; s/d from US$75/125; ☎) This agreeable place features six well-organized rooms and a vast, shared living room that opens onto a flowery garden. But the real reason you're staying here is to discuss Rapa Nui archaeology in flawless English with

Josefina Nahoe Mulloy and her husband Ramon, who lead the reputable Haumaka Tours.

Cabañas Tokerau
BUNGALOW $$

(☑ 32-210 0023; www.cabanastokerau.cl; Sector Tahai; d/f CH$80,000/170,000; ☎) A good choice if you're looking for a relaxed place in a chilled-out setting. It comprises two all-wood bungalows that come equipped with a handy kitchenette and a terrace with (partial) sea views. The larger unit can accommodate six people while the much smaller one is suitable for a couple.

Hostal Petero Atamu
GUESTHOUSE $$

(☑ 32-255-1823; www.hostalpeteroatamu.com; off Petero Atamu; with/without bathroom s CH$40,000/ 25,000, d CH$60,000/40,000; ☎) Popular with Japanese backpackers, this guesthouse is a simple affair not too far from the town center. Shoestringers will opt for the bare but acceptable rooms with shared bathroom, while wealthier travelers will choose the rooms with a private bathroom and a terrace; rooms 1, 2 and 3 are the best. There's a TV lounge, kitchen and lovely terrace.

Hostal Raioha
GUESTHOUSE $$

(☑ 32-210-0851; off Av Te Pito o Te Henua; d CH$55,000) Run by a friendly couple, this discreet number is a valid, safe and comfortable option that's great value for the town's center. The five rooms are no-frills, but they're well maintained and open onto a verdant garden. No breakfast or wi-fi; however, there is a communal kitchen on-site, and an internet cafe just up the street.

Inaki Uhi
GUESTHOUSE $$

(☑ 32-210-0231; www.inakiuhi.com; Av Atamu Tekena s/n; s/d/tr US$80/130/170; ☎) Can't speak a single word of Spanish? Here you'll be glad to be welcomed in flawless English by Alvaro Jr, who spent 15 years in Australia. The 15 smallish rooms occupy two rows of low-slung buildings facing each other. No breakfast, but there are four shared kitchens. It's right on the main drag, close to everything.

Alvaro Jr has plenty of experience in helping visitors with logistics and trip planning.

Hotel Taura'a
HOTEL $$

(☑ 32-210-0463; www.tauraahotel.cl; Av Atamu Tekena s/n; s/d CH$75,000/90,000; ☎) The 15 rooms are spotless and flooded with natural light, and they come equipped with back-friendly beds and prim bathrooms. Alas, no sea views. The substantial breakfast is a plus, and Bill, the Aussie owner, is a treasure trove of local information.

Its peerless location, just off the main drag, makes this an excellent base for roaming about town.

Vaianny
GUESTHOUSE **$$**

(📞 32-210-0650; www.residencialvaianny.com; Av Tuki Haka He Vari; s/d CH$35,000/45,000; 🔊) This aging central guesthouse is an OK choice if you're counting pennies, with basic but well-scrubbed rooms that are cluttered in a tiny garden area. There's a kitchen for self-caterers. The prime selling point here is the location, within hollering distance of some of the town's best bars and restaurants.

★ Lemu Lodge Vaihu
TENTED CAMP **$$$**

(📞 cell 9-9299-6722; http://lemulodge.com; Sector Caleta Vaihu; d US$250-270) 🍴 The clubhouse at this new 'lodge' in the remote Caleta Vaihu sector is a stunner with wood-carved columns, stone walls and tree trunks for tables. Comprising six ecofriendly tent-cabins (two of which boast panoramic sea views), this luxe property offers a chance to reconnect with nature without sacrificing any comfort. You'll need a car as it's about 20 minutes' drive from Hanga Roa.

Massage and yoga are possible in an outdoor pavilion, and there's a pit for campfires under the ink-black Rapa Nui sky.

★ Pikera Uri
BUNGALOW **$$$**

(📞 32-210-0577; www.rapanuipantu.com; Tahai s/n; d/tr US$208/260; 🔊) A spiffing location plus decorative touches make this venture one of Hanga Roa's best retreats. Digs are in cute-as-can-be bungalows perched on a gentle slope overlooking the ocean; the Rito Mata and Uri offer the best sea views. They're all commodious, luminous and beautifully attired, and open onto a small corral where the owner, Pantu, gathers his horses every morning.

★ Explora Rapa Nui
BOUTIQUE HOTEL **$$$**

(📞 in Santiago 2-2395-2800; www.explora. com; 3-night all-inclusive packages from s/d US$2980/4450; ❄🔊❄) 🍴 Rapa Nui's most luxurious establishment, this property blends into a forested patch of volcano-singed countryside. Rooms, all overlooking the Pacific and fiery sunsets, are abundant with indigenous materials (local Rauli wood, volcanic stone) that instill a sense of place. Prices include meals, drinks and top-quality excursions.

One proviso: it feels a bit cut off from the rest of the island at 6km east of Hanga Roa.

Mamma Nui
TENTED CAMP **$$$**

(📞 cell 9-7395 5796; www.mammanui.cl; Av Policarpo Toro s/n; domes from CH$100,000; ❄❄) Glamping at its finest, Mamma Nui has stilted domes that sleep up to four people and offer unforgettable sea views. There's also a small pool, and rest areas under the domes with hammocks and chairs in a white-sand pit. Even if you don't stay here, come to sample the ceviches, pastas and seafood pizzas of the on-site restaurant.

Hotel Hare Boutik
BOUTIQUE HOTEL **$$$**

(📞 32-255-0134; Av Hotu Matua s/n; d US$350; 🔊❄) A top-drawer hotel, without the stiff upper lips. Digs are in wood and stone bungalows dotted on an alluring property not far from the airport. Rooms are spacious, light-filled and judiciously laid out, with elegant furnishings, solid amenities and a private terrace. It's quite spread out so you can get a decent dose of privacy, and it features an excellent on-site restaurant.

It's a bit far from the center, but bikes are available for free.

Hanga Roa Eco Village & Spa
LUXURY HOTEL **$$$**

(📞 32-255-3700; www.hangaroa.cl; Av Pont s/n; s/d from US$200/400; ❄🔊❄) 🍴 This sprawling establishment is one of the best hotels on the island, with an array of creatively designed rooms and suites facing the sea. All units are built of natural materials and their layout is inspired by Orongo Ceremonial Village, with curving lines and shapes. The on-site restaurants serve refined food and the spa is a stunner.

Best of all: it's ecofriendly with a water- and electricity-saving system.

Cabañas Morerava
BUNGALOW **$$$**

(📞 cell 9-9499-1898, cell 9-9319-6547; www.morerava.com; Sector Tahai; tr/q/f US$181/187/225; 🔊) There's not much in the way of a view here as this establishment is located inland, but there's nothing to disturb your dreams on this bucolic property. The four cottages are stylishly built with natural materials – it helps that the owners are architects – and can sleep up to six people. It's on the outskirts of town, but bikes are provided.

Altiplanico
HOTEL **$$$**

(📞 32-255-2190; www.altiplanico.cl; Sector Tahai; s/d CH$350,000/390,000; @🔊❄) The best thing about this well-run venture with a boutique feel is its excellent location on a gentle slope in Tahai. Try for bungalows 1,

2, 3, 10, 11 or 17, which have panoramic sea views. The 17 units are all sparkling clean and quirkily decorated, but they're fairly packed together and we found the rack rates somewhat inflated.

The on-site restaurant is elegant but pricey (pizzas cost US$30).

✗ Eating

★ Ariki o Te Pana – Tia Berta   CHILEAN $
(Av Atamu Tekena s/n; mains CH$3000-10,000; ◷ 10am-10pm Mon-Sat) Surrender to some melt-in-your-mouth empanadas prepared mamma-style in this no-frills den.

Hai Tonga   CHILEAN $
(✐ cell 9-8242-9835; Av Te Pito o Te Henua s/n; mains CH$5500-12,000; ◷ noon-11pm) This open-air eatery on the edge of the *fútbol* (soccer) field has cheery turquoise furniture, a beautiful wood-carved bar and a big flat-screen TV playing surf videos to inspire the young and hip crowd. Come for good-value Chilean sandwiches, fajitas and craft beer on tap.

Moiko Ra'a   CAFE $
(✐ 32-255-0149; Av Atamu Tekena s/n; snacks CH$3000-7000; ◷ 9am-11pm) This delectable little cafeteria has a wide variety of cavity-inducing pastries, as well as excellent sandwiches, tarts and empanadas. Be sure to try the unctuous hot chocolate.

Casa Esquina   FAST FOOD $
(✐ 32-255-0205; Av Te Pito o Te Henua; snacks CH$3000, mains CH$6000-10,000; ◷ noon-11pm Tue-Sun) A great-value option with a breezy terrace overlooking the church. Choose from empanadas, pizzas, sandwiches, salads and shawarma. Wash it all down with a jumbo-sized *jugo natural* (fruit juice).

Mikafé   CAFE $
(Caleta Hanga Roa s/n; ice cream CH$2000-3500, sandwiches & cakes CH$3500-7000; ◷ 9am-9pm Mon-Sat) Mmm, the *helados artesanales* (homemade ice creams)! Oh, the damn addictive banana *po'e* cake! Other treats include panini, sandwiches, muffins and brownies. Also serves full breakfasts (from CH$6000) and real espresso coffees.

Mara Pika   CHILEAN $
(Av Apina s/n; mains CH$6000; ◷ 8am-4pm Mon-Fri) You'll find no cheaper place for a sit-down meal in Hanga Roa. It's very much a canteen, but a good one, with friendly service and family-style Chilean cuisine, including rotating daily specials.

★ Te Moai Sunset   SEAFOOD, CHILEAN $$
(✐ cell 9-4241-8603; www.facebook.com/temoai sunset; Sector Tahai; mains CH$12,000-16,000; ◷ 12:30-11pm Mon-Sat; 🕾) Make this chic new restaurant your go-to spot in the late afternoon when the *moai* of Tahai are silhouetted against the setting sun just below your table. Dine alfresco on the hanging wicker chairs or next to one of the 2nd-floor windows for the best views. The chef puts a creative twist on Chilean staples; the ceviche is tangy perfection!

★ La Kaleta   SEAFOOD, CHILEAN $$
(✐ 32-255-2244; www.lakaletarestaurant.com; Caleta Hanga Roa; mains CH$9000-16,000; ◷ 11am-11pm Mon-Sat) Santiago's *El Mercurio* newspaper crowned La Kaleta the best regional restaurant in Chile in 2016 and the seafront tables have been packed with vacationing Chileans ever since. The menu changes with the season to reflect the freshest ingredients from the sea, but typically includes ceviche, grilled fish and seafood pastas. The wine list is equally memorable.

★ Haka Honu   CHILEAN $$
(✐ 32-255-2260; Av Policarpo Toro s/n; mains CH$11,000-16,000; ◷ 12:30-10:30pm Tue-Sun) Fish dishes, steaks, homemade pasta, burgers and salads round out the menu at this well-regarded eatery blessed with unsurpassable ocean views. The grilled fish with papaya chutney is particularly flavorsome.

Tataku Vave   SEAFOOD $$
(✐ 32-255-1544; Caleta Hanga Piko s/n; mains CH$12,000-13,500; ◷ 11am-10:30pm Mon-Sat) Tucked behind the Caleta Hanga Piko, Tataku Vave is that easy-to-miss 'secret spot' that locals like to recommend, with a delightfully breezy terrace that's just meters from the seashore. Munch on superb fish dishes while the ocean crashes nearby. Call ahead for free transportation from your hotel.

Au Bout du Monde   INTERNATIONAL $$
(✐ 32-255-2060; Av Policarpo Toro s/n; mains CH$11,000-18,000; ◷ 12:30-2:30pm & 6-10:30pm, closed Jun & Jul) Stellar cuisine is the star of this somewhat bland-looking restaurant run by a Belgian woman. Every visitor ought to try the tuna in Tahitian vanilla sauce, the homemade pasta or the organic beef fillet. Leave room for dessert – the Belgian chocolate mousse is divine.

Kuki Varua SEAFOOD $$

(📱cell 9-8192-1940; Av Te Pito o Te Henua s/n; mains CH$10,000-14,000; ⏱noon-4pm & 6-11pm Wed-Mon) The Kuki Varua has a great selection of fish delivered daily from the harbor, including tuna and *mero* (grouper). The upstairs terrace is perfect for enjoying the cool, ocean breezes. Room should be kept for desserts – hmm, the crème brûlée flavored with passion fruit...

Motu Hava Kafe SEAFOOD $$

(📱cell 9-9620-1907; Caleta Hanga Roa s/n; empanadas CH$3000, mains CH$9500-15,000; ⏱9am-4:30pm Mon-Fri) Blink and you'll miss the entrance of this simple little den overlooking the Caleta Hanga Roa. It whips up freshly prepared empanadas, ceviches and tuna steaks.

★Te Moana CHILEAN $$$

(📱32-255-1578; Av Policarpo Toro s/n; mains CH$10,000-21,000; ⏱12:30-11pm Mon-Sat) One of the most reliable options in Hanga Roa, this buzzy restaurant boasts a spiffing location, with an atmospheric veranda opening onto the ocean. Te Moana is renowned for its tasty meat and fish dishes. The Polynesian decor is another clincher, with woodcarvings and traditional artifacts adorning the walls.

Kanahau SEAFOOD $$$

(📱32-255-1923; www.restaurantkanahau.com; Av Atamu Tekena s/n; mains CH$13,000-22,000; ⏱10am-midnight Mon-Sat) Whether you satisfy yourself with ultrafresh tuna or sample the *lomo* (beef with a homemade sauce), among a variety of hearty dishes, you'll be pleased with the careful preparation, attentive service and atmospheric decor. The Varua Ora dance troupe performs here three times weekly.

🍷 Drinking & Nightlife

★Polynesian Coffee & Tea CAFE

(www.facebook.com/polynesiancoffee; Av Atamu Tekena s/n; ⏱7am-9pm Mon-Sat, 8am-3pm Sun) Detox juices, fruit smoothies, infusion teas and hot (or iced) coffees make this beachy Hawaiian-themed cafe on the main drag a highly recommended morning hangout. Healthy breakfasts (including açaí bowls and yogurt with granola) round out the solid and well-priced menu.

Be sure to check out the attached store with Polynesian clothes and accessories actually made in the region.

Piroto Henua BAR

(📱cell 9-8812-5794; www.facebook.com/piroto henua; Av Hotu Matua s/n; ⏱8pm-2:30am Mon-Sat) Sometimes this green-lit dive by the airport is a full-on sports bar with *fútbol* on the big screen. Other times it's a live concert venue or a boisterous karaoke bar. Whatever the night may be (check its Facebook page), it's always a good place to rub shoulders with islanders.

Rapa Rock Resto Bar BAR

(📱32-255-0411; Av Apina s/n; ⏱10am-2am Wed-Mon) This open-air waterfront bar blasts rock and pop when live bands aren't playing on a stage in the sand.

Kanahau BAR

(📱32-255-1923; www.restaurantkanahau.com; Av Atamu Tekena s/n; ⏱10am-midnight Mon-Sat) Kick off the night with a strong pisco sour at this cheerful hangout decked in wood. Serves excellent *picoteos* (tapas), too.

Caramelo CAFE

(📱32-255-0132; Av Atamu Tekena s/n; ⏱10am-9:30pm Mon-Sat) Part baking goods shop, part actual bakery, Caramelo is your go-to spot for teas, coffees, juices and smoothies in flavors ranging from mango to guava and *chirimoya* (custard apple). It also features a tantalizing array of pastries and cakes.

☆ Entertainment

★Kari Kari TRADITIONAL DANCE

(📱cell 9-4280-5388; www.facebook.com/kari kari.balletcultural; Av Atamu Tekena s/n; tickets CH$15,000, with dinner CH$40,000; ⏱show 9pm Tue, Thu & Sat) This elaborately costumed and talented group performs island legends through song and dance at a venue off the main street. With 15 different programs, you can attend several times and never see the same show. As the oldest group on the island, its academy has trained many dancers you'll find performing in other shows.

Kari Kari's gift shop promotes Polynesian designers and sells some of the most authentic clothing and souvenirs in Hanga Roa.

Varua Ora TRADITIONAL DANCE

(📱32-255-1923; www.restaurantkanahau.com; Atamu Tekena s/n; tickets CH$15,000; ⏱show at 9pm Mon, Wed & Fri) Nancy Manutomatoma is the island's first female choreographer and her recommended show at the Kanahau restaurant spans *hoko* warrior dances, *kai kai* string games, ancient Polynesian legends and more.

Pikano
LIVE MUSIC

(🖉 cell 9-9141-4254; www.facebook.com/pikano rapanui; cover from CH$3000; ⊘ hours vary by event) Pikano is the island's biggest event space, isolated on the road to Anakena about 3km from the airport. This multi-faceted venue is very popular on weekends with an eclectic crowd gulping down glasses of beer while listening to live bands. Later in the night it morphs into a club. Check its Facebook page for the latest events.

Maori Tupuna
TRADITIONAL DANCE

(🖉 32-255-0556; www.maoritupuna.com; Av Policarpo Toro s/n; tickets CH$15,000; ⊘ show 9pm Mon, Thu & Sat) Features excellent dance shows with a great band and some modern musical twists. Come at 8:30pm to watch traditional *takona* body painting.

🛍 Shopping

Mercado Artesanal
ARTS & CRAFTS

(cnr Avs Tu'u Koihu & Ara Roa Rakei; ⊘ 9am-8pm Mon-Sat) Across from the church. This place has a bit of everything, from shell necklaces to floral shirts and the ubiquitous *moai* replicas.

Feria Artesanal
ARTS & CRAFTS

(cnr Avs Atamu Tekena & Tu'u Maheke; ⊘ 10am-8pm Mon-Sat) Good prices. Look for small stone or carved wooden replicas of *moai* and fragments of obsidian.

ℹ Information

Banco Santander (Av Policarpo Toro; ⊘ 8am-1pm Mon-Fri) Currency exchange (until 11am), and has two ATMs that accept Visa and MasterCard. Credit-card holders can also get cash advances at the counter during opening hours (bring your passport).

BancoEstado (Av Tu'u Maheke s/n; ⊘ 8am-1pm Mon-Fri) Changes US dollars and euros. There are also three 24-hour ATMs.

Farmacia Cruz Verde (Av Atamu Tekena; ⊘ 8:30am-10pm Mon-Sat, 9:30am-9pm Sun) Large and well-stocked pharmacy.

Hospital Hanga Roa (🖉 32-210-0215; Av Simón Paoa s/n) Recently modernized. Emergency room visits cost a flat CH$25,000 to CH$30,000 plus the cost of any necessary procedures.

Police (🖉 133; Av Simón Paoa s/n)

Post Office (Correos Chile; Av Te Pito o Te Henua s/n; ⊘ 8:30am-12:30pm & 2-6pm Mon-Fri, 9am-1pm Sat)

Puna Vai (Av Hotu Matua; ⊘ 8:30am-1:30pm & 3-8:30pm Mon-Sat, 9am-2pm Sun) This gas station also doubles as a minimarket and exchange office (US dollars and euros only). Much more convenient than the banks (no queues, longer opening hours), plus there's a great wine selection from the mainland.

ℹ Getting Around

Most car-rental companies also rent bicycles and scooters. Find them on Av Atamu Tekena.

Insular Rent a Car (🖉 32-210-0480; www.rentainsular.cl; Av Atamu Tekena s/n; bicycles/motorbikes/cars from CH$15,000/30,000/50,000; ⊘ 9am-8pm)

Oceanic Rapa Nui Rent a Car (🖉 32-210-0985; www.rentacaroceanic.com; Av Atamu Tekena s/n; bicycles/motorbikes/cars from CH$8000/30,000/50,000; ⊘ 9am-8:30pm)

Parque Nacional Rapa Nui

Since 1935, most of Rapa Nui's land and all of its archaeological sites have been protected as a **national park** (https://parquenacional rapanui.cl; adult/child CH$54,000/27,000) that's filled with caves, *ahu* (ceremonial platforms), fallen *moai* (large anthropomorphic statues), village structures and petroglyphs. You're allowed one visit to Orongo and one visit to Rano Raraku, though other sites can be visited multiple times, if desired.

ℹ Information

Tickets for Parque Nacional Rapa Nui can be bought on arrival at the airport – look for the small booth. The price has risen considerably in recent years, though the additional money has gone to good use with new compost toilets near many archaeological sites and forthcoming disabled access at key attractions. The current fee for adults is CH$54,000, while children pay CH$27,000. Tickets are valid for 10 days as of the first day of entrance. It's also possible to buy tickets at the headquarters of **Ma'u Henua** (🖉 32-210-0827; https://parquenacional-rapanui.cl; Sector Mataveri; tickets adult/child CH$54,000/27,000; ⊘ 8:30am-4pm) or at the small ticket office on Av Atamu Tekena in Hanga Roa. Note that tickets are not sold anywhere else on the island.

ℹ Getting There & Away

To visit the archaeological sites from Hanga Roa you'll need a car, a motorbike or (for the physically fit) a bicycle. Alternatively, you can sign up for a guided tour or catch the hop-on-hop-off bus **Ara Moai** (🖉 cell 9-9715-5811; www.maururutravel.com; Av Pont s/n; CH$15,000; ⊘ daily Nov-Feb, 10-person minimum rest of year).

Northern Circuit

Sights

Ahu Akivi ARCHAEOLOGICAL SITE
Unusual for its inland location, Ahu Akivi, the first scientific restoration on the island (in 1960), sports seven restored *moai.* They are the only ones that face toward the sea, but, like all *moai,* they overlook the site of a village, traces of which can still be seen. The site has proved to have astronomical significance: at the equinoxes, the seven statues look directly at the setting sun.

Maunga Terevaka MOUNTAIN
Maunga Terevaka is the island's highest point (507m) and the youngest of its three volcanoes. This barren hill is only accessible on foot or on horseback and is definitely worth the effort as it offers sensational panoramic views.

Ana Te Pahu CAVE
Off the dirt road to Akivi, Ana Te Pahu comprises former cave dwellings with an overgrown garden of sweet potatoes, taro and bananas. The caves here are lava tubes, created when rock solidified around a flowing stream of molten lava.

Ahu Tepeu ARCHAEOLOGICAL SITE
This large *ahu* has several fallen *moai* and a village site with foundations of *hare paenga* (elliptical houses) and the walls of several round houses, consisting of loosely piled stones.

Ana Kakenga CAVE
(Dos Ventanas) About 2km north of Tahai is Ana Kakenga. This site comprises two caves opening onto the ocean (bring a torch).

Southwest Circuit

Sights & Activities

★Orongo Ceremonial Village AREA
(◷9:30am-5:30pm) Nearly covered in a bog of floating totora reeds, the crater lake of Rano Kau resembles a giant witch's cauldron and is a wild greenhouse of endemic biodiversity. Perched 300m above, on the edge of the crater wall on one side and abutting a vertical drop plunging down to the cobalt-blue ocean on the other side, Orongo Ceremonial Village boasts one of the South Pacific's most dramatic landscapes. It overlooks several small *motu* (offshore islands), including Motu Nui, Motu Iti and Motu Kao Kao.

Built into the side of the slope, the houses have walls of horizontally overlapping stone slabs, with an earth-covered arched roof of similar materials, making them appear partly subterranean. Orongo was the focus of an islandwide 'birdman cult' linked to the god Makemake in the 18th and 19th centuries. Birdman petroglyphs are visible on a cluster of boulders between the cliff top and the edge of the crater.

Orongo is either a steepish climb or a short scenic drive 4km from the center of town.

Ana Kai Tangata CAVE
This vast cave carved into black cliffs sports beautiful rock paintings with birdman motifs. However, when we passed through it was closed due to falling rocks.

In the next cove over to the north you'll find a natural swimming pool; strong waves often make it too dangerous to use.

Puna Pau ARCHAEOLOGICAL SITE
The volcanic Puna Pau quarry was used to make the reddish, cylindrical *pukao* (topknots) that were placed on many *moai.* Some 60 of these were transported to sites around the island, and another 25 remain in or near the quarry.

Ahu Vinapu ARCHAEOLOGICAL SITE
Beyond the eastern end of the airport runway, a road heads south past some large oil tanks to this ceremonial platform, with two major *ahu.* One of them features neatly hewn, mortarless blocks akin to those found in Inca ruins. Both once supported *moai* that are now broken and lying facedown.

Motu Kao Kao DIVING
Motu Kao Kao looks like a giant *moai* rising from the seabed at 55m. The typical dive plan consists of swimming around the structure, starting at about 25m. Shoals of sea chubs are common.

Northeast Circuit

Sights

★Anakena BEACH
Beach bums in search of a place to wallow will love this postcard-perfect, white-sand beach. It also forms a lovely backdrop for Ahu Nau Nau, which comprises seven *moai,* some with topknots. On a rise south of the beach stands Ahu Ature Huki and its

lone *moai,* which was re-erected by Norwegian explorer Thor Heyerdahl with the help of a dozen islanders in 1956.

Facilities include public toilets as well as food and souvenir stalls.

★**Rano Raraku** ARCHAEOLOGICAL SITE
(⊙9:30am-5pm) Known as 'the nursery,' the volcano of Rano Raraku, about 18km from Hanga Roa, is the quarry for the hard tuff from which the *moai* were cut. You'll feel as though you're stepping back into early Polynesian times, wandering among dozens of *moai* in all stages of progress studded on the southern slopes of the volcano. At the top, the 360-degree view is truly awesome. Within the crater are a small, glistening lake and about 20 standing *moai.*

On the southeastern slope of the mountain, look for the unique, kneeling Moai Tukuturi; it has a full body squatting on its heels, with its forearms and hands resting on its thighs.

★**Ahu Tongariki** ARCHAEOLOGICAL SITE
The monumental Ahu Tongariki has plenty to set your camera's flash popping. With 15 imposing statues, it is the largest *ahu* ever built. The statues gaze over a large, level village site, with ruined remnants scattered about and some petroglyphs nearby; some figures include a turtle with a human face, a tuna fish and a birdman motif.

The site was restored by a Japanese team between 1992 and 1996. A 1960 tsunami had flattened the statues and scattered several topknots far inland. Only one topknot has been returned to its place atop a *moai.*

Península Poike PENINSULA
At the eastern end of the island, this high plateau is crowned by the extinct volcano **Maunga Pu A Katiki** (400m) and bound in by steep cliffs. There are also three small volcanic domes, one of which sports a huge mask carved into the rock that looks like a giant gargoyle. Also worth looking for is a series of small *moai* that lie facedown, hidden amid the grass, as well as the **Grotto of the Virgins** (Ana O Keke).

Legend has it that this cave was used to confine virgins so that their skin would remain as pale as possible. It's worth crawling inside if you don't feel dizzy (there's a little path that leads to it, on a ledge, with the unbroken sweep of the Pacific below) to admire a series of petroglyphs.

The best way to soak up the primordial rawness of Península Poike is to take a day hike with a guide because the sights are hard to find.

Ahu Te Pito Kura ARCHAEOLOGICAL SITE
Beside Bahía La Pérouse, a nearly 10m-long *moai* lies facedown with its neck broken; it's the largest *moai* moved from Rano Raraku and erected on an *ahu.* A topknot – oval rather than round as at Vinapu – lies nearby.

Ovahe BEACH
Near Anakena, this beach offers seclusion for wannabe Robinson Crusoes but is considered dangerous because of falling rocks.

Papa Vaka Petroglyphs ARCHAEOLOGICAL SITE
About 100m off the coastal road (look for the sign), you'll find a couple of massive basaltic slabs decorated with carvings featuring a tuna, a shark, an octopus and a large canoe.

🛌 Sleeping

**Camping Sustentable
Ana Tekena** CAMPGROUND $
(☑cell 9-9690-6941; www.facebook.com/camping sustentable.anatekena; Playa Anakena; campsite with/without tent & gear CH$16,000/12,000) ✈ It may be the priciest camping ground on this pricey island, but you can't beat the location right above Anakena Beach. This off-the-grid spot boasts solar-powered hot showers and a wood-fired stove. There's also a hammock big enough to fit an entire *fútbol* team! One warning: it can get a bit buggy here at night.

Transportation to and from the airport costs CH$7000. The owners also run snorkeling, fishing and horseback tours of the area (in Spanish only).

UNDERSTAND EASTER ISLAND

Easter Island Today

In 2007 Easter Island was granted a special status. It is now a *territoria especial* (special territory) within Chile, which means greater autonomy for the islanders. But independence is not the order of the day – ongoing economic reliance on mainland Chile renders this option unlikely in the foreseeable future.

The Rapa Nui are also concerned about the development and control of the tourism industry. Mass tourism it ain't, but the rising number of visitors – from about 50,000 10 years ago to approximately 100,000 tourists in 2016 – has had an impact on the environment. The recent influx of mainland Chileans (mostly made up of tourism workers) has fostered tensions with some locals, who see them as 'troublemakers.' There are plans to establish tighter immigration controls for the island, similar to those in place in Ecuador's Galapagos Islands.

In October 2015, the Chilean government unveiled an ambitious environmental plan for Easter Island, namely the creation of a vast marine park to protect the island's fish stocks, which are under threat from illegal fishing by industrial vessels. This 720,000-sq-km marine sanctuary became one of the world's largest when local residents gave their seal of approval in September 2017.

Since 2010 a land dispute has opposed one Rapa Nui clan to the owners of the Hanga Roa hotel. Indeed, the return of native lands has been a long-running point of contention for indigenous Rapa Nui, who control almost no land outside Hanga Roa. After years of asking for more autonomy they finally got their wish in November 2017 when President Michelle Bachelet officially gave control of the island's archaeological sites back to a local entity called Ma'u Henua.

nure) deposits of Peru's Chincha islands. After intense pressure from the Catholic Church, some survivors were returned to Easter Island, but disease and hard labor had already killed about 90% of them. A brief period of French-led missionary activity saw most of the surviving islanders converted to Catholicism in the 1860s.

Chile officially annexed the island in 1888 during a period of expansion that included the acquisition of territory from Peru and Bolivia after the War of the Pacific (1879–84).

By 1897 Rapa Nui had fallen under the control of a single wool company, which became the island's de facto government, continuing the wool trade until the middle of the 20th century.

In 1953 the Chilean government took charge of the island, continuing the imperial rule to which islanders had been subject for nearly a century. With restricted rights, including travel restrictions and ineligibility to vote, the islanders felt they were treated like second-class citizens. In 1967 the establishment of a regular commercial air link between Santiago and Tahiti, with Rapa Nui as a refuelling stop, opened up the island to the world and brought many benefits to Rapa Nui people.

History

The first islanders arrived either from the Marquesas, the Mangarevas, the Cooks or Pitcairn Island between the 8th and 13th centuries.

The Rapa Nui developed a unique civilization, characterized by the construction of the ceremonial stone platforms called *ahu* and the famous Easter Island statues called *moai*. The population probably peaked at around 15,000 in the 17th century. Conflict over land and resources erupted in intertribal warfare by the late 17th century, only shortly before the arrival of Europeans, and the population started to decline. More recent dissension between different clans led to bloody wars and cannibalism, and many *moai* were toppled from their *ahu*. Natural disasters, such as earthquakes and tsunamis, may have also contributed to the destruction. The only *moai* that are left standing today were restored during the last century.

Contact with outsiders nearly annihilated the Rapa Nui people. A raid by Peruvian blackbirders (slavers) in 1862 took nearly 1500 islanders away to work the guano (ma-

Culture

Rapa Nui is a fairly conservative society, and family life, marriage and children still play a central role in everyday life, as does religion.

More than a third of the population is from mainland Chile or Europe. The most striking feature is the intriguing blend of Polynesian and Chilean customs. Although they will never admit it overtly, the people of Rapa Nui have one foot in South America and one foot in Polynesia.

Despite its unique language and history, contemporary Rapa Nui does not appear to be a 'traditional' society – its continuity was shattered by the near extinction of the population in the last century. However, although they have largely adapted to a Westernized lifestyle, Rapa Nui people are fiercely proud of their history and culture, and they strive to keep their traditions alive.

Arts

As in Tahiti, traditional dancing is not a mere tourist attraction but one of the most vibrant forms of expression of traditional Polynesian

HOW TO TELL YOUR AHU FROM YOUR MOAI

Ahu
Ahu were village burial sites and ceremonial centres and are thought to derive from altars in French Polynesia. Some 350 of these stone platforms are dotted around the coast. *Ahu* are paved on the upper surface with more or less flat stones, and they have a vertical wall on the seaward side and at each end.

Of several varieties of *ahu*, built at different times for different reasons, the most impressive are the *ahu moai* that support the massive statues.

Moai
Easter Island's most pervasive image, the enigmatic *moai* are massive carved figures that probably represent clan ancestors. From 1m to 10m tall, these stony-faced statues stood with their backs to the Pacific Ocean. Some *moai* have been completely restored, while others have been re-erected but are eroded. Many more lie on the ground, toppled over. Of the 887 known *maoi*, just 288 made it to their *ahu*, while 92 got derailed in transit.

For several centuries, controversy has raged over the techniques employed to move and raise the *moai*, which weigh an average of 12.5 tonnes. For many decades most experts believed they were dragged on a kind of wooden sledge, or pushed on top of rollers, but in the early 2000s archaeologists came to the conclusion that the *moai* were not dragged horizontally but moved in a vertical position using ropes. This theory would tally with oral history, which says that the *moai* 'walked' to their *ahu*. As you'll soon realize, it's a never-ending debate, which adds to the sense of mystery and makes this island so fascinating.

Topknots
Archaeologists believe that the reddish cylindrical *pukao* (topknots) that crown many *moai* reflect a male hairstyle once common on Rapa Nui.

Quarried from the small crater at Puna Pau, the volcanic scoria from which the topknots are made is relatively soft and easily worked. Carved like the *moai*, the topknots may have been simple embellishments, which were rolled to their final destination and then, despite weighing about as much as two elephants, somehow placed on top of the *moai*.

culture. A couple of talented dance groups perform regularly at various hotels and restaurants. Tattooing is another aspect of Polynesian culture, and it has enjoyed a revival among the young generation since the late 1980s. There are also strong carving traditions on Easter Island.

Environment

Easter Island is roughly triangular in shape, with an extinct volcanic cone in each corner – Maunga (Mt) Terevaka, in the northwest corner, is the highest point at 507m. The island's maximum length is just 24km, and it is only 12km across at its widest point. Much of the interior of Easter Island is grassland, with cultivable soil interspersed with rugged lava fields. Wave erosion has created steep cliffs around much of the coast, and Anakena, on the north shore, is the only broad sandy beach.

Although some coral occurs in shallow waters, Rapa Nui does not have coral reefs. In the absence of reefs, the ocean has battered the huge cliffs, some of which rise to 300m.

Erosion, exacerbated by overgrazing and deforestation, is the island's most serious problem. In the most dramatic cases, the ground has slumped, leaving eroded landslides of brownish soil (it's particularly striking on Península Poike). To counteract the effects of erosion, a small-scale replanting program is under way on Península Poike.

SURVIVAL GUIDE

ℹ Directory A–Z

ACCOMMODATIONS
If you come here from mainland Chile, be prepared for a shock. Despite a high number of establishments – about 160 when we visited –

EASTER ISLAND (RAPA NUI) SURVIVAL GUIDE

ⓘ PRACTICALITIES

88.9 Radio Manukena Music, island news and more can be found on this beloved radio station.

Canal 13 Local TV news.

Electricity Supplied at 240V, 50Hz AC.

Weights & Measures The metric system is used.

accommodations on Easter Island are pricey for what you get.

The following price ranges refer to a double room with bathroom and breakfast.

$ less than CH$40,000
$$ CH$40,000–CH$80,000
$$$ more than CH$80,000

FOOD

The following price ranges refer to a standard main course.

$ less than CH$8000
$$ CH$8000–CH$15,000
$$$ more than CH$15,000

INTERNET ACCESS

Hanga Roa has two remaining internet cafes, the most popular of which is **Omotohi Cybercafé** (Av Te Pito o Te Henua s/n; per hr CH$1000-1500; ⊙8:30am-10pm Mon-Fri, 9:30am-10pm Sat & Sun; ☜). There are also four public wi-fi zones. Wi-fi is similarly available at most hotels and guesthouses, but connections can be extremely slow at times (or nonexistent after storms) even in the most luxurious of lodgings.

MONEY

Hanga Roa has five ATMs dispensing the local currency, the Chilean peso (CH$). Some businesses also accept US dollars or euros.

Many *residenciales* (budget accommodations), hotels, restaurants and tour agencies accept credit cards.

There are two banks and an exchange office in Hanga Roa. US dollars are the best foreign currency to carry, followed by euros. Note that exchange rates on Easter Island are higher than those offered in mainland Chile.

Tipping is not traditionally part of Polynesian culture.

TELEPHONE

Easter Island's international telephone code is the same as Chile's (56), and the area code (32) covers the whole island. You'll find a few private

call centers in town. Entel is the only company that offers 4G cell-phone service, and prepaid SIM cards are available for purchase at its office in front of BancoEstado. Ask your service provider about international roaming agreements and the charges involved.

TOURIST INFORMATION

Sernatur (☎32-210-0255; www.chile.travel/en; Av Policarpo Toro s/n; ⊙8:30am-5pm Mon-Fri) Has various brochures, maps and lists of accommodations. Some staff speak good English.

ⓘ Getting There & Away

AIR

The only airline serving Easter Island is **LATAM** (☎600-526-2000; www.latam.com; Av Atamu Tekena s/n; ⊙9am-4:30pm Mon-Fri, to 12:30pm Sat). It has daily flights to/from Santiago and one weekly flight to/from Pape'ete (Tahiti). A standard economy round-trip fare from Santiago can cost US$450 to US$900.

SEA

Around five or six cruise ships pass by each year, mostly in the summer months. A few yachts also stop here, typically in January, February and March. Anchorages are not well sheltered.

ⓘ Getting Around

Outside Hanga Roa, the entire east coast road and the road to Anakena are paved.

TO/FROM THE AIRPORT

Aeropuerto Mataveri (Hanga Roa) The airport is just on the outskirts of Hanga Roa. Accommodations proprietors wait at the airport and will shuttle you for free to your hotel or *residencial*.

BICYCLE

Mountain bikes can be rented in Hanga Roa for about CH$8000 to CH$12,000 per day.

CAR & MOTORCYCLE

Some hotels and agencies rent 4WDs for CH$50,000 to CH$70,000 for 24 hours, depending on the vehicle. A word of warning: insurance is *not* available, so you're not covered should the vehicle receive any damage. Don't leave valuables in your car.

Scooters and motorcycles are rented for about CH$30,000 to CH$35,000 a day.

TAXI

Taxis cost a flat CH$2000 for most trips around town and CH$3000 to the airport.

Understand Chile

Chile Today

Modern Chile has gone through some seismic shifts, and we don't mean an earthquake. Change, ranging from lifestyle to globalization, arrives at record speed in the country with the highest household income in Latin America. At the end of 2017, billionaire and former President Sebastián Piñera was elected for the second time to the country's highest office, with promises to bootstrap the economy by modernizing infrastructure and slashing taxes for businesses. By banking right, Chile also has stepped in line with the latest regional trend.

Best on Film

Gloria (2013) A fresh and funny portrait of an unconventional 58-year-old woman.

The Maid (2009) A maid questions her lifelong loyalty.

Violeta Went to Heaven (2012) Biopic of rebel songstress Violeta Parra.

The Motorcycle Diaries (2004) The road trip that made a revolutionary.

No (2013) Did an ad campaign really take down a dictator?

180° South (2010) Follows a traveler exploring untainted territory.

Neruda (2016) The communist poet goes on the run.

A Fantastic Woman (2017) Transgender identity and society.

Best in Print

Deep Down Dark (Héctor Tobar; 2014) The gripping story of the 33 trapped miners.

In Patagonia (Bruce Chatwin; 1977) Iconic work on Patagonian ethos.

Patagonia Express (Luis Sepúlveda; 1995) Funny end-of-the-world tales.

Ways of Going Home (Alejandro Zambra; 2011) Meta fiction about a childhood during the dictatorship.

Chilenismos: A Dictionary and Phrasebook for Chilean Spanish (Daniel Joelson; 2005) Translates local lingo.

Mind the Gap

The highest building on the continent, the 64-story Gran Torre pierces the Santiago skyline as an irrefutable symbol of the country's growing eminence. And yet, according to the Organization for Economic Cooperation and Development, Chile (along with Mexico and the US) has the highest rate of inequality among developed countries. One percent of the population holds half the country's wealth. While education and tax reform progressed under the last administration, work remains to be done. Inequality has dogged Piñera since the first term of his presidency; now he's betting that a business-friendly Chile is the solution.

The Changing Face of Chile

Drive the furthest reaches of Chile to the back roads of Patagonia and chances are that you will encounter a Haitian shop clerk and a Venezuelan running the popular roadside cafe. Far from the cosmopolitan capital, the country is undergoing a sea change. In the span of a decade, Chile has gone from a country with little immigration to one taking on similar proportions as the UK, relative to its population. Chile's half a million migrants add up to just 3% of its total. Yet, they do represent a cultural shift that makes some Chileans uneasy.

During the 2017 election campaign, nationalist sentiments were stoked on both sides. Both the right and left agree that Chile's 1970s-era immigration laws are well out of date. President Bachelet has posited that newcomers can fill needed roles as the country's aging population leaves the job market. Many of the country's immigrants are fleeing poverty and economic collapse.

Social progress is on the national agenda. Chile legalized civil unions for both same sex and unmarried couples in January 2015. A bill recognizing transgender rights is in the works. Women have also taken to the streets to protest injustice, in areas ranging from femicide to abortion. Evolving from some of the most draconian abortion laws in the world, in 2017 Chile decriminalized abortion in cases of rape, fetal inviability and life-threatening pregnancies. While many would like to see women's rights go further, it has not been easy to shake this Catholic country from its staunchly conservative mores.

The Future is Green

Worldwide tourism experts see Chile as a rising star, and it's little wonder. Spanning diverse landscapes, the country with the driest desert in the world also has 80% of the glaciers on the continent. In 2017 alone, tourism grew by 17% and became 10% of GDP. The country held its first tourism summit and was designated the best adventure tourism destination by the World Travel Awards.

At the same time, Chile's national parks are being supersized. On March 15, 2017, President Michelle Bachelet and American philanthropist Kristine Tompkins pledged to expand Chile's national park system by 40,500 sq km, creating five new national parks and expanding three existing parks, amounting to an area larger than Switzerland. With this new designation, Patagonia will boast the highest concentration of parks in the world. The distinction translates to benefits for the local economy and the planet, not to mention the benefit it brings to travelers seeking out the most pristine corner of the world.

Yet conservation requires investment. In Costa Rica, the parks system spends US$16 per hectare for conservation, compared to Chile's dollar per hectare; a difference that's staggering. As interest in Chilean parks grows, so will the need for their funding.

Issues have already arisen. At Torres del Paine, Chile's most popular park, stricter visitation regulations have been long in coming. Facing unsustainable levels of visitation, the park began to require reservations for overnight hikers in 2017. With stakes ranging from inadequate bathrooms to increased wildfire dangers, the casual informality of yesterday is no longer possible. There is no doubt that there is a sustainable future in investing in parks, but until it becomes a priority, all the fame in the world might not be of assistance.

POPULATION: **17.8 MILLION**

GDP: **US$247 BILLION**

INFLATION: **4%**

INTERNET USERS: **12 MILLION**

LIFE EXPECTANCY: **79 YEARS**

MEDIAN AGE: **34**

UNEMPLOYMENT: **6.5%**

if Chile were 100 people

89 would be white
9 would be Mapuche
2 would be other

belief systems
(% of population)

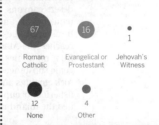

67 — Roman Catholic
16 — Evangelical or Prostestant
1 — Jehovah's Witness
12 — None
4 — Other

population per sq km

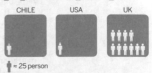

CHILE   USA   UK

♦ ≈ 25 person

History

With the oldest inhabited site in the Americas, Chile's astounding past is only starting to be unearthed and understood. Chile has come far from its first days as a backwater of the Spanish empire. Today's culture still bears the marks of a small landowning elite, a long industry of mineral exploitation, and politics which both thwarted and strove for reform. Its ultimate resilience has led Chile to become one of the most stable and influential countries of Latin America.

Beginnings

A small child's footprint left in a marshy field rocked the foundations of American archaeology during the 1980s. The 12,500-year-old print proved human habitation in Monte Verde, near Puerto Montt. Other evidence dated back as far as 33,000 years. These highly controversial dates negate the long-accepted Clovis paradigm, which stated that the Americas were populated via the Bering land bridge some 11,500 years ago, after which the Clovis people scattered southward. New theories suggest multiple entries, different routes or coastal landings by the first peoples. Following a landmark 1998 convention, the Monte Verde site was acknowledged as the oldest inhabited site in the Americas, although more recent discoveries, notably in New Mexico, date back as far as 40,000 years.

The Chinchorro culture began mummifying their dead some 2000 years before the Egyptians. The oldest known mummy dates from around 5050 BC.

Early Cultures

Most pre-Columbian remains have been recovered in the north of Chile, preserved by the extreme desert aridity. The nomadic Chinchorro culture left behind the oldest known intentionally preserved mummies. In north desert canyons, Aymara farmers cultivated maize, grew potatoes and tended llama and alpaca; their descendants still practice similar agricultural techniques around Parque Nacional Lauca. Also in Chile's northern reaches, the Atacameño culture left remarkably well-preserved remains, from mummies to ornate tablets used in the preparation of hallucinogenic substances. The El Molle and Tiwanaku left enormous geoglyphs, rock etchings and ceramics, still visible in the north. Meanwhile, Chango fisherfolk occupied northern coastal areas, and Diaguita peoples inhabited the inland river valleys.

TIMELINE	12,500 BC	AD 1520	1535
	A child's footprint discovered in Monte Verde outside Puerto Montt – the oldest inhabited site in South America – disproves the supposed human migration across the Bering land bridge.	After his fleet faces mutiny and shipwreck, Ferdinand Magellan is the first European to sight Chilean territory, on November 1, 1520, while sailing the strait now named for him.	Conquistador Diego de Almagro marches on Chile with 500 men, 100 African slaves and 10,000 Indian porters. Many freeze to death on Andean passes. Finding no riches, Almagro abandons his claim.

The invasive Inka culture enjoyed a brief ascendancy in northern Chile, but its rule barely touched the central valley and the forests of the south, where the sedentary farmers (Picunche) and shifting cultivators (Mapuche) fiercely resisted any incursions. Meanwhile the Cunco fished and farmed on the island of Chiloé and along the shores of the gulfs of Reloncaví and Ancud.

Invasion

In 1495, unbeknown to indigenous populations, the Americas were divided up by two superpowers of the day – Spain and Portugal. The papal Treaty of Tordesillas delivered all the territory west of Brazil to Spain. By the mid-16th century, the Spaniards dominated most of the area from Florida and Mexico to central Chile. Though few in number, the conquerors were determined and ruthless, exploiting factionalism among indigenous groups and intimidating native peoples with their horses and firearms. But their greatest ally was infectious disease, against which the natives lacked immunity.

The Spaniards' first ill-fated foray into northern Chile was led over frozen Andean passes in 1535 by Diego de Almagro. Though a failure, it laid the groundwork for Pedro de Valdivia's 1540 expedition. After surviving the parched desert, they reached Chile's fertile Mapocho Valley in 1541. Valdivia subdued the local indigenous groups, and founded the city of Santiago on February 12. Six months later the indigenous peoples struck back, razing the town and all but wiping out the settlers' supplies. But the Spaniards clung on, and the population burgeoned. By the time of his death in 1553, at the hands of Mapuche forces led by the famous *caciques* (chiefs) Caupolicán and Lautaro, Valdivia had founded numerous settlements and laid the groundwork for a new society.

Colonial Chile

Lust for gold and silver was always high on the Spaniards' agenda, but they soon realized that the true wealth of the New World consisted of the large indigenous populations. The *encomienda* system granted individual Spaniards rights to indigenous labor and tribute. It was easily established in northern Chile (then part of Peru) where the indigenous population were highly organized and even accustomed to similar forms of exploitation.

The Spaniards also established dominance in central Chile, but the semi-sedentary and nomadic peoples of the south mounted vigorous resistance. Feral horses taken from the Argentine pampas greatly aided the Mapuche, whose new mobility enhanced their ability to strike.

Despite the Crown's distant disapproval, Valdivia began rewarding his followers with enormous land grants. Such *latifundios* (estates) became an enduring feature of Chilean agriculture and society, with many intact as late as the 1960s.

Who knew that the ancients did drugs? Ancient Atacameños had a hallucinogenic habit, but all that remains are the accessories: mini spatulas, snuff boards, tubes, little boxes and woolen bags.

Caupolicán led the Mapuches in their first uprising against the Spanish conquistadores. It's believed he became a *toqui* (military leader) by holding a tree trunk for three days and nights and improvising a poetical speech to incite Mapuches to rebel against the Spanish.

1535–1880	1540	1541	1548
The Arauco War marks the start of the Mapuches' 300-year resistance. Most meet Chile's revolt against the Spanish crown with indifference. The area south of the Río Biobío remains their stronghold.	After crossing the Atacama Desert and facing its blistering extremes, Pedro de Valdivia and a group of 150 Spaniards start a colony on the banks of the Río Mapocho.	Santiago is officially founded on September 11, despite fierce resistance by indigenous Araucanians, numbering around 500,000. The presence of colonists brings disease and death to the indigenous peoples.	Wine comes to Chile via missionaries and conquistadores. Jesuit priests cultivated early vineyards of rustic *pais* grapes; today Chile has more than 70 wineries and international distribution.

Mestizo children of mixed Spanish and indigenous parentage soon outnumbered the indigenous peoples, whose population declined after epidemics, forced-labor abuses and warfare. Chile's neo-aristocracy encouraged the landless *mestizo* population to attach themselves as *inquilinos* (tenant farmers) to large rural estates.

Revolution

Independence movements sparked between 1808 and 1810 were born from the emergence of the *criollo* (creole) class – American-born Spaniards pushing for self-government. To facilitate tax collection, Madrid decreed that all Spanish trade pass overland through Panama rather than directly by ship. This cumbersome system hampered commerce and eventually cost Spain its empire.

During colonial times, Chile was judged a subdivision of the Lima-based Viceroyalty of Peru. Called the Audiencia de Chile, it reached from present-day Chañaral south to Puerto Aisén, plus the present-day Argentine provinces of Mendoza, San Juan and San Luis. Chile developed in near isolation from Peru, creating a wholly distinct identity.

By the 1820s, independence movements were igniting throughout South America. From Venezuela, a *criollo* army under Simón Bolívar fought its way toward Peru. The Argentine liberator José de San Martín marched over the Andes into Chile, occupied Santiago and sailed north to Lima.

San Martín appointed Bernardo O'Higgins second-in-command of forces. O'Higgins, the illegitimate son of an Irishman who had served the Spaniards as Viceroy of Peru, became supreme director of the new Chilean republic. San Martín helped drive Spain from Peru, transporting his army in ships either seized from the Spaniards or purchased from Britons or North Americans seeking commercial gain. Thus it was that Scotsman Thomas Cochrane, a colorful former Royal Navy officer, founded and commanded Chile's navy.

The Early Republic

Battered but buoyed by independence, Chile was a fraction of its present size, sharing ambiguous boundaries with Bolivia, Argentina and the hostile Mapuche nation south of the Río Biobío.

Politically stable, Chile rapidly developed agriculture, mining, industry and commerce. O'Higgins dominated politics for five years after formal independence in 1818, but the landowning elite objected to increased taxes, abolition of titles and limitations on inheritance. Forced to resign in 1823, O'Higgins went into exile in Peru.

Diego Portales was interior minister and de facto dictator until his execution following an 1837 uprising. His constitution centralized power

> Chile may seem homogenous, but black culture dates back to early Arica where a black mayor was elected in 1620 (the viceroy of Peru later annulled the victory). Today Fundación Oro Negro preserves black cultural heritage.

1553	1818	1834–35	1860
Conquistador Pedro de Valdivia is captured in the Battle of Tucapel, when 6000 Mapuche warriors attack Spanish forts in the south. Valdivia is bound to a tree and beheaded.	With independence movements sweeping the continent, Argentine José de San Martín liberates Santiago. Bernardo O'Higgins, the illegitimate son of an Irishman, becomes 'supreme director' of the Chilean republic.	HMS *Beagle* sails along Chile's coast with Charles Darwin on board; the planned two-year expedition actually lasts five, giving Darwin fodder for his theory of evolution.	French adventurer Orélie-Antoine de Tounens befriends Mapuche leaders and assumes the title King of Araucania and Patagonia. This seemingly protective act ends in his confinement to an insane asylum.

in Santiago, limited suffrage to the propertied and established indirect elections for the presidency and senate. It lasted until 1925.

The end of the 19th century was an era of shifting boundaries. Treaties with the Mapuche (1881) brought temperate southern territories under Chilean authority. Chile focused much of its energy on northern expansion and the War of the Pacific. Forced to abandon much of Patagonia to Argentina, Chile sought a broader Pacific presence, and annexed the tiny remote Easter Island (also known as Rapa Nui) in 1888.

Watch the intense movie *Sub Terra* (2003) for a savage indictment of the exploitation, often at the hands of gringos, that used to go on in Chile's mining industry.

Civil War

Mining expansion created a new working class, as well as a class of nouveau riche, both of which challenged the political power of the landowners. The first political figure to tackle the dilemma of Chile's badly distributed wealth was President José Manuel Balmaceda, elected in 1886. Balmaceda's administration undertook major public-works projects, revolutionizing infrastructure and improving hospitals and schools. In 1890, a conservative Congress voted to depose him.

Naval Commander Jorge Montt was elected to head a provisional government. In the ensuing civil war, Montt's navy controlled the ports and eventually defeated the government, despite army support for Balmaceda. Over 10,000 died and Balmaceda shot himself.

Twentieth Century

The Chilean economy took a hit for its crippling dependence on nitrates, which were being replaced by new petroleum-based fertilizers. The 1914 opening of the Panama Canal made the Cape Horn route, and its many Chilean ports, nearly obsolete.

After periods of poor leadership, several leftist groups briefly imposed a socialist republic and merged to form the Socialist Party. Splits divided the Communist Party, while splinter groups from radical and reformist parties created a bewildering mix of new political organizations. For most of the 1930s and 1940s the democratic left dominated Chilean politics.

Meanwhile, the early 20th century saw North American companies gain control of the copper mines, the cornerstone – then and now – of the Chilean economy. WWII augmented the demand for Chilean copper, promoting economic growth even as Chile remained neutral.

In 1915, German sailors scuttled the SMS *Dresden* in the harbor of Isla Robinson Crusoe after being attacked by the British Royal Navy. The infamous war cruiser had successfully avoided detection throughout WWI, only to be discovered because its sailors had joined a soccer match onshore.

Land Reform

In the 1920s, haciendas (large rural landholdings) controlled 80% of the prime agricultural land. *Inquilinos* remained at the mercy of landowners for access to housing, soil and subsistence. Even their votes belonged to landowners. Haciendas had little incentive to modernize, and production stagnated – a situation that changed little until the 1960s.

1879–84	1881	1885–1900	1888–1960s
Chile's active development of nitrate deposits in Peruvian and Bolivian territories leads to the War of the Pacific; Chile increases its territory by one-third after defeating both countries.	While focusing on northward expansion, Chile signs a treaty with Argentina conceding all of eastern Patagonia but retaining sovereignty over the Strait of Magellan.	British, North American and German capital turn the Atacama into a bonanza, as nitrates bring some prosperity, create an urban middle class and fund the government.	Chile annexes Easter Island and confines Rapa Nui people to Hanga Roa. The rest of the island becomes a sheep ranch, not reopening to its own citizens until the 1960s.

Reformist sentiment stirred fear in the old order. Conservative and liberal parties decided to join forces. Their candidate, Jorge Alessandri, son of former president Arturo Alessandri, scraped through the 1958 election with less than 32% of the vote. An opposition Congress forced Alessandri to accept modest land-reform legislation, beginning a decade-long battle with the haciendas.

The 1964 presidential election was a choice between socialist Salvador Allende and Christian Democrat Eduardo Frei Montalva, who drew support from conservative groups. Both parties promised agrarian reform, supported rural unionization and promised an end to the hacienda system. Allende was undermined by leftist factionalism and Frei won comfortably.

Christian Democratic Period

Committed to social transformation, the Christian Democrats attempted to control inflation, balance imports and exports and implement reforms. However, their policies threatened both the traditional elite's privileges and the radical left's working-class support.

The country's economy had declined under Alessandri's presidency, driving the dispossessed to the cities, where squatter settlements, known as *callampas* (mushrooms), sprang up almost overnight. Attacks increased on the export sector, then dominated by US interests. President Frei advocated 'Chileanization' of the copper industry (getting rid of foreign investors), while the Allende camp supported placing the industry under state control.

The Christian Democrats also faced challenges from violent groups such as the Movimiento de Izquierda Revolucionario (MIR; Leftist Revolutionary Movement), which began among upper-middle-class students in Concepción. Urban laborers joined suit, forming the allied Frente de Trabajadores Revolucionarios (Revolutionary Workers Front). Activism also caught on with peasants who longed for land reform. Other leftist groups supported strikes and land seizures by the Mapuche and rural laborers.

Frei's reforms were too slow to appease leftists and too fast for the conservative National Party. Despite better living conditions for many rural workers and gains in education and public health, the country was plagued by inflation, dependence on foreign markets and capital, and inequitable income distribution. The Christian Democrats could not satisfy rising expectations in Chile's increasingly militant and polarized society.

Allende's Rise to Power

In this discomforting political climate, a new leftist coalition coalesced. With Allende at its head, the Unidad Popular (UP) was shaping a radical

---

Norwegian Thor Heyerdahl explored Easter Island while crossing the Pacific in the 1950s; it became the centerpiece of his theories about the South American origins of Polynesian civilization. For more details, read *Aku Aku* and *Kon Tiki*.

In Santiago's poor urban neighborhood of La Victoria, the protest murals by the BRP (Brigada Ramona Parra) have appeared since the 1940s, stirring up subversive thought. View them along Av 30 de Mayo.

1890–91	1927	1938–46	1945
Tackling unequally distributed wealth and power with reforms, President José Manuel Balmaceda ignites congressional rebellion in 1890; it results in a civil war with 10,000 deaths and Balmaceda's suicide.	General Carlos Ibáñez del Campo establishes a de facto dictatorship, which will prove to be one of the longest lasting of 10 governments in the unstable decade.	Communists, socialists and radicals form the Popular Front coalition, rapidly becoming popular with the unionized working class and playing a leading role in the Chilean labor movement.	Poet and foreign consul Gabriela Mistral becomes the first Latin American and fifth woman to win the Nobel Prize (for literature). Her start was as a shy rural schoolmistress.

program that included the nationalization of mines, banks and insurance, plus the expropriation and redistribution of large landholdings. In the 1970 election, Allende squeezed 36% of the vote against the National Party's 35%, becoming the world's first democratically elected Marxist president.

But the country – and even Allende's own coalition – was far from united. The UP consisted of socialist, communist and radical parties conflicted over objectives. Allende faced an opposition Congress, a suspicious US government, and right-wing extremists who even advocated his overthrow by violent means.

Allende's economic program, accomplished by evading rather than confronting Congress, included the state takeover of many private enterprises and massive income redistribution. By increasing government spending, the new president expected to bring the country out of recession. This worked briefly, but apprehensive businesspeople and landowners, worried about expropriation and nationalization, sold off stock, machinery and livestock. Industrial production nose-dived, leading to shortages, hyperinflation and black marketeering.

Peasants, frustrated with an agrarian reform, seized land and agricultural production fell. The government had to use scarce foreign currency to import food. Chilean politics grew increasingly polarized and confrontational, as many of Allende's supporters resented his indirect approach to reform. The MIR intensified its guerrilla activities, and stories circulated in Santiago's factories about new armed communist organizations.

Expropriation of US-controlled copper mines and other enterprises, plus conspicuously friendly relations with Cuba, provoked US hostility. Later, hearings in the US Congress indicated that President Richard Nixon and Secretary of State Henry Kissinger had actively undercut Allende by discouraging credit from international finance organizations and supporting his opponents. Meanwhile, according to the memoirs of a Soviet defector published in 2005, the KGB withdrew support for Allende because of his refusal to use force against his opponents.

Faced with such difficulties, the Chilean government tried to forestall conflict by proposing clearly defined limits on nationalization. Unfortunately, neither extreme leftists, who believed that only force could achieve socialism, nor their rightist counterparts, who believed only force could prevent it, were open to compromise.

Robert Harvey's extremely readable *Liberators: South America's Struggle for Independence* (2002) tells the epic history of colonial Latin America through larger-than-life heroes and swashbucklers such as O'Higgins, San Martín and Lord Cochrane.

Rightist Backlash

In 1972 Chile was paralyzed by a widespread truckers' strike, supported by the Christian Democrats and the National Party. As the government's authority crumbled, a desperate Allende invited constitutionalist army commander General Carlos Prats to occupy the critical post of interior

1948–58	1952	1964	1970
The Communist Party is banned due to the spreading fear that its electoral base is becoming too strong amid the growing conservative climate of the Cold War.	Ibáñez returns, this time as an elected president promising to sweep out corruption. He revokes the Communist Party ban, but sweeps himself out with plans for an auto-coup.	On Easter Island, the Rapa Nui (native islanders) are granted full Chilean citizenship and the right to vote. Three years later, commercial flights will open it up to the world.	Salvador Allende becomes the world's first democratically elected Marxist president; radical social reform follows, and the state takes control of private enterprises alongside massive income redistribution.

minister, and he included an admiral and an air-force general in his cabinet. Despite the economic crisis, results of the March 1973 congressional elections demonstrated that Allende's support had actually increased since 1970 – but the unified opposition nevertheless strengthened its control of Congress, underscoring the polarization of Chilean politics. In June 1973 there was an unsuccessful military coup.

The next month, truckers and other rightists once again went on strike, supported by the entire opposition. Having lost military support, General Prats resigned, to be replaced by the relatively obscure General Augusto Pinochet Ugarte, whom both Prats and Allende thought loyal to constitutional government.

On September 11, 1973 Pinochet unleashed a brutal *golpe de estado* (coup d'état) that overthrew the UP government and resulted in Allende's death (an apparent suicide) and the death of thousands of Allende supporters. Police and the military apprehended thousands of leftists, suspected leftists and sympathizers. Many were herded into Santiago's National Stadium, where they suffered beatings, torture and even execution. Hundreds of thousands went into exile.

The military argued that force was necessary to remove Allende because his government had fomented political and economic chaos and because – so they claimed – he himself was planning to overthrow the constitutional order by force. Certainly, inept policies brought about this 'economic chaos,' but reactionary sectors, encouraged and abetted from abroad, exacerbated scarcities, producing a black market that further undercut order. Allende had demonstrated commitment to democracy, but his inability or unwillingness to control factions to his left terrified the middle class as well as the oligarchy.

Military Dictatorship

Many opposition leaders, some of whom had encouraged the coup, expected a quick return to civilian government, but General Pinochet had other ideas. From 1973 to 1989, he headed a durable junta that dissolved Congress, banned leftist parties and suspended all others, prohibited nearly all political activity and ruled by decree. Assuming the presidency in 1974, Pinochet sought to reorder the country's political and economic culture through repression, torture and murder. The Caravan of Death, a group of military that traveled by helicopter from town to town, mainly in northern Chile, killed many political opponents, several of whom had voluntarily turned themselves in. Detainees came from all sectors of society, from peasants to professors. Around 35,000 were tortured and 3000 'disappeared' during the 17-year regime.

The CNI (Centro Nacional de Informaciones, or National Information Center) and its predecessor DINA (Directoria de Inteligencia Nacional,

The strongest earthquake ever recorded, on May 22, 1960, measured between 8.6 and 9.5 on the Richter scale and rattled Chile from Concepción to southern Chiloé. The resulting tsunami wreaked havoc 10,000km away in Hawaii and Japan.

1973	1973–89	1978	1980
A military coup on September 11, 1973 overthrows the Unidad Popular government, resulting in Allende's death (an apparent suicide) and the death of thousands of his supporters.	General Augusto Pinochet heads a durable junta that dissolves Congress, bans leftist parties and suspends all others, prohibiting nearly all political activity and ruling by decree.	Chile and Argentina almost go to war over three small islands in the Beagle Channel. The Beagle Conflict is finally settled by papal mediation in 1979.	Pinochet submits a new, customized constitution to the electorate that will ratify his presidency until 1989. It passes, though many voters protest by abstaining from voting.

or National Intelligence Directorate) were the most notorious practitioners of state terrorism. International assassinations were not unusual – a car bomb killed General Prats in Buenos Aires a year after the coup, and Christian Democrat leader Bernardo Leighton barely survived a shooting in Rome in 1975. Perhaps the most notorious case was the 1976 murder of Allende's foreign minister, Orlando Letelier, by a car bomb in Washington, DC.

By 1977 even air-force general Gustavo Leigh, a member of the junta, thought the campaign against 'subversion' so successful that he proposed a return to civilian rule, but Pinochet forced Leigh's resignation, ensuring the army's dominance and perpetuating himself in power. By 1980 Pinochet felt confident enough to submit a new, customized constitution to the electorate and wagered his own political future on it. In a plebiscite with narrow options, about two-thirds of the voters approved the constitution and ratified Pinochet's presidency until 1989, though many voters abstained in protest.

Return to Democracy

Cracks in the regime began to appear around 1983, when leftist groups dared to stage demonstrations and militant opposition groups began to form in the shantytowns. Political parties also started to regroup, although they only began to function openly again in 1987. In late 1988, trying to extend his presidency until 1997, Pinochet held another plebiscite, but this time voters rejected him.

In multiparty elections in 1989, Christian Democrat Patricio Aylwin, compromise candidate of a coalition of opposition parties known as the Concertación de Partidos por la Democracia (Concertación for short), defeated a conservative economist. Consolidating the rebirth of democracy, Aylwin's term was followed by another Concertación president, Eduardo Frei Ruiz-Tagle.

The Concertación maintained Pinochet's free-market reforms, but Pinochet's military senate appointees could still block other reform. Pinochet assumed a senate seat upon retirement from the army in 1997 – at least in part because it conferred immunity from prosecution in Chile.

This constitutional hangover from the dictatorship was finally swept away in July 2005 when the president was granted the right to fire armed-forces commanders and abolish unelected senators.

The Pinochet Saga

The September 1998 arrest of General Pinochet in London at the request of Spanish judge Báltazar Garzón, who was investigating deaths and disappearances of Spanish citizens in the aftermath of the 1973 coup, caused an international uproar.

Isabel Allende's historical novel *Inés of My Soul* is based on facts from the real-life *conquistadora* and former seamstress who fatefully trailed Pedro de Valdivia to the future Chile.

1989	1994	1998	2000
The Concertación para la Democracia (Consensus for Democracy) is formed of 17 parties. Its candidate, Christian Democrat Patricio Aylwin, ousts Pinochet in the first free elections since 1970.	The new president, Christian Democrat Eduardo Frei, ushers in a leftist era but struggles with a limiting constitution in which the military still holds considerable power.	Pinochet is arrested in the UK on murder charges relating to his regime. It's one of the first arrests of a dictator based on universal jurisdiction. Seven years of legal battles ensue.	Defeating a former aide to Pinochet, the moderate leftist Ricardo Lagos is elected president, joining a growing breed of left-leaning governments across South America.

Following the arrest, US president Bill Clinton released files showing 30 years of US government covert aid to undermine Allende and set the stage for the coup d'état. Pinochet was put under house arrest, and for four years lawyers argued whether or not he was able to stand trial for crimes committed by the Caravan of Death, based on his health and mental condition. Both the Court of Appeals (in 2000) and the Supreme Court (2002) ruled him unfit to stand trial. As a consequence of the court's decision – that he suffered from dementia – Pinochet stepped down from his post as lifetime senator.

It seemed the end of judicial efforts to hold him accountable for human rights abuses. But in 2004 Pinochet gave a TV interview in which he appeared wholly lucid. A string of court decisions subsequently stripped Pinochet of his immunity from prosecution as a former head of state. One of the key human rights charges subsequently brought against him revolved around his alleged role in Operation Condor, a coordinated campaign by several South American regimes in the 1970s and 1980s to eliminate leftist opponents.

Chileans then witnessed a string of yo-yoing court decisions that first stripped his immunity, subsequently reversed the ruling, then again decided that he could stand trial. Revelations made in early 2005 about Pinochet's secret foreign bank accounts containing US$27 million added to the charges and implicated his wife and son. The judge investigating the bank accounts received death threats.

Despite the intense legal activity, Pinochet never reached trial. He died on December 10, 2006 at the age of 91. In Santiago's Plaza Italia, 6000 demonstrators gathered to celebrate, tossing confetti and drinking champagne, but there were also violent riots. Tens of thousands of Pinochet supporters attended his funeral and honored him as a patriot who gave Chile a strong economic future.

In 2014, a Chilean court made a landmark ruling to compensate 31 former dissidents who were tortured and detained on Dawson Island with a sum of US$7.5 million. Later ratified by the Chilean Supreme Court, it was the first time that victims tortured under the dictatorship were compensated. In 2015, two former military intelligence officers were charged with the 1973 disappearance and death of two Americans – one of them, journalist Charles Horman, had inspired the 1982 movie *Missing*.

September 11 is as significant to Chileans as to North Americans. The date of the 1973 coup, it's commemorated with a major avenue in Santiago.

The Rise of the Left

The Concertación narrowly scraped through the 2000 elections for its third term in office. Its candidate, the moderate leftist Ricardo Lagos, joined a growing breed of left-leaning governments elected across South America, all seeking to put space between themselves and Washington. Lagos became an important figure in this shift in 2003 when he was one

2003	2004	2005	2006
With the economy booming, Chile makes a controversial move and becomes the first South American country to sign a free-trade deal with the USA.	In a break with ultra-conservative Catholic tradition, Chile establishes the rights of its citizens to divorce; the courts are flooded with cases and proceedings backlog.	The Senate approves more than 50 constitutional reforms to fully restore democracy, allowing the president to dismiss nonelected senators (known as 'senators for life') and military commanders.	Michelle Bachelet is elected the first female president of Chile and faces key crises: massive student protests seeking education reform and Santiago's traffic paralysis during transportation reform.

of the most determined members of the UN Security Council to oppose war in Iraq.

In these years, Chile began to shed much of its traditional conservatism. The death penalty was abolished in 2001 and a divorce law was finally passed in 2004 (although the morning-after pill still provokes controversy). The arts and free press began once again flourishing, and women's rights were increasingly recognized in law.

The 2006 election of Michelle Bachelet, former minister of defense under Lagos, was a watershed event. Not only because she is a woman, but because as an agnostic, socialist single mother she represented everything that Chile superficially was not. Her father was an air-force general who died at the hands of Pinochet's forces; she was also detained and tortured but released, and lived in exile abroad. Her skill as a consensus builder helped her to heal old wounds with the military and the public. For voters, she represented a continuum of the policies of Lagos, moving forward Chile's already strong economy.

Bachelet took the presidency with initially strong approval ratings, but increasing divisions within her coalition (La Concertación de Partidos por la Democracia) made reforms difficult. She also was tested by emerging crises with no easy answer. An upgrade of urban buses to Transantiago abruptly consolidated and eliminated routes, leaving many riders stranded on the curb. The student protests of 2006–07 also put the government on the defensive. It took a massive natural disaster for the public to once again rally around Bachelet.

The Pinochet File by Peter Kornbluh (2003) is a surprising and revealing look at US involvement in Chilean politics in the run-up to the military dictatorship of 1973 to 1989.

A Seismic Shift

In the early hours of February 27, 2010, one of the largest quakes ever recorded hit off the coast of Central Chile. The 8.8 earthquake caused massive destruction, triggering tsunamis along the coast and in Archipiélago Juan Fernández and claiming 525 lives. Insurance companies estimated billions of dollars worth of damages.

DOCUMENTING THE PINOCHET YEARS

➡ Chilean director Andrés Wood's hit *Machuca* (2004) depicts the bittersweet coming-of-age of two very different boys during the class-conscious and volatile Santiago of 1973.

➡ Epic documentary *La Batalla de Chile,* by Patricio Guzmán, brilliantly chronicles the year leading up to the military coup of 1973. Filmed partly in secret on stock sent from abroad, the footage had to be smuggled out of Chile.

➡ March Cooper, Allende's translator, takes an insightful and poignant look at Chile's politics and society from the coup to today's cynical consumer society in *Pinochet and Me: A Chilean Anti-Memoir* (2002).

2006	2009	2010	2010
At the age of 91, Pinochet dies, having never reached trial. He is denied a state funeral. At his burial, President Bachelet is noticeably absent.	China displaces the US as the top trading partner of Chile; by the end of 2010 China's investment in Chile reaches US$440 million.	On February 27, an 8.8 earthquake and tsunami claims 525 lives and creates massive destruction, with its epicenter 113km from the city of Concepción.	Inaugurated just 11 days post earthquake, billionaire businessman Sebastián Piñera becomes the first right-wing president since the Pinochet years. His first task is rebuilding Chile.

After some initial looting in affected areas, order returned quickly. Chile's Teletón, a yearly charity fundraising event, raised an unprecedented US$39 million for the cause. Several government officials faced charges for failing to warn Archipiélago Juan Fernández of the tsunami. Although there was debate about whether she should be considered responsible, ex-president Bachelet was ultimately not charged. Overall, the government was praised for its swift action in initial reparations. At the same time, the outpouring of solidarity demonstrated by the Chilean people was a boost to national pride.

Bachelet's tenure was nearly over at the time of the earthquake. After 20 years of rule by the liberal Concertacíon, Chile had elected conservative billionaire businessman Sebastián Piñera from the center-right Alianza por Chile, technically the first right-wing government since Pinochet. While Piñera took his oath of office, a 6.9 magnitude aftershock rocked Santiago. Liberal commentators, including novelist Isabel Allende, seized on this as a metaphor.

Months later, Chileans banded together again as the country cheered on 33 miners trapped in the San José mine. After 17 days they had been feared dead, when a borehole broke through their emergency shelter. Miners relayed a scrawled message read live on TV by President Piñera himself: 'We are well in the shelter. The 33.' While rescue crews worked against the clock, the workers managed to survive 69 days underground, and emerged to both their families and the whole world watching. The aftermath for the survivors has been difficult, with survivors suffering from PTSD (Post Traumatic Stress Disorder), financial woes and depression. The incident led to some long-overdue mining reforms, with the adoption of the International Labour Organization's (ILO) convention on mining safety a year after the incident.

Taking It to the Streets

Once rare in this former dictatorship, public protests have become a fixture in the political landscape. Starting during the term of Bachelet, Chilean students – nicknamed *pinguinos* (penguins) for their uniforms – began to protest the dismal quality of state schooling en masse. Violence marred some protests, yet they eventually succeeded in propelling the government to implement improvements in primary and secondary education.

Inequity has driven the issue: on a national test, private-school fourth-graders were outperforming their public-school counterparts by 50%. Less than half of Chilean students attend the underfunded public schools, while those who can afford private education gain significant advantages. The Bachelet administration promised state grants and a new quality agency for monitoring. Under the administration of Sebastián Piñera, the issue refocused on expensive higher education. When

---

While trapped underground, the 33 miners requested wine and cigarettes to help cope with the stress. But their NASA doctor sent nicotine patches instead.

For a gripping account of the survival of the 33 Chilean miners trapped for 69 days in the San José mine, read Héctor Tobar's *Deep Down Dark*.

2010 〉	2011 〉	2011 〉	2013 〉
The world is captivated by the saga of 33 Chilean miners trapped for 69 days 700m underground near Copiapó – the longest entrapment in history.	In an attempt to solve Chile's greatest unsolved mystery, the remains of ex-president Salvador Allende are exhumed and it is concluded his death had in fact been suicide.	After student protests demanding better education reach a fever pitch, their 23-year-old university-student leader Camila Vallejo dialogues with the government and becomes an international icon.	Progressives hail the belated inauguration of the tallest building on the continent, the 64-story Gran Torre Santiago. Delays had plagued the project after the 2008 world financial crisis.

the Piñera government failed to respond, protesters broke out into Michael Jackson's *Thriller* and paraded as zombies outside the presidential palace. The Chilean Winter became the largest public protest in decades.

In Februrary of 2012, citizen protests in Puerto Aisén and Coyhaique shut down much of the Patagonian province for nearly a month. Joined by unions, protesters from the Social Movement for the Aysén Region organized blockades and shut down roads, turning the biggest tourism month into a no-show. The issues included the region's lack of quality health care, education and infrastructure, in addition to the much higher costs of living in the neglected provinces.

Along with public appeals, large protests also had a heavy hand in the government's 2014 canceling of the US$3.2 billion HidroAysén dam projects. The largest energy project ever proposed in Chile, it planned for five major dams on two Patagonian rivers with a heavy impact on surrounding communities and parks.

Mapuche unrest has been another constant. Land disputes with forestry companies and individuals resulted in fatal arson attacks between 2011 and the present. Relations with the state were already poor since the police killings of Mapuche youth in 2005 and 2008, which had sparked massive demonstrations and vandalism. Tensions continue between the state and the Mapuche indigenous community, who today number around one million.

> When the world economic crisis hit in 2008, Chile stepped up to the plate and offered loans to the US, a role reversal that played well for then-president Bachelet.

Building Foundations

In the first decade of the millennium Chile rose as an economic star – boosted by record prices for its key export, copper. When the world economic crisis hit, Chile remained in good standing. It was the first Latin country to enter into a free trade agreement with the US, though now its main trading partner is China. As hard as Chile tries to diversify, copper still accounts for a whopping 60% of exports. Yet, with diminishing demand for copper in China, the once-bulletproof Chilean peso is finally slipping in value.

Chile closed out 2013 by electing Michelle Bachelet once again to the presidency. At the first presidential election in Chile in which voting was no longer mandatory, turnout was notably low. Bachelet made addressing inequality the mission of her administration. The elections also brought young reform candidates to congress like Camilia Vallejo and Giorgio Jackson, the former undergraduate leaders of the student protests.

There's a sense that Bachelet was taking on unfinished business in her second term. Her administration created a ministry of women and gender equality, legalized abortion in some cases and promoted transgender and gay rights, including same sex marriage. Aided by donations by Tompkins Conservation, her government also set aside 40,500 sq km of land for national parks.

> Naturally occurring nitrate or 'saltpeter' created an early-20th-century boom. Today the Atacama Desert is home to 170 nitrate ghost towns – only one, María Elena, remains open.

2013	2014	2015	2017
With a December 15 runoff election, former president Michelle Bachelet is elected, bringing the left back into power. The first election with voting no longer mandatory, turnout is low.	A Chilean court orders US$7.5 million to be paid to 30 former political prisoners and victims of torture held on remote Isla Dawson for two years during the dictatorship.	After the remains of poet Pablo Neruda are exhumed a second time, separate forensic experts from three worldwide locations conclude he was not poisoned.	Sebastián Piñera is elected president a second time in a close runoff election in December.

Life in Chile

On this supposed island between the Andes and the sea, isolation may have nurtured Chilenos for decades but globalization has arrived. Social media and the internet are radically recalibrating the values, tastes and social norms of this once ultraconservative society. Yet change is uneasy. There is still a provincial side to Chile – witness the sacred backyard barbecue and Sundays reserved for family, all generations included. At a cultural crossroads, Chile leaves the visitor with much to enjoy, debate and process.

The National Psyche

Centuries with little outside exposure, accompanied by an especially influential Roman Catholic Church, fostered a high degree of cultural conformity and conservatism in Chile. If anything, this isolation was compounded during the Pinochet years of repression and censorship. Perhaps for this reason outsiders often comment on how Chileans appear more restrained than other Latin American nationalities: they seem a less-verbal, more heads-down and hard-working people.

But the national psyche is now at its most fluid, as Chile undergoes radical social change. The Catholic Church itself has become more progressive. Society is opening up, introducing liberal laws and challenging conservative values. Nowhere is this trend more evident than with urban youth.

In the past, Chileans were known for compliance and passive political attitudes, but read today's news and you'll see that unrest simmers. Social change comes at the behest of Generations Y and Z – the first to grow up without the censorship, curfew or restrictions of the dictatorship. As a result, they are far more questioning and less discouraged by theoretical consequences. Authorities may perceive it as a threat, but Chile's youth has stood up for what's theirs in a way their predecessors would not have. The momentum has also influenced the provinces, namely Magallanes and Aisén, to protest higher costs and neglect by the central government.

Yet, above all, this is a harmony-loving society. The most lasting impression you'll take away of Chileans is undoubtedly their renowned hospitality, helpfulness, genuine curiosity and heartfelt eagerness to make travelers feel at home.

Explore everything from tripe stew to tongue-twisters and dirty riddles at www.folklore.cl, a website that aims to rescue Chile's folkloric traditions.

Lifestyle

Travelers crossing over from Peru or Bolivia may wonder where the stereotypical 'South America' went. Superficially, Chilean lifestyle has many similarities to Europe. Dress can be conservative, leaning toward business formal, the exception being teens. And while most Chileans are proud of their traditional heritage, there's a palpable lack of investment in it.

The average Chilean focuses energy on family, home and work. Children are not encouraged to grow up too quickly, and families spend a great deal of time together. Independence isn't nearly as valued as family unity and togetherness. Regardless, single motherhood is not uncommon. Though the Bachelet administration legalized abortion in certain, very limited cases, the new administration has since introduced new rules that human rights advocates fear will largely undermined the authority of the ruling.

The legalization of divorce a decade ago helped remove the stigma of failed partnerships and created a backlog of cases in the courts. While not aggressively antigay, Chile had long denied public support for alternate lifestyles. Yet with the approval of civil unions for homosexual couples (as well as heterosexual unmarrieds) in January 2015, Chile took a big step forward.

Generally, the famous Latin American *machismo* (chauvinism) is subtle in Chile and there's a great deal of respect for women. However, this doesn't mean that it's exactly liberal. In Chile, traditional roles still rule and close friendships are usually formed along the lines of gender.

Chileans have a strong work ethic, and often work six days a week, but are always eager for a good *carrete* (party). Military service is voluntary, though the right to compulsory recruitment is retained. More women are joining the military and serving as police officers.

A yawning gulf separates the highest and lowest incomes in Chile, resulting in a dramatic gulf in living standards and an exaggerated class consciousness. Lifestyles are lavish for Santiago's *cuicos* (upper-class yuppies), with swish apartment blocks and a couple of maids, while at the other end of the scale people live in precarious homes without running water. That said, poverty has been halved in recent decades, while housing and social programs have eased the burden on Chile's poorest.

A lack of ethnic and religious diversity in Chile makes racism less of an issue, although Mapuche still face prejudice and marginalization, and class barriers remain formidable.

Population

While the vast majority of the population is of Spanish ancestry mixed with indigenous groups, several moderate waves of immigrants have also settled here – particularly British, Irish, French, Italians, Croatians (especially in Magallanes and Tierra del Fuego) and Palestinians. Germans also began immigrating in 1848 and left their stamp on the Lakes District. Today Chile's immigrant population is climbing, led by Peruvians and Argentines, but including increasing numbers of Europeans, Asians and North Americans.

The northern Andes is home to around 69,200 indigenous Aymara and Atacameño peoples. Almost 10 times that amount (around 620,000 people) are Mapuche, mainly from La Araucanía. Their name stems from the words *mapu* (land) and *che* (people). About 3800 Rapa Nui, of Polynesian ancestry, live on Easter Island.

About 75% of Chile's population occupies just 20% of its total area, in the main agricultural region of Middle Chile. This region includes Gran Santiago (the capital and its suburbs), where over a third of the country's nearly 18 million people reside. More than 85% of Chileans live in cities. In Patagonia, the person-per-sq-km ratio in Aisén is just 1:1 – in the Región Metropolitana that ratio is closer to 400:1.

DOS & DON'TS

➡ Keep your behavior circumspect around indigenous peoples, especially in the altiplano and in the Mapuche centers of the south.

➡ Upon greeting and leaving, cheek kisses are exchanged between men and women and between women. Both parties gently touch cheek to cheek and send the kiss to the air. Men exchange handshakes.

➡ For Chileans, their dictatorship past is old news. Discussions should start with a focus on more contemporary issues.

➡ Chileans often reserve strong opinions out of politeness. Quickly asserting an opinion is frowned upon.

Literature & Cinema

While poetry has long been the golden nugget of this narrow country, Chilean cinema is gaining world recognition. The previous generation saw censorship and an artistic exodus with the military dictatorship, but today's Chile has rebounded with a fresh and sometimes daring emphasis on the arts.

Literature & Poetry

Twentieth-century Chile has produced many of Latin America's most celebrated writers. The most acclaimed are poets Pablo Neruda and Gabriela Mistral, both Nobel Prize winners.

Mistral (born Lucila Godoy Alcayaga; 1889–1957) was a shy young rural schoolmistress from Elqui Valley who won great acclaim for her compassionate, reflective and mystical poetry. She became South America's first Nobel Prize winner for literature in 1945. Langston Hughes' *Selected Poems of Gabriela Mistral* provides an introduction.

Nicanor Parra (1914–2018) drew Nobel Prize attention for his hugely influential and colloquial 'antipoetry.' *De hojas de Parra* (From the Pages of Parra) and *Poemas y antipoemas* (Poems and Antipoems) are his best known. Bohemian Jorge Teillier (1935–96) wrote poetry of teenage angst and solitude.

Fragile social facades were explored by José Donoso (1924–96). His celebrated novel *Curfew* offers a portrait of life under the dictatorship through the eyes of a returned exile, while *Coronación* (Coronation), made into a hit film, follows the fall of a dynasty.

Chile's most famous contemporary literary export is Isabel Allende (b 1942), niece of late president Salvador Allende. She wove 'magical realism' into best-selling stories with Chilean historic references, such as *House of the Spirits, Of Love and Shadows, Eva Luna, Daughter of Fortune, Portrait in Sepia* and *Maya's Notebook. My Invented Country* (2004) gives insight into perceptions of Chile and Allende herself. She was granted the US Presidential Medal of Freedom in 2014.

US resident Ariel Dorfman (b 1942) is another huge literary presence, with plays *La negra Ester* (Black Ester) and *Death and the Maiden*. The latter is set after the fall of a South American dictator, and is also an acclaimed movie.

Novelist Antonio Skármeta (b 1940) became famous for *Ardiente paciencia* (Burning Patience), inspired by Neruda and adapted into the award-winning film *Il postino* (The Postman).

Luis Sepúlveda (b 1949) is one of Chile's most prolific writers, with such books as *Nombre de torero* (The Name of the Bullfighter), a tough noir set in Germany and Chile; and the excellent short-story collection *Patagonia Express*. For a lighter romp through Chile, Roberto Ampuero (b 1953) writes mystery novels, such as *El Alemán de Atacama* (The German of Atacama), whose main character is a Valparaíso-based Cuban detective.

Justly considered one of the greats in Latin American literature, the work of Roberto Bolaño (1955–2005) is enjoying a renaissance. The

Sex, drugs, and poetry recitation drive *Los detectives salvajes* (The Savage Detectives), late literary bad-boy Roberto Bolaño's greatest novel. Like him, the main character is a Chilean poet exiled in Mexico and Spain.

POET-POLITICIAN PABLO NERUDA

Born in a provincial town as Neftalí Ricardo Reyes Basoalto, Neruda devised his famous alias fearing that his blue-collar family would mock his ambition. The leftist poet led a flamboyant life, building gloriously outlandish homes in Santiago, Valparaíso and Isla Negra. His most famous house, La Chascona, was named after his third wife Matilde Urrutia's perpetually tangled shock of hair.

Awarded a diplomatic post after early literary success, he gained international celebrity wearing his political opinions on his sleeve. He helped political refugees flee after the Spanish Civil War and officially joined the Communist Party once back in Chile, where he was elected senator. After helping Gabriel González Videla secure the presidency in 1946, he had to escape over the Andes into exile when the president outlawed the Communist Party.

All the while Neruda wrote poems. A presidential candidate in 1969, he pulled out of the race in support of Salvador Allende. While serving as Allende's ambassador to France, he received a Nobel Prize, becoming only the third Latin American writer to win the award.

Shortly afterward he returned to Chile with failing health. Pressure was mounting on Allende's presidency. Mere days after the 1973 coup, Neruda died of cancer and a broken heart. His will left everything to the Chilean people through a foundation. The Pinochet regime set about sacking and vandalizing his homes. Later his widow lovingly restored them, and they are now open to the public.

Neruda's works include *Heights of Macchu Picchu, Canto General* and *Passions and Impressions,* available in translation.

posthumous publication of his encyclopedic *2666* seals his cult-hero status, but it's worth checking out other works. Born in Santiago, he spent most of his adult life in exile in Mexico and Spain.

Best-selling author Marcela Serrano (b 1951) tackles women's issues in books such as *Antigua vida mia* (My Life Before: A Novel) and others. Homosexuality and other taboo subjects are treated with top-notch shock value by Pedro Lemebel (b 1950), author of novel *Tengo miedo torero* (My Tender Matador).

Younger writers rejecting the 'magical realism' of Latin literature include Alberto Fuguet (b 1964), whose *Sobredosis* (Overdose) and *Mala onda* (Bad Vibes) have earned acclaim and scowls. Among other contemporary talents, look for the erotic narratives of Andrea Maturana, fiction writer Alejandro Zambra, novelist Carlos Franz and writers Marcelo Mellado, Gonzalo Contreras, María Luisa Bombal, Lina Meruane and Claudia Apablaza.

Cinema

Before the 1973 coup Chilean cinema was among the most experimental in Latin America and it is now returning to reclaim some status. Alejandro Jodorowsky's kooky *El Topo* (The Mole; 1971) is an underground cult classic mixing genres long before Tarantino.

There was little film production in Chile during the Pinochet years, but exiled directors kept shooting. Miguel Littín's *Alsino y el condor* (Alsino and the Condor; 1983) was nominated for an Academy Award. Exiled documentary-maker Patricio Guzmán has often made the military dictatorship his subject matter. The prolific Paris-based Raúl Ruiz is another exile. His English-language movies include the psychological thriller *Shattered Image* (1998).

Post-dictatorship, Chile's weakened film industry was understandably preoccupied with the after-effects of the former regime. Ricardo Larraín's *La frontera* (The Borderland; 1991) explored internal exile, and Gonzalo

Justiniano's *Amnesia* (1994) used the story of a Chilean soldier forced to shoot prisoners to challenge Chileans not to forget past atrocities.

Then the mood lightened. The most successful Chilean movie to date, Cristián Galaz's *El chacotero sentimental* (The Sentimental Teaser; 1999) won 18 national and international awards for the true story of a frank radio host whose listeners reveal their love entanglements. Silvio Caiozzi, among Chile's most respected veteran directors, adapted a José Donoso novel to make *Coronación* (Coronation; 2000), about the fall of a family dynasty. Comedy *Taxi para tres* (Taxi for Three; 2001), by Orlando Lübbert, follows bandits in their heisted taxi. Pablo Larraín's *Tony Manero* (2008) sends up a disco-obsessed murderer.

A period drama about the referendum on the Pinochet presidency, *No* (2013), directed by Pablo Larraín and starring Gael García Bernal, was the first Chilean film nominated for an Oscar for Best Foreign Film. Larraín has gone on to direct internationally, as with award-winning *Jackie* (2017), and make other Chilean classics like *El club* (2015), about sex offenders in the Catholic Church, and *Neruda* (2016), a fictionalized account of Neruda's forced exile when communism was outlawed.

In a kind of celluloid therapy, the film industry has worked through Chile's traumatic past while gaining international success. *Machuca* (2004), directed by Andrés Wood, shows two boys' lives during the coup. *Sub terra* (2003) dramatizes mining exploitation. *Mi mejor enemigo* (My Best Enemy; 2004), a collaboration with Argentina and Spain, is set in Patagonia during the Beagle conflict (a 1978 territorial dispute between Argentina and Chile over three islands in the Beagle Channel). *El perro* (2017), directed by Marcela Said, explores the uneasy friendship between an upper-class woman and a former member of the secret police.

It's not all war, torture and politics, though. The new breed of globally influenced teen flicks originated with *Promedio rojo* (loosely translated as Flunking Grades; 2005) from director Nicolás López. *Crystal Fairy and the Magic Cactus* (2013) cast comedic actor Michael Cera as an arrogant tourist on a quest to trip on San Pedro cactus. Director Matías Bize's *La vida de los pesces* (The Life of Fish; 2010) and *En la cama* (In Bed; 2005) both gained attention abroad. *La once* (Tea Time; 2015), directed by Maite Alberdi, is a quiet documentary about female friendships through the decades. Filmmaker Alicia Scherson's moody Bolaño adaptation *Il futuro* (The Future; 2013) was well-received at Sundance.

Emerging tendencies include examining the rich theme of class conflict and using more female protagonists to tell Chilean stories. Darling of the Sundance Film Festival, Sebastián Silva's *La nana* (The Maid; 2009) tells the story of a maid whose personal life is too deeply entwined with her charges. On its heels, *Gloria* (2013), directed by Sebastián Lelio, was another favorite of international film festivals. From the same director, groundbreaking *A Fantastic Woman* (2017) is a spellbinding portrait of a transgender woman in Santiago.

Fabulous scenery makes Chile a dream location for foreign movies too; contemporary films to have been shot here include *The Motorcycle Diaries* (2004), Bond movie *Quantam of Solace* (2008) and *The Colony*, based on a Nazi sect in Chile, with Emma Watson. The documentary-style film *180° South* (2010) uses a surfer's quest to explore Patagonia to highlight environmental issues, with gorgeous scenery footage. Blockbuster *The 33* (2015) dramatized the real-life Chilean mining disaster.

The Natural World

With the Andes dwarfing Santiago skyscrapers, nature can't help but prevail in visitors' impressions of Chile. Geography students could cover an entire syllabus in this slinky country measuring 4300km long and 200km wide, reaching from the driest desert in the world to the ice-capped south. Stunning in variety, more than half the country's plant and animal species are found nowhere else on earth. As pressures build for more mining, industry and electricity, conservation remains a key issue.

The Land

Chile's rugged spine, the Andes, began forming about 60 million years ago. While southern Chile was engulfed by glaciers, northern Chile was submerged below the ocean: hence today the barren north is plastered with pastel salt flats and the south is scored by deep glacially carved lakes, curvaceous moraine hills and awesome glacial valleys.

Still young in geological terms, the Chilean Andes repeatedly top 6000m and thrust as high as 6893m at Ojos del Salado, the second-highest peak in South America and the world's highest active volcano.

Much like a totem pole, Chile can be split into horizontal chunks. Straddling the Tropic of Capricorn, the Norte Grande (Big North) is dominated by the Atacama Desert, the driest in the world with areas where rainfall has never been recorded. The climate is moderated by the cool Humboldt Current, which parallels the coast. High humidity conjures up a thick blanket of fog known as *camanchaca,* which condenses on coastal ranges. Coastal cities here hoard scant water from river valleys, subterranean sources and distant stream diversions. The canyons of the precordillera (foothills) lead eastward to the altiplano (high plains) and to high, snowy mountain passes. Further south, Norte Chico (Little North) sees the desert give way to scrub and pockets of forest. Green river valleys that streak from east to west allow for agriculture.

> Chile contains approximately 10% of all the world's active volcanoes.

South of the Río Aconcagua begins the fertile heartland of Middle Chile, carpeted with vineyards and agriculture. It is also home to the capital, Santiago (with at least a third of the country's population), vital ports and the bulk of industry.

Descending south another rung, the Lakes District undulates with green pastureland, temperate rainforest and foothill lakes dominated by snowcapped volcanoes. The region is drenched by high rainfall, most of which dumps between May and September, but no month is excluded. The warm but strong easterly winds here are known as *puelches.* Winters feature some snow, making border crossings difficult.

The country's largest island, Isla Grande de Chiloé, hangs off the continent here, exposed to Pacific winds and storms. The smaller islands on its eastern flank make up the archipelago, but there's no escaping the rain: up to 150 days per year.

The Aisén region features fjords, raging rivers, impenetrable forests and high peaks. The Andes here jog west to meet the Pacific and the vast Campo de Hielo Norte (Northern Ice Field), where 19 major glaciers coalesce, nourished by heavy rain and snow. To the east, mountainous rainforest gives way to barren Patagonia steppe. South America's deepest lake, the enormous Lago General Carrera, is shared with Argentina.

The Campo de Hielo Sur (southern ice field) walls off access between the Carretera Austral and sprawling Magallanes and Tierra del Fuego. Weather here is exceedingly changeable and winds are brutal. At the foot of the continent, pearly blue glaciers, crinkled fjords, vast ice fields and mountains jumble together before reaching the Strait of Magellan and Tierra del Fuego. The barren eastern pampas stretches through northern Tierra del Fuego, abruptly halting by the Cordillera Darwin.

Wildlife

A bonus to Chile's glorious scenery is its fascinating wildlife. Bounded by ocean, desert and mountain, the country is home to a unique environment that developed much on its own, creating a number of endemic species.

Animals

Chile's domestic camelids and their slimmer wild cousins inhabit the northern altiplano. Equally unusual are creatures such as the ñandú (ostrich-like rhea), found in the northern altiplano and southern steppe, and the plump viscacha (a wild relative of the chinchilla) that hides amid the rocks at high altitude.

Though rarely seen, puma still prowl widely through the Andes. Pudú, rare and diminutive deer, hide out in thick forests throughout the south. Even more rare is the huemul deer, an endangered species endemic to Patagonia.

Chile's long coastline features many marine mammals, including colonies of sea lions and sea otters, as well as fur seals in the south. Playful dolphin pods and whales can be glimpsed, while seafood platters demonstrate the abundance of fish and shellfish.

Birdwatchers will be enthralled. The northern altiplano features interesting birdlife from Andean gulls to giant coots. Large nesting colonies of flamingos speckle highland lakes pink, from the far north down to Torres del Paine. The three species here include the rare James variety (*parina chica,* in Spanish). Colonies of endangered Humboldt and

Hikers can download the comprehensive Trekking in Chile App (www. fundacion trekkingchile.cl/ programas turismo emocional/trek kingchile-app), with trail information you can access offline.

ANDEAN CAMELIDS

For millennia, Andean peoples have relied on the New World camels – the wild guanaco and vicuña, and the domesticated llama and alpaca – for food and fiber.

The delicate guanaco, a slim creature with stick-thin legs and a long, elegant neck, can be found in the far north and south, at elevations from sea level up to 4000m or more. It is most highly concentrated in the plains of Patagonia, including Parque Nacional Torres del Paine. It is less common and flightier in the north, where you're most likely to get photos of guanaco behinds as they hightail it to a safe distance.

The leggy vicuña is the smallest camelid, with a swan neck and minuscule head. It lives only above 4000m in the puna (Andean highlands) and altiplano (high plains), from south-central Peru to northwestern Argentina. Its fine golden wool was once the exclusive property of Inka kings, but after the Spanish invasion it was hunted mercilessly. In Parque Nacional Lauca and surrounds, conservation programs have brought vicuña back from barely a thousand in 1973 to over 25,000 today.

Many highland communities in northern Chile still depend on domestic llamas and alpacas for their livelihood. The taller, rangier and hardier llama is a pack animal whose relatively coarse wool serves for blankets, ropes and other household goods, and its meat makes good *charqui* (jerky). It can survive – even thrive – on poor, dry pastures.

The slightly smaller but far shaggier alpaca is not a pack animal. It requires well-watered grasslands to produce the fine wool sold at markets in the north.

IN DEFENSE OF THE BIG GUYS

The largest animal in the world came perilously close to extinction just a few decades ago. So it was with great excitement in 2003 that what seems to be a blue whale 'nursery' was discovered in sheltered fjords just southeast of Chiloé in the Golfo de Corcovado. More than 100 whales gathered here to feed, including 11 mothers with their young.

In 2008 Chile banned whale hunting off the entire length of its coast. Then in early 2014, the Chilean government created the 120,000-hectare marine sanctuary of Área Marina Costera Protegida de Tic Toc, to help recover declining populations of marine wildlife. In 2017, Chile added two new marine parks that preserve an area the size of France, one surrounding the Archipiélago Juan Fernández and the other off Cape Horn. For conservation information, try the Whale and Dolphin Conservation Society (www. wdcs.org).

Whale-watching is increasingly popular in Patagonia. A variety of species can be spotted, including fin, humpback, killer and sperm whales. Current hubs for Patagonian whale-watching trips include the coastal village of Raúl Marín Balmaceda, and, in Argentina, Puerto Madryn.

Magellanic penguins scattered along Chile's long coastline are another crowd-pleaser seen at Parque Nacional Pingüino de Humboldt, off the northwestern coast of Chiloé and near Punta Arenas. Recently, a colony of king penguins was discovered on Tierra del Fuego.

The legendary Andean condor circles on high mountain updrafts throughout Chile. The ibis, with its loud knocking call, is commonly seen in pastures. The queltehue, with black, white and grey markings, has a loud call used to protect its ground nests – people claim they are better than having a guard dog.

Plants

Chile has a wealth of interesting and unique plant life. While few plants can eke out an existence in its northern desert, those that manage it do so by extraordinary means. More than 20 different types of cacti and succulents survive on moisture absorbed from the ocean fog. One of the most impressive varieties is the endangered candelabra cactus, which reaches heights of up to 5m.

The high altiplano is characterized by patchy grassland, spiky scrub stands of queñoa and ground-hugging species like the lime-green llareta, a dense cushiony shrub. The native tamarugo tree once covered large areas of Chile's northern desert; it digs roots down as far as 15m to find water.

The desert's biggest surprise comes in years of sudden rainfall in Norte Chico. Delicate wildflowers break through the barren desert crust in a glorious phenomenon called the *desierto florido,* which showcases rare and endemic species.

From Norte Chico through most of Middle Chile, the native flora consists mostly of shrubs, the glossy leaves of which conserve water during the long dry season. However, pockets of southern beech (the *Nothofagus* species) cling to the coastal range nourished by the thick ocean fog. Few stands of the grand old endemic Chilean palm exist today; those that remain are best viewed in Parque Nacional La Campana.

Southern Chile boasts one of the largest temperate rainforests in the world. Its northern reaches are classified as Valdivian rainforest, a maze of evergreens, hugged by vines, whose roots are lost under impenetrable thickets of bamboo-like plants. Further south, the Magellanic rainforest has less diversity but hosts several important species. Equally breathtaking is the araucaria forest, home to the araucaria – a grand old pine that can age up to 1000 years. The English name became 'monkey puzzle,' since its forbidding foliage and jigsaw-like bark would surely stump a monkey.

Meanwhile, in the southern lakes region, the alerce is one of the longest-living trees in the world, growing for up to 4000 years. You can admire them in Parque Nacional Alerce Andino and Parque Pumalín.

On Chiloé, in the Lakes District and Aisén, the rhubarb-like nalca is the world's largest herbaceous plant, with enormous leaves that grow from a single stalk; the juicy stalk of younger plants is edible in November.

The Archipiélago Juan Fernández is a major storehouse of biological diversity: of the 140 native plant species found on the islands, 101 are endemic.

Environmental Issues

With industry booming, Chile is facing a spate of environmental issues. Along with Mexico City and São Paulo, Santiago is one of the Americas' most polluted cities. The smog blanket is at times so severe that people sport surgical face masks, schools suspend sports activities and the elderly are advised to stay indoors. The city has no-drive days for private cars and is looking to add bike lanes and extend subway lines. As a result, the country is investing US$1 billion in Santiago Breathes, a program to decrease global emissions of particulates by 60%. In the south, where wood stoves are the most common form of heating, new incentives promote converting to pellet-based or paraffin stoves to lower emissions.

Water and air pollution caused by the mining industry is a longtime concern. Some mining towns have suffered such severe contamination that they have been relocated. Part of the problem is that the industry also demands huge energy and water supplies, and mining locations can interfere with water basins, contaminating the supply and destroying farming. Unusually high rates of cancer around mining centers are not uncommon. According to a research report by BMI, Chile's environmental regulatory body has been cracking down on water mismanagement by mining operations, with charges against Antofagasta Minerals' Los Pelambres copper mine and Kinross Gold's Maricunga gold mine effectively being suspended in 2016.

In 2017, Chile experienced the worst wildfires in its history, losing 200,000 hectares of forest and killing 11 people. Some attribute the extent of wildfires to the deregulation of the forestry industry under the Pinochet regime. With global warming, forests throughout the country are deemed at risk. Chile's forests continue to lose ground to plantations of fast-growing exotics, such as eucalyptus and Monterey pine. Caught in a tug-of-war between their economic and ecological value, native tree species have also declined precipitously due to logging.

Another issue is the intensive use of agricultural chemicals and pesticides to promote Chile's flourishing fruit exports, which during the southern summer furnish the northern hemisphere with fresh produce. In 2011, the Chilean government approved the registration of genetically modified seeds, opening the door for the controversial multinational Monsanto to shape the future of Chilean agriculture. Likewise, industrial waste is a huge problem.

Chile is the world's second-largest producer of salmon. The continued expansion of salmon farms in southern Chile is polluting water, devastating underwater ecology and depleting other fish stocks. In 2016, the industry lost US$800 million due to an algae bloom, which also killed off other sea life, and viral infections in fish. A study published by Oxford University Press notes that the use of antibiotics has created antibiotic-resistant bacteria in fish and polluted fish-farming environments in Chile.

Easter Island (Rapa Nui) is under mounting pressure from increasing visitor numbers. Limited natural resources mean that the island must depend on the distant mainland for all supplies and fuel. In good news, one of the world's largest marine reserves was created off the coast of Easter Island in 2017. The Rapa Nui Rahui Marine Protected Area is home to 140 species found nowhere else.

SALMON INDUSTRY SETBACKS

Salmon was first imported to Chile about a century ago. It wasn't until the mid-1980s that salmon farming in submerged cages was developed on a massive scale. Nowadays, Chile is the world's second-largest producer of salmon, right on the tail of Norway. Puerto Montt is the epicenter of the farming and exportation industry, where, in the late 2000s, billions of dollars in investment were pushing the farming operations further south into Patagonia as far as the Strait of Magellan and the industry was expected to double in size and growth by 2020, overtaking Norway. By 2006 salmon was Chile's third-largest export (behind copper and molybdenum) and the future looked endlessly bright. Then the bottom dropped out.

Coupled with the global recession, Chile's salmon industry was hit hard with a sudden outbreak of Infectious Salmon Anemia (ISA), first detected in 2007 at a Norwegian-owned farm, with disastrous consequences. Between 2005 and 2010, annual Atlantic salmon production dropped from 400,000 to 100,000 tonnes; 26,000 jobs in Puerto Montt and around were lost (along with US$5 billion) and many players in the salmon service industry went bankrupt. Chile found itself in complete salmon panic – an increase in crime in Puerto Montt and the doubling of suicide rates didn't help matters. But there had been signs. Veritable mountains of organic waste from extra food and salmon feces had led to substantial contamination and depletion of other types of fish; and sanitation issues and pen overcrowding were serious industry concerns for many years.

Environmentalists, including the environmental organization **Oceana** (☎2-2925-5600; www.oceana.org; Av Suecia 0155, Providencia; ⓂLos Leones), and the late Doug Tompkins, founder of Parque Nacional Pumalín (p302), expressed their concerns about the negative effects of the salmon industry directly to the Chilean government. Fundación Terram (p442), which closely monitors the industry, has published reports over a range of topics from working conditions to environmental damage.

By 2012 salmon began making a comeback, mainly thanks to an insatiable emerging market in Brazil, which temporarily overtook the USA to become the world's second-largest global consumer of farmed Chilean salmon behind Japan in 2010. By 2014, salmon had fully rebounded, overtaking molybdenum to become Chile's second-largest export by value and topping US$4 billion in sales, mainly thanks to now realigned appetites in the United States, Japan and Brazil. But in 2016, red algae wiped out one-fifth of Chile's salmon production – environmentalists blamed it on waste emissions from fish farms.

Though the crisis is behind it, the concerns are not. The Servicio Nacional de Pesca y Acuicultura (Sernapesca), Chile's government aquaculture watchdog and compliance agency, has found that the Chilean salmon industry uses more antibiotics than any other country (an astonishing 557 tonnes in 2015 – some seven times higher than Norway and a record high on a per-fish basis). Among them are quinolones, a family of antibiotics that are not approved for use in aquaculture in the USA and elsewhere due to their negative effect on the human immune system. By 2017, as stated in a report by SalmonChile (www.salmonchile.cl), the industry's trade association, all Chilean farms working together claimed a 30% reduction in antibiotic use – but there are skeptics.

As an aside, it should be noted that all the quality salmon in Chile is exported, so if it's on menus in the country, it's probably one of two scenarios: it's downgraded (ie defective or not fit for export) or 'wild,' which really just means it has escaped from a farm (or was spawned from an escaped bloodline).

¡Buen provecho!

THE DISAPPEARING LAKE

In April 2008, Lago Cachet 2 lost its 200 million cu meters of water in just a matter of hours, releasing water downstream to the Baker, Chile's highest-volume river and generating a downstream wave that rolled on out to the Pacific. In nature, strange things happen. But following this mysterious one, the event repeated a total of seven times in two years.

According to *Nature* magazine, the cause is climate change. Called a glacial-lake outburst flood (GLOF), it results from the thinning and receding of nearby Patagonian glaciers, weakening the natural dam made by the glaciers. After the lake drains, it fills again with glacial melt. It's a constant threat to those who live on the banks of the Río Colonia, though with assistance from NASA and a German university, monitoring systems are now in place.

The protection of marine ecosystems is a big issue. In 2015, the largest stranding of whales in history saw 343 individuals, likely Sei whales, beached in Patagonian waters. Scientists attributed the deaths to a toxic species of marine algae. These events are broadly connected to rising ocean temperatures.

The growing hole in the ozone layer over Antarctica has become such an issue that medical authorities recommend wearing protective clothing and heavy sunblock to avoid cancer-causing ultraviolet radiation, particularly in Patagonia.

Global warming is also having a significant impact on Chile. Nowhere is it more apparent than with the melting of glaciers. Scientists have documented many glaciers doubling their thinning rates in recent years while the northern and southern ice fields continue to retreat. In particular, the Northern Patagonian Ice Field is contributing to rising ocean levels at a rate one-quarter higher than formerly believed. Reports say that glaciers are thinning more rapidly than can be explained by warmer air temperatures and decreased precipitation. The change also stands to impact plant and animal life, water levels in lakes and rivers, and overall sustainability.

Catch up with the latest conservation headlines through English-language news portal the *Santiago Times* (www.santiago times.cl) and bilingual magazine *Patagon Journal* (www.patagon journal.com).

Environmental Organizations

Chile's environmental organizations include the following.

Codeff (Comité Pro Defensa de la Fauna y Flora; ☎2-2777-2534; www.codeff. cl; Sara del Campo 570, Santiago; ☻) Campaigns to protect the country's flora and fauna, especially endangered species. Trips, seminars and work projects are organized for volunteers.

Fundación Terram (☎2-2269-4499; www.terram.cl; Bustamonte 24, Providencia, Santiago; Ⓜ Baquedano) A hard-hitting environmental activist group.

Greenpeace Chile (☎2-2634-2120; www.greenpeace.cl; Agromedo 50, Centro, Santiago) Focuses on forest conservation, ocean ecology and dealing with toxic waste.

WWF (☎63-227-2100; www.wwf.cl; General Lagos 1355, Valdivia) Involved with the preservation of the temperate rainforests around Valdivia, conservation in southern Patagonia and protection of native wildlife and oceans.

National Parks

Roughly 29% of Chile is preserved in over 100 national parks, national monuments, reserves and conservation areas. Among Chile's top international attractions, the parks receive over three million visitors yearly. Visits have doubled in the last decade. But while scene-stealing parks such as Torres del Paine are annually inundated, the majority of Chile's protected areas remain underutilized and wild. Hikers have their pick of trails, and solitude is easily found, especially outside the summer high season of January and February.

Chile's protected areas comprise three different categories: *parques nacionales* (national parks); *reservas nacionales* (national reserves), which are open to limited economic exploitation; and *monumentos naturales* (natural monuments), which are smaller but strictly protected areas or features.

National parks and reserves are administered by Conaf, the National Forestry Corporation. Different from a National Parks Service, the main focus of Conaf is managing Chile's forests and their development. Because of this distinction, tourism is not often a primary concern of the organization. In recent years, the management of huts and services within parks has been given to private concessionaires. Advocates are lobbying for a National Parks Service to be created, but for the time being, the status quo remains.

In Santiago, visit Conaf (p78) for basic maps and brochures. Increasingly, in-park amenities like *refugios* (rustic shelters), campgrounds and restaurants are being run by private concessionaires. Conaf is chronically underfunded and many parks are inadequately protected, which makes issues like forest fires a particularly serious concern. However, other government-financed projects are showing a commitment to ecotourism, including the megalong Sendero de Chile, which links 8000km of trails from Chile's top to bottom.

A Parks Pass from Conaf covers all national parks except Torres del Paine, Reserva Nacional Los Flamencos and Parque Nacional Rapa Nui. One year is CH$12,000/ 35,000 per individual/family.

Private Protected Areas

Chilean law permits private nature reserves: *áreas de protección turística* (tourist protection areas) and *santuarios de la naturaleza* (nature sanctuaries). But private parks started making Chilean headlines when American conservationists Kris and Douglas Tompkins started creating parks throughout Patagonia. Their first was Parque Nacional Pumalín, followed by Parque Nacional Corcovado and Parque Nacional Yendegaia in Tierra del Fuego, and most recently Parque Nacional Patagonia is open for visitors. All of these have been donated to the state or are in the process of donation. While these parks first ignited hot debate about land ownership and use, they have inspired others, including President Sebastián Piñera, who created Chiloé's Parque Tantauco. Other notable parks include Parque Natural Karukinka and Huilo-Huilo Biological Reserve.

Chile has around 133 private parks, totaling almost 4000 sq km. Codeff (p442) maintains a database of properties that have joined together to create Red de Áreas Protegidas Privadas (RAPP; Network of Private Protected Areas).

CHILE'S NATIONAL PARKS

PROTECTED AREA	FEATURES	HIGHLIGHTS	BEST TIME TO VISIT
Parque Nacional Archipiélago Juan Fernández (p142)	remote archipelago, ecological treasure trove of endemic plants	hiking, boat trips, diving, flora	Dec-Mar
Parque Nacional Bernardo O'Higgins (p358)	remote ice fields, glaciers, waterfalls; cormorants, condors	boat trips	Dec-Mar
Parque Nacional Bosques de Fray Jorge (p199)	cloud forest in dry desert, coastline	hiking, flora	year-round
Parque Nacional Chiloé (p294)	coastal dunes, lagoons & folklore-rich forest; birdlife, pudú, sea lions	hiking, wildlife-watching, kayaking, horse trekking	Dec-Mar
Parque Nacional Conguillío (p226)	mountainous araucaria forests, lakes, canyons, active volcano	hiking, climbing, skiing, boating, skiing	Jun-Oct
Parque Nacional Huerquehue (p242)	forest, lakes, waterfalls & outstanding views	hiking	Dec-Mar
Parque Nacional La Campana (p108)	coastal cordillera: oak forests & Chilean palms	hiking, flora	Nov-Feb
Parque Nacional Laguna del Laja (p135)	Andean foothills, waterfalls, lakes, rare trees; condors	hiking	Dec-Mar
Parque Nacional Laguna San Rafael (p327)	glaciers reach the sea at this stunning ice field	boat trips, flights, hiking, climbing	Sep-Mar
Parque Nacional Lauca (p188)	altiplano volcanoes, lakes, steppe; abundant birdlife & vicuñas	hiking, wildlife-watching, traditional villages, hot springs	year-round
Parque Nacional Llanos de Challe (p211)	coastal plains; 'flowering desert' after heavy rains; guanaco	flora & fauna	Jul-Sep in rainy years
Parque Nacional Nahuelbuta (p137)	araucaria forests, wildflowers; pumas, pudú, rare woodpeckers	hiking	Nov-Apr
Parque Nacional Nevado Tres Cruces (p214)	volcano Ojos del Salado; vicuñas, flamingos, guanacos	climbing, hiking, wildlife	Dec-Feb
Parque Nacional Pan de Azúcar (p218)	coastal desert; penguins, otters, sea lions, guanacos & cacti	boat trips, swimming, hiking, wildlife-watching	year-round
Parque Nacional Patagonia (p330)	restored steppe & high alpine terrain; guanaco, flamingo, puma	hiking, wildlife-watching	Dec-Mar
Parque Nacional Puyehue (p252)	volcanic dunes, lava rivers, forest	hiking, skiing, hot springs, biking, lake canoeing	hiking Dec-Mar, skiing Jun-Oct
Parque Nacional Rapa Nui (p411)	isolated Polynesian island with enigmatic archaeological treasures	archaeology, diving, hiking, horseback riding	year-round
Parque Nacional Torres del Paine (p358)	Chile's showpiece park of spectacular peaks, forest, glaciers; guanacos, condors, ñandú, flamingos	trekking, wildlife-watching, climbing, glacier trekking, kayaking, horseback riding	Dec-Mar
Parque Nacional Vicente Pérez Rosales (p265)	Chile's oldest national park, crowded with lakes & volcanoes	hiking, climbing, skiing, rafting, kayaking, canyoning	Jun-Oct
Parque Nacional Villarrica (p240)	smoking volcanic cone overlooking lakes & resorts	trekking, climbing, skiing	hiking Dec-Mar, skiing Jun-Oct
Parque Nacional Volcán Isluga (p175)	remote altiplano, volcanoes, geysers, unique pastoral culture; rich birdlife	villages, hiking, birdwatching, hot springs	year-round

Survival Guide

Directory A–Z

Accommodations

Chile has accommodations to suit every budget. Room rates may be the same for single or double occupancy. There may be a price difference between a double with two beds and one master bed (with the shared bed more expensive). Wi-fi is common.

Hotels From one-star austerity to five-star luxury with a wide range in pricing.

B&Bs Common in cities and tourist destinations, usually midrange.

Hospedajes Homey accommodations, sometimes with private bathrooms.

Cabañas In vacation areas, a good option for groups, usually with kitchen.

Hostels Budget dormitories aimed at younger travelers.

Camping Widely available in summer, sometimes charge group rates.

PRICE RANGES

The following price ranges refer to high-season rates for rooms with breakfast and a private bathroom.

$ less than CH$50,000

$$ CH$50,000–CH$78,000

$$$ more than CH$78,000

Cabins

Excellent value for small groups or families, Chile's *cabañas* are common in resort towns and national-park areas, and are integrated into some campgrounds. Most come with a private bathroom and fully equipped kitchen (without free breakfast). Resort areas cram *cabañas* into small lots, so if you're looking for privacy, check the details when booking.

Camping

Chile has a developed camping culture, though it's more of a sleepless, boozy sing-along atmosphere than a back-to-nature escape. Most organized campgrounds are family-oriented with large sites, full bathrooms and laundry, fire pits, a restaurant or snack bar and a grill for the essential *asado*. Many are costly because they charge a five-person minimum. Try requesting per person rates. Remote areas have free camping, often without potable water or sanitary facilities.

Wild camping may be possible, though police are cracking down on it in the north. In rural areas, ask landowners if you can stay. Never light a fire without permission and use an established fire ring. Camping equipment is widely available, but international brands have a significant markup.

Santiago's **Sernatur** (www.chile.travel) has a free pamphlet listing campsites throughout Chile. Another website with listings is www.solocampings.com.

Guesthouses & Rural Homestays

For more local culture, stay at a *casa de familia* (guesthouse). Particularly in the south, where tourism is less formal, it's common for families and rural farms to open up their homes. Guests do not always have kitchen privileges, but usually can pay fair prices for abundant meals or laundry service. Tourist offices maintain lists of such accommodations.

Organized networks are most notably in Chiloé and Lago Ranco, around Pucón and in Patagonia. For Patagonia, check out Coyhaique's **Casa del Turismo Rural** (Map p315; ☏cell 9-7954-4794; Plaza de Armas; ⊙10:30am-7:30pm Mon-Fri, 2-6pm Sat). For countrywide options, visit Turismo Rural (www.turismoruralchile.cl) or inquire at tourist offices.

Hospedajes

Both *hospedajes* and *residenciales* (budget options) offer homey, simple accommodations, usually with foam-mattress beds, hard pillows, clean sheets and blankets. Bathrooms and shower facilities are often shared, but a few will have rooms with a private bathroom. You may have to ask staff to turn on the *calefón* (hot-water heater) before taking a shower. Breakfast is usually coffee and rolls.

Hostels

Dorm-style lodgings usually set aside a few more expensive doubles for couples who want a social atmosphere but greater creature comforts. Look for pamphlets for Backpackers Chile (www.back packerschile.com), which has many European-run listings and good standards. Most places don't insist on a Hostelling International (HI) card, but charge a bit more for nonmembers. The local affiliate of HI is **Asociación Chilena de Albergues Turísticos Juveniles** (Map p62; 2-2577-1200; www. hostelling.cl; Av Hernando de Aguirre 201, Oficina 401, Providencia; MTobalaba). One-year membership cards are available at the head office for CH$14,000.

Hotels

Hotels provide a room with private bathroom, a telephone and cable or satellite TV. Breakfast is always served, even if basic, and often included. Reservations are necessary if you'll be arriving at an awkward hour, during the summer high season or over a holiday weekend.

In South America the term 'motel' is a euphemism for a 'love hotel,' some with by-the-hour rates.

Refugios

Within some national parks, Conaf or an assigned concessionaire maintain *refugios* (rustic shelters) for hikers and trekkers. Many lack upkeep due to Conaf's limited budget. Private reserves sometimes have *refugios* for hut-to-hut trekking.

Rental Accommodations

For long-term rentals in Santiago, check listings in Sunday's *El Mercurio* (www. elmercurio.cl), Santiago Craigslist (http://santiago.

en.craigslist.org) or the weekly classified listing *El Rastro* (www.elrastro.cl). In vacation areas such as Viña del Mar, La Serena, Villarrica or Puerto Varas, people line main roads in summer to offer housing. You can also check tourist offices, bulletin boards outside grocery stores or local papers.

Peak Seasons

In tourist destinations, prices may double during the height of high season (late December through February), and extra-high rates are charged at Christmas, New Year and Easter week. If you want to ask about discounts or cheaper rooms, do so at the reservation phase. Bargaining for better rates once you have arrived is not common and frowned upon.

Taxes

At many midrange and top-end hotels, payment in US dollars (either cash or credit) legally sidesteps the crippling 19% IVA (*impuesto de valor agregado;* value-added tax). If there is any question as to whether IVA is included in the rates, clarify before paying. A hotel may not offer the discount without your prodding. In theory, the discount is strictly for those paying in dollars or with a credit card and may require showing a foreign passport.

Addresses

Names of streets, plazas and other features are often unwieldy, and usually appear abbreviated on maps. So Avenida Libertador General Bernardo O'Higgins might appear on a map as Avenida

B O'Higgins, just O'Higgins or even by a colloquial alternative (Alameda). The common address *costanera* denotes a coastal road.

Some addresses include the expression *local* (locale) followed by a number. *Local* means it's one of several offices at the same street address. Street numbers may begin with a zero, eg Bosque Norte 084. This confusing practice usually happens when an older street is extended in the opposite direction, beyond the original number 1.

The abbreviation 's/n' following a street address stands for *sin número* (without number) and indicates that the address has no specific street number.

Customs Regulations

Check Chilean customs (www.aduana.cl) for what and how much you can take in and out of the country.

➡ No restrictions on import and export of local and foreign currency. Duty-free allowances include purchases of up to US$500.

➡ Inspections are usually routine, although some travelers have had more thorough examinations. Travelers leaving the duty-free Regións I and XII are subject to internal customs inspections.

➡ When entering the country, check your bags for food. There are heavy fines for fruit, dairy, spices, nuts, meat and organic products. SAG (Servicio Agrícola-Ganadero; Agriculture and Livestock Service) checks bags and levies fines to prevent the spread of diseases and pests that might threaten Chile's fruit exports.

➡ X-ray machines are used at major international border crossings, such as Los Libertadores (the crossing from Mendoza, Argentina) and Pajaritos (the crossing from Bariloche, Argentina).

Electricity

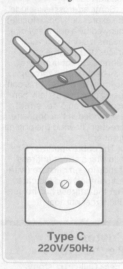

Type C
220V/50Hz

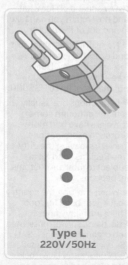

Type L
220V/50Hz

Embassies & Consulates

Australia (☎2-2550-3500; www.chile.embassy.gov.au; Isidora Goyenechea 3621, 12th fl, Barrio El Golf; ◷8:30am-noon Mon-Fri; ⓜEl Golf)

Brazil (☎2-2820-5800; http://cgsantiago.itamaraty.gov.br/pt-br; Los Militares 6191, Las Condes; ◷9:30am-1pm Mon-Fri; ⓜManquehue)

Canada (☎2-2652-3800; www.canadainternational.gc.ca/chile-chili; Nueva Tajamar 481, 12th fl, Barrio El Golf; ◷8:30am-12:30pm & 1:30-5:30pm Mon-Thu, 8:30am-1pm Fri; ⓜTobalaba)

France (☎2-2470-8000; https://cl.ambafrance.org; Av Condell 65, Providencia; ◷9am-noon Mon, Tue, Thu & Fri; ⓜSalvador)

Germany (☎2-2463-2500; www.santiago.diplo.de; Las Hualtatas 5677, Vitacura; ◷9am-noon Tue-Fri)

Spain (☎61-224-3563; Av Presidente Ibañez del Campo 05730, Punta Arenas; ◷by appointment)

USA (☎2-2330-3000; https://cl.usembassy.gov; Av Andrés Bello 2800, Las Condes; ⓜTobalaba)

Food

All restaurants are non-smoking, unless there is a separate, enclosed area designated for smokers.

Meals

In general, Chilean food is hearty and traditional. Soups, meat and potatoes, and wonderful casseroles, such as *pastel de choclo* (maize casserole) and *chupe de jaiva* (crab casserole), are staples. Most coastal towns have a *mercado de mariscos* (seafood market) where you can buy fresh fish or eat at small kitchens. If you like spice, seek out the Mapuche *merkén* (spice-smoked chili powder) or *ají Chileno*, an OK and

moderately hot sauce sometimes found in restaurants.

Breakfast usually consists of white rolls with butter and jam, tea and instant coffee. Whole-bean coffee is referred to as *café en grano*, available at some cafes and lodgings.

At home, people often eat light meals in the evening, with a teatime of bread, tea, cheese and ham. Known as *onces* (elevenses), afternoon tea is popular in the south, where German influence adds *küchen* (sweet, German-style cakes).

Drinks

Wine may have center stage, but there is plenty more to try. Pisco, a grape brandy, is Chile's national alcohol, grown in the dry soil of the north. Pisco sours are a popular start to cocktail hours, and consist of pisco, sugar and fresh *limon de pica*. Students prefer piscolas, mixing the alcohol with Coke or other soft drinks.

Draft beer is known as *schop*. Microbrews and regional artisan brewing are popular, particularly in the south where German influence remains. Try brews made by Szot, Kross and Spoh.

Gay & Lesbian Travelers

Chile is a very conservative, Catholic-minded country yet strides in tolerance are being made. Chile legalized civil unions for same sex couples in January 2015. Then President Michelle Bachelet shifted the national conversation to the left in her second term, sending a bill to congress to legalize same sex marriage, although progress on this issue may stall under new President Sebastián Piñera.

Many of the hipper urban bars and clubs also have an active gay scene. In Santiago, the gay scene is surprisingly good, with nightlife centering on Barrio Bellavista. Movil H (Movement for the Integration and Liberation of

Homosexuals; www.movilh.cl) advocates for gay rights and organizes the Gay Pride parade every June, with thousands of marchers. For listings in English, try VamosGay (www.vamosgay.com). Guia Gay Chile (www.guiagay.cl) lists some Santiago clubs.

Health

Travelers who follow basic, common-sense precautions should have few problems traveling in Chile. Chile requires no special vaccines, but travelers should be up to date with routine shots. In temperate South America, mosquito-borne illnesses are generally not a problem, while most infections are related to the consumption of contaminated food and beverages.

Availability & Cost of Healthcare

Modern facilities in Santiago offer 24-hour walk-in service for urgent problems, as well as specialty care (by appointment) and inpatient services; these include **Clínica Las Condes** (☑2-2210-4000; www.clinicalascondes.cl; Lo Fontecilla 441, Las Condes). For a list of additional physicians, dentists and laboratories in Santiago, go to the website of the **US Embassy** (https://cl.usembassy.gov).

Medical care in Santiago and other cities is generally good, but it may be difficult to find assistance in remote areas. Most doctors and hospitals expect payment in cash, regardless of whether you have travel health insurance. You can find a list of medical evacuation and travel insurance companies on the website of the **US State Department** (www.state.gov).

Most pharmacies are well stocked and have trained pharmacists. Medication quality is comparable to other industrialized countries. Drugs that require a prescription elsewhere may be available over the counter here. If you're taking medication,

have its generic (scientific) name handy for refills.

Medical care on Easter Island (Rapa Nui) and in towns of Northern Patagonia is extremely limited. Rural *postas* (clinics) are rarely well stocked with medicine and are usually attended by paramedics only. Serious medical problems require evacuation to a major city.

Infectious Diseases & Environmental Hazards

BARTONELLOSIS (OROYA FEVER)

This is carried by sand flies in the arid river valleys on the western slopes of the Andes, between altitudes of 800m and 3000m. The chief symptoms are fever and severe body pains. Complications may include marked anemia, enlargement of the liver and spleen, and sometimes death. The drug of choice is chloramphenicol, though doxycycline is also effective.

HANTA VIRUS

A rapidly progressing, life-threatening infection acquired through exposure to the excretion of wild rodents. An outbreak was reported from rural areas in the southern and central parts of Chile in late 2010. Sporadic cases have been reported since that time. The disease occurs in those who live in close association with rodents.

It is unlikely to affect most travelers, though those staying in forest areas may be at risk. Backpackers should never camp in an abandoned *refugio* (rustic shelter), where there may be a risk of exposure to infected excretion. Pitching a tent is the safer option. If backpacking in an area with hanta virus, campers can get more information from ranger stations.

ALTITUDE SICKNESS

Also known as *soroche*, altitude sickness may develop in those who ascend rapidly to altitudes greater than

2500m. Symptoms may include headaches, nausea, vomiting, dizziness, malaise, insomnia and loss of appetite. Severe cases may be complicated by fluid in the lungs (high-altitude pulmonary edema) or swelling of the brain (high-altitude cerebral edema).

The best treatment for altitude sickness is descent. If you are exhibiting symptoms, do not ascend. If symptoms are severe or persistent, descend immediately.

Take your time to acclimatize to higher altitudes and drink plenty of fluids, but not alcohol. If you are planning on high-altitude climbing or hiking, consider bringing prescription drug Diamox; you'll need to take it 24 hours before going into the region.

CHILEAN RECLUSE SPIDER

Found throughout the country, the Chilean recluse spider is not aggressive. Its venom is very dangerous: reactions can include lesions, renal failure and even death. Chilean recluse spiders are 8mm to 30mm long (including legs) and are identified by their brown color, violin-like markings and unusual six eyes. If bitten, put ice on the bite and get immediate medical attention.

WATER

The tap water in Chile's cities is generally safe but has a high mineral content that can cause stomach upsets; bottled water is a good idea for delicate stomachs and in the north. Vigorous boiling for one minute is the most effective means of water purification. At altitudes greater than 2000m, boil for three minutes. You can also disinfect water with iodine pills, a water filter or Steripen.

Insurance

It's recommended to have your own health insurance. In the event that you develop a life-threatening medical problem you may want to be evacuated to your home country. Since this may cost thousands of dollars, be sure to have the appropriate insurance before you depart. Your embassy can also recommend medical services.

Internet Access

Most regions have excellent internet connections; hotels, hostels and coffee shops typically have wi-fi. Much of Patagonia lags behind, though free public wi-fi is available in some communities on the plaza. Internet cafe rates range from CH$500 to CH$1200 per hour, with very high rates only in remote areas.

Language Courses

Spanish-language courses can be found in major cities and resort areas.

Legal Matters

Chile's *carabineros* (police) have a reputation for being professional and polite. Penalties for common offenses are similar to those given in Europe and North America. Chile has a zero-tolerance policy toward drinking and driving; avoid alcohol if you plan to drive. Drug possession, use or trafficking – including soft drugs such as cannabis – is treated very seriously and results in severe fines and imprisonment.

Police can demand identification at any time, so carry your passport. Throughout the country, the toll-free emergency telephone number for the police is ☎133.

Chileans often refer to police as *pacos*, a disrespectful (though not obscene) term that should *never* be used to a police officer's face.

Members of the military take themselves seriously, so avoid photographing military installations.

If you are involved in any automobile accident, your license (usually your international permit) will be confiscated until the case is resolved, although local officials will usually issue a temporary driving permit within a few days. A blood-alcohol test is obligatory. After this, you will be taken to the police station to make a statement and then, under most circumstances, released. Ordinarily you cannot leave Chile until the matter is resolved; consult your consulate, insurance carrier and a lawyer at home.

Don't *ever* make the error of attempting to bribe the police, whose reputation for institutional integrity is high.

Maps

In Santiago, the **Instituto Geográfico Militar** (☎2-2410-9300; www.igm.cl; Santa Isabel 1651, Centro; ⊗8:30am-1pm & 2-5pm Mon-Fri; ⓂToesca), just south of the Alameda, produces excellent maps, also sold online. The IGM's 1:50,000 topographic series is valuable for trekkers, although the maps are out of date and those of sensitive border areas (where most national parks are) may not be available.

JLM Mapas publishes maps for all of the major regions and trekking areas at scales ranging from 1:50,000 to 1:500,000. The maps are widely distributed, easy to use and provide decent information, but they don't claim to be perfectly accurate.

In most major Chilean cities the **Automóvil Club de Chile** (☎600-450-6000; www.automovilclub.cl; Av Andrés Bello 1863, Providencia; ⓂPedro de Valdivia) has an office that sells highway maps, although not all of them are equally well stocked. Drivers might find Copec maps by Compass (www.mapascompass.cl) useful, available in Copec gas stations. Some local government websites have interactive maps that allow you to search for a street address in major cities. The Plano Digital de Publiguías (www.planos.cl) has mapping from the yellow pages.

The best resource for detailed topographic maps to destinations in Patagonia and Tierra del Fuego, including Torres del Paine, is SIG Patagon (www.facebook.com/sigpatagon).

Money

The Chilean unit of currency is the peso (CH$). Bank notes come in denominations of 500, 1000, 2000, 5000, 10,000 and 20,000 pesos. Coin values are one, five, 10, 50, 100 and 500 pesos, although one-peso coins are fast disappearing, and even fives and 10s are uncommon. Carry small bills as it can be difficult to change large bills in rural areas; try gas stations and liquor stores by asking, '¿Tiene suelto?'.

Exchange rates are usually best in Santiago. Chile's currency has been pretty stable in recent years. The value of the dollar seems to decline during peak tourist season and shoot back up again come March. Paying a bill with US cash is sometimes acceptable, especially at tour agencies (check their exchange rate carefully). Many top-end hotels publish rates in US dollars with a lower exchange rate than the daily one. It's best to pay all transactions in pesos.

Wire transfers should arrive in a few days. Chilean

banks can give you money in US dollars on request. Western Union offices can be found throughout Chile, usually adjacent to the post office.

ATMs

Chile's many ATMs, known as *redbanc,* are the most convenient way to access funds. Transaction fees can be as high as US$10, so withdraw larger sums to rack up fewer fees. Some travelers report that they cannot use Banco del Estado.

Most machines have instructions in Spanish and English. Choose the option *tarjeta extranjera* (foreign card) before starting the transaction. You *cannot* rely on ATMs in Pisco Elqui, Bahía Inglesa or in small Patagonian towns. Throughout Patagonia, many small villages only have one bank, Banco del Estado, whose ATMs only sometimes accept Master-Card affiliates.

Those crossing overland from El Chaltén, Argentina to Villa O'Higgins should bring plenty of Chilean pesos, as the nearest reliable banks are in Coyhaique.

Some foreign banks will reimburse ATM transaction fees; it's worth checking in advance. Also, withdrawals are limited to a sum of CH$200,000.

Cash

Some banks and *casas de cambio* (exchange houses) will exchange cash, usually US dollars only. Check the latter for commissions and poor rates. More costly purchases, such as tours and hotel bills, can sometimes be paid in US cash.

Credit Cards

Plastic (especially Visa and MasterCard) is welcome in most established businesses; however, many businesses will charge up to 6% extra to cover the charge they have to pay for the transaction. Credit cards can also be useful to show 'sufficient funds' before

entering another South American country.

Tipping

Restaurants It's customary to tip 10% of the bill (the bill may include it under *'servicio'*).

Taxis Tips are not required, but you may round off the fare.

Opening Hours

Hours given are generally for high season. In many provincial cities and towns, restaurants and services are closed on Sunday and tourist offices close in low season.

Banks 9am–2pm weekdays, sometimes 10am–1pm Saturday

Government offices & businesses 9am–6pm weekdays

Museums Often close Monday

Post Offices 9am–6pm Monday to Friday, to noon Saturday

Restaurants Noon–11pm, many close 4pm–7pm

Shops 10am–8pm, some close 1pm–3pm

Post

Chile's national postal service, **Correos de Chile** (✆800-267-736; www.correos. cl), has reasonably dependable but sometimes slow postal services. To send packages within Chile, sending via

encomienda (the bus system) is much more reliable and efficient.

Public Holidays

National holidays, when government offices and businesses are closed, are listed here. There is pressure to reduce these or to eliminate so-called sandwich holidays, which many Chileans take between an actual holiday and the weekend, by moving some to the nearest Monday.

Año Nuevo (New Year) January 1

Semana Santa (Easter Week) March or April

Día del Trabajo (Labor Day) May 1

Glorias Navales Commemorating the naval Battle of Iquique; May 21

Corpus Christi May/June; dates vary

Día de San Pedro y San Pablo (St Peter and St Paul's Day) June 29

Asunción de la Virgen (Assumption) August 15

Día de Unidad Nacional (Day of National Unity) First Monday of September

Día de la Independencia Nacional (National Independence Day) September 18

Día del Ejército (Armed Forces Day) September 19

GOVERNMENT TRAVEL ADVICE

The following government websites offer travel advisories and information on current hot spots.

Australian Government (www.smartraveller.gov.au)

Canadian Government (www.travel.gc.ca/travelling/ advisories)

German Foreign Office (www.auswaertiges-amt.de/en)

Japan Ministry of Foreign Affairs (www.mofa.go.jp)

Netherlands Ministry of Foreign Affairs (www. belastingdienst.nl)

New Zealand Government (www.safetravel.govt.nz)

UK Foreign & Commonwealth Office (www.gov.uk/ foreign-travel-advice)

US State Department (www.travel.state.gov)

PRACTICALITIES

Newspapers Read Chilean news in English from the *Santiago Times* (www.santiagotimes.cl). Chile's *El Mercurio* (www.elmercurio.cl) is a conservative, dry but hugely respected newspaper. *La Tercera* (www.latercera.cl) is another mainstream option. Alternative newspaper the *Clinic* (www.theclinic.cl) provides cutting-edge editorials and satire on politics and society.

Radio A recommended news station is Radio Cooperativa (103.1FM).

TV Direct TV is common; most hotels and *hospedajes* (budget accommodations) have a hookup.

Weights & Measures Use the metric system except for tire pressure (measured in pounds per square inch).

Día de la Raza (Columbus Day) October 12

Todo los Santos (All Saints' Day) November 1

Inmaculada Concepción (Immaculate Conception) December 8

Navidad (Christmas Day) December 25

Safe Travel

Compared with other South American countries and much of North America, Chile is remarkably safe. Petty theft is a problem in larger cities and bus terminals and at beach resorts in summer, so always keep a close eye on all belongings.

Dogs & Bugs

Chile's stray canines are a growing problem. Scabies can be common in street dogs; don't pet those with bad skin problems, it's highly contagious. If driving, be prepared for dogs barking and running after the bumper.

Summer in the south brings about the pesty *tábano*, a large biting horsefly that is more an annoyance than a health risk. Bring along insect repellent and wear light-colored clothing.

Natural Hazards

Earthquakes are a fact of life for most Chileans. Local construction often does not meet seismic safety standards; adobe buildings tend to be especially vulnerable. The unpredictability of quakes means there is little that a traveler can do to prepare.

Active volcanoes are less likely to threaten safety, since they usually give some warning. Nevertheless, unexpected eruptions in recent years have the country monitoring volcanoes more closely.

Many of Chile's finest beaches have dangerous offshore rip currents, so ask before diving in and make sure someone onshore knows your whereabouts. Many beaches post signs that say *apto para bañar* (swimming OK) and *no apto para bañar* (swimming not OK) or *peligroso* (dangerous).

In winter, the smog in Santiago can become a health risk. The city declares 'pre-emergency' or 'emergency' states when the level of smog is dangerously high and takes measures to limit emissions. Children, senior citizens and people with respiratory problems should avoid trips to downtown Santiago at these times.

Personal Security & Theft

Crime is more concentrated in the dense urban areas, though picks up in tourist destinations in summer. Those staying in cabins should close and lock windows before heading out, particularly in popular resort towns. At the beach, be alert for pickpockets and avoid leaving valuables around while you go for a swim. Never leave an unattended car unlocked, leave seats and floors bare and keep all valuables in the trunk.

Don't fall for distractions, such as a tap on the shoulder, spitting or getting something spilled on you; these 'accidents' are often part of a team effort to relieve you of some valuables. Be mindful of your belongings and avoid conspicuous displays of expensive jewelry.

Stay clear of political protests, particularly in the capital; they have a tendency to attract violent clashes.

Baggage insurance is a good idea. Do not leave valuables such as cash or cameras in your room. Some travelers bring their own lock. Some hotels often have secure strongboxes in rooms.

Shopping

Many cities have good antiques markets, notably Santiago's Mercado Franklin and Valparaíso's Plaza O'Higgins. Flea markets are known as *ferias persas* (Persian fairs). **Fundación Artesanías de Chile** (Chilean Craft Foundation; www.artesaniasdechile.cl) showcases quality *artesanía*.

Regional Specialties

Chile is one of few countries in the world where the semiprecious stone lapiz lazuli is found. It is a deep navy-blue color and makes sophisticated jewelry that can be bought in most Chilean jewelers. Check the quality of the setting and silver used – they are often only silver-plated and very soft.

Craft markets can be found throughout the country. In the north, artisans put shaggy llama and alpaca wool to good use by making thick jumpers, scarves and other garments to take the bite off the frigid highland nights. Many of these goods are similar to those in Bolivia and Peru. You'll also see crafts made with cactus wood and painstakingly crafted leather goods in Norte Chico.

In Chiloé and Patagonia, hand-knit woolens such as bulky fishers' sweaters and blankets are reasonably priced and useful in winter. In the Araucanía, look for jewelry based on Mapuche designs, which are unique to Chile. They also produce quality weavings and basketry. In the Lakes District and Patagonia, artisans carve wooden plates and bowls out of the (sustainable) hardwood raulí.

Wine lovers have plenty of Chilean wines to choose from: stick to the boutique wineries with wines that you can't find in your own country, or pick up bottles of the powerful grape-brandy pisco, which is difficult to find outside Chile. Other artisanal edibles include *miel de ulmo*, a very aromatic and tasty honey special to Patagonia, and *mermelada de murta*, a jam made of a tart red berry. As long as such goods are still sealed, there shouldn't be a problem getting through international customs.

Bargaining

Crafts markets are the only acceptable venue for bargaining. Transport and accommodations rates are generally fixed and prominently displayed. Chileans can be easily offended by aggressive haggling as it isn't part of the culture.

Telephone

Throughout Chile, call centers with private cabins are rapidly being replaced by internet cafes. Remote tour operators and lodges may have satellite phones with a Santiago prefix.

Calling from cell phones or land lines requires different prefixes. Lonely Planet listings have phone numbers as

called by cell phones, given the prevalence of travelers who buy local SIM cards.

Cell Phones

Foreign travelers with unlocked cell phones can only use a Chilean SIM card after registering their own device in Chile. The national telecommunications website lists companies that certify phones (www.multibanda. cl/empresas-certificadoras). Register online or at a local office, a five-day process.

SIM CARDS

Local SIM cards are cheap and widely available, for use with unlocked GSM 850/1900 phones. There's 3G or 4G access in urban centers.

Cell-phone numbers have nine digits, starting with ☏9. If calling cell-to-landline, use the landline's area code.

Cell phones have a 'caller pays' format. Calls between cell and landlines are expensive and quickly eat up prepaid card amounts.

Purchase a new SIM card from a Chilean operator such as Entel or Movistar. Then purchase phone credit from the same carrier in kiosks, pharmacies or supermarket check-outs. In Patagonia, Entel has much better coverage than other companies.

There's reception in most inhabited areas, with the poorest reception in the middle of the Atacama Desert and parts of Patagonia.

Phone Codes

Chile's country code is ☏56. All telephone numbers in Santiago and the Metropolitan Region have seven digits; all other telephone numbers have six digits except for certain toll-free and emergency numbers. The toll-free number for the police is ☏133, ambulance is ☏131. You'll reach directory assistance at ☏103.

Long-distance calls are based on a carrier system: to place a call, precede the number with the telephone company's code: Entel (www.

entel.cl), for example. To make a collect call, dial ☏182 to get an operator.

Time

For most of the year, Chile is four hours behind GMT, but from mid-December to late March, because of daylight-saving time (summer time), the difference is three hours. The exact date of the changeover varies from year to year. Easter Island is two hours behind the mainland.

Toilets

Pipes and sewer systems in older buildings are quite fragile: used toilet paper should be discarded in wastebaskets. Cheaper accommodations and public toilets rarely provide toilet paper, so carry your own. Better restaurants and cafes are good alternatives to public toilets, which are often dirty.

Tourist Information

Every regional capital and some other cities have a local representative of **Sernatur** (www.chile.travel/en), the national tourist service. Offices vary in usefulness – some have knowledgeable multilingual staff, but others have little hands-on knowledge of destinations they cover.

Many municipalities have their own tourist office, usually on the main plaza or at the bus terminal. In some areas, these offices may be open during summer only.

If hiking, buy good topo maps of the area you plan to visit from an outdoor store, as parks rarely have detailed maps of their own.

Some official international representatives for tourism can be found abroad. Consulates in major cities may have a tourist representative, but more accessible and comprehensive information can be found through specialized travel agencies and on the internet.

Chile has a few general travel agencies that work with affiliates around the world. **Chilean Travel Service** (CTS; ☎2-2251-0400; www.chileantravelservices.com; Antonio Bellet 77, Oficina 101, Providencia; Ⓜ Pedro de Valdivia) has well-informed multilingual staff and can organize accommodations and tours all over Chile through your local travel agency. **STA** (www.statravel.com) offers travel services for students.

Travelers with Disabilities

Travel within Chile is a robust challenge for those with disabilities, though patient planning can open a lot of doors. Even top-end hotels and resorts cannot be relied upon to have ramps or rooms adapted for those with impaired mobility; an estimated 10% of hotels in Santiago cater to wheelchairs. Lifts are more common in large hotels and the law now requires new public buildings to provide disabled access.

Santiago's **Metro** (www.metro.cl; per ride from CH$610; ☺6am-11pm Mon-Sat, 8am-11pm Sun) has elevators and **Transantiago** (☎800-730-073; www.transantiago.cl; single ride from CH$610) has access ramps and spaces for wheelchairs on new buses. Some street lights have noise-indicated crossings for the blind. Those in wheelchairs will find Chile's narrow and poorly maintained sidewalks awkward to negotiate. Crossing streets is also tricky, but most Chilean drivers are remarkably courteous toward pedestrians – especially those with an obvious disability.

Wheel the World (https://gowheeltheworld.com) makes Chile's extremes more accessible to those with disabilities, with some very cool off-the-beaten-track

opportunities in Patagonia and Easter Island.

American organization Accessible Journeys (www.disabilitytravel.com) organizes independent travel to Chile for people with disabilities.

National parks are often discounted and sometimes free for disabled visitors (check with Conaf; www.conaf.cl). Cruises or ferries such as **Navimag** (Map p350; ☎61-241-1421, Rodoviario 61-241-1642; www.navimag.com; Costanera 308, Av Pedro Montt; ☺9am-1pm & 2:30-6:30pm Mon-Fri) sometimes offer free upgrades to disabled travelers, and some ski resorts near Santiago have outrigger poles for disabled skiers.

Visas

Nationals of the US, Canada, Australia and the EU do not need a visa to visit Chile.

Passports are obligatory and are essential for cashing traveler's checks, checking into hotels and other routine activities.

Always carry your passport: Chile's police can demand ID at any moment, and many hotels require you to show it at check-in.

If your passport is lost or stolen, notify the police, ask them for a police statement, and advise your consulate as soon as possible.

Tourist Cards

On arrival, you'll be handed a 90-day tourist card in the form of a receipt with bar code. Don't lose it! If you do, go to the local *policía internacional* or the nearest police station. You'll be asked for it upon leaving the country.

It's possible to renew a tourist card for 90 more days at the **Departamento de Extranjería** (Map p57; ☎2-2550-2484, call center 2-3239-3100; www.extranjeria.gob.cl; Fanor Velasco 56, Centro; ☺8:30am-2pm Mon-Fri; Ⓜ Los Héroes). Bring photocopies of your passport and tourist card. You can also visit the Departamento de Extranjería

in a regional capital. Many visitors prefer a quick dash across the Argentine border and back.

Volunteering

Experienced outdoor guides may be able to exchange labor for accommodations during the busy high season, if you can stick out the entire season. Language schools often place students in volunteer work as well. Spanish-language skills are always a plus.

AMA Torres del Paine (www.amatorresdelpaine.org) Located in the national park, works with a limited number of volunteers.

Experiment Chile (www.experiment.cl) Organizes 14-week language-learning/volunteer programs.

Go Voluntouring (www.govoluntouring.com) Canadian organization that consolidates listings from various NGOs in addition to social and teaching programs.

Un Techo Para Chile (www.untechoparachile.cl) Nonprofit organization that builds homes for low-income families.

WWOOF Chile (Worldwide Opportunities on Organic Farms; ☎cell 9-9129-5033; www.wwoofchile.cl) Live and learn about organic farming.

Work

It's increasingly difficult to obtain residence and work permits for Chile. Consequently, many foreigners don't, but reputable employers will insist on the proper visa. If you need one, go to the **Departamento de Extranjería** (www.extranjeria.gob.cl).

In Santiago, many youth hostels offer work (usually stated on their websites). It is not unusual for travelers to work as English-language instructors in Santiago and other cities. In general, pay is hourly and full-time employment is hard to come by without a commitment to stay for some time.

Transportation

GETTING THERE & AWAY

Visitors can come to Chile by air, overland or on cruises. International flights and buses to neighboring countries and beyond are plentiful. Flights, cars and tours can be booked online at lonely planet.com/bookings.

Entering the Country

Entry is generally straightforward as long as your passport is valid for at least six months beyond your arrival date.

Onward Tickets

Chile requires travelers to have a return or onward ticket. You may be asked to provide evidence at the flight counter in your departure country. The solution is to either purchase a refundable return air ticket or get the cheapest possible onward

bus ticket from a bus company that offers online sales and print your receipt.

Air

Chile has direct connections with North America, the UK, Europe, Israel, Australia and New Zealand, in addition to its neighboring countries. International flights within South America are fairly expensive unless purchased as part of intercontinental travel. There are bargain round-trip fares between Buenos Aires or Lima and Santiago.

Airports

Long-distance flights to Chile arrive at Santiago, landing at **Aeropuerto Internacional Arturo Merino Benítez** (Santiago International Airport, SCL; ☑2-2690-1796; www. nuevopudahuel.cl) in the suburb of Pudahuel.

Flights from neighboring countries may reach region-

al airports in Arica (www. chacalluta.cl), Iquique (www. aeropuertodiegoaracena. cl) and Punta Arenas (www. aeropuertodepuntarenas.cl).

Intercontinental (RTW) Tickets

Most intercontinental airlines traveling to Chile also offer round-the-world (RTW) tickets in conjunction with the airlines they have alliances with. Companies such as **Airtreks** (☑North America 415-977-7100, toll-free 877-247-8735; www.airtreks.com) offer more flexible, customized RTW tickets that don't tie you into airline affiliates. Similar 'Circle Pacific' fares allow you to take excursions between Australasia and Chile, often with a stop at Easter Island (Rapa Nui). Check the fine print for restrictions. Agencies selling RTW tickets include **Flight Centre** (www.flightcentre. com) and **STA** (www.sta travel.com).

CLIMATE CHANGE & TRAVEL

Every form of transport that relies on carbon-based fuel generates CO_2, the main cause of human-induced climate change. Modern travel is dependent on airplanes, which might use less fuel per kilometer per person than most cars but travel much greater distances. The altitude at which aircraft emit gases (including CO_2) and particles also contributes to their climate change impact. Many websites offer 'carbon calculators' that allow people to estimate the carbon emissions generated by their journey and, for those who wish to do so, to offset the impact of the greenhouse gases emitted with contributions to portfolios of climate-friendly initiatives throughout the world. Lonely Planet offsets the carbon footprint of all staff and author travel.

French Polynesia

LATAM flies once a week to and from Papeete in Tahiti, stopping at Easter Island.

South America

Many airlines fly daily between Santiago and Buenos Aires, Argentina, for a standard fare of about US$275 round-trip. However, European airlines that pick up and discharge most of their passengers in Buenos Aires sometimes try to fill empty seats by selling cheap round-trips between the Argentine and Chilean capitals. LATAM has some of the best connectivity within South America, though other airlines are competitive.

There are reasonable flights from Santiago to Mendoza (round-trip US$180, twice daily) and to Córdoba (round-trip US$250, twice daily).

There are numerous daily flights from Lima, Peru, to Santiago for about US$260 (round-trip); many discount fares pop up on this route. From Lima, LATAM goes directly to Easter Island. LATAM also flies from Lima to the southern city of Tacna, only 50km from the Chilean border city of Arica (round-trip US$161). There are daily flights from Santiago to La Paz, Bolivia (round-trip US$228), with a stop in northern Chile.

Avianca links Santiago daily with Bogotá, Colombia (round-trip US$500), sometimes with another South American stop. LATAM flies to Montevideo, the Uruguayan capital (round-trip US$300). Gol and LATAM fly to Brazilian and Paraguayan destinations.

Amaszonas is the new Bolivian carrier operating new flights to Chile's north. The most useful routes for travelers are international links like Iquique–Salta and Iquique–Cochabamba.

Land

Border Crossings

Chile's northern border touches Peru and Bolivia, while its vast eastern boundary hugs Argentina. Of the numerous border crossings with Argentina, only a few are served by public transportation.

Bus

Common international destinations are served by bus companies located in the **Terminal de Buses Sur** (Terminal Santiago; Av O'Higgins 3850, Barrio Estación Central; Ⓜ Universidad de Santiago).

Car & Motorcycle

There is paperwork and possibly additional charges to take a hired car out of Chile; ask the rental agency to talk you through it.

From Argentina

Unless you're crossing in Chile's extreme south, there's no way to avoid the Andes. Public transportation is offered on only a few of the crossings to Argentina, and many passes close in winter.

NORTHERN ROUTES

Calama to Jujuy and Salta A popular year-round route over the Andes via San Pedro de Atacama, Ruta 27 goes over the Paso de Jama. It has a regular bus service (with advance booking advisable). Slightly further south, on Ruta 23, motorists will find the 4079m Paso de Lago Sico, a rougher but passable summer alternative. Chilean customs are at San Pedro de Atacama.

Iquique to Oruro A few scattered bus services run along a paved road from Iquique past Parque Nacional Volcán Isluga to the Paso Colchane; catch a truck or bus on to Oruro from here (on an unpaved road).

Copiapó to Catamarca and La Rioja There is no public transportation over the 4726m Paso de San Francisco; it's a dirt road that requires high clearance, but rewards with spectacular scenery – including the luminous Laguna Verde.

La Serena to San Juan Dynamited by the Argentine military during the Beagle Channel dispute of 1978–79, the 4779m Paso del Agua Negra is a beautiful route, but the road is unpaved beyond Guanta and buses eschew it. It is a good bicycle route and tours run to hot springs that are on the Argentine side.

MIDDLE CHILE

Santiago or Valparaíso to Mendoza and Buenos Aires A dozen or more bus companies service this beautiful and vital lifeline to Argentina, along Ruta 60 through the Los Libertadores tunnel. Winter snow sometimes closes the route, but rarely for long.

Talca to Malargüe and San Rafael There's no public transportation along Ruta 115 to cross the 2553m Paso Pehuenche, southeast of Talca. Another crossing from Curicó over the 2502m Paso Vergara is being developed but is still hard to access.

SOUTHERN MAINLAND ROUTES

Several scenic crossings squeeze through to Argentina from Temuco south to Puerto Montt, some involving bus–boat shuttles that are popular in summer (book ahead).

Temuco to Zapala and Neuquén A good road crosses over the 1884m Paso de Pino Hachado, directly east of Temuco along the upper Río Biobío. A secondary unpaved route just south of here is the 1298m Paso de Icalma, with occasional bus traffic in summer.

Temuco to San Martín de los Andes The most popular route from Temuco passes Lago Villarrica, Pucón and Curarrehue en route to the Paso de Mamuil Malal (known to Argentines as Paso Tromen). On the Argentine side, the road skirts the northern slopes of Volcán Lanín. There is a regular summer bus service, but the pass may close in winter.

Valdivia to San Martín de los Andes This mix-and-match route starts with a bus from Valdivia to Panguipulli, Choshuenco and Puerto Fuy, followed by a ferry across Lago Pirihueico to the village of Pirihueico. From Pirihueico a local bus goes to Argentine customs at 659m Paso Huahum, where travelers can catch a bus to San Martín.

Osorno to Bariloche via Paso Cardenal Samoré This crossing, commonly known as Pajaritos, is the quickest land route in the southern Lakes District, passing through Parque Nacional Puyehue on the Chilean side and Parque Nacional Nahuel Huapi on the Argentine side. It has a frequent bus service all year.

Puerto Varas to Bariloche Very popular in summer but open all year, this bus-ferry combination via Parque Nacional Vicente Pérez Rosales starts in Puerto Varas. A ferry goes from Petrohué, at the western end of Lago Todos Los Santos, to Peulla, and a bus crosses 1022m Paso de Pérez Rosales to Argentine immigration at Puerto Frías. After crossing Lago Frías by launch, there's a short bus hop to Puerto Blest on Lago Nahuel Huapi and another ferry to Puerto Pañuelo (Llao Llao). From Llao Llao there is a frequent bus service to Bariloche.

SOUTHERN PATAGONIA ROUTES

Puerto Ramírez to Esquel There are two options here. From Villa Santa Lucía on the Carretera Austral, a good lateral road forks at Puerto Ramírez. The north fork goes to Futaleufú, where a

bridge crosses the river to the Argentine side with *colectivos* (shared taxis) to Esquel. The south fork goes to Palena and Argentine customs at Carrenleufú, with less-frequent buses to Trevelin and Esquel. The more efficient crossing is Futaleufú.

Coyhaique to Comodoro Rivadavia There are several buses per week, often heavily booked, from Coyhaique to Comodoro Rivadavia via Río Mayo. For private vehicles, there is an alternative route from Balmaceda to Perito Moreno via the 502m Paso Huemules.

Chile Chico to Los Antiguos From Puerto Ibáñez take the ferry to Chile Chico on the southern shore of Lago Carrera and a shuttle bus to Los Antiguos, which has connections to Atlantic coastal towns and Ruta 40. There is bus service to Chile Chico from Cruce el Maitén at the southwestern end of Lago General Carrera.

Cochrane to Bajo Caracoles Linking Valle Chacabuco (Parque Nacional Patagonia), 647m Paso Roballos links Cochrane with a flyspeck outpost in Argentina's Santa Cruz province.

Puerto Natales to Río Turbio and El Calafate Frequent year-round buses connect Puerto Natales to Río Gallegos and El Calafate via Río Turbio. Buses from Puerto Natales go directly to El Calafate, the gateway to Parque Nacional Los Glaciares, via Paso Río Don Guillermo.

Punta Arenas to Río Gallegos Many buses travel between Punta Arenas and Río Gallegos. It's a five- to eight-hour trip because of slow customs checks and a rough segment of Argentine Ruta Nacional (RN) 3.

Punta Arenas to Tierra del Fuego From Punta Arenas a 2½-hour ferry trip or a 10-minute flight takes you to Porvenir, on Chilean Tierra del Fuego, but there are currently no buses that continue to the Argentine side. The best option is a direct bus from Punta Arenas to Ushuaia via Primera Angostura, with shorter and more frequent ferry service.

Puerto Williams to Ushuaia Year-round passenger boat service from Puerto Williams, on Isla Navarino (reached by plane or boat from Punta Arenas), to the Argentine city of Ushuaia is weather dependent.

From Bolivia

Between Bolivia and Chile a paved highway runs from Arica to La Paz. The route from Iquique to Colchane is also paved – although the road beyond to Oruro is not. There are buses on both routes, but more on the former.

It's possible to travel from Uyuni, Bolivia, to San Pedro de Atacama via the Portezuelo del Cajón on organized jeep trips.

From Peru

Tacna to Arica is the only overland crossing, with a choice of train, bus, *colectivo* or taxi.

Sea

International cruise lines have routes that link Chile with neighboring countries, North America and even Antarctica.

Train

The reopening of the Arica-Tacna, Peru train line is big news. It departs twice daily from Arica's **Estación Ferrocarril Arica-Tacna** (cell 9-7633-2896; Av Máximo Lira, opposite Chacabuco).

GETTING AROUND

Traveling Chile from head to tail is easy, with a constant procession of flights and buses connecting cities up and down the country. What is less convenient is the service east to west, and south of Puerto Montt, where the country turns into a labyrinth of fjords, glaciers and mountains. However, routes are improving. Drivers are generally courteous and orderly. Toll highways are common.

Air

Time-saving flights have become more affordable in Chile and are sometimes cheaper than a comfortable long-distance bus. Consider flying from Arica to Santiago in a few short hours, compared to a crippling 28 hours via bus. Other than slow ferries, flights are often the only way to reach isolated southern regions in a timely manner. Round-trip fares are often cheaper.

Airlines in Chile

Chile has several domestic airlines. LATAM has the most routes. Sky Airlines, LAW and JetSmart are other options.

Regional airlines and air taxis connect isolated regions in the south and the Archipiélago Juan Fernández. Most Chilean cities are near domestic airports with commercial air service. Santiago's **Aeropuerto Internacional Arturo Merino Benítez** (Santiago International Airport, SCL; ☎2-2690-1796; www.nuevopudahuel.cl) has a separate domestic terminal; Santiago also has smaller airfields for air-taxi services to the Archipiélago Juan Fernández.

Ticket prices include departure tax.

Air Passes

Low-cost airlines are driving down flight costs in Chile. Sky Airline tends to have good one-way prices. The best rates with LATAM are found on its Chilean website, accessed only in-country, where weekly specials give cut-rate deals with as much as 40% off, especially on well-traveled routes such as Puerto Montt to Punta Arenas. Booking ahead and buying round-trips save money.

LATAM Pass offers miles on the One World alliance, with partners such as American Airlines, British Airways, Iberia and Qantas.

DESTINATION	COST (ROUND-TRIP, CH$)
Antofagasta	47,000
Arica	68,000
Calama	50,000
Concepción	70,000
Copiapó	56,000
Coyhaique (Balmaceda)	90,000
Iquique	78,000
La Serena	37,000
Puerto Montt	44,000
Punta Arenas	105,000
Temuco	52,000

Bicycle

To pedal your way through Chile, a *bici todo terreno* (mountain bike) or touring bike with beefy tires is essential. The climate can be a real challenge: from Temuco south, be prepared for rain; from Santiago north, especially in the vast expanses of the Atacama Desert, water sources are infrequent and towns are separated by long distances. In some areas, wind is a serious factor; north to south is generally easier than south to north, with some readers reporting strong headwinds going south in summer. Chilean motorists are usually courteous, but on narrow two-lane highways without shoulders, cars can be a real hazard.

Ferries in Patagonia often charge a bicycle fee. Outside the Carretera Austral, most towns have bike-repair shops. Buses will usually take bikes, though airlines may charge extra; check with yours.

Hire

Most more touristy towns rent bikes, although their quality may vary. There are relatively few bike-rental shops, but *hospedajes* (budget accommodations) and tour agencies often have a few handy. Expect to pay between CH$10,000 and CH$16,000 per day. A quality mountain bike with front suspension and decent brakes can cost CH$22,000 per day or more, but you're only likely to find them in outdoor activity destinations such as the Lakes District and San Pedro de Atacama.

It's common to leave some form of deposit or guarantee: an ID will often suffice.

Purchase

Bikes are not especially cheap in Chile. If you're looking to sell your wheels at the end of your trip, try approaching tour agencies that rent bikes.

Boat

Chile's preposterously long coastline is strung with a necklace of ports and harbors, but opportunities for travelers to get about by boat are concentrated in the south.

Navigating southern Chile's jigsaw-puzzle coast by ferry is about more than just getting from A to B – it's an essential part of the travel experience. From Puerto Montt south, Chilean Patagonia and Tierra del Fuego are accessed by ferries traveling the intricate maze of islands and fjords with spectacular coastal scenery.

Note that the end of the high season also marks limited ferry service.

Navimag's ferry service that runs from Puerto Montt to Puerto Natales is one of the continent's great travel experiences. The following information lists only the principal passenger-ferry services. Also on offer are a few exclusive tour operators that run their own cruises.

Common routes include the following.

Castro to Laguna San Rafael
Navimag cruises *Mare Australis* to the stunning Laguna San Rafael.

Chiloé to Chaitén Transmarchilay, Naviera Austral and Navimag run between Quellón, on Chiloé, and Chaitén in summer. There are also summer services from Castro to Chaitén.

Hornopirén to Caleta Gonzalo In summer, Naviera Austral ferries take the Ruta Bi-Modal, two ferries linked by a short land stretch in the middle, to Parque Pumalín's Caleta Gonzalo, about 60km north of Chaitén.

La Arena to Puelche Ferries shuttle back and forth across the gap, about 45km southeast of Puerto Montt, to connect two northerly segments of the Carretera Austral.

Mainland to Chiloé Regular ferries plug the gap between Pargua and Chacao, at the northern tip of Chiloé.

Puerto Ibáñez to Chile Chico Sotramin operates automobile/passenger ferries across Lago General Carrera, south of Coyhaique. There are shuttles from Chile Chico to the Argentine town of Los Antiguos.

Puerto Montt to Chaitén Naviera Austral runs car-passenger ferries from Puerto Montt to Chaitén.

Puerto Montt to Laguna San Rafael Expensive cruises with Catamaranes del Sur and Cruceros Skorpios go direct to take a twirl about Laguna San Rafael.

Puerto Montt to Puerto Chacabuco Navimag goes from Puerto Montt to Puerto Chacabuco; buses continue on to Coyhaique and Parque Nacional Laguna San Rafael.

Puerto Montt to Puerto Natales Navimag departs Puerto Montt weekly, taking about four days to puddle-jump to Puerto Natales. Erratic Patagonian weather can play havoc with schedules.

Puerto Williams to Puerto Yungay This new Transbordador Austral Broom route links southern Patagonia with the end of the Carretera Austral (Puerto Yungay is between Villa O'Higgins and Caleta Tortel). It stops in Caleta Tortel.

Puerto Williams to Ushuaia This most necessary connection still has no public ferry but does have regular private motorboat service.

Punta Arenas to Tierra del Fuego Transbordador Austral Broom runs ferries from Punta Arenas' ferry terminal Tres Puentes to Porvenir; from Punta Delgada, east of Punta Arenas, to Bahía Azul; and from Tres Puentes to Puerto Williams, on Isla Navarino.

Bus

Long-distance buses in Chile have an enviable reputation for punctuality, efficiency and comfort, although prices and classes vary significantly between companies. Most Chilean cities have a central bus terminal, but in some cities the companies have separate offices. The bus stations are well organized with destinations, schedules and fares prominently displayed. By European or North American standards, fares are inexpensive.

Major highways and some others are paved (except for large parts of the Carretera Austral), but secondary roads may be gravel or dirt. Long-distance buses generally have toilet facilities and often serve coffee, tea and even meals on board; if not, they make regular stops.

On Chile's back roads, transportation is slower and *micros* (often minibuses) are less frequent, older and more basic.

The nerve center of the country, Santiago, has four main bus terminals serving northern, central and southern destinations.

Chile's biggest bus company is **TurBus** (☏600-660-6600; www.turbus.cl), with an all-embracing network of services around the country. It is known for being extremely punctual. Discounts are given for tickets purchased online (later retrieve your ticket at the counter).

Its main competitor is **Pullman** (☏600-320-3200; www.pullman.cl), which also has extensive routes throughout the country.

Argentina's **Chaltén Travel** (☏0297-623-4882; www.chaltentravel.com; Av Tehuelches s/n, Los Antiguos) provides transportation between El Calafate and Torres del Paine and on Argentina's Ruta 40.

SAMPLE BUS COSTS & TRIP TIMES

DESTINATION	COST (CH$)	DURATION (HR)
Asunción, Paraguay	76,000	45
Buenos Aires, Argentina	78,000	22
Córdoba, Argentina	60,000	17
Lima, Peru	95,000	48
Mendoza, Argentina	36,000	7
Montevideo, Uruguay	69,000	32
Rio de Janeiro, Brazil	142,000	72
São Paulo, Brazil	96,000	55

Classes

An array of bewildering names denotes the different levels of comfort on long-distance buses. For a classic experience, *clásico* or *pullman* has around 46 ordinary seats that barely recline and poor bathrooms. The next step up is *executivo* and then comes *semi-cama;* both usually mean around 38 seats, providing extra leg room and calf rests. *Semi-cama* has plusher seats that recline more fully and buses are sometimes double-decker. *Salón cama* sleepers seat only 24 passengers, with seats that almost fully recline. Superexclusive infrequent *premium* services enjoy seats that fold down flat. Note that movie quality does not improve with comfort level. On overnighters breakfast is usually included but you can save a few bucks by not ordering dinner and bringing takeout.

Normally departing at night, *salón cama* and *premium* bus services cost upwards of 50% more than ordinary buses, but you'll be thankful on long-haul trips. Regular buses are also comfortable, especially in comparison to neighboring Peru and Bolivia. Smoking is prohibited.

Cost

Fares vary dramatically among companies and classes, so be sure to shop around. *Ofertas* (promotions) outside the high summer season can reduce normal fares by half and student fares by 25%.

Reservations

Except during the holiday season (Christmas, January, February, Easter and mid-September's patriotic holidays) or on Fridays and Sundays, it is rarely necessary to book more than a few hours in advance. On very long trips, like Arica to Santiago, or rural routes with limited services (along the Carretera Austral, for instance), advance booking is a good idea.

Car & Motorcycle

Having your own wheels is often necessary to get to remote national parks and off the beaten track, especially in the Atacama Desert and along the Carretera Austral. Security problems are minor, but always lock your vehicle and leave valuables out of sight. Because of smog problems, Santiago and the surrounding region have frequent restrictions.

The maps in the annual Copec guides are a good source of recent changes, particularly with regard to newly paved roads.

Automobile Associations

Automóvil Club de Chile (☑600-450-6000; www.automovilclub.cl; Av Andrés Bello 1863, Providencia; Ⓜ Pedro de Valdivia) has offices in most major Chilean cities. It provides useful information, sells highway maps and rents cars. It also offers member services and grants discounts to members of its foreign counterparts, such as the American Automobile Association (AAA) in the USA or the Automobile Association (AA) in the UK. Membership includes free towing and other roadside services within 25km of an Automóvil Club office.

Bring Your Own Vehicle

It's possible to ship an overseas vehicle to Chile but costs are high. Check your local phone directory under Automobile Transporters. When shipping, do not leave anything of value in the vehicle.

Permits for temporarily imported tourist vehicles may be extended beyond the initial 90-day period, but it can be easier to cross the border into Argentina and return with new paperwork.

For shipping a car from Chile back to your home country, try the consolidator **Ultramar** (☑2-2630-1000; www.ultramar.cl).

Driver's License

While an International Driving Permit (IDP) is not required, if you have one, bring it in addition to the license from your home country. Some rental-car agencies don't require an IDP.

Fuel & Spare Parts

The price of *bencina* (gasoline) starts from about CH$750 per liter, depending on the grade, while *gas-oil* (diesel fuel) costs less.

Even the smallest of hamlets always seem to have at least one competent and resourceful mechanic.

Hire

Major international rental agencies have offices in Santiago, as well as in major cities and tourist areas. **Wicked Campers** (☑2-2697-0527; http://wickedsouthamerica.com) and Pucón-based **Chile Campers** (☑45-244-3309; www.chile-campers.com; per day CH$45,400-55,900) rent bare-bones camper vans. To rent you must have a valid international driver's license, be at least 25 years of age (though some younger readers have had success) and possess a major credit card (MasterCard or Visa) or a large cash deposit. Travelers from the USA, Canada, Germany and Australia are not required to have an international driver's license to rent a car.

Even at smaller agencies, rental charges are high, with the smallest vehicles going for about CH$24,000 per day with 150km to 200km or unlimited mileage included. Add the cost of any extra insurance, gas and the crippling 19% IVA (*impuesto de valor agregado;* value-added tax), and it becomes very pricey. Try for weekend or weekly rates with unlimited mileage.

One-way rentals are difficult to arrange, especially with nonchain agencies, and may come with a substantial drop-off charge. Some smaller agencies will, however, usually arrange paperwork for taking cars into Argentina, provided the car is returned to the original office. There may be a substantial charge for taking a car into Argentina and extra insurance must be acquired.

When traveling in remote areas, where fuel may not be readily available, carry extra fuel. Rental agencies often provide a spare *bidón* (fuel container) for this purpose.

Insurance

All vehicles must carry *seguro obligatorio* (minimum insurance). Additional liability insurance is highly desirable. Rental agencies offer the necessary insurance. Check your policy for limitations. Traveling on a dirt road is usually OK and may be necessary, but off-roading is prohibited. Major credit cards sometimes include car-rental insurance coverage.

To visit Argentina special insurance is required. Try any insurance agency; the cost is about CH$20,000 for one week.

Parking

Many towns charge for street parking (from CH$300 per half-hour). Street attendants leave a slip of paper under your windshield wiper with the time of arrival and charge departing drivers. Usually parking is free on weekends – though attendants may still be there, payment is voluntary.

Purchase

For a trip of several months, purchasing a car merits consideration. You must change the vehicle's title within 30 days or risk a hefty fine; you can do this through any notary by requesting a *compraventa* for about CH$8000. You'll need a RUT (Rol Único Tributario) tax identification number, available through Impuestos Internos (www.sii.cl), the Chilean tax office; issuance takes about 10 days. Chilean cars may not be sold abroad.

Note that while inexpensive vehicles are for sale in the duty-free zones of Regiónes I and XII (Tarapacá and Magallanes), only legal permanent residents of those regions may take a vehicle outside of those regions, for a maximum of 90 days per calendar year.

Road Conditions

The Panamericana has quality roads and periodic toll booths *(peajes)*. There are two types: tolls you pay to use a distance of the highway (CH$600 to CH$3000), and the tolls you pay to get off the highway to access a lateral to a town or city (CH$600). You'll find a list of tolls (in Spanish) on www.turistel.cl.

Many roads in the south are in the process of being paved. Distance markers are placed every 5km along the Panamericana and the Carretera Austral. Often people give directions using these as landmarks.

Road Hazards

Stray dogs wander around on the roads – even highways – with alarming regularity, and visitors from European and North American countries are frequently disconcerted by how pedestrians use the motorway as a sidewalk.

Road Rules

Chilean drivers are restrained in comparison to their South American neighbors and especially courteous to pedestrians. However, city drivers have a reputation for jumping red lights and failing to signal. Speed limits are enforced with CH$35,000 fines.

Chile has implemented a zero-tolerance policy toward drinking and driving. Even if you have had just one drink, it's over the legal limit. Penalties range from fines and license suspension to jail time.

In Santiago, *restricción vehicular* (vehicular restrictions) apply according to smog levels. The system works according to the last digits on a vehicle's license plates: the chosen numbers are announced in the news on the day before those vehicles will be subject to restrictions. Violators are subject to fines; for current restrictions, see www.uoct.cl (in Spanish).

Hitchhiking

Thumbing a ride is common practice in Chile, and this is one of the safest countries in Latin America to do it. That said, hitching is never entirely safe, and we don't recommend it. Travelers who hitch should understand that they are taking a small but potentially serious risk.

In summer, Chilean vehicles are often packed with families on vacation, and a wait for a lift can be long. Few drivers stop for groups and even fewer appreciate aggressive tactics. In Patagonia, where distances are great and vehicles few, hitchhikers should expect long waits. It's also a good idea to carry some snack food and plenty of water, especially in the desert north.

Local Transportation

Bus

Chilean bus routes are numerous and fares run cheap (around CH$600 for a short trip). Since many identically numbered buses serve slightly different routes, check the placards indicating their final destination. On boarding, state your destination and the driver will tell you the fare and give you a ticket.

Santiago's bus system **Transantiago** (📞800-730-073; www.transantiago.cl; single ride from CH$610) has automatic fare machines. You can map your route online.

Colectivo

Handy *taxi colectivos* resemble taxis but run on fixed routes much like buses: a roof sign or placard in the window indicates the destination. They are fast, comfortable and not a great deal more expensive than buses (usually CH$700 to CH$1500 within a city).

Commuter Rail

Both Santiago and Valparaíso have commuter rail networks. Santiago's modern *metrotren* line runs from San Fernando through Rancagua, capital of Región VI, to Estación Central, on the Alameda in Santiago. Valparaíso's rail connects Viña del Mar and Valparaíso.

Metro

Santiago's superefficient subway is the metro, with some recent expansions. Try to avoid peak hours, which can get very crowded.

Taxi & Rideshare Services

Most Chilean cabs are metered. In Santiago it costs CH$300 to *bajar la bandera* (lower the flag), plus CH$150 per 200m. Taxi placards indicate authorized fares. The ridesharing app Uber has drivers in many Chilean cities and towns, though the availability of cars can be poor.

Tours

Adventure-tour operators have mushroomed throughout Chile; most have offices in Santiago and seasonal offices in the location of their trips.

See individual locations for operator details.

Train

Chile's railroads blossomed in the late 19th century, but now most tracks now lie neglected or abandoned. There is service throughout Middle Chile, however, and a *metrotren* service goes from Santiago as far as San Fernando. For details and prices check the website of **TrenCentral** (EFE Ticket Office; 📞2-2585-5000; www.trencentral.cl; Estación Central, Barrio Estación Central; ⊘tickets 7:15am-8pm Mon-Fri, 8am-7pm Sat; ⓂEstación Central).

It's difficult but not impossible to travel by freight train from Baquedano (on the Panamericana northeast of Antofagasta) to the border town of Socompa, and on to Salta, in Argentina.

Language

Spanish pronunciation is easy, as most sounds have equivalents in English. Read our pronunciation guides as if they were English, and you'll be understood. Note that kh is a throaty sound (like the 'ch' in the Scottish *loch*), v and b are like a soft English 'v' (between a 'v' and a 'b'), and r is strongly rolled. The stressed syllables are indicated with an acute accent in written Spanish (eg *días*) and with italics in our pronunciation guides.

The polite form is used in this chapter; where both polite and informal options are given, they are indicated by the abbreviations 'pol' and 'inf'. Where necessary, both masculine and feminine forms of words are included, separated by a slash and with the masculine form first, eg *perdido/a* (m/f).

BASICS

Hello.	*Hola.*	o·la
Goodbye.	*Adiós.*	a·*dyos*
How are you?	*¿Qué tal?*	ke tal
Fine, thanks.	*Bien, gracias.*	byen *gra*·syas
Excuse me.	*Perdón.*	per·*don*
Sorry.	*Lo siento.*	lo *syen*·to
Please.	*Por favor.*	por fa·*vor*
Thank you.	*Gracias.*	*gra*·syas
You're welcome.	*De nada.*	de *na*·da
Yes./No.	*Sí./ No.*	see/ no

WANT MORE?

For in-depth language information and handy phrases, check out Lonely Planet's *Latin American Spanish Phrasebook*. You'll find it at **shop. lonelyplanet.com**, or you can buy Lonely Planet's iPhone phrasebooks at the Apple App Store.

I don't understand.
Yo no entiendo.	yo no en·*tyen*·do

My name is ...
Me llamo ...	me ya·mo ...

What's your name?
¿Cómo se llama Usted?	ko·mo se ya·ma oo·*ste* (pol)
¿Cómo te llamas?	ko·mo te ya·mas (inf)

Do you speak English?
¿Habla inglés?	a·bla een·*gles* (pol)
¿Hablas inglés?	a·blas oen·*gles* (inf)

ACCOMMODATIONS

I'd like a single/double room.
Quisiera una habitación individual/doble.	kee·*sye*·ra oo·na a·bee·ta·*syon* een·dee·vee·*dwal*/do·ble

How much is it per night/person?
¿Cuánto cuesta por noche/persona?	kwan·to *kwes*·ta por no·che/per·*so*·na

Does it include breakfast?
¿Incluye el desayuno?	een·*kloo*·ye el de·sa·*yoo*·no

air-con	*aire acondicionado*	ai·re a·kon·dee·syo·na·do
bathroom	*baño*	ba·nyo
bed	*cama*	ka·ma
cabin	*cabaña*	ka·ba·nya
campsite	*terreno de cámping*	te·re·no de kam·peeng
guesthouse	*pensión/ hospedaje*	pen·syon/ os·pe·da·khe
hotel	*hotel/hostal*	o·tel/os·tal
inn	*hostería*	os·te·*ree*·ya
youth hostel	*albergue juvenil*	al·*her*·ge khoo·ve·*neel*
window	*ventana*	ven·*ta*·na

RAPA NUI LANGUAGE

Although the Rapa Nui of Easter Island speak Spanish, among themselves many of them use the island's indigenous language (also called Rapa Nui). Due to the island's isolation, the Rapa Nui language developed relatively untouched but retains similarities to other Polynesian languages, such as Hawaiian, Tahitian and Maori. These days the language increasingly bears the influence of English and Spanish. The hieroglyph-like Rongorongo script, developed by the Islanders after the Spanish first arrived in 1770 and in use until the 1860s, is believed to have been the earliest written form of Rapa Nui. The written Rapa Nui used today was developed in the 19th century by missionaries, who transliterated the sounds of the language into the Roman alphabet. Sadly, while most understand Rapa Nui, few of the younger Islanders speak it fluently, though work is being done to keep this endangered language, and the culture it carries, alive.

Rapa Nui pronunciation is fairly straightforward, with short and long vowels pronounced as they would be in Spanish or Italian. There are only ten consonants, plus a glottal stop ('), which is pronounced like the pause in the word 'uh-oh.' Any attempt at a few basic Rapa Nui greetings and phrases will be greatly appreciated by the locals, whatever your level of mastery. For more extensive Rapa Nui coverage, pick up a copy of Lonely Planet's South Pacific Phrasebook. To learn more, and to read about efforts to preserve the local culture, check out the Easter Island Foundation website www.islandheritage.org.

Hello.	'Iorana.	My name's ...	To'oku ingoa ko ...
Goodbye.	'Iorana.	What?	Aha?
How are you?	Pehē koe/kōrua? (sg/pl)	Which?	Hē aha?
Fine.	Rivariva.	Who?	Ko āi?
Thank you.	Maururu.	How much is this?	'Ehia moni o te me'e nei?
What's your name?	Ko āi to'ou ingoa?	To your health!	Manuia paka-paka.

DIRECTIONS

Where's ...?
¿Dónde está ...?   don·de es·ta ...

What's the address?
¿Cuál es la dirección?   kwal es la dee·rek·syon

Could you please write it down?
¿Puede escribirlo,   pwe·de es·kree·beer·lo
por favor?   por fa·vor

Can you show me (on the map)?
¿Me lo puede indicar   me lo pwe·de een·dee·kar
(en el mapa)?   (en el ma·pa)

at the corner	en la esquina	en la es·kee·na
at the traffic lights	en el semáforo	en el se·ma·fo·ro
behind ...	detrás de ...	de·tras de ...
far	lejos	le·khos
in front of ...	enfrente de ...	en·fren·te de ...
left	izquierda	ees·kyer·da
near	cerca	ser·ka
next to ...	al lado de ...	al la·do de ...
opposite ...	frente a ...	fren·te a ...
right	derecha	de·re·cha
straight ahead	todo recto	to·do rek·to

EATING & DRINKING

Can I see the menu, please?
¿Puedo ver el menú,   pwe·do ver el me·noo
por favor?   por fa·vor

What would you recommend?
¿Qué recomienda?   ke re·ko·myen·da

Do you have vegetarian food?
¿Tienen comida   tye·nen ko·mee·da
vegetariana?   ve·khe·ta·rya·na

I don't eat (red meat).
No como (carne roja).   no ko·mo (kar·ne ro·kha)

That was delicious!
¡Estaba buenísimo!   es·ta·ba bwe·nee·see·mo

Cheers!
¡Salud!   sa·loo

The bill, please.
La cuenta, por favor.   la kwen·ta por fa·vor

I'd like a table for ...	Quisiera una mesa para ...	kee·sye·ra oo·na me·sa pa·ra ...
(eight) o'clock	las (ocho)	las (o·cho)
(two) people	(dos) personas	(dos) per·so·nas

breakfast	desayuno	de·sa·*yoo*·no
lunch	comida	ko·*mee*·da
dinner	cena	*se*·na
restaurant	restaurante	res·tow·*ran*·te

EMERGENCIES

| Help! | ¡Socorro! | so·*ko*·ro |
| Go away! | ¡Vete! | *ve*·te |

Call ...!	¡Llame a ...!	*ya*·me a ...
a doctor	un médico	oon *me*·dee·ko
the police	la policía	la po·lee·*see*·a

I'm lost.
Estoy perdido/a. es·*toy* per·*dee*·do/a (m/f)

I'm ill.
Estoy enfermo/a. es·*toy* en·*fer*·mo/a (m/f)

It hurts here.
Me duele aquí. me *dwe*·le a·*kee*

I'm allergic to (antibiotics).
Soy alérgico/a a soy a·*ler*·khee·ko/a a
(los antibióticos). (los an·tee·*byo*·tee·kos) (m/f)

Where are the toilets?
¿Dónde están los *don*·de es·*tan* los
baños? *ba*·nyos

SHOPPING & SERVICES

I'd like to buy ...
Quisiera comprar ... kee·*sye*·ra kom·*prar* ...

I'm just looking.
Sólo estoy mirando. *so*·lo es·*toy* mee·*ran*·do

Can I look at it?
¿Puedo verlo? *pwe*·do *ver*·lo

I don't like it.
No me gusta. no me *goos*·ta

How much is it?
¿Cuánto cuesta? *kwan*·to *kwes*·ta

That's too expensive.
Es muy caro. es mooy *ka*·ro

Can you lower the price?
¿Podría bajar un po·*dree*·a ba·*khar* oon
poco el precio? *po*·ko el *pre*·syo

There's a mistake in the bill.
Hay un error ai oon e·*ror*
en la cuenta. en la *kwen*·ta

ATM	cajero automático	ka·*khe*·ro ow·to·ma·*tee*·ko
internet cafe	cibercafé	see·ber·ka·*fe*
market	mercado	mer·*ka*·do
post office	correos	ko·*re*·os
tourist office	oficina de turismo	o·fee·*see*·na de too·*rees*·mo

TIME & DATES

What time is it?	¿Qué hora es?	ke *o*·ra es
It's (10) o'clock.	Son (las diez).	son (las dyes)
It's half past (one).	Es (la una) y media.	es (la *oo*·na) ee *me*·dya

morning	mañana	ma·*nya*·na
afternoon	tarde	*tar*·de
evening	noche	*no*·che
yesterday	ayer	a·*yer*
today	hoy	oy
tomorrow	mañana	ma·*nya*·na

Monday	lunes	*loo*·nes
Tuesday	martes	*mar*·tes
Wednesday	miércoles	*myer*·ko·les
Thursday	jueves	*khwe*·ves
Friday	viernes	*vyer*·nes
Saturday	sábado	*sa*·ba·do
Sunday	domingo	do·*meen*·go

TRANSPORTATION

boat	barco	*bar*·ko
bus	autobús	ow·to·*boos*
(small) bus	micro	*mee*·kro
plane	avión	a·*vyon*
shared taxi	colectivo	ko·lek·*tee*·vo
train	tren	tren
first	primero	pree·*me*·ro
last	último	*ool*·tee·mo
next	próximo	*prok*·see·mo

A ... ticket, please.	Un billete de ..., por favor.	oon bee·*ye*·te de ... por fa·*vor*
1st-class	primera clase	pree·*me*·ra *kla*·se
2nd-class	segunda clase	se·*goon*·da *kla*·se
one-way	ida	*ee*·da
return	ida y vuelta	*ee*·da ee *vwel*·ta

SIGNS

Abierto	Open
Cerrado	Closed
Entrada	Entrance
Hombres/Varones	Men
Mujeres/Damas	Women
Prohibido	Prohibited
Salida	Exit
Servicios/Baños	Toilets

I want to go to ...
Quisiera ir a ...   kee·sye·ra eer a ...

Does it stop at ...?
¿Para en ...?   pa·ra en ...

What stop is this?
¿Cuál es esta parada?   kwal es es·ta pa·ra·da

What time does it arrive/leave?
¿A qué hora llega/sale?   a ke o·ra ye·ga/sa·le

Please tell me when we get to ...
¿Puede avisarme cuando lleguemos a ...?   pwe·de a·vee·sar·me kwan·do ye·ge·mos a ...

I want to get off here.
Quiero bajarme aquí.   kye·ro ba·khar·me a·kee

airport	aeropuerto	a·e·ro·pwer·to
aisle seat	asiento de pasillo	a·syen·to de pa·see·yo
bus stop	parada de autobuses	pa·ra·da de ow·to·boo·ses
cancelled	cancelado	kan·se·la·do
delayed	retrasado	re·tra·sa·do
platform	plataforma	pla·ta·for·ma
ticket office	taquilla	ta·kee·ya
timetable	horario	o·ra·ryo
train station	estación de trenes	es·ta·syon de tre·nes
window seat	asiento junto a la ventana	a·syen·to khoon·to a la ven·ta·na

I'd like to hire a ...	Quisiera alquilar ...	kee·sye·ra al·kee·lar ...
4WD	un todo-terreno	oon to·do·te·re·no
bicycle	una bicicleta	oo·na bee·see·kle·ta
car	un coche	oon ko·che
motorcycle	una moto	oo·na mo·to
child seat	asiento de seguridad para niños	a·syen·to de se·goo·ree·da pa·ra nee·nyos

QUESTION WORDS

How?	¿Cómo?	ko·mo
What?	¿Qué?	ke
When?	¿Cuándo?	kwan·do
Where?	¿Dónde?	don·de
ho?	¿Quién?	kyen
y?	¿Por qué?	por ke

NUMBERS

1	uno	oo·no
2	dos	dos
3	tres	tres
4	cuatro	kwa·tro
5	cinco	seen·ko
6	seis	seys
7	siete	sye·te
8	ocho	o·cho
9	nueve	nwe·ve
10	diez	dyes
20	veinte	veyn·te
30	treinta	treyn·ta
40	cuarenta	kwa·ren·ta
50	cincuenta	seen·kwen·ta
60	sesenta	se·sen·ta
70	setenta	se·ten·ta
80	ochenta	o·chen·ta
90	noventa	no·ven·ta
100	cien	syen
1000	mil	meel

diesel	petróleo	pet·ro·le·o
helmet	casco	kas·ko
hitchhike	hacer botella	a·ser bo·te·ya
mechanic	mecánico	me·ka·nee·ko
petrol/gas	bencina/gasolina	ben·see·na ga·so·lee·na
service station	gasolinera	ga·so·lee·ne·ra
truck	camion	ka·myon

Is this the road to ...?
¿Se va a ... por esta carretera?   se va a ... por es·ta ka·re·te·ra

(How long) Can I park here?
¿(Cuánto tiempo) Puedo aparcar aquí?   (kwan·to tyem·po) pwe·do a·par·kar a·kee

The car has broken down (at ...).
El coche se ha averiado (en ...).   el ko·che se a a·ve·rya·do (en ...)

I had an accident.
He tenido un accidente.   e te·nee·do oon ak·see·den·te

I've run out of petrol.
Me he quedado sin gasolina.   me e ke·da·do seen ga·so·lee·na

I have a flat tyre.
Tengo un pinchazo.   ten·go oon peen·cha·so

GLOSSARY

RN indicates that a term is Rapa Nui (Easter Island) usage.

ahu (RN) – stone platform for *moai* (statues)

alameda – avenue/boulevard lined with trees

alpaca – wool-bearing domestic camelid, related to llama

altiplano – Andean high plains

asado – barbecue

ascensor – funicular (cable car)

Aymara – indigenous inhabitants of Andean *altiplano* of Peru, Bolivia and northern Chile

bahía – bay

barrio – neighborhood

bencina – petrol or gasoline

bidón – spare fuel container

bodega – cellar or storage area for wine

cabañas – cabins

caleta – small cove

callampas – shantytowns, literally 'mushrooms'

cama – bed; also sleeper-class seat

camanchaca – ocean fog along coastal desert

carabineros – police

caracoles – winding roads; literally 'snails'

carretera – highway

casa de familia – modest family accommodations

cerro – hill

chachacoma – native Andean plant; said to relieve altitude sickness

Chilote – inhabitant of Chiloé; sometimes connotes 'bumpkin'

ciudad – city

cocinerías – greasy-spoon cafes/kitchens

Codelco – Corporación del Cobre, state-owned enterprise overseeing copper mining

colectivo – shared taxi, also called *taxi colectivo*

comuna – local governmental unit

cordillera – chain of mountains

costanera – coastal road; also along river or lakeshore

criollo – colonial term for American-born Spaniard

desierto florido – rare and ephemeral desert wildflower display in Norte Chico

DINA – National Intelligence Directorate; feared agency created after 1973 coup to oversee police and military intelligence

empanada – a turnover with a sweet or savory filling

encomienda – colonial labor system in which indigenous communities worked for Spanish *encomenderos*

estancia – extensive cattle- or sheep-grazing establishment with resident labor force

estero – estuary

feria – artisans' market

fuerte – fort

fundo – *hacienda;* smaller irrigated unit in central heartland

geoglyph – large pre-Columbian figures or designs on desert hillsides

golfo – gulf

golpe de estado – coup d'état

guanaco – wild camelid related to llama; also police water cannon

hacienda – large rural landholding, with dependent resident labor force

hare paenga (RN) – elliptical (boat-shaped) house

hospedaje – budget accommodations, usually

family home with shared bathroom

hostal – hotel, hostel

hostería – inn or guesthouse that serves meals

huaso – horseman, a kind of Chilean gaucho or cowboy

IGM – Instituto Geográfico Militar; mapping organization

isla – island

IVA – *impuesto de valor agregado,* value-added tax (VAT)

küchen – sweet, German-style cakes

lago – lake

laguna – lagoon

llareta – dense shrub in Chilean *altiplano* with deceptive, cushion-like appearance

local – part of address indicating office number where there are several in the same building

lomas – coastal desert hills

maori (RN) – learned men, reportedly able to read Rongo-Rongo tablets

Mapuche – indigenous inhabitants of the area south of Río Biobío

marisquería – seafood restaurant

matua (RN) – ancestor, father; associated with leader of first Polynesian immigrants

media pensión – half board in hotel

mestizo – person of mixed Indian and Spanish descent

micro – small bus

mirador – lookout point

moai (RN) – large anthropomorphic statues

motu (RN) – small offshore islet

municipalidad – city hall

museo – museum

ñandú – rhea; large flightless bird similar to ostrich

nevado – snowcapped mountain peak

onces – 'elevenses'; Chilean afternoon tea

palafitos – rows of houses built on stilts over water in Chiloé

pampa – vast desert expanse

parrillada – a mix of grilled meats

pensión completa – full board in hotel

picada – informal family restaurant

pingüinera – penguin colony

playa – beach

Porteño – native or resident of Valparaíso

portezuelo – mountain pass

posta – clinic or first-aid station

precordillera – foothills

propina – tip

puente – bridge

puerto – port

pukao (RN) – topknot on head of a *moai*

pukará – pre-Columbian hilltop fortress

puna – Andean highlands, usually above 3000m

punta – point

quebrada – ravine

quinoa – native Andean grain grown in northern *precordillera*

Rapa Nui – Polynesian name for Easter Island

reducción – colonial-era concentration of indigenous peoples in towns for purposes of political control or religious instruction

refugio – rustic shelter in national park or remote area

residencial – budget accommodations

rhea – flightless bird similar to ostrich; *ñandú* in Spanish

río – river

rodeo – annual cattle roundup on *estancia* or hacienda

Rongo-Rongo (RN) – indecipherable script on wooden tablets

ruka – traditional thatched Mapuche house

ruta – route, highway

salar – salt lake, salt marsh or salt pan

salón de té – literally 'teahouse,' but more upscale cafe

Santiaguino – native or resident of Santiago

seno – sound, fjord

sierra – mountain range

s/n – 'sin número'; street address without number

soroche – altitude sickness

tábano – horsefly

tejuelas – shingles, typical of Chiloé architecture

teleférico – gondola cable car

termas – hot springs

toqui – Mapuche chief

torres – towers

totora (RN) – type of reed used for making rafts

ventisquero – glacier

vicuña – wild relative of llama, found at high altitudes in the north

villa – village, small town

viscacha – wild Andean relative of chinchilla

volcán – volcano

Yaghans – indigenous inhabitants of Tierra del Fuego archipelago

zona franca – duty-free zone

Behind the Scenes

SEND US YOUR FEEDBACK

We love to hear from travelers – your comments keep us on our toes and help make our books better. Our well-traveled team reads every word on what you loved or loathed about this book. Although we cannot reply individually to your submissions, we always guarantee that your feedback goes straight to the appropriate authors, in time for the next edition. Each person who sends us information is thanked in the next edition – the most useful submissions are rewarded with a selection of digital PDF chapters.

Visit **lonelyplanet.com/contact** to submit your updates and suggestions or to ask for help. Our award-winning website also features inspirational travel stories, news and discussions.

Note: We may edit, reproduce and incorporate your comments in Lonely Planet products such as guidebooks, websites and digital products, so let us know if you don't want your comments reproduced or your name acknowledged. For a copy of our privacy policy visit lonelyplanet.com/privacy.

OUR READERS

Many thanks to the travelers who used the last edition and wrote to us with helpful hints, useful advice and interesting anecdotes:

Alicia Metz, Camila Serrano Strancar, Chelsea Slade, Daniel Aedo, Daniëlle Wolbers, David Peacock, Diana Maddison, Doug Robertson, Elizabeth Rogers, Gabrielle Agosin, Grant McCall, Guy Cunningham, Hendrik Wiebel, Holly Houghton, Jana Alagarajah, Judit Pinter, Kate Menzies, Katy Bowers, Luigi Fiorino, Margriet Rikkers, Mariyam Varley, Nana Mikkelsen, Nicole Binkert, Philip Graham, Robert Hendrickson, Rutger Lange, Shirley Spring, Veronika Bikova, Wolfgang Brueckl

WRITER THANKS

Carolyn McCarthy

I am so grateful to my second homeland for its great people and unparalleled wilderness. It's my good fortune to see Patagonia grow into an even better place through conservation and the hard work of its inhabitants. For this trip, my deepest thanks to Maija Meri, co-pilot extraordinaire. Gratitude goes to Trauko, Pati, Randy and Andres; Mireya and family and Mery and Mauricio; hiking partners Walter and Estefania; and the kind strangers who fixed my flat in La Junta. Finally, thanks to pilot Vince for showing me the fragile beauty that is the southern ice field.

Cathy Brown

I'd like to thank my kiddos for always being supportive as I take off to end-of-the-world destinations and my dad for never missing a chance to make it known how proud of me he is for ending up a travel writer. I'd also like to thank Juan and Ignacio of Tierra Turismo for friendship, great wine, Guns N' Roses karaoke, *asados*, magical lupine fields, Tolhuin randomness and, basically, the best road trip ever helping me to get to know their beloved Tierra del Fuego.

Mark Johanson

Muchas gracias to all the Chilean and Rapa Nui people who warmed my heart and filled my belly with so much *manjar* and Carmenere that it was often impossible to work. Thanks to Felipe Bascuñán, Megan Snedden, Vanessa Petersen and Carla Andrade for joining me for portions of the trip and offering expertise. Additional thanks go out to Paula Santa Ana, Franz Schubert, Grant Phelps, Gonzalo Silva and Sandra Luz La Torre for being fountains of knowledge along the way.

Kevin Raub

Thanks to my wife, Adriana Schmidt Raub – it's been a tough year. MaSovaida Morgan and my partners in crime, Carolyn McCarthy, Regis St Louis and Mark Johanson. On the road, Britt Lewis, Cyril Christensen, Juan Pablo Mansilla, Karin Terrsy, Alfonso Spoliansky, Fernando Claude and Amory, Daniel Seeliger and

Silvina Verdun, Kurt Schillinger, Rodrigo Condeza, Ernesto Palm de Curto, Marie Brandt and Francisco Campbell, Natalia Hidalgo, Sirce Santibañez, Tracy Katelman, Vincent Baudin, James Graham and Kristin Kidd, and Annette Bottinelli.

Regis St Louis

I'm grateful to countless locals who helped out along the way, in particular Manuel in Caldera; Flavio and Patrizia in Putre; Aris in Iquique; and Priscilla in San Pedro. Thanks also to MaSovaida Morgan for bringing me on board and to fellow writer Carolyn McCarthy for all her hard work. Thanks to my wife, Cassandra, and daughters, Magdalena and Genevieve, for tolerating my sometimes long absences.

ACKNOWLEDGEMENTS

Climate map data adapted from Peel MC, Finlayson BL & McMahon TA (2007) 'Updated World Map of the Köppen-Geiger Climate Classification', Hydrology and Earth System Sciences, 11, 163344.

Cover photograph: *Moai* statue, Easter Island, Randy Olsen/National Geographic Creative ©

THIS BOOK

This 11th edition of Lonely Planet's *Chile & Easter Island* guidebook was researched and written by Carolyn McCarthy, Cathy Brown, Mark Johanson, Kevin Raub and Regis St Louis, and curated by Carolyn. The previous edition was written by Carolyn McCarthy, Greg Benchwick, Jean-Bernard Carillet, Kevin Raub and Lucas Vidgen. This guidebook was produced by the following:

Destination Editors MaSovaida Morgan, Bailey Freeman

Senior Product Editor Saralinda Turner

Product Editor Sandie Kestell

Senior Cartographer Corey Hutchison

Book Designer Clara Monitto

Assisting Editors Katie Connolly, Lucy Cowie, Andrea Dobbin, Kellie Langdon, Jodie Martire, Anne Mulvaney, Kristin Odijk, Charlotte Orr, Sarah Reid

Cover Researcher Naomi Parker

Thanks to Hannah Cartmel, Gwen Cotter, Ross Taylor, Angela Tinson

Index

Map Legend

Sights
- 🐚 Beach
- 🐦 Bird Sanctuary
- ☸ Buddhist
- 🏰 Castle/Palace
- ✝ Christian
- ☯ Confucian
- 🕉 Hindu
- ☪ Islamic
- 卐 Jain
- ✡ Jewish
- ❶ Monument
- 🏛 Museum/Gallery/Historic Building
- ⊕ Ruin
- ⛩ Shinto
- ☬ Sikh
- ☯ Taoist
- 🍷 Winery/Vineyard
- 🐾 Zoo/Wildlife Sanctuary
- ◉ Other Sight

Activities, Courses & Tours
- Ⓒ Bodysurfing
- 🤿 Diving
- 🛶 Canoeing/Kayaking
- ● Course/Tour
- ♨ Sento Hot Baths/Onsen
- ⛷ Skiing
- 🤿 Snorkeling
- 🏄 Surfing
- 🏊 Swimming/Pool
- 🚶 Walking
- 🏄 Windsurfing
- ✦ Other Activity

Sleeping
- 🛏 Sleeping
- ⛺ Camping
- 🏠 Hut/Shelter

Eating
- 🍴 Eating

Drinking & Nightlife
- ☕ Drinking & Nightlife
- ☕ Cafe

Entertainment
- 🎭 Entertainment

Shopping
- 🛍 Shopping

Information
- 💲 Bank
- 🌐 Embassy/Consulate
- ➕ Hospital/Medical
- @ Internet
- 👮 Police
- ✉ Post Office
- ☎ Telephone
- 🚻 Toilet
- ℹ Tourist Information
- ● Other Information

Geographic
- 🐚 Beach
- ⋈ Gate
- 🏠 Hut/Shelter
- 🗼 Lighthouse
- 👁 Lookout
- ▲ Mountain/Volcano
- 🌴 Oasis
- 🌳 Park
-)(Pass
- 🧺 Picnic Area
- 💧 Waterfall

Population
- ✪ Capital (National)
- ◉ Capital (State/Province)
- ● City/Large Town
- ● Town/Village

Transport
- ✈ Airport
- ⊗ Border crossing
- 🚌 Bus
- +🚠+ Cable car/Funicular
- -🚲- Cycling
- -⚓- Ferry
- Ⓜ Metro station
- 🚝 Monorail
- 🅿 Parking
- ⛽ Petrol station
- Ⓢ Subway/Subte station
- 🚕 Taxi
- +🚉+ Train station/Railway
- 🚋 Tram
- Ⓤ Underground station
- ● Other Transport

Routes
- Tollway
- Freeway
- Primary
- Secondary
- Tertiary
- Lane
- Unsealed road
- Road under construction
- Plaza/Mall
- Steps
-)⸚(Tunnel
- Pedestrian overpass
- Walking Tour
- Walking Tour detour
- Path/Walking Trail

Boundaries
- International
- State/Province
- Disputed
- Regional/Suburb
- Marine Park
- Cliff
- Wall

Hydrography
- River, Creek
- Intermittent River
- Canal
- Water
- Dry/Salt/Intermittent Lake
- Reef

Areas
- Airport/Runway
- Beach/Desert
- + + Cemetery (Christian)
- × × Cemetery (Other)
- Glacier
- Mudflat
- Park/Forest
- Sight (Building)
- Sportsground
- Swamp/Mangrove

Note: Not all symbols displayed above appear on the maps in this book

Regis St Louis

Norte Grande, Norte Chico Regis grew up in a small town in the American Midwest – the kind of place that fuels big dreams of travel – and he developed an early fascination with foreign dialects and world cultures. He spent his formative years learning Russian and a handful of Romance languages, which served him well on journeys across much of the globe. Regis has contributed to more than 50 Lonely Planet titles, covering destinations across six continents. His travels have taken him from the mountains of Kamchatka to remote island villages in Melanesia, and to many grand urban landscapes. When not on the road, he lives in New Orleans. Follow him on www.instagram.com/regisstlouis.

OUR STORY

A beat-up old car, a few dollars in the pocket and a sense of adventure. In 1972 that's all Tony and Maureen Wheeler needed for the trip of a lifetime – across Europe and Asia overland to Australia. It took several months, and at the end – broke but inspired – they sat at their kitchen table writing and stapling together their first travel guide, *Across Asia on the Cheap*. Within a week they'd sold 1500 copies. Lonely Planet was born.

Today, Lonely Planet has offices in Franklin, London, Melbourne, Oakland, Dublin, Beijing and Delhi, with more than 600 staff and writers. We share Tony's belief that 'a great guidebook should do three things: inform, educate and amuse'.

OUR WRITERS

Carolyn McCarthy

Northern Patagonia, Southern Patagonia, Tierra del Fuego Carolyn specializes in travel, culture and adventure in the Americas. She has written for *National Geographic, Outside, BBC Magazine, Sierra Magazine,* the *Boston Globe* and other publications. A former Fulbright fellow and Banff Mountain Grant recipient, she has documented life in the most remote corners of Latin America. Carolyn has contributed to 40 guidebooks and anthologies for Lonely Planet, including *Colorado, USA, Argentina, Chile, Trekking in the Patagonian Andes, Panama, Peru* and *USA's National Parks*. Visit www.carolynmccarthy.org or follow her Instagram travels @mccarthyoffmap. Carolyn also wrote the Plan, Understand Chile and Survival Guide sections of this book.

Cathy Brown

Tierra del Fuego Cathy is a travel writer (Lonely Planet, OARS, Luxury Latin America) and editor (Matador Network). She lives with her three kids in the Andes of Argentine Patagonia, where she hikes, gardens, drinks Malbec, works with medicinal herbs and indigenous cultures, and is building a straw-bale house. She's passionate about any adventure travel, including surfing, rafting, skiing, climbing and trekking, and works closely with the Adventure Travel Trade Association.

Mark Johanson

Santiago, Middle Chile, Easter Island (Rapa Nui) Mark grew up in Virginia and has called five different countries home over the last decade. His travel-writing career began as something of a quarter-life crisis, and he's happily spent the past eight years circling the globe reporting for Australian travel magazines (such as *Get Lost*), British newspapers (such as the *Guardian*), American lifestyles (such as *Men's Journal*) and global media outlets (such as CNN and BBC). When not on the road, you'll find him gazing at the Andes from his home in Santiago.

Kevin Raub

Sur Chico, Chiloé Atlanta native Kevin started his career as a music journalist in New York, working for *Men's Journal* and *Rolling Stone* magazines. He ditched the rock 'n' roll lifestyle for travel writing and has written nearly 50 Lonely Planet guides, focused mainly on Brazil, Chile, Colombia, USA, India, the Caribbean and Portugal. Raub also contributes to a variety of travel magazines in both the USA and UK. Along the way, the self-confessed hophead is in constant search of wildly high IBUs in local beers. Follow him on Twitter and Instagram (@RaubOnTheRoad).

OVER MORE
PAGE WRITERS

Published by Lonely Planet Global Limited
CRN 554153
11th edition – October 2018
ISBN 978 1 78657 165 6
© Lonely Planet 2018   Photographs © as indicated 2018
10 9 8 7 6 5 4 3 2 1
Printed in China